Harzmagie

HARZMAGIE

Teil I

Blutsbande

Eine Fantasyhommage an Deutschlands
mystisches und uraltes Mittelgebirge

von

Jürgen H. Moch

Bibliografische Information der Deutschen Nationalbibliothek
Die Deutsche Nationalbibliothek verzeichnet diese Publikation in der Deutschen
Nationalbibliografie; detaillierte bibliografische Daten sind im Internet über
http://dnb.d-nb.de abrufbar.

Harzmagie: Blutsbande

ISBN 978-3-96901-007-5

2. Aufl. 09/2025

Dieser Titel ist auch als eBook erhältlich.

Abbildungsnachweise:
Umschlag © Linda Meyer | linda.chiara@outlook.de
Wolf (Buchrücken) © sarah5 | #381181422 | depositphotos.com
Porträt des Autors © Tim Blankenburg | www.baumloewe.de

Schriftart ›Badhorse‹ © Angga Mahardika | myfonts.com

Redaktion:
KLEX@EPV

Druck:
TZ Verlag & Print GmbH, Roßdorf

Druck:
TZ - VERLAG & PRINT GMBH
TZ-PRINT.DE | TZ-VERLAG.DE

Klimaneutrales Unternehmen
natureOffice.com | JMYBSC-423071

FSC
MIX
Papier
FSC® C108655

Verlag:
EPV Elektronik-Praktiker-Verlagsgesellschaft mbH
Obertorstraße 33 · 37115 Duderstadt · Deutschland
Fon: +49 (0)5527/8405-0 · Fax: +49 (0)5527/8405-21
Web: harzmagie.de | harzkrimis.de · E-Mail: mail@harzkrimis.de

Ein paar Worte vorweg

Auch wenn ich in Neustadt am Rübenberge geboren wurde, in Gro-
ßenkneten aufgewachsen bin und jetzt in Bayern lebe, so hat mich
der Harz mein ganzes Leben nie losgelassen. Mütterlicherseits
stamme ich von dort, weswegen ich schon in jungen Jahren immer
wieder mit meinen Eltern in diese Berge gefahren bin.

So war es nicht verwunderlich, dass es mich zum Studium mit aller
Macht nach Clausthal-Zellerfeld zog, wo ich die Liebe meines
Lebens gefunden und geheiratet habe. Hier erblickte mein erster
Sohn das Licht der Welt. Die besten Freundschaften wurden
geknüpft und halten, egal wie weit man inzwischen voneinander
entfernt ist. Jedes Jahr zieht es meine ganze Familie, meine Frau,
meine inzwischen drei Kinder und mich immer wieder in den Harz.
Es ist unsere magische Heimat mitten in Deutschland, wo wir uns
aufladen können.

Die Geschichten waren schon immer da in meinem Kopf. Fantasy
ist – genauso wie der Harz – meine große Leidenschaft. Was lag da
näher, als beides zu verbinden, zumal der Harz seit jeher ein hoch-
magischer Ort ist.

So entstanden mit einem dicken Augenzwinkern in verschiedene
Richtungen Elisabeth Wollner, die abenteuerliche Geschichte ihrer
Herkunft und ihre schrägen Freunde Theobald und Sabrina. Harz-
magie war geboren.

Die Protagonisten in meinem Buch sind, ebenso wie die Handlung,
frei erfunden. Die Orte sind zum großen Teil authentisch, auch
wenn sie manchmal ein wenig glattgefeilt werden mussten. Die
Handlungen der Personen an den Orten entstammen der Geschichte, doch sind hier und da Aspekte und Originale eingewoben, die

wie eine Institution zum Oberharz gehören und nicht wegzudenken sind. Ich nenne hier nur stellvertretend die Bäckerei Biel oder die Grosse'sche Buchhandlung, die es wirklich gibt. Erst diese Orte und natürlich das Wetter geben der Geschichte ihren besonderen Charme.

Aber nun wünsche ich viel Spaß!

Jürgen H. Moch

Prolog

Hartwig Hauser genoss Italien. Er liebte vor allem das alte Rom. Die ganze Stadt enthielt so viel Geschichte, aber für die modernen Bauten hatte er hingegen nur Verachtung übrig. Rom half endlich, Jennifer zu vergessen, die ihn vor gut sechs Monaten hochkant rausgeworfen hatte. Nur noch manchmal wanderten seine Gedanken zurück zu ihr und dem kleinen, bescheidenen Haus am Waldrand, in dem sie lebte. Lange hatte er geglaubt, bei ihr endlich wirklich Ruhe zu finden. Es hatten sich sogar zaghafte gemeinsame Pläne angebahnt, doch dann hatte sie sich von einem Tag auf den anderen völlig verändert, hatte geklammert, ihm Vorschriften gemacht, ihn bedrängt, keinen Raum mehr gelassen. Wochenlang ging das so. Schließlich war er eines Tages völlig durchgedreht und hatte sie sogar geschlagen. Etwas, was er gerne ungeschehen gemacht hätte, aber es dann doch nicht konnte. Das lag hinter ihm, obwohl es immer noch schmerzte, ebenso wie die traumatische Zeit davor in Sarajevo und seine schwere Verletzung. Dinge, die er vergessen wollte, indem er sich auf die alte Geschichte Roms stürzte.

Gestern hatte er sich die Thermen vorgenommen, vor allem die Caracalla-Thermen, doch sein heutiges Ziel lag außerhalb. Diesen Vormittag quälte er sich mit seinem in die Jahre gekommenen Jeep durch den Straßenverkehr auf dem Weg nach Ostia, dem alten Hafen Roms. Dauernd überholten ihn dabei Motorroller, die sich an so gut wie keine Verkehrsregel hielten. Wie zu seiner persönlichen Bestätigung musste er auch gleich einen hässlichen Unfall mitansehen, als ein Laster, der seine Ampel noch bei Gelb genommen hatte, prompt ein ganzes Rudel dieser lebensmüden Trottel über den Haufen fuhr, weil die schon vor der eigenen Grünphase losgerast waren. Die Kreuzung wurde daraufhin von den Carabinieri gesperrt. Wenden konnte er nicht, da sich der Stau hinter ihm partout nicht auflöste. Also machte er das, was viele andere auch taten, zog rechts ran und stieg aus. Hauser hatte keine Lust darauf, die

Verletzten anzugaffen. Davon hatte er in seiner Zeit als Verbindungsoffizier in Sarajevo genug gesehen. Während die meisten sich nach vorne drängten, um neugierig zu beobachten, wie die Sanitäter verzweifelt versuchten, die Rollerfahrer zu retten, ging er zu einem kleinen Café an der Ecke, wo er sich einen Espresso bestellte. Es handelte sich um eines dieser kleinen Straßencafés, die es an den Ausfallstraßen Roms zuhauf gab. Jenseits der Stadtmauer verirrten sich weniger Touristen, daher waren hier die Preise nicht so hoch, und er hatte keine Eile. Seit er nach seiner schweren Verwundung früh aus der Armee ausgeschieden war, musste er nicht mehr unbedingt rechtzeitig irgendwo ankommen. Er hatte sich noch nicht entschieden, was er jetzt beruflich machen wollte. Wegen seiner fürstlichen Abfindung musste er sich aktuell keine Sorgen machen.

Die Bedienung fragte ihn in stockendem Italienisch, ob er sonst noch etwas wünsche. Ein kurzer Blick genügte, um sie einzuschätzen. Osteuropäerin, vermutlich Polin. So kam er ihr entgegen und sagte in fließendem Polnisch, dass sie ihm die Mittagskarte bringen solle. Ein Fehler, wie sich sofort zeigte.

Sie blieb stehen. Ihr hübsches Gesicht hellte sich merklich auf und sie plapperte auf Polnisch los, erzählte von ihrem Auslandsjahr hier, dass sie aus Lodz sei, fragte ihn, woher er denn komme und wie es ihm hier gefiele. Hartwig fühlte sich schon nach kurzer Zeit genervt.

»Sehe ich so aus, als wenn ich jedem von zu Hause weggelaufenen Mädel meine Vergangenheit ausschütte?«, fuhr er sie weiter auf Polnisch an. »Sieh zu, dass du endlich dein Geld verdienst!«

Aufgerissene Augen starrten ihn an, die erkennen ließen, dass er einen Nerv getroffen hatte, dann rauschte sie davon. Als sie schließlich nach schier endloser Zeit zurückkehrte, knallte sie ihm wortlos die Speisekarte auf den Tisch und verschwand gleich darauf wieder. Hartwig war das nur recht. Er hatte lieber seine Ruhe.

So blieb er länger und bestellte bei ihrem Kollegen etwas zu essen. Als er schließlich aufbrach, war es schon Nachmittag. Er kam so spät in Ostia an, dass er gerade noch in die Ruinen der ehemaligen Hafenstadt eingelassen wurde. Der Kassierer ermahnte ihn, sich zu beeilen, da man bald schließe. Immerhin berechnete er ihm nur den halben Preis, was Hartwig fair fand.

Die Ruinen waren herrlich, deutlich besser erhalten als die in Pompeji und vor allem nicht so überlaufen. Er holte seine Spiegelreflexkamera heraus, begann zu fotografieren und vergaß die Zeit. Die Dämmerung war schon längst hereingebrochen, als er zum Eingang zurückwollte, doch dieser war bereits verlassen. Man hatte ihn scheinbar eingesperrt.

Getrieben von plötzlicher Abenteuerlust drehte er sich kurzerhand wieder um und ging zurück zu den Ruinen. Es schien eine laue Nacht zu werden und sicherlich würde sich ein Plätzchen finden, wo man schlafen konnte. Das Lied der Zikaden begleitete ihn zu einer Parkbank für Touristen, auf der er sich mehr schlecht als recht ausstreckte. Das Gezirpe wiegte ihn in einen unruhigen Schlaf.

Er wusste nicht, wie spät es war, als er erwachte. Etwas hatte ihn geweckt. Schlaftrunken rätselte er zunächst, was es gewesen sein könnte. Als er sich aufsetzte, meldete sich sein Bein und jagte ihm heftige Schmerzen bis ins Rückenmark. Das kam von dem Granatsplitter, den die Ärzte nicht mehr herausbekommen hatten, weil er sich tief in den Knochen gebohrt hatte. Keuchend hielt er inne und wartete, bis der Schmerz nachließ.

Der Mond stand voll am Himmel und erleuchtete die Umgebung mit mattem Silberlicht. Er wirkte in dieser Nacht ungewöhnlich groß. Die Gebäude warfen Schatten, in denen man nichts mehr erkennen konnte.

Hartwig lauschte und dabei fiel ihm auf, dass es nicht ein Geräusch war, das ihn geweckt hatte, sondern vielmehr der Mangel an Geräuschen. Die Zikaden hatten ihr Dauergezirpe in der Nähe eingestellt. Den Verkehr konnte man kaum noch hören, sodass die Stille fast greifbar wurde. Der ehemalige Soldat in ihm kam durch. Er spannte sich an.

Kurz darauf hörte er ein langgezogenes Heulen. Es erklang ganz nah, irgendwo auf der anderen Seite des Thermengebäudes. Ein großer Hund, überlegte er, könnte es sein. Streunende Hunde gab es in Italien nicht gerade selten. Vielleicht konnte er ein Foto schießen.

Er rappelte sich hoch und stieg auf einen Aussichtspunkt, bedacht darauf, keinen Laut von sich zu geben. Und tatsächlich, auf der anderen Seite etwas abseits, saß ein Tier im Gras und heulte den

Mond an. Es war jedoch kein Hund, sondern ein Wolf. Er konnte ihn im hellen Mondlicht gut erkennen. Ein Wolf? Hier?

Nachdem er den Wind geprüft hatte und sicher war, dass das Tier ihn nicht wittern konnte, machte er lautlos seine Kamera bereit. Plötzlich zuckte er zusammen, denn jetzt antwortete ein anderer Wolf. Wie viele waren hier? Niemand konnte Hartwig einen Feigling nennen, aber mit einem Rudel Wölfe eingesperrt zu sein, behagte ihm dennoch nicht, zumal er keine Waffe hatte. Er versuchte, kaum zu atmen.

Der Wolf auf der Wiese sprang auf. Er schien nervös, denn er tapste hin und her, unschlüssig, was er tun sollte. Der zweite Wolf erschien nur einen Moment später. Hartwig schluckte heftig, denn er war riesig. Er musste um die Hälfte größer sein als der andere, schätzte Hartwig und hob die Kamera. Er stellte auf Nachtmodus um und begann eine Videoaufzeichnung. Gebannt verfolgte er, was sich nun tat, denn der kleinere Wolf, vermutlich ein Weibchen, schien in Panik zu geraten und wollte weglaufen. Doch der große Wolf schnitt ihr ständig den Weg ab. Er war viel schneller als sie. Immer wieder versuchte er, an ihr zu schnuppern. Schließlich knurrte die in die Enge getriebene Wölfin den großen Wolf an, doch dieser ignorierte das und bedrängte sie weiter. Als er Anstalten machte, hinter sie zu kommen, sprang sie vorbei und jagte mit schnellen Sätzen von ihm weg. Er holte sie nach einem kurzen Sprint schier mühelos ein und schnappte nach ihrem Hinterlauf, sodass sie zu Fall kam. Dann lief er ein Stück weg, beobachtete sie. Sie kam wieder auf die Beine, zögerte aber unschlüssig. Er gab eine Art Kläffen von sich. Dann, von einem Moment auf den anderen, rannte sie ihm nach und biss in seine Rute. Das Spiel ging eine ganze Weile hin und her. Die beiden Tiere schienen die ganze Umgebung um sich herum vergessen zu haben und jagten sich im Mondlicht über die Wiese. Plötzlich sprang der Rüde von hinten auf sie. Seine Masse drückte die Wölfin zu Boden. Sie wehrte sich halbherzig und biss ihm in den Vorderlauf, doch bald schien sie sich ihrem Schicksal zu ergeben. Hartwig erstarrte, als er zu sehen glaubte, dass der Wolf sie mit beiden Pfoten gepackt hatte. Wie stellte er das an? Mit Pfoten konnte man doch nicht greifen. Aufgeregt vergewisserte er sich immer wieder, dass er diese Szene im Kasten hatte. Ein äußerst ungewöhnliches Schauspiel mitten in den

Ruinen. Vielleicht konnte er ja seine Aufnahme für gutes Geld verkaufen.

Der Akt dauerte lange und gipfelte in einem Jaulen. Der große Wolf stieg ab, umrundete seine Partnerin. Er leckte die Nase der jungen Wölfin, die aber zunächst nicht auf ihn reagierte. Schließlich trottete er in die Büsche davon, aus denen er gekommen war, nicht ohne noch einmal sein Revier zu markieren.

Die Wölfin sprang im selben Moment auf, als er von der Lichtung verschwand, blickte ihm noch eine Weile nach, dann heulte sie ein letztes Mal und lief in die andere Richtung davon. Hartwig schlief in dieser Nacht nicht mehr. Er war viel zu aufgeregt, die Wölfe könnten ihn doch noch entdecken. Zu Hause, so nahm er sich vor, würde er den Film nochmal ganz genau ansehen und dann an den Meistbietenden verkaufen.

Sommerferien

Hannover. Die U3 der Üstra[1] fuhr ruckelnd wieder an. Wegen Gleisbettarbeiten, die schon seit dem Frühjahr andauerten, fuhr die U-Bahn nur im Schneckentempo. Elisabeth strich sich eine dunkelblonde Haarsträhne aus dem Gesicht, die sich aus dem Pferdeschwanz gelöst hatte, und blickte zur Anzeigetafel. Noch vier Stationen bis Spannhagengarten. Dort stieg sie für gewöhnlich aus.

Weniger Schüler als sonst üblich lümmelten sich auf den Sitzen und in den Gängen. Man hatte richtig Platz, weil viele Kinder bereits direkt am Schulgebäude von ihren Eltern mit dem Auto abgeholt worden waren. Endlich Sommerferien! Man winkte und rief, einige fielen sich in die Arme. Elisabeth empfand dieses Getue inzwischen nur noch als peinlich, immerhin ging sie in die neunte Klasse. Vor allem die jüngeren Schüler, die von den Größeren nur verächtlich Zwerge genannt wurden, wedelten aufgeregt mit ihren Zeugnissen. Sogar einige Großeltern hatten vor der Schule gestanden.

Elisabeth schnaubte abfällig und rückte die Kopfhörer ihres Handys zurecht. Sie hatte keine Musik an, so etwas mochte sie gar nicht, aber so sprach sie in der Regel keiner an oder wunderte sich, wenn sie nicht reagierte.

Großeltern! Sie hatte keine Großeltern – zumindest keine, die sie kennengelernt hatte. Während sie darüber nachdachte, verfinsterte sich ihre Miene. Für sie erschien es normal, ohne diesen Teil einer Familie auszukommen. Zurückgeblieben war eine Mischung aus Trauer, Resignation und Gleichgültigkeit. Vielleicht auch etwas Neid, aber das wollte sie sich nicht eingestehen. Die Eltern ihrer Mutter waren angeblich früh verstorben, so hatte man es ihr erzählt. Die ihres Vaters waren schon vor Jahren kurz nach ihrer Geburt nach Australien ausgewandert, um sich selbst zu verwirklichen. So war der Kontakt zu ihnen komplett abgebrochen. Ihr Vater hatte

---

[1] »Überlandwerke und Straßenbahn« in Hannover, gegründet 1892

versucht, ihr zu erklären, dass die dortige Kommune Telefone ablehnte und keine Post verschickte. Elisabeth hatte ihm das nicht wirklich geglaubt, aber so musste sie sich heute nicht die enttäuschten Gesichter anschauen.

Sicherlich, sie war in die zehnte Klasse versetzt worden, wenn auch nur knapp. Eine einsame Eins in Sport, sonst nur wenige Dreier, einige äußerst gnadenreiche Vierer und eine dicke Fünf in Mathe – ausgerechnet Mathe. Ein schwerer Seufzer entfuhr ihr.

Sie würde ihrem Vater gegenübertreten müssen, Dr. math. Michael Wollner, Mitarbeiter und rechte Hand des Professors für Mathematik an der Hochschule zu Hannover. Er würde sicher sehr enttäuscht sein, da er doch alles versucht hatte, ihr das Fach näher zu bringen. All die verzweifelten Bemühungen und die vielen Nachhilfestunden waren erfolglos geblieben, denn sobald sie alleine vor einer Rechenaufgabe saß, wurde ihr Gehirn still und leer. Sie würde auch den Brief vorzeigen müssen, weil sie dabei erwischt worden war, als sie die Unterschrift unter der letzten Arbeit hatte fälschen wollen. Egal! Es war eine Sechs. Was wollten sie ihr noch weniger geben? Die Standpauke des Direktors hatte sie schweigsam über sich ergehen lassen, doch bei ihrem Vater wäre ihr das nicht egal, denn dafür liebte sie ihn viel zu sehr.

Die Straßenbahn hielt an der nächsten Station und viele Menschen drängelten sich hinein. Eine Gruppe kleiner Asiaten schwatzte munter durcheinander, während sie alles mit ihren Handykameras knipsten. Sie brachten von draußen einen Luftzug mit, der ungewöhnlich intensiv nach Schweiß roch. Elisabeth verzog sich in den hinteren Teil des Wagons. Sie fand eine freie Stelle an der Wand. Nicht der allerbeste Platz, aber es dauerte ja nicht mehr lange.

Für einen kurzen Moment schloss Elisabeth die Augen und lehnte den Kopf gegen die Verkleidung hinter ihr. Was war nur los? Die Luft war stickig und nun wurde ihr immer heißer. Es hatte draußen 29 °C, doch jetzt kam es ihr wie über 40 °C vor. Sie fühlte sich leicht schwindelig, vielleicht sogar fiebrig. Das kam sicher von der Aufregung und ihren Gewissensbissen. Oder doch nicht? Irgendetwas begann, sie zu irritieren, dann wurde ihr schlagartig kalt. Es musste mehr als nur ein bloßer Windhauch sein, so als wenn die Temperatur sich plötzlich enorm abgesenkt hätte.

Sie fröstelte und fühlte sich beobachtet, als wenn jemand sie unentwegt anstarrte. Sie hatte sich heute Vormittag auch so gefühlt, als sie in der Schule nach vorne gehen musste, um ihr Zeugnis und den Brief zu erhalten, aber da war klar gewesen, dass die ganze Klasse sie angegafft hatte.

Elisabeth nahm die Ohrstöpsel beiläufig heraus und tat so, als suchte sie auf ihrem Handy etwas, während sie sich heimlich umblickte. Neben ihr standen drei Grundschüler, die miteinander tuschelten, jedoch ihre Aufmerksamkeit auf eine Fußballzeitschrift richteten. Vier Mädchen hockten in der Sitzecke über ihre Handys gebeugt. Ein altes Ehepaar saß etwas weiter, das stoisch vor sich hinblickte. Ein Rockertyp saß mit dem Rücken zu ihr, vor ihm zwei der Asiaten mit Handys, die anscheinend die ganze Bahnfahrt filmten. Auf dem Behindertenplatz hatte eine blinde junge Frau mit verspiegelter Sonnenbrille und Armbinde Platz genommen. Elisabeths Blick verweilte kurz auf ihr, weil Mitleid in ihr aufkeimte. Die Frau war zwar etwas altmodisch gekleidet, sonst aber schön und elegant, doch sie konnte es nicht einmal sehen.

Ein schriller Aufschrei riss sie aus ihren Gedanken. Erschrocken fuhren viele Fahrgäste zusammen und drehten die Köpfe. Eines der Mädchen in ihrer Nähe war schreiend vom Sitz gerutscht, was in dem frenetischen Gegacker ihrer Freundinnen gipfelte. Elisabeth hatte keine Ahnung, um was es ging, doch die Stimmen klangen so unnatürlich laut, sodass es richtig wehtat. Reflexartig hielt sie sich die Ohren zu. Das Gefühl, beobachtet zu werden, verstärkte sich und die Haare an ihren Armen begannen sich aufzustellen. Fast schon flehend sah sie auf die Anzeigetafel, wo immer noch die Lorzingstraße angeschrieben stand. Dabei wollte sie doch gar nicht so schnell nach Hause, aber hier in der Üstra wurde es jetzt für sie immer unerträglicher – zu eng.

Und da bemerkte sie das krampfartige Zittern, wie es in ihr emporkroch. Sie kannte das nur allzu gut. *Nicht jetzt!*, bat sie in Gedanken, während sie das Handy schnell wegsteckte, eilig ein kleines Ledertäschchen an ihrem Gürtel aufnestelte und ihm ein Fläschchen entnahm. Sie drehte sich von den anderen Fahrgästen weg, so gut sie konnte. Dann öffnete sie den Bügelverschluss, nahm einen winzigen Schluck und verschloss es hastig wieder. Die Medizin rann brennend ihren Hals hinunter. Den Mund und die Augen geschlossen, atmete sie tief durch die Nase und wartete auf die Wirkung. Diese setzte ein paar Sekunden später ein und das Zittern ließ merklich nach.

»Was hast du da? Das ist doch bestimmt Schnaps, oder? Bist du denn schon erwachsen? Ich glaube nicht. He, Ole, schau mal, die da trinkt!«

Ein kleiner Junge mit einer Hornbrille und einer riesigen Zahnlücke, höchstens vierte Klasse, stand vor ihr und glotzte sie direkt an. Verdammt! Sie hätte besser aufpassen müssen. Was war nur los mit ihr?

Sie hasste es, auf diese Sache angesprochen zu werden, denn es war ein Makel, den sie lieber für sich behielt. Die meisten in ihrer Klasse behandelten sie deswegen wie einen Junkie, eine Geisteskranke, oder hielten sie wegen ihrer guten Sportnoten für eine Doperin. Immer wieder hatte ihre Mutter wegen der Medizin ärztliche Bescheinigungen vorlegen müssen. Sie litt an einem seltenen Nervenleiden, hatte man ihr gesagt. Aber manchmal dachte sie, dass sie sich von einem Junkie gar nicht so sehr unterschied. Sie wusste, dass die Alkis am Bahnhof auch zittrige Hände hatten, wenn sie mit einem Pappbecher in der Hand die Leute um einen Euro anbettelten. Manchmal hatte sie sich schon gefragt, was diese Obdachlosen so empfanden. Über das Zittern fühlte sie sich irgendwie mit ihnen verbunden. Deswegen hatte sie auch Mitleid. Auf einem Klassenausflug hatte sie einem Mädchen in abgerissenen Klamotten, das höchstens ein paar Jahre älter war als sie, etwas von ihrem Taschengeld gegeben. Die Klassenkameraden hatten sie deswegen aufgezogen, aber die blutunterlaufenen Augen des Mädchens hatten etwas seltsam Vertrautes an sich gehabt und für einen Moment einen dankbaren Ausdruck angenommen. Dann hatte das Mädchen sich zu den anderen umgedreht, eine unflätige Gebärde gemacht und sie vulgär beschimpft. Elisabeth erinnerte sich nicht mehr an andere Details, nur an diesen Glanz in ihren Augen. Irgendetwas Gequältes hatte darin gelegen, das man als Gesunder kaum verstehen konnte.

In diesem Moment ruckelte die Straßenbahn wieder und schüttelte alle Fahrgäste ordentlich durch. Elisabeth nutzte die Gelegenheit und drängelte sich kurzentschlossen zum Ausgang. Ab hier konnte sie auch durch die Eilenriede laufen. Da war es sicher etwas kühler und vor allem entging sie so dem vorlauten Zwerg, der sie gerade angesprochen hatte. Außerdem gefiel ihr Hannovers Stadtpark. Er war relativ groß, jedenfalls groß genug, um ein paar Stunden aus der Stadt zu verschwinden. Ein verlockender Gedanke.

Die Tür hatte sich noch nicht ganz geöffnet, da sprang sie schon hinaus, wobei sie versehentlich einen untersetzten Mann mit Bomberjacke anrempelte. Dieser fluchte laut und drückte sie beiseite, um seinerseits einzusteigen. Das Fläschchen entglitt ihren Fingern. Sie sah nur noch aus dem Augenwinkel, wie es auf der Kante des Bahnsteigs aufschlug und in viele kleine, glitzernde Stücke zersprang. Hilflos beobachtete Elisabeth, wie die letzten Scherben durch die vordrängenden Fahrgäste zertreten wurden und in das Gleisbett fielen. Nur ein kleiner Fleck des ehemaligen Inhalts blieb auf der Kante zurück und lief langsam auseinander.

Allein und verloren stand sie auf dem Bahnsteig und starrte auf den Boden. Auch das noch! Der Tag schien sich komplett gegen sie gewandt zu haben. Ihre Medizin war wichtig. Sie hatte zwar gerade einen Schluck getrunken, aber sie sollte stets etwas für den Notfall bei sich tragen. Sie befand sich schon so lange sie denken konnte in Behandlung. Alle paar Wochen musste sie mit ihrer Mutter zu Frau Dr. Borga, welche sie ganz genau untersuchte und ihnen dann wieder neue Medizin mitgab.

Dr. Borga war eine Ärztin mit einer Vorliebe für ungewöhnliche Behandlungsmethoden. ›Neuro-Homöopathische Praxis – alternative ganzheitliche Heilmethoden‹ stand auf ihrem Schild. Der Behandlungsraum hatte so gar nichts gemein mit einer herkömmlichen Praxis. Er befand sich in einem komplett verglasten Anbau mit seltenen Pflanzen und einer zentral gelegenen Sitzgruppe. Es mutete eher wie ein Dschungel an, hatte allerdings etwas unglaublich Beruhigendes an sich. Auf einer Seite des Raumes war eine Arbeitsfläche mit einem kleinen gemauerten Ofen, auf dem Dr. Borga ihre pflanzlichen Präparate herstellte. Auf Regalen darüber standen viele Gläser mit eingelegten oder getrockneten Pflanzen aufgereiht. Von hier stammte auch die Medizin, die Elisabeth einnehmen musste.

Elisabeth hatte sich daran gewöhnt und der Trank half ihr zuverlässig, das Zittern im Zaum zu halten. Ihr Vater hatte diesbezüglich ab und zu versucht, ihre Mutter zu überreden, zu einem echten Neurologen zu gehen, aber die hatte sich energisch durchgesetzt. Auch sonst führte Emilia Wollner ein striktes Regiment in der

Familie. Ebenso resolut verteidigte sie die rein vegane Ernährung. Elisabeth und ihre jüngere Schwester Klara kannten nichts anderes, aber sie wusste, dass ihr Vater immer wieder mit sich rang und jede Gelegenheit nutzte, um auf Besprechungen und Tagungen auswärts zu essen. Wie sie von all dem Grünzeug überhaupt so groß geworden war, blieb ihrem Vater ein Rätsel, wie er ständig betonte. Trotz seiner Körpergröße von einem Meter achtzig hatte sie ihn mit ihren fünfzehn Jahren schon fast eingeholt. Ihre Mutter maß hingegen nur etwa einen Meter sechzig. Elisabeth war gertenschlank, fast schon dürr. Gerade deswegen schaffte sie es in Sport, vor allem im Laufen, zu glänzen. So waren die Sportstunden das Einzige, auf das sie sich in der Schule freute.

Bei dem Gedanken daran hellte sich ihre Miene wieder auf. Sie würde sicherlich zu Hause neue Medizin bekommen. So joggte sie Richtung Eilenriede los, dem großen Park in Hannovers Nordosten. Elisabeth kannte dort viele Verstecke, vor allem eine alte dicke Eiche, auf die sie gerne kletterte. Oben gab es eine Astgabel, die so verborgen lag, dass man kaum mehr von unten zu sehen war, wenn man sich dort hineinlegte. Sie hatte sich schon oft dorthin verzogen, wenn sie Ärger mit ihrer Mutter oder ihrer Schwester hatte.

Kaum dass Elisabeth um die Ecke gebogen war, trat die blinde Frau mit ihrem Stock tastend hinter dem Wartehäuschen hervor. An der Stelle, wo die Flasche des Mädchens zerbrochen war, blieb sie kurz stehen und drehte den Kopf schief. Ihr Mundwinkel zuckte kurz und deutete ein kaltes Lächeln an, das so gar nicht zu dem hübschen Gesicht passen wollte. Dann schlug sie denselben Weg ein, den kurz vorher Elisabeth genommen hatte.

Elisabeth querte inzwischen noch eine weitere Straße und bog nach wenigen Metern vom Weg ab, der durch den Park bis zum Zoo führte. Sie nahm die Strecke direkt durch die Büsche. Kaum dass sie die ersten Bäume passierte, wurde es dunkler und kühler. Anfangs musste sie aufpassen, um nicht in übelriechenden Müll, Glasscherben oder eine eilig verrichtete Notdurft zu treten. *Wir Menschen können ja so unzivilisiert sein*, dachte sie bei sich, als sie kurzerhand über eine Ansammlung mehrerer solcher Hinterlassenschaften hinwegsetzte.

Dahinter eröffnete sich ein schmaler Trampelpfad, der etwa parallel zum Hauptweg Richtung Nordosten führte. Sie kannte diesen Pfad von früheren Ausflügen gut. Leichtfüßig lief sie ihn entlang und vermied dabei herumliegende Äste und Blätter, sodass ihre Turnschuhe fast keinen Laut verursachten. Immer wieder musste sie sich vor herunterhängenden Zweigen ducken. Der Weg machte eine leichte Kurve und stieg etwas an.

Neben dem Weg, im weichen Boden, tauchten einige Kaninchenlöcher auf. Ein paar ihrer Bewohner saßen davor und huschten erst im letzten Moment rasch davon. Elisabeth lächelte. Das Laufen tat so gut und machte den Kopf frei, dass sie sogar ihr Zeugnis vergaß. Wie im Rausch lief sie weiter und erreichte ein paar Minuten später schon ihren Lieblingsbaum. Sie hatte Glück, dass in diesem Moment kein Mensch zu sehen war. Ohne langsamer zu werden, schob sie sich entschlossen ihre Tasche auf den Rücken. Ein paar Schritte gegen den Stamm und ein kräftiger Abdruck ließen sie nach oben schnellen. Sie streckte sich zu ihrer vollen Länge aus, dann schlossen sich die Finger um einen herunterhängenden Ast, an dem sie sich behände hochzog. Ab hier ging es kletternd weiter bis knapp unter die Baumkrone. Dort ließ sie sich in eine breite Astgabel gleiten, wodurch sie einen großen schwarzen Vogel aufscheuchte, der krächzend das Weite suchte.

Sie lehnte sich mit dem Rücken gegen die Rinde. Langsam beruhigte sich ihr Atem und ihr Puls wurde wieder normal. Sie nahm ihre Tasche ab und klemmte sie in eine kleinere Astgabel. Mit geschlossenen Augen sog sie die Luft mit all ihren Waldgerüchen durch die Nase ein und seufzte erleichtert auf.

Die Geräusche der Stadt wirkten hier gedämpft, wie durch Watte, und schienen so kilometerweit entfernt zu sein. Erst jetzt bemerkte Elisabeth, wie müde sie eigentlich war. Noch einmal rutschte sie in der Astgabel hin und her, um eine bequemere Position zu finden. Hier würde sie erst einmal bleiben. Der starke Baum fühlte sich nach Sicherheit an. Als sie sich endlich zurecht gekuschelt hatte, entspannte sie sich und schlief ein.

Der Bastelkeller

So vorsichtig, wie er es nur vermochte, zog er die Kellertür hinter sich zu. Die Angeln hatte er mehrfach geölt, damit sie nicht quietschten. Leise klickerte seine Beute aneinander, welche er mit der linken Hand krampfhaft an seine Brust gedrückt hatte. Es handelte sich um drei Gläser mit weißem Pulver und Aufklebern mit handgeschriebenen, lateinischen Worten.

Schweiß stand auf Theobalds Stirn. Er wusste, dass er nichts einfach aus der Apotheke nehmen durfte. Das hatte ihm seine Mutter und Besitzerin der Bergapotheke in Zellerfeld mehr als einmal deutlich gemacht, aber er brauchte diese Dinge für seine Experimente. Diese speziellen Substanzen hätte sie ihm bestimmt nicht gegeben, da war er sich sicher. Er wollte sich nicht ausmalen, wie sie ihn wie eine Furie zusammenstauchen würde, wenn sie davon erführe. Ganz zu schweigen von dem, was ihm zusätzlich drohte.

Seine Mutter war eine beeindruckende und charismatische Erscheinung mit ihren wilden rotblonden Haaren, die ihr attraktives Gesicht kinnlang umrahmten. In der Stadt genoss sie wegen ihrer Fähigkeiten hohes Ansehen und war vor allem bei den hiesigen Männern, die ihr immer wieder Avancen machten, sehr beliebt. Nicht wenige Kunden vermieden es sogar, zum Arzt zu gehen, und kamen direkt zu ihr, weil sie sich bei ihr besser versorgt fühlten. Sie sah den Leuten an, was ihnen wirklich fehlte, und hatte neben Salben und Pillen auch immer ein offenes Ohr für seelische Probleme.

»Seele und Körper gehen immer Hand in Hand!«, pflegte sie stets zu sagen und ihre Erfolge gaben ihr recht. Andererseits konnte sie verdammt streng sein, wenn es um ihn und seine Hobbys ging. Bezüglich seiner Chemie- und Biologieversuche verstand Anna Binsenkraut keinen Spaß. Vielleicht hätte sein Vater es ihm erlaubt, aber den kannte er nicht. Seine Mutter hatte nie geheiratet. Für Theobald war das kein Wunder, denn er war vermutlich das einzige männliche Wesen, das die Geheimnisse seiner Mutter kannte. Er wusste, dass er darüber nie reden durfte. Das machte ihm nichts aus, aber sie hätte seiner Meinung nach ihm gegenüber für sein Schweigen ein wenig toleranter sein können. Einerseits war es nicht so, dass er sie hasste, er liebte sie sogar sehr, andererseits aber konnte er einfach nicht mit den Versuchen aufhören, dafür machte es zu viel Spaß. Er hatte sich schon so einiges einfallen lassen, um seine wahren Interessen vor ihr verborgen zu halten. Und solange sie ihn nicht erwischte, blieb alles gut. Eines Tages, so war er sich sicher, würde sie stolz auf ihn sein.

Mit einem dumpfen Einrasten schloss sich die Kellertür. Schlagartig wurde es stockdunkel um ihn herum. Nicht der kleinste Lichtstrahl drang nach unten. Erst jetzt atmete er pfeifend aus. Den ganzen Weg vom Lager der Apotheke bis hierher hatte er die Luft angehalten, aus lauter Furcht, entdeckt zu werden. Mit der freien rechten Hand tastete er nach links und suchte nach dem alten Drehlichtschalter. Als er ihn schließlich fand, ging mit einem leisen Knistern die einsame Glühbirne unten an und strahlte ein schwaches Licht auf die Steinstufen, die steil in die Tiefe führten.

Theobald tappte vorsichtig nach unten, sich an der Wand abstützend, um nicht zu stolpern. Ganz hinten rechts lag der Bastelkeller. Hier gab es eine Werkbank und genug Werkzeug für alle Zwecke. Sogar eine kleine Drehbank war auf der Arbeitsfläche montiert. Theobald hatte Geschick im Reparieren von Dingen bewiesen, denn in dem wunderschönen alten Haus gab es immer etwas zu tun. Da seine Mutter für handwerkliche Tätigkeiten keine Begabung besaß, hatte sie ihm kurzerhand diese Arbeiten komplett überlassen. Er war der wahre Mann im Haus, aber zu sagen hatte er nichts.

Theobald schob den Riegel zurück und schlüpfte hinein. Mit dem Ellenbogen drückte er den Taster, den er selbst eingebaut hatte, und die Halogenleuchten an der Decke des Bastelkellers gingen an. Es lag noch alles unverändert dort, wo er es zurückgelassen hatte. Doch heute hatte er kein wirkliches Interesse an den vielen herrlichen Dingen in diesem Raum. Vorsichtig stellte er die drei Gläser auf die Werkbank und kniete sich hin. Er schob ein großes Stück Sperrholz beiseite, das an der Wand stand. Dahinter eröffnete sich ein dunkler Kriechgang durch die Kellerwand aus grobem Schiefergestein. Diesen Durchgang hatte er selbst gegraben. Ein geliehener Hilti-Schlagbohrer vom Baumarkt und eine Woche Arbeit waren nötig gewesen, um den Durchgang zu schaffen. Er hatte ihn erst letzten Winter angelegt, während einer Geschäftsreise seiner Mutter, als die Apotheke ausnahmsweise geschlossen geblieben war. Die Plackerei hatte ihn völlig fertig gemacht und Blasen an beiden Händen beschert.

Theobald lächelte in sich hinein. Der Zugang war sein Geheimnis, das ihn mit Stolz erfüllte. Wenn er nur fleißig genug arbeitete, konnte er alles erreichen. Der Tunnel führte zum Nachbarhaus, das als nicht mehr bewohnbar galt, aber wegen des Denkmalschutzes nicht abgerissen werden durfte. In dem Keller dort lagen seine Schätze sicher.

Ein Gefäß nach dem anderen verstaute er vorsichtig in dem Durchgang an der Seite. Er wollte an diesem Tag nicht das Risiko eingehen, ganz hindurch zu klettern, da seine Mutter sich im Haus befand. Dafür stand zu viel auf dem Spiel. Kaum dass die Gläser verstaut waren, schob er die Sperrholzwand wieder zurück an ihren Platz und richtete sich auf. Geschafft!

Was war das? Hatte er sich das nur eingebildet? Es klang wie ein Knirschen von Sand auf Steinboden. Hastig blickte Theobald sich um und griff die ersten Dinge, die ihm in die Hände fielen. Schon wurde die Tür aufgerissen und Anna Binsenkraut blickte in den Werkraum. Sie trug ihren Apothekermantel lässig offen. Darunter leuchtete ein Sommerkleid in prächtigen bunten Farben hervor, das für Theobalds Geschmack viel zu kurz und zu tief ausgeschnitten war und einen freizügigen Blick auf die weiblichen Reize seiner Mutter gewährte. Sie konnte es nicht lassen, den Männern den Kopf zu verdrehen.

»Ach, hier bist du. Das hätte ich mir ja auch gleich denken können. Ich habe dich schon gesucht. Was hast du denn damit vor?«

Bloß jetzt nicht die Nerven verlieren, dachte Theobald fieberhaft bei sich. Eine technische Ausrede wirkte immer gut.

»Ich wollte mein Fahrrad reparieren, da blockiert immer wieder die Hinterradbremse«, antwortete er ein wenig zu hastig.

Der prüfende Blick seiner Mutter glitt an ihm hinab. »Ich verstehe nun wirklich nicht viel von Handwerksarbeiten, aber wozu braucht man für eine Fahrradbremse Holzleim?«

Erst jetzt bemerkte er, dass er tatsächlich Holzleim in der linken Hand hatte. Fieberhaft suchte er nach einer Ausrede.

»Ähm, den wollte sich unser Nachbar Bergmann ausleihen. Ich dachte, ich nehme ihn gleich mit.« Ihm fiel nichts Besseres ein. Eine Weile lang musterte sie ihn, doch dann schien sie entschieden zu haben, dass es in Ordnung war.

»Das ist sehr lieb von dir, mein Sohn.« Der Gesichtsausdruck von Anna Binsenkraut wurde milder. »Ich wollte ihm sowieso seinen Blasentee vorbeibringen. Da kann ich ihm den Leim auch gleich selbst geben.«

Noch bevor Theobald reagieren konnte, fühlte er ein leises Kribbeln auf seiner Haut, das seine Haare sich aufstellen ließ, als seine Mutter verschmitzt mit den Fingern schnippte. Er wusste, was kam, und genauso passierte es auch. Schon spürte er, wie die Magie sich zu ihm ausstreckte und über seine Haut strich. Die Leimflasche wurde mit einem energischen Ruck angehoben und flog in die ausgestreckte Hand seiner Mutter. Sie machte auf dem Absatz kehrt. Während sie bereits mit schnellen Schritten aus dem Raum hinaus zur Treppe ging, rief sie noch über ihre Schulter.

»Geh bitte gleich zur Post am Marktplatz. Dort liegt ein Paket für uns. Danach holst du vom Bäcker Biel noch eins von diesen herrlichen Vollkornbroten mit den vielen Kräutern drauf. Ach ja, sei heute um sieben zum Abendbrot zu Hause. Es gibt Waldpilzomelett à la Binsenkraut.«

Theobald starrte ihr nach, dann wurden ihm die Knie weich. Er ließ sich auf einen Holzschemel plumpsen und begann, seine verschwitzten Hände zu massieren. Das war sehr knapp gewesen! Hoffentlich reagierte der Nachbar wie immer. Der alte Bergmann war halb taub und ziemlich vergesslich. Vermutlich würde er seiner Mutter die Flasche abnehmen und dann grübeln, wofür sie sie hatte haben wollen. Theobald würde die Flasche zurückholen können, ohne dass seine Mutter etwas ahnte. Es brachte schon ein Risiko mit sich, bei normalen Eltern über die Stränge zu schlagen und Verbote zu ignorieren, aber die Tatsache, eine Hexe als Mutter zu haben, machte es über die Maßen gefährlich. Wenn sie ihn erwischte, würde sie nicht nur Stubenarrest erteilen, soviel war sicher! Und er konnte niemandem davon erzählen, denn es war das oberste Gebot, darüber zu schweigen.

Was ihn noch mehr bedrohte als seine Experimente, war die Tatsache, dass er Hexenmagie spüren konnte. Theobald seufzte und blickte sich noch einmal um. Als die erste Erleichterung verflog, blieb noch ein anderes Gefühl zurück, dass an ihm nagte: Neid auf ihre Magie. Für einen Moment ruhte sein Blick auf dem Sperrholzbrett. Unwillkürlich grinste er schief. Wenn sie wüsste.

Dann schaltete er das Licht wieder aus und machte sich auf, die ihm aufgetragenen Arbeiten zu erledigen.

Belauscht

Dicke Wolken verdunkelten den Himmel, als sie durch einen Wald mit mächtigen Tannen einen Abhang hinunterschlich, während der kühle, feuchte Wind ihr um die Nase wehte. Ein unwiderstehlicher Duft nach Moschus und Schweiß kitzelte ihre Geruchsnerven und zog sie weiter. Sie sah noch etwas davonspringen, nicht mehr als einen rotbraunen Schatten. Sie fiel ins Laufen und jagte ihm nach. Gerade als sie ihn fast eingeholt hatte und über eine große, umgefallene Baumwurzel setzte, riss sie eine entsetzte Frauenstimme aus diesem merkwürdigen Traum zurück in die Eilenriede.

»Du hast was gemacht?«

Elisabeth zuckte so heftig zusammen, dass sie um ein Haar abgestürzt wäre. Nur die Tatsache, dass sie sich mit ihrem T-Shirt an einem Aststumpf verfangen hatte, bewahrte sie davor, aus der Astgabel zu rutschen. Dabei war Elisabeth nicht übermäßig schreckhaft. Das nicht. Vielmehr ängstigte sie, dass sie die Stimme gut kannte – sehr gut, um genau zu sein. Ihre Finger krallten sich krampfartig in die dicke Rinde. Direkt unter ihr konnte sie durch das Blattwerk ihre Mutter ausmachen, die eine ältere Dame am Revers gepackt hatte und diese wütend anfauchte. Eine tiefe Frauenstimme, antwortete ihr leise aber bestimmt, während sie den Griff ihrer Mutter wieder löste. Auch diese Stimme kannte Elisabeth. Was machte ihre Mutter mit Dr. Borga hier im Park? Neugier keimte auf. Beide Frauen waren so in ihren Disput vertieft, dass sie Elisabeth nicht bemerkten. Also rutschte diese noch ein wenig nach vorne und strich sich das Haar hinter das Ohr, um besser hören zu können. Sie konnte jedoch zunächst nicht viel verstehen, denn Dr. Borga sprach genauso leise wie drängend. Ihre Mutter hingegen hatte die Wangen gerötet und starrte ausschließlich ihr Gegenüber an. Dr. Borga sprach lange. Dann unterbrach ihre Mutter sie.

»Ausgerechnet dorthin? Bist du verrückt? Ich will nichts mehr damit zu tun haben! Wer soll denn die Versorgung aufrechterhalten? Hast du mal daran gedacht?«

Wieder konnte Elisabeth von Dr. Borga, die erneut ernst antwortete, nichts verstehen. Sie beugte sich noch tiefer herunter.

»Ich? Ich kann das nicht!«

»Doch, du kannst das! Du musst, es bleibt dir keine Wahl. Du wusstest, dass es dich eines Tages einholt.« Borgas Stimme erhob sich nun auch, sodass Elisabeth sie verstehen konnte. »Ich muss zurück und ohne meinen Schutz bist du hier wehrlos. Sie haben schon Verdacht geschöpft. Meine Kleine, du willst doch nicht, dass sie dahinterkommen, oder?«

Wer waren *sie?*, überlegte Elisabeth im Baum fieberhaft. Was verbargen ihre Mutter und Dr. Borga? Aus dem Versteck konnte sie erkennen, wie ihre Mutter jetzt kreideweiß wurde. Sie begann zu schwanken und stützte sich an dem Stamm des Baumes ab. So kannte sie ihre Mutter nicht.

»Aber … aber …«, setzte Emilia Wollner an, brach dann jedoch mit einem Schluchzer ab. Weinte ihre Mutter etwa? Dr. Borga baute sich vor ihrer Gesprächspartnerin auf.

»Mädel, alles, was verborgen ist, kann entdeckt werden. Ich hüte deine Geheimnisse und würde sie mit ins Grab nehmen, aber ich bin nur eine alte Vettel. Glaube mir, deine Familie wird es dort besser haben, deine schwächliche Tochter auch. Dorthin könnt ihr verschwinden. Ich werde mich um die Jäger kümmern. Du konntest doch früher ganz gut mit Chemikalien und Pflanzen umgehen. Alles hast du sicher nicht verlernt. Und dort hast du genug Zutaten und vor allem die Kraft dazu.«

»Meinst du nicht, sie könnten Gnade walten lassen?«, stammelte Emilia Wollner.

Frau Dr. Borgas Lachen hallte kalt durch die Zweige. Dann wurde sie wieder ernst.

»Du bist wirklich schon zu lange nicht mehr dabei, meine Kleine. Es gibt keine Mitwisser unter den anderen und für deine Taten kein Vergeben. Ich kann dich so nicht mehr schützen. Also müsst ihr untertauchen. Du wirst es auf dich nehmen, weil du keine Wahl hast. Fahrt morgen so schnell ihr könnt! Blickt nicht zurück! Ich lege eine falsche Fährte. Immerhin schulde ich dir noch etwas.«

Dr. Borga trat einen Schritt auf Emilia Wollner zu und drückte sie fest an sich, während diese von heftigem Schluchzen geschüttelt wurde. Auf einmal beobachtete Elisabeth aus ihrem Versteck heraus, wie Dr. Borga schlagartig innehielt und rasch den Kopf hin und her drehte. Dann ging sie ohne ein weiteres Wort mit schnellen Schritten hinter den Baum und verschwand so von einem Augenblick auf den anderen aus Elisabeths Blickfeld.

Emilia Wollner ließ sich am Baumstamm herab auf ihre Knie sinken und weinte aus Leibeskräften. Rasselnd ging ihr Atem. Unartikulierte Laute brachen aus ihr hervor, während sie umständlich ein Taschentuch aus ihrer Handtasche hervorkramte. Ein Häufchen Elend, das sich jetzt erhob.

»Nun geh schon, es kommt jemand!«, drängte gedämpft die Stimme von Dr. Borga. Emilia stand nickend auf und straffte ihren Körper. Schließlich drehte sie sich um und eilte davon Richtung Zoo, wo sie arbeitete.

Elisabeth saß fassungslos im Baum. Ihre Gedanken wirbelten. Was hatte ihre Mutter getan? Zu welcher Organisation gehörten sie und wohl auch Frau Dr. Borga? Geheimdienst? Agenten? Spione? Düstere Bilder rasten durch ihren Verstand, angereichert von wilden Szenen aus Filmen und Büchern. Aber dies war real. Sie schwebten in Lebensgefahr, ihr Vater und die spezielle Tochter. Hatte Dr. Borga ihre Schwester gemeint? Nein, sie war normal und gesund, wenn man einmal davon absah, dass sie Sport hasste.

Aber Elisabeth selbst plagte dieses Leiden. Sie musste dauernd diesen Trank einnehmen. Sie war diejenige, die von dem Zittern heimgesucht wurde. Das machte sie zur Schwachen. Jemand will sie töten. So musste es sein. Kalte Schauer jagten ihr über den Rücken. Und da kam es wieder – das Zittern.

Nein, nein!, dachte Elisabeth, als sie merkte, wie es erneut in ihr hochkroch. Wilde Gedanken, die sie nicht mehr unterdrücken konnte, schossen durch ihren Kopf und machten alles noch schlimmer, eine Urangst, die sie nicht in Worte fassen konnte. Sie wollte nur noch nach Hause.

Elisabeth blickte nach unten, sah aber niemanden mehr. Wie lange waren die Frauen schon weg? Sie wusste es nicht, doch nun trieb sie die Furcht vor dem Unbekannten. Ihre Tasche warf sie kurzerhand nach unten. Kalter Angstschweiß rann ihr die Stirn hinunter, während sie so schnell wie möglich vom Baum hinunterkletterte. Dass ihr T-Shirt zerriss und sie sich einen Kratzer an der Schulter zuzog, merkte sie nicht einmal. Der Puls raste in ihren Adern. Die letzten Meter sprang sie und rollte sich elegant ab. Als sie wieder hochkam, blickte sie sich um und entdeckte ganz am Ende des Weges eine Person, die gleich in den Weg zum Baum einbiegen würde. Sie konnte die Konturen durch die Büsche bereits ausmachen. Elisabeth wartete keinen Moment mehr, griff sich ihre Tasche und rannte los, direkt durch die Büsche in Richtung ihres Zuhauses.

Die blinde junge Frau kam, mit ihrem Stab vor sich her tastend, langsam auf die Eiche zu. Sie ging erstaunlich zielstrebig zu dem Baum, fast so, als wenn sie sehen könnte. Sie nahm die Brille ab. Die Augen darunter glommen ganz weiß, ohne Iris oder Pupille. Wachsam zuckte der Kopf hin und her, sie schnüffelte. Ihr Blick wanderte hoch zu den Ästen, dann auf den Boden, dann wieder hoch. Die Frau ging um den Baum herum, klopfte immer wieder mit dem Stock an den Stamm. Plötzlich blieb sie abrupt stehen und kniete sich hin. Sie untersuchte tastend den Boden, dann wieder den Baumstamm. Ihre Finger glitten über die Wurzeln, die am Boden liegenden Eicheln aus dem Vorjahr und eine weggeworfene Plastikflasche.

Die ganze Szenerie hätte sicher jeden Passanten dazu veranlasst, stehen zu bleiben und sie zu fragen, was sie verloren hatte. Aber es kam niemand. Nur irgendwo auf einem Baum krächzte ein Vogel. Einige Momente vergingen, dann entdeckte sie etwas am Stamm. Ein kleines Stückchen T-Shirt mit einem roten Fleck. Tief beugte sie sich darüber, schnüffelte und zog die Nase kraus. Sie leckte an dem Stoff, während ihr Blick ins Leere starrte und ihre Kiefer sich mahlend hin und her bewegten, gerade so wie ein Weinkenner, der prüfend den Schluck auf der Zunge hin und her schob. Sie sog die Luft hörbar durch die Nase, drehte den Kopf auf die Seite und spuckte angewidert aus. Dann verzog sich ihr Gesicht zu einer grinsenden Fratze.

»Hab ich dich!«, murmelte sie in siegessicherem Ton.

Sie wollte sich schon erheben, als sie wiederum innehielt und lauschte. Ein leises Rascheln war das einzige, was man vernehmen konnte. Die junge Frau fuhr blitzartig herum und riss den Blindenstock wie einen Kampfstab hoch, doch es war zu spät für sie. Der dunkle Schatten einer Person fiel auf sie. Ein dicker Ast krachte mit großer Wucht auf den Schädel der Blinden, begleitet von einem hässlichen Knacken. Der Körper wurde schlaff und sackte in sich zusammen.

Borga, den Eichenast noch hoch erhoben in der Hand, trat einen Schritt näher und stieß die junge Frau mit dem Fuß an. Sie regte sich nicht mehr. Blut lief ihr über die Stirn und in die Augen, die trüb und leer in den Himmel starrten.

»Du wirst sie nicht mehr bekommen, du kleine Schlampe! Sie ist mein«, sprach Borga noch leise vor sich hin, während sie den Ast in den Wald schleuderte. Dann packte sie den leblosen Körper und zerrte ihn unter großen Mühen in die Büsche, durch die vor ein paar Minuten Elisabeth verschwunden war. Sie schnaufte dabei heftig und als sie sich aufrichtete, stöhnte sie und hielt sich die Hand an den Rücken. Offensichtlich hatte sie dort Schmerzen. Einen Moment später griff Borga in ihre Tasche, suchte und entnahm ihr schließlich ein Glas mit Schraubverschluss. Sie schüttete ein wenig von dem darin befindlichen grauen Pulver über die Leiche und murmelte etwas in einer kehligen, fremden Sprache. Zufrieden schraubte sie das Glas fest zu und steckte es wieder weg. Dann blickte sie den Trampelpfad entlang, den Elisabeth genommen hatte.

»Lauf, meine Kleine! Jetzt musst du früher reifen, als es dir lieb sein kann!«

Schließlich drückte sie sich wieder durch die Büsche und ging den Weg zurück, den die andere gekommen war, und summte dabei vor sich hin, während Käfer und Würmer aus der Umgebung eilig Richtung Gebüsch krochen. Eine Minute später bedeckten tausende von Insekten und Würmern die Leiche.

Handschuhe

Jemand rief ihren Namen. Sabrina hörte die Stimme gedämpft durch die Musik, die über ihre Ohrstöpsel dröhnte. Sie reagierte nicht. Warum auch? Ihr Blick hing gerade sehnsüchtig an dem bleichen Gesicht des coolen Hauptdarstellers einer beliebten Fantasyserie, der darin eine Art Glitzervampir spielte. Das Gesicht seiner menschlichen Partnerin hatte sie durch ihr eigenes ausgetauscht. Nach langer Arbeit mit einem Grafikprogramm hatte sie es auf dem Drucker im Copyshop für fast zehn Euro auf DIN A3 ausgedruckt. Nun sah das Bild besser aus als das Original, wie sie fand. Überhaupt hatte sie ihr ganzes Zimmer mit Bildern aus Vampirfilmen tapeziert, sodass eine düstere Atmosphäre entstand. Ihre Regale quollen über vor Büchern, viele davon billige Papierausgaben von Vampirromanen und Gruftgeschichten. Ihr ganzer Kleiderschrank war mit schwarzen Klamotten angefüllt, was ihre Mutter nur widerwillig akzeptiert hatte. An der Seite des Schrankes hing ihr ganzer Stolz: ein altes, pechschwarzes Rüschenballkleid mit Spitzenbesatz. Es sah aus wie ein edles Trauergewand aus einem Vampirfilm aus der Zeit, als Filme noch in Schwarzweiß gedreht wurden. Sie hatte es auf einem Flohmarkt in Wernigerode für einen Spottpreis erstanden, musste aber feststellen, dass es ihr zwei Nummern zu klein war. Als sie dennoch versucht hatte, sich mit aller Gewalt hineinzuzwängen, war es an der Seite eingerissen. Seither hatte sie versucht, abzunehmen, was ihr schlichtweg nicht gelang, obwohl sie alles tat, sich herunter zu hungern. Alle paar Wochen machten ein paar heftige Fressattacken alle vorher abgenommenen Pfunde zunichte. Scheiß Mondphasen! Scheiß Regelblutung! Ihr Körper machte dann mit ihr, was er wollte. Sie konnte nichts dagegen tun. Ihre Mutter, deren rundlichem Körperbau ihr eigener unaufhaltsam nachstrebte, hatte ihr Sport empfohlen. Aber dazu konnte sie sich nicht durchringen. Ausgerechnet Sport, so was brauchte sie nicht. Die Fünf in Sport juckte sie nicht, denn ihr Zeugnis war alles andere als schlecht.

Klassenbeste, trotz der Sportnote. Sie hatten es diesmal am Donnerstag bekommen, weil heute eine Lehrerkonferenz stattfand und ihre Klassenlehrerin auch dahin fahren musste. So hatte sie bereits an ihrem Geburtstag frei.

Warum nervte ihre Mutter so herum? Sie würden wieder nicht in den Urlaub fahren, weil das Geld nicht reichte. Sie kannte es nicht anders. Alle anderen fuhren in den Ferien weg, nur sie nicht. Ihre Mutter arbeitete halbtags im Blumenladen auf der Adolph-Roemer-Straße und ihr Vater schickte nur wenig Geld. Er arbeitete auf einem Bohrschiff und fuhr so die meiste Zeit zur See. Er verdiente zwar recht ordentlich, gab aber selbst viel Geld aus. Wofür?, das hatte sie schon aufgegeben, sich auszumalen. Also hatte Sabrina sich auf sechs langweilige Wochen zu Hause in Clausthal-Zellerfeld eingestellt. Wieder erklang die Stimme der Mutter, was sie erneut veranlasste, das Kopfkissen über die Ohren zu ziehen. Sie wollte nichts hören.

»Lass mich in Ruhe!«, brüllte sie.

Jemand rüttelte jetzt an ihrer Tür. Sie hatte abgeschlossen, doch das Schloss sprang auf. Das tat es seit dem Tag vor zwei Jahren, als sie sich das erste Mal eingeschlossen und ihr Vater die Tür eingetreten hatte, weil sie ihrer Mutter erzählt hatte, dass sie nicht mehr leben wolle. Ihre Mutter hatte doch keine Ahnung. Sie hatte ja nicht ganz sterben wollen. Es war doch ihr Wunsch, ein Vampir zu werden. Unsterblich und mit feiner weißer Haut. Die weiße Haut hatte sie fast, da hier in Clausthal die Sonne nicht so häufig schien. Dafür war sie mit lästigen Pickeln übersät, vor allem immer dann, wenn sie ihre Regel bekam. Wie sie es hasste!

Mittlerweile stand ihre Mutter im Zimmer und wedelte mit einem Einkaufskorb vor ihrem Gesicht hin und her.

»Sabrina Wilhelmine Schubert, auch wenn du heute Geburtstag hast, wirst du sofort deinen faulen Hintern aus dem Bett schwingen und einkaufen gehen. Hier ist der Zettel und genug Geld. Trödle nicht herum, ich brauche die Zwiebeln fürs Mittagessen. Ich koche dein Lieblingsgericht.«

Eine kurze Pause entstand, als Mutter und Tochter sich taxierend anstarrten. Für einen Moment schien unklar, wer dieses Blickduell gewinnen würde. Schließlich verdrehte Sabrina die Augen und kletterte aus dem Bett.

»Das ist doch voll uncool, Mama. Der Korb ist so altmodisch. Ich sehe damit unmöglich aus!«

»Nun, mein Schatz, das denken einige andere auch von den Sachen, die du sonst so trägst. Da kommt es auf einen Korb auch nicht mehr an, oder meine Liebe?« Ihre Mutter lächelte, wie nur jemand lächeln konnte, der sein Kind trotz aller pubertären Eskapaden noch so liebte wie am ersten Tag.

Obwohl sie wusste, dass sie diesen Wettstreit verloren hatte, bäumte Sabrina sich nochmals auf und warf sich trotzig ihren dunklen langen Mantel über. Auch dieser völlig abgetragene Ledermantel stammte von einem Flohmarkt. In mühevoller Kleinarbeit hatte sie ihn mit schwarzer Schuhcreme bearbeitet, um ihn dunkler zu bekommen. Das war ihr zwar gelungen, aber er hatte danach abgefärbt und ihr den ganzen Hals geschwärzt. Alle hatten sie in der Schule deswegen ausgelacht. Inzwischen färbte er nicht mehr ab und zeigte sich nun in einem eher dunkelgrauen Anthrazit. Auf jeden Fall war er cool und nur darauf kam es an. Sie griff nach dem Korb und ging wutschnaubend zum Einkaufen – nicht ohne die Haustür hinter sich zuzuknallen, was sicher einen weiteren Ausruf ihrer Mutter auslöste, den sie jedoch nicht mehr hörte.

Sabrina wohnte in der Nähe der Schule in einem kleinen Haus am Kreisel. Als sie die Straße *Am Zellbach* hochging, bereute sie bereits, ihren Mantel angezogen zu haben. Das Wetter schien sich gegen sie verschworen zu haben. Keine Wolke bedeckte den Himmel und die Sonne brannte erbarmungslos. Sabrina lief der Schweiß in Sturzbächen den Rücken herunter, tropfte von ihrer Stirn und sammelte sich in ihrem Ausschnitt. Sie fluchte leise, widerstand aber dem Verlangen, den Mantel auszuziehen. Wie ein Vampir am Tage versuchte sie, von Schatten zu Schatten zu huschen, was ihr ein ums andere Mal misslang. Kurzentschlossen schwenkte sie am Kronenplatz auf einen Schlenker über den Friedhof ab. Dort standen genug Bäume und außerdem zählte er zu ihren Lieblingsorten. Sie bog hinter der Post in die Erzstraße und dann nach rechts in einen schmalen Fußweg auf den Friedhof. Unter den Bäumen wurde es sofort kühler und Sabrina atmete auf. Am Tor kam ihr eine alte Frau entgegen. Sie hatte für eine Seniorin ungewöhnliche Kleidung in nachtblauer Seide an. Damit sah sie eher aus wie eine Frau aus dem 19. Jahrhundert. Ein kurzer Blick auf die Schuhe verriet Sabrina eindeutig, dass sie offensichtlich nicht direkt hier wohnte. Sie waren zu vornehm und zierlich. Dennoch schien sich die alte Dame auszukennen, denn diese Seitenpforte nahmen nur Einheimische. Sabrina hielt die Pforte auf, was ein freundliches, anerkennendes Nicken bei der Frau auslöste.

»Oh, du willst jemanden besuchen. Das ist aber nett von dir. Was für ein heißes Wetter wir heute haben. Ein besonderer Tag, ein denkwürdiger Tag. Das ist gar nicht typisch für den Harz, das hat mir Ernst-Gustav auch gerade gesagt.«

Sabrina blickte verwirrt. Sie druckste ein »Ja, schon klar!« heraus und huschte ihrerseits schnell durch die Pforte. Sie reimte sich zusammen, dass es sich bei dem erwähnten Herrn vermutlich um ihren verstorbenen Mann, Bruder oder einen anderen männlichen Verwandten handeln musste und sie gerade von seinem Grab kam. Die Friedhofbesucherin hatte dort anscheinend Selbstgespräche geführt. Die alte Frau wandte sich noch einmal um und lächelte sie an.

»Sie haben da einen schönen Mantel, meine Liebe, genauso einen hatte Ernst-Gustav auch, als er noch dem Führer gedient hat. Mir wäre der ja zu warm bei dem Wetter. Gießen Sie die Blumen aber nicht zu stark, es wird heute noch regnen, obwohl es momentan nicht danach aussieht.« Noch während sie weiterredete, wandte sich die Seniorin ab und ging mit wackeligen Schritten den Weg zur Erzstraße hinunter. Auf halbem Wege blieb sie nochmal stehen und rief ihr über die Schulter zu: »Ach, was ich beinahe vergessen hätte: Alles Gute zum Geburtstag!«

Sabrina, die ihr nachgeblickt hatte, klappte nun sprachlos der Unterkiefer herunter. Wer war die Alte? Kannte sie die Frau? Woher? Heute war ihr Geburtstag, aber bis auf ihre Eltern wusste das vermutlich niemand. Irgendwie war ihre Lust auf den Friedhof verflogen.

Sie verwarf den Gedanken, sich auf eine Bank zu setzen, und stapfte Richtung Haupteingang. Während sie noch krampfhaft zu erraten versuchte, woher sie diese alte Frau kannte, kam sie an einem Grab vorbei, auf dem frische Blumen standen. Es wäre ihr nicht sonderlich aufgefallen, wenn nicht auf dem Grabstein ein paar weiche, schwarze Damenlederhandschuhe gelegen hätten, gerade so, als wenn sie jemand vergessen hätte. Sabrina blieb stehen und blickte auf den Stein. Dort stand:

Ernst-Gustav Steiger, Lt. d. R.
* 02.05.1905 † 07.05.1945
Sophie Wilhelmine Steiger
* 22.07.1909 † 22.07.1999

Sabrina las die Inschrift mehrmals. Den Mann kannte sie nicht, aber die verstorbene Frau war nicht nur am selben Tag geboren und gestorben, sondern war genau an dem Tag gestorben, an dem sie vor sechzehn Jahren geboren worden war. Und heute war der 22.07.2015 – ihr Geburtstag. Das konnte doch alles kein Zufall sein!

Noch größer wurden ihre Augen, als sie den Namen nochmals las. Sabrina trug den gleichen zweiten Vornamen wie sie: Wilhelmine. Sabrina mochte ihn nicht. Wie hatte sie ihre Mutter schon verflucht, aber diese hatte immer wieder gelächelt und ihr gesagt, dass sie diesen Namen zu Ehren ihrer Urgroßmutter trug. Ihr Blick fiel wieder auf die Handschuhe. Sie mussten der alten Dame gehören. Kurzentschlossen griff sie danach und rannte durch die Pforte zur Erzstraße zurück. Doch von der alten Frau war weit und breit nichts zu sehen. Sabrina blieb auf der Straße stehen und keuchte. Sie war einfach keinen Sport gewöhnt und nun war sie zum zweiten Mal in kurzer Zeit völlig durchgeschwitzt und aus der Puste. Zur Abkühlung trat sie in den Schatten eines Hauses und atmete tief durch. Erst jetzt untersuchte Sabrina die Handschuhe etwas genauer. Wie weich sie sich anfühlten, fast wie Haut. Ihre Finger glitten bewundernd darüber. Sie waren perfekt und vermutlich sehr teuer. Dabei kam ihr ein Gedanke.

Manchmal nähten die Frauen Namensschilder in ihre Kleidungstücke. Tatsächlich fand sich auf der Innenseite des Futters ein angenähtes Stück Stoff mit aufgestickten Initialen: S.W.S.

»Sophie Wilhelmine Steiger«, hauchte Sabrina. Dann schüttelte sie den Kopf. Das konnte nicht sein. Nach einer Pause kam ihr ein anderer Gedanke und sie sagte zu sich selbst: »Oder: Sabrina Wilhelmine Schubert«. Sie zog kurzerhand einen davon an. Er passte wie angegossen. Das gab es doch nicht. Sabrina war abergläubisch veranlagt und hatte genug Fantasy- und Gruselromane gelesen, um an mehr, als nur Zufall zu glauben. Trotz des Mantels wurde ihr kalt und sie blickte sich hastig um, aber niemand schien von ihr Notiz zu nehmen. Wenn sie die alte Frau nicht wiedersah, würde sie die Handschuhe behalten, dachte sie bei sich, während sie den einen von der Hand zog, sich wieder umdrehte und zurück zum Friedhof ging. Als sie erneut an dem Grabstein vorbeikam, blieb sie noch einen Moment stehen.

»Ich gebe sie zurück, ich verspreche es. Ich weiß nur nicht wie!« Sie wartete noch etwas, ganz so, als erhoffte sie sich eine Antwort, dann steckte sie die Handschuhe ein. Reflexartig griff sie nach einer der Gießkannen und goss die Blumen. Sie wusste nicht warum, aber es kam ihr richtig vor.

Nachdem sie die Kanne zurückgebracht hatte, ging sie weiter zum Haupteingang und bog dort in die Schulstraße Richtung Universitätshauptgebäude ein. Die Straße führte direkt auf das Kaufhaus Heinze zu. Tief in Gedanken an die alte Frau versunken zog sie die Handschuhe aus ihrer Manteltasche und streifte sie über. Sie fühlten sich wie eine zweite Haut an, man spürte sie fast gar nicht. Und sie sahen absolut cool aus. Sie kam am Kaufhaus an, immer wieder den Blick auf die Handschuhe gerichtet. Kurz bevor sie es betrat, verließ gerade ihr Klassenkamerad Theobald Binsenkraut die Bäckerei Biel nebenan. Er war ein Streber in Naturwissenschaften und vermutlich der Einzige in der Klasse, der ab und zu mit ihr redete. Außerdem war er auch jemand, der vermutlich nicht in den Urlaub fuhr. Sie wollte ihm gerade einen Gruß zurufen, da bemerkte sie die drei anderen Jungen, die auf der gegenüberliegenden Straßenseite die A-Roe, wie die Einheimischen die Adolph-Roemer-Straße kurz nannten, entlang kamen. Vinzenz Lederer war groß, breitschultrig und hatte einen Hammerkopf, den er fast kahl rasiert hatte. Er trug schwarze Springerstiefel mit weißen Schnür-senkeln, wie das auch Neonazis so gerne machten. Keiner an der Schule wusste, warum ausgerechnet er mit den türkischen Zwillingen Alim und Ojan so gut klarkam. Sabrina hatte die Theorie aufgestellt, dass mentales Vakuum sich – wie schwarze Löcher – gegenseitig anzog. Das hatte ihr viel Gelächter von der Klasse eingebracht, aber leider auch einen brutalen Schubser in die Schulhecke eine Woche später, weil die drei so lange gebraucht hatten, zu verstehen, dass sie gemeint waren.

Sie ging schnell in den Eingang des Kaufhauses, in dem an der rechten Seite ein scheinbar uralter Herr in grauem Anzug die ankommenden Gäste freundlich begrüßte und die gehenden ebenso verabschiedete, diese aber mit einem kritischen und wachen Auge musterte, ob sie auch gezahlt hatten. Der alte Herr Heinze war der Besitzer des einzigen Kaufhauses mit Rolltreppe in Clausthal. Er erledigte den Türsteherjob gleich selbst mit. Ein Wahrzeichen seines Hauses. Sabrina lehnte sich an die Wand und schielte um die Ecke. Sie wurde sich des erstaunten Gesichts von Herrn Heinze bewusst, ignorierte aber seinen Blick, weil sie aus sicherer Deckung beobachten wollte, was jetzt passieren würde.

Theobald steckte gerade ein Brot beim Gehen in eine Tasche und hatte die anderen nicht entdeckt. Erst als diese die Straße querten und von einem Auto dafür angehupt wurden, bemerkte er sie. Für einen Moment blickte er erschrocken, dann drehte er auf dem Absatz um und floh wieder in die Bäckerei. Die anderen drei lachten auf und schlenderten langsam auf das Geschäft zu, als hätten sie alle Zeit der Welt. Sie bauten sich davor auf. Theobald würde ihnen nicht entkommen.

»Wollen Sie Ihrem Freund nicht helfen? Sie kennen ihn doch, oder?«

Sabrina zuckte zusammen. Herr Heinze war vorgetreten und stand nun neben ihr. Während Sabrina noch nach Worten suchte, wandte er sich bereits mit einer bestimmenden Geste einem Studenten zu, der es nach vorne gebeugt mit dickem Rucksack allzu eilig hatte, ins Freie zu kommen.

»Die Kasse ist im Erdgeschoss gleich auf der rechten Seite, junger Mann. Sie können sie gar nicht verfehlen!«

Der Student wurde bleich, nickte aber und hastete wieder hinein. Mit einem überlegenen Lächeln wandte sich Herr Heinze wieder an sie.

»Es ist doch ganz leicht. Sie müssen nur die drei kräftigen Burschen verjagen.«

»Äh, ich weiß nicht wie, Herr Heinze. Die sind richtig fies, müssen Sie wissen.«

»Papperlapapp, Jungs sind Jungs. Ich war schließlich selbst mal jung.«

Sabrina konnte sich bei diesem kleinen, älteren Mann mit schütterem Haar nicht vorstellen, dass er jemals jung gewesen sein sollte. Aber er musste es gewesen sein, irgendwann. Seit sie denken konnte, stand er hier, auch schon, als sie ein kleines Kind mit zwei Zöpfchen gewesen war und an der Hand ihrer Mutter lief. Er hatte immer gleich alt ausgesehen, fast schon zeitlos. *Wie ein Vampir*, schoss es ihr durch den Kopf, *nur dass er auch bei Tag hier stand.* Sie konnte sich nicht vorstellen, dass er jemals nicht da war oder nicht mehr da sein würde.

»Nun, was ist? Brauchen Sie etwa Hilfe?«

»Ich wäre dankbar für jede Unterstützung.« Sabrina versuchte zu lächeln.

»Na, dann halten Sie hier mal die Stellung, mein Fräulein. Ich erledige das für Sie!«

Herr Heinze straffte sich und ging mit gezielten Schritten auf die drei Jungen zu. Sabrina war beeindruckt und schockiert zugleich. Körperlich mussten die drei Schläger ihrer Klasse dem alten Mann bereits bei weitem überlegen sein, aber er war eine Autorität und das zeigte sich gleich darauf. Die Jungen bemerkten ihn erst, als er vor ihnen stand. Er richtete das Wort an sie. Sie blickten ihn verblüfft an, während er gestikulierte und dann zu Sabrinas großem Schock genau in ihre Richtung deutete. Die drei folgten seinem Finger mit ihren Blicken und ihre Mienen verhärteten sich, dann aber wurden sie bleich. Sie schauten sich gegenseitig an und machten hektisch abwehrende Gesten. Herr Heinze klatschte kurz und laut in die Hände, da inzwischen alle Passanten dem Disput ihre Aufmerksamkeit schenkten. Daraufhin sprangen die Jungen eilig auf und machten sich mit schnellen Schritten davon. Herr Heinze genoss noch etwas die Aufmerksamkeit und kam dann mit einem Lächeln zu Sabrina zurück.

»Wie haben Sie das gemacht?«, brach es aus ihr hervor, sobald er wieder bei ihr eintraf.

»Ich habe sie direkt angesprochen!«, erwiderte er.

»Ich habe ihnen gesagt, dass ihre Namen wohlbekannt sind, und man sie stellen wird, sollten sie dem Jungen in der Bäckerei oder dem mutigen Mädchen hier, damit meine ich Sie, irgendein Leid zufügen. Sie würden dann schneller vor dem Richter sitzen, als sie denken können. Das habe ich gesagt! Ich kann Randalierer genauso wenig ausstehen wie Diebe.« Dabei blickte er an Sabrina hinab und seine Augen verweilten auf den Händen. »Sie haben da exquisite Handschuhe an, junge Dame. So etwas trugen wohlsituierte Damen früher.«

Sabrina sah den alten Mann verblüfft an. Ahnte er, dass es nicht ihre waren? Gleich darauf verwarf sie den Gedanken wieder als absurd. Doch sie bemerkte, wie stechend seine Augen sein konnten. Schon einen Moment später wurde sein Blick weicher und er lächelte wieder.

»Und wie darf ich Ihnen geschäftlich weiterhelfen? Sie dürfen sich jetzt entspannen, die Gefahr ist gebannt«, sagte er mit freundlicher Stimme. Erst jetzt bemerkte sie, dass sie den Einkaufskorb immer noch fest umklammert hielt. Peinlich berührt, lockerte sie ihren Griff etwas.

»Danke! Ich soll nur was einkaufen!« Dann ging sie in das Geschäft und war froh, dass Herr Heinze genau in diesem Moment durch einen anderen Kunden abgelenkt wurde.

Rasch erledigte sie die Einkäufe und stahl sich schnell aus dem Geschäft. Sie hatte Glück, dass Herr Heinze gerade nicht an der Tür stand. Um nicht doch noch den drei Chaoten über den Weg zu laufen, ging sie um die Ecke und nahm den etwas längeren Weg über die Straße an der Sorge oben beim Krankenhaus vorbei. Sie beruhigte sich nach ein paar hundert Metern und streifte die Handschuhe wieder über, die sie im Geschäft ausgezogen hatte. Es fühlte sich so gut an. Sie bewunderte die perfekte Passform und ihre Geschmeidigkeit. Das Leder strahlte eine angenehme Kühle aus. Während sie weiterging, hob sich ihre Laune. Sie musste an das coole Outfit von Kate Beckingsale in dem Film *Underworld* denken und tauchte mit ihren Gedanken wieder in die Fantasiegeschichte ein.

Als sie gerade den Jugendstilbau einer Studentenverbindung gegenüber dem Krankenhaus passiert hatte, erblickte sie vor sich auf dem Fußweg wieder Theobald. Kurzerhand beschleunigte sie ihre Schritte, doch er schien es auch sehr eilig zu haben und rufen wollte sie nicht. Sie folgte ihm. Der Fußweg führte parallel zum Zellbach den Berg hinunter. Hier standen Bäume und es gab Schatten.

Theobald war sehr schnell unterwegs, fast wie ein olympischer Geher. Sie würde ihn nicht einholen können. Ein Geräusch hinter ihr ließ sie zurückblicken, da erkannte sie den Grund seiner Eile. Vinzenz und die Zwillinge folgten keine zehn Meter hinter ihr und feixten, als sie sie bemerkten. Sie kamen schnell näher. Sabrina blieb stehen. Es war unvernünftig, aber in ihr begann eine Wut hochzukochen, die ihr Mut gab.

»He, Sabrinchen, hab' gehört, du stehst auf Feiglinge!«, höhnte Vinzenz und baute sich vor ihr auf. Die anderen beiden hielten sich zunächst flankierend hinter ihm.

»Ihr seid die wahren Feiglinge«, schnauzte sie zurück. »Zu dritt gegen einen, dann macht euch ein Opa fertig und jetzt versucht ihr es bei einem einzelnen Mädchen. Das ist noch feiger.«

Die Gesichtszüge der drei verhärteten sich nur kurz. Sie waren erprobt im Bedrängen von Schwächeren. Vinzenz drehte sich zu Ojan um und zuckte die Schultern, worauf dieser mit einem Schritt neben Sabrina trat.

»Willst Ärger haben, du Hure?« Es war keine echte Frage, nur eine Ankündigung, dass es gleich schlimmer werden würde.

Sabrina drehte den Kopf und behielt Ojan genau im Auge. Der glotzte sie zunächst grimmig an, dann aber verzog sich sein Gesicht zu einem breiten Grinsen. Der Schlag in die Kniekehlen durch Alim kam nicht ganz unerwartet, jedoch verlor Sabrina das Gleichgewicht und fiel mit rudernden Armen auf den Rücken. Das tat weh und das Hohngelächter der drei machte es nur schlimmer.

»Oh, das tut mir aber leid! Wie ungeschickt du bist. Ich helfe dir hoch.«

Mit übertrieben flötender Stimme packte Vinzenz sie am Revers ihres Mantels und riss sie hoch. Gott sei Dank bestand der aus Leder und machte den Ruck mit. Doch kaum war sie fast auf den Beinen, ließ er wieder los und sie fiel erneut schmerzhaft auf den Hintern.

»Komm, hilf mir mal! Die ist schwerer, als ich gedacht habe«, forderte er Alim auf, der immer noch hinter ihr stand. Dieser ließ sich nicht lange bitten und packte sie grob an den Schultern. Sabrina wehrte sich, jedoch bekam sie ihn nicht zu fassen. Vinzenz und Ojan traten höhnisch grinsend vor und griffen sie an den Ellenbogen, um sie hochzuziehen. In diesem Moment erinnerte sich Sabrina an ihren Selbstverteidigungskurs, den sie einmal gemacht hatte. Sie fasste im Bruchteil einer Sekunde einen äußerst mutigen, aber auch riskanten Entschluss und zog das Knie ruckartig an, genau in Vinzenz' Weichteile. Er ging sofort jaulend zu Boden. Die Jungs hatten keinen ernstzunehmenden Widerstand erwartet. Ojan stand da und starrte auf Vinzenz, sodass Sabrina auch bei ihm zutreten konnte. Der Tritt war so hart, dass es Sabrina wieder auf den Rücken warf und Alim, der sie immer noch an der Schulter hatte, halb unter sich begrub. Sabrina packte mit beiden Händen nach hinten und versuchte, seinen Griff zu lösen. Etwas passierte, als sie ihn zu fassen bekam, aber mit dieser Reaktion hatte sie nicht gerechnet. Anstatt sie weiter festzuhalten, was er leicht gekonnt hätte, jaulte Alim auf und rollte von ihr weg. Sabrina wartete nicht, um Alims seltsame Reaktion zu ergründen. Sie rappelte sich hoch, griff ihren Einkaufskorb und sprintete los, bevor die drei wieder zur Besinnung kamen. Sie hatte es nicht mehr weit nach Hause, und die jetzt doch aufkommende Angst machte ihr Beine. Sie hatte sich gegen die drei Jungs zur Wehr gesetzt und mit einem Überraschungssieg gewonnen. Unter keinen Umständen wollte sie bleiben und eine zweite Runde riskieren. Sie holte alles aus ihren Beinen heraus, die heftig von dem Sturz schmerzten. Bei der nächsten Gelegenheit bog sie wieder auf den *Zellbach* ab. Schon nach kurzer Zeit raste ihr Herz und sie schnaufte wie eine alte Dampflok. Ohne sich umzuschauen, rannte sie weiter nach Hause.

Drinnen ließ sie sich mit pfeifendem Atem gegen die Tür sinken. Sie brauchte eine ganze Weile, um wieder Luft zu bekommen. Zum dritten Mal heute Vormittag war sie völlig durchgeschwitzt. Erst musste sie lächeln, dann lachte sie. Als sie sich mühsam aufrappelte, tropfte ihr der Schweiß von der Stirn und lief den Rücken hinunter in ihren Slip. Ein unangenehmes Gefühl, das von einem ziehenden Schmerz im Gesäß begleitet wurde. Sie verzog das Gesicht.

»Wie uncool! Vampire schwitzen nie!«, beklagte sie sich bei sich selbst. Es half nichts, sie musste dringend duschen.

Vor der Haustür

Der weiße Van einer Leihwagenfirma legte mit quietschenden Reifen eine Vollbremsung hin und stellte sich dabei auf der Fahrbahn quer. Die wenigen Passanten in der Straße drehten sich alle verwundert um. Der Fahrer, ein junger Italiener, schimpfte noch im selben Moment in seiner Muttersprache wütend los. Er gestikulierte ausladend, beugte sich zum offenen Fenster heraus und schrie der vorbeirennenden Elisabeth nach, doch davon bekam diese überhaupt nichts mit.

Sie lief so schnell, wie sie noch nie zuvor gerannt war. Die Angst, dass ihrer Familie und ihr etwas Böses drohte, die Verwirrung, dass ihre Mutter dunkle Geheimnisse zu haben schien, all das zehrte an ihr und drohte sie zu zerreißen. Unaufhaltsam kroch das Zittern in ihr immer höher und wurde zu einem Brennen, bis ihr ganzer Körper schmerzte. Tränen füllten ihre Augen und liefen über das Gesicht. Sie bog in die Straße ein, in der sie wohnte, indem sie über den Spielplatz abkürzte, der an der vorderen Ecke lag. Über den Zaun setzte sie mühelos hinweg und auch über die lange Balkenwippe, auf der sie als Kind so gerne gesessen hatte. Eine Mutter, die vor der Rutsche stand, drehte sich zu ihr um und schüttelte nur verwundert den Kopf. Ihr Kind stand oben auf dem Turm und kaute an einem Stofftuch, das es in der Hand hielt, und blickte Elisabeth nach. Da flog diese auch schon über den zweiten Zaun hinweg und sprintete auf ihr Heim zu. Das Wohnhaus der Wollners lag auf der linken Seite. Der Vorgarten war von einer hohen Hecke umrahmt, sodass man die blau gestrichenen Fensterrahmen des Erdgeschosses von der Straße aus kaum sehen konnte.

Elisabeth drückte mit so viel Schwung das Tor auf, dass es heftig gegen die Mauer knallte und zurückschlug, doch da war sie schon hindurch. Ihre Tasche riss sie dabei vor dem Bauch hoch, um den Schlüssel zu suchen, aber sie fand ihn in ihrer Nervosität nicht. Ihr fiel es immer schwerer, denn ihre Hände krampften heftig zusammen und sie konnte gar nicht mehr richtig greifen. Eine Bürste und der zusammenklappbare Regenschirm fielen heraus. Mit gekrümmten Fingern hämmerte sie auf die Klingel. Sie wollte rufen, doch aus ihrem Mund kam nur noch Schluchzen und Röcheln.

Plötzlich überlagerte ein neues stärkeres Gefühl die Panik, die sie gerade noch verspürt hatte: heftiger Schmerz. Die Beine knickten ihr ein und sie sackte in sich zusammen. Welle um Welle schoss durch ihren Körper. Sie zuckte unkontrolliert. Kurz darauf wurde die Tür geöffnet und ihr Vater schaute heraus. Michael Wollner war ein großer, hagerer Mann mit hellbraunen Haaren, einer altmodischen Nickelbrille und vielen kleinen Lachfältchen, die sich allerdings schlagartig in eine ernste Sorgenmiene verwandelten, als er sah, wer da so wild geklingelt hatte.

»Elisabeth! Oh, mein Gott! Was ist passiert?« Sein Blick erfasste die Tasche, die herausgefallenen Sachen und seine zusammengekrümmte Tochter auf den Stufen. Unerwartet verschwand er wieder und man hörte ihn durch den Flur rennen. Nur wenige Sekunden später tauchte er mit einer kleinen Bügelglasflasche auf. Er drehte Elisabeth auf den Rücken, nicht ohne ein paar heftige, unkontrollierte Schläge abzubekommen. Sie grollte, wimmerte, jaulte wie von Sinnen. Als sie wieder heftig nach Luft schnappte, goss er ihr entschlossen den Inhalt der Flasche in den Mund. Ein gurgelndes Geräusch ertönte, dann hustete Elisabeth und besprühte dabei ihren Vater mit einem Restschwall der Medizin. Doch das Meiste davon schien seinen Weg in ihren Hals gefunden zu haben. Sie bäumte sich noch einmal abrupt auf, dann erschlaffte ihr ganzer Körper.

Sorgenvoll betrachtete Michael Wollner sie. Vorsichtig streckte er die Hand aus und berührte sie sanft an der schweißnassen Schulter, zog sie aber erschrocken zurück, als Elisabeth schlagartig wieder die Augen öffnete und wie ein Tier vor Schmerz aufschrie. Die Reaktion war nur kurz und heftig, dann sackte sie gleich darauf wieder in sich zusammen. Einige Momente später versuchte er es erneut und als Elisabeth sich nicht mehr bewegte, nahm er sie vorsichtig auf und trug sie ins Haus.

Es dauerte einige Minuten, in denen die Tür offen stehen blieb. Schließlich kam Michael Wollner wieder heraus und sah sich um. Niemand schien von dem Vorfall große Notiz genommen zu haben.

Er machte sich daran, ihre am Boden verstreuten Sachen aufzulesen. Dabei fielen ihm das Zeugnis und ein Brief in die Hände, die beide ziemlich zerknittert aussahen. Er überflog kurz die Zahlen und seufzte nun ein hörbares »Oje!«. Als von drinnen ein Krachen erklang, beeilte er sich, alle Sachen einzusammeln, und verschwand im Haus.

Ans Ende der Welt

»Eine ganze Flasche? Bist du wahnsinnig? Das kann sie umbringen!«, erklang Emilia Wollners aufgebrachte Stimme.

»Nein, nicht eine ganze. Das Meiste davon hat sie mir gleich wieder auf das Hemd gespuckt. Der Rest ist leider dann ausgelaufen. Ich war mir nicht sicher, wie viel sie braucht. So heftig war es noch nie.«

»Ausgerechnet jetzt. Ihre eigene Flasche hatte sie doch heute Morgen dabei. Die wird sie doch hoffentlich nicht verloren haben. Ich habe fast keine Reserve mehr.«

Währenddessen öffnete Elisabeth vorsichtig ein Auge zur Hälfte. Soweit sie erkannte, lag sie in ihrem Zimmer auf dem Bett, denn sie konnte im Halbdunkel einen Teil ihrer Kommode und die linke untere Ecke des Fensters erkennen. Die Jalousie war fast zugezogen. Die Sonne stand tief und warf durch die Ritzen Streifen gelben Lichts auf die Wand. Es ging offenbar schon auf den Abend zu. Die Stimmen ihrer Eltern drangen an Elisabeths Ohren, während ihr Gehirn sich mühte zu verstehen. Ein bleischweres Gefühl drückte sie in ihre Matratze und ein anhaltendes Brennen zog sich von ihrem Mund über die Kehle bis in den Magen. Erinnerungen an intensiven Schmerz im ganzen Körper schossen in ihr hoch. Elisabeth stöhnte schwach. Der Versuch, sich zu bewegen, scheiterte. Es fühlte sich an, als hätte sie am ganzen Körper Muskelkater. Arme und Beine reagierten einfach nicht auf die Anweisungen ihres dröhnenden Gehirns. Sie gab es auf. Die Stimmen von unten erschienen ihr so laut, als stünden ihre Eltern direkt neben ihr.

»Wir sollten sie wirklich zu einem anderen Arzt bringen. Ich sage das schon lange, aber du willst ja nicht hören. Man wird ihr im Krankenhaus Annastift oder besser noch im International Neuroscience Institute helfen können.«

»Nein!« Die Stimme ihrer Mutter erklang schneidend und beendete das Gespräch abrupt.

Die Treppenstufen quietschten. Jemand kam nach oben. Elisabeth schloss das Auge wieder. Sie wollte niemanden sehen. Sie konnte sich nicht erinnern, wie sie ins Haus gekommen war. Das Letzte, was sie noch wusste, war, dass sie gegen die Gartenpforte geprallt war, danach lag alles in dunklem Schmerz.

Vorsichtig öffnete sich ihre Zimmertür. Ihre Mutter betrat leise den Raum.

»Betsy-Schatz, bist du wach? Wie geht es dir?«

Sie kam näher und setzte sich neben ihr auf das Bett. Elisabeth konnte die Schritte auf dem Boden hören, das Rascheln des Stoffes und auch das Atmen ihrer Mutter. Alles erschien ihr unnatürlich laut. Als sie Platz nahm, stach der Blütengeruch ihres Parfüms Elisabeth in die Nase, aber dann bemerkte sie auch einen erdigen Geruch mit einer bitteren Note, die sie an den Waldboden unterhalb einer Eiche erinnerte. Ihr Geist spielte ihr sicher einen Streich.

»Sie schläft wohl noch!«, meldete sich die Stimme ihres Vaters vom Flur aus.

»Sie ist gestürzt, ich muss sie untersuchen. Geh bitte raus und mach die Tür zu. Kümmere dich um Klara, wenn sie gebracht wird. Sie braucht mit dem Gips sicher Hilfe.« Die Stimme ihrer Mutter ließ keinen Zweifel zu, dass sie verärgert war und es ernst meinte. Eine Pause entstand.

»In Ordnung, wenn du meinst!«, kam zögerlich die Antwort ihres Vaters und er schloss die Tür.

Elisabeth spürte die Hand ihrer Mutter auf ihrem Kopf. Sie sprach mehr zu sich als zu Elisabeth.

»Du Arme, was hast du nur angestellt? Warum hast du bloß deine Medizin nicht zur Hand gehabt? Die Krämpfe können dir ernsthaft schaden.«

Dabei begann sie, Elisabeth, die so tat, als wäre sie immer noch völlig weggetreten, vorsichtig auszuziehen. Danach tastete sie ihre Tochter sorgfältig ab. Elisabeth hätte sich am liebsten gewehrt und ihre Mutter angeschrien, sie solle sie in Ruhe lassen, aber sie besaß nicht die Kraft dazu. Besonders unangenehm wurde es, als ihr sogar der Mund geöffnet und ein Augenlid kurz angehoben wurde. Nach einer gefühlten Ewigkeit seufzte Emilia Wollner schließlich erleichtert auf.

»Es ist alles in Ordnung, denke ich. Nichts gebrochen, keine Schrammen, keine Prellungen. Du hattest diesmal viel Glück. Wenn Papa nicht zu Hause gewesen wäre ... nicht auszudenken!« Sie stand wieder auf und ging ein paar Schritte auf die Tür zu. Dann blieb sie stehen und drehte sich noch einmal um. »Vielleicht hilft es dir, zu wissen, dass wir einen Ausflug machen, nein vielmehr ziehen wir um. Du kannst diese Schule hinter dir lassen und dort neu beginnen. Wir fahren bereits morgen hoch in die Berge. Ich muss noch alles packen. Die Möbel kommen dann per LKW nach. Du wirst es lieben. Es wird ganz toll!«

Elisabeth hörte die Worte, die ihre Mutter an sich selbst richtete, konnte sie aber nicht wirklich glauben. Ein Umzug? So kurzfristig? Hing das damit zusammen, was Dr. Borga zu ihrer Mutter gesagt hatte? Die Erinnerung kam bruchstückhaft und nur langsam zurück. Ihre Mutter glaubte nicht wirklich, dass alles ganz toll werden würde. Das konnte sie an dem leichten Vibrieren unterhalb des positiven Klangs in ihrer Stimme hören. Es schien eher so, als wenn sie versuchte, sich selbst zu motivieren. Der Versuch scheiterte kläglich, fand Elisabeth.

»Dein Vater wird in Clausthal an der Universität dozieren und wir werden sicher schnell ein Haus finden mit einem schönen Garten. Ich habe da schon eine Empfehlung von einer guten Freundin bekommen. Du wirst schon sehen, es wird ganz ... wundervoll. Schlaf dich jetzt aus.« Während sie das sagte, begann ihre Stimme immer mehr zu wanken. Sie beeilte sich, aus dem Raum zu kommen. Die Tür wurde geöffnet und geschlossen, aber danach quietschten die Stufen nicht gleich. Ihre Mutter schniefte vor der Tür und putzte sich die Nase. Dann erst setzten die vertrauten Geräusche der Stufen ein, als sie nach unten ging.

Clausthal? Liegt das nicht im Harz? Elisabeths Gehirn nahm unter Protest die Arbeit wieder auf. Sie würde alle Freunde verlieren, die gewohnte Umgebung und die Vorzüge der Stadt. Sie würden sich dort verstecken vor diesen *Anderen*, so viel war ihr jetzt schon klar. Sie zogen ans Ende der Welt.

Alles, was Elisabeth über den Harz wusste, beschränkte sich darauf, dass es das höchste Gebirge Norddeutschlands war und die innerdeutsche Grenze früher hindurch lief. Wie hieß noch der höchste Berg? Sie hatte das im Heimat- und Sachunterricht lernen müssen, aber es fiel ihr nicht mehr ein. Im fünften Schuljahr war ihre Klasse im Schullandheim am Torfhaus gewesen. Ihre Mutter hatte sie genau in der Woche wegen einer dringenden Untersuchung bei Dr. Borga zu Hause behalten. Damals war Elisabeth zunächst traurig gewesen, nicht mitfahren zu können. Die anderen hatten nach der Fahrt berichtet, dass sie in Höhlen und Bergwerksmuseen hatten gehen müssen. Fast alle hatten sich auf den langen Wanderwegen zu Orten, deren Namen sie schon wieder vergessen hatte, Blasen gelaufen. Elisabeth versuchte, sich zu erinnern. Gab es nicht den Blocksberg? Da, wo die Hexen zu Walpurgis auf ihren Besen hinflogen? Nein, das war nur eine Geschichte von Ottfried Preußler, oder nicht? *Die kleine Hexe*, ein Kinderbuch, das sie einmal bei einer Freundin gelesen hatte. Das Märchen war recht witzig gewesen und genau das Richtige für träumende Kinder. Sie träumte aber nicht. Für sie würde es wirklich in den Harz gehen.

Elisabeth öffnete die Augen. Die Sonnenstrahlen waren schwächer geworden und krochen als schmale Streifen an der Wand empor. Bald würde die Sonne untergehen. Erst jetzt bemerkte sie, dass sie einen unbändigen Hunger verspürte. So hungrig war sie schon lange nicht mehr gewesen. Sie musste etwas essen.

Ein erneuter Versuch, sich zu bewegen, gelang ihr endlich, aber der Preis waren heftige Gliederschmerzen und ein erneutes Brummen im Kopf. Elisabeth kämpfte verbissen weiter. Sie konnte und wollte nicht mehr warten. Es passierten haufenweise Dinge, ihr ganzes Leben schien sich an einem Tag umzukrempeln und sie lag nutzlos im Bett. Sie biss die Zähne aufeinander und schwang sich herum, bis sie den Halt verlor, aus dem Bett rollte und auf allen vieren auf dem Boden landete. Die offenen Haare fielen ihr ins Gesicht. Für einen Moment raubten ihr die Kopfschmerzen die Sicht. Sie atmete stoßweise durch die Nase, bis sie sich wieder gefangen hatte. Langsam hob sie die rechte Hand, ergriff ihren Bettpfosten und zog sich daran hoch. Die Sachen, die sie angehabt hatte, hatte wohl ihre

Mutter mitgenommen. Jedenfalls waren diese nirgends zu sehen. Wie eine Betrunkene tastete sie sich vorsichtig zur Kommode und zog die Schubladen auf. Während sie sich anzog, fiel ihr Blick in den Spiegel.

Von der anderen Seite schaute ihr eine Person mit einem trotzigen Gesichtsausdruck entgegen. Mit den verwuschelten offenen Haaren sah sie verwegen aus, fast schon wild. Sie griff nach der Bürste, hielt dann aber inne. Mit Kopfschmerzen war es keine gute Idee, sich Knoten aus den Haaren zu bürsten. Stattdessen griff sie nach einem Haargummi. Während sie es sich um ihre Mähne wand, hörte sie draußen vor dem Haus ein Auto anhalten. Türen klappten und kurz darauf klackte die Gartentür. Klara wurde gebracht. Sie hatte sicher noch keine Ahnung, was alles passiert war. Elisabeth würde es ihrer jüngeren Schwester jedenfalls nicht erzählen.

Seit sie zurückdenken konnte, hatten sich beide Schwestern einen ungleichen Kampf geliefert. Klara war häufig krank, unsportlich und so ungeschickt, dass sie in ihrem kurzen Leben bereits mehrere Knochenbrüche gehabt hatte. Aktuell trug sie wegen eines Wadenbeinbruchs am linken Bein einen Gips. Dafür war sie aber mit einem Wissensdurst gesegnet, der ihr trotz der vielen Fehlstunden in der Schule Bestnoten bescherte. Und sie ließ keine Gelegenheit aus, ihre größere Schwester genau das spüren zu lassen. Auch diesmal, so ahnte Elisabeth, würde es nicht lange dauern, bis sie sie wegen ihres Zeugnisses drangsalierte. Dafür hatte sie sich schon mehrfach mit Knuffen und Remplern revanchiert. So ging mindestens einer der vielen Knochenbrüche direkt auf ihr Konto. Das hatte ihr damals richtig leidgetan. Aber das lag nun schon über sechs Jahre zurück.

Was Elisabeth am meisten wurmte, war, dass Klara immer Recht bekam. Sie provozierte zumeist so lange, bis Elisabeth etwas tat und schließlich den ganzen Ärger dafür bekam. Sie spürte, wie sie immer wütender wurde, aber das vertrieb die Kopfschmerzen zum großen Teil. Ihr Blick wurde klarer, als sie sich schließlich vorbeugte und direkt in den Spiegel schaute. Einen Moment irritierte sie, was sie beobachtete, denn sie sah immer noch desolat aus, aber in ihren Augen lag das Funkeln eines wilden, erwachenden Geistes, der sich nicht mehr beugen wollte.

»Heute wirst du dich wundern, Schwesterherz. Ich weiß diesmal mehr als du«, teilte sie ihrem Spiegelbild mit. Getrieben von einem knurrenden Magen ging sie schließlich nach unten, um etwas zu essen.

Waldpilzomelett à la Binsenkraut

Im ersten Stock der Bergapotheke roch es himmlisch. Theobald saß auf einem hohen Drehhocker direkt am Küchentresen. Sein Blick schweifte umher. Die hypermoderne Küche wollte nicht so recht zu den alten Wänden passen, überlegte er nicht zum ersten Mal. Es kam ihm falsch vor, dass seine Mutter auf Mikrowelle und Induktionsherd abfuhr, wo es doch besser zu ihr passen würde, in einem offenen Kessel über dem Lagerfeuer zu kochen. Die moderne Aufmachung täuschte nicht darüber hinweg, dass hier eine äußerst selbstverliebte, aber auch talentierte Hexenköchin herumwerkelte. Für ihr göttliches Essen war er jedoch bereit, alles zu verzeihen und jeden zu belügen. Es war seine große Schwäche. Er hatte noch nie etwas bei ihr bekommen, was nicht vorzüglich schmeckte. Gerade brutzelten für sein Lieblingsessen Maronen und Steinpilze in einer Pfanne mit einigen Zwiebelspalten und Kräutern, die aus dem eigenen Garten hinter dem Haus stammten. Anna Binsenkraut stand breitbeinig am Herd und schwang den Kochlöffel. Sie hatte den Apothekermantel gegen eine Schürze vertauscht, trug aber immer noch das viel zu knappe Kleid, sodass Theobald peinlich berührt wegsah. Sie sang beim Kochen leise vor sich hin – zumindest würde das jeder andere denken. Aber Theobald wusste, dass sie ständig ein wenig Magie bei der Zubereitung einsetzte. Sie konnte es generell nicht lassen, was ihnen schon mehr Probleme bereitet hatte, als er zählen konnte. Er hatte es ihr mehr als verziehen, dass sie zur Strafe in den Harz verbannt worden war. Im Grunde war es für ihn ein Segen, denn hier schaute keiner mehr so genau hin, was passierte. Das Wichtigste war, dass die Menschen nichts mitbekamen, und das taten sie nicht. Sie waren so dumm. Theobald grinste unwillkürlich darüber. Auch er hatte seine Geheimnisse, von denen nicht einmal seine Mutter wusste. Noch in Gedanken schob er die Hand unter seinen Pullover und tastete nach dem Amulett seiner Großmutter. Es hing noch dort. Der schwere Opal, umrahmt von altem Silber, schmiegte sich an seine Brust. Kein anderer Junge hätte dieses Schmuckstück freiwillig getragen, dafür sah es zu sehr nach alter Frau aus. Aber Theobald wusste es besser, er kannte die Kraft des Amulettes, welche ihm erlaubte zu sein, wer er war.

Es zischte, als das Ei in die Pfanne floss und die Pilze einfasste. Achtlos warf Anna Binsenkraut die Schüssel direkt in die Spüle.

»Wir können gleich essen, es dauert nur noch drei Minuten. Deck doch schon einmal den Tisch!«

Das ließ er sich nicht zweimal sagen. Rasch deckte er den Tisch und schnitt noch dicke Kanten von dem frischen Brot ab, das er heute geholt hatte.

Dabei schweiften seine Gedanken unwillkürlich zu den Geschehnissen am Nachmittag. Er bekam ein schlechtes Gewissen, denn er wusste, dass er vor den drei anderen Jungen geflohen war. Als er daran dachte, wen die drei statt seiner erwischt hatten, wurde ihm heiß und kalt. Arme Sabrina. Er kam sich so schuldig vor, aber was hätte er denn machen sollen? Er war schwach, sie hingegen stark. Als er sie erneut hinter sich bemerkt hatte, waren seine Beine von alleine losgelaufen und hatten den Rest des Körpers mitgenommen. Er hatte nicht abgewartet, was dann hinter ihm passierte. Doch es gab noch etwas anderes, was er bemerkt hatte. Als er fast schon den Busbahnhof erreicht hatte, war ihm ein eiskalter Schauer über den Rücken gelaufen, so wie bei einem rohen Zauber. Es gab keinen Grund, es zu erwähnen, denn dass er überhaupt Magie spüren konnte, brachte ihn in der Hexenwelt in Lebensgefahr. Hexen hatten fast nie Söhne und wenn, dann waren diese zumeist geistig zurückgeblieben und ohne jegliches magisches Talent. Doch für ihn war die Welle so deutlich zu fühlen gewesen wie ein Kübel mit Eiswasser. Sicher hatte seine Mutter das auch gespürt, aber sie machte keine Anstalten, es zu erwähnen. Warum auch? Sie arbeitete ja nicht mehr in Berlin und jagte internationale Unterweltler. Für Jägerinnen galten strengste Richtlinien. Deswegen hatte seine Mutter seine Geburt vertuscht, indem sie ihn zu seiner Großmutter gegeben und so getan hatte, als hätte sie kein Kind. Als nach Jahren herauskam, dass sie einen gesunden Sohn geboren hatte, endete ihre Karriere von einem Tag auf den anderen. Dass sie daran nicht erinnert werden wollte, hatte sie ihm überdeutlich zu verstehen gegeben. Sie war lange am Boden zerstört gewesen und hatte viel getrunken. Seine Großmutter Philidea, die die Konsequenzen kannte, hatte ihn schwören lassen, seiner Mutter nie etwas von seinen Talenten und dem Amulett zu sagen. Und das erwies sich als gut so.

Kaum war er mit dem Tisch fertig, da kam seine Mutter auch schon mit der dampfenden Pfanne herüber. Sie setzten sich. Theobald wusste genau, dass er nicht zugreifen durfte. Doch diesmal konnte er es gar nicht, denn Anna Binsenkraut griff nach seinen Händen und starrte ihn eine Weile durchdringend an. Dann senkte sie den Kopf und schloss die Augen. Dass sie einen Tischspruch vor dem Essen sprach, war ein normales Prozedere, aber dies ging deutlich darüber hinaus. Ihm wurde sehr mulmig zumute und er schloss deswegen seine Augen nicht. Gebannt musterte er ihre Mimik, wie sie sich immer weiter einstimmte und dazu stumm ihre Lippen bewegte. Die Augäpfel zuckten unter den Lidern. Theobald spürte, dass sie einen Zauber heraufbeschwor. Das tat sie sonst nicht, wenn er zugegen war. Das hier, so vermutete er, musste ein richtig mächtiger Zauber sein, denn er konnte bereits ein Kribbeln spüren, das sich über die Hände seiner Mutter auf ihn ausbreitete.

Sollte er es wagen? Wenn er seinen Blick für das Übersinnliche öffnete, konnte er vielleicht mehr sehen, was sie wirklich tat. Es war extrem riskant, weil seine Augen dabei immer komplett weiß wurden. Andererseits interessierte es ihn zu sehr. Er hatte es heimlich schon oft vor dem Spiegel ausprobiert. Es hatte etwas Gruseliges an sich, auch wenn es ihm selbst nicht weh tat. Wenn er nur kurz schaute? Im Bruchteil einer Sekunde siegte die Neugier und er konzentrierte sich ebenfalls. Er richtete zunächst seinen Blick nach innen, seine Iris und Pupillen wurden weiß und dann blickte er sich um. Die realen Dinge waren irgendwie farbloser geworden, noch scharf umrissen, aber etwas anderes zog ihn unwillkürlich in seinen Bann. Was er sah, faszinierte und erschreckte ihn zugleich. Dutzende bunte Fäden aus leuchtendem gelblichen und grünlichen Licht wuchsen aus dem Boden und strömten in seine Mutter, die inzwischen von innen heraus glühte. Das Licht wurde immer greller. Runen erschienen auf ihrer Haut und strahlten in einem hellen

Gelb. Er versuchte, die stummen Worte ihrer Lippen zu lesen, doch es gelang ihm nicht. Im Geiste verfluchte er sich, weil Lippenlesen noch auf der Liste der nützlichen Dinge stand, die er immer schon einmal lernen wollte. Doch selbst wenn er die Worte verstanden hätte, hätte er sich einen so langen Zauber nicht merken können. Gebannt beobachtete er weiter, wie der Strom der Magie aus dem Boden nachließ, die leuchtenden Runen sich ablösten und auf die Wände zuschossen. Viele bewegten sich auch durch die Tür in andere Räume, wo er sie nicht mehr sehen konnte. Doch die Runen in diesem Raum trafen auf die Wände und fraßen sich hinein. Urplötzlich breiteten sich von ihnen feine Linien wie Adern oder Wurzeln aus und verbanden sich mit den anderen Runen. Theobald blickte nach oben an die Decke, wo eine besonders markante Rune mit einer Art durchkreuzenden Schlangenlinie prangte. Mit einem Mal war der Spuk vorbei und das Leuchten erlosch. Insgesamt konnten es nur zwanzig oder dreißig Sekunden gewesen sein, aber es war Theobald viel länger vorgekommen.

Er schloss hastig die Augen, denn er hatte schon fast zu viel riskiert. Mit schwirrenden Gedanken ließ er den Blick wieder fallen. Ein Schutzzauber, vermutete er, indem er das durchging, was er sich bereits unerlaubterweise aus den Büchern im Schlafzimmer seiner Mutter erlesen hatte. Ihn wirklich zu sehen, war überwältigend. Der Spruch schien sehr mächtig zu sein. Er fuhr zusammen, als seine Mutter sich räusperte und mit deutlicher Stimme den normalen Tischsegen sprach. Hastig fiel er mit ein.

»Wir danken euch, ihr Kräfte der Natur, für dieses leckere Essen! Der Friede der Harzgeister sei mit uns und beschütze uns vor dem Kommenden!«

Theobald öffnete die Augen wieder und musterte seine Mutter, während sie weitersprachen. Warum hatte sie das gerade getan? Was ahnte sie, dass er nicht wusste? Hatte es mit der magischen Schockwelle von heute Nachmittag zu tun? Es schien logisch, aber warum beschwor sie den Zauber dann erst jetzt? Irgendetwas musste sie erfahren haben. Doch was konnte das sein?

Berauscht von dem gerade Gesehenen wurde er viel zu neugierig, um wirklich ruhig bleiben zu können. Mit aller Gewalt zwang er sich zur Ruhe, denn es wäre jetzt unvorsichtig, sie gleich darauf anzusprechen. Er musste eine günstigere Gelegenheit abwarten.

Als sie schließlich geendet hatten, teilten sie das Omelett auf und verfielen in Schweigen, während sie aßen. Theobald verschlang seinen Anteil in Rekordzeit, aber er merkte es nicht, denn er dachte die ganze Zeit fieberhaft daran, wie er fragen sollte, ohne sich selbst verdächtig zu machen. Anna Binsenkraut hingegen wirkte eher in sich gekehrt und blickte immer wieder auf die Uhr, was alleine schon ungewöhnlich war, denn sie hielt nicht viel von exakter Zeitmessung. *Das Leben verläuft in Wellen. Man kann es nicht in gleichgroße Portionen schneiden*, pflegte sie zuweilen zu sagen. Doch diesmal schien etwas anders zu sein. Dann brach sie selbst das Schweigen.

»Theobald, bitte wasch nachher alleine ab. Ich muss heute Nacht noch für ein paar Tage zum Hohen Rat. Es gibt da etwas, was dringend geklärt werden muss. Ich habe für alle Fälle unser Haus mit einem Schutz belegt, den nur du und ich passieren können. Du solltest über das Wochenende zu Hause bleiben.«

Theobald machte große Augen. Zum Hohen Rat? Das war ein Gremium in Berlin, das sich aus den allerhöchsten Hexen zusammensetzte. Dieser war immerhin dafür verantwortlich gewesen, dass seine Mutter in den Harz abgeschoben worden war. Sie hatte seit dieser Zeit kein gutes Haar mehr an der Führung gelassen und, soweit er von einem unkontrollierten Fluchanfall seiner Mutter her wusste, hielt sie die Mitglieder alle für inkompetente senile Stadthexen. Der Hohe Rat habe sich laut ihr weit von seinen Ursprüngen entfernt und mische kräftig im politischen Tagesgeschehen mit. Seine Kernaufgabe bestand darin, die Magie vor den gewöhnlichen Menschen zu verbergen. Wie genau das funktionierte, war Theobald nicht bekannt. Offenkundig klappte es hervorragend, denn die Menschen ahnten nichts. Im Prinzip dürfte er auch nichts davon sehen. Sein magisches Talent war sein Geheimnis, das er mit dem Amulett verbarg. Niemand durfte erfahren, dass er mehr war als nur ein Sohn. Er wagte einen Vorstoß.

»Aber was wollen sie von dir? Bist du nicht fertig mit denen? Das hast du doch mehr als einmal gesagt.«

Seine Mutter blickte auf und ihm direkt in die Augen. Normalerweise war ihr Blick stechend und konnte schwächere Geister ohne ein Wort einschüchtern. Doch diesmal lag darin etwas ganz anderes. Die Augen waren besorgt und füllten sich, während sie nach einigem Zögern antwortete, mit Tränen.

»Ich sollte dir das eigentlich nicht sagen. Es gab einen Mord an einer unserer Jägerinnen. Ich weiß noch nicht mehr, aber …« Ihre sonst so feste Stimme wackelte. »Ich muss sie gekannt haben. Warum sie jetzt nach all den Jahren ausgerechnet mich zu einer Anhörung zitieren, ist mir ein Rätsel. Vor den Rat wollte ich nie wieder treten, aber sie haben mich vorgeladen. Ich muss gehen. Der Wagen kommt um acht. Hab keine Angst. Der Schutzzauber ist sehr stark. Ich habe nur die Apotheke selbst ausgelassen.« Eine Sprechpause entstand.

»Nimmst du nicht den Besen?«, rutschte es Theobald heraus, bevor er den Mund halten konnte.

»Sei nicht so albern, Theobald«, herrschte sie ihn an. »Die Menschen sind naiv, aber nicht alle total plemplem. Es wäre zu viel Magie nötig, um sich abzuschirmen, dass sie mich nicht sehen. Eine Vergeudung und außerdem in dieser Jahreszeit zu gefährlich. Ich muss Montag früh wieder in der Apotheke stehen.«

»Und ein Raumportal oder über einen Steinkreis?«, bohrte Theobald weiter. Die Tatsache, dass sich magisch was tat, machte ihn unvorsichtig, weil er so sehr danach lechzte, mehr zu erfahren. Doch jetzt war er zu weit gegangen. In Bruchteilen von Sekunden änderte sich die Stimmung seiner Mutter und sie funkelte ihn böse an.

»Theobald Leif Binsenkraut, du interessierst dich zu sehr für Dinge, die dich nichts angehen. Ich bin zwar deine Mutter, aber hüte dich, dich als Mann in Hexenangelegenheiten einzumischen. Sonst wird es dich teuer zu stehen kommen. Ich erteile dir hiermit Hausarrest und du kümmerst dich jetzt um den Abwasch.«

»Aber …«, begann er, doch sie fiel ihm gleich ins Wort.

»Die ganze Woche!« Anna Binsenkraut sprang auf, riss sich die Schürze ab und warf sie Theobald entgegen, der sich ängstlich duckte, anstatt sie zu fangen. Ohne ein weiteres Wort drehte sie sich um und verließ die Küche.

Als er sich wieder aufrichtete, war sein Blick nicht ängstlich, sondern entschlossen. Er hatte mindestens ein ganzes Wochenende für seine Experimente und seine Mutter würde weit weg in Berlin sein.

Eine merkwürdige Nacht

Sabrina lag im Bett. Ihre Mutter war mit ihr nach einem guten Mittagessen zum Königskrug in der Nähe der Achtermannshöhe gefahren. Sabrina liebte die Windbeutel dort.

Das bei Senioren und Wandergruppen beliebte Ausflugslokal war diesmal fast leer gewesen, vermutlich weil Niedersachsen Zeugnistag hatte und die meisten Familien zu Hause feierten oder sich schon unterwegs in den Urlaub befanden. Zu ihrem sechzehnten Geburtstag hatte ihre Mutter ihr zwei Windbeutel mit friesischen Rosinen erlaubt. Die Rosinen hatten das ganze Jahr in Zucker gesättigtem Rum gelegen. Aus irgendeinem Grund hatte jemand besonders viele der Rosinen in Sabrinas Windbeutel getan, sodass sie sogar einen leichten Schwips bekommen hatte. Auch ihre Mutter war ausgelassen gewesen, noch mehr, als sich der attraktive junge Besitzer mit einer der Bedienungen mit an ihren Tisch gesetzt hatte. Schließlich gab es noch ein oder zwei Harzer Grubenlichter aufs Haus. Sabrina hatte sich eines der Gläser ihrer Mutter geschnappt und es geleert, bevor diese einschreiten konnte. Das Zeug hatte in der Kehle gebrannt, aber dann hatten sie alle einen Lachanfall bekommen, als Sabrina sich daran verschluckte und heftig husten musste. Es wurde ein lustiger Nachmittag, denn der Wirt war ein fröhlicher Mensch. Er hatte sogar gesagt, dass Sabrina eine sehr attraktive Frau werden würde. Sicherlich war das auch Verkaufstaktik, trotzdem hatte es ihr geschmeichelt. Sie waren erst spät heimgekommen. In der angeheiterten Laune hatte Sabrina sich anschließend mit ihrer Mutter den Film ›Tanz der Vampire‹ angesehen, wozu Martha Schubert noch eine Flasche Rotwein geöffnet hatte. Sabrina hatte auch ein Glas bekommen und sich heimlich nachgeschenkt, als ihre Mutter auf der Toilette verschwand. Schließlich war Martha auf der Couch eingeschlafen und Sabrina hatte sich unter Mühen in ihr Zimmer geschleppt. Sie hatte noch ihre Hose abstreifen können und lag im T-Shirt auf dem Rücken.

Nun starrte Sabrina angeduselt an die Decke. Vielleicht hatte sie bereits kurz geschlafen. Was für ein Tag. Die Bilder zogen noch einmal an ihrem inneren Auge vorbei. Sie kicherte, weil sie sich an Vinzenz und die anderen erinnerte, an das erstaunliche Gespräch mit Herrn Heinze. Schließlich blieben ihre Gedanken bei den Handschuhen und der alten Frau hängen. Ihren Ledermantel hatte sie heute Mittag einfach auf den Boden geworfen, als sie nach Hause gekommen war, wie auch ihre anderen durchgeschwitzten Klamotten. Sie angelte nach ihm und bekam einen Ärmel zu fassen, um ihn heranzuziehen. Die Handschuhe steckten noch in den Taschen. Sie zog sie vorsichtig heraus und begutachtete sie erneut. Im schwachen Licht, das von draußen von der Straßenlaterne hereinfiel, glänzten die Handschuhe silbern. Irgendetwas an ihnen wirkte so anziehend auf Sabrina, dass sie sie immer weiter befühlte und schließlich hineinglitt. Die Handschuhe strahlten wie heute Mittag eine angenehme Kühle aus. Etwas veränderte sich, denn plötzlich wurde ihr Zimmer von einer unnatürlichen Kälte erfüllt. Sabrina stellten sich die Nackenhaare auf.

»Du bist äußerst leichtsinnig. Begabt, aber leichtsinnig«, meldete sich aus der Zimmerecke eine kalte Stimme, die Sabrina zusammenfahren ließ und ihr eisige Schauer über den Rücken jagte. Sie starrte in die Dunkelheit und sah jemand auf ihrem Knautschsessel sitzen. Sie hatte aber niemanden hereinkommen hören, auch der Sessel machte kein Geräusch. Wie konnte das sein?

»Wer hat dich ausgebildet?«, wollte die Gestalt von Sabrina wissen.

Diese drückte die Augen fest zusammen und redete sich ein, dass das sicher nur eine Einbildung von all dem Alkohol sein musste. Als sie die Augen wieder öffnete, war die Gestalt jedoch immer noch da, auch wenn ihre Umrisse nicht ganz scharf zu erkennen waren – eine Erscheinung ohne klare Grenzen.

»Nun, wer ist dein Lehrmeister, Kleine?« Ungeduld schwang in der Stimme mit und machte ihr langsam Angst. Sie überlegte kurz, aufzuspringen und aus dem Raum zu laufen. Aber in Anbetracht der Tatsache, dass sie angetrunken war und in ihrem Bett lag, hatte sie kaum eine Chance, es zu schaffen, bevor die Gestalt sie erreichte, die sich nun langsam erhob. Sie ragte hoch auf und begann sich zu nähern.

»Niemand.«, antwortete Sabrina schließlich, um Zeit zu gewinnen.

»So, so, ein Naturtalent, was? Das erklärt, warum ich niemanden sonst hier spüren kann. Du solltest vorsichtiger sein, wenn du mit Dingen herumspielst, die du noch nicht verstehst. Und du solltest Respekt zeigen vor mir.«

»Was wollen Sie? Ich warne Sie ... ich schreie.«

Ein kaltes, leises Lachen war zu hören, dann machte sie einen weiteren deutlichen Schritt nach vorne und fuhr sie so an, dass Sabrina einen verängstigten Schrei ausstieß. Die Präsenz kam jetzt so nah, dass sie sie mit ausgestrecktem Arm hätte berühren können. Nun erkannte Sabrina immer mehr Einzelheiten eines halb verfaulten Körpers, in dem ganze Teile fehlten.

»Du hättest keine Chance, Würmchen, aber deswegen bin ich nicht hier. Du hast auf dich aufmerksam gemacht und ich wurde geschickt, um deinen Namen zu erfahren. Sag ihn mir und ich gehe.«

»Meinen Namen?« Sabrina wurde misstrauisch. Aus den vielen Romanen, die sie gelesen hatte, war ihr in Erinnerung geblieben, dass man Macht über jemanden gewann, wenn man seinen Namen kannte. Sie würde der Präsenz ihren Namen nicht sagen, so viel war ihr klar. Doch ihr wollte momentan kein anderer einfallen, so angestrengt sie auch überlegte. Es half ganz und gar nicht, dass die Erscheinung Zentimeter für Zentimeter näher kam. Ihr Kopf schien wie leer gefegt. So viele Namen von Charakteren aus Filmen konnte sie sonst herunterbeten, doch nicht einer davon wollte ihr einfallen. Sie wich vor dem Wesen zurück, bis sie schließlich die Wand erreichte, an der sie sich rücklings hochschob. Sie konnte jetzt nicht mehr ausweichen. Die Präsenz betrat ihr Bett, ohne es einzudrücken, wie eine Art Geist.

»Wie ist dein Name?«, grollte sie erneut.

Sabrina hob schützend die Hände, an denen sie noch immer die Handschuhe trug. Als ihr eigener Blick darauf fiel, schoss ihr ein Name durch den Kopf und sie stammelte: »Ich bin Sophie Wilhelmine Steiger! Geh weg!«

»Was? Das kann nicht sein.« Die Präsenz hielt inne.

Sabrina traute ihren Augen und Ohren nicht. Ihr Besucher schien verwirrt. Der Name löste etwas aus. Pure Angst erfüllte

Sabrina, als sich auf dem Gesicht des Wesens kalte Wut zeigte und die Augen rot zu leuchten begannen. Sie schrie es mit dem letzten Mut der Verzweiflung so laut an, wie sie konnte.

»Ich bin Sophie Wilhelmine Steiger.«

»Lügnerin, sie ist tot.«

Eine substanzlose Hand schoss nach vorne in Richtung Sabrinas Hals. Sie machte eine Bewegung, um die Hand abzublocken, ohne Hoffnung, sie wirklich aufhalten zu können. Doch auf wundersame Weise prallte diese an dem Handschuh ab und wurde aus der Bahn gelenkt. Sabrina nutzte die Schrecksekunde, um mit der anderen zuzuschlagen, direkt in das hässliche, verfaulte Gesicht. Das Wesen wurde hart getroffen und taumelte rückwärts. Sabrina trat einen Schritt vor und baute sich in Kampfhaltung auf. Sie wusste nicht warum, aber das Wesen hatte plötzlich Angst vor ihr.

»Nein, das darf nicht sein!«, stammelte es.

»Ich bin Sophie Wilhelmine Steiger und ich befehle dir hiermit, zu gehen!« Sabrinas Stimme überschlug sich fast, so schrie sie jetzt. Eine unsichtbare Welle breitete sich von ihr aus und drückte das Wesen gegen die Wand. Plötzlich brach ein helles Licht in den Raum, als die Tür aufgerissen wurde. Die Gestalt löste sich in eine Nebelschwade auf und verschwand aus dem Fenster.

Sabrinas Mutter stand in der Tür und starrte sie wütend an. Sabrina, immer noch in Kampfpose, blickte irritiert in die inzwischen leere Ecke, dann zu ihrer Mutter und wieder zurück.

»Was um alles in der Welt machst du für einen Höllenlärm? Du könntest ja Tote damit aufwecken. Jetzt leg dich sofort wieder hin! Ich hätte dir keinen Wein abgeben sollen und der Film war einfach zu viel, du bist ja völlig benebelt. Weißt du eigentlich, wie lächerlich du gerade in T-Shirt mit Handschuhen aussiehst?«

Erst jetzt wurde Sabrina bewusst, wie die ganze Situation auf ihre Mutter wirken musste. Hastig streifte sie die Handschuhe ab und verstaute sie in ihrem Nachtschrank in der untersten Schublade.

»Entschuldigung Mama, ich muss geträumt haben!«, stammelte sie dabei. Als diese gegangen war, legte sich Sabrina wieder ins Bett. Die Kälte saß ihr in den Knochen und sie merkte eine Erschöpfung, die bis in alle Glieder ging. Das mussten die verfluchten Handschuhe sein. Sie würde sie nie wieder anfassen.

Einige Straßen weiter, in einem von Kerzenlicht erhellten Keller, saß Theobald vor einem kleinen brodelnden Kessel, in den er gerade ein weißes Pulver geschüttet hatte. Er erschauderte und blickte sich um. Da war es schon wieder gewesen, dachte er, nur anders, noch machtvoller als heute Nachmittag.

Das Ende der Welt

Beim Abendbrot berichtete Klara wie erwartet fröhlich von ihren guten Noten. Nur eine Zwei, was hieß, dass alles andere Einser waren, bis auf Sport, aber das zählte bei ihr nicht. Und natürlich kam es, wie es kommen musste. Klara fing danach an, Elisabeth zu löchern, was sie denn für Noten hätte. Eine Weile sagte diese nichts und stopfte alles auf dem Tisch in sich hinein, dessen sie habhaft werden konnte, aber nichts davon machte sie richtig satt. Klara bemerkte offenbar nicht, dass ihre Eltern ständig Blicke tauschten. Ihr Vater sah besorgt aus, aber ihre Mutter schaute immer wieder genau auf Elisabeth, ganz so, als würde sie jedes Stück in ihrem Mund zählen. Erst als es nichts mehr zu essen gab, konnte sie ihrer Schwester nicht mehr ausweichen. Immer noch hungrig, wollte sie schon aufstehen, doch ihre Mutter bestand auf eine Familienansprache. Das Gute daran war, dass Elisabeth schon wusste, was jetzt kam, und sich so in allen Einzelheiten an den immer mehr entgleisenden Gesichtszügen von Klara ergötzen konnte. Das anschließende Streitgespräch wurde nach einer ganzen Weile von Emilia Wollner mit einem Machtwort beendet und beide Kinder auf ihre Zimmer geschickt. Klara ging unter Protest, der so laut ausfiel, dass Elisabeth ihn noch oben in ihrem Zimmer hören konnte.

Am anderen Morgen erwachte Elisabeth ganz früh. Wieder hungrig schlich sie nach unten zum Kühlschrank, nur um ihre Mutter bereits beim Packen vorzufinden. Emilia Wollner hatte dunkle Augenringe und schien geweint zu haben. Unter ihren Blicken nahm sich Elisabeth nur eine Banane und wollte sich gerade wieder aus der Küche trollen, als ihre Mutter ihr mit einem Löffel und einer nur allzu bekannten Bügelflasche in der Hand den Weg abschnitt. Sie nötigte ihr einen ganzen Esslöffel von dem Zeug auf, bevor sie sie vorbeiließ. Danach verflog Elisabeths Hunger sofort. Sie nahm die Banane mit nach oben und begann zu packen. Es hatte keinen Zweck, mit ihrer Mutter zu diskutieren. Das hatte noch nie etwas gebracht.

Trotz des frühen Packens dauerte es bis fast drei Uhr nachmittags, bis sie alles eingeladen hatten und losfahren konnten. Ein Umzugsunternehmen mit insgesamt sechs Mann tauchte auf und bekam von Michael Wollner den Schlüssel und genaue Anweisungen, was sie wie einpacken sollten.

Auf der Fahrt aus der Stadt hielten sie noch an einem Bioladen und kauften einige Dinge zum Essen. Klara, die seit dem Einsteigen nur gezetert hatte, verweigerte jeden Bissen, worauf Elisabeth sich auch ihr Essen schnappte, nachdem sie die eigene Portion eilig aufgegessen hatte.

Als sie schließlich auf dem Messeschnellweg Richtung Hildesheim fuhren, gab es auch diese Portion nicht mehr und Elisabeth bekam noch einen Löffel von der Medizin. Klara probierte alles, um ihre Eltern umzustimmen. Sie versuchte sogar, sich zu übergeben, aber es half nichts. Elisabeth steckte ihre Ohrstöpsel ein und machte diesmal sogar wirklich Musik an, um den Rest des Streits nicht mitzubekommen, zumindest nicht jedes Wort.

Vor der Autobahnabfahrt Seesen trübte es sich immer weiter ein, als Klara endlich den Mund hielt und trotzig aus dem Fenster starrte. Es begann heftig zu regnen, als wäre der Sommer vorbei, aber das passte zu der unterkühlten Stimmung im Auto.

Herr Wollner fuhr von der Schnellstraße ab und bog auf eine kurvenreiche Straße ein, die in den Harz führte. Elisabeth stellte erleichtert die Musik ab.

Sie passierten einen Felsen namens Hübichenstein, als der Nebel schlagartig weniger wurde und hier und da Sonnenstrahlen durch den Dunst stachen.

Ein Schild wies den Weg nach Bad Grund, doch ihr Vater fuhr weiter. Er machte gerade eine verärgerte Bemerkung über einen Drängler hinter ihm, der wegen des Gegenverkehrs nicht überholen konnte. In einer langgezogenen engen Rechtskurve passierten sie auf der linken Seite einen Parkplatz und ein Museum. Dort schien es eine dieser Höhlen zu geben. ›Iberger Tropfsteinhöhle‹ war dort zu lesen. In der Kurve überholte sie der Wagen. Michael Wollner regte sich fürchterlich auf, aber der silberne Polo mit einem jungen, vermutlich einheimischen Mann hinter dem Steuer hatte gekonnt Schwung geholt und schoss in wenigen Sekunden an dem Passat der Wollners vorbei, gerade noch rechtzeitig, um vor einem entgegenkommenden Bus wieder einzuscheren. Elisabeth, die auf der Rückbank hinter ihrer Mutter saß, konnte nun die Kurve gut überblicken. Es hatte sich eine ganze Schlange von Autos hinter ihnen gesammelt, so langsam fuhr ihr Vater.

»Vielleicht sollten wir einmal halten und die alle vorbeilassen!«, schlug sie vor.

»Ja, wie denn? Hier gibt es keinen Parkplatz und ich fahre schon, so schnell ich kann.«

»Dann dreh um und fahr zurück nach Hause«, fiel nun Klara wieder ein.

»Ruhe da hinten!«, brüllte ihr Vater, doch jetzt legte Klara erst so richtig los.

Zwei Kurven weiter erreichten sie auf der linken Seite einen kleineren Parkplatz. Herr Wollner zog den Wagen raus, weil gerade kein Gegenverkehr kam, und hielt abrupt an, dass alle durchgeschüttelt wurden. Während die nachfolgenden Autos Fahrt aufnahmen und an ihnen vorbeisausten, stieg ihr Vater aus und ging ein paar Schritte von dem Auto weg. Er drehte ihnen den Rücken zu, aber sie hörten ihn deutlich fluchen.

Emilia Wollner schnallte sich ab und drehte sich nach hinten. Sie wirkte sehr ernst, doch Klara beachtete sie gar nicht.

»Ich will nach Hause, ihr spinnt alle miteinander. Ich will in mein Zimmer, ich will nicht in den Harz, ich will in die Stadt.« Klara wurde nun regelrecht hysterisch. »Ihr macht das nur, um mich zu ärgern, ich bin die Allerbeste in meinem Jahrgang. Ich will, dass ihr mich zurückbringt. Ihr seid nicht meine Eltern! Ihr seid echte Monster!«

Patsch!

Elisabeth hatte die Bewegung ihrer Mutter gesehen, bevor diese ausholte, aber sie war so sprachlos, dass sie nichts tun konnte. Ihre Mutter hatte noch nie die Hand gegen Klara erhoben. Doch genau das war eben gerade passiert. Klara hatte sich die allererste Ohrfeige ihres Lebens eingefangen. Emilia Wollner funkelte Klara mit Tränen in den Augen und geröteten Wangen wütend an, sodass diese sich nur noch traute zu wimmern.

»Sag das nie, nie wieder oder ich vergesse mich! Und jetzt halt die Klappe! Und du, grinse nicht so unverschämt, sonst fängst du dir auch noch eine!«

Elisabeth merkte, dass sie gemeint war, biss sich auf die Lippe und wandte den Blick wieder aus ihrem Fenster, während Klara nur leise in sich hinein schluchzte.

Die Autoschlange hatte sie inzwischen passiert. Emilia Wollner stieg aus und ging zu ihrem Mann. Es dauerte noch eine ganze Weile, bis beide zum Auto zurückkamen. So hatte Elisabeth ausgiebig Zeit, den Wald zu mustern. Er hatte etwas unheimlich Beruhigendes an sich. Durch die geöffneten Türen roch es nach dem Regen und dem kühlen Dunst des Waldes. Die Tannen standen hoch und erzeugten ein Farbspiel in allen Tönen von hellstem Weißgrün bis zum tiefsten Schwarzbraun. Immer wieder waren zwischen den Pflanzen Farbtupfer der Felsen darunter zu sehen, teilweise in Rot, Ocker und Anthrazit. Gelbe Wildblumen standen vereinzelt dazwischen. Bezaubernd. Ohne das Geräusch der vorbeifahrenden Wagen und das Gewimmer von Klara wäre es auch sehr schön ruhig gewesen. Bevor sie diesen Gedanken aber beenden konnte, kamen ihre Eltern zurück und stiegen wieder ein. Ohne dass ein weiteres Wort gesprochen wurde, fuhr Michael Wollner weiter.

Elisabeth warf einen verstohlenen Blick zu Klara hinüber, die ihre Nase in ein Taschentuch vergraben hatte. Die linke Wange konnte sie nicht ganz erkennen, aber die Ränder hatten sich deutlich gerötet. Die Fahrt dauerte dann nicht mehr lang. Die Straße machte eine scharfe Rechtskurve in einem Tal und führte dann entlang eines kleinen Flusses.

»Das muss schon die Innerste sein«, verkündete Emilia Wollner mit einer Karte auf dem Schoß.

»Nun ist es nicht mehr weit. Es geht noch nach links und dann rechts. Innerstetal, müsste das heißen. Wir müssen bis zur Neuen Mühle.«

An der Abzweigung fuhren sie von der Bundesstraße ab. An einem Felsaufschluss ging es vorbei in ein Tal weiter flussaufwärts. Schließlich kamen zwei Gebäude in Sicht. Das Linke schien die

Neue Mühle zu sein. Auch wenn das Haus alt aussah, machte es mit dem für den Harz typisch dunkel gestrichenem Holz und weiß gerahmten Fenstern einen guten Eindruck. Ein gelbes Schild in Form einer Tanne hing auf der Vorderseite. Dort stand ein Text, der erklärte, warum dieses Haus *Neue Mühle* hieß. Es parkte bereits ein kleiner Geländewagen in der Nähe. Eine rundliche ältere Frau lehnte am Kotflügel. Sie trug eine kurze Hose und eine ärmellose Bluse. Ihre Haut war sonnengebräunt und ihre Füße steckten in Ökolatschen.

Die Wollners stiegen aus und begrüßten die Frau, die sich als Frau Grubner vorstellte. Sie gehörte zur Universitätsverwaltung, wie man auch über den Geländewagen erraten konnte, auf dem in großen Lettern *TUC – Technische Universität Clausthal* stand. Nur Klara blieb sitzen, in der verzweifelten Hoffnung, dass sie alles aufhalten könne, wenn sie nicht ausstieg.

»Willkommen in Clausthal! Sie müssen die Wollners sein. Glück Auf! Wir freuen uns, eine so kompetente Kraft hier in unserem Harz begrüßen zu können. Ich soll Ihnen das vom Dekan ausrichten. Eine ganz reizende Tochter haben sie da, so groß gewachsen und bildhübsch. Du machst sicher Sport. Lass mich raten: Laufen oder vielleicht Klettern?«

Elisabeth konnte nur entgegnen, dass sie wirklich gerne laufe, da redete Frau Grubner auch schon ohne Punkt und Komma weiter.

»Ihrem Sonderwunsch, hier in die abgelegene Mühle zu ziehen, konnten wir mit einigen Auflagen seitens des Denkmalschutzes entsprechen, auch wenn Sie innen feststellen müssen, dass das eine oder andere noch nachgebessert werden muss. Bis die Möbel kommen, habe ich Sie erstmal im Hotel Krone einquartiert. Das Dach ist erst letztes Jahr ausgebessert worden, aber so kurzfristig konnten wir nicht alles organisieren. Allerdings bin ich durchaus überraschende Aktionen vom Dekan gewöhnt, insofern ist das nichts Neues. Bis der Winter kommt, kann ich aber nicht versprechen, dass die Heizung wieder läuft, wenn sie nicht jemand wieder heile zaubert. Sie haben ja für die Übergangsphase den Kachelofen und ein oder zwei Elektroheizkörper.«

Elisabeth bemerkte das Zögern bei ihrem Vater und er wollte etwas erwidern, doch ihre Mutter war schneller.

»Das ist alles kein Problem. Wir freuen uns sehr, dass wir aus der Stadt raus sind und etwas Natur um uns haben. Bis Dezember ist es noch hin!«

So, wie Frau Grubner daraufhin losprustete und viele Lachfältchen um die Augen ein lustiges Muster bildeten, musste man sie einfach gern haben, überlegte Elisabeth.

»Na, Sie werden es schon noch sehen, wenn Vater Harz Sie begrüßt, Kind!«

Sie meinte tatsächlich ihre Mutter, aber auf eine so liebenswürdige Art, dass man ihr dafür nicht böse sein konnte.

»Der Winter beginnt hier oft schon im Oktober, meistens wenn die Erstsemester sich eingeschrieben haben und nicht mehr zurückkönnen!« Immer noch lächelte sie in die inzwischen verwirrten Gesichter der Wollners und fischte einen dicken Schlüsselbund aus der Hosentasche. »Na, dann kommen Sie mal mit.« Doch sie blieb plötzlich stehen. »Schau mal einer an, noch ein hübsches Mädel. Willst du gar nicht aussteigen?«

Nun war ein ganz leichter sächsischer Akzent bei der Universitätsangestellten zu hören. Klara bemerkte die Aufmerksamkeit und tauchte ab.

»Ihr ist noch von der Fahrt schlecht und außerdem hat sie gerade ihr Bein in Gips!«, erläuterte Emilia Wollner.

»Ach nee, das ist aber schade. Na, denn wollen wir mal.«

Die handgeschnitzte Tür machte einen massiven Eindruck. Das Haus wirkte groß und bestand aus einem Mittelbau mit zwei Flügeln. Es gab so viel Platz, dass es ohne Probleme für zwei Familien gereicht hätte, fand Elisabeth.

Geschäftig erläuterte Emilia: »Hier kommt das Arbeitszimmer meines Mannes rein. Direkt nebenan können wir zwei Schreibtische hineinstellen, dann können die Mädchen dort ihre Hausarbeiten machen. Das Zimmer nebenan ist für Rollstühle geeignet. Bis der Gips ab ist, schläft Klara da, dann wird es das Gästezimmer.«

Elisabeth wunderte sich. Anscheinend hatte ihre Mutter schon Pläne, gerade so, als hätte sie bereits den Grundriss des Hauses wochenlang studiert und sich Gedanken gemacht. Dabei konnte die Entscheidung, hierher in den Harz zu ziehen, gerade etwas über einen Tag alt sein. Hatte da jemand nachgeholfen?

So ging es Raum für Raum durch das Haus. Im ersten Stock, dessen Boden an den meisten Stellen leicht knarrte, gab es mehrere Räume und zwei Bäder. Eins davon war ein großes Zimmer mit zwei Fenstern zum Wald hin. Es roch etwas abgestanden und muffig, aber Frau Grubner strahlte, als sie die Fenster weit öffnete und auf den Wald und die davor hinfließende Innerste zeigte.

»Na, wer wird dieses Zimmer nehmen?«

Es war eigentlich keine Frage, denn sie blickte direkt Elisabeth an, während ihre Mutter ins benachbarte Badezimmer schaute und zu ihrem Mann etwas über einen tropfenden Duschkopf sagte.

Mit gedämpfter Stimme setzte Frau Grubner hinzu: »Es liegt am weitesten vom Elternschlafzimmer entfernt und es gibt eine Art Feuerleiter an der Seite, über die eine sportliche junge Frau unbemerkt nach unten gelangen kann, wenn sie ihren Freund besuchen will«, flüsterte sie Elisabeth zu und knuffte sie wie eine alte Freundin in die Seite. So viel Vertrautheit verblüffte Elisabeth, doch Frau Grubner setzte noch einen drauf. »Immerhin bleibt euch hier oben außer Schule, Sport und Freunden nicht viel! Und die Eltern müssen ja nicht alles mitbekommen, was ihr so anstellt, oder?«

Elisabeth wurde rot bis über beide Ohren. Sie wusste nicht, was sie sagen sollte. Frau Grubner wandte sich bereits mit einem Gluckser wieder ab und ging zu ihren Eltern. So blieb Elisabeth allein in dem Zimmer zurück. Es gefiel ihr, vor allem wegen der freiliegenden Dachbalken aus altem Holz. Mit der frischen Luft von draußen roch es auch gleich nicht mehr muffig. Sie blickte aus dem Fenster. Tatsächlich befanden sich dort in der Wand Eisengriffe, die man gut erreichen konnte. Sie überlegte kurz, dann fasste sie sich ein Herz und kletterte nach unten. Die Griffe saßen fest und machten kein Geräusch. Elisabeth kam sich wie eine Ausbrecherin vor. Kurz darauf stand sie hinter dem Haus auf einer verwilderten Wiese. Ein Trampelpfad führte zu einer Feuerstelle. Es war wildromantisch. Sie lief los und schaute sich alles an. Es wirkte gar nicht langweilig auf sie. Lose Steine rahmten die Feuerstelle ein und es lag einiges an Holz in der Nähe. Zwei quer liegende Baumstämme dienten als Sitzbänke. Nachdem sie diese begutachtet hatte, stieg sie ein paar Schritte zur Innerste hinab und steckte die Hände ins eiskalte Wasser, sodass ihre Finger schnell taub wurden. Sie setzte sich auf einen Stein am Rand und blickte in den Wald, der sich auf der anderen Seite erhob. Genau in diesem Moment schob sich eine Wolke weiter und die Sonne schien warm herab. Plötzlich konnte sie den Harz spüren. Die Hände auf dem Stein hielt sie den Atem an, denn eine Präsenz sickerte wie Sirup von unten in ihren Körper. Es war ein schweres, tiefes Gefühl, wie eine Kraft, die sie über die Schwerkraft hinweg auf den Boden zog und ausfüllte. Es kribbelte etwas unterhalb ihrer Haut. Wie war das möglich? Es fühlte sich so gut an. Sie blieb sitzen und ließ sich ganz ausfüllen von dem Kribbeln.

Als Frau Grubner eine Stunde später gegangen war, hörte sie ihren Vater rufen. Elisabeth lief zurück und strahlte ihn so überglücklich an, dass ihr Vater, der bis eben noch ein miesepetriges Gesicht gemacht hatte, unvermittelt lachen musste.

»Na, dann haben wir ja wenigstens eine Person hier glücklich gemacht!« Er legte den Arm um seine große Tochter und ging mit ihr zum Auto. »Hier soll es einen guten Asiaten geben. Lust auf Tofu mit Nudeln?«

Elisabeth nickte eifrig.

Emilia Wollner saß bereits im Wagen und redete auf Klara ein. Diese hatte das Auto nicht verlassen. Als Elisabeth mit ihrem Vater zustieg, herrschte ihre Mutter sie an.

»Wo warst du? Wir suchen dich schon ewig!«

»Ich saß hinten am Fluss, nicht weit weg. Es ist herrlich hier, Mama. Kannst du das auch spüren, dieses schwere Kribbeln?«

»Nein, ich spüre nichts!«

Der Blick, den sie erntete, verschlug ihr abrupt die Sprache, denn die Augen ihrer Mutter wurden wieder stechend und hart und die Stimme so kalt, dass Elisabeth kein Bedürfnis mehr hatte, mit ihr zu sprechen. Aber sie sah noch mehr und fühlte es. Ihre Mutter log sie direkt an.

Ein anderes Mädchen

Die ersten Tage im Hotel Krone fühlten sich fast wie Urlaub an. Clausthal-Zellerfeld bestand aus zwei zusammengewachsenen Bergarbeiterstädten, und es gab viel zu entdecken. Michael Wollner verschwand frühmorgens gleich zu seiner neuen Arbeitsstätte, nachdem sie das Wochenende noch gemeinsam verbracht hatten. Der Universitätscampus erstreckte sich in südöstlicher Richtung, aber die alten Fakultäten standen direkt in der Stadt. So lag das Hauptgebäude an der Adolph-Roemer-Straße schräg gegenüber vom Oberbergamt und auf der gleichen Seite wie die größte Holzkirche Europas.

Das Mathematikinstitut befand sich direkt hinter der Post am Kronenplatz, wo auch gleich das kleine, nette Hotel Krone stand. Nach einigem Hin und Her hatte Emilia Wollner darauf bestanden, dass Klara und sie das eine Hotelzimmer bezogen und Elisabeth und ihr Vater das andere. Da ihr Vater kaum da war, hatte sie das Zimmer bis auf die Nacht für sich alleine. Das ging in Ordnung. In der nächsten Woche sollte der Möbelwagen kommen und Emilia Wollner fuhr für den ganzen Tag mit dem Auto weg, um alles vorzubereiten.

Merkwürdigerweise lehnte sie Elisabeths bereitwilliges Angebot zu helfen energisch ab. Stattdessen drückte sie ihr hundert Euro in die Hand und sagte: »Habt etwas Spaß heute, geht ins Kino und kauft euch ein Eissorbet. Aber vor allem, vertragt euch! Ich fahre kurz zum Haus, um die Maler einzuweisen, und dann muss ich noch etwas für deine Medizin einkaufen. Sie ist fast alle.«

Also ging Elisabeth zusammen mit ihrer Schwester, die an Krücken lief, nach Downtown Clausthal. So viele Geschäfte gab es in direkter Nähe zum Hotel Krone nicht. Nach Zellerfeld konnten sie nicht, das war mit Krücken zu weit. Dafür hätten sie den Berg hinunter und auf der anderen Seite die Goslarsche Straße wieder hochlaufen müssen. Aber das störte sie nicht, denn dort war noch weniger los als in Clausthal. Sie setzten sich also auf Drängen Klaras in die Grosse'sche Buchhandlung und lasen. Klara wurde sofort ein bequemer Sessel angeboten, doch Elisabeth musste sich auf den Boden davor setzen. Es gab schrecklich viele Bücher über technische Studienfächer und ein großer Anteil davon beschäftigte sich mit Mathematik. Es dauerte dann auch keine zehn Minuten, bis Elisabeth aufsprang und vorschlug, dass sie sich etwas umsehen und Klara später wieder abholen könne. Der war das nur recht. Also machte sich Elisabeth auf den Weg. Sie lief die Adolf-Roemer-Straße runter und wieder rauf. Kein Vergleich mit Hannover, aber irgendwie gab es alles Nötige. Das Kino schien nur einen Saal zu haben und war etwas zurückgesetzt durch einen Gang erreichbar. Den ausgestellten Fotos nach zu urteilen, wurde es von Studenten betrieben. Es lag sogar eine Liste für Wunschfilme aus. Hier konnten sich Interessenten mit einem Vorschlag eintragen und wer genug Stimmen bekam, dessen Film wurde gezeigt. Neben den aktuell angesagten Filmen standen ganz merkwürdige Titel da, die Elisabeth noch nie gehört hatte. Aber es schien zu funktionieren. Eine echt coole Idee, dachte sie. Dann erblickte sie einen Vorschlag: *Ronja Räubertochter*.

Sie schmunzelte, griff nach dem Kugelschreiber, der an einem Band befestigt war, und machte hinter dem Titel einen weiteren Strich. An einer Eisdiele hielt sie schließlich an und genehmigte sich ein Wassereis. Sie setzte sich an einen der kleinen Metalltische und leckte genüsslich. Für eine so kleine Stadt war doch recht viel los. Viele Studenten liefen zumeist in Gruppen vorbei, doch ihr fiel vor allem ein etwas untersetztes Mädchen in ihrem Alter mit schwarzen, kurz geschnittenen Haaren auf, das aus einer Seitenstraße trat. Es war komplett in Schwarz gekleidet. Elisabeth, der auch recht warm war, wunderte sich über den Aufzug. Das andere Mädchen musste sicher gewaltig schwitzen. Elisabeth selbst trug nur ein leichtes T-Shirt und Shorts. Das Mädchen blickte sich zunächst sehr aufmerksam um, übersah aber, dass Elisabeth sie beobachtete. Urplötzlich verschwand es wieder. Als Elisabeth sich umblickte, bemerkte sie drei kräftige Jungen auf der anderen Straßenseite, die in Richtung Kronenplatz gingen. Sie schienen sehr ausgelassen und amüsierten sich anscheinend damit, Touristen zu ärgern. Kaum dass sie gut zwanzig Meter vorbei waren, rannte die Schwarzhaarige über die Straße und verschwand zwischen dem Hauptgebäude und einem Markt in der Graupenstraße. Dabei fiel ihr etwas aus der Tasche. Elisabeth sprang auf, lief darauf zu und hob es vom Boden hoch. Es handelte sich um einen Musterkatalog für Tattoos. Elisabeth wunderte sich nicht, da die andere doch schon sehr nach Gothic aussah. Sie folgte dem Mädchen, um ihm die Zeitschrift zurückzugeben. Doch als sie um die Ecke bog, war es nirgends zu sehen. Es musste entweder durch irgendeine Tür verschwunden oder weitergerannt sein. All das kam ihr immer merkwürdiger vor. Sie lief die Straße entlang und kam auf die Burgstätter Straße, die den Berg hinunterführte. In einiger Entfernung konnte sie einen schwarzen Haarschopf ausmachen, der gleich darauf nach rechts verschwand. Elisabeth sprintete los. Rennen tat ihr gut und sie lief schnell auf die Stelle zu, wo sie eben noch das schwarzhaarige Mädchen ausgemacht hatte. Warum flüchtete es nur? Hinter dem Haus führte ein schmaler, unbefestigter Weg zu einer Pforte, dahinter lag offensichtlich der Friedhof. Betreten blieb Elisabeth stehen. Auf den Friedhof wollte sie ihr nicht folgen, das wäre irgendwie nicht richtig. Sie blickte nochmal auf das Magazin, aber es klebte keine Adresse darauf. Elisabeth zuckte mit den Schultern und steckte es in ihre Hosentasche. Dann orientierte sie sich kurz. Sie hatte sich den Stadtplan leicht eingeprägt, denn die Bergstadt war mit ihren sechzehntausend Einwohnern viel kleiner als Hannover. Weiter unten musste die Erzstraße sein, die wieder zum Kronenplatz führte. Kurzerhand lief Elisabeth weiter und kehrte dann zurück zu Klara, die immer noch an derselben Stelle saß wie eine Stunde zuvor, als Elisabeth sie hier zurückgelassen hatte.

Wieder einmal schwitzte Sabrina wie verrückt und bekam fast keine Luft mehr. Sie lehnte kurz vor dem Friedhofstor hinter einem Schuppen an der Wand und kämpfte darum, wieder zu Atem zu kommen. Sie war einfach nicht fürs Laufen geschaffen. Zunächst wäre sie um ein Haar auf die drei Deppen getroffen, doch am meisten hatte sie das hochgewachsene fremde Mädchen irritiert. Es hatte sie beobachtet. Das hatte sie aus den Augenwinkeln gesehen und so getan, als wenn sie es nicht bemerkt hätte. Zunächst hatte sie die Fremde für eine Touristin gehalten, aber dann war sie aufgesprungen, um ihr zu folgen, als Sabrina um die Ecke der Graupenstraße gebogen war und noch einmal zurückgeblickt hatte. Sabrina war daraufhin in Panik losgerannt, so schnell sie konnte. Warum, das wusste sie nicht. Vielleicht war die Fremde eine Bekannte von Vinzenz und als Späherin eingesetzt worden.

»Mich überrascht ihr nicht«, sagte sie zu sich selbst, kramte ihren kleinen Taschenspiegel hervor und schaute damit um die Ecke. Tatsächlich, nur wenige Sekunden später tauchte das Mädchen auf. Es blickte den Weg hinunter, den Sabrina gerade genommen hatte, zuckte dann aber mit den Schultern und blickte auf eine Zeitschrift in ihrer Hand. Es steckte sie weg und lief weiter. Aus ihrem Versteck heraus konnte Sabrina sehen, dass es leichtfüßig und schnell wie eine Gazelle lief. Und die Zeitschrift kam ihr erstaunlich bekannt vor. Als sie danach tastete, bemerkte sie, dass ihre fehlte.

»Ich Idiotin, ich werde langsam paranoid! Die wollte mir nur helfen.« Sie ließ den Spiegel sinken und steckte ihn seufzend wieder ein. Die Zeitschrift hatte viel gekostet.

Sie schlüpfte durch die Pforte auf den Friedhof. Vorsichtig, fast schon ehrfürchtig, nahm sie die Handschuhe heraus und ging auf den Grabstein zu, auf dem sie diese gefunden hatte. Sie hatte sich vorgenommen, sie einfach dort abzulegen, aber daraus wurde nichts. Eine junge Frau stand vor dem Grab. Sie war für den Harz zu vornehm gekleidet. Ein modischer Hosenanzug in einem Fliederton, eine schicke Bluse und teure italienische Stilettos. Sabrina blieb in einiger Entfernung stehen und verbarg sich hinter einem Baum. Die Frau hatte einen Regenschirm dabei, mit dem sie auf dem Boden herumkratzte. Das kam Sabrina sehr merkwürdig vor. Noch merkwürdiger war, dass Sabrina ein Kribbeln spürte, während sie die Frau beobachtete, die nun das Grab umrundete und dabei achtlos auf andere Gräber trat. Sabrina blickte sich um, aber alle anderen auf dem Friedhof – zwei Seniorinnen und ein alter Mann, die am Wasserhahn standen und sich unterhielten, eine Mutter mit Kinderwagen und einem Kleinkind auf einer Bank, eine Frau mit einer Harke drei Reihen weiter, die Unkraut jätete – waren abgelenkt. Niemand außer ihr beachtete die Fremde.

Als die seltsame Frau schließlich wieder vor dem Grab stand, öffnete sie ihre Handtasche und entnahm einen kleinen Gegenstand. Sabrina sog scharf die Luft ein, als sie sah, dass es eine Art

Messer war, mit dem sich die Frau ohne zu zögern in die Hand schnitt und mit einer energischen Bewegung Blut auf das Grab spritzte. Sabrinas Nackenhaare begannen sich aufzustellen und sie spürte, wie die Handschuhe, die sie immer noch hielt, eiskalt wurden. Die Frau wiederholte die Geste noch mehrfach, dann steckte sie das Messer wieder weg und wickelte ein Taschentuch um ihre Hand. Sie schien zufrieden mit sich selbst zu sein, drehte sich elegant um und stelzte in großen Schritten auf den Haupteingang zu. Die anderen Friedhofsbesucher schenkten ihr immer noch keine Beachtung.

Kaum dass sie aus Sabrinas Blickfeld verschwunden war, rannte diese zu dem Grab. Als sie es erreichte, stand dort auf dem Grabstein ein anderer Name:

Theresa Kuhnert
* 12.03.1956   † 24.01.2010

»Das gibt's doch gar nicht!« Irritiert schaute Sabrina in die nächste Reihe und dann in die davor. Nein, sie stand in der richtigen Grabreihe, nur das Grab war weg. Vorsichtig streckte sie die Finger aus, um den Stein zu berühren, doch sie zuckte zurück, als ein brennender Schmerz sich auf ihrer Hand auszubreiten begann, noch bevor sie den Stein berührte. Sie keuchte auf.

Dann zog sie kurzerhand die Handschuhe an, die sich immer noch eiskalt anfühlten, und streckte die Finger vor. Diesmal konnte sie den Stein anfassen. Ein leises Knistern erklang und ein Netz aus leuchtenden Linien breitete sich von dem Punkt aus, wo sie den Grabstein berührte. Symbole um das Grab erglühten. Als sie die Augen zukniff, offenbarte sich für einen kurzen Moment die alte Inschrift, die sie vor ein paar Tagen gesehen hatte. Aber dann wurden auch die Handschuhe heiß, Schwefelgeruch verbreitete sich. Mit einem dumpfen Knall wurde Sabrina zurückgeschleudert und krachte unsanft mit dem Rücken gegen einen anderen Grabstein, fiel darüber und landete in einem Blumengesteck. Ihr ganzer Körper fühlte sich taub an.

Sie brauchte ein paar Sekunden, um wieder einen klaren Gedanken zu fassen. Sie war tatsächlich gerade durch einen Zauber umgehauen worden. Ein echter Zauber! So etwas gab es doch gar nicht. Sie blickte hoch, konnte aber sehen, dass niemand sie beachtete. Irgendwie hatte keiner der anderen Menschen Notiz von ihr genommen. Dann erschrak sie bis ins Mark. Die fremde Frau tauchte wieder auf, blickte sich suchend um und kam dann mit großen Schritten auf das Grab zu. Sabrina suchte panisch nach einem Versteck. Direkt neben ihr befand sich ein frisch ausgehobenes Grab. Sabrina überlegte gar nicht lange und glitt hinein. Unten zog sie eilig die Handschuhe aus und steckte sie weg, dann presste sie sich gegen die eine Wand des Grabes. Es war eng, kalt und feucht, aber davon spürte sie nicht viel. Eine Menge Erde rieselte auf sie herab und begrub sie halb, doch sie wagte sich nicht mehr zu bewegen, denn nun waren die Stilettoschritte ganz nah zu hören.

Jemand schnüffelte, dann murmelte eine weibliche Stimme etwas. Wieder spürte Sabrina das Kribbeln. Sie hielt die Luft an und wiederholte in ihrem Kopf immer wieder die Worte: *Du siehst mich nicht, ich bin tot! Du siehst mich nicht, ich bin tot!*

Die Sekunden zogen sich wie Minuten hin, dann vernahm sie ein unterdrücktes Kichern.

Oh nein, nun hat sie mich!, dachte Sabrina. Sie schloss die Augen und wartete auf das Unvermeidliche, doch es kam anders. Eine leise Stimme meldete sich.

»Da bin ich ja noch genau im richtigen Moment gekommen, um zu verhindern, dass du erneut dein Unwesen treibst. Lass den Quatsch. Du kannst diesen Zauber nicht brechen, das solltest du eigentlich wissen. Ich werde ihn von Zeit zu Zeit erneuern, damit du schön da bleibst, wo du bist. Und nun wird niemand mehr wissen, wo du liegst, man wird dich vergessen. Ich bin jetzt die Meisterin und lass mir nicht ins Handwerk pfuschen.«

Wieder vergingen lange Sekunden, dann entfernten sich die Schritte genauso schnell, wie sie gekommen waren. Sabrina hockte komplett mit Erde bedeckt in dem offenen Grab. Das taube Gefühl war noch nicht ganz verschwunden. Kalter Angstschweiß stand ihr auf der Stirn. Sie ahnte, wie knapp sie gerade einer bösen Begegnung entgangen war. Sie wartete noch eine Weile, um ganz sicher zu sein, dann kletterte sie mühsam aus dem Grab heraus. Die ganze Erde auf ihr machte es schwieriger, als es eh schon war.

Auf allen vieren zog sie sich auf den festen Rand und richtete sich auf. Sie musste sich recken, um die Glieder wieder zu durchbluten. Die Frau war wirklich weg, aber stattdessen stand, keine fünf Meter von ihr entfernt, das Kleinkind von der Bank, wo immer noch dessen Mutter saß. Das Kind starrte Sabrina wie gelähmt mit aufgerissenen Augen an, unfähig etwas zu sagen. Es musste wirklich ein Schock sein, ohne Vorwarnung jemanden vor sich aus einem Grab klettern zu sehen. Die Tatsache, dass die Person komplett in Schwarz gekleidet und von oben bis unten voller Dreck klebte, begünstigte diesen Eindruck nur.

»Hi! Schöner Tag heute!« Sabrina fiel nichts Besseres ein und blickte zur Uhr. »Oh, so spät, nun muss ich aber los. Bis zum nächsten Mal.« Dann rannte sie in Richtung der Pforte, durch die sie den Friedhof betreten hatte. Erst jetzt löste sich das Kind aus seiner Starre und lief seinerseits schreiend zu seiner Mutter.

Wundervoll!, dachte Sabrina bei sich. Ich bin heute fast den drei Deppen in die Arme gelaufen, dann verfolgt worden, habe eine Magierin bei einem Ritual auf dem Friedhof beobachtet, bin von einem Zauber umgehauen worden, hab mich in einem Loch versteckt, bin fast entdeckt worden und nun glaubt ein Kind, dass ich ein Vampir bin, der gerade aus dem Grab geklettert ist. Außerdem renne ich schon wieder. Ich glaube, ich bin in den letzten Tagen mehr gelaufen als vorher in einem ganzen Schuljahr. Ich brauche dringend eine Dusche.

Zutaten

Emilia Wollner fühlte sich ausgelaugt und völlig fertig. Seit Tagen hatte sie nicht geschlafen, um all das nachzuholen, was man besser vorher hätte planen sollen. Die Möbelpacker waren Mittwoch spät gekommen und hatten bis tief in die Nacht gearbeitet. Sie hatte ständig zwischen den Räumen hin und her laufen müssen, damit alles an seinen richtigen Platz kam. Sie hatte es noch geschafft, einen Maler zu organisieren, der in aller Eile anrückte, um die Räume schnell noch zu streichen, bevor die Möbel hineingestellt wurden. Der Eilaufschlag, den er nahm, war unverschämt, aber es gab keine

Alternative. Der Maler hielt jedoch, was er versprach. Er rückte mit drei Gesellen und zwei Lehrlingen an und holte noch einen anderen Kollegen mit einem Gesellen dazu. Und dann legten sie in Windeseile los. Sie waren gerade mit dem Erdgeschoss fertig, als der Möbelwagen eintraf, und machten dann oben weiter. Der Kollege empfahl Emilia Wollner auch noch einen Klempner für den tropfenden Wasserkopf in der Dusche. Als sie ihn anrief, wusste der schon Bescheid und versprach, gleich am Folgetag zu kommen. Die Handwerker hier im Harz schienen alle schnell zu reagieren, auch wenn Emilia sich etwas wunderte, warum das so war.

Es ging schon auf drei Uhr morgens zu, als ihr ein Zettel in die Hand fiel, den sie extra auf das Armaturenbrett geklebt hatte. *Zutaten für Medizin*, stand dort. Emilia fluchte so, dass es gut war, dass ihre Töchter sie nicht hören konnten. Sie fingerte ihr Handy heraus und rief die Webseite mit dem Apothekennotdienst auf. Hoffentlich hatte noch eine Apotheke Notbereitschaft. Doch sie bekam keine Webseite. Es gab hier kein Netz.

»Verdammt, Borga, was hast du mir angetan. Und das nach all dem, was ich bereit war, für dich zu geben!« Sie fuhr von ihrem Haus nach Süden Richtung Prinzenteich los und schwenkte auf die Bundesstrasse ein. Endlich hatte sie Netz, nur einen Balken, aber immerhin. Hier im Harz kam es nicht selten vor, dass man keinen Empfang hatte. Sie hielt und rief die Seite auf. Es hatte nur eine Apotheke Notdienst, die Bergapotheke in Zellerfeld.

»Na, dann wollen wir mal!«, seufzte Emilia. Ihre Arbeit war noch nicht vorbei. Sie ging in Gedanken die Liste der Zutaten durch und hoffte inständig, dass sie das nötige Quäntchen Glück haben würde.

Eine Viertelstunde später parkte sie ihren Wagen vor der Apotheke. Drinnen war alles dunkel, nur eine einsame Lampe an der Vorderseite mit einem Schild wies auf die Nachtklingel hin. Sie betätigte diese. Eine ganze Weile tat sich nichts, also klingelte sie erneut, diesmal energischer. Sie hörte schließlich eine Tür heftig zuschlagen, dann wurde es wieder still. Kurz bevor sie es erneut versuchen konnte, öffnete sich die Tür und ein Junge leuchtete mit einer Taschenlampe heraus. Emilia fiel auf, dass er wie sie tiefe Ringe unter den Augen hatte und komplett angezogen war. Sie schob es auf eine Computernacht.

»Guten Abend, was kann ich für Sie tun?«

»Ich würde gern den Apotheker sprechen, ich brauche dringend ein paar Sachen.«

»Meine Mutter ist nicht da. Sie ist unterwegs. Haben sie ein Rezept?«

Emilia zögerte. Der Junge sah intelligent aus, konnte aber kaum älter sein als ihre große Tochter. Fünfzehn, maximal sechzehn Jahre schätzte sie ihn.

»Äh, nein, aber ich weiß genau, was ich brauche. Doch was ist mit dir? Bist du nicht ein bisschen zu jung, um als Aushilfsapotheker zu arbeiten?«

Offensichtlich hatte sie seine Ehre verletzt, denn er reckte sich zu seiner vollen Höhe auf und überragte sie damit um einen halben Kopf.

»Erlauben Sie mal, ich bin mit Abstand der Beste in Chemie und Biologie bei uns und ich helfe schon seit vielen Jahren hier aus.«

»Wie heißt du denn?«, bohrte sie weiter nach.

»Theobald, Theobald Binsenkraut. Die Apothekerin ist meine Mutter.« Er musterte sie und setze hinzu: »Ich bin bald sechzehn. Früher galt man damit als erwachsen. Und wer sind Sie?«

Der Tonfall war schon reichlich unverschämt, aber sie versuchte zu lächeln, seufzte und antwortete: »Emilia Wollner, wir sind erst vor Kurzem hierher gezogen. Ich kenne mich noch nicht aus. Die Möbelpacker sind leider erst vor einer Stunde fertiggeworden.« Dann blickte sie ihn an. Vielleicht war es gut, dass ein unwissender Junge sie bediente und kein ausgebildeter Apotheker. »Ich brauche die Sachen wirklich dringend. Also bitte, versuchen wir es.«

Auf ihren verzweifelten Blick hin beugte er sich weiter heraus. Dabei leuchtete er ihr direkt mit der Taschenlampe ins Gesicht, sodass sie wegschauen musste. Hastig entschuldigte er sich sogleich dafür, während vor ihren Augen noch Sternchen tanzten. Er öffnete die Tür so weit, dass sie hinein konnte, und machte eine einladende Geste. Emilia Wollner beeilte sich, einzutreten.

»Warten Sie kurz hier!«

Drinnen machte Theobald Licht und verschwand durch eine Tür. Der Ausgaberaum lag links und war für die Kunden nur über eine große Durchreiche einzusehen. Emilia kam nicht umhin, die beeindruckenden Deckenarbeiten zu bewundern. Kurz darauf tauchte er auf der anderen Seite auf und fuhr die Kasse hoch.

»Also, was darf es sein?«

»Ich brauche Eisenhutextrakt, Schierling, Kaliumzyanid, Eibenrinde, reinen Alkohol, Tollkirschen, Rizinusöl und vor allem Argentum nitricum in hochkonzentrierter Form, nicht das homöopathische Zeug. Den Rest habe ich noch. Ach, und ein Aufputschmittel, so was wie Taurin.«

»Sie wollen sich da selber was zusammenmischen? Das meiste davon ist giftig, wenn nicht sogar tödlich. Wollen Sie jemanden umbringen?« Theobalds Miene wurde ernst.

»Du kennst dich ja gut aus, junger Mann! Ich mische mir daraus ein Abwehrmittel gegen Blattläuse und Milben. Ein altes Hausrezept.« Emilia versuchte wieder zu lächeln.

»Vieles davon ist ohne Rezept unverkäuflich. Ich darf es Ihnen nicht herausgeben. Und hätte das nicht bis morgen Zeit? Müssen sie mich unbedingt deswegen mitten in der Nacht aus dem Bett klingeln?«

Emilia Wollner hatte so etwas befürchtet, aber nun setzte sie alles auf eine Karte. Sie brauchte die Sachen unbedingt. Mit ihrer in langen Jahren erprobten Autorität in der Stimme sagte sie scharf: »So, so, und ich bin die Kaiserin von China. Ich weiß ganz genau, was du gerade gemacht hast, ich bin schließlich nicht dumm und kann Symptome erkennen. Wenn du mir hilfst, sag ich auch nicht deiner Mutter, was du nachts so treibst.« Sie wusste, dass sie hier bluffte, denn sie hatte keine Ahnung, was er gerade getan hatte.

Zu ihrer Genugtuung erschrak Theobald heftiger, als sie es erwartet hatte. Eine Pause entstand, in der sich verschiedene Gefühle auf seinem Gesicht spiegelten. Dann schien er, sich entschieden zu haben, und kramte unter seinem Pullover herum, als suche er etwas.

»Wenn ich das tue, will ich, dass Sie bei Ihrer Ehre schwören, dass Sie nichts sagen.«

Ganz schön forsch trat er auf, aber sie hatte ihn. »Gut, ich schwöre, dass ich deiner Mutter nichts …«

»Nie!«, unterbrach er sie.

Sie begann nochmal: »Also, ich schwöre, dass ich deiner Mutter nie sagen werde, was du in der Nacht so treibst.«

Theobald wirkte zufrieden. »Das reicht mir. Dann brauchen wir die Kasse auch nicht, ich nehme das Geld bar von Ihnen.«

Emilia nickte und suchte ihr Portemonnaie heraus, während Theobald verschwand. Erneut verblüffte er sie damit, dass er erstaunlich schnell wieder auftauchte und alle Zutaten gleich mit dabei hatte. Offensichtlich hatte sie ihn total unterschätzt. Beim Verhandeln um die Menge, die er bereit war, schwarz herauszugeben, musste sie nochmal nachhelfen. Schließlich hatte sie alles beisammen. Es wurde teuer, aber das war ihr egal. Sie gab ihm noch etwas mehr als Schweigegeld und wurde dann von ihm freundlich vor die Tür eskortiert. Sie stieg ein und fuhr zurück zur Neuen Mühle. Sie hatte noch viel vor.

Theobald blickte ihr vom Fenster aus noch lange nach. Wer war diese Frau? Die Zutaten, der Zeitpunkt, die Mengen – alles verdächtig. Sie beherrschte den gleichen autoritären Tonfall wie seine Mutter. Er hatte sie beim Anleuchten magisch gescannt, aber sie hatte eine ganz normale menschliche Aura gehabt. Inzwischen war er sich sicher, dass sie sich etwas ganz anderes bei der Behauptung, sie wisse, was er nachts tat, gedacht hatte. Immerhin hätte sie die Jodflecken an seiner linken Hand bemerken oder die Dämpfe an seiner Kleidung riechen können. Das hatte sie nicht, aber als sie vor ihm stand, hatte er es mit der Angst zu tun bekommen und lieber eingelenkt. Nun würde er die Bücher fälschen müssen, damit die vorrätigen Mengen wieder stimmten. Das Silbernitrat war jetzt fast alle. Aber die Frau hatte so verzweifelt auf ihn gewirkt, dass er nicht anders gekonnt hatte, als ihr zu helfen. Er hatte ihr keine Sekunde geglaubt, dass sie die Zutaten für ein Blattläusemittel brauchte. Dafür reichte ein Teebaumöl-Wasser-Gemisch mit etwas Spülmittel. Was hatte die Frau nur vor? Er zuckte die Schultern, als er die Haupttür verriegelte und sich wieder Richtung Keller wandte. Für heute würde er aufhören. Übermorgen früh kam seine Mutter wieder aus Berlin. Sie hatte zu seiner großen Freude noch einige Tage dranhängen müssen. Er hatte sein Glück gar nicht fassen können, aber jetzt war er froh, dass sie bald wiederkam. Etwas Merkwürdiges ging in Clausthal vor. Erst diese Ausbrüche unkontrollierter Magie und dann diese Frau mit ihrem Nachteinkauf. In der Zeitung stand, dass in der letzten Woche wieder Schafe gerissen worden waren. Da war es gut, seine Mutter wieder hier zu wissen. Sie würde mit Bedrohungen aller Art mühelos fertig werden.

Nachdem er aufgeräumt, den Weg zum Nachbarkeller wieder versperrt und die Bücher manipuliert hatte, ging er endlich ins Bett. Die Dämmerung hatte schon lange eingesetzt.

In die Neue Mühle

Elisabeth blinzelte. Die Sonne ging gerade auf. Ihr Vater schnarchte leicht neben ihr. Er war am Vortag früher von der Arbeit gekommen, wobei er als Begründung angegeben hatte, ihre Mutter habe ihm aufgetragen, Elisabeth die Medizin zu verabreichen. Dafür hatte Emilia ihn sogar aus einer wichtigen Besprechung geholt. Obwohl Elisabeth beteuerte, dies selbst zu können, hatte er ihr wieder einen ganzen Esslöffel davon eingeflößt.

Nun war die letzte Flasche leer. Was kam dann? Doch als sie sich umdrehte, stand neben ihrem Bett eine neue volle Flasche mit einem Zettel daran.

Bitte einen ganzen Esslöffel nehmen und Flasche einstecken. Verliere sie nicht wieder! Bin schon unterwegs wegen des Klempners. Hole euch zum Mittagessen ab. Seid dann bitte fertig. Mama.

Elisabeth setzte sich schlaftrunken auf und musterte die Flasche. Hatte sie etwa Hoffnung gehabt, irgendwann die Medizin nicht mehr nehmen zu müssen? Am besten sie brachte es gleich hinter sich. Sie nahm die Flasche und den bereitliegenden Löffel und ging ins Bad. Dort füllte sie sich etwas ab und stellte die Flasche wieder weg. Die Farbe sah dunkler aus als sonst. Sie holte tief Luft, schob sich den Löffel in den Mund und schluckte. Das Brennen setzte sofort ein, diesmal in einer solchen Intensität, dass sie unwillkürlich aufkeuchte. Der Löffel entfiel ihrer Hand und sie musste sich mit beiden Händen am Waschbecken festhalten, um nicht umzufallen. Die Wandhalterung knackte bedrohlich. Das Brennen fraß sich bis in ihren Magen und von dort weiter in den ganzen Körper, bis in die Füße und von dort wieder hoch bis in die Fingerspitzen. Sie beugte sich weit nach vorne, spuckte ins Waschbecken und würgte, aber es half nichts. Die Wirkung konnte sie nicht mehr aufhalten. Ihr entfuhr ein langgezogenes Stöhnen, während sie krampfhaft versuchte, nicht ohnmächtig zu werden.

»Hölle, das Zeug ist um einiges stärker als die Medizin von Dr. Borga!« Ihr Puls ging hoch und das Herz schlug ihr bis zum Hals, trieb Schweißperlen auf ihre Stirn. Sie fühlte sich fiebrig. Zu ihrer Verwunderung hörte das Brennen nach ein paar Augenblicken komplett auf. Ihr Körper beruhigte sich wieder.

Elisabeth richtete sich auf und betrachtete sich im Spiegel. Das gleiche Gesicht mit den verwuschelten Haaren blickte sie an. Irgendetwas war anders. Sie warf sich in Pose, schob die Haare etwas hoch und musterte sich und fand sich richtig attraktiv, irgendwie verwegen reizvoll. Ihr Magen knurrte und teilte so vernehmlich mit, dass sie dringend etwas essen sollte.

Sie zog sich eilig an und schlich aus dem Zimmer, in dem ihr Vater immer noch im Bett schnarchte. Sie war schon fast aus der Tür, da fiel ihr die Flasche ein und sie ging zurück ins Bad. Sie wog sie in der Hand und steckte sie nach einigem Zögern in die Ledertasche an ihrem Gürtel. Wegen der Dosierung würde sie mit ihrer Mutter reden müssen.

Für sie als Veganerin gab es am Frühstücksbuffet nicht viel, das sie ohne Bedenken essen konnte. Zu ihrer großen Freude fand sie bei ihrer Ankunft Sojamilch und veganen Brotaufstrich vor. Es gab auch Früchte, also stürzte sie sich aufs Essen. Als schließlich ihr Vater mit Klara endlich nach unten kam, hatte sie Bauchschmerzen.

»Gute Güte, Betsy, was hast du gemacht? Du siehst aus, als würde es dir nicht gut gehen.«

Ihr Vater setzte gleich eine sorgenvolle Miene auf. Die Bedienung, die wegen Elisabeth schon mehrfach hatte loslaufen müssen, um Nachschub zu holen, schüttelte nur den Kopf, als sie mit der Kaffeekanne zu Herrn Wollner trat.

»Wenn Sie mich fragen, bräuchte die junge Dame mal etwas Gescheites zwischen die Zähne, von all dem Grünzeug wird man ja nicht richtig satt.«

Michael Wollner blickte gequält zurück. »Nun, wenn man auf alle tierischen Produkte allergisch ist, bleibt einem nicht viel anderes übrig.« Und zu Klara gewandt: »Nimm du ruhig den Rest von dem Aufstrich, ich muss mich ja nicht an eure Diät halten.« Er stand auf und bediente sich reichlich am Wurstbuffet. Klara und Elisabeth wechselten Blicke.

»Mama wird das nicht gutheißen, dass du dich hier mit totem Tier vollstopfst«, warf ihm Klara vor.

Doch er grinste nur zurück. »Nun, Mama ist momentan mit anderen Dingen beschäftigt. Was sie nicht weiß, macht sie nicht heiß. Wenn du mich nicht verpetzt, dann verrate ich Mama auch nicht, dass du gestern Abend noch den Spätfilm geschaut hast.«

»Woher …?« Doch Klara schluckte die anderen Worte runter. Ihr Vater hatte sie erwischt. Sie nickte nur stumm.

»Dann ist ja alles geklärt«, lachte Michael Wollner und biss herzhaft in ein Brötchen mit einer dicken Schicht Hackepeter mit Zwiebeln. Bei Elisabeth machte sich nun der Darm bemerkbar. Sie entschuldigte sich und eilte auf die Toilette.

Am späten Vormittag packten beide Mädchen die Sachen, nachdem ihr Vater schon lange zur Arbeit gegangen war. Elisabeth schleppte die schweren Koffer alleine nach unten. Die Zimmer mussten heute verlassen werden, also warteten sie am Empfang mit dem Gepäck, bis ihre Mutter auftauchte. Elisabeth wollte gleich mit ihr wegen der neuen Medizin sprechen, aber als sie sie sah und bemerkte, wie völlig fertig diese aussah, verschob sie es auf später.

Erst als sie bei der Neuen Mühle ankamen, ergab sich eine Gelegenheit, weil Klara gleich auf die Toilette musste. Am Auto beim Ausladen der Koffer kam ihre Mutter ihr zuvor.

»Hast du deine Medizin genommen? Wie hat sie gewirkt?«, Frau Wollner nahm ihre Tochter am Arm und blickte sie aufmerksam an.

Elisabeth schaute zurück. Die Ringe unter den Augen ihrer Mutter waren noch tiefer geworden. Das bestürzte sie. Noch mehr Sorgen wollte sie ihr nicht bereiten.

»Ganz gut«, log sie. »Du siehst fertig aus, Mama. Warum lässt du nicht mich die Koffer reinbringen und du legst dich erst einmal auf die Couch? Ich finde es nicht gut, dass Papa dich die ganze Umzugsarbeit machen lässt, während er nur im Institut abhängt.«

»Dein Vater hängt nicht ab, er arbeitet. Aber ich könnte wirklich eine Mütze voll Schlaf gebrauchen. Diese Nacht hat mir fast den

Rest gegeben. In Ordnung, trag nur die Koffer rein. Du weißt ja schon, wo sie hingehören. Ich lege mich hin.«

Ihre Mutter drückte ihr den Autoschlüssel in die Hand und ging ins Haus. Elisabeth trug das Gepäck hinein. Das Haus war nicht wiederzuerkennen und das nach so wenigen Tagen. Mit den vertrauten Möbeln und komplett neu gestrichen sah es richtig gut aus, auch wenn hier und da noch etwas Dekoration fehlte. Fast wie Zauberei, staunte Elisabeth.

Sie verteilte die Koffer und ging dann in ihr eigenes neues Zimmer, wo sie erst einmal die Fenster öffnete, um den Farbgeruch hinaus zu lassen. Danach machte sie sich ans Auspacken. Klara kam spät von der Toilette und rief nach ihr. Sie konnte sie gut hören, obwohl Klaras Zimmer momentan im unteren Stockwerk lag. Sie überlegte kurz und kletterte dann schnell aus dem Fenster an der Feuerleiter nach unten. Sollte Klara doch selber sehen, wie sie ihren Koffer ausräumte.

Elisabeth lief zu der Senke an der Innerste, an der sie schon Tage zuvor gesessen hatte. Sie legte sich diesmal sogar auf den großen Stein, entspannte sich und ließ die Schwere des Harzes wieder in ihren Körper sickern. Es fühlte sich jetzt schon an wie zu Hause und dabei hatte sie noch nicht eine einzige Nacht in dem neuen Haus geschlafen.

Spät erst erhob sie sich und wanderte wieder zurück zum Haus. Die Hintertür stand offen, von drinnen kam Klaras Lieblingsmusik – Vivaldi! Ihre Schwester saß in einem Sessel mit ihrem Laptop auf dem Schoß. Sie blickte nicht einmal auf, als Elisabeth eintrat. Ihre Mutter lag auf der Couch wie tot. Sie störte sich weder an der lauten Musik noch an dem Luftzug, sondern schlief tief und fest.

Die Küche wirkte alt, schien aber gut in Schuss zu sein. Elisabeth stöberte nach etwas Essbarem. Der Kühlschrank war randvoll mit Dingen, die sie auch essen durfte. Sie bediente sich reichlich und setzte sich auf einen der Küchenhocker.

»Kennst du schon das WLAN-Passwort?«, rief ihr Klara über die Musik hinweg zu und nahm dabei keinerlei Rücksicht auf ihre Mutter, die sich aber nicht rührte. Elisabeth schüttelte nur den Kopf.

»Es ist *Algorithmus3*, hab's eben gerade geknackt. Das war ein Kinderspiel. Papa ist ja so einfallslos. In Hannover hatten wir *Algorithmus2*.« Klara wartete nicht einmal eine Reaktion ab und loggte sich ein. »Aber die Geschwindigkeit ist lausig. Wir haben nur eine alte ISDN-Leitung. Das müssen wir noch ändern.«

Klara war oft online. Sie besuchte regelmäßig mehrere Chatgroups und einige Wissenschaftsforen. Es war nicht Elisabeths Welt. Sie ging nach oben und räumte ihr Zimmer fertig ein. Dann warf sie sich aufs Bett und blickte an die Decke.

Sie musste irgendwann eingeschlafen sein, denn es war dunkler und kühler geworden, als sie sich aufsetzte. Unten konnte sie jemanden in der Küche werkeln hören und der Duft von Keimbratlingen kitzelte ihr in der Nase. Sie stand auf und schloss die Fenster. Die Sonne stand inzwischen tief. So viel hatte Elisabeth schon lange nicht mehr geschlafen. Vielleicht machte die Luftveränderung so müde und hungrig. Sie folgte dem Duft nach unten zum ersten gemeinsamen Essen im neuen Haus.

Kaiserstadt

Ihre Mutter fluchte nicht zum ersten Mal. »Gibt es denn hier überhaupt keine freien Parkplätze? Wir sind in der tiefsten Provinz und es gibt nicht einen freien Stellplatz. Das ist ja schlimmer als in Hannover.«

Sie setzte den Blinker und fuhr zum dritten Mal in eine kleine Seitenstraße in Goslar, von der Elisabeth das Namensschild nicht lesen konnte, weil es komplett mit Efeu überwuchert war. Elisabeth registrierte es nur beiläufig, sie fand die alten Häuser mit ihren vielen Mustern von Schieferschindeln und dem Fachwerk hübsch. Die alte Kaiserstadt war wunderschön, fand sie. Klara nervte schon wieder, diesmal allerdings nicht mit Wissen, sondern weil sie auf die Toilette musste.

Emilia Wollner hatte vor ein paar Tagen für die Behandlung von Klara eine Empfehlung bekommen. Da sie nicht mehr zu Dr. Borga gehen konnten, mussten sie wohl oder übel zu einem herkömmlichen Arzt. Woher ihre Mutter die Adresse hatte, wusste Elisabeth nicht, aber er musste gut sein, wenn ihre Mutter ihn ernsthaft an ihre Tochter heranließ. Dazu hatte sie viel herumtelefoniert. Klara quengelte nun so heftig, dass ihre Mutter schließlich entnervt in eine Hofeinfahrt setzte und dort hielt.

»So, springt raus, ich versuche es auf dem großen Parkplatz an der Kaiserpfalz. Dann kann Klara wenigstens schon mal aufs Klo.«

Als beide Mädchen ausgestiegen waren, brauste sie los. Es brauchte nur wenige Schritte zur Arztpraxis, die in einer Seitengasse lag. Ein aufgemotzter knallroter Porsche stand direkt davor auf einem privaten Parkplatz.

»Der Protzkopf steht hier falsch. Den könnten wir anzeigen, der ist ja aus Italien. Scheiß Touris!« Klara klang schon wie eine Harzerin, aber sie hatte recht. Das italienische Nummernschild musste zu einem Touristen gehören und der Parkplatz war eindeutig für das Nummernschild GS-DR-666 reserviert. Sie blieben kurz stehen.

»Was für ein cooles Kennzeichen! Dr. Teufels scheint Humor zu haben«, kommentierte Klara.

Die Anspielung hatte Elisabeth natürlich auch verstanden und musste ebenfalls grinsen. Die Praxis war innen hochmodern eingerichtet. In solchen Praxen verkehrten die Wollners normalerweise nicht. Hinter einem Tresen aus Eisen und Glas saß eine aufgedonnerte Sprechstundenhilfe und telefonierte. Sie hatte lackierte Fingernägel, gezupfte Augenbrauen und viel zu viel Make-up, registrierte Elisabeth gleich. Sie entschied sich spontan, sie nicht zu mögen.

»Natürlich können Sie heute Abend noch kommen, Nicolai. Der Doktor macht für Sie immer eine Ausnahme«, flötete diese gerade mit einer hohen Piepsstimme in den Hörer, während sie dazu geringschätzig mit den Augen rollte und dann die beiden Wollner-Kinder musterte. »Ja, selbstverständlich bin ich dann auch noch da. Immer zu Diensten. Bis dann!« Sie warf den Hörer auf die Gabel. »Was kann ich für euch tun, ihr Süßen?«

»Mein Bein ist gebrochen gewesen, sieht man das nicht?«

Klaras Tonfall klang trotzig. Sie mochte die Sprechstundenhilfe offensichtlich auch nicht. Doch Elisabeth hielt es für besser zu vermitteln.

»Sie hat noch Schmerzen. Ihr Name ist Klara Wollner, wir haben einen Termin. Unsere Mutter kommt gleich. Sie sucht noch einen Parkplatz.«

Ein geringschätziger Blick auf das Gipsbein und die Krücken, dann reichte sie ein Schreibbrett über den Tresen mit einem Blatt darauf.

»Das hier müsst ihr ausfüllen. Ihr könnt euch dazu in den Warteraum setzen.«

Offensichtlich schien sie zu glauben, dass beide wussten, wo der Warteraum lag. Elisabeth griff sich das Brett und einen Stift und ging auf die einzige Tür zu, die noch im Empfang zu sehen war. Dahinter befand sich ein Flur mit weiteren Türen. Das Erste, was sie bemerkte, war ein beißender Geruch nach Reiniger und Essig. Er stach in die Nase und betäubte die Geruchsnerven auf unangenehme Weise. Sie blieb für einem Moment stehen und schüttelte den Kopf, sodass Klara von hinten zu drücken begann.

»Nun geh schon weiter, du doofe Nuss, ich muss Pipi.«

Klara drängelte sich an ihr vorbei und nahm die erste Tür links, auf der deutlich *WC* stand.

Elisabeth ging weiter. Irgendwo von weit hinten erklang der gellende Schrei eines Mädchens, gefolgt von einer kreischenden Stimme. »Ich will keine blöden Spritzen mehr!«

Das kann ja heiter werden, dachte Elisabeth bei sich, da ist noch jemand, der keine Ärzte mag. Auf der zweiten Tür rechts stand *Warteraum*. Die erste hatte keine Aufschrift getragen. Als sie die Tür öffnete, sah sie, dass niemand in dem irritierend hell erleuchteten Zimmer saß. Es schmerzte in den Augen. Unschlüssig, was sie machen sollte, wartete sie auf Klara. Diese tauchte nach einer Weile deutlich entspannter auf. Sie gingen hinein und schlossen die Tür. Klara machte sich eifrig ans Ausfüllen. Sie liebte Formulare, während Elisabeth, die dafür ihrerseits nichts übrig hatte, sich mit zusammengekniffenen Augen umschaute. Alles wirkte modern und extrem sauber. Die Zeitschriften lagen in Reih und Glied sortiert, sodass man sich nicht traute etwas anzufassen. Der Raum gefiel ihr nicht, aber wenigstens ließ hier der beißende Geruch nach.

Es dauerte eine ganze Weile, bis ihre Mutter auftauchte und berichtete, dass sie im Parkhaus von Karstadt stehe, wo auch immer das nun wieder war. Einige Dinge konnte Klara nicht ausfüllen, was nun Emilia Wollner tat und danach unterschrieb. Die Tür ging auf und die Sprechstundenhilfe schaute mit einem genervten

Gesichtsausdruck herein. Offenbar überrascht, dass das Formular schon fertig war, kam sie herüber und nahm es an sich.

Beim Rausgehen konnte man von ihr in einem schnoddrigen Ton vernehmen: »Behandlungsraum zwei. Aber es darf nur eine Person mit und es wird dauern. Der Doktor hat gerade einen schlimmen Notfall.« Und schon war niemand mehr zu sehen.

»Mama, wenn das dauert, dann würde ich mich gerne in der Stadt umsehen. Ich habe mein Handy ja dabei. Ihr könnt mich anrufen, wenn ihr hier fertig seid.«

»Gut, aber gib nicht gleich dein ganzes Taschengeld aus.«

»Mama, ich bin schon groß.«

»Aber du bist eine lausige Rechnerin«, warf Klara ein, was ihr einen wütenden Blick eintrug.

Vor der Praxis orientierte sich Elisabeth und lief dann nach rechts, wo die nächste Straße *An der Abzucht* hieß, an der ein Bach entlang floss. Sie folgte dieser nach rechts, bis sie auf ein Schild stieß, welches in die Innenstadt wies. Der Marktplatz war schön. Alte Gebäude mit Schnitzereien umringten einen markanten Brunnen in der Mitte, der von einem Kaiseradler gekrönt wurde. Viele Leute, die meisten davon Touristen, blieben stehen und knipsten in einem fort. An der Ecke eines Hauses befand sich auf Höhe des ersten Stocks ein kleines eingeschnitztes Männchen, das offensichtlich sein Geschäft verrichtete, aber es kamen ihm aus dem Hintern nur goldene Münzen. Die Leute scharten sich darunter, deuteten darauf und lachten. Als ein Glockenklang ertönte, reckten sich alle Köpfe nach oben zum Glockenspiel, das dort tagsüber alle drei Stunden zu sehen und vor allem zu hören war, mit Figuren, die Geschichten aus dem Bergbau erzählten. Elisabeth sah auf die Armbanduhr. Es war fünfzehn Uhr. Sie schmunzelte etwas. In diesem Moment konnte man ganz unzweifelhaft erkennen, wer Tourist war und wer nicht. Die Einheimischen gingen einfach weiter, hoben zuweilen nicht einmal mehr den Kopf, wohingegen die Touristen andächtig stehenblieben. Einige versuchten sogar, die Bergmannslieder mitzusingen. Elisabeth entschied sich, ebenfalls weiterzulaufen. Sie querte den Platz und kam auf der anderen Seite in eine enge Gasse, in der viele Geschäfte lagen. Schon von weitem drang ihr der Duft nach Kräutern und Tee in die Nase. Gott sei Dank, sie konnte wieder etwas Angenehmes riechen. Den Gerüchen folgend rannte sie an der Ecke direkt in eine andere Person, die wohl recht zügig unterwegs gewesen war. Noch während Elisabeth sich reflexartig entschuldigen wollte, erkannte sie das Gothic-Mädchen, das sie schon einmal oben in Clausthal gesehen hatte und dem das Magazin aus der Tasche gefallen war. Im selben Moment schien diese das auch zu registrieren. Einige schier endlose Sekunden vergingen, in denen beide ihre Gedanken ordneten.

»Äh ... hi!«, stammelten beide dann gleichzeitig, schließlich mussten sie lachen.

»Du bist mir doch in Clausthal nachgelaufen«, fing die andere an.

Elisabeth nickte. »Dir ist dieses Tattoo-Magazin aus der Tasche gefallen. Ich wollte es dir hinterherbringen, aber du warst so schnell verschwunden. Ich habe es noch, nur gerade nicht mit. Es liegt bei mir zu Hause. Entschuldige, wie heißt du überhaupt? Ich bin Elisabeth.«

»Sabrina. Und ja, ich habe einen schnellen Fuß gemacht wegen Vinzenz und seinen Schlägern. Hab' Ärger mit denen gehabt.«

Elisabeth erinnerte sich an die Jungs, die sie kurz vor dem Mädchen beobachtet hatte. »Oh ja, ich glaube, ich habe sie auch bemerkt. Die waren ziemlich groß und kräftig.«

»Japp! Die nehmen sicher schon Steroide oder so etwas. Du scheinst ganz okay zu sein. Bock auf'n Eis? Hier ums Eck gibt es eine super Eisdiele.«

Elisabeth, die sehr neugierig auf Sabrina wurde, nickte. Sie holten sich je zwei Kugeln in der Waffel, wobei Elisabeth sich an Fruchteis hielt. Sabrina nahm Rum-Krokant und Kaffee. In der Nähe setzten sie sich auf eine Bank.

»Bist du ganz alleine in Goslar?«

»Du doch auch.«

»Nein, meine Mutter und meine Schwester sind beim Arzt und ich wollte nicht die ganze Zeit warten. Gibt es hier was anzusehen?«

»Na ja, du bist neu, ganz offensichtlich. Da wären die Touristendinge, wie Marktplatz, Bäckergildehaus, Glockenspiel, Dukatenscheißer, Kaiserpfalz, die ist sehenswert, Zwinger mit coolen Folterinstrumenten, Kunsthandwerkermarkt und noch viel mehr. Aber ich finde das inzwischen langweilig. War schon überall. Du, sag mal, kann ich mein Magazin zurückhaben? Ich habe da ein Bild ausgesucht, dass ich mir stechen lassen will.«

»Na klar. Ich glaube, das ist der Totenschädel mit den Vampirzähnen, oder? Du hast ihn eingekringelt. Erlaubt das deine Mutter denn?«

»Richtig und nein, sie ist dagegen, aber mir ist das egal. Ich mache es trotzdem. Kenne da einen Laden, der nicht fragt, ob man schon achtzehn ist.«

Sabrina blickte Elisabeth provozierend an. »Und was tust du so?«

»Äh, nicht viel. Ich mag Natur und mache etwas Sport.«

»Etwas? Du nimmst mich doch hoch. Du bist eine echte Sportskanone. Ich hatte viel Vorsprung und bin gerannt wie eine Verrückte und trotzdem hast du mich fast spielend eingeholt.«

»Du hast mich beobachtet?«

Ein etwas bedrückter Ausdruck legte sich auf Sabrinas Gesicht. »Weißt du, ich hatte mir zuerst gedacht, dass Vinzenz dich vielleicht angestiftet hat, um mich aufzustöbern. Bescheuert, ich weiß, aber ich habe vor denen echt ein bisschen Schiss. Hab' erst zu spät gemerkt, dass du mir nichts Böses wolltest.«

»Gibt es in Clausthal wirklich so viel Ärger? Ich dachte, ich hätte das seit Hannover hinter mir.«

»Du kommst aus Hannover? Geil, da gibt es voll viele Tattoo-Shops. Aber da kann ich nicht so einfach hin. Mama kauft mir immer nur die Harz-Card. Mit der komme ich nur im Harz überall hin. Wir haben nicht so viel Geld, weißt du. Wo wohnt ihr denn?«

»Es heißt Neue Mühle und liegt im Innerstetal.«

Sabrina starrte sie mit offenem Mund an. »In der Spukmühle? Megaabgefahren!«

Nun war es an Elisabeth zurück zu starren: »Spukmühle?«

»Na klar, da soll ganz früher mal irgendwo ein altes Kloster gestanden haben. Die toten Mönche sollen da heute noch rumgeistern. Völlig schräg. Ich muss dich unbedingt mal besuchen. Da soll vor ein paar Jahren mal eine Hexe gelebt haben, hat sich aber selbst erhängt. Vermutlich haben die Mönche da nachgeholfen, wenn du mich fragst.«

Elisabeth prustete los. »Du machst Scherze! Aber komm gerne vorbei. Nur erzähl meiner Mutter nichts von der Geschichte. Sie bekommt bei Spukgeschichten immer Angst und verbietet mir dann wieder irgendwas.«

Mitleid zeigte sich in Sabrinas Miene. »Scheint ja echt voll spießig zu sein, deine Ma. Meine ist ganz okay. Sie hat mir zu meinem sechzehnten Geburtstag sogar Alkohol erlaubt.« Abrupt brach sie ab, als wenn ihre Gedanken wegglitten. Sie schien mit sich zu ringen, während sie Elisabeth ganz genau musterte. »Auf welche Schule gehst du denn dann?«, wechselte sie das Thema.

»Ich soll die zehnte Klasse des Gymnasiums in Clausthal besuchen.«

»Cool, ich hoffe, du kommst in meine Klasse. Was ist dein Lieblingsfach?«

»Oh!« Elisabeth schwieg betreten.

»Na komm, irgendein Lieblingsfach hat doch jeder«, drängelte Sabrina.

»Na ja, ich mag Sport ganz gerne, aber das ist auch schon alles.« Fast schon entschuldigend lächelte Elisabeth Sabrina an.

»Dann kannst du all das, was ich nicht kann.«

Sabrina strahlte so, dass Elisabeth schließlich lachen musste. Der Satz klang für sie komisch, gar nicht nach Angeberei, obwohl es das vielleicht doch war. Aber so, wie Sabrina es formulierte, konnte Elisabeth gar nicht böse sein.

»Weißt du, wenn du mir da helfen könntest, dann helfe ich dir in den anderen Fächern. Es gibt da etwas, weswegen ich unbedingt Sport treiben muss, aber der innere Schweinehund, du weißt schon.« Sie deutete auf ihre runden Hüften und den Bauchansatz.

Elisabeth bekam große Augen und dann nickte sie. Sie hatte vielleicht eine Freundin gefunden.

Die Mädchen machten sich auf und Sabrina führte Elisabeth überall herum, bis ihnen die Füße wehtaten. Es war herrlich, durch die schmalen Gassen zu gehen, wo die Häuser sich fast berührten, oder den Zwinger, einen alten Turm aus der Stadtmauer, zu sehen. Die Folterausstellung im Inneren sparten sie aber aus. Nicht dass sie es nicht gewollt hätten, aber irgendwann brummte Elisabeths Handy. Es war Klara, die inzwischen mit der Behandlung fertig war und ungeduldig auf ihre Schwester wartete. Also verabschiedeten sich Elisabeth und Sabrina, nicht ohne vorher noch Handynummern zu tauschen.

Es gärt gewaltig

Die Ferien waren wie im Flug vergangen, so kam der Schulanfang einfach zu schnell. In der folgenden Woche Mittwoch sollte es losgehen, obwohl sie sich noch nicht ganz eingelebt hatten, weil sie einfach keine wirkliche Ruhe fanden. Wie so oft in letzter Zeit kamen die drei Wollner-Frauen aus Goslar zurück.

Klara saß schmollend auf dem Rücksitz. Sie war es leid, ständig zum Arzt zu müssen. In Hannover hatte man ihre Knochenbrüche einfach ganz normal behandelt. Aber dieser neue Hausarzt ängstigte sie mit seiner Experimentierfreudigkeit und der übermäßigen Neugier, die er ihr schenkte. Sie fand Dr. Teufels schmierig und ekelig. Außerdem hatte er so unnatürlich kalte Hände, dass Klara jedes Mal zusammenzuckte, wenn er sie anfasste. Wenn ihre Mutter nicht ständig über ihr gewacht hätte, wäre sie schon längst schreiend aus der Praxis gelaufen. Heute hatte sie wieder mehrere Behandlungen über sich ergehen lassen müssen. Am meisten störten sie die ewigen Spritzen. Dementsprechend war sie schlecht gelaunt, schweigsam und rieb sich die schmerzende Stelle, wo sie diesmal eine Vitaminspritze bekommen hatte. Elisabeth war wieder einmal mitgefahren und hatte sich die ganze Zeit in der Stadt herumtreiben können, was Klara schlichtweg unfair fand.

Dunkle Bäume rauschten vorbei und mit jedem Schild, dass die Höhenmarkierung über dem Meeresspiegel angab, sank die Temperatur draußen weiter und weiter. Sie fröstelte und zog ihre Jacke bis zum Hals zu. Ihre Mutter fuhr heute auffallend aggressiv. Erst dachte Klara noch, dass sie sich ebenfalls über den dämlichen Arzt ärgerte, der heute wieder einmal sie für die schlechte körperliche Verfassung Klaras verantwortlich gemacht hatte. Doch dann hörte sie dem Gespräch auf den Vordersitzen genauer zu, denn da braute sich etwas ganz anderes zusammen.

»Nun sag schon. Was hast du eigentlich die ganze Zeit in der Stadt gemacht, als Klara beim Arzt war?«, verlangte Emilia von Elisabeth zu wissen.

»Ach, gar nichts«, gab diese deutlich genervt zurück.

»Für gar nichts bist du aber reichlich spät wieder auf dem Parkplatz gewesen. Hast du etwa jemanden getroffen?«

»Das geht dich überhaupt nichts an!«, blaffte Elisabeth so heftig zurück, dass ihre Mutter ihr einen schockierten Blick zuwarf.

»Bitte erlaube mal! Was ist denn das für ein Tonfall? Ich bin deine Mutter!«

»Na und? Ich kann mich treffen, mit wem ich will! Du musst mich nicht dauernd kontrollieren. Ich bin keine Zwölf mehr.«

»Ich kontrolliere dich doch nicht dauernd.«

»Ach nein? Jedes Mal, wenn ich von der vielen Hausarbeit, die du mir ständig aufhalst, mal eine Pause mache, willst du dann immer sofort wissen, wo ich war und was ich gemacht habe. Das geht mir so was von auf die Nerven.«

»Ich mache mir nur Sorgen.«

»Warum? Ich schufte mir den Buckel krumm, während Papa dauernd ins Institut verschwindet und Klara, die doofe Zicke, die ganze Zeit an ihrem Rechner herumhängt und nicht mal abzuwaschen braucht.«

Es traf Klara hart, wie ihre Schwester von ihr redete, und sie lief knallrot an. Wütend holte sie Luft, um sich in die Diskussion einzumischen, doch Elisabeth redete sich bereits weiter in Rage.

»Warum hältst du mich absichtlich dauernd auf Trab? Ich habe auch ein Recht zu leben.«

»Ach, Betsy, es gibt noch so viel zu tun und du bist nun mal die Einzige, die gerade verfügbar ist. Immerhin trägt Klara doch noch den Gips. Schau mal, ich arbeite doch auch ununterbrochen. Und du verdrückst dich schon reichlich oft. Warum finde ich dich eigentlich ständig bei dem Stein an der Innersten?«

»Der gefällt mir halt und ich dachte, er liegt weit genug weg vom Haus, um ein bisschen Ruhe zu haben, aber offensichtlich muss ich mir ein neues Versteck suchen. Ich habe keinen Bock mehr, jeden Abend todmüde ins Bett zu fallen. Und besuchen darf mich auch niemand.«

»Wer soll dich denn hier besuchen?«, bohrte Emilia nach, während sie endlich vor dem Haus hielt.

»Das ist meine Sache!«, fauchte Elisabeth zurück, sprang als Erste aus dem Wagen und rannte ins Haus.

Klara starrte ihr mit einer Mischung aus Wut und Fassungslosigkeit nach. So kannte sie ihre Schwester gar nicht. Sicherlich hatte Elisabeth schon immer mehr Ärger mit ihrer Mutter gehabt als sie selbst, doch heute schien da noch mehr zu gären. Gab es da eventuell einen Jungen?

»Ich denke, das werden wir klären müssen. Deck bitte du heute den Tisch, Klara«, wandte sich ihre Mutter an sie und stieg aus.

Klara nickte. Das erschien heute sinnvoll. Sie humpelte ebenfalls hinein. Ihre Mutter folgte, nachdem diese das Auto zugesperrt hatte. Doch kaum, dass sie die Küche betreten hatten, ging es weiter.

»Hör auf, die Vorräte zu plündern!«, tadelte ihre Mutter Elisabeth, die bereits die Kühlschranktür aufgerissen hatte und sich etwas in den Mund stopfte.

Klara drückte sich vorbei, um aus der Schusslinie zu sein, und versuchte, den Küchentisch zu decken.

»Ach, auf einmal kannst du auch den Tisch decken. Wo hast du das denn so schnell gelernt?«, fuhr Elisabeth sie daraufhin an.

»Lass deine Schwester in Ruhe und leg die Karotte weg! Wir essen gleich alle zusammen!«

»Jetzt darf ich nicht mal etwas essen! Kriege ich gleich noch Stubenarrest? Mach doch! Dann kann ich wenigstens nicht mehr Rasen mähen oder Holz hacken!«

»So war das nicht gemeint.«

»Hast du einen Freund?«, warf Klara jetzt ihre Vermutung dazwischen, was ihr einen wütenden Blick ihrer Schwester eintrug.

»Stimmt das?«, hakte Emilia sofort mit schneidendem Tonfall und stechendem Blick nach.

Elisabeth rollte mit den Augen. »Ihr spinnt ja beide. Ich habe mich mit Sabrina getroffen, wenn ihr es unbedingt wissen wollt.«

»Etwa dieser Gothictante, von der du schon mal erzählt hast? Das hatte ich dir doch verboten. Das ist kein Umgang für dich«, ereiferte sich ihre Mutter sofort.

Klara runzelte die Stirn. Von der hatte sie noch nichts gehört. Das wurde ja immer interessanter.

»Mir bleibt ja nichts anderes übrig! Dann treffe ich Sabrina halt woanders! Nach Hause einladen darf ich sie ja nicht, weil meine Frau Mutter sie für asozial hält!«

»Unterstellung! Das habe ich nie gesagt!«, rief Emilia, die jetzt genauso wie Elisabeth knallrot anlief.

»Aber gedacht hast du es! Du kennst sie doch gar nicht richtig. Sie ist total nett. Nur weil sie auf Fantasy- und Vampirgeschichten steht ...«

Emilia baute sich vor ihrer großen Tochter auf und drohte mit dem erhobenen Zeigefinger. »Genau vor solchen Spinnereien versuche ich dich zu beschützen.«

»Das ist kein Beschützen, das ist der blanke Terror, was du mit mir machst!«

»Elisabeth Wollner, mäßige sofort deinen Ton!«, schrie Emilia.

»Den Teufel werde ich!«, brüllte Elisabeth noch lauter.

»Du benimmst dich wie ein trotziges Kleinkind!«

»Ich bin kein Kleinkind mehr! Die da ist eins!« Dabei überschlug sich Elisabeths Stimme und sie pfefferte das Glas, das sie eben noch hatte auf den Tisch stellen wollen, gegen die Wand, sodass ein Schauer aus Splittern auf Klara niederregnete. Die bekam es jetzt doch mit der Angst zu tun und tauchte unter den Küchentisch ab. Sie erkannte ihre Schwester gar nicht wieder und ihre Mutter auch nicht. Tränen kullerten ihre Wangen hinab und sie begann in ihrer Verzweiflung, dazwischen zu schreien, dass Elisabeth und ihre Mutter aufhören sollten. Doch die beiden hörten nicht auf sie. Über dem Tisch ging es heftig weiter. Noch einige Minuten lang flogen wütend Sätze hin und her, dann erzitterte der Küchentisch, als Elisabeth mit einem Wutschrei dagegen trat, sodass Essen und Geschirr rings um Klara zu Boden fielen. Emilia sprang herbei, um sie aufzuhalten, doch Elisabeth stieß ihre Mutter grob zu Boden und stürmte hinaus auf ihr Zimmer.

Klara beobachtete wimmernd, wie ihre Mutter sich fluchend wie ein Kesselflicker wieder hochrappelte und die Tür der Hausapotheke aufriss. Sie griff sich mehrere Flaschen und rannte Elisabeth hinterher. Dabei knallte die Küchentür so heftig zu, dass eine weitere Flasche umkippte und herausrollte. Sie fiel und zerbrach auf dem Steinboden. Klara starrte die Medizin an, die sich auf dem Boden verteilte und mit dem Essen vermischte. Auf der Treppe polterte jemand nach oben, eine weitere Tür knallte und wurde wieder aufgerissen. Es erklang ein wütender Schrei, dann ein langgezogenes »Nein!«, das in einem gurgelnden Geräusch abbrach. Danach wurde es still, sehr still. Klara hörte auf zu schluchzen. Furcht überkam sie, eine Furcht, die tief in ihr saß. Was war nur los? Dann erklangen Schritte von draußen und jemand öffnete die Hintertür. Ihr Vater kam herein und blieb wie angewurzelt stehen.

Überdosis

»Was, um alles in der Welt, ist passiert?«, stieß Michael Wollner verwirrt hervor, als sein Blick auf das Chaos vor ihm fiel. Eine kreidebleiche Klara, die ihre Stimme noch nicht wiedergefunden hatte, zeigte nur stumm auf die Tür zum Flur. »Du rührst dich nicht von der Stelle!«, wies er sie an, aber diese hätte eh weder Kraft noch den Mut gehabt, jetzt etwas anderes zu tun, als dort sitzen zu bleiben, wo sie war. Mit wenigen Sätzen durchquerte er den Raum und verschwand in den Flur. Er eilte die Treppe nach oben, wo sich ihm ein grauenhaftes Bild bot. Elisabeth lag rücklings auf dem Boden und wurde von heftigen Krämpfen geschüttelt, die Augen wild verdreht und mit schwarzgrauem Schaum vor dem Mund. Sein Blick erfasste daneben mehrere leere Medizinflaschen.

Emilia saß zusammengekauert im Türrahmen und wimmerte immer wieder: »Ich habe sie umgebracht! Ich habe sie umgebracht!«

Einige Sekunden zögerte er, dann eilte er zu seiner Tochter und beugte sich über sie. Sie nahm ihn nicht wahr. Ihr Atem kam stoßweise durch die Nase, während der eklige Schaum ihr über die Wangen lief und herabtropfte.

»Oh, mein Gott! Emilia, wie viel hast du ihr eingeflößt?«, fuhr er erst seine Frau an, dann beugte er sich über seine Tochter. »Elisabeth, komm schon, spuck das Zeug aus!«, schrie er auf sie ein, während er versuchte, sie auf die Seite zu drehen, doch das gestaltete sich schwieriger, als er gedacht hatte. Er packte heftiger zu und schüttelte Elisabeth grob, wodurch er hoffte, sie so wieder zur

Besinnung zu bekommen. Endlich erreichte er eine Reaktion, doch es war nicht die, auf die er gehofft hatte.

Ein blutunterlaufenes Auge öffnete sich, fixierte ihn kurz. Eine Hand stieß blitzartig vor und traf ihn hart vor die Brust, sodass es ihn hochhob und heftig von ihr wegschleuderte. Er krachte gegen die Wand und fiel um.

Schockiert, nach Luft röchelnd und stöhnend vor Schmerz rappelte er sich wieder auf, traute sich aber zunächst nicht noch einmal näher. Er hatte gehört, dass Epileptiker während ihrer Krämpfe sehr viel Kraft freimachten, aber diese Stärke, die er soeben bei seiner Tochter erlebt hatte, war zu verstörend. Hilflos musste er mit ansehen, wie Elisabeth sich nochmals aufbäumte und zusammenbrach, dann bewegte sie sich nicht mehr. Angst erfüllte ihn. Er krabbelte auf allen vieren näher. Von der Tür kam immer noch die wirre Stimme seiner Frau.

»Ich habe sie umgebracht!«, jammerte Emilia stetig vor sich hin.

Michael beugte sich voller Angst über Elisabeth. Zunächst konnte er nichts feststellen, weil sein eigenes Herz so hämmerte. Kein Puls, kein Atem. Ihre Adern traten stark hervor, als das Gebräu darin sich schwarz verfärbte. Starb seine Tochter wirklich gerade? Mit tränenerfüllten Augen verfolgte er, wie sich die Schwärze, einem Wurzelgeflecht gleich, immer mehr verteilte.

Minuten vergingen, in denen er mit zusammengepressten Lippen über ihr kniete. Weinend schloss er sie in die Arme und hielt sie fest. Emilia kam herübergekrabbelt und schlang schluchzend ihre Arme um sie beide. Eine Weile hockten sie so da. Das Grauen hatte sich ihrer bemächtigt.

Ein halb ersticktes Röcheln. Dann noch einmal. Ein Beben durchlief Elisabeth. Michael sah, wie von einem Moment auf den anderen die Farbe aus Elisabeths Adern verschwand.

Dann hob sich ihr Brustkorb wieder.

Er jubelte: »Sie lebt, Emilia, sie lebt!«

Nachgeschmack

Elisabeth kam erst am nächsten Morgen wieder zu sich. Ihr tat alles weh. Ihr ganzer Körper brannte. In ihrem Mund hatte sie einen faden Geschmack nach Erbrochenem. Ekelig.

Neben ihr auf der Bettkante saß ihre Mutter mit dem Rücken an die Wand gelehnt und war offensichtlich eingedöst. Sie schien viel geweint zu haben, denn ihre Augen waren tiefrot umrändert und ihr Make-up verlaufen. Was war passiert? Elisabeth konnte sich nur noch an den Streit in der Küche erinnern, der Rest war in einem undurchdringlichen Nebel verschwunden. Als sie sich aufsetzen wollte, merkte sie, dass sie die Hände nicht heben konnte. Jemand hatte sie am Bett festgebunden. Als sie sich regte, schrak ihre Mutter auf und begann gleich wieder zu weinen, diesmal vor Erleichterung.

»Mein Engel, wie gut, dass es dir wieder besser geht. Warte, ich mache dich gleich los, du hattest einen schlimmen Anfall, weißt du.«

Während Emilia eilig die Gürtel löste, die sie verwendet hatte, hörte Elisabeth die Worte, konnte sie aber nicht nachvollziehen.

»Ich erinnere mich nur, dass wir uns gezankt haben, danach ist alles weg.«

»Ich weiß, meine Liebe, ich weiß. Ein dummer und völlig unnötiger Streit.«

»Mama, warum hast du mich ans Bett gefesselt?«, verlangte Elisabeth nun zu wissen.

»Ich habe mir so große Sorgen gemacht, dass du dich verletzen könntest. Du hast um dich geschlagen und gekrampft. Aber das ist ja nun vorbei.«

Einen Moment blickte Elisabeth ihre Mutter geistesabwesend an. Angestrengt versuchte sie, sich zu erinnern, was sonst noch passiert war. Schließlich schüttelte sie den Kopf. Es wollte ihr einfach nicht einfallen.

Ihre Mutter wechselte das Thema: »Erzähl mir doch von dieser Sabrina.«

Also berichtete Elisabeth von ihr und Emilias Miene hellte sich etwas auf. Dann ließ sie ihre Tochter im Bett zurück, um bei Sabrinas Mutter anzurufen. Eine Weile später, als Elisabeth schon fast wieder eingedöst war, kam sie zurück.

Sie wirkte deutlich erleichtert, als sie berichtete: »Ich hatte ein erstaunliches Gespräch mit Frau Schubert. Ich muss mich bei dir entschuldigen. Sabrina soll in der Schule wirklich exzellente Noten haben. Und ihre Mutter hält große Stücke auf sie und bezeichnet diesen Gothiclook ihrer Tochter als eine temporäre, pubertäre Phase. Ich schlage vor, du lädst sie einmal hierher ein, wenn es dir wieder besser geht.«

Damit ging sie nach unten, um Elisabeth schlafen zu lassen, die ob dieses Einlenkens ein schwaches Lächeln zustande brachte. Sie hatte sich noch nie so matt gefühlt, doch sie wachte ständig wieder auf. Vielleicht lag es auch daran, dass sie davor so viel geschlafen hatte oder weil sich jedes Geräusch übersteuert und unnatürlich laut anhörte. Sie konnte sogar ihre Mutter die Karotten in der Küche schneiden hören, obwohl sie sich weit entfernt befand. Das stetige Schack-schack-schack dröhnte wie eine Dampframme in ihren Ohren. Die Gemüsebrühe, die ihr ihre Mutter später hochbrachte, ließ sie kalt werden, nachdem sie nur einmal daran genippt hatte. Sie schmeckte ihr zu fade.

Endlich krabbelte sie aus ihrem Bett, setzte sich ans Fenster und öffnete es weit. Die kühle Abendluft tat gut und vertrieb den Schmerz. Die Sonne ging unter, doch es blieb immer noch hell genug, um Einzelheiten zu erkennen. Die Gerüche waren herrlich. Elisabeth lehnte eine Weile am Rahmen und sog den Harz in sich auf. Ein weitentfernter Schrei einer Eule ließ sie hochschrecken. Sie bemerkte, dass sie etwas fröstelte. Deswegen ging sie zurück in ihr Bett, lies aber das Fenster offen. Wieder eingeschlafen träumte sie vom Wald.

Hexenjagd

Die anderen zwei Jägerinnen näherten sich von der gegenüberliegenden Seite. Anna Binsenkraut zog ihren Talisman heraus und schickte ein Stoßgebet zu ihrer Göttin Freya, wie sie es früher jedes Mal getan hatte, wenn sie in den Kampf zog. Es hatte ihr immer Glück gebracht und mehr als einmal das Leben gerettet. Ein Lächeln voll wilder Vorfreude huschte über ihr Gesicht, als sich ihr Puls beschleunigte. Sie würde gleich wieder jemanden zur Strecke bringen, ganz offiziell, nachdem sie es schon so lange nicht mehr hatte tun dürfen. Anna fieberte dem Kampf entgegen. Mit einem Kuss auf die winzige Darstellung einer schwer gerüsteten Frau mit Flügeln ließ sie es wieder unter ihre Kleidung gleiten. Dann schlich sie lautlos über den schmalen Trampelpfad auf das Waldhaus zu, die Augen komplett weiß, die Hände vor sich erhoben, bereit, sofort einen Angriffszauber loszulassen. Der dichte Nebel dämpfte die Sicht erheblich. Jäh hielt sie inne, als sie vor sich ein schwaches Flackern bemerkte. Nach einer eingehenden Untersuchung musste sie der Gegenspielerin unwillkürlich Respekt zollen. Eine Alarmbarriere, getarnt vor dem magischen Blick durch einen komplizierten Tarnzauber. Man konnte sie fast nicht erkennen, doch die langjährige Tätigkeit als Jägerin hatte Anna paranoid genug werden lassen und ihre Sinne waren offensichtlich noch nicht eingerostet. Wer auch immer das getan hatte, musste nicht nur eine fähige Hexe sein, sondern kannte sich auch mit den Gepflogenheiten der Jägerinnen aus. Zwei offensichtliche Barrieren hatte sie schon umgangen, die einerseits normale Menschen abhielten und ein Einfliegen verhinderten. Wer sich hier versteckte, war eine gefährliche Gegnerin.

Die Anhörung beim Rat vor einigen Tagen war beunruhigender gewesen, als Anna sich zunächst eingestehen wollte. Es war nicht nur eine Jägerin getötet worden, sondern insgesamt vier. Die erste Tote hieß Olga, eine junge blinde Hexe mit enormem Spürsinn. Ihr blankes Skelett hatte man in der Eilenriede in Hannover gefunden.

Ein Suchtrupp von drei Hexen unter der Leitung ihrer alten Partnerin Lylly Urs war daraufhin ausgesandt worden und hatte eine Fährte bis in den Teutoburger Wald verfolgt, wo sie spurlos verschwanden. Man hatte einige Zeit später drei tote Frauen aus der Weser gezogen. Die Polizei glaubte an ein Badeunglück, doch Anna und der Rat wussten es besser. Jemand hatte ein komplettes Suchteam ausgelöscht. Anna erstaunte es nicht, dass man sie um Rat fragte, denn sie hatte mit Lylly jahrelang zusammengearbeitet. Diese war es auch gewesen, die von ihrer Schwangerschaft gewusst und sie gedeckt hatte. Anna schuldete ihr etwas.

Da der Rat auf sie zurückgegriffen hatte, obwohl sie eigentlich ausgestoßen worden war, zeigte ihr, wie verzweifelt dieser sein musste. Sie war sich auch sicher, dass er etwas verschwieg. Immerhin winkte die Option, wieder in den aktiven Dienst aufgenommen zu werden. Das hatte man ihr als Belohnung angeboten. Sie hatte daraufhin bei Theobald angerufen und ihm gesagt, sie müsse noch eine Woche in Berlin bleiben. Er solle so lange die Apotheke schließen und mit Herrn Zenkmann in Clausthal telefonieren, damit er den Dienst übernahm. Theobald hatte ihr alles Gute gewünscht, aber er klang eine Spur zu glücklich am Telefon. Er wurde für ihren Geschmack in der letzten Zeit zu neugierig. Ein intelligenter Sohn einer Hexe. Sie liebte ihn zwar sehr, aber er war auch der Grund, warum sie nicht mehr ihren Dienst versah. Anna hatte damals vor Erleichterung gejubelt, als ihre Mutter ihr mitgeteilt hatte, dass eine Magieuntersuchung negativ verlaufen war. Sie selbst hatte ihn später mit dem Blick gemustert, aber er verströmte keinerlei magische Aura. Und das war gut so. Die Deaktivierung und Strafversetzung in den Harz hatte sich im Nachhinein als gar nicht so schlimm herausgestellt. Sie hatte die neu gewonnene Freiheit genießen gelernt.

Doch genau jetzt, in diesem Moment, war sie wieder ganz die Jägerin und voller Spannung und Tatendrang. Der Alarmzauber zog sich um das Haus, konnte aber leicht überwunden werden, da er eher wie ein Band gewoben war. Der Tarnzauber machte ihn erst richtig gefährlich. Viele hätten ihn nach den offensichtlichen Barrieren übersehen. Anna ließ sich in einer Mulde neben dem Weg auf den Rücken hinab und rutschte vorsichtig Zentimeter für Zentimeter unter dem Flirren hindurch. Sie wagte es nicht, Magie einzusetzen, da das Brechen des Zaubers sicher sofort bemerkt werden würde. Dass sie sich dabei schmutzig machte, war ihr egal. Sie befand sich in ihrem Element.

Sie hatte es gerade geschafft, da leuchtete vor ihrem Hexenblick der Zauber auf und ein Alarm bellte los. Anna war sich absolut sicher, den Zauber nicht berührt zu haben, aber sie kam ja nicht allein. Sie stieß einen Fluch aus, sprang auf und rannte los Richtung Hintertür, während sie hastig einen magischen Schild hochzog. Vorbei war es mit ihrem Überraschungsvorteil. Eine heftige Explosion an der Vordertür und ein schmerzerfüllter Schrei verrieten ihr, dass gerade eine ihrer Mitjägerinnen schwer erwischt worden war. Sie machte sich nicht die Mühe, die Klinke zu drücken, sondern blieb kurz stehen und schleuderte aus sicherer Entfernung ihre volle magische Kraft gegen die Tür. Sie hielt einige Augenblicke länger stand, als normales Holz es vermocht hätte, aber schließlich riss sie mit lautem Krachen aus der Zarge und flog nach innen, nicht ohne hier auch unter einem Knall ein rotleuchtendes Flammenmeer zu versprühen. Höllenfeuer, schwarze Magie! Anna duckte sich unwillkürlich, doch sie stand weit genug weg, um nicht erwischt zu werden. Die Flammen brannten schnell nieder, denn sie verzehrten nur lebende Kreaturen und deren Seelen. Ihr magischer Schild hätte ihr da wenig geholfen.

Anna rückte vor, während sie in ihrer Hand einen Betäubungsball formte. Erneut legte sie all ihre Kraft hinein. Sie schleuderte ihn ins Haus. Mit einem ohrenbetäubenden Knall ging er hoch. Die Scheiben drückte es komplett nach außen und überall flogen Splitter umher. Im letzten Moment bemerkte sie aus den Augenwinkeln einen Besen, der hinauf in den wolkenverhangenen Nachthimmel rauschte, auf ihm eine Gestalt im Nachthemd und mit einer Umhängetasche. Anna schoss noch einen Zauber hinterher, aber der Besen flog zu schnell, die Wolken verschluckten ihn schon Momente später. Ihre Gegnerin war entkommen.

Erneut fluchend betrat Anna das Haus. Nach dem Betäubungsball war innen nicht mehr viel heil geblieben. Das Haus hatte im Wesentlichen aus einem Raum und einer kleinen Schlafkammer bestanden. Es gab auch noch ein Bad. Die Einrichtung erinnerte Anna an eine klassische Hexenhütte, eine wie aus einem alten Märchen. Es gab einen offenen Kamin mit einem Kessel, der auf der

Seite lag. Kräuter lagen herum und Pflanzen aller Art. Ihre dritte Kollegin fand sie im Schlafzimmer im Türrahmen mit einem dampfenden Loch im Oberkörper, durch das Anna den blutverschmierten Fußboden sehen konnte. Ein Energieblitz, so vermutete sie. Dagegen hätte der Schild geholfen.

Verdammte Amateure, mit denen man sie losgeschickt hatte, dachte Anna verdrossen. Ein Blick vor die geborstene Haustür genügte, um ihr zu zeigen, dass die andere Jägerin auch nicht mehr lebte. Es bot sich ein grässliches Bild einer verkohlten Leiche in unverbrannter Kleidung mit weit aufgerissenem Mund und hohlen Augenhöhlen. Larindra war ihr Name gewesen, soweit sich Anna erinnerte. Sie hatte vor einigen Minuten noch wunderschön ausgesehen. Dem Rat würde das gar nicht gefallen. Anna wandte sich um und durchsuchte die Hütte gründlich. Vieles war zerstört, doch in einem Rezeptbuch für Arzneien stieß sie auf einen Namen. *Dr. med. Rawinda Borga.* Anna Binsenkraut keuchte auf. Wenn es sich um die Borga handelte, dann hatte sie mehr als Glück gehabt, das eben zu überleben. Borga war eine Legende unter den Hexen. Anna überlegte eine Weile. Wann hatte Borga noch den Vorsitz des Hohen Rates innegehabt? Es muss zu Zeiten von Napoleon gewesen sein, aber man hatte sie wegen schwarzer Magie angeklagt und zum Tode verurteilt. Soweit die Geschichte der Hexen weiter berichtete, war Borga vor ihrer Hinrichtung geflohen und hatte den Rat verflucht. Was genau ihr Fluch aussagte, war nicht überliefert, aber seit dieser Zeit hatte der Rat in Berlin nicht mehr die Bedeutung in der Welt, die er zuvor hatte. Borga hier zu finden, kam einer Sensation gleich. Anna war sich bewusst, dass dies alle in Berlin aufschrecken würde. Doch damit sollte sich der Rat selbst herumschlagen. Sie hatte ihr Ziel erreicht und die Identität der gesuchten Hexe aufgedeckt. Mehr hatte man nicht von ihr verlangt.

Behutsam sammelte sie alle Beweise ein, die sie finden konnte. Nachher würde sie dann die ganze Hütte in Brand stecken. Kein Normalsterblicher durfte sehen, was sich hier befunden hatte.

Beim Durchsehen der Dinge im Hauptraum fand sie noch etwas Merkwürdiges. Es schien ein Splitter eines Kristalls zu sein. Da es durch die Phiolen und anderen Glasdinge abertausende Splitter gab, war es ein Wunder, dass sie diesen überhaupt fand. Er stammte von einem Bergkristall, so viel konnte sie erkennen.

Seltsamerweise hatte er sich nachtschwarz verfärbt. Ein Blick in die magische Dimension enthüllte, dass er fast komplett ausgebrannt war. Als sie ihn berührte, flackerte kurz ein schwaches Bild in ihrem Geist von einem kleinen Baby auf. Ein Kribbeln jagte ihren Arm hinauf, aber das Bild verschwand sofort wieder, doch das Kribbeln blieb länger und machte ihren Arm fast taub. Das war in der Tat merkwürdig. Anna konnte sich keinen Reim darauf machen, wickelte den Kristallsplitter vorsichtig in ein Taschentuch und steckte ihn in ihre Hosentasche. In der Küche fand sie einen Kanister mit Petroleum. Sie verschüttete ihn in dem Haus. Als sie ihr Werk schließlich vollendet hatte, ging sie hinaus und zog die Jägerin, die draußen lag, auch hinein. Sie suchte die Taschen ab und fand den Autoschlüssel des Dienstwagens, der auf dem Parkplatz wartete, und nahm ihn an sich. Dann steckte sie das Haus in Brand. Ohne zurückzublicken, lief sie über den Weg zurück. In Berlin würde man große Augen machen.

Schulanfang

Sabrina hatte vor dem Schulgebäude, einem roten Backsteinbau, auf Elisabeth gewartet. Dankbar, dass ihre Mutter nicht mitkam, weil sie Klara begleitete, war Elisabeth auf ihre neue Freundin zugelaufen. Die Schüler strömten in kleinen Gruppen ins Gebäude. Die meisten kamen zu Fuß. Der Schulbus hielt am Busbahnhof etwa dreihundert Meter den Berg hinunter, dort wo der alte Bahnhof einst gelegen hatte. Die Schienen hatte man vor vielen Jahren entfernt. Es muss spannend gewesen sein, dachte Elisabeth bei sich, früher mit einer schnaufenden Dampflokomotive hier hinaufzufahren. Es gab im Ostharz noch einige von den Harzer Schmalspurbahnen. Die bekannteste davon schlängelte sich von Wernigerode über Schierke bis zum Brocken hinauf, aber hier in Clausthal gab es keine Schienen mehr. Schade eigentlich.

Sabrina lächelte sie an. »Bereit für deinen ersten Tag? Meine Ma hat schon mit deiner Mutter telefoniert. Du bist nach der Schule zum Spaghetti-Essen eingeladen! Vegan natürlich.« Sabrina rollte mit den Augen. »Auch wenn ich eigentlich die Thunfisch-Weißweinsoße lieber mag!«, setzte sie hinzu. »Aber Ma hat mir vorgerechnet, wie viel Kalorien weniger das sind, und ich will ja abnehmen.«

Elisabeth musterte Sabrina. Ihre Figur wirkte zugegebenermaßen recht kräftig. Sie hatte eine zerschnittene Jeans an und ein Top, das eher aussah wie ein schwarzes Spinnennetz, allerdings verschleierte es etwas Sabrinas Ausmaße. Passend dazu hatte sie schwarzen Lidschatten und dunkelroten Lippenstift aufgetragen. Elisabeth fand das Outfit cool, vielleicht deswegen, weil ihre Mutter ihr nie so etwas erlaubt hätte. Sabrina hakte sie unter und sie betraten das Gebäude. Es war viel kleiner als die Schule in Hannover mit ihren Plastikwänden und riesigen Gängen. Hier wirkte alles beschaulich. Von der zehnten Klasse gab es nur eine A und eine B. Sabrina steuerte zielsicher auf das Klassenzimmer der B zu. Einige Schüler saßen schon im Raum. Sabrina zog Elisabeth mit und setzte sich, ohne jemanden zu fragen, in die erste Reihe. Elisabeth zögerte.

»Sei nicht so schüchtern, setz dich!«

»Nun ja, ich habe noch nie in der ersten Reihe gesessen. Ich verdrücke mich meistens nach hinten!«, gab diese zu.

»Damit ist jetzt Schluss! Ich habe dir versprochen, dass ich dir helfe, und das tue ich auch. Hier vorne bekommt man alles mit und du kommst auch häufiger dran!«

Mit einem leicht verängstigten Blick setzte Elisabeth sich dann doch hin.

»Schau mal, die Grabschlampe hat eine Freundin gefunden! Heißes Gestell, wenn auch etwas dürre.« Vinzenz und seine zwei Schatten, Alim und Ojan, standen in der Tür.

Sabrina wurde vor Wut rot, was sich bei ihrer hellen Haut in tiefem Rosa zeigte. Elisabeth tat lieber so, als hätte sie es nicht gehört und suchte etwas in ihrer Tasche. Sie wusste nicht, was sie auf den Spruch erwidern sollte, und war dankbar, dass in dem Moment ein blonder Junge mit Sommersprossen sich an den Dreien vorbeischob und ebenfalls in die erste Reihe setzte, direkt neben Elisabeth auf die andere Seite des Mittelganges.

»Na, da ist ja der andere Streber! Kannst schnell laufen, Theo.« Mit höhnischem Gelächter gingen die drei zur letzten Reihe und fläzten sich hin. Alle anderen in der Klasse machten ihnen eiligst Platz.

»Hi Theo!«

»Hi Brina! Du musst die Tochter von den Wollners sein, richtig?«, Theobald sah Elisabeth erwartungsvoll an.

Elisabeth gaffte mit offenem Mund zurück und vergaß ganz, zu antworten. Sabrina sprang für sie ein.

»Ja und sie hat auch einen Namen, sie heißt Elisabeth!«

»Klar! Deine Mutter habe ich schon kennengelernt. Du hast noch eine Schwester, richtig?« Als Elisabeth immer noch nicht antwortete, ergänzte er, »Dies ist eine kleine Bergstadt. Hier bekommt man vieles mit. Dein Vater hat im Matheinstitut angefangen, oder? Bist du auch ein Mathefreak?«

Elisabeth schüttelte mit traurigem Blick den Kopf. »Genau da bin ich eine Vollniete«, räumte sie ein. Sie fand Theobald gar nicht aufdringlich. So, wie er das betonte, war es eine simple sachliche Feststellung, nicht mehr. »Aber Sabrina will mir helfen!«, verriet sie ihm gleich.

»Wenn du Fragen hast, kein Ding. Kannst mich auch immer fragen!«

»Soso, willst du etwa etwas wiedergutmachen, indem du jetzt deine Hilfe anbietest?«, funkelte Sabrina Theobald böse an.

Elisabeth wusste zwar nicht, worauf ihre Freundin anspielte, aber jetzt wurde Theobald rot und drehte sich von ihnen weg. Sabrina warf ihr einen wissenden Blick zu, kam aber nicht mehr dazu, etwas zu erklären, denn jetzt betrat eine ältere Frau mit Nickelbrille und strengem Anzugskostüm das Klassenzimmer. Zu Elisabeths Verwunderung setzte schlagartig ein Gescharre von Stühlen ein, als alle Schüler gleichzeitig aufsprangen, sogar die drei in der letzten Reihe. Also tat Elisabeth es ihnen gleich.

»Guten Morgen, Frau Schramm!«, dröhnte es durch die Klasse.

Die sehr korpulente Frau stelzte auf hohen Absätzen in den Raum und stellte mit einem wohlwollenden, aber irgendwie strengen Lächeln ihre Tasche auf dem Pult direkt vor Elisabeth ab, welche erstaunt auf ihre Klassenlehrerin hinabblickte. Diese war mit Absätzen gut und gerne anderthalb Köpfe kleiner als sie und maß nur knapp über einen Meter fünfzig. Doch das täuschte über ihre wahre Größe hinweg, denn die Klasse spurte sofort. Mit dieser Frau war sicher nicht gut Kirschen essen, wenn man ihr in die Quere kam, vermutete Elisabeth.

»Guten Morgen, neue Zehn B!«, trällerte es der Klasse in einer tiefen Altstimme entgegen. »Wie ich sehe, haben alle die schulfreie Zeit gut überstanden und auch diejenigen, die hart um die Versetzung in den nächsten Jahrgang kämpfen mussten, haben den Klassenraum ebenfalls wiedergefunden!«

Dabei stach ihr Blick, der nun kaum noch etwas von dem Lächeln zeigte, an allen anderen Schülern vorbei direkt auf die letzte Reihe. Dann wandte sie sich wieder nach vorn.

»Sabrina, meine Liebe, ich sehe, dass dein Kleidungsgeschmack sich nicht gebessert hat, was ich sehr bedauere. Wir haben auch einen Neuzugang aus Hannover, Elisabeth Wollner! Willkommen! Ich sehe, dass du ordentlich Nachholbedarf hast.« Sie warf kurz einen Blick in eine Mappe, die sie mit einer flüssigen Bewegung aus ihrer Tasche gezogen hatte, »Aber ich stelle fest, dass du dich verbessern willst. Dafür hast du dich genau an die richtige Stelle gesetzt. Wenn du fleißig bist, werden wir das schon hinbekommen! Ach, ein Lichtblick in Sport sehe ich. Nun, das ist nicht mein Fach, aber irgendeine Schwäche hat vermutlich jeder. Auf jeden Fall sind wir mit dir wieder zwanzig Schüler, nachdem Peter Jannes uns leider verlassen hat.« Zur Klasse gewandt ergänzte sie noch: »Dieses Jahr haben wir auch einen neuen Lehrer an der Schule. Ihr werdet ihn in Geschichte und Sport haben. Herr Burglos ist viel herumgereist und wird sicherlich mit einer ganzen Reihe von interessanten Begebenheiten den Unterricht auflockern können.« Es klang, als wäre das etwas Schlechtes. Frau Schramms Abneigung gegen den neuen Lehrer triefte förmlich aus ihren Sätzen.

»Ihr sollt euch wegen der AGs bis zur sechsten Stunde vor dem Sekretariat in die Listen eintragen. Jeder muss mindestens zwei AGs wählen. Nun denn, lasst uns anfangen! Der neue Stundenplan ...« Sie öffnete die Tafel und alle setzten sich hastig, um ihn abzuschreiben.

Elisabeth merkte schnell, dass die Klasse Frau Schramm nur ein Theater braver Schüler vorspielte. Unter den Bankreihen wurden Zettel getauscht und hinter ihrem Rücken wilde Grimassen geschnitten. Sabrina und Theobald machten eifrig im Englischunterricht mit und Elisabeth erkannte, dass es durchaus ein Vorteil war, wenn die Klasse einem nicht direkt ins Gesicht schauen konnte. Beeinflusst von beiden meldete sie sich auch einmal mit und kam prompt dran. Als ihre Antwort Frau Schramm zufrieden stellte, knuffte ihr Sabrina aufmunternd in die Seite. So schlecht fing es doch gar nicht an.

In der Pause nach der zweiten Stunde strömten die Schüler in die Aula. Am Schwarzen Brett vor dem Sekretariat hingen die AG-Listen aus. Viele hatten sich schon eingetragen.

»Du sollst doch abnehmen, hat deine Mama gesagt«, fing Elisabeth an, als sie eine Liste sah, in der erst wenige Einträge standen und über welcher der Titel *Fit in allen Belangen* prangte.

»Ja schon«, sagte Sabrina, »aber ich will weiter die Astronomie belegen bei Grobber. Da lernt man viel über Sterne.«

»Gut, dann trag mich auch da mit ein, aber es sieht schon voll aus.«

Sabrina zog einen Kugelschreiber aus der Tasche und trug sich und Elisabeth in die Liste für Astronomie mit ein, obwohl die Plätze bereits voll waren.

Das blanke Entsetzen spiegelte sich in ihrem Gesicht, als Elisabeth dies auch für die Sport AG tat.

»He, was soll das denn? Ich habe uns doch gerade in Astronomie eingetragen«, meuterte Sabrina.

Elisabeth grinste. »Ja schon, aber wir müssen immer zwei Kurse angeben, oder? Und in diesem Kurs sind erst sechs andere Leute drin. Ich wette, der wird es. Du willst doch fit werden, oder?«

Nun sah Sabrina genauer hin. »Bist du völlig übergeschnappt? Da stehen unsere drei Schuldeppen auch drin. Ich mach doch keinen Kurs mit denen.«

»Komm schon«, animierte Elisabeth sie. »Du hilfst mir, schlau zu werden, und ich helfe dir, fit zu werden.«

Bevor Sabrina, die inzwischen sauer wurde, sich an Elisabeth vorbeidrängeln konnte, um ihren Namen durchzustreichen, schob sich jemand anderes vor und trug sich ebenfalls ein.

»Theo? Du auch?«

Der Apothekersohn drehte sich zu ihnen um. »Wenn ihr euch traut, dann ich ebenfalls. Was sagt ihr, wollen wir endlich unseren Ruf als Streber ablegen?«

Sabrina blickte Theobald mit derart verdattertem Gesicht an, dass Elisabeth losprusten musste. »Ich glaube, das liegt an mir«, stieß sie dann hervor. »Kaum da und schon bringe ich alles durcheinander. Aber wenn ihr beiden auch mitmacht, dann werden wir es denen schon zeigen.«

Negersprung im Nebel

Die Schule gefiel Elisabeth immer besser. Seit Beginn des Schuljahres hatte ihre Mutter sie endlich in Ruhe gelassen. Während sie die ersten Dehnübungen machte, die anderen in Grüppchen zusammenstanden und schwatzten, betrat Manfred Burglos die Sporthalle. Etwa einen Meter achtzig groß, sonnengebräunt und durchtrainiert wie ein Zehnkämpfer. Den Mienen ihrer Mitschülerinnen sah Elisabeth überdeutlich an, dass dieser Lehrer zum Schwarm aller Mädchen werden würde. Burglos lächelte strahlend in die Runde und Annabell aus der zweiten Reihe machte Anstalten, in Ohnmacht zu fallen. Der Sportlehrer zog das Tor zum Geräteraum auf und warf die Medizinbälle heraus.

»Werfen und Fangen! Teilt euch in Zweier- und Dreierteams auf!«, rief er in die Runde und klatschte auffordernd in die Hände.

Besonders die Mädchen kamen seiner Forderung erstaunlich fix und mit Feuereifer nach, was Elisabeth ebenso amüsiert bemerkte wie Sabrina und Theobald. Während Burglos durch die Halle ging, um hier und da Anweisungen zu geben, beobachtete Elisabeth, wie Annabell dem Sportlehrer auf den Hintern schaute. Als deren Freundin Beate ihr den Ball zuwarf, bekam Annabell ihn prompt an den Kopf und ging zu Boden.

»Ist die jetzt echt weggetreten oder wartet sie auf eine Mund-zu-Mund-Beatmung durch Burglos?«, ätzte Sabrina. Theobald und Elisabeth brachen in prustendes Gelächter aus, während Manfred Burglos Annabell auf die Beine half und sie zur Erholung nach draußen schickte. Für die anderen ging es weiter.

Sabrina, die mit Elisabeth übte, konnte schlecht werfen, war aber richtig gut im Fangen, doch sie schnaufte wie eine Dampflok und schwitzte nach kurzer Zeit überall. Elisabeth nicht. Sie tänzelte während des Werfens und Fangens immer hin und her und fing jeden Ball mit Leichtigkeit. Plötzlich klopfte ihr Manfred Burglos anerkennend auf die Schulter.

»Du bist die Neue aus Hannover? Elisabeth, richtig?«

Prompt ließ sie den Ball, den sie gerade gefangen hatte, fallen. Sie lächelte verlegen und nickte. Mehr brachte sie nicht hervor. Manfred Burglos stand direkt neben ihr, während sein muskulöser Körper sich gut unter dem knapp sitzenden Muskelshirt abzeichnete. Ihr wurde heiß. Betreten hob sie den Ball wieder auf.

»Du hast eine exzellente Beinarbeit. Spielst du Basketball oder Handball?«

»Nein, ich laufe eigentlich nur«, konnte sie schließlich antworten.

»Dann bist du ein Naturtalent. Du hast immer volle Kontrolle über deinen Schwerpunkt und extrem gute Reflexe. Ich habe gesehen, dass du in meiner AG bist. Deine Partnerin ist wohl Sabrina, die Schlauste, wenn man den anderen Lehrern glauben darf. Ich finde es toll, dass du mit ihr trainierst. Deine Freundin, hmmm? Ich freue mich schon auf den Kurs mit euch.« Dann setzte er hinzu: »Übrigens wenn du läufst ... wir wollen dieses Jahr mit dem Kurs am Harzlauf teilnehmen. Ich zähle auf dich!« Damit wandte er sich ab und richtete seine Aufmerksamkeit wieder auf die anderen.

»Wenn du mich fragst, hat der Burglos dich gerade richtig lange in Beschlag genommen. Was wollte er?«, quatschte Sabrina sie sofort an, als er wegging.

Elisabeth blickte ihre Freundin an, dann grinste sie. »Nun, er findet, ich sei ein Naturtalent. Astronomie kannst du dieses Jahr ganz sicher vergessen. Ich wette, wir sind in seinem Kurs.«

Bei dem Gedanken daran, wie Sabrinas Gesicht ausgesehen hatte, musste Elisabeth im Auto viel später erneut breit lächeln, als sie vom Einkaufen zurückfuhren. Es war eine Mischung aus Schock und ungläubigem Staunen gewesen. Der Nebel war dick wie Suppe, als sie von Osterode nach Clausthal hochfuhren. Ihre Mutter starrte sichtlich angestrengt in die Dämmerung, während Elisabeth gelangweilt aus dem Seitenfenster schaute. Sie träumte vor sich hin.

In einer der letzten Nächte war etwas Komisches passiert. Elisabeth war gegen Mitternacht schlagartig wach geworden und hatte am ganzen Körper ein Brennen gespürt. Hilfesuchend war sie schließlich zu ihrer Mutter gegangen und hatte sie geweckt. Die Reaktion war ernüchternd gewesen. Ihre Mutter hatte ihr gleich drei Esslöffel voll von dem Trank gegeben und seitdem das Prozedere morgens, mittags und abends wiederholt. Das Kribbeln war zwar verschwunden, aber Elisabeth hatte stattdessen komisch geträumt. Irgendwie kam immer ein Wald darin vor und meistens lief sie.

Die höhere Dosis, die sie nun zu sich nehmen musste, hatte alle Vorräte schnell aufgebraucht. Ihre Mutter hatte Elisabeth diesen Samstag kurzerhand mitgenommen, als sie nach Osterode zur Apotheke fuhr. Der Frage, warum sie nicht in Clausthal oder Zellerfeld einkaufe, wo doch Theobalds Mutter die Apotheke führte, wie Elisabeth inzwischen wusste, war ihre Mutter ausgewichen. Es erstaunte sie, dass ihre Mutter den Trank inzwischen alleine ohne Frau Dr. Borga zubereiten konnte. Bei dem Gedanken daran kam Elisabeth das belauschte Gespräch wieder in den Sinn. Vor was waren sie nun wirklich geflohen? Immerhin hatte sich viel seit diesem denkwürdigen Tag ereignet und Elisabeth hatte das Gespräch fast vergessen. Doch nun wurde es wieder präsent. Der Apotheker hatte sichtlich die Stirn gerunzelt, als er ihrer Mutter die Bestellung aushändigte, aber er hatte keine unangenehmen Fragen gestellt. Dann hatten sie noch etwas getrunken und einen Spaziergang durch die Innenstadt gemacht.

Sie näherten sich der letzten Kurve vor der Abzweigung zur Innerste, als der Nebel noch dichter wurde. Die Kurve, so hatte Elisabeth von Theobald gehört, hieß bei den Einheimischen politisch unkorrekt *Negersprung*, weil angeblich vor zig Jahren nach dem Zweiten Weltkrieg ein schwarzer amerikanischer Soldat und ein paar Kameraden mit einem Armeejeep mit Vollgas direkt in den Abgrund gerast waren. Danach hatte sich dieser umgangssprachliche Ausdruck eingebürgert. Ob das stimmte, wusste sie nicht, aber es klang gefährlich.

Emilia Wollner schaltete noch einen Gang herunter und starrte angestrengt über das Lenkrad. Es war gespenstisch und der Nebel schien das Licht zu blocken. Plötzlich fiel eine große Gestalt von der Böschung direkt vor den Wagen. Elisabeth sah eine Art riesigen grauen Wolf im Scheinwerferlicht landen. Sie fuhren immer noch zu schnell. Ihre Mutter hätte bremsen müssen, doch diese stieß im Angesicht der Gestalt nur einen schrillen, angsterfüllten Schrei aus und riss die Arme vor die Augen. Das Wesen starrte in die Scheinwerfer.

Der Aufprall folgte nur Bruchteile von Sekunden später. Der riesige Wolf wurde vom Auto erfasst, über die Motorhaube sowie das Dach geschleudert und verschwand über die Seitenleitplanke im Abgrund. Erst jetzt bremste Frau Wollner den Wagen ab, der daraufhin ins Schleudern kam, weil sie das Lenkrad losgelassen hatte. Elisabeth griff geistesgegenwärtig zu und hielt es gerade. Mit quietschenden Reifen kam das Fahrzeug auf der Gegenfahrbahn, keine Handbreit von der Leitplanke entfernt, zum Stehen.

Emilia Wollner griff jetzt wieder zum Lenkrad, als wolle sie es zerquetschen. Sie schien der Ohnmacht nahe und war kreidebleich. Sekunden, die sich wie Minuten anfühlten, vergingen, ohne dass jemand etwas sagte.

Elisabeth, die ebenfalls geschockt war, fand ihre Stimme als Erste wieder. »War das ein Wolf? Wir haben ihn angefahren. Mama, was machen wir denn jetzt?« Als diese immer noch nicht antwortete, machte Elisabeth Anstalten, auszusteigen.

Das riss ihre Mutter aus der Trance. Mit ungewöhnlich hoher Stimme kreischte sie: »Nein! Unter keinen Umständen! Bleib, wo du bist! Es ist zu gefährlich. Wir müssen hier weg.«

»Aber Mama, das Tier ist sicher schwer verletzt. Wir sollten Hilfe holen und das melden! Wölfe stehen unter Naturschutz.«

Plötzlich kehrte da eine Spur des ärgerlichen Funkelns in die Augen ihrer Mutter zurück, während sie hektisch versuchte, den Motor wieder zu starten. Ihre nächsten Worte ließen keine Zweifel zu. »Du hörst auf das, was ich sage! Wir müssen hier weg, und zwar schnell!«

Augenblicklich sprang der Motor wieder an und Emilia Wollner fuhr los, so schnell sie konnte. Auf dem Rest der Fahrt hatte Elisabeth noch viel mehr Angst als eben. Ihre Mutter sauste waghalsig in die Abzweigung und dann ohne Rücksicht auf mögliche entgegenkommende Autos die schmale Straße an der Innerste hinunter. Sie hielt mit einer Vollbremsung vor dem Haus. Elisabeth ließ sich hinein scheuchen, blieb aber verdattert im Wohnzimmer stehen. Ihre Mutter schloss hastig die Tür und schob die Riegel vor. Erst als alles geschlossen war, griff sich Emilia Wollner eine Flasche Harzer Grubenlicht, die ihr Mann als Willkommensgeschenk von der Fakultät bekommen hatte, ließ sich auf die Couch fallen und nahm mehrere tiefe Schlucke. Dann brach sie in stummes Weinen aus, dass die Tränen nur so herabliefen.

Elisabeth stand immer noch hilflos keine drei Meter neben ihr und wusste nicht, was sie tun sollte. Ihre Mutter hatte einen riesigen Schock und sie hatte vor etwas Angst. Der Wolf konnte es sicher nicht gewesen sein, grübelte Elisabeth. Der lag vermutlich halbtot unten am Hang und starb gerade. Doch die Reaktion ihrer Mutter ließ sie vermuten, dass diese nicht davon ausging. Das Tier war wirklich richtig groß gewesen, aber da Elisabeth noch nie Wölfe in freier Wildbahn gesehen hatte, hatte sie keinen Vergleich. Vermutlich hatte der Nebel ihnen auch einen gewaltigen Streich gespielt, in dem er die Umrisse vage und größer gezeichnet hatte. Vielleicht war jetzt die Gelegenheit, etwas mehr aus ihrer Mutter herauszubekommen. Auf jeden Fall wollte Elisabeth sie trösten. Sie ging zu ihr und berührte sie sacht am Arm.

Emilia fuhr zusammen und wischte sich die Tränen weg. »Ach, du bist ja noch da, ich … ich bin nur so fertig, weißt du. Ich habe noch nie ein Tier angefahren. Das ist schrecklich!«

»Mama, du konntest nichts dafür! Der Wolf ist uns quasi direkt vor die Motorhaube gesprungen!«

Beim Wort *Wolf* zuckte Frau Wollner erneut zusammen. Das kam Elisabeth komisch vor. Irgendetwas verbarg ihre Mutter vor ihr. Sie setzte sich neben sie und schlang ihre Arme um sie.

»Mama, das wird schon wieder. Ich bin ja bei dir.«

Emilia Wollner hing wie ein Häufchen Elend in ihren Armen. »Ja, du bist bei mir und ich bin an allem schuld, nur ich allein! Ich zahle jetzt für alles, was ich getan habe.« Erneut schüttelte ein heftiger Schluchzer sie durch, dann nahm sie noch einen Schluck. Die Flasche war bereits halb leer.

»Woran bist du schuld?«, bohrte Elisabeth vorsichtig nach.

Da stellte ihre Mutter endlich die Flasche weg und nahm das Gesicht ihrer Tochter liebevoll in beide Hände.

»Du musst nur so viel wissen: Ich liebe dich über alles und ich werde dich immer beschützen. Ich habe meine Entscheidung getroffen und jetzt gibt es kein Zurück mehr. Du musst mir einfach nur vertrauen.«

Elisabeth runzelte die Stirn, nickte aber, um zu verstehen zu geben, dass sie gehört und verstanden hatte, obwohl das gerade eben mehr Fragen aufwarf, als es beantwortete. Sie bekam noch einen Kuss auf die Stirn, der ihr sagte, dass sie heute nicht mehr erfahren würde.

Verwirrt ging sie ins Bett. Sie träumte von dem Unfall in dieser Nacht, nur diesmal hielt der Wolf einen Zettel in die Scheinwerfer mit der Aufschrift: *Du wirst bezahlen! Die Rache kommt!*

Schweißgebadet wachte Elisabeth auf und verspürte wieder das Kribbeln in ihrem Körper. Ein neuer Anfall drohte. Vorsichtig schlich sie in die Küche und nahm einen kräftigen Schluck aus der letzten Flasche. Die Zutaten für den neuen Trank hatte sie ja erst frisch gekauft. Ein leichtes Klirren aus dem Wohnzimmer ließ sie aufschrecken. War jemand eingedrungen? Sie griff sich das Nudelholz und schlich vorsichtig hinüber. Es brannte noch Licht. Ihre Mutter lag auf der Couch. Die leere Flasche war wohl gerade zu Boden gefallen und hatte das Geräusch verursacht. Besorgt nahm Elisabeth eine Decke und deckte ihre Mutter zu.

In diesem Moment fasste sie einen Entschluss. Sie würde nachsehen, ob der Wolf wirklich tot war. Wenn nicht, würde sich vielleicht ihre Mutter wieder beruhigen. Und sie hatte auch schon eine Idee, wie sie es anstellen würde. Zu fragen hatte keinen Zweck. Gleich morgen würde sie Sabrina zu einem Trainingslauf einladen.

Laufen für Fortgeschrittene

Elisabeth stöhnte auf, als nicht Sabrina, sondern Theobald ihr die Tür öffnete. Irgendwie kam sie sich übergangen vor, denn auch er trug bereits Laufklamotten.

»Hi, Sabrina hat mir Bescheid gesagt, dass wir heute Laufen üben. Finde ich cool, dass du es so ernst nimmst. Ich komme mit, da kann ich bestimmt auch was von dir lernen.«

Elisabeth erwiderte den Gruß nur mit einem Nicken und schlüpfte an ihm vorbei. Doch sie konnte Sabrina nicht allein erwischen. Ihre Freundin saß auf der Treppe und kämpfte sich in alte Turnschuhe.

»Hallo Elle, ich dachte mir, dass wir am besten noch jemanden mitnehmen, falls ihr mich zurücktragen müsst.« Sie brachte ein schwaches Lächeln zustande, beugte sich dann aber gleich wieder zu ihren Schuhen hinunter und fluchte. »Verdammt, die haben doch mal gepasst!«

Ihre Mutter schaute aus der Küche und feixte: »Und das ist noch gar nicht so lange her, etwa vor zehn Kilo.«

»Mama!«, gab Sabrina zurück und warf einen Schuh nach ihr, verfehlte diese aber weit. Elisabeth machte einen Satz und fing ihn auf. Als sie ihn ihr zurückgab, wirkte Sabrina sehr geknickt. »Sie hat ja recht, aber es zu hören, tut weh.«

Endlich waren die Turnschuhe geschnürt und es ging vor die Haustür, Elisabeth hüpfte vorweg und machte ein paar Dehnübungen. Erst nach einigen Momenten wunderte sie sich, wo die anderen beiden blieben. Sie kamen nach kurzen Augenblicken zwischen den Häusern aus einer Nische heraus. Elisabeth hob eine Augenbraue. Da stimmte etwas nicht. Und richtig, sie sah noch im letzten Moment, wie Theobald eine kleine Flasche wegsteckte. Fast so eine, wie sie in ihrer Notfalltasche hatte, die sie immer bei sich trug.

»Was habt ihr da gemacht?«, wollte sie wissen.

Sabrina schwieg betreten, doch Theobald strahlte sie an.

»Egal, du kannst es ruhig wissen. Ich kenne mich doch mit Kräutern und so aus und meine Mutter arbeitet in der Apotheke. Da habe ich ein paar kräftigende Sachen zusammengerührt – als Stärkung, damit wir mit dir mithalten können.«

»Ihr habt euch gedopt?« Elisabeth konnte es nicht fassen. »Ich meine, ihr habt doch noch nicht mal angefangen.«

»Lass gut sein, Elle!«, wehrte Sabrina ab. »Ich bin mir völlig im Klaren, dass ich hier schummle, aber ohne trau ich mich einfach nicht. Theo hat das Zeug auf dem Weg hierher schon ausprobiert. Wenn jemand zuerst blau anläuft und umkippt, dann er. Lass uns loslaufen, sonst verpufft die Wirkung wieder.« Und damit trabte sie den Zellbach hoch an einer immer noch erstaunten Elisabeth vorbei, Theobald folgte ihr und grinste dabei siegessicher.

Das legte in Elisabeth einen Schalter um. Sie joggte hinterher, musste jedoch schnell feststellen, dass die beiden trotz ihrer Unsportlichkeit ein hohes Tempo vorlegten, doch sie holte locker zu ihnen auf. Sabrina und Theobald liefen nicht über den Kronenplatz, sondern runter zur Robert-Koch-Straße und von dort über die Erzstraße durch das Unigelände, wo sich Elisabeth nach vorne setzte und die Führung übernahm.

Einige Studenten gingen gerade mit Heftern unter dem Arm zu einem Hörsaalgebäude, unter ihnen auch zwei Typen mit Bergstiefeln, einer davon mit einem Lederhut. Als die drei vorbeiliefen, pfiff ihnen der andere hinterher.

»Das galt dir«, schnaufte Sabrina sie an und sah sich kurz um. Elisabeth schnaubte nur und steigerte das Tempo, dass die anderen beiden kaum noch folgen konnten. Erst oben am Schlagbaum, als sie auf den Weg entlang der Bundesstraße einschwenkten, wurde sie etwas langsamer.

Sabrina schloss auf und versuchte zu erklären: »Ich habe Theo gesagt, dass du die Stelle untersuchen willst, wo ihr den Wolf gerammt habt. Ich hoffe, du verzeihst mir das.«

»Na ja, irgendwie schon. Ich finde gut, dass ihr mitkommt, obwohl ich das Dopen immer noch unfair finde.«

Nun meldete sich Theobald zu Wort. »Unfair? Ich bin an meiner Leistungsgrenze und das mit dem Booster. Und du keuchst noch nicht mal. Bist du so ein Laufwunderkind?«

Unwillkürlich musste Elisabeth lachen. »Nein, ich bin schon immer gerne gelaufen. Ich brauche das einfach, dann geht es mir gut.«

»Ich frage mich, wie schnell du wärst, wenn ich dir auch was von meinem Kräuterbooster gäbe?« Auf ihren scharfen Blick hin setzte er schnell hinzu: »Der ist rein bio! Nur beste Zutaten.«

Er machte dazu ein zwar etwas gerötetes aber unschuldiges Gesicht, dennoch war Elisabeth skeptisch. »Ich weiß nicht, ob sich das mit meiner Medizin verträgt.«.

»Ist die in der kleinen Flasche, von der du manchmal nach dem Sport nippst?«

»Woher weißt du das?« Elisabeth fühlte sich ertappt.

»Ich habe Augen im Kopf und ich bin der Sohn der Apothekerin. Außerdem hat deine Mutter einmal nachts bei uns Zutaten eingekauft und mir eine dicke Lügengeschichte aufgetischt, von wegen eigenes Blattläusemittel. Wenn sie ein anderer Typ wäre, hätte ich aufgrund der Zutaten getippt, dass sie eine ganze Mannschaft damit umbringen will.«

Jetzt blieb Elisabeth abrupt stehen und blickte Theobald völlig entgeistert an. »Was? Du musst dich irren!«

Sabrina, die ein paar Meter zurückgefallen war, hatte das Gespräch nicht mit angehört, kam jetzt aber auch heran.

»Hör mal, ich helfe schon seit Jahren in der Apotheke immer wieder aus. Sie hat Unmengen an Silbernitrat, Eisenhut und anderen Zutaten gekauft. Bei einigen davon würde schon eine Messerspitze reichen, um ein Pferd zu töten. Eigentlich dürfte ich dir das ja gar nicht sagen, aber da wir Freunde sind …«, rechtfertigte sich Theobald.

Sabrina blickte die anderen beiden an. »Was macht ihr denn mit den Dingen, die deine Mutter gekauft hat?«

Als Elisabeth zwischen beiden hin und her starrte, sah sie in zwei neugierige Gesichter. Es drängte sie, ehrlich zu sein, doch alleine wollte sie sich auch nicht öffnen. Sie hatte hier in Clausthal schnell zwei Freunde gefunden und wollte diese nicht gleich wieder verlieren.

»Ihr müsst mir schwören, dass ihr ein Geheimnis bewahren könnt! Und als Pfand will ich, dass ihr mir auch von euch ein Geheimnis verratet.«

Plötzlich wirkten beide seltsam betreten.

Schließlich meinte Theobald: »Okay, das ist nur fair, aber ich gebe nur ein gleichwertiges Geheimnis preis. Ist das akzeptabel für dich?«

Elisabeth überlegte noch, als Sabrina ihn verwundert ansah und von ihm wissen wollte, wie viele Geheimnisse er denn so habe. Schließlich gaben sich alle zusammen die Hand. Sabrina bestand sogar darauf, dass sie vorher noch hinein spuckten. Auch wenn sie das eklig fand, stimmte Elisabeth zu. Ihre Übereinkunft hatte fast schon etwas von einem Geheimbund.

»Ok, ich fang wohl an!«, sagte Elisabeth dann. »Ich leide an einer seltenen Krankheit, bei der schwere Krämpfe meinen Körper überfallen, ein bisschen so wie Epilepsie, aber es kommt immer, wenn ich mich zu sehr aufrege oder tierisches Eiweiß esse. Deswegen bin ich ja Veganerin. Ich bekomme dagegen eine Medizin, die früher unsere Hausärztin hergestellt hat und jetzt meine Mutter. Da ist dieses Silberdings und der andere Kram drin, aber nur so viel, dass es die Krämpfe löst. Ich muss ständig eine Flasche bei mir haben, sonst könnte ich sterben. So, nun ist es raus.« Zum Beweis holte sie ihre Flasche hervor und zeigte sie den anderen.

Sabrina war sprachlos.

Theobald pfiff durch die Zähne. »Voll abgefahren!«

Sabrina seufzte. Dann sagte sie: »Ich weiß nicht, ob das gleichwertig ist, aber ich habe von einer alten Dame die Handschuhe auf dem Friedhof ... äh ... gefunden und mitgenommen. Und als die drei Deppen mich an dem Tag eingeholt hatten, als du ...«, sie fixierte Theobald, »so schnell abgehauen bist, haben sie mich umgeschubst, und ich habe dann Vinzenz und Ojan in die Klöten getreten, dass es geknackt hat. Aber Alim habe ich nur mit den Handschuhen am Kopf berührt und er hat geschrien wie am Spieß. So bin ich denen entkommen.«

Elisabeth blickte sie halb bewundernd, halb irritiert an. »Vielleicht hatte er schon Zahnschmerzen und du hast den wunden Punkt erwischt.«

»Nein, es war, als hätte er plötzlich Todesangst. Ich habe die Handschuhe zu Hause. Ich kann sie euch zeigen, wenn ich zurück bin.«

Theobald überlegte lange. Die Mädchen wurden schon beide ungeduldig, dann seufzte er schwer.

»Okay, wir haben es geschworen, also dann komme jetzt ich. Ich klaue manchmal Dinge aus der Apotheke, um selbst zu experimentieren. Will später auch mal so etwas machen. Aber damit meine Ma das nicht mitbekommt, habe ich die Kellerwand zum baufälligen Nachbarhaus aufgestemmt und mir dort ein geheimes Versuchslabor eingerichtet.«

Die Mädchen starrten Theobald gleichermaßen verblüfft an.

Sabrina knuffte ihn verschwörerisch in die Seite. »Dass du irgendwie herumexperimentierst, habe ich mir schon lange gedacht, weil deine Versuchsbeschreibungen in Chemie immer so klingen, als wenn du sie nicht abgelesen, sondern selbst erlebt hast. Aber das mit dem Keller ist wirklich die Wucht. Cool. Dürfen wir das mal sehen?«

Theobald schien jetzt doch nervös.

»Komm, meinen Trank habe ich dir auch gezeigt!«, setzte Elisabeth hinzu.

Widerstrebend antwortete Theobald: »Worauf habe ich mich hier nur eingelassen? Okay, aber ich brauche Vorbereitung und meine Ma darf nicht da sein!«

»Mann, bin ich erleichtert«, sprach Elisabeth aus, was anscheinend auch die anderen dachten. »Ich dachte, ich bin der einzige Freak, aber jetzt habe ich zwei Freunde, die mindestens genau solche Freaks wie ich sind!«

Zusammen gingen sie schweigend weiter, jeder in sich gekehrt. Es begann zu regnen, aber das störte sie nicht. Es war nun nicht mehr weit zum Negersprung. Sabrina verkündete, sie sei inzwischen doch zu kaputt, um den Abhang mit hinunterzuklettern. Sie setzte sich oben auf einen abgesägten Baumstumpf und fragte bei Theobald um Nachschub an, doch der lehnte ab wegen der Gefahr der Überdosierung, wie er sich ausdrückte. Mit Elisabeth stieg er den Hang hinab.

Der Mann hielt reglos inne. Er hatte alle Spuren beseitigt, und er war gut darin. Nichts entging seinen scharfen Augen und der feinen Nase. Ein paar junge Büsche musste er sogar ganz ausreißen und den Boden festdrücken, damit man nicht erkannte, dass jemand hineingekracht war. Das Fell an der oberen Leitplanke hatte er bis aufs letzte Haar entfernt und sie wieder geradegebogen. Doch jetzt tauchten diese Jugendlichen auf. Zwei von ihnen kamen nun auch noch den Hang hinunter, genau auf die letzte Stelle zu, wo er das Blut noch nicht weggewischt hatte. Verdammte Giulia. Sie machte immer nur Schwierigkeiten und er musste sich um die Beseitigung kümmern. Schlimm genug, dass sie Wild und Schafe riss, aber sich auf der Straße anfahren zu lassen, machte riesige Probleme. Der Wagen hatte sicher ordentliche Dellen. Er hoffte nur, dass der Fahrer im Nebel nicht genug erkannt hatte. Wenn man keine Haare oder Spuren fand, würde die Versicherung zwar nicht zahlen, aber das war egal. Ohne Beweise würde die Presse es nicht drucken und nur darauf kam es an.

»Genau hier muss er hinuntergerollt sein. Hier müssten Äste abgeknickt sein und so, aber ich finde nichts«, hörte er das gertenschlanke, fast schon dürre Mädchen sagen. Sie blieb stehen, während der Junge langsam aufschloss.

»Wie sah der Wolf denn genau aus?«, fragte dieser.

»Es war nebelig, aber ich glaube, er hatte fast ausschließlich graues Fell. Und riesig ist er mir erschienen, fast wie ein Pony. Es hat auch richtig heftig gekracht, als unser Passat ihn gerammt hat. Mama war völlig fertig.«

Der Mann zog die Luft durch die Zähne. Verdammt! Eine Fahrerin und eine Beifahrerin. Zwei Zeugen! So etwas durfte nicht passieren. Ein einsamer Fahrer in der Nacht ließ sich leichter dementieren als zwei Frauen. Und dieses Mädchen hatte genau beobachtet, sie war sogar hergekommen, um nach dem Wolf zu suchen. Er musste sich etwas einfallen lassen.

Elisabeth starrte in das Dickicht unter ihr.

»Ich verstehe das nicht. Er kann nur hier irgendwo hinuntergerollt sein. Es sollte doch irgendwelche Spuren geben.«

Theobald hatte sie endlich eingeholt. »Möglicherweise ist er dort ganz ins Dickicht hineingerutscht. Spuren sehe ich aber auch keine. Vielleicht ginge es schneller, wenn wir nicht mit angezogener Handbremse suchten.«

Elisabeth schaute ihn fragend an.

»Nun, mein kleiner Helfer aktiviert deine volle Leistungsfähigkeit. Auf einen Versuch käme es an.« Er zog seine Flasche aus der Tasche und nahm einen Schluck und hielt sie Elisabeth hin. »Bei dem Zeug, was du sonst in dich hineinschüttest, ist das noch harmlos!«

Erst zögerte sie kurz, dann nahm sie einen Schluck. Zunächst passierte nichts, dann hatte sie das Gefühl, als wenn alle Sinne in ihrem Kopf explodierten. Sie keuchte auf.

»Was zur Hölle ist da alles drin?«, stieß sie durch die Zähne.

Theobald, der seine Flasche hastig weggesteckt hatte, entgegnete eilig, dass es rein bio sei, und entschuldigte sich mehrmals.

Doch er zuckte die Schultern, als Elisabeth nur so dastand, ohne auf ihn zu achten, und ging resigniert den Hang wieder hoch.

Elisabeths Sinne schärften sich schlagartig. Sie hörte die Regentropfen, ihren eigenen Puls, Theobalds Puls, seinen Atem, seine Schritte, ein Kaninchen in seinem Bau links von ihr, den Schrei eines Vogels. Sie roch den Wald, das Moos, den Hamburger, der mal in der leeren McDonalds-Verpackung gesteckt hatte. Und dann, ganz plötzlich, hörte sie das leise Atmen eines anderen großen Lebewesens hinter den Bäumen weiter unten, auf die Theobald vorhin gedeutet hatte. Was auch in dem Trank war, er hatte irgendetwas in ihr ausgelöst, denn das Kribbeln stieg in ihr auf. Während sie im Unterbewusstsein bereits ihren Trank zog und einen Schluck nahm, hörte sie, wie das Etwas sich bewegte.

Der Mann erstarrte. Als der Junge die Flasche zog, freute er sich schon, dass sie Alkohol trinken würden, der die Sinne benebelte. Aber jetzt war er alarmiert, denn das Mädchen lauschte und sie schien zu schnuppern. Gott sei Dank kam der Wind aus Westen, so konnten weder er noch sie jeweils voneinander die Witterung aufnehmen. Allerdings hatte er vorhin oben am Hang Spuren beseitigt, doch so gut waren Menschennasen nicht. Oder doch? Er konnte das Risiko nicht eingehen, von ihr entdeckt zu werden, denn sie starrte jetzt genau auf sein Versteck. Er musste sie vertreiben.

So rief er tief in sich hinein und sein Partner antwortete sofort, das Heulen stieg in seiner Kehle auf und er ließ es frei. Dazu rüttelte er an den beiden Fichten, die ihm am Nächsten standen. Es verfehlte seine Wirkung nicht, zumindest bei den anderen beiden wirkte es sofort. Eine urwüchsige Angst brach bei ihnen durch. Das Mädchen oben an der Straße lief sofort weg, der Junge, der bereits die Leitplanke wieder überstieg, folgte ihr in wildem Lauf. Doch die große Schlanke runzelte die Stirn und zuckte, als wenn sie Krämpfe hätte. Noch einmal ließ er sein Heulen hören und legte seine ganze Macht hinein. Das Mädchen schien immer noch verwirrt, doch es bemerkte jetzt, dass es alleine war, und rannte ebenfalls den Hang hoch. Erstaunt beobachtete der Mann, wie sie in atemberaubendem Tempo die Kante erreichte und ohne Zögern die Leitplanke mit einem Satz übersprang. Was auch immer sie getrunken hatte, es musste so eine Art Zaubertrank sein, der ihr übermenschliche

Kräfte verlieh. Er würde sie im Auge behalten müssen. Als er sich sicher war, alle Spuren beseitigt zu haben, verschwand er ebenfalls.

Niemand sah den Mann in Outdoorkleidung, der im strömenden Regen kurz darauf aus Richtung der Kuckholzklippe den Abhang hinunterkletterte und sich wachsam umsah, bis er plötzlich innehielt. Bremsspuren zogen seine Aufmerksamkeit auf sich, die quer auf die andere Straßenseite führten und vor der Leitplanke endeten. Er bückte sich und hob etwas hoch. Es handelte sich um den Splitter eines Blinkers. Ein paar Meter weiter in der Abflussrinne lagen noch mehr. Nicht ungewöhnlich an einer Straße, doch der Mann grunzte zufrieden und steckte ihn vorsichtig ein. Er drehte sich noch einmal zu dem Hang, um die Richtung zu peilen, und überquerte dann entschlossen die Straße. An der Leitplanke entdeckte er nichts, doch auf der anderen Seite sah er niedergetretenes Gras am Abhang. Er stieg über die Leitplanke und untersuchte die frische Spur. An einer Stelle fand er das Muster von zwei verschiedenen Turnschuhen im Boden, die noch nicht durch den Regen weggewaschen waren, aber sie wiesen den Berg hinauf, also in die falsche Richtung. Wer auch immer das gewesen war, hatte vermutlich hier alles zertrampelt, und der Regen spülte den Rest weg. Die Enttäuschung war riesengroß. Er hatte die Spur verloren. Dabei war er so nah dran gewesen. Er war der ganzen Fährte vom Lerbacher Skihang bis auf die Klippe gefolgt, wo zwei Schafe gerissen worden waren. Und dann hatte er ganz deutlich das Heulen gehört, dass ihm durch Mark und Bein gegangen war. Zweimal. Hauser fluchte. Vielleicht könnte es etwas bringen, die Werkstätten abzuklappern. Er würde alle Splitter einsammeln und versuchen, herauszubekommen, was das für ein Wagen gewesen sein mochte. Aber erst einmal würde er nun eine Person besuchen, die er schon sehr lange nicht mehr gesehen hatte.

Drei Mütter und Kakao mit Schuss

Der junge VW-Mechaniker untersuchte nun schon über eine Stunde lang das Auto.

»Motorhaube, Prallbox vorne und linker Kotflügel, Blinker, Scheinwerfer, Kühler eingedrückt, Sprung in der Frontscheibe und Dach eingedellt. Das sind alles in allem acht- bis zehntausend Euro. Was genau haben Sie denn angefahren, einen Elch?«

Es klang nach einem flachen Scherz, aber Emilia Wollner war nicht zum Lachen zumute. »Es war ein riesiges Tier und es ist danach weggelaufen, irgendwo in der Nähe von Torfhaus. Ist auch egal, können Sie es richten? Das Geld ist nicht das Problem! Ich möchte nur vermeiden, dass mein Mann das mitbekommt. Sie verstehen sicher.«

Der Mann in seinem fleckigen Overall kratze sich an den Bartstoppeln. Emilia konnte anhand seines mehrdeutigen Blickes, den er ihr zuwarf, denken, dass er sie versuchte abzuschätzen.

»Ich krieg das schon hin. Sagen wir neuntausend und ein Abendessen.« Er grinste sie dazu verwegen an.

Emilia Wollner hatte oft eine solche Wirkung auf Männer. Es wurde Zeit, ihm seine Grenzen aufzuzeigen. Sie fixierte ihn und sagte: »Gegenangebot! Neuntausendundfünfzig und Sie gehen alleine essen!«

Der Mann hob abwehrend die Hände. »Schon gut, Sie können mir nicht vorwerfen, es versucht zu haben. Ich mache es für die Neun, aber ich brauche ein paar Tage. Wann kommt Ihr Mann zurück?«

Emilia Wollner fiel nicht auf diesen Versuch, sie doch noch weiter auszuhorchen, herein.

»Das braucht Sie nicht zu kümmern. Sie müssen ihn sowieso neu lackieren. Ändern Sie die Farbe in Blau. Ich erzähle meinem Mann dann einfach, dass ich ihn zum Lackieren gegeben habe.«

Der Mann nickte, lächelte verschwörerisch und wollte anscheinend gerade noch etwas erwidern, da schrillte ein altes Handy los und unterbrach das Gespräch.

Emilia Wollner hob ab. Es war Theobalds Mutter.

»Frau Wollner, hier ist Anna Binsenkraut. Entschuldigen Sie bitte die Störung. Ich habe Ihre Nummer von der Klassenliste. Mein Sohn Theobald wollte mit Ihrer Tochter laufen gehen, aber das war vor über drei Stunden. Er müsste längst zurück sein. Sie sind überfällig.«

Emilias Geist verfinsterte sich. Elisabeth hatte sich zwar zum Laufen verabredet, aber sie wollte mit Sabrina trainieren. Da stimmte etwas gewaltig nicht.

»Elisabeth ist bei Sabrina, irgendwo am Zellbach. Sie wollte eigentlich mit ihr laufen.«

»Vielleicht sind sie zu dritt los. Ich weiß, wo die Schuberts wohnen. Ich fahre da gleich hin, komme sowieso gerade mit dem Auto zurück.«

»Wenn es Ihnen keine Umstände macht, könnten Sie mich an der Kreuzung Erzstraße und Altenauer aufsammeln. Ich bin zu Fuß unterwegs.«

»Ist gut, mache ich. Ich bin in ein paar Minuten da.«

Emilia Wollner winkte dem Mechaniker und gab ihm per Handzeichen zu verstehen, dass er fünf Tage hatte. Er nickte. Dann verließ sie die Werkstatt und ging zur Kreuzung. Bald hielt ein weißer VW Bulli mit dem Aufdruck *Bergapotheke Zellerfeld* direkt neben ihr. Emilia Wollner stieg ein.

»Danke, dass Sie so schnell gekommen sind. Denken Sie denn, dass etwas passiert sein könnte?«, wollte sie wissen.

»Nun, ich hatte Theobald aufgetragen, mich anzurufen, um die Nachbestellungen durchzugeben. Ich komme eben aus Nordhausen, da hätte ich alles gleich mitbringen können. Er hat es aber nicht getan und geht auch nicht ans Telefon. Meine Nase sagt mir, da stimmt was nicht.« Anna Binsenkraut drückte aufs Gaspedal.

»Da können Sie Gift drauf nehmen. Ich wusste gar nicht, dass Ihr Sohn auch dabei ist.«

Schon Momente später hielten sie bei den Schuberts. Regen setzte ein. Frau Schubert erschien auf das Klingeln hin an der Tür.

Ein herrlicher Duft nach Apfelkuchen begleitete sie. Erstaunt blickte sie in die Gesichter der anderen beiden Mütter.

»So eine Überraschung, ich dachte, die Kinder sind zurück, weil es zu regnen beginnt. Habe gerade den Apfelkuchen fertig.« Dann erst bemerkte sie die Mienen. »Ist was passiert?«

Emilia Wollner antwortete am schnellsten. »Nun, angeblich ist meine Tochter nur mit Ihrer Tochter unterwegs und Theobald nur mit meiner. Außerdem sind die Kinder zu spät dran.«

Frau Schubert war aber nicht so leicht aus der Ruhe zu bringen. »Na, dann haben sie sich halt umentschieden. Sie sind alle drei weg. Kommen Sie rein, Sie werden ja noch ganz nass. Soweit ich weiß, wollten sie eine große Runde drehen, zum Negersprung, weil da ein Wolf angefahren worden sein soll, habe ich mitgehört.«

Emilia Wollner wurde bleich und ergriff Frau Schuberts Arme. »Was? Sind Sie sich sicher?«

»Ja, ja, schon, was ist denn dabei?«

Jetzt kreischte Emilia Wollner förmlich: »Was dabei ist? Das war ein … das war ein Wolf, ich meine, ein großer Wolf, den ich gestern angefahren habe. Unser Auto ist komplett zerdellt. Und trotzdem, der könnte da noch herumstreunen.«

Jetzt schauten die anderen beiden Mütter schockiert.

»Sie haben einen Wolf so schwer angefahren? Und Sie befürchten, dass er noch lebt? Unwahrscheinlich, es sei denn …« Anna Binsenkrauts Augen wurden schmal, als habe sie plötzlich eine Eingebung, die ihre Stimme eiskalt und geschäftsmäßig werden ließ. »Wir müssen los und sie suchen. Kommen Sie, ich fahre.«

Emilia entging der Stimmungswechsel nicht. Die Fahrt wurde rasant. Auf der Adolph-Roemer-Straße sprangen zwei Fußgänger verschreckt von der Fahrbahn, als der Wagen auf sie zuraste und wild hupte.

»Wie groß war der Wolf genau?«, verlangte Anna von Emilia zu wissen, die sich an den Griff der Schiebetür klammerte.

Emilia war hin und her gerissen, ihre Befürchtungen laut auszusprechen, besann sich dann aber. »Es war so nebelig und halb dunkel, ich habe ihn nur vage gesehen.«

»Müssten Sie das nicht dem Förster melden?«, kam es von Martha Schubert, die ebenfalls reichlich nervös wirkte, am meisten wohl aufgrund des Fahrstils.

»Im Grunde ja«, sagte Anna Binsenkraut. »Aber ich kenne den hiesigen Förster. Der ist über sechzig und hatte vor Kurzem einen schweren Bandscheibenvorfall. Glauben Sie ja nicht, der würde heute da hinfahren.«

Sie drückte das Gaspedal durch und überfuhr die Ampel vor dem Oberbergamt bei Rot. Regen prasselte auf die Windschutzscheibe, während der Wagen auf die Bundestrasse Richtung Osterode schoss.

Höhe Buntenbock kamen ihnen drei Gestalten entgegengerannt. Von der Rücksitzbank sah Emilia Wollner, wie ein Junge und Sabrina vorneweg liefen und ihre Tochter schnell zu ihnen aufschloss. Sie rannten alle, als wäre der Teufel hinter ihnen her. Anna Binsenkraut stieg voll in die Bremse und legte eine hollywoodreife 180°-Drehung hin. Theobald hatte den Wagen bereits erkannt und dirigierte die Mädchen zu dem Auto. Als Emilia Wollner die Schiebetür endlich aufbekam, sprangen alle drei hinein. Sabrina fiel ihrer Mutter von hinten um den Hals und schluchzte wild. Theobald setzte sich gleich hin und sagte keinen Mucks. Elisabeth zog die Tür mit einem Krachen zu. Emilia nahm ihre triefnasse Tochter in den Arm und drückte sie ganz fest. Anna Binsenkraut, die niemand umarmte, drehte sich auf ihrem Sitz nach hinten um. Sie blickte direkt ihren Sohn an, doch er hielt schuldbewusst seinen Kopf gesenkt. Trotzdem konnte man die Spannung zwischen beiden fast greifen.

»Wir reden später!«, fuhr sie ihn an.

Sabrina, die immer noch zitterte, teils vor Kälte, teils vor Angst, sprang ihrem Freund bei und sagte: »Er kann nichts dafür. Ich habe Elle vorgeschlagen, dass wir doch auf unserem Weg noch einmal an der Stelle vorbeilaufen könnten, wo der Wolf abgestürzt ist.«

Emilia Wollner erstarrte und begann zu zittern.

Anna Binsenkraut blickte Sabrina tadelnd an. »Nun, das hättet ihr ja auch sagen können, dass ihr zu dritt bis zum Negersprung wolltet. Ich bin davon ausgegangen, dass mein Herr Sohn nur kurz mit Elisabeth joggen geht und mir dann die Bestellungen durchgibt. Und Frau Wollner hier wusste nur, dass du mit Elisabeth laufen wolltest. Dass ihr alle drei eine Wolfssuchaktion durchführt, wusste keiner.«

»Doch ich!«, entgegnete Frau Schubert, schränkte dann aber ein: »Na ja, ich habe es halt mitgehört und habe mir nichts dabei gedacht.«

»Wieso hast du das mit dem Wolf herumerzählt?«, fragte Emilia Wollner, nachdem sie ihre Fassung wiedergefunden hatte, und blickte ihre Tochter vorwurfsvoll an.

»Mama, entschuldige bitte, du hättest nie zugestimmt, dass wir die Stelle nochmal ansehen. Es hat ja keiner ahnen können, dass er noch lebt.«

Panik spiegelte sich in Emilias Augen. »Waaas?«

Bevor noch jemand etwas sagen konnte, meldete sich Martha Schubert energisch zu Wort. »Es sind drei Kinder verloren gegangen, es sind drei Kinder gefunden worden und sie sind wohlauf und nass. Das verlangt nach Kakao und Apfelkuchen und ich dulde keine Widerrede, von keinem von euch. Nichts ist es jetzt wert, dass wir uns hier im Auto streiten und die Kinder eine Erkältung bekommen. Sind wir nun Mütter oder was? Frau Binsenkraut, bringen Sie uns wieder an den Zellbach. Und diesmal bitte etwas gesitteter.«

Diese sah für einen Moment aus, als wenn sie explodieren würde, aber schließlich forderte sie alle nur zum Anschnallen auf und fuhr wieder zurück.

Eine halbe Stunde später saßen sie eng nebeneinander in Handtücher gewickelt auf dem Sofa der Schuberts. Jeder hatte vor sich ein dickes Stück selbstgebackenen Apfelkuchen mit Schlagsahne und eine dampfende Tasse Kakao. Für Elisabeth hatte Frau Schubert sogar von irgendwoher Sojamilch aufgetrieben und Kuchen aß sie sowieso nicht. Die drei Mütter hatten auf den zwei Sesseln und dem Hocker Platz genommen. Auch sie hatten einen dampfenden Kakao vor sich, mit Schuss, wie Sabrina Elisabeth heimlich ins Ohr flüsterte. Der Kakao schmeckte himmlisch gut und der Apfelkuchen noch besser. Während des Essens sagte niemand etwas.

Nach einer Weile brach Anna Binsenkraut das Schweigen.

»Damit ich das richtig verstehe, ihr behauptet, der Wolf, den ihr gerammt habt, sodass das ganze Auto zerdellt wurde, lebt tatsächlich noch? Habt ihr ihn gesehen?«

Die Kinder wechselten Blicke, dann nahm Elisabeth sich ein Herz. »Der, den wir angefahren haben, hatte fast nur graues Fell.

Derjenige, der uns mit seinem Geheule vertrieben hat, hat sich nicht gezeigt und er hat auch an den jungen Fichten gerüttelt. Es könnte derselbe sein, aber ich bin mir nicht sicher.«

Anna Binsenkraut schaute etwas verwundert, erst zu Elisabeth, die aber tapfer ihrem Blick standhielt, dann zu ihrem Sohn, der seinen Kakao-Becher zu hypnotisieren schien.

»Könnt ihr anderen beiden das bestätigen?«

Beide schüttelten den Kopf, doch Sabrina setzte noch hinzu: »Nicht alles. Ich war so fertig und bin oben auf der Straße geblieben. Als das Wolfsgeheul losging, konnte ich nicht mehr klar denken. Meine Beine sind von alleine losgelaufen. Theo war fast schon wieder bei mir, aber Elle war noch unten am Hang. Sie ist eine sehr gute Läuferin. Sie hat uns eingeholt, obwohl wir immer noch das Aufputschmittel drin hatten.«

Elisabeth konnte aus den Augenwinkeln sehen, wie Theobald plötzlich zu zittern begann. Schnell warf sie ein: »Ja, äh, sie haben sich so einen High-Energy-Drink reingetan. Ich halte ja nichts davon, aber sie konnten schon auf dem Hinweg ganz ordentlich mithalten.« Elisabeth machte den Fehler, ihre Mutter anzusehen, und erkannte, dass diese begriff, dass sie log. Doch zu ihrer Verwunderung sagte sie zunächst nichts.

»Vielleicht liegt der Wolf da noch und kann sich nicht mehr von der Stelle bewegen?«, mutmaßte Martha Schubert.

Ein spöttisches Lächeln umrahmte Anna Binsenkrauts Mundwinkel. »Nein, ich habe da eine ganz andere Vermutung! Ich glaube, es gab gar keinen Wolf unten am Hang.«

Emilia Wollner sah urplötzlich aus, als würde sie gleich in Ohnmacht fallen. *Was ist bloß mit Mama los?*, fragte sich Elisabeth nicht zum ersten Mal in der letzten Zeit. *Warum hatte sie so eine riesige Panik vor Wölfen?*

»Ich glaube«, so trumpfte Anna Binsenkraut auf, »da war ein Wanderer im Gebüsch. Als ihr kamt und über Wölfe geredet habt, hat er sich mit euch einen Spaß erlaubt. Ja, so wird es gewesen sein!«

Elisabeth beobachtete ihre Mutter genau, als diese erleichtert aufatmete, als wenn sie eine ganz andere Erklärung erwartet hatte. Ein Seitenblick zu Anna Binsenkraut verriet ihr, dass da noch irgendetwas im Gange war, denn die fixierte immer noch Theobald und der wiederum seinen Kakao-Becher.

Elisabeth sprang auf. »Gut, dann ist ja alles klar. Brina, du wolltest uns doch noch etwas in dem Heft zeigen. Wir sollten die Mütter jetzt einen Moment alleine lassen, was meint ihr?«

Sabrina, die sofort schaltete, pflichtete ihr bei und war auch sogleich auf den Beinen. Als Theobald folgen wollte, räusperte sich Anna Binsenkraut, doch Martha Schubert legte ihr behutsam die Hand auf den Unterarm.

»Lassen Sie gut sein, die drei müssen den Schock doch noch verdauen. Immerhin werden sie nicht mehr so leichtsinnig sein wie heute.«

Bevor noch jemand etwas anderes erwidern konnte, stürmten die Kinder nach oben in Sabrinas Zimmer. Sabrina ließ sich aufs Bett fallen und stöhnte.

»Mann, was war das denn? Ich glaube deiner Mutter ja kein Wort, Theo. Die weiß mehr, hat aber auch nichts gesagt. Und deine Ma stand ja fast ständig am Rande zur Ohnmacht. Echt, da geht voll was ab und wir kapieren nur die Hälfte.«

Theobald nickte und seufzte. »Meine Mama wird mir noch die Ohren langziehen. Du hättest das mit dem Trank nicht erwähnen sollen. Ich glaube, ich lasse zu Hause einfach zwei von den Dextrotränken für Sportler verschwinden. Sie wird mir das vom Taschengeld abziehen, aber ich denke, damit komme ich durch.«

»Die ersetze ich dir, auch wenn ich nicht allzu reich bin.«

Elisabeth war still geblieben, dann fragte sie: »Theo, dein Trank, ich habe mich so komisch gefühlt. Was ist da alles drin?«

Theobald schaute verwundert zurück. »Also, das ist eigentlich ein Geheimnis, aber ich habe nur Pflanzen drin und etwas Blutserum.«

»Was?«, riefen beide Mädchen aus. Sabrina vor Ekel, Elisabeth wurde schwindelig.

»Ich darf kein tierisches Eiweiß zu mir nehmen!«

»Bäh, ich trinke das nie wieder!«, meldete sich Sabrina.

»Das ist ein künstlich hergestelltes Serum, keine Panik!«, sagte Theobald entrüstet. »Gewirkt hat er ja wohl. Du hast uns trotz unseres Vorsprungs ja noch spielend eingeholt und wir haben nicht getrödelt.«

Elisabeth schwieg. Sie erinnerte sich an die komische Sinneserweiterung, die sie verspürt hatte. Das intensive Gefühl hatte sie fast überwältigt, doch das wollte sie jetzt nicht zugeben. Wie es aussah, hatten sie alle ein paar mehr Geheimnisse. Aber sie war heute nicht bereit, noch mehr davon zu teilen.

»Ist es okay, wenn ich die Handschuhe heute nicht heraushole, solange die Moralabteilung unten noch tagt?«, fragte Sabrina.

Sie hatte zuweilen eine komische Art, sich auszudrücken. Die anderen beiden nickten. »Zuviel Aufregung für einen Tag.«

Sabrina holte ihre Tattoo- und Piercinghefte heraus und sie diskutierten eine Weile über die Motive, doch dann wurden sie von immer lauter werdenden Stimmen abgelenkt, die von unten durch die Decke drangen. Mittlerweile war im Wohnzimmer eine lebhafte Diskussion zum Thema Schule entbrannt. Martha Schubert kannte offensichtlich jeden Lehrer persönlich, vor allem private Dinge. Anna Binsenkraut steuerte das eine oder andere pikante Detail bei. Die Mütter prusteten bei der kleinsten Anekdote los, als wären sie Teenager. Die Kinder hörten oben, wie es lauter und alberner wurde. Sabrina rollte mit den Augen.

»Ich wette, meine Ma füllt eure beiden gerade nach Strich und Faden ab. Sowas kann sie gut. Ihr hört es ja schon selbst. Ich habe mal erlebt, wie der Direktor uns besucht hat, weil ich wegen meiner Kleidung einen Verweis erhalten sollte. Er ist nun mit meiner Mutter per du. Manchmal schickt er ihr sogar Blumen zum Geburtstag. Aber wenn ihr noch nach Hause fahren wollt, dann sollten wir einschreiten, sonst gibt es mit der Polizei Ärger oder ihr müsst ein Taxi nehmen.«

Also machten sie sich auf den Weg die Treppe hinunter, Sabrina vorweg. Auf der vorletzten Stufe blieb sie stehen und lauschte. Die andern beiden taten es ihr nach.

»Wisst ihr, so nette Freundinnen wie euch beide habe ich schon lange nicht mehr getroffen, wo meine beste Freundin doch vor kurzem in der Weser ersäuft wurde«, flötete Anna.

»Nee, echt? Du nimmst uns jetzt hoch, Anna«, kicherte Emilia.

»Doch, doch, aber ich hab's der Schlampe, die das gemacht hat, gezeigt und ihre Bude abgefackelt.«

»Hihi, wie im Film, die böse Rächerin!«

Elisabeth erkannte nur mit Mühe die mädchenhaft verschobene Stimme ihrer Mutter. Sie tauschte mit Theobald einen vielsagenden Blick.

»Ja, und jetzt kommt keiner mehr zur Wintersonnenwende zum Schwesterntreffen«, lallte Anna. »Ich bin ja sooo traurig! Hicks!«

»Dann kommen wir eben, nicht wahr, Emmi Schatz?«

Durch den Türspalt konnte Elisabeth sehen, dass die Mütter Wassergläser hervorgeholt hatten. Martha Schubert goss großzügig aus einer Flasche Cognac nach.

»Nee, nee!« Anna Binsenkraut wedelte übertrieben mit dem Finger. »S'iss nur für echte Hexen!«

Eine Pause entstand. Die drei Freunde auf der Treppe schauten sich ungläubig an.

»Ja, wenn's weiter nichts ist. Sabrina hält mich schon lange für eine alte Hexe. Das sind wir doch alle als Mütter, oder?«

Wieder brachen alle Frauen in wieherndes Gelächter aus.

»Gut, dann gilt's Mädels, zur Wintersonnenwende bei mir. Trinken wir darauf!«, tönte Anna Binsenkraut.

Sabrina straffte sich und ging die letzten Stufen zum Flur hinunter. »Jetzt reicht's, bevor sie noch den Teppich vollkotzen, machen wir dem ein Ende. Geht ihr rein, ich rufe schon einmal zwei Taxis.«

Elisabeth fiel abends müde ins Bett. Sie konnte nicht schlafen, weil ihr Kopf so voller Gedanken war. Sie hatte ihre Mutter nur mit Mühe ins Taxi bugsieren können und zu Hause hatte ihr Vater sie mit ihr zusammen ins Bett getragen. Emilia Wollner war unterwegs eingeschlafen und nicht einmal dann erwacht, als Michael Wollner ihren Kopf aus Versehen gegen den Türrahmen stieß. Ihr Vater hatte sie dann nochmals befragt, was eigentlich los gewesen sei. Sie hatte eine deutlich vereinfachte Variante berichtet. Die brisanten Details sparte sie aus, doch ihr Vater kaufte ihr die Geschichte ab. Mit sichtlich schlechtem Gewissen hatte ihr Vater geantwortet, dass er seine Frau mit der ganzen Arbeit alleine gelassen habe. Insofern wäre es nicht verwunderlich, dass so etwas passiert sei. Er versprach, sich in der Folgewoche frei zu nehmen.

So war Elisabeth dann endlich in ihr Bett gefallen und schaute an die Decke. Sie ging den Tag nochmal durch. Ihre Gedanken wanderten immer wieder zum Hang, den erweiterten Sinnen und dem Heulen. Irgendwie hatte sie überhaupt keine Angst gehabt. Doch irgendwann fiel sie in einen unruhigen Schlaf, in dem wirre Träume sie heimsuchten.

Nach dem Laufen ist vor dem Laufen

Während der großen Pause am nächsten Schultag trafen sich die drei etwas abseits des Pausenhofes. Sabrina grinste.

»Meine Ma hat immer noch fürchterliche Kopfschmerzen und ist gleich liegengeblieben. Wie lief es bei euch?«

Theobald lief leicht rot an. »Deine Mama ist echt die Wucht, danke nochmal. Meine hat zu Hause die Standpauke ganz vergessen und ist gleich aufs Klo gerannt. So betrunken habe ich sie noch nie erlebt. Ich vermute, es wird ihr sehr peinlich sein, wenn sie wieder zu sich kommt.«

»Meine ist eingeschlafen und ich habe sie mit Papa ins Bett getragen. Er hat ihr den Kopf aus Versehen gegen den Türrahmen gehauen, aber sie ist nicht aufgewacht«, vermeldete Elisabeth.

»Das ist der Cognac, den mein Vater immer von der See mitbringt. Der ist um einiges stärker als der normale Verschnitt, den es hier im Laden gibt. Wenn Mama den rausholt, dann bleibt keiner stehen«, bestätigte Sabrina.

»Haben die sich echt zu einem Treffen zur Wintersonnenwende verabredet?«, vergewisserte sich Elisabeth.

Theobald nickte. »Ich konnte es auch nicht fassen, Mama und ihre Freundin Lylly haben sich da immer zu zweit getroffen, manchmal auch mit meiner Oma. Ist wirklich was Besonderes. Aber hey, wir könnten da eine Gegenparty machen. Immerhin darf ich nicht dabei sein. Ist nur für große Mädchen!«

Sabrina knuffte ihn freundschaftlich auf den Arm. »Armer Junge, darfst nicht sehen, wie die nackt um den Tisch tanzen?«

»Wenn ich mir das so genau überlege, will ich das gar nicht sehen«, gab er angeekelt zurück. »Wir haben gleich Sport. Juhu! Ich habe immer noch Muskelkater.« Resigniert rieb sich Theobald die Waden.

»Och, wenn du mir das nicht so vermiest hättest, hätte ich noch was von dem Booster genommen«, maulte Sabrina.

»Nee, den habe ich nicht mit. In der Schule wird nicht geschummelt!« Theobald blickte ernst. »Außerdem ist die Flasche sowieso leer und neuen kann ich aktuell nicht kochen. Zu gefährlich mit meiner Ma im Haus!«

So schleppten die beiden sich zur Umkleide. Nur Elisabeth freute sich wirklich auf die Sportstunde. Eine Viertelstunde später standen sie in ihrer Sportkleidung auf der Tartanbahn am Sportplatz. Manfred Burglos hatte Sprints angesetzt. Ojan kam mit einem dicken Verband zum Sportunterricht gehumpelt. Er hatte ihn am Morgen noch nicht getragen. Mit leidender Miene erzählte er, er sei in der Pause umgeknickt und könne nicht laufen. Es klang wie eine dumme Ausrede, aber Burglos überging es, ohne das Gesicht zu verziehen.

»Gut, kein Problem, wir brauchen eh einen Starter und ein paar Stopper. Dann machst du den Starter. Beim Stoppen wechseln die anderen sich ab.«

Fast alle Mädchen standen zusammen und kicherten albern. Eine Wolke aus Parfüm hüllte sie ein, sodass es Elisabeth in die Nase stach. Als Manfred Burglos, der davon keine Notiz zu nehmen schien, sie für fünf Runden zum Einlaufen schickte, sah sie, wie Vinzenz, Ojan und Alim die Köpfe zusammensteckten.

»Die hecken schon wieder etwas aus«, bemerkte Elisabeth. Sabrina hatte es auch gesehen. Doch dann raubte das Laufen ihnen immer mehr den Atem. Elisabeth ließ es langsam angehen. Sie tänzelte neben Sabrina her, die ohne den Trank sichtliche Mühe hatte, mit der Klasse mitzuhalten. Als sie die erste Runde vollendet hatte, waren die führenden Läufer schon auf der anderen Seite.

»Jetzt müsste jemand hinter dir heulen, dann sehen die anderen mal, wie schnell du sein kannst«, feixte Elisabeth.

»Un…fair! Du … willst … mei…ne … Freun…din … sein?«, presste Sabrina stoßweise zwischen den Schritten heraus und machte vergeblich Anstalten, Elisabeth zu knuffen. Das nahm diese zum Anlass, mit dem Getänzel aufzuhören und richtig Gas zu geben. Sie überholte Theobald, der sich tapfer an der Hauptgruppe hielt, jedoch die Zähne aufeinandergepresst hatte. Nach den geforderten fünf Runden kam sie mit weitem Abstand als Erste bei Manfred Burglos an, dessen Blick sie die ganze Zeit auf sich gespürt hatte.

»Du bist schon in Hannover für die Schule gelaufen, oder?«, fragte er sie interessiert.

»Ja und nein, meine Ma wollte nie, dass ich auf Wettkämpfe gehe. Aber ich habe mit der Mannschaft trainiert.«

»Das ist aber schade, du wärst mit etwas Coaching vermutlich richtig gut. Wie schnell bist du auf fünfundsiebzig Meter?«

Sie überlegte kurz. »Meine Bestzeit war 9,31 Sekunden!«

Burglos pfiff anerkennend durch die Zähne, während die anderen langsam eintrudelten. »Das wäre eine Spitzenzeit. Das würde ich gerne heute einmal mit eigenen Augen sehen. Wir reden am besten später darüber.«

Er wandte sich der Klasse zu. Zunächst erklärte er die Startblöcke und die Startsequenz, dann forderte er sie auf, sich zu Paaren zusammenzufinden. Sabrina griff sofort nach Elisabeths Hand. Theobald bekam Kevin ab, einen drahtigen Jungen aus Wildemann. Im wechselnden Turnus mussten sie laufen und stoppen, während Ojan die ganze Zeit die Startklappe bediente. Der Sportlehrer war sehr unzufrieden mit ihm, weil er immer irgendwelchen Blödsinn machte. Schließlich rannte Burglos nach hinten und schrie ihn an, dass es über den ganzen Platz schallte.

»So blöd kann man doch nicht sein, Ojan. Es heißt: Auf die Plätze! Fertig! Los! – Und genau bei Los haust du die Startklappe zusammen, nicht vorher und nicht nachher! Hast du das jetzt kapiert? Oder soll ich dir für deine ungenügende Leistung eine Sechs geben?«

Ojan machte eine abwehrende Geste. Alim und Vinzenz liefen beide nach hinten, um beruhigend auf den Lehrer einzureden. Schließlich kam er nach einigen Minuten wieder zum Ziel zurück. Er war jedoch puterrot und die Ader an seiner Schläfe pochte. Danach lief es besser. Sabrina drängelte sich ganz nach hinten. Verwundert sah Elisabeth sie an.

»Taktik!«, wisperte Sabrina. »Weil wir nach Sport nur fünf Minuten Pause haben, gehen die meisten gleich zum Umziehen. Dann sehen mich nicht alle laufen.«

Die Überlegung war nicht von der Hand zu weisen. Bei den Fragen, die Burglos vorhin gestellt hatte, hatte sich Sabrina pausenlos gemeldet. Sie wusste wirklich viel, aber in der Praxis war sie nicht so berauschend. Also ging Elisabeth mit ihr an das Ende der Reihe. Durch die vielen Fehlstarts, die Ojan verursacht hatte, wurde die Zeit knapp. Wollte er es so rauszögern, dass sie gar nicht mehr drankamen? Elisabeth spähte skeptisch zur Startlinie.

Dann hörte man ein Krachen aus der Umkleide, in die fast alle aus der Klasse schon verschwunden waren, gefolgt von wildem Geschrei. Manfred Burglos rannte hin und alle scharten sich um die Tür. Vinzenz hatte Alim am Kragen gepackt und die Umkleidebank lag auf der Seite.

»Wie nennst du meine Mutter, du Hurensohn?«, brüllte Vinzenz. Burglos ging dazwischen. Es gab erneut eine Ansprache und die Ankündigung eines Verweises, bevor der Lehrer wieder herauskam und einen Eintrag ins Klassenbuch machte. Als er an Elisabeth vorbeiging, erhaschte sie einen höhnischen Blick von Vinzenz. Er zwinkerte ihr sogar zu.

Er heckte wirklich etwas aus, nur was? Sie kamen als letztes Paar dran, Theresa und Brigitta mussten stoppen. Mit gespielt gelangweilter Haltung stand Ojan bei den Startblöcken. Doch man sah, dass auch er dämlich grinste.

»Hat dir jemand die Mundwinkel an den Ohren festgetackert?«, blaffte Sabrina ihn an, doch er grinste weiter.

Elisabeth konnte sich auch keinen Reim darauf machen, aber was sollte es. Sie kniete sich in den Startblock, als Ojan diesmal vorschriftsgemäß »Auf die Plätze!« sagte. Sabrina kauerte sich neben sie und warf ihr einen letzten leidenden Blick zu.

»Fertig!«

Sollte sie mit Sabrina mitlaufen oder voll durchziehen, um ihren Lehrer zu beeindrucken? Im letzten Moment entschied sich Elisabeth für Durchziehen.

»Los!«

Elisabeth sprang aus dem Startblock und sprintete los. Sie sah, wie Burglos den Kopf hob und den Lauf verfolgte. Sie fühlte sich gut, richtig fit, und als der Wind ihr im vollen Lauf um die Nase pfiff, jubelte ihr Unterbewusstsein auf und zog sie in einen Rausch. Laufen war einfach toll! Viel zu schnell querte sie die Ziellinie. Sie ließ erst danach das Tempo sinken und lief locker aus. Als sie sich umwandte, kämpfte Sabrina immer noch auf der Bahn. Sie gab alles und sogar Theresa und Brigitta feuerten sie an. Manfred Burglos kam in dem Moment herüber, wo Sabrina die Ziellinie passierte. Sie fiel gleich nach vorne über und schnappte wild nach Luft.

»Gut durchgehalten, Sabrina!«, erkannte Herr Burglos den Arbeitssieg an. »Und ein Supersprint Elisabeth, große Klasse! Wie waren die Zeiten?«

»Ich habe 20,9 Sekunden gestoppt!«, sagte Brigitta.

»9,40 Sekunden!«, vermeldete Theresa, die nicht glauben konnte, was sie ablas.

»Keine Bestzeit heute, aber Klassenrekord. Herzlichen Glückwunsch, Elisabeth. Das wird schon mal für das Laufen eine Eins plus.«

Die vier Mädchen gingen in die Umkleide. Als Manfred Burglos die Zeiten notiert hatte, sah er auf. Natürlich war Ojan schon verschwunden. Die Startklappe lag ganz hinten im Gras. Einen stummen Fluch murmelnd, stand er auf und lief, um sie zu holen. Als er ankam, runzelte er die Stirn. Die Startblöcke steckten nicht an der Fünfundsiebzig-Meter-Linie. Jemand hatte sie an die Hundert-Meter-Markierung verschoben. Wann war das passiert? Dann fiel ihm der Tumult in der Jungenumkleide ein. Die Jungs hatten Sabrina und Elisabeth reinlegen wollen. Aber das war nach hinten losgegangen, weil er es gemerkt hatte.

Wenn Theresa nicht komplett falsch gestoppt hatte, was beim manuellen Messen schon mal 0,5 Sekunden ausmachte, dann war da jemand gerade mindestens weiblichen Weltrekord gelaufen und wusste es nicht einmal. Der lag irgendwo bei 10,49 Sekunden auf hundert Meter, wie er noch wusste. Er musste unbedingt mit Elisabeth sprechen.

Inselzuflucht

Die Sonne ging langsam über dem Horizont unter. Sie warf ein malerisches Licht in Orange, Rot und Gelb an die Wolken. Der frische Wind aus Nordwesten roch nach Salz. Ein letzter Fahrradfahrer radelte die Strecke vom Leuchtturm auf Wangerooge zurück zum Ort. Er kam an der alten Frau auf der Bank vorbei und grüßte mit einem fröhlichen »Moin!«. Die Alte nickte nur und blickte weiter hoch zu den Möwen, die sie schon die ganze Zeit beobachtete. Als der Mann schließlich vorbeifuhr, holte die Frau einen Kristall aus ihrer Tasche und fuhr vorsichtig über die leicht beschädigte Oberfläche. Sie hätte ihn im Teutoburger Wald fast verloren, glücklicherweise war nur ein kleiner Splitter abgeplatzt. Der Zauber, der die Energie ins Innere band, funktionierte immer noch einwandfrei. Seit mehreren Tagen hatte sie ihren Standort gewechselt und war nie länger als vier Stunden an einer Stelle geblieben. Sie hatte haufenweise Alarmzauber und Fallen hinterlassen. In den ersten Tagen waren die Jägerinnen ihr ständig auf der Spur gewesen, doch nie wieder war ihr jemand so nah gekommen, wie diese verfluchte Anna Binsenkraut. Die gefürchtete Vollstreckerin befand sich nicht mehr unter den Jägern. Dafür hatte Borga schon vor langer Zeit gesorgt. Ihre Verbündete im Hohen Rat hatte sie gleich nach dem Vorfall wieder in den Harz zurückgeschickt, um sie von ihr abzulenken. Dennoch würde sie weitere Vorsichtsmaßnahmen ergreifen müssen.

Der formschöne Kristall in ihrer Hand war fast vollkommen leer. Sie seufzte. Dieser und der zweite, den sie schon aufgebraucht hatte, waren ihre besten Stücke. Er würde sich aber schnell wieder füllen, denn die Kraftquelle, mit der ihn der Zauber verband, war ungewöhnlich stark. Doch das würde einige Stunden dauern.

Auf der Insel war sie vor den meisten Ortungszaubern auf natürliche Art und Weise geschützt. Die letzte falsche Spur, die sie gelegt hatte, führte nach Rumänien. Ein beliebter Zufluchtsort für

131

gesuchte Kreaturen. Dort würden die Jägerinnen eine Weile lang beschäftigt sein. Doch eine Sache gab es noch zu tun. Sie nahm den Kristall in die Hand und ließ die gefangene Energie in sich strömen. Es erfrischte sie, als die magische Energie ihre eigenen Kräfte verstärkte. Dann rief sie die Möwen zu sich herunter. Der Zauber, den sie wob, war nicht einfach. Er würde ihr Dutzende zusätzliche Augen verschaffen. Mochten die Jägerinnen sich auch noch so gut wappnen, bei so vielen kleinen Helfern würde es fast unmöglich sein, sich unbemerkt auf die Insel zu schleichen.

Als der Zauber vollendet war, testete sie ihn, indem sie die Augen schloss und in den Geist einer Möwe wechselte. Der Blickwinkel war anders als der von Menschen, doch sie kannte das breitere Sichtfeld bereits von früheren Experimenten. Dann wechselte sie die Möwen durch. Es klappte. Zufrieden mit sich legte sie den Kristall in ihre Tasche zurück, wo noch eine ganze Reihe anderer lagen. Dann erhob sie sich und ging zu dem alten unscheinbaren Schuppen, der etwas abseits des Weges stand. Er sah von außen nicht aus, als wäre hier mehr als nur etwas Gerätschaft untergebracht. Die Verfolger waren weit genug weg. Sich mit Magie wach zu halten, ging zwar, jedoch regeneriert man sich nicht, und das merkte sie jetzt. Sie würde nach vielen Tagen endlich einmal sich hinlegen können. Schlaf! Dieser Körper brauchte endlich Schlaf!

Rund um die Okertalsperre

Das Wetter war einmal ausnehmend schön. Es hatte einige Zeit gedauert, bis Elisabeth und Sabrina wieder joggen gehen durften. Erst als Frau Schubert sich bereiterklärt hatte, sie jeweils zum Joggen zu fahren und wieder abzuholen, hatte auch Emilia Wollner endlich zugestimmt. Theobald hatte nicht so ein Glück gehabt. Seine Mutter hatte ihm haufenweise Arbeit aufgehalst, die ihn daran hinderte, mitzukommen. Aber so ganz unrecht schien es ihm nicht zu sein, denn er hatte nach dem Sprinten in der Schule immer noch Probleme mit seinen Waden.

»Richtig glücklich wirkst du gerade nicht«, bemerkte Elisabeth zu Sabrina, die langsam neben Elisabeth hertrabte und offensichtlich kämpfen musste.

»Ich habe dir doch das Kleid gezeigt, in das ich einmal hineinpassen will. Es ist so wunderschön. Leider geht Riss tief. So gut kann ich nicht nähen und du auch sicher nicht. Ich habe die Reparaturkosten gestern bei der Änderungsschneiderei Gerster schätzen lassen. Das werden so hundertachtzig bis zweihundert Euro. Dafür muss ich lange sparen.«

»Sie es mal so: Jetzt hast du gleich zwei Gründe, um abzunehmen. Kein Geld mehr für Süßigkeiten ausgeben und mit mir laufen. Die AG bei Herrn Burglos ist diese Woche ja ausgefallen, genauso wie sein Unterricht.«

Sabrina nickte. »Die Schramm sagte, er müsse schon wieder zu einem Seminar nach Bonn und es gäbe keinen Vertretungslehrer. Wenigstens konnten wir so deiner Ma das Lauftraining als Ersatzunterricht verkaufen.«

»Deine Mutter ist eine echte Verbündete! Ich glaube, ohne sie hätten wir das nicht geschafft«, warf Elisabeth ein. »Dass ich dafür mit dir Mathe und die anderen Fächer pauken muss, ist ein hoher Preis. Du bist eine gute Lehrerin, Brina, und ich eine schlechte Schülerin.«

»Finde ich gar nicht. Wir haben in wenigen Tagen zwei Monate an Schulstoff aufgearbeitet. Mir hilft das Wiederholen genauso. Das wird schon mit dir. Beim Laufen werden wir auch immer besser und ich halte jedes Mal ein Stück weiter durch.«

»Du hast den Weg um die Okertalsperre nur ausgesucht, weil der fast komplett flach verläuft. Außerdem sind mir hier zu viele Jogger unterwegs.«

Sie liefen eine Weile schweigend weiter und genossen den Ausblick. Martha Schubert hatte sie früh abgeholt. Sie wollte dann zu einer Tante weiterfahren, die irgendwo bei Wernigerode lebte.

Die Talsperre war erstaunlich leer. Man konnte noch gut erkennen, wie hoch früher das Wasser gestanden hatte. Einerseits regnete es nicht mehr so viel wie früher und es wurde auch viel Wasser abgelassen für die Kajakfahrer, die unterhalb der Talsperre auf der Oker trainierten. Eine Verschwendung von gutem Trinkwasser, befand Sabrinas Mutter, und mit dieser Meinung blieb sie in der

Gemeinde nicht allein. Dass es schon lange nicht mehr viel Wasser im Stausee gab, konnte man auch daran erkennen, dass die freigelegten Flächen wieder voll begrünt waren. An einigen Stellen begannen schon Sträucher zu wachsen.

»Wollen wir wirklich am Harzlauf teilnehmen? Ich meine, das ist einmal komplett quer über den Harz und vor allem bis rauf auf den Brocken und wieder herunter«, durchbrach Sabrina schließlich wieder das Schweigen.

»Warum nicht? Sicher, das ist nicht ohne, aber der Lauf ist ja erst im nächsten Juni. Bis dahin fließt noch viel Wasser die Innerste herunter. So sagt man hier doch, oder?«, gab Elisabeth zur Antwort.

»Letztes Jahr hat ein Junge aus Wolfshagen gewonnen. Ist so in unserem Alter, denke ich. Albert Wolfsherr. Der Vorname ist ein wenig angestaubt, aber den Nachnamen finde ich cool«, resümierte Sabrina weiter. »Ich habe ihn gesehen, wie er durch Clausthal durchlief. Genauso ein schneller Läufer wie du, sieht aber wie ein Zehnkämpfer aus und ist richtig sexy.«

Elisabeth zwinkerte ihr zu. »Der hat es dir angetan, was?«

»Schon irgendwie, nur so einen kriege ich nicht ab. Ich finde, der sieht noch besser aus als Herr Burglos. Aber er ist nicht auf der regulären Schule, sondern er soll auf so ein elitäres Privatinternat gehen und ist bestimmt völlig eingebildet. Sein Körper ist einfach himmlisch. Ich würde mich von dem sofort flachlegen lassen.«

Elisabeth rollte nur mit den Augen. Sabrina redete für ihren Geschmack manchmal etwas vulgär und hatte offenbar keine Skrupel, ihre Gedanken auszusprechen, auch die, die Elisabeth nie preisgegeben hätte.

Genau in dem Moment holte sie ein anderer Jogger ein, der im Gegensatz zu ihnen schnell unterwegs war.

»Na die Damen, das freut mich sehr, dass ich so begehrt bin, aber mit so schrecklich müffelnden Mädchen würde ich mich sicher nicht einlassen. Außerdem seid ihr echte Schnecken. Einen schönen Tag noch!«

Sabrina wurde knallrot und blieb abrupt stehen. »Scheiße, das war er. Was macht der denn hier?«

Elisabeth hielt nun auch an, schaute aber nicht zu ihrer Freundin. Sie blickte dem wirklich sehr gut aussehenden Läufer hinterher, der sich schnell entfernte. Ein herber Moschusgeruch hing in der Luft und kitzelte sie in der Nase.

»Mann, der hat uns erst belauscht und dann voll beleidigt. Und das, wo ich heute bis hier durchgehalten habe.« Sabrina keuchte schwer. »Das dürfen wir uns nicht bieten lassen. Los, Elle, hol dir den Angeber!«

Elisabeth warf einen kurzen Blick zu ihrer Freundin, die mit der Hand in die Richtung zeigte, in die der Junge verschwunden war.

»Nun mach schon! Für unsere Ehre!«

Elisabeth lief los. Der Junge hatte inzwischen einen erheblichen Vorsprung, also begann sie mit einem forschen Tempo. Auch sie hatte durch das sehr regelmäßige Laufen gemerkt, dass sie besser wurde. Es tat ihr gut und sie brauchte in letzter Zeit auch weniger von ihrem Notfalltrank. Als sie um die Kurve bog, sah sie ihn, wie er gerade zwei Spaziergänger überholte.

Mann, ist der schnell unterwegs!, dachte sie bei sich und steigerte ihr eigenes Tempo weiter. Sabrina war ihre Freundin und er hatte sie beide beleidigt. Sie und müffeln? Niemals! Die Spaziergänger hatte sie schnell überholt. Ein Ehepaar im mittleren Alter, das sie sogar anfeuerte.

»Los, junge Dame, ihr Freund ist schon vorbei!«

Elisabeth schnaubte. Ihr Freund war er nicht, aber das konnten die Leute nicht wissen. Sie würde es diesem Schönling schon zeigen und ging bis an ihre Grenzen. Ein Gefühl inneren Glücks brandete in ihr hoch, als ihre Beine nur so über den Weg flogen und der Wind an ihren Haaren zog. Der Moschusgeruch tauchte wieder vor ihr auf. Als sie die nächste Biegung umrundete, sah sie ihn vor sich. Er überholte schon wieder jemanden, diesmal einen anderen Jogger, der vor einigen Minuten noch an Sabrina und ihr vorbeigelaufen war. An einer schmalen Stelle, wo eine mehrere Meter lange Pfütze den Weg einengte, wich der Mann vor dem schnelleren Läufer unbeholfen aus und trat voll ins Wasser, das sich als tiefer entpuppte, als es zunächst den Anschein hatte. Er schimpfte wild hinter Albert her, der sich genau in diesem Moment umblickte und Elisabeth entdeckte, die inzwischen immer schneller aufholte. Er machte ein verwundertes Gesicht und beschleunigte nun seinerseits.

Der andere Läufer stieg umständlich aus dem Wasser und band seinen Schuh auf. Elisabeth setzte mit einem gewaltigen Sprung über die Pfütze hinweg und rannte weiter, um nun ebenfalls als »Verrückte Spinnerin!« beschimpft zu werden, aber sie hörte nicht hin. Ihr Ziel lag vor ihr und sie hatte das Jagdfieber gepackt. Auch wenn sie es nicht mehr für möglich gehalten hatte, konnte sie nochmals etwas weiter beschleunigen, doch mit dem Beschleunigen schoss ein Kribbeln in ihre Beine.

Sicher ein drohender Krampf!, dachte sie zuerst, doch als es immer höher kroch, merkte sie, dass es das Zittern war. Bis zum Parkplatz war es nun nicht mehr weit und sie hielt sich gut – keine zwanzig Meter mehr hinter Albert. Sie konnte jetzt nicht aufgeben. Also biss sie die Zähne aufeinander und zwang sich, weiterzulaufen. Albert hatte sich erneut umgeblickt, inzwischen mit einem äußerst irritierten Blick. Und dann schockierte er seinerseits Elisabeth, indem er noch schneller wurde. Das war unmöglich, sie sprintete schon und er zog jetzt wieder davon. Das Kribbeln breitete sich inzwischen bis zur Hüfte aus. Sie würde doch abreißen lassen müssen. Da kam der Parkplatz in Sicht. Sie sah, wie Albert schlitternd abbremste und in einen wartenden, roten Porsche sprang, der gleich darauf mit durchdrehenden Reifen anfuhr und Steine sowie Dreck aufschleuderte. Der Wagen kam ihr irgendwie bekannt vor, doch sie konnte ihn momentan nicht einordnen.

Ein altes Ehepaar mit einem kleinen Schoßhund wich gerade noch aus, um nicht über den Haufen gefahren zu werden. Die Rentner schimpften wild, als der kläffende Hund sich losriss und von dem Auto weg auf den Weg zulief. Elisabeth konnte nicht mehr, sie stolperte die letzten Schritte mit wackligen Beinen vorwärts, als der Porsche schon längst auf der Straße verschwunden war. Schweiß stand ihr auf der Stirn und lief ihr in die Augen. Das Herz schlug ihr bis zum Hals und sie pumpte wild nach Luft. Die Farben verschwammen vor ihren Augen und das Zittern stieg höher und höher.

Nein, nein! Sie konzentrierte sich auf das Atmen, doch jeder Zug stach in ihrer Lunge. Die Welt um sie herum schwankte, als sie sich auf die Knie fallen lies und mit den Händen abfing. Der kleine Hund kam näher und bellte sie jetzt wild an. Sie verfluchte ihn in ihrem Kopf. Das Gekläffe machte sie immer wütender. Die

Schmach, den Jungen nicht geschlagen zu haben, brannte lodernd in ihr. Der kleine Hund machte sie jetzt schier rasend. Sie wollte ihn wegscheuchen, doch als sie ihn anblickte und den Mund öffnete, kam nur ein grollendes Knurren aus ihrer Kehle. Der kleine Yorkshire Terrier stellte abrupt das Kläffen ein, steckte den Schwanz zwischen die Beine und rannte winselnd den Weg entlang, während seine Leine wild hinter ihm hertanzte. Die beiden Rentner eilten ihm nach, nicht ohne in Elisabeths Richtung einige Verwünschungen loszulassen.

Elisabeth konnte nicht mehr klar denken. Mit einer Hand öffnete sie umständlich ihre Bauchtasche und nestelte mit zitternden Fingern die Flasche heraus. Sie brauchte eine gefühlte Ewigkeit, um den Bügelverschluss aufzudrücken. Als er dann endlich aufsprang, nahm sie gierig ein paar große Schlucke. Als das Brennen schließlich nachließ und sich ihr Blick klärte, lehnte sie sich gegen einen Stein am Wegesrand, der als Parkplatzbegrenzung diente. Sie schloss die Augen.

Einige Minuten später kam der Jogger mit dem nassen Schuh kopfschüttelnd vorbei, kurz darauf Sabrina.

»Elle, oh mein Gott. Du siehst völlig fertig aus. Was ist passiert? Hast du ihn erwischt?«

Elisabeth antwortete nicht, sondern nahm noch einen Schluck, bis das Brennen in ihrem Körper ganz verschwand.

»Ich habe gerade einen kleinen Hund eingefangen, der den Weg entlang gerannt kam. Hat zwei älteren Leuten gehört. Die haben vielleicht geschimpft und mir von völlig irren Halbstarken berichtet, die ihren Hund verjagt hätten. Kann es sein, dass sie unter anderem dich meinten?«

Elisabeth nickte schwach.

»Hast du ihn denn nun erwischt?«

»Fast!«, sie machte eine Pause, dann konnte sie endlich weitersprechen. »Ich habe alles gegeben, aber dann hat er sich umgeblickt und auch beschleunigt. Wir haben uns ein Rennen bis hierher geliefert. Ich meine, ich bin so schnell gelaufen wie noch nie in meinem Leben, und er ist mir dann immer noch davongerannt. Der Albert ist wirklich überirdisch schnell.«

Sabrina sah sie bekümmert an. »Das ist alles meine Schuld, dass du jetzt so kaputt bist. Ich war nur auf einmal so wütend!«

Plötzlich grinste Elisabeth Sabrina an. »Aber er hat richtig Schiss bekommen, als ich näher kam. Ich habe ihn total verunsichert. So schnell vergisst der mich nicht.« Dann roch sie an ihrem T-Shirt und fragte ihre Freundin: »Findest du, dass ich müffle?«

Sabrina musste daraufhin lachen, was ansteckend wirkte.

Als Martha Schubert wenig später zur verabredeten Zeit auf den Parkplatz fuhr, ging es Elisabeth wieder so gut, dass sie entspannt atmen konnte. Sie stiegen ein.

»Na, diesmal seid ihr ja richtig schnell gewesen«, kommentierte Sabrinas Mutter. »Wenn ihr noch schneller werdet, dann schaffe ich es nicht mehr nach Wernigerode und zurück, oder ihr müsst nächstes Mal zwei Runden laufen.« »Nein, für heute haben wir genug«, antwortete Sabrina. »Jetzt brauchen wir ganz dringend eine Dusche.«

Tränkebrauer

Seine Mutter musste wieder nach Berlin fahren. Auch wenn Theobald inzwischen wusste, dass Lylly, die Freundin seiner Mutter, tot war, verstand er nicht, warum der Rat plötzlich so viel von ihr wissen wollte. Andererseits verschaffte ihm das eine der für ihn viel zu seltenen Gelegenheiten, im Nachbarkeller zu experimentieren. Die Arbeiten, die sie ihm aufgetragen hatte, damit er nicht auf dumme Gedanken kam, erledigte er in großer Eile und war schon nach ein paar Stunden fertig.

Dann begab er sich durch den Bastelkeller und den Gang, den er geschaffen hatte, bis er in seinem Versteck im Nachbarhaus ankam. Dort entzündete er einige Taschenlampen, denn der Strom war hier abgestellt. Er hatte sich nicht getraut, aus dem eigenen Keller bis hierhin ein Kabel zu legen. Schließlich stellte er den mitgebrachten Käfig mit der Katze auf einen Tisch und holte die kleine Bügelflasche hervor. Er musterte sie erst von außen und hielt sie gegen das Licht. Die Flüssigkeit sah trübe und milchig aus. Er hatte sich einiges einfallen lassen müssen, um an diese Probe von

Elisabeths Trank zu kommen. Sicher hätte er sie fragen können, aber irgendein inneres Gefühl hatte ihm gesagt, dass es keine gute Idee gewesen wäre. Nun würde er erst in aller Ruhe das Gebräu untersuchen und dann seine Ergebnisse präsentieren.

Um an Elisabeths Trank zu gelangen, hatte er sich dafür während der Pause im Kartenschrank versteckt, nachdem er das Schloss des Klassenzimmers mit einer Büroklammer so blockiert hatte, dass man nicht mehr absperren konnte. Als Frau Schramm es schließlich bemerkt hatte, hatte er den Namen Vinzenz gehört. Offenbar hatte die Klassenlehrerin ihm das Unheil zugeordnet. Als sie losgegangen war, um den Hausmeister zu holen, war Theobald aus seinem Versteck getreten, hatte Elisabeths Tasche geöffnet und den Trank herausgeholt. Kaum hatte er die Flasche eingesteckt, da hatte er auch schon Schritte vernommen. Es war ihm keine Zeit mehr geblieben, zum Schrank zurückzugelangen. Also hatte er sich hinter die Tafel gequetscht. Doch er hörte nur ein kurzes Gemurmel und ein Ruckeln an der Tür. Dann wurde er eingeschlossen. Als die nächste Stunde begann, war er im allgemeinen Tumult hinter der Tafel hervorgetreten und hatte seinen Lateinlehrer ganz unschuldig angeblickt und behauptet, er hätte Tafeldienst gehabt. Der verwirrte ältere Lehrer hatte nur genickt und sich wieder auf seine Aktentasche konzentriert. Schweißgebadet war er dann an seinen Platz zurückgegangen und hatte sich die ganze Stunde nicht richtig konzentrieren können. Doch sein Coup hatte sich gelohnt.

Nun, im Keller, überlegte Theobald, was er schon wusste. Elisabeth hatte ihm gesagt, dass dieser Trank ihre Krämpfe linderte, wenn sie sich aufregte und auch mal aus Versehen tierisches Eiweiß abbekam. Das sprach für eine neurologische Erkrankung, aber auch gleichzeitig für eine schwere Allergie. Beide Wirkungen in einem Gebräu? Vielleicht löste tierisches Eiweiß auch die gleichen Krämpfe aus, und der Trank blockierte dann das Immunsystem. Da er durch ihre Mutter einige der Zutaten kannte, weil diese sie bei ihm nachts gegen Bargeld gekauft hatte, war er zuversichtlich, mehr herauszubekommen. Es wollte ihm immer noch nicht in den Kopf, dass alle diese hochgiftigen Stoffe Krämpfe lindern sollten. Sicherlich waren viele Gifte in minimaler Dosis auch Heilmittel, aber die Mengen, die Frau Wollner eingekauft hatte, hätten dann für Jahre reichen müssen.

Er machte einige einfache Nachweise und konnte die Bestandteile, die ihm geläufig waren, bestätigen. Leider konnte er mit seinem kleinen Labor keine quantitativen Bestimmungen durchführen. Für einen Praxistest hatte er sich die Katze besorgt. Auf dem einen Bauernhof in Zellerfeld gab es viele davon und sie vermehrten sich so stark, dass es nicht auffallen sollte, wenn eine fehlte. Es war leicht gewesen, sie anzulocken und in den Käfig zu stecken. Nun wollte er sehen, wie der Trank sich auf das Tier auswirkte.

Er nahm einen kleinen Holzspatel und tupfte ihn vorsichtig in den winzigen letzten Rest des Tranks, gerade so tief, dass er leicht feucht wurde. Dann holte er die Katze heraus. Sie wollte ihm entwischen, doch er packte sie am Nackenfell und setzte sie auf seinen Schoß. Als er sie streichelte, beruhigte sie sich schnell wieder und schnurrte. Er redete beruhigend auf sie ein und nahm den Spatel. Als er vor ihrem Gesicht damit auf und ab wedelte, schlug sie erst mit der Pfote danach, dann schnappte sie zu und kaute etwas auf dem Spatel herum. Genau darauf hatte er gehofft. Er beobachtete sie weiter. Dann erschrak er, als die Katze plötzlich zu würgen begann und sich wild aufbäumte. Bei dem Versuch, sie festzuhalten, riss er die Trankflasche vom Tisch. Sie zerbrach auf dem Fußboden. Vom einen auf den anderen Moment fiel die Katze zuckend in sich zusammen. Daraufhin regte sie sich nicht mehr. Er stupste sie an, aber sie war zu seinem großen Entsetzen tot.

Voller Kummer über das Resultat begutachtete er das Tier. Das hätte nicht passieren dürfen, nicht mit einer Katze. Die Tiere waren zäh und er hatte weniger als einen Tropfen verwendet. Die Wirkung war also viel stärker gewesen, als er gedacht hatte. Aber das würde heißen, dass die Konzentration des Trankes extrem hoch war und auch, dass Elisabeth schon viele Male hätte tot umfallen müssen. Was stimmte da nicht? Welche anderen Komponenten machten den Trank für Elisabeth so einzigartig? Bei personalisierten Zaubertränken nahm man gerne Teile der Zielperson, um die Wirkung zu spezialisieren, das wusste er, aber dies war doch nicht etwa …

Er blickte auf die Pfütze und die Splitter. Dann nahm er entschlossen sein Amulett ab und wandte den Blick nach innen, bis er seine Kraft gefunden hatte. Als er die Augen wieder öffnete, glommen sie weiß. Die Farben des Raumes um ihn herum wirkten nur als stumpfe Graustufen. Seine eigene gelblich-grüne Aura, die durch sein Leben und seine Kräfte entstand, hob sich um seine Hände und Arme gut vom Hintergrund ab, ebenso wie der Trank auf dem Boden, der in einem hellen silbrigen Blau leuchtete. Magie!

Kopfschüttelnd betrachtete er ihn ganz genau. Es gab keinen Zweifel. Verwirrter als vorher wechselte er zurück auf die normale Sicht.

Das erklärte so einiges, warf aber neue Fragen auf. Die Gedanken in seinem Kopf überschlugen sich. Wenn der Trank Magie enthielt, dann kam sie beim Brauen hinein. Wenn sie dabei hineinkam, dann musste sie jemand einbinden, der über magisches Potenzial verfügte, und das wiederum hieß, dass Frau Wollner zaubern konnte. Aber das war unmöglich! Er hatte sie des Nachts einmal betrachtet, da hatte sie nur die gewöhnliche schwache Aura eines normalen Menschen gehabt.

Das ergab alles keinen Sinn. Außerdem, wenn Elisabeth den Trank regelmäßig nahm und nicht tot umfiel, dann unterdrückte er sicher mehr als nur ein paar Allergiekrämpfe. Das Zeug brachte in kleinsten Mengen Katzen um. Moment! Wenn Elisabeths Mutter einen Tarnzauber einsetzte, so wie er einen in dem Amulett trug, dann könnte sie ihre Kräfte verbergen. Aber wie? Ebenfalls mit einem Amulett? Die waren extrem selten. Außerdem hatten Hexen es nicht nötig, ihre Aura zu verbergen. Menschen konnten Auren nicht sehen und Hexen nur, wenn sie ihren Blick aktivierten. Zwar konnte man die Aura selbst dann verbergen, doch das kostete – wie jeder Einsatz von Magie – Kraft. Was verbarg Frau Wollner? Was war sie? Und Elisabeth?

Wenn er mal annahm, dass Frau Wollner eine Schamanin oder Hexe war, dann war es wahrscheinlich, dass auch ihre Tochter die gleichen Kräfte besaß. Er hatte Elisabeths Aura noch nie betrachtet, doch dafür hatte ja er auch noch keinen Grund gehabt. Warum sollte eine Mutter ihre eigenen Kräfte verbergen und ihre Tochter systematisch vergiften? Das ergab für ihn keinen Sinn. Wie er es auch wendete, es fehlten ihm Details. Vielleicht kam er der Sache näher, wenn er den Trank nachbraute. Auf jeden Fall brauchte er dafür noch einige Komponenten. Er könnte vielleicht seinen Booster auch so milchig machen, wenn er etwas an den Zutaten drehte. Den Booster hatte Elisabeth vertragen. Möglicherweise brachte dies ihn der Aufdeckung des Geheimnisses näher.

Beherzt griff er nach seinen Utensilien und machte sich ans Werk. Er musste nur noch so eine Bügelflasche auftreiben, aber die gab es nur bei den Wollners. Er würde noch einmal stehlen müssen.

Spieglein, Spieglein an der Wand

In ein dickes Handtuch gewickelt trat Sabrina aus der Dusche. Sie war froh, nach dem Lauf heute endlich aus den verschwitzten Klamotten raus zu sein. Während sie das eine Handtuch um sich herumgewickelt hatte, rubbelte sie mit dem anderen ihre Haare trocken, als sie in ihr Zimmer ging. Irgendwie lief in diesem Schuljahr alles etwas anders. Sie hatte endlich eine Freundin gefunden und auch mit Theobald wurde die Freundschaft besser. Es schien gerade so, als wenn Elisabeth die ganze Zeit gefehlt hätte. Sabrina konnte sich nicht daran erinnern, jemals so viel Sport gemacht zu haben, unerwarteterweise es ging ihr damit richtig gut. Sie stellte sich vor ihren großen Ikeaspiegel und musterte sich. Man sah noch nicht, dass sie nennenswert abgenommen hätte, aber das kam sicher bald.

Über den Spiegel fiel ihr Blick erst auf das Kleid, das immer noch an ihrem Schrank hing, dann auf die Handschuhe, die auf ihrem Nachtschrank lagen. Sie hatte sie jetzt schon lange nicht mehr angelegt. Nachdem, was zuletzt passiert war, verspürte sie nicht mehr viel Lust dazu. Ein bisschen Angst hatte sie schon vor ihnen. Als sie den Blick wieder hob, fuhr sie vor Schreck zusammen. Im Spiegel stand die alte Frau vom Friedhof hinter ihr, die sie tadelnd anblickte. Sabrina wirbelte herum, doch da stand niemand. Vorsichtig drehte sie sich wieder zum Spiegel und da war sie – in demselben mitternachtsblauen Seidenkleid und mit korrekt frisierten schneeweißen Haaren. Sie deutete in ihrem Spiegelbild hinter sie und dann auf die Handschuhe.

Sabrina starrte in den Spiegel, als könnte sie ihren Augen nicht trauen. Sie wandte sich erneut um, nur um ihr Zimmer wieder leer vorzufinden. Was passierte hier mit ihr? Da lagen die Handschuhe. Wollte die Alte im Spiegel die Handschuhe zurückhaben oder dass sie diese anzog? Sabrina floh über den Flur ins Bad. Sie schloss die Tür ab und überlegte. Jemand, der nicht da war, konnte ihr hoffentlich nicht in einen anderen Raum folgen. Oder doch? Ihre Beobachtung mischte sich mit Erinnerungen aus Horrorfilmen, die sie heimlich aus dem Internet heruntergeladen und die ihr die Nackenhaare zu Berge hatten stehen lassen. Das Bad war noch immer voller Dampf vom Duschen. Aber als sie den Spiegel frei wischte, stand die Alte direkt hinter ihr. Sabrina konnte nicht anders, sie stieß einen gellenden Schrei aus und versuchte, aus dem Raum zu kommen, aber in ihrer Panik riss sie den Schlüssel aus dem Schloss und bekam ihn nicht wieder hinein. Ihre Mutter rief von unten hoch, ob alles in Ordnung sei, doch sie konnte nicht antworten. Zitternd lehnte sie den Kopf gegen die Tür.

»Ich träume das nur ... ich träume das nur ...«, sagte sie laut zu sich. Endlich bekam sie den Schlüssel wieder hinein, sperrte auf, sprang in den Flur und stieß beinahe mit ihrer Mutter zusammen.

»Kind, was machst du für einen Lärm?«, verlangte diese zu wissen.

»Ich ... ich ...« Sie konnte ihrer Mutter wohl kaum erzählen, dass sie Geister von Menschen im Spiegel sah. »Ich habe noch immer nicht abgenommen«, stammelte sie.

Der Blick ihrer Mutter wurde milder. »Du bist eben traditioneller gebaut, so wie ich. Das ist nichts Schlimmes. Es gibt viele Jungs, die auf etwas solidere Frauen stehen.«

Das war das Letzte, was Sabrina jetzt hören wollte. Sie zog eine Grimasse, huschte in ihr Zimmer und knallte die Tür zu. Drinnen hielt Sabrina hinter der Tür inne. Noch einen Schritt und sie würde sich wieder im Spiegel sehen.

»Gehen Sie weg!«, sagte sie dann. Dann entsann sie sich, dass sie den gruseligen Geist mit den Handschuhen vertrieben hatte. Ohne in den Spiegel zu schauen, sprang sie bäuchlings aufs Bett und schnappte sich die Handschuhe. Als sie diese übergestreift hatte, hob sie die Hände in Karate-Kampfpose und drehte sich um.

»Das wurde auch Zeit!«, meldete sich jetzt das Spiegelbild der alten Frau hinter ihr.

Sabrina blickte sie sprachlos an.

»Wie dem auch sei, zunächst muss ich dir danken. Du hast mein Geschenk angenommen. Ich hatte schon so meine Zweifel.«

»Aber ... aber ...« Sabrinas Verstand wollte einfach nicht richtig arbeiten. Dann sagte sie das Einzige, was ihr einfiel, weil es bei dem Geist auch schon funktioniert hatte. Dazu reckte sie ihre Brust vor und sprach mit leicht bebender Stimme: »Ich befehle Ihnen, gehen Sie weg!«

Das amüsierte die alte Frau sichtlich, denn sie hob vornehm die Hand und kicherte leicht, doch dann wurde sie wieder ernst und räusperte sich.

»Sehr nett, ich sehe, du hast schon die Grundzüge des Vertreibens verstanden, aber bei mir funktioniert das nicht. Ich bin nicht wirklich hinter dir!«

Sabrina überlegte fieberhaft. Sie hatte so viele Geschichten gelesen und gesehen, dass ihr jetzt mehrere Möglichkeiten einfielen, was hier gerade geschah. Schließlich überlegte sie laut: »Dann visualisiere ich Sie nur hinter mir? Sie stecken in den Handschuhen, richtig?«

Die Dame schien milde beeindruckt. »Ja und nein. Die Handschuhe erleichtern gewisse Dinge, auch die Kommunikation mit dir, da du noch so wenig weißt. Später wirst du sie dafür nicht mehr brauchen. Hast du eine Ahnung, wer ich bin?«

Sabrina brauchte gar nicht lange zu überlegen. »Sophie Wilhelmine Steiger! Sie sind am selben Tag gestorben, an dem ich geboren bin.«

»Richtig, meine Liebe. Und ich bin jetzt ein Teil von dir.«

»Was?«

»Es heißt *Wie bitte*. Aber im Wesentlichen hast du recht. Als ich starb, erwählte ich dich als meine nächste Inkarnation und du hast mich vor ein paar Wochen akzeptiert.«

»Moment mal. Ich habe niemals gesagt, dass ich Sie wäre.« In dem Augenblick, als sie es sagte, wurde ihr klar, dass das nicht stimmte. Sie hatte genau diese Worte bei dem Geist verwendet. Sie hatte es ihm ins Gesicht geschrien und ihn dann geboxt.

Offenbar las die Alte ihre Erkenntnis aus ihrer Miene ab. »Aha, du erinnerst dich also doch. Braves Mädchen. Bei all den Gruselgeschichten in deinem Leben wundert es mich ehrlich gesagt, warum du nicht schon früher darauf gekommen bist. Ironischerweise ist das doch dein größter Traum, oder?«

Die alte Frau machte eine Geste zu all den Büchern und wies zuletzt auf das Poster, wo sie das Bild von *Bis(s) zum Morgengrauen* manipuliert hatte.

Sabrina schluckte. »Aber das ist eine romantische Vampirgeschichte!«

»Ich werde dir einmal etwas über Vampire sagen. Es sind abgrundtief böse, blutsaugende und lebensverachtende Mistkerle. Den schmalztriefenden Schund, den ich mit dir habe anschauen müssen, hätte mir die Galle hochgetrieben, hätte ich noch meinen Körper gehabt. Oh, du musst noch so viel lernen.« Sie beugte sich etwas vor. »Vampire werden DICH fürchten!«, sagte sie mit einem Blick grimmiger Entschlossenheit.

Beide Frauen starrten sich über den Spiegel an. »Seit wann genau stecken Sie in mir?«, verlangte Sabrina zu wissen. »Sie sind doch nicht während meiner ...«

»Genau!«, fiel die Frau ihr ins Wort. »Seit deiner Geburt. Seit diesem schönen Tage hast du zwei Seelen in deinem Körper. Na ja, genug Platz ist ja hier drin.«

»Was erlauben Sie sich? Raus aus meinem Körper!«

»So einfach ist das nicht. Das braucht Übung. Ich habe dich ganze sechzehn Jahre beobachtet und mich nun entschlossen, dich endlich auszubilden.«

»Zu was? Ich bin keine Hexe.«

»Nein, nein, keine Hexe. Mädchen, du wirst etwas Besseres, eine Nekromantin, genauso wie ich eine war.«

Zwinkerte die alte Frau etwa? Sabrina gaffte zurück.

»Nun ja, da gäbe es noch eins zu tun. Dein unvollständiges Ritual hat mich nur so weit gestärkt, dass ich jetzt über dein Spiegelbild mit dir reden kann, wenn du die Handschuhe trägst. Aber wenn du bereit wärst, mich endlich zu akzeptieren, dann könnten wir mit der Ausbildung beginnen.«

»Und warum sollte ich das wollen?«

»Nun, du hast dem Geist an den Kopf geschleudert, du seist ich. Und Geister, musst du wissen, sind zuweilen fürchterliche Tratschtanten. Sicherlich hast du mitbekommen, dass Inga einen Bannfluch auf mein Grab gelegt hat, dass ich nicht mehr raus kann. Sie muss also schon gepetzt haben. Ich habe mir in meiner Zeit nicht nur

Freunde gemacht. Willst du nicht vorbereitet sein, wenn man dich findet?«

Sabrina wurde bleich. »Was? Wird der Geist etwa wiederkommen?«

»Oh nein, dieser spezielle nicht. Er hat sicher viel zu viel Angst, dass du ihn auslöschst, sollte er deinen direkten Befehl ignorieren und hier nochmal aufkreuzen. Aber andere könnten und werden kommen. Du hast dich als mich ausgegeben und damit einen Teil des Bundes gesprochen. Ich werde jetzt meinen Teil versprechen und dann werden wir wahrhaftig eins sein.«

Die Alte kam näher. Sabrina zitterte jetzt am ganzen Körper.

»Damit du dich mit mir leichter tust, trete ich nur in Erscheinung, wenn du mich rufst. Aber ich werde stets bei dir sein – wie schon immer.«

Als die Alte direkt neben ihr stand, stammelte Sabrina, die merkte, dass etwas Unausweichliches passieren würde: »Wird es weh tun?«

»Nein, das hat es bei deiner Geburt. Dies wird eher eine Befreiung für dich.« Dann richtete die Alte sich zu ihrer vollen Größe auf, dass sie fast genauso groß wie Sabrina war, und sprach: »Ich bin Sabrina Wilhelmine Schubert! Ich bin sie und sie ist ich.« Dann von einem Augenblick auf den anderen trat sie in Sabrinas Körper.

Sabrina erschauerte kurz, weil die Berührung eiskalt war. Zu ihrem Erstaunen fühlte sie jetzt die andere Präsenz. Eine Stimme klang in ihrem Kopf.

Eine Kleinigkeit wäre da noch. Lass mich nur machen.

Mit aufgerissenen Augen sah Sabrina, wie sich ihre Hände bewegten. Sie konnte gar nichts tun. Die Hände zogen die Handschuhe aus und öffneten die Kommodenschublade. Sabrina sah sich selbst einen Cutter entnehmen, den sie sonst zum Schneiden von Papier verwendete. Sie schnitt sich dann in beide Hände. Es tat höllisch weh und das Blut tropfte auf den Boden. Eilig zogen die Hände die Handschuhe wieder an. Während das Blut in die Handschuhe sickerte, spürte Sabrina plötzlich, wie eine kalte Macht von ihnen ausging. Sie waren jetzt wirklich wie Haut.

Sie gehören jetzt ganz und gar dir, Sabrina!, klang die Stimme in ihrem Kopf. *Du kannst damit jeden körperlosen Geist fangen, festhalten und abwehren. Aber sie könnten noch viel mehr. Sie werden dir helfen, bis du so mächtig geworden bist, dass du sie nicht mehr brauchst. Und damit genug für heute. Ruf mich immer im Spiegel und nenne mich Wilhelmine. Sollte dir leicht fallen, den Namen nicht zu vergessen.*

Plötzlich war ihre Präsenz nicht mehr spürbar. Sabrina stand immer noch vor dem Spiegel. Das Handtuch war heruntergerutscht, doch sie merkte es nicht. Was war sie da eben eingegangen? Hatte sie eine Wahl gehabt?

Dann ging die Tür auf und ihre Mutter blickte herein. Sabrina quietschte erschrocken, hob eilig das Handtuch auf und scheuchte sie raus. Oh, was dachte ihre Mutter bloß von ihr? Sie kam immer im unpassendsten Moment herein und schon wieder trug sie diese Handschuhe.

Der Testlauf – Sabrina

Es waren zwei weitere Wochen ins Land gegangen und der Oktober zeigte sich von seiner schönen Seite. Sabrina hatte keine ungebetenen Besuche mehr gehabt, weder mit noch ohne Spiegel, und war dankbar dafür.

Manfred Burglos war wieder zurückgekehrt. In Geschichte war er richtig witzig, fand Sabrina. Er wusste so viele Anekdoten zu den Ereignissen zu berichten, dass sie im Unterricht richtig mitfieberte. Neben Theobald tat sich auch Elisabeth hervor und entwickelte sich langsam zu einer richtigen Streberin. Herr Burglos schien im Besonderen sie dranzunehmen, war Sabrina aufgefallen. Wann immer ihre Freundin sich meldete, kam sie relativ zuverlässig zu Wort. Theobald und sie konnten meist noch etwas ergänzen, aber es schien, als wenn der Lernknoten bei Elisabeth langsam platzte.

Dagegen wurden die drei Jungs in der letzten Reihe immer stiller. Vinzenz schien noch abwesender als sonst. Er hatte dicke Ringe unter den Augen und nickte oft ein. Zumindest war das im Unterricht so, doch auf dem Pausenhof ließen er und die Zwillinge die

Coolen heraushängen. Sie rauchten heimlich und terrorisierten ihre Mitschüler mehr denn je. Ojan hatte Sabrina nach den Sprints versucht aufzuziehen, aber diese tat das nur mit einer Handbewegung ab. Ihr war Sport sowieso egal, behauptete sie, nur um sich die Woche darauf selbst zu widerlegen.

Im Sportunterricht kamen Ballwurf und Kugelstoßen dran. Endlich eine Disziplin, bei der Sabrina wirklich glänzen konnte. Sie schaffte auf Anhieb die zweitgrößte Weite der Mädchen, ganz knapp hinter Elisabeth, die in allem ein Naturtalent zu sein schien, was Sport hieß. Sehr zum Leidwesen ihrer Widersacher bekam sie in der Klasse dafür viel Anerkennung.

An diesem Tag stand der Testlauf an, den Manfred Burglos nicht nur für die AG, sondern für den gesamten Jahrgang und die Oberstufe angesetzt hatte. Fast alle Schüler und einige Lehrer machten mit. Insgesamt gingen an die zweihundert Läufer und Läuferinnen an den Start. Burglos hatte die Devise ausgegeben: *Wachst über euch hinaus!*

Der Weg führte vom Gymnasium aus Richtung Zellerfeld, über den Höhenkamm nach Wildemann und im Bogen an der Langlaufloipe entlang zurück zur Schule. Herr Burglos war schon seit dem Morgengrauen auf den Beinen. Er hatte einige Nichtläufer als Helfer dabei, um die Wegweiser aufzustellen. Ojan befand sich unter ihnen.

Viele Eltern waren ebenfalls gekommen, wie Sabrina bei ihrer Ankunft feststellen musste. Emilia Wollner befand sich jedoch nicht darunter. Elisabeth hatte kürzlich eine Flasche verloren und sich, wie Sabrina wusste, kräftige Schelte eingefangen. Sabrinas eigene Mutter war natürlich da und Anna Binsenkraut brachte mehrere Paletten mit Sportdrinks vorbei, verschwand aber gleich wieder in die Apotheke.

Ihre beste Freundin war aufgeregt, noch aufgeregter als sonst. Burglos hatte alles noch schlimmer gemacht, als er Sabrina und Elisabeth vor der Umkleide abgefangen und gesagt hatte, dass er mit einem Start-Ziel-Sieg von Elisabeth rechnete. Sicher, sie lief schnell, aber unter diesem Druck hibbelte sie hin und her und verschwand schließlich auf die Toilette, obwohl es bald losgehen sollte.

Zuerst sollten die Jungen starten, später die Mädchen. Sabrina wanderte umher, doch nach einer Weile ging sie wieder hinein, um

Elisabeth dort zu suchen. An der Tür der Mädchenumkleide prallte sie mit Theobald zusammen. Er lief rot an und versuchte, sich schnell an Sabrina vorbeizudrücken.

»Theo, was machst du denn hier drin? Du hast hier nichts verloren.«

Ganz untypisch für ihn stammelte er nur, er habe sich in der Tür geirrt, weil er noch auf die Toilette müsse. Sie sah ihm kopfschüttelnd nach, wie er eine Tür weiter in die Jungenumkleide ging.

In diesem Moment wurde sie abgelenkt, als eine Lehrerin auftauchte, die schnell noch einen Tisch für die Kaffeetafel holen wollte. Da die Jungen fast alle am Start standen, packte Sabrina mit an und brachte den Tisch nach draußen.

Dort vor dem Schulgebäude waren mit Trassierband eine Startlinie und ein Zieleinlauf aufgebaut. Die Läufer wurden gerade aufgefordert, sich bereit zu machen. Vinzenz und Alim standen mit in der Startgruppe. Theobald kam erst im allerletzten Moment aus dem Gebäude und stellte sich zu der Läufergruppe dazu. Sabrina zeigte ihm den gehobenen Daumen zum Zeichen, dass alles in Ordnung sei. Er grinste verschämt, wurde rot und blickte weg. Einen Moment später erklang der Startschuss. Die Eltern und einige Geschwister feuerten die Läufer an. Schon bald waren auch die letzten davon um die Ecke verschwunden.

»Start der Mädchengruppe in fünf Minuten!«, verkündete Manfred Burglos laut.

Wo blieb Elisabeth nur? Als Sabrina sich überall umsah, fiel ihr ein Mann auf, der abseits von allen anderen Eltern etwas erhöht stand und der Laufgruppe der Jungs mit einem Feldstecher nachsah. Es gab schon merkwürdige Typen hier im Harz, dachte sie noch bei sich, bevor sie zurück in die Umkleide zu den Toiletten lief.

»Elle, wo bist du? Wir sind gleich dran.«

»Hier hinten!«, kam es hinter einer Tür hervor. »Kannst du mir meinen Trank bringen, ich bin so schrecklich nervös. Er ist in meinem Rucksack in der kleinen Bauchtasche, die ich sonst immer mit mir trage.«

»Ist gut, ich weiß schon!« Sabrina lief zu den Taschen und fand die Bauchtasche sogleich. Sie lag oben auf und stand offen. Die

Flasche schaute schon heraus. Mit ihr lief sie zurück und reichte sie unter der Tür hindurch.

»Danke! Du bist eine echte Freundin, Brina! Ich weiß, ich kann das, aber jetzt spinnen meine Nerven. Ich komme gleich, geh schon mal vor.«

So ging Sabrina wieder zum Start zurück. Sie hatte Elisabeth genug beobachtet und ahmte jetzt ihre Aufwärmübungen nach, doch immer wieder schaute sie zum Eingang der Schule zurück. Der merkwürdige Typ stand noch da und schien jetzt die Mädchen zu beobachten. Sabrina richtete sich auf und runzelte die Stirn. Sie hatte ihn noch nie hier gesehen. Was wollte der hier?

Schließlich, als alle anderen schon aufgefordert wurden, sich bereitzumachen, kam Elisabeth aus der Schule gejoggt. Sie hatte den Kopf gesenkt und schien nur auf ihren Weg zu schauen.

»Was hast du noch so lange gemacht?«, wollte Sabrina wissen. Elisabeth sah sie nicht an, auch sonst niemanden. »Alles in Ordnung mit dir?« Sie berührte ihre Freundin locker am Arm, doch diese schob sie mit der Faust weg. Da sah sie, wie Elisabeth überall leicht zitterte. »Hast du deine Medizin nicht genommen?«, flüsterte sie.

»Doch!«, kam es aus gepressten Lippen und knurrend zurück, »Und nach dem Lauf bringe ich jemanden um! Und ich weiß auch schon ganz genau, wen.« Die Stimme klang so verzerrt, dass Sabrina sie nur mit Mühe verstehen konnte. Doch eine weitere Frage konnte sie nicht mehr stellen, weil der Startschuss fiel.

Elisabeth sprintete allen weg. Sabrina rannte mit sorgenvoller Miene hinterher, wusste aber, dass sie froh sein konnte, überhaupt durchzulaufen. Doch nach einer Weile merkte sie, dass sie sich gar nicht schlecht schlug. Sie konnte sich im Mittelfeld halten, was allerdings jetzt ihre ganze Aufmerksamkeit erforderte.

Als Sabrina, schnaufend wie eine Dampflok, am Waldrand ankam, grinste dort ihr Klassenkamerad Ojan sie gehässig an.

»Diesmal gibt es keine Lorbeeren für deine Zickenfreundin!«, rief er ihr zu.

Zunächst konnte sie sich keinen Reim darauf machen, jedoch brachte es sie aus dem Tritt. Nach weiteren fünfhundert Metern bekam sie Seitenstechen und musste gehen. Während sie durchschnaufte, um das Stechen loszuwerden, arbeitete ihr

Verstand fieberhaft. Warum hatte Ojan an der Abzweigung gestanden? Es war doch klar, wo der Weg langging. Das Trassierband war auch überflüssig. Sie kam nicht drauf, und als eine weitere Läuferin sich ihr näherte, nahm sie wieder Laufschritt auf. Sie wollte nicht die Letzte werden.

Auf dem letzten Anstieg zurück zum Gymnasium gab Sabrina noch einmal alles. Den ganzen Weg über hatte sie die Sorge um Elisabeth angetrieben, die eindeutig nicht sie selbst gewesen war. Sie konnte sich noch immer keinen Reim auf Ojan machen.

Auf die Zielgerade lief sie bei Weitem nicht als Letzte ein. Sie sah verbissen nach vorne, als sie die vielen Menschen erblickte. Ihre Mutter winkte direkt vorm Ziel, schrie und feuerte sie auf ihren letzten Metern an. Theobald stand neben ihr und rief auch, aber er sah irgendwie bekümmert aus, ja er schaute an Sabrina vorbei, ganz so, als erwarte er jemand anderen. Da fiel es ihr wie Schuppen von den Augen. Er war in der Mädchenumkleide gewesen. Der Trank! Er hatte vermutlich irgendwas daran gedreht. Als sie über die Ziellinie lief, hielt sie nicht an. Sie rannte an den ausgestreckten Armen ihrer Mutter vorbei, packte Theobald und schob ihn durch die Menge.

»Was hast du mit Elle gemacht?«, herrschte sie ihn an, während sie ihn hinter eine Hausecke drückte. Theobald bekam so einen riesigen Schreck, als Sabrina wie eine Furie auf ihn eindrang, dass er erst kein Wort hervorbringen konnte. Sabrina ohrfeigte ihn, gleich dreimal hintereinander, bis er in Tränen ausbrach.

»Ja, ja, ich ergebe mich, hör auf. Ich mache mir doch auch schreckliche Sorgen.«

»Gib das mit dem Trank zu! Du warst in der Umkleide.« Energisch stemmte Sabrina ihre Hände in die Hüften. Der Schweiß rann ihr in Sturzbächen hinab. Sie merkte es nicht, weil sie nur noch wütend war.

»Ja, doch, ich gestehe! Aber ich kann mir nicht erklären, was passiert ist. Ich habe doch alles mehrfach durchgerechnet und eine neue Variante meines Boosters mit Elles Trank gemischt. Es hätte wirken und sie kontrolliert stärken sollen. Sie hätte schon längst da sein müssen. Sie ist nicht angekommen, meine ich.«

Jetzt schwante Sabrina, was das blöde Grinsen vorhin von Ojan bedeutet hatte. Sie schlug sich mit der Hand vor die Stirn.

»Ich bin so blöd. Die haben sie auf den Waldweg nach Wildemann geschickt, diese Schweine. Ich muss zu Herrn Burglos. Elle läuft in die falsche Richtung und dreht vermutlich gerade durch oder bekommt einen Schock, weil sie ihren Trank nicht hat. Wenn ihr auch nur eine Kleinigkeit passiert ist, dann wirst du dafür bezahlen, Theobald Binsenkraut.«

Sie machte auf dem Absatz kehrt und lief los, um ihren Sportlehrer zu suchen. Theobald ließ sie wie ein Häufchen Elend in sich zusammengesackt an der Mauer zurück. Doch schon bald kam er ihr nach.

Als Sabrina Theobald entdeckte, blickte sie ihn wütend an, trotzdem kam er auf sie zu und flehte förmlich: »He, es tut mir wirklich schrecklich leid. Lass mich auch helfen.« Dabei sah er so jämmerlich aus, dass sie gegen ihren Willen weich wurde.

Sabrina zögerte noch einen Moment, dann entschied sie: »Gut, wir brauchen jeden, der helfen will. Frau Wollner kommt gleich mit dem Auto, meine Mutter bleibt hier und Herr Burglos läuft die Runde mit einem Kollegen nochmal ab. Der kommt in fünf Minuten her, zieht sich nur noch schnell die Laufschuhe an. Ojan ist nicht da und Vinzenz und Alim sind auch verschwunden. Ich habe den Erwachsenen gesagt, dass Ojan sich vermutlich einen Spaß erlaubt hat, aber ich wette, die anderen beiden stecken mit ihm unter einer Decke – wie immer.« Dann wandte sie sich an ihre Mutter. »Mama, Theo und ich laufen die Strecke rückwärts ab, dann geht es schneller, falls sie den Weg wiedergefunden hat und von dort kommt. Ich nehme mein Handy mit.« Ihre Mutter, die immer noch telefonierte, nickte zum Zeichen, dass sie verstanden hatte. Dann liefen beide los.

Der Testlauf – Elisabeth

Elisabeth schluckte ohne nachzudenken eine erhebliche Menge des Trankes, den ihr Sabrina gerade unter der Toilettentür durchgereicht hatte, bevor sie feststellte, dass der Geschmack nicht stimmte.

Er war schon immer eklig gewesen, aber diesmal hatte er sie im Nachgeschmack an den Booster von Theobald erinnert. Und prompt hatte die Wirkung eingesetzt. Theobald musste ihren Trank mit einer neuen Variante seines Boosterzeugs gemischt haben. Er war schon die ganze Zeit darauf erpicht gewesen, mehr über den Trank zu erfahren, und letztens war doch eine weitere Flasche verschwunden, obwohl Elisabeth sich sicher war, sie nicht verloren zu haben. Die Wirkung übermannte sie. Jedes Geräusch um sie herum wurde übermäßig laut, so wie das Strömen des Wassers in den Rohren. Das Kribbeln schoss aus ihrem Magen in alle Körperteile und lies sie zittern und ihre Muskeln flattern.

Mistkerl! Sie wurde in einer Art wütend, die sie vorher nicht gekannt hatte. Von draußen hörte sie kurz darauf überdeutlich die Aufrufe zum Start. Der Lauf würde bald losgehen. Sabrina wartete sicher schon auf sie. Verzweifelt grub sie die Fingernägel in die Hände. Der Schmerz half ihr, den Kopf etwas klarer zu bekommen. Sie schlug gegen die Wand, Schmerz explodierte in ihrer Hand und die Haut platzte auf. Wieder und wieder drosch sie dagegen, bis die Fliesen sprangen und von der Wand fielen, doch jetzt hatte sie fast wieder einen klaren Kopf. Sie riss die Klotür auf und schlug sie hinter sich so heftig zu, dass sie aus den Angeln brach. Sie würde laufen und dann würde jemand leiden. Theobalds Gesicht erschien in ihrem Geist und sie kanalisierte ihre Wut auf ihn, ja sie würde ihn einholen und auf dem Weg zusammenschlagen, bis er wimmerte.

Hauser ging schnell zurück zu seinem Jeep. Sein Besuch bei Jennifer war aus mehrerlei Sicht schockierend gewesen. Das Haus verfiel zusehends, sie war sichtlich gealtert und trank viel. Er hatte es gerochen, als sie ihm die Tür aufgemacht hatte. Ihr Schock, ihn wiederzusehen, hatte prompt zu einem Kreislaufzusammenbruch geführt. Er hatte sie aufgefangen und hineingetragen. Dann hatten sie doch versucht zu reden. Aber am meisten hatte ihn getroffen, als sie ihm eröffnete, dass er ein Kind besaß. Er und Vater? Sie hatte es ihm nie geschrieben. Als er nicht so reagierte, wie sie es wohl gehofft hatte, hatte sie ihn nur noch beleidigt und angeschrien, wo er all die Jahre gewesen war. Vorsichtig hatte er versucht, ihr zu erklären, dass er jetzt ungewöhnlichen Geschichten nachjagte und darüber Artikel schrieb. Doch sie hatte das als Spinnerei abgetan. Er hatte von ihr nicht einmal erfahren, wie das Kind hieß. All das hatte er in der Folgezeit recherchiert. Diese Spur hatte ihn hierher geführt, an diese Schule. Sein Kind nahm an diesem Lauf teil und es erfüllte ihn mit Vaterstolz, zu sehen, dass es so sportlich war. Bis eben hatte er darüber nachgedacht, bis die Mädchengruppe losgelaufen war. Der Start des großen, blonden Mädchens, die als Letzte zu den Läuferinnen getreten war, hatte ihn in seinen Bann gezogen. Er würde an eine andere Stelle fahren und von dort nochmal beobachten.

Wie im Rausch rannte Elisabeth im Sturmlauf über den Parcours und nahm links und rechts nur vage Gestalten wahr. Sie hatte eine Beute und würde sie jagen. Als sie in den Wald kam, verlief das Absperrband nach rechts. Ojan stand einsam mit einer Art Lotsenkelle da und wies sie weiter. Dass er höhnisch grinste, registrierte sie nicht.

Ein Beobachter im Schatten der Bäume hatte gesehen, wie der Junge das Trassierband gelöst und mitten über den Laufweg gespannt hatte, nachdem die letzten beiden Jungen vorbeigelaufen waren. Der eine hatte ihm zugerufen, dass sie die Letzten seien, aber er sich beeilen solle. Jetzt kam eine einsame Läuferin näher. Es war sie. Sie lief schnell und elegant. Der Junge wies sie auf den falschen Weg und sie bog ab. Er führte nach Wildemann ins Tal und war viel länger als der andere Weg, den er selbst vorher inspiziert hatte. Was hatte das zu bedeuten?

Kaum war das schlanke Mädchen außer Sicht, da band der Junge das Trassierband wieder ab und brachte es in die alte Position. Sie isolierten sie. Der Beobachter erhob sich und lief ihr hinterher, allerdings durch den Wald und das Unterholz, doch das kümmerte ihn nicht. Er war schnell genug.

Elisabeth lief und lief. Während sie durch den Wald rannte, ging es ihr immer besser und die übermäßige Wut verebbte langsam. Sie schnappte während des Laufens Gerüche auf, die so intensiv auf sie wirkten, wie sie es vorher noch nie gerochen hatte. Geräusche drangen an ihre Ohren. Und da ein Knacken. Jemand lief oberhalb von ihr durch den Wald. Sie reduzierte ihr Tempo etwas, um besser hören zu können, doch schon war es wieder weg. Vielleicht ein Reh. Sie lief weiter und wunderte sich, dass sie die Jungengruppe immer noch nicht eingeholt hatte.

Als sie an die nächste Kreuzung kam, stand bereits jemand dort. Ein Mann, etwas über dreißig, so wie ihre Mutter. Er sah extrem gut aus, aber das irritierte Elisabeth viel weniger, als dass er bis auf eine Art Tüte, die er sich vor seine Hüften hielt, nackt da stand. Ein Verrückter? Sie stoppte verwirrt, denn er versperrte ihr den Weg.

»Äh ... alles in Ordnung?«, rief sie ihm zu.

»Ja, schon, ich war nur im See schwimmen und ich habe meine Klamotten am Ufer nicht mehr gefunden!«, erklärte er lächelnd.

Es sollte wohl unschuldig aussehen, doch dafür schien er es zu sehr zu genießen. Sein Blick hatte etwas Verwegenes. Das irritierte sie noch mehr.

»Ist auch nicht so wichtig, das passiert mir öfter. Du bist von dem Schullauf, richtig? Da bist du aber vom Kurs abgekommen. Die Leute haben heute den oberen Weg gesperrt, der im Bogen nach Clausthal zurückführt. Hier kommst du ins Tal nach Wildemann.«

Elisabeth blickte den Mann fassungslos an.

»An deiner Stelle würde ich mich sputen. So schnell, wie du bist, kannst du die noch einholen, aber du musst den schmalen Pfad hier direkt den Hang hochnehmen. Na los, lauf schon!«

Elisabeth warf ihm noch ein »Danke!« zu, dann bog sie ab und nahm den Pfad, der kaum mehr als ein Wildwechsel zu sein schien. Sie war ihm wirklich dankbar für diese Hilfe, auch wenn ihr das Bild seines Körpers, die Augen und diese Stimme nicht mehr aus dem Kopf wollten. Es hatte etwas magisch Anziehendes an sich gehabt. Woher wusste der Mann nur, wie schnell sie laufen konnte, überlegte sie weiter. Er hatte sie ja nur einen kurzen Moment gesehen. Aber dann schoss ihr eine andere Frage durch den Kopf: Warum war sie eigentlich vom Weg abgekommen? Dann dämmerte es ihr, dass Ojan etwas damit zu tun haben musste. In diesem Moment begriff sie, warum er so dämlich gegrinst hatte. Die Wut kochte wieder in ihr hoch und sie rannte, so schnell sie konnte.

An der Kreuzung schnüffelte der Mann. *Was für ein ungewöhnlicher Geruch!*, dachte er bei sich. Definitiv interessant! Hinter dem

Mädchen steckte mehr, als es auf den ersten Blick den Anschein hatte. Sie galt es weiter im Auge zu behalten. Er sprang wieder ins Gebüsch und fiel nach vorne. Wenige Sekunden später huschte ein Schatten durch das Unterholz und folgte ihr mühelos den Pfad bergauf.

Elisabeth nahm die letzten Meter durch die Büsche und sprang wieder auf den Weg. Hier hing der Geruch von Schweiß in der Luft. Sie war wieder auf dem Rundweg. Vor ihr, keine fünfzig Meter, sah sie Vinzenz und Alim gemächlich dahinjoggen. Sie stieß einen Schrei aus und rannte ihnen hinterher. Alim drehte sich daraufhin kurz um und stolperte fast, als er sie sah. Er stieß Vinzenz an und nun schaute auch er. Sie konnten es beide nicht fassen und liefen plötzlich schneller. Elisabeth holte spielend auf.

Als sie die beiden fast erreicht hatte, höhnte Vinzenz: »Na, eine Extratour gedreht, Süße?«

»Ich bin nicht deine Süße,« kam es zurück, »und nach dem Rennen sprechen wir uns unter vier Augen, aber jetzt lasst mich vorbei!«

Die Jungs gaben sich ein Zeichen und wichen beide nach links aus, sodass rechts am Hang eine Lücke entstand. Elisabeth steuerte darauf zu, als Vinzenz Alim plötzlich mit einem übertriebenen »Uups!« stieß und dieser wiederum in Elisabeth prallte.

Sie verlor das Gleichgewicht und stürzte den Hang hinunter. Panisch versuchte sie noch, Halt zu finden, doch es ging zu schnell. Sie überschlug sich mehrfach und krachte weit unten gegen einen Baum. Dann wurde alles dunkel.

Der Beobachter sah aus der Ferne die Szenerie. Die beiden Jungen hatten offenbar nicht damit gerechnet, dass das Mädchen komplett abstürzte, aber bei dieser Geschwindigkeit hatte man kaum Möglichkeiten abzubremsen. Sie war entweder schwer verletzt oder tot. Die Jungen gerieten in Panik und flohen den Weg weiter. Sie ließen sie zurück.

Was für niederträchtige Wesen, dachte der Beobachter bei sich. Er lief los und huschte schnell über den Weg, bevor die ersten Läuferinnen um die Ecke biegen konnten. Er musste nachsehen, wie es dem komisch riechenden Mädchen ging.

Ein schreckliches Ereignis

Reinhard Kreitz ging mit seinem Yorkshire Terrier ›Poggi‹ im Wald spazieren. Er war alleine in den Harz gefahren. Seine Frau hatte er in Hildesheim gelassen, weil sie sich vor ein paar Wochen an der Okertalsperre den Fuß verknackst hatte. So ganz unglücklich war er nicht darüber, denn so konnte er in Wildemann essen gehen und dabei ausgiebig dem Wein zusprechen, ohne ihre mahnenden Worte wegen der Autofahrerei ertragen zu müssen. In dem urigen Restaurant hatte er wieder einmal vorzüglich gespeist und der drallen Bedienung ein saftiges Trinkgeld gegeben.

Er schlenderte auf dem Weg zurück zu seinem Auto auf dem Waldweg entlang, der östlich von Wildemann unterhalb eines Hanges verlief, als Poggi plötzlich anschlug. Der Hund tat das oft, doch diesmal zerrte er wie wild an der Leine und strebte auf ein Fichtendickicht zu, das oberhalb lag. Kreitz versuchte erfolglos, seinen aufgebrachten Hund zu beruhigen. Als sein Herrchen in die Tasche langte, um ihn mit einem Leckerli abzulenken, was üblicherweise immer funktionierte, riss sich der Hund los und rannte ins Gestrüpp. Kreitz hörte ihn wild kläffen, doch der Hang war zu steil, um zu folgen. Er rief nach Poggi, der plötzlich zu winseln begann. Dann erklang ein Knurren, das eindeutig nicht von seinem Hund stammte. Die Fichten wackelten. Noch immer konnte Kreitz nichts sehen, doch die nächsten Geräusche ließen ihn zusammenfahren und verstummen. Ein Grollen, ein panisches Geheule von Poggi, dann ein Reißen und Schmatzen. Kreitz wurde bleich, sein Puls raste und er bekam Schweißausbrüche. Dann brach ein Schatten aus dem Unterholz und sprang vor ihm auf den Weg. Es war ein heller, fast blonder Wolf mit blutverschmiertem Maul. Er war riesig, größer noch als eine Deutsche Dogge, eher wie ein kleines Pony. Er kam direkt auf ihn zu.

Lange Jahre mit Übergewicht, intensivem Alkoholgenuss und ein sehr beschauliches Leben mit wenig Sport forderten ihren

Tribut. In diesem letzten Moment blieb das Herz des Mannes stehen. Er griff sich an die Brust und rang noch einige Male um Luft, dann kippte er um und blieb reglos liegen. Der Wolf ignorierte ihn und rannte vorbei.

Eine ganze Weile später trafen sich die zwei laufenden Suchtrupps auf halbem Weg. Manfred Burglos hatte noch Herrn Stetter, den Physiklehrer, dabei. Keiner hatte etwas gesehen. Sie verschnauften gerade an einer Stelle, wo es steil den Abhang hinunter ging, als sie unten im Tal einen Krankenwagen näherkommen sahen. Der Wagen fuhr mit Blaulicht und Sirene von Langelsheim herauf. Eine weitere Sirene in der Ferne kündigte noch mehr Unterstützung an. Sabrinas Handy schrillte. Sie hatte es laut gestellt, damit sie es auf jeden Fall hörte. Ihre Mutter war dran.

»Sabrina, ich bin es. Wo bist du?«

»Wir und die Lehrer sind am Steilhang oberhalb von Wildemann. Auf dem Weg war sie nicht!«

»Gerate bitte nicht in Panik. Ich sitze inzwischen bei Frau Wollner im Auto und fahre nach Wildemann. Es ist ein Notruf angekommen, dass etwas passiert ist. Gib mir Herrn Burglos!«

Sabrina riss die Augen auf und gab das Telefon an den Lehrer weiter. Mittlerweile sahen sie den Krankenwagen ganz dicht an die Stelle fahren, oberhalb derer sie standen.

Manfred Burglos wurde bleich und sagte nur: »Ja! Ja, selbstverständlich. Wir bringen die Kinder hinunter!« Er legte auf.

Dann rief Theobald, der die ganze Zeit den Hang hinabgespäht hatte: »Seht mal! Da unten sind einige Büsche umgeknickt und dort liegt etwas Weißes.«

Sabrina sah auf die Stelle, auf die er deutete. Das sah aus wie ein Turnschuh. Sie stieß einen spitzen Schrei aus und versuchte, den Abhang hinunterzukommen.

Burglos hielt sie zurück. »Wir können nicht Hals über Kopf da hinunter springen. Dort hinten gibt es eine Abzweigung. Die können wir nehmen.«

Sabrina wurde total panisch. Sie spürte, dass etwas Schreckliches passiert sein musste. Die Abzweigung, die Burglos erwähnt hatte, entpuppte sich als ein steiler Trampelpfad, der in Serpentinen den Hang hinabführte. An mehreren Stellen rutschten sie und die anderen Helfer aufgrund ihrer Eile leicht weg. Als Sabrina etwa auf der Hälfte ankam, sah sie den Turnschuh wieder. Sie wartete nicht auf die Lehrer, sondern lief quer über den Hang, sich immer an den Bäumen abstützend, auf den Schuh zu. Die anderen eilten hinterher. Sie erreichte die Stelle. Es war eindeutig Elisabeths Laufschuh. Das Schlimmste befürchtend blickte sie hangabwärts. Zwischen ihnen und dem unteren Weg war es noch ein Stück. Ein Fichtendickicht versperrte ihnen die Sicht, doch unten auf dem Weg liefen Leute. Jetzt konnten sie zwei Sanitäter ausmachen, die mit einem Notfallkoffer den Weg entlanggerannt kamen.

»Ich gehe vor! Der Hang ist hier unten nicht mehr ganz so steil. Wir können es riskieren.« Herr Burglos begab sich an die Spitze und ging direkt auf den Tumult zu.

Den Turnschuh wie eine Puppe an die Brust gedrückt und mit den Tränen ringend, stieg Sabrina hinterher. Keine zehn Meter weiter prallte sie gegen ihren Lehrer, der abrupt stehengeblieben war und sich an einem Baum abstützte. Am Stamm der nächsten Fichte direkt oberhalb des Dickichts hing ein großer Stofffetzen eines T-Shirts, er war voller Blut. Zwei junge Fichten lagen umgeknickt da. Als sie dem Blick ihres Lehrers dahinter folgte, wurden Sabrina die Knie weich. Kleidungsfetzen und noch mehr Blut, viel Blut. Es war einfach zu viel. Theobald wurde kreidebleich und hielt sich an Stetter fest. Burglos schaute mit grimmiger Miene zwischen die Bäume, dann stieg er tiefer und bückte sich. Er fand unter einem Ast den zweiten Turnschuh, aber Elisabeth selbst war nirgends zu sehen. Er ging noch ein paar Schritte hinab, dann hob er etwas auf, das er stirnrunzelnd betrachtete. Es war eine Hundeleine mit dem Rest eines Halsbandes daran.

»Ich geh nicht weiter! Ich kann das nicht«, stammelte Sabrina.

Manfred Burglos, der immer noch die Hundeleine in der Hand hielt, wandte sich an seinen Kollegen. »Herr Stetter, wir gehen außen herum. Sie nehmen den Jungen, ich führe das Mädchen.« Er legte behutsam eine Hand auf Sabrinas Schulter und gab ihr den zweiten Turnschuh, den sie wie einen Schatz ebenfalls an ihre Brust drückte. »Es ist ein Krankenwagen da. Sie werden versuchen, sie zu retten! Komm, deine Mutter erwartet uns sicher schon unten!« Aus irgendeinem Grund hängte er sich die Hundeleine über die Schulter.

Emilia Wollner und Martha Schubert kamen in dem Moment angelaufen, als sie auf den unteren Weg stießen. Sabrina fiel ihrer Mutter in die Arme und heulte nur noch hysterisch. Emilia Wollner ignorierte alle und rannte zu den anderen Leuten und den Sanitätern, die über eine Person gebeugt arbeiteten und sie gerade reanimierten. Sie kam aber postwendend wieder.

»Es ist ein Rentner mit Herzstillstand, soweit ich sehen konnte. Wo ist meine Tochter?«

Sabrina heulte immer noch hemmungslos und drückte die Schuhe an ihre Brust.

Herr Burglos rief noch ein warnendes »Nein!«, aber Theobald antwortete, ohne nachzudenken.

»Oben im Dickicht haben wir ihre Turnschuhe gefunden, zerrissene Kleidung, und bei den Bäume hangabwärts war alles voller Blut.«

Der Sportlehrer konnte noch im letzten Moment hinzuspringen, als Emilia Wollner die Beine wegzusacken drohten. Doch dann loderte ein wilder Blick in ihren Augen und sie stieß Burglos weg.

»Ich muss meine Tochter finden. Sie ist da oben und sicher verletzt. Wir müssen sie suchen. Ich muss was tun, lassen Sie mich los!«

Es brauchte beide Lehrer, um sie daran zu hindern, Hals über Kopf loszurennen. »Frau Wollner, beruhigen Sie sich, Elisabeth war nicht in dem Dickicht. Ich habe schon nachgesehen.«

Ihr Geschrei hatte die anderen Leute aufmerksam gemacht, die sich bislang nur um den Mann geschart hatten. Eine längere Pause entstand. Plötzlich ertönte ein Klingeln wie von einem alten Telefon. Als die beiden Lehrer merkten, dass sie nur an ihr Handy gehen wollte, ließen sie Elisabeths Mutter los.

»Ja? Klara, Schatz, was ist los? … Was? … Wer?« Frau Wollner fasste sich an die Stirn, dann lachte sie schrill. Es klang schräg und unnatürlich. Dazu rannen ihr dicke Tränen über die Wangen. Alle anderen gafften sie nur an. »Sie ist zu Hause? Wie?« Wieder wurde sie unterbrochen und diesmal konnte Sabrina sogar etwas von dem verstehen, was Klara förmlich in den Hörer schrie: »… nackt … alles aufgegessen …«

»Was hat sie gegessen?«

Sabrina konnte genau sehen, dass die erste Erleichterung bei Frau Wollner wieder in Panik umschlug, als Klara weiter berichtete, bis ihre Mutter sie erneut unterbrach. Sie wurde sehr ernst und die nächsten Worte klangen nach einer Warnung.

»Bleib ja, wo du bist, rühre dich nicht von der Stelle und verschließe die Tür! Ich bin gleich da.« Sie legte auf und drückte für einen Augenblick das Handy an ihre Brust, während sie die Augen schloss. Ihre Unterlippe kräuselte sich und zitterte, als ringe sie mit sich. Dann blickte sie mit Tränen in den Augen in die versammelte Menge.

»Elisabeth lebt. Sie ist zu Hause, aber ihr geht es nicht gut. Ich muss da hin, danke für eure Hilfe. Es kommt alles wieder in Ordnung.« Den letzten Satz schien sie wohl eher zu sich selbst gesagt zu haben, denn sie wandte sich bereits ab. Ihre Augen hatten eine ganz andere Sprache gesprochen. Sie rannte los.

Sabrina und Theobald sagten noch immer nichts. Sie konnten es nicht glauben, doch die Erwachsenen atmeten erleichtert auf und umarmten sich untereinander alle. Auch die Kinder wurden gedrückt. Schließlich zückte Manfred Burglos sein Handy und bestellte ein Taxi. Dann machten sie sich auf den Weg an die Straße. Die Männer gingen nun vorweg, dann folgte Martha Schubert, die jeweils einen Arm um die Kinder gelegt hatte. Sabrina und Theobald tauschten unterwegs stumme Blicke. Sie brauchten nichts zu sagen, denn sie wussten auch so, was der jeweilig andere dachte: Hier stimmte etwas gewaltig nicht!

Ein unvorstellbares Geständnis

Der Passat kam mit quietschenden Reifen zum Stehen. Frau Wollner sprang aus dem Auto und rannte zum Haus, da wurde die Tür schon aufgerissen und Klara stand wackelig auf ihren Krücken da – verheult und kreidebleich. Sie fiel ihrer Mutter um den Hals und wollte gar nicht mehr loslassen.

»Wo ist deine Schwester?«, fragte Emilia Wollner drängend und schob Klara vorsichtig aber bestimmt ins Haus.

»Oben!«, kam es zwischen zwei Schluchzern hervor.

In der Küche herrschte ein einziges Chaos. Der Kühlschrank stand offen, jemand hatte seinen Inhalt im Raum verstreut. Klara hatte offensichtlich schon versucht aufzuräumen, war aber noch nicht weit gekommen. Überall lag Gemüse herum. Die Sojamilch war ausgekippt und hatte eine große Pfütze gebildet. Der vordere Teil war verwischt. Sie bugsierte ihre jüngere Tochter ins Wohnzimmer und setzte sie aufs Sofa, wo sich Klara ein Kissen griff und vor die Brust drückte wie einen Schild. Emilia Wollner wollte gleich weiter, aber dann ließ sie sich neben sie fallen. Dies hier war genauso wichtig. Einige Sekunden schwiegen beide.

»Ich habe ein Geräusch an der Tür gehört und mir nichts dabei gedacht!«, brach es schließlich aus Klara heraus. »Und da habe ich sie gefunden. Sie lag vor der Tür und war völlig verdreckt. Sie war nackt, Mama, komplett nackt.« Offensichtlich erwartete Klara bereits hierfür eine Erklärung, doch als ihre Mutter nicht reagierte, erzählte sie weiter. »Ich habe sie angestupst, da ist sie wie der Blitz hochgeschnellt und hat mich wie ein wildes Tier angeknurrt. Und sie hat mich angestarrt.« Klaras Blick verlor sich in ihrer Erinnerung, bis ihr die Tränen erneut über die Wangen liefen. »Sie hat irgendwas von Hunger gesagt. Diese Augen! Ich hatte solche Angst, dass sie mir etwas antun will.« Erneut machte Klara eine Pause, weil ihr die Stimme versagte.

Emilia legte einen Arm um sie. In ihr stieg das blanke Grauen hoch, dass ihr mehr noch als ihrer Tochter den Hals zuschnürte.

»Erst hat sie mich weggeschubst und ist gleich an den Kühlschrank. Sie hat alles rausgerissen und so entsetzlich geknurrt. Dann hat sie Dinge durch den Raum geworfen. Ich bin wie letztes Mal, als ihr euch so gestritten habt, unter den Tisch gekrabbelt. Sie hat die Box von Papa mit dem Grillfleisch aufgerissen, das er extra für dieses Institutsgrillen gekauft hat. Mama, sie darf so was doch gar nicht! Aber sie hat alles verschlungen. Roh! Und sie hat geknurrt. Irgendwann ist sie nach oben. Ich habe die Tür zum Flur zugemacht und dich sofort angerufen. Mama, was ist mit Elisabeth? Was stimmt nicht mit ihr?«

Ihre Mutter drückte sie. Sie suchte nach Worten. Dann nahm sie all ihre Kraft zusammen und blickte Klara an.

»Sie macht gerade eine schwere Zeit durch und sie ist … krank. Ich werde hochgehen. Du nimmst jetzt diesen Autoschlüssel hier und setzt dich draußen in den Wagen. Sperr die Türen ab und mach erst auf, wenn ich wiederkomme. Hast du mich verstanden?«

Klara riss die Augen auf. Sie war immer noch kreidebleich, aber dann nickte sie. Nachdem Klara aus der Tür gehumpelt war, ging Emilia zur Hausapotheke. Sie entnahm ihr die Flaschen mit Elisabeths Trank, die sie heute gebraut hatte. Es waren sechs. Sie steckte alle in ihre Jackentaschen. Dabei zitterten ihre Hände so, dass sie nur eine Flasche nach der anderen greifen konnte. Als es endlich vollbracht war, lehnte sie den Kopf mit geschlossenen Augen gegen die Wand und holte tief Luft.

»Jetzt zahlst du, Emilia Renate Schneeblume, für deine Sünden!« Als sie sich wieder von der Wand abdrückte, lag ein grimmiger Ausdruck auf ihrem Gesicht. Sie war zu allem entschlossen. Mit einer langsamen Bewegung zog sie das große Schneidemesser aus dem Block. Die Klinge war über zwanzig Zentimeter lang und extrem scharf. Sie wog es in der Hand. Es vermittelte ihr, nicht ganz schutzlos zu sein, doch sie hatte Zweifel, ob es wirklich helfen würde. Mit der Linken öffnete sie vorsichtig die Tür, bedacht darauf, kein unnötiges Geräusch zu machen. Der Flur war leer bis auf eine Spur von Fußtapsen aus Sojamilch, die zur Treppe führten. Langsam schleichend, den Rücken immer an die Wand drückend, stieg sie Schritt für Schritt in den ersten Stock. Die Tapsen verloren sich auf dem Teppich. Es war kein Geräusch zu hören. Vorsichtig näherte sie sich Elisabeths Zimmertür, die einen Spalt offen stand. Sie erreichte sie und spähte vorsichtig in den Raum. Zunächst entdeckte sie niemanden. Dann sah sie, dass das ganze Bettzeug in einem Knäuel neben dem Bett lag und mitten hineingekuschelt schlief Elisabeth, zusammengerollt wie ein Baby. Die Tür quietschte leicht, als sie versuchte, sie zu öffnen, doch Elisabeth schien tief und fest zu schlummern. Wie sie ihre Tochter da so liegen sah, kamen ihre Muttergefühle wieder hoch, die so stark waren, dass sie ihren Plan, den sie gerade noch gehabt hatte, vergaß und das Messer fallen ließ. Sie stürzte in den Raum und warf die Arme um ihre Tochter. Jetzt brachen ihre inneren Dämme und sie weinte sich die

Sorgen und all ihre bösen Gedanken weg. Der ganze Kummer verschwand, als sie den Funken Zuversicht spürte. Ihre Tochter war wieder nach Hause gekommen und sie schien unverletzt. Es war ihr egal, was auch passiert war oder was ihre Tochter angestellt hatte, sie würde ihr alles vergeben. Dann schlief sie vor Erleichterung und all der nervenaufreibenden Anstrengung ein.

»Mama?«

Emilia schrak aus einem traumlosen Schlaf hoch. Sie wusste im Moment nicht, wo sie sich befand.

»Mama, geh von mir runter. Du bist so schwer.«

Das Knäuel unter ihr regte sich. Ihre Tochter war wach. Wie spät war es? Draußen war es bereits dunkel geworden. Emilia setzte sich auf und gab ihrer Tochter etwas Raum. Elisabeth blickte sie verwundert an.

»Mama, was machst du hier und warum liege ich auf dem Boden? Und warum habe ich nichts an?«

Emilia blickte ihre Tochter mit einer Mischung aus mütterlicher Sorge und Erleichterung an.

»Betsy, Schatz, ich habe dich so lieb. Weißt du denn gar nicht mehr, wie du hierher gekommen bist?«

Elisabeth runzelte die Stirn. Da bemerkte Emilia, dass ihre Tochter nicht mehr wie ein junges Mädchen aussah. Mit den verwuschelten Haaren und all dem Dreck, der immer noch an ihr klebte, sah sie zwar wie eine Wilde aus, aber auch wie eine Frau.

»Ich habe keine Ahnung! Ich weiß nur noch, dass ich gelaufen bin, und dann bin ich irgendwo gegen gestoßen. Ich glaube, ich bin auch noch gefallen, aber da hört es auf.«

»Tut dir irgendetwas weh?«

Wieder überlegte Elisabeth, dann schüttelte sie den Kopf. »Ich habe nur riesigen Hunger! Ich könnte den ganzen Kühlschrank leeressen.«

Emilia nickte schließlich. Es war nur logisch und sie war sehr erleichtert. Dann traf sie eine endgültige Entscheidung. Schluss mit den Lügen!

»Gut, dann machen wir das folgendermaßen: Du gehst jetzt ausgiebig unter die Dusche. Ich bestelle uns was vom Lieferservice und dann essen wir erst. Später reden wir von Mutter zu Tochter!«

Elisabeths Augen glänzten und sie nickte eifrig. Dann erhob sie sich mit der Bettdecke und ging ins Bad. Auf dem Weg blieb sie plötzlich stehen und hob etwas vom Boden auf.

»Mama, was macht das Küchenmesser denn hier?«

Emilia sprang auf und nahm es ihr ab. »Ich nehme das und bringe es wieder runter, Liebes. Nun geh duschen, du müffelst!«

Bei diesem Wort kniff Elisabeth die Augen zu Schlitzen zusammen. »Du bist nicht die Erste, die mir das in letzter Zeit sagt. Aber diesmal müffle ich wirklich etwas. Hab dich lieb!« Damit verschwand sie im Bad.

Emilia seufzte erneut, sie drehte sich noch einmal um. Dabei erblickte sie etwas anderes auf dem Boden. Es war ein kleiner vergoldeter Hundehalsbandanhänger in Herzform. In Großbuchstaben war dort das Wort *POGGI* eingraviert. In ihrem Kopf setzte sich ein Bild zusammen aus dem Hang, der Hundeleine und dem, was sie wusste. Sie erschauderte. Dieser Tag würde der längste ihres Lebens werden und sie wusste nicht, wie er ausgehen würde.

Sie musste sich auch mit Klara etwas überlegen, die immer noch im Auto saß. Ihr Mann war heute und morgen nicht da, aber ihre jüngste Tochter war definitiv ein Problem. Sie kehrte nach unten zurück, steckte das Messer in den Block und stellte die Flaschen wieder in den Schrank. Dann ging sie schweren Herzens zum Auto, doch als sie sah, dass sich Klara auf der Rücksitzbank unter der Reisedecke zusammengekuschelt hatte, entschied sie sich, zuerst die Küche aufzuräumen.

Oben rauschte das Wasser in der Dusche. Elisabeth war für den Moment beschäftigt.

Mit dem Aufräumen wurde sie schnell fertig. Das Schlimmste war die Sojamilchpfütze und ein paar Dellen am Gemüse. Als sie die leere große Box fand, in der ihr Mann das Grillfleisch aufbewahrt hatte, hielt sie inne. Er hatte für das gesamte Institut eingekauft und sie konnte sich noch gut daran erinnern, was sie mit ihm für eine Diskussion gehabt hatte, als er alles in ihrem nur mit veganen Produkten gefüllten Kühlschrank lagern wollte. Wie viel mochte das insgesamt gewesen sein? Acht bis zehn Kilo bestimmt. Jetzt war sie froh, dass er es mitgebracht hatte. Nicht vorstellbar, was passiert wäre, wenn Elisabeth nichts zu essen gefunden hätte. Sie mochte gar nicht daran denken. Viel wusste sie nicht, nur dass Elisabeth in der nächsten Zeit jede Menge Energie brauchte.

»Jetzt ändert sich alles!«, sagte sie zu sich selbst, während sie die Box in die Spüle legte. Bevor ihr Mann zurückkam, konnte nachgekauft werden. Dann beugte sie sich über den Stapel Altpapier, der in einer Kiste neben dem Kamin lag. Gestern oder vorgestern war doch eine ganze Reihe Werbung von Restaurants dabei gewesen. Ja, da lagen insgesamt vier. Kurzerhand entschied sie sich für den Griechen. Unsicher, was und wie viel sie bestellen musste, nahm sie gleich zweimal die große Platte für zwei Leute und zweimal den großen Bauernsalat ohne Käse. Der Mann am anderen Ende sprach nur gebrochen Deutsch und brauchte Ewigkeiten, die Bestellung und Adresse zu notieren. Dann fragte er dauernd, welchen Wein sie zur Begrüßung wolle. Sie verstand ihn nicht.

Schließlich sagte ihr Gesprächsteilnehmer: »Okay! Ik makke von Haus! Gutt iss!«

Nach dem Telefonat überlegte Emilia, was sie mit Klara machen sollte. Zunächst hatte sie sich für ein Schlafmittel entschieden, doch als sie bereits nach Zutaten suchte, hielt sie wieder inne. Es würde das Unvermeidbare nur aufschieben, aber einen Beruhigungstrank sollte sie noch hinbekommen. Ja, schonend beibringen, das wäre das Beste.

Als sie den kleinen Topf auf den Herd stellte, versuchte sie sich an die Komponenten zu erinnern. Johanniskraut hatte sie da, Baldrian auch. Muskatnuss musste im Gewürzständer sein. Frisch gerieben war er besser, aber sie würde einfach mehr nehmen. Für die wesentliche Komponente musste sie sich konzentrieren. Es fiel ihr unheimlich schwer, die nötige Energie in den Trank fließen zu lassen, vor Anspannung bekam sie Kopfschmerzen. Verflixt, es war so schwer. Sie war so vertieft in ihre Arbeit, dass sie nicht bemerkte, wie hinter ihr die Tür geöffnet wurde und Klara hereingehumpelt kam. Als sie sich umdrehte, bekamen beide einen Schreck.

»Mama, mir tut alles weh und ich muss aufs Klo.«

»Oh Klara, ich mache gerade einen Kräutertee für dich. Ja, geh hier unten. Deine Schwester duscht gerade.« Sie versuchte ein Lächeln. Klara lächelte schwach zurück und humpelte dann mit den Krücken zum Gästeklo. Der Gips würde bald wieder abkommen, aber es war sicher nicht ihr letzter Bruch. Auch dafür trage ich alleine die Schuld, schalt sie sich innerlich. Sie würde es wiedergutmachen. Irgendwie.

Es klingelte an der Vordertür. Emilia Wollner griff sich ihre Geldbörse und öffnete. Draußen stand ein blonder junger Mann, wohl ein Student, in weißblauem T-Shirt mit der Aufschrift des Lieferservice und einer großen Styroporbox. Er las von einem Zettel ab, den er nur mit Mühe entziffern konnte.

»Ich habe dreimal die große Fleischplatte für drei Personen, dreimal den Bauernsalat mit extra Bohnen und Käse und vier Flaschen Hauswein. Die müssen Sie nicht zahlen, ist ein Willkommensgeschenk, da Sie bei uns Kunde geworden sind und gleich so viel bestellt haben.«

Emilia wollte schon entgegnen, dass ihre Bestellung etwas anders gelautet hatte, aber dann sagte sie lediglich: »Ja so ungefähr! Bringen Sie es in die Küche.«

Er ging an ihr vorbei und stellte die Box auf den Tresen. Der Duft nach Gebratenem breitete sich aus, als er den Deckel hob. Es waren tatsächlich fünf riesige Pakete. Die Flaschen holte er noch aus seinem Lieferwagen. Sie hatten nicht mit in die Box gepasst. Emilia bezahlte über hundertzwanzig Euro und gab dem jungen Mann noch etwas Trinkgeld. Er bedankte sich artig und ging. Im Flur kam ihm Klara entgegen.

»Na, Kleine!«, zwinkerte er ihr zu. »Lasst es euch schmecken. Ich hoffe, ihr habt heute eine gute Party.« Damit verschwand er aus der Tür. Man hörte noch den Motor des kleinen Lieferautos röhrend anspringen, dann fuhr er weg.

Klara kam in die Küche. »Mama, was ist das alles? Und was riecht hier so?«

»Das ist für nachher. Jetzt trinkst du besser den Tee. Er ist schon etwas abgekühlt.«

Klara nahm die dargebotene Tasse und schnupperte daran, die Augen immer noch auf die in Alufolie eingepackten Platten gerichtet. »Was ist das für ein Tee?«, wollte sie wissen.

»Etwas für die Nerven und gegen den Schock! Nun trink schon.«

Klara setzte sich und trank. Emilia Wollner konnte sehen, dass er wirkte, Klaras Blick wurde entspannt und ein wenig glasig. Sie musste aber ganz sichergehen.

»Klara?«

»Ja, Mama?«

»Es gibt heute jede Menge Fleisch. Das meiste ist aber für deine Schwester. Deck schon mal den Tisch!«

»Ja, Mama.« Klara erhob sich gleichgültig und deckte humpelnd den Tisch. Emilia kamen Zweifel. *Habe ich es mit den Komponenten übertrieben?*, fragte sie sich. Sie stellte erst für sich und nach kurzem Überlegen für alle Weingläser hin. Ein Glas für die Nerven konnte nicht schaden.

Der Tisch quoll vor Essen nur so über, als ein Trappeln auf der Treppe Elisabeth ankündigte. Sie platzte mit halbnassen Haaren, einem Top und Shorts in die Küche. Eigentlich sah sie fast wie immer aus, aber sie bewegte sich anders, bemerkte Emilia. In Elisabeths Augen glomm ein Stich Gelb mit, als sie aufgeregt schnupperte.

»Was ist das für ein herrlicher Duft? Mir läuft das Wasser schon im Mund zusammen!« Dann erblickte sie den gedeckten Tisch, an dem Klara bereits saß und eher gelangweilt schien. Elisabeth stutzte. »Mama, ist das Fleisch?«

Ihre Mutter schaute sie an und nickte. »Da hast du recht. Von heute an hebe ich deine Diät auf. Guten Appetit!«

Elisabeth schaute ihre Mutter zweifelnd an. »Darf ich das denn? Ich meine, so etwas roch noch nie so gut, aber was ist mit den Krämpfen?«

Ihre Mutter stellte eine Flasche von dem Trank an Elisabeths Platz. »Wenn du Krämpfe bekommen solltest, dann trink das hier. Wenn nicht, dann wirst du ihn nicht mehr brauchen.«

Elisabeth zögerte immer noch. Der eine Teil von ihr wollte es gar nicht wahrhaben, dann siegte das Knurren in ihrem Magen und sie setzte sich eilig hin. Emilia entkorkte eine Flasche Wein und goss allen dreien ein. Klara nur ein halbes Glas, aber diese reagierte kaum. Elisabeth lud sich schon ihren Teller voll. Dann sah sie ihre Mutter an, die ihr Glas erhoben hatte.

»Auf unsere Familie und auf die bittere Wahrheit!«, prostete diese ihren Kindern zu.

Klara nahm auch ihr Glas und erhob es. »Auf unsere Familie!«

Elisabeth runzelte die Stirn und schnüffelte am Wein. Dann hob sie es auch und alle drei tranken. Klara leerte das Glas ebenso wie ihre Mutter mit einem Zug. Elisabeth nippte nur, griff nach ihrer Gabel und begann zu essen. Den ersten Bissen Fleisch nahm sie noch zaghaft, stieß dann einen wonnigen Seufzer aus, während sie die Augen schloss. Dann ließ sie alle Vorsicht fahren und begann gierig zu schlingen.

Klara hielt sich an den Salat, aß aber ohne große Regung den Käse mit. Frau Wollner fing auch erst mit dem Salat an, nach einer Weile und zwei weiterer Gläsern Wein, mit denen sie sich Mut antrank, seufzte sie ein »Was soll's jetzt noch?« und nahm sich auch von den Fleischspießen. Sie beobachtete Elisabeth genau, in der ein um das andere Fleischstück, Hacksteak und Spieß verschwand. Mit größtem Appetit war sie schon mit der ersten Platte fertig und griff zur zweiten. Den Reis hatte sie ignoriert. Wo ließ sie das alles nur? Noch einige Gläser Wein auf Seiten ihrer Mutter später und gegen Ende der zweiten Platte wurde Elisabeth endlich langsamer.

»Mama, das war das beste Essen, das ich je gegessen habe«, verkündete Elisabeth. Sie schaute ihre Mutter glücklich an. Dann wandte sie sich an Klara, die die ganze Zeit mechanisch Salat gegessen hatte. »Klara, was ist mit dir?«

»Ich bin total entspannt auf dieser tollen Party!«, kam es mit hohler Stimme zurück.

Elisabeth runzelte die Stirn und griff die Tasse mit dem kalt gewordenen Trank und schnüffelte daran. Sie verzog die Nase. »Mama, was ist das für Zeug?«

Emilia räusperte sich. Sie hatte einen ordentlichen Schwips, aber das würde es leichter machen, zu erzählen, was sie jetzt zu sagen hatte. Und das war nicht gerade wenig.

»Ich kann dir das erklären und ich werde es auch tun, aber bitte unterbrich mich jetzt nicht. Ich weiß nicht, ob ich die Kraft habe, es nochmal zu wiederholen.«

Elisabeth sah sie erstaunt und erwartungsvoll an. Klara saß immer noch ausdruckslos da. Jetzt musste es raus. Wo sollte sie beginnen? Während des ganzen Essens hatte sie versucht, sich die Worte zurechtzulegen, doch jetzt hatte sie den Anfang vergessen.

»Ich habe Klara einen starken Beruhigungstrank gebraut!«, eröffnete sie.

»Der Tee schmeckt bitter, aber ich habe ihn getrunken! Ich bin eine brave Tochter«, plapperte Klara monoton dazwischen.

»Es ist so, wie ich es gerade gesagt habe. Ich musste es tun. Klara wird sich morgen an nicht mehr viel erinnern, denn ich fürchte, ich habe etwas übertrieben. Es ist kein einfacher Tee, es ist ein Trank, auch wenn es mir schwergefallen ist, aber für ihren geistigen Zustand ist es besser.«

»Ein Trank?«, unterbrach Elisabeth sie. »So wie mein Beruhigungstrank?«

»Ja und nein. Und du solltest mich doch nicht unterbrechen. Ich wollte das nie wieder tun, ich wollte alles hinter mir lassen, aber nun holt mich die Vergangenheit ein. Ja, ich habe auch deinen Trank gebraut. Hier im Harz konnte ich es, weil es hier genug ...«, sie machte eine theatralische Pause, »... freie Magie gibt!«

Elisabeth biss sich auf die Lippe.

Emilia sah, wie sich die Augen ihrer Tochter weiteten und ihr die Röte ins Gesicht schoss. Ganz zaghaft nickte sie, als wenn sie langsam begann zu begreifen. »Du hast es auch gespürt, auch wenn du die wahre Bedeutung nicht kanntest. Hier im Harz gibt es freie Magie. Sie strömt aus dem Boden. Und ich habe sie benutzt, um deinen Trank zu brauen. Ich bin ... nein, ich war eine Hexe.«

Klara nickte nur und nahm noch etwas von ihrem angeblichen Tee. Elisabeth hörte gebannt weiter zu.

»Ich habe vor langer Zeit eine riesige Dummheit gemacht und jemand hatte mir versprochen, für mich alles in Ordnung zu bringen. Der Preis dafür war meine magische Kraft, die ich abgeben musste, und auch deine, meine Tochter.« Tränen bildeten sich in ihren Augen, als sie die Hand Elisabeths ergriff und drückte. Diese schaute mit offenem Mund zurück. Emilia sprach schniefend weiter. »Ja, du wärst eine wunderbare Hexe geworden, aber deine Kräfte wurden bei deiner Geburt gebunden.«

»Das war Frau Dr. Borga, richtig? Ich habe euch belauscht!« Es platzte aus Elisabeth raus, obwohl sie das Geständnis nicht unterbrechen sollte.

Emilia stutzte, dann rief sie: »Der Baum in der Eilenriede. Du hast im Baum gesessen?«

Elisabeth nickte und verschränkte die Arme vor der Brust.

»Was soll's? Ja, du hast recht. Sie hat mir den Trank gegeben im Tausch für deine und meine Kraft. Borga hat dazu schwarze Magie verwendet. Sie hat mir versprochen, dass ich es mit dem Trank im

Griff halten könnte, aber sie hat mich belogen. Ich war so jung, noch keine achtzehn, und ich war so dumm! Ich hatte solche Angst, sie würden mich verbrennen!«

Elisabeth, die offenbar spürte, dass ihre Mutter um jede Silbe rang, legte ihre Hand mitfühlend auf die ihrer Mutter und hielt sie fest.

»Schwarze Hexen werden gejagt. Irgendwann kamen sie Borga auf die Schliche. Sie hat uns in den Harz geschickt, hat alles arrangiert, damit wir fliehen konnten. Hier ist das passiert, was ich schon all die Jahre befürchtet habe.«

»Was ist passiert, Mama? Hier ist es doch gar nicht so schlecht. Und ich habe es ja nach Hause geschafft und mir geht es gut.«

»Das ist es ja gerade, Elisabeth. Wenn du normal wärst, würdest du hier nicht mehr sitzen. Dann wärst du jetzt tot.«

Völlig konsterniert starrte Elisabeth Emilia an. »Das glaube ich nicht. Ich bin vielleicht gestolpert und weiß einfach nicht mehr, wie ich nach Hause gekommen bin, aber das ist alles.«

Emilia nahm einen tiefen Schluck Rotwein. »Du bist einen ganzen Abhang hinuntergestürzt und gegen einen dicken Baum geknallt. Deine Schuhe und deine Sachen hat man dort gefunden. Du warst schwer verletzt und hast viel Blut verloren.«

Elisabeth schüttelte den Kopf. »Ich bin unverletzt!«

Klara blickte weiter geradeaus und sagte in die Pause: »Und sie war ganz dreckig und nackt und hat Papas Fleisch gegessen!«

Die beiden anderen warfen einen Blick auf Klara, die dann aber wieder schwieg und gelangweilt blickte.

»Das kommt daher, weil du dich schon wieder geheilt hast. Du bist kein Mensch!«

»Wie du?«, wollte Elisabeth wissen und begann auf ihrem Platz hin und her zu rutschen, als ginge ihr alles viel zu langsam.

»Nein, du bist anders. Du bist meine Vergangenheit, die mich eingeholt hat. Du bist das, wofür ich mein Leben als Hexe aufgegeben und einen Mann geheiratet habe, den ich nicht liebe. Du bist die Todsünde und mein größter Schatz zugleich. Ich hätte alles gegeben, wenn ich diesen Tag hätte vermeiden können, aber jetzt muss ich Farbe bekennen.«

»Sie ist eine Werwölfin!«, quatschte Klara los. »Ist doch klar, was ist schon dabei? Hexe als Mama, Werwölfin als Schwester und ich bin die Fee der schönen Tage!« Dann sackte ihr Kopf nach vorne und sie begann laut zu schnarchen. Der Trank wirkte doch zu stark, aber was nun kam, war eh nichts für schwache Nerven.

Emilia blickte von Klara zu Elisabeth und nickte.

Elisabeth schüttelte ungläubig den Kopf. »Ich bin eine Werwölfin? Ihr seid ja völlig …« Das letzte Wort brach ab. Erkenntnis spiegelte sich plötzlich in Elisabeths Gesicht.

»Mein Trank, die Krämpfe, mein ganzes veganes Leben, mein unbändiger Drang zu laufen. Jetzt passt alles zusammen! Mama, hast du all die Jahre versucht, zu verhindern, dass ich mich verwandle?«

Ihre Mutter blickte sie aus tränengefüllten Augen an. Als sie antwortete, lag Kummer und Wut in ihrer Stimme. »Ja, Borga hatte es mir versprochen, dass es funktionieren würde. Aber der Wolf in dir wurde immer stärker. Und er hat dich gerettet, als ich es nicht konnte. Elisabeth, das darf niemals, niemals diesen Tisch verlassen. Hörst du? Ich würde sogar leugnen, deine leibliche Mutter zu sein, wenn sie jemals herausbekämen, was du bist.«

»Mama, warum denn nur?«, rief Elisabeth erschrocken und verstand nicht, was ihre Mutter ausdrücken wollte.

»Es ist kompliziert. Hexen ist es bei Todesstrafe verboten, sich mit Werwölfen einzulassen. Es gibt eine Prophezeiung vom Ende der alten Zeit, die von dem Wolf spricht, der von einer Hexe geboren wird. Kaum einer kennt den genauen Wortlaut, aber die Regel ist eindeutig.«

»Moment mal!«

Elisabeths Wangen glühten und es zeigte sich ein gelblicher Schimmer in ihren Augen. Emilia sah, dass der Wolf in ihr erwachte.

»Das heißt, du hast mit einem Werwolf geschlafen? Ich meine, so richtig mit Sex und so?«

»Nein! Ja! Es ist kompliziert!«

Emilia stöhnte und goss sich Wein nach. Sie nahm einen weiteren tiefen Schluck. Dann begann sie zu erzählen, während Elisabeth wie gebannt zuhörte.

»Ich war sehr begabt früher, musst du wissen. Tränke waren schon immer meine Stärke, aber ich beherrschte auch die anderen Gebiete recht gut. Wir befanden uns auf einer Studienreise in Italien mit einer Leitung und vier Junghexen. Es war eine laue Nacht und der Vollmond stand am Himmel. Die alte Hexe hatten wir mit einem Schlaftrunk außer Gefecht gesetzt. Wir jungen Hexen waren ordentlich betrunken. Dann haben wir uns gegenseitig herausgefordert und versucht, die jeweilig anderen zu übertreffen.« Ein sehnsüchtiges Seufzen entfuhr ihr, als sie sich erinnerte. »Ich habe meinen stärksten Zauber ausgepackt und mich vor deren Augen in ein Tier verwandelt!«

»Ich wette, du wurdest zu einem Wolf!«, platzte Elisabeth dazwischen.

»Ja! Doch dann wurden wir von Carabinieri gestört und ich lief weg. Ich weiß nicht mehr, wie ich in die Ruinen kam, aber dort traf ich plötzlich auf einen anderen Wolf. In der Wolfsgestalt konnte ich sehr gut riechen. Ich wusste, er war kein normaler Wolf. Es handelte sich um einen Werwolf, ein besonders großes Exemplar. Er hat mich gestellt, mir aber nichts getan. Er hat mit mir gespielt und schließlich habe ich mich darauf eingelassen. Da war so ein merkwürdiges Gefühl in seiner Nähe, das mir sagte, dass er mir nie etwas tun würde. Ich habe mich so geborgen gefühlt und ich spürte plötzlich, dass ich ihn wollte. Er hat das wohl gerochen. Und dann ist er auf mich gesprungen und wir haben es getan!«

Emilia brach in Tränen aus. Elisabeth rückte heran und nahm sie in den Arm. Nach einer ganzen Weile schaute Emilia auf und schniefte. Ihre Augen waren rot geschwollen, die Nasenspitze war nur wenige Zentimeter von Elisabeths entfernt, dann schloss sie die Augenlider.

»Ich habe es so genossen. Das war mehr als einfach nur Sex, es war die vollkommene Vereinigung. Die Magie hat meinen Körper prickeln lassen. Oft träume ich davon. Es war unbeschreiblich. Ich habe niemals für Papa so etwas empfunden.« Nach einer weiteren Pause sagte sie: »So, jetzt weißt du, was ich für eine Schlampe bin.«

Elisabeth wiegte ihre Mutter in den Armen. »In dieser Vollmondnacht wurde ich also gezeugt.«

»Ja, ich habe es lange niemandem gesagt. Aber als es sich nicht mehr verbergen ließ, dass ich schwanger war, bin ich zu Borga gegangen. Sie versprach mir Hilfe.« Sie schwiegen lange.

»Ich muss raus, laufen!«, sagte Elisabeth schließlich und stand auf.

Ihre Mutter sah sie an, dann nickte sie. »Ja, ich denke, das ist richtig so. Komm bald wieder und friss niemanden unterwegs!«

Elisabeth verdrehte die Augen und verließ das Haus, nachdem sie sich ihre Ersatzturnschuhe angezogen hatte. Sie lief los, die Straße hinunter. Als sie weg war, zog Emilia den Anhänger aus der Tasche und drehte ihn zwischen den Fingern. Dann hob sie ihr Glas.

»Auf dich, Poggi! Ich bin mir sicher, dort, wo du bist, siehst du dein Herrchen bald wieder.« Dann trank sie aus.

Nachtschwärmer

Elisabeth lief den Weg am Prinzenteich vorbei, dann aus irgendeinem Grund zum Negersprung. An der Leitplanke blieb sie stehen und blickte den Abhang hinunter. Es irritierte sie, dass sie jetzt so gut sehen konnte. Nur das Sternenlicht und eine schwache Mondsichel erleuchteten die Umgebung, aber für sie war es nahezu taghell. Sie konnte das Dickicht unten gut erkennen. Es lag etwa fünfundzwanzig Meter entfernt. Ein normales Tier hätte so einen Unfall kaum überleben können. Genauso wenig wie sie am Vormittag ihren Sturz hätte überleben dürfen. Der graue Wolf, seit eben war sie sich sicher, war auch kein normaler Wolf gewesen.

So sehe ich also aus, dachte sie bei sich. Sie wusste noch nicht, was sie von sich selbst halten sollte. Sie wusste auch nicht, was sie von ihrer Mutter halten sollte. Das Geständnis rumorte in ihrem Geist. Sie hatte sich in Hannover schon immer ein bisschen als Außenseiterin gefühlt. Und jetzt wurde klar, warum sie eine war. So etwas wie sie durfte es gar nicht geben. Sie dachte, dass sie Freunde hier hätte, aber die waren Menschen. Theobald panschte nur mit den Dingen in der Apotheke herum und Sabrina hatte eine blühende Fantasie. Dennoch, wenn jemand sie verstehen konnte, dann Sabrina. Sie lief wohl kaum Gefahr in dieser magischen Welt, die ihr so fremd war wie nur irgendetwas, wenn sie etwas mit ihrer Freundin quatschte. Sie drehte den Kopf, als sie ein Rascheln vernahm.

Es war nur das dämliche Kaninchen, das am Hang seinen Bau hatte und sich vorsichtig heraustraute. Sofort kam in ihr ein Gefühl hoch, dass sie früher nicht gekannt hatte. Sie hatte plötzlich Lust zu jagen. Aber nein, nicht so ein süßes Kaninchen. Sie schüttelte den Kopf und zwang sich, an etwas anderes zu denken. Als das nicht gelang, rannte sie los in Richtung Clausthal. Das Laufen half, wie schon immer, doch es war jetzt anstrengend, die Geräusche und Gerüche auszublenden. Die Straße stank nach Öl, Gummi, Schwefel und dem weggeworfenen Müll. Also lief sie bis zum Prinzenteich zurück und dann über den Waldweg an den Flammbacher Teichen vorbei. Ein Dachs, ein Käuzchen, sie hörte mehrere Fledermäuse. Schrien die nicht im Ultraschallbereich, den ein Mensch nicht hören konnte? Sie fand es irre, aber durch das Laufen konnte sie es verarbeiten. Da ihr Magen komplett voll war, hatte sie zunächst keine große Mühe, die meisten Reize zu ignorieren und weiterzulaufen.

Einmal war sie doch kurz davor, die Kontrolle zu verlieren, als sie aus dem Wald Richtung Marie-Hedwig-Straße lief, denn eine Gruppe von fünf Rehen kreuzte ihren Weg. Die Rehe bemerkten sie und nahmen panisch Reißaus. Sie war schon über den Zaun einer Weide und auf halbem Weg hinter den flüchtenden Tieren her, als sie sich bewusst wurde, was sie gerade tat. Elisabeth bremste ab. Doch der Geruch war so umwerfend, dass sie sich schließlich die Nase zuhielt, die Augen schloss und zusätzlich mit der zweiten Hand bedeckte und nur noch durch den Mund atmete. Es wurde besser und das Verlangen, den Rehen nachzujagen, verebbte. Dann wurde ihr bewusst, wie bescheuert das aussehen musste, was sie gerade tat. Gott sei Dank, war es dunkel. Immer noch die Nase zuhaltend und nur ein Auge geöffnet, stakste sie durch das tiefe Gras wieder zurück zum Weg. Sie musste wirklich aufpassen. Satt zu sein alleine, half nicht. Die Wölfin in ihr war stark und hatte einen unbändigen Drang, herauszukommen. Doch als der Geruch verschwand, konnte sie weiterlaufen. Schnell erreichte sie die Stadtgrenze mit den grellen Straßenlaternen. Auf Parallelwegen, die sie inzwischen dank Sabrina kennengelernt hatte, lief sie abseits der großen Straßen bis unten zum Zellbach zu dem alten Haus, in dem Sabrina wohnte. Sie hatte ihr Handy nicht dabei und Frau Schubert wollte sie nicht wachklingeln. Sie mussten alle noch völlig aufgelöst sein, weil Elisabeth heute verschwunden war. Also umrundete sie das Haus und wollte gerade über den Zaun klettern, als sie eine Gestalt bemerkte, die bereits dahinter stand und nervös von der einen Seite auf die andere tappte. Eine Mischung aus Jungengeruch und etwas Chemischem stach ihr in die Nase. *Theo!*, schoss es ihr durch den Kopf. Was macht er hier? Elisabeth duckte sich hinter einen Busch. Sie würde erst einmal lauschen. Das Wolfsgehör haute sie um. Sie schaffte es noch nicht so richtig, die Töne zu filtern. Es waren reichlich Störgeräusche dabei, aber, obwohl sie einige Meter entfernt hockte, konnte sie hören, wie leise die Hintertür geöffnet wurde und Sabrina herausgeschlichen kam. Sie ging barfuß, um weniger Geräusche zu machen. Elisabeth hörte sie trotzdem.

»Theo?«

»Hier drüben!«, flüsterte er zurück. »Ich habe eine Taschenlampe mit.«

»Lass die bloß aus. Mama schläft noch nicht wirklich. Hilf mir mal.«

Unwillkürlich schüttelte Elisabeth in ihrem Versteck den Kopf, als Sabrina mit Theobalds Hilfe den Zaun überkletterte und dabei, zumindest für sie, einen Höllenlärm veranstaltete. Theobald kam nicht minder laut hinterher. Sabrina zog sich noch die Schuhe an und dann gingen beide an der Bauhofstraße entlang Richtung Klepperberg. Elisabeth folgte ihnen fast lautlos. Sabrina hatte geduscht. Sie roch deren Apfelduschgel, das sie so gerne benutzte. Mit dem Geruch in der Nase, dem Gehör und diesen Augen war es spielend einfach, an den beiden dranzubleiben. Ein Auto fuhr vor ihnen um eine Ecke und kam ihnen entgegen. Einen Moment sah Elisabeth in die Scheinwerfer, dann sah sie nur noch Sterne. Verflixt! Das war also der Nachteil, wenn man nachts so gut sehen konnte. Doch ihr Blick klärte sich sehr schnell wieder. Eine ganze Weile sprachen ihre Freunde kein Wort mehr, dann gingen sie auf den Friedhof. Erstaunt folgte Elisabeth. Um das quietschende Gatter zu vermeiden, sprang sie hinüber, wo sie katzengleich und fast ohne Geräusch landete. Die Begeisterung über ihre Fähigkeiten wuchs. Die beiden anderen gingen zu einem bestimmten Stein. Elisabeth schlich in die Reihe hinter ihnen. Hier befand sich ein frisches Grab. Sie konnte schon riechen, dass die Blumen auf den Kränzen verwelkten. Die Beerdigung lag also bereits einige Zeit zurück. Man würde bald die Kränze entsorgen und den Hügel glätten. Theobalds Taschenlampe flammte auf, weil die beiden die Schrift sonst nicht hätten sehen können.

»Es ist noch nicht zu lesen, aber das haben wir gleich.« Sabrina zog lange Lederhandschuhe aus der Tasche und streifte sie über. Elisabeth roch das Leder, aber sie sah auch noch etwas anderes. Sabrinas Arme waren plötzlich von einem nur vage wahrnehmbaren, dunklen Blau eingehüllt, ganz so, als würden die Handschuhe schwach glühen. Dann umrundete sie das Grab. Ihre Augen hatten denselben leuchtenden Schimmer.

»Sophie Wilhelmine Steiger! Da ist es! Hier liegt die Frau, die am selben Tag gestorben ist, an dem ich geboren wurde«, sagte Sabrina gerade triumphierend.

Elisabeths Nackenhaare stellten sich auf. *War das Magie?* Doch Sabrina nahm ihr die Antwort ab.

»Der Zauber, der auf dem Grab liegt, befindet sich genau auf der Einfassung. Die Symbole sind hier, hier und hier.« Sie deutete auf mehrere Stellen und benutzte dazu einen Stock, um den Stein unter keinen Umständen selbst zu berühren. »So, kannst du mir nun sagen, ob das wirklich Magie ist?«

Theobald hüstelte: »Ich muss dazu ein paar Experimente durchführen. Bitte lass mich einen Moment alleine.«

»Was? Ich habe dir von diesem Grab und dem echten Zauber erzählt und du willst mich jetzt nicht zuschauen lassen? Du schuldest mir etwas, Theo!«

»Nein, ich habe meine Gründe!«, gab er zurück.

»Wenn Elle hier wäre, dann würdest du nicht so reden. Du schuldest ihr ebenfalls eine Menge, immerhin hast du an ihrer Medizin herumgepanscht.«

In ihrem Versteck spitzte Elisabeth die Ohren.

»Ja, das weißt du doch schon. Und es tut mir ehrlich leid. Ich wollte ihr nur helfen. Sie ist wirklich eine begnadete Läuferin, aber ich wette, sie kann noch viel schneller laufen. Sie nimmt das giftige Zeug und ist trotzdem besser als alle anderen. Es müsste sie aber gewaltig hemmen. Weißt du, ich habe ihren Trank an einer Katze ausprobiert, nur einen halben Tropfen.«

»Und sie hat Magenkrämpfe bekommen!«, warf Sabrina ein.

»Nein, sie ist tot umgefallen!«, gab er trocken zurück.

»Ohne Scheiß? Ich meine, du hast eine Katze umgebracht, um herauszufinden, was in dem Trank ist?«

»Nein, nicht was. Das wusste ich schon vorher. Ihre Mutter hatte, als wir Nachtdienst hatten, in der Apotheke eingekauft, während meine Ma nicht da war. Alle Komponenten sind absolut tödlich. Aber mich hat es selbst verblüfft, wie stark das Zeug ist. Weißt du, Elisabeth schluckt das seit Jahren und es bringt sie nicht um. Es gibt nicht viele Wesen, die so was aushalten.«

»Willst du damit sagen, dass sie gar kein Mensch ist?«

»Denke doch mal logisch. Sie ist den Abhang hinuntergestürzt, sodass sie die Schuhe verloren hat und gegen den Baum gekracht ist. Entweder ihre Mutter lügt und sie ist extrem schwer verletzt oder tot. Oder sie ist kein Mensch.«

»Wir können sie ja morgen fragen. Mama hat mir verboten, heute anzurufen, aber gleich in der Früh hänge ich mich gleich ans Telefon, bis ich sie sprechen darf. Gott, was habe ich eine Angst um sie gehabt. Ich hatte noch nie eine richtige Freundin und jetzt passiert ihr so was. Mir ist egal, was sie ist.«

Elisabeth hörte es und es wurde ihr ganz warm ums Herz. Sie hatte eine echte Freundin, die trotz allem noch zu ihr hielt.

»Jetzt mach dein Ding, um rauszukriegen, warum die Aufschrift auf dem Grabstein sich geändert hat, dann gehen wir wieder! Ich will wissen, was genau das ist.«

»Brina, ich kann nicht. Dreh dich wenigstens um.«

»Den Teufel werde ich!«

»Du hast mich um Hilfe gebeten und ich habe gesagt, dass ich da vielleicht helfen könnte, aber dann musst du auch den Preis akzeptieren.«

»*Quid pro quo*, Herr Binsenkraut. Du schuldest mir genauso viel Offenheit, wie ich dir gegenüber gezeigt habe.«

»Du hast mir nur erzählt, dass hier eine Frau liegt, die an deinem Geburtstag gestorben ist, und dass sie in deinem Spiegel herumspukt. Und dann hast du mir von einem angeblichen Zauber hier erzählt und ich habe nur gesagt, dass ich ihn mir mal ansehen könnte und vielleicht eine Idee hätte, wie man dann an eine Antwort kommt, was das wirklich ist.«

»Und was ist es nun?«, kam es ungeduldig zurück.

»Dreh dich um!«

»Nein!«

»Dann können wir ja auch wieder gehen!«

Elisabeth reichte es jetzt. Sie war komplett auf Sabrinas Seite und Theobald hatte also wirklich ihren Trank manipuliert. Er würde jetzt antworten. Die andere Seite in ihr war sowieso schon die ganze Zeit ungeduldig. Sie huschte aus dem Versteck und trat leise hinter Theobald. Er war jedoch so in die Diskussion mit Sabrina vertieft, die neben ihm stand, dass er nichts davon mitbekam. *Zeit für ein paar Wahrheiten!*, dachte Elisabeth bei sich. Sie packte Theobald am Kragen und drehte ihn zu sich.

»Du wirst jetzt sofort dein Ding machen, Theobald Binsenkraut, oder ich vergesse mich!«, fuhr sie ihn an.

Theobald ließ einen Angstschrei hören und starrte sie an. Sabrina, die einen Meter daneben stand, bekam den Mund nicht mehr zu.

»Wird's bald, Giftmischer!« Sie knurrte, die andere Seite in ihr hielt das für angemessen, also tat sie es. Doch schon begann ein innerer Kampf. Freund nur einschüchtern, Elisabeth – Kehle herausreißen und auffressen, die Wölfin. Theobald musste dies spüren. Wie ein Kaninchen starrte er auf ihre Augen, verhielt sich aber sonst ganz schlaff, um sie ja nicht zu provozieren. Allerdings machte er sich jetzt in die Hosen.

»Elle?« Sabrina fand endlich ihre Stimme wieder. »Elle, lass ihn runter! Du tust ihm weh!«

Erst jetzt bemerkte Elisabeth, dass sie Theobald nicht nur umgedreht, sondern sogar hochgehoben hatte. Mit einer Hand. Sie senkte den Blick und sah die sich schnell ausbreitende Pfütze unter ihm. Das ließ die menschliche Seite siegen. Sie ließ ihn hineinfallen und wischte sich die Hand ab.

»Bah, du stinkst!«, kommentierte sie ihre Entscheidung, von ihm abzulassen.

»Elle? Du bist es wirklich!« Sabrina strahlte sie an, es war keine Scheu in ihren Augen, nein. Es war pure Freude, sie wiederzusehen. Elisabeth blickte sie an, ihre Augen leuchteten immer noch in dem Wolfsgelb, Sabrinas Augen mit dem schwarzblauen Feuer blickten zurück. Dann kräuselten sich Elisabeths Lippen.

»Zeit für den nächsten Schwur und das nächste Geheimnis, was?«

Sabrina nickte. »Klar! Ich bin ja so froh, dich zu sehen!«

Elisabeth grinste zurück. »Und du fängst an, Theo. Ich hab es noch nicht so mit dem Beherrschen, musst du wissen!« Sofort begann in ihrem Inneren der Kampf gegen die Wölfin. Sie war überhaupt nicht einverstanden, dass sie nicht mit dieser Beute spielen durfte, und Elisabeth musste die Augen schließen und die Fingernägel in die Handflächen drücken, um über den Schmerz die Wölfin im Zaum zu halten.

Sabrina wollte schon etwas erwidern, dann drehte sie sich auch zu Theobald um. »Ja, das ist nur fair. Raus mit der Sprache. Ohne lassen wir dich hier nicht mehr weg.«

Etwas unsicher stellte sie sich neben Elisabeth.

Ein Hauch ihres Geruches war ähnlich wie der, den Theobald intensiv verströmte und der ihn aktuell umgab. So riecht also Angst, registrierte Elisabeth. Gut zu wissen. Sie war richtig in Fahrt und setzte noch einen drauf. »Und bedenke, ich kann riechen, wenn du lügst!«

»Ist das wahr?« Sabrina drehte sich jetzt ihr zu, doch Elisabeth funkelte weiter Theobald an.

Er stand schließlich vorsichtig auf, die Hände abwehrend erhoben. »Ihr wisst nicht, was ihr von mir verlangt.«

»Oh doch, das wissen wir«, riss Sabrina das Wort an sich. »Wir fordern dich auf, uns zu vertrauen, dann werden wir das auch mit dir so handhaben. Wenn du uns aber anlügst, dann wird das Elle hier ... ähm ... mitbekommen und dir schreckliche Dinge antun.«

»Seid ihr bereit, darauf einen Eid zu leisten? Und seid ihr auch bereit, zu schwören, es niemandem weiterzusagen?« Theobald musterte sie.

Sabrina und Elisabeth sahen sich an. »Ja!«, sagte Sabrina und spuckte in ihre Hand.

»Ja!«, sagte Elisabeth und tat das Gleiche.

Theobald schüttelte den Kopf. »So ein Schwur verlangt nicht nach Spucke. Und es verlangt nach einem anderen Ort und vor allem einer anderen Zeit. Wenn ihr wirklich mehr wollt, dann treffen wir uns morgen Nacht auf dem Brocken.«

»Bist du übergeschnappt? Übermorgen schreiben wir Englisch. Und wie sollen wir nachts da hochkommen? Auf dem Besen oder was?« Sabrina war offensichtlich nicht bereit, sich von Theobald die Bedingungen diktieren zu lassen.

Er überlegte kurz, dann deutete er auf die Aufbahrungshalle. »Die wird auch genügen. Morgen Abend um Mitternacht. Ich muss noch einiges vorbereiten.«

Die beiden Mädchen sahen sich an, dann nickten sie. »Gut, morgen um Mitternacht!«

»Dann jetzt aber Hand drauf!«, sagte Sabrina verbindlich und reichte den anderen ihre. Sie versprachen es. Danach hatte Theobald es eilig, nach Hause zu kommen. Als er gegangen war, blickten die beiden Freundinnen sich an, dann, in stillem Einverständnis, schlenderten sie noch etwas Richtung Schulstraße.

»Ich will nicht bis morgen warten«, rückte Sabrina schließlich raus. »Weißt du, was für eine Scheißangst ich um dich gehabt habe? Es war die Hölle an dem Abhang. Als ich deinen Turnschuh aufgehoben habe und das blutige T-Shirt sah, da habe ich geheult wie eine Fünfjährige. Theo habe ich schon geohrfeigt wegen seiner Trankpanscherei. Und dass Ojan dich auf den falschen Kurs geschickt hat, hat in der Schule auch noch ein Nachspiel. Was zum Henker bist du, dass du den Sturz überlebt hast? Darf ich raten?«

Elisabeth hatte schweigend zugehört. Jetzt drehte sie sich zu ihrer Freundin um. »Ich rate zuerst!«

»Gut. Dann lass mal hören.« Sabrina schaute sie genau an.

»Wenn du mich das hättest vor ein paar Wochen raten lassen, hätte ich keinen Plan gehabt. Aber jetzt. Die Handschuhe sind magisch, sie verleihen dir oder verstärken irgendeine Kraft, sie ist aber auch in deinem Inneren. Man kann es in deinen Augen sehen, wenn du die Handschuhe trägst.«

»Echt? Mist. Ich wusste nicht, dass andere das auch sehen können.«

»Dann das Grab, der Friedhof und der Geist, den du mal erwähnt hast. Du hast was mit den Toten zu tun. Geisterbeschwörer oder Nekromantin.«

Sabrina lächelte verschmitzt. »Erwischt! Wenn das so sonnenklar ist, dann pass mal auf!«

»Du läufst superschnell und extrem ausdauernd. Du trinkst ein Zeug, das andere umbringt, um Krämpfe zu unterdrücken. Du hebst Theo mit einem Arm hoch, dann diese gelben Augen von vorhin, und ich glaube, ich habe Eckzähne bemerkt. Wenn ich das mit dem Sturz zusammenzähle, wäre ich zuerst beinahe auf Vampir gekommen, aber ich habe aus zuverlässiger Quelle gehört, dass das alles richtige Scheißkerle sein sollen. Dann noch die Sache mit dem Wolf und der Panik deiner Mutter zu dem Thema. Du bist sicher eine Werwölfin, wenn auch eine bislang ziemlich verhinderte.«

»Ist das so offensichtlich?« Elisabeth war erstaunt, wie schnell Sabrina sich alles zusammengereimt hatte.

»Du vergisst, dass ich fast jedes Buch zum Thema Horror und Gruselfantasy gelesen habe. Und weißt du was, ich finde das mega-abgefahren geil. Bei mir ist dein Geheimnis sicher, aber Theo müssen wir anders kriegen. Bei ihm bin ich mir nicht sicher.«

»Was kann er?«, grübelte Elisabeth.

Sabrina resümierte: »Er kennt sich auf jeden Fall mit allen möglichen Substanzen, Kräutern und Chemikalien aus. Als wir in Geschichte die Hexenverfolgung hatten, wusste er mehr über das Thema als unsere Lehrer, und er hat sich damals richtig aufgeregt, dass keiner die Inquisition aufgehalten hat. Dann noch seine Mutter. Sie verdreht vielen Männern den Kopf und soll selbstgerührte Medizin ohne ärztliches Attest rausgeben, habe ich gehört. Ich wette ein dickes Burgermenü im Restaurant Wolpertinger in Goslar, dass sie eine Hexe ist. Haben Hexen Söhne, die zaubern können? Ich meine, die hätten immer nur Töchter. Scheiße, so viele Bücher gelesen zu haben, hilft jetzt auch nicht weiter. Ich fand Vampire auch mal ganz toll.«

Elisabeth zuckte mit den Schultern. »Ich weiß es nicht. Seit heute halte ich alles für möglich.« Im Stillen merkte sie sich diese Frage. Sie würde sie ihrer Mutter stellen.

»Da hast du recht. Morgen Nacht erfahren wir es. Komm, lass uns noch schnell bei mir vorbeigehen, dann kann ich dir deine Turnschuhe zurückgeben. Die liegen bei mir im Zimmer. Du bist vermutlich sowieso ziemlich schnell wieder zu Hause.«

Sie gingen zurück zum Zellbach. Elisabeth war so glücklich, genau diese Freundin zu haben. Es machte alles leichter, nicht der einzige Freak zu sein.

Sie verabschiedeten sich, dann schlich sich Sabrina wieder hinein und warf ihr einige Minuten später die Turnschuhe aus dem

Fenster zu. Elisabeth fing sie auf, winkte und lief dann zurück nach Hause.

Als sie ihr Haus fast erreicht hatte, wurde sie plötzlich nervös. Sie roch etwas Fremdes und zugleich Vertrautes. Die Nackenhaare stellten sich ihr auf, mit einer Urgewalt schoss das Kribbeln durch ihren Körper, wandelte sich sogleich in ein Brennen. Die Wölfin drängte sich in den Vordergrund. Verzweifelt versuchte sich ihr menschlicher Verstand, dagegen zu stemmen, aber sie scheiterte kläglich. Elisabeth verlor keine fünfzig Meter vor ihrer Haustür die Kontrolle. Ihr menschliches Bewusstsein wurde in eine Ecke ihres Verstandes gedrückt, als das der Wölfin sich ausbreitete und Elisabeth zur hilflosen Mitfahrerin in ihrem eigenen Körper machte. Diesmal erlebte sie jedes Detail hellwach mit. Die Verwandlung setzte schlagartig und schmerzhaft ein, während ihr Körper sich dehnte und die Knochen sich unter Knacken umformten. Krallen fuhren aus ihren Fingern und die Hände streckten sich. Irgendwo hinter ihrer Stirn setzte ein Druck ein, als wolle ihr Schädel platzen, dann zog sich die Nase nach vorne und eine Schnauze schob sich heraus. Reißzähne wurden länger und überall spross Fell. Es fühlte sich länger an, als es in Wirklichkeit gedauert hatte. Sie konnte während der Zeit nur stöhnen. Die Wölfin Elisabeth erhob sich. Die zwei paar Turnschuhe blieben zurück, doch sie trug immer noch das Top und die Shorts. Es kümmerte sie nicht, denn sie roch jetzt ganz deutlich einen anderen Wolf. Elisabeth selbst war nur eine Beobachterin, die Wölfin übernahm jetzt komplett das Ruder. Sie witterte den anderen, der sich in ihrem Territorium befand. Knurrend lief sie näher.

Er hatte das Haus bereits betreten. Ihre Familie war in Gefahr. Die Wölfin kam zu dem Schluss, dass sie handeln musste. Sie wendete, nahm Anlauf und sprang mit voller Wucht gegen die Tür. Das Schloss brach unter dem Ansturm und die Tür flog samt Zarge nach innen. Ein Aufschrei ihrer Mutter kam aus dem Haus. Die Wölfin stieß die angelehnte Tür zum Wohnzimmer auf und da saß er wie ein harmlos wirkender Mann. Der Werwolf war eingedrungen und redete mit ihrer ahnungslosen Mutter. Doch jetzt sprangen beide auf und starrten Elisabeths Wölfin an, die gerade ins Haus gebrochen war.

Emilia Wollner, die sie nicht erkannte, drückte sich vor Schreck in die Ecke. Der Mann hingegen trat vor und taxierte Elisabeths Wolfsgestalt mit seinem stechenden Blick. Nichts an ihm sah offensichtlich wölfisch aus. Er mochte Menschen täuschen, Elisabeths Wölfin jedoch nicht, die in jeder Gestalt roch, wer er war. Sie sprang zwischen beide und knurrte ihn wütend an, während Elisabeth unablässig ihre Wölfin geistig anschrie: *Rette Mama!*

Doch dann, zu ihrer Verwunderung, entspannte sich der Mann und lächelte.

»Sie haben da aber eine sehr prachtvolle Tochter. Sie ist noch etwas grün hinter den Ohren, dennoch scheint sie das Herz am rechten Fleck zu haben. Sie beschützt ihr Rudel. Das ist ein gutes Zeichen. Natürlich braucht es noch viel Zeit, bis sie sich richtig im Griff hat, aber wir werden ihr natürlich helfen. Ich schicke jemanden, der sie anleitet, mit ihrem Schicksal klarzukommen. Sie haben mein Wort, Frau Wollner.«

Diese nickte nur, schien der Situation aber nicht zu trauen.

Elisabeths Wölfin knurrte weiter, witterte Verrat. Sie verstand die Worte nicht. Währenddessen forderte Elisabeth sie immer wieder auf, den anderen Werwolf endlich zu vertreiben.

Dann knurrte der Mann sie auf einmal auf eine Art an, die viel tiefer und sonorer als ihr eigenes Knurren klang. Seine Augen leuchteten dazu in einem tiefen Rot und die Wölfin fühlte sich plötzlich klein und schwach wie eine Welpin. Sie stellte das Knurren ein und rollte den Schwanz zwischen die Beine. Innen tobte Elisabeth. *Nein! Wirst du wohl weitermachen! Du musst Mama schützen! Hör sofort damit auf, ihn anzuwinseln!*

Doch es half nichts. Sie musste miterleben, wie sie winselnd auf den Mann zukroch und ihm sogar die Hand leckte. Was hatte er mit ihr gemacht? Jetzt legte sie sich auch noch zu allem Überfluss zu seinen Füßen hin und ließ sich kraulen. Schließlich legte der Mann seine Hand auf ihren Kopf und für einen Moment hörte sie seine Stimme.

»Wehr dich nicht, dann tut es nicht so weh!«

Doch Elisabeth wehrte sich und kämpfte gegen ihn an. Unter unmenschlichen Qualen verwandelte sie sich zurück. Als Emilia Wollner endlich erkannte, dass sie wirklich ihre Tochter vor sich hatte, kam sie aus der Ecke und schlang sofort die Arme um sie.

beherrscht. Ich denke morgen gleich nach der Schule. Wann hast du aus? Ginge es um drei Uhr?«

Elisabeth wollte schon etwas Abweisendes sagen, da rief ihre Mutter aus der Küche, dass drei Uhr in Ordnung ginge. Sie brachte die Platte.

Ihre Stimme war ein wenig schwülstig. »Sie können auch gerne noch zum Essen bleiben. Ein Mitternachts-Snack?«

»Mama!«, kam es entrüstet aus dem Sessel. Sie flirtete. Ihre Mama flirtete mit einem Werwolf. Elisabeth konnte es nicht fassen, vor allem nach der Geschichte, die sie erst seit kurzem kannte.

Endlich, und für Elisabeths Geschmack viel zu spät, verabschiedete sich Heinrich, der Alpha, und gab ihrer Mutter eine Visitenkarte mit einer Nummer drauf.

»Unsere Hotline für Notfälle! Ich lasse Ihnen noch eine zweite da für Elisabeth. Einfach anrufen, wir kommen und helfen.« Er zwinkerte noch einmal Elisabeth zu. »Und du, futtere ordentlich! Wenn du satt bist, ist auch deine Wölfin träge.«

Dann wandte er sich leise ihrer Mutter zu, doch Elisabeth spitzte die Ohren. »Sie sind sich wirklich sicher, dass wir uns nicht kennen? Ich vergesse eigentlich nie einen Geruch, aber ich weiß auch nicht mehr, woher!«

»Nein! Kommen Sie gut nach Hause!«

Dann verschwand er in den Flur, wo er kurzerhand die Tür wieder in den Rahmen drückte. Es knirschte heftig, dann rief er: »Morgen ein oder zwei Nägel in die Zarge, dann sollte es wieder halten. Sie sollten sich eine große Hundeklappe einbauen lassen. Falls Sie Interesse haben, wir haben im Rudel einen Schreiner.« Dann war er weg.

Elisabeth schnappte sich ein Hacksteak. »Mama, was hat das alles zu bedeuten?«

Emilia kam zu ihr herüber und gab ein tiefes Stöhnen von sich. »Es hätte mir klar sein müssen. Ich kann nicht fassen, wie dumm ich mich in den letzten Wochen verhalten habe. Ich muss dir so viel erzählen, dass du dich in der magischen Welt zurechtfindest. Allerdings sind meine Informationen veraltet, denn ich bin seit über fünfzehn Jahren quasi raus.«

»Dann fang doch einfach vorne an«, sagte Elisabeth, begierig darauf, mehr zu hören. Sie schlug die Beine über Kreuz, nahm sich zwei Spieße und zog die Fleischstücke mit den Zähnen herunter. Ihre Mutter schien das zu missbilligen, sagte aber dazu nichts. Stattdessen ließ sie sich auf den Platz neben Elisabeth fallen und blickte sie lange nachdenklich an.

»Bist du gar nicht böse auf mich, dass ich versucht habe, es zu verhindern?« Offensichtlich quälte ihre Mutter diese Frage am meisten.

Elisabeth legte die leeren Spieße auf den Tisch und rückte näher an ihre Mutter heran. »Ich habe gerade auch darüber nachgedacht.«

»Und zu welchem Schluss bist du gekommen?«

Unsicherheit und ein Hauch Angst schwebte in Emilia Wollners Stimme mit.

»Ich glaube, dass du sehr gute Gründe hattest, um dich und mich zu beschützen, und ich bin sehr stolz, deine Tochter zu sein.«

Als sich schon wieder Tränen in den Augen ihrer Mutter zeigten, nahm sie sie in den Arm.

»Aua, nicht so fest!«

Verdutzt ließ Elisabeth sie wieder los. »Entschuldigung! Irgendwie ist es alles noch neu für mich. Weißt du, ich habe immer schon geahnt, dass ich etwas anders bin als die anderen, habe mich für einen kranken Junkie gehalten. Jetzt, wo ich weiß, dass ich ein absoluter Freak bin, erscheint es mir leichter, damit umzugehen.«

»Und du bist nicht böse, dass du bist, was du bist?« Die Stimme ihrer Mutter flatterte etwas.

Elisabeth überlegte mit Absicht etwas länger. »Ich habe vorhin gemerkt, dass ich noch viel lernen muss, andererseits ist es total cool. Weißt du, dass ich bei Nacht total gut sehen kann? Und die Geräusche erst ... und die Gerüche! Als Mensch ist man ja so eingeschränkt. Und ich wette, ich kann noch schneller laufen, als ich früher gelaufen bin.«

Ihre Mutter blickte ernst. »Es ist auch gefährlich und wir müssen sehr vorsichtig sein. Ich hatte keine Ahnung, dass das hiesige Rudel so schnell von dir Wind bekommen würde, aber dieser Alpha ist sehr aufmerksam und scheint ein richtig ... äh ... netter Typ zu sein.«

Emilia Wollners Wangen röteten sich leicht. Elisabeths Ohren entging nicht, dass sich ihr Puls stark beschleunigte und ihr Geruch sich veränderte. Sieh mal einer an, ihre Mutter fand den Typen nicht nur nett, sondern heiß.

Emilia Wollner wurde geschäftsmäßiger. »Wir müssen uns eine glaubhafte Geschichte überlegen, wann und wo du gebissen worden bist. Bei der nächsten Befragung sollten wir besser angeben, dass du adoptiert wurdest. Ich werde versuchen, noch einmal Borga zu erreichen. Vielleicht kann sie das arrangieren.«

»Hast du nicht gesagt, dass sie schwarze Magie praktiziert? Was willst du noch verpfänden, damit wir meine Tarnung aufrechterhalten können?«

Ihre Mutter sah sie fest an und strich Elisabeth eine Strähne hinters Ohr. »Einfach alles, meine Liebe, einfach alles.«

Elisabeth verzichtete darauf, sie erneut in den Arm zu nehmen, und griff stattdessen nach den Lammkoteletts. Sie spannen noch eine ganze Weile an einer Geschichte, dass Elisabeth in Hannover auf einem Ausflug von einem streunenden Wolf gebissen wurde und die Familie deswegen in den Harz umgezogen war. Emilia war äußerst erfinderisch und beide mussten das eine ums andere Mal schmunzeln, als sie die Geschichte woben. Diese neue Mutter machte Elisabeth sehr viel mehr Spaß als die alte. Sie wirkte mehr wie eine Freundin als eine Mutter, und da sie ja nur achtzehn Jahre älter war, konnte man den Eindruck auch leicht bekommen. Von sich selbst und der magischen Welt erzählte ihre Mutter dabei kaum etwas. Es graute schon der Morgen, als Elisabeth die leere Platte von sich schob und die Geschichte stand.

»Mama, da hätte ich noch eine Frage.«

»Wenn du wegen der Schule fragen willst. Ich melde dich einfach heute krank. Es wird jeder verstehen.«

»Nein, das ist es nicht.«

»Was dann?«, fragte Emilia.

»Haben Hexen nur Töchter? Sind die dann auch immer Hexen? Können sie auch Söhne haben? Und können die Söhne auch zaubern?«

»Das sind ja gleich vier Fragen. Mal sehen. Nein, Hexen haben nicht nur Töchter. Nicht jede davon kann zaubern, wie du an Klara siehst. Das hättest du dir auch selbst beantworten können. Und ja, ich weiß von einer Hexe, die einen Sohn hat, aber der ist sehr

zurückgeblieben. Und die letzte Frage, wie kommst du darauf?«
Emilia Wollner setzte ihren stechenden Blick auf.

Elisabeth entging nicht, wie angespannt ihre Mutter plötzlich war. Sie entschied sich, ausweichend zu antworten.

»Nur so. Ich bin ja auch ein weiblicher Werwolf. Da lag es nahe, nach männlichen Hexen zu fragen!«

Emilia schien diese Ausrede zu akzeptieren, blieb aber ernst. »Nein, genauso wie von Hexen geborene Werwölfe darf es keine von Hexen geborenen Söhne geben, die zaubern können.«

»Es wäre also theoretisch möglich? Mich gibt es ja auch!«

Ihre Mutter begann die Stirn zu runzeln. »Ja, aber diese Babys werden gleich nach der Geburt getötet.«

»Oh. Das wusste ich nicht!« Entsetzt beschloss Elisabeth, nicht weiterzufragen. Das Risiko, dass ihre Mutter erriet, weswegen sie fragte, schien zu groß. Daher gähnte sie ausgiebig und brachte das Tablett in die Küche. »Ich bin hundemüde!« Dann stutzte sie über das, was sie gerade gesagt hatte, und musste lachen.

Ihre Mutter schüttelte den Kopf und nahm sich eine Kopfschmerztablette. »Du Glückliche. Und ich muss gleich Klara wecken und hoffe nur, dass der Trank seine Wirkung verloren hat.«

»Mama, melde sie doch auch einfach krank, dann können die anderen sie nicht nach mir ausquetschen. Und du bekommst so auch etwas Schlaf.«

»Ich gebe es nur ungern zu, meine Tochter, aber du hast recht. Ich erledige den Anruf und dann schlafen wir alle.«

Wiedersehen unter Läufern

Elisabeth hatte wild geträumt. Gestern hatte sich auf einen Schlag ihr ganzes Leben umgekrempelt. Eben noch glaubte sie, eine unterdurchschnittliche Schülerin zu sein, dann plötzlich wäre sie beinahe gestorben und hatte einen Hund gefressen, um sich in eine Werwölfin zu verwandeln. Und ihre Mutter entpuppte sich als eine Hexe, die ihrer beider Kräfte verpfändet hatte, um zu verbergen, dass sie es mit einem Werwolf getrieben hatte. Sodom und Gomorra! Und nicht zuletzt hatte ihre beste Freundin ihr gestanden, eine Nekromantin in Ausbildung zu sein und Geister zu sehen. Und ihr Freund mischte Tränke und hatte vermutlich auch eine Hexe als Mutter. War denn hier niemand mehr normal?

Sie saß mit Klara, die wieder klar im Kopf schien, um zwei Uhr nachmittags am Mittagstisch. Klara trug bereits ihre normale Kleidung. Sie hingegen nicht, sie war erst vor einer Viertelstunde aus dem Bett gekrabbelt. Klara hatte ihre Mutter schon reichlich dafür tyrannisiert, dass diese sie heute von der Schule abgemeldet hatte. Jetzt fing sie wieder an.

»Mama, ich bin nicht krank, ich fühle mich nicht mal schlecht. Warum durfte ich heute nicht in die Schule gehen?«

Elisabeth bohrte nach. »Weißt du von gestern gar nichts mehr?« Dafür kassierte sie einen warnenden Blick ihrer Mutter.

»Du bist nackt und völlig dreckig nach Hause gekommen. Außerdem hast du die Küche verwüstet. Dann kam Mama und hat mir erklärt, dass du gerade eine schwere Phase durchmachst. Und wegen irgendeines ärztlichen Ergebnisses darfst du jetzt alles essen. Wir haben vom Griechen bestellt und zur Feier gegessen.«

»Jipp, und es war lecker!« Elisabeth probierte gerade Toast mit fingerdickem Hackepeter und Zwiebeln drauf.

»Außerdem wurde gestern richtig viel getrunken. Da sind zwei leere Flaschen Wein im Korb und eine halbe steht noch auf dem Tisch!«

»Das geht überwiegend auf mein Konto, aber ihr habt auch etwas abbekommen. Verpetzt mich nicht bei Papa.«

Emilia Wollner sah wirklich reichlich mitgenommen aus. Sie hatte sich, nachdem sie den Schulanruf erledigt hatte, noch ins Auto gesetzt und war nach Osterode hinuntergefahren, um reichlich einzukaufen. Da die Liste vom Alpha erst kommen sollte, hatte sie wahllos zugeschlagen: Milch, Käse, Eier, Wurst und Fleisch in allen Variationen. Der Kühlschrank platzte fast aus allen Nähten. Sogar an das Grillfleisch für ihren Mann hatte sie gedacht. Sie hatte allerdings aus irgendeinem Grund auf die Box geschrieben: *Nur für Papa – Finger weg!*

»Och, schon alle.«

Die Schüssel mit Hackepeter war leer. Elisabeth rutschte von ihrem Hocker und riss die Kühlschranktür auf. Ihr Blick ruhte einen Moment auf der großen Box, als sie die Warnung las. Schließlich kam sie mit Bockwürsten wieder.

Klara musterte sie über ihre Brille hinweg. »Sag mal, warum isst du plötzlich so viel? Hat Fleisch nicht mehr Kalorien als rein veganes Essen?«

Elisabeth verschluckte sich an einer der Bockwürste und musste husten.

Ihre Mutter antwortete: »Das ist das Absetzen des Medikamentes, Schatz. Ganz normal. Der Trank wirkte wie ein Appetithemmer.«

Elisabeth nickte zustimmend. Ihre Mutter log wie gedruckt und wurde nicht einmal rot dabei. Nun, sie hatte es wohl all die Jahre zur Meisterschaft gebracht.

»Papa kommt heute Abend wieder. Ich möchte, dass ihr bis dahin beide mit den Hausaufgaben fertig seid. Betsy, deine hat Sabrina bereits gemailt. Ich habe mit ihr telefoniert. Klaras habe ich von der Klassenlehrerin Doste gefaxt bekommen!« Sie gab beiden Kindern einen Stapel Zettel. »Elisabeth, du musst dich beeilen, dein … äh … Trainer kommt gleich!«

Klaras Frage kam wie aus der Pistole geschossen. »Was denn für ein Trainer?«

»Ich habe beim Laufen versagt und muss trainieren, um noch die Qualifikation für den Harzlauf zu schaffen!«

Elisabeth war die Ausrede eben eingefallen. Sie sah, wie ihre Mutter hinter Klaras Rücken den Daumen hochstreckte und zwinkerte. Nach dem Essen räumte sie noch ab. Elisabeth stand gerade beim Abwaschen, da klingelte es an der Tür. Ihre Mutter räumte oben auf, also öffnete Klara.

»Guten Tag, ich bin hier, um Elisabeth abzuholen!«, konnte sie eine Stimme draußen hören, allerdings störte das Radio, das sie zum Abwaschen immer anmachte.

»Ich bin Klara, ihre Schwester. Du siehst aber gar nicht aus, als wenn du ihr Trainer wärst.«

Elisabeth stockte und trocknete sich so schnell ihre Hände ab, wie sie konnte, doch das Unheil nahm schon seinen Lauf.

Klara analysierte. »Du bist dafür noch viel zu jung. Ich wette, du bist ihr Freund. Ich sag es auch keinem weiter.«

»Nein, ich bin nicht ihr Freund«, kam es zurück, doch Klara gab nicht auf.

»Das würde ihr Freund natürlich sagen. Damit kannst du meine Mutter vielleicht reinlegen, aber nicht mich!«

»Du bist wohl eine ganz Schlaue!«

Endlich erreichte Elisabeth den Flur, doch das, was sie gerade sagen wollte, kam nicht über ihre Lippen.

»Du bist das?«

Sie hatten gleichzeitig gesprochen. Albert lächelte verlegen, Elisabeth wurde rot.

»Siehste, ich hab es doch gewusst«, sagte Klara. »Kein Problem, geh nur mit ihm mit. Ich sage Mama nichts, ich muss ja schließlich die ganze nächste Woche nicht abwaschen!«

Bevor Klara noch mehr anrichtete, ging Elisabeth vor die Tür und zog sie zu. Sie bugsierte Albert vom Haus weg, bis sie hinter einer Tanne standen. Als sie sich ihm zuwandte, grinste er von einem Ohr zum anderen.

»Was amüsiert dich so?«, fragte sie ihn verärgert.

»Ich hatte keine Ahnung, dass du es bist, aber jetzt ist mir klar, was Papa so an dir findet. Und mir ist auch klar, warum du mich fast an der Okertalsperre erwischt hast.«

»Moment, der Alpha ist dein Vater?«

Er nickte und zog einen Zettel aus der Tasche. »Ich habe hier eine Einkaufsliste für die ersten Tage für die Eingeweihte.«

»Nenn' sie nicht so, sie ist meine Mutter!«

»Gut, dann eben deine Mutter. Ich nehme an, die kleine neugierige Dame und dein Vater sind nicht eingeweiht?«

»Nein, sind sie nicht. Ich weiß erst seit Kurzem, was ich bin.«

Wiederum nickte er. »Ja, das habe ich auch vernommen. Du bist gebissen worden, das hat normalerweise eine Inkubationszeit von ein bis zwei Vollmondzyklen, bis die Symbiose vollzogen wird und der Wolf sich zum ersten Mal manifestiert. Wie lange genau ist deine Infektion her?«

»Mann, du redest genauso geschwollen wie Theo.« Elisabeth wusste noch nicht, ob sie überhaupt mit Albert auskommen wollte.

»Ich habe Privatunterricht. Meine Eltern legen größten Wert auf gute Konversation und Bildung«, dozierte er weiter. »Du musst wissen, dass Kratzer nur unzuverlässig, also in Abhängigkeit vom Grad der Verletzung, zum Ausbruch der Lykanthropie führen. Speichelinfektionen hingegen weisen eine relativ hohe Wahrscheinlichkeit auf. Es gibt nur eine einzige mir bekannte noch sicherere Methode, zu einem Werwolf zu werden.«

»Welche?«, rutschte Elisabeth raus, bevor sie sich zurückhalten konnte.

»Man müsste das Blut eines Werwolfs direkt in die eigene Blutbahn bekommen. Das würde den Prozess auf wenige Tage oder sogar nur Stunden beschleunigen«, antwortete Albert sachlich.

»Du meinst, man müsste einen Werwolf selber beißen und sein Blut schlucken? Das ist doch völlig schwachsinnig! Das macht doch niemand«, warf Elisabeth entrüstet ein.

»Nun, äußerst martialisch gedacht, aber nur das Blut zu schlucken, würde vermutlich nicht reichen. Wenn du allerdings zufällig gerade eine Wunde im Mund hättest oder das Blut von außen in offene Wunden fließen würde, dann schon. Ich hatte an eine banale Bluttransfusion gedacht, meine Liebe.«

Auch wenn diese Neuigkeiten durchaus interessant waren, brachte sein lehrerhafter Tonfall Elisabeth doch in Rage. Sie merkte, wie in ihr die Wölfin angriffslustig hin und her tänzelte, und sie bekam Lust, ihr einfach das Ruder zu überlassen.

In dem Moment schien auch Albert es zu bemerken und lenkte ein. »Wenn du einen etwas salopperen Umgangston wünschst, kann ich das auch versuchen!«

»Gut. Das mit ›junger Dame‹ und so ist schon seit vielen Jahrzehnten aus der Mode. Lernst du bei Dracula?«

Sie drehte sich um, schlug einen Waldweg nach Westen ein und zwang ihn so, hinterherzulaufen.

»Du versuchst, witzig zu sein! Aber nein. Vampire sind böse Kreaturen der Nacht, die ihre Opfer jagen, um ihr Blut zu trinken.«

»Ja, klar. Und Werwölfe sind Kreaturen der Nacht, die ihre Opfer jagen, um sie aufzufressen! Das ist voll was anderes!«

Elisabeth wusste auch nicht, warum sie so gereizt war, aber der Typ ging ihr so was von auf die Nerven, dass sie nicht anders konnte, als ihn zu beleidigen.

»Wir sollten das Thema wechseln«, fing er an.

»Das ist der erste gute Vorschlag von dir!«

»Was weißt du bereits über die Rudelregeln?«

»Wird das hier eine Jurastunde für Jungwölfe, Herr Trainer?« Elisabeth blieb stehen, stemmte beide Hände in die Hüften und sah ihn provozierend an.

Albert schien zum ersten Mal keine Antwort zu wissen, doch sie freute sich zu früh über ihren Minisieg. Ein paar Sekunden vergingen, dann wurde seine Miene wölfisch.

»Gut, dann muss es eben anders gehen!«

»Genau, ich ...«

Doch weiter kam sie nicht. Er agierte blitzschnell, sodass Elisabeth nicht mehr reagieren konnte, packte sie, warf sie sich über die Schulter und rannte los. Elisabeth wehrte sich, trat aus, schlug ihm auf den Rücken und schrie ihn an, sie sofort runterzulassen. Doch er lachte nur.

»Du denkst zu viel wie ein Mensch. Davon läuft nur dein Hirn heiß. Du brauchst eine Abkühlung! Außerdem müffelst du.«

Als er den Weg zum Unteren Hahnenbalzer Teich einschlug, erahnte Elisabeth, was er vorhatte. Sie strengte sich noch mehr an, von ihm runterzukommen, aber er war stärker und hatte einen Schraubstockgriff.

»Lass mich sofort runter, oder ... oder ...«

»Oder was? Verpetzt du mich bei deiner Schwester?«

Er lief noch schneller. Sie wurde ordentlich durchgeschüttelt, während sie weiterhin mit dem Kopf nach unten hing.

»Ich beiße dich!«

Sie vernahm nur ein amüsiertes: »Das ist schon etwas besser!«

Dann gelangte er auf den Damm und sprang. Das trotz des noch recht warmen Herbstes eiskalte Wasser schlug über Elisabeth zusammen. Durch den Sprung wurde sie tief unter Wasser gedrückt und schluckte eine gehörige Menge davon, doch Albert hatte sie losgelassen und so kam sie schnaufend und prustend wieder nach oben.

»Bist du völlig übergeschnappt?«, stieß sie hervor. »Ich hätte mir was brechen können?«

Albert schwamm im Wasser, keine drei Meter vor ihr. Auch er war natürlich nass, aber es schien ihn nicht zu kümmern. Dass er immer noch grinste, machte sie noch wütender. Sie stieß einen Schrei aus und schwamm auf ihn zu. Er tauchte einfach ab. Sie blickte sich um, aber in dem trüben grünen Wasser konnte sie ihn nicht ausmachen. Plötzlich packte sie etwas an den Beinen und zog sie wieder unter die Oberfläche. Nur kurz, doch es reichte, um abermals Wasser zu schlucken, weil sie nicht damit gerechnet hatte. Wild mit den Armen rudernd und erneut prustend kam sie wieder hoch. Albert tauchte nun auf der anderen Seite gut zehn Meter von ihr entfernt auf.

»Wenn ich dich kriege, mache ich dich fertig.«

»Brave Wölfin, dann fang mich, wenn du kannst!«

Elisabeth, wütend wie noch nie, zögerte keine Sekunde und kraulte auf ihn zu. Er drehte sich und schwamm von ihr weg. Elisabeth war eine gute Schwimmerin. Kurz vor dem Ufer hatte sie ihn und drückte ihn triumphierend unter Wasser, doch er packte sie nur kurz am Arm, drehte sich und auch sie ging erneut unter. Doch diesmal hatte sie damit gerechnet, wandte sich nun ihrerseits und drückte ihn wieder unter sich. Eine ganze Weile rauften sie direkt am Ufer und sie ertappte sich dabei, dass es ihr Spaß zu machen begann. Er war grob, aber irgendetwas sagte ihr, dass er bei Weitem nicht seine ganze Kraft einsetzte. Sie kämpfte zunächst verbissen, dann versuchte sie auch immer mehr Tricks und Finten, bis sie beide schließlich völlig abgekühlt und außer Puste waren. Sie ließen voneinander ab und stiegen ans Ufer direkt neben dem Striegelhaus, wo sie sich ins Gras fallen ließen.

»Du bist ja komplett durchgeknallt!«, zog Elisabeth Bilanz.

»Kein Stück mehr als du! Hörst du mir jetzt zu? Oder muss ich dich nochmal reinwerfen?«

»Untersteh' dich. Ich kann nicht mehr. Ich glaube, ich habe den halben Teich verschluckt.«

»In Ordnung. Dann hör gut zu. Wir sind das Rudel im Westharz, die Kaiserwölfe.«

»Echt? Drunter macht ihr es nicht, oder?«

Elisabeth drehte den Kopf zu ihm. Er sah amüsiert zurück, allerdings nicht in ihre Augen, sondern er fixierte ihr T-Shirt, das klitschnass an ihr klebte. Sie setzte sich auf und verdeckte so, was ihn abgelenkt hatte. Er räusperte sich, dann fuhr er fort.

»Das liegt daran, weil wir die Stadt Goslar mit in unserer Region haben und Goslar nun einmal lange Zeit die Kaiserstadt war. Heinrich der …«

»Ok, ok, verstanden! Bitte nicht allzu viel Geschichte.«

»Nun, dann gibt es da noch das Brockenrudel, das den Hochharz beherrscht, und die Hasselfelder Wölfe.«

»Ist das nicht eine Biermarke?«

»Nein, das ist das Hasseröder!« Er hatte sich auch aufgesetzt. »Wir sind die einzigen drei freien Rudel in Norddeutschland.«

Jetzt hatte er Elisabeths Aufmerksamkeit. »Wieso frei?«

»Nun, weil alle anderen Rudel vom Großen Rat in Berlin kontrolliert werden.« Seine Worte trieften vor Geringschätzung. »Das sind alte Hexen und Druiden, die sich in die Staatspolitik einmischen und alles im Griff haben wollen. Sie haben sogar eine Geheimpolizei, die Jägerinnen, um jeden zu jagen und zu bestrafen, der nicht nach ihrer Pfeife tanzt.«

Das wurde ja immer interessanter. Elisabeth drehte sich auf den Bauch, damit die Sonne sie auch auf dem Rücken trocknen konnte.

»Und wieso seid ihr dann frei?«, fragte sie.

Er grinste wieder. »Das hat mit dem Harz zu tun und einer uralten Urkunde, dem *Lex Imperatoris de Regiones Liberae Magicae*, in der für alle Übernatürlichen Ruhe- und Erholungsbereiche definiert wurden, die nur des Kaisers sind und niemals durch den Rat kontrolliert werden dürfen. In Berlin liegt davon eine Kopie. Das Original wurde von Friedrich Barbarossa und dem damaligen Rat persönlich unterzeichnet. Es befindet sich in den Katakomben des Kyffhäusers.«

»Moment!«, unterbrach sie ihn. Das überstieg alles zusammen jetzt doch ihr Aufnahmevermögen. »Es gibt einen Hexen- und Druidenrat in Berlin, der hier nichts zu melden hat?«

»Vereinfacht gesagt, ja! Aber die Grundregel, dass kein normaler Mensch von uns erfahren darf, gilt auch hier. Die ist nämlich noch älter, aus dem Jahr …«

»Heb dir das für ein anderes Mal auf. Nur erstmal die nackten Regeln!«

»Gut. Ich werde es so einfach machen wie möglich. Der Rat hat uns hier, bis auf die Grundregel zur Geheimhaltung der magischen Welt, nicht reinzureden. Damit bist du an der allerbesten Stelle, um in Ruhe zu lernen, was du bist. Du bist eine neue Wölfin, also noch nicht an das Rudel gebunden, aber da du dich auf unserem Territorium aufhältst, sind wir für dich verantwortlich. Mein Vater, Heinrich Wolfsherr, führt das Rudel seit gut fünfzehn Jahren. Er hat es kurz nach meiner Geburt übernommen.«

»Dann bist du ja mein Jahrgang. Ich bin auch fünfzehn.« Albert wirkte irgendwie älter. *Ob das an seinem Privatlehrer lag? Oder an dem Werwolfsein?*, überlegte sie.

»Nun, jedenfalls musst du, wenn du etwas tun willst, um Erlaubnis fragen.« Als Elisabeth schon wieder angriffslustig wurde, hob er schnell die Hände. »He, ich bin nur der Bote. Die Regeln habe ich nicht gemacht. Kleinen Moment, ich habe es mir aufgeschrieben.« Suchend klopfte er seine Taschen ab. Dann zog er einen nassen, beschriebenen Zettel aus der Tasche, genau so einen, wie sie als Einkaufsliste bekommen, aber noch nicht angesehen hatte. Er räusperte sich.

»Du musst dich an das Geheimhaltungsgebot halten. Das heißt, du darfst dich keinem normalen Menschen offenbaren. Wir handhaben das locker. Da es wieder Wölfe im Harz gibt, geht eine Sichtung in Wolfsgestalt durch. Sie sollten dich nur nicht gerade direkt bei der Verwandlung sehen. Du darfst dich in unserem Territorium frei bewegen. Dann darfst du Wild für deinen eigenen Bedarf jagen. Das werde ich dir noch in einer der nächsten Treffen genauer beibringen. Für diesmal muss das reichen. Du darfst das Rudel um Hilfe rufen, wenn du in Not bist. Dafür hast du die Telefonnummer.«

»Jipp, habe ich als Wölfin immer in meiner Felltasche dabei!« Sie schaute ihn dazu provozierend an.

»Nein, in Wolfsgestalt geht das nicht. In dem Fall verständigen wir uns per Geheul!«

»Ihr habt da sicher so einen Morsecode: dreimal kurz, dreimal lang, dreimal kurz.«

Er lachte, was so ansteckend war, dass Elisabeth mit einfiel.

»Nein. Du kannst unheimlich viele Informationen in ein Geheul packen. Das braucht aber etwas Übung«, erklärte er ihr.

»Ich fasse es nicht, ich bekomme noch ein Wolfsjodeldiplom!«

»Ernsthaft jetzt, bevor du selbst komplexe Informationen durch Heulen übertragen kannst, musst du erst einmal hören und verstehen lernen. Ich schicke dir Lerndateien als MP3!«

»Du nimmst mich doch gerade hoch!«

»Nein, man muss mit der Zeit gehen. Du wirst es ganz schnell drin haben.«

»War es das dann mit dem, was ich darf?«

»Du darfst dich frei verwandeln, wenn dein Leitwolf es dir erlaubt. Und das bin momentan ich.« Sie zog eine Augenbraue hoch. »Und du darfst jederzeit um Aufnahme in das Rudel ersuchen, entweder über den Alpha oder durch Kampf.«

»Kampf?«

»Wenn du jemanden direkt herausforderst und er nicht automatisch weicht, dann kämpfst du gegen ihn, und der Gewinner erhält die Position, die der Höhere vorher innehatte.«

»Und der Verlierer?«, wollte Elisabeth wissen.

»Wenn der Verlierer noch lebt, dann rutscht er auf den niedrigeren Platz.«

Jetzt wurde ihr kalt. »Was soll das heißen, wenn er noch lebt?«

»Ein Zweikampf geht auf Leben und Tod. Nur wenn der Verlierer sich unterwirft, darf sein Leben verschont werden. Aber das zieht meist Folgekämpfe nach sich, denn wer einen Kampf verliert, ist schwach. Andere werden versuchen, dann auch mit ihm die Rangfolge neu auszukämpfen.« Als Elisabeth betreten schwieg, schob er nach. »Nun, so viele Kämpfe gibt es auch nicht. Heutzutage wechseln Verlierer meist in andere Rudel und steigen da ganz unten ein. Auch unter Werwölfen gibt es richtige Feiglinge.«

Nachdenklich nickte Elisabeth. Das musste sie erst einmal verdauen.

»Deine Pflichten ...«, fuhr er fort.

»Jetzt kommt der böse Teil, richtig?«, Elisabeth mochte Pflichten nicht.

»Du musst jedem höherrangigen Rudelmitglied Respekt zollen. Das sind momentan alle, weil du noch keinen Rang hast. Du musst mit aller Kraft das Rudel schützen und unterstützen. Du darfst in der gleichen Zeit für kein anderes Rudel arbeiten oder dort irgendeinen Rang bekleiden. Du darfst dich nicht mit anderen Kreaturen und im Speziellen nicht mit Hexen einlassen.«

Aua! Das wird ein Problem, dachte Elisabeth bei sich. »Was ist, wenn ich dagegen verstoße?«, wollte sie dann wissen.

»Dann wird man uns eine angemessene Strafe zukommen lassen. Sie könnten uns ermahnen, verstoßen, jagen oder einfach töten.«

Elisabeth schluckte schwer. »*Uns* töten?«

»Solange ich als dein Leitwolf eingeteilt bin, ist alles, was du nicht korrekt machst, auch mein Versagen. Deswegen gibt es noch die letzte Regel: Du musst mir jeden Wunsch von den Lippen ablesen und sofort erfüllen!«

Doch sie sah sein schelmisches Grinsen.

»Das hast du dir gerade nur ausgedacht.«

Sie sprang mit einem Satz auf ihn und sie rangen erneut miteinander. Elisabeth genoss das Gebalge nach all der Theorie. Nachdenken würde sie später. Schließlich landeten sie erneut im Wasser.

Albert brach ab und stieg wieder heraus. »Komm, wir sollten noch laufen.«

Er zog sich das T-Shirt über den Kopf. Darunter kam ein muskulöser trainierter Oberkörper zum Vorschein.

»W ... was? Etwa nackt?«

»Nein, du Dummerchen. In Wolfsgestalt natürlich!«

»Aber du ziehst dich gerade aus.« Sie wurde rot.

»Na ja, wenn man sich verwandelt, ohne sich vorher auszuziehen, dann braucht man danach neue Sachen. So viel Geld haben wir nun auch nicht.«

»Gut!« Sie kam aus dem Wasser. »Aber du musst dich umdrehen.«

Er schaute sie verdutzt an. »Wenn du es unbedingt willst.« Amüsiert drehte er sich von ihr weg, doch sie konnte ihren Blick nicht abwenden. Er sah so gut aus, einfach perfekt. Schweren Herzens drehte sie sich schließlich dann doch weg und tat es ihm nach.

Dann erklang hinter ihr ein kurzes Stöhnen, einige Sekunden darauf ein zufriedenes Knurren.

Sie konnte nicht anders, sie drehte sich um. Hinter ihr stand ein riesiger Wolf in überwiegend schwarzem und grauem Fell. Er hatte eine Schulterhöhe von um die 1,30 m und wog sicher an die 140 bis 150 kg. Elisabeth brauchte eine ganze Weile, um sich wieder zu beruhigen, dann versuchte sie, ihn mit anderen Augen zu sehen. Er hatte eine hellgraue, fast weiß wirkende linke Hinterpfote.

Wie eine Socke, dachte Elisabeth. *Ich werde ihn Socke nennen, das macht es leichter.*

Doch dann wurde ihr bewusst, dass sie immer noch in Menschengestalt dastand und nicht wusste, was sie jetzt anstellen sollte. Verzweifelt schaute sie sich um. Was wäre eigentlich, wenn jetzt jemand käme? Sie stand hier nackt und hatte doch gar keine Ahnung, wie sie es anstellen musste, sich absichtlich zu verwandeln. Ihre Situation wurde nicht besser, denn nun drehte sich der Wolf um. Elisabeth stieß einen spitzen Schrei aus und sprang wieder ins Wasser, um sich damit zu bedecken. Der Wolf sah sie an, dann setzte er sich am Ufer hin und schaute sie mit offenem Maul und heraushängender Zunge an. Es sah aus, als wenn er lachte.

»Ja, lach nur. Ich habe keine Ahnung, wie ich das anstellen soll. Du hättest mir vorher sagen sollen, wie ich mich verwandeln muss.«

Er legte den Kopf schief.

»Oh, Mann. Ich bin ein absoluter Verwandlungsanfänger. Für dich mag das ja das Einfachste der Welt sein, aber ich bin dazu zu doof!«

Der Wolf richtete sich auf und lief ein paar Schritte in den Wald und kam wieder zurück. Er winselte aufmunternd, lief wieder in den Wald und kam erneut zurück. Elisabeth begriff.

»Schon klar, ich soll dir folgen. Dreh dich um!«.

Er tat wie geheißen und lief wieder ein paar Schritte voraus.

Sie stieg aus dem Wasser und sagte mehr zu sich als zu ihm: »Ich glaube nicht, dass ich das hier gerade tue. Ich laufe splitterfasernackt einem riesigen Werwolf in den Wald hinterher. Das kann ich gar keinem anderen erzählen. Die würden mich sofort in die Klapsmühle einweisen.«

Notdürftig mit den Händen ihre Scham bedeckend lief sie ihm hinterher. Er wartete geduldig, bis sie ihm nachkam, lauschte immer wieder und lief dann weiter. Elisabeth war so damit beschäftigt, Brombeerranken und spitzen Ästen auszuweichen, dass sie komplett die Orientierung verlor. Schließlich kamen sie an eine kleine Lichtung, doch da verschwand der Wolf plötzlich.

»Albert? Socke?« Elisabeth stand da und fühlte sich plötzlich allein. »Komm endlich!«, feuerte sie sich selbst und damit auch ihre Wölfin an. »Nun mach schon, mir ist kalt.«

Doch so funktionierte es nicht. Sie wollte schon auf die Lichtung gehen, um noch etwas von den letzten Sonnenstrahlen abzubekommen, da sah sie ein Kaninchen aus seinem Bau schauen. Sie hockte sich hin. Beim letzten Mal hatte ein Kaninchen doch auch ihre Wölfin interessiert. Sie blieb ganz still und beobachtete, wie es seinen Bau ganz verließ und auf der Wiese herum hoppelte. Sie konzentrierte sich, beobachtete alle Bewegungen und da regte sich ihre Wölfin. Ihre Nase schärfte sich, ihr Gehör wurde feiner, bis sie das Gras unter dem Kaninchen rascheln hören konnte. Die Wölfin interessierte sich für das Tier und Elisabeth rief ihr zu, dass sie sie verwandeln solle. Erst zögerlich, dann immer stärker übernahm die Wölfin das Ruder und es passierte. Diesmal fühlte es sich anders an als vor dem Haus. Elisabeth hatte es gewollt und sie wusste, was kam. Sie ließ sich auf allen vieren nieder und der Schmerz flammte auf. Auch wenn die Verwandlung bei Albert vorhin ganz schnell verlaufen war, brauchte sie einige Minuten. Doch dann war es vollbracht und das Kaninchen weg. Mit einem Mal sprang Socke auf die Lichtung, ließ eine Art Bellen hören und rannte hin und her. Er forderte die Wölfin zum Spielen auf und sie ließ sich darauf ein. Sie spielten eine Art Fangen und rasten dabei im wilden Galopp durch den Wald. Es machte unheimlich Spaß und Elisabeth genoss es in vollen Zügen. Es wurde schon dunkel, als sie schließlich zu den Sachen zurückliefen. Erschöpft, aber gut gelaunt zog sich die Wölfin von alleine zurück, als sie spürte, wie Albert sich auch zurückverwandelte. Es geschah einfach. Sie zog sich schnell an. Die Sachen waren fast trocken geworden.

Albert sah sie mit hochgezogenen Augenbrauen an. »Socke! Ist das dein Ernst?«

»Na ja, ich finde die Zeichnung an deinem Fuß, ich meine deinem Hinterlauf, sieht irgendwie aus wie eine Socke.« Sie lächelte. »Und übrigens ... Danke!«, sagte sie dann leise. »Warum war es für mich heute so schwierig, die Gestalt zu wechseln?«

»Die ersten Male erlebt man die Verwandlungen noch nicht bewusst mit. Das steuert ganz das Unterbewusstsein. Wenn du es dann mit Absicht irgendwann versuchst, ist dein Verstand im Weg. Deine wievielte Verwandlung war das heute?«

Elisabeth überlegte kurz und antwortete. »Meine dritte, aber die zweite Verwandlung habe ich schon bewusst miterlebt.«

Albert wirkte verblüfft. »Ist nicht wahr! Ich kann mich erst an meine fünfte oder sechste erinnern, und ich bin immerhin reinblütig.«

»Was soll den das nun schon wieder heißen?«, wollte Elisabeth wissen.

Er reckte stolz die Brust. »Ich bin so geboren. Mein Vater und meine Mutter sind beide Werwölfe!«

»Na ja, ich bin halt etwas Besonderes, Socke!« Elisabeth wäre beinahe herausgerutscht, dass sie auch so gezeugt worden war, konnte es sich aber gerade noch verkneifen.

Albert nickte zufrieden. »Gut, dann halt Socke. Ich werde mir auch noch einen Spitznamen für dich überlegen. Aber denk ja nicht, dass wir schon fertig sind. Übermorgen geht es weiter. Ich bringe dich natürlich noch vor die Tür. Wir wollen ja nicht, dass du jemandem zustößt, so hungrig, wie du jetzt sein musst.«

Sie musste lachen bei der Ausdrucksweise, aber ja, sie war richtig hungrig. »Kühlschrank, ich komme!«, intonierte sie theatralisch und dann machten sie sich auf den Rückweg.

Mitternachtshund

Sie waren spät zurückgekehrt. Albert hatte sich ein ganzes Stück vor der Tür verabschiedet. Sie blickte ihm noch nach. Er drehte sich noch einmal um und winkte kurz, bevor er in den Wald huschte. *Ich glaube, ich mag ihn doch,* revidierte Elisabeth ihre ursprüngliche Einschätzung. Als sie sich umdrehte und zum Haus ging, bewegte sich ein Vorhang an der Tür. Sie öffnete sich, noch bevor sie die Klinke erreichen konnte. Klara blickte sie herausfordernd an.

»Ich hab es mir doch gedacht, dass er dein Freund ist. Ihr wart ganz schön lange weg.«

»Und du hast sicherlich die ganze Zeit hinter dem Vorhang gelauert«, antwortete Elisabeth resigniert.

»Nein, aber wir haben schon zu Abend gegessen. Mit Papa«, setzte ihre Schwester hinzu. »Und Papa hat bis eben mit Mama diskutiert, was das mit dem Kühlschrank soll. Sie haben sich richtig darüber gestritten. Und die Nebentür ist kaputt und Mama wollte nicht sagen, wie das passiert ist.«

Das konnte ja noch heiter werden. Elisabeth drückte sich an ihr vorbei, ihr Magen knurrte. Die Wölfin in ihr begann langsam zu rebellieren.

»Du bist ja nass. Wart ihr etwa schwimmen?« Klara war einfach zu neugierig.

»Ja, und jetzt halt die Klappe!« Elisabeth ging durch den Flur zur Küche.

»Und deine Hausaufgaben hast du auch noch nicht gemacht«, klang es ihr noch hinterher.

Elisabeth unterdrückte mit größter Not ein Knurren, öffnete die Tür und ging geradewegs zum Kühlschrank. Sie riss ihn auf, griff sich eine Tüte Frischmilch und leerte sie mit wenigen Schlucken. Dann nahm sie eine Packung Wiener Würstchen heraus und biss von zweien gleichzeitig ab.

»Dir auch einen schönen Abend!«

Sie hatte ihren Vater, der an der Spüle stand und umständlich abwusch, komplett ignoriert. Mit vollem Mund kauend, antwortete sie: »Hallo Papa! Schon zurück?«

»Man spricht nicht mit vollem Mund«, tadelte er sie, unterbrach jedoch seine Arbeit nicht. »Hättest du vielleicht die Güte, mir zu erklären, was sich alles in den letzten Tagen zugetragen hat? Deine Mutter hat mir eine hanebüchene Geschichte aufgetischt. Wenn nur die Hälfte davon wahr ist, dann fresse ich einen Besen.«

»Mit Ketchup oder mit Mayo?«, fragte Elisabeth todernst und schob sich gleich die nächsten zwei Würstchen in den Mund.

Jetzt unterbrach ihr Vater den Abwasch doch und sah sie lange an. Elisabeth erwiderte seinen Blick, futterte aber weiter.

»Dann ist es also wahr, dass du gar keine Eiweißallergie mehr hast!«

Elisabeth zuckte die Schultern und zeigte mit dem nächsten Würstchen auf ihren vollen Mund und nickte. Die eh schon merkwürdige Szenerie wurde dadurch noch grotesker, weil das Würstchen dabei frech hin und her wackelte. Michael Wollner, von dem sie seit Kurzem wusste, dass er nicht ihr leiblicher Vater war, sah sie staunend an.

»Mein Gott, du siehst total verändert aus. Wie bist du in so kurzer Zeit so groß geworden? Ich bin wirklich zu oft weg gewesen, aber das wird sich bald ändern. Ich kann in einigen Wochen Homeoffice machen und bin dann öfter zu Hause.« Er trocknete sich die Hände ab und nahm sie liebevoll bei den Schultern. Sie waren inzwischen gleichgroß. »Tut mir leid, dass ich an Mamas Geschichte gezweifelt habe, aber es klang so unglaublich, dass du einen Abhang hinabgestürzt und unverletzt geblieben sein sollst. Ich bin ja so froh.«

»Und sie hat jetzt Training bei einem jungen Mann, damit sie diesen Harzlauf noch mitmachen kann«, kam es von der Flurtür.

»Ab ins Bett!« Elisabeth funkelte ihre Schwester an und für einen Moment regte sich die Wölfin in ihr, die eben noch zufrieden über den Strom an Futter gewesen war. Was auch immer ihre Schwester erkannte, sie erschrak so sehr, dass sie eilig verschwand und, den Geräuschen nach zu urteilen, wirklich in ihr Zimmer ging. Dann blickte Elisabeth ihren Vater an. Mit dem letzten Würstchen in der Hand nahm sie ihn in den Arm.

Es knackte leicht und er stöhnte auf: »Uhh, bist du stark geworden! Warum gehst du nicht nach oben und erledigst deine Hausaufgaben? Die hast du sicher noch nicht fertig. Oder hat sich das bei dir auch schon geändert?«

Elisabeth schüttelte den Kopf und stopfte sich das letzte Stück in den Mund, um nicht antworten zu müssen. Stattdessen zwinkerte sie ihm zu und ging nochmal an den Kühlschrank. Sie schnüffelte kurz. Vieles roch verführerisch, doch dann entdeckte sie eine Packung mit Kalbsschnitzel. Ihre Mutter hatte sie nach hinten geräumt, aber sie fand sie trotzdem. Sie schnappte sie sich und mogelte sie an ihrem Vater vorbei aus der Küche, der sich gerade an die Spüle lehnte und mit leisem Jammern seine Rippen rieb.

Elisabeth verschwand in ihrem Zimmer und schloss die Tür. Jemand hatte ihr Bett wieder ordentlich gemacht. Die ausgedruckte

Mail mit den Hausaufgaben lag auf ihrem Schreibtisch. Aber sie hatte gar keine Lust, diese zu erledigen. Stattdessen öffnete sie das eine Fenster ganz weit und setzte sich in den Rahmen, ein Bein nach draußen baumelnd. Sie öffnete die Packung und hielt das erste Stück an ihre Nase. Bewusst hatte sie noch nie frisches rohes Fleisch gegessen, aber es roch so gut. Sie leckte vorsichtig daran und schmeckte das Blut, das noch im Fleisch war. Genüsslich biss sie hinein. Ihre scharfen Zähne glitten mühelos hindurch. Ausgiebig kauend lehnte sie sich mit dem Hinterkopf an und schloss die Augen. Ihr Bedauern war groß, als sie einige Minuten später feststellte, dass sich nichts mehr in der Packung finden ließ. Sie warf sie in ihren Mülleimer. Vielleicht machte sie doch noch ein paar Hausaufgaben, bis es kurz vor Mitternacht war. Diesmal würde sie die Zeit bis Clausthal stoppen, um zu sehen, wie schnell sie laufen konnte, nahm sie sich vor. Da ihre Hände klebten, wollte sie zuerst ins Bad, doch als sie das Zimmer verließ, stand ihre Mutter vor ihr und wollte gerade klopfen.

»Du meine Güte, Elisabeth, wie siehst du denn aus?«

»Wie sehe ich denn aus, Mama?«, wollte Elisabeth verdutzt wissen. Anstatt zu antworten, nahm Emilia Wollner sie energisch am Arm und führte sie ins Bad, wo sie sowieso hinwollte. Als sie sich im Spiegel sah, bekam sie jedoch einen Schreck. Die Haare waren noch wild zerstrubbelt nach der ganzen Aktion mit Albert und das halbe Gesicht klebte voller Fleischsaft und Blut.

»Ich wollte für morgen Kalbsschnitzel ausprobieren und sie heute Abend noch vorbereiten, aber da fehlte die Packung. Und als Papa mir sagte, dass du irgendwas aus dem Kühlschrank an ihm vorbeigeschmuggelt hast, war mir klar, dass sie sich nicht in Luft aufgelöst hat. Ich nehme an, die Packung ist leer!«

Der stechende Blick war wieder da und über den Spiegel, in dem sich der krasse Größenunterschied zu ihrer Mutter besonders gut zeigte, sah Elisabeth zurück. Sie gab sich unterwürfig: »Schuldig in allen Punkten, Euer Ehren!«

Der Blick ihrer Mutter wurde milder. »Es wäre mir doch lieber, wenn du trotz allem etwas zivilisierter essen würdest. Du hast scheinbar innerhalb eines Tages alle Tischmanieren vergessen. Deine veränderte Existenz gibt dir nicht das Recht, wie eine Wilde zu fressen. Wenn du dich nicht an unsere Tischgepflogenheiten halten willst, bekommst du den Napf doch noch!«

»Ja, Mama«, kam es kleinlaut zurück. Dann strahlte Elisabeth plötzlich und griff in die Tasche. Sie holte einen noch immer feuchten Papierklumpen heraus, den sie vorsichtig entfaltete und ihrer Mutter reichte: »Hier bitte, der Einkaufszettel vom Rudel!«

»Pscht!«, machte ihre Mutter. »Nicht so laut! Klara hat zwar eine riesige Erinnerungslücke, worüber ich sehr froh bin, aber sie ist nicht blöd. Erwähne das Rudel hier nicht im Haus.«

Elisabeth nickte. »Schon gut, sie glaubt eh, dass Albert mein Freund sei und mit mir andere Dinge tut, als nur zu trainieren.«

»Und«, bohrte Emilia Wollner, »tut er andere Dinge mit dir?«

Verblüfft starrte sie ihre Mutter an. »Nein, natürlich nicht! Ich meine, natürlich schon, aber nicht *diese* Dinge!«

Ihre Mutter wirkte erleichtert. »Trotzdem, solange Klara denkt, dass du eine Liebesromanze hast, wird sie das von anderen Dingen ablenken. Lass sie in dem Glauben.«

»Aber Mama!«, kam es entrüstet zurück, doch ihre Mutter verließ bereits das Bad.

Elisabeth starrte ihr noch einen Moment nach. Eigentlich war die Idee gar nicht so schlecht, Klara im Unklaren zu lassen. Dann wusch sie sich gründlich und kämmte sich die Haare. Die Kleidung ließ sie gleich an. Sie würde in einer Stunde loslaufen. Als sie wieder am Schreibtisch in ihrem Zimmer saß, träumte sie vom Nachmittag und von Albert. Bei dem Gedanken an das Geschehene musste sie lächeln. Er war auf den zweiten Blick viel cooler, als es erst den Anschein gehabt hatte. Es würde nicht schwer werden, Klara etwas vorzuspielen.

Durch das immer noch offene Fenster hörte sie auf einmal ein fernes Heulen. Sie hob den Kopf und lauschte. Was mochte es wohl gerade mitteilen? Ihr besseres Gehör verriet ihr auch die leichtesten Schwingungen, und als ein anderer Wolf ganz in der Nähe kurz antwortete, war sie wieder hellwach.

Wurde sie bewacht? Es wäre durchaus verständlich, wenn man im Rudel sichergehen wollte, dass es ihr gut ging, sie sich nicht aus Versehen verwandelte oder etwas anderes Unerlaubtes tat – wie zum Beispiel sich mit einer Nekromantin und einem Trankmischer auf dem Friedhof zu treffen, um einen Geheimschwur zu leisten, ergänzte sie im Geiste.

Sie musste die Wache loswerden, aber wie? Wo versteckte sie sich überhaupt? Sie löschte in ihrem Zimmer das Licht und spähte angestrengt in die Dunkelheit. Sie musste ihre Wölfin innerlich stupsen und zwicken, dass sie wieder erwachte. Sie war satt und wollte ruhen, doch dann regte sie sich und ihr Blick klärte sich, machte die Nacht zum Tage. Weil sie niemanden sah, wollte sie schon an den Außengriffen herunterklettern, als sich unten die Hintertür öffnete und ihr Vater ins Freie trat.

Da sah sie für einen kurzen Moment eine schwache Reflexion in den Augen des Wächters, weil er direkt ins Licht geschaut hatte. Er hockte auf der anderen Seite der Innersten unter einer umgestürzten Tanne. Er befand sich in Wolfsgestalt, so viel sie in dem kurzen Moment erkennen konnte. Also konnte er nochmal um einiges besser hören, sehen und riechen. Sie durfte nicht hier hinaus, er würde sie bemerken. Deswegen machte sie das Fenster leise wieder zu und tat so, als wenn sie ins Bett ginge, stopfte aber nur einige Dinge unter die Decke und öffnete dann die Tür. Als sie über den Flur schlich, hörte sie unten ihre Mutter eine Flasche Wein entkorken.

»Ich weiß, wie abwegig alles erscheint, aber glaube mir, Dr. Teufels hat eindeutige Ergebnisse.«

»Die Ergebnisse will ich sehen«, entgegnete ihr Vater trocken, als er wieder hineintrat. »Wenn das wirklich stimmt, verstehe ich nicht, warum die Kinder und ich all die Jahre eine solche Mangelernährung ertragen mussten. Und jetzt passiert genau das Gegenteil. Elisabeth hat nur Fleisch gegessen, als sie nach Hause kam, und der Kühlschrank quillt über vor Fett, Eiweiß und Cholesterin. Aber ich werde bald öfter zu Hause sein und mich mehr um meine Familie kümmern. Homeoffice ist das Zauberwort.«

»Und wie stellst du dir das vor?« In der Stimme ihrer Mutter schwang Verärgerung mit. »Erst bist du fast nie da und dann willst du die ganze Zeit zu Hause rumhängen und mich von meiner Arbeit abhalten?«

»Das habe ich ja gar nicht gesagt!«

»Oh doch, das heißt es aber!«

Ihre Eltern begannen zu streiten. Elisabeth war das gar nicht recht, aber im Moment verdeckte es ihr Schleichen und darüber war sie ganz froh. Sie huschte aus der Haustür und lief geduckt auf die andere Seite des Tals, sodass sie das Haus zwischen sich und dem Wächter hatte. Dort schlich sie unter den dichten Bäumen hindurch zunächst flussabwärts, querte dann Richtung Clausthal und lief in die Stadt. Sie war durch die Verzögerung und den Umweg später dran, als sie geplant hatte, doch auf wundersame Weise schaffte sie es locker in der Zeit und kam sogar fünfzehn Minuten vor Mitternacht an. Sie hatte mit ihren alten Zeiten gerechnet, als sie noch den Trank genommen hatte. Am meisten faszinierte sie, dass sie nicht einmal aus der Puste kam. Sie huschte auf den Friedhof und schlich zur Aufbahrungshalle, wo sie sich hinter einen Busch duckte. Eine Gestalt, in der sie Sabrina erkannte, wartete schon ungeduldig. Sie trug ihren Mantel sowie die Handschuhe, womit sie beinahe Ehrfurcht gebietend ausgesehen hätte, wenn sie dabei nicht so nervös hin und her getrappelt wäre und sich ständig umgeschaut hätte. Elisabeth fand es unfair, sich an sie anzupirschen, also stand sie auf und ging zu Sabrina hin. Diese fuhr dennoch zusammen, weil sie nur auf den Hauptweg geachtet hatte.

»Oh Mann, Elle, du hast mir einen Riesenschreck eingejagt.« Sie umarmte sie.

Elisabeth erwiderte den Druck nur zaghaft. Sie wusste nicht genau, wie viel stärker sie jetzt war, also verhielt sie sich ganz vorsichtig. »Hi Brina.«

»Wo bleibt Theo? Ich bin schon seit einer Dreiviertelstunde hier und total aufgeregt!«

»Man merkt es dir aber gar nicht an«, log Elisabeth. Dann spähte sie umher und schnüffelte. Theobalds Geruch kannte sie ja schon. »Er ist schon hier! Ich kann es riechen.«

»Ich habe ihn aber nicht bemerkt«, erwiderte Sabrina misstrauisch.

»Doch er ist hier«, entgegnete Elisabeth entschieden. »Sei mal still, Brina! Dein Getrappel hört man ja meilenweit.«

»Entschuldige!« Sabrina hielt sogar die Luft an.

Da waren ein schwaches Kratzen und ein leichtes Geräusch, wie von Schuhen auf Stein.

»Er ist bereits drinnen.«

Sabrina machte große Augen und atmete geräuschvoll aus. Elisabeth drückte die Klinke und tatsächlich war die Tür offen. Schwaches Kerzenlicht drang aus dem Raum. Theobald stand da und blickte sie an. Er hatte eine Kerze in der Hand, die er gerade an eine Ecke eines mit Kreide gemalten Dreiecks stellte, das von einem Kreis umzogen war. Ein weiterer, noch größerer Kreis aus Salz umfasste das Ganze in einem Abstand von einem Meter. Einige Symbole waren auf den Boden gezeichnet.

»Ihr seid etwas zu früh, aber das ist in Ordnung, ich bin gleich fertig«, sagte er ohne eine Begrüßung.

Elisabeth und Sabrina staunten beide wegen des Aufwandes, den Theobald betrieben hatte.

»Das ist deutlich mehr, als nur in die Hände zu spucken und ein Versprechen abzugeben, Theo«, kommentierte Sabrina.

»Ja, ich will ... nein, ich muss sichergehen, dass wir uns vertrauen können«, kam entschieden als Antwort.

Elisabeth fixierte Theobald mit zusammengekniffenen Augen. Etwas an ihm schien heute Nacht anders als gestern. Er verströmte einen Geruch, von dem sich ihre Nackenhaare wieder aufstellten. Auf dem Aufbahrungssockel stand eine Flasche Wein. Ein kelchartiges Glas, eine Schale und ein Messer befanden sich daneben, alles säuberlich auf Tüchern drapiert. Auch ein Stück Kreide lag da. Neben dem Sockel hatte er eine Gießkanne vom Friedhof stehen. Und einen Besen. Wofür die nur waren?

Theobald holte ein Blatt Papier heraus und überflog es noch einmal, kontrollierte alle Symbole und die Position der Kerzen. Dann griff er sich unter den Pullover und zog ein silbernes Amulett mit einem großen Stein in der Mitte hervor und legte es auf den Sockel. In diesem Moment veränderte sich etwas an ihm. Elisabeth bemerkte es sofort. Sie sog die Luft so scharf ein, dass Sabrina sie erstaunt von der Seite her ansah. Elisabeth deutete auf Theobald und machte Sabrina ein Zeichen, sich ihn ebenfalls anzusehen. Diese blickte nun auch in seine Richtung, wobei sie die Augen halb zusammenkniff und angestrengt die Stirn runzelte. Ein bisschen sah es so aus, als wenn sie auf dem Klo saß. Wenn das alles nicht so ernst gewesen wäre, hätte Elisabeth gelacht. Dann weiteten sich ihre Augen und sie ließ ein gehauchtes »Aha, dachte ich mir es doch!« hören, als sie die grünliche Aura sah, die Theobald umrahmte.

Theobald bekam jedoch davon nichts mit, weil das Entkorken der Weinflasche ihm sichtlich Mühe bereitete. Als er es geschafft hatte, goss er Wein in den Glaskelch und stellte diesen in die Mitte. Danach nahm er Schale und Messer und stellte sich an die Position einer Kerze.

»Bereit für den Schwur?« Theobald schaute die anderen beiden an.

»Du willst doch nicht, dass wir uns schneiden?« Sabrina wurde argwöhnisch.

»Doch, genau das will er«, erwiderte Elisabeth. »Und es ist mir egal! Der Schwur bindet ihn genauso wie uns. Fangen wir an!«

Sie stellte sich auf einen der Dreieckpunkte hinter die Kerze. Als Sabrina zögerlich auch hinter ihre Kerze getreten war, nickte Theobald. Dann zog er eine kleine Phiole aus der Tasche und goss die Flüssigkeit auf den Salzring.

»Das ist ein Schutzzauber, der hoffentlich das verbirgt, was wir hier tun.«

Elisabeth konnte gut erkennen, wie ein schwaches Flirren sich um sie schloss. Offensichtlich bemerkte es Sabrina auch.

»Woher kannst du das? Gibt es den bei euch in Flaschen?«, fragte Elisabeth mit amüsiertem Unterton.

»Ich werde erst nachher darauf antworten, wenn es recht ist«, erwiderte Theobald.

Wieder auf seinem Platz, intonierte er in einer alten Sprache, die ein wenig wie Norwegisch klang. Sabrina lauschte gebannt, als würde sie jedes Wort verstehen, was sie wohl auch vermutlich tat.

»Woher kennst du den germanischen Schwur der Blutsbrüderschaft?«

Theobald lächelte schwach. »Der ist heutzutage sogar direkt im Internet zugänglich, wenn man weiß wo. Er stammt von einem Runenstein in der Nähe von Visbek. Ich kenne noch viel mehr, aber ich werde es dir erst sagen, wenn ich dich Schwester nennen darf.«

»Und woher kennst du den, Brina?«, fragte Elisabeth, die sich in diesem Moment unheimlich dumm vorkam.

»Aus der Hexentrilogie von Avana der Weißen. Coole Bücher, vermutlich von einer echten Hexe. Nur Theos Text ist etwas geändert, auf unsere Bedürfnisse angepasst.«

Theobald nickte: »Wir gehen nur vor den alten Gottheiten den Blutsbund der Verschwiegenheit ein und ich habe den Passus mit dem *bis in den Tod* weggelassen.«

»Na, da danke ich dir aber herzlich«, kam es von Elisabeth.

»Wie gesagt, wir werden nicht viel Energie zusammenbringen.«

Theobald ritzte sich dann mit dem Messer, nicht ohne heftig die Luft einzusaugen, ließ etwas Blut in die Schale tropfen und sprach ein paar germanische Worte, dann reichte er das Messer an Sabrina, die einen Moment zögerte. Schließlich machte sie es genauso wie er, nachdem sie den einen Handschuh ausgezogen hatte. Sie wiederholte die Worte und gab die Klinge an Elisabeth. Diese tat es ihnen gleich, doch das Blut tropfte nicht. Sie schaute auf ihren Finger. Der Schnitt war geschlossen. Es sah eher aus wie eine dünne rosa Linie, die gerade auf ihrem Finger verblasste. Vielleicht hatte sie die Haut nicht geschnitten oder das Messer war stumpf. Aber bei den anderen beiden hatte es funktioniert. Langsam dämmerte ihr, dass das ein Problem werden könnte. Sie schnitt erneut, diesmal tiefer, dann nochmal. Endlich schaffte sie es, ein paar Tropfen in die Schale zu bekommen. Sabrina und Theobald sahen ihr zu und waren etwas erstaunt. Auch der letzte Schnitt verschloss sich kurz darauf wieder und begann zu verblassen. Sie würde morgen Albert fragen.

Dann sprach sie die Worte nach, Theobald beendete den Vers und füllte das gemischte Blut in den Kelch. Im Anschluss trank er einen Schluck. Als er ihn an Sabrina weitergab, wurde Elisabeth mulmig. Was passierte mit jemandem, der ihr Werwolfsblut trank? Aber da hatte auch ihre Freundin schon getrunken. *Hoffentlich geht das gut,* schoss es Elisabeth durch den Kopf, als sie den Kelch bekam und nach etwas Zögern auch trank. Sie schmeckte das Blut aus dem Wein heraus, ganz deutlich.

Nun reichte Theobald ihnen die Hände und zu Elisabeths Überraschung sprach er Hochdeutsch.

»Damit seien wir ein Bund, verbunden durch unser Blut, auf dass wir die Geheimnisse der anderen niemals an Dritte weitergeben« Dann flüsterte er ihnen zu: »Wir müssen gleich alle laut und vernehmlich *Hor ward ed* rufen und es auch wirklich so meinen.«

Er richtete sich auf. Sie nickten einander zu und sagten zusammen: »*Hor ward ed!*«

Es folgte eine kurze Stille. Kein einziger Laut war zu vernehmen. Lediglich Elisabeth hörte die Herzen der anderen schnell pochen. Sie waren sehr aufgeregt. Theobald wollte schon den Kreis brechen, als plötzlich etwas passierte, mit dem weder die beiden Mädchen noch er gerechnet hatten. Das Dreieck glühte zunächst in hellem Weiß auf. Theobalds Kerze begann grün zu leuchten, Sabrinas in dunkelstem Blau. Beide wie ihre jeweilige Aura. Elisabeths wurde zweifarbig – grün und rot. Ganz deutlich konnte Elisabeth einen Mann mit Bart und Augenklappe in ihrer Flamme erkennen und neben ihm zwei Wölfe, die er kraulte. Zwei Raben saßen auf seinen Schultern. Von der anderen Seite war eine wunderschöne Frau mit langem Zopf an ihn geschmiegt, in einem schlichten, aber wunderschönen Kleid. Beide blickten Elisabeth direkt an. Sie hörte in ihrem Kopf, wie sie ihren Namen aussprachen.

Elisabeth, sei uns willkommen! Heiße du uns auch willkommen!

Elisabeth formte mit den Lippen ein zögerliches »Hallo! Willkommen!«

Doch sie hörte ihre eigene Stimme nicht, so dröhnte der Wind in ihren Ohren, der um sie und die anderen zwei zu wirbeln begann. Er fegte durch den Raum und ließ alle Kerzen, bis auf die drei vor ihnen, ausgehen. Diese jedoch flackerten wild, verbanden sich alle zu einem Strudel, als sie in die Höhe wuchsen. Das Tor der Aufbahrungshalle flog auf und es gab einen lauten Knall, der alle drei von den Beinen geholt hätte, wenn sie sich nicht gegenseitig festgehalten hätten. Der Salzkreis wurde in alle Himmelsrichtungen zerstreut. Elisabeths Wölfin, der das plötzlich gar nicht mehr gefiel, sprang innerlich auf und heulte wild, sodass Elisabeth ihre Hände an sich riss und die Fingernägel heftig in die Handinnenflächen drücken musste, um nicht sofort die Kontrolle zu verlieren. Im Geiste kämpfte sie mit der Wölfin und schloss die Augen. Schließlich gelang es ihr, sie in eine Ecke zu drängen. Neben sich hörte sie ihre Freundin wieder sprechen.

»Wow! Mir ist so schwindelig. Gehörte das zum Plan?« Sabrina wurde bleich.

Theobald geriet in Panik. »Nein, verdammte Scheiße! Darüber stand nichts auf der Webseite. Beeilt euch! Alles einsammeln! Wir müssen so schnell wie möglich weg hier.« Als die beiden Mädchen nicht sofort reagierten, zischte er sie an: »Das haben vermutlich einige in der magischen Welt mitbekommen. Wir dürfen nicht hier sein, wenn sie nachschauen kommen.«

Sabrina riss die Augen weit auf und kam in Bewegung. Elisabeth brauchte noch einen kurzen Moment, weil das Bild von dem Mann und der Frau noch in ihrem Kopf herumgeisterte.

Theobald schnappte sich erst das Amulett und hängte es wieder um, dann griff er nach der Kanne. Mit Sabrinas und Elisabeths Hilfe steckten sie alles ein und schrubbten dann mit Wasser und dem Besen den Kreis weg, doch nun schwamm der Boden.

»Egal!«, stieß Theobald hervor und rannte hinaus. Die anderen beiden folgten. Er zog einen Schlüssel aus der Tasche und schloss ab.

»Wo hast du den her?«

»Hängt immer in der Kirche an dem Schlüsselbrett in der Sakristei. Ich habe einen Nachschlüssel. Frag nicht, woher.«

Sie verließen rennend den Friedhof in Richtung Unigelände. Das war nach ihrer Meinung der Weg, von dem am wenigsten Gefahr drohte. Hinter einem Trafohaus ließen sie sich auf den Boden fallen. Die anderen beiden waren aus der Puste und Sabrina schwitzte wie üblich. Elisabeth fand zuerst die Sprache wieder, doch ihre Augen leuchteten noch in einem hellen Wolfsgelb.

»Was zum Henker haben wir gerade da gemacht, Theo? Nach einem einfachen Schweigezauber hat sich das nicht angefühlt, auch wenn ich nicht wirklich eine Expertin auf diesem Gebiet bin.«

Theobald wirkte erst ratlos, dann blickte er sie offen an. »Normalerweise soll der Zauber vor den Göttern nur den Willen zum Schweigen bekunden, was er sicher auch tun wird. Ich habe darüber aber gelesen, dass wenn jemand sehr Mächtiges und Besonderes den Schwur leistet und sich damit den Göttern öffnet, dass sie sich ihm zeigen.«

Sabrina fand ihre Stimme wieder. »Und genau das ist passiert!«

Theobald nickte. »Tut mir leid, dass ich das euch nicht vorher gesagt habe. Aber ich hatte nur damit gerechnet, dass mir das vielleicht passieren könnte.«

»Wieso dir?«, fragte Sabrina sofort.

»Na ja, es ist auch passiert. Ich habe ein Abbild der Göttin Jörd in meiner Flamme erblickt. Das ist die germanische Göttin der Erde.« Theobald wirkte sichtlich aufgeregt.

»Nein, da war eine Frau mit Kapuze und weißen Haaren«, erwiderte Sabrina entschieden. »Hel, wenn ich mich nicht irre! Darauf brauche ich erst einmal einen Schluck.«

Sie hob die Weinflasche und trank. Theobald nahm sich von Sabrina die Flasche Rotwein, die diese noch in der Hand hatte und nahm auch einen Schluck. »Zwei Leute, zwei verschiedene Götter. Davon stand nichts in der Spruchbeschreibung.«

»Ähm ... ist es schlimm, wenn ich auch jemand gesehen habe?« Elisabeth hatte bis eben geschwiegen.

Die anderen beiden blickten verwundert zu ihr hoch. »Wie? Du auch? Wer war es bei dir?«

Elisabeth überlegte kurz. Es wäre wohl nicht gut, wenn sie hier die ganze Wahrheit sagte. Sie würde die Raben, Wölfe und die Frau weglassen, auch dass sie ihren Namen gehört hatte. Sie hatte fast schon zu viel preisgegeben. Sie versuchte es auf die lässige Art.

»Na ja, ich kenne mich nicht so mit der Mythologie aus. Es war halt so ein älterer Kriegertyp mit Rauschebart und Augenklappe.«

»Ist nicht wahr!« Sabrina gaffte sie mit offenem Mund an. Irgendetwas sagte Elisabeth, dass sie selbst es hätte wissen müssen, aber sie kam nicht drauf. Immer noch ratlos blickte sie zum Dritten im Bunde, doch dieser starrte genauso.

»Du hast wirklich keine Ahnung, wer das war?« Theobald wollte es nicht glauben.

Hilflos schaute Elisabeth nochmals zu Sabrina, doch die bekam den Mund nicht zu. »Äh ... nein.«

»Du kennst nicht den Gott mit der Augenklappe und dem väterlichen Vollbart?« Theobald starrte sie an, als wäre sie komplett dämlich. Doch bevor es ihr noch peinlicher wurde, beantwortete er die Frage selber. »Das war Wodan oder Odin höchstpersönlich, wenn das stimmt. Der Allvater! Der wird normalerweise auch oft mit seinen Raben Hugin und Munin dargestellt und den beiden Wölfen Geri und Freki. Er ist der Urvater der Asen. Aber wenn du wirklich nur ihn gesehen hast, dann waren es nicht alle seine Aspekte. Fang doch an, deine Geschichte zu erzählen!«

Elisabeth biss sich auf die Unterlippe. Sie musste die Nachricht erst einmal verdauen. Bis eben hatte sie noch geglaubt, dass sie vielleicht nicht der Hauptgrund war, warum es eine so heftige Reaktion bei dem Ritual gegeben hatte. Jetzt war sie sich sicher, dass sie alle drei außergewöhnlich waren, aber dass sie selbst wohl den größten Anteil trug. Was wollten Wodan und die Frau von ihr? Plötzlich fiel ihr etwas ein, um Zeit zu gewinnen.

»Nein, ich habe gestern gesagt, dass Theo anfangen soll, und das wird er jetzt auch tun, wo der Schwur bindend ist.« Sie wollte um keinen Preis die Erste sein, das erschien ihr nicht weise.

Theobald seufzte und straffte sich. »Elle hat recht. Ich vertraue euch hiermit ein riesiges Geheimnis an. Aber ich bin sicher, dass ihr es nicht weitergebt. Eigentlich bin ich froh, dass ich es jetzt erzählen kann, denn es ist auch eine gewisse Last, es niemandem sagen zu können.«

»Quatsch keine Opern, Theo, raus damit!« Sabrina war sichtlich ungeduldig.

»Ich beherrsche Hexerei beziehungsweise lerne es noch, heimlich, damit meine Mutter es nicht mitbekommt.«

»Das dachten wir uns schon. Und was ist so spannend daran?«, bohrte Sabrina weiter, doch Elisabeth ahnte, dass da noch jemand in sehr ernsten Schwierigkeiten wäre, wenn das herauskäme.

»Weil es mich nicht geben dürfte. Meine Mutter hätte mich nach der Geburt töten müssen, aber meine Oma hatte Erbarmen mit mir gehabt und hat mich zu sich genommen, damit meine Mutter weiter ihren Job machen konnte. Meine Oma hat sie angelogen, dass ich kein Potenzial hätte. Sobald ich groß genug war, bekam ich das Amulett und muss es seitdem ständig tragen. Nichtmagische können es nicht sehen. Doch als der Rat spitzbekommen hat, dass meine Mutter einen Sohn verschwiegen hat, haben die sie bei den Jägerinnen rausgeworfen und hierher in den Harz strafversetzt.«

Elisabeth pfiff durch die Zähne. Von den Jägerinnen hatte sie auch schon gehört, aber nichts Gutes. »Dann ist deine Mutter eine waschechte Hexe?«

»Jipp. Und eine richtig starke. Zu den Zeiten, als sie Jägerin war, hatte sie den Ruf, dass sie jeden erwischen konnte. Und bis heute hat sie keine Ahnung, was ich bin. Wenn das herauskommt, sind sie und ich tot.« Theobald blickte die beiden Mädchen an. Er versuchte ein Lächeln. »Das habe ich noch nie jemandem erzählt. Tut irgendwie gut, es ausgesprochen zu haben.«

Die beiden anderen schwiegen. Dann tauschten sie Blicke untereinander. Mit dieser Konsequenz hatten sie nicht gerechnet.

Doch nun verstanden sie Theobalds panische Angst. Sie waren seinem Geheimnis so nah gekommen, dass sie es fast von alleine erraten hätten.

»Jetzt du, Brina!« Theobald stupste sie leicht an.

Ihre Freundin holte tief Luft. »Ich trage zwei Seelen in meinem Körper, meine und die von Sophie Wilhelmine Steiger. Sie ist bei meiner Geburt mit in meinen Körper geschlüpft. Zu Lebzeiten ist sie eine sehr mächtige Nekromantin gewesen und vor kurzer Zeit hat sie beschlossen, sich mir zu zeigen und mich auszubilden. Ich werde wie sie.«

Diesmal pfiff Theobald durch die Zähne. »Nekromantie ist seit dem Ratsbeschluss von 1815 verboten. Allein die Fähigkeit, sie wirken zu können, ist geächtet. Das Ausüben wird mit dem Tode bestraft.«

Sabrina wurde noch bleicher als vorher, was vermutlich in der Dunkelheit nur Elisabeth sehen konnte, und nahm noch einen Schluck Rotwein.

»Dann bin ja wohl ich dran!« Elisabeth entschied sich spontan, nicht die ganze Wahrheit zu sagen. Vielleicht würde sie die anderen täuschen können. »Ich bin eine Werwölfin. Eine Hexe hat meiner Mutter jahrelang den Trank verkauft, damit ich mich nicht verwandle, aber letztens ist es dann doch passiert.«

Misstrauisch fixierte Theobald sie ganz genau. »Ich habe deinen Trank analysiert. Wenn es nur die Komponenten wären, dann würde ich dir das fast glauben. Aber um den Trank überhaupt so hinzubekommen, muss man Magie wirken können und damit muss deine Mutter, die in der letzten Zeit den Trank gebraut hat, eine Hexe sein. Aber sie hat keine Aura, also verbirgt sie diese oder sie ist eine lächerlich schwache Hexe.«

Elisabeth bekam einen gewaltigen Schreck. Theobald war zu scharfsinnig, doch dann fiel ihr eine Ausrede ein.

»Letzteres und sie wird es sogar leugnen, weil sie so unfähig ist. Der Trank ist das Einzige, was sie jemals zustande gebracht hat, und das auch nur hier im Harz, wo genug Magie aus dem Boden strahlt. Denn die andere Hexe ist nicht mehr da. Sagt ihr das bitte nie. Sie schämt sich jetzt schon bis in den Boden.«

»Das passt!«, kommentierte Theobald und nickte. »Sei unbesorgt, wir beide können es nicht preisgeben. Nur du selbst könntest es. Aber das heißt, wenn mich mein Hexengeschichtswissen nicht im Stich gelassen hat, dass du die Werwölfin bist, die von einer Hexe geboren wurde. Du bist die aus der anderen Prophezeiung. Wenn das jemand herausbekäme ...«

»... dann wäre ich tot!«, beendete Elisabeth den Satz. »Jetzt gib mir auch was von dem Wein!« Sie riss Theobald die Flasche förmlich aus der Hand.

»Aber so viele Zufälle auf einem Haufen kann es doch gar nicht geben«, meldete sich Sabrina.

Theobald schnaubte. »Ich glaube nicht an Zufälle, ich glaube an Schicksal und Vorsehung. Unser Schicksal hat uns zusammengeführt. Wir sind drei, die ihre Geheimnisse wahren müssen. Umso wichtiger war der Zauber. Ich hätte es eigentlich ahnen sollen. Der lächerliche Schutzring hat keine fünf Sekunden gehalten, als es losging. Das Schlimme an der Sache ist, dass wir gerade auf der magischen Ebene so was wie ein Signalfeuer gezündet haben. Hexen, Druiden, Werwesen und was weiß ich noch um uns herum, werden die magische Schockwelle gespürt haben.« Die beiden Mädchen schauten mit offenen Mund zurück. »Na ja!«, erzählte er weiter, »ich stelle mir das immer so vor, wie einen Stein in einen ruhigen Teich zu werfen. Er sendet Kreise aus. Je dichter du dran bist, desto heftiger spürst du es. Aber nur die Richtung grob und etwa die Stärke. Wenn andere weiter weg auch Steine in den Teich werfen, gibt es Interferenzen und Überlagerungen. Die werden verwirrt sein und nicht genau wissen, woher es kam. Mit zwei oder mehr Leuten an verschiedenen Orten kann man sehr genau zurückverfolgen, wo der Ursprung lag und auch wie stark es war.«

»Wie stark war denn unsere Welle? Was meinst du?« Sabrinas Augen schienen aus dem Kopf zu fallen, so starrte sie.

»Ich denke mal, um eine Analogie zu bemühen: Das wird in etwa die Wirkung gehabt haben wie das Zünden einer kleinen Atombombe!«

»Fuck!« Sabrina trank noch einen Schluck.

»Wir sollten alle nach Hause gehen und die nächsten Tage schön die Köpfe unten behalten, bis Gras über die Sache gewachsen ist.«

»Ein weiser Rat, Elle. Ich bin nur heilfroh, dass meine Mutter heute wieder mal nicht da ist. Lasst uns nach Hause verschwinden, Schwestern.«

»Du musst uns nicht so nennen, Bruder Theobald!«, blaffte Sabrina zurück. »Oh Gott, wir sind so was von tot!«, setzte sie resigniert hinzu. Sie verabschiedeten sich und zum ersten Mal umarmten sie sich alle drei. Dann trennten sich ihre Wege. Theobald und Sabrina gingen über den Bahndamm Richtung Zellerfeld.

Elisabeth joggte zurück, den Kopf voller verwirrter Gedanken. Sie umging den Wächter auf die gleiche Art und Weise wie vorhin und schlich sich ins Haus. Doch im Flur lief sie prompt ihrer Mutter in die Arme. Diese war hellwach und tiefe Sorgenfalten zeichneten sich auf ihrem Gesicht ab. »Ist alles gut, mein Schatz?«

»Ja, Mama, ich war nur noch laufen! Was ist denn?«

»Hast du das nicht gespürt? Da ist eine extrem heftige magische Welle von Norden aus über uns drüber gelaufen.«

»Ach das. Ich habe mich schon gefragt, was das Komisches ist!« Elisabeth bat innerlich darum, ihre Mutter möge diese Lüge schlucken. Und sie tat es.

»Ich vergesse immer, dass du erst seit Kurzem so etwas überhaupt spüren kannst und als Werwölfin vermutlich auch nicht so stark. Heute hat jemand einen sehr mächtigen Zauber ungeschützt ausgesprochen. Er wird aus allen Regionen Neugierige und auch Jägerinnen anlocken. Wir müssen sehr vorsichtig sein. Der Alpha hat sich gerade telefonisch gemeldet und wollte wissen, ob alles in Ordnung ist. Er ist besorgt und hat das Rudel alarmiert. Bitte versprich mir, vorsichtig zu sein.«

»Ja, Mama.«

»Nun geh ins Bett. Du schreibst morgen Englisch!«

Das hatte es noch gebraucht. Elisabeth lag endlich in ihrem Bett und konnte nicht schlafen. Und sie machte sich gottverdammt nochmal mehr Sorgen um die Englischklausur als um die Panik, die sie mit Theobald und Sabrina in der magischen Welt verursacht hatte. Erst kurz vor dem Morgengrauen schlief sie ein.

Machtloser Rat

Das magische Nachbeben war noch immer deutlich zu spüren. Anna Binsenkraut stand auf dem Friedhof in Clausthal vor der Aufbahrungshalle. In den Mienen aller anderen Personen um sie herum spiegelte sich das, was sie selbst empfand: Fassungslosigkeit. Mit inzwischen insgesamt acht zusammengezogenen Jägerinnen, dem Druiden Rollgar aus Braunlage, der alten Hexe Orisana, die als Wahrsagerin in Hahnenklee arbeitete, drei Zwergen aus dem Unterharz und dem Alpha des Kaiserrudels, Heinrich Wolfsherr, hatten sich eine beträchtliche Anzahl an magischen Personen vor Ort eingefunden. Die Spannung zwischen den Jägerinnen auf der einen Seite und den magischen Harzbewohnern auf der anderen war zum Greifen.

Die Harzer Zwerge, die zuerst eingetroffen waren, da sie nur die kurze Strecke vom Kaiser-Wilhelm-Schacht herüberlaufen mussten, hatten den ersten eintreffenden Jägerinnen den Weg versperrt. Beide Lager standen sich nun gegenüber und man beschuldigte sich gegenseitig, sich nicht an die Regeln zu halten.

Anna Binsenkraut war in ihrem Auto gerade auf der Strecke von Berlin zurück in den Harz gewesen, als die magische Welle über sie hinweggeschwappt war. Nur mit Mühe hatte sie den Wagen auf der Straße halten können, als die rohe Energie sie wie ein Stromschlag elektrisiert hatte. Man hatte sie zum Hohen Rat zitiert, wo sie noch einmal ausgiebig zum Verschwinden von Borga vernommen worden war. Keine drei Minuten nach der Welle hatte das Handy geklingelt und sie die Anweisung bekommen, sofort nach Clausthal zu fahren. Offenbar hatten die Peilungen von mehreren Jägerinnen sich genau in diesem Punkt geschnitten. Also hatte sie gleich danach zu Hause angerufen. Als Theobald nicht drangegangen war, hatte sie das Gaspedal durchgetreten, ja sogar Magie eingesetzt, um noch schneller zu werden. Ein erneuter Anruf vom Rat hatte sie schließlich zum Friedhof beordert, nachdem man die Peilung nochmal präzisiert hatte. Sie war gerade noch rechtzeitig eingetroffen, um einen offenen Konflikt zu verhindern.

Es herrschte eine angespannte Atmosphäre, in der auch nur der kleinste Anlass genügt hätte, um das Fass zum Überlaufen zu bringen. Die Jägerinnen waren allesamt der Ansicht, dass eine derartig starke Störung der Magie natürlich ausschließlich Sache des Rates sei. Die Harzer Fraktion berief sich auf die Urkunde von Barbarossa. Nachdem kein Nichtmagischer aufgekreuzt und damit die oberste Geheimhaltungsregel nicht verletzt worden war, sah auch Anna die Harzer im Recht. Vielleicht schwang bei ihr ebenfalls eine gehörige Portion Trotz gegenüber dem Rat mit, einerseits wegen ihrer Verbannung und andererseits, da man ihr offensichtlich bei ihrer letzten Befragung nicht geglaubt hatte. Auch wenn sie die eigentümlichen, schrägen Bewohner dieser Region eigentlich nicht mochte, wirkte diese Seite momentan glaubwürdiger. Falls sie sich zu den Harzern rechnete, war es ein Patt. Acht zu sieben. Sie ergriff das Wort.

»Es ist zwei Uhr nachts und wir sind alle sehr müde.« Mit einem Seitenblick auf den Alpha des hiesigen Wolfsrudels wusste sie, dass das nicht wirklich stimmte, aber sie brauchte eine Einleitung. »Liebe Exkolleginnen, so wie die Sachlage aussieht, ist nicht geklärt, ob hier ein Eingriff seitens des Rates überhaupt nötig ist. Ich mache euch aber folgenden Vorschlag. Wir lassen die Einheimischen jetzt das Gebäude betreten und untersuchen. Wenn sie irgendwelche Anhaltspunkte finden, die über die lokale Zuständigkeit hinausgehen, dann werden wir den Fall an euch übergeben. Kann damit jede Seite leben?«

Die Harzer, die durchaus wussten, wer sie war, sahen sie ein wenig erstaunt an, schienen aber die Ansprache zu befürworten. Die Jägerinnen hingegen, zu denen gerade noch eine weitere hinzustieß, berieten sich noch. Als sie sich unter den anwesenden Harzern umblickte, erkannte sie, dass Orisana sich stark konzentrierte und eine Muschel in Richtung der Jägerinnen hielt. Sie lauschte offenbar. Der Alpha wirkte trotz der gerade kippenden Mehrheitsverhältnisse extrem entspannt. Das kam Anna recht merkwürdig vor und sie benutzte den magischen Hexenblick, um die Umgebung zu scannen. Und richtig. Sie machte gleich drei andere Werwölfe aus, die alle im Rücken der Jägerinnengruppe auf der Lauer lagen.

Sie konnte sich ein Schmunzeln nicht verkneifen. Werwölfe waren absolute Rudeltiere. Sie würden nie alleine kommen, wenn es sich vermeiden ließ.

Als die Jägerinnen sich beraten hatten, zischte Orisana ihr zu: »Sie werden Zeit schinden wollen, es sind noch mehr Jägerinnen unterwegs und auch drei Leute vom Rat.«

Wie zur Bestätigung nickte Heinrich Wolfsherr. Er brauchte solche Zauber nicht, um zu lauschen.

»Wir möchten ...«, so erhob eine der Jägerinnen das Wort, die Anna vage an eine der Ratspersonen erinnerte, vermutlich eine Verwandte, »... hiermit nochmals klarstellen, dass sich kein Magischer einer Ermittlung des Rates in den Weg stellen darf. Ansonsten würden wir das als direkte Behinderung unserer Arbeit werten.«

»Für diese Ermittlungen braucht ihr aber jemanden, gegen den ihr ermittelt. Und hier ist außer uns niemand. Wir sind alle erst nach euch angekommen«, konterte Anna.

»Die Zwerge waren zuerst da«, rief die Jägerin, die als Erste am Ort des Geschehens aufgetaucht war. Die Zwerge drohten sofort mit Einstellung der Lieferung magischer Erze aus dem Harz an den Rat. Das sich daran anschließende Wortgefecht dauerte, bis die Zwerge in stoisches Schweigen verfielen.

»Wir ermitteln noch gegen unbekannt«, kam es von der Sprecherin, die sich endlich wieder Gehör verschaffen konnte.

Anna merkte, dass hier eine schnelle Entscheidung her musste, denn ewig verblieben magische Schwingungen auch nicht an einem Ort, zumindest nicht ausreichend genug, um Rückschlüsse auf den Zaubernden zu ziehen.

»Das stimmt nicht. Ich bin selbst von Ratsmitglied Zora direkt telefonisch in Kenntnis gesetzt worden und es läuft noch keine Ermittlung. Bis sich das nicht geändert hat, werden sich die lokalen Größen um die Untersuchung kümmern. Basta! Und wenn sich eine von euch jungen Jägerinnen unbedingt eine blutige Nase holen will, dann seid gewarnt. Ich bin Anna Binsenkraut. Ihr kennt sicher meinen Beinamen *die Vollstreckerin* aus euren Lehrbüchern.«

»Soll das eine offene Drohung sein, Ausgestoßene? Der Titel wurde aberkannt«, entgegnete die Sprecherin kämpferisch, während ihre Kolleginnen allerdings nervös wurden. Da hob der Alpha eine Hand mit gerecktem Zeigefinger empor und ein vielstimmiges

Knurren setzte hinter den Jägerinnen ein. Einige fuhren herum und zogen schlagartig Verteidigungszauber hoch. Der Sprecherin hatte es offenbar auch die Sprache verschlagen.

»Die Worte der verehrten Frau Binsenkraut vielleicht nicht, aber das eben *war* eine Drohung«, kam es nur trocken vom Alpha.

»Prima, macht nur weiter so!«, setzte Anna die Jägerinnen unter Druck. »Je mehr Zauber ihr einsetzt, umso unklarer wird die Signatur hier. Am Ende müsst ihr euch vorwerfen lassen, dass ihr vorsätzlich magische Spuren verwischt habt. Sind wir eventuell einer Vertuschungsaktion auf der Spur?«

Sie merkte an der verblüfften Reaktion, dass sie gewonnen hatte. Das Verwischen von Spuren wurde hart geahndet. Keine der jungen Damen wollte sich später vorwerfen lassen, es verhunzt zu haben.

»Gut!«, stimmte die Sprecherin zu. »Aber wir verlangen einen vollständigen Bericht!«

»Den könnt ihr dann haben.«

Anna bat die Zwerge darum, vor der Tür aufzupassen. Sie würde mit den anderen hineingehen. Kurz wurde sie misstrauisch betrachtet, dann schienen diese sich entschieden zu haben, dass sie wirklich auf ihrer Seite stand, und folgten ihrer Bitte.

Das Tor war verschlossen, doch einer der Zwerge löste das Problem im Handumdrehen mit einem Brecheisen. Rollgar wollte auch aufpassen, also gingen Orisana, der Alpha und Anna zu dritt hinein.

»Hier riecht es nach Wachs, Feuer, Wein und Blut, aber alles total undeutlich durcheinander. Ich kann keinen Geruch isolieren. Das ging mir schon vor der Halle so«, sagte der Alpha verwundert.

Orisana sah auf den Boden, wo immer noch Pfützen standen, die etwas milchig schienen. »Jemand hat hier Kreide mit Wasser beseitigt. Und das leider sehr gründlich. Und da am Rand liegt überall Salz. Hier wurde ein Ritual abgehalten und mit einem Salzkreis geschützt.«

Anna blickte in den magischen Raum, in dem die letzten Energiefunken wie Glühwürmchen umherschwirrten, doch es war keine einzige eindeutige Farbe darunter.

»Elementar-, Natur-, Todesmagie, Spuren von Bannzaubern, vermutlich dem Salzkreis, und von draußen von den Schutzzaubern der Jägerinnen strahlt auch schon etwas rein. Und dann ist da noch ein astraler Schimmer«, zählte sie auf, als sie um sich blickte.

»Astraler Schimmer?« Orisana wurde hellhörig. »Göttliche Reststrahlung? Was ist hier passiert?«

Anna zuckte die Schultern. Sie wechselte zurück auf die normale Sicht und lief in den Raum.

Der Alpha schnüffelte gerade ausgiebig an einer Pfütze, konnte sich aber auch keinen Reim darauf machen. »Ich habe selten so ein Durcheinander gerochen. Und diese Magie, die Sie erwähnen, kitzelt mir noch ständig in der Nase. Unmöglich, hier eine Spur zu finden.«

»Vor allem ... wer wäre mächtig und gleichzeitig dumm genug, eine solche Kraft zu bündeln und nur fahrlässig zu verbergen?«, schloss Orisana scharfsinnig. »Entweder wusste die betreffende Person nicht, was sie tat, oder, das kommt mir viel wahrscheinlicher vor, es war die Absicht, alle hierher zu locken.«

Anna Binsenkraut starrte die alte Hexe an. »Eine Falle oder ein Ablenkungsmanöver? Borga wäre dazu vielleicht mächtig genug! Sie wird gerade wieder gesucht. Ich hatte sie letztens fast erwischt.«

Nun mischte sich der Alpha wieder ein. »Haben die anderen Jägerinnen Sie draußen nicht als Ausgestoßene bezeichnet? Warum jagen Sie dann noch anderen Hexen nach? Sind Sie nun noch eine von den Handlangern des Rates oder nicht?«

»Nein. Ich weiß nicht«, gab Anna zu. »Ich habe nur noch einmal einen Auftrag übernommen, weil meine beste Freundin Lylly getötet worden ist.«

»Lylly Urs ist tot?« Orisana klang offen bestürzt.

Anna wandte sich zu ihr um. »Ich fürchte, ja. Man hat sie ertränkt aus der Weser gezogen. Ich musste für sie diesen letzten Dienst tun.« Die alte Hexe setzte sich am Rand auf einen Stuhl. »Sie war meine Urgroßnichte! Auch wenn ich nie verstanden habe, warum sie sich dem Rat unterworfen hat, sie war eine Verwandte.«

Der Alpha wurde ungeduldig. »Lasst uns weitersuchen. Mir wurden über mein Rudel gerade noch zwei Wagen gemeldet, die sich mit hoher Geschwindigkeit von Norden her nähern. Wir sollten hier fertig sein, wenn die Ratsmitglieder eintreffen.«

Sie machten sich weiter auf die Suche. Anna umrundete den Aufbahrungssockel. Hier waren keine Wasser- oder Salzspuren. Das hatte sich offensichtlich vor dem Stein abgespielt, doch dann trat sie auf etwas und hob den Fuß. Sie bückte sich und hob es vorsichtig auf. Es war der Korken einer Weinflasche. Ihre Augen weiteten sich und sie blickte sich hastig um, ob jemand sie beobachtete, als sie ihn schnell in die Tasche gleiten ließ. Die anderen beiden schienen es nicht bemerkt zu haben, doch Anna Binsenkraut lief es eiskalt den Rücken hinunter. Diesen Wein gab es in Clausthal-Zellerfeld vermutlich extrem selten, aber ganz sicher an einem bestimmten Ort, nämlich in ihrem Weinkeller. Sie hatte noch keine Ahnung, wie, aber auf irgendeine Art war Theobald in das Ganze hier verstrickt. Sie würde ihm auf die Schliche kommen. Den Rat und die Jägerinnen galt es jedoch, davon abzuhalten. Sie musste eine andere Fährte legen.

»Wissen Sie beide zufällig, wer auf diesem Friedhof liegt?«, fragte Anna.

Der Alpha sah auf, schüttelte allerdings den Kopf, doch die alte Hexe wandte sich zu ihr um.

»Sophie Wilhelmine Steiger, die letzte große Nekromantin Deutschlands. Es geht das Gerücht um, dass der Rat sie mit einem seltenen Gift beseitigt hat, da sie immer noch Nekromantie ausüben durfte, weil sie eine Ausnahmegenehmigung von Kaiser Wilhelm dem Ersten hatte, und man sie loswerden wollte.«

»Das wurde nie bewiesen«, kam von Anna Binsenkraut automatisch.

»Und doch hält sich das Gerücht hartnäckig. Der Beschluss von 1815 ist sowieso völliger Blödsinn gewesen. Man sieht doch, was passiert ist. Die Nekromanten sind allesamt in den Untergrund gegangen. Wenn Sie mich fragen, gibt es heute mehr Totenbeschwörer als früher«, widersprach Orisana.

»Wie dem auch sei. Könnte es ein Versuch gewesen sein, sie aus dem Grab zu holen?«, überlegte Anna laut.

Orisana schüttelte den Kopf. »Nein, das denke ich nicht. Dann hätte ich, und ich bin keine Nekromantin, das Ritual am Grab vollzogen. Was mich am meisten irritiert, ist, dass wir so viele verschiedene Magieformen hier sehen und dass selbst die beste Nase des Harzes nichts Genaues riecht.«

Bei dieser Bemerkung lächelte der Alpha die alte Hexe an. »Danke für die Blumen, auch wenn ich gerade nicht wirklich helfen kann. Wenn der Harz bedroht wird, müssen wir alle zusammenhalten.«

»Hört, hört!«, gluckste die Alte.

»Wenn eventuell Borga dies hier veranstaltet haben sollte, dann bleiben aus meiner Sicht noch so einige Fragen offen. Sie beherrscht zwar genug magische Kräfte, um die normalen Effekte erzeugt haben zu können, aber woher kommt der astrale Schimmer? Was hat sie bezwecken wollen?«

»Tja, Fragen über Fragen und keine Antworten. Ich habe seit den heftigen Erschütterungen während des Zweiten Weltkrieges keine solchen Wellen mehr erlebt. Allerdings habe ich vor einigen Wochen eine nicht abgeschirmte magische Welle an Todesmagie gespürt, als ich gerade am Rathaus in den Bus gestiegen bin. Vielleicht ist eine Nekromantin in der Stadt. Wir sollten das Grab doch kontrollieren«, beschloss Orisana.

»Sie haben recht, hier ist nichts mehr«, stimmte Anna zu. Die anderen beiden nickten und gingen zur Tür. »Ich komm gleich nach!«, rief Anna ihnen hinterher. Als sie gegangen waren, blickte sie sich nochmals um, dann sammelte sie all ihre Kraft und wob einen Zauber, den sie schon lange nicht mehr angewendet hatte. Um sie herum flackerte das Licht und Schemen huschten an ihr vorbei. Sie spulte die Zeit zurück. Ein Blick in die Vergangenheit forderte ihre gesamte Konzentration. Von all den Dimensionen, die man mit Magie überwinden konnte, galt die Zeit als die schwierigste. Der Zauber benötigte viel von ihrer Energie, aber sie war entschlossen, herauszubekommen, was hier passiert war, koste es, was es wolle. Hatte Theobald hiermit etwas zu tun? Sie musste es wissen. So weit sie konnte, spulte die Zeit zurück, und ließ sie dann wieder im Zeitraffer ablaufen. Sie selbst stand als immaterielle Beobachterin mitten im Raum. Zunächst entdeckte sie nichts. Der Raum schien erst leer und dunkel, bis Schemen eintraten. Sie ließ die Zeit langsamer laufen, doch zu ihrer großen Verwunderung erkannte sie keine Details. Zwei weitere Gestalten folgten, aber immer noch blieb alles unscharf. Das durfte nicht sein. Der Zauber hatte ihr in der Vergangenheit schon oft die Wahrheit von Geschehnissen enthüllt, doch diesmal schien er zu versagen. Dann hielt die Zeit abrupt an. Jemand sehr Mächtiges störte ihren Zauber. Anna bemerkte es zunächst durch einen sphärischen Klang, dann spürte sie die Person hinter sich. Sie fuhr herum.

Vor ihr stand eine wunderschöne Frau in einem einfachen Kleid, das ihre natürliche Schönheit unterstrich. Sie lief barfuß und überragte Anna, die schon nicht klein war, um gut eine Handbreit. Ihr goldblondes Haar hing zu einem dicken Zopf geflochten über ihrer Schulter bis zur Hüfte.

Annifrieda Binsenkraut, meine Dienerin!, hallte es durch Annas Kopf, doch die Lippen der Frau bewegten sich nicht. Sie zeigte nur ein erhabenes Lächeln.

»Freya, Herrin! Ich grüße dich«, stammelte Anna perplex und verneigte sich vor dem Avatar ihrer erwählten Göttin.

Höre mir genau zu! Ich habe eine Aufgabe für dich, meine tapfere Streiterin. Du wirst Dinge in meinem Sinne lenken und mir für weitere Taten bereitstehen! Frage nicht, was hier passiert ist. Es ist die Angelegenheit der Asen. Tue alles, damit die anderen von diesem Ort abgelenkt werden.

Anna schluckte. Bei Göttern war dieses *Alles* immer viel mehr, als man als Irdischer glaubte. Die germanischen Götter gaben sich viel pragmatischer und lebensnäher als zum Beispiel der Christengott, aber am Ende lief es immer auf das Gleiche hinaus: Die Götter wollten etwas von einem.

»Welchen Lohn bekomme ich für diesen Dienst?«

Die Göttin hob amüsiert eine Augenbraue. *Du bist keine naive Dienerin und kennst deinen Wert. Das gefällt mir. Ich werde dir etwas schenken, was du schon sehr lange ersehnst, aber dachtest, nie zu bekommen. Du wirst es merken, wenn es passiert. Ich erfülle dir bald einen schon lang vergessenen Herzenswunsch.*

Gegen ihren Willen klappte Annas Mund auf. Das war viel, sehr viel. Wenn ihr aber die Göttin so bereitwillig die Erfüllung eines Wunsches versprach, dann tat sich hier etwas Gewaltiges.

»Was ist passiert?«, verlangte sie zu wissen.

Wie gesagt, das ist etwas, das ich dir nicht offenbaren werde, noch nicht. Du wirst einwilligen müssen im Vertrauen auf mein Wort. Doch sei gewiss, dass es sich irgendwann von alleine aufdecken wird.

»War Theobald hier? Ich muss es wissen.« Annas Stimme war etwas zu forsch. Das merkte sie erst, als sie den Satz ausgesprochen hatte.

Dein Sohn ist dein größter Schatz und deine größte Prüfung, wie für alle Mütter auf dieser Welt ihre Kinder der größte Schatz und ihre größte Prüfung sind. Doch zu diesem Punkt wirst du die Antwort heute nicht bekommen. Entscheide dich jetzt.

Anna verließ wenig später die Aufbahrungshalle, sie taumelte leicht. Die Begegnung eben hatte sie bis ins Mark berührt, aber auch viel Kraft gekostet und nun kamen ihr doch ein paar Zweifel, ob es nicht doch ein Fehler war, so bereitwillig zuzustimmen. Doch dafür war es jetzt zu spät.

Draußen hatte sich die Lage weiter zugespitzt. Die Zahl der Jägerinnen war inzwischen auf zwölf gewachsen, aber die Ratsmitglieder ließen noch auf sich warten.

»Und?«, fragte die Sprecherin Anna, als sie aus der Tür kam.

Diese musste sich erst einmal sammeln. Dann erinnerte sie sich an den Grund, warum sie überhaupt in die Halle gegangen war. Sie räusperte sich.

»Chaotische Fetzen aller uns bekannten magischen Schulen, ein zerstörter Salzkreis und weggespülte Kreidereste, sonst nichts. Aufgrund des erheblichen Anteils an Todesmagie kontrollieren wir das Grab von Sophie Steiger. Ihr könnt uns folgen oder gerne den Raum auch inspizieren. Ihr werdet nichts anderes finden.«

Sie wandte den Jägerinnen den Rücken zu und ging die Grabreihen ab, bis sie es gefunden hatte. Eine merkwürdige Selbstsicherheit umfing sie, als sie dabei die Führung übernahm. Dann pfiff sie durch die Zähne. Ein neues starkes Siegel prangte auf dem Grab und es strotzte vor Todesmagie.

»Das ist neu!«, kommentierte Orisana sofort.

»Keine Ahnung, ich war noch nie hier«, sagte Rollgar.

Anna kniete sich sogar hin. »Hier ist überwiegend Todesmagie, soweit ich erkennen kann. Machtvoll und perfekt in den Stein eingelassen. Das hat mit der Magie da hinten in der Aufbahrungshalle nichts zu tun. Weiß jemand von euch, seit wann das hier ist? Der schwache Illusionszauber, der die Namen verändert?«

Alle schüttelten den Kopf. Von den Jägerinnen war ihnen offenbar keine hinterhergekommen. Die Zwerge fehlten auch, aber Rollgar stand keine fünf Meter entfernt.

»Hexe Binsenkraut?«, räusperte er sich umständlich.

»Ja?«

»Wenn ich auch meine bescheidene Meinung kundtun dürfte!«

»Ich bitte darum.«

»Sie sind neu hier und keine echte Harzerin. Sicher, Sie geben sich alle Mühe, den Anschein zu erwecken, aber fragen Sie sich selbst, ob Sie wahrhaftig hier angekommen sind.«

Anna schaute ihn irritiert an. Worauf wollte er hinaus? Die Tatsache, dass Druiden schon seit Hunderten von Jahren sich abseits aller anderen hielten und nur unter ihresgleichen sich fortpflanzten, zeigte oft merkwürdige Nebeneffekte. Einige hätten sie schwachsinnig genannt, andere entrückt, ausgelöst durch die Inzucht, der sie frönten. So viele Druiden gab es nicht. Es hatte auch dazu geführt, dass sie eine besondere Art hatten, sich auszudrücken und nie direkt auf den Punkt kamen. Dies war eine Eigenart, die Anna immer schon auf die Palme gebracht hatte. Doch diesmal dämpfte sie ihr Temperament.

»Und was wäre, wenn ich diese Frage noch nicht sicher beantworten will?«

»Der Hund, der die Kette seines bösen Herren zerrissen hat und weggelaufen ist, um im Wald allein zu leben, hat seinen inneren Wolf wiedergefunden. Doch der Hund, der am Wegesrand ausgesetzt wurde, will immer wieder an den warmen Herd zurück. Er bleibt der Hund, der er war, auf der Suche nach seinem Herrn!«

Rollgar hatte diese Worte leise, aber mit einem für ihn typischen Pathos gesprochen. Anna konnte sich hierauf noch weniger einen Reim machen, aber Orisana nickte andächtig und Heinrich Wolfsherr blickte sie mit prüfendem Blick an.

»Was?« Anna kam sich als Außenseiterin vor. »Hätten Sie alle vielleicht die Güte, mir zu verraten, was uns davon weiterbringen soll?«

»Nun, einfach alles!«, unterstrich Rollgar seine Worte von eben. Sein Blick ruhte irgendwo auf Annas Hosentasche.

Sie wurde nervös. Immer schon hatte sie von den Kräften der Druiden gehört, die mehr die Menschen selbst lasen als die Dinge, die sie taten. Es hieß, dass einige direkt in die Seelen schauen konnten, andere wiederum behaupteten, sie würden die Gedanken lesen und die Gehirne durchwühlen.

Dann fiel ihr der Korken wieder ein, und ein Schauer jagte ihr über den Rücken. Er hatte doch den Korken nicht gesehen. Hatte er ihre Gedanken angezapft? Wusste er bereits von Theobalds möglicher Beteiligung hier?

Heinrich Wolfsherr machte seinen Standpunkt klarer. »Gemäß der Urkunde von Barbarossa ist nichts passiert, das uns zwingt, dem Rat diese Sache zu übergeben. Die Rudel außerhalb des Harzes stehen unter der Kontrolle des Rates, nicht wir. Ich werde nicht zulassen, dass der Rat unser verbürgtes Recht unterwandert. Es ist Magie benutzt worden, na und? Selbst wenn es diese Borga, die man sucht, gewesen wäre. Es ist von den Nichtmagischen unbemerkt geblieben. Schicken wir die Häscherinnen nach Hause und kümmern uns selbst um unsere Belange. Sie, Frau Binsenkraut, stehen vor einer Entscheidung. Diese müssen Sie sehr bald treffen.«

Es erschien wie eine Inszenierung, denn genau in diesem Moment kam eine Art Prozession den Weg herüber, angeführt von den Ratsmitgliedern Zora Flieder, Gallina Schierling und Ute Birkenstamm.

»Anna Binsenkraut!«, tönte Zora. »Was soll das, als Jägerin die Arbeit des Rates zu behindern?«

Anna blickte auf und setzte eine unterwürfige Miene auf. »Ratshexe Zora!«

Sie verbeugte sich nacheinander vor allen drei Ratsmitgliedern. Aus den Augenwinkeln merkte sie, dass die anderen sich nicht verbeugten. Sie blieben stehen, ja sogar ihre Mienen waren feindselig. Der Alpha knackte mit den Fingern, Orisana grunzte abfällig, als würden da keine Ratsmitglieder stehen. Nur Rollgar blickte Anna direkt an und hob auffordernd die Augenbrauen.

Dann schossen ihr seine Worte wieder in den Kopf. Und sie musste heftig schlucken. Er hatte ihr nichts anderes gesagt als: *Werde selbstständig oder lauf dem Rat hinterher wie ein braver Hund, aber entscheide dich endlich!*

Doch das war nicht so einfach. Sie hatte immer für den Rat gearbeitet. Im Herzen war sie eine Jägerin, war es immer schon gewesen. Wie hatte sie gelitten, als sie ihren Sohn geboren hatte. Ihre Mutter, die sich sogleich erboten hatte, ihn zu nehmen und es zu verheimlichen, hatte ihr damals ihren Wunsch erfüllt, weiterzuarbeiten. Dann war nach Jahren doch herausgekommen, dass sie einen Sohn hatte, und man hatte sie aus dem ehrwürdigen Kreis ausgestoßen. Ohne magisches Potenzial hatte Theobald glücklicherweise nicht getötet werden müssen. Die ersten sechs Jahre seines Lebens hatte sie ihn quasi nie gesehen. Dann war sie plötzlich mit der Mutterrolle konfrontiert worden und hatte einem gewöhnlichen Beruf nachgehen müssen. Ausgerechnet heute winkte die Rehabilitierung. Der Weg zurück in den Jägerinnenstand trotz ihres Sohnes. Das war das, was sie sich jeden Tag seit dieser Zeit gewünscht hatte. Doch sie zögerte. Da sie immer noch schwieg, sprach Zora mit einem hochnäsigen Tonfall weiter.

»Wir werden uns um diese Dinge hier kümmern. Ein derart extremes Ereignis ist die Sache des Rates. Die anderen dürfen gehen.«

Keiner der Harzer wich zurück oder machte Anstalten zu gehen. Sie waren jetzt in der Minderheit, denn die Zahl der Jägerinnen war inzwischen auf knapp zwanzig gewachsen. Anna spürte, dass die Harzer eher sterben würden, als sich zu beugen. So viel Trotz hatte sie als Jägerin früher immer geärgert, doch jetzt sah sie in ihnen eine Gruppe verschworener Rebellen, zu denen sie nicht dazugehörte. Aber Theobald war hier zu Hause. Er hatte endlich Freunde gefunden und sie ahnte, nein, sie wusste, dass ihr Sohn irgendwie in dieser Sache mit drinsteckte. Er war ihr Blut und sie musste ihn schützen. Nochmals warf sie einen letzten Blick auf die Zwerge, die hinter den Jägerinnen hergestapft waren und grimmig schauten, die Werwölfe und die anderen. Ihr Blick blieb an Rollgar hängen. Der Mann sah aus, als wäre er um die sechzig oder siebzig, aber, wie viele Magische, war er vermutlich deutlich älter und damit auch deutlich älter als sie. In seinen Worten hatte eine tiefe Weisheit gelegen, die ihr in diesem Augenblick so richtig klar wurde. Sie war der Hund, der die ganze Zeit zurück an die Kette gewollt hatte, doch sie konnte nicht – nicht mehr. Dann straffte sie sich und blickte die Ratsmitglieder direkt an.

»Ratshexe Zora, Sie wissen, ich bin immer eine treue Jägerin gewesen und ich habe stets mein Bestes gegeben. Aber in diesem Fall kann ich Sie nicht gewähren lassen, denn Sie sind hier nicht im Recht.«

»Sie stellen sich auf die Seite von denen? Wie tief wollen Sie noch sinken?« Zora spuckte die letzten Worte förmlich aus. »Der Rat hat Ihnen eine Rehabilitierung angeboten und das trotz Ihres unverzeihlichen Makels.«

Irgendwo in Anna Binsenkraut legte sich ein Schalter um. Bis eben war sie noch schweren Herzens gewesen, hätte vielleicht noch versucht zu vermitteln. Aber sie war verdammt nochmal eine Mutter und Theobald war ihr mehr wert, als sie sich bislang selbst eingestanden hatte.

»Mein Sohn ist nicht mein Makel. Er ist meine Bestimmung! Und Sie sollten Ihre Zunge besser im Zaum halten, Zora, denn ich stelle mich hiermit offen gegen Sie. Einen Schritt weiter und ich liefere Ihnen einen Kampf, den Sie nie vergessen werden. Ich kann es alleine locker mit zehn von den Küken da hinter Ihnen aufnehmen. Verziehen Sie sich nach Berlin, wo Sie hingehören, und lassen uns ...«, sie betonte das so deutlich, dass es alle anderen Harzer mit einschloss, »in Ruhe mit Ihren Ränkespielchen.«

War eben noch das Auftreten der Ratsmitglieder gewohnt hochnäsig und übertrieben lässig, versteiften sich alle plötzlich, denn die Harzer formierten sich und waren angriffsbereit.

»Wie können Sie es wagen?« Zoras Wangen liefen so rot an, dass man es sogar bei dem fahlen Licht gut erkennen konnte, das von den Straßenlaternen herüberschien.

Ute Birkenstamm legte Zora warnend eine Hand auf den Unterarm. Sie war eher eine stille Vertreterin des Rates, aber vor allem war sie als weise bekannt, und das hier war ein Kampf, der sicher in einem Gemetzel geendet hätte.

»Sie hat sich entschieden und wir sollten es vernünftig handhaben. Wir werden eine Untersuchung einleiten. Aber nicht jetzt und hier!«

Zora konnte ihre maßlose Enttäuschung nicht verbergen und funkelte Anna immer noch wütend an. Dann hob sie die Hand und ein Papier erschien darin, dass sie gerade herbeibeschworen hatte. Mit jedem weiteren Wort zerriss sie es in kleine Fetzen.

»Dann brauchen wir das hier ja auch nicht mehr.« Sie schmiss die Schnipsel Anna zu Füßen, drehte sich auf dem Absatz um und ging durch die Reihen der Jägerinnen davon. Ihre Kolleginnen und die Jägerinnen folgten.

Anna Binsenkraut sackten die Schultern herunter. So sehr sie eben noch Stärke gezeigt hatte, so sehr tat es ihr nun leid. Was hatte sie gerade nur getan? Für sie gab es in diesem Moment kein Zurück mehr. Sie war jetzt für immer eine Ausgestoßene. Tränen schossen ihr in die Augen und sie kämpfte darum, nicht loszuheulen. Rollgar nickte ihr zu und ging wortlos. Orisana klopfte ihr auf die Schulter und bückte sich nach den Schnipseln, doch der Alpha schaute sie lange prüfend an.

»Der Hund hat gerade seine Kette zerrissen. Meinen Respekt, Anna, und willkommen im Harz. Dann können wir das jetzt mit dem Sie lassen. Ich bin übrigens Heinrich.«

Damit ging auch er.

»Diese solltest du nicht hier lassen, Kind! Du solltest sie heute noch feierlich verbrennen.« Damit reichte sie ihr die Überreste des Dokuments. »Und wenn du mal eine Tasse Tee brauchst, auch eine stärkere, dann komm einfach in Hahnenklee vorbei. Du weißt, wo ich wohne.«

Spiegelfragen

Sabrina blickte in den Spiegel. Ihre Uhr auf dem Nachtschrank zeigte ungefähr drei Uhr morgens und sie konnte nicht schlafen. Sie stand auf, zog die Handschuhe wieder an, bezog vor dem Spiegel Position und konzentrierte sich auf Sophie.

»Wilhelmine! Komm schon, ich muss reden!«

Es tat sich nichts. Schließlich wollte sie die Handschuhe schon wieder ausziehen, da endlich meldete sich die Stimme ihrer selbsterkorenen Mentorin.

»Du glaubst allen Ernstes, dass ich dir jetzt noch helfe?«

Sabrina, die schon nicht mehr damit gerechnet hatte, hielt inne. »Das wurde aber auch Zeit.«

»Sag mal, hast du den Verstand verloren? Ich bin zwar normal im Ruhemodus, aber dass du an einem Ritual teilgenommen hast, ist von mir nicht unbemerkt geblieben. Was um alles in der Welt hast du dir dabei gedacht, dich mit dem Feind zu verbünden?«

»Feind? Das sind meine Freunde«, entgegnete Sabrina entrüstet. Sie mochte den Ton nicht, den Sophie anschlug. Er war zu aggressiv.

Sophie hingegen schnaubte. »Freunde, die sicher wohl keine anderen Nekromanten sind. Worum ging es genau in dem Ritual?«

Das erstaunte Sabrina allerdings. Sie hatte angenommen, dass Sophie natürlich alles wusste, doch das schien nicht der Fall zu sein. Sie wollte schon antworten, dass es sich um ein Verschwiegenheitsritual gehandelt habe, doch die Worte kamen nicht über ihre Lippen. Stattdessen sagte sie: »Das kann ich dir nicht sagen!«

»Erlaube mal, ich bin immerhin deine Mentorin!« Die alte Dame im Spiegel zeigte sich verärgert und auch ihr Tonfall ließ keine Zweifel daran.

Sabrina überlegte, dann sagte sie: »Ich kann dir nur so viel bestätigen, dass es nicht gegen dich ging und alles, was ich gesagt habe, nicht weitergegeben wird.«

»Ich kann es nur für dich hoffen, Kleine!« Sophie blickte immer noch prüfend. Eine Weile starrten beide sich gegenseitig an, dann wurde die Miene milder. Der Ton wechselte und dann auch das Thema. »Was willst du denn von mir?«

»Ich möchte, dass wir mit der Ausbildung erst in ein paar Tagen beginnen. Es ist dabei eine heftige … äh … magische Welle durch uns ausgelöst worden und wir wollen abwarten, bis wieder Ruhe eingekehrt ist.«

»Du meine Güte, ihr habt euch nicht einmal richtig abgeschirmt? Es ist unerlässlich, das Wirken von Magie abzuschirmen, sonst bekommt fast jeder in deinem Umkreis mit, was du magisch machst. Du hättest mich auch vorher fragen können.«

»Hättest du mir das dann verraten, wenn ich dir vorher erzählt hätte, dass ich ein Ritual mit anderen durchziehen will?«

»Natürlich nicht!«, kam es prompt zurück. Dann entstand eine Pause. »Ich meine …«, korrigierte Sophie zögernd ihre Aussage, »du hast noch gar keine Ahnung von Magie! Damit ist ein Ritual jenseits deiner sinnvoll einsetzbaren Fähigkeiten. Es ist ja wohl auch reichlich schiefgegangen.«

»Doch, es hat geklappt, nur die Abschirmung war etwas unzureichend«.

Sabrina wollte einen Punkt für sich verbuchen, doch beim Gedanken an den Salzkreis wurde ihr klar, dass nur Theobald so weit gedacht hatte, der Kreis hatte trotzdem nicht gehalten.

»Mädchen, ihr habt wohl höllisches Glück gehabt. Sind die Häscher vom Rat schon aufgetaucht?«

»Das weiß ich nicht und ich würde auch gerne mehr über den Rat erfahren. Aber vorher habe ich noch eine ganz andere Frage: Warum bekommst du eigentlich nicht alles mit, was ich tue?«

»Das ist so eine vertrackte Sache. Du bist die, die den Körper steuert. Ich kann nur in äußerst begrenztem Maße eingreifen und mithören. Das alles ermüdet mich doch sehr. Das liegt daran, dass ich vor sechzehn Jahren nicht alle meine Kräfte behalten konnte, als ich aus meinen Körper gerissen wurde. Der Rest von ihnen schlummert immer noch unter der Erde.«

»In deinem Grab?«

»Na, wo denn sonst?« Sophie tat so, als wäre das allgemein klar.

»Mich interessiert genau das. Wie kann ich mich und meine magische Aura abschirmen und verschleiern, was ich tue?«

»Die erste vernünftige Frage, die du stellst. Bei deinem aktuellen Ausbildungsstand wird es reichen, die Handschuhe einfach auszuziehen und wegzulegen. Sie haben natürlich eine Aura. Du selbst besitzt nur eine sehr schwache. Man müsste schon mit einer Lupe schauen, um deine aktuelle Aura von einer normalen menschlichen unterscheiden zu können. Lass dich aber niemals einen anderen Magiebegabten anfassen. Er kann dadurch deine natürliche Barriere, die deine Haut darstellt, durchdringen und in dein Inneres sehen. Dagegen kannst du dich noch nicht schützen.«

»Wann lerne ich dann das Wirken von Magie?«

»Hattest du nicht vorhin gesagt, dass du einige Tage warten willst?« Sophie verzog die Lippen zu einem schnippischen Lächeln. »Ich werde dir sagen, was wir machen. Die nächsten Tage rufst du mich jeden Abend im Spiegel und wir üben Abschirmen, bis ich mit dir zufrieden bin. Dann fangen wir mit nützlichen Kleinigkeiten an.«

»Was soll ich denn abschirmen? Ich habe doch noch keine nennenswerte Aura, wenn ich dich richtig verstanden habe!«

»Wenigstens passt du auf. Ja, wir schirmen zunächst die Handschuhe ab, wenn du sie trägst. Das erfordert ein gewisses Maß an Konzentration. Heute allerdings machen wir das nicht. Ich merke, wie erschöpft du bist. Und deswegen solltest du schlafen gehen. Dein Körper braucht Ruhe.«

»Gut, dann sag mir aber bitte noch, wie gefährlich ist der Rat?«
Sophie fixierte Sabrina. »Er ist absolut tödlich. Sie haben mich seinerzeit hinterhältig umgebracht, weil es mich nun einmal gab und sie mich nicht kontrollieren konnten. Du solltest niemals wieder jemandem gegenüber erwähnen, was du bist, dem Rat schon gar nicht. Ich hoffe wirklich, dass dieser Ausrutscher ohne Folgen bleibt, denn ansonsten werden sie dich schneller beiseite räumen, als du schauen kannst. Darf ich jetzt wieder ruhen?«

Sabrina hatte noch so viel mehr Fragen, aber fürs Erste reichte es ihr. Sie würde vorsichtiger sein. Dann zog sie die Handschuhe aus und verstaute sie in ihrem Nachtschrank. Sie merkte jetzt, wie müde sie wirklich war. Als sie sich hingelegt hatte, schlief sie sofort ein.

Einige Straßen weiter stand Anna Binsenkraut genau in diesem Moment im Keller vor ihrem Weinregal. Auch wenn jemand, und es war ganz sicher Theobald, geschickt die Weinflaschen umgeräumt hatte, sah sie doch, dass eine von dem guten französischen Rotwein fehlte, ein Bordeaux von 1981 aus dem Rhonetal. Sie drehte den Korken in den Fingern. Theobald lag oben im Bett und schlief, zumindest hatte es den Anschein gehabt, als sie vorhin nachgeschaut hatte. Freya hatte ihr eine eindeutige Anweisung bezüglich der Aufbahrungshalle gegeben. Sie würde nicht dagegen handeln. Nicht direkt. Mit grimmiger Entschlossenheit griff sie sich einen Bardolino. Sie musste etwas trinken, um die Nerven zu beruhigen. Ihre Zeit würde kommen.

Englischtest und die Sache danach

Elisabeth schwitzte. Das kam früher schon selten vor und neuerdings in Sport musste sie sich dafür sehr anstrengen, aber hier in Englisch ging das mühelos. Der Grund war, dass sie bereits einen Strich für die fehlenden Hausaufgaben in Mathe bekommen hatte und jetzt auch noch eine Arbeit schrieb, für die sie nicht gelernt hatte. Zudem fühlte sie sich hoffnungslos müde. Sabrina sah genauso aus, tiefe Ringe unter den Augen. Vorhin in Mathe wäre sie beinahe eingeschlafen. Theobald hatte sich laut eigener Aussage irgendeinen Wachmacher aus der Apotheke eingeworfen, doch auch an ihm waren Spuren der vergangenen Nacht zu sehen. Der Tag war schon peinlich losgegangen, weil sie alle angegafft hatten. Das Mädchen, das zu blöd war, geradeaus zu laufen. Sie war das Gespött der Schule. Also hielt sie sich bedeckt und redete nur mit ihren Freunden.

Vinzenz und Alim saßen auf ihren Plätzen und schrieben angestrengt und langsam. Sie vermieden konsequent, in Elisabeths Richtung zu schauen. Ojan war angeblich krank.

Nachdem Elisabeth nach der ersten von zwei Stunden immer noch kaum etwas von den Fragen im Grammatikteil beantwortet hatte, sah sie sich flehend in der Klasse um. Alle hatten die Köpfe gesenkt, doch Theobald machte ihr plötzlich ein Zeichen, indem er auf sein Ohr tippte. Elisabeth schaute zurück, zog die Augenbrauen hoch, doch sie verstand nicht. Theobald rollte mit den Augen und hielt sich nun die Hände kurz an den Kopf, als hätte er große Ohren. Es sah irgendwie albern aus und er wurde auch prompt von Frau Schramm ermahnt, sich auf die Arbeit zu konzentrieren und nicht herumzuhampeln. Er senkte den Kopf und bewegte die Lippen, aber Elisabeth hörte nicht, was er sagte.

Jetzt erst begriff sie. Er wollte ihr etwas sagen und sie konnte es hören, wenn sie wollte. Sie konzentrierte sich auf ihr Wolfsgehör. Zu ihrer Verwunderung klappte es gleich beim zweiten Mal.

»Aufgabe 2, Teil A – hier ist Antwort D richtig, Aufgabe 2, Teil B – hier stimmen E und F ...«

Sie hatte Aufgabe 1 verpasst, aber es war ihr egal. Sie blätterte schnell um, obwohl das Geraschel in ihren Ohren sehr laut erschien, und begann eifrig zu korrigieren. Einmal freute sie sich, weil sie die Antwort bereits richtig hatte, aber die meisten hatte sie falsch geraten. Theobald schien schon mit der ganzen Arbeit fertig zu sein. Sie schafften es in zehn Minuten durch den Frage- und Ausfülltextteil. Dann kam nur noch der Freitext. Hier half Theobald mit einigen allgemeinen Formulierungen, von denen Elisabeth zwar nicht alle in ihren Text einbauen konnte. Immerhin brachte sie ein paar Zeilen zum Thema hin. Sie gab als Vorletzte ab. Nur Alim schrieb noch mit vor Anstrengung gerötetem Gesicht und der Zunge zwischen den Zähnen.

Als Elisabeth die Klasse verließ, knuffte Sabrina sie freundschaftlich in die Seite. »Du alte Schummlerin. Ich habe Theo schon die Ohren langgezogen, dass er dir alles vorgesagt hat. Ich habe es bemerkt, als ich meine Tintenpatrone gewechselt habe.«

»Wie? Er war ja selbst für mich kaum zu verstehen und ich habe von uns beiden wirklich die besseren Ohren.« Elisabeth wirkte erstaunt.

»Nicht gehört, aber du hast von einer auf die andere Sekunde wie eine Wilde losgeschrieben und vorher nur Luftlöcher geglotzt. Und da fiel mir auf, dass Theo seine Arbeit nochmal durchlas und dabei die Lippen bewegte. Den Rest konnte ich leicht erraten. Für mich ist das schon in Ordnung. Wegen gestern Nacht hast du mildernde Umstände.«

»Danke! Ich habe sowieso nicht alles richtig. Ich habe zu lange gebraucht, um zu kapieren, was er von mir wollte. Habe Aufgabe 1 vermutlich komplett falsch.«

»Das sind nur 5 von 65 Punkten. Das ist nicht so schlimm. Ich brauche jetzt eine Cola!«

»Das Ekelzeug aus dem Automaten?« Elisabeth rümpfte die Nase.

»Egal, Hauptsache Koffein!«, kam es zurück.

»Du solltest einen von Theos Wachmachern nehmen«, schlug Elisabeth vor.

»Nein, danke. Bei den ganzen letzten Dingen, die von ihm kamen, ist viel zu viel passiert. Noch so einen Megaschock kurz hintereinander überlebe ich nicht.«

»Was überlebst du nicht?« Theobald war aufgetaucht und zwinkerte Elisabeth zu. »Na, noch eine Inspiration in der Arbeit bekommen?«

»Ja, habe ich, vielen Dank für die Unterstützung. Aber ich habe Aufgabe 1 nicht mitgehört.«

»Ist schon in Ordnung, ich denke, du hast dennoch bestanden, auch wenn ich beim Vorlesen ein paar kleine Fehler eingebaut habe.« Er grinste sie frech an.

»Du dämlicher Blödkopf, ich habe alles hingeschrieben, was du gesagt hast.« Elisabeth wurde wirklich etwas ärgerlich.

»Na ja, es wäre doch aufgefallen, wenn du alles richtig gehabt hättest. Da habe ich so zwei bis drei Teilfragen falsch übermittelt.«

Elisabeth schaute ihn fassungslos an. »Du bist so … so …« Ihr fehlten die Worte.

»Sag einfach genial, das trifft es am besten. Bis nachher!« Er verschwand in Richtung Jungentoilette.

Kaum dass er gegangen war, kam jemand in Elisabeths Blick, den sie jetzt eigentlich nicht sehen wollte. Manfred Burglos hatte sie erspäht und eilte über den Pausenhof auf sie zu.

Sie wollte sich gerade abwenden, da hielt er sie am Arm fest und sprach sie an.

»Elisabeth, wie schön, dich wieder heile und wohlbehalten in der Schule zu sehen. Ich wollte schon die ganze Zeit mit dir reden, aber es ist immer wieder etwas dazwischengekommen. Kann ich dich unter vier Augen sprechen?«

»Ich bin schon weg«, warf Sabrina ein und eilte zum Getränkeautomaten.

»Hallo Herr Burglos. Auch schön, Sie wiederzusehen!« Elisabeth drehte sich zu ihm um, sah ihn aber nicht direkt an.

Er schien ihre Zurückhaltung nicht zu bemerken und redete gleich los. »Ich habe mir große Sorgen gemacht um dich. Du bist so ein absolutes Ausnahmetalent beim Laufen. Ich wollte dir vorschlagen, dass ich dich bei den Bezirksläufen anmelde. Du hast das Zeug, ganz groß rauszukommen, weißt du?«

»Nein, das möchte ich nicht.«

Elisabeth war schnell klar, dass spätestens bei einer Dopingkontrolle Schluss wäre. Sie hatte einen anderen Metabolismus. Sicher würden die Werte bei ihr Samba tanzen.

»Aber warum denn nicht?« Burglos ließ nicht locker. »Ich weiß, dass Handstoppen nicht besonders genau ist, aber beim Sprinten in der Klasse war deine Zeit überragend. Ich hätte nicht geglaubt, dass man ohne größere Vorbereitung so schnell laufen kann.«

»Ach, das waren ja nur 9,40 Sekunden. Das laufen die im Bezirk vermutlich auch.«

»Nicht jeder und schon gar nicht auf hundert Meter.«

Elisabeth sah ihn entgeistert an.

»Ojan, der Schlingel, hat damals schon versucht, dich reinzulegen. Er hat bei dem Tumult, den seine Freunde in der Umkleide veranstaltet haben, die Startblöcke einfach fünfundzwanzig Meter nach hinten verlegt. Und irgendwie hat es in der Aufregung keiner

239

gemerkt. 9,40 Sekunden auf hundert Meter! Du weißt sicher, was das heißt.«

»Weltrekord!«, sagte Elisabeth tonlos.

»Ja, und zwar für Männer!« Ihr Lehrer wollte sich gar nicht mehr beruhigen. »Ich habe schon sehr lange überlegt, ob ich dich nicht gleich anspreche, habe es erst auf einen Stoppfehler von Theresa geschoben, doch dann ist das mit dem Sturz passiert. Ich dachte, dass du diese Aufmunterung vertragen könntest. Na, was ist?«

»Herr Burglos, ich wäre Ihnen wirklich dankbar, wenn Sie es niemandem weitersagen und mich damit einfach in Ruhe lassen würden. Ich mag keine große Aufmerksamkeit.«

»Ach, du meinst, weil einige nach dem Sturz so tun, als wenn es dein Missgeschick gewesen wäre. Ich habe inzwischen mit allen Beteiligten gesprochen. Und Vinzenz und Alim haben sich sehr bei ihrer Befragung widersprochen, als ich nachgebohrt habe. Sie haben schließlich zugegeben, dich etwas geschubst zu haben. Sie haben deswegen eine disziplinarische Anhörung morgen.«

»Was?« Elisabeth sah ihn nun schockiert an. »Ich bin nicht aus Versehen gestolpert? Ich hatte keine Ahnung.« Ihre Wölfin wurde wach und unruhig.

»Das ist verständlich. Aber du hast ein Recht darauf, es zu wissen. Sie werden dir nie wieder so etwas antun. Dafür sorge ich.«

Elisabeth antwortete nicht. Sie ließ Burglos stehen und stürmte auf die Toilette. Ihre Wölfin drängte an die Oberfläche und sie konnte sie nur mit Mühe in Schach halten. Sie hatte auch keine Angst mehr, dass die Jungen ihr was antaten. Vielmehr war es genau anders herum. Doch sie ahnte nicht, dass die nächste Prüfung nicht lange auf sich warten lassen würde. Als sie in der Toilettenkabine saß und verzweifelt die Fingernägel in die Handflächen drückte, hörte sie nebenan in der Jungentoilette drei nur allzu bekannte Stimmen.

»Da ist ja endlich unser Streber. Bist du nicht einer von denen, die Ojan verpfiffen haben?« Vinzenz' Stimme klang blechern über die Rohre.

»Ich … ich war das nicht alleine!«, kam stotternd zurück.

»Schon klar. Um die fette Gothictante kümmern wir uns auch noch. Aber jetzt bist du erstmal dran. Du hast sicher Durst.«

Gerangel war von nebenan zu hören und das Klappen einer Klobrille.

»Nein, lasst mich los! Ich schreie!« Doch seine Stimme ging in einem Gurgeln unter, als eine Klospülung gezogen wurde. Elisabeth reagierte nur noch instinktiv. Die Wölfin schob sich weiter vor, doch es war ihr jetzt egal. Ihr Freund war in Gefahr.

Sie stürzte los und riss die Tür zur Jungentoilette auf. In den hinteren Kabinen stand eine Tür offen, zwei Rücken waren zu sehen, dazwischen ragten zwei zappelnde Beine heraus. Sie drückten Theobalds Kopf in die Schüssel und zogen gerade wieder die Spülung.

»Trink schön!«, lachte Vinzenz noch.

Elisabeth war mit zwei Sprüngen bei Alim, riss ihn aus der Kabine und schleuderte ihn mit einer Bewegung durch den ganzen Raum, wo er auf der anderen Seite gegen den Spiegel krachte. Dieser ging gleich zu Bruch und Alim verlor das Bewusstsein. Er hatte vermutlich nicht einmal sehen können, was ihn erwischt hatte. Vinzenz drehte sich um und starrte Elisabeth an, die ihm aber gerade den Rücken zudrehte.

»Du Miststück!« Er stürzte sich von hinten auf sie und rammte sie mit dem Kopf gegen die Wand. Es tat weh. Hinter ihr erklang das Würgen von Theobald, der sich in die Schüssel erbrach. Er konnte ihr also momentan nicht helfen.

Vinzenz schleuderte Elisabeth, die immer noch leicht benommen war, bäuchlings zu Boden und schwang sich von hinten auf sie. Schnell setzte er einen Würgegriff an. Elisabeth keuchte heftig und lief puterrot an. Ihre Stimme versagte, sodass Vinzenz das gefährliche Knurren nicht hören konnte, dass jetzt in ihr hochstieg.

»Das hast du nun davon, uns eine Diszi reinzudrücken, du Schlampe!«

Er war sich so siegessicher, dass er nicht realisierte, dass sie immer noch einen Arm frei hatte. Sie packte seinen Unterarm fest. Vinzenz schrie vor Schmerz auf, als sich spitze, zentimeterlange Fingernägel in seine Muskeln gruben und er loslassen musste. Elisabeth begann den Arm zu drehen, duckte sich darunter weg und drehte weiter, bis es hässlich krachte, weil die Knochen brachen. Vinzenz schrie wie am Spieß. Er wimmerte und flehte. Als der Oberarm in der Schulter auch noch brach, wurde er bewusstlos.

Genau in diesem Moment flog die Tür erneut auf und Sabrina stand da. Sie hatte vor Schreck geweitete Augen. Dennoch überblickte sie das Chaos und schaltete sofort.

»Elle, komm runter, die Lehrer sind gleich da! Sie dürfen dich so nicht sehen!«

Schlagartig begriff Elisabeth ebenfalls die Gefahr, als sie auf ihre Hand sah, die Krallen daran, das sprießende Fell. In ihrer Verzweiflung sprang sie in die nächste freie Kabine und schlug die Tür zu. Keine Sekunde zu früh, denn in dem Moment tauchten die ersten Lehrer auf. Es waren Herr Stetter, gefolgt von Frau Malim aus dem Kunstunterricht. Kurz darauf tauchte auch noch Herr Greites auf, der Biologie in der Oberstufe gab.

»Oh mein Gott, was ist den hier passiert?«

»Ich rufe einen Krankenwagen!«, rief Frau Malim und rannte sofort wieder weg.

Elisabeth kämpfte gegen ihre Wölfin, die noch nicht mit Vinzenz fertig war. Ein kehliges Knurren entwich ihr, dass sie nur dämpfen konnte, indem sie sich die Klorolle schnappte und hineinbiss. Dann drückte sie die Klauen in ihre Handinnenflächen. Schmerz explodierte, als sich die scharfen Klingen in ihr Fleisch bohrten. Sie konnte die Lehrer an ihrer Tür vorbeirennen hören. Sie riefen sich etwas zu und forderten Sabrina auf, Erste Hilfe zu leisten. Doch davon bekam sie nichts genau mit. Sie konzentrierte sich auf den Schmerz und scheuchte ihre Wölfin zurück. Eine gefühlte Ewigkeit kämpfte sie mit sich, dann wurde die Klotür aufgerissen und Herr Stetter schaute herein.

»Hier ist noch eine Verletzte. Du meine Güte, Elisabeth!« Er nahm sie am Arm und zog sie vorsichtig aus der Kabine, während eine Sirene von draußen den eintreffenden Rettungswagen vermeldete. Elisabeth schaute verstohlen in ihre Hände. Die Löcher hatten sich schon wieder geschlossen, die Krallen und das Fell waren verschwunden. Nur noch schnell verblassende rote Punkte erinnerten daran, wo sie sich gerade selbst verletzt hatte. Doch von dem innerlichen Kampf war ihr schwindelig und sie fühlte sich kraftlos.

Jemand drückte sie sanft auf den Boden und sie bekam etwas nasses Kaltes in den Nacken.

Als die Sanitäter das Jungenklo betraten, verlief für sie alles nur noch in einem Nebel.

Erst deutlich später im Büro des Direktors Dr. Hampernagel bekam sie den Kopf wieder klar. Neben ihr saßen Sabrina, die gerade berichtete, was sich zugetragen hatte, und Theobald, der immer noch verklebte Haare hatte und wie ein Häufchen Elend auf dem Stuhl saß.

»… und dann habe ich mich gewundert, wo sie bleibt, weil die Stunde doch schon angefangen hat. Weil die drei Jungen ebenfalls nicht zurückkamen, bin ich Richtung Klos und habe schon jemanden schreien hören. Da bin ich gleich hingelaufen«, berichtete Sabrina.

Elisabeth drehte leicht den Kopf. Im Raum befanden sich noch Herr Stetter, Frau Malim, Herr Greites und Herr Burglos. Letzterer wirkte extrem beklommen und schaute schuldbewusst zu Elisabeth.

Dr. Hampernagel blickte Sabrina streng an. »Und was hast du dann gemacht?«

Sabrina fuhr fort: »Na ja, ich habe dann die Klotür von den Jungen aufgemacht, weil dort der Lärm herkam, und habe noch gesehen, wie Elisabeth durch den Raum taumelte und am Kopf blutete.«

Erst jetzt bemerkte Elisabeth, dass sie einen Kopfverband trug. Vage konnte sie sich erinnern, dass Sabrina sie verbunden hatte. *Warum hatte sie das nur getan? Das war doch schon sicher längst wieder geheilt.*

»Alim lag an den Waschbecken und schien bewusstlos und Vinzenz lag am Boden auf dem Bauch, der Arm stand so komisch weg.«

»War er auch schon bewusstlos, als du kamst?«, fragte Herr Stetter.

»Ich kann das nicht mit Bestimmtheit sagen. Meine Sorge galt Elisabeth.«

Frau Malim schnaubte auffällig. »Zwei Schwerverletzte auf dem Boden und du sorgst dich um die einzige Person, die im Raum steht.«

Dr. Hampernagel warf ihr einen tadelnden Blick zu.

»Sie ist meine Freundin, natürlich habe ich mir um sie Sorgen gemacht. Wie schlimm es um die Jungen stand, habe ich ja nicht sofort gesehen«, versuchte Sabrina zu erklären.

»Theobald Binsenkraut, vielleicht kannst du ja Licht ins Dunkel bringen.«

»Ich, Herr Dr. Hampernagel?« Theobald schien noch nicht wieder ganz auf der Höhe. Dann räusperte er sich und begann stockend zu erzählen. »Die beiden haben mich im Klo abgepasst und mich beleidigt. Sie haben gesagt, dass ich Ojan und auch sie verpfiffen hätte, weswegen sie eine disziplinarische Anhörung bekommen würden. Dann haben sie es mir heimzahlen wollen, mich geschlagen, mit dem Kopf ins Klo gestopft und wollten mich ertränken.«

Die Lehrer tauschten schockierte Blicke.

»Ich habe nicht gesehen, was passiert ist. Ich musste mich dann übergeben. Aber es ist jemand hereingelaufen gekommen und plötzlich hat mich einer von beiden losgelassen, Alim, glaube ich. Dann hat Vinzenz etwas geschrien wie *Schlampe* und hat mich auch losgelassen und sich auf meine Retterin gestürzt. Ich habe sie kämpfen gehört. Es hat gescheppert und geknallt.«

»Hast du beobachten können, was genau passiert ist?«, hakte Herr Stetter nach.

»Nein, ich hing noch über der Schüssel und die Tür war wieder zugefallen. Aber dann hat erst Elisabeth aufgeschrien. Danach klang es, als wenn sie keine Luft mehr bekäme, und kurz darauf schrie Vinzenz. Er hat nicht mehr aufgehört zu schreien, bis ich Sabrinas Stimme gehört habe.«

»Und was hat Sabrina gesagt?«, schoss Dr. Hampernagel hinterher.

Theobald warf einen Blick zur Seite zu Sabrina, die warnend die Augen aufriss. »Ich kann mich nicht mehr erinnern«, sagte er schließlich.

»Danke Theobald. Und was hast du zu dem Vorfall zu sagen?«

Elisabeth wusste, dass alle Augen jetzt auf sie gerichtet waren. Sie holte tief Luft. »Ich habe vom Mädchenklo aus gehört, dass Theobald von den anderen beiden drangsaliert wurde.«

»Das ist nicht direkt nebenan. Da ist noch der Serviceraum dazwischen.«

Elisabeth erschrak etwas. Das hatte sie nicht bedacht, doch Sabrina sprang ihr bei.

»Man kann das schon hören, wenn man auf dem richtigen Klo sitzt. Die Leitungen, wissen Sie!«

Die Lehrer nickten langsam, dann sagte Elisabeth weiter: »Sie waren ja auch sehr laut. Ich habe nicht jedes Wort verstanden, aber ich habe begriffen, dass jemand in Not war.«

»Und dann bist du rübergelaufen und hast die Jungen aufgemischt, allen voran Alim, anstatt Hilfe zu holen«, blaffte Frau Malim sie an.

»Lassen Sie bitte das Mädchen ausreden«, tadelte sie Dr. Hampernagel erneut. »Erzähle weiter!«

»Na, ich bin halt rübergelaufen. Hilfe zu holen, daran habe ich nicht gedacht. Und dann habe ich sie gesehen, wie sie Theobald ins Klo gesteckt und gespült haben. Er hat keine Luft mehr bekommen. Da muss ich durchgedreht sein. Ich kann mich nicht klar erinnern, was ich gemacht habe, aber Alim lag schnell am Boden und Vinzenz hat mich irgendwie mit dem Kopf gegen die Wand gestoßen und dann gewürgt. Ich bekam keine Luft mehr.«

»Als wir kamen, hattest du dich in einer Klokabine versteckt. Warum?« Herr Stetter sah sie ernst an.

»Ich weiß nicht«, log Elisabeth. Sie wusste schon warum, aber sie konnte wohl kaum sagen: *Damit sie meine halbe Verwandlung zu einer Werwölfin nicht sehen konnten ...*

»Das ist alles meine Schuld«, meldete sich Manfred Burglos. »Ich habe vorhin in der Pause Elisabeth angesprochen und ihr erzählt, dass sie nicht einfach den Abhang hinuntergefallen ist, sondern dass sie von den beiden gestoßen wurde. Ich vermute, dass bei ihr dann bei der Rettungsaktion für ihren Freund die Sicherungen durchgebrannt sind, als es schon wieder die zwei Unruhestifter waren.«

»Dennoch war es Notwehr«, stellte Herr Greites fest.

»Sie hat Theobald in einer akuten Notlage beigestanden. Der Verlauf des Kampfes ist tragisch, aber es fand wohl auch eine erhebliche Gegenwehr statt und Elisabeth musste sich verteidigen.«

»Verteidigen?« Frau Malims Stimme überschlug sich fast. »Alim hat mehrere Prellungen und Rippenbrüche und innere Verletzungen. Vinzenz' Arm ist mehrfach gebrochen und fast aus dem Gelenk gedreht worden. Das Mädchen ist ein Sicherheitsrisiko, eine Gewalttäterin. Sie hätte nur schreien müssen und Hilfe wäre gekommen, aber sie hat beschlossen, die Jungen fertig zu machen. Wir sollten einmal in Hannover nachfragen, warum sie so eilig den

Wohnort und die Schule gewechselt hat. Sicherlich kann man uns da eine interessante Geschichte erzählen.«

»Frau Malim, beruhigen Sie sich!«

»Nein, ich habe eine Frage an sie.« Und zu Elisabeth gewandt: »Hast du es genossen, als du dem armen Jungen den Arm gebrochen hast?« Sie war zwei Schritte auf Elisabeth zugetreten. Diese zuckte zunächst, als wenn etwas sie quälte, doch dann sprang sie blitzschnell auf und drehte sich dann zu Frau Malim um. Elisabeth ballte ihre Hände zu Fäusten, bis Blut zwischen ihren Fingern hervorquoll. Bevor sie sich auf ihre Lehrerin stürzen konnte, sprang Sabrina dazwischen.

»Stopp! Dies ist doch eine Anhörung, kein Kreuzverhör. Wir haben Ihnen nach bestem Wissen und Gewissen geantwortet. Wir wissen alle, dass Vinzenz und Alim keine Waisenknaben sind. Sie tyrannisieren uns schon die ganze Schulzeit. Wenn Sie eine Anzeige erstatten wollen, dann bitte, aber nach meiner Meinung, und da bin ich nicht alleine, haben die Jungs endlich die Quittung bekommen, die sie verdient haben.«

Damit funkelte sie Frau Malim kämpferisch an, während sie in ihrem Rücken Elisabeth konzentriert durchschnaufen hörte. Theobald war auch aufgesprungen und versuchte, Elisabeth durch leises Zureden zu helfen, nicht durchzudrehen. Herr Stetter und Herr Burglos hielten Frau Malim zurück.

In diesem Tumult ging die Tür auf und Elisabeth Wollner kam herein, gefolgt von Anna Binsenkraut.

»Was ist hier los?«, donnerte Letztere in den Raum. Die Beteiligten hielten erstaunt inne. Sekunden vergingen, in denen alle schwiegen. Plötzlich konnte Elisabeth spüren, wie ein Prickeln über sie brandete. Hatte Frau Binsenkraut gerade gezaubert? Sie erkannte, dass Theobald und Sabrina es bemerkt hatten, aber auch jemand anderes. Ihre Mutter war stehengeblieben und erbleicht. Da das aber zu der Situation passte, bemerkte keiner etwas, denn Frau Binsenkraut konnte so ihr Gesicht nicht sehen.

Aus dem Mundwinkel zischte Theobald noch leise den anderen beiden zu: »Nicht bewegen!« Dann wurde das Prickeln auf der Haut sehr stark. Die Wölfin wurde schlagartig wieder wach und sträubte sich instinktiv dagegen, um die Magie abzuschütteln. Und es gelang ihr. Elisabeth überraschte das, aber sie versuchte, mitzuspielen und sich nicht zu bewegen, wie Theobald ihr gesagt hatte. Sabrina kämpfte ebenfalls dagegen an, verlor jedoch den Kampf anscheinend. Dann erstarrten plötzlich alle anderen ganz. Elisabeth konnte kein Herz mehr um sich herum schlagen hören, nur noch das der Binsenkrauts, ihr eigenes und das ihrer Mutter. Diese wackelte noch kurz, als wollte sie etwas tun, erstarrte aber dann auch, als sie Elisabeths warnenden Blick sah.

Theobald richtete sich auf. »Mama, das geht zu weit. Du kannst nicht einfach alle hier mit einem Zauber lahmlegen.«

»Doch mein Junge, das kann ich. Erzähle mir jetzt auf der Stelle, was ihr angestellt habt, aber beeile dich. Ich kann die Zeit nicht lange anhalten.«

In Kurzfassung ratterte Theobald das Erzählte herunter. Elisabeth konnte ein ums andere Mal sehen, dass die Augen ihrer Mutter immer größer wurden, doch sie spielte mit.

Als Theobald geendet hatte, stellte Frau Binsenkraut sich vor Frau Malim, die wie eine Wachsfigur weiter geradeaus starrte, und legte ihr beide Hände auf die Schläfen.

»Du wirst dich beruhigen. Die Jungen sind schuld, Elisabeth hat sich nur gewehrt. Sie ist eine Heldin. Du wirst deinen Ärger vergessen«, sprach sie eindringlich. »Und dann wirst du zum Friseur gehen, das Kopftuch ablegen und dir die Haare färben lassen. Du bist eine schöne Frau. Versteck dich nicht.«

»Mama, lass gut sein!«

»Ich bin noch nicht fertig!«

Sie ging zu Dr. Hampernagel, der mitten in der Aufstehbewegung erstarrt war. »Sie werden die Jungen mit einem verschärften Verweis davonkommen lassen und verzichten bei Elisabeth ganz auf eine Strafe. Belassen Sie es bei einer Ermahnung. Und Sie werden ihr Rasierwasser wechseln. Nehmen Sie was von Joop, das überdeckt den Alkohol besser.«

»Mama!«

Doch diese ging schon weiter zu den anderen Lehrern und flüsterte ihnen auch jeweils etwas ein. Die Situation war so skurril, dass Elisabeth kämpfen musste, um nicht gegen ihren Willen loszulachen. Sie bewegte sich minimal, woraufhin Theobald sie warnend ansah. Anna Binsenkraut schien es nicht bemerkt zu haben, ihre Mutter hingegen schon. Wenn es überhaupt noch möglich war, wurden ihre Augen noch größer. Doch dann beendete Frau Binsenkraut, die jetzt sichtlich schwitzte, ihre Einflüsterung und ging an ihren Ursprungsplatz zurück.

»Stelle dich wieder dahin, wo du eben gestanden hast!«, forderte sie Theobald schwer atmend auf und schnippte kurz darauf mit allen vier Fingern der rechten Hand nacheinander. Das Prickeln verschwand.

»Ich weiß es jetzt, die Jungen sind schuld und du bist eine verdammte Heldin!« Frau Malim brach ab und schaute sich verwirrt um. »Warum halten Sie mich fest? Das ist sie doch!«

»Ich glaube ...«, Dr. Hampernagel stand jetzt auch endlich, »wir lösen das Problem auf die sanfte Art. Die beiden Jungen haben sicher über die Stränge geschlagen und dafür einen verschärften Verweis verdient, aber Elisabeth als Leidtragende des ersten Anschlages werden wir mit dieser Ermahnung, beim nächsten Mal gleich Hilfe zu holen, entlassen. Ich glaube, ich möchte jetzt alleine sein.«

»Ich habe noch einen Friseurtermin«, plapperte Frau Malim los und ging. In allgemeiner Verwirrung löste sich die Versammlung auf. Elisabeth warnte ihre Mutter nochmal mit energischem Kopfschütteln, ja den Mund zu halten. Dann gingen sie zu fünft hinaus. Die Schule war inzwischen aus, da sie den restlichen Unterricht wegen der Anhörung verpasst hatten. Frau Binsenkraut verabschiedete sich noch auf der Treppe, sie habe noch einen dringenden Termin. Elisabeth wurde von ihrer Mutter halb in das Auto der Wollners gezerrt.

Als sie abgefahren waren, wandte sich Sabrina an Theobald.

»Das war der allerschärfste Auftritt deiner Mutter, den ich je miterlebt habe. Ich konnte mich zwar nicht bewegen, aber ich habe es irgendwie geschafft, bei Besinnung zu bleiben. Oh Mann, kann die zaubern.«

Theobald grinste zurück. »Ja, auch wenn sie davon die nächsten Tage eine fürchterliche Migräne haben wird. So wie ich sie kenne, wird sie jetzt gleich im Krankenhaus vorstellig und verändert die Erinnerungen von Vinzenz und Alim.«

»Macht sie das öfter?«

»Nein, und das ist das Merkwürdigste. Sie hat eben haufenweise Richtlinien des Rates gebrochen.«

»Ist mir egal«, sagte Sabrina, »sie war megacool!«

Eine alte Bekannte

Emilia Wollner fuhr äußerst langsam und krallte sich so an das Lenkrad, dass Elisabeth schon Angst bekam, sie wolle es herausreißen. An der Einfahrt zum Innerstetal hielt sie schließlich auf der Seite bei einem Gesteinsaufschluss an und stellte den Motor ab. Lange starrte ihre Mutter geradeaus. Sie schien auf irgendetwas in der Ferne zu blicken. Elisabeth war ebenfalls in sich gekehrt und schwieg. Ihr war während dieser Fahrt erst so richtig klar geworden, wie knapp sie heute davor gestanden hatte, einen Menschen zu töten. Wenn Sabrina nicht plötzlich in der Tür aufgetaucht wäre, hätte sie vermutlich Vinzenz' Arm ganz herausgerissen und sich in eine Wölfin verwandelt. Diese hätte sich dann auf jeden Fall auf ihn gestürzt und das hätte er nicht überlebt. Sie hatte sich nach innen gekehrt und mit ihrer animalischen Seite geschimpft, die aber keine Notiz von ihr nahm.

Plötzlich schlug Frau Wollner mit der Faust fest aufs Lenkrad, dass ihre Tochter zusammenzuckte. »Jetzt bin ich mir ganz sicher.« Als Elisabeth sie erstaunt ansah, setzte sie hinzu: »Sie ist es tatsächlich.«

»Wer ist was?« Elisabeth konnte nicht ganz folgen.

»Anna!«

»Ja, sie ist die Mutter von Theobald. Die Apothekerin aus Zellerfeld. Du kennst sie. Ihr habt euch sogar zur Wintersonnenwende verabredet.«

Elisabeth blickte immer noch verwirrt. Dass sie eine Hexe war, konnte sie ihrer Mutter nicht erzählen. Das hatte Theobald ihnen noch unter dem Schweigezauber verraten, aber Anna hatte sich eben selbst offenbart. Ihre Mutter musste noch mehr wissen, denn sie schien sich an etwas zu erinnern.

»Nein, das ist es nicht. Ich hatte schon eine ganze Weile geahnt, dass sie eine Hexe ist, weswegen ich in Zellerfeld keine Komponenten mehr eingekauft habe, um mich nicht zu verraten, aber auch das ist es nicht. Ich meine, ich kenne sie persönlich. Von früher.«

Nun war Elisabeth perplex. »Wann früher?«

»Als ich noch eine angehende Hexe war. Mir ist es erst jetzt wieder eingefallen, obwohl ich schon seit einer Weile das Gefühl hatte, sie von irgendwoher zu kennen. Sie hat sich gewaltig verändert. Wir nannten sie damals nur Anna Bohnenstange. Sie hatte schwarz gefärbte, sehr kurze Haare und lief immer in Militärklamotten herum. Ich hatte total vergessen, dass sie auch einen anderen Namen hat. Da war ich so in eurem Alter. Sie war Jägerin und eine der Ausbilderinnen in Selbstverteidigungszaubern. Ich hatte sie ein paar Mal in Vertretungsstunden. Mich hat sie vermutlich nicht erkannt, weil sie mich heute für eine Nichtmagische hielt, was ja auch quasi stimmt. Da ich durch die Heirat meinen Namen gewechselt habe, konnte sie mich an dem Nachnamen nicht erkennen. Außerdem war ich mal etwas molliger. Ich habe sie erst erkannt, als sie dieses eigentümliche Fingerschnipsen gemacht hat. Das hat sie schon damals immer getan.«

Das war ein Geständnis, mit dem Elisabeth nicht gerechnet hatte. Dies wurde ja immer verrückter.

»Wenn sie einen Sohn bekommen hat, ist klar, warum sie bei den Jägerinnen hochkant rausgeworfen wurde. Sie war sehr gut damals, hatte den fast legendären Ruf, jeden erwischen zu können. Oh mein Gott, und genau sie hat gerade direkt vor meiner Nase das halbe Kollegium verzaubert und dir den Hintern gerettet.«

»Ja Mama, so sieht es wohl aus.«

»Wusstest du, dass sie eine Hexe ist?« Sie blickte ihre Tochter forschend an.

»Äh, ich, Mama, na ja ...«

Emilia Wollner unterbrach sie sofort und wurde fast schon hysterisch. »Klar, du wusstest es. Wir können nicht mehr hierbleiben. Wir müssen weg, irgendwo anders hin. Sie wird uns an die Jägerinnen melden und dann bringen die uns um, oder sie tut es gleich höchstpersönlich.«

»Aber Mama, ich bin mir sicher, dass sie es nicht tun wird. Sie wird es nicht können.«

Ihre Mutter, immer noch kreidebleich, schaute ungläubig. »Warum denn? Was wäre so wichtig für sie, dass sie dafür uns nicht ans Messer liefern würde, wenn sie jemals herausbekommt, wer und was wir sind?«

»Das kann und darf ich dir leider nicht sagen, weil ich einen … äh … Schwur leisten musste. Aber du brauchst dir keine Gedanken darüber machen. Sie ist ja schließlich auch keine Jägerin mehr, oder?«

Emilia wirkte nicht überzeugt. »Sag mal, das hat was mit Theobald zu tun, richtig?«

Elisabeth machte eine Geste, mit der sie so tat, als ziehe sie einen Reißverschluss an ihrem Mund zu.

»Natürlich, er hat irgendwie bemerkt, dass du den Zauber abschütteln konntest, und er muss dich auch vorgewarnt haben«, überlegte sie weiter. »Du hast mich ja auch gleich mit deinem Blick gewarnt.«

»Mama, das geht jetzt aber zu weit«, versuchte Elisabeth sie zu bremsen, erreichte jedoch genau das Gegenteil davon.

»Ich weiß, dass du an dem Abend, als diese riesige, magische Welle ausgelöst wurde, nicht zu Hause warst. Wo warst du? Oder sollte ich besser fragen: Wo wart ihr?«

Elisabeth schwieg. Sie hatte vermutlich schon zu viel verraten. Ihre Mutter schaute sie immer noch ernst an. Als sie merkte, dass Elisabeth hier dichtmachte, versuchte sie es anders.

»Sag mal, was war das denn für eine Sache im Jungenklo? Ich habe ja nur die Stenovariante von Theobald gehört und er hat vermutlich seiner Mutter die Sache ein wenig optimiert dargestellt, um mich mal vorsichtig auszudrücken.«

Das Thema war unangenehm, doch immerhin konnte Elisabeth darüber reden. Sie berichtete ihrer Mutter aus ihrer Sicht, was sich zugetragen hatte. Das mit dem Laufen und Herrn Burglos ließ sie auch nicht aus, jedoch verschwieg sie, dass Sabrina sie mit schon halb verwandelten Klauen gesehen hatte. Das hätte dann doch zu viel preisgegeben. Schließlich endete sie mit dem Satz: »Mama, ich bin mir heute erst wirklich bewusst geworden, wie stark ich bin und dass ich Menschen einfach töten kann.« *Und ich wollte sie für einen Moment töten und sogar fressen,* setzte sie stumm im Geist hinzu.

»Mein liebes Kind!« Sie war nun wieder ganz die fürsorgliche Mutter und strich ihr dabei durch die Haare. »Das hättest du sicher nicht gemacht. Du warst nicht du selbst.«

»Da bin ich mir nicht mehr ganz so sicher, Mama! Vielleicht sollte ich den Trank wieder nehmen.«

Ihre Mutter wirkte bedrückt. »Ich fürchte, das wird nicht mehr viel bringen.«

»Warum? Er hat doch früher auch immer geholfen, dass ich mich nicht verwandle!« Elisabeths Stimme wurde jetzt verzweifelt.

»Ich glaube, ich muss dir etwas sagen, was ich schon die letzten Tage hätte tun sollen. Es ist mir heute klar, dass es mit dem Trank all die Jahre nur ein Kampf um Zeit war, den wir nun schließlich verloren haben«, erklärte ihre Mutter mit resignierter Stimme. »Borga hatte schon mit einer hohen Dosis begonnen, als du sehr klein warst. Diese Dosis haben wir regelmäßig verstärken müssen und die Intervalle wurden immer kürzer. Als du in die Pubertät gekommen bist, mussten wir sogar fast monatlich verdoppeln. Dein Körper hat schließlich nicht mehr auf die Stoffe reagiert. Zum Schluss konnte selbst Magie den Trank nur noch kurzzeitig stabil halten. Höher konzentrieren kann man ihn nicht mehr. Du bist immun. Immerhin hast du dich ja zu einem erheblichen Maße von dem Trank ernährt.«

»Was? Aber das darf nicht sein.« Für Elisabeth schwand gerade ihre letzte Hoffnung, das Tier in ihr im Zaum zu halten. »Und für Notfälle?«

Das Kopfschütteln ihrer Mutter nahm ihr auch diese. »Ich habe dir letztens, als wir diesen Streit in der Küche hatten und du dich beinahe verwandelt hast, aus lauter Verzweiflung zwei ganze Flaschen eingeflößt. Ich hatte schon Angst, dass ich dich vergiftet habe, aber dein Körper hat den Trank noch schneller abgebaut als früher. Ich fürchte, er würde heute dir selbst in dieser Menge höchstens ein kurzes Brennen verursachen, mehr nicht. Du wirst lernen müssen, dich mit Willenskraft unter Kontrolle zu halten! Aber anderen Werwölfen gelingt das ja auch.«

»Was ist, wenn ich es nicht schaffe und jemanden töte und … fresse … wie diesen Hund?« Elisabeth war nun verzweifelt, auch ihr standen die Tränen in den Augen und sie fuhr ihre Mutter an. Die Wölfin knurrte bereits in ihrem Inneren und ihre Augen wurden gelb.

Ihre Mutter schniefte und schob zitternd die Hand auf die ihrer Tochter. »Dann wirst du dennoch weiterhin meine Tochter bleiben. Du darfst immer zu mir kommen und mir deinen Kummer ausschütten! Ich werde dir helfen und nichts verschweigen.«

Das war ganz und gar nicht das, was Elisabeth hören wollte. Es konnte doch nicht mit ein bisschen Kuscheln und einer Tasse Kakao erledigt sein, wenn man zur Mörderin wurde. Sie schob die Hand ihrer Mutter weg und sprang aus dem Auto.

»Ich laufe nach Hause.« Sie knallte die Tür heftiger zu, als sie beabsichtigt hatte, und rannte los, die Straße entlang.

Frau Wollner starrte ihrer Tochter hinterher. Es waren zu viele Dinge in zu kurzer Zeit passiert und ihr waren die Hände gebunden. Nicht auszudenken, wenn Anna Elisabeths Aura bemerkte. Vorhin im Lehrerzimmer hätte nicht mehr viel gefehlt und alles wäre aufgeflogen. Sie musste mit Borga telefonieren. Um einzugreifen, brauchte sie ihre Macht zurück. Nur dann konnte sie ihre Tochter schützen. Im Moment war sie hilflos. Es war sogar schlimmer als bei normalen Menschen. Die bekamen von all dem fast nichts mit. Aber sie sah alles, konnte aber nicht eingreifen.

Emilia zog ihr Mobiltelefon aus der Tasche und wählte. Es handelte sich nicht direkt um die Nummer von Borga, dafür war diese viel zu vorsichtig. Sie rief eine automatische Box an, die wie eine Servicehotline klang, aber sie wusste, dass sie nun den Code eingeben musste, den Borga ihr gegeben hatte. Sie wiederholte die Prozedur dreimal.

Dann wartete sie. Würde Borga antworten? Es konnte Stunden dauern, vielleicht sogar Tage, bis sie zurückrief. Als sie nicht mehr warten wollte, ließ sie schließlich den Motor an und fuhr Elisabeth hinterher. Diese würde schon längst zu Hause sein.

Elisabeth lief immer schneller. Sie rannte sich die Wut und die Verzweiflung von der Seele. An ihrem neuen Zuhause flitzte sie mit einer Geschwindigkeit vorbei, dass zwei Wanderer, die gerade irgendwas am Straßenrand begutachteten, zusammenfuhren. Sie bog, ohne zu schauen, in den Weg zum Unteren Hahnebalzer Teich ein. Ein warnendes Heulen erklang hinter ihr. Der Rudelwächter hatte sie offenbar auch bemerkt, aber da rannte sie auch schon die letzten Meter auf den Damm. Ohne langsamer zu werden, sprang sie kopfüber in den Teich. Das grüne dunkle Wasser fühlte sich eiskalt an und der Druck auf den Ohren wurde diesmal noch stärker, da sie richtig tief tauchte. Sie ließ sich durch das Wasser treiben, während die Überreste von Ästen und Bäumen, die im See lagen, unter ihr hinwegglitten. Es tat so gut. Erst eine gefühlte Ewigkeit später tauchte sie langsam wieder auf. Sie war fast bis auf die andere Seite durchgetaucht. Ihre Füße berührten den Boden bereits, aber er war an dieser Stelle so schlammig, dass sie nicht stehen konnte. Als sie sich umsah, erkannte sie eine schwarzbraune riesenhafte Gestalt, die auf der andern Seite neben dem Striegelhaus stand und zu ihr herüber spähte. Albert. Glücksgefühle durchfluteten sie. Er würde verstehen, wie sie sich fühlte. Noch einmal tauchte sie in die kühle Tiefe hinab, schlug aber schon die Richtung zum Striegelhaus ein. Nach ein paar weiteren Schwimmzügen erreichte sie das Ufer. Albert hatte sich verwandelt und saß splitterfasernackt im Gras, die Beine verschränkt und die Hände im Schoß, dass sie nicht allzu viel erkennen konnte. Was sie jedoch sah, machte sie allerdings bereits auf eine komische Art und Weise nervös.

»Was machst du hier?«, fragte sie, als sie aus dem Wasser stieg.

»Es kann nicht immer derselbe die ganze Zeit über dich wachen. Auch wir müssen ja mal schlafen. Und immerhin bin ich dein Leitwolf. Außerdem wollte ich dich wiedersehen, du gefällst mir so nass.«

Das zauberte ihr ein verschmitztes Lächeln ins Gesicht. Sie zog nach kurzem Nachdenken die Sachen aus und breitete sie zum Trocknen aus, ließ aber ihre Unterwäsche an. Ein wenig Schamgefühl hatte sie immer noch. Als sie sich neben ihm ausstreckte und in den Himmel blickte, verflogen ihre Sorgen irgendwie.

Er schaute sie offen an: »Wenn du drüber reden willst. Hier bin ich!«

»Nein, für den Moment nicht.«

»Stört es, wenn ich rede?«, kam die vorsichtige Frage.

»Wenn du unbedingt musst.«

Er legte sich etwa eine Handbreit neben sie auf den Bauch, dass sie seinen Körpergeruch wahrnehmen konnte. Die Wölfin war heruntergekühlt, daher dachte sie, es sei ungefährlich. Aber dann sog sie den Geruch nach Mann, Wolf und Schweiß tief ein und ihr wurde sogleich viel wärmer. Es schwebte dabei eine starke Note nach Tannenharz mit.

»Ich habe die ganze Zeit unter einer jungen Tanne gelegen. Sorry!«, sagte er unvermittelt, als er ihre Gedanken erriet. »Das Harz klebt einem dann im Fell und geht nur schwer wieder raus.«

»Egal!«, kam von ihr. »Es riecht wenigstens nicht nach Blut«, dann verfiel sie in Schweigen.

Eine Weile lang lagen sie nur so da. Dann fing er unvermittelt an zu erzählen.

»Ich war noch keine zehn Jahre, als ich meine erste Verwandlung hatte. Es begann an einem eiskalten Wintertag irgendwann im Februar. Die Luft schnitt einem in die Lungen, wenn man atmete. Mein Vater hatte es irgendwie gespürt, dass es so weit war, und mir den alten Bernd aus dem Rudel zur Begleitung zugeteilt, weil er selbst zu einem Konvent der anderen Rudel musste. Ich mochte Bernd damals nicht sonderlich. Sicher, er gehörte zum Rudel, aber er war wohl neidisch darauf, dass ich als Sohn des Alphas bereits mehr Ansehen genoss als er zu seinen besten Zeiten. Deswegen hat er es mir oft schwer gemacht. Er war damals so um die hundertzwanzig, schätze ich.«

»Wie alt?« Elisabeth hing seit den ersten Worten an Alberts Lippen und lauschte aufmerksam.

»Wir werden recht alt im Vergleich zu Menschen. Die Regeneration hilft sehr. Altersgebrechen kommen eigentlich erst, wenn wir die Lust am Jagen langsam verlieren und kein Fleisch mehr wollen.«

»Wie alt können Werwölfe werden?« Sie stützte sich hoch.

»Ehrlich gesagt, weiß ich das gar nicht. Im Hasselfelder Clan soll es eine Omega geben, die fast zweihundert Jahre alt ist. Aber es gibt Geschichten über noch viel ältere Werwölfe. Eine echte Grenze kenne ich nicht, auch wenn viele vor ihrer Zeit sterben. Im Alter setzt der Hunger irgendwann aus, dann wird die Regeneration schwächer und eines Tages gehen wir auf unsere letzte Jagd.«

Das alles war neu für Elisabeth und sie blickte ihn erwartungsvoll an, auf dass er weitererzählte. Er machte für einen Moment eine Pause, bevor er fortfuhr.

»Bernd jedenfalls hatte dreimal in seinem Leben um die Rudelführung gekämpft und stets verloren. Wie du siehst, er war immer noch da. Die Kämpfe sind also nicht immer so schlimm, wie ich es beschrieben habe. Er war zu meiner Zeit unser Omega, also der letzte Wolf in der Reihe. Vielleicht war es seine Absicht, meinem Vater eins auszuwischen, den er noch nie hatte leiden können. Als es später Abend wurde, kam jemand zu der Hütte, in die wir uns zurückgezogen hatten. Zunächst hielt ich es für einen Zufall. Erst später erfuhr ich, dass Bernd eine junge Frau zu uns eingeladen hatte. Sie war eine Geologiestudentin von der Uni und hieß Magdalene. Sie brachte Brot, Bier und Käse mit. Bernd musste ihr erzählt haben, dass er ganz alleine in dieser Hütte mit seinem Sohn lebte und kein Geld hatte, aber er hatte ihr von ein paar Stollen erzählt, die er kannte, und für die interessierte sich Magdalene. Er hingegen interessierte sich für sie. Das fiel mir damals schon auf und an dem Abend kurz vor der Verwandlung roch ich genau sein Verlangen. Er war ein Omega und als solcher durfte er nicht entscheiden, schon gar keinen beißen und damit verwandeln. Doch er wollte unbedingt eine Gefährtin. Hätte er sie selbst gebissen, wäre es sein Todesurteil gewesen. In der Nacht habe ich mich verwandelt.«

Elisabeth vergaß zu atmen.

»Was dann passiert ist, daran kann ich mich nicht erinnern, das weiß ich nur aus dem, was mir dann mein Vater später gesagt hat.«

»Ist sie ... ich meine, hast du sie ... das ist ja schrecklich!«

Alberts Gesichtsausdruck wurde bedrückt. »Sie hat überlebt, aber du musst wissen, dass die Narben, die sie zum Werwolf machen, bei den Gebissenen nie ganz verheilen. Magdalene war eine echte Clausthaler Studentin. Sie hat sich gewehrt und mich mit dem Geologenhammer, das ist eine richtige Waffe, erwischt. Ich muss völlig durchgedreht sein. Bernd hat mich dann gepackt und von ihr weggerissen, aber ich habe sie böse zugerichtet. Ihr Leben hing lange an einem seidenen Faden. Auch wenn ich damals ein Kind war, hat sie mir nie wirklich verziehen. Wenn du sie siehst, solltest du das wissen. Sie sah einmal wunderschön aus. Bis zu dieser Nacht. Sie erinnert mich immer daran, zu was schon ein kleiner angehender Werwolf fähig ist. Und ich muss damit jeden Tag leben.«

»Und Bernd? Ist sie mit ihm zusammen?« Elisabeth musste einfach fragen.

»Nein, ihn hat sie noch mehr gehasst als mich, weil er das eingefädelt hat. Mein Vater hat ihm damals die Kehle herausgerissen. Ein Tod, den ich mir auch anlaste, obwohl er mich benutzt hat. Ich hätte das alles vermeiden können, wenn ich mich damals im Zaum gehabt hätte.«

Elisabeth blickte Albert mitleidig an. »Das tut mir sehr leid. Du konntest nicht wirklich etwas dafür. Es war dein Wolf, nicht du.«

Er schüttelte heftig den Kopf. »Doch, wir können immer etwas dafür. Wir sind es, die verletzen, töten und fressen. Wir entscheiden. Deswegen müssen wir eins werden mit unserem Wolf, sonst können wir ihn nicht richtig verstehen. Wir würden immer ein hilfloser Mensch im selben Körper zusammen mit einer Bestie bleiben. Werwölfe, die das ignoriert haben, sind irgendwann wahnsinnig geworden. Viele bringen sich selbst um, was nicht leicht ist. Andere verlieren ganz die Kontrolle und richten Massaker an, bis sie zur Strecke gebracht werden. Was auch immer dir heute widerfahren ist, du musst es akzeptieren. Du redest von dir und deiner Wölfin. Das ist Quatsch. Du bist es selbst und je eher du das verstehst, desto schneller hast du die Kontrolle über dich. Und darüber reden hilft. Deswegen bin ich ja da.«

Als er geendet hatte, schaute Elisabeth zunächst stumm auf den See. Was sie soeben gehört hatte, ließ all die Dinge, die sie getan hatte, in einem anderen Licht erscheinen. Dann berichtete sie ihm schweren Herzens, was ihr widerfahren war. Sie ließ aber alle Dinge, die Theobald oder Sabrina betrafen, weg. Dass Sabrina ihre beginnende Verwandlung gesehen hatte, verschwieg sie ebenfalls. Als sie geendet hatte, rutschte Albert an sie heran, nahm sie in den Arm und drückte sie sanft. Es tröstete sie und war ihr in dem Augenblick auch nicht peinlich.

»Ich werde dich lehren, die Kontrolle zu behalten. Der See war eine gute Idee von dir, auch die wachsenden Krallen in die eigenen Hände zu drücken. Wenn einmal eine Verwandlung so richtig eingesetzt hat, kann man sie nämlich nicht mehr aufhalten. Wir werden morgen noch andere Techniken üben. Lass uns gehen.«

Sie sprachen dann kein Wort mehr. Elisabeth brauchte Zeit, um all das zu verarbeiten, und er ließ ihr jetzt die nötige Ruhe. Sie zog sich wieder an, doch diesmal waren ihre Sachen noch richtig nass, und bei dem Versuch, ihre Jeans wieder anzuziehen, zerriss sie diese. Albert nahm sie ihr kurz ab und riss beide Beinlinge so ab, dass es eine kurze Hose wurde. Mit den ausgefransten Beinen sah sie verwegen aus und sie war sich auch nicht sicher, ob man nicht schon etwas von ihrem Hintern sehen konnte. Aber sie fühlte sich immerhin nicht mehr nackt. Albert nahm wieder seine Wolfsgestalt an. Eine Weile lang liefen sie den Weg nebeneinander her. Bevor sie sich dann trennten und er zu der Tanne durch den Wald zurücklief, nahm sie seinen großen Kopf in die Hände.

»Weißt du, wenn du da bist, fühle ich mich irgendwie total verstanden und nicht mehr allein. Danke!« Sie küsste ihn auf die Nasenspitze und er stieß ein Fiepen aus, dass dem Geräusch nach eher von einem Schoßhund stammte als von einem riesigen Wolf. Dann drehte er sich um und verschwand im Wald.

Als sie nach Hause kam und ihre Hosenbeine in die Mülltonne stopfte, hörte sie ihre Mutter im Wohnzimmer telefonieren. Sie wollte nicht lauschen und hielt sich die Ohren zu, doch als sie die Treppe hochging, stand Klara ihr im Weg.

»Du bist ja schon wieder nass. Und wie sieht deine Hose aus? Die ist ja verboten kurz abgerissen. Warst du wieder bei ihm?«

Elisabeth wollte sie schon anfahren, dass es sie gar nichts anginge, aber da erinnerte sie sich daran, was ihre Mutter gesagt hatte. Solange Klara glaubte, dass sie eine Liebesromanze habe, würde sie das von anderen Gedanken abhalten.

So antwortete sie schnippisch: »Vielleicht!«

Doch damit gab sich Klara nicht zufrieden. »Weißt du, was in der Schule los war? Sie sagen, du hättest das ganze Jungenklo demoliert und zwei Jungen, Vinzenz und diesen anderen, halbtot geprügelt. Sie liegen im Koma, habe ich gehört. Stimmt das? Fliegst du jetzt von der Schule oder kommst du ins Gefängnis?«

Klar, Klara ging auf dieselbe Schule. Wie hätte sie es auch nicht erfahren sollen? Immer noch herausfordernd, aber auch neugierig fixierte ihre kleine Schwester sie. Es war wohl besser, ihr einen gefilterten Teil davon zu erzählen. Die Gerüchte schossen sicher schon ins Kraut.

»Das ist nicht ganz die Wahrheit. Die beiden Deppen haben Theo gequält und ich habe das zufällig mitbekommen. Es ist nur ein Spiegel kaputt gegangen. Nicht der Rede wert.«

»Aber du hast zwei starke Jungen zusammengeschlagen. Ich meine, du bist sportlich, aber das waren richtige Muskelpakete.« Klara ließ nicht locker.

»Ich hatte riesiges Glück. Der eine hatte soviel Schwung, dass er sich quasi selbst k. o. gehauen hat, und der andere ist so blöd gefallen, dass er sich den Arm gebrochen hat. Wie gesagt, ich hatte reines Glück. Aber ich bin sogar gelobt worden, weil ich Theo geholfen habe.«

Doch nun sah sie etwas in Klaras Augen, was sie beunruhigte. »Wow! Jetzt werden mich die anderen nicht mehr ärgern. Ich drohe ihnen damit, dass du sie fertig machst, wenn sie mich auch nur noch einmal schief ansehen! Das mit dem Glück verschweige ich einfach. Ich wasch auch für dich ab. Vielleicht kommst du mal auf dem Pausenhof vorbei und sagst denen ein paar passende Sätze.«

Jetzt reichte es Elisabeth aber. »Den Teufel wirst du. Ich habe schon genug Scherereien.«

Sie schob ihre Schwester beiseite, dass sie beinahe wieder hinfiel, und ging auf ihr Zimmer.

Nekromantie für Einsteiger

In den letzten Tagen war die Schule für Sabrina wie im Nebel verlaufen. Sie hatte dem Unterricht zwar folgen können, war aber ab und zu weggedöst. Auch hatte sie sich nicht mehr so oft gemeldet. Nach den Schulaufgaben hatte sie für ihre Freunde keine Zeit, denn dann begann das Training mit Sophie. Nach bereits zwei Tagen hatte sie die Abschirmung zu ihrer großen Begeisterung gemeistert, auch wenn sie dafür zwei Nächte hatte durchmachen müssen. Sophie war eine strenge Lehrerin. Die kleinste Unsauberkeit, das leiseste Zögern, und schon musste sie alles nochmal von vorne machen. Ihre Mutter hatte nur den Kopf geschüttelt, sich aber damit abgefunden, dass Sabrina sich auf ihr Zimmer verzog und die Tür abschloss. Da mitten in der Nacht Dinge aus dem Kühlschrank verschwanden, wusste sie vermutlich, dass ihre Tochter immer noch lange wach war.

In dieser Nacht stand Sabrina erneut vor dem Spiegel und präsentierte Sophie voller Stolz ihre perfekte Abschirmung der Handschuhe.

»Na, was sagst du? Da ist nichts mehr zu sehen«, versuchte sie Sophie zu einem Kompliment zu bewegen.

Ausreichend!, kommentierte Sophie, ohne eine Regung zu zeigen. Empört wollte Sabrina schon etwas erwidern, da riss Sophie ohne Vorwarnung die Kontrolle an sich. Hilflos musste Sabrina mit ansehen, wie ihre eigenen Hände die Handschuhe auszogen und weglegten.

Was du jetzt tun musst, ist deine eigene Erweckung zu meistern. Du hast nur wenige Minuten Zeit, deinen Körper wieder in Gang zu bringen, ansonsten stirbst du wirklich, dozierte Sophie in Sabrinas Kopf.

Daraufhin zog sich Sophie zurück. Sabrina gab einen erstickten Laut von sich und fasste sich an die Brust, doch da schlug nichts mehr. Prompt fiel sie wie ein nasser Sack hinter ihr Bett, dorthin, wo sie den Spiegel nicht mehr sehen konnte.

Der Schmerz des Sturzes war gar nichts gegen das grauenhafte Gefühl und die Panik, zu sterben. Es hinderte ihren Verstand, eine Lösung zu finden. Dank ihrer neuen Fähigkeiten spürte sie überdeutlich, wie das Leben langsam aus den einzelnen Körperteilen wich. Verzweifelt schrie und tobte sie innerlich, doch es half nichts. Ihre kläglichen geistigen Versuche, ihr Herz zu animieren, wieder zu schlagen, scheiterten einer nach dem anderen. Die Lunge brannte in ihrer Brust, doch so sehr sie sich auch anstrengte, ihr Brustkorb wollte sich nicht heben. Der Mangel an Sauerstoff trübte bereits ihren Blick, als sie nach dem allerletzten Strohhalm griff, der ihr einfiel. Es war nicht mehr als eine plötzliche Eingebung, der sie folgte.

Hel, meine Göttin, hilf mir! Du hast mich doch auserwählt! Ich will noch nicht sterben!

Und tatsächlich erschien die Todesgöttin in ihrem Geist und berührte sie sanft mit einer eiskalten Hand. In diesem Augenblick wurde Sabrina sofort klar, was sie tun musste, um ihre Körperfunktionen wieder zu aktivieren. Es war im Grunde leicht, weil jedes Körperteil wusste, was es zu tun hatte. Sie musste nur die Versorgung sicherstellen.

Sophie hatte zwei Punkte in ihrem Körper blockiert: Den Sinusknoten und eine Stelle in den Nervenbahnen, die den Atemreflex steuerte. Das war alles. Als sie sich diese Blockaden wie Klammern vorstellte und diese daraufhin löste, schoss schlagartig Luft in ihre Lungen und ihr Herz hämmerte wieder in einem schnellen Stakkato.

Ich werde dir zu gegebener Zeit mitteilen, was du als Gegenleistung für meine Hilfe tun wirst, hallte Hels kalte Stimme durch Sabrinas Geist, als die Göttin genauso schnell verschwand, wie sie gekommen war. Es verblieb ein kaltes Gefühl der Schuld in Sabrinas Seele. Die Gnade einer Göttin hatte ihren Preis. Sabrina starrte noch lange gierig nach Luft schnappend an die Zimmerdecke, während sie versuchte, ihre Angst vor dem gerade Geschehenen und Sophie unter Kontrolle zu bringen.

In den anschließenden Tagen wunderte sich Sabrina darüber, dass Sophie kein einziges Wort über die Göttin verlor. Sie schien lediglich milde beeindruckt, dass Sabrina, die während der Prüfung blau angelaufen war, die Feuertaufe bestanden hatte. Sabrina schloss daraus: Sophie bekam nicht alles mit.

Sie konnte nur erscheinen, wenn ein Spiegel da war. Ohne diesen war sie machtlos. Nur das erste Mal, als sie an ihrem Geburtstag Sophies Geist gesehen hatte, war es anders gewesen. Doch danach war von dieser anderen Nekromantin das Siegel auf das Grab gelegt worden. Ganz offensichtlich hatte dieses Sophie etwas von ihrer Macht genommen. Das war gut zu wissen. Sabrina verhängte daraufhin alle Spiegel in ihrem Zimmer und kam sich nun wirklich ein bisschen wie ein Vampir vor.

Seit diesem Tage, den Sophie die Erweckung nannte, besaß Sabrina eine starke schwarzblaue Aura. Sie musste die Abschirmung als Aufgabe den ganzen Tag aufrechterhalten, und allein die Konzentration dafür schlauchte sie bereits. Sie aß deutlich weniger und nahm ab.

Elisabeth bekam die Veränderung schon am nächsten Tag mit und merkte an, Sabrina röche nach Apfel und Tod, was sie an Schneewittchen erinnere.

Sabrina hatte darauf geantwortet, dass es auch fast so sei, nur der Prinz sei ausgeblieben. Gerne hätte sie mehr Zeit mit ihren Freunden verbracht. Doch Elisabeth hatte jetzt ebenfalls kaum Zeit, weil sie inzwischen jeden Nachmittag Training hatte.

An diesem Abend schwitzte Sabrina schon wieder. Sie fühlte sich ausgelaugter als jemals zuvor in ihrem Leben. Unendliche Müdigkeit saß in den Gliedern und ihr Kopf schmerzte.

Noch einmal! Und nun aber alle gleichzeitig paarweise, junge Dame! Sophie war unerbittlich.

»Können wir nicht mal eine kleine, winzige Pause machen? Ich habe die letzten Nächte kaum geschlafen. Nur eine winzige Pause. Bitte!«

Glaubst du, die Jägerinnen würden aufhören, dich zu jagen, und dir ein Bettchen bereiten, wenn du ihnen sagst, dass du ach so müde bist? Einmal noch, dann sind wir fertig für heute!

Sabrina stöhnte, stellte sich aber wieder vor den Spiegel und blickte auf den Beistelltisch, den sie davor geschoben hatte.

An diesem Nachmittag hatte Sophie ihre Schülerin tote Käfer, Fliegen und sogar eine Maus sammeln lassen. Es war erstaunlich, wie viele davon man finden konnte, wenn man nur wusste, wo. Und Sophie wusste es. Das war der gruselige Teil, dachte Sabrina, aber sie hatte sich geirrt. Der kam noch. Eins nach dem anderen musste sie die Wesen reanimieren, also in Untote verwandeln, und kontrollieren. Es hatte einige Zeit gedauert, um den Trick zu verstehen, was man mit dem Körper machen musste, damit er sich wieder bewegte. Im Prinzip musste sie etwas von ihrer Macht in die Käfer träufeln und dann genau das machen, was sie bei ihrer eigenen Wiederbelebung mit Hel getan hatte. Nach einer weiteren Stunde ging es dann schon zügig. Reanimieren war leicht, fand Sabrina. Auch einen Käfer zu steuern, erwies sich als erstaunlich einfach, aber inzwischen waren es um die zwanzig und sie sollte alle gleichzeitig kontrollieren. Die Käfer verhielten sich wie kleine, fast hirnlose Roboter und setzten die Bewegung fort, so wie sie ihnen den letzten Befehl gegeben hatte. Alle in eine Richtung laufen lassen ging einigermaßen, jedoch forderte Sophie komplexe Bewegungen.

Wenn du später ganze Heerscharen von Skeletten und Zombies kontrollieren willst, dann musst du deinen Verstand aufteilen können. Sie sind zu deutlich komplexeren Handlungen fähig, auch wenn sie immer noch dumm sind. Die Kontrolle von Geistern ist noch schwieriger.

»Kann man auch mächtigere Untote kontrollieren?«, presste Sabrina zwischen den Zähnen hervor, als sie alle Käfer gerade dazu brachte, sich paarweise im Kreis zu drehen.

Ja, alle, aber du musst dich langsam hocharbeiten. Wenn ich mir so deine Plakate hier ansehe, dann hast du sicher Vampire im Sinn, oder?

»Ginge es?« Sabrina hielt den Atem an und prompt rannten die Käfer durcheinander.

Das würde dir gefallen, oder? Ja, es geht, aber die Käfer sind nichts dagegen. Du müsstest permanent gegen den aktiven Verstand des Blutsaugers kämpfen. Vampire sind hinterlistig und versuchen, dich auf alle erdenklichen Arten hereinzulegen. Das liegt noch weit über deinen Fähigkeiten. Ich hatte mal eine Schülerin, die für die Kontrolle über Vampire sogar eine besondere Begabung besaß. Also wenn du fleißig bist, dann schaffst du es eines Tages vielleicht, so einen zu kontrollieren. So, lass sie noch einmal alle in Zweierreihen antreten.

Sabrina tat, wie ihr geheißen.

Sophie lächelte zum ersten Mal seit Tagen.

Kopierzeit

Theobald hatte seine Mutter mit schlimmen Kopfschmerzen nach Hause kommen hören. Sie polterte durchs Haus wie eine Betrunkene. Mühsam hatte sie es noch ins Wohnzimmer auf die Couch geschafft, war umgefallen und schlief nun wie ein Stein. Sie musste sich bis über ihre Grenzen angestrengt haben. Zeitzauber waren mit das Schwierigste, was es in der Welt der Magie gab, das hatte sie ihm irgendwann einmal erzählt. Sie hatte eine richtig große

Show hingelegt, aber warum? Darauf konnte sich Theobald keinen Reim machen.

Eine Weile hatte er sich gesorgt, sie wäre zu weit gegangen. Seine Mutter hatte noch nie derart heftig eingegriffen. Sie hatte die Lehrer manipuliert, den Schaden von ihm und sogar von Elisabeth abgewendet. Und sie hatte ihm keine Frage gestellt, warum das passiert war.

Das, was er vorhatte, kam ihm wie Verrat vor. Doch für seine Pläne, die er insgeheim schon lange hütete, war die Gelegenheit zu günstig. Trotzdem rang er mit sich, bis er schließlich zur Tat schritt. Immerhin war er im Begriff, etwas zu tun, was seine Mutter ihm vermutlich nie verzeihen würde, also war höchste Vorsicht geboten. Andererseits hatte er eine Ewigkeit gebraucht, um überhaupt herauszubekommen, was er tun musste.

Erst hatte er sich nochmals vergewissert, ob sie wirklich schlief, dann wagte er das, was er sonst niemals gekonnt hätte, nämlich den Schlüssel vom Armband seiner Mutter nehmen. Dieser gehörte zu einem Geheimfach in ihrem Schlafzimmer, das er nun aufschloss. Er holte die schwere Metallkassette heraus, in der sie ihr Zauberbuch aufbewahrte. Die Außenfläche aus brüniertem Stahl war mit vielen Linien und Zeichen verziert, aber es gab kein Schloss. Der Deckel wurde von magischen Symbolen geschützt, doch er wusste, wie er sie austricksen konnte. Er trug die Kassette zu seiner tief schlafenden Mutter, dann legte er ihre rechte Hand darauf. Prompt sprang der Deckel auf. Eilig verließ er den Raum.

Das Zauberbuch war ein dicker Wälzer aus schwerem Pergament. Auf seinem Deckel prangte, in das Leder eingearbeitet und mit Blattgold belegt, das Symbol der Familie Binsenkraut. Es sah aus wie eine Rune aus drei länglichen, fast parallelen senkrechten Strichen, die von einem U umfasst wurden. Die Striche symbolisierten die Binsen, das U einen Korb, den man aus Binsen flechten konnte. Theobald strich ehrfürchtig über die Rune. Sicher, es gab machtvoller klingende Namen und viel coolere Symbole, aber dieses war nun einmal das Symbol seiner Familie. Seine Großmutter hatte ihm erzählt, dass das Symbol der Binsenkrauts alt sei und aus Ägypten stamme. Er hatte die Geschichte nie so ganz geglaubt, denn die Binsenkrauts waren alle hellhäutige, blonde Nordeuropäer. Einen ägyptischen Einschlag konnte Theobald nicht erkennen. Außer Zweifel stand hingegen, dass all seine weiblichen Vorfahren sehr mächtig gewesen waren. Und die mächtigste aktuelle Vertreterin hatte sich gerade völlig verausgabt und war nicht bei Besinnung. Doch wie viel Zeit blieb ihm nun?

In aller Eile trug er das Buch zum Kopierer. Das Kopieren selbst kostete ihn nochmal richtig viel Nerven. Es gab einige Schwierigkeiten, die ihn immer nervöser werden ließen. Er musste viel Papier nachlegen und war froh, dass er vorgesorgt hatte. Mittendrin musste er den Toner wechseln, während er, so sorgsam er das in seiner Eile konnte, Halbseite für Halbseite kopierte. Die Maße des Buchs waren nicht in DIN A4. Eine ganze Weile arbeitete er fieberhaft, während ihm der Angstschweiß von der Stirn tropfte und über den Rücken in den Hosenbund lief. Endlich, als er schon kaum noch stehen konnte, weil ihm die Knie so zitterten, hatte er sich durch knapp die Hälfte der Seiten gearbeitet. Dann streikte der Kopierer. Einen Fluch unterdrückend schaffte er das Buch zurück, verstaute die Kassette wieder an ihrem Platz und hängte gerade den Schlüssel wieder an das Armband, als seine Mutter grunzte und sich im Schlaf drehte. Theobald floh, so schnell er konnte, aus dem Zimmer und musste erst einmal tief durchatmen. Anschließend trug er den riesigen Papierstoß in den Keller zum Durchgang und deponierte ihn in einem Karton, der dort schon bereitlag. Als er wieder die Treppe hochging, war er körperlich und nervlich am Ende.

Doch er hatte das Unmögliche geschafft und sich gut die Hälfte des Zauberbuchs gesichert. Es war kaum zu glauben.

Hungrig schwenkte er in die Küche um und ging an den Kühlschrank. Mit einer Milchtüte in der Hand schloss er die Tür und bekam einen solchen Schreck, als seine Mutter vor ihm stand, dass er mit einem Schrei die Milchtüte fallen ließ. Er hatte sie nicht kommen hören. Anna Binsenkraut blickte ihn aus rot geäderten Augen an.

»Wisch das auf und dann komm mit mir! Es gibt etwas zu tun.«

Theobald sackte das Herz in die Hose. Hatte sie etwas bemerkt? Er war sich nicht sicher. Es hatte schließlich einige Stunden gedauert, bis er seine Aktion beendet hatte. Er beseitigte die Milchpfütze schnell und folgte ihr ins Wohnzimmer.

»Nimm dir die obere Schublade vor, ich fange mit der zweiten an. Wir reinigen das Silber. Das Reinigungsmittel findest du in der kleinen Schublade unten rechts.«

»Bekommen wir Besuch?«, wollte Theobald wissen.

»Vielleicht!« Frau Binsenkraut griff sich die ganze Schublade, zog sie heraus und trug sie zu einem Stuhl. Theobald holte die Flasche mit dem Reinigungsmittel nebst Tüchern und folgte. Es irritierte ihn, was seine Mutter von ihm verlangte. Er hatte alles erwartet, aber das war es nicht.

Sie fingen an zu arbeiten. Theobald, immer noch vom schlechten Gewissen geplagt, seine Mutter bestohlen zu haben, arbeitete still und verbissen. Das Silber der Binsenkrauts hatte seine Großmutter vor langer Zeit erworben. Es stammte aus der viktorianischen Zeit. Die Einprägung an den Griffen zeigte einen Löwen und eine Frau, die eine Hand im Fell des Löwen hatte. Die Arbeit war hochwertig und hatte sicher einer hochadeligen Familie gehört. Er überlegte fieberhaft, wer wohl zu Besuch kommen würde. Als er mit den Messern fertig war, hielt er inne.

Seine Mutter beobachtete ihn, während sie selbst viel langsamer arbeitete als er. »Wie geht es dir, mein Sohn? Du bist so schweigsam.«

»Gut. Warum fragst du?« Er runzelte die Stirn. Sie starrte immer wieder auf seine Hände, dann ihm direkt in die Augen.

»Ist dir vielleicht warm?«, wollte sie wissen. Er schüttelte den Kopf. Ihr überstarkes Interesse an seinem Befinden begann ihn jetzt richtig zu irritieren.

»Das Reinigungsmittel macht schwarze Finger, aber ich habe nachher was, womit wir das abbekommen. Juckt es?« Sie schien mit ihrem Blick irgendetwas zu ergründen.

»Nein, das tut es nicht.«

Er hatte lauter geantwortet, als er es beabsichtigt hatte. Aus irgendeinem Grund wirkte sie richtig erleichtert. Er beschloss, das Thema zu wechseln und selbst mit Fragen in die Offensive zu gehen.

»Mama, ich bin noch gar nicht wirklich dazu gekommen, dir für deinen Eingriff in der Schule zu danken. Du hast mir und Elisabeth so viel Scherereien erspart. Ich vermute mal, dass du die Erinnerungen von Vinzenz und Alim verändert hast.«

»Natürlich. Was denkst du denn?« Dabei wurde ihre Stimme etwas milder und er sah jetzt, dass sie immer noch sehr entkräftet war. Sie legte den Tortenheber beiseite, den sie gerade blankgeputzt hatte. »Dieser Alim war leicht zu beeinflussen. Er hat nicht einmal gesehen, was ihn erwischt hat, da war er schon außer Gefecht. Aber dieser Vinzenz, da war mehr Arbeit nötig. Der gute Junge ist immer noch so voller Hass. Ich hätte gerne tiefer gebohrt, aber dafür war nicht genug Zeit, weil die Krankenschwester kam. Noch einen Zeitzauber am selben Tag hätte ich nicht geschafft. Ich fürchte, da konnte ich nicht alles tilgen, aber er glaubt jetzt daran, dass er bei dem Gerangel sehr unglücklich gestürzt ist. Deine Freundin Elisabeth ist auffällig mutig gewesen. Du solltest stolz sein, dass sie sich für dich so in Gefahr begeben hat. Macht sie Kampfsport?«

Ehrlich gesagt, wusste er das gar nicht.

»Sie ist sehr sportlich, aber ich habe sie bislang nur laufen und beim Kugelstoßen gesehen, aber da ist sie eine Wucht.«

Frau Binsenkraut schwieg einen Moment, als überlegte sie etwas. »Du hast wirklich nicht gesehen, was sich da abgespielt hat?«

»Nein, ich war viel zu sehr damit beschäftigt, mich zu übergeben. Ich habe erst gar nicht gemerkt, dass es Elisabeth war, die hereinkam.«

»Bist du dir denn wenigstens sicher, dass sie ganz alleine war?«

Eine merkwürdige Frage und, als er genauer nachdachte, doch gar nicht so abwegig. Ihm war klar, dass Elisabeth mit ihren Werwolfskräften vermutlich stark genug war, um es mit Alim und Vinzenz gleichzeitig aufzunehmen. Doch das konnte er nicht erzählen. Daher entschloss er sich, vage zu bleiben.

»Ich bin mir nicht sicher. Da musst du sie selber fragen.«

»Oh, keine Sorge, das werde ich. Ich denke, du kannst das hier noch fertigmachen. Ich gehe jetzt ruhen.«

Sie hatte gerade geschlafen, aber das irritierte Theobald nicht. Nach der Zauberei brauchte sie mehr Schlaf als ein normaler Mensch. Im Grunde genommen war ihm dies momentan sogar recht, denn er musste Elisabeth warnen.

Wolfsdinge

Zwei riesige Wölfe jagten durch den Wald. Der eine hatte ein mittel- bis hellbraunes Fell, das fast schon ins Gelbgold überging, der andere war etwas größer und eher von schwarzer bis mittelgrauer Färbung mit einem weißen Hinterlauf. Das Reh sprang mit riesigen Sätzen vor ihnen weg. Wären es normale Wölfe gewesen, dann hätte es eine gute Chance gehabt, aber diese Jäger waren weitaus schneller und zudem noch intelligenter. Die beiden Wölfe teilten sich auf, als das Reh einen Abhang nach unten sprang. Der kleinere und schnellere Wolf folgte ihm und holte stetig auf. Er flankierte es links, sodass das Reh einen Haken nach rechts schlug und parallel zum Hang sein Heil suchte, doch dort schnitt ihm der andere Wolf den Weg ab. Erschrocken hielt es für den Bruchteil einer Sekunde inne.

Der helle Wolf hatte so die Gelegenheit zum Sprung, aber er blieb einfach stehen. Das Reh brach wieder nach links aus und war weg. Der größere Wolf knurrte, tief, kehlig, ungehalten über dieses Versagen. Elisabeth war sich darüber im Klaren, dass sie das Reh hatte entkommen lassen. Sie ließ zum Zeichen, dass sie es einsah, die Ohren hängen und klemmte den Schwanz zwischen die Beine. Ihre Wölfin jaulte sie innerlich wütend an. Sie war ärgerlich, dass Elisabeth sie mit einem geistigen Gewaltakt in letzter Sekunde gestoppt hatte. Jagen war für sie super, es machte unendlich viel Spaß, doch das finale Töten schaffte sie einfach nicht. In den wenigen Tagen hatte sie viele Sachen mit Albert unternommen und gelernt, die man als *Wolfsdinge* bezeichnen konnte. Alles, was einen zu einem guten Wolf machte, wie Heulen, Spuren erschnüffeln, Anpirschen und die Hatz. Sie bekam die Verwandlung endlich willentlich hin und es dauerte nicht mehr ganz so lange. Albert hatte ihr gesagt, dass die richtig guten Werwölfe es in einem Sprung schafften, also in ein bis zwei Sekunden. Das war für sie noch unvorstellbar. Albert, obwohl er in ihrem Alter war, war ein guter Leitwolf und sie lernte schnell. Er selbst brauchte noch etwa fünf

Sekunden, Elisabeth hingegen noch eine gute Minute, weil sie innerlich oft mit ihrer Wölfin stritt.

Die Jagd zu zweit fand sie sehr reizvoll, doch Albert hatte ihr gesagt, dass es gegen die Jagd im Rudel noch gar nichts sei. Immer wenn er vom Rudel sprach, hatte sie den Eindruck, dass Ehrfurcht und ein Gefühl tiefer Treue ihn erfüllte, fast schon so, als wenn das Rudel selber eine Person wäre.

Doch von dem Rudel hatte sie bis auf den Alpha noch niemanden sonst getroffen. Sie würde irgendwann alle kennenlernen müssen. Während der Jagden hatte Elisabeth festgestellt, dass Albert zwar stärker war als sie, aber sie konnte um einiges schneller laufen. Sie hatte ihn vor zwei Tagen gefragt, welche Geschwindigkeit ein Werwolf erreichen könne. Doch er hatte nur die Schultern gezuckt und gesagt, dass man mit einem Auto auf der Landstraße schon einige Kilometer mithalten könne. Wölfe waren Langstreckenläufer, ausdauernd und unermüdlich. Werwölfe könnten das auch, nur schneller. Obwohl sie das bereits wusste, hatte Elisabeth diese Aussage von Albert dann doch als Angeberei abgetan, bis sie es gleich darauf ausprobierten.

Sie postierten sich spätabends an einer Strecke, an der die Einheimischen immer schnell fuhren und wo es für ungefähr einen Kilometer einigermaßen geradeaus ging. Der Bahndamm verlief parallel. Sie würden dort entlang laufen. Gar nicht viel später hörten sie Motoren sich nähern. Schon kamen zwei Wagen in Sicht, ein alter Passat in Ekel-Hellbraun, gefolgt von einem silbernen Polo. Sie fuhren schnell. Der Polo fuhr im Windschatten des größeren Wagens und holte so in der Kurve Schwung, um gleich darauf vorbeizuschießen. Perfekt.

Als die Wagen aus der Kurve kamen, rannten beide Wölfe los. Albert hatte eine Sekunde schneller reagiert und war einige Meter voraus, doch Elisabeth holte schnell auf und war kurz darauf an ihm vorbei. Sie rannte mit angelegten Ohren, den Weg vor sich wie einen Tunnel wahrnehmend, in halsbrecherischem Tempo über den Damm. Die Steine unter ihren Pfoten nahm sie kaum noch wahr, obwohl sie bei jedem Satz über ihre Sohlen schabten und von ihren Krallen in alle Richtungen davongeschleudert wurden. Zu rennen war pures Glücksgefühl, doch es währte nicht lange. Etwa einen Kilometer weiter erreichte sie eine scharfe Kurve und sie bremste schlitternd ab. Ihre Krallen scharrten über den Boden und rissen tiefe Rillen in die Erde. Albert war ein ganzes Stück hinter ihr. Er bremste auf die gleiche Art ab wie sie. Wenige Sekunden später schoss der Polo mit quietschenden Reifen um die Kurve und beschleunigte wieder, der Passat folgte darauf mit röhrendem Motor. Elisabeth und Albert hechelten, sie war nur einen Moment aus der Puste, aber das gab sich schnell wieder. Es war faszinierend. Wie schnell mochte der Polo gewesen sein? Auf der Strecke fuhr ihre Mutter nicht selten schon mal neunzig Stundenkilometer, obwohl sie noch nicht wirklich eine Einheimische war. Der Wagen eben hatte sicher hundertzehn oder hundertzwanzig km/h drauf gehabt. Und sie hatte ihn überholt. Dann war ihr Manfred Burglos mit seinen gestoppten Zeiten eingefallen. Unvermittelt musste sie innerlich so lachen, dass sie als Wölfin ganz komische Geräusche von sich gab.

Später erzählte sie es Albert und er wurde sehr ernst.

»Die Menschen dürfen nicht merken, wie schnell du werden kannst, und auch nicht, wie stark du bist. Lauf nur gerade so schnell, dass du deine Eins-plus bekommst, und streng dich nicht an. Du würdest sonst auffliegen und du hast ja noch nicht einmal dein volles Potenzial erreicht.«

Dieser letzte Satz schockierte Elisabeth. »Wie schnell werde ich denn noch?«

»Du bist noch keinen vollen Mond lang Werwölfin und du bist noch nicht ausgewachsen. Ich auch nicht. Wir werden noch stärker und schneller. Außerdem kommt es auf die richtige Ernährung an. Wenn du Höchstleistungen erbringen willst, dann musst du dich frisch ernähren.«

Elisabeth lachte bei dem Gedanken an einen Werwolf mit frischem Salat erst los, doch dann blieb ihr das Lachen im Hals stecken. »Du meinst, ich muss töten und fressen?« Auf sein Nicken hin setzte sie sich hin und starrte geradeaus.

»Sieh mal«, fing er dann an, »all die künstlichen Stoffe in dem Essen sind Verfälschungen in der Nahrung. Sicher, sie schmecken anders, interessant, aber sie geben nicht genug Kraft.«

Elisabeth nickte mit vor Erkenntnis aufgerissenen Augen langsam. Sie hatte zu Hause auf Hackepeter, gebratenes Fleisch und Würstchen umgestellt. Auch wenn sie wieder artig mit Messer und

Gabel aß, erinnerte sie sich noch an die Packung Kalbsschnitzel, die sie roh verputzt hatte. Sie hatten um Welten besser geschmeckt. Und die waren nach dem, was Albert meinte, auch schon nicht mehr wirklich frisch gewesen. Doch beim Gedanken daran, ein süßes Reh zu töten und aufzufressen, blockierte ihr menschlicher Verstand. Ihre Wölfin fand das überhaupt nicht so und stritt sich heftig mit ihr, zuweilen bockte sie, verweigerte ihre Mithilfe oder versuchte, Elisabeths Verstand zu verdrängen, um die Leitung zu übernehmen. Das waren die Momente, in denen sie zweifelte, ob das alles so richtig war mit ihr. Außerdem kostete es unendlich viel Kraft und bereitete Kopfschmerzen. Die letzten Minuten des Tages widmeten sie wie sonst auch dem Heulen und der Wolfskommunikation. Es war Elisabeth zuerst peinlich gewesen, sich beschnüffeln zu lassen. In dem Moment machte sie zumeist innerlich die Augen zu und ließ die Wölfin machen. Oft brachte Albert sie nach Hause, verabschiedete sich dann jedoch vor der Tür und verschwand im Wald.

Als sie dieses Mal zurückgingen, hielt Albert sie schon in sicherer Entfernung vor dem Haus auf.

»Morgen musst du dich endlich überwinden, auch die Jagd zu Ende zu führen.«

»Ach, hat das nicht noch ein bisschen Zeit?« Sie wusste, dass sie dies vor sich herschob.

»Ich fürchte nicht, in vier Tagen ist Vollmond, da werde ich dich zum Rudel bringen.« Alberts Stimme klang unwillig, ganz so, als wolle er den Moment herauszögern. Aber er ließ keinen Zweifel daran, dass er nicht von einer Möglichkeit gesprochen hatte, sondern von etwas, das unmöglich aufschiebbar war.

»So bald schon?« In Elisabeth stieg Nervosität auf.

»Ja. Es ist dein erster Vollmond als Wölfin. Papa hat gesagt, dass er dich dann vorstellen wird. Der Alpha erwartet dein Kommen. Dem darfst du dich nicht verweigern.«

Elisabeths Antwort kam unwirsch. »Ja, ich weiß. Ich kenne die Regeln inzwischen!« Dann setzte sie mit unsicherer Stimme hinzu: »Meinst du denn, ich bin schon bereit?«

»Natürlich! Bis auf das allerletzte Stück, die Jagd, machst du dich hervorragend, wenn man die kurze Zeit bedenkt und dass du noch gar keinen echten Vollmond hattest. Aber du wirst dich sehr im Zaum halten müssen. Du stehst ganz unten, sogar noch unterhalb des Omega. Daher solltest du dein freches Mundwerk zügeln.«

»Soso, ich habe also ein freches Mundwerk, Socke? Du etwa nicht?« Sie grinste ihn an und knuffte ihn so, dass er vermutlich aufgeschrien hätte, wenn er ein Mensch gewesen wäre.

Doch er blieb ernst. »Wir können nicht so locker miteinander umgehen, wenn wir beim Rudel sind. Sie werden das als Schwäche meinerseits auslegen und das wiederum könnte heißen, dass jemand meine Rangfolge in Frage stellt. Ich habe keine Lust, gleich einen Kampf ausfechten zu müssen, nur weil du deine Zunge nicht hüten kannst.«

Elisabeth dachte unwillkürlich daran, was er über Rangfolgekämpfe gesagt hatte. Sie gingen zumeist auf Leben und Tod. Sie schluckte schwer. »Ich werde ein ganz artiges Wölfchen sein und brav bei Fuß laufen.«

Er rollte die Augen und wurde ungehalten. »Genau das meine ich. Und brav bei Fuß laufen tun Hunde.« Ein dunkles Gelb schoss in seine Augen, doch es verschwand so unvermittelt, wie es gekommen war. »Du bist mir in kurzer Zeit richtig ans Herz gewachsen, Goldy.« Das war der nicht sehr einfallsreiche Spitzname, den er sich für sie überlegt hatte.

»Ich habe das Gefühl, dich schon ewig zu kennen. Und du bist keine Omega, das merke ich jetzt schon, aber zu Vollmond musst du dich unterwürfig zeigen.«

Sie sah ihn direkt an. In diesem Moment fühlte sie sich ihm sehr verbunden, gerade so, als wenn er immer schon da gewesen wäre und sie angeleitet hätte. Das Gefühl saß so tief, dass sie es kaum ergründen konnte. Sie wollte ihn stolz machen.

»Ja, für dich tue ich doch alles, Socke.«

Er grinste. »Morgen arbeiten wir an der Verwandlungsgeschwindigkeit. Iss heute noch genug und morgen auch. Du wirst die Energie brauchen.« Mit einem schelmischen Lächeln ging er in die Nacht.

Zu Hause hörte Elisabeth ihre Schwester schnell die Treppe hinaufhasten, als sie kam. Sie hatte wieder an der Tür gelauert, um eine Umarmung, einen Kuss oder was sonst noch zu erspähen. Ihr Vater hatte nach seiner großspurigen Ankündigung, Homeoffice zu machen, es noch nicht in die Tat umgesetzt. Er kam oft sehr spät, trank dann meist eine halbe Flasche Rotwein und fiel ins Bett.

Ihre Mutter hatte sich an die verschobenen Zeiten von Elisabeth gewöhnt. Es gab ein frühes Abendbrot oder besser ›Abendfleisch‹, wie sie es jetzt immer ausdrückte, wenn sie mit ihrer Tochter alleine war. Dann lag sie meist schon im Bett, bevor ihr Mann nach Hause kam, was Klara einen ungeahnten Freiraum gab. Sie hing zumeist am Computer, hatte es aber irgendwie raus, immer an der Tür zu sein, wenn Albert ihre Schwester brachte. Nach dem Training mit ihm war Elisabeth meist so ausgehungert, dass sie oft noch ein Nachtmahl einlegte und dann auch Messer und Gabel ignorierte. Sie genoss es, nach Herzenslust den Kühlschrank zu plündern. Gestern hatte sie aber vor Schreck im Spiegel festgestellt, dass sich immer mehr Muskeln an ihrem Körper hervorhoben und einige ihrer Hosen zu spannen begannen, nicht an der Hüfte, sondern um die Oberschenkel und an den Waden. Sie hatte sich daraufhin auf die Waage gestellt und erstaunt festgestellt, dass sie über acht Pfund zugenommen hatte, und das in wenigen Tagen.

Sie betrat das Haus auf Zehenspitzen und schlich zum Kühlschrank. Ihre Mutter hatte aufgrund des Einkaufszettels des Rudels noch andere Dinge besorgt. Für morgen lagen drei große Tupperdosen mit Rinderleber ganz vorne. Sie stammten vom Schlachter *Eine* in Clausthal. In einer großen Box dahinter lag etwas, das sie so nicht erkennen konnte. Sie schnüffelte. Das Fleisch darin roch anders und etwas strenger, aber es war der Geruch nach frischem Blut, das die Wölfin in ihr richtig weckte. Sie hatte die Box herausgezogen und aufgerissen, ohne es wirklich zu merken. Es befand sich ein sehr großes Herz darin. Der intensive Geruch nach Pferd, wie sie jetzt erkannte, drang ihr in die Nase. Er war geradezu unwiderstehlich, der Hunger nach der Jagd groß. Es passierte, bevor sie es realisierte. Sie verwandelte sich und die Box fiel zu Boden. Ihre Jeans, eine der letzten, die noch gepasst hatten, platzte auf, das T-Shirt riss, instinktiv rettete sie noch BH und Unterhose, dann stürzte sie sich als Wolf auf das Herz. Der Kühlschrank stand noch offen, die Boxen mit der Rinderleber fielen der Wölfin auch zum Opfer. Da sie die Boxen mit den Pfoten nicht aufbekam, biss sie sie kurzerhand in Stücke. Bei dem Krach, den sie veranstaltete, hörte sie erst im letzten Moment, dass jemand die Treppe herunterkam. Dann flog die Tür auf und ihre Mutter stand da in ihrem Nachthemd, die Augen weit aufgerissen.

»Geh sofort ins Bett, Klara!«, brüllte sie die Treppe hoch. Dann schloss sie von innen die Küchentür. Elisabeth, die gerade noch ausgiebig das auf den Boden gekleckerte Blut aufgeschleckt hatte, sah ihre Mutter an. Sie konnte bei ihrer Größe mühelos über die Mittelkonsole blicken. Emilia Wollner schlotterten die Knie.

Ihre Stimme vibrierte vor Angst, als sie, immer noch an die Tür gelehnt, sich selbst Mut zusprach.

»Aaaalles in Ordnung. Ganz ruhig, Emilia. Du kannst das, es ist nur deine Tochter!« Doch die Panik war ihr anzumerken. Die riesige Wölfin kam um die Konsole herum. Die Lefzen waren blutig und sie schleckte sie mit der langen Zunge gerade sauber. Emilia drückte sich immer noch an die Tür. »Ha ... hallo, ich bin es, deine Mama!«

Die Wölfin kam näher, ganz nahe. Dann unvermittelt stupste das riesige Tier sie an und drückte seinen großen, schweren Kopf gegen ihren Bauch. Zögernd legte Emilia eine Hand auf den Kopf und kraulte ihn vorsichtig. Der Wolf begann zu fiepen und drückte sich weiter gegen sie.

Emilia entspannte sich langsam. Sie hatte ihre Tochter erst einmal in Wolfsgestalt erlebt und da hatte der Alpha die Situation gelöst. Jetzt befand sie sich mit diesem riesigen Raubtier alleine im Raum. Aber das Verhalten des Tieres wirkte gar nicht aggressiv.

»Also, wie ich sehe, hast du Hunger gehabt. Bist du satt?« Mehr eine Hoffnung als eine Frage. Was wäre, wenn das Tier noch Hunger hatte?

Die Wölfin hob den Kopf wieder. Emilia stand nun Auge in Auge mit ihr. Ihr Puls beschleunigte sich. Dann unvermittelt schleckte der Wolf ihr durchs Gesicht.

»Bäh!«, machte sie. Die Zunge war nass und der Atem roch streng nach Blut. »Elisabeth, pfui, das geht zu weit. Du räumst hier sofort auf und wischst auch noch. Ich werde dir doch einen Napf besorgen. So geht das nicht weiter.« Ihre harten Worte entsetzten sie selbst und sie fragte sich, ob sie lebensmüde geworden war. Doch die Wölfin legte die Ohren schuldbewusst an und trottete hinter die Konsole. Emilia atmete hörbar auf. Dann hörte sie ein Stöhnen und Knacken. Die Wölfin verschwand ganz.

Vorsichtig spähte Elisabeth über den Tresen. »Tschuldigung, Mama. Ja, ich mach gleich sauber.«

Die Stimme war so unterwürfig, dass Emilia Wollner gegen ihren Willen lachen musste. »Du bist unmöglich. Ich habe mir fast in die Hosen gemacht eben, weißt du das eigentlich?«

»Ich konnte es riechen. Nochmal ... tut mir wirklich leid. Äh, könntest du mir bitte meinen Bademantel bringen? Ich habe nichts an.«

Frau Wollner blickte auf die Fetzen am Boden, die mal eine Jeans und ein T-Shirt gewesen waren. Sie seufzte. »Ich weiß wirklich nicht, wo das noch alles hinführen soll. Aber ja, ich bringe dir deinen Bademantel.« Sie wandte sich nochmal um. »Übrigens, dein Fell ist wunderbar weich und wunderschön!«

»Danke, Mama. Die Sachen aus dem Kühlschrank waren übrigens sehr lecker.« Dann schob sie noch hinterher: »Ich habe dich lieb!«

Aber ihre Mutter eilte schon aus der Küche. Sie kam nochmal zurück mit dem Bademantel. Elisabeth hatte inzwischen ihre Unterwäsche wieder angezogen und betrachtete gerade mit skeptischem Blick ihre geplatzte Hose.

»Mama, findest du, dass ich in letzter Zeit dicker geworden bin?« Sie drehte sich selbstkritisch und präsentierte sich ihrer Mutter von allen Seiten.

Diese stöhnte nur. »Du meine Güte, Elisabeth, nein. Ich würde eher sagen, dass du athletischer und attraktiver geworden bist. Diese langen Beine hätte ich auch gerne. Fett kann ich nur schwer ausmachen, eher Muskeln. Ich denke, dass der Metabolismus eines Werwolfs einfach keinen Raum für Fettpolster lässt. Andere Frauen würden töten dafür, keine Cellulite oder Speckröllchen zu bekommen.«

Elisabeth schaute plötzlich grimmig und konnte in dem Moment nicht darüber lachen. Es war eher das Problem, als Werwolf nicht zu töten.

Ihre Mutter merkte, dass sie sich offenbar unvorteilhaft ausgedrückt hatte. Sie wechselte das Thema. »Ich fahre morgen für ein paar Tage weg. Papa kümmert sich um alles. Er hat sich freigenommen.«

Elisabeth blickte erstaunt. »Hast du …?«, fing sie eine Frage an, aber ihre Mutter legte nur einen Finger auf die Lippen und nickte.

»Jetzt mach bitte noch sauber. Und untersteh dich, den Fußboden nochmal abzuschlecken!« Kopfschüttelnd ging sie ins Bett.

Elisabeth zuckte die Schultern und machte sich daran, Ordnung zu schaffen. Die Bruchstücke der Boxen und die Wäsche warf sie gleich draußen in die Tonne und deckte den normalen Hausmüll darüber. Klara durfte es nicht sehen.

Zaubererfolg

Theobald fokussierte zum wohl hundertsten Mal den Stein und konzentrierte sich darauf, seine magische Energie dazu zu benutzen, die Atome in dem Stein zum Schwingen zu bringen, damit er leuchtete. Schließlich musste er wieder abbrechen, weil ihm, wie zuvor auch, die Augen zu tränen begannen und sich zum wiederholten Mal nichts tat, was ihn frustriert aufstöhnen ließ. Es war im Buch so einfach beschrieben, doch er bekam aus irgendeinem Grund nicht einmal einen einfachen Stein zum Leuchten. Voller Wut starrte er den Stein an, worauf dieser urplötzlich in einem grellen Weiß erstrahlte, sodass er aufschrie und hastig die Augen schloss. Doch er hatte bereits direkt hineingeblickt und selbst, als er sich abwandte, sah er nur noch Sterne vor seinen Augen tanzen. Dennoch lachte er jetzt frenetisch auf. Jeder, der ihn beobachtet hätte, würde spätestens jetzt die Pfleger in den weißen Kitteln rufen. Doch das hätte ihn jetzt auch nicht mehr gekümmert, denn es war ihm endlich gelungen. Nun wurde ihm auch klar, warum es die ganzen Male vorher schiefgegangen war. Er hatte versucht, mit wissenschaftlicher Genauigkeit und völliger Entspannung zu zaubern. Aber das war falsch. Zaubern war Emotion, Gefühl, Intuition, nicht Berechnung oder Mathematik. Er war es die ganze Zeit von der verkehrten Seite her angegangen. Immer noch halbblind tastete er nach seiner Jacke, die er vorhin neben sich gelegt hatte, und deckte sie über den Stein. Langsam kehrte das Sehvermögen zurück. Als sich die Konturen der Kellerwände wieder schärften, drehte er sich zu dem Stein um. Das Licht strahlte so stark, dass es durch seine Jacke hindurchleuchtete.

Seine Armbanduhr piepte, was ihn dazu veranlasste, nachzusehen. Mühsam entzifferte er, dass es bereits elf Uhr geschlagen hatte, doch noch würde er nicht aufhören. Seine Mutter befand sich nicht im Haus und diese Zeit wollte genutzt werden. Er las in den Kopien des Zauberbuches weiter. Dort stand, dass das Leuchten von Objekten ohne intensives Üben nach kurzer Zeit wieder verblassen würde. Irritiert schaute er wieder auf seine Jacke, durch die das Licht immer noch strahlte, als wenn er darunter einen Tausend-Watt-Halogenscheinwerfer versteckt hätte. Theobald blies die Luft durch die aufgeblähten Backen. Irgendwie passte die Beschreibung in dem Spruch nicht zu seinen Resultaten. Bislang hatte er jede der Vorübungen geschafft, auch wenn das Ergebnis jetzt weit jenseits der gewünschten Wirkung lag. Und was *nach kurzer Zeit* bedeuten sollte, war wohl Interpretationsspielraum, dachte er sich.

Auf jeden Fall würde er von nun an mehr auf sein Herz als auf seinen Verstand hören, nahm er sich vor. Dann atmete er durch und versuchte es mit einem anderen Stein gleich nochmal. Diesmal erzielte er ein helles Leuchten, das ihm nicht mehr die Netzhaut verbrannte. Zufrieden lächelnd legte er den zweiten Stein beiseite und las weiter.

Er war schon fast enttäuscht, als der nächste Schritt Modifikationen des Lichts beinhaltete. Eher lustlos versuchte er, das Licht des eben zum Leuchten gebrachten Steins nach den Anweisungen von Weiß in Blau zu ändern. Natürlich funktionierte es nicht, worüber er so wütend wurde, dass gleich darauf auch dieser Stein so grell zu strahlen begann, dass Theobald wieder nichts mehr sehen konnte. Er fluchte. Erst langsam beruhigte er sich wieder und begann erneut. Als er gegen vier Uhr morgens endlich die Farbschattierungen von Ultraviolett bis Infrarot gemeistert hatte, fielen ihm schon fast die Augen zu. Für heute würde er aufhören. Immerhin hatte er in einer Nacht fünf Lektionen über Lichterzeugung durchgearbeitet, für die laut Hexenbuch etwa zwei Wochen eingeplant waren. Die beiden immer noch grell leuchtenden Steine warf er in den Abfalleimer und legte eine Decke darüber. Immer noch drangen Strahlen hervor, aber auf der anderen Seite des Tunnels würde man es nicht sehen können, wenn die Sperrholzplatte wieder vor dem Loch stand.

Als er endlich aus dem Keller schlüpfte und nach oben ging, hörte er plötzlich die Stimme seiner Mutter, die laut telefonierte. Wann war sie gekommen?

So leise er es vermochte, schlich Theobald an der angelehnten Wohnzimmertür vorbei in den zweiten Stock, wo sein Zimmer lag. Glücklicherweise kannte er jede knarzende Stufe der alten Holztreppe und schaffte es so ohne größere Pannen bis ins Bett. Diesmal war er wirklich mit sich zufrieden und schlief bald ein, nur um zwei Stunden später von seinem Wecker wieder aufgeschreckt zu werden.

Beherrschung

Klara sonnte sich in der Schule im Ruhm ihrer Schwester, weil diese Vinzenz und Alim verhauen hatte, was alle wussten, obwohl man es hatte geheimhalten wollen. Sie war auf dem Schulhof angesagt, weil sie ab und zu kleine erfundene Details bekannt gab, wenn die anderen ihr genug boten. Letztens hatte sie erzählt, dass Elisabeth in Hannover heimlich Kampfsport trainiert habe und einen schwarzen Gurt in Jiu-Jitsu hätte. Tommas interessierte sich sehr für Klara. Er hatte ihr sogar die Schultasche getragen und versucht, einen Kuss von ihr zu ergattern, aber das ging ihr dann doch zu weit. Immerhin wollte sie sich nicht unter Wert verkaufen und forderte dafür einen Kinobesuch. Als er einwilligte, war sie dann doch baff, musste aber jetzt zu ihrem Wort stehen.

Mit immer noch geröteten Wangen war sie dann von ihrem Vater abgeholt worden, doch er hatte es nicht einmal bemerkt. Deswegen schmollte sie die ganze Autofahrt, was ihr Vater falsch verstand und versuchte, besonders witzig zu sein. Sie biss sich auf die Lippe. Sie würde es ihm nicht sagen. Elisabeth hatte heute eine Stunde mehr als sie. Ihre große Schwester lief jetzt immer alle

Strecken zwischen zu Hause und der Schule, was Klara für übertriebene Angeberei hielt.

So fuhren sie alleine noch zu einer guten Pizzeria in Altenau, wo ihr Vater drei Pizzen zum Mitnehmen kaufte. Klara, die im Auto gewartet hatte, schaute ihn fast schon mitleidig an.

»Und was sollen wir essen, Papa?«

Er blickte verwundert zurück. »Wieso? Es sind doch drei Pizzen. Mama ist für drei Tage weggefahren.«

»Mal ehrlich Papa, du bekommst überhaupt nichts mit, was bei uns zu Hause abgeht. Hast du in letzter Zeit mal den Kühlschrank aufgemacht?«

Er wirkte etwas zerknirscht. »Na ja, schon, er ist ziemlich voll. Aber du weißt doch, dass ich nicht kochen kann. Ein paar Tage wird das schon mit Pizza gehen.«

»Wenn du meinst. Aber seitdem Elisabeth diesen Unfall hatte, isst sie drei Pizzen alleine. Ich bin zufällig auch ein Mitglied der Familie, weißt du? Sie stopft bereits morgens mehrere Würstchen, Schinkenscheiben und mindestens eine halbe Stange Toast in sich hinein. Gestern hat Mama diese ekelige Leber gekauft, drei Boxen voll, und heute Morgen war die komplett weg.«

»Das kann ich mir nicht vorstellen. Bestimmt hat Mama sie weggeworfen, weil die Leber schlecht geworden ist. Ich hätte eh nicht gewusst, wie man Leber zubereitet.«

»Kaufst du jetzt für uns auch noch was zu essen? Meine Schwester wird zum Tier, wenn sie nicht genug bekommt.«

Mit schallendem Gelächter fuhr ihr Vater los. Klara verfiel wieder in Schweigen. Als sie zu Hause ankamen, stand die Tür bereits offen. Elisabeth hatte sie trotz der einen Stunde mehr überholt und briet sich Omelett.

»Hallo Tochter, du bist ja schon da. Hat dich jemand hergefahren?« Er gab ihr einen Kuss auf die Wange und blickte in die Pfanne. »Oh, wer soll denn das alles essen?«

Elisabeth lächelte: »Ich. Ihr bekommt nur etwas ab, wenn ihr schön bitte sagt.«

»Äh, ich habe Pizza eingekauft«, versuchte er sich zu rechtfertigen.

»Gut, ich bin hier gleich fertig. Dann essen wir zusammen.«

Klara, die jetzt auch in die Küche kam, blickte in die Pfanne. »Dann ist ja gut! Ich dachte schon, ich bekomme nichts zu essen heute. Wie viele Eier sind das?«

»Hab nicht gezählt!«, kam es zurück.

Klara hob eine Augenbraue und öffnete die Tür mit den Müllsammelboxen. Zwei leere Zehnerkartons und drei Packungen Speckwürfel lagen dort. Sie schloss die Tür wieder und ging wortlos zur Besteckschublade, nahm drei Gabeln und Messer heraus und deckte den Tisch. Herr Wollner setzte sich und legte jeweils eine Pizzaschachtel vor Klara und sich, nach einigem Zögern schob er die dritte auf die andere Tischseite, denn Elisabeth kam mit der Pfanne herüber und stellte sie direkt vor sich ab. Es sah wirklich nach sehr viel Ei aus, stellte nun auch er fest. Ein Blick ging zwischen Klara und Elisabeth hin und her und schließlich lief sie nochmal los und holte drei Teller. Ihr Vater hatte es nicht bemerkt.

Gut gelaunt öffnete er seine Pizzabox. »Das werden drei richtig gute Tage. Und ich kann euch ja gar nicht sagen, wie froh ich bin, dass ich nicht mehr heimlich mal ein Stückchen Wurst naschen muss.« Währenddessen lud sich Elisabeth einen Berg auf ihren Teller und begann zu essen. »Ich meine,« fuhr er fort, »wo wir jetzt zu dritt sind, könnten wir vielleicht zusammen etwas unternehmen. Wollt ihr nachher was spielen?«

»Papa, das geht nicht, wir haben Hausaufgaben, ich muss nachher noch ein Buchreferat fertigmachen und Elisabeth wird wieder von ihrem …«, ein stechender Blick flog über den Tisch und traf Klara, » … äh … Sporttrainer abgeholt. Du könntest den Abwasch machen, Papa.«

Herr Wollner schaute verdutzt. »Ich, nein, jetzt wo du es ansprichst, ich muss noch ein wenig am Vorlesungsskript arbeiten.« Er verlor sich in einem Monolog über Differenzialgleichungen. Er hatte noch nicht einmal abgebissen.

Elisabeth nahm sich bereits von dem Omelett nach, während Klara an ihrem zweiten Stück Pizza nagte.

»Was haltet ihr davon, wenn wir dann abends was zusammen kochen? Also ihr kocht und ich lerne von euch, wie man solche Dinge macht.«

»Mal ehrlich, Papa, nur weil Mama gerade für ein paar Tage weg ist und du ausnahmsweise hier sitzt, brauchst du nicht unseren

Tagesablauf durcheinander zu bringen. Abendessen ist übrigens heute gleich nach den Hausaufgaben. Elisabeth isst sicher noch etwas, bevor sie zum Training geht.«

Herr Wollner wirkte erneut erstaunt. »Das mit dem Sport sollte man nicht so ernst nehmen. Elisabeth, du übernimmst dich noch. Bedenke, du könntest wieder die Krämpfe bekommen. Nimmst du immer noch artig deinen Trank?«

Elisabeth, die gerade die Pfanne leer kratzte, hielt in der Bewegung inne. Dann überlegte sie, was sie ihm sagen sollte. »Ich bin auf alles vorbereitet, wenn du das meinst.«

»Ich war früher auch mal Sportler, musst du wissen, bevor ich eure Mutter kennenlernte, meine ich.«

Klara rollte mit den Augen. »Jetzt redet er wieder vom Schleuderball!« Sie verfolgte Elisabeths Essgeschwindigkeit und schob ihren Pizzakarton etwas weiter von ihr weg.

»Ich war wirklich nicht schlecht, hätte es sogar in die Auswahlmannschaft unserer Schule geschafft«, begann er sogleich. Es wurde abermals ein Monolog.

»Auf der letzten Pizza sind Thunfisch, Kapern und Peperoni, richtig? Ich nehme ein Stück«, unterbrach ihn Elisabeth nach einigen Minuten.

»Ich war … oh … ich habe, verwegen wie ich bin, eine von den Spezialpizzen genommen!«

Klara, die es schon geahnt hatte, reichte Elisabeth die dritte Schachtel.

»Jipp, genau, wie ich es geraten habe.« Sie schob die Pizza auf ihren Teller.

Ihr Vater staunte: »Ehrlich, Elisabeth, du hast einen gesunden Appetit bekommen. Die Bergluft, nehme ich an. Wo ist denn der Rest des Omeletts?«

Klara zeigte nur mit dem Finger auf Elisabeths Bauch. »Da drin! Und wenn du schlau bist, dann fängst du langsam selbst an zu essen, Papa, sonst schnappt sie sich deine Pizza auch noch.«

Aber so weit kam es nicht mehr. Elisabeth war tatsächlich nach zwanzig Eiern, drei Packungen Speck und einer Pizza satt. Michael Wollner entschuldigte sich, weil er noch nicht fertig war, signalisierte den Mädchen aber, dass sie schon Hausaufgaben machen sollten. Dann erklärte er, dass er anschließend den Abwasch erledigen werde. Sie standen auf und räumten ihre Sachen weg. Elisabeth verschwand gleich nach oben. Klara trödelte etwas, dann brachte sie die leeren Pizzaboxen nach draußen in den Hausmüll. Sie stutzte, als sie den Deckel hob, denn da lagen keine Boxen mit Leber. Einer Intuition folgend hob sie mit einem der Kartons eine Mülltüte etwas an. Darunter lagen Bruchstücke von Tupperboxen. An einer Stelle waren sie regelrecht in einem Zickzackmuster zerdrückt. Klara runzelte die Stirn, weil darunter zerrissene Sachen lagen. Was ging hier vor?

Nach den Hausaufgaben war normalerweise das frühe Abendessen dran, aber Elisabeth hatte bereits das Haus verlassen, nicht ohne noch etwas aus dem Kühlschrank zu stibitzen. Damit hatte sie Klara überrascht, die normalerweise immer durch den Vorhang linste, wenn Albert sie abholte. Klara ärgerte sich darüber. Als sie nach unten kam, um sich ein paar Kekse zu holen, fand sie ihren Vater schlafend auf der Couch vor. Sie ging wieder nach oben und setzte sich vor den Computer, um nach Krankheiten im Internet zu suchen, die extreme Essstörungen hervorriefen. Dazu setzte sie sich ihre Kopfhörer auf und drehte Vivaldi hoch.

So hörte sie nicht, wie ein Wagen vorfuhr, und sah auch nicht, wie jemand ausstieg und an die Tür ging. Ja, sie hörte nicht einmal die Klingel.

Michael Wollner öffnete Anna die Tür beim zweiten Klingeln. Er wirkte sehr verschlafen auf sie, wie er so dastand und nicht zu wissen schien, was er sagen sollte.

»Wir kennen uns noch gar nicht«, eröffnete Anna. »Ich bin Frau Binsenkraut, für Sie Anna. Unsere Kinder gehen zusammen auf die Schule. Ich darf doch reinkommen, oder?«

Michael Wollners Blick glitt einmal von oben bis unten über sie. Doch nicht einmal ihr knappes Sommerkleid, dessen Dekolleté nur durch ein durchsichtiges Spitzentuch verdeckt wurde, schien ihn zu interessieren. Er wirkte eher irritiert. Allerdings ging es Anna ebenso, weil sie bei ihm nicht die gewohnte Reaktion hervorrief, die sie von Männern kannte. Sie musste wohl schwerere Geschütze auffahren.

»Worum geht es denn?«, fragte er und trat eher eingeschüchtert zur Seite.

»Ist Elisabeth da? Ich muss unbedingt mit ihr reden.«

Anna schob sich absichtlich so dicht an ihm vorbei, sodass er eine Wolke ihres Blütenduftes in die Nase bekommen musste. Er schloss die Tür und folgte ihr mit einem fragenden Blick.

»Elisabeth und mein Sohn Theobald gehen in dieselbe Klasse«, erklärte sie und riss ihn damit aus seinen Gedanken.

»Oh, Elisabeth ist wohl noch oben bei den Hausaufgaben. Wollen Sie nicht kurz warten?« Er wies Richtung Wohnzimmer.

Anna Binsenkraut blickte sich aufmerksam um. »Gut, dann warte ich. Sie haben doch sicher Tee im Haus?« Sie setzte sich, wobei ihr kurzes Kleid etwas hochrutschte.

»Ich ... äh ... ja, meine Frau kocht ihn sonst immer. Das war das mit dem heißen Wasser und so?« Er wirkte ganz offensichtlich verunsichert. Aus der Küche rief er nach ein paar Minuten unvermittelt: »Sie können auch einen Wein haben. Wir haben einen Rest Rotwein offen.«

Anna Binsenkraut verdrehte die Augen. Was war das nur für ein unbeholfener Trottel? Sie würde ihn vielleicht eher aushorchen können, wenn sie ein wenig mit ihm trank. Elisabeth konnte sie später noch befragen.

Er kam auch schon mit einer Weinflasche und zwei Gläsern zurück. »Es ist ein guter Jahrgang. 2009er Montepulciano aus den Abruzzen.« Er goss reichlich ein. »Dann auf die Kinder!«

Sie prosteten sich zu. Als sie trank, merkte Anna, dass der Wein wirklich sehr gut schmeckte. Die letzten Tage hatte sie keinen Schluck hinunterbekommen. Die Kopfschmerzen waren erst am Morgen abgeklungen. Aber nun waren ihre Akkus wieder aufgefüllt und sie würde dem merkwürdigen und bruchstückhaften Film, den sie im Geiste von Vinzenz gesehen hatte, auf die Schliche kommen. Die Fragmente ergaben nur ein unvollständiges Bild, doch für einen Moment hatte Anna so etwas wie eine Klaue wahrgenommen. Das passte zu den fünf tiefen Stichwunden in seinem Arm. Entweder hatte sich noch jemand im Raum befunden, oder eine Person dort war eine Bestie gewesen. Wenn Vinzenz es nicht genauer wusste, dann vielleicht Elisabeth oder womöglich dieser stoffelige Vater. Manchmal musste man Umwege gehen, um zum Ziel zu kommen.

»Meine Frau ist nicht da«, entschuldigte Herr Wollner sich gerade, als er noch Erdnüsse auftreiben wollte und mit Salzstangen zurückkam. Sie begann, ihm erst belanglose Fragen zu stellen, und er berichtete langweilige Dinge von seiner Arbeit. Genervt von seinem Gerede trank sie immer wieder. Sie kam kaum zu Wort. Zuerst schaute sie noch auf die Uhr, dann nur noch ins Glas. Der Wein war schwer und begann zu wirken. Er wurde im Erzählen langsamer. Sie ergriff die Gelegenheit und streute hier und da Fragen über Elisabeth ein, auf die er oft ratlos die Schultern zuckte. In Anna verstärkte sich der Eindruck, dass er seine Tochter kaum zu kennen schien. Doch dann traf sie einen Nerv mit der Frage, ob sie genauso gut in Mathe sei wie er. Er schüttelte traurig den Kopf und erzählte, wie viel Kummer sie gehabt hätten und welche Schwierigkeiten Elisabeths Leiden ihnen gemacht habe. Gerade als sie erfragen wollte, welches das wäre, sprang er auf und holte noch eine Flasche. Anna fragte sich, als er sich mit dem Korken abmühte, was Emilia an diesem Mathematikstoffel fand. Offensichtlich waren die Wollners lange verheiratet und hatten sich, so wie er das vorhin hatte durchblicken lassen, schon ewig vorher gekannt. Sie selbst hatte viele, aber nur immer kurze Liaisons mit Männern gehabt, die um ein Vielfaches cooler und männlicher auftraten als er. Und er schien schon immer nur diese eine Frau gehabt zu haben. Vielleicht war er genau der Typ, der für ein Leben zu zweit gemacht war. Sie hatte so jemanden früher nie beachtet.

»Die hat meine Frau mir mal geschenkt«, entschuldigte er sich, weil noch ein Etikett auf der Flasche klebte. Dort stand in einer geschwungenen Handschrift: *Für die gemeinsame Zeit nach der Arbeit. Eine besondere Empfehlung unserer Hausärztin.* Es war ein Herz dazu gemalt. Anna stöhnte innerlich. Jeder andere Mann hätte das Schild abgemacht. Er goss ein und sie tranken einen Schluck. Er schmeckte auch sehr gut, aber da lag eine Note im Wein, die sie nicht kannte, ungewöhnlich und leicht bitter. Doch das verflog, als sich der ganze Geschmack in ihrem Mund entfaltete. Mit einem schweren Seufzer trank sie noch einen großen Schluck und kicherte auf einmal über die wilden Gedanken, die in ihr hochstiegen. Dann sah sie, wie er sie anstarrte.

»Sie sind eine äußerst attraktive Frau«, wechselte er plötzlich und unerwartet das Thema. Anna lief rot an. Er ging und legte Musik auf, irgendetwas Klassisches. Sie sah ihm nach und war sich in diesem Moment sicher, dass sie ihn auf einmal viel mehr als nur interessant fand. Sie öffnete den obersten Knopf ihres Kleides.

»Jetzt fällt es mir ein. Elisabeth hat Lauftraining. Das kann noch lange dauern. Wir müssen wohl miteinander vorliebnehmen.« Er setzte sich neben sie, sodass sie sich berührten. Beide blickten sich tief in die Augen. Dann, von einer Sekunde auf die andere, fielen sie übereinander her.

Elisabeth ging gerade keuchend in die Knie. Sie waren als Mensch bis zum Gipfel der Achtermannshöhe gelaufen und dann in den Wald hinab bis in eine Senke, die ein gutes Stück abseits der Touristenpfade lag.

Albert lehnte mit einer Stoppuhr an einer dicken Fichte und schüttelte den Kopf. »29,2 Sekunden. Das geht noch besser.«

Elisabeth wusste, dass es ihn amüsierte, weil sie in den hohen Farnen trainieren wollte, aber ihre Schamgefühle, sich nackt zu zeigen, hatte sie immer noch. Dass er gesagt hatte, dass sie wunderschön sei, schmeichelte ihr zwar, half aber auch nicht dabei, sich zu entspannen.

Sie keuchte diesmal lange, bis sich ihr Puls wieder beruhigte. »Das war das neunte Mal hintereinander, dass ich mich verwandelt habe. Das ist anstrengend, weißt du.«

»Trotzdem bist du immer noch zu langsam. Du bist nicht wirklich bei der Sache.«

»Nicht bei der Sache? Ich bin nur völlig alle. Lass mich auf den Brocken laufen und zurück. Mache ich mit links. Aber Hinverwandeln und Rückverwandeln auf Zeit. Du hast ja einen Knall.«

»Vielleicht müsste ich dich nur richtig motivieren.« Er grinste.

»Und wie willst du das anstellen?«, japste sie. »Ich kann es halt nicht schneller.«

»Mal sehen!« Er zog sein T-Shirt aus und kam näher.

»He, wir haben ausgemacht, dass du Abstand wahrst.«

Er kam noch näher.

Elisabeth merkte, wie sie vor Scham rot wurde. *Ich will nicht, dass er mich ganz sieht,* rief sie panisch ihrer Wölfin zu und diese reagierte. Elisabeth fiel wieder nach vorne und verwandelte sich. Sie legte die Ohren an, stellte den Schwanz auf und knurrte ihn mit gebleckten Lefzen an.

Anerkennend nickte Albert, den das Knurren nicht im Mindesten beeindruckte.

»Alle Achtung, das waren jetzt nur noch zwanzig Sekunden. Und gleich wieder zurück, bitte.«

Elisabeth, die ihre Wölfin hatte machen lassen, wurde ärgerlich. Was bildete er sich ein, sie so zu gängeln und zu bedrängen? Nackt im Wald Verwandlungsgeschwindigkeit verbessern. Sie schnaubte innerlich und ihre Wölfin auch. Doch auf der anderen Seite wollte sie auch nicht, dass er aufhörte. Es gefiel ihr mit ihm und sie hatte sich ja immerhin wieder darauf eingelassen. Erneut die ganze Prozedur durchzumachen, war kräfteraubend. Sie rang mit ihrer Wölfin, die nicht einsah, dass sie sich schon wieder zurückziehen sollte.

»Das waren jetzt wieder fünfunddreißig Sekunden! Vielleicht sollten wir eine Pause machen.«

Sie stimmte bereitwillig zu und setzte sich ins Moos. Albert kramte aus seiner Tasche etwas in Plastik Eingeschweißtes heraus und warf es ihr zu, das sie reflexartig fing.

»Ich finde, du hast dir ein Leckerli verdient«, grinste er.

Es war ein Stück Wildfleisch. Sie aß es gierig, denn sie fühlte sich total erschöpft. Dann schaute sie eine Weile lang in den Himmel durch die Bäume. Es wurde jetzt abends schnell kälter, doch sie fror nicht. Die Kühle auf der Haut tat gut. Ihre Wölfin zog sich beleidigt zurück. Sie hatte heute mehr innere Kämpfe mit ihr ausgetragen als je zuvor und spürte die geistige Erschöpfung deutlich.

Plötzlich stellten sich ihre Nackenhaare auf, weil sie einen anderen Wolf witterte. Albert hatte es auch bemerkt, er schnupperte kurz, dann wurde er ärgerlich.

»Komm raus, Oskar. Ich weiß, dass du das bist.«

Es raschelte und ein verwegen aussehender Motorradtyp mit langen Haaren und einem Vollbart trat hinter einem Baum hervor. Seine Füße steckten in hohen Lederstiefeln und die Jeans sah alt und verwaschen aus. Auf dem ehemals schwarzen T-Shirt prangte das ausgeblichene Bild einer nackten Frau auf einem Motorrad.

»Du hast da ja eine ganz Hübsche, ein bisschen mager, aber schön groß. Ich mag große Weibchen!« Er leckte sich dabei über die Oberlippe. Elisabeth kam sich plötzlich unheimlich verletzlich vor, wie ein Opfer.

»Die Anweisungen des Alphas waren doch eindeutig. Keiner aus dem Rudel nähert sich der Neuen, bis ich sie als ihr Leitwolf zum Rudel bringe.«

Oskar lehnte sich lässig an den Baum. »Nur weil der Alte dein Vater ist, brauchst du nicht so zu tun, als würdest du auch ein Alpha sein. Ich wollte mir unser Frischfleisch mal ansehen. Hattest du sie schon?« Er warf lüsterne Blicke auf Elisabeth, die sich, so gut sie konnte, in die Farne drückte.

Albert stellte sich zwischen sie. »Ich warne dich, Oskar. Sie steht unter dem Schutz des Rudels und keiner rührt sie an.«

»Nicht mal ein bisschen spielen?« Er schnüffelte. »Sie riecht irgendwie komisch. Gar nicht so ganz nach Wölfin. Vielleicht musst du sie nur richtig rannehmen.« Er machte eine eindeutige Bewegung mit den Hüften.

Albert ging in Abwehrposition. »Verschwinde! Du hast hier nichts verloren!«

Urplötzlich brach Oskar in schallendes Gelächter aus. »Nun, krieg dich wieder ein. Ich will ja gar nichts von der Welpin. Du sollst nur heute unbedingt noch bei deiner Mutter vorbeischauen. Sie ist immer noch in Goslar bei diesem durchgeknallten Quacksalber. Du sollst noch was für sie besorgen.«

»Und das konnte sie mir nicht über das Rudelband mitteilen?« Albert wirkte nicht nur verärgert, er war jetzt richtig wütend.

Oskar hob unschuldig die Hände und drehte sich zum Gehen. »Soll wohl dein Papa nicht mitbekommen. Ich hab es dir ausgerichtet. Auftrag der Alpha damit erledigt. Schöne Nacht noch, Welpin!« Damit ging er.

Albert stöhnte, bückte sich aber und warf Elisabeth ihre Sachen zu. »Wir müssen abbrechen. Meine Mutter ist noch von der alten Schule. Sie erwartet bedingungslosen Gehorsam.«

Elisabeth, der immer noch mulmig war von dem Auftritt Oskars, zog sich rasch an. »Ist sie wirklich so streng?«

»Noch viel strenger! Ich muss auch gleich los.« Albert wirkte jetzt wirklich bedrückt. »Du findest doch alleine nach Hause?«

Elisabeth blickte ihn an und tippte sich auf ihre Nase. »Na klar, ich werde doch meine eigene Fährte zurückverfolgen können.«

Er warf ihr noch einen freundschaftlichen Blick zu, dann rannte er los. Elisabeth joggte nun auch zurück. Sie waren auf dem Weg hierher recht weit gelaufen. Es stimmte sie froh, dass sie noch einige Kilometer vor sich hatte.

Sie war in sich gekehrt und grübelte vor sich hin. Warum machte es ihr so viele Schwierigkeiten, sich wirklich zu verwandeln? Sie schaffte es schneller, wenn sie emotional erregt war. Am besten half Wut, aber wenn sie dieser Emotion nachgab, stand sie immer kurz davor, komplett die Kontrolle an die Wölfin in ihr zu verlieren.

Sie lief leichtfüßig querfeldein und übersprang Hindernisse auf ihrem Weg, ohne es zu merken, während ihre Gedanken weiter um ihre Verwandlungsprobleme kreisten. Sie war sich nicht eins mit ihrer Wölfin. Oft gab es innerlich ein Gerangel um die Kontrolle und um das, was die jeweilig andere tun wollte. Elisabeth hatte ihrer Wölfin inzwischen wie Albert den Spitznamen Goldy gegeben. Sie hatte zwar halbherzig protestiert, als Albert sie so nannte, aber sie mochte ihn inzwischen. Es gab schließlich deutlich blödere Spitznamen.

Ein Rabe flog an ihr vorbei und krächzte einmal herrisch, doch er war genauso schnell verschwunden, wie er gekommen war. Elisabeth drehte den Kopf, um ihn noch zu erspähen, aber er war schon nicht mehr da. *Komisch! Ich habe hier noch nie Raben gesehen,* dachte sie noch bei sich. Der Angriff auf der anderen Seite des Oderteiches überraschte sie dadurch völlig. Sie bemerkte den Schatten erst, als er mit einer Urgewalt in sie prallte, die an eine Dampframme erinnerte. Elisabeth wurde einige Meter durch die Luft geschleudert und krachte schmerzhaft gegen einen großen Felsen. Sie schrie auf. Der Angreifer war gegen den Wind gekommen und hatte ein Dickicht als Deckung genutzt. Blut sickerte ihr aus einer Platzwunde an der Stirn und die Schulter fühlte sich an, als wäre sie halb zertrümmert. Als sie hochblickte, ragte er bereits über ihr auf. Es war ein Wolf mit breiter Brust, graubrauner Zeichnung und hellen Läufen. Die Reißzähne gebleckt, knurrte er sie an. Sie lag am Boden und er dominierte, den Schwanz hoch erhoben. Elisabeth schützte verzweifelt ihr Gesicht mit dem heilen Arm und versuchte, den Wolf wegzuschieben, doch er war stärker. Speichel tropfte ihm aus dem Maul, während er sich näher drängte. Der Wolf biss ihr in die Jacke und zerrte daran. Sie riss eine Sekunde später auseinander, während Elisabeth herumgeschleudert wurde und erneut Schmerzen in ihrem verletzten linken Arm explodierten. Sie landete auf dem Bauch und der Wolf riss an ihrer Hose. Elisabeth brauchte nicht mehr zu überlegen, was er vorhatte. Er wollte sie vergewaltigen. Sein Geruch war so aufdringlich voller Geilheit, dass sie ihn jetzt erst erkannte. Oskar. Elisabeth geriet in helle Panik.

Goldy, hilf mir, du musst uns verwandeln. Sofort!, schrie sie innerlich ihre Wölfin an, doch diese reagierte aus irgendeinem Grund nicht. Die Jogginghose leistete keinen nennenswerten Widerstand. Noch einmal wimmerte und flehte Elisabeth ihre Wölfin an, sie möge ihr helfen. Doch in ihrem Kopf rollte sich die Wölfin auf den Rücken, als wolle sie sich unterwerfen. Mit seinen scharfen Klauen riss der Wolf ihr die letzten Sachen vom Leib. Sie lag da, wie ein Opfer und wimmerte.

Er sprang auf sie und in diesem Moment sah sie sich selbst und den Wolf wie durch andere Augen aus der Vogelperspektive. Die Hilflosigkeit, die sie gerade zur Schau stellte, wurde ihr schlagartig bewusst. Sie hatte sich, genauso wie ihre Wölfin, nicht wirklich gewehrt. Die Erkenntnis, dass die Wölfin sie nicht retten würde, wenn sie sich nicht selbst rettete, traf sie hart. Sie hatte gewisse Aspekte des Werwolfseins cool gefunden, doch sie hatte sich immer als Mensch verstanden, in dem ein Wolf steckte, der ab und zu mit ihr die Gestalt wechselte. Und jetzt reagierte sie einfach nur wie ein schwacher, wehrloser Mensch.

Da wurde ihr auf einmal klar, dass es gar keine Elisabeth hier und Goldy dort gab. Das war nur ihre Art gewesen, sich ihre Komplexität zu vereinfachen. In Wirklichkeit war sie Goldy – und Goldy war sie. Sie war also ein fast sechzehnjähriges Mädchen und gleichzeitig ein gefährliches Monster. Sie musste nicht Goldy anbetteln. Sie musste handeln, raus aus der Opferrolle. Dann ging alles extrem schnell.

Der Rüde hatte gerade siegessicher die vor Angst duftende Menschenfrau unter sich begraben, was ihn noch mehr erregte, zumal sie begann, sich zu wehren. Sie biss zu, und zwar direkt in seinen Vorderlauf, den sie aus ihrer ungünstigen Lage als Erstes erreichen konnte. Er war schon viele Male gebissen worden und es tat immer weh, aber dieser Biss brannte höllisch, als wenn er seinen Lauf ins Feuer gehalten hätte. Er jaulte auf und wollte sie mit einem Nackenbiss unter Kontrolle bringen. Da bäumte sie sich mit aller

Gewalt auf, rollte nach vorne und er mit ihr. Er sprang sofort wieder auf die Beine und fletschte die Zähne. Die Kleine wollte auf die harte Tour spielen.

Das hochgewachsene Mädchen stand nackt vor ihm, mit Blut am Kopf, aber sie knurrte zurück und ihre Augen waren bereits gelb. Er liebte es, wenn Beute sich wehrte, und diese hier versprach viel Spaß, denn sie würde mehr aushalten als eine Menschenfrau. Fell schoss aus ihrem Körper und die Knochen in ihrer Schulter knackten, als sie sich wieder zusammenschoben und in Sekunden verheilten. Die Verwandlung vollzog sich rasend schnell, doch sie blieb stehen, auf zwei Beinen. Die klauenbewehrten Hände erhoben, sprang sie ihn an. Er ging im selben Augenblick auch auf sie los. Zähne bissen, Pfoten kratzten, Klauen schlugen zu. Er war kein Feigling und er kämpfte schon lange, doch nach einer Weile merkte er, dass hier etwas gewaltig nicht stimmte. Sie kämpfte unerfahren, als wenn sie es nicht wirklich beherrschte, doch während seine Bisse bei ihr schnell wieder heilten, brannten ihre in seiner Haut weiter und schlossen sich nicht mehr. Es irritierte ihn. Nur Alphas hatten so viel Macht in ihren Bissen, dass ihre Wunden bei anderen nicht schnell heilten. Doch sie konnte keine Alpha sein, denn ihre Augen waren gelb. Die halb verwandelte Gestalt, die er für schwach gehalten hatte, erwies sich auf eine grausame Art und Weise noch gefährlicher als die Wolfsform. Die Klauen gruben sich tief in sein Fleisch und hielten ihn fest. Er riss sich los, bevor sie zubeißen konnte, ließ aber viel Fell, Fleisch und Blut in ihren Krallen zurück. Sein Atem ging stoßweise, nachdem sie einen schweren Treffer in seiner Flanke gelandet hatte. Dann bot sich eine Gelegenheit und er schnappte ihren Knöchel und drückte seine Kiefer mit aller Macht zu. Knochen brachen, während sie zornig aufheulte. Ihre Klauen packten ihn am Kopf und eine Kralle fuhr ihm mehr zufällig in das rechte Auge und durchstieß es ganz. So einen Schmerz hatte er noch nie gespürt. Er musste loslassen, um seinen Kopf zu schützen. Sie warf sich auf ihn und stieß ihn um. Wild um sich schnappend und mit allen Läufen tretend versuchte er, sie von sich zu werfen. Dabei zerkratzte er ihre Bauchseite schwer. Sie rollte sich weg und sprang wieder auf die Beine, auch wenn sie wegen des gerade erlittenen Bruches etwas schwankte. Sie knurrten und begannen sich zu umrunden. Jeder lauerte auf eine Lücke in der Verteidigung. Sie blutete heftig am Bauch und am Knöchel. Er an der Flanke, aus dem Auge und noch einem Dutzend weiterer Wunden, die sich schon längst hätten wieder schließen müssen. Sie heilte bereits sichtbar. Er merkte nun, dass er diesen Kampf nicht gewinnen konnte. Er hatte sie unterschätzt. Doch ihr Knöchel war verletzt und würde sie hoffentlich langsamer machen. Seine Chance auf Flucht witternd drehte er sich um und rannte los. Sie fiel auf alle viere und verwandelte sich vollends in den goldbraunen Wolf, wobei ihr Knöchel rasend schnell heilte, bevor sie ihm nachjagte. Der männliche Wolf kam nicht weit. Sie sprang auf ihn und verbiss sich in seinem Nacken. Beide Wölfe rollten eine Böschung hinunter und krachten gegen einen Baum. Dort ließ sie ihn nur kurz los, um dann seinen Hals zu schnappen.

Die Wölfin hatte ihn an der Kehle und er befand sich nur einen Herzschlag davon entfernt, zu sterben. Sie knurrte ihn heftig an, und obwohl es gedämpft klang, durchdrang es ihn bis ins Mark. Aber sie biss nicht zu, sie dominierte ihn und er ergab sich. Er lag auf dem Rücken, bot ihr seinen Hals und den Bauch geradezu an. Und sie verstand.

Die freie Alpha

Elisabeth hielt inne. Goldy war nicht mehr in ihrem Geist – zumindest nicht mehr als einzelne Figur, die sie in Gedanken visualisierte. Goldy war in ihr aufgegangen und war *sie*. Nun wusste sie instinktiv, was sie tun musste.

Sie hielt ihren schwer verletzten Gegner fest gepackt und knurrte ihn mit aller Macht an, obwohl sie merkte, dass sie kaum noch Reserven hatte. Der Kampf hätte keine Sekunde länger dauern dürfen. Aber sie hatte gegen ihn gekämpft und ihn besiegt. Als er sich unterwarf, passierte etwas noch viel Merkwürdigeres. Sie hörte ihn in ihrem Geist und sah seine Gedanken.

Scheiße, ich habe mich von einer Welpin besiegen lassen. Hoffentlich macht sie schnell, dann muss ich mit dieser Schande nicht leben ...

klang es plötzlich in ihrem Kopf. Es kam von ihm. Wie war das möglich?

Warum beißt sie nicht zu?

Nein!, hatte sie in Gedanken zurückgerufen.

Oskar erstarrte noch mehr. Nun roch er verängstigt und sie erkannte, wie sehr ihn das schockierte, mehr als der drohende Tod.

Das kann nicht sein, du bist keine Alpha!

Was?, kam es etwas verdutzt zurück.

Bring mich schon um. Ich kann mit dieser Schmach nicht leben.

Weil du gegen mich verloren hast?, fragte sie.

Nein, weil du irgendwie das Band mit mir hast. Du bist in meinem Kopf. Das kann eigentlich nur ein Alpha. Ich höre mein Rudel nicht mehr. Du hast mich aus meinem Rudel gerissen. Ich kann ohne mein Rudel nicht leben. Töte mich, aber bitte schnell.

Wenn etwas Elisabeth noch mehr irritierte als ihre Verschmelzung mit Goldy, so war es dies. Andererseits diktierte sie jetzt hier die Regeln. Sie würde Albert fragen, was es damit auf sich hatte. Doch zunächst musste sie Oskar klarmachen, dass er nicht sterben würde. Sie wollte ihn nicht wirklich töten, aber leiden sollte er für den Versuch, sie vergewaltigen zu wollen.

Hör mir genau zu!, sandte sie ihm in Gedanken. *Du bist mein und ich kann mit dir tun und lassen, was ich will. Du wirst leben, aber du wirst mir aufs Wort folgen und nie, ich wiederhole, nie wieder versuchen, irgendeiner Frau das anzutun, was du gerade mit mir vorhattest! Ist das klar?*

Da sie die Schnauze immer noch in seinem Fell vergraben hatte, konnte sie ihn nicht betrachten, aber sein Geruch veränderte sich gerade merklich zu einem unterwürfigen Duft. Sein Geist zögerte einen Moment länger. Dann gab auch dieser nach, als würde er mit den Schultern zucken.

Ja doch, du bist jetzt meine Alpha. Ich unterwerfe mich dir und ich werde alles tun, was du verlangst. Mit etwas Abstand schob er nach: *Und ich werde nie wieder versuchen, eine Frau mit Gewalt zu nehmen.*

Und wenn du es doch wagst, dann reiß ich dir die Kehle heraus, Oskar! Elisabeth war sich ob der Konsequenzen dieser Drohung in dem Augenblick bewusst, wo sie ihm diese sandte. Sie meinte es wirklich so. *Verwandle dich zurück!*, forderte sie ihn auf.

Der Wolf Oskar schluckte schwer, dann tat er wie befohlen. Elisabeth nahm einen Teil ihrer letzten Kraft zusammen und tat es ihm nach. Er war immer noch schwer verletzt und blutete. Die Wunde an seiner Seite sah sehr hässlich aus. Ein Auge fehlte. Doch ungeachtet der Schmerzen, die er zu haben schien, beugte er den Kopf und kniete sich vor sie hin.

Elisabeth stand vor ihm und war froh, dass er nicht auf ihre Brüste oder ihre Scham blickte. Noch mehr war sie erleichtert, dass er nicht sah, wie fertig sie war und dass sie am ganzen Leib vor Anstrengung zitterte. Der Kampf hatte sie mehr Kraft gekostet als alles andere, was sie zuvor erlebt hatte. Sie war sogar so geschwächt, dass sie fror.

»Wir gehen zurück. Ich hoffe, mein Handy geht noch.« Er nickte nur und ging schwankend in gebührendem Abstand vor ihr her, den Kopf immer noch gesenkt.

Ihre Sachen waren komplett ruiniert. Nicht einmal eine Socke war heile geblieben. Ihr Handy fand sie im Gras. Es hatte einen dicken Kratzer auf der Rückseite, doch es funktionierte.

»Hol deine Sachen!«, wies sie Oskar an und er wankte los. Sie wusste, dass er es tun würde. Seine Präsenz und seine Demut waren deutlich zu spüren. Während er ging, um seinen Auftrag zu erledigen, richtete sie sich zu ihrer vollen Größe auf. Es war ihr vollkommen bewusst, dass sie immer noch nichts anhatte, aber es bedeutete ihr im Moment nichts, genauso wie die Kälte. Deutlich merkte sie, dass sich etwas in ihr verändert hatte. Sie sah Goldy nicht mehr isoliert in ihrem Geist, doch sie spürte ihre Wölfin in jeder Zelle. Sie strahlte Macht in ihr aus. Es fühlte sich erhebend an, sie so in sich zu spüren. In ihrem Geist konnte sie auch immer noch Oskar wahrnehmen, wie er zu seinen Sachen ging. Sie hatte auf diese Rudelsache bislang nicht viel gegeben. Alberts Erklärungen dazu hatte sie nicht verstanden. Nun spürte sie, was es hieß, eine Verbindung zu einem anderen Wolf zu haben. Es sandte Macht, Sicherheit und Kraft aus. Sie fühlte sich stark und zum ersten Mal erkannte sie, dass es nur ein kleiner Teil von dem andeutete, was noch vor ihr lag. Sie war keine Welpin mehr. Dann, ob der schrägen Ereignisse, musste sie lächeln. Es hatte ausgerechnet Oskar gebraucht, um sie mit ihrer Wölfin zu verschmelzen. Er hatte zusammengefügt, was sie in ihrem Geist immer getrennt hatte. Sie war Goldy. Dann reckte sie den Hals und heulte es hinaus in den Wald.

Die Stimme eines Werwolfs trägt weit, Oskar antwortete sofort, schwach, aber vernehmbar. Immer noch grinsend wählte sie nach einigem Nachdenken Sabrinas Nummer. Die neue Wendung gebot ihr erst einmal, Albert da rauszulassen.

»Ja, Elisabeth, warum rufst du so spät an? Ich wollte gerade ins Bett gehen. Ist was passiert?« Sabrinas Stimme klang jedoch gar nicht müde.

»Ich habe folgendes Problem und ich bitte dich und Theo um Hilfe. Ich bin splitterfasernackt, stehe in der Nähe des Oderteiches und habe soeben einen anderen Werwolf im Zweikampf besiegt. Ich brauche Kleidung, Verbandszeug und einen Transport nach Hause. Kannst du das für mich tun?«

»Oh, Scheiße! Bist du verletzt?«

»Ist schneller verheilt, als ihr hier seid, aber der andere sieht übel aus.«

»Warte mal!«, Sabrina grübelte kurz. »Halte dich an der Straße in der Nähe des Damms. Ich gehe zwar damit ein gewaltiges Risiko ein, aber wir sind gleich unterwegs.«

Ihre Freundin stellte keine weiteren Fragen. Elisabeth legte auf und sah sich um. Oskar kam gerade wieder. Er hielt bei jedem zweiten Baum und sein Atem ging stoßweise.

»Ich heile nicht«, keuchte er hervor. Dann sah er Elisabeth an und erschrak erneut. »Deine Augen sind rot.«

Das musste Elisabeth irgendetwas sagen, aber das tat es nicht.

Oskar lehnte sich an die nächste Fichte. »Du bist eine echte Alpha. Aber das ist unmöglich.« Er räusperte sich und spuckte etwas Blut aus. »Wie hast du das gemacht mit deiner Gestalt? Du warst halb Mensch, halb Wolf. Aber das gibt es doch nicht. Nicht mehr, meine ich. Es gibt Legenden von Anführern, welche die Zwischenform annehmen konnten, aber das ist lange her.«

Elisabeth blickte ihn etwas überfordert an. Er strahlte absolutes Vertrauen und Unterwürfigkeit aus. Sie konnte es riechen. Dann zuckte sie mit den Schultern.

»Ich bin wohl anders. Ich weiß noch nicht, was ich mit dir machen soll, aber du brauchst unbedingt ärztliche Versorgung. So wirst du verbluten.«

Er sah an sich herunter. Inzwischen zitterte er stark und konnte sich kaum noch auf den Beinen halten. Sie nahm den Rest ihrer Jogginghose und band ihn sich um die Hüften. Es bot nur notdürftig Schutz. Immerhin war es besser als gar nichts. Die Joggingschuhe schienen auch noch halbwegs heile zu sein.

»Gib mir deine Jacke!«

Er zog sie sofort aus und gab sie ihr. Aus den Resten ihres T-Shirts machte sie einen Notverband für die Wunde in seiner Seite. Dann schlüpfte sie in die Jacke, die erstaunlich schwer war. Sie musste anscheinend gepolstert sein. Anschließend brachte sie ihn zur Straße. Es war nicht weit, doch er verlor immer mehr Blut. Inzwischen musste sie ihn halb tragen und fragte sich, warum sie sich überhaupt die Mühe machte.

Es vergingen schier endlose Minuten, in denen ein wenig Kraft wieder in Elisabeth zurückkehrte. All ihre Wunden waren komplett verheilt, als endlich ein Wagen näher kam, der langsamer wurde und ruckelnd hielt. Elisabeth trat auf die Straße und winkte. Sie konnte hinter den Scheinwerfern dank ihrer Werwolfsaugen Theobald und Sabrina ausmachen. Sabrina war gefahren. Sie hatten offensichtlich den Wagen der Schuberts stibitzt. Elisabeth lief zum Auto und zog die Tür auf.

»Schnell, habt ihr Verbandszeug dabei? Er verblutet.«

Erst jetzt, als sie in die gaffenden Gesichter blickte, realisierte sie, dass sie in der Behelfskleidung sehr viel von sich zeigte, vermutlich mehr, als gut für Theobald war. Sabrina, die auch erst gestarrt hatte, fing sich schneller und versuchte, ihn abzulenken, aber er konnte seinen Blick nicht von Elisabeth abwenden.

»Nun mach schon, du Hexer, oder soll ich dir Beine machen?«, knurrte sie ihn unwirsch an.

Das schien ihn endlich wachzurütteln und er stieg aus. In seinem Arm hatte er eine Tasche aus der Apotheke mit haufenweise Verbandspäckchen und anderen Dingen zur Wundbehandlung. Sabrina blieb hinter dem Steuer. Sie warf Elisabeth einen Beutel zu, den diese auffing. Danach parkte sie den Wagen am Straßenrand. Woher sie überhaupt fahren konnte, wusste Elisabeth nicht. Sie hatte einige Fragen an ihre Freundin, doch das musste warten. Sie kleidete sich einige Meter entfernt im Unterholz an. Sabrinas Jogginghose schlabberte an Elisabeth, doch es ging fürs Erste. Mit dem

T-Shirt ging es ihr nicht besser, zumal es einen Aufdruck mit einem Typen mit langen Eckzähnen trug und der Aufschrift: *I LOVE VAMPIRES*. Sie schüttelte den Kopf. Dann zog sie die Jacke darüber. Die Fetzen ihrer eigenen Hose stopfte sie in den Beutel. Als sie zurückkam, musste sie feststellen, dass es ein neues Problem gab. Theobald stand mit weichen Knien in einigen Metern Entfernung vor Oskar, dessen Augen wieder gelblich leuchteten. Er knurrte, so gut er das mit der riesigen Wunde in der Seite überhaupt noch konnte, und ihr Freund traute sich nicht näher.

»Was ist denn hier los?«, verlangte sie zu wissen.

»Ich lasse keine Menschen an mich heran«, kam es schwach aber entschieden von Oskar. Er war weiß wie eine gekalkte Wand und konnte nicht mehr stehen. Und Elisabeth sah, dass er nur noch einen Schritt vor dem Tod stand. Sie hatten keine Zeit, es auszudiskutieren, dass Theobald nur helfen wollte. Sie folgte einer Intuition und knurrte Oskar mit all ihrer Kraft an. Sie konnte spüren, wie eine Art Welle sie verließ. Die neue Einigkeit mit Goldy verstärkte ihr Knurren und steigerte es zu einer durchdringenden Macht. Er wurde sofort unterwürfig, taxierte Theobald aber immer noch. Theobald hingegen zuckte heftig und sie roch seine Angst. Er zitterte so stark, dass ihm sogar zwei Verbandspäckchen hinunterfielen.

»Du wirst dich von demjenigen behandeln lassen, den ich auswähle! Ist das klar?« Elisabeth wurde jetzt sauer und setzte verächtlich hinzu: »Omega!«

»Jawohl, was immer du verlangst!« Oskar ließ seinen Widerstand fallen und sackte ganz auf den Boden.

Theobald bewegte sich bis auf das Zittern nicht.

»Er ... er ist ein echter Werwolf«, stammelte er.

»Bin ich etwa keiner? Jetzt fang schon an, ihn zu verbinden. Er hat nicht mehr viel Zeit, bevor er verblutet.«

In diesem Augenblick wurde Oskar ohnmächtig. Elisabeth riss Theobald die Tasche aus der Hand und eilte zu Oskar. Zögernd kam ihr Freund nach. Als sie sich schließlich sehr ungeschickt mit dem Verbandzeug anstellte, weil auch sie vor Erschöpfung heftig zitterte, schluckte er erst schwer, dann griff er zu und nahm es ihr ab. Sie machte dankbar Platz, als er sich fachmännisch Einweghandschuhe überstreifte.

»Die Wunden sind bedrohlich und alle verdreckt. Die größte an der Seite wäre für einen Menschen tödlich«, stellte er schnell fest, während er jetzt mit flinken Händen Verbände anlegte. Er wurde fachmännischer und entspannte sich dadurch. »Müsste ein Werwolf nicht schneller heilen? Irgendetwas in den Wunden scheint die Heilung zu hemmen. Was um alles in der Welt hat ihn nur so schrecklich zugerichtet?«

Elisabeth, die Theobald gerade noch eine Kompresse reichte, hielt kurz inne, sodass er sie ansah.

»Das war wohl ich!«, gestand sie ihm ein.

»Du? Du meine Güte. Ich beginne langsam zu ahnen, warum man nicht wollte, dass es jemanden wie dich gibt. Du bist ja selbst für Werwölfe eine Gefahr. Ich habe noch gar nicht darüber nachgedacht, aber klar. Bei all dem Gift und Silber, das du all die Jahre gegen die Verwandlung geschluckt hast, ist jetzt sicher einiges davon in deinem Speichel. Werwölfe haben ein Problem mit Silber. Damit bist du die ultimative Killerin. Die Wunden, die du schlägst, heilen so nur schwer. Vermutlich bist du andererseits selbst mit einer Silberkugel nicht zu stoppen.«

Elisabeth schwieg. Das, was Theobald gerade gesagt hatte, konnte stimmen. Silber hatte auf sie keine Wirkung mehr, was ihr ihre Mutter bereits bestätigt hatte. Und die Wunden an Oskar waren wirklich hässlich. Sie selbst hatte durch ihn ähnliche Wunden davongetragen, aber diese hatten sich in wenigen Augenblicken wieder geschlossen. Sie schwor sich, Albert nie zu beißen. Das wollte sie ihm nicht antun, dafür mochte sie ihn zu sehr.

»Heb ihn mal leicht hoch, damit ich an die Seite besser drankomme. Und wir brauchen Licht.«

Während Elisabeth tat, worum er sie gebeten hatte, nahm er sein Amulett ab. »Was hast du vor?«, wollte sie wissen, doch Theobald nahm bereits einen Stein vom Boden auf und schloss kurz die Augen.

Dann sagte er leise: »Illuminatio!«

Elisabeth traf ein Kribbeln, wie sie es bereits bei Anna Binsenkraut gespürt hatte, dann fing der Stein an, gleißend zu leuchten, dass sie wegschauen musste.

Jetzt war sie es, die verblüfft sagte: »Du hast gerade gezaubert!«

»Ja, und ich habe immer noch Probleme, die Stärke richtig zu dosieren«, kam etwas betreten zurück. Er legte den Stein zwei Meter entfernt hin, von wo er die Szenerie wie ein Tausend-Watt-Scheinwerfer erleuchtete. Theobald verband jetzt die Seite, hielt aber währenddessen kurz inne und zögerte. Mit einem angewiderten Blick griff er dann in die Wunde und zog einen Tannenzapfen heraus.

»Ehrlich, ich habe zwar schon mehrere Erste-Hilfe-Kurse gemacht, aber ich weiß nicht, ob er das regenerieren kann. Ich glaube, ich habe gerade seine Leber berührt. Sie liegt ein Stück frei. Gib mir alle Kompressen, die wir noch haben.«

Elisabeth gab sie ihm schuldbewusst. Jetzt, nach dem Kampf, kam ihr Gewissen wieder hoch. Vorhin war sie ganz Werwölfin gewesen und hatte gegen einen Angreifer gekämpft. Doch jetzt, wo sie für Oskar die Verantwortung hatte, tat er ihr sehr leid. Sie drückte die Hautfetzen zusammen und hielt sie so lange fest, bis Theobald sie fixiert hatte.

»Er wird Nahrung brauchen. Ich bin selbst total ausgehungert. Heilen schlaucht sehr und er hat noch mehr zu heilen als ich.«

»Wir fahren zum Rossschlachter Kubert. Der arbeitet gerne in der Nacht, weiß ich von meiner Mutter. Da werden wir was bekommen«, meldete sich Sabrina zu Wort, die endlich den Wagen geparkt hatte und auf das Licht zugelaufen kam. »Ich habe ... wartet mal ... noch etwa über sechzig Euro. Wenn wir zusammenlegen, sollten wir schon ein paar Kilo Fleisch bekommen.«

Theobald, der die ganze Zeit an dem Verletzten gearbeitet hatte und nun sein Werk begutachtete, griff ihm in die Hosentasche und zog ein dickes Geldbündel hervor. »Ich denke, der Mann hier zahlt! Wie heißt er eigentlich?«

»Oskar! Was machen wir mit dem Stein? Den können wir hier nicht liegen lassen. Kannst du ihn entzaubern oder wie das heißt?«

Theobald lächelte verlegen. »Nein, so weit bin ich noch nicht gekommen. Er wird irgendwann ausgehen, aber ich weiß nicht, wann das passiert.«

Sabrina schnappte sich den Stein, stopfte ihn kurzerhand in einen verlassenen Kaninchenbau und trat Erde davor. Schlagartig war es wieder Nacht. »So, erledigt!«

»Wir müssen ihn vorsichtig zum Auto bringen«, sagte Theobald und sah Elisabeth an. Sie griff zu und nahm Oskar hoch. Er wog sicher wohl an die neunzig Kilogramm, aber sie stemmte ihn, als wäre er eine Stoffpuppe.

»Dann los!«, rief sie.

Pferdeschlachter bei Nacht

»Woher kannst du überhaupt Auto fahren?«, erkundigte Elisabeth sich bei ihrer Freundin.

»Mein Vater hat heimlich mit mir geübt, bevor er wieder zurück auf See musste. Ich will gleich mit der Fahrschule anfangen, wenn ich siebzehn bin. Das Fahren ist auch gar nicht so schwer, aber das Schalten bereitet mir ab und zu noch Probleme«, erklärte Sabrina.

»Dafür machst du das schon richtig gut«, erkannte Elisabeth an.

»Danke sehr für die Blumen!«

Sie erreichten Clausthal. Sabrina parkte den Wagen in einer Seitenstraße. Theobald hatte die ganze Zeit vor sich hin sinniert. Dann stelle er die Frage, über die sich die beiden Mädchen noch gar keine Gedanken gemacht hatten.

»Wohin wollen wir mit Oskar? Von uns kann ihn keiner mit nach Hause nehmen!«

Sie schwiegen daraufhin eine ganze Weile. Ratlos, weil sie darauf keine Antwort wusste, stieg Elisabeth aus. Kurz darauf standen alle drei an der Hintertür der Schlachterei, in der tatsächlich noch gearbeitet wurde. Es roch für Elisabeth verlockend nach Pferdefleisch und Blut. Ihr Magen knurrte so laut, dass Theobald sie wieder ängstlich anstarrte. Sabrina klopfte. Es dauerte eine Weile, dann öffnete jemand vorsichtig.

Elisabeth stellten sich sofort die Haare auf. Sie roch einen anderen Werwolf. Er musste es auch bemerkt haben, denn als Michael Kubert herausblickte, fixierte er sofort Elisabeth. Die anderen beiden schienen es nicht einmal zu bemerken, wie er schnüffelte.

»Gute Nacht, Herr Kubert«, eröffnete Sabrina, »Sie kennen meine Mama recht gut, daher wusste ich, dass Sie um diese Uhrzeit arbeiten. Wir haben uns gefragt, ob Sie uns nicht ausnahmsweise etwas so spät verkaufen mögen. Wir wollen spontan grillen.«

»Ich glaube euch zwar kein Wort, aber kommt erst einmal herein.«

Er ließ keinen Blick von Elisabeth. Drinnen betraten sie eine Art Sozialraum mit einer Küchenzeile, einem Tisch und sechs Stühlen. Die Pferde mussten wohl nebenan angeliefert werden. Er bedeutete ihnen, Platz zu nehmen. Sie setzten sich. Die Stühle bestanden aus altem Eichenholz, aber über die Sitzkissen hatte jemand Plastik gespannt. Der Raum wirkte düster, da nur eine schwache Neonleuchte an der Anrichte angeknipst war. Kubert blieb stehen. Immer noch taxierte er Elisabeth und dann nickte er vor sich hin.

»Du hast sicher Hunger. Du hattest einen harten Kampf.«

Es war eine Feststellung, keine Frage. Sabrina und Theobald rissen die Augen auf und blickten sich an.

Elisabeth seufzte. »Ihr braucht euch nicht zu verstellen. Er ist auch ein Werwolf – wie ich.«

Sabrina und Theobald starrten nun erst Elisabeth und dann Michael Kubert an.

»Puh, da bin ich aber beruhigt!«, stieß Sabrina dann hervor. »Ich dachte schon, wir müssten uns ewig Ausreden einfallen lassen.«

Kubert blickte Sabrina an, dann lachte er schallend. Sein Lachen war so herzlich, dass sie einfach mit einstimmen mussten. Doch danach wurde er wieder ernst und sprach Elisabeth direkt an.

»Du bist neu hier. Ich hoffe, du hast niemanden getötet, den ich kenne.«

»Nein, er ist verbunden und liegt draußen im Wagen.«

Michael Kubert hob eine Augenbraue. »Er lebt? Warum kommt er nicht mit rein?«

Elisabeth blickte nun verzweifelt ihre Freunde an, doch Sabrina plapperte gleich weiter. »Seine Wunden heilen nicht so richtig. Er ist sehr schwach.«

Kubert runzelte die Stirn, dann blickte er Elisabeth direkt an. »Zeig mir deine Augen.«

»Wie?« Elisabeth zögerte. Dann seufzte sie und tat es. Glühendes Rot strahlte Kubert an, dessen Augen sofort gelblich leuchteten.

Der Blick dauerte nur wenige Sekunden, doch dann nickte er. Die anderen beiden hatten Elisabeths Augen nicht sehen können und warteten darauf, dass etwas passierte.

»Das ist normal«, sagte Kubert schließlich. »Die Bisse von Alphas sind gefährlicher. Wir holen ihn am besten gleich rein. Nehmt euch eine Cola aus dem Kühlschrank. Wir sind gleich zurück.«

Sabrina und Theobald wechselten Blicke.

Michael Kubert ging mit Elisabeth nach draußen. Hinter der Tür hielt er sie kurz auf. »Du bist voller Rätsel, junge Wölfin. Ich rieche die Alpha an dir, aber auch noch mehr. Woher kommst du?«

»Ich kann Ihnen nicht wirklich alles sagen. Aber ich wäre Ihnen sehr dankbar, wenn Sie Oskar helfen könnten.«

»Oskar, hmmm, soso. Wenn ich dich so ansehe, vermute ich mal, dass er dir an die Wäsche wollte. Du bist sein Typ.«

»Nein, bin ich nicht!«, kam es entschieden zurück.

Kubert kicherte. »Da hast du auch wieder recht. Er hat sich wohl die Falsche ausgesucht.«

»Bitte sagen Sie es nicht im Rudel weiter!« Elisabeth hatte Angst davor, was Albert sagen würde.

»Pah, mit denen hab ich schon lange nichts mehr am Hut. Ich bin ein freier Wolf. Ab und zu kaufen sie zwar bei mir, aber ich entscheide alleine über mein Leben.«

»Ein freier Wolf? Heißt das, dass man kein Rudel wählen muss?«

Michael Kubert blickte sie jetzt schon mitleidig an. »Wann wurdest du gebissen?«

Sie zögerte. Die ganze Wahrheit sollte sie ihm verschweigen. Also antwortete sie: »Noch nicht sehr lange, ich hatte noch keinen Vollmond.«

Kubert pfiff durch die Zähne. »Wow. Dann werde ich noch einiges von dir hören. Ich bin übrigens Michael, aber meine Freunde nennen mich Mike. Du kannst mich auch so nennen. Immerhin teilen wir ja etwas.« Er streckte ihr die Hand entgegen.

»Elisabeth Wollner!« Sie schlug ein. Der Handdruck war warm und kräftig.

»Deine Freundin riecht nach Tod. Ich vermute mal, sie ist auch eine Magische.«

Elisabeth stöhnte. »Ich weiß nicht, wie man sich wirklich verbergen kann. Jeder scheint sofort zu merken, wer und was ich bin. Auch bei Sabrina scheint es jeder zu erkennen.«

»Unsere Nasen sind eben unschlagbar. Viele dämpfen oder verbergen ihre Aura, vergessen dabei aber, dass man Magie auch riechen kann. Und der Junge ist doch der Sohn von der Hexe, die die Apotheke in Zellerfeld besitzt. Du hast interessante Freunde. Ich denke mal, die könnten auch schon spannende Geschichten erzählen.«

»Bitte!« Elisabeth blickte Mike flehend an. »Bitte verrate uns nicht.«

Er schaute offen zurück. »Warum sollte ich? Keine Angst, ich schweige. Aber jetzt wollen wir mal den notgeilen Oskar holen.«

»Notgeil?«

»Weißt du, er hat schon immer ein Problem gehabt, selbst als er noch ein Mensch war. Er hat seinen besten Freund nicht im Griff. Hat viel Ärger mit ihm gegeben. Seine Bindung an das Rudel war sowieso äußerst dünn. Du hättest allen einen Gefallen getan, wenn du ihn getötet hättest.«

»Ich kann nicht. Nicht mehr. Ich fühle mich plötzlich für ihn verantwortlich.«

Kubert, der sich schon zum Auto wenden wollte, drehte sich wieder um. »Ihr teilt das Rudelband? Da hast du dir aber gleich eine Laus in den Pelz geholt. Nun, es ist dein Rudel, also auch dein Problem.«

»Kannst du ihn nicht irgendwie bei dir unterbringen? Ich kann ihn nicht mit nach Hause nehmen. Meine Familie weiß nicht, was ich bin, und Albert würde ihn auch sofort riechen.«

Erneut pfiff Mike durch die Zähne. »Albert Wolfsherr? Du triffst dich mit dem Prinzen des Wolfsrudels? Ich vermute mal, du hast das Band erst seit eben und Albert weiß noch nicht, was mit dir passiert ist, oder?«

»Nein. Und ich weiß nicht, wie ich es ihm sagen soll.«

Mike überlegte kurz, dann nickte er. »In Ordnung, ich nehme ihn. Er wird bei mir arbeiten und du schuldest mir einen Gefallen.«

Elisabeth schlug in die ihr entgegen gestreckte Hand erneut ein. »Danke vielmals, Mike!«

Er grinste: »Freue dich nicht zu früh. Mir einen Gefallen zu schulden, ist viel. Aber ich mag dich. Du bist dir vermutlich nicht im Klaren darüber, welche Wirkung du entfaltest. Man kann dir einfach nichts abschlagen.«

Er zwinkerte noch, dann öffnete er die Tür und zog Oskar vorsichtig heraus. Der war immer noch bewusstlos. Zusammen trugen sie ihn hinein und legten ihn auf den Tisch. Mike ging nach nebenan, um Futter zu holen, wie er sagte.

Theobald und Sabrina sahen Elisabeth erwartungsvoll an.

»Mike wird uns helfen und Oskar unterbringen. Wir schulden ihm nur einen klitzekleinen Gefallen«, eröffnete sie ihren Freunden.

Sabrina wirkte erleichtert und umarmte Elisabeth, Theobald wirkte nachdenklich.

»Einen Gefallen. Du weißt, dass er dafür viel einfordern kann.«

»Wird er aber nicht. Er mag mich, glaube ich.«

Mike kam mit einer Wanne voller Innereien wieder. Sabrina rümpfte die Nase und Theobald schien auch nicht begeistert, doch Elisabeth begann schlagartig der Speichel in den Mund zu schießen.

»Du sabberst ja!«, bemerkte Sabrina angewidert. »Ich glaube, ich warte draußen im Auto. Komm Theo!«

Er nickte und ging mit.

»Tu dir keinen Zwang an«, grinste Mike sie an. »Hier nimm! Das gibt Kraft.« Es war ein Pferdeherz!

»So eins hatte ich schon mal«, strahlte sie.

»Ja, aber das hier ist ganz frisch und noch warm. Mahlzeit, Kleine!«

Während sie herzhaft in das Herz biss und vor Wonne seufzte, weil es so gut schmeckte, machte sich Mike daran, mit einem großen Pürierstab Eingeweide zu zerkleinern. Elisabeth aß gierig. Für einen Werwolf war Essen mehr als nur Nahrungsaufnahme. Sie fühlte direkt, wie die Energie in ihren Körper floss. Und es stimmte: je frischer, desto besser.

»Wir müssen ihn wach bekommen, wenn du aufgegessen hast, damit er schlucken kann.« Mike goss einen großen Schuss Blut in die Brühe. Dann nahm er einen herzhaften Schluck von dem Gemisch. »Hmm ... fehlt noch etwas Salz.« Er öffnete einen Schrank und entnahm eine Packung. Dann streute er reichlich davon hinein. »Magst du probieren?«

Elisabeth, die gerade einen großen Bissen Herz kaute, zuckte mit den Schultern. Sie schluckte. »Warum nicht? Ich esse gerade ein frisches Pferdeherz und bin blutverschmiert. Da werde ich auch deinen Cocktail probieren können.«

»Du wirst begeistert sein!«

Und es stimmte, er schmeckte himmlisch.

»Hallo, warte. Lass noch was für Oskar über! Du kannst den Rest haben, den wir nicht mehr in ihn hineinbekommen. Haben dich deine Freunde eigentlich schon als Wölfin gesehen?«

»Nein. Aber sie wissen, wer und was ich bin. Ich vertraue ihnen.«

Er brummte kurz, dann nickte er. Sie aß auf und spülte alles mit einem Schluck Wasser hinunter. Danach wusch sie das Blut von ihren Händen und aus dem Gesicht.

Mike schaute sie an. »Du bist eine sehr attraktive junge Frau. Ich kann verstehen, warum Oskar nicht widerstehen konnte.«

Elisabeth, die sich gerade das Gesicht abtrocknete, schaute ihn an, aber er blickte offen und ehrlich zurück. Er hatte es einfach nur festgestellt. Sie lächelte ihn an.

»Dankeschön!«

Mike erhob sich und nickte ihr zu.

»Genug geschäkert. Wecke ihn!«

Sie trat neben ihn und rüttelte an Oskar, doch er reagierte nicht.

»Nein, nicht so! Du bist doch seine Alpha, oder? Rufe seinen Wolf. Er wird dich hören.«

Sie hatte keine Ahnung, doch Mike wirkte so zuversichtlich, dass sie es versuchte. Sie schloss die Augen und suchte das Band, das sie vor nicht einmal zwei Stunden zum ersten Mal gespürt hatte. Sie brauchte gar nicht lange zu suchen. Da war es. Weil sie nicht genau wusste, was sie machen sollte, zupfte sie an dem Band und rief in Gedanken: *Oskar, Aufwachen! Du musst essen!*

Es funktionierte. Oskar schrak sofort hoch, verzog aber schmerzerfüllt das Gesicht. Er sah grässlich aus. Mike zögerte keinen Augenblick, öffnete Oskars Mund und goss einen Schwall von dem Gebräu hinein. Oskar würgte und schluckte. Sie wiederholten die Prozedur, bis der ganze große Krug fast leer war und Oskar abwehrend die Hand hob. Elisabeth sah zwar noch nicht, dass es ihm besser ging, aber über das Band spürte sie es deutlich. Er begann zu regenerieren. Außerdem blieb er jetzt bei Bewusstsein. Mike machte inzwischen noch einen Krug fertig. Sie waren für einen Moment alleine.

»Oskar, hör mir zu. Mike wird sich um dich kümmern. Du wirst hierbleiben und sonst mit keinem sprechen. Ich komme und schaue nach dir, doch ich verlange, dass du dich genau an meine Anweisungen hältst.«

Dankbar blickte er sie an. »Du hast mich besiegt und mir das Leben gelassen. Ich schulde dir alles, meine Alpha. Ich werde dich nicht enttäuschen.«

»Und keine Geschichten mit Frauen!« Sie kniff die Augen zusammen und fixierte ihn mit ihrem Blick.

»Ich schwöre, ich gebe mein Bestes!« Er lächelte und zum ersten Mal kehrte etwas von seinem lasziven Blick zurück.

Elisabeth spürte, dass er es aufrichtig meinte.

Mike kam mit dem zweiten Krug zurück.

»Trink!«, wies er Oskar an. Dieser schien jedoch auf etwas zu warten. Mike lachte auf. »Er wartet, dass seine Alpha ihm erlaubt zu fressen. Du bist die erste Frau, die Oskar im Griff zu haben scheint. Herzlichen Glückwunsch!«

Elisabeth verstand, nickte Oskar zu und er trank artig, doch nach einem halben Krug konnte er nicht mehr.

»Wenn du magst ...« Mike hielt Elisabeth den Krug hin. »Ich glaube nicht, dass er mehr hinunterbekommt. Er muss jetzt schlafen.«

Elisabeth trank den Krug bis zur Neige. Es war einfach nur lecker. Mitten im Trinken schoss ihr plötzlich ein abstruser Gedanke durch den Kopf. Sie erinnerte sich an einen Moment aus ihrer Zeit in Hannover, wo sie unerlaubterweise mit ihrer alten Freundin Anna-Lina, die sie nur Ali nannte, im Kino gewesen war, um *Harry Potter und der Gefangene von Askaban* anzusehen. Sie hatte ihrer Mutter nichts davon gesagt. Der Film hatte Elisabeth damals sehr aufgewühlt und sie hatte heimlich mehrere Schlucke aus ihrer Flasche nehmen müssen. Ali hatte sich sehr geängstigt und hatte Lupin, den Werwolf in dem Film, sehr bedauert. *Wenn du mich heute sehen könntest, Ali, was würdest du wohl sagen?* Als sie den Krug an Mike zurückgab, lächelte dieser.

»Bis bald, freie Alpha!«, verabschiedete er sie und anstatt die Hand zu geben, umarmte er sie, dass es jedem Menschen das Rückgrat gebrochen hätte. »Du bringst Veränderung! Das spüre ich!«

Sie ging erleichtert, nicht ohne Oskar noch einmal zu ermahnen.

Endlich saß sie im Wagen und Sabrina fuhr los.

»Danke!«, war das Einzige, was sie sagte.

Sabrina ereiferte sich. »Ich habe zu danken! Seitdem du da bist, passiert dauernd etwas völlig Abgedrehtes. Ich habe mich noch nie so lebendig gefühlt wie heute. Ich meine, es geht voll ab. Du bist jetzt drei Monate hier und nichts geht mehr seinen gewohnten Gang. Mir hat übrigens gestern einer aus der Oberstufe nachgepfiffen. Das ist mir noch nie passiert.«

»Wir setzen Elle besser etwas entfernt vom Haus ab. Es ist immerhin schon halb zwei in der Nacht«, unterbrach Theobald ihre Euphorie.

Elisabeth stimmte zu.

Sie sah den beiden nach, als sie abfuhren, und näherte sich vorsichtig ihrem Haus von der Waldseite. War der Wächter da? Eine Weile verharrte sie unter einer Tanne, doch diesmal witterte sie ihn nicht. Sie hatte noch nie ihr Fenster von außen aufgedrückt, aber es gelang ihr spielend. Sie hängte die Jacke, die sie immer noch trug, auf ihren Stuhl, dann fiel sie ins Bett und schlief endlich ein. Niemand im Haus hatte sie gehört.

Den Wagen, der vor der Tür stand, hatte sie nicht bemerkt.

Ein peinlicher Moment

Klara erwachte fünf Minuten nach sieben. Sie hätte längst geweckt werden müssen.

»Oh, Papa!«, stöhnte sie. Müde wälzte sie sich aus dem Bett und ging zum Bad. Doch es war jemand unter der Dusche und daher tappte sie in die Küche hinunter. Es wird wohl Elisabeth sein, dachte sie. Sie hatte schon eine Packung Cornflakes herausgeholt, da stockte ihr der Atem. Von hier konnte man in das Wohnzimmer sehen, wo ihr Vater auf dem Boden lag. Sie ging ungläubig näher. Er hatte eine Wolldecke halb um sich gewickelt, ansonsten war er komplett nackt und schnarchte leicht. Überall um ihn herum lagen Kleidungsstücke, ein BH und andere Dinge, die ganz offensichtlich einer Frau gehörten. Auch roch es hier komisch. Klara starrte noch fassungslos auf ihren Vater, da knarzte es auf der Treppe. Blitzschnell humpelte Klara hinter einen Vorhang, da ging auch schon die Tür auf und eine Frau, nur mit einem Handtuch bekleidet, kam herein. Klara schielte aus ihrem Versteck hervor und hielt den Atem an, denn sie erkannte sie sofort. Es war die Apothekerin, die Mutter von Theobald. Sie ging zu ihrem Vater und schwang sich rittlings auf ihn.

»Aufstehen Liebling, ich muss leider schleunigst weg und du musst deine Töchter wecken, sonst kommen die noch zu spät zur Schule.«

Das Handtuch rutschte hinunter, als Michael Wollner seine Arme ausstreckte und Anna Binsenkraut an sich zog. Klara schaute reflexartig weg, dann doch wieder hin. Ihre Augen wurden immer größer, als sie sah, wie beide sich leidenschaftlich küssten. Klara nutzte das und flüchtete, so leise sie konnte, in die Küche. Es rumste etwas zu laut, als sie mit ihrem Gipsbein gegen den Tresen stieß. Instinktiv tauchte sie dahinter ab. Die Erwachsenen schreckten hoch. Klara duckte sich tiefer, doch dort kam sie nicht weg.

»Hallo?« Die Stimme ihres Vaters klang durch den Raum. Begleitet wurde sie durch Geräusche, die darauf schließen ließen, dass jemand sich hektisch anzog. Klara kauerte sich zusammen und schlüpfte in die Nische unter dem Tresen.

Jemand näherte sich. »Ich habe doch deutlich etwas fallen hören. Hier ist auch eine Packung Cornflakes.« Es raschelte. Ihr Vater stand jetzt direkt vor dem Tresen. Er brauchte nur seine Hand auszustrecken und sie würde auffliegen, doch er schaute nicht hinunter. »Ich vermute, eines der Mädchen hat sich nur schnell eine Schale geholt. Sie werden doch nichts bemerkt haben? Oh mein Gott! Was haben wir getan?«

Anna lachte wissend. »Was wir getan haben? Nun, wenn du das nicht mehr weißt, obwohl wir es gleich mehrmals gemacht haben, müssen wir das heute Abend nochmal wiederholen. Aber jetzt sehe ich zu, dass ich verschwinde. Ich ruf dich an.«

Ein Schmatz war zu hören, bei dem Klara angewidert ihr Gesicht in ihrem Versteck verzog. Kurz darauf klappte die Terrassentür. Ein hektisches Räumen und Schrubben folgte. Klara spähte vorsichtig unter dem Tresen hervor. Es roch nach Reinigungsmittel. Sie traute sich immer noch nicht heraus, und es war gut so, denn plötzlich ging die Küchentür auf und eine verschlafene Elisabeth kam herein. Sie schnüffelte, um dann angewidert zu keuchen. Eilig riss sie das Küchenfenster weit auf. Ein Schwall kalter Harzluft kam ins Zimmer. Klara hörte Elisabeth heftig durchatmen.

»Papa, was zum Teufel machst du mit dem Essigreiniger? Das riecht ja fürchterlich. Und überhaupt, was soll der Lärm? Vor einer halben Stunde hättest du uns wecken müssen. Ich habe kaum Zeit fürs Frühstück.«

Die Stimme von Herrn Wollner klang eine Spur zu hoch. »Ich bin gestern vor dem Fernseher eingeschlafen und habe Rotwein umgekippt. Entschuldigung. Könntest du Klara wecken?«

»Mit Essig? Da nimmt Mama immer Backpulver. Und warum riecht es hier so nach Schweiß und Flieder.« Sie schnupperte.

»Ich habe einen Schuss Reiniger mit Fliederduft hineingetan, dann riecht es besser«, stammelte Herr Wollner.

Elisabeth grunzte misstrauisch, riss dann hörbar die Kühlschranktür auf, nahm sich eine Aufschnittplatte heraus und steckte sich ein paar Scheiben in den Mund. Während sie kaute, wanderte sie zum Tresen. Plötzlich ging sie in die Knie und blickte ihre Schwester an. Klara bekam es mit der Angst zu tun. Es lag nicht daran, dass ihre Schwester sie hätte verraten können. Vielmehr war da eine Macht in ihrem Blick, etwas animalisch Überlegenes, dass ihr einen Mordsschreck einjagte. Dann, von einem Moment auf den anderen, grinste Elisabeth diebisch. Klara legte den Finger auf die Lippen und Elisabeth nickte nur stumm.

»Ich soll also diese nichtsnutzige Schlaftante wecken gehen, die mir noch einen Monat Abwasch schuldet?«

»Ja, ich brauche hier leider noch etwas!« Ihr Vater hatte nicht richtig zugehört.

»Ich glaube, dass sie mir sogar versprochen hat, zwei Wochen Staub zu wischen.«

»Hat sie das? Nun, sie ist eine liebe, kleine Schwester.«

»Ja, das ist sie, ich kann sie förmlich noch nicken sehen.«

Elisabeth fixierte ihre Schwester mit ihrem Blick. Sie hatte sie in der Falle und genoss es offenbar. Klaras Gefühle in ihrem Versteck wechselten von Angst zu Ärger, dann nickte sie widerwillig mit zu einem Strich gepressten Lippen, gab ihrer Schwester aber mit der Hand ein Zeichen, es nicht zu übertreiben.

Elisabeth grinste auf eine überlegene Art. »Gut, dann bin ich noch schnell auf dem Klo und gehe sie dann wecken.« Sie legte die leere Platte in die Spüle und verließ die Küche. Dabei ließ sie die Tür offen. Klara atmete auf und schlüpfte hinterher. Sie hatte gerade sacht die Tür zum Flur geschlossen, als sie heftig zusammenfuhr. Elisabeth hatte dahinter gewartet.

»Soso, warum versteckst du dich denn unter dem Tresen? Hast du was ausgefressen?«, kam es leise von ihr.

»Nein, aber wenn ich wirklich Staub wischen muss, dann sage ich dir nicht, was ich weiß«, entgegnete Klara trotzig.

Elisabeth hob eine Augenbraue. Das war eine Mimik, die sie hervorragend beherrschte, genauso wie ihre Mutter. Aber Klara war das gewöhnt und hielt stand.

Elisabeth wandte sich ab. »Sicher tust du nur so wichtig.« Dann brüllte sie die Treppe rauf, dass Klara erneut zusammenzuckte: »Klara! Aufstehen, du Schlafmütze. Wir müssen in die Schule!« Sie warf ihrer kleineren Schwester noch einen hämischen Blick zu, dann stapfte Elisabeth laut die Treppe hoch.

»Gut, dann sage ich halt nicht, wer heute Nacht hier war.«

Klara hatte nur leise vor sich hin geflüstert, doch Elisabeth blieb abrupt stehen.

»Was? Wer war hier?«

Klara blickte entsetzt hoch. Sie hatte wirklich ganz leise gesprochen, nur so vor sich hin. Wie konnte Elisabeth das verstanden haben? Sie schnellte los und schloss sich im Gästeklo ein, bevor Elisabeth umdrehen und sie weiter ausquetschen konnte.

Elisabeth runzelte die Stirn. Jemand war gestern Nacht hier gewesen? Sie drehte sich um und ging in die Küche zurück, doch der Essigreiniger hatte sich trotz des offenen Fensters im Raum verbreitet und biss ihr so unangenehm in der Nase, dass sie die Hoffnung aufgab, hier noch etwas riechen zu können. Stattdessen griff sie sich nur schnell noch etwas aus dem Kühlschrank und verschwand wieder nach oben. Sie würde anders vorgehen müssen. Es blieb nicht mehr viel Zeit, doch als sie am Bad vorbeikam, hielt sie inne. Jemand hatte geduscht und es konnten weder ihre Schwester noch ihr Vater gewesen sein. Sie schnupperte. Es roch eindeutig nach einer Frau und nach Fliederparfüm. Nun ärgerte sie sich, dass sie bislang Alberts Hinweis, sich Gerüche einzuprägen, so sträflich ignoriert hatte. Dazu musste man Dinge ausgiebig beschnüffeln. Bislang hatte sie den natürlichen Drang ihrer Wölfin immer unterdrückt, bis auf ein paar ganz prägnante Momente.

Doch seit gestern Nacht war es anders. Sie ging hinein und schnüffelte ausgiebig. Da war der Duft einer Frau, ihr Schweiß, der Geruch ihres Vaters, dann entdeckte sie etwas in der Dusche. Im Duschsieb hing etwas weißlich Schleimiges. Sie schnupperte ganz dicht daran. Plötzlich erkannte sie es, obwohl sie es selbst noch nie direkt gesehen oder gerochen hatte. Sie ließ sich auf den Hintern sinken und atmete tief durch. Ihr Vater schlief mit einer anderen Frau. Und er hatte nicht einmal einen Tag gewartet, bis ihre Mutter aus dem Haus war. Deswegen der Essigreiniger. Sie mussten im Wohnzimmer haufenweise Flecken hinterlassen haben. Selbst sie hatte es nicht mitbekommen, weil sie hinten über das Fenster eingestiegen war. Sie starrte noch immer auf die verräterischen Spuren der Nacht, als die Tür aufging und Klara vorsichtig hereinspähte.

»Du weißt, wer da mit Papa geschlafen hat?«, fragte Elisabeth tonlos, als sie sich erhob.

Klara ließ die Schultern hängen, kam ganz herein und machte die Tür zu. »Ja, ich habe sie heute Morgen überrascht und wäre beinahe entdeckt worden. Was tun wir denn jetzt? Sagen wir es Mama?«

»Wer?«, wollte Elisabeth wissen. Den Geruch hatte sie sich jetzt eingeprägt, nun fehlte der Name und sie würde sie immer wieder erkennen. Klara rang offensichtlich mit sich. Dann rannen ihr plötzlich Tränen hinunter. Sie fiel der verdutzten Elisabeth in die Arme und heulte heftig auf. Elisabeth schloss nach einigem Zögern ihre Arme vorsichtig um ihre Schwester, bedacht darauf, ja nicht zu fest zuzudrücken, und hielt sie. Sie selbst weinte nicht. Zwischen ein paar Schluchzern kam es dann heraus.

»Theobalds Mama!«

Elisabeth stöhnte auf. Ausgerechnet die Hexe, die Jägerin. Sie konnte es nicht fassen, aber jetzt setzten sich Dinge in ihrem Kopf zusammen. Den Flieder hatte sie schon früher gerochen. Es war der Duft von Frau Binsenkraut. Sie musste wirklich den Gerüchen mehr Aufmerksamkeit schenken.

»Wir sagen gar nichts«, entschied sie schließlich und wandte sich damit wieder an Klara. »Mama darf das nicht erfahren!« Sie hielt ihre Schwester grob vor sich. »Du musst mir schwören, dass du es nicht sagst.«

»Aber ... aber Papa darf das doch nicht!« Klara holte rasselnd Luft.

Elisabeth schossen andere Dinge durch den Kopf. Frau Binsenkraut in ihrer Nähe war aus anderen Gründen gefährlich. Sie konnte leicht erkennen, dass Elisabeth eine Werwölfin war. Das durfte nicht passieren. Sie würde sich ihren Vater vorknöpfen, wenn Klara nicht zuhörte.

»Papa hat einen Fehler gemacht, aber das wird nicht wieder vorkommen. Ich verspreche es dir. Schweige Mama zuliebe!«

Klara schniefte und schluckte. »Ich wollte nie aus Hannover wegziehen. Seitdem wir hier sind, ist alles durcheinander. Ich hasse den Harz. Und jetzt bist auch noch du die Einzige, mit der ich reden kann.«

Elisabeth erinnerte sich nur zu gut an ihre gegenseitigen Kabbeleien und ihre Wut auf Klara. Jetzt fiel ihr auf, dass eigentlich, seitdem sie im Harz wohnten, diese kaum noch vorkamen. Es hatte sich wirklich alles geändert. Sie hatte tiefes Mitgefühl für ihre Schwester. Dann straffte sie sich. Sie würde sich kümmern. Auf ihre Art.

Fünfzehn Minuten später fuhren sie zur Schule. Klara saß wortlos auf dem Rücksitz und starrte in den Wald. Elisabeth beobachtete verstohlen ihren Vater neben sich. Er wirkte nervös und verströmte diesen Geruch nach Essigreiniger. Für Elisabeth roch er ebenfalls nach Flieder und nach Sex, obwohl er sich gut gewaschen hatte. Elisabeth hatte sogar inzwischen Parallelen zwischen ihrem Vater und Oskars Geruch festgestellt, als er sie letzte Nacht hatte bespringen wollen. Es war eindeutig. Jetzt, mit ihrem neuen Wissen, hätte er stundenlang duschen können und sie hätte es immer noch gerochen. Vor ihr konnte man nichts mehr verbergen. Die letzten Kurven nahm ihr Vater im Rekordtempo. Er war über Zellerfeld hochgefahren und hatte im Kreisverkehr fast den Schulbus gestreift. Dabei redete er in einem fort, was er heute noch alles an der Uni zu tun hätte. Elisabeth glaubte ihm kein Wort. Als er hielt, stieg Klara aus und knallte die Autotür so heftig zu, dass Michael Wollner zusammenfuhr.

»Du meine Güte. Sind wir aber gereizt heute«, kommentierte er ihr Handeln, doch sie ging zum Schulgebäude weiter, ohne sich noch einmal umzusehen.

Elisabeth drehte sich jetzt zu ihrem Vater um. Sie sah ihn nur ernst an. »Ich hoffe, das war es wert.«

»Was war es wert?« Michael Wollner wurde unsicher und konnte dem Blick seiner Tochter nicht standhalten.

Sie fixierte ihn weiter. »Du weißt, was.«

»Ich habe wirklich keine Ahnung, wovon ...«, setzte er erneut an, dann sah er doch in Elisabeths Augen. Elisabeth fühlte, dass bereits etwas Wolf zu erkennen sein musste. Ihr Vater erschrak und riss die Augen auf.

Elisabeth knurrte, nur ganz leicht, aber doch vernehmlich. »Und, fickt sie besser als Mama?« Sie sah den Mann, den sie ihr Leben lang als Vater bezeichnet hatte, sah seine Verzweiflung und sie roch plötzlich seine Angst. Er fing an zu zittern und Tränen schossen ihm in die Augen, doch bevor es ganz eskalierte, stieg sie ebenfalls aus und folgte ihrer Schwester in die Schule.

Elisabeth war zwar körperlich anwesend, ihre Gedanken hingegen kreisten ganz woanders.

Als die Tür des Hauses krachend zufiel, schreckte Theobald hoch. Ein Blick auf die Uhr verriet ihm, dass er verschlafen hatte. Unten hörte er seine Mutter vor sich hin summen. Eilig stand er auf. In der letzten Nacht war er ins Haus geschlichen, nachdem Sabrina ihn abgesetzt hatte. Zunächst hatte ihn irritiert, dass der Wagen nicht vor der Tür gestanden hatte. Dann hatte er vorsichtig in das Schlafzimmer seiner Mutter gespäht, aber sie war nicht da gewesen. Er war ins Bett gegangen und schließlich eingeschlafen.

Theobald eilte die Treppen hinunter in den ersten Stock, wo er seine Mutter auf dem Sofa liegend vorfand mit den Beinen über der Lehne baumelnd.

»Oh, mein Sohn! Bist du gar nicht in der Schule?« Ihr Blick schien ganz verklärt.

Kopfschüttelnd stürmte er ohne Frühstück weiter, kehrte dann aber noch einmal um, als er bemerkte, dass er seine Jacke vergessen hatte. Als er sie anzog, bemerkte er die dunklen Flecken, die wohl von letzter Nacht stammten. Es handelte sich um das Blut Oskars, das er im Dunkeln nicht hatte sehen können. Er fluchte leise, musste sie aber anziehen, da er sie auch nicht hängen lassen konnte, weil seine Mutter sie vielleicht sonst fand.

Den Wagen, der kurz nach seinem Verlassen des Hauses vorfuhr, sah er nicht, da er in aller Eile zur Schule rannte.

Heute Nachmittag musste er sich etwas einfallen lassen. Vor dem Klassenraum hatte er die Jacke bereits aus- und die Ärmel nach innen gezogen. Elisabeth schien heute irgendwie verärgert oder abwesend zu sein. Sie registrierte ihn kaum. Sabrina hingegen sah aus, als hätte sie gut geschlafen.

Zur Überraschung aller ging die Tür nach zehn Minuten Unterricht auf und Vinzenz, Alim und Ojan kamen zusammen mit dem Direktor Dr. Hampernagel herein. Vinzenz hatte den Arm bis zur Schulter in Gips und trug ihn in einer Schlinge. Alim hatte ein Pflaster an der Stirn und trug eine Halskrause.

Alle drei wirkten betreten, als Dr. Hampernagel sich vor die Klasse stellte.

»Wir haben über die jüngsten Ereignisse ausführlich gesprochen. Gewisse Schüler haben über die Stränge geschlagen.« Er fixierte dabei Elisabeth, die ihn keines Blickes würdigte. »Aber nach Prüfung aller Umstände hat sich die Schulleitung entschlossen, hier Milde walten zu lassen. Es wurden entsprechende Strafen verhängt und damit sollen die Geschehnisse jetzt abgeschlossen sein. Besinnt euch wieder darauf, weswegen ihr in der Schule seid, und lernt fleißig. Ich möchte keine Vorfälle wie diese mehr erleben. Ich hoffe, ich habe mich klar ausgedrückt.«

Er musterte die Klasse mit festem Blick. Als keiner Einwände erhob, was ja auch nicht zu erwarten gewesen war, wies er die drei an, Platz zu nehmen. Mit einem Nicken in Richtung Frau Malim, die mit ihrer neuen, hennaroten Stufenfrisur um Welten besser aussah als früher, ging der Unterricht weiter.

Tee der verborgenen Erkenntnis

Emilia Wollner reiste mehrere Tage durch Norddeutschland, was eher einer Schnitzeljagd glich. Sie bekam mehrfach von Borga telefonische Anweisungen, fuhr mit Bussen kreuz und quer durch Ostfriesland, um dann endlich ein Geschäft für Klöppeldecken in Neuharlingersiel als Treffpunkt genannt zu bekommen.

Die roten Backsteinhäuser in dem Fischerort schmiegten sich um einen kleinen Hafen. Das Wetter war sehr durchwachsen. Gerade begann es wieder zu nieseln. Der Linienbus hielt vor dem Rathaus. Nur drei Leute stiegen aus, doch die anderen beiden machten ihr keine Angst. Es waren zwei ältere Fischer, die wohl nachmittags zu ihren Booten wollten. Emilia sah ihnen nach und machte sich dann auf zum Klöppelhuus, wie es in der letzten Nachricht geheißen hatte.

Bevor sie aufgebrochen war, hatte sie ihre alte Tasche und ihren Mantel geholt. Das Kleidungsstück hatte sie seit ihrer Jugend nicht mehr getragen. Ihr war damals ihre Macht genommen worden, doch sie hatte es nicht über sich gebracht, ihren Mantel wegzugeben. Es war ein altes Erbstück, das sie von ihrer Großmutter bekommen hatte. Da Emilia ihre Mutter nicht gekannt hatte, war sie stattdessen bei ihrer Großmutter Maigereet Schneeblume aufgewachsen. Der Mantel war eigentlich kein wirklicher Mantel. Sie nannte ihn nur so. Es handelte sich um einen Umhang mit Ärmeln und einer Kapuze in tiefem Karmesinrot. Weil ihre Großmutter größer war als sie, musste er seinerzeit gekürzt werden. Während der abendlichen Nähstunden hatte ihre Großmutter ihr erzählt, warum der Stoff überhaupt rot war. Eine abenteuerliche Geschichte, in der sogar ein König und eine ihrer Urahninnen vorkamen. Ja, der Umhang war alt. Sie hätte sich damit auf jedes Mittelalterfest stehlen können und wäre nicht aufgefallen. Die Farbe leuchtete einerseits, versteckte die Person innen jedoch gut. Der Stoff war schwer, wind- und regendicht und nun war sie dankbar, dass sie ihn mitgenommen hatte. Zudem unterstrich das ihre Entschlossenheit, ihre Kräfte wiederhaben zu wollen.

Während sie an den Häusern entlangging, zog sie die Kapuze tief ins Gesicht, sodass der Nieselregen nur ihre Nasenspitze kitzelte. In ihrer Tasche befanden sich nur noch einige wenige Komponenten für Zauber, die sie ohne ihre Kräfte nicht nutzen konnte. Doch in ihrem Umhang fühlte Emilia sich fast wieder wie früher, als sie noch eine vielversprechende und talentierte Junghexe gewesen war. Vor dem nächsten Geschäft stand draußen ein Tisch mit verschiedenen geklöppelten Decken darauf. Gegen den Regen war eine durchsichtige Plastiktischdecke darüber ausgebreitet und am Rand mit Steinen beschwert worden. *Klöppelhuus* stand auf einem Schild in alter Frakturschrift. Das Haus wirkte unscheinbar, geradezu schüchtern, als wenn es sich zwischen seinen Nachbarhäusern verstecken wollte. Borga musste sich gut verbergen, das wusste sie, aber inzwischen fand sie es doch übertrieben, ständig neuen Hinweisen zu folgen. Emilia trat ein. Sie war müde geworden. Während sie herumging, blickte sie sich suchend um.

Eine junge Frau mit dickem, strohblondem Zopf und ostfriesischer Tracht gesellte sich zu ihr, als Emilia so tat, als würde sie die Auslage prüfen.

»Du bist wirklich alleine gekommen.« Borgas Stimme erklang ganz in der Nähe. Emilia drehte sich erschrocken um, sah aber nur die junge Frau, die ihr auf eine vertraute Art zuzwinkerte. Sie war es. Emilia wurde schlagartig nervös. Ihre Hände begannen zu schwitzen und ihr Umhang fühlte sich plötzlich zu warm an. »Ich kann nicht vorsichtig genug sein, Mädchen! Folge mir nach hinten.«

Emilia folgte durch einen Vorhang in das hintere Lager, in dem eine junge Frau, die genauso aussah wie die, die ihr gerade vorausging, in Unterwäsche selig auf einem Stapel Tischdecken schlummerte. Borga sah sich nochmal um, kam dann aber gleich zur Sache.

»Was ist denn so dringend, dass du es riskierst, bei dem Versuch, mit mir zu sprechen, von den Jägerinnen erwischt zu werden?

Ich vermute mal, dass inzwischen eine Menge passiert ist. Liege ich da richtig?«

Emilia fühlte sich kraftlos und setzte sich auf einen Klapptritt, der wohl für die oberen Regalfächer verwendet wurde.

»Ja, es ist eine Menge passiert. *Es* ist passiert. Dein Trank wirkt nicht mehr.«

Borga schwieg einen Moment, wirkte aber überhaupt nicht überrascht. Dann wurde ihre Stimme kalt.

»Du wolltest sie damals nicht töten, weil du zu schwach warst. Kamst zu mir gekrochen, bereit, jeden Preis zu zahlen, damit ich dir helfe. Sie hätte niemals gezeugt werden dürfen und das ist allein deine Schuld. Hast dich von einem Wolf bespringen lassen wie eine räudige Hündin. Dafür hast du den Preis bezahlt und ich habe dir viele Jahre mit ihr geschenkt, ohne dass sie sich verwandelt hat. Also, was willst du von mir?«

»Aber nun ist es zu spät. Sie hat sich verwandelt und sie braucht ihre Mutter, um sie vor dem zu beschützen, was nun vor ihr liegt. Sie braucht mich … ganz«, erwiderte Emilia aufgebracht.

»Ach daher weht der Wind. Du willst deine lächerlichen Kräfte zurück, Mädchen? Damit würde jeder, der die Sagen kennt, begreifen, wer sie werden könnte. Besser sie bleibt jetzt, was sie ist, und du bleibst so unauffällig wie ein normaler Mensch. Wenn die Jägerinnen davon Wind bekommen, dann seid ihr beide tot.«

»Ich kann sie damit nicht im Stich lassen. Ich bin ihre Mutter!« Emilia rannen dicke Tränen hinunter, während sie Borga flehend anblickte. Es war immer noch das Gesicht des jungen Ostfriesenmädchens, aber die Mimik der alten Frau. Und die Augen stachen machtvoll hervor, wie es nur die von echten Hexen konnten.

»Es sollte dir klar sein, dass das ein neuer Handel wäre.«

»Ja, das ist es dann wohl«, seufzte Emilia. Sie hatte sich damals hektisch und spontan entschieden, doch diesmal hatte sie auf der Fahrt hierher genug Zeit gehabt, sich in allen Einzelheiten auszumalen, dass der Preis für ihre Macht nicht gering sein würde. Sie war entschlossen.

Borga kratzte sich, wie sonst auch immer, am Kinn, wenn sie nachdachte. Dazu kräuselte sich ihre Oberlippe. Für die Gestalt der jungen Frau, in der sie gerade erschien, wirkte das jedoch fehl am

Platze. Dann erhellte sich ihr Blick und sie schlug einen geschäftsmäßigen Ton an.

»Wie weit würdest du gehen, Schätzchen?«

»Für meine Tochter würde ich alles tun, sogar sterben«, erwiderte Emilia schließlich entschlossen.

»Nun, so weit musst du nicht gehen. Außerdem, was nützt es, deine Kräfte zurückzubekommen, wenn du dann tot wärst? Nein, du könntest jemanden für mich erledigen.«

»Erledigen, du meinst, ich soll jemanden töten?« Sie schluckte. Der Preis war hoch. Nach einer Pause fragte sie dann: »Wen?«

»Diese ausgestoßene Jägerin, Anna Binsenkraut!«

»Nein, nicht die. Sie ist, ich meine, wir sind, also sie hat, wir sind so was wie befreundet«, stammelte Emilia.

»Sie ist diejenige, die mich fast erwischt hat, und das in meiner geheimen Hütte im Teutoburger Wald. Sie ist mir zu dicht auf den Fersen gewesen. Töte sie und du erhältst deine Kräfte von mir zurück.«

»Ich kann sie nicht töten. Ich kann niemanden töten. Ich bin keine Mörderin.«

Borga dachte wieder nach, diesmal lange. Währenddessen holte sie einen Kristall aus ihrer Tasche und musterte ihn. Er leuchtete hell und Emilia erkannte ihn sofort. Dieser besondere Kristall band ihre Kräfte. Für einen Moment war sie versucht, sich auf Borga zu stürzen und ihn ihr aus den Händen zu reißen, aber sie verwarf die Idee sofort wieder. Sie würde es nicht einmal die halbe Strecke schaffen, bis Borga ihr den ersten Fluch auf den Hals gejagt hätte. Und selbst, wenn sie es schaffen würde, wäre Borga noch erheblich stärker als sie. Sie hatte noch den Kristall von Elisabeth und auch von anderen Hexen, denen sie ihre Kräfte abgeluchst hatte. Sie hatte keine Chance.

Borga räusperte sich. »Da kommt mir noch eine bessere Idee. Wenn du sie nicht töten kannst, dann bring mir ihre Kräfte im Austausch für deine.«

Emilia stöhnte innerlich. Verdammt! Dann schluckte sie schwer. »Das kann ich noch weniger. Das ist schwarze Magie. Ich beherrsche so etwas nicht und außerdem, ohne meine Macht kann ich das gar nicht tun.«

»Das lass meine Sorge sein. Im Grunde müsste es dir sogar leicht fallen. Du besorgst mir zunächst ein paar Dinge. Wenn du sie hast, schickst du sie mir. Nun, was ist? Das ist mein letztes Wort. Die Kräfte von Anna Binsenkraut gegen die von Emilia Schneeblume. Schlag ein oder verschwinde.«

Emilia wich alle Farbe aus dem Gesicht und kalter Schweiß brach aus. Was Borga von ihr verlangte, war nicht nur unmoralisch, sondern die Ausübung finsterster Magie. Sie musste schon wieder schlucken. *Oh Götter! Was muss ich noch alles opfern?*, fragte sie sich dabei.

»Ich habe nicht den ganzen Tag Zeit. Emilia, entscheide dich!«

Borga wurde jetzt richtig ungeduldig und blickte Emilia herrisch an, die zögerte, denn sie wog es immer noch ab. Sie hatte sich vor all den Jahren von ihrer Macht getrennt, um ihre Tochter behalten zu können, in der Hoffnung, dass sie in Borga eine starke Helferin hatte, die für sie verhinderte, dass Elisabeth zu dem wurde, was sie nun war. Alles war schiefgegangen. Sie hatte einen Mann geheiratet, den sie nicht kannte. Borga hatte ihm mit Magie die Erinnerungen eingepflanzt, er würde sie schon lange kennen und lieben. Sie hatte auch dafür gesorgt, dass seine Eltern plötzlich auf den Australientrip gegangen und so auf Nimmerwiedersehen verschwunden waren. Ab und zu hatte Borga ihnen sogar Liebestränke zukommen lassen. Auf die eine oder andere Art und Weise. Im Rausch eines solchen Trankes war dann Klara gezeugt worden. Und trotz der ganzen magischen Lügen hatte sie sich über all die Jahre mit ihrem Mann irgendwie arrangiert. Er war ein gutmütiger Stoffel, wie Mathematiker halt sind. Immer ein wenig umständlich und weltfremd, aber er hatte im Grunde ein gutes Herz. Mehr als einmal hatte sie bereut, dass ihr Zusammenleben mit Hilfe von Magie geschaffen worden war. Sie hatte auf ihre Kräfte verzichtet, wollte sie loswerden. Und hatte doch ständig Magie gebraucht, um die Illusion zu erhalten. Sie war abhängig von Borga, wie jetzt auch wieder. Ohne eigene Macht konnte die alte Hexe sie ewig benutzen. Und sie hatte es getan. Emilia hatte so manche Jungtiere aus den Geburten im Zoo für die dunklen Experimente Borgas verschwinden lassen, hatte gelogen und betrogen. Endlich fasste sie den Entschluss. Sie würde ihre Macht zurückholen und dann würde sie sich von niemandem mehr Vorschriften machen lassen. Sie stand auf und blickte Borga fest an.

»Ich tue es!«

»Braves Mädchen. Gut, dann hör mir genau zu, was ich von dir brauche, damit du es nicht vergisst.«

Sie war kaum wieder zu Hause angekommen, hatte gerade ihre Tasche neben die Waschmaschine gestellt, als das Telefon schrillte und Anna Binsenkraut dran war. Sie hatte wohl nicht erwartet, dass Emilia abhob, so viel hatte sie aus der stockenden Stimme geschlossen. Doch sie wurde dann prompt zu Tee und Kuchen eingeladen und Elisabeth ebenfalls. Es schien Anna sehr wichtig zu sein, dass ihre Tochter mitkam. Emilia ahnte, dass sie das vermeiden musste. Für sie selbst bot sich so die Gelegenheit, gleich etwas tun zu können, um ihr Problem zu lösen, was verlockend erschien, aber für Elisabeth war das eine Gefahr.

Klara war von ihrem Vater zu Dr. Teufels nach Goslar gefahren worden, damit der Gips abkam. Zumindest nahm sie das an, da sie für heute einen Termin ausgemacht hatte und der Wagen fehlte. Sie würde laufen müssen. Zunächst ging sie nach oben, um nach Elisabeth zu sehen, und fand ihre Tochter schlafend vor. Eine Weile betrachtete sie sie, wie sie da lag. Sie hatte sich wirklich verändert in der kurzen Zeit. Ihr Körper hatte Muskeln angesetzt, die ihre weibliche Form noch unterstrichen. Auch ihr Haar schien noch voller zu sein. Sie war wunderschön, wie sie sich im Bett eingekuschelt hatte und tief entspannt atmete. Das machte Emilia stolz, auch wenn sie dabei hoffte, dass es so richtig kam, wie es sich entwickelte, zumindest für ihre Tochter. Sie schien förmlich aufzublühen.

Das Einzige, was Emilia von ihren Hexenfähigkeiten geblieben war, war der Hexenblick, mit dem sie Auren erkennen konnte. Sie hatte ihn schon eine Ewigkeit nicht mehr eingesetzt, ihn einfach vergessen. Doch nun, da sie immer noch ihren Mantel, ihren Umhang, trug und sich wieder an ihre alten Zeiten erinnerte, wagte sie den Versuch. Sie konzentrierte sich, schloss ihre Augen und als sie, unterstützt von der aus dem Boden strahlenden Magie, beide wieder öffnete, sah sie zum ersten Mal die Aura Elisabeths. Sie war von starkem, hellem Rot. Als sie sie länger betrachtete, erkannte sie schließlich einige grüne Schlieren. Ihr war klar, was das hieß: die

Erdmagie der Hexen in Grün und die unbändige Lebenskraft des Werwolfs in Rot. Sie konnte nicht anders, sie musste sie berühren und ließ sich auf der Bettkante nieder. Kaum dass sie saß, wälzte sich ihre Tochter herum und schlang schlafend einen Arm um sie. Und sie schnurrte fast wie eine Katze, nur tiefer. Auf einmal begann Elisabeth im Schlaf zu schnüffeln, dann hob sie den Kopf und war sofort wach. Emilia entging nicht, dass für einen kurzen Moment ein animalisches Glimmen in den Augen ihrer Tochter zu sehen war. Nur einen Moment, dann verschwand es wieder. Dass es ihr rot erschien, schob sie auf den magischen Blick, den sie gerade beendet hatte. Sie berichtete Elisabeth, dass sie zu Anna zum Tee eingeladen sei und daher jetzt gleich losgehen müsse. Die Reaktion ihrer Tochter auf die Einladung schockierte sie allerdings.

»Ich komme natürlich mit«, entschied Elisabeth sofort und schwang sich aus dem Bett.

»Das geht auf keinen Fall. Anna würde sofort deine Aura erkennen«, wehrte Emilia ab.

»Das wird sie sich nicht trauen. Immerhin bist du als Mensch ja dabei und beim Hexenblick bekommt man doch immer so verräterisch weiße Augen.«

»Woher weißt du das?«

»Hat Albert mir erzählt. Er hat mir Tipps gegeben, wie ich erkennen kann, ob eine Hexe den Blick anwendet«, antwortete Elisabeth sehr hastig.

Emilia wunderte sich darüber, lenkte dann jedoch mit gemischten Gefühlen ein. Sie gingen schon wieder ein gewaltiges Risiko ein. Dennoch machten sie sich schließlich auf den Weg.

Elisabeth lief neben ihrer Mutter her, drehte dauernd den Kopf nach jedem Geräusch und schnupperte. Der Wächter folgte ihnen offenbar nicht. Ihre Mutter verströmte einen Geruch, der ihre Anspannung offenbarte. Doch selbst auf Elisabeths Fragen hin verriet sie weder, wo sie die letzten Tage gewesen war, noch, warum sie sich so nervös verhielt.

Theobald Binsenkraut lächelte, obwohl man sah, dass er nicht glücklich war. Die Mundwinkel zogen sich nach oben, doch die Augen wirkten versteinert.

»Willkommen!«, begrüßte er beide und nahm Emilia Wollner, ganz Gentleman, die Jacke ab. Als sie sich umdrehte, flüsterte er leise vor sich hin, dass ein Mensch es unmöglich hören konnte. Doch Elisabeth war ja kein Mensch.

»Ich muss dich vorher noch sprechen!«

Elisabeth nickte kurz zum Zeichen, dass sie verstanden hatte.

»Wo ist denn euer Gästeklo?«

Theobald antwortete sofort. »Kein Problem, ich bringe dich gleich hin. Wenn Sie vorgehen wollen, Frau Wollner, ich zeig Elle noch schnell, wo es ist.«

Emilia Wollner lächelte freundlich und stieg die Treppe hoch in den Wohnbereich.

Theobald zog Elisabeth in eine Ecke. »Das ist keine freundliche Einladung«, platzte er heraus.

»Hat es etwas mit der Sache mit meinem Vater zu tun?«, vermutete Elisabeth.

»Nein. Welche Sache mit deinem Vater?« Als Elisabeth nicht antwortete, sprach er gedämpft und schnell weiter. »Mama hat sich an dem Vorfall in der Schule verbissen. Sie muss irgendetwas mitbekommen haben, vielleicht aus dem Geist der beiden Deppen. Jedenfalls hat sie mich direkt nach ihrem Krankenhausbesuch das Sonntagsbesteck putzen lassen.«

»Das klingt aber komisch. Was ergibt das denn für einen Sinn?«

»Das Besteck ist aus hochwertigem Silber! Na? Klingelt es da bei dir?«

Elisabeth riss die Augen auf, brachte aber keinen Ton heraus.

Theobald nickte, als er sah, dass sie begriff. »Genau, sie vermutete, dass ICH ein Werwolf geworden bin. Ich hätte auf das Silber reagieren müssen, wenn ich ein Lykanthrop wäre. Sie hat mittendrin wieder abgebrochen, als sie merkte, dass ich es nicht tue. Dann hat sie nach dir gefragt. Sie wird zu neugierig, verstehst du?«

Elisabeth verstand. »Deswegen war sie bei uns.«

»Sie war bei euch?«

»Ja, aber das kann ich im Augenblick nicht erzählen. Was soll ich denn jetzt machen?«

»Du kannst nicht weglaufen. Sie würde das als ein Eingeständnis werten. Ich vermute mal, dass du das Besteck anfassen kannst mit deiner Resistenz, aber von der Sahne lass die Finger. Da hat sie irgendwas reingerührt. Sie hat nicht gewollt, dass ich es sehe, aber ich habe es trotzdem mitbekommen. Sie will dich als Werwölfin entlarven.«

Elisabeth starrte ihn grimmig an. »Und was würde sie dann tun?«

»Ich weiß es nicht, aber sie hat mir früher mal erzählt, dass sie Lykanthropen hasst.«

Elisabeth ließ ein Grollen hören. »Soll sie nur versuchen.« Ihre Augen wurden tiefrot und glühten.

»Nein. Elle! Du verstehst nicht, wen du vor dir hast. Meine Mutter ist eine professionelle Jägerin gewesen. Sie hat haufenweise Magische zur Strecke gebracht. Sie ist gefährlich.«

Und sie fickt meinen Vater, setzte Elisabeth in Gedanken hinzu.

»Kannst du dich mir zuliebe beherrschen?« Theobald sah Elisabeth an. Er meinte es wirklich so. Sie hörte es und sie roch es.

»Okay, ich gebe mein Bestes. Das Silber sollte kein Problem werden und diese Sahne auch nicht.«

Er nickte erleichtert: »Gut, nimm das hier.« Er zog sein Amulett hervor. »Das kannst du mir nicht geben. Das ist doch dein Schutz.«

»Und jetzt soll es dich schützen. Sie darf nicht erkennen, wer du wirklich bist.«

»Aber dann sieht sie doch möglicherweise deine Aura.« Elisabeth wirkte entsetzt bei dem Gedanken.

Doch nun grinste Theobald. »Ich werde nicht mitessen, weil ich zu Sabrina verschwinde. Triff mich bei ihr!«

Damit ließ er das Amulett in Elisabeths Hand gleiten. Sie fühlte, wie das schwere Silber auf ihrer Hand lag. Es kribbelte, aber nicht vom Silber. Sie spürte die Magie. Theobald flitzte derweil zur Garderobe und nahm seine Jacke, dann verließ er leise das Haus. Elisabeth blickte ihm nach. Das fing ja gut an.

Da rief ihre Mutter von oben, wo sie denn bliebe. Elisabeth atmete tief durch, dann stieg sie die Treppe hinauf.

Anna Binsenkraut kam gerade aus der Küche mit einem Tablett voller Kuchen und einer Schüssel mit Schlagsahne. Sie hatte ein konservatives, mattgraues Kleid an, das ihr ein strenges Aussehen verlieh. Die Haare waren adrett zu einem Knoten gesteckt. Ein Duft wie von einem blühenden Fliederbusch stach Elisabeth in die Nase. Er löste Erinnerungen an den Geruch im Wohnzimmer aus, sodass

Elisabeth sich die Fingernägel in die Handinnenflächen drücken musste, um nicht zu knurren.

»Hallo Elisabeth, willkommen!«, flötete Anna Binsenkraut mit einer überfreundlichen Stimme, süß wie Honig, doch als sie Elisabeths ernstes Gesicht sah, brach sie abrupt ab und ging ins Wohnzimmer. Elisabeth hatte nur mechanisch genickt, während sie sich konzentrieren musste, ruhig zu bleiben.

Das Wohnzimmer war wunderschön. Ihre Mutter stand an einer alten Kommode und betrachtete gerade eine Art Vase. Für Elisabeth sah sie nicht besonders interessant aus, doch Frau Binsenkraut nickte ihrer Mutter zu.

»Kennst Du dich mit keltischer Kultur aus, Emilia?«

Diese stellte die Vase mit gebührender Vorsicht zurück und machte eine Geste, als ob sie sich nicht sicher wäre.

»Nicht wirklich, aber die Vase ist schön. Man kann erahnen, dass sie alt ist.«

»Sie ist über zweitausend Jahre alt und stammt aus der Bretagne. Die Kelten haben sie aus Ton gebrannt und mit Tiersymbolen verziert. Sie diente einst als Auffanggefäß bei Opferungen. Ich nutze sie nur für Blumen.«

»Oh, das wusste ich nicht.«

Elisabeth hörte, was ihre Mutter sagte, doch sie roch, dass sie log. Es war interessant. Sie würde später nachfragen, woher ihre Mutter von Opferritualen wusste. Doch Anna Binsenkraut bat mit einer einladenden Geste zu Tisch.

Elisabeth sah das Meißner Porzellan und das Silber mit dem eingeprägten Symbol. Alles wirkte perfekt arrangiert und lud zum Genießen ein. Zum Tee gab es einen altdeutschen Apfelkuchen. Es roch himmlisch nach Rosinen und Zimt, weil er direkt aus dem Ofen kam. Kandierte Rosenblätter verzierten den Sahneberg. Sie verströmten einen Duft nach Zucker und einem Hauch Vanille. Einige Teller mit Keksen und kleinen Pralinen rundeten das Arrangement ab.

»Nanu, wo bleibt denn Theobald? Er müsste doch auch gleich wiederkommen.« Frau Binsenkraut wirkte irritiert und blickte zur Tür.

Elisabeth fühlte sich aufgefordert, etwas zu sagen. Ihr fiel momentan nichts Passendes ein, daher versuchte sie es mit einer vagen Aussage. »Er musste nochmal weg. Ich fürchte, ich habe ihn an eine Sache wegen der Schule erinnert. Er muss noch was besorgen für Montag.«

»Wirklich?« Anna Binsenkraut runzelte die Stirn. »Das ist aber merkwürdig. Mir hatte er vorhin gesagt, dass er alles bereits fertig hätte. Nun, dann ist es ja gut, dass du ihn daran erinnert hast.«

Sie glaubt mir nicht, schoss es Elisabeth durch den Kopf, doch dann entspannte sie sich, denn Anna Binsenkraut zuckte die Schultern und griff nach einem Tortenheber.

»Dann wird er die besten Stücke nicht abbekommen. Ihr seid zu Fuß gekommen, wie deine Mutter gerade erzählt hat. Da werdet ihr beide sicher hungrig sein.«

Sie lud große Stücke auf die Teller. Elisabeth wollte schon etwas einwenden, doch mit einer flinken Bewegung begrub Anna Binsenkraut die Stücke unter reichlich Sahne. So viel zu der Warnung von Theobald. An der Sahne würde sie nicht mehr vorbeikommen. Sie nahm die Kuchengabel in die Hand und betrachtete sie eingehend. Es waren einige kleine Kratzer zu erkennen, Spuren des Gebrauchs aus vielen Jahren, aber sie machten es nicht hässlich, sondern authentisch. Sie spürte den Blick von Anna Binsenkraut, ohne hinsehen zu müssen. Ein leichtes Prickeln berührte ihre Haut. Also konnte Anna den Hexenblick doch anwenden, wenn sie beobachtet wurde. Innerlich dankte sie Theobald für seine Umsicht. Dennoch versuchte sie, sich nichts anmerken zu lassen, und nahm sich Tee. Der Tee duftete gut, eine Mischung aus Schwarztee und Kräutern. Elisabeth war sich nicht ganz sicher, aber sie schmeckte Kamille, Pfefferminze und Zitronenmelisse heraus. Während sie sich dem Kuchen widmeten und einige Belanglosigkeiten über den Harz austauschten, fühlte sich Elisabeth weiterhin beobachtet. Da der Kuchen hervorragend schmeckte, aß sie hauptsächlich, während die Frauen sprachen. Ab und zu antwortete sie mit einem Ja oder Nein, aber im Grunde hielt sie sich heraus. Sie nahm sich noch ein Stück, ließ aber diesmal die Sahne weg. Nach einer Weile erhob sich ihre Mutter und fragte nach der Toilette.

»Oh, die Gästetoilette ist auch die für die Mitarbeiter im Erdgeschoss, aber nimm doch unser Bad hier oben. Es ist den Gang hinunter, die letzte Tür links.«

Emilia Wollner ging. Einige Momente des Schweigens folgten, als sie den Raum verlassen hatte. Dann hob Elisabeth den Kopf und sah Anna Binsenkraut direkt an. Diese blickte zurück. Elisabeth überlegte, ob sie sie auf die Affäre mit ihrem Vater ansprechen sollte. Doch nach der Warnung von Theobald vermutete sie, dass mehr dahintersteckte. Aber sie würde jetzt nicht den Blick abwenden. Beide Frauen starrten sich gegenseitig an.

Anna Binsenkraut war verwundert. Sie hatte vorhin aus der Küche einen Blick auf Elisabeths Aura geworfen, als sie die Treppe hochkam, und nichts gesehen. Sie reagierte nicht auf das Silber, genauso wenig wie auf die Wolfswurz, die sich in der Sahne befand. Damit schied sie auch aus, überlegte Anna. Wer war dann die Kreatur aus den Erinnerungen von Vinzenz? Und warum hatte sie Theobald geholfen?

Doch nun spürte Anna, wie Elisabeths Augen auf ihr ruhten. Ganz automatisch versuchte diese, das Mädchen niederzustarren, aber diese hielt nicht nur stand. Sie schien ihrerseits zu versuchen, Anna niederzustarren. Wusste sie etwas von Michael und ihr? Anna würde nicht aufgeben, immerhin war sie schließlich eine erfahrene Hexe. Der Geruch nach Ozon wurde beißend und eine unsichtbare Kraft stellte beiden die Haare an den Armen auf. Anna spürte, wie ihre Hände langsam feucht wurden und zu zittern begannen. Was stimmte mit Elisabeth nicht? Sie war in keiner Weise magisch, soviel sie sagen konnte, und dennoch merkte sie, wie der Raum langsam von der Energie geflutet wurde, die sich zwischen ihnen entlud.

Einige Minuten blinzelte keine von beiden, bis Elisabeth aus den Augenwinkeln eine Gestalt bemerkte, die am Fenster vorbeiflog und auf einem Lieferwagen landete, der auf der anderen Straßenseite stand. Als sie den Blick mit Anna brach, um verwundert genauer hinzublicken, erkannte sie einen großen Raben, der gleich darauf wieder aufflog und verschwand. Theobalds Mutter hatte das stumme Starrduell gewonnen. Dennoch hörte sie durch ihr Wolfsgehör, dass ihre Gegnerin leise erleichtert aufatmete, ganz so, als hätte es sie auch sehr angestrengt. Wenn sie gewusst hätte, was Elisabeth wirklich war, hätte Anna Binsenkraut sie vermutlich nicht mit diesem Blick herausgefordert. Sie griff nach dem Zucker, um die

Szene zu überspielen. Beide waren dankbar, als Emilia Wollner in diesem Moment wiederkam und sich hinsetzte. Sie glühte leicht rot im Gesicht, fiel Elisabeth auf.

»Du hast ein wunderschönes Bad. Die Gestaltung der Decke ist eine Wucht. Sieht aus, als würde man unter dem freien Himmel sitzen. Und dann erst diese Badewanne«, füllte sie die Stille.

»Ja, ich habe für das Deckengemälde eigens einen Maler kommen lassen«, entgegnete Anna Binsenkraut. »Schön, dass es dir gefällt. Ich finde, man sollte sich in einem Bad erholen können. Die Wanne habe ich aus Italien, Florenz, glaube ich. Warst du auch schon mal dort?«

»Ich war vor Ewigkeiten mal in Rom auf einem Austausch.« Emilias Antwort kam zögernd. Die Richtung des Gesprächs gefiel ihr anscheinend nicht. Elisabeth beobachtete, wie sich ihre Mutter unter dem Tisch immer wieder an die Hosentasche fasste, doch sie konnte nicht erkennen, warum.

Das Gespräch schwenkte um auf die Toskana, von der Anna viel zu erzählen wusste. Beide Frauen schienen sich im Laufe der Zeit immer besser zu verstehen, und als sie über die Toskana auf Weine kamen und Anna Binsenkraut eine Flasche aus der Küche holte, sprang Elisabeth abrupt auf und rief: »Mama, ich habe ganz vergessen, dass ich heute Abend noch abgeholt werde. Ich muss mich noch zurechtmachen.«

Das stimmte sogar, denn heute Nacht sollte Albert sie dem Rudel vorstellen, was sie komplett vergessen hatte, ihrer Mutter zu erzählen. Emilia blickte erschrocken, doch Anna Binsenkraut lächelte erleichtert und wünschte ihr einen guten Fußweg. Sie versprach, später ihre Mutter mit dem Auto nach Hause zu fahren.

Elisabeth lief nach unten auf die Straße. Sie war sich nicht sicher, was Anna Binsenkraut nun dachte oder nicht, aber das bevorstehende Treffen mit dem Rudel nahm jetzt ihren ganzen Verstand ein. Sie hatte keine Ahnung, wie Albert oder das Rudel darauf reagieren würden, dass ihre Augen rot leuchteten. Das machte ihr jetzt richtig zu schaffen. Zunächst musste sie noch das Amulett zu Theobald bringen. Da Sabrinas Elternhaus auf dem Weg lag, konnte sie es gleich erledigen.

Bevor sie klingeln konnte, machte Frau Schubert auf. Sie trug Lockenwickler im Haar und hatte eine Schürze umgebunden.

»Da bist du ja. Ich habe mich schon gewundert, wo du bleibst. Die anderen beiden machen irgendetwas oben und ich darf nicht stören.«

Sie hob zum Unterstreichen ihrer Worte eine Augenbraue und rollte mit den Augen. Elisabeth murmelte einen Gruß und schlüpfte an ihr vorbei die Treppe hoch. Sabrinas Tür war abgeschlossen, doch als Elisabeth drückte, sprang sie sofort auf.

»Mama, nein!«, rief Sabrina, dann erkannte sie, wer wirklich in der Tür stand: »Ach du bist es. Komm rein und mach die Tür zu.«

Sie und Theobald saßen sich gegenüber, zwischen sich einen Käfig. Den Geruch, der von dem Tier ausging, konnte Elisabeth nicht einordnen, denn es brannten einige Duftkerzen im Raum und Sabrina hatte anscheinend auch jede Menge Räucherstäbchen abgebrannt, deren Patchouli-Duft ihr in die Nase stach. Doch es war hier eindeutig noch ein anderer Geruch. Theobald hatte das Tier beäugt, nun drehte er sich auch zu Elisabeth um. Diese zog daraufhin das Amulett hervor, nachdem sie die Tür geschlossen hatte.

»Ich habe nicht viel Zeit, heute muss ich mich Albert und dem Rudel stellen. Danke Theo, du hast mir vermutlich Kopf und Kragen gerettet.« Sie reichte ihm das Amulett, das er mit einem Grinsen entgegennahm.

»Ich nehme an, dass das in der Sahne und das Silber auf dich keine Wirkung hatten?«

Elisabeth nickte. »Nein, hatte es beides nicht. Deine Mutter wirkte ganz verdattert darüber. Mama ist noch dort.«

»Ist deine Mutter nicht unterwegs gewesen?«, fragte Sabrina.

»Sie kam heute zurück, hat mich geweckt, dann sind wir gleich los. Seine Mama hat mit allen Tricks versucht, herauszubekommen, ob ich eine Werwölfin bin. Sie hat es nicht geschafft, obwohl sie zum Schluss sogar versucht hat, mich in Grund und Boden zu starren.«

»Was hast du gemacht?«, fragte Theobald aufgeregt.

»Ich habe zurückgestarrt!« Elisabeth grinste.

Er wurde bleich. »Du hast ihrem Blick standgehalten? Das hättest du nicht tun sollen. Sie wird ahnen, dass was mit dir nicht stimmt.«

»Ach, das glaube ich nicht. Immerhin habe ich dann weggeschaut, als der … na ja, ist ja auch egal. Sie hat ihr blödes Starrduell gewonnen. Und ich hatte doch dein Amulett um. Sie hat nichts gesehen.« Um von weiteren Fragen abzulenken, fragte sie dann: »Was habt ihr denn da?«

Sabrina strahlte über das ganze Gesicht. »Das ist Igor, mein neues Haustier. Ich habe ihn aus der Tierhandlung. Sie wollten ihn gerade in den Müll werfen, weil er verstorben ist. Ich habe ihnen erzählt, dass ich den für ein Bioreferat haben wolle. Die Verkäuferin, Insa heißt die glaube ich, hat ihn mir in einer Futtertüte mit spitzen Fingern gegeben. Den Käfig hatte ich noch von meinem Hamster.«

Elisabeth kam etwas näher, dann roch sie unter all dem Duft genauer, was vorher verborgen war. »Ist das ... ich meine ... hast du ein Zombiemeerschweinchen erschaffen?«

Sabrina nickte eifrig und griff mit einer bepflasterten Hand in den Käfig und holte Igor raus. Igor hatte einen wirren, leeren Blick und stank für Elisabeth nach Tod. Doch er bewegte sich. »Sieh mal, was der kann!«

Sabrina setzte ihn auf den Tisch und er bewegte sich wackelig auf die Stifte zu und brachte ihr einen davon. »Ich kann ihn mit meinen Gedanken lenken. Er ist wie ein ferngesteuertes Auto, nur besser.« Sie fütterte ihn mit einem Stück Fleisch. Ja, Fleisch! Und er verschlang es gierig.

Elisabeth machte ein schockiertes Gesicht. »Sabrina, du willst mir doch nicht erzählen, dass du vor hast, ihn zu behalten?«

»Warum denn nicht? Sophie hat mir verraten, dass Zombies nicht verfaulen, wenn sie genug Fleisch bekommen. Und er ist ja quasi frisch. Außerdem habe ich ihn mit meinem Blut gebunden.« Zum Beweis hielt sie ihren Finger hoch, an dem ein großes Pflaster klebte.

»Er stinkt nach Tod!«

»Ja für dich und deine Supernase. Aber für mich riecht er fast wie ein echtes Meerschweinchen. Außerdem ist er aktiv, wenn ich will, dass er aktiv ist.«

Jetzt mischte sich Theobald ein. »Sie hat damit eine bemerkenswerte Leistung in der Nekromantie vollbracht. Immerhin ist das Erwecken von Zombies und deren Kontrolle eine Standardaktion ihrer Zunft.«

»Ihr spinnt beide«, entschied Elisabeth.

»Nicht mehr als du!«, gab Sabrina beleidigt zurück. »Sophie war richtig stolz auf mich.«

»Weiß deine Mutter, was du hier oben hast? Sie wird irgendwann hochkommen und ihn sehen. Und dann wird sie ihn füttern wollen. Wenn sie die Hand in den Käfig steckt, wird er versuchen, sie aufzufressen.«

»Nein, das wird er nicht tun«, entgegnete Sabrina, wenn auch mit aufgerissenen Augen. Elisabeth konnte erkennen, dass sie das nicht bedacht hatte. Dann kam ihr eine Idee. »Ich lass ihn dann einfach totes Meerschwein spielen und schließe ihn in meine Kommode ein.«

Sie hob nur einen Finger und das Meerschweinchen wurde steif und fiel auf die Seite, wo es sich nicht mehr bewegte.

Elisabeth schüttelte immer noch den Kopf, ihre Stimme klang aber um einiges milder. »Völlig bekloppt, ehrlich! Seid mir nicht böse, aber ich muss jetzt los. Ich will noch bei Oskar vorbeischauen und dann holt mich Albert schon bald ab.«

Sie blickte auf die Uhr. Es wurde wirklich knapp, selbst für sie. Also verabschiedete sie sich und verließ das Haus der Schuberts. Zur Schlachterei Kubert konnte sie über die Robert-Koch-Straße laufen. Elisabeth drehte die Geschwindigkeit hoch. Die nervöse Unruhe, die sie schon den ganzen Tag latent gespürt hatte, wurde jetzt mit jedem Schritt stärker. Sie konnte den kommenden Vollmond fühlen. Es war ein Wunder gewesen, dass sie sich vorhin bei den Binsenkrauts so beherrschen konnte, überlegte sie. Jetzt, da sie wieder im Freien lief, wandelte sich die Unruhe zu einer Vorfreude. Sie nahm den Weg unten entlang des Friedhofs. Direkt darüber wäre noch kürzer gewesen, aber sie wollte die Besucher nicht stören. Sie bremste ihr Tempo so weit, dass sie ein paar Blicke zwischen die Bäume werfen konnte. Auf einer abgewandten Parkbank auf dem Friedhof fiel ihr eine junge Frau in einem modischen Hosenanzug auf, die so rein gar nicht nach Clausthal passte. Sicherlich trugen die Studenten zur Prüfung hier immer Anzüge und es war wohl Nachprüfungszeitraum, wenn sie sich noch richtig an das Gerede ihres Vaters erinnerte, aber die Frau war dafür dann doch schon zu alt. Der Hut mit Feder und die verspiegelte Sonnenbrille wirkten übertrieben. Die Frau schien mit einer Kette mit Anhänger zu spielen, den sie hin und her schwenkte. Als Elisabeth näher kam, erhielt sie Witterung von ihr. Es dominierte eindeutig eine Note nach Rosenparfüm, jedoch entgingen ihr nicht eine markante Unternote nach Sandelholz, Zimt und Salz. Es kribbelte leicht in der Nase und die Haare an den Unterarmen begannen sich aufzustellen. Magie! Das war vermutlich ein Pendel in der Hand der Frau. Möglicherweise war sie eine der Jägerinnen. Elisabeth verfluchte sich innerlich, denn nach dem, was sie vor einiger Zeit in der Aufbahrungshalle abgezogen hatten, war es nur natürlich, dass die Jägerinnen jetzt hier Wachen aufgestellt hatten. Elisabeth entschied sich in einer Sekunde und hechtete über das Geländer in einen tieferliegenden Gang, der das chemisch-technische Institut umlief, das direkt an den Friedhof grenzte. Sie landete mit knirschenden Schuhen drei Meter tiefer außerhalb der Sichtlinie der Hexe und lief leichtfüßig einen Bogen um die Gebäude herum. Sie würde jetzt noch später kommen, aber diese Begegnung wollte sie auf jeden Fall vermeiden.

Die Hexe blickte alarmiert auf. Sie saß in ihrem, unter Gras und Laub wohlverborgenen Salzschutzkreis, und hatte sich bis eben sehr sicher gefühlt. Die Menschen nahmen sie nicht wahr. Dafür sorgte der Standardzauber, den sie als Abwehr gewirkt hatte. Nichtmagische verloren nach einem oberflächlichen Blick in ihre Richtung sofort das Interesse und erinnerten sich nicht mehr an sie. Es war sehr ruhig gewesen. Ihr Alarmpendel war den ganzen Tag über nur leicht durch den Wind bewegt worden und bald würde ihre Schicht enden. Sie hatte keine Lust, ausgerechnet an Vollmond hier Wache zu schieben, zumal sich offensichtlich das hiesige Werwolfrudel als aufmüpfig erwies. Gerade wollte sie nachschauen, wie spät es war, als ihr Pendel heftig ausschlug. Sie hatte nur für ein paar Sekunden auf den sich schnell drehenden und schwingenden Anhänger geschaut, bevor sie aufsah und die Umgebung kontrollierte.

Es war nichts zu sehen, auch nicht, als sie auf den Hexenblick wechselte, um Magie zu erkennen. Sie betrachtete einige Minuten die Menschen, die sie von ihrer Position aus beobachten konnte. Da der Hexenblick nicht sehr weit reichte, wechselte sie wieder auf die normale Sicht. Immer noch nichts. Es gingen einige Studenten in kleinen Gruppen durch das Unigelände, viele davon strebten auf die Mensa zu, die wohl immer noch geöffnet hatte, jedoch blickte keiner zu ihr oder verhielt sich anderweitig auffällig. Am Rande ihres

Blickfeldes sah sie eine Joggerin, die leichtfüßig gerade auf die Wohnheime auf dem Campus zusteuerte, jedoch war sie so weit weg, dass sie nur den hin- und herwippenden dunkelblonden Pferdeschwanz erkennen konnte. Die Hexe seufzte und schaute nochmal auf ihr Pendel. Es hatte aufgehört zu schwingen.

»Falscher Alarm!«, sagte sie zu sich selbst. Dann lehnte sie sich zurück und setzte die Sonnenbrille wieder auf. Sie spannte die Gesäßmuskeln an und streckte sich. Wacheschieben war überhaupt nicht ihr Ding. Sie blickte auf die Uhr. Noch eine halbe Stunde, dann würde sie sowieso abgelöst werden.

Der erste Vollmond

Elisabeth besuchte, kurz bevor Albert sie abholen wollte, noch Oskar, der bei Mike in einer Dachkammer lag und sich inzwischen auf dem Weg der Besserung befand. Er wollte unbedingt mit ihr mitkommen, aber Elisabeth lehnte energisch ab. Schließlich fügte er sich. Sie war sich ihrer selbst nicht sicher, und mit Oskar als ihrem Omega würde sie noch mehr Schwierigkeiten erwarten, als sie vermutlich sowieso schon bekam. Um sicherzugehen, nahm sie Mike in der Küche beiseite.

»Du hast schon so viel für mich getan und für Oskar, aber dennoch muss ich dich bitten, ihn heute ganz genau im Auge zu behalten. Bei allem, was auf mich zukommt, kann ich ihn nicht gebrauchen. Ich traue mir selbst ja kaum über den Weg.«

Mike nickte nur und antwortete: »Mach Dir keine Sorgen. Ich kümmere mich schon um ihn. Oskar braucht Ruhe, weil seine Wunden für einen Werwolf nur äußerst langsam heilen. Fit ist der noch lange nicht. Vielleicht sollte er sich diesen Vollmond gar nicht verwandeln.«

»Habt ihr sie noch alle? Ich kann meine Alpha doch nicht im Stich lassen«, ertönte gedämpft Oskars Stimme von oben.

Elisabeth stöhnte. »Jedenfalls ist sein Gehör nicht beeinträchtigt.« Mike schien kurz zu überlegen, dann flüsterte er: »Geh hoch und lenke ihn ab. Ich bringe gleich etwas, das ich für Notfälle vorrätig habe.«

Während Elisabeth die Treppe wieder nach oben lief, um Oskar daran zu hindern, aus dem Bett zu klettern, verschwand Mike in sein Schlafzimmer. Als sie in die Dachkammer kam, war Oskar bereits halb aufgestanden. Sie drückte ihn energisch wieder ins Bett. »Liegen bleiben!«

»Ihr heckt doch was aus. Du kannst mir nicht verbieten, mich an Vollmond zu verwandeln, selbst als Alpha nicht«, protestierte er.

Elisabeth nagelte ihn mit ihrem Blick fest, bis Mike in der Tür erschien und eine kleine Tasse Tee mitbrachte.

»So, hier habe ich etwas zur Beruhigung für dich.«

Elisabeth schnupperte genauso wie Oskar, der sich gleich darauf mit angewidertem Gesicht in die Ecke des Bettes zurückzog.

»Bah, das riecht ekelig. Geh mir weg mit dem Scheiß. Das trinke ich nicht.«

»Der Geruch kommt mir bekannt vor«, sagte Elisabeth, »Was ist das für ein Kräutertee?«

»Das ist ganz dünner Wolfswurztee, der den Verwandlungsdrang abmildert. Es ist besser, wenn er etwas davon zu sich nimmt«, erklärte Mike.

Helle Panik spiegelte sich in Oskars Miene, als er ungeachtet seiner Lage versuchte, vor der Tasse zu entkommen. »Ihr wollt mich vergiften?«

Elisabeth runzelte die Stirn und schnupperte an dem Tee. Dann pustete sie etwas und nahm einen Schluck. Er schmeckte etwas bitter, aber ansonsten tat sich nichts. »Siehst du, er ist ganz harmlos«, versuchte sie, ihn zu überreden.

»Nein! Mir wird schon alleine von dem Geruch schlecht«, wandte sich Oskar ab. Elisabeth wusste, dass sie wegen Albert keine Zeit hatte, das jetzt mit dem widerspenstigen Oskar auszudiskutieren. Sie entsann sich ihrer Alpharolle, öffnete das mentale Band mit ihm und donnerte ihn geistig so laut an, wie sie konnte: *Trink endlich!*

Oskar fuhr zusammen, als hätte sie ihn geschlagen. Mit zittrigen Händen schnappte er sich die Tasse und stürzte den heißen Tee in einem Zug hinunter. Kurz darauf wand er sich, als hätte er Magenkrämpfe, bekam Schweißausbrüche, wimmerte und jammerte zum Herzerweichen. Als Elisabeth mit ansah, welche Qualen selbst kleinste Mengen Wolfswurz Oskar bereiteten, musste sie schlucken. Sie hatte jahrelang täglich zusammen mit anderen giftigen Dingen ein Vielfaches der Dosis zu sich genommen. Oskar fiel schließlich in eine Art Dämmerschlaf und entspannte sich etwas.

Mike sah sie bewundernd an. »Das eben war wahre Alphamacht. Alle Achtung! Ich hätte da so einige Fragen noch an dich, aber das muss warten. Du solltest jetzt los. Dein Albert wartet sicher schon.«

Sie schenkte ihm ein schiefes Lächeln und brach auf. Mehr im Sturmlauf als joggend rannte sie nach Haus, sodass sie deswegen völlig aus der Puste kam. Sie ging hinein und zog sich eilig um. Dann wartete sie ungeduldig. Eine Rastlosigkeit befiel sie, die sie nicht mehr unterdrücken konnte. Das Haus wurde plötzlich zu klein, die Räume zu eng. Der Mond zog an ihr und zwang sie vor die Tür. Es war zwar bewölkt, aber sie fühlte ihn ganz deutlich. Elisabeth hatte schon früher eine innere Unruhe befallen, wenn er voll am Himmel stand, doch diesmal elektrisierte es sie förmlich.

Albert ließ auf sich warten. Der Himmel blieb leicht bewölkt und der Vollmond hielt sich noch verborgen. Es würde aufklaren, aber noch zeigte er sich nur als eine hellere Stelle hinter den Wolken. So hatte sie Zeit zu beobachten. Die Hauswache konnte sie nirgends sehen oder riechen. Entweder hielt sie sich sehr gut versteckt oder man hatte sie wegen des Vollmondes und der bevorstehenden Jagd abgezogen. Immerhin sollte Albert sie ja zum Rudel bringen. Also gab es keinen Grund, hier noch Wache zu schieben. Sie schlich etwas von dem Haus weg und postierte sich in gut zwanzig Metern Entfernung im Gebüsch, sodass der Wind ihren Geruch nicht zum Haus wehte.

Albert erschien kurz nach neun. Er löste sich wie ein Schatten aus dem Wald, lief dann aber mit eiligen Schritten auf das Haus zu. Sie konnte sich ein Grinsen nicht verkneifen, als er ihr Versteck passierte und sie nicht bemerkte. Doch als er vor dem Haus ankam und schnüffelte, schwenkte er auf ihre Spur ein und kam auf das Gebüsch zu. Elisabeth ärgerte sich etwas. Sie hatte die Regel, einen Bogen zum Versteck zu laufen, missachtet. Auch wenn er ihre direkte Witterung nicht hatte, so konnte er immer noch ihrer Spur folgen. *Toll gemacht, Jungwölfin,* schalt sie sich innerlich. Sie trat aus ihrem Versteck, bevor er sie erreichte, und hob die Hand zum Gruß. Albert wirkte sehr ernst.

»Hallo Goldy! Wie ich sehe, wartest du schon ungeduldig. Ich habe noch gar keine Gelegenheit gehabt, mich für die Sache mit meiner Mutter zu entschuldigen. Also: entschuldige!« Er versuchte ein Lächeln, was ihm aber nur halb gelang.

»Albert, ich muss dich noch was fragen, bevor wir zum Rudel gehen.«

Er sah sie aufmerksam an. »Stell deine Fragen. Wir müssen noch eine Strecke laufen, also haben wir Zeit. Ich wäre gerne noch mit dir vorher Jagen gegangen, nur ist uns irgendwie die Zeit weggelaufen.« Damit machte er eine einladende Geste und ging dann neben ihr her in Richtung Wald.

Elisabeth sammelte ihre Gedanken. Sie hatte die ganze Zeit, da sie gewartet hatte, überlegt, wie sie ihm das sagen sollte. Sollte sie Oskar erwähnen oder verschweigen? Die Beteiligung von Sabrina und Theobald wollte sie auf jeden Fall geheimhalten, genauso wie die Unterstützung von Mike. Nur die halbe Wahrheit zu erzählen, schien ihr zwar unaufrichtig, doch eine innere Stimme sagte ihr, dass alles auf einmal zu viel wäre für Albert. Sie zögerte.

Albert missverstand ihr Zögern als Angst und knuffte sie aufmunternd. »Was ist denn? So schlimm sind sie auch nicht. Du wirst deine Sache schon gut machen. Ich habe dir alles gesagt, worauf es ankommt. Wenn du nicht gleich meine Mutter, also die Alpha, ärgerst, dann gibt es nichts zu befürchten.«

»Wie reagiert deine Mama so auf andere Alphas?«

Die Frage sollte beiläufig klingen, aber Albert entging nicht, wie angespannt Elisabeth plötzlich war.

»Das ist zwar heute nicht das Thema! Aber wenn du es unbedingt wissen willst, meine Mama Giulia ist sehr dominant und streng. Sie hat da ein leichtes Problem mit anderen Alphawölfinnen. Sie duldet niemanden auf ihrer Stufe. Deswegen trifft sich Papa mit den anderen Rudeln auch meistens alleine, weil es sonst oft Reibereien gibt.«

Elisabeth blieb abrupt stehen. »Dann kann ich da nicht hin.«

Albert begriff nicht. »Das ist ganz natürlich, vor dem ersten Vollmond Muffensausen zu haben.«

Bei ihm zeigte sich schon das erste Gelb in den Augen, sodass Elisabeth sofort wegsah, damit er ihre roten Augen nicht erkannte. Der Vollmond setzte sich langsam durch.

»Ich fürchte, ich kann nicht.« Mit diesen Worten drehte Elisabeth um und stürmte in die andere Richtung davon. Albert blieb einen Moment verdutzt stehen, dann rannte er ihr hinterher. Sie lief schnell, aber nicht so schnell, dass er sie nicht einholen konnte. Dennoch musste er sich ganz schön anstrengen, um sie noch zu erreichen. Er packte sie an der Schulter und hielt sie fest, während sie bemüht war, ihn nicht direkt anzublicken. Dann begrub sie das Gesicht in beiden Händen.

Albert schüttelte sie leicht. »He, nicht weglaufen, so war das nicht abgemacht. Ich finde, du bist bereit, und du hast zugestimmt.«

»Da wusste ich ja auch noch nicht, was ich bin«, kam abwehrend zurück. Elisabeth Stimme klang kehlig.

»Eine Werwölfin?« Es hatte lustig klingen sollen, was Albert sagte, aber sie lachte nicht. Überhaupt schien sie verändert. Sicher, diese Nacht verstärkte den Wolf im Menschen. Heute würde kein Werwolf der Verwandlung widerstehen können. Beim silbernen Licht des Vollmondes wurde die Grenze zwischen beiden Gestalten hauchdünn und das Tier drängte noch stärker als sonst. Daher war es gerade heute so wichtig, dass Elisabeth nicht allein blieb. Ihre Wölfin würde sie mitreißen, wenn Albert sie nicht führte.

Mit besorgter Stimme fragte er: »Habe ich dir etwa zu viel zugemutet in der kurzen Zeit? Was ist denn los, dass du nicht mitkommen willst?«

Daraufhin straffte sich ihr Körper etwas. Sie räusperte sich und dann klang ihre Stimme wieder fast normal. »Du hast gesagt, dass deine Mutter niemanden duldet, der auf ihrer Stufe ist, oder?«

»Ja, aber was hat das denn mit dir zu tun?« Albert verstand anscheinend nicht, worauf sie hinauswollte.

Dann hob sie langsam den Kopf und blickte ihn trotzig aus den tiefrot leuchtenden Augen einer Alpha an.

»Einfach alles!«

Allein die Kraft dieses Blickes ließ ihn zwei Schritte zurücktreten. Alberts Mund klappte auf – offensichtlich sprachlos. Er schüttelte den Kopf wie ein nasser Hund und kniff die Augen zusammen und öffnete sie wieder. Jetzt strahlten sie wolfsgelb, erkannte Elisabeth.

»Ich werd' verrückt!«, keuchte er schließlich.

»Ist das alles, was du zu sagen hast, Leitwolf?«

Elisabeth bellte die Worte heraus. Sie wusste auch nicht, warum sie plötzlich wütend wurde. Albert konnte doch überhaupt nichts dafür. Ganz im Gegenteil. Er hatte sich stets rührend bemüht, ihr das Schicksal näherzubringen, das sie jetzt erwartete. Sie verhielt sich unfair ihm gegenüber, doch im Augenblick loderte die Wut hoch. Sie war, was sie war, und das bedeutete weit mehr als irgendeine dahergelaufene Werwölfin, die artig und unterwürfig ins Rudel aufgenommen wurde. Während sie immer noch wütend den total überraschten Albert anblickte, wurde ihr klar, dass sie es auch gar nicht wollte. Sie würde niemals mehr die kleine schwache Elisabeth sein. Sie war eine Alpha und ihre Mutter eine Hexe. Sie war die Vorhergesagte. Nicht weniger stand ihr zu, als zu leiten, den Ton anzugeben.

Während Albert sich langsam sammelte, verebbte ihre Wut. Sein Blick wechselte von Entsetzen über Erstaunen zu Bewunderung. Wie er so dastand und begriff, warum sie so aufgewühlt gewesen war, spürte sie eine tiefe Verbundenheit mit ihm. Sie mochte Albert, sehr sogar. Er war ihr trotz der kurzen Zeit so vertraut geworden, dass sie es sich nicht vorstellen konnte, ihn jemals wieder zu verlieren. Von einem Moment auf den anderen schwang ihre Wut um in Angst, alleine zu sein, und sie stürzte sich auf ihn und schlang die Arme um seinen Körper.

»Albert, ich brauche Hilfe!« Ihr Eingeständnis öffnete bei ihr die Dämme und die Tränen rannen ihr herunter, als ihre Gefühle sie überwältigten. Albert hielt sie mit beiden Armen fest und in diesem Moment gab es nichts Schöneres für sie.

Nach einer ganzen Weile, die sie so dagestanden hatten, seufzte er schwer. »Ich hatte ja keine Ahnung. Wie ist das passiert? Du musst mir alles erzählen!«

Sie blickte ihn aus verheulten Augen an und schniefte noch einmal laut. »Versprich mir, dass du mich nicht deiner Mutter auslieferst!«

»Gott bewahre, ich bin für dich verantwortlich, Alpha hin oder her. Ich kann dich so nicht zum Rudel bringen. Mama würde dich in Stücke reißen. Das kann ich nicht zulassen. Wir müssen uns was überlegen, aber für heute kannst du nicht dahin. Komm!«

Er löste die Umarmung und nahm sie bei der Hand. Dann lief er los und zog sie hinter sich her. Sie lief mit, weit weg von dem Ort, an dem das Rudel bereits wartete. Hand in Hand zu laufen ging nicht schnell. Doch für Werwölfe bedeutete dies, immer noch flotter unterwegs zu sein, als jeder Mensch es gekonnt hätte. Tiere begegneten ihnen nicht, zumindest keine am Boden. Sie alle versteckten sich vor den großen Jägern der Nacht. Die beiden passierten Kamschlacken, einen Straßenort, der sich im Tal am Fluss entlang in die Berge schlängelte. Keine Menschenseele zeigte sich auf den Straßen. Schon nach einer halben Stunde erreichten sie die Ausläufer des Harzes oberhalb von Herzberg. Die Wolken schoben sich langsam zurück und das erste Licht des Vollmondes streifte die Baumwipfel. Albert hielt an und machte ihr eine Geste, dass sie ebenfalls stehenbleiben solle.

»Ich werde lieber eine elektronische Nachricht schicken. Mein Rudelband übermittelt zu viele Emotionen.«

Er zog sein Handy und tippte eine Nachricht ein.

Hallo Papa, sie ist noch nicht so weit. Musste mich spontan umentscheiden und bei ihr bleiben. Brauche noch einen Mondzyklus. Gute Jagd, Albert.

Elisabeth hatte mit seinem Einverständnis mit auf das Handy gestarrt.

»Papa wird uns Zeit verschaffen«, sagte er zu ihr.

»Wozu?«, gab sie bissig zurück. »Damit deine Mama mich nächsten Vollmond zerfleischt?«

Albert schwieg zunächst betreten, dann seufzte er und begann sich auszuziehen. Elisabeth wirkte perplex, sie war zu aufgewühlt.

Als sie nicht verstand, sagte er zu ihr: »Du wirst lernen müssen zu kämpfen. Aber jetzt beeile dich. Dein Kleiderschrank wird leerer sein, wenn du dich nicht entkleidest, junge Alpha.«

Dann verstand sie. Sie hatte nicht gemerkt, dass sie bereits begonnen hatte, sich zu verwandeln. Es ging leichter bei Vollmond. Sie beeilte sich. Schließlich standen sie nackt voreinander und blickten sich an. Mit Albert fühlte sich Elisabeth genau in diesem Moment tief verbunden. Der Vollmond schob sich vollends hinter den Wolken hervor und beleuchtete ihre blassen Körper. Die

Verwandlungen kamen langsam, aber mit Macht. Sie spürte, dass kein Werwolf sie heute aufhalten konnte, nicht einmal sie selbst. Doch es war gut so. Elisabeth schämte sich heute nicht, nicht mehr. Es fühlte sich richtig an, hier mit Albert zu stehen. Sie konnte das Fell auf Albert sprießen sehen, wie die Ohren sich höher schoben und die Muskeln zulegten. Sie fielen beide nach vorne, synchron in ihrer Verwandlung. Die Szenerie hatte etwas Magisches, das sie fesselte. Auf eine verschobene Art und Weise war er schön, selbst jetzt mitten in der Verwandlung. Sie war mit ihm glücklich, stellte sie fest. Und dann reckte sie sich und heulte ihr Glück mächtig und kraftvoll hinaus in die Nacht und Albert stimmte nach kurzem Zögern mit ein. Irgendwie wurde ihr plötzlich klar, wie sie *Auf zur Jagd* heulen musste, und sie probierte es. Albert antwortete im gleichen Tonfall. Dann blickten sich beide Wölfe an, Socke und Goldy. Elisabeth spürte ein schwaches Echo über ihr Band und den verzweifelten Groll Oskars. Sie würde es ihm bald nochmal erklären müssen.

Alberts Wolfsgestalt nahm Witterung auf, richtete seine Nase in den Wind, der heute kalt von Nordosten kam. Plötzlich sprang er in Richtung Osten davon. Elisabeth bekam einen Geruch von Moschus in die Nase, ein unwiderstehlicher Duft. Eilig stürmte sie hinterher und schloss auf.

Lehrlingsprüfung

Sabrina hatte mit ihrer Mutter zu Abend gegessen. Martha Schubert, mit frisch gemachten Locken, hatte den Tisch reichhaltig gedeckt. Sabrina hatte nach Herzenslust zulangen und sogar von dem Rotwein trinken dürfen. Im Grunde war ihre Mutter die normalste und damit beste Mutter der Welt. Bei all den merkwürdigen Dingen in den anderen Familien brauchte sie etwas Normalität.

Beim gemeinsamen Abwasch dachte sie an Theobald, der eine Stunde nach Elisabeth aufgebrochen war. Er hatte ihr erzählt, was sich bei ihm zu Hause zugetragen hatte. Nun war Sabrina ebenfalls beunruhigt über die Tatsache, dass Frau Binsenkraut so neugierig wurde.

Ihre Mutter klatschte Sabrina plötzlich unvermittelt mit der nassen Hand auf den Hintern.

»Du hast abgenommen. Diese Elisabeth hat dich endlich zum Sport bekommen. Eine tolle Freundin, so höflich und gut erzogen.«

Sabrina nahm ihre Mutter daraufhin in den Arm und drückte sie, auch wenn sie innerlich stöhnte. Ihre Mutter hatte keine Ahnung und sie hoffte, dass es so blieb.

Wieder auf ihrem Zimmer überprüfte sie ihre Aura vor dem Spiegel, um sicherzugehen, dass ihre Maskerade immer noch hielt. Prompt erschien ihr Sophie statt ihres eigenen Spiegelbildes, wie es in der letzten Zeit oft passierte.

Es wird Zeit für größere Dinge, Schülerin! Wir müssen los. Und nimm einen Spiegel mit. Ich muss dir Anweisungen geben.

»Heute Nacht?« Sabrina war gar nicht begeistert davon, denn es war Vollmond und sie wusste, dass Elisabeth und alle Werwölfe des Harzes gerade auf die Jagd gingen.

Natürlich heute Nacht, Dummerchen. Vollmond ist eine vorzügliche Konstellation für das, was du jetzt lernen wirst. Morgen kannst du ausschlafen, wenn ich mich nicht irre. Nimm bitte auch ein Messer mit. Und du wirst Pflaster benötigen.

»Ich muss mich schon wieder schneiden?« Sabrina konnte sich dafür gar nicht begeistern.

Blut ist Magie, Blut ist Macht! Ich kann dir leider noch nicht zeigen, wie du deine eigenen Wunden schnell wieder schließen kannst. Dazu müssten wir einen Vampir einfangen, aber das ist noch weit über deinem aktuellen Niveau. Nimm auch reichlich Salz mit von dem Vorrat, den du dir angelegt hast. Du wirst einen Schutzkreis ziehen müssen.

Sabrina stutzte. Sie hatte bereits in ihrem Zimmer üben müssen, einen Schutzkreis zu ziehen, doch bislang war Igor das Aufregendste, was sie geschafft hatte, und dafür hatte sie keinen Kreis benötigt.

»Was hast du mit mir vor?«

Das wird eine Überraschung. Für alle Fälle nimm die Handschuhe auch mit. Sie sind aber nur für den Notfall da. Wir gehen heute auf den Zellerfelder Friedhof. Den Clausthaler nehmen wir besser die nächste Zeit nicht. Ich will kein Risiko eingehen. Nachdem man ein Siegel auf mein Grab gelegt hat, wird der Ort sicher überwacht. Wenn du da bist, hole den Spiegel heraus.

Damit zog sich Sophie zurück. Sabrina blickte noch einen Augenblick sich selbst an. Sie hatte nicht mehr viele Momente vor dem Spiegel, in denen sie alleine war. Sie hatte einen Gürtel in die Hose gezogen, denn diese rutschte neuerdings. Gestern hatte sie auf der Waage gestanden und voller Begeisterung festgestellt, dass sie vier Kilo abgenommen hatte. Noch ein paar und das Kleid würde passen. Als sie daran dachte, grinste sie sich an, dann zuckte sie mit den Schultern und sprach zu sich: »Wenn ich eh schon auf den Friedhof gehe, dann kann ich mich auch so herrichten.«

Sie setzte sich vor ihre Schminkkommode und holte ihre Utensilien heraus. Schwarzer Mascara, Lidschatten zweifarbig, erst in Rot, dann die Ränder in Schwarz auslaufend. Die Pickel, die bei ihr auch weniger wurden, überdeckte sie mit heller Schminke. Etwas Rouge auf die Wangen. Danach zog sie die Lippen mit einem blutroten Lippenstift nach. Die Haare stylte sie sich wild hoch. Die Fingernägel hatte sie erst heute Nachmittag neu lackiert, natürlich auch in Schwarz. Fünfzehn Minuten später betrachtete sie ihr Werk. Sie sah aus wie ein Vampir, fand sie. Sie ließ ihre Tarnung fallen und die kalte Magie in ihr aufbrodeln. Schwarzblaues Glühen legte sich in ihren Blick. Sie grinste sich an.

Nachdem die Vorhänge an den Spiegeln wieder in Position hingen, nahm sie ihre Sachen, warf sich den Ledermantel über und machte sich auf den Weg. Ihre Mutter hing auf der Couch vor dem Fernseher und schnarchte laut. Still lächelnd schlüpfte sie zur Tür hinaus. Früher hatte sie das Quietschen der Holztür cool gefunden, doch seit sie in der letzten Zeit immer wieder heimlich nachts raus ging, hatte sie die Scharniere vorsichtshalber geölt. Theobald hatte ihr etwas von dem dicken Achsenfett mitgebracht, mit dem er aus dem gleichen Grund die Türen in der Apotheke versorgt hatte. Sie ging über den Weg an den Eschenbacher Teichen hoch. Die Goslarsche Straße wollte sie dann doch in ihrem Aufzug meiden.

Die Nacht war kühl, aber hell. Der Vollmond schob sich gerade hinter den Wolken hervor und erleuchtete die Gegend. Das Licht der Straßenlaternen wirkte neben dem Mondlicht irgendwie falsch. Sabrina fiel ein Spiel ein, das sie früher immer gerne mit sich selbst gespielt hatte. Sie hatte es ›Vampirläufer‹ getauft. Man durfte nur von Schatten zu Schatten schleichen und musste Lichtstellen mit so wenig Schritten wie möglich durchqueren. Sie spielte es jetzt wieder und mied die Straßenlaternen. Es war gar nicht so leicht, die Kreuzungen zu passieren, doch es machte ihr diebischen Spaß, durch die Dunkelheit zu huschen.

Ein rauchender Hundebesitzer kam ihr den Fußweg mit einem Golden Retriever entgegen. Der Hund zog immer wieder an der Leine, um hier und dort zu schnuppern. Der Mann blieb genervt stehen und zog halbherzig, damit der Hund weiterlief. Plötzlich blieb das Tier etwa zehn Meter vor Sabrinas aktuellem Schattenversteck stehen und reckte die Schnauze in den Wind. Sabrina stand ganz still, damit er sie nicht hörte. Er legte den Kopf schief und lauschte. Der Mann zog wieder, erst an der Zigarette, dann an der Leine. »Bongo, nun komm schon!«

Doch der Hund stellte die Ohren auf und begann zu winseln. Er hörte irgendetwas. Sabrina lauschte auch, doch der Mann machte so viel Krach, dass sie nur ihn hörte. Bongo! Wie konnte man einen solch lieben Hund nur Bongo nennen?

Der Mann zog nun stärker, aber der Hund rührte sich nicht von der Stelle. Er winselte immer lauter, dann ließ er eine Mischung aus Kläffen und unbeholfenem Heulen hören. Der Mann war nun richtig genervt.

»Du blöder Köter, das ist nur der Vollmond. Müsst ihr Viecher alle vier Wochen verrückt spielen? Es ist nur ein Brocken Gestein, der uns umkreist, nicht mehr.«

Er zerrte Bongo mit aller Kraft weiter, während dieser immer noch winselte und zu heulen versuchte. Irgendwo in der Nähe stimmte ein anderer Hund ein. Sabrina hatte sich nicht gerührt, bis der Mann um die nächste Hausecke verschwunden war.

Sie wollte schon gerade losgehen, als sie es endlich auch hörte. Ganz leise für ihre Ohren, weil es wohl weit entfernt war, aber deutlich vernahm sie ein Heulen, das über die Berge drang. War das Elisabeth? Sabrina hätte viel dafür gegeben, Elisabeths Verwandlung einmal zu sehen. Sie hatte so viele Filme gesehen, aber irgendwie verpatzten die Filmemacher diese Szene immer. Bei den billigen Serien wurde einfach irgendeine Bildsequenz eingeblendet, oder die Schauspieler ließen sich hinter die nächste Couch fallen, damit man es nicht so genau sah. Je nach Altersfreigabe war es mal weniger und mal mehr ekelig. Auch in der Geschwindigkeit gab es die unterschiedlichsten Variationen. Sie hatte Elisabeth immer wieder versucht auszufragen. Ihre Freundin hielt sich mit detailreichen Erklärungen zurück. Immerhin wusste Sabrina bereits, dass die Kleidung sich wirklich nicht mit verwandelte. Bei der Vorstellung, dass Elisabeth Albert fast jeden Abend nackt zu sehen bekam, schoss ihr die Röte ins Gesicht und ihr wurde ganz heiß. Sie konnte sich nicht helfen. Sie fand Albert einfach nur scharf. Natürlich hatte sie Elisabeth ausgequetscht, ob da mehr lief, aber an diesem Punkt hatte ihre Freundin abgeblockt, was Sabrina als Bestätigung ansah, dass es so war. Widerwillig musste sie sich eingestehen: Sie war neidisch.

Umso entschlossener straffte sie ihre Schultern und ging Richtung Friedhof Zellerfeld, der nicht bei der großen St.-Salvatoris-Kirche lag, sondern noch ein ganzes Stück die Goslarsche Straße hoch. Es begegneten ihr noch drei weitere Menschen. Erst ein Pärchen, das Hand in Hand den Weg entlang kam – sie hatten die typischen dicken Bergstiefel an, wie sie nach kurzer Zeit fast alle Studenten hier trugen, Outdoorjacken und dicke Hosen. Er trug sogar einen Lederhut, so einen, wie es sie in Australien gab. Die junge Frau hatte die Haare rot gefärbt. Sie lugten unter einer Mütze und der zusätzlich hochgezogenen Kapuze hervor. Beide lachten über irgendetwas, doch Sabrina verstand es nicht. Sie waren so in ihr Gespräch vertieft, dass sie von ihr überhaupt keine Notiz nahmen. Zuletzt querte eine ältere Frau ihren Weg. Sie blieb stehen, als sie Sabrina sah.

»Guten Abend!«, grüßte Sabrina beiläufig, doch die Alte starrte sie ernst an.

»Was soll an diesem Abend gut sein, Mädchen? In solchen Nächten ruft der Teufel die Jungfrauen zum Tanz. Und du siehst so aus, als würdest du dich ihm sogar noch anbiedern. Du solltest nicht draußen sein.« Dann, ohne eine Antwort abzuwarten, ging sie fort und murmelte etwas vor sich hin.

Sabrina eilte weiter, doch nun wurde ihr etwas mulmiger zumute. Die Worte der Alten klangen in ihrem Geist nach. Sie ging hinten herum über die *Abtshöfe*, um nicht an der Bergapotheke vorbei zu müssen. Schließlich betrat sie den Friedhof. Er lag ohne künstliches Licht vor ihr im Mondschein. Die einzige Laterne, die mitten auf dem Friedhof stand, war ausgefallen. Auf einigen Gräbern flackerten Grabkerzen. Es war gespenstisch still. Da Sabrina nicht wusste, was sie als Nächstes tun sollte, holte sie den Handspiegel hervor und flüsterte Sophies Namen. Sie erschien prompt und verzog dann missbilligend das Gesicht.

Du meine Güte, es ist noch nicht Halloween. Was soll der Aufzug?

»Wenn schon, denn schon. Ich soll doch heute Nekromantie ausüben, oder?«

Das Verbergen deiner Aura nützt überhaupt nichts, wenn du dich anziehst und schminkst, als wenn du gerade aus dem Grab geklettert wärst. Ich begreife dich manchmal einfach nicht. Du bist eine unmögliche Schülerin.

»Du hast mich ausgesucht. Schon vergessen? Ich habe nicht darum gebeten, dass du in meinen Körper schlüpfst.«

Das ist wahr, aber mir blieb keine andere Wahl. Jetzt müssen wir eben miteinander auskommen.

»Dann mach mir keine Vorschriften, wie ich mich kleiden soll. Beschränken wir uns auf das, was du mir beibringen willst.«

Sophie verzog das Gesicht. *Für eine derart vorlaute Rede hättest du dir früher ein paar deftige Ohrfeigen eingefangen. In der heutigen Zeit sind alle so vulgär. Wie dem auch sei, hast du alles dabei?*

Sabrina kramte in ihrer Tasche und hielt nacheinander alles vor den Spiegel, was Sophie ihr aufgetragen hatte.

Wenigstens bist du nicht dumm und du lernst schnell, kommentierte Sophie.

»Und was mache ich jetzt damit?«, kam es ungeduldig.

Such dir ein junges Grab. Es wird sicher eines geben. Nicht so ein neumodisches Urnengrab, sondern ein richtiges. Na los, hopp, hopp!

Sabrina stöhnte. »Ok, ich mach ja schon.«

Sie ging und musterte die Gräber auf beiden Seiten. Die Namen auf den Grabsteinen waren manchmal in die Steine gemeißelt, manchmal aufgesetzt aus Metall. Die Sterbedaten hier unten am Friedhof waren sehr alt, wie sie deutlich im Mondlicht lesen konnte. Es handelte sich zumeist um Familiengräber mit mehreren beerdigten Personen. Die kümmerlichen Pflanzen, die hier auf dem Berg mehr schlecht als recht wuchsen, wirkten verloren. Einige Gräber hatten auch eine dicke Steinplatte, teilweise waren sie so massig, dass Sabrina sich fragte, ob sie die Leute unten im Grab halten sollten. Sie lief eine Weile zwischen den Gräbern umher, doch sie fand kein wirklich neues Grab. Als sie schon aufgeben wollte, kam sie an einem vorbei, an dem ihr die Jahreszahl 2014 ins Auge stach. Dort stand:

Ernst Bergmann
* 15.01.1958   † 31.08.2014

Das Grab war hoffentlich jung genug. Sie holte den Spiegel wieder hervor. »Ich habe eins, sieh mal.« Sie drehte sich um und hielt den Spiegel so vor sich, dass Sophie über ihre Schulter die Inschrift lesen konnte.

Nun, wenn du dich stark genug dafür fühlst. Ich denke, du wirst dafür mindestens ein Huhn benötigen.

»Ein Huhn?«

Als Opfer. Du musst immer ein Opfer bringen, wenn du die Toten aus dem Grab holst. Das eigene Leben sollte man nicht so verschwenden. Besorge dir erst ein Huhn, dann sehen wir weiter.

Jetzt wurde Sabrina dann doch bleich. Bei Sophie klang das alles so, als wäre es selbstverständlich.

»Ich soll wirklich einen Toten aus dem Grab holen? Und überhaupt, wie soll ich denn jetzt an ein Huhn kommen? Es ist mitten in der Nacht.«

Lass dir was einfallen. Es muss ja kein Huhn sein, aber traditionell ist ein Huhn die richtige Wahl. Um dem Toten etwas Leben zurückzugeben, musst du es von irgendwoher nehmen. Und Hühner haben die Angewohnheit, sich sehr schnell vermehren zu können. Alles über einem Hasen wäre pure Verschwendung, aber ich habe auch schon so schlechte Nekromanten gesehen, die hierfür eine Ziege gebraucht hätten.

»Was würdest du brauchen, wenn du deine vollen Kräfte hättest?«, stach Sabrina dazwischen.

Ich? Sophie wirkte nur einen kurzen Moment erstaunt ob der Frage. *Mir würde schon eine Fliege oder sogar ein Käfer reichen.*

Der selbstgefällige Ton ihrer Stimme reizte Sabrina gewaltig. »Gut, dann werde ich mal sehen, wen ich heute opfere«, zischte Sabrina hervor. »Bis nachher!«

Sie steckte den Spiegel wieder ein und verließ den Friedhof, doch nun sackte ihre Stimmung auf den Tiefpunkt. Sie hatten

Oktober. Wie sollte sie jetzt noch so etwas wie einen Käfer auftreiben, der frei herumlief? Es war dafür schon zu kalt. Mehr würde sie nicht nehmen, da war sie sich sicher. Sie wollte Sophie beweisen, was sie konnte. An der nächsten Straßenlaterne entdeckte sie tatsächlich noch einen Nachtfalter, aber der flog so weit oben, dass sie nicht dran kam. Sie lief weiter und umrundete dabei den Friedhof. Irgendwo musste doch noch ein Krabbeltier sein. An einer Toreinfahrt fiel ihr Blick auf ein großes Spinnennetz. Die Besitzerin des Netzes war nirgends zu sehen. Sabrina hatte keine Angst vor Spinnen. Im Gegenteil, sie wollte sich immer schon so eine große Tarantel halten, doch ihre Mutter hatte es ihr verboten. Sie hob einen dünnen Grashalm auf und stupste ihn vorsichtig ins Netz, dann wieder und immer so weiter. Die Fäden hielten und in einer Ritze in der Mauer kamen schon nach wenigen Augenblicken die ersten Beine der Spinne zum Vorschein. Das Tier schien zunächst zu warten. Dann als Sabrina kaum noch atmend wieder ruckelte, näherte sie sich rasch dem Ende des Grashalms. Sie bemerkte den Trick, mit dem sie herausgelockt worden war, zu spät, da schloss sich auch schon Sabrinas Hand um die Spinne.

»Hab ich dich!«

Da sie kein Glas dabei hatte, hielt sie die Hand geschlossen und ging direkt zum Friedhof zurück. Dummerweise hatte sie die Spinne mit rechts gefangen, sodass sie den Spiegel nun mit links herausholen musste.

»Ich habe mein Tier!«, sagte sie zu ihrer Meisterin.

Gut, was ist es denn? Sophie spähte in alle Richtungen aus dem Spiegel.

»Eine Spinne!«, trumpfte Sabrina auf, doch Sophie stöhnte.

Ich habe doch eindeutig nach einem Huhn für dich verlangt. Wie kommst du auf die abwegige Idee, es mit einer Spinne versuchen zu wollen?

»Nun, du sagtest, dass ein Käfer reichen würde«, entgegnete die Schülerin.

Für mich! Ich würde nur einen Käfer benötigen, aber du bist eine aufmüpfige, unerfahrene und starrsinnige Schülerin und nicht die Meisterin. Aber bitte, dann versuch dein Glück und sieh zu, wie du scheiterst. Es wird dir eine Lehre sein.

»Dann scheitere ich halt, aber die Spinne ist das Einzige, was ich so schnell auftreiben konnte. Du hättest mir das mit dem Opfertier auch früher sagen können«, giftete Sabrina zurück.

Sophie ging nicht darauf ein, sondern begann jetzt zu dozieren. Mit der Spinne in der rechten Hand und dem Spiegel, den sie kurzerhand an den Grabstein lehnte, machte sich Sabrina mit links daran, einen Salzkreis zu ziehen. Der Kreis diente in diesem Fall nicht dazu, den Gegenstand des Zaubers gefangen zu halten, sondern den Zauberer zu schützen. Diesmal war er ihr halbwegs rund gelungen, dass man wirklich von einem Kreis sprechen konnte. Im Grunde musste es gar kein Kreis sein, sondern nur eine verbundene Linie, in der Anfang und Ende ineinander übergingen, aber die Meisterin war hier kleinlich. Der Kreis musste so nah am Grab sein, dass sie mit der Hand den Boden berühren konnte, durfte aber nicht über das Grab gehen, da sonst jemand von unten im Kreis erscheinen konnte. Das Wichtigste am Kreis war jedoch, dass er mit Magie gezogen wurde. Jeder Trottel konnte einen Kreis aus Salz ziehen, aber er konnte ihn nicht aktivieren. Dafür musste Sabrina einige Tropfen eigenes Blut opfern und sie auf das Salz träufeln. Mit nur einer Hand ein schier unmögliches Unterfangen. Schließlich nahm sie das Messer zwischen die Zähne und schnitt sich in den Zeigefinger der linken Hand. Der Schnitt ging tiefer, als sie beabsichtigt hatte, doch in ihrer Aufregung merkte sie es im ersten Augenblick nicht. Der Kreis erglühte kurz in Blau, dann war er aktiviert. Sabrina konnte kein Pflaster auf die Hand kleben, also ließ sie das Messer in die Tasche fallen und wickelte mit den Zähnen ihr Taschentuch um den Zeigefinger. Er begann sogleich zu pochen und das Taschentuch färbte sich an der Stelle rot. Sie zog es fester. Sophie nannte ihr die Worte, die sie jetzt sprechen musste. Es war ganz normales Deutsch. Als Sabrina ungläubig schaute, erklärte Sophie widerwillig, dass der oder die Tote im Jenseits nicht irgendwelche Fremdsprachenkurse belegt habe, es also nichts bringe, einen Otto Normalverbraucher wie den hier mit Latein oder Altgriechisch zu locken. Er würde sie schlichtweg nicht verstehen.

»Heißt das im Umkehrschluss, dass ich, um einen Franzosen zu erwecken, Französisch sprechen müsste und für einen Spanier Spanisch?«, fragte Sabrina, der die Antwort im Grunde schon klar war.

Natürlich, Dummerchen! Und jetzt stell dir mal vor, du müsstest einen vor zweihundert Jahren verstorbenen Zulu erwecken. Dafür musst du genug Zulu beherrschen, nicht nur, um ihn zu rufen, sondern auch, um ihm Anweisungen zu geben und ihn zurück zu betten.

»Zweihundert ... Ist das denn möglich?«

Aber selbstverständlich, jedoch benötigen die meisten dafür eine hornlose weiße Ziege. Bedenke, je unfähiger die Nekromantin, je älter der Tote und je mächtiger dieser zu Lebzeiten war, desto höher ist das Opfer.

Sabrina wollte schon fragen, wo es hornlose weiße Ziegen gab, dann wurde ihr urplötzlich klar, dass das Gesagte vermutlich eine Metapher für ein Menschenopfer war. Sabrina hatte das letzte Wort laut ausgesprochen. Sophie redete abwertend über echte Menschenopfer. Ihr lief ein Schauder über den Rücken, der von einer Kälte war, die alles durchdrang.

Du wirkst entsetzt. Aber es ist immer ein Handel zwischen Leben und Tod. Je geschickter du bist, desto weniger wirst du zahlen müssen. Also halte dich ran, dann wirst du so gut, wie ich es war.

»Hast du jemals ... ich meine, hast du schon ein solches Opfer gebracht?«

Sabrina starrte Sophie in dem Spiegel an. Sophie schwieg. Dieses Schweigen war Antwort genug. Sabrina begann nun, richtig zu frieren. Was Sophie sagte, war logisch, fast so wie mathematische Regeln, aber auch genauso kalt. Es machte Sabrina vielmehr Angst, wie sie es tat. Sophie schien das Opfer nicht einmal mehr als Mensch zu werten. Das schockierte sie mehr als die Tatsache, dass auch ihre Meisterin irgendwann zum höchsten Opfer hatte greifen müssen. Sie erwähnte es so beiläufig, als spreche sie vom Preis eines handgestrickten Kaschmirpullovers.

Sophie runzelte im Spiegel die Stirn.

Du wirst heute nur eine kleine Tat vollbringen. Rausholen, kontrollieren, ein paar Fragen stellen, wieder zurückbetten, wenn es überhaupt klappt, wovon ich nicht ausgehe. Höre jetzt genau zu, weil ich während der Beschwörung nicht mehr wirklich eingreifen kann.

Sabrina hörte so gut zu, wie sie konnte, was Sophie ihr jetzt sagte. Sie musste alles dreimal wiederholen, bis Sophie sich zufriedengab. Es klang wirklich machbar. Schließlich verstummte Sophie. Sabrina war dran. Sie schloss die Augen und atmete tief durch. Die unnatürliche Kälte kroch bis in den letzten Winkel ihres Körpers. Der angeschnittene Finger pochte immer noch und das Taschentuch war inzwischen fast durchgeblutet. Sie musste bald ein Pflaster aufkleben, doch dafür benötigte sie ihre rechte Hand. Sie beschloss, sich zu beeilen. Ob es ein nächstes Mal gab, wusste sie nicht, aber falls es so weit kam, würde sie ein Glas dabei haben. Sie sammelte sich und stampfte mit den Füßen auf, um wieder etwas Gefühl hineinzubekommen. Die Gelenke schmerzten schon. Dann, nach einem weiteren tiefen Schnaufen, begann sie die Beschwörung.

»Ernst Bergmann, ich rufe dich aus der Unterwelt. Ich rufe dich aus deinem Grab. Ich rufe dich mit meiner Macht und mit Blut, erhebe dich und diene mir. Ich rufe deinen Geist, ich rufe deinen Körper, ich binde ihn mit meinem Blut. Erhebe dich!«

Dazu zerquetschte sie die Spinne in ihrer Hand und schmierte sie auf das Grab. Sie konnte dabei spüren, wie das winzige Leben in ihrer Hand endete. Es erzeugte ein Kribbeln, das ihr bis in den Arm strahlte. Als sie das Grab berührte, schoss das Kribbeln aus ihrer Hand in den Boden. Dann wurde alles still. Sie kniete immer noch da. Es war etwas passiert, das konnte sie spüren. Aber die sich jetzt anschließende Stille ließ eine tiefe Enttäuschung aufkeimen. Als sie den Kopf hob, sah sie in Sophies Augen. Diese fixierte sie mit ernstem Blick. Kein höhnisches Spotten. Dann hörte sie es, nein, sie fühlte es noch eher. Unten im Grab bewegte sich jemand und begann zu graben. Es dauerte noch schier endlose Minuten, aber es wühlte sich jemand durch die steinige Erde nach oben. Wie gebannt starrte Sabrina auf das Grab.

Der Boden zitterte leicht, dann brach plötzlich eine halb verfaulte Hand durch die Erde. Obwohl Sabrina damit gerechnet hatte, schrie sie leicht auf und trat einen Schritt zurück. Das, was von Ernst Bergmann übrig war, roch stark nach verfaulendem Fleisch. Der Körper stank so heftig, dass Sabrina würgen musste. Der mittelgroße Zombie stand in leicht gekrümmter Haltung da. Er war verdreckt und der Anzug, den er trug, wirkte fehl am Platz. Das Fleisch an den Fingern fehlte fast komplett, nur noch zwei Fingernägel waren ihm geblieben. Die eingefallenen Wangen hatten Löcher, durch die man die schlechten Zähne sehen konnte. Die abgefaulte Nase bildete ein offenes Loch zwischen den Augen, die milchig belegt schienen und Sabrina gebannt ansahen. Er erhob sich wankend und blieb vor dem Grab stehen.

Sabrina brauchte eine Schrecksekunde, dann nahm sie ihren Mut zusammen. Sie näherte sich ihm bis an den Rand ihres Kreises. Als er nichts unternahm, streckte sie die blutige linke Hand vorsichtig aus und berührte ihn an der Stirn, genauso, wie Sophie es ihr gesagt hatte.

»Ich binde dich mit meinem Blut, du bist mein. Du folgst meinem Befehl – und nur meinem.«

Sie zeichnete eine Rune und sah, wie diese auf seiner Stirn aufleuchtete. Er heulte kehlig und riss die Arme hoch. Sabrina stieß wieder einen Schrei aus und sprang einen Satz rückwärts. Dabei entglitt ihr das Taschentuch und fiel außerhalb des Kreises zu Boden. Sabrina schob sich den Finger in den Mund und schmeckte ihr Blut. Sie hatte wirklich zu tief geschnitten. Verdammt! Mit der Rechten griff sie in die Tasche und zog ihr Verbandszeug heraus. Gott sei Dank hatte sie auch eine Kompresse dabei. Sie wickelte sie um den Finger und fixierte es mit einer Binde.

Da spürte sie ein Beben, das vom Boden ausging. Es war weit mehr als das Zittern vorher. Von ihrem Taschentuch ging blaues Licht aus und versank direkt in der Erde. Was hatte sie getan? Der Zombie bückte sich, griff danach und begann gierig das Blut mit seiner vertrockneten grauen Zunge zu lecken. Eine andere knochige Hand schob sich aus dem Boden und ein Skelett, nur noch mit Fetzen bekleidet, kletterte aus dem Grab. Das Skelett griff ansatzlos den Zombie an und versuchte offenbar, ihm das Taschentuch zu entwinden. Dieser setzte sich heftig zur Wehr. Im Hintergrund konnte Sabrina Sophie rufen hören, doch die Untoten übertönten sie. Sabrina war zu gebannt von dem, was sie sah. Ihr blieb sogar ein Schrei im Hals stecken. Sie starrte die beiden Untoten an, wie sie sich um ein Taschentuch mit ihrem Blut darauf prügelten. Woher das Skelett überhaupt seine Kraft nahm, war ihr schleierhaft. Es schien fast genauso stark zu sein wie der Zombie. Beide krachten gegen den Grabstein und warfen ihn um. Dann sah Sabrina zu ihrem Entsetzen, wie das Skelett den Handspiegel griff und ihn dem Zombie auf den Schädel donnerte. Das Glas splitterte. Sophies Stimme drang noch einmal laut in ihrem Kopf hervor.

Kontrolle!, war das letzte Wort, das Sabrina noch vernahm, dann erstarb Sophies Stimme. Kontrolle? Wie sollte sie das jetzt machen? Die beiden Untoten kämpften weiter. Der Zombie, der nur eine Hand einsetzte, weil er immer noch das Taschentuch umklammert hielt, riss mit der anderen Hand dem Skelett einen Arm ab und drosch damit auf es ein. Das wiederum schlug mit dem Spiegelrahmen zu und durchbohrte den Zombie damit, als sei er aus Watte. Es ging noch eine Weile hin und her, während die Verwüstungen um das Grab immer größer wurden. Sie beachteten Sabrina nicht, die in ihrem Kreis vor ihnen geschützt kauerte und mit ihrer Angst rang. Sie musste etwas tun, nur was? Kontrolle, hatte Sophie noch gerufen. Sie schluckte heftig und richtete sich auf.

Soeben riss das Skelett dem Zombie eine Rippe heraus und rammte sie ihm in eines seiner Augen. Er reagierte nicht einmal darauf und schlug dem Skelett die eine Schulter kaputt.

»Schluss jetzt!«, donnerte Sabrina die beiden an, so laut sie konnte. Daraufhin, wie durch ein Wunder, hielten beide sofort inne. Sie musste sie irgendwie trennen. »Ernst, komm her!«

Doch das schien nicht zu funktionieren. Beide drehten sich einmütig zu ihr um und kamen auf ihren Kreis zugeschlurft.

»Nicht du, ich meine, bleib zurück, Skelett.«

Es half nichts, sie kamen beide näher. Der Zombie nuckelte weiter an dem Taschentuch. Vor dem Salzkreis blieben sie stehen.

»Gib mir mein Taschentuch zurück.«

Der Zombie streckte seine Hand aus und bot es ihr dar. Sie zog es mit den Fingerspitzen an sich. Dann musterte sie die Untoten, wie sie so dastanden und sich nicht mehr von der Stelle bewegten. Sie gehorchten ihr beide. Die Verbindung war deutlich zu spüren, die sie mit ihnen hatte. Aber warum waren es zwei? Sicher wurden in den alten Gräbern nach Jahrzehnten neue Tote bestattet, aber Sophie hatte ihr erzählt, dass man die Toten mit normalen Ritualen nur namentlich rufen konnte. Sie hatte doch nur Ernst Bergmann gerufen. Also musste der andere auch Ernst Bergmann heißen und war vermutlich sein Vater. Sie hatte mit einem Ritual gleich zwei Tote aus einem Grab geholt. Und das mit einer Spinne und einem blutigen Taschentuch. Aber was nun? Sie blickte sich um. Das Grab selbst und die umliegenden Gräber waren in Mitleidenschaft gezogen worden. Morgen würde man hier einen Fall von schwerer Grabschändung melden. Es sei denn …

»Räumt hier sofort auf! Du«, sie zeigte auf den Zombie, »hole sofort zwei Harken von da hinten. Und du, Skelett, sammle alle Splitter des Spiegels ein.«

Als beide sich in Bewegung setzten, jubelte sie innerlich. Fast den ganzen Rest der Nacht erteilte sie den beiden Untoten Anweisungen, um das Chaos wieder zu richten, dass sie angestellt hatten. Es dämmerte bereits, als sie schließlich völlig am Ende ihrer Kräfte die Handschuhe anzog, um die beiden wieder sicher ins Grab zu betten. Es ging dann doch erstaunlich leicht. Sie wartete noch, bis beide wieder unten lagen und sich nicht mehr rührten. Schließlich beseitigte sie noch den Salzkreis und brachte die Harken zurück.

Während sie durch die Reihen lief, stieg in ihr ein Gefühl hoch, dass sie so vorher nicht gekannt hatte. Sie spürte alle Toten in ihren Gräbern. Immer wenn sie ein Grab passierte, fühlte sie die neue Präsenz. Sie zog die Handschuhe aus, doch das half auch nicht. Es führte lediglich dazu, dass die Wunde an ihrem Finger wieder aufging. Die Toten waren immer noch da. Sabrina fühlte sie und sie fühlten Sabrina. Es war gruselig. Der aufkommende Nebel machte alles nur noch schlimmer. Zudem war sie todmüde und fror.

So verließ sie den Friedhof fluchtartig in Richtung Goslarsche Straße. Sie wollte jetzt dahin, wo lebende Menschen waren. Der Anblick der ersten Passanten, die sie auf der Straße sah, beruhigte sie. Weil der Bäcker schon offen hatte, kaufte sie kurzentschlossen gleich Brötchen für ihre Mutter und sich selbst. Das erschien ihr eine gute Ausrede. Auf Höhe der Bergapotheke blieb sie stehen und schaute zu Theobalds Zimmer hoch. Es brannte kein Licht, aber sie konnte sich denken, dass auch er in dieser Nacht nicht viel Schlaf bekommen hatte. Dann fiel ihr Blick auf den Wagen der Wollners, der vor der Tür stand. Wie merkwürdig. Momentan würde sie nicht versuchen, herauszubekommen, warum jemand von den Wollners hier war. Sie würde Elisabeth fragen. Dann lief sie nach Hause und schlich sich rein. Ihre Mutter lag immer noch auf der Couch. Der Fernseher war in den Schlafmodus gegangen und blinkte nur noch auf einer Diode. Sie legte die Brötchen in die Küche und stahl sich die Treppe hoch. Oben fiel sie vollbekleidet ins Bett.

Hochsitz

Wilhelm Opmann saß zusammen mit Hartwig Hauser auf einem Hochsitz, der eigens für die Hirschbrunft gebaut worden war. Er war recht breit und verfügte sogar über ein Ablagebrett für die Ferngläser. Die beiden Freunde waren den Weg vom Bruchberg her über den Acker bis zur Hanskühnenburg gelaufen und hatten dort ihr mitgebrachtes Abendbrot verzehrt. Hartwig und Wilhelm hatten sich vor einigen Jahren kennen und schätzen gelernt, kurz nachdem Hartwig aus Italien mit seinem Film einer Wolfspaarung in Ostia zurückgekommen war und Hilfe für die Bearbeitung gesucht hatte. Wilhelm hatte die Aufnahme damals in seinem Studio aufbereitet. Danach hatten sie sich wie gebannt den Film immer wieder angesehen. Der große Wolf hatte mit seinen Pfoten wirklich gegriffen.

Für Hartwig war schon damals klar, dass er die Paarung eines Werwolfs mit einer Wölfin gefilmt hatte. Als er vor fast sechzehn Jahren damit an Fachleute herangetreten war, hatte man ihn nur ausgelacht und das Video als gestellt abgetan. Er hatte es noch weiter versucht, hatte sich sogar unter einem Pseudonym als Gastredner auf eine Tagung geschlichen, doch war er dort entdeckt und von zwei Sicherheitsdamen ziemlich rüde entfernt worden. Die eine hatte ihm nahegelegt, alles zu vergessen, und ihm derartig heftig zugesetzt, dass er noch immer zuweilen Alpträume von ihr bekam. Sie hatte ihn so angestarrt, dass er davon Kopfschmerzen bekommen und sein Granatsplitter im Körper gebrannt hatte. Er war nach diesem Vorfall nicht mehr öffentlich aufgetreten, hatte aber über das Internet unter anderen Pseudonymen publiziert, etwa unter dem Namen Peter Ugger. Sein Freund Wilhelm kannte ihn aber noch unter Hartwig Hauser. Beide hatten immer wieder Spuren verfolgt, doch hatten sich diese oft in letzter Minute als Fehlmeldungen entpuppt oder waren nicht belegbar. Einige Male war er um ein Haar wieder von diesen Sicherheitsdamen erwischt worden, die immer dann aufzutauchen schienen, wenn er an einer ganz heißen Spur dran war. Seine Internetseite wurde damals regelmäßig attackiert, aber er hatte von seinem ehemaligen Kameraden Thomas, der eine eigene Internetsicherheitsfirma betrieb, mehrere Schutzsysteme bekommen, die normale Angriffe locker abwehrten. Je mehr Informationen er sammelte, und je härter er und seine Webseite attackiert wurden, desto sicherer war sich Hartwig, dass hier eine Vertuschung im ganz großen Stil passierte. Er war inzwischen überzeugt, dass es Werwölfe gab.

Vor drei Jahren hatte er an einem Hirschriss im Kyffhäuser Spuren gefunden, die eindeutig von keinem normalen Wolf stammten. Die Bissmale waren zu groß gewesen und die Spuren ebenfalls. Sie maßen mehr als die doppelte Breite der Spuren einer Deutschen Dogge. Als er damals wieder an die Presse hatte gehen wollen, war jemand in sein Haus eingebrochen, hatte alle Beweise vernichtet und Feuer gelegt. Hartwig wäre bei diesem Anschlag um ein Haar mitverbrannt. Der Zufall hatte es gewollt, dass er sich genau während des Einbruchs in seinem Bad auf der Toilette befunden hatte. In der Nacht hatte er kein Licht gemacht und war so unentdeckt geblieben. Er war aus dem Badfenster über das Garagendach zum Nachbarhaus geflüchtet, bevor alles in Flammen gestanden hatte. Aus Angst war er in dieser Nacht von der Bildfläche verschwunden. Seine Webseite hatte er kurz darauf offline genommen.

Er war umhergezogen, doch sie hatten ihn überall innerhalb von wenigen Tagen aufgespürt. Komischerweise hatte sich das geändert, als er einer weiteren Spur folgend in den Harz nach Tanne gezogen war. Hier schien er sicher, denn sie tauchten nicht mehr auf. Warum, war ihm ein Rätsel, wie so vieles andere auch. Es gab im Harz viele Wolfssichtungen, eine Reihe von Spuren hatte er selbst schon gefunden. Hier ganz in der Nähe war ein Jahr zuvor ein rumänischer Wolfsbiologe spurlos verschwunden, der versucht hatte, im Harz die Population zu untersuchen.

Nachdem das mit Jennifer gescheitert war, hatte er einen Entschluss gefasst. Er war nach Tschechien gefahren und hatte sich dort Waffen besorgt, was ein schockierend einfaches Unterfangen gewesen war. Seither war er Besitzer eines großkalibrigen Jagdgewehrs und einer tschechischen Halbautomatikpistole. Die Ausrüstung zum Kugelgießen und Wiederladen hatte er gleich mitgekauft. Inzwischen hatte er sich Silberkugeln gegossen. Dann hatte er Wilhelm angerufen und ihm von dem Plan erzählt, einen von den Werwölfen zur Strecke bringen zu wollen. Wilhelm sollte es filmen. Dieser hatte nur zögerlich und unter der Bedingung eingewilligt, dass er selbst nicht schießen müsse. Sie hatten sich am späten Nachmittag in Bad Sachsa getroffen. Dabei erfuhr er zu seiner Freude, dass Wilhelm noch einige Kopien seiner Arbeiten besaß und sie ihm zur Verfügung stellen wollte. Sie lagen noch sicher in Wilhelms Wohnung.

Der Vollmond schob sich langsam hinter den Wolken hervor und tauchte die Landschaft in silbriges Licht. Die Bodenbretter des Hochsitzes knarrten störend laut bei ihren Bewegungen. Wilhelm war sehr nervös. Immer wieder holte er die Kamera heraus und prüfte den Akku. Dann legte er sie wieder auf die Seite und schraubte an seiner Thermoskanne herum.

»Mensch Wilhelm, bleib ruhig! So wie du herumhampelst, hört man dich ja über hundert Meter weit«, zischte Hauser schließlich.

»Kann schon sein«, flüsterte dieser zurück, »ist ja auch kein Wunder. Du willst immerhin etwas abknallen, das es eigentlich gar nicht geben dürfte. Ich hoffe nur, du triffst gut genug.«

»Keine Sorge, ich habe um Sarajevo herum so einige Gegner neutralisiert. Und wenn es nicht ausreicht, dass ich Filmmaterial bringe, dann muss ich eben eines der Viecher erledigen. Dann habe ich endlich den Beweis, den keiner mehr ignorieren kann. Das Silber für die Kugeln hat mich zwar einiges gekostet, aber das wird es wert sein.«

»Ich habe trotzdem eine Scheißangst. Ich weiß noch, wie groß das Vieh auf dem Film aus Ostia aussah.«

Hauser tätschelte sein Gewehr. »Deswegen habe ich mir dieses Baby hier besorgt. Damit jagt man Bären und Elche.«

Wilhelm griff wieder nach seiner Thermoskanne, als plötzlich ein Heulen die Nacht durchbrach. Kurz darauf fiel ein zweiter Wolf ein. Voller Aufregung schnappte Hartwig sein Fernglas und suchte den Hang vor ihm ab. Es hatte sich zwar nicht danach angehört, dass die Wölfe sehr nah wären, dennoch befiel ihn eine fiebrige Erregung. Auch Wilhelm hatte sein Fernglas gegriffen. Sie atmeten kaum. Durch sein Nachtglas erspähte er im hellen Mondlicht plötzlich ein Rudel Rehe, das im wilden Lauf aus dem Wald geschossen kam und bis etwa zur Mitte des Hanges hochrannte. Die Vegetation am Hang bestand nur aus krüppeligen Büschen und Gras, so konnte er die Rehe gut ausmachen. Sie schienen unruhig und hoben immer wieder die Köpfe, während sie vorgaben, wieder zu äsen. Er zählte insgesamt acht. Es waren nur Rehe, noch kein Bock. Aber die Brunft begann bald. Dann würden sich die Rehe wieder um ihre männlichen Artgenossen scharen.

Plötzlich klopfte ihm Wilhelm ganz aufgeregt auf den Arm und zeigte auf den unteren Rand des Waldes. Zwei große Schatten waren dort erschienen und beobachteten die Rehe. Hartwig prüfte kurz den Wind. Sie waren so gekommen, dass die Rehe sie nicht wittern konnten. Die Wölfe würden sicher jagen wollen. Er stellte auf maximale Vergrößerung und suchte den Rand des Waldes erneut ab. Erst war er enttäuscht, weil er sie nicht gleich wiederfand, aber dann erspähte er einen Wolf, der links am Waldrand entlangschlich. Ohne sein Nachtglas hätte er ihn nicht entdeckt. Er besaß eines von diesen neuen elektronisch verstärkten Gläsern, die das Restlicht bündelten. Der Wolf hatte ein helles, vermutlich braunes Fell und hob sich kaum vom Hintergrund ab. Auf Höhe einer Parkbank blieb er stehen. Hartwig schluckte jetzt doch. Auf der Parkbank hatte er selbst vor drei Stunden mit Wilhelm gesessen. Das Tier erschien riesig. Es musste ein Werwolf sein. So groß wurde kein normaler Wolf. Wo versteckte sich nur der Zweite? Er griff nach seinem Gewehr und zischte Wilhelm zu, dass er nach dem zweiten Tier suchen solle, denn er wollte den hellen Wolf nicht aus den Augen lassen. Durch das Zielfernrohr konnte er den Wolf nicht ganz so gut erkennen. Für einen guten Schuss musste das Tier näherkommen. Er konnte sehen, wie er sich duckte und sich langsam an die Rehe anschlich. Wilhelm drehte sich und suchte den rechten Waldrand ab, aber zum einen war sein Glas nicht so gut und zum anderen störte er Hartwig dadurch.

»Ich hab ihn, kommt direkt von Westen auf die Rehe zu!«, flüsterte er genau in diesem Moment.

Hartwig Hauser ließ den hellen Wolf nicht aus den Augen, als er durchlud. »Nimm die Kamera!«, hauchte er seinem Freund zu. Wilhelm griff danach.

Der Hochsitz knarrte plötzlich heftig. Hartwig entfuhr ein ärgerliches Zischen. Die Rehe hoben ängstlich die Köpfe und stoben schon Sekunden später den Hang hinunter davon. Er sah noch, wie der helle Wolf aufsprang und den Rehen nachsetzte. Hartwig hielt den Atem an und verfolgte den hellen Wolf, der die Rehe in kurzer Zeit fast einholte.

»Noch ein kleines Stückchen«, wisperte er, als der Wolf die Rehe schräg auf den Hochsitz zu trieb. Von Westen kam der zweite Wolf näher und zwang die Rehe zu einem Richtungswechsel. Gleich würde er den hellen Wolf erwischen. Doch kurz vor dem Schuss verwackelte Hartwig, weil der Hochsitz heftig erbebte.

»Wilhelm, hör sofort auf! Ich verliere ihn«, fluchte er.

»Das war ich nicht«, kam es ängstlich zurück. Hartwig setzte das Gewehr ab und blickte seinen Freund an, dann erbebte der Hochsitz erneut, gefolgt von einem drohenden Knurren, das ihm das Blut in den Adern gefrieren ließ. Wilhelm starrte ihn entsetzt an. Aufgrund der Bauweise des Hochsitzes mussten sie durch eine Klappe nach unten steigen, auf der sie aber gerade mit den Füßen standen. Ein Splittern erklang, als die Leiter brach.

»Scheiße! Das sind noch mehr als nur die zwei!«

Wilhelm hielt sich bereits mit beiden Händen an dem Rand fest, dann erbebte der Hochsitz erneut und schwankte bedrohlich.

»Tu doch was!«, rief sein Freund in Panik.

»Was soll ich denn tun? Ich habe kein Schussfeld.«

Er krallte sich selbst an einen der Pfeiler, die gar nicht mehr so sicher standen. Dann kippte der Hochsitz um und begrub die schreienden Männer unter sich. Hartwig schlug hart mit dem Kopf auf. Bevor ihm die Sinne schwanden, hörte er noch Wilhelm, der neben ihm lag und wie am Spieß schrie. Dann wurde es schwarz.

Der Tag nach der Nacht

Es klopfte. Sabrina stöhnte. Es klopfte nochmal. Sie vergrub ihren Kopf unter dem Kissen.

»He, Brina, wach auf, ich habe irre Neuigkeiten.«

Sie kannte die Stimme.

»Theo, was machst du in meinem Schlafzimmer um diese Zeit? Wie bist du überhaupt reingekommen?«

»Deine Ma hat mich reingelassen, ich habe Brötchen mitgebracht! Sie macht gerade Frühstück.«

Sabrina stöhnte und vergrub den Kopf wieder unter dem Kissen. Er zog es ihr weg.

»Ich muss dir was erzählen, das du nicht glauben wirst.« Er glühte förmlich vor Mitteilungsdrang.

»Nach den Erlebnissen der letzten Wochen glaube ich fast alles, wenn's nur schräg genug ist«, gab sie trocken zurück.

»Dann halte dich fest: Meine Mama hat einen Liebhaber! Ich habe sie die ganze Nacht durch wie die Tiere vögeln gehört!« Sabrina hob den Kopf und starrte ihn verwirrt an. »Mann, siehst du fertig aus!«, quittierte er das, was er sah.

»Scheiße ja, ich habe die ganze Nacht nicht geschlafen. Du weißt nicht zufällig, wer es ist?«

»Nein, ich habe sie nur rummachen gehört. Na ja, ich habe ja versucht zu lauschen, aber sie hat sogar das Schlafzimmer mit einem Zauber abgeschirmt. Ich habe mich unten auf dem Sofa auf die Lauer gelegt, bin dann aber wohl doch eingeschlafen.«

Sabrinas Gehirn begann wieder zu arbeiten. Ihr fiel der Wagen ein, den sie vorhin gesehen hatte. Urplötzlich wurde sie richtig wach.

»Oh, Kacke! Ich glaube, ich weiß, wer das ist.«

»Wer?« Theobald war immer noch ganz aufgeregt. Sabrina biss sich auf die Lippe, entschied sich dann aber dafür, ihre Vermutung auszusprechen. »Ich glaube, es ist Elisabeths Vater.«

Theobalds Gesichtsfarbe wechselte von einem hellen Rot zu kreidebleich. »Was? Bist du dir sicher?«

»Na ja, heute Morgen um sechs stand sein Wagen noch bei euch vor der Haustür.«

Theobald entfuhr jetzt auch ein »Scheiße!« Dann runzelte er die Stirn. »Was machst du um sechs Uhr bei uns vor der Haustür?«

»Brötchen kaufen, du Hirni!«, kam es zurück. »Aber lass uns jetzt runtergehen, ich habe Hunger! Außerdem rieche ich Eier mit Speck. Wir sollten morgen mal mit Elle reden, wenn sie sich von der letzten Nacht erholt hat. Ich habe auch eine Menge zu erzählen.«

Sie erhob sich und ging an Theobald vorbei. Er folgte ihr.

Einige Kilometer entfernt erwachte Elisabeth. Männlicher Wolfsduft umhüllte sie und ihr war warm, sehr warm sogar. Sie hielt die Augen noch geschlossen, doch sie spürte, dass sie im Arm von Albert lag. Sie war eng an ihn geschmiegt. Noch vernebelt im Geist spürte sie seine Haut auf ihrer. Es war ja nicht so, dass sie ihn nicht bereits mehrfach nackt gesehen hätte, aber sie hatten in menschlicher Gestalt immer ein Mindestmaß an Abstand gewahrt. Dies hier war entschieden weniger und sie merkte, dass bei dem Gedanken daran ihr Körper auf eine verräterische Art und Weise reagierte. Ihr Puls beschleunigte und das Herz schlug ihr bis zum Hals. Als sie spürte, dass ihr Becken warm wurde, weil sein starker, dominanter Duft ihre Nase erfüllte, versuchte sie, sich auf etwas anderes zu konzentrieren. Dann dämpfte etwas ihre Erregung. Neben seinem Geruch machte sie auch noch mehr aus: Reh, Blut, Oskar, Mike. Sie schreckte hoch. Erst jetzt wurde ihr bewusst, dass Albert gar nicht so viele Arme haben konnte. Oskar lag mit ihr Rücken an Rücken, vorsichtig darauf bedacht, sie nicht unsittlich zu berühren. Der schwere Arm auf ihrer Hüfte gehörte zu Mike. Bis eben hatte sie sich irgendwie zwischen erregt und wohlig gefühlt, nun übernahm ihr menschlicher Verstand. Sie lag mit drei Männern nackt im Wald. So konnte sie hier nicht liegen bleiben. Es wurde ihr zu eng. Langsam hob sie den Kopf und versuchte, sich aus dem Knäuel zu lösen. Die Männer grummelten um sie herum, aber sie wirkten träge und schliefen weiter, wie an einem Morgen nach einer langen Sauftour. Albert konnte sie aus ihrer eingeengten Position sehen. Er war verdreckt, über und über mit getrocknetem Blut bedeckt, das nach Reh roch. Sie selbst spürte auch einiges davon auf ihrer Haut spannen. Was war letzte Nacht passiert? Sie versuchte, sich zu erinnern. Bilder und Gerüche durchdrangen ihren Geist. Sie war mit Albert gestern nicht beim Rudeltreffen erschienen, aus Furcht, seine Mutter könnte sie sofort töten, wenn sie erfuhr, dass sie eine Alpha war. Dann waren sie weggelaufen und hatten sich im Vollmond verwandelt. Sie hatten zusammen gejagt. Und auf der Lichtung waren sie ganz nahe an einige Rehe herangekommen, als plötzlich ein Hochsitz umgekippt war und die Rehe verschreckt hatte. Sie war ihnen zusammen mit Albert nachgejagt, ganz im Rausch der Blutgier. Und dann waren plötzlich Oskar und Mike in Wolfsgestalt aufgetaucht und hatten mitgejagt. Sie erinnerte sich genau an das schuldbewusste und unterwürfige Gefühl Oskars, das plötzlich über das Rudelband zu ihr gedrungen war, aber auch an seinen Stolz, sie beschützt zu haben. In der Nacht hatte sie alle Fragen beiseitegeschoben. Zu viert war den eingekreisten Rehen keine Chance geblieben. Der nächste Teil war sehr unglücklich für die Rehe ausgegangen.

Ihr Kopf schwirrte. Sie hatte Durst. So vorsichtig sie es vermochte, löste sie sich ganz aus dem Gedränge und trat ein paar Schritte von den schlafenden Männern weg. Dann erblickte sie die Kadaverreste von zwei Rehen, die auf der nächsten Lichtung lagen. Eines davon hatte noch einen vollständigen Kopf und starrte sie aus offenen toten Augen an. Der Rest des Rehes war, bis auf wenige Knochen und das Fell, weg. Elisabeth konnte noch sein Blut auf ihrer Zunge schmecken, erinnerte sich an den Duft aus Moschus, Blut und Angst. Die Wölfe hatten getötet und gefressen. Sie fühlte sich voll, geradezu übersättigt. Plötzliche Übelkeit überkam sie, sodass sie kämpfen musste, um nicht zu würgen. In einiger Entfernung hörte sie etwas Wasser plätschern. Sie lief mit schnellen Schritten dahin und trank von dem Rinnsal. Es war eiskalt, doch es spülte den Geschmack des Blutes weg. Das Blut klebte überall an ihrem Körper. Als sie es abwusch, färbte sich das Rinnsal rot.

Im Geiste starrten sie immer noch die Augen des Rehs an, wie es so hilflos und reglos dalag, als jemand sie sacht am Arm berührte. Sie brauchte sich nicht umzudrehen, denn Alberts Gegenwart war ihr bewusst. Auch wenn er keinen Laut gemacht hatte und gegen den Wind gekommen war, hatte sie ihn bereits tief in ihrer Seele gefühlt. Im Moment wollte sie ihn nicht sehen. Sie schämte sich ein wenig ob ihrer Nacktheit, und die Rehe gingen ihr einfach nicht aus dem Kopf. Am meisten schockierte sie, dass sie all das, was in der Nacht passiert war, wirklich genossen hatte. Sie hatte getötet und war stolz darauf. Diese Nacht hatte sie verändert. Vage konnte sie sich noch daran erinnern, sich mit Mike um eine Hinterkeule gebalgt zu haben. Ja, Mike war auch hier und es kam ihr seltsam vertraut vor. Genauso natürlich wie Oskar und auch Albert. Er schien ihre Gedanken zu spüren, denn er verharrte und näherte sich nicht weiter.

Gut, ich warte, bis du fertig bist mit dem Waschen. Wir müssen reden!

Elisabeth, die sich gerade wieder dem Wasser zugewandt hatte, erstarrte in der Bewegung. Albert hatte nicht gesprochen. Er hatte ein Band benutzt, das es eigentlich nicht geben sollte. Mit geschlossenen Augen forschte sie in ihrem Geist nach. Da war das Band mit Oskar, das sie schon kannte, aber es gab auch noch zwei weitere. In Gedanken folgte sie dem einen und erkannte Mike, der noch schlief.

»Scheiße!«, sie biss die Zähne aufeinander. Das dritte Band war anders. Als sie ihm folgte, fand sie einen strahlend hellen Geist. Albert. Das Band mit ihm fühlte sich anders an. Bei Oskar und Mike spürte sie die Kontrolle, die sie ausüben konnte, doch bei der Verbindung zu Albert konnte sie das nicht. Es fühlte sich an, als wäre es schon immer da gewesen, aber irgendwie war es jetzt erwacht. Im Grunde war er genauso stark wie sie, das spürte sie ganz deutlich. Dadurch wurde ihr klar, dass sie ihm nicht mehr ausweichen konnte. Sie schluckte ihre Gefühle herunter und drehte sich zu ihm um. Alberts Blick ruhte auf ihr, doch seine Miene war ernst.

»Es ist wichtig und duldet keinen Aufschub. Wir haben da ein Problem.«

Sie nickte, während ihr schon die Tränen über die Wangen liefen: »Ich habe dich aus deinem Rudel gerissen. Das wollte ich nicht, das musst du mir glauben.«

»Nein, das hast du nicht. Ich spüre mein Rudel noch, auch meinen Vater. Aber aus irgendeinem Grund teilen wir beide auch ein Band seit gestern Nacht.«

»Haben wir, ich meine …«, sie brach wieder ab. Was sie fragen wollte, blieb ihr im Halse stecken. »Ich kann mich nicht mehr an alles erinnern, nur noch an Bruchstücke.«

Albert sah sie erst verdutzt an, dann begriff er und grinste. »Nein Goldy. DAS haben wir nicht gemacht. Verzeih mir das offene Wort, obwohl die Gelegenheit sich mir schon geboten hat, aber ich bin ein anständiger Werwolf.«

Elisabeth starrte ihn an. Erinnerungen schossen in ihr hoch und sie wurde sich auf unangenehme Weise der verräterischen Reaktion ihres Körpers bewusst, als sie vorhin neben Albert aufgewacht war. Dennoch fühlte sie sich erleichtert. Das hätte sie jetzt nicht auch noch verkraftet. Trotzdem ärgerte sie sein Grinsen.

»Vorsicht, Socke!«, warnte sie ihn. »Ich bin eine Alpha! Schon vergessen?«

»Nein, das habe ich nicht vergessen, aber ich muss mit dir über unser Band reden. Wir dürften es gar nicht teilen. Ich kann jedoch nicht dein Rudel spüren, nur dich.«

»Was hat das zu bedeuten?«, fragte sie beunruhigt.

»Ich schätze, in dir stecken mehr Geheimnisse, als es auf den ersten Blick den Anschein hat. Ich würde wirklich gerne wissen, wer dich gebissen hat und vor allem, wo. Du trägst kein Bissmal.«

»Woher ...?« Sie brach erneut ab, als sie seinen gespielt unschuldigen Blick sah. Es war klar, er hatte jeden Quadratzentimeter ihres Körpers gesehen und er spürte sicher ihre Verwirrung über das Band, musste ihre Nervosität riechen. Einem Werwolf konnte man nichts verheimlichen, zumindest keine Gefühle.

Er machte eine entschuldigende Geste.

»Verzeih mir, ich musste einfach nachschauen. Man sieht kein Bissmal, weil du keins hast, richtig? Du bist so geboren. Wie ich. Deswegen lernst du auch so schnell, deine Wölfin zu kontrollieren. Und nun teilen wir ein Band. Du bist einfach umwerfend.«

Elisabeth schoss Röte ins Gesicht. Sie musste sich sammeln, bevor sie ihn wieder ansehen konnte.

»Du darfst es keinem sagen, dass ich nicht gebissen wurde. Auch das Band musst du geheimhalten. Unser Leben hängt davon ab.«

Er musterte sie eine Weile schweigend, dann nickte er. »Es ist wohl besser so. Wir haben noch einen Mond Zeit, um uns zu überlegen, wie wir das mit dem Rudel machen. Ich fürchte nur, dass du bis dahin jeden streunenden Wolf eingesammelt hast, der sich hier im Harz rumtreibt.« Er zwinkerte ihr zu. »Los, nun ruf schon dein Rudel. Wir sollten zurück.«

Als Elisabeth sich anschickte, zurückzugehen, hielt er sie auf. »Nicht so, nutze dein Band. Ruf sie darüber.«

»Wie muss ich das genau machen?«, fragte sie zurück.

»Na ja, ich weiß, wie es sich anfühlt, wenn mein Vater uns ruft. Und ich kann einen Hilferuf ins Rudel schicken, aber es ist anstrengend. Irgendwie scheint es von oben nach unten im Rudel einfacher zu sein. Versuch's erstmal bei mir.«

»Ich ...«

Er brachte sie mit dem Finger vor seinem Mund zum Schweigen. Dann tippte er mit demselben Finger an seine Schläfe.

»Damit. Als Wölfin muss du mehr Bilder schicken, die versteht sie besser. Aber in Menschenform ist es auch mit Worten machbar.« Als sie immer noch zögerte, fügte er hinzu: »Nun, ich bin immer noch dein Leitwolf. Also mach hin, Welpin!«

Elisabeth quittierte seine Ansprache mit einem schiefen Lächeln. Dann versuchte sie, sich zu konzentrieren, suchte nach dem Band zu Albert. Sie fand es gleich, dann öffnete sie ihren Geist und rief in Gedanken: *Hörst du mich? Hallo!*

Albert zuckte unwillkürlich zusammen. *Nicht so laut! Du brauchst nur den Hauch eines Gedankens. Sonst platzt einem ja noch das Kleinhirn.*

Du hast da oben ein Kleinhirn? Ich dachte, ihr Männer habt das zwischen den Beinen, kam es prompt zurück, aber diesmal war die Lautstärke geringer. Sie grinsten sich beide an.

Ist komisch. Ich muss mich gar nicht anstrengen und du anscheinend auch nicht, kommentierte er. *Auf jeden Fall eine Bereicherung bei der Jagd. Und abhören kann das auch keiner!*

Der Eifer stand in Elisabeths Blick. *Es ist abgefahren. Wie weit reicht das?*

Er zuckte die Schultern. *Keine Ahnung! Ist ein bisschen wie normales Sprechen. Je weiter weg, desto mehr musst du gedanklich schreien. Mein Vater erreicht Rudelmitglieder auch noch, wenn sie in Hamburg sind, doch dafür braucht er absolute Ruhe und freien Himmel. Und je länger man das Band offen hält, desto anstrengender wird es. Nun ruf mal dein Rudel zusammen, wir sollten los. Unterhalten können wir uns jetzt ja auch so.*

Elisabeth öffnete in Gedanken die Bänder zu Oskar und Mike. Sie schliefen immer noch, doch das würde gleich vorbei sein.

Aufstehen, ihr Schlafmützen!, rief sie in die Bänder. *Kommt sofort zu mir!* Sie schickte noch ein ›Bild‹ von dem Wasserrinnsal.

Wir verwandeln uns besser. So nackt sollten wir nicht zurücklaufen, gab Albert weise hinzu und ließ sich auf die Hände fallen. Elisabeth wurde erfasst von der Macht, die sie nun spürte. Sie würde Albert zeigen, wie gut sie es jetzt beherrschte, und verwandelte sich, so schnell sie konnte. Wenige Sekunden später waren beide in

Wolfsgestalt. Sie nahm vage Bilder wahr von Oskar und Mike, wie sie durch das Unterholz brachen, um zu ihnen zu gelangen.

Dann waren sie auch schon da. Oskar kniete sich gleich zu ihren Füßen hin, Mike deutete nur eine Verbeugung an.

»Schätze, ich könnte es mal bei dir versuchen, Kleine«, setzte er hinzu. Sie knurrte leicht und stellte die Ohren auf. Beide verstanden und verwandelten sich in ihre Wolfsgestalt.

Albert lief los, Elisabeth folgte, die anderen beiden kamen wenige Augenblicke später nach. Oben am Hang blieb Albert stehen und witterte. Deutlich konnte Elisabeth die Menschen und die Autos vernehmen und riechen. Als sie neben Albert lief, sah sie auch, woher das kam. Sie konnte den umgekippten Hochsitz sehen. Es wurde gerade eine Person in einen Krankenwagen verladen. Mehrere Sanitäter standen herum und auch ein Wagen von der Forstverwaltung und anscheinend einige frühe Wanderer.

Elisabeth drehte den Kopf nach hinten zu Mike und Oskar und ließ ein verärgertes Knurren hören. Oskar legte sofort die Ohren an, doch Mike sagte über das Band: *Wir mussten es tun. Auf dem Hochsitz waren Jäger, die auf euch schießen wollten. Das Gewehr habe ich dem einen weggerissen und ins Gebüsch geworfen.*

Danke, Mike, die Gefahr habe ich gestern nicht erkannt!

Dafür ist doch ein Rudel da, oder?

In diesem Moment fuhr der Krankenwagen ab. Er rollte sehr vorsichtig über den Feldweg. Vermutlich waren die Menschen vom Hochsitz noch am Leben. Elisabeth war erleichtert. Sie trennten sich etwas später.

Viel zu berichten

Ihr Vater war erst spät in der Nacht nach Hause gekommen und hatte auf dem Sofa geschlafen. Nun rochen Wohnzimmer und die Küche nach Mann, einem Hauch Flieder und, Elisabeth konnte es nicht ausblenden, nach Sex und Schweiß. Er hatte zwar geduscht, trotzdem roch sie es immer noch.

Das Frühstück verlief größtenteils schweigend. Elisabeth verlegte sich vor allem aufs Essen, während ihr Vater schon nach kurzer Zeit aufstand und sich für die Arbeit fertig machte, obwohl es noch zu früh für die Universität war. Emilia Wollner beobachtete alle am Tisch, sagte aber auch nichts. Sie hatte Elisabeth bislang nicht nach ihrer Vollmondnacht befragt. Es war am Abend zuvor einfach keine Gelegenheit dafür gewesen. Klara wechselte häufig Blicke mit ihrer Schwester, schwieg allerdings ebenfalls. Sie knabberte die ganze Zeit über lustlos an einem Toast mit Marmelade.

Als Michael Wollner gegangen war, brach auch Elisabeth auf. Sie wollte heute Theobald und Sabrina abholen, denn sie hatte ihnen viel zu erzählen. Kaum dass sie lief, fühlte sie sich besser. Eine Macht begleitete sie, die stärker strahlte als je zuvor. Es fühlte sich so an, als wenn die Verbindungen zu den anderen ihr ständig noch mehr Kraft gaben. Hoch erhobenen Kopfes lief sie nach Clausthal hinein. In der Stadt bemerkte sie, dass sich Männer nach ihr umdrehten, wie sie mit ihrem Rucksack vorbeilief. Als sie schließlich unten am Zellbach ankam, warteten ihre beiden Freunde schon auf sie. Sabrina sah aus, als wenn sie gleich platzen würde.

»Hallo Elle, du ahnst ja gar nicht, was wir zu erzählen haben. Aber fang du an, wie war deine Rudeleinführung?«

Elisabeth nahm ihre Freundin in den Arm, allerdings ganz vorsichtig, um ihr nicht weh zu tun. Es fiel immer noch schwer, ihre Kräfte richtig einzuschätzen. Sabrinas Geruch drang ihr in die Nase. Da war wieder diese modrig-süßliche Note in ihrem Duft, die ein Kribbeln auf Elisabeths Haut auslöste. Sie ließen sich los und gingen nebeneinander her, zunächst den Zellbach wieder ein Stück hoch.

»Na ja, die hat nicht stattgefunden. Ich bin mit Albert nicht hingegangen. Wir haben es noch einen Mond aufgeschoben. Ich habe keine Lust, mich von seiner Mutter in Fetzen reißen zu lassen.«

»Warum sollte sie das denn tun? Sie kennt dich doch gar nicht«, fragte Sabrina erstaunt.

»Ist doch klar!«, fiel Theobald ein. »Alberts Mutter ist die aktuelle Alpha, und ich vermute, die hätte mit einer jungen Alpha wie Elle ein echtes Problem. Und Werwölfe regeln so etwas immer über Kämpfe.«

Elisabeth nickte zustimmend. »Im Grunde richtig. Außerdem habe ich einen Wolf aus ihrem Rudel herausgezogen. Das alleine reicht laut Albert schon, um mir den Kopf abzureißen.« Sie seufzte schwer. »Ich habe überhaupt keine Ahnung, wie ich den nächsten Vollmond überleben soll.«

»Na, du hast ja immer noch uns«, stellte Sabrina fest. »Ich habe vorgestern Nacht einen Zombie aus dem Grab holen sollen. Das ist schon höhere Nekromantie.«

Theobald stellte die Ohren auf. »Und hat es geklappt?«

Sabrina grinste. »Ja und ja. Ich habe den Zombie heraufgeholt, außerdem noch ein Skelett. Beide auf einen Schlag. Und das Skelett war sogar reichlich alt. Sophie war sprachlos, hat mich aber tags darauf zum ersten Mal richtig gelobt. Wenn du Probleme haben solltest, dann hole ich dich mit einer Zombiearmee raus.«

»Ho, ho, langsam, Brina!«, entgegnete Elisabeth. »Ich bin dir ja dankbar, dass du mich unterstützen willst, aber eine Zusammenarbeit mit einer verbotenen Nekromantin und den Einsatz von Zombies, das würde uns mehr Scherereien bereiten als nur eine wütende Alpha.«

»Warte mal, aber wir könnten dir so zum Kämpfen Trainingspartner verschaffen«, wandte Theobald ein. »Wenn du den nächsten Vollmond überleben willst, dann brauchst du Kampftraining. Brina könnte Zombies heraufbeschwören. Und du vermöbelst sie.«

Beide Mädchen blickten ihn an.

»Nein«, sagte schließlich Sabrina, »sie sind zwar extrem stark, aber zu langsam. Elle braucht Training mit etwas Gleichwertigem, einem anderen Werwolf. Könnte Oskar nicht gegen dich antreten, wenn du es ihm befiehlst?«

»Ja, das könnte er, leider darf ich ihn dann nicht wirklich beißen oder kratzen. Die Wunden durch eine Alpha heilen nur langsam, und die Wunden durch mich fast gar nicht, schon vergessen? Aber ohne Beißen könnte ich ihn, Mike und Albert schon nehmen.«

»Mike auch? Ist er nicht ein freier Wolf? Das hat er uns doch gesagt.«

Elisabeth blieb stehen und wirkte etwas verlegen. »Ja, war er, seit letzter Nacht ist er auch in meinem Rudel. Und Albert, nun, er ist mein Leitwolf und muss mich eh ausbilden.« Das Band mit ihm wollte sie lieber noch nicht erklären.

»Geil! Dürfen wir zuschauen?«, fragte Sabrina sofort. Ihre Wangen glühten.

»Ich muss fragen, aber aus meiner Sicht spricht nichts dagegen.« Dann zögerte sie, als ihr einfiel, dass sie etwas nicht bedacht hatte. »Nein, natürlich nicht. Wie blöd von mir. Von euch wissen sie ja noch gar nicht, bis auf Oskar und Mike, doch Albert darf es nicht erfahren. Ich denke, das sollten wir weiter geheimhalten.«

Theobald nickte. »Das klingt vernünftig.«

Sabrina hingegen blickte enttäuscht. »Mann, ich wollte so gerne mal sehen, wie Elle sich verwandelt.«

Elisabeth knuffte sie in die Seite. »Ich kann dir das ja mal so zeigen. Dann nimmst du mich aber auch auf deine nächste Zombietour mit. Und Theo macht mal eine coole Zaubervorstellung. Außerdem schuldet er uns immer noch den Keller.«

Dieser erschrak erst etwas, seufzte dann aber und presste hervor: »Ok, ja, ich verspreche es!« Dann sah er Elisabeth an. »Ich muss da noch was anderes loswerden. Nur weiß ich nicht, wo ich anfangen soll. Es geht um meine Mutter und deinen Vater. Sabrina weiß auch schon davon.«

Theobald wirkte sehr bedrückt. Elisabeth sah ihn an. Ihr war klar, dass dies auch auf anderer Seite nicht geheim bleiben konnte. Allerdings hatten sie jetzt nicht mehr viel Zeit, die Schule fing gleich an.

»Wir sollten das ein anderes Mal besprechen. Aber ich weiß, dass sie miteinander ins Bett steigen. Papa riecht total nach ihrem Fliederduft. Als Werwolf kann ich noch viel mehr riechen.«

Sabrina stöhnte. »Ich hatte also recht, dass es euer Wagen war, der vorgestern Nacht bei der Apotheke stand. Mann, da muss uns was einfallen, um das zu ändern. Vielleicht so ein Antiliebestrank?« Doch nun schwieg sie, weil sich zu viele andere Schüler näherten.

Erst in der dritten Stunde konnten sie wieder miteinander reden, weil erneut Geschichte ausfiel. Sie hatten den Arbeitszettel, den Herr Burglos ihnen über einen Referendar hatte austeilen lassen, schnell erledigt und gingen in die Schulmensa. Dort hielten sich zu diesem Zeitpunkt kaum andere Schüler auf. Sie setzten sich in die hinterste Ecke.

»Ich habe mal darüber nachgedacht, was du vorhin gesagt hast«, fing Theobald an Sabrina gewandt an. »Ein Antipathietrank müsste schon helfen. So einen habe ich noch nie gebraut. Ich schaue mal gleich nach, wenn ich nach Hause komme, falls meine Mutter noch beschäftigt ist.«

Elisabeth blickte ihn dennoch resigniert an. »Immerhin schon etwas. Macht der Trank auch, dass sie vergessen, dass sie es wie die Karnickel getrieben haben?«

»Nein! Auch wenn ich gerade kein Buch zur Hand habe. Das kann er nicht leisten. Mama kann Erinnerungen verändern, aber das ist sehr schwere Magie. Außerdem, selbst wenn ich das könnte, würde ich es bei ihr nicht schaffen, weil sie eine voll ausgebildete Hexe ist. Ich würde kläglich scheitern.«

»Wann ist das überhaupt passiert?«, wollte Sabrina wissen.

Elisabeth runzelte die Stirn. »Theobalds Mutter ist zu uns gekommen und wollte wohl mit mir sprechen, soviel ich weiß. Ich war nicht da. Sie müssen sich die Zeit vertrieben und Wein getrunken haben. Dann müssen sie übereinander hergefallen sein.«

»So von einem Moment auf den anderen? Kann ich mir nicht vorstellen«, warf Sabrina ein.

»Vielleicht wollte sie ihn mit einem Zauber gefügig machen, damit er über mich redet. Und dann ist der Zauber schiefgelaufen«, mutmaßte Elisabeth.

»Nein, das denke ich nicht. Vielleicht hat da ja jemand nachgeholfen«, entgegnete Theobald. Als die anderen ihn anstarrten, ergänzte er: »Natürlich nicht ich! Ein starker Liebestrank könnte so eine Wirkung haben. Sie müssten ihn aber beide genommen haben.«

Elisabeth schlug sich mit der platten Hand vor den Kopf. »Der Wein! Die Ärztin, die meiner Mutter damals geholfen hat, gab ihr immer wieder mal die eine oder andere Kleinigkeit mit und schickte ihr zuweilen auch mal Geschenke zu Weihnachten. Wenn das auch eine Hexe ist, wovon ich inzwischen ausgehe, dann könnte was in einer der Weinflaschen gewesen sein. Aber das bekomme ich nicht mehr raus. Die Müllabfuhr war seitdem schon da.«

»Außerdem sollte so ein Trank nicht so lange halten, es sei denn, er ist sehr mächtig oder er fällt auf fruchtbaren Boden«, warf Theobald ein. Der letzte Nachsatz trug ihm einen finsteren Blick von Elisabeth ein.

»Ich könnte ja mal Sophie fragen und euch morgen Antwort geben, was sie meint«, steuerte Sabrina bei.

»Gut. Elle, schau du doch nach, ob du die Flasche findest. Oder untersuche die anderen Flaschen, die bei euch im Regal stehen. Vielleicht gibt es noch eine zweite. Kannst du Magie sehen?«

Elisabeth überlegte. »Vielleicht! Auf jeden Fall kann ich sie fühlen und noch besser riechen.«

»Das wird genügen. Brina, du befragst Sophie. Da sie ein Teil von dir ist, wird sie es nicht an Dritte ausplappern. Und ich forsche nach einem Antipathietrank.«

»Das klingt nach einem Plan«, konstatierte Sabrina. »Aber wir klammern uns daran, dass es keine echte Liebe ist. Was ist, wenn sie wirklich aufeinander stehen?«

»Der Antipathietrank wird vermutlich auch dann helfen. Sie müssen ihn nur beide gleichzeitig nehmen. Darum kümmern wir uns, wenn wir ihn haben.«

Hoher Besuch

Sie witterte ihn schon einige Meter, bevor sie an die Haustür kam. Elisabeth erkannte den Geruch des Alphas Heinrich Wolfsherr sofort wieder. Er roch dominant, stark und voller Wolf, ein wenig so wie Albert, nur machtvoller und reifer. Einen Moment überlegte sie, ob sie wieder flüchten sollte, doch sie verwarf den Gedanken gleich wieder. Er würde sie finden, wenn er wollte, und außerdem war dies hier ihr Revier und sie war eine Alpha. Sie konnte nicht mehr weglaufen. Also atmete sie tief durch und betrat das Haus. Wie beim letzten Mal saßen ihre Mutter und er im Wohnzimmer und redeten. Als Elisabeth den Raum betrat, blickten beide auf. Er lächelte, genauso wie Albert es sonst tat. Die Ähnlichkeit zwischen Vater und

Sohn wurde in diesem Moment sehr deutlich. Elisabeth straffte sich und ging hinein. Sie erfasste die Situation mit all ihren Sinnen. Ihre Mutter war wieder leicht gerötet im Gesicht. Elisabeth konnte ihre Erregung riechen. Und wenn sie es konnte, konnte es der Alpha auch. Sie kräuselte die Nase und stöhnte innerlich. Wo führte das nur hin? Ihr Vater stieg mit Theobalds Mutter ins Bett und ihre Mutter schmachtete einen Werwolfanführer an wie ein Teenager.

»Schön, dass du diesmal nicht gleich mit der Tür ins Haus fällst, Elisabeth.« Seine Stimme klang klar und offen, kein Hauch von Falschheit. Nur die Lachfältchen um seine Augen verrieten, dass er amüsiert war. So weit, so gut. Er war also nicht gekommen, um sie sofort zum Rudel zu zwingen, doch sie sträubte sich innerlich. Ein tiefes Gefühl, ihr Revier verteidigen zu müssen, stieg in ihr hoch, als er ergänzte: »Setz dich doch.«

»Dies hier ist unser Haus, Alpha des Kaiserrudels!«, gab sie so fest und ruhig zurück, wie sie konnte. »Hier sind nicht Sie der Herr, sondern meine Familie!«

»Betsy!«, kam es entrüstet von ihrer Mutter, doch der Alpha lächelte noch breiter.

»Du hast recht und du scheinst die Regeln von Albert gelernt zu haben. Ich bitte um Verzeihung, natürlich ist das hier dein Heim, und es steht mir nicht zu, so zu tun, als wenn es meines wäre.« Er nickte ihr zu und wartete.

»Gut! Ich akzeptiere Ihre Entschuldigung.« Elisabeth setzte sich ihm gegenüber. »Was wollen Sie?«

»Du kommst gleich zum Punkt, das gefällt mir.« Er setzte sich auch wieder. »Nun zunächst wollte ich dir mitteilen, dass ich dem Aufschub stattgebe, den Albert für dich erbeten hat, auch wenn die Form nicht rudelgerecht war. Ihr habt bis zum nächsten Vollmond Zeit. Allerdings gibt es noch eine Sache, in der ich dich befragen muss. Mir wurde zugetragen, dass einige Wölfe letzten Vollmond um den Ackerbruchberg herum gejagt haben. Dort ist ein Hochsitz umgestürzt und zwei Männer sind schwer verletzt worden. Außerdem ist ein unteres Mitglied aus meinem Rudel verschwunden. Ein Mann namens Oskar Hahn. Weißt du etwas davon?«

Elisabeth versuchte, sich nichts anmerken zu lassen, und überlegte fieberhaft. Was sollte sie sagen? Sie konnte nicht alles berichten, denn dann müsste sie ihm offenbaren, dass sie Mike und genau den verschwundenen Oskar gebunden hatte und eine Alpha war. Sie konnte das nicht riskieren. Aber Heinrich Wolfsherr erwartete eine Antwort. Dann entsann sie sich des Bandes mit Albert. Er würde Rat wissen. Sie öffnete es vorsichtig.

Albert?

Die Antwort kam prompt und schnell. *Ja, bin hier. Was gibt es?*

Was hast du deinem Vater von der Vollmondjagd erzählt? Mach schnell, er sitzt mir gegenüber.

Oh! Besorgnis und Erschrecken waren über das Band zu spüren. *Ich habe ihm berichtet, wo wir beide hingelaufen sind, dass der Hochsitz wohl über Nacht umgestürzt ist und dass wir zwei Rehe erlegt haben. Oskar und Mike habe ich nicht erwähnt. Ich habe mehr darüber gesprochen, warum ich denke, dass du noch nicht weit genug bist.*

Danke, ich muss jetzt antworten. Melde mich später noch mal. Bleib erreichbar.

Viel Glück, Goldy!

All das hatte nur Bruchteile von Sekunden gedauert. Ein weiterer Vorteil der Gedankenrede.

»Über Ihr verschwundenes Rudelmitglied kann ich nicht viel sagen. Aber was an dem Vollmond passiert ist, kann ich Ihnen erzählen. Albert und ich sind dahin gelaufen, wir haben uns irgendwo bei Herzberg im Wald verwandelt und Rehe gejagt. Den Hochsitz habe ich während der Jagd gar nicht so genau bemerkt. Als wir am Morgen zurückliefen, war er umgestürzt. Albert und ich haben einen Krankenwagen wegfahren sehen. Der Förster stand auch da und ein paar Schaulustige.«

»Hat man euch gesehen?«

»Nein, wir sind im Unterholz geblieben.«

»Tja, das ist merkwürdig, Albert berichtet genau dasselbe wie du, aber der eine von beiden, ein Peter Ugger, hat im Krankenhaus in Bad Lauterberg steif und fest behauptet, dass ein riesiger Wolf seinen Hochsitz umgekippt hat. Ich musste jemanden beauftragen, der sich um ihn kümmert.«

»Was? Sie meinen, ihn zum Schweigen zu bringen?« Elisabeth war aufgesprungen und sie merkte, dass ihre Wolfsseite sich regte, und wendete sich schnell ab, damit er ihre Augen nicht sah.

»Es gibt da ein Gesetz, dass niemand von unserer Welt wissen darf, außer er stammt aus dieser. Der Rat wacht eisern über diese Regel. Deine Mutter ist eine Ausnahme, weil du nach menschlichem Standpunkt nicht volljährig bist. Sie wird schweigen, weil ich ihr die Konsequenzen erklärt habe. Aber wir können es uns nicht leisten, dass der Rest der Welt von uns erfährt. Überlege mal, was passieren würde, wenn alle Welt von der Existenz von Werwölfen erfahren würde. Das musst du verstehen.«

Seine Stimme war, während er sprach, weiter ruhig und gelassen geblieben, dennoch spürte Elisabeth, wie sich seine Dominanz in ihre Richtung ausdehnte. Ihm weiter zu widersprechen, würde ihn dazu zwingen, sie in ihre Schranken zu weisen. Daher senkte sie den Kopf und ließ sich wieder in den Sessel plumpsen. Sie hörte ein leises Lachen.

»Ihre Tochter erinnert mich an mich früher. Sie ist sehr rebellisch. Auch jetzt noch rieche ich ihren Trotz. Ich wollte mich auch nicht mit den alten Traditionen abfinden. Die Teenagerzeit ist als Mensch schon herausfordernd, aber als Werwolf bekommt das Ganze eine besondere Spannung. Man hat so viel Kraft und weiß nicht wohin damit.«

»Ja!«, stimmte ihm ihre Mutter plötzlich zu, die die ganze Zeit geschwiegen hatte. »Da mussten wir alle durch. Was hilft denn, um die Spannungen abzubauen?«

»Laufen und Jagen ist schon mal sehr gut, aber es gibt noch etwas Besseres.«

Unwillkürlich hob Elisabeth den Kopf und blickte den Alpha an. Sie war neugierig, was denn noch besser dem inneren Drang der Wolfsseite Einhalt gebot als Laufen und Jagen. Die Pause, die entstand, bevor er weitersprach, wurde fast unerträglich, denn sie war begierig darauf, zu hören, wie sie sich noch besser unter Kontrolle bekommen konnte. Auch ihre Mutter blickte den Alpha gespannt an. Er schenkte erst ihrer Mutter einen mehrdeutigen Blick, dann wandte er sich an Elisabeth. Doch er kam nicht mehr dazu, etwas zu sagen, denn in diesem Moment ging ohne Vorwarnung die Tür auf und Klara stob herein. Elisabeth war erstaunt, denn sie hatte sie trotz ihrer Wolfsohren nicht gehört. Vielleicht war sie auch zu sehr damit beschäftigt gewesen, ihre Gefühle im Zaum zu halten, um vor dem Alpha nicht mit der

Wahrheit herauszuplatzen. An der Reaktion ihrer Mutter konnte sie erkennen, dass sie ebenfalls überrascht war. Nur Heinrich Wolfsherr ließ sich nichts anmerken.

»Was ist denn hier los?«, verlangte Klara zu wissen. Als daraufhin eine Pause entstand, fügte sie noch hinzu: »Du hast mir gesagt, dass du noch zur Post musst, und ich will mir noch einen neuen Füller kaufen. Die Geschäfte machen bald zu.« Sie verschwand im Flur und ließ die Tür offen.

»Ich wollte sowieso gerade gehen«, sagte Heinrich Wolfsherr daraufhin und erhob sich. Er überragte Elisabeth um gut und gerne einen halben Kopf. Sein Geruch drang ihr in die Nase. Er war dominant und sie merkte, dass es ihre Gedanken sofort zu Albert hinzog. Vater und Sohn rochen sehr ähnlich. Emilia Wollner, die auch aufgestanden war, wirkte winzig neben ihm. Sie geleitete ihn hinaus. In der Tür drehte er sich noch einmal zu Elisabeth um und zwinkerte ihr zu. Dann hauchte er ihr ein Wort zu, dass sie nur aufgrund ihrer Wolfsohren hören konnte und ihr schlagartig die Schamesröte ins Gesicht trieb: »Sex!«

Doch er wartete ihre Reaktion nicht mehr ab, sondern verschwand durch die Tür. Während Elisabeth den Mund nicht mehr zubekam und mit sich rang, ob sie ihn, ob seiner Unverschämtheit anknurren sollte, hörte sie, wie er sich kurz von ihrer Mutter verabschiedete und aus der Tür ging.

Dann hörte sie noch ihre Schwester fragen: »Mama, wer war denn das? Wohnt der hier in der Nähe? Ich meine, der ist ohne Auto gekommen.«

»Sehr scharfsinnig, Klara, er wird etwas entfernt geparkt haben, nehme ich an. Er ist der Vater von Elisabeths Trainer und wollte wissen, wie ihre sportlichen Fortschritte sind.«

Klara schnaubte ungläubig, gab sich aber zunächst damit zufrieden. Als die beiden schließlich auch gegangen waren, atmete Elisabeth tief durch, während das Leuchten in ihren Augen hervorbrach, als ihr noch einmal der Geruch des Alphas in die Nase stieg. Sie stöhnte vor Erleichterung, diesmal hörbar, und ging auf ihr Zimmer.

Im Krankenhaus

Die Herzbergklinik war nicht groß. Sie wurde schon seit einiger Zeit privat geführt, in der gut zahlende Patienten eine vorzügliche Behandlung genossen, wie die beiden Männer, die mit dem Hochsitz umgestürzt waren und nun im letzten Zimmer im zweiten Stock lagen. Hartwig Hauser war ungeduldig, weil er auf jemanden wartete, der ihm endlich zu glauben schien.

Der Wanderer, der sie gefunden hatte, hatte ihm nicht geglaubt. Die Sanitäter, die später auftauchten, auch nicht. Ebenso der Förster, der ihn nur mitleidig angeblickt hatte. In der Klinik hatte er versucht, es dem Stationsarzt zu sagen, doch niemand schien glauben zu wollen, dass Wölfe einen Hochsitz umkippten. Sicherlich hatte er unter Schock gestanden und daher seine eigene Vorsicht sausen lassen. Er hatte lediglich die Geistesgegenwart besessen, nicht das Wort *Werwolf* zu erwähnen. Dabei war er sich sicher, dass es welche gewesen waren. Der Arzt hatte schon recht, dass Wölfe keinen Hochsitz umkippten, aber jemand mit menschlicher Intelligenz schon. Hartwig hatte sich fürchterlich aufgeregt, weil er schon wieder gescheitert war. Der Stationsarzt hatte ihm daraufhin eine Beruhigungsspritze gegeben, nach der er wie ein Stein geschlafen hatte. Erstaunlicherweise hatte er sich recht schnell erholt. Bis auf ein paar Prellungen und Abschürfungen hatte er großes Glück gehabt. Wilhelm ging es nicht so gut. Auch er hatte Prellungen, aber dazu auch noch eine Gehirnerschütterung und ein gebrochenes Bein. Er litt ständig unter Schmerzen, weswegen die Ärzte ihn unter Schmerzmitteln hielten. Mit ihnen lag ein verwirrter Mann auf dem Zimmer, der am Tag zuvor eine Treppe hinabgestürzt war. Hartwig hatte seinen Namen schon wieder vergessen. Nur den Namen seiner Frau hatte er behalten: Erika. Der Mann redete die ganze Zeit von ihr, wenn er wach war, und beschrieb sie als die schönste Frau auf Erden. Am Nachmittag hatte ihn eine dicke junge Frau besucht und ihm ein paar Sachen gebracht. Unter anderem befand sich ein extrem aufdringliches Deo darunter, das der Mann sofort verwendet hatte. An ihren Namen konnte sich Hartwig leider nicht erinnern. Sie hatte den Mann mit Onkel angeredet und er sie mit Erika. Sie hieß sicher nicht so, aber der Mann ließ sich nicht beirren. Er war dement, obwohl er kaum älter schien als Wilhelm. Ein schweres Los, mit dem Hauser nicht mehr hätte leben wollen. Das Abendbrot kam früh, wie in allen Krankenhäusern. Das vertrieb die junge Frau, die versprach, am nächsten Tag wiederzukommen. Die Tabletts wurden von einem jungen Pfleger gebracht, der sich für einen Moment an Hartwigs Bettkante setzte.

»Sie sind doch einer der Männer, die mit dem Hochsitz umgekippt sind. Man erzählt sich, dass es Wölfe waren. Stimmt das?«

Der Pfleger sah offen interessiert aus. Hartwig musterte ihn misstrauisch. Für einen Pfleger schien der junge Mann ungewöhnlich gutaussehend und wirkte unter dem hellblauen Kittel gut trainiert und kräftig. Matthias stand auf dem Namensschild. Hartwig kannte genug Krankenhäuser, um zu wissen, wie selten solche Pfleger waren. Dieser schien zudem Interesse an seiner Geschichte zu haben. Doch dann siegte sein Mitteilungsbedürfnis und er erzählte ihm, was passiert war. Bei den Wölfen hob dieser die Augenbrauen und fragte, ob es denn wirklich normale Wölfe gewesen sein konnten. Er betonte das Wort *normal* so deutlich, dass Hartwig erkannte, dass der junge Mann mehr wusste. Schließlich gab er ihm zu verstehen, dass er schon ganz richtig vermute, aber ihm keiner glauben würde. Der Pfleger nickte.

»Ich glaube Ihnen. Heute Abend nach meiner Schicht komme ich nochmal vorbei und dann können wir über alles reden. Sagen Sie bis dahin niemandem mehr etwas davon. Sonst schickt man Sie noch in die psychiatrische Abteilung.« Er hatte dann noch verschwörerisch geblinzelt und schließlich war er gegangen.

Gegen Abend, als die anderen beiden im Zimmer schon schliefen, befiel Hartwig eine Unruhe. Er konnte auch nicht sagen, warum er plötzlich Angst bekam. Der Pfleger hatte ihm etwas davon gesagt, dass er nach seiner Schicht kommen würde. Es war bereits sehr spät, allerdings ließ Matthias immer noch auf sich warten. Doch jetzt kamen Hartwig plötzlich Zweifel. Er stand auf und ging auf die Toilette. Er hasste die Kittel, die hinten offenblieben, aber sie hatten ihm nur den angezogen. Als er fertig war, öffnete er vorsichtig die

Tür und schielte auf den Gang. Es befand sich niemand draußen auf dem Flur. Ein einsames Licht brannte in dem Stationszimmer, das zum Gang hin eine etwas vorgezogene Glasfront besaß. Der junge Pfleger saß dort alleine und schaute ein Fußballspiel im Fernsehen. Hartwigs Augen waren gut genug, um zu erkennen, dass es irgendein Länderspiel sein musste. Er musste mit ihm sprechen, aber so, mit dem Kittel, traute sich Hartwig nicht auf den Gang. Das wäre zu entwürdigend. Er schlich zu seinem Spind und zog sich an. Seine Sachen waren grob gereinigt worden, trugen allerdings immer noch deutlich die Spuren des Sturzes. Als er sich anzog, fühlte er sich gleich besser, auch wenn er einige Male vor Schmerz sein Gesicht verzog, um hineinzukommen. Es würde einige Zeit dauern, bis er wieder komplett fit war. Er schaute wieder auf den Gang. Der Pfleger saß immer noch an seinem Platz. Den Flur entlang erblickte Hartwig nun eine Frau, die offensichtlich nicht zum Personal gehörte. Die Frau hatte ganz das elegante Aussehen und Temperament einer italienischen Diva, auch wenn sie noch jung war, vielleicht so um die dreißig, schätzte Hartwig. Er wartete an der Tür. Sicherlich würde sie gleich gehen. Die Besuchszeit war lange vorüber.

Die Dame stritt offenbar mit dem Pfleger, tadelte ihn wie einen kleinen Jungen. Er stammelte etwas, doch Hartwig konnte es nicht hören. Dann, zu Hartwigs großem Entsetzen, schlug die Frau ohne Vorwarnung zu. Der Pfleger verschwand komplett aus dem Gesichtsfeld Hartwigs, dennoch sah er genau, wie die Frau sich ganz undamenhaft die Ärmel hochschob und knurrend mit im Stationszimmer verschwand. Gedämpft konnte man Schläge und Wimmern hören.

Hartwigs Puls beschleunigte sich. Er musste hier weg. Und zwar sofort. Sie war eine von ihnen. Sie würde aus dem Pfleger herausprügeln, wo genau er lag, und ihm dann den Garaus machen. Er blickte sich um. Schließlich kam ihm eine gewagte Idee. Sicher würde es ihm irgendwann leidtun, aber jetzt galt es, sein Leben zu retten und die Spuren zu verwischen. Er eilte zu seinem Bett, so schnell er konnte, zog das Namensschild ab und vertauschte es mit dem dementen Zimmernachbarn. Werner Kubitzki hieß dieser also. Hartwigs Miene verzog sich grimmig, als er seinen Namen an das Bett steckte. Dann griff er sich das Deo des Mannes und nebelte viel davon in den Raum. Hoffentlich würde es ihren Geruchssinn verwirren. Er hörte das Klacken von Stöckelschuhen auf dem Flur. Das Geräusch wurde immer lauter. Hartwig zögerte keine Sekunde mehr. Er öffnete das Notfenster und kletterte auf die Feuerleiter. Sollte es alarmgesichert sein, umso besser. Dann würden die Bullen wenigstens noch aufkreuzen und die verdammten Werwölfe würden endlich auffliegen. In letzter Sekunde konnte er das Fenster zuziehen, da wurde die Zimmertür bereits aufgerissen. Hartwig erstarrte auf der Feuerleiter. Er durfte kein Geräusch machen. Seine Chancen schienen dennoch nicht gut, denn sicherlich konnte sie ihn wittern, wenn das Deo nicht half und sie seinen Geruch erst einmal aufgenommen hatte. Sie hatte in dem Zimmer kein Licht gemacht, aber da es draußen stockdunkel war, konnte Hartwig erkennen, was innen vor sich ging. Die Frau blieb mitten im Raum stehen und musste zunächst mehrmals unterdrückt niesen. Danach sah sie sich aufmerksam um. Das leere Bett schien sie zu irritieren, dann las sie anscheinend das Namensschild. So genau konnte Hartwig das nicht erkennen, weil es sich außerhalb seines Blickfeldes befand. Sie ging ins Bad und kam wieder mit nachdenklichem Gesichtsausdruck heraus. Sie suchte sicher nach dem dritten Mann, schloss Hauser und hielt den Atem an. Erneut verschwand sie aus Hartwigs Blickfeld, dann tauchte sie wieder auf mit seinem Kopfkissen in der Hand und ging zu den anderen Betten. Sie prüfte auch hier die Namensschilder. Kurz darauf trat sie neben das Bett von Werner Kubitzki und drückte ihm das Kissen auf das Gesicht. Er erwachte und zappelte heftig, doch er hatte keine Chance. Die kleine Italienerin hatte die Kraft von mindestens zehn Männern, wenn Hartwig richtig vermutete. Der arme Mann starb nun an seiner statt. Dann wandte sie sich Wilhelm zu. Sie zögerte kurz, dann tat sie das Gleiche bei ihm. Hartwig standen die Tränen in den Augen, als er sah, wie sein Freund ebenfalls erbarmungslos erstickt wurde. Wilhelm reagierte kaum, zuckte nur kurz und rührte sich dann nicht mehr.

Hartwig bewegte sich keinen Millimeter, atmete kaum, als die Frau das Kopfkissen achtlos auf das leere Bett zurückwarf und den Raum verließ. Noch war es nicht vorbei. So leise er konnte, kletterte er nach unten. Sie befanden sich nur im zweiten Stock, daher erreichte er das Erdgeschoss schnell. Eine Gittertür verhinderte, dass man von außen direkt auf die Feuerleiter gelangen konnte, aber von innen gab es einen Hebel mit der Aufschrift: Im Notfall hier ziehen.

Hartwig zog und die Tür sprang auf. Er schlüpfte hindurch und lief, so schnell ihn seine Füße trugen, zum Taxistand, wo ein einsames Taxi auf späte Kundschaft wartete. Er stieg ein, nannte dem Fahrer Wilhelms Adresse und bat um Eile. Der Taxifahrer, ein untersetzter Mann mit langem Bart und dicker Brille, sah ihn nicht einmal an. Er brummelte nur ein »Hmmm« und fuhr los.

Auf der Schnellstraße in Richtung Osterode wollte er schon aufatmen, als ein knallroter Porsche mit italienischem Nummernschild und einer Frau am Steuer an ihnen vorbeiraste.

»Spinnerin!«, entfuhr es dem Taxifahrer. »Die bringt so nochmal jemanden um.«

Hartwig sah ihr ebenfalls nach und wartete darauf, dass sein Herz wieder normal schlug. Das musste sie gewesen sein. Wie recht der Taxifahrer doch hatte, ohne es zu wissen. Sie hatte gerade zwei Menschen getötet und beinahe ihn. Vermutlich war der Pfleger auch tot.

Hartwig ließ sich direkt zum Haus von Wilhelm fahren. Er ging um den Altbau herum und schlug kurzerhand eine der Fensterscheiben der Hintertür ein. Ein Hund kläffte irgendwo, doch Hartwig hielt nicht inne. Er wusste, dass er nicht viel Zeit hatte und dass er verschwinden musste, aber vorher wollte er noch alles mitnehmen, was Wilhelm gesammelt hatte. Er fand den Schlüssel von Wilhelms Wagen und räumte alles aus dem Arbeitszimmer im Keller in den Kofferraum, was mit den Wolfsrecherchen zu tun hatte. Dann startete er den alten Mercedes 300 SEL und fuhr damit zurück in den Harz zu seinem eigenen Wagen, der immer noch am Ackerbruchberg stehen musste und in dem seine Pistole lag.

Post

Die Hexe Borga betrat die Postfiliale in Neuharlingersiel erst, nachdem sie diese stundenlang beobachtet hatte. Sie war schon ganz früh mit der Fähre von Wangerooge gekommen und hatte dann den Bus genommen, um jede Welle in der magischen Welt zu vermeiden. Heute hatte sie sich als Touristin verkleidet. Die Sachen dazu hatte sie sich aus dem Fundbüro der Insel zusammengesucht. Es war erstaunlich, was Menschen alles so am Strand oder in ihren Ferienwohnungen zurückließen und nie wieder abholten. Auf Wangerooge gab es einen ganzen Schuppen mit Sachen, angefangen von Schlüsseln, Sandspielzeug, Luftmatratzen, Badesachen bis hin zu ganzen Koffern. Strickjacken gab es alleine über vierzig Stück und es befanden sich auch teure Teile darunter. Sie hatte den Schuppen durchstöbert und sich eine entsprechende Ausrüstung zusammengesucht. Die weißen Segeltuchschuhe drückten etwas, weil sie für viel schmalere Füße gefertigt waren, aber sie passten ansonsten perfekt zu der weißgrauen Hose und der hellen Strickjacke. Sie hatte das ganze mit einem Halstuch in Blau mit Ankersymbolen darauf gekrönt. Die Haare hatte sie sich zu einem strengen Knoten gebunden und mit einem Stirnband auch ihre Ohren bedeckt. Nachdem sie sich ganz sicher gewesen war, dass keine Jägerin oder ein anderer Späher sich in der Nähe befand, hatte sie sich hineinbegeben. Innen arbeiteten nur zwei Personen. Ein dürrer junger Postbote stand im hinteren Raum, in den man durch eine offen stehende Tür blicken konnte, und sortierte dort Briefe.

Die mittelalte Dame am Schalter wirkte gelangweilt. Sie feilte sich gerade die Nägel und sah nicht einmal auf, als Borga direkt vor ihr stehen blieb. Eine ganze Weile ignorierte die Frau ihre Kundschaft, dann blickte sie über den Rand ihrer Nickelbrille auf.

»Jo?«

Es war nur ein Wort. Aber niemand kann so wie die Menschen im Norden so viel damit ausdrücken. Eine Angestellte im Rheinland hätte vermutlich gesagt: *Du meine Güte, schon wieder ein Kunde. Sie sehen doch, dass ich mir die Nägel feile. Ich habe gar keine Lust, Sie zu bedienen. Können Sie nicht wie die anderen Kunden einfach gleich morgens kommen und nicht jetzt, wenn ich mit wichtigeren Dingen beschäftigt bin? Was wollen Sie überhaupt? Ich hoffe ja man nicht, dass ich mich jetzt auch noch bewegen muss für Sie. Für das, was man mir hier nämlich zahlt, ist das nicht drin. Sie könnten ja auch einfach ein anderes Mal wiederkommen. Ach, ich sehe, es ist Ihnen doch wichtig. Sie sind nicht von hier, sonst wüssten Sie, wie Sie sich benehmen müssten. Dann sagen Sie endlich, was Sie nicht auf morgen verschieben wollen. Ich geh nämlich gleich in die Mittagspause.*

Aber das sagte sie nicht so, sondern legte all dies in das einzige gefragte Wort *Jo* – mit einer Verachtung, die einen angreifenden Eisbären in die Flucht geschlagen hätte.

Doch da war sie bei Borga an der falschen Adresse. Diese blieb reglos stehen und wandte ihren Hexenblick an. Es dauerte eine Weile, bis die Dame ihren Kopf so weit hob, dass sie Borga in die Augen sah, doch dann fiel sie fast von ihrem Stuhl. Der Unterkiefer klappte herunter und sie vergaß, sich ihre Nägel weiter zu feilen. Schließlich begann sie zu zittern und Schweiß brach auf ihrer Stirn aus, als sie heftig schlucken musste.

»Du hast einen Brief für Frau Martha Petersen postlagernd hier. Bring ihn mir, Petra.«

Die Frau riss ihre Augen noch weiter auf, denn sie war erstaunt darüber, dass die Fremde ihren Vornamen kannte. Als Petra Widegroot nicht schnell genug reagierte, setzte Borga noch ein scharfes »Sofort!« hinzu. Petra sprang auf und rannte, so schnell sie ihre Beine bewegen konnte, um die ihr aufgetragene Arbeit zu erledigen. Sie kam nach einer halben Minute keuchend zurück und vergaß vor lauter Angst sogar, nach dem Ausweis oder einer Unterschrift auf der Empfangsbestätigung zu fragen.

Borga ließ sich betont Zeit, nahm den dicken Umschlag, öffnete ihn langsam und sah hinein. Dann verzog sich ihr Gesicht zu einem hämischen Lächeln.

»Guuut!«, murmelte sie leise vor sich hin, sodass die Schalterbeamtin sie nicht verstehen konnte. »Dann kommt jetzt der zweite Schritt.«

Sie steckte den Umschlag in ihre Handtasche und verschwand aus der Poststelle. Petra atmete erleichtert auf und nach ein paar Minuten widmete sie sich wieder ihren Fingernägeln. Doch dann fuhr sie erneut zusammen. Dieselbe Kundin stand erneut direkt vor ihr. Sie hatte sie nicht kommen hören. Der stechende Blick traf die Postbeamtin, als die Fremde einen anderen dicken Umschlag mit etwas Geld unter dem Trennglas hindurchschob.

»Schick den mit der Expresspost ab, sei so gut.«

Petra nahm hastig den Brief an sich und frankierte ihn umständlich. Sie zitterte dabei so stark, dass sie mehrere Anläufe brauchte, um die Marke richtig aufzukleben. Sie zählte nicht einmal das Geld nach, als sie es in die Kasse schob und den Brief auf den Stapel mit der Eilpost legte. Endlich ging die Dame vor dem Schalter wieder, drehte sich aber nochmal auf halbem Weg um.

»Du kannst gut schweigen, sagte man mir. Übe dich weiter darin, dann kommen wir gut miteinander aus!« Damit ging die Frau ohne einen weiteren Gruß.

Petra Widegroot stöhnte auf, als endlich die Tür ins Schloss fiel. So sehr hatte sie sich seit ihrer Schulzeit nicht mehr gefürchtet. Die Frau war gruselig gewesen. Unter dem Blick hatte sie sich wie ein sechsjähriges Mädchen gefühlt. Mit letzter Kraft stellte sie noch das Schild: *Schalter geschlossen* auf und eilte dann, so schnell sie konnte, in den Pausenraum, wo sie sich in eine Ecke setzte und begann, leise vor sich hin zu schluchzen. Am Nachmittag meldete sie sich krank.

Halloweenparty

Klara stand bereits fertig angezogen unten im Flur und hibbelte von einem Bein aufs andere. Sie hatte eine Verabredung zu einer Halloweenparty mit Übernachtung und war bereits dafür von ihrer Mutter als Geist geschminkt und mit Tuch und einer Plastikkette ausstaffiert worden. Emilia Wollner hielt rein gar nichts von modernen

Halloweenpartys. Der keltische Ursprung dieses Festes, das eigentlich Samhain hieß, war als kitschiger neumodischer Trend wieder aus Amerika herübergeschwappt. Wenigstens würde keines der Kinder bis ins Innerstetal laufen, um dort *Süßes oder Saures* zu stammeln. Andererseits war der Tag von einer besonderen Verlockung. In der Nacht, wo alle irgendein Monster sein wollten, wäre einer der wenigen Tage im Jahr, an dem sie eine Hexe hätte sein dürfen, ohne groß Probleme befürchten zu müssen. Aber sie hatte ihre Kräfte nicht. Tiefe Bedrücktheit umfing sie, als sie die Treppe mit Klaras Bettzeug hinunterkam und ihre Tochter da so stehen sah.

»Mama, du bist ja gar nicht verkleidet.«

»Nein, meine Liebe, ich bleibe zu Hause und werde endlich einmal die Ruhe genießen. Elisabeth will unbedingt mit ihren Freunden um die Häuser ziehen.«

»Warum gehst du denn dann nicht mit zu Papas Institutsparty in der Aula? Du hast doch immer so gute Einfälle für Verkleidungen.«

»Nein, mir geht es nicht so gut, weißt du. Außerdem sind Mathematiker doch ein wenig einfallslos. Nun lass mich da mal durch. Ich muss das Bettzeug in den Kofferraum laden.«

Als Emilia zurückkam, trappelte gerade Elisabeth die Treppe hinunter. Sie trug eine aufgeschlitzte Nylonstrumpfhose, die von Albert gekürzte Jeans, an der die Pobacken zum Teil hervorlugten und eine blutbefleckte, zerschlitzte Bluse, die mehr Haut zeigte, als sie verbarg. Überall hatte sie sich mit Kajalstift und Schminke Biss- und Kratzspuren aufgemalt und dabei richtig Talent gezeigt. Emilia und Klara starrten sie mit offenen Mündern an.

»Wow, du traust dich aber was!«, kam es bewundernd über Klaras Lippen.

Emilia wurde nach der ersten Schrecksekunde ärgerlich.

»So gehst du mir nicht los! Man kann ja deine Unterwäsche sehen.«

Elisabeth blieb auf der Treppe stehen und posierte provokant.

»Du brauchst dir keine Sorgen zu machen, Mama, dass man meine Unterwäsche sieht. Ich habe nämlich gar keine an. Ich nenne meine Verkleidung: *von einem Werwolf angefallenes Mädchen.* Gefällt es euch?«

Während Klara loskicherte, wurde Emilia richtig ernst.

»Das ist zu dick aufgetragen, du könntest … äh … dich erkälten.« Ein intensiver Blick zwischen Mutter und Tochter entflammte. Beiden war klar, dass das nur vorgeschoben war. Elisabeth hatte sich noch nie erkältet, dennoch wurden die Lippen von ihrer Mutter schmal.

»Mama, wenn mir kalt wird, dann lasse ich mir einfach Fell wachsen.«

Klara konnte sich gar nicht mehr einkriegen, weil sie das für einen Scherz hielt. »Ich will nächstes Jahr auch als Werwolfsopfer gehen.«

»Nein!«, schnitt Emilia ihr das Wort mit eisiger Stimme ab. »Geh sofort ins Auto, wir klären das hier!«

Immer noch kichernd ging Klara, das Gespenst, mit scheppernder Kette zum Wagen. Emilia wartete, bis die Autotür klappte, dann zeigte Emilia mit dem Finger drohend auf Elisabeth.

»So bist du ein Magnet für lüsterne Männer. Das geht nicht. Du bist noch minderjährig!«

»Mama, mach dir keine Sorgen. Wer mich antatscht, kann was erleben. Ich habe sogar einen angreifenden Werwolf fertig gemacht. Ich bin doch selbst eine Werwölfin. Mir passiert schon nichts. Außerdem sollte meine Mutter sich da an die eigene Nase fassen. Ich erinnere mich, dass du mal gerade knapp achtzehn Jahre älter bist als ich, oder?«

Emilia wurde zwar puterrot im Gesicht ob der Dreistigkeit ihrer Tochter, doch dann lenkte sie ein, kam auf Elisabeth zu und nahm sie in den Arm.

»Aber ich war immerhin schon siebzehn. Pass bitte auf dich auf.«

»Ja, Mama. Du wirst keine Großmutter heute Nacht.«

»Und passe bitte auch auf alle anderen auf.«

»Du meinst, dass ich niemanden kratzen, beißen oder fressen soll?«

»Nein, ja, das auch, aber habe ein Auge auf Sabrina und Theobald, wenn ihr um die Häuser zieht. Ruft an, wenn ihr nach Hause wollt. Ich bleibe wach!«

»Geht klar, Mama!«

Elisabeth gab ihrer Mutter einen Kuss auf die Stirn und ging schon vor zum Auto. Emilia atmete tief durch. Sie hatte langsam das

Gefühl, dass ihr alles durch die Finger rann. Je eher sie ihre Kräfte zurückbekam, desto besser. Sie würde diesen Plan mit aller Macht verfolgen, koste es, was es wolle. Mit der Jacke in der Hand verschloss sie noch das Haus und ging dann zum Auto.

Klara wurde bei ihrer Schulfreundin Agnes am Rollberg abgesetzt. Elisabeth trug das Bettzeug mit rein. Es war etwas feiner Neuschnee gefallen, der unter ihren Schuhen knirschte. Vor dem Haus hingen ein selbstgebautes Spinnennetz und ein einsamer Kürbis, in dem eine Kerze flackerte. Das war die einzige Dekoration in dieser Straße. Auf das Klingeln hin öffnete jemand, der nicht verkleidet war. Es musste ein älterer Bruder sein. Elisabeth schätzte ihn auf etwa achtzehn Jahre. Das Gespenst ließ er so passieren, doch dann gaffte er Elisabeth an und schnalzte mit der Zunge.

»Wow! Eine heiße Zombiebraut.«

Elisabeth beschloss, ihn zu ignorieren, und schob sich mit dem Bettzeug an ihm vorbei. Im Flur lagen schon andere Tüten mit Schlafutensilien. Sie legte das von Klara dazu, da diese bereits im Wohnzimmer verschwunden war, wo die Party stieg.

Er kam Elisabeth langsam hinterher. »Heute schon Gehirn gegessen?«

»Nein, und bei dir würde ich ja wohl offensichtlich verhungern.«

Das verschlug ihm zunächst die Sprache und er setzte zu einer Erwiderung an, brach dann aber ab, als wenn ihm die Worte gleich wieder entfallen wären. Dabei konnte er nicht die Augen von Elisabeths Hintern lassen.

»Sie ist keine Zombiebraut. Sie ist von einem Werwolf zerfleischt worden.« Klara war nochmal in der Tür aufgetaucht und winkte tatsächlich Elisabeth zum Abschied mit der Kette.

»Mach's gut, kleiner Geist«, rief Elisabeth.

»Du auch!« Damit verschwand Klara. Für ihre Verhältnisse war das schon fast eine warmherzige Verabschiedung.

Als sie an dem Typen vorbei wollte, blieb der mitten im Weg stehen. »Halt! Ich bin der Torwächter, an mir kommst du nur mit einem Kuss vorbei. Wir können uns auch nach oben verdrücken, wo die kleinen Gören nicht stören.«

Nun begann er, Elisabeth wirklich zu nerven.

»Junge, ich sage es dir nur einmal. Geh mir aus dem Weg oder ich räume dich weg.« Er war schon recht kräftig, schätzte Elisabeth ihn ein. Bestimmt trainierte er mit Hanteln in seinem Zimmer, doch sonderlich intelligent wirkte er nicht. Seine platten Worte erinnerten sie an den Hirnspruch von eben. Sie musste nachher Sabrina unbedingt fragen, ob Zombies schlauer wurden, wenn sie Gehirne aßen. Im Moment hatte sie ein anderes Problem, denn er streckte nun auch noch die Hand aus und versuchte, einen Riss in ihrer Bluse anzuheben, um darunter zu schauen.

»Nun lass schon mal sehen. Wer so rumläuft, will sich doch zeigen.«

»Finger weg! Du bist nicht mein Typ. Und jetzt verpiss dich.«

»So, nicht dein Typ, was bin ich denn sonst?«, war die höhnische Antwort, die in einem Schrei endete, als Elisabeth der Geduldsfaden riss. Sie packte ihn mit einer Hand am Pulli, mit der anderen zwischen den Beinen und drückte kräftig zu, während sie ihn über den Kopf in das Bettzeug am Ende des Flures schleuderte. Er schlug hart auf und blieb wimmernd liegen. Die Tür wurde aufgerissen und eine als Hexe verkleidete Frau blickte erschrocken in den Flur.

»Gernot, du meine Güte, was ist passiert?«

Elisabeth drängte ihre Wölfin zurück und sah den Jungen an. »Ich habe dir gesagt, Finger weg, du Lustmolch! Sei froh, dass ich sie dir noch gelassen habe. Und wenn ich höre, dass du meine Schwester angetatscht hast, dann komme ich zurück und reiße sie dir einzeln aus«, donnerte sie ihn an. Damit ging sie hocherhobenen Hauptes aus der Tür und schloss diese hinter sich.

»Was war da drinnen denn los?«, fragte ihre Mutter gleich, als Elisabeth sich grinsend neben sie setzte.

»Ach, nichts.«

»Für nichts klang das aber ziemlich laut. Ich habe es sogar trotz des laufenden Motors gehört.«

»Der Bruder von Agnes wollte mir an die Wäsche. Kein Problem. Ich habe ihm die Eier gequetscht und ihn durch den Flur geworfen. Ich wette, der läuft die nächsten Wochen mit O-Beinen.«

Emilia sah ihre Tochter entgeistert an. »Hat er gesehen, dass du wirklich eine Werwölfin bist?«

»Nein, ich denke nicht. Er war zuerst viel zu sehr damit beschäftigt mir durch die T-Shirt-Schlitze zu starren. Danach hat er nur noch gejault. Und selbst wenn. Es ist Halloween.«

»Ich habe es ja geahnt. Der erste Mann sieht dich und denkt nur noch an das Eine. Du bist dir hoffentlich im Klaren, was du für eine anziehende Wirkung auf Männer hast, oder?«

»Muss wohl an meiner extrem gutaussehenden Mutter liegen. Ich habe gehört, das soll sich vererben«, war die schlagfertige Antwort. Elisabeths Grinsen wurde sogar noch breiter.

Emilia gab es auf. »Muss ich mit einer Klage rechnen?«

»Ich habe ihm nur noch gesagt, was ich mit ihm anstelle, wenn er es wagt, Klara anzufassen. Das ist alles, Mama. Können wir weiterfahren?«

Emilia schüttelte den Kopf. Wo sollte das noch alles hinführen? Aber ihre Tochter konnte sich wehren. So langsam bekam sie wirklich eher Angst um alle anderen.

Sie lieferte Elisabeth danach bei den Schuberts ab und fuhr noch schnell zur Tankstelle am Ortsausgang Zellerfeld, um zu tanken. Kurz überlegte sie, ob sie eine Flasche Wein kaufen sollte, doch dann entschied sie sich dagegen. Sie würde ja Elisabeth noch abholen. An der Tankstelle hielt neben ihr ein großer moderner Geländewagen mit verspiegelten Scheiben. Eine Gruppe wild aussehender junger Menschen stieg aus und ging an ihrem Passat vorbei. Emilia fühlte sich unangenehm beobachtet, als die drei jungen Männer und zwei Frauen sie im Vorbeigehen musterten. Sie blickte ihnen nach und entschloss sich, noch das Scheibenwischwasser aufzufüllen, um nicht mit den Fünfen gleichzeitig an der Kasse zu stehen.

»Alleine unterwegs, schöne Dame?«

Emilia unterdrückte einen Aufschrei, als er direkt hinter ihr stand. »Oh, Entschuldigung. Ich vergesse zuweilen meine guten Manieren. Sie haben mich ja nicht kommen hören, wie jemand meiner Art es getan hätte.«

Emilia drehte sich um. Heinrich Wolfsherr stand vor ihr. Er trug einen Anzug und darüber einen Mantel aus Wolfsfell. Und, so fand Emilia, er sah umwerfend gut aus. Sie merkte, dass sie schon wieder errötete. Um das zu überspielen, fragte sie stattdessen.

»Gehören diese da zu Ihnen?«

»Glücklicherweise nein. Sie sind von unserem Nachbarrudel am Brocken, einem etwas ungehobelten Haufen. Wir haben heute ein Rudeltreffen einberufen und ich hatte versprochen, sie abzuholen. Leider, muss ich sagen. Ich wäre heute lieber mit einer wunderschönen Dame essen gegangen.«

Er flirtet mit dir, Emilia, sagte sie zu sich selbst. *Aber er ist verheiratet und ich bin es auch,* mahnte sie sich weiter.

»Ich habe schon was vor«, log sie dann.

»Zu schade! Wenn es zu langweilig wird, haben Sie ja meine Nummer. Ich würde mich über jede Unterbrechung dieses Treffens freuen.« Er zwinkerte ihr zu und dabei formten sich viele Lachfältchen um seine Augen.

»Daraus wird nichts. Der Ball der Mathematiker zu Halloween findet diesmal in der Aula statt«, sagte Emilia. »Ich muss da hin. Mein Mann arbeitet in dem Institut.« Sie nickte ihm zum Abschied zu und ging mit schnellen Schritten zur Kasse. Sie hätte es keine Sekunde länger in seiner Gegenwart ausgehalten. *Emilia, reiß dich am Riemen. Er ist ein verdammter Werwolf. Hast du denn gar nichts aus deiner Vergangenheit gelernt?*

Die anderen fünf kamen ihr entgegen. Sie scherzten und knufften sich untereinander wie balgende Hunde. Emilia wich ihnen aus und ging hinein, um zu zahlen. Sie kaufte dann doch noch eine Flasche Wein. Als sie schließlich sehr langsam zurückfuhr, sah sie, wie gerade jemand auf Höhe der Kirche in einen wartenden Wagen einstieg. Das allein war natürlich nichts Außergewöhnliches, doch sie erkannte eindeutig Anna Binsenkraut, die aufgetakelt war wie Magenta aus der Rocky Horror Picture Show. Sie verzog anerkennend das Gesicht, denn die Hexe sah richtig scharf aus. Doch dann verschlug es ihr die Sprache, als sie das Nummernschild des wartenden Wagens erkannte. Es war der Institutswagen ihres Mannes. Reflexartig zog sie in eine Parklücke dahinter und starrte wie gebannt nach vorne, doch der gefallene Schnee bedeckte das Rückfenster so, dass sie nicht sehen konnte, was sich innen tat. Sie folgte, als der Wagen kurz darauf startete. Er fuhr zur Aula. Emilia hielt in einiger Entfernung und musste beobachten, wie tatsächlich ihr Mann ausstieg und Anna galant heraushalf. Sie hakte sich bei ihm unter und sie gingen munter miteinander plaudernd hinein. Emilia Wollner saß da und rang mit sich. Ihre Wut auf Anna Binsenkraut steigerte sich, bis sie schließlich aufschrie und auf das Armaturenbrett eindrosch. Sie war nicht einmal wütend auf ihren Mann. Aber was für Möglichkeiten hatte sie? Jetzt hineingehen und eine Szene machen?

Unschlüssig, was sie tun sollte, blieb sie weiter im Wagen sitzen. Eine Gruppe verkleideter Studenten kam um die Ecke und ging auf den Eingang zu. Sie trugen alle Masken. Eine Studentin hatte ein ähnliches Kostüm an wie Anna Binsenkraut. Todpeinlich, wenn man als Frau nicht einzigartig war auf einer Party. Da kam Emilia eine verwegene Idee.

»Emilia, du dämliche Pute!«, teilte sie ihrem Spiegelbild mit. »Du bist eine verdammte Hexe. Handle auch wie eine!« Mit entschlossenem Blick legte sie einen Gang ein und fuhr zielstrebig nach Hause.

Elisabeth stand im Flur. Martha Schubert pfiff durch die Zähne und ließ sie sich mehrmals drehen. Dann sagte sie: »Also, dass deine Mutter dich damit vor die Tür gelassen hat, das hätte ich nie gedacht. Ist dir das denn nicht zu kalt?«

»Nein, Frau Schubert, ich habe bis zur Aula meine Jacke. Und das ist ja nicht weit. Mama holt mich und Sabrina dann nachts ab. Kein Problem.«

»Hmm!«, machte Frau Schubert. »Aber etwas fehlt noch? Wo ist denn deine Maske?«

»Maske?«

»Theobald sagte, man habe sich ganz spontan zu einer Maskenparty entschlossen. So bist du zu leicht zu erkennen, aber warte einmal.«

Sie verschwand in ihrem Schlafzimmer und begann, die Schränke aufzureißen. Dann kam sie kurz darauf mit einer Augenmaske der Art, wie sie auch der Filmheld Zorro trug, wieder.

»Die hier wird es auch tun. Nur zu, probiere sie mal aus.«

Elisabeth nahm die Maske und legte sie vor dem Flurspiegel an. Nun sah sie zwar wie ein Bandit aus, aber es würde gehen. Dann endlich kam Sabrina von oben. Sie sah in dem schwarzen Rüschenballkleid einfach umwerfend aus.

»Hi, Brina, du hast es ändern lassen.«

»Ja, Mama hat mir den Rest dazugegeben. Ist es nicht wunderbar?«

Das war es in der Tat. Sabrina hatte sich die Haare hochfrisiert und war durch Make-up kreideweiß geschminkt. Sie trug auch eine schwarze Maske, allerdings eine wie für einen Tanzball.

Martha Schubert sagte: »Meine wunderschöne Tochter, du machst mich heute so stolz.« Dann schniefte sie und ging, um sich ein Taschentuch zu holen.

Als sie verschwunden war, tuschelte Sabrina Elisabeth etwas ins Ohr.

»Gute Neuigkeiten! Theo ist mit dem Trank fertig geworden. Er hat ihn schon dabei und wartet auf uns.« Dann betrachtete sie Elisabeth genauer und schnalzte mit der Zunge. »Gewagt!«, kommentierte sie ihre Aufmachung. »Dann lass uns mal schleunigst verschwinden, bevor Mama noch auf die Idee kommt, uns zu fotografieren.«

Als sie nach einigen Minuten bei der Aula ankamen, herrschte hier bereits munteres Treiben. Sie betraten das Gebäude durch den Seiteneingang. Zwei Studenten saßen an einem Tisch und verkauften Eintrittskarten. Darunter hing ein Schild: *Eintritt erst ab achtzehn.*

»Das macht dann zwanzig Euro für euch«, sagte der Kassierer, ohne genau hinzuschauen. Es war ganz offensichtlich ein Mathematikstudent. Er würdigte sie beide keines zweiten Blickes, während Sabrina zahlte. Der andere hingegen zeigte ganz offensichtlich Interesse. Elisabeth hatte ihn auch schon irgendwann einmal gesehen, als sie an der Uni vorbeigejoggt war. Er steckte in einem Kostüm, das nach Mumie aussehen sollte, aber schon komplett verrutscht war. Als er ihre Hände noch abstempeln wollte, verheddertet er sich und ließ den Stempel fallen. Elisabeth schnappte ihn, bevor er den Boden berührte, und stempelte sich und Sabrina kurzerhand selbst ab, während der junge Mann immer noch versuchte, seine Binden zu entwirren. Kurz dahinter erwartete sie ein Fotograf, der eine Wand und Scheinwerfer aufgebaut hatte.

»Wenn Sie an dem Wettbewerb teilnehmen wollen, müssen Sie sich hier ablichten lassen«, sagte der etwa fünfzigjährige Mann und wies auf die Leinwand.

»Warum nicht?«, juchzte Sabrina und stellte sich in Pose. Danach kam Elisabeth dran. Sie wurden nach ihren Namen gefragt und diese notiert. Sie bekamen zwei Nummern und jeweils einen Stimm-Chip. Später konnte man das beste Kostüm wählen. Es gab eine ganze Reihe von Preisen. Als Hauptgewinn lockte ein Harzrundflug für zwei Personen im Wert von fünfhundert Euro.

Die Aula war ein klassizistisches Gebäude mit einer Kuppel und einem Festsaal. Alle Räume präsentierten sich in unheimlich kreativer Dekoration. Im Kuppelsaal spielte ein kleines Studentenorchester Tanzmusik. Für einen Moment sahen sich beide Mädchen überwältigt um.

»Und da sagt man, dass Mathematiker keinen Stil haben. Das ist umwerfend«, sagte Sabrina.

Elisabeth schnüffelte. »Ich rieche hier zu viele Menschen durcheinander und fast alle haben Parfüm aufgelegt. Wir müssen Theo normal suchen.«

»Da hinten ist er doch!«, sagte Sabrina sofort. »Er geht immer als Dusche, seitdem er *Karate Kid* gesehen hat.«

Elisabeth, die den Film nicht kannte, blickte in die Ecke, in die Sabrina wies. Und tatsächlich. Dort stand eine Dusche mit einem kreisrunden Vorhang, durch den jemand vorsichtig spähte.

»Geniale Verkleidung. So erkennt man ihn nur, wenn man in die Dusche geht.«

»Klar, fand er auch. Aber so sieht er auch nicht jeden, der auf ihn zukommt. Lass uns ihn überraschen.«

Sie eilten durch die Menge und schlichen sich von hinten an die Dusche an.

»Buh!«, riefen sie beide und stürzten sich gleichzeitig hinter den Vorhang. Theobald erschrak jedoch nicht so, wie sie es erwartet hatten.

»Ich habe euch schon am Eingang gleich gesehen«, lächelte er selig. »Wie sollte ich auch nicht die beiden hübschesten Gäste auf der Party bemerken?«

Sabrina knuffte ihn. »Nun übertreib mal nicht. Ich werde ja noch ganz rot.«

»Euch ist es vielleicht nicht aufgefallen, aber nach euch haben sich eine ganze Menge Köpfe umgedreht. Und nicht nur Männer.

Ihr seht echt super aus. Sag mal, Elisabeth, hast du da gar nichts drunter?«

»Nein. Das hätte nur doof ausgesehen. Ich danke dennoch für das Kompliment.«

»Hast du den Trank?«, wechselte Sabrina das Thema.

»Ja, und ich weiß, dass meine Mutter heute auch herkommt. Ihr könnt sie gar nicht übersehen, sie hat das Dienstmädchenkleid von Magenta an. Vorhin hat sie sich stundenlang vor dem Spiegel geschminkt. Dein Vater hat sich als Dr. Jekyll alias Mr. Hyde verkleidet. Er läuft mit einem Reagenzglas mit einer blauen Flüssigkeit herum.«

»Wie passend!«, kommentierte Sabrina. »Oh, da sind sie«, sagte sie kurz darauf und spähte vorsichtig durch die Öffnung im Duschvorhang. »Deine Mutter sieht ja verboten sexy aus. Mit der Frisur und dem Kostüm hätte ich sie fast gar nicht erkannt. Sie hat sich die Haare dunkler getönt.«

»Wir sollten erst einmal abwarten und sehen, wie der Abend so verläuft«, meinte Theobald.

»Nein, wir haben uns leider ablichten lassen für die Wahl zum coolsten Outfit. Wenn die Bilder aufgehängt werden, sollten wir es schon durchgezogen haben«, antwortete Elisabeth. Doch es ergab sich lange keine Gelegenheit. Um nicht entdeckt zu werden, hielten sie sich zu dritt in der Dusche und beobachteten die Geschehnisse.

»Es ist schon fast unanständig, wie sie miteinander herumflirten«, meinte Sabrina schließlich. »Auch wenn sie nicht damit rechnen, dass wir hier sind, sind sie momentan alles andere als vorsichtig.«

»Ich gehe mal auf's Klo«, sagte schließlich Elisabeth, die nicht mehr mit ansehen wollte, wie ihr Vater mit Anna herumknutschte.

Nachdem sie von der Toilette kam, stand Theobald nicht mehr dort, wo sie ihn vermutet hatte. Sie suchte daraufhin weiter, als sie plötzlich jemand am Arm packte.

»Hallo, schöne Unbekannte. Gewährt mir diesen Tanz und Ihr habt meine Stimme für das beste Outfit der schönsten Frau an diesem Abend.«

Elisabeth wollte schon den jungen Mann anfahren, dass er sich seine Stimme sonst wohin stecken könne, da roch sie ihn. Definitiv kein Mensch und so, wie er zupackte, war es auch kein Schwächling.

Die Stimme war seidig. Er war als Pirat verkleidet, ein Verschnitt von Jack Sparrow, kaum größer als sie, aber mit hellem Haar und einem echten Bart, den er gestutzt hatte, obwohl sie ihn nur wenig älter schätzte als sich selbst. Auch er trug eine ähnliche Binde wie sie, unter der Augen hervorlugten, die in hellem Gelb leuchteten und eine leicht senkrechte Iris hatten wie die von Katzen. So roch er auch, wie ein Kater, stark und maskulin. Elisabeths Wölfin reagierte instinktiv und schoss unter die Oberfläche. Ihre Augen begannen zu leuchten.

»Na, na, wir machen den Menschen hier doch besser keine Szene. Lass dir einen Tanz rauben, dann bin ich glücklich«, schnurrte er mit seiner seidigen Stimme zurück.

»Wer bist du?«, war das Einzige, was Elisabeth antworten konnte.

»Ich bin heute Jack Sparrows Bruder«, antwortete der Fremde und drängte Elisabeth sanft aber bestimmt weiter in Richtung Tanzfläche. »In der letzten Zeit gibt es so viel Aufregung hier im Harz. Geschichten kursieren von einer neuen Wölfin, die bemerkenswert charmant und dominant sein soll. Kennst du sie zufällig?«

Elisabeth wusste zunächst gar nicht, wie ihr geschah. Dann hatten sie plötzlich die Tanzfläche erreicht und gerade in diesem Moment wechselte die Musik auf eine Rumba.

»Ich kann gar nicht tanzen«, flüsterte Elisabeth dem Unbekannten zu, in der Hoffnung, dass er dann ablassen würde.

»Lass dich führen, Wölfin!«, hauchte er ihr ins Ohr, dann legte er die Hand auf ihre Hüfte und zog sie eng an sich. Als sich ihre Körper berührten, spürte sie, dass auch er viel Wärme abstrahlte, genauso wie sie. Sein Duft drang ihr tief in die Nase, was ihr ein Knurren entlockte.

Er führte hervorragend. Nach den ersten Schritten bewegte sich Elisabeth wie von selbst mit, doch kaum dass sie dachte, sie hätte die Schrittkombination drin, veränderte er den Tanz und fügte neue Bewegungen hinzu. Ihr kamen ihre extreme Schnelligkeit und die perfekte Körperbeherrschung zugute, und so reagierte sie schon auf den kleinsten Druck. Er schien über noch mehr Balance zu verfügen als sie. Seine Bewegungen waren geschmeidig und formvollendet. Zu ihrer Überraschung machte es gewaltig Spaß. Der intensive Geruch nach Mann und Kater löste die widersprüchlichsten

Gefühle in ihr aus. Der Mann roch gut, zu gut, fand sie. Die animalische Seite ließ ihre Wölfin innerlich knurren und machte sie mehr als misstrauisch. Wachsam hielt sie Blickkontakt mit ihm, während ihr Körper jede Drehung, jede Biegung mitmachte.

»Du bist ein Werluchs, richtig?«, riet sie nach einem sehr gewagten Manöver.

»Touché! Ich hätte mich besser verkleiden sollen. Was hat mich verraten?«, fragte er amüsiert und wirbelte sie herum.

Als sie zusammen in die nächste Figur gingen, antwortete sie: »Deine Augen und die abstehenden Ohrpuschel!«.

Er lachte laut auf. Elisabeth fand, dass er ein schönes Lachen hatte, und merkte darüber gar nicht, dass das eine Stück endete und ein neues Lied nahtlos begann. Sie tanzten einfach weiter. Er hielt sie mit seinem Blick gefangen, während sie versuchte, sich nicht mehr wie eine Puppe herumwirbeln zu lassen, sondern selbst den Ton anzugeben. Als sie ihm mit ein wenig Druck ihrerseits bedeutete, in welche Richtung sie wollte, zwinkerte er ihr zu. Dann steuerte er genau dorthin.

Als der Tanz zu Ende war und die Gäste klatschten, verbeugte er sich leicht vor ihr.

»Es hat mich sehr gefreut. Ich danke dir für diesen wunderschönen Moment. Wir werden sicher noch voneinander hören.«

Damit entschwand er, ohne sich noch einmal umzudrehen, in der Menge. Elisabeth stand da und starrte ihm nach. Gerade als sie bemerkte, dass viele Leute sie musterten, fiel ihr ein Mann in einem Draculakostüm auf, der sie mit durchdringendem Blick fixierte. Sie konnte seinen Blick förmlich auf der Haut spüren und erschauderte. War das ein echter Vampir?

»Elle!«, Sabrina drängte sich zu ihr durch. »Ich hatte ja keine Ahnung, wie gut du tanzen kannst. Wer war das denn bitte?«

Erst jetzt löste Elisabeth ihren Blick von der Stelle, wo der Werluchs gerade noch gestanden hatte.

»Wie?« Sie hatte nicht zugehört, was Sabrina gesagt hatte. Diese zog sie von der Tanzfläche und setzte sich mit ihr auf zwei Stühle am Rand.

»Woher kannst du so toll tanzen? Und wer war das?«, fragte Sabrina erneut. »Elle, hallo? Jemand zu Hause?«

»Ich habe noch nie vorher getanzt«, sagte Elisabeth endlich wahrheitsgemäß.

»Das kann nicht sein. Ihr seid über die Tanzfläche geschwebt, als wenn ihr den ganzen Tag nichts anderes machen würdet. Aber nun sag doch, wer war das? Der hat dich aber so richtig angemacht«, bohrte Sabrina weiter.

»Ein Werluchs!«, sagte Elisabeth tonlos. Der Vampir war verschwunden, genauso wie ihr Tanzpartner. Sie suchte die Umgebung ab, konnte aber beide nirgendwo mehr entdecken.

»Echt? Ich meine, so was wie du nur mit Luchs als Tiergestalt?«

»Sieht wohl so aus«, antwortete Elisabeth nur halb konzentriert.

»Ihr seid da eben ganz schön aufgefallen. Alle haben plötzlich geglotzt«, kicherte Sabrina. »Ihr habt getanzt, als wenn ihr euch schon ewig kennen würdet und etwas miteinander hättet«, neckte sie weiter. »Der hat dich schwer erwischt, was?«

»Ich kenne ihn aber gar nicht«, kam es entrüstet von Elisabeth, doch sie wurde nun rot. »Ich meine, ach, ich bin völlig durcheinander. Der hat mich total überrumpelt.«

»Man gut, dass das deine Mutter nicht gesehen hat, die hätte dir jetzt eine ganz schöne Strafpredigt gehalten«, grinste Sabrina. »Komm, wir holen dir erstmal ein kühles Getränk.«

Zehn Minuten später standen sie mit Theobald etwas abseits zusammen und tranken eine Cola. »Schau mal, da ist dein Vater. Er hat eine Sektflasche gekauft.«

Elisabeth sah, wie Michael Wollner sich direkt von der Bar wieder an einen Tisch begeben wollte. Da kam ihr eine Idee.

»Los Brina, schnapp dir Papa und ab auf die Tanzfläche. Und du, Theo, fängst deine Ma ab. Die habe ich gerade auf die Toilette gehen sehen. Gib mir den Trank.«

Sabrina sah Elisabeth schockiert an. »Ich kann nicht tanzen.«

»Nun mach schon, ist doch ganz egal. Ich brauch nur etwa eine halbe Minute.«

Da begriff diese und eilte auf Michael Wollner zu. Theobald, der auch verstanden hatte, gab ihr den Trank und machte sich auf zu den Damentoiletten. Elisabeth selbst näherte sich im Bogen dem Tisch, den ihr Vater mit Frau Binsenkraut belegt hatte. Ihr Vater hatte gerade den Kübel mit dem Sekt und die Gläser abgestellt, da hakte sich Sabrina bei ihm unter und textete ihn zu, während sie ihn beharrlich Richtung Tanzfläche zog. Etwas irritiert ließ er sich mitziehen. Elisabeth setzte sich schnell an den Tisch und verteilte den Trank auf die beiden Gläser und kippte Sekt darauf. Es schäumte über, aber darauf konnte sie keine Rücksicht nehmen. Denn sie sah in diesem Augenblick aus dem Augenwinkel ein Magenta-Kostüm in den Raum kommen und konnte noch gerade hinter eine Gardine huschen, als Anna Binsenkraut den Tisch ausmachte und direkt darauf zusteuerte. Sie setzte sich und blickte sich nach ihrem Liebhaber um. Er kam kurz darauf und humpelte.

»Ich wurde zum Tanz aufgefordert, da konnte ich nicht ablehnen!«, entschuldigte er sich und ließ sich mit vor Schmerz verzerrtem Gesicht auf den Stuhl fallen.

»Lass mich mal sehen, Liebling!« Sie beugte sich herunter und untersuchte seinen Fuß.

»Wer war das? Sie hat dir mit dem Absatz fast ein Loch in den Fuß gestanzt.«

»Ich weiß es nicht, so eine kleine Studentin, vermute ich. Sie hat ein schwarzes Rüschenballkleid an, aber tanzen kann sie nicht.« Er stöhnte, als sie ihm den Schuh auszog und den Fuß massierte.

Elisabeth hinter dem Vorhang stellten sich die Haare auf den Armen auf, sie roch einen Hauch von Ozon. Anna Binsenkraut zauberte. Vorsichtig lugte Elisabeth hinter dem Vorhang hervor. Ihr Vater hatte den Kopf zurückgelegt und ließ sich den Fuß massieren.

»So besser?« Sie gab ihm einen Kuss.

»Oh, wie machst du das nur? Ich fühle mich schon viel besser. Du hast goldene Hände.«

»Nur Hände?«, neckte sie ihn.

»Das werde ich heute Abend noch genauer untersuchen«, säuselte er zurück.

Elisabeth tat hinter dem Vorhang, als müsse sie kotzen. Dann erklangen zwei Sektgläser beim Anstoßen. Sie tranken. *Endlich,* seufzte Elisabeth innerlich, als die leeren Gläser zurückgestellt wurden.

»Noch ein Tanz, bevor wir uns auf die Privatparty machen?«, fragte sie.

»Aber natürlich. Ich fühle mich so jung wie noch nie.«

Vorsichtig schlüpfte Elisabeth hinter dem Vorhang hervor und schlich ihnen nach.

Emilia Wollner blickte in den brodelnden Kessel. Einen Trank, der ihr Äußeres noch attraktiver machte, war gar nicht so schwer zu brauen, zumindest was die Zutaten anging. Nur bei der Magie haperte es. Das winzige Rinnsal, das sie aus dem Boden aufnehmen konnte, war kaum genug, doch sie strengte sich an. Als endlich die Farbe von mattem Grün in ein zartes Rosa umschlug, stellte sie den Herd aus und lächelte in sich hinein. Der Harz verschaffte ihr die Kraft, um wieder etwas Hexe zu sein. Dieser Trank würde zwar nicht lange halten, da er einfach nicht so hochpotent war, doch er würde wirken. Sie war schon halb umgezogen. Dieses hauteng rote Minikleid hatte sie schon ewig nicht mehr getragen, doch zu ihrer großen Freude passte es immer noch. Sie fand tatsächlich noch ein Paar Nylonstrümpfe und zog sie an. Sie spannten etwas, aber sie würde ja nicht den ganzen Tag darin herumlaufen müssen. Der Koffer, aus dem sie die Sachen hatte, war mit all den Dingen gefüllt, die sie abgelegt hatte, als sie von der wilden Junghexe zur biederen Frau Wollner wurde. Die Sachen rochen etwas abgestanden, aber das löste sie mit einigen wohl gezielten Spritzern Parfüm. Dann legte sie Make-up auf. Jahrelang hatte sie kaum etwas aus sich gemacht, doch nun ging sie mit Feuereifer ans Werk. Zum Schluss nahm sie sich einen Korb, legte ein Brot und die gerade gekaufte Flasche Wein hinein und warf sich das rote Cape über. Heute würde sie auffallen, das schwor sie ihrem Spiegelbild, als sie sich betrachtete. Dann füllte sie den Trank in eine von Elisabeths alten Bügelflaschen ab und fuhr zurück zur Aula.

Sie parkte dreist direkt vor dem Haupteingang, wo eigentlich Parken nicht erlaubt war. Im Moment konnte sie niemanden sehen, also nutzte sie die Gelegenheit und trank ihr Gebräu. Der Geschmack erinnerte an alte, fast schon vergessene Tage. Sie wartete noch eine halbe Minute, bis sie spürte, dass es seine Wirkung entfaltete. Dann nahm sie ihren Korb und stieg aus. Als sie sich umdrehte, war sie nicht mehr allein. Jemand Großes in einem teuren Draculakostüm stand hinter ihr und sah sie an. Er wirkte im ersten Moment so bedrohlich, dass sie unweigerlich einen Schritt zurückmachte, dann erkannte sie jedoch die Stimme.

»Aber Rotkäppchen, warum hast du so große Augen?«

»Was machen Sie denn hier?«, entgegnete sie perplex.

»Oh, um ehrlich zu sein, wollte ich mir diese Show um keinen Preis der Welt entgehen lassen. Außerdem war meine Gemahlin so überaus freundlich und hat die Anderen auf dem Treffen innerhalb von fünf Minuten so vergrault, dass sie wutschnaubend wieder abgezogen sind. Ein Rekord, selbst für sie. Und da ich dann plötzlich frei hatte, dachte ich mir, ich schau mal vorbei, was sich hier so tut.«

Emilia konnte nicht verhindern, dass sie errötete. »Und was tut sich hier so?«

»Nun, ich durfte gerade die Ankunft einer wunderschönen Frau beobachten. Außerdem bin ich heute Abend herausgefordert worden. Jemand kratzt an meinem Image als bester Tänzer im Harz. Und raten Sie einmal, wer das ist?«

Emilias Miene verfinsterte sich, denn sofort schoss ihr Anna Binsenkraut in den Kopf. Daher verblüffte es sie umso mehr, als der Alpha weitersprach.

»Sie haben den Tanz Ihrer Tochter mit Gunnar Mannsfeld, einem der hiesigen Werluchse, verpasst. Eine äußerst harmonische und erotische Darbietung. Momentan reden alle über die beiden.«

»Meine Tochter ist hier? Ich dachte, sie zieht mit ihren Freunden um die Häuser.«

»Tja, was man alles manchmal nicht mitbekommt als Eltern.« Er machte eine künstlerische Pause, die Emilia kurz Zeit gab, sich zu sammeln. Elisabeth war hier und tanzte mit Werkreaturen herum? Dann waren sicher Sabrina und Theobald auch nicht weit. Ihre erste Bestrebung war zu fliehen. Aber nun, da sie hier stand, konnte sie keinen Rückzieher mehr machen. Er bot galant seinen Arm an und reichte ihr eine Ballmaske mit einem Gummiband.

»Die hier werden Sie brauchen, ich denke, das ist heute Pflicht. Darf ich Sie hineinleiten, meine Dame? Ich habe einen Ruf zu verteidigen. Ich hoffe, Sie mögen mit mir tanzen.«

Emilia lächelte, tanzen konnte sie wirklich gut und wenn sie heute dick auftrug, um Anna eins auszuwischen, dann war der Alpha des Kaiserrudels genau der richtige Tanzpartner.

Sie gingen hinein. Bereits an der Kasse merkte Emilia, dass ihr Trank wirklich wirkte. Sie sah die Reaktion in den Augen der beiden Studenten, die sie abstempelten und ganz vergaßen, zu kassieren. Heinrich bestand darauf, dass sie sich auch fotografieren ließ.

Der Fotograf schenkte ihr besonders viel Aufmerksamkeit und lichtete sie gleich mehrfach ab. Zielstrebig führte Heinrich Wolfsherr sie auf die Tanzfläche. Emilia versuchte, sich umzusehen, ob sie nicht irgendwo die Kinder oder ihren Mann entdeckte, doch dann legte der Alpha so los, dass sie sich voll auf den Tanz konzentrieren musste. Sie war etwas eingerostet, aber es wurde immer besser, als die Erinnerungen an ihre alte Zeit zurückkamen. Sie hielt sich an ihm fest, während er mit ihr über das Parkett glitt.

»Ich verstehe beim besten Willen nicht, warum Sie sich die ganze Zeit so versteckt haben«, sagte er unvermittelt in einer leiseren Passage. »Die schönste Blume im Harz blüht wohl nicht an allen Tagen, hmm?«

Emilia wollte schon etwas erwidern, da erhaschte sie einen Blick auf jemanden am Rand. Dort standen sie, ihr Mann und Anna Binsenkraut, die ihn in diesem Moment knuffte, weil er keine Notiz mehr von Anna nahm. Doch dann verlor sie beide wieder aus den Augen, als sich ein anderes Paar dazwischen schob.

»Könnten Sie bitte einen Gang höher schalten?«, flüsterte sie dem Alpha ins Ohr. »Ich denke, wir haben jetzt die richtigen Zuschauer.«

Der Alpha blickte sich kurz um, indem er eine elegante Drehung vollführte und seine Tanzpartnerin anschließend verschmitzt anlächelte. »Dann halten Sie sich mal fest.«

Er steuerte zum Orchester und hielt kurz an, um dem Dirigenten etwas zuzuflüstern und ihm ein paar Scheine in das Jackett zu stecken. Emilia blieb gerade Zeit genug, um einen Blick in die Menge zu werfen. Und da entdeckte sie Elisabeth und wohl vermutlich daneben Sabrina, die wie eine Vampirbraut aussah. Sie standen neben einer Dusche und starrten auf ihren Mann und Anna, die inzwischen auch begonnen hatten, zu tanzen. Allerdings funktionierte es nicht so richtig zwischen beiden, stellte Emilia mit großer Befriedigung fest.

Das Lied brach ab. Kurz darauf spielte das Orchester einen fetzigen Tango und prompt leerte sich die Tanzfläche bis auf ganz wenige Paare. Mit einer höflichen Verbeugung nahm der Alpha ihr den Korb ab und stellte ihn am Dirigentenpult ab, dann wirbelte er Emilia herum und zog ihr dabei mit einer flüssigen Bewegung das Cape von den Schultern. Er griff nach ihr und sie legten los. In diesem Moment fühlte sie alle Augen auf sich gerichtet. Wenn der Alpha nicht so gut geführt hätte, dann wäre sie gestürzt, aber als sie wirklich einmal wegrutschte, machte er daraus eine gemeinsame Pirouette, die einige Juchzer im Publikum auslöste. Nahtlos fügte sich ein Paso Doble an, jetzt waren sie alleine auf dem Parkett. Emilia konnte nur noch instinktiv reagieren. Sie begann zu schwitzen und heftig zu atmen. Als der Tanz zu Ende war, spielte das Orchester gleich darauf einen Rock 'n' Roll und die Tanzfläche füllte sich wieder, doch nach einem kurzen Aufschrei ließ man den beiden wieder viel Platz, als sich der Alpha Emilia über die Schulter warf und wieder fing.

Elisabeth hatte Sabrina und Theobald an der Tanzfläche wiedergefunden, wo Sabrina sich immer noch eine schmerzende Stelle rieb.

»Dein Vater ist ein totaler Tanzstoffel. Er hat mir so oft vor das Schienbein getreten, da habe ich schließlich zurückgetreten!«, jammerte Sabrina.

»Es war für einen guten Zweck«, antwortete Elisabeth. »Sie haben den Trank getrunken. Jetzt müssen wir nur noch auf die Wirkung warten. Da drüben stehen sie.«

Sie schoben sich in die zweite Reihe, um nicht direkt sichtbar zu sein. Wegen des Lärms der Musik und der Leute konnte Elisabeth trotz ihrer Wolfsohren nicht hören, was sie sagten, aber sie fingen an, sich zu streiten.

»Es scheint schon loszugehen«, vermeldete Theobald, der sie auch genau beobachtete. Dann entfuhr ihm ein »Wow!«

Elisabeth stutzte kurz, dann sah sie, dass Dracula mit einer Tanzpartnerin die Bühne betreten hatte.

»Man ist der cool«, japste Sabrina und drängelte sich wieder nach vorne, als die beiden erst zaghaft, dann immer anspruchsvoller zu tanzen begannen. Andere Paare blieben stehen, machten ihnen Platz und reihten sich am Rand ein.

»Die sind noch besser als du vorhin mit dem Werluchs. Mit dem Cape sieht es so aus, als wenn sie darunter nichts an hätte. Schau nur, wie die Männer alle gaffen«, rief Sabrina so laut, dass Elisabeth schon einen Schreck bekam, aber niemand achtete auf ihre Freundin. Zusammen mit allen anderen sah sie die beiden wie eine Einheit herumwirbeln. Als sie einen Bogen kurz vor ihnen drehten, bekam sie einen eindeutigen Geruch in die Nase und ihre Augen weiteten sich. Sie witterte den Alpha. Und im selben Moment erkannte sie seine Partnerin, als die Rotkäppchenkapuze nach hinten fiel. Trotz der Ballmaske und den wunderschön geflochtenen Haaren erkannte sie ihre Mutter.

»Wer sind die nur?«, fragte Theobald.

»Die sind sicher vom Veranstalter engagiert worden. So was lernt man in keinem normalen Tanzkurs«, warf ein Student in einer dunkelblauen Robe ein, der neben ihm stand und nur halb zugehört hatte.

Elisabeth schüttelte sich und schloss ihre Augen. Als ein Raunen durch die Menge ging, öffnete sie diese wieder. Ihre Mutter war den Korb und das Cape losgeworden und zu spanischen Klängen tanzte sie derart lasziv mit dem Alpha los, dass Elisabeth den Mund nicht mehr zubekam. Wer auch den Mund nicht wieder zubekam, war ihr Vater, der sich in diesem Moment eine schallende Ohrfeige von Anna fing. Wutschnaubend ließ sie ihn stehen und rauschte aus der Tür. Michael Wollner stand da und hatte, wie viele Männer, nur noch Augen für Emilia. Elisabeth sah mit einigem Stirnrunzeln, dass er seine eigene Frau offenbar nicht erkannte. Er sah nur die heiße Tanzbraut, ihre Rundungen und das viel zu knappe Kleid. Elisabeth würde später mit ihr über diesen Auftritt reden.

Heinrich Wolfsherr führte Emilia erst nach einer ganzen Reihe weiterer Tänze von der Tanzfläche. Ihr taten die Füße weh und sie schwitzte trotz Deo stark. Er zog die Luft durch die Nase.

»Jetzt riechen Sie äußerst interessant, geradezu lecker.«

Emilia blieb stehen und sah ihn an. »Für die wundervollen Tänze danke ich von Herzen, aber jetzt gehen Sie zu weit.«

»Tue ich das? Sie vergessen, mit wem Sie gerade getanzt haben, und meine Nase täuscht mich nie.«

Emilia wurde rot. Es war unmöglich, in diesen Dingen einem Werwolf etwas vorzumachen. »Okay, es hat mir sehr gefallen. Aber ich bin verheiratet.«

»Habe ich irgendetwas dagegen gesagt?« Der Alpha spielte den Entrüsteten, doch sie konnte an seinen Augen erkennen, dass er sie nur hochnahm. »Wenn Sie mir versprechen, nachher noch einmal mit mir zu tanzen, dann verrate ich auch keinem, dass Sie da gerade nachgeholfen haben. Von wem haben Sie diesen Zauber, der auf

Ihnen lag? Er verblasst gerade, aber Sie haben heute Abend so ziemlich jedem Mann hier den Kopf verdreht.«

Emilia schwieg betreten. »Ich habe ihn mir von einer Hexe besorgt«, log sie.

»Doch wohl nicht von Anna, oder? Mir ist nicht entgangen, dass sie gerade Ihrem Mann eine riesige Szene gemacht hat und gegangen ist.«

»Dann habe ich ja mein Ziel erreicht«, grinste Emilia ihn an.

»Scheint so. Oh, da kommt jemand für Sie. Sie entschuldigen mich?« Damit war der Alpha weg.

Emilia drehte sich um und blickte in das Gesicht ihrer Tochter. »Hallo Betsy. Du auch hier?«

Elisabeth zog ihre Mutter in eine Fensternische. »Mama, was sollte das denn gerade? Was, wenn dich jemand erkannt hätte?«

»Oh, ich dachte, es wäre an der Zeit, den Avancen einer gewissen Anna Binsenkraut Einhalt zu gebieten. Sie hat sich an Papa rangeschmissen wie ein billiges Flittchen.«

»Mama, darum haben wir uns schon gekümmert.«

»Wie bitte? Was heißt: *schon darum gekümmert*? Und wer ist *wir*?«

Elisabeth überlegte, was sie sagen konnte. Ihre Mutter durfte auf keinen Fall erfahren, dass Theobald zaubern konnte, aber wenn sie behauptete, sie hätten den Trank geklaut, dann könnte sie damit durchkommen.

»Das geht schon eine ganze Weile so. Wir vermuten, dass Papa und Frau Binsenkraut vor einigen Wochen aus Versehen beim Warten auf mich die besondere Flasche Wein geköpft haben. Du weißt schon, diese von Frau Dr. Borga mit dem Zettel dran.«

Emilias Augen weiteten sich. »Die Liebestrankflasche! Ich hatte sie für einen besonderen Moment aufgehoben.«

»Na ja, den hatten sie dann wohl. Sie hatten eine Affäre, doch in Anbetracht der Tatsache, dass sie magisch manipuliert worden sind, plädiere ich auf nicht schuldfähig. Wir haben die Sache ohne dich geradebiegen wollen und einen Trank geklaut, der das Ganze aufhebt. Ich habe den heute Abend den beiden in die Sektgläser geschüttet.«

Emilia schien sichtlich beeindruckt. »Ich nehme an, mit ›wir‹ sind Sabrina, Theobald und du gemeint? Also ich kann nicht behaupten, dass ich allzu verwundert bin, trotzdem wird das für Papa ein Nachspiel haben.«

»Lass gut sein, Mama. Mein Vater ist er ja nicht wirklich. Eigentlich ist er ein armer Mann. Als ich gerade gesehen habe, wie du dich mit dem Alpha auf der Tanzfläche fast gepaart hast, hätte ich ihn am liebsten weiter mit Anna Binsenkraut zusammen gelassen.«

»Wie drückst du dich denn aus? Gepaart! Wir haben nur getanzt.«

Elisabeth tippte sich an ihre Nase: »Mama, so riechst du aber nicht.«

»Was weißt du schon davon? Wie ich gehört habe, hast du ja kurz vor mir hier allen den Kopf verdreht, als du dich an dem Werluchs gerieben hast. Ich hatte dir gesagt, keine Männergeschichten.« Tochter und Mutter starrten sich darauf beide wütend an.

Sabrina tauchte genau in diesem Moment auf. »Hallo, da bist du ja, Elle.« Zu Emilia gewandt ergänzte sie: »Oh, du bist gar nicht allein. Guten Abend! Ich muss schon sagen, das war eine ganz atemberaubende Vorstellung von Ihnen. Ich habe noch zu unserem Freund gesagt, dass er nicht so sabbern soll, sonst rutscht noch jemand auf der Tanzfläche aus. Eine tolle Show.«

»Brina!«, versuchte Elisabeth sie zu unterbrechen, doch diese plapperte immer weiter.

»Da muss man sicher jahrelang üben. Ich würde auch gerne so toll tanzen können. Können Sie mir die Telefonnummer von ihrem Tanzpartner verschaffen? Vielleicht gibt er mir ein paar Stunden.«

»Brina, krieg dich wieder ein. Erkennst du sie denn nicht?«

»Nein!« Doch nun sah Sabrina ganz genau hin. »Oh, du meine Güte. Sie sind Elles Mutter?« Sabrina konnte sich gar nicht mehr beruhigen. »Jetzt weiß ich auch, woher Elle so toll tanzen kann. Aber wer war das denn, mit dem Sie gerade auf dem Parkett waren?«

»Oh, das war Heinrich Wolfsherr«, antwortete Emilia Wollner ausweichend.

»Der Alpha?«, verplapperte sich Sabrina und erntete einen scharfen Blick von Elisabeth. »Äh ... ich meine, der tanzt wie jemand aus der Alphaklasse, oder wie das beim Tanzen heißt.«

Irgendwann zeigte Elisabeths wütender Blick Wirkung. Sabrina entschuldigte sich eilig und behauptete, dass sie auf die Toilette müsse.

Emilia sah ihr nach. »Wie viel weiß sie?«, fragte sie nur.

Elisabeth seufzte. »So ziemlich alles, Mama. Sie ist meine beste Freundin. Sie hat mir schon mehrere Male den Hintern gerettet und tatkräftig mitgeholfen, unser Geheimnis zu wahren. Ich wäre schon mindestens hundertmal aufgeflogen, wenn sie nicht gewesen wäre.«

»Ich hatte vor Jahren mal eine beste Freundin«, sagte ihre Mutter plötzlich sehr ernst. »Sie war auch eine Nichtmagische. Ich habe alles mit ihr geteilt. Dann hat sie sich verplappert und sie wurde neutralisiert. Damals war ich zwölf. Sorge dafür, dass deine beste Freundin nicht das gleiche Schicksal ereilt.«

»Oh, schrecklich! Das wusste ich nicht.« Elisabeth sah ihre Mutter plötzlich mit anderen Augen.

»Wie denn auch? Ich habe es dir ja nie erzählt«, seufzte Emilia. »Ich denke, ich fahre in zehn Minuten. Verabschiede dich noch von deinen Freunden. Es ist schon nach elf.«

Elisabeth nickte gehorsam und tat, wie ihr geheißen.

Grabgeflüster

Sabrina blickte hochzufrieden mit sich selbst in den Spiegel. Sie war kurz nach Elisabeth vom Ball verschwunden. Theobald wollte noch dableiben, deswegen war sie dann doch alleine nach Hause gelaufen. Als sie aus ihrem Ballkleid geschlüpft war, hatte sie aus Versehen das Tuch von dem Ikeaspiegel gerissen. Sophie erschien und teilte ihr mit, dass sie unbedingt auf den Friedhof müsse. Dabei beschwerte sie sich mehrfach, dass ihre *nichtsnutzige* Schülerin die letzte Nacht des alten Samheinfestes mit einer *völlig albernen Party* verplempert habe. Den Sonntag hatte Sabrina fast komplett verschlafen. Nach einem längeren Disput hatte Sophie sie auf den Friedhof in Zellerfeld beordert und da stand sie nun.

Soeben hatte sie die Leiche eines vor siebzig Jahren verstorbenen Mannes erfolgreich aus dem Grab geholt, nach seinem Leben befragt, soweit dieser sich noch erinnern konnte, und wieder zurückgebettet. Sie hatte nur eine kleine Maus opfern müssen. Dieses Mal hatte sie nicht einmal mehr die Handschuhe benötigt.

»Na, wie war ich?«, fragte sie provokant in den Spiegel. Sophie machte zwar ein strenges Gesicht, aber da sie sie nicht offen und abfällig tadelte, schloss Sabrina, dass es an der Durchführung nichts auszusetzen gegeben hatte. Sie hatte sich mittlerweile immer weiter im Alter hochgearbeitet. Nach allem, was Sophie ihr inzwischen beigebracht hatte, war es sogar eine Meisterleistung, gemessen an dem Alter der Leiche und dem eingesetzten Leben. Sie wusste bereits, dass normal begabte Nekromanten bereits ab zehn Jahren eine Ziege oder Katze opfern mussten. Und wenn man bedachte, dass sie selbst erst seit den Sommerferien lernte, waren ihre Fortschritte atemberaubend. Inzwischen hatte sie das Gefühl mit den Leichen im Boden im Griff. Sie spürte sie zwar immer noch, aber sie hatte gelernt, es zu kontrollieren. Peinlich achtete sie darauf, dass ihr eigenes Blut den Boden nicht berührte, wenn sie sich schnitt, um die Toten zu binden. So etwas wie beim ersten Mal würde ihr nicht wieder passieren, hatte sie sich geschworen.

Dann mach dich mal auf und sage mir das Alter der Toten in den Gräbern, forderte Sophie sie auf. Sabrina lächelte und wollte schon loslegen, als Sophie hinzusetzte: *Aber bitte nicht von dem aktuellen Toten, sondern jeweils von dem davor.*

»Was?«

Du hast mich schon verstanden. In jedem dieser Gräber sind immer wieder Menschen bestattet worden. Sag mir an, wann jeweils der Zweitjüngste in diesen Gräbern bestattet wurde.

Sabrinas Mundwinkel sackten herab. »Und wie soll ich dann überprüfen, ob ich richtig liege?«

Das mache ich parallel, du musst nur den Spiegel weiter halten. Ich sehe, was du siehst, und überprüfe deine Schätzungen.

Ein unangenehmes Gefühl breitete sich in Sabrina aus. Nach Anleitung über den Spiegel zu arbeiten, war das Eine, aber mit Grausen dachte sie zurück an die Momente, wo Sophie plötzlich die Kontrolle übernommen hatte. Andererseits hatte sie gemerkt, dass Sophie dies immer seltener tat. Kam es doch mal vor, wirkte sie danach deutlich geschwächt. Obwohl Sabrina sich fragte, wie sie genau mit Sophie zusammenhing, machte ihr das Mut. Vielleicht konnte sie eines Tages ihrer Meisterin komplett widerstehen. Jedenfalls wurde sie von Mal zu Mal stärker.

Nun mach schon. Die Nacht ist schon weit fortgeschritten, forderte Sophie sie auf.

Also ging Sabrina die Reihe entlang und stellte sich nacheinander vor jedes Grab. Sie kniete sich hin, konzentrierte sich auf die Stelle unterhalb der Oberfläche und berührte mit der einen Hand den Boden, während sie ihre Magie ausstreckte. Die andere Hand hielt weiter den Handspiegel.

»Ungefähr sechzig Jahre!«

Genauer!, kam es sofort von Sophie.

Sabrina konzentrierte sich nochmal und korrigierte sich: »Dreiundsechzig!«

Gut, weiter! Bis auf ein Jahr genau lasse ich durchgehen.

So ging es Reihe um Reihe. An einer leeren Stelle ging sie vorbei, weil hier kein Grabstein stand.

Stopp!, hielt Sophie sie auf. Sabrina sah erstaunt in den Spiegel. *Nur weil hier kein Stein steht, heißt das nicht, dass hier niemals jemand bestattet wurde. Dein Urteil bitte!*

Sabrina zuckte die Achseln und hockte sich hin. Da sie so direkt nichts fühlte, berührte sie den Boden und wollte die Hand schon zurückziehen, da spürte sie etwas, jemanden. Es war eine Sie, und sie war schon sehr lange tot. Sabrina konzentrierte sich, bis ihre Schläfen pochten. Sie spürte ein Alter, war aber unsicher, ob sie richtig lag.

»Dreihundertundzwanzig Jahre. Genauer kann ich es nicht.«

Falsch!, kam es prompt.

»Ich denke schon.«, gab Sabrina zurück.

Ich hatte dich nach der jeweils zweitjüngsten Leiche gefragt, nicht nach der jüngsten. Also nochmal!

Sabrina stöhnte, aber es half nichts. Wenn sie nicht alle Aufgaben von Sophie zu deren Zufriedenheit erledigte, würde sie noch bis zum Morgengrauen durch die Reihen laufen. Also konzentrierte sie sich erneut und spürte tiefer. Erst fühlte es sich ganz schwach an, aber dann erkannte sie noch eine Präsenz. Es gab nur einen Hauch davon. Und sie war noch viel älter. Ihr Puls beschleunigte sich, als sie spürte, dass die Präsenz sich zu regen begann. Wie konnte das sein? Um so schnell wie möglich weiterzukommen, versuchte Sabrina zu fühlen, wie lange sie tot war.

»Fünfhundertundfünfzig Jahre!«

Fünfhundertdreiundfünfzig Jahre, acht Monate und ... etwa sieben Tage. Zwei oder drei Tage mehr oder weniger, aber das ist auch egal. Du bist nah genug dran. Gut gemacht! Und jetzt ab nach Hause und ins Bett!, kam es von Sophie und sie verschwand aus dem Spiegel.

Sabrina steckte den Spiegel weg und schwieg andächtig. Wie konnte es sein, dass sie so alte Tote noch spüren konnte? Und ein Fehler von knapp vier Jahren bei dem Alter war unter einem Prozent Abweichung. Noch in Gedanken legte sie die Hand erneut auf das Grab. Eine Präsenz war noch da, aber sie fühlte sich älter an, noch älter als die vorher. Sabrina spürte sie dennoch.

Wer stört meine Ruhe?, erklang plötzlich eine Stimme in ihrem Kopf. Sabrina starrte auf den Boden, denn die Präsenz befand sich direkt darunter.

Ich bin Sabrina und Sie sind?, sprach sie im Geist, denn etwas Besseres fiel ihr gerade nicht ein.

Man nannte mich Randolph den Allzauberer, als ich noch lebte. Sage mir, welches Jahr wird geschrieben?

Sabrina zog scharf die Luft ein. Es war erstaunlich, einen so klaren Verstand nach so langer Zeit zu spüren, aber die Tatsache, dass es ein Zauberer gewesen war, erklärte das zumindest zum Teil. Normalerweise waren die Toten dämlicher und ihre Erinnerungen bruchstückhafter, je länger sie tot waren, aber dieser hier schien noch vollständig intakt zu denken.

Wir haben den zweiten November 2015, Randolph.

Dann bin ich bereits seit über sechshundert Jahren tot. Eine lange Zeit, selbst für mich. Ihr seid also eine Meisternekromantin. Was ist Euer Begehr und was wird mein Lohn sein?

Mein Begehr?, dachte Sabrina erschrocken. Der Tote wollte einen Handel und sie wusste gar nicht, was sie von ihm wollte. *Was ist denn so die übliche Bezahlung für einen Dienst?*, fragte sie vorsichtig nach.

Nun, was ist der wahre Schatz, der alle Zeit überdauern kann?, war die mysteriöse Antwort, doch Sabrina hatte nicht umsonst haufenweise Geschichten gelesen.

Wissen. Was sonst?

Ihr müsst wahrlich machtvoll sein. Ich will von Euch Wissen erhalten. Erzählt mir von Eurer Zeit.

Gut, und was bekomme ich dafür? Was können Sie mir geben?

Ich kann Euch auch Wissen vermitteln. Sicher gibt es das eine oder andere, was ich alter Mann Euch lehren kann. Quid pro quo?

Das klang vernünftig, dachte Sabrina, soweit man bei einem geistigen Gespräch mit einer über sechshundert Jahre alten Leiche eines Magiers überhaupt von Vernunft reden konnte. Es würde sicher nicht schaden, es auszuprobieren. *Gut!*, sagte sie schließlich. *Quid pro quo. Ich fange an, dann sind Sie dran.*

Es dämmerte, als Sabrina schließlich am Morgen nach Hause humpelte. Ihr waren hockend beide Beine eingeschlafen und sie hatte es erst gemerkt, als sie nicht mehr aufstehen konnte. Sie war umgefallen und musste dann zu einem Grabstein robben, an dem sie sich hochziehen konnte. Langsam und schmerzhaft sickerte das Blut in die Beine zurück, aber das letzte taube Gefühl in den Füßen hielt noch bis vor ihre Haustür. Ihr Kopf schwirrte. Was sie erfahren hatte, war so viel gewesen, dass sie es kaum verarbeiten konnte. Als sie das Haus betrat, lief sie ihrer Mutter in die Arme, die gerade von der Toilette kam.

»Sabrina, oh mein Gott, wo bist du gewesen? Du siehst schrecklich aus. Die Schule fängt bald an. Wo hast du dich denn so schmutzig gemacht und warum kommst du jetzt erst?«

»Mama, du würdest es mir sowieso nicht glauben. Sagen wir, ich bin herumgelaufen, weil ich nicht schlafen konnte, und bin hingefallen, weswegen ich dreckig bin. Ich bin todmüde. Kannst du mich bitte heute krank melden? Ich schlafe sonst im Stehen ein«, bettelte Sabrina.

Ihre Mutter sah sie eine Weile tadelnd an, dann wurde ihre Miene milder und sie lächelte wissend. Sie nahm ihre Tochter in den Arm.

»In Ordnung, dass mir das aber nicht einreißt. Ich hoffe, der Junge ist es wert. Ihr denkt doch auch an Verhütung, oder?«

Sabrina starrte ihre Mutter an. »Da ist gar nichts gelaufen, Mama. Ehrlich, ich passe schon auf!«

Martha gab ihr noch einen Kuss auf die Stirn und zwinkerte ihr verschmitzt zu.

»Na, dann bin ich aber beruhigt!«

Sabrina antwortete nichts mehr darauf. Dass es sich bei dem Jungen um einen ausgewachsenen Zauberer handelte, der schon seit vor der Zeit von Christoph Columbus tot war, brauchte ihre Mutter ja nicht zu wissen. Sie schleppte sich ins Bett und schlief sofort ein, doch wilde Träume über ihr neues Wissen ließen sie sich immer wieder hin und her werfen.

Gedämpfte Stimmen weckten sie.

»Das ist aber lieb, dass du die Hausaufgaben vorbeibringst. Da wird sich Sabrina aber freuen«, war ihre Mutter zu vernehmen. »Sag mal, weißt du, wie Sabrinas Freund heißt? Ich sollte ja nicht fragen, aber ein bisschen neugierig bin ich schon. Hat sie den seit dem Ball?«

Es war Elisabeth, die antwortete: »Dazu kann ich leider nichts sagen, Frau Schubert. Ich habe momentan andere Sachen im Kopf. Ist Sabrina denn wach?«

»Bis vorhin hat sie noch geschlafen. Sie ist erst um halb sieben in der Früh zurück gewesen und war dreckig, als hätte sie sich auf dem Boden gewälzt. Geh nur hoch. Sie hat genug geschlummert, sonst schläft sie in der nächsten Nacht wieder nicht.«

Leise, schnelle Schritte waren auf der Treppe zu hören, dann ging die Tür auf.

»Kannst du nicht klopfen?«, murmelte Sabrina und verschwand wieder unter ihrer Decke.

»Doch, das könnte ich schon, aber ich habe gehört, dass du bereits wach bist und wusste, dass du lauschst.« Elisabeth zog den Rollladen hoch. »Du hast bald einen Tagesablauf wie ein Vampir, wenn du so weitermachst.«

Sabrina drehte sich im Bett und stopfte sich die Decke unter den Bauch. »Wusstest du, dass im 14. Jahrhundert im Harz kein wirklicher Bergbau mehr betrieben wurde? In den Geschichtsbüchern steht wegen technischer Probleme, aber es war ein Aufstand der Zwerge, die sich vom damaligen Kaiser verraten gefühlt haben.

Und hier in Clausthal war damals nach der Pest komplett tote Hose. Es gab nur ein Kloster mit ziemlich schrägen Mönchen, ein paar Holzfällern und Bergbauern. Damals lebten hier fast mehr Hexen als normale Einwohner.«

»Woher weißt du das denn?«, fragte Elisabeth und setzte sich.

»Ich habe mich unterhalten«, Sabrina grinste. »Gestern Nacht hat Sophie mich wieder trainiert und ich musste Bestattungszeitpunkte raten. Das hat sie schon vorher mit mir gemacht, aber diesmal musste ich die Toten erspüren, die unter den zuletzt bestatteten lagen. Und ganz zum Schluss bin ich sogar auf jemanden gestoßen, der schon seit über sechshundert Jahren tot ist.«

»Hast du nicht erzählt, dass die immer dämlicher werden, je älter sie sind?«

»Das ist ja das Verrückte. Normalerweise schon, aber der war total klar im Kopf. Er nannte sich Randolph der Allzauberer. Ich habe ihm ein wenig von Demokratie und Frauenbewegung berichtet. Mann, hat den das gegruselt. Ich meine, ich habe einem Toten was erzählt, was dem richtig Angst gemacht hat. Echt schräg. Er hat mir eine Menge über diese Gegend aus Sicht der damaligen Zeit berichtet. Sicherlich kann er noch viel mehr erzählen.«

Elisabeth machte ein misstrauisches Gesicht. »Was verlangt er dafür?«

»Nur Wissen. *Quid pro quo.* Wir tauschen direkt aus. Mach dir keine Sorgen. Wenn ich ihm jetzt noch was von Homoehe, Aids und Klimaerwärmung verrate, dann bleibt der sowieso freiwillig im Grab.«

»Das musst du wissen. Leichen sind nicht mein Gebiet. Du weißt schon, dass wir einen Ausflug am Freitag haben. Ich zähle auf dich.«

Sabrina sah Elisabeth an. »Nein, das habe ich nicht vergessen. Das lasse ich mir nicht entgehen. Immerhin geht es ja nach Hannover, wo ich dich als meine persönliche Fremdenführerin habe.«

Bereits im Gehen begriffen, drehte sich Elisabeth nochmal um und kam zurück. »Ich habe da noch was für dich.« Sie kramte in ihrer Tasche und reichte ihr einen Umschlag.

Sabrina riss ihn auf. Ihr fiel ein Einkaufsgutschein über zwanzig Claus-Thaler[2] entgegen.

---

[2]   Eigene Einkaufswährung in Clausthal-Zellerfeld

»Womit habe ich das denn verdient?«

»Du wurdest beim Ball auf Platz zwölf gewählt.«

»Cool!« Sabrina setzte sich auf. »Hast du auch was gewonnen?«

Elisabeth grinste zurück und zog einen dicken Kinogutschein aus der Tasche im Wert von fünfzig Euro.

»Ich habe den fünften Platz gemacht. Rate mal, wer gewonnen hat.«

»Nein, sag nichts. Deine Mutter?«

»Ja, sie hat fast ein Drittel aller Stimmen bekommen. Theos Mama ist nur auf Platz dreizehn gelandet.«

Dann mussten sie beide lachen, bis ihnen die Tränen herunterliefen.

Ein dufter Schulausflug

Während der Busfahrt schaute Elisabeth oft aus dem Fenster. Das strengte sie sehr an, denn sie musste sich immer wieder zwingen, nicht aufzuspringen und im Bus auf und ab zu tigern. Wieso hatte sie sich nicht krank gemeldet? Mit jedem Tag, den der Schulausflug nähergerückt war, hatte sie immer weniger mitgewollt. Warum musste es auch ausgerechnet der Zoo in Hannover sein? Genau darin lag das Problem. Das alles erinnerte sie viel zu sehr an ihre noch nicht allzu weit zurückliegende Vergangenheit. Die Eilenriede und der Zoo lagen direkt benachbart.

In Gedanken war sie alle Wege zwischen dem Tierpark und ihrem alten Zuhause abgelaufen. Vom Eingangstor konnte sie in zehn Minuten zu ihrem alten Haus laufen. Nein, überlegte sie weiter. Neuerdings würde sie es sogar in weit unter drei Minuten schaffen, wenn sie lief. In Wolfsform war es sicherlich noch weniger. Eigentlich saß sie hier nur, weil sie es Sabrina versprochen hatte. Ihre Freundin wollte sie nicht enttäuschen.

Schließlich war sie mit ihren Erinnerungen an der Eiche hängengeblieben. Bilder ihrer Mutter und von Frau Dr. Borga geisterten durch ihren Verstand.

Sabrina neben ihr bekam davon nichts mit. Sie schlief seit kurz nach der Abfahrt, kaum dass der Bus losgefahren war. Sie war hundemüde gewesen und hatte nur irgendetwas davon gemurmelt, dass Sophie sie in der letzten Nacht hart rangenommen und Sabrina danach noch mit Randolph geredet habe. Tiefe Ringe unter ihren Augen hatten ihre Worte glaubhaft gemacht. Theobald saß weiter vorne alleine auf einer Bank. Auch er schien müde zu sein. Er war als Allerletzter angekommen, weswegen der Bus erst mit fast einer halben Stunde Verspätung hatte aufbrechen können.

Nur weit hinten im Bus tobte das Leben. Frau Schramm, die Klassenlehrerin, schien nicht mitzubekommen, wie eine große Colaflasche kreiste und die letzten drei Bänke immer ausgelassener wurden. Elisabeth konnte den süßlichen Mandelgeruch des Amarettos, den sie heimlich hineingekippt hatten, ganz deutlich riechen. Irgendjemand zündelte mit einem Feuerzeug und Stefan in der Reihe hinter ihr hatte sich vermutlich seit Tagen nicht mehr die Zähne geputzt. So hatte Elisabeth die Lüftung voll aufgedreht und auch die Düse von Sabrina zu sich herumgeschwenkt. Der kühle Luftzug half über die Gerüche etwas hinweg.

Kurz bevor der Bus bei Seesen auf die Autobahn fuhr, spürte sie plötzlich eine merkwürdige Veränderung. Die tiefe innere Ruhe und Kraft nahm schlagartig ab. Da sie inzwischen wusste, dass im Harz ständig Magie aus dem Boden strahlte, konnte sie das Gefühl zuordnen. Es war nicht so, als wenn sie sich wirklich schwächer fühlte, aber die Abnahme der Magie war deutlich zu spüren gewesen. Als sie endlich von der Hildesheimer Börde in die Norddeutsche Tiefebene hinabfuhren, wurde ihr bewusst, dass sie bereits Heimweh nach dem Harz bekam. Auch die Entfernung von ihren beiden Rudelmitgliedern und Albert trübten ihre Stimmung. Schließlich erlöste sie ein Grunzen von Sabrina, die endlich erwachte. Die Fahrt dauerte dann wegen des dichten Verkehrs knapp zwei Stunden, bis sie auf dem Busparkplatz hielten.

Frau Schramm rief mit donnernder Stimme die Klasse zusammen, als die Ersten bereits vorlaufen wollten. Ihr war augenscheinlich klar, dass sie mehr im Schilde führten als das vorgeschobene Interesse an den Tieren. Elisabeth kannte den Kioskwagen, der vor dem Zoo stand und dessen Bedienung nicht so genau nachfragte, wenn man angeblich für seinen Papa oder Onkel einen Flachmann

Strohrum oder Doornkaat kaufen wollte. Sie hatte auf der Fahrt die letzte Reihe darüber tuscheln gehört. Vinzenz versuchte, sich dennoch davonzustehlen, und tat so, als wenn er dringend auf die Toilette müsse, doch Frau Schramm kannte kein Erbarmen. Sie schickte ihn zurück auf die Bustoilette und ließ die Klasse warten. Währenddessen erklärte die Lehrerin, dass sie mit ihren Handys Bilder machen sollten. Sie würde den besten Aufsatz und die besten drei Bilder prämieren. Es setzte ein kollektives Stöhnen ein, denn die Klasse fühlte sich um einen Faulenzertag betrogen.

Sabrina gähnte ausgiebig und sagte dann mit verschlafener Stimme: »Du musst dich sicher komisch fühlen, wo du hier vorher gewohnt hast.«

»Schon, ich komme mir dennoch vor wie eine Fremde. Mein Zuhause ist der Harz.«

Sabrina grinste sie an. »Sehnsucht nach jemandem?«

Brigitta, die genau in diesem Moment in ihre Richtung blickte, hatte es mitgehört. Sie tuschelte gleich daraufhin mit ihrer Freundin Eleonora und beide kicherten albern. Elisabeth atmete tief durch und drückte die Fingernägel wieder in die Handflächen. Heute würde ein harter Tag werden. Wie hart, das erfuhr sie gleich, nachdem sie den Eingang passiert hatten. Frau Schramm war noch an der Kasse beschäftigt, aber die Menge drängte weiter. Direkt hinter dem Eingang befand sich das Nashorngehege, in dem seine Bewohner normalerweise gelangweilt herumlagen. Um möglichst schnell die aufgetragenen Bilder zu erledigen, drängelte sich die Klasse an den Zaun. Zunächst wirkte alles, wie man es erwarten konnte. Eines der Nashörner lag mit dem Rücken zu den Besuchern hinter einem Gebüsch und das andere, das man sehen konnte, stand halb verdeckt hinter einer Mauer. Das Rufen und Blödeln der Klasse ignorierten die Tiere. Doch plötzlich änderte sich das Desinteresse. Das Größere von beiden, wohl ein Bulle, wälzte sich von einem Moment auf den anderen auf die Beine und kam hinter dem Gebüsch hervor. Er witterte und hob seine Nase hoch in die Luft. Die Klasse hielt den Atem an. Einige Handys klickten, als fotografiert wurde. Urplötzlich begann das Tier dann wild zu schnauben und startete einen Sturmlauf auf das Geländer, hinter dem die Klasse stand. Auch wenn er kurz vor dem Trenngraben wieder abbremste, verfehlte er seine Wirkung nicht. Panik brach unter den Schülern aus.

Einige Mädchen schrien auf und rannten weg, wobei Eleonora hinfiel und sich das Knie aufstieß. Auch die Jungs machten einen Satz rückwärts. Sabrina war ebenfalls zurückgewichen, ebenso wie Theobald, der sich sogar unter den Flüchtenden befand. Der Bulle lief einen Kreis und wiederholte seinen Anlauf, was nun auch die Jungen vertrieb. Allein Elisabeth blieb stehen, die wie gebannt auf den Bullen starrte. Sie roch ihn und ihr wurde schlagartig klar, dass er sie auch roch, oder vielmehr ihre Wölfin. Am Eingang hatte sie sich noch wie der Rest der Klasse amüsiert, weil einem jungen Mann mit seinem offenbar schlecht erzogenen Rottweiler der Zugang verwehrt worden war. Das Tier hatte aggressiv geknurrt, sein Herrchen fast umgerissen und einige Meter mitgezogen, als jemand mit einem Rehpinscher auf dem Arm auftauchte. Sie konnte sich ohrfeigen, dass sie das nicht bedacht hatte, doch dafür war es nun zu spät. Sie stand jetzt hier und ihr Geruch trieb das Tier zur Raserei. Der Bulle machte einen dritten Anlauf und wirbelte eine Menge Staub auf, als er schlitternd kurz vor dem Graben wieder zum Stehen kam. Das Knurren kam ganz wie von selbst. Es stieg von unten vom Zwerchfell empor und schob sich über den Kehlkopf hinaus durch die zusammengebissenen Zähne. Der Bulle hielt inne und starrte sie aus seinen kleinen Augen an, die Ohren direkt in ihre Richtung gedreht, den Schwanz hoch erhoben. Er grollte etwas zurück, so laut, dass er Elisabeths Knurren übertönte.

»Elle, komm schon, die Schramm ist gleich da.« Sabrina hatte sich vorgewagt und zerrte ihre Freundin von dem Gehege weg. »Nun mach schon, sie merkt sonst noch was.« Als Elisabeth sich nicht rührte, stellte sich Sabrina zwischen ihr und dem Nashorn auf die Zehenspitzen und blockierte ihr die Sicht, so gut sie konnte. »Bist du völlig übergeschnappt? Hör endlich auf zu knurren«, zischte sie ihr zu. »Krieg dich wieder ein. Und nimm den Kopf runter, sonst sieht man das Rot in deinen Augen.« Endlich gelang es ihr, Elisabeth wegzuziehen. Mit gesenktem Blick ließ diese sich von Sabrina an der Klasse vorbeiführen. Während sie ihre Finger tief in ihre Handflächen drückte, um sich durch den Schmerz abzulenken, hörte sie Ojan noch höhnisch lachen.

»Die Elisabeth hat die Hosen voll. Habt ihr das gesehen, die hat auf das Nilpferd gestarrt wie ein Kaninchen auf die Schlange.«

»Das war ein Nashorn, du Vollpfosten!«, rief jemand dazwischen und die ganze Klasse lachte.

»Nicht beachten, immer weitergehen!«, flüsterte Sabrina ihr beschwichtigend zu. »Wir suchen uns jetzt ein stilles Plätzchen und überlegen dann, was wir mit dir hier machen.«

Eine große Kurve auf dem Weg weiter kam ein Spielplatz. Sabrina drängte Elisabeth auf eine Sitzbank. Sie gab Theobald einen Wink, der etwas betreten in der Nähe stand. Er kam herüber und setzte sich auf die andere Seite. Noch bevor er etwas sagen konnte, tauchte Frau Schramm auch schon auf.

»Was ist hier los?«, verlangte sie zu wissen. Sie war puterrot angelaufen. »Wir sind noch nicht einmal fünf Minuten auf dem Gelände und schon werden die Tiere geärgert und eine Schülerin ist verletzt. Was hat denn Elisabeth?«

»Nichts!«, log Sabrina. »Ich denke, sie hat nur einen Schock. Ich weiß nicht, wer das Nashorn so geärgert hat. Bestimmt war es einer der Jungen.«

Frau Schramm kniff nur die Augen zusammen, dann stöhnte sie auf.

»Gut, bleibt ihr zwei bei ihr, bis sie sich wieder beruhigt hat. Ich muss nach Eleonora sehen.« Sie drehte sich zu dem Rest der Klasse um. »Und ihr alle geht weiter. Wir treffen uns eine Stunde, bevor der Zoo schließt, an Meyers Café.«

Damit verschwand sie um die Ecke. Die Klasse zerstreute sich, nicht ohne aus der Ferne noch einen hämischen Blick auf Elisabeth zu werfen. Wenn man es nicht besser wusste, sah es wirklich so aus, als wenn sie einen Schock hatte. Nur das Blut, das ihr jetzt langsam begann, aus den Händen zu tropfen, hätte sie verraten.

»Elle, komm runter, sie sind weg.«

»Ich habe nicht die Hosen voll«, kam es gepresst zurück.

»Das ist uns zwei auch klar, aber glaube mir, wenn ich sage, dass es besser ist, wenn die anderen das denken.«

Auch Theobald fand seine Sprache wieder. »Der Bulle wird dich gerochen haben. Ich hatte ja keine Ahnung, dass so große Tiere so auf dich reagieren würden. Aber klar, er hat das Raubtier gewittert und wollte sein Revier verteidigen.«

»Na große klasse!« Elisabeth blickte ihn jetzt aus Augen an, in denen langsam das Rot verblasste. »Wir sind gerade erst an einem

Gehege gewesen. Was meinst du, wie Ziegen oder Rehe auf mich reagieren? Wie konnte ich nur so blöd sein? Ich muss hier raus!«

Sabrina sah sie mit einer Mischung aus Bedrücktheit und Furcht an. »Mann, das hätten wir uns auch denken können. Du hättest dich heute Morgen besser krank gemeldet. Jetzt haben wir den Salat. Ich wette, die Wölfe drehen durch, wenn sie dich wittern.«

Elisabeth stöhnte und lehnte sich zurück.

Einen kurzen Moment schwiegen sie, dann schnippte Theobald mit den Fingern. »Ich hab's! Wölfe wälzen sich doch im Kadaver von Tieren oder deren Duftmarken, um ihren Geruch zu überdecken!«

Beide Mädchen starrten ihn fassungslos an.

»Willst du damit sagen, dass ich mich jetzt auf der Streichelwiese in Ziegenscheiße wälzen soll? Nein danke!«, warf Elisabeth giftig zurück.

»Nein, das nicht, wir sind ja immerhin zivilisiert. Ich habe was dabei, was wir stattdessen nehmen können.« Er strahlte und holte ein Deospray aus seiner Jacke. »Ist nicht mehr ganz voll, aber das sollte reichen.« *Bruno Banani, Man's Best* stand auf dem Etikett.

»Das ist nicht dein Ernst. Dieser Duft ist so ekelig, da dreht sich mir der Magen um. Dann schon lieber Ziegenscheiße«, quittierte Elisabeth das Angebot und erntete damit ein sehr betretenes Gesicht von Theobald, der die Flasche wieder wegsteckte.

»Warte mal, ich habe mein Reisedeo auch dabei.« Sabrina kramte eine namenlose Spraydose aus der Tasche und hielt sie Elisabeth hin. Sie schnupperte vorsichtig.

»Das riecht nach grünem Apfel, etwas Zimt und Alkohol. Aber immerhin besser als das andere«, stellte Elisabeth erleichtert fest.

»Gut, dann probieren wir das jetzt. Halt die Luft an«, verlangte Sabrina.

Elisabeth hielt sich die Nase zu und schloss Mund und Augen, während Sabrina sie großzügig mit dem Deo einnebelte. Theobald konnte gerade noch rechtzeitig wegspringen, um nichts davon abzubekommen. Als sie schließlich damit aufhörte und zufrieden schien, nahm Elisabeth die Hand von der Nase und holte Luft. Sofort wurde sie von einem Hustenanfall geschüttelt, schnaubte und nieste heftig.

»Ich glaube, ich bekomme keine Luft mehr. Das sticht in der Nase.« Sie stöhnte, hielt sich erneut die Nase zu und musste dann gleich nochmal niesen. Dabei schüttelte sie sich wie ein Hund. »Ich rieche nichts mehr außer Apfel.«

»Jupp!«, quittierte Sabrina. »Ich auch nicht. Und wenn ich das schon rieche, dann bist du für die Tiere hier auch kein Problem mehr. Komm aber nicht zu nah an das Ziegengehege. Die lieben Äpfel.«

»Danke, Theo, für die Idee!«, sagte Elisabeth kleinlaut.

»Nicht der Rede wert. Beeilen wir uns etwas, die anderen sind sicher schon viel weiter.«

So gewappnet gingen sie zum nächsten Gehege, in dem Zebras und Antilopen herumliefen. Die anderen Besucher im Zoo rümpften zwar die Nase, als die drei in einer Apfelduftwolke gehüllt an den Zaun traten, aber die Tiere schienen nun keine Notiz mehr von Elisabeths Wölfin zu nehmen. Die Laune hob sich. Sie schossen ein paar Fotos. Ohne weitere Zwischenfälle schafften sie es bis zu den Giraffen, als Elisabeth stehenblieb.

»Was ist? Stimmt was nicht?«, fragte Sabrina sofort.

»Nein, ich kann nur endlich wieder etwas anderes außer Apfel riechen. Es riecht hier nach …« Sie schnupperte in der Luft, während ein Pärchen sie überholte. Beide starrten Elisabeth an, dann tuschelten sie und lachten. Sie hielten es wohl für eine schauspielerische Darbietung. »… nach Wolf«, beendete Elisabeth endlich ihren Satz.

»Du kannst hier schon die Wölfe riechen?« Theobald kramte einen Zooplan hervor. »Wenn wir über die kleine Brücke abkürzen, dann müssen wir noch an den Löwen vorbei und den Rentieren, erst dann kommen wir zu den Wölfen. So gut kann deine Nase gar nicht sein.«

Doch Elisabeth schnupperte weiter. »Das verdammte Apfeldeo verfälscht alles, aber ich rieche einen anderen Werwolf. Eine Werwölfin, um genau zu sein.«

»Was, hier?« Sabrina war plötzlich auch alarmiert, doch da stürmte Elisabeth auch schon los. Sabrina, die ihr noch ein paar Schritte nachgelaufen war, fluchte etwas Unverständliches.

»Ich fürchte, Brina, jetzt müssen wir ganz Normale alleine weiter«, sagte Theobald, als er sie erreicht hatte. Sie sahen sich an. Beim Anblick Theobalds betont unschuldigem Gesicht bildeten sich

Lachfältchen um Sabrinas Augen und sie mussten beide so heftig losprusten, dass sich alle Köpfe in ihre Richtung umwandten.

Erst nach einer ganzen Weile wurde Sabrina wieder ernst. »Theo, ich mache mir aber wirklich Sorgen um Elle. Für sie hat sich alles umgekrempelt. Du weißt schon ewig, wer du bist, und mich lässt Sophie in Ruhe, wenn keine Spiegel zugegen sind. Aber für sie hat sich seit dem Sommer die ganze Welt umgedreht und sie kann es nie abschalten. Das würde mich verrückt machen. Auf uns reagieren die Tiere wenigstens nicht. Für sie hingegen ist das hier der reinste Alptraum. Ein Kampf zwischen Mensch bleiben, Rivalen vertreiben und Futter anschauen. Mich würde nicht wundern, wenn sie heute noch völlig durchdreht.«

»Du hast recht, Brina, wie immer. Lass sie uns suchen. Sie braucht unsere Hilfe!«

Elisabeth folgte der Spur. Es war nur ein Hauch und das Apfeldeo machte es nicht leichter, doch an einer Ecke hinter dem Löwengehege, das sie einfach rechts liegen ließ, fand sie die Spur wieder. Sie folgte ihr, bis sie schließlich ein Versorgungsgebäude erreichte, wo der Zutritt nur dem Pflegepersonal erlaubt war. Die Tür stand offen. Elisabeth betrat das Gebäude ohne Zögern. Die Fährte war hier deutlich und frisch. Der Eingang mündete in einen Mittelgang. Links und rechts lagen verschiedene Boxen für Tiere, die aber alle leer zu sein schienen. Vor einem Haufen mit Silofutter stand eine Schubkarre, die bereits halb beladen war. Eine sehr junge Frau schippte gerade mit einer großen Schaufel noch mehr Futter in die Karre. Sie hatte Elisabeth nicht kommen hören, weil sie In-Ohr-Kopfhörer trug. Elisabeth konnte schwach dröhnende Rockmusik ausmachen. Die junge Frau war sehr schlank, ähnlich wie Elisabeth, aber viel zierlicher. Der Geruch kam von ihr.

Als diese sich umdrehte, bemerkte sie schließlich die Fremde. Sie richtete sich auf und nahm die Ohrstöpsel heraus. Da erinnerte sich Elisabeth, woher sie das Gesicht kannte: vom Bahnhof in Hannover. Das Mädchen mit ihrem mageren Gesicht und den dunkel umrandeten Augen war ihr damals in Erinnerung geblieben. Sie sah jetzt viel gesünder aus, war allerdings immer noch mager. Die Frau schien sie nicht zu erkennen.

»He, das ist nur für Personal! Kannste nicht lesen?«

»Doch, das kann ich! Ich dachte mir nur, ich schau mal, wie es dir so geht.«

Die andere runzelte die Stirn. »Kenne ich dich?« Sie schien krampfhaft zu überlegen und kniff dabei die Augen zusammen.

»Ist eine Weile her. Ich habe dir mal Geld gegeben am Bahnhof. Schön zu sehen, dass du jetzt einen Job hast.«

»Ach, du bist die, die mir ihr Taschengeld gegeben hat. Jetzt erinnere ich mich. Damals warst du viel kleiner. Hab' mir 'nen Schuss dafür gesetzt.«

Auch wenn die Andere nicht nähergekommen war, sah Elisabeth ein seliges Leuchten in ihren Augen.

»Ich hatte gehofft, dass du dir damit vielleicht was Warmes zu essen kaufst.«

»Scheiße nein, ich habe damals alles in Stoff umgesetzt. Hast mir einen Tag lang erspart, dafür jemandem einen blasen zu müssen.«

Elisabeth war entsetzt. Immer noch schien die andere ihr wirkliches Ich nicht zu erkennen.

»Du stinkst nach billigem Apfel. Das riecht man bis hier. Woher wusstest du überhaupt, dass ich hier drin bin?«, hakte die Andere misstrauisch nach.

Elisabeth trat einen Schritt näher. »Ich bin deiner Spur gefolgt.«

»Soso, wolltest wissen, wo die Schubkarrenspuren hinführen?«, kam es skeptisch zurück.

Elisabeth entschied sich, jetzt etwas direkter zu werden. »Ich bin deiner Fährte gefolgt, Wölfin!«

Es dauerte keine Sekunde, da breitete sich erst jähes Entsetzen auf dem Gesicht der Anderen aus, dann verfinsterte sich ihre Miene. Sie nahm die Schaufel wie eine Abwehrwaffe hoch und hielt sie zwischen sie beide.

»Scheiße, du bist eine von denen. Ich habe euch schon gesagt, dass ich nichts mit euch zu tun haben will. Das Schwein, das mich gebissen hat, hat mir mein ganzes Leben versaut.« Die Augen der anderen Frau begannen schwach in Gelb zu leuchten, als die Wölfin knapp unter die Oberfläche trat. »Und dann schicken sie ausgerechnet eine ganz Junge, um mich aufzustöbern! Feige Bande! Komm nur, dich mache ich genauso fertig, wie den anderen zuvor.« Sie knurrte Elisabeth an und kam drohend näher.

Elisabeths Wölfin begann sich ebenfalls zu regen und gab ihr Kraft, pumpte Adrenalin in ihre Adern. Sie wurde herausgefordert, doch bei solchen Gelegenheiten ging es mehr um Dominanz als um Kampf. Albert hatte ihr gesagt, worauf es dabei ankam. Sie richtete sich zu ihrer vollen Größe auf und erwartete den Angriff. Den Blick hielt sie dabei direkt auf die Augen der Anderen geheftet, die nun geradewegs auf sie losging. Die Attacke kam schnell, doch Elisabeth hatte es erwartet. Sie sprang beiseite, packte die Schaufel mitten im Schlag und lenkte diese ab. Während sie beide den Stiel festhielten und sie sich gegenüberstanden, ließ sie ihre Wölfin los. Sie brach an den Augen und den Fingern durch die Oberfläche. Zentimeterlange Krallen wuchsen in Bruchteilen von Sekunden aus ihren Fingern und ihre Augen glühten rot. Dann knurrte sie so tief und so stark, wie sie konnte, dass die ganze Halle erbebte. Erneut riss ihre Gegnerin ihre inzwischen vollgelben Augen auf, diesmal jedoch aus Angst, und sprang einen Schritt zurück. Elisabeth bog den Stiel der Schaufel, bis er brach, und knurrte ihre Gegnerin erneut an.

»Willst du mich etwa herausfordern?«, stieß sie kehlig hervor.

Albert wäre stolz auf sie gewesen. Doch das ehemalige Straßenmädchen gab noch nicht auf. Nachdem sie erkannt hatte, dass sie diesen Kampf nicht gewinnen konnte, drehte sie sich um und rannte los. Elisabeth warf die Schaufel beiseite und folgte ihr mit großen Sätzen. Das Gebäude hatte noch einen zweiten Ausgang, der ebenfalls offen stand. Sie rannten auf die Tür zu. Die andere wollte gerade hindurch flüchten, da holte Elisabeth sie ein und warf sich auf sie. Sie krachten gegen die Wand. Ein wüstes Handgemenge entstand, weil ihre Gegnerin wild um sich schlug, kratzte und biss. Elisabeth trug einige Wunden davon, doch diese heilten in Windeseile. Es wurde schnell klar, wer hier die Stärkere war. Darauf bedacht, die andere Wölfin nicht zu verletzen oder zu beißen, rang Elisabeth sie mit purer Kraft nieder, bis sie schließlich rittlings auf ihr saß und sie auf den Boden drückte.

»Was willst du von mir?«, keuchte die Unterlegene.

Elisabeth war auch ins Schnaufen gekommen. »Ich wollte nur mit dir reden. Aber du musstest ja gleich ein Wolfsding daraus machen!«

»Fuck! Ich konnte doch nicht wissen, dass du so ein Rotauge bist. Und du stinkst wie eine billige Apfelschorle.«

Elisabeth stöhnte und schloss ihre Augen, während sie die Teilverwandlung langsam zurückdrängte. »Ich will wirklich nur mit dir reden. Und ich bin nicht von hier, ich meine nicht mehr. Also bleib ruhig. Können wir uns jetzt unterhalten oder greifst du mich gleich wieder an?«

»Scheiße! Dann rede halt.«

Elisabeth merkte, dass die andere nicht mehr dagegenhielt. Sie entspannte sich und ließ sie los. Sie standen auf und klopften sich das Stroh von der Kleidung.

»Soso, du bist also nicht mehr von hier. Aber eine von den Obermackern bist du ja dann wohl trotzdem.«

»Du drückst dich ziemlich derbe aus, aber ja, ich bin eine Alpha.« Sie setzten sich auf Strohballen, die an der Wand gestapelt waren. »Ich habe wirklich nur deine Fährte aufgenommen und bin ihr gefolgt. Wie lange bist du denn schon hier und wie heißt du überhaupt? Ich bin übrigens Elisabeth.«

»Ich heiße Lilly«, antwortete sie und wurde redseliger. »Ich bin hier seit etwa einem halben Jahr. Ist ganz schön schwierig, an Futter zu kommen in der Stadt. Die vom hiesigen Rudel sind mir ständig auf der Pelle und wollen, dass ich mich unterwerfe. So ein Scheiß! Das können die sich sonst wohin stecken. Ich bin lange genug herumgeschubst worden.«

Elisabeth schwieg und nickte nur, was die Andere ermunterte, weiter zu erzählen.

»Ist vor etwa einem Jahr passiert. Habe gerade einen Kunden bedient und plötzlich taucht da dieses Vieh auf und reißt ihn über mir in Stücke. Oh Mann, hatte ich Schiss. Hab' auch ordentlich was abbekommen. Glücklicherweise konnte ich mich unters Bett rollen. Bin dann später irgendwann wieder zu mir gekommen. Ich konnte aus dem Raum kriechen, bevor die Bullen angerückt sind. Habe es irgendwie zu meiner Bude zurückgeschafft, aber frag nicht, wie. Hat gebrannt wie Hölle.« Sie zeigte Elisabeth mehrere Klauennarben auf ihren Armen. »War danach voll im Arsch. Für ein paar Tage. Dachte, ich würde sterben. Aina, meine Mitbewohnerin, hat mich versorgt. Hab' erst später geschnallt, dass es ein Werwolf gewesen sein muss. Erst als ich eines Morgens nackt bei den Ricklinger Kiesteichen aufgewacht bin und ich voll von fremdem Blut war, habe ich es kapiert. Ich habe dann versucht, mich umzubringen, aber das ist verdammt schwer, wenn man so schnell heilt.« Sie machte eine Pause und lehnte sich gegen die Wand. »Ein Kumpel hat mir genug Stoff gegeben, um mir den Goldenen zu setzen, aber auch das hat nicht funktioniert. Und dann haben sie mich gefunden. Sind zu dritt gekommen und haben mir was von Regeln, Rudel und Registrieren erzählt. Da bin ich abgehauen. Habe mich dann eine Weile entlang der Bahngleise herumgetrieben. Hier in Hannover gibt es kaum eine Ecke, wo du als Wolf überleben kannst. Später habe ich versucht, im Zoo was zu essen zu stehlen. Sie haben mich aber erwischt. So eine Tante aus der Verwaltung hat mich dann gefragt, ob ich für mein Essen arbeiten würde. War eine echte Samariterin. Daraufhin haben die mich hier genommen, auf Probe. Und als sie gesehen haben, wie kräftig ich bin, durfte ich bleiben.«

»Und vom Tierfutter kannst du dir etwas abzweigen?«, warf Elisabeth ein.

»Ja, ist gar nicht schwer, wenn man nicht zu viel nimmt«, antwortete Lilly. »Vorher habe ich viele Katzen erwischt. Wehren sich wie die Teufel und ist nicht viel dran, aber es gibt genug davon. Schmecken aber komisch.«

Elisabeth zuckte die Schultern. »Ich hatte bisher nur einen Hund, Pferd und Rehe. Die sind bedeutend besser. Weißt du eigentlich, wie verrückt das ist, hier im Zoo zu sitzen und sich über den Geschmack von Tieren zu unterhalten?«

Dann mussten beide lachen. Lilly hatte ein dreckiges Lachen, aber Elisabeth spürte, dass sie das nur spielte. Dann wurde sie wieder ernster.

»Und wie reagieren die Tiere so auf dich, wenn du hier herumläufst? Ich rieche nur deswegen so nach Apfeldeo, weil die sonst total austicken würden.«

Lilly grinste überlegen. »Ist ein Trick. Ich kann sie irgendwie beruhigen, weiß auch nicht, wie ich das mache, aber sie nehmen mich eher als eine der Ihren war.«

»Kannst du mir zeigen, wie das geht?«

Lilly musterte sie eine Weile. »Du scheinst echt in Ordnung zu sein. Vielleicht. Erzähl mal was von dir.«

Elisabeth überlegte kurz, dann entschloss sie sich, Lilly ein wenig mehr zu vertrauen. »Ich weiß noch nicht lange, dass ich eine Werwölfin bin. Meine Familie ist in den Harz umgezogen und da ist es dann passiert. Ich habe mich aber nicht meinen ... ich meine, unseren Artgenossen verschlossen. Ich habe eine Art Trainer zugeteilt bekommen, der mich anleitet und mit den Dingen vertraut macht, die ich wissen muss. Dass ich eine natürliche Alpha bin, das ist ... na ja ... einfach so passiert.«

»Ich habe schon viel krasse Scheiße gehört, und du erzählst mir vermutlich nicht die ganze Wahrheit. Ist aber okay. Ich habe vielleicht auch das eine oder andere Detail unterschlagen. Hat eine Alpha nicht ein Rudel?«

»Ja, meines besteht aber nur aus zwei weiteren Mitgliedern und mir.« Für Elisabeth klang das irgendwie wenig, doch Lilly schaute sie nun offen an.

»Krass. Du bist, ich schätze mal, siebzehn oder so?«

»Fünfzehn, werde aber bald sechzehn!«, warf Elisabeth ein.

»Und dann bist du schon Alpha? Du bist eine ganz Besondere. Der Typ, den sie mir hinterhergeschickt haben, war gewöhnlich. Den habe ich plattgemacht. Du bist allerdings ein ganz anderes Kaliber. Gebe es nicht gerne zu, aber hast mich schwer beeindruckt.«

»Dankeschön! Wie geht das denn jetzt, mit dem Tiere beruhigen?«

Lilly sah sie wieder direkt an. »Du lässt nicht locker, was? Also schön, kannst du das?«

Sie fing leise an zu fiepen, genauso wie ein Hund, der um Anerkennung seines Herren bettelt. Aber es war leiser, kaum hörbar für menschliche Ohren. Dazu nahm sie eine defensive Körperhaltung ein. Was Elisabeth sah, war nur das eine, sie spürte die Botschaft mit ihrem Geruchssinn, mit den Ohren und mit ihrem ganzen Körper. Es sagte ihr: *Ich tu dir nichts!*

»Versuch du es mal. Ist ganz einfach«, forderte Lilly sie auf. Elisabeth versuchte es, aber ganz so einfach war es dann doch nicht. Sie übten eine Weile, bis Elisabeth den Dreh herausbekam. Schließlich schaute sie auf die Uhr. Es war schon zehn Minuten nach dem vereinbarten Termin.

»Ich muss los, meine Klasse trifft sich an Meyers Café. Grüß mir die Wölfe hier. Die hätte ich gerne länger gesehen.«

Lilly nickte ihr zu. »Klar, kann ich machen.«

»Wenn du mal in den Harz kommst, dann melde dich bei mir und sei mein Gast. Ich wohne in der Neuen Mühle bei Clausthal.«

»Nee, da bekommen mich keine zehn Pferde hin. Ich steh auf die Stadt. Bin halt ein Stadtwolf.«

»Danke Lilly, und entschuldige, dass ich die Schaufel zerbrochen habe.«

»Geht klar, Alphamädchen. Ist nicht meine erste Schaufel.«

Elisabeth winkte noch kurz, dann verschwand sie durch die Tür und lief den Weg, so schnell sie es für unauffällig hielt, zu Meyers Café.

Sabrina wartete ungeduldig auf ihre Freundin. Sie hatten sie nicht wiedergefunden und auch nicht auf dem Handy erreicht. Vor einer halben Stunde hatte Nieselregen eingesetzt. Es wurde kalt. Doch Elisabeth fehlte nicht als Einzige, denn Vinzenz, Alim und Ojan sowie Petra und Brigitta waren ebenfalls nicht da. Auch sie gingen nicht an ihre Geräte.

Frau Schramm war deutlich genervt und bildete aus den verbliebenen Schülern Suchtrupps und kam dann aber direkt auf Sabrina zu.

»Sabrina, du hast doch heute Elisabeth betreut, als sie den Schock hatte. War ihr sonst nicht gut? Ist dir was aufgefallen?«

Sabrina schüttelte den Kopf. »Nein, sie hat sich schnell wieder gefangen und wir sind dann weitergegangen. Irgendwo bei den Giraffen habe ich sie verloren, aber sie wollte unbedingt zu den Wölfen. Würde mich nicht wundern, wenn sie immer noch da ist. Sie liebt die Tiere.«

Frau Schramm zog die Augenbrauen hoch. »Ist das so? Na, komm bitte mit dahin. Theobald und Eleonora halten die Stellung am Café. Falls die anderen eintreffen, bleiben die dann bitte auch hier, verstanden?« Daraufhin ging sie eiligen Schrittes in Richtung Wolfsgehege davon und Sabrina musste sich beeilen, hinterherzukommen, obwohl die Lehrerin viel kürzere Beine hatte als sie selbst. Sie waren gerade einmal gut hundert Meter weit gekommen, da tauchte Elisabeth bereits vor ihnen auf. Sie kam schnell angelaufen, sah Sabrina und die Lehrerin und bremste direkt vor ihnen elegant ab.

»Ein bisschen spät, junge Dame«, kommentierte Frau Schramm. »Du meine Güte, wie siehst du denn aus? Du bist doch nicht etwa irgendwo durch den Zaun gekrochen, oder?«

Elisabeth blickte an sich hinunter. Ihr Pullover und die Hose waren dreckig. Über dem Knie und an den Ärmeln hatte sie überall Risse. »Nein, Frau Schramm, entschuldigen Sie bitte, ich bin auf dem Spielplatz hingefallen. Eine ganz dumme Sache. Aber mir geht es soweit gut.«

»Weißt du, wo die anderen Ausreißer sind?«

Elisabeth sah fragend Sabrina an.

»Petra, Brigitta, Vinzenz und seine zwei Schatten fehlen noch«, erklärte diese.

»Nein, ich habe sie nicht gesehen. Soll ich nochmal alles ablaufen? Ich bin schnell.«

»Ja, das klingt vernünftig, aber komm gleich wieder. Ich gebe dir noch eine halbe Stunde. Nimm Sabrina mit. Damit du nicht nochmal verloren gehst. Ich nehme den anderen Weg, vielleicht sind sie da. Beeilt euch, Mädels, der Zoo schließt bald.« Damit drehte sie sich um und ging.

»Wo warst du?«, verlangte Sabrina zu erfahren, als sie in die Richtung losliefen, aus der Elisabeth gekommen war.

»Erzähle ich dir später, jetzt lass uns die anderen suchen.«

Sie kamen an einigen letzten Zoobesuchern vorbei, die aber alle schon unter Regenschirmen zum Ausgang strebten. Aus den Augenwinkeln entdeckte Elisabeth plötzlich einen Raben, der über sie hinwegflog und nach links abbog. Sie folgte ihm, ohne weiter darüber nachzudenken. Es dauerte nicht lange, dann drang ein heftiges Platschen und wildes Geschrei an ihre Ohren. Sabrina und Elisabeth warfen sich einen Blick zu. Als ein tiefes Gebrüll einsetzte, rannten sie schneller. In vielen anderen Gehegen setzte vielstimmiges Rufen ein.

Sie erreichten den letzten Winkel des Zoos, an dem das Eisbärengehege lag, und sahen gerade noch, wie vier ihrer Klassenkameraden in wildem Lauf den anderen Weg in Richtung Ausgang türmten, als wenn der Teufel hinter ihnen her wäre – drei Jungen und ein Mädchen.

Ein hysterischer Schrei erklang.

»Das ist Petra!«, keuchte Sabrina. »Schau nur, sie ist ins Gehege gefallen und der Eisbär ist total wütend. Der bringt sie noch um.«

Petra stand klitschnass mit dem Rücken an der Wand und schrie aus Leibeskräften. Sie blutete stark aus einer Platzwunde am Kopf. Der Eisbär brüllte nochmals und kam immer näher. Dann machte er einen Satz auf sie zu, worauf sie kreischend auswich und in das Becken stürzte.

Elisabeth fasste einen Entschluss. »Hol eine Leiter oder ein Seil, ich halte ihn auf.«

»Was? Elle, du kannst doch nicht …«, erwiderte Sabrina und stellte sich ihr in den Weg.

Laufschritte kamen schnell näher. »Ich helfe dir!«

Es war Lilly. Sabrina starrte die Fremde in dem grünen Tierpflegeranzug an, doch sie kam nicht mehr dazu, etwas zu sagen. Erneut schrie Petra auf und sank ins eiskalte Wasser. Ohne weiter über die Konsequenzen nachzudenken, rief Elisabeth ihre Wölfin bis kurz unter die Oberfläche, schubste Sabrina beiseite und sprang mit einem weiten Satz in das Gehege. Sie knurrte den Bären wild an, der daraufhin von Petra abließ. Lilly tat es ihr gleich und landete ein Stück weiter auf der anderen Seite des Bären.

Das Raubtier blickte auf und brüllte Elisabeth an. Es war mächtig groß und für einen Moment kam ihr der Gedanke, wie der Eisbär auf sie zukam, dass sie sich vielleicht übernommen hatte. Als er sie fast erreicht hatte, huschte ein Schatten auf ihn zu und sprang von hinten auf seinen Rücken. Der Eisbär wirbelte herum und schleuderte Lilly mit einem Prankenhieb zu Boden. Elisabeth stürzte vor und warf sich gegen ihn, schlang die Arme um seinen Hals und ein Bein und drückte zu, wie sie es im Judo mal gelernt hatte. Irgendetwas sagte ihr, dass sie das Tier nicht töten durfte. Der Eisbär bäumte sich auf, hob sie schier mühelos hoch und warf sie beinahe ab. Die Krallen kratzten über ihre Beine und rissen tiefe Wunden. Blut quoll hervor. Mit aller Kraft drückte Elisabeth weiter zu und knurrte den Eisbären an. Dieser drehte sich und brüllte, kratzte und schlug um sich, konnte sie aber mit seinem Biss nicht erwischen. Plötzlich war Lilly auch wieder da und warf sich ebenfalls auf ihn. Das Tier verlor den Stand und rollte mehrfach herum, wodurch die beiden loslassen mussten. Elisabeths Rippen knackten bedrohlich, als er über sie hinwegrollte. Sie sprangen wieder auf die

Beine und standen sich nun auf Armeslänge gegenüber. Elisabeth und Lilly, Seite an Seite. Der Eisbär wirkte irritiert. Er fletschte die Zähne, schien allerdings nicht zu wissen, welche der beiden Gegnerinnen er als erste angreifen sollte. Dann entschied er sich für die kleinere und sprang auf Lilly zu, die behände zurückwich und zur Seite ausbrach. Elisabeth sah, dass er sich eine Blöße gab, und schlug mit aller Kraft gegen seinen Kopf, dass ihr die Hand taub wurde. Der Eisbär taumelte ein paar Schritte. Schon war Lilly da und packte ihn wie Elisabeth eben am Hals. Diese sprang von der anderen Seite heran und schlang ebenfalls die Arme um das Tier, das nun schwer keuchte.

»Sabrina, mach schon! Rette Petra!«, brüllte Elisabeth. »Ich weiß nicht, wie lange wir den festhalten können!«

Als wenn der Eisbär dadurch ermuntert worden wäre, stemmte er sich wieder und wieder gegen ihren Haltegriff. Sie rangen eine Weile mit ihm, aber diesmal hatten sie ihn so fest gepackt, dass er sie nicht mehr abschütteln konnte. Dennoch versuchte er es immer noch, obwohl ihm langsam die Luft ausging.

Sabrina verschwand kurz außer Sicht, dann tauchte sie wieder mit einer Rettungsstange auf, die am Ende eine lange Metallschlaufe hatte. Damit fischte sie im Wasser nach Petra, die in dem Wellengang des Beckens immer wieder unterging und kaum noch Regung zeigte. Sie erwischte die Verletzte und hob sie über Wasser.

»Mach es mir nach!«, rief Lilly. Sie begann zu fiepen, wie sie es zuvor Elisabeth in dem Versorgungsgebäude beigebracht hatte. Elisabeth musste sich erst sammeln, dann stimmte sie mit ein. Der Eisbär knurrte noch eine Weile, dann wurde er ruhiger, auch wenn er immer noch schwer atmete. Auf ein energisches Nicken von Lilly hin bugsierten sie das Tier Richtung des künstlichen Höhleneingangs, der zum Unterschlupf des Eisbären führte. Sabrina kämpfte währenddessen damit, Petra aus dem Wasser zu bekommen. Sie schaffte es sogar, sie ein Stück auf die Felsen zu ziehen. Immer noch fiepend, schoben die Wölfinnen den Eisbären in den Eingang, bis Lilly zischte: »Auf drei schieben wir ihn durch. Eins ... zwei ... drei!«

Sie schoben und der Eisbär, anscheinend inzwischen froh, dieser ihm völlig unbekannten Gegenwehr ausweichen zu können, floh hinein. Lilly drückte einen Schalter am Eingang und das Tor schloss sich.

Elisabeth wandte sich sogleich Petra zu, die bewusstlos zu sein schien. Sie warf sie sich über die Schulter und kletterte mit ihr aus dem Gehege, wobei sie ihre Krallen einsetzte, die sie in die Wand rammte. Lilly kam nach und schob von unten mit. Oben angekommen stöhnte Petra. Sie roch stark nach Alkohol und schien fast völlig weggetreten. Sabrina warf ihr ihre Jacke über und packte sie um die Hüfte, darauf bedacht, dass sie weder Elisabeth noch Lilly ansehen konnte, die mit ihren Wolfsaugen und Krallen ein mindestens so schockierender Anblick waren, wie der Eisbär zuvor. Petra murmelte etwas, das Elisabeth nicht verstand, aber sie kam wieder zu sich.

»Komm schon, ich bringe dich weg. Kannst du laufen?«

Petra nickte wie eine Volltrunkene. Sabrina zog sie auf die Beine und setzte sich mit ihr in Bewegung, weg von den Werwölfinnen.

Lilly drehte sich zu Elisabeth um. Mit hellgelben Augen, wild zerzaust und aus einigen Kratzern blutend stand sie grinsend vor ihr. Sie hielt ihr die erhobene Hand hin.

»Schlag ein! Wir sind ein cooles Team.«

Elisabeth grinste zurück und tat es. Sie war berauscht von dem Adrenalin in ihren Adern. Ihr Körper hatte die Kratzer durch den Kampf schon fast wieder geheilt, doch davon hatte sie unbändigen Hunger bekommen. Hoffentlich gab es noch irgendwo etwas. Lilly knuffte sie.

»Ich schau noch mal kurz nach Benno. So einen Schock hat der noch nie erlebt.« Damit verschwand sie einen schmalen Gang entlang zu einer Versorgungstür. Elisabeth blickte ihr lächelnd nach. Sie hatten gerade jemanden gerettet und, allem Anschein nach, hatte sie eine neue Freundin gefunden.

»Jetzt wird mir einiges klar. Du kannst von Glück sagen, dass dich niemand sonst beobachtet hat!«

Die Stimme von Frau Schramm durchschnitt die Stille wie ein Messer. Elisabeth wurde flau im Magen und sie wagte nicht, sich umzudrehen. Sie konnte noch deutlich die Wölfin in sich spüren und wusste, dass ihre Augen rot glühten.

»Du kannst dich ruhig umdrehen, meine Liebe. Und danke den Göttern dafür, dass ich dich nicht verraten werde. Ich kenne das Geheimhaltungsabkommen.«

»Sie kennen es?« Elisabeth drehte sich nun doch um. Frau Schramm stand nur ein paar Meter hinter ihr. Sie hatte sie nicht kommen hören, weil sie noch so in Gedanken bei dem Kampf gewesen war.

»Ich habe in all den vielen Schuljahren noch nie ein Mädchen erlebt, das sich so mutig und selbstlos in Gefahr gebracht hat, um eine Klassenkameradin zu retten. Und so ein Eisbär ist eine große Gefahr, selbst für eine junge Werwölfin. Schau nicht so verdattert, ich bin schließlich nicht blöd.«

»Was um alles in der Welt sind Sie?« Elisabeth starrte auf die winzige Frau hinab. »Sie sind keine Zauberin, oder?«

»Wie man es nimmt. Wir Zwerge pflegen Runenmagie. Als magische Geschöpfe gehören wir auch zu den Wissenden.«

»Haben Zwerginnen keine Bärte?«, fragte Lilly frech, die gerade wieder auftauchte. Ihre Augen glitzerten immer noch angriffslustig.

»Pah, alles Gerüchte. Sie sind also der Grund, warum Elisabeth zu spät zum Treffpunkt kam. Na ja, ihr Wölfe seid eben Rudeltiere, keine Einzelgänger.« Lillys Schnauben ignorierte sie. »Wie dem auch sei, gleich werden die ersten Retter hier eintreffen. Die Geschichte ist folgende: Der Eisbär wurde von euch mit Futter in seine Höhle gelockt. Dann haben Sie, als Pflegerin, ihn dort eingesperrt und Petra gerettet. Kein Wort davon, dass ihr hineingesprungen seid, ihn im Nahkampf eingefangen und fast erwürgt hättet. Das ist zu unglaubwürdig.«

»Ich glaube, ich mag diese Zwergin. Sie lügt wie gedruckt.« Lilly kam näher und schien sich nun zu entspannen.

»Jahrzehntelange Übung mit Schülern. Sie glauben gar nicht, was man da alles aufgetischt bekommt. Wie dem auch sei. Denkt euch noch was aus, aber auf keinen Fall darf etwas von der *echten* Wahrheit nach außen dringen.«

»Geht klar!« Lilly nickte.

Elisabeth war immer noch perplex, dass diese schrullige, alte Lehrerin gar kein Mensch war. Jetzt, wo sie es wusste, war es geradezu offensichtlich.

»Bleibt nur noch die Sache mit Sabrina Schubert«, stellte Frau Schramm fest. »Sie hat alles mit angesehen. Aber wenn ich mich recht entsinne, war sie auch dabei, als diese Sache in dem Jungenklo passiert ist, oder?«

»Was ist da passiert?«, fragte Lilly dazwischen.

Elisabeth zuckte mit den Schultern.

»Die gleichen Deppen, die vermutlich den Eisbären provoziert und Petra in das Gehege geschubst haben, haben vor ein paar Wochen meinen Freund Theo im Klo angegriffen und gequält. Ich bin dazwischengegangen.«

»Pah, das klingt so harmlos. Du hast den einen quer durch den Raum geschleudert und dem anderen den Arm an mehreren Stellen gebrochen. Aus heutiger Sicht würde ich ja behaupten, dass du dich da noch sehr zurückgehalten hast. Damals habe ich nicht verstanden, warum der Direktor das alles so verharmlost und sogar von einer Strafe abgesehen hat. Ich vermute mal, da hat jemand magisch interveniert. Sabrina war doch damals auch mit dabei. Was weiß sie alles?«

Elisabeth seufzte schwer. Sie konnte es nicht verraten, auch wenn sie gewollt hätte. Der Schwur hielt sie zurück. Doch Lilly setzte einen kecken Blick auf und antwortete für Elisabeth.

»Sie ist garantiert eine Eingeweihte, auch wenn ich nicht weiß, was für eine. Sie wusste schon vorher, was Elisabeth ist, und hat cool gehandelt, um das Mädchen aus dem Wasser zu fischen. Für mich hat sie einen Orden verdient.«

Frau Schramm blickte kurz zu Lilly, dann zu Elisabeth.

»Ich will es damit bewenden lassen. Und ich will auch gar nicht wissen, was Sabrina ist oder kann. Aber du versprichst mir hier und jetzt, keinem Menschen sonst von diesem Vorfall zu berichten, dann können wir uns das Rufen des Aufräumkommandos der Jägerinnen sparen. Ich habe keine gesteigerte Lust auf die.«

Lilly grinste breit.

»Sie sind echt cool. Gehen Sie ruhig, ich kümmere mich um das hier.«

Sie zeigte unbestimmt auf das Gehege. Elisabeth verabschiedete sich noch von Lilly, dann ging sie zusammen mit Frau Schramm zurück. Einige Meter weiter blieb sie kurz stehen, denn ihr war etwas in ihrem Geist aufgefallen. Da war ein hauchdünnes neues

Band. Sie kniff die Augen zusammen und biss sich auf die Lippe. Wenn sie es nicht öffnete, würde es vielleicht vergehen. Sie konnte doch nicht jeden streunenden Wolf einsammeln.

Auf halber Strecke zu Meyers Café kamen ihnen mehrere Pfleger, ein Tierarzt mit einem Betäubungsgewehr und zwei Sanitäter entgegengerannt. Als sie Elisabeth sahen, blieb eine Sanitäterin stehen und wollte sie untersuchen. Elisabeth beteuerte, unverschämtes Glück gehabt zu haben, obwohl ihre Kleidung komplett zerrissen war und Schlimmeres vermuten ließ. Doch die Wunden zeigten sich nur noch als dünne rote Linien auf ihrer Haut. Die Sanitäterin, die sie untersuchte, schüttelte fassungslos den Kopf, während Frau Schramm den Pflegern in kurzen Worten berichtete, was sie sich gerade als Geschichte ausgedacht hatte, und schwor, Augenzeugin gewesen zu sein. Sie log wirklich wie gedruckt, ohne dabei rot zu werden. Endlich ließ man Elisabeth und Frau Schramm weitergehen.

Bei Meyers Café parkten ein Rettungswagen, ein Notarzt und zwei Polizeiwagen. Petra lag inzwischen auf einer Krankentrage im Rettungswagen und wurde behandelt. Sie schien ein Beruhigungsmittel bekommen zu haben. Sabrina saß auf der Kante des Wagens und bekam gerade ihren Fuß bandagiert. Ein großes Pflaster klebte an ihrer Wange, doch ihre Augen strahlten, als sie Elisabeth erblickte. Der Rest der Klasse stand verstreut in Grüppchen herum und wirkte sehr betreten. Die meisten rissen die Augen auf und starrten die komplett zerrissenen Sachen von Elisabeth an. Frau Schramm nickte in Sabrinas Richtung, dann stapfte sie auf die Polizisten zu, die Vinzenz und die beiden Brüder verhörten. Brigitta saß etwas abseits mit einer Polizistin und erzählte gerade unter Schluchzern, was sich vor dem Unfall zugetragen hatte. Vinzenz sah Elisabeth, als sie ankam, und bekam den Mund gar nicht mehr zu, doch dann wurde er wieder von dem Polizisten vor ihm angesprochen. Als niemand sie weiter aufhielt, ging Elisabeth zu Sabrina und setzte sich neben sie. Der junge Sanitäter blickte sie an, doch Elisabeth winkte ab.

»Ihre Kollegin hat mich schon untersucht. Ich habe großes Glück gehabt.« Sie half Sabrina auf, als er fertig war mit dem Verband, und brachte sie zu einem Stuhl. »Wir reden später«, hauchte sie ihr zu, denn sie bemerkte, dass ein Polizist zu ihr herüberkam.

Sie wurde ausgiebig befragt und vermutete daher, dass der Beamte ihr nicht so ganz glaubte. Bei den tiefen Rissen in der Kleidung und all dem Blut war es auch schwer vorstellbar, dass Elisabeth nur Kratzer abbekommen haben sollte. Ein leichter Windhauch strich Elisabeth am Nacken vorbei und die Härchen auf ihren Armen stellten sich auf.

Schon einen Moment später wurde der Blick des Polizisten glasig und er sagte: »Es ist alles genauso passiert, wie Sie sagen.« Dann klappte er ohne Vorwarnung sein Notizbuch zu, drehte sich langsam um und ging zum Streifenwagen zurück. Elisabeth blickte sich um und erkannte Theobald, der alleine neben dem Rettungswagen stand und eine Hand unter seinen Pullover geschoben hatte. Die andere hatte er vor den Mund gehalten, als würde er etwas davon wegpusten. Er wirkte komplett konzentriert. Ihr war sofort klar, dass er soeben gezaubert haben musste. Als sie sich hektisch umblickte, erkannte sie, dass niemand bis auf Sabrina von ihm Notiz genommen hatte. Sie starrte auch in seine Richtung. Er beendete seine Geste, schwankte dann aber bedrohlich und lehnte sich gegen den Rettungswagen. Dabei grinste er verschämt herüber. Sabrina reckte ihren Daumen hoch zum Zeichen, dass er das gut gemacht hatte.

Es war schon gegen sieben Uhr abends, als der Bus endlich startklar für die Rückfahrt war. Vinzenz, Ojan, Alim und Brigitta wurden von einer Polizeistreife auf das nächste Revier gefahren. Frau Schramm begleitete sie. Sie hatte noch mit Schuldirektor Hampernagel telefoniert und vereinbart, dass die Schüler der Klasse von ihm in Empfang genommen wurden. Man wollte auch noch mit den Eltern sprechen. Nach allem, was man sich im Bus erzählte, hatten die Jungen sich vor den Mädchen aufgespielt und versucht, sie durch Mutproben zu beeindrucken. Angestachelt von dem Alkohol, den sie weiter getrunken hatten, hatten sie dann den Eisbären mit Steinchen beworfen, bis der wütend wurde. Dabei sei Petra, die sturzbetrunken war, ins Becken gefallen, weil sie sich zu weit vorgelehnt hatte. Das würde eine dicke Anzeige nach sich ziehen und vermutlich den Verweis von der Schule.

Kurz bevor der Bus losfahren wollte, kam Lilly noch angelaufen und versperrte den Weg. Sie trat zur Tür und rief Elisabeth und Sabrina heraus. Neugierig begafften die anderen die komplett ramponierte Tierpflegerin, als sie mit einer Tüte in der Hand Elisabeth umarmte und dann Sabrina drückte. Lillys Blessuren waren zwar auch schon größtenteils geheilt, aber man konnte sie noch deutlich erkennen. Mit einem Grinsen gab sie Elisabeth die Tüte.

»Den Proviant wirst du sicher brauchen, dachte ich mir.«

»Danke dir!« Elisabeth nahm die schwere Tüte an. Es duftete daraus nach belegten Brötchen und Würstchen. »Wo hast du das so schnell her?«, fragte sie verblüfft.

»Ich hatte noch einen Gefallen bei unserem Kiosk gut. Außerdem soll ich dir schon mal das hier geben. Du musst nur noch die Namen eintragen.«

»Was ist das?«, fragte Sabrina neugierig.

»Das sind zwei Dauertickets für euch für den Zoo hier. Die gelten zehn Jahre lang.«

»Danke vielmals! Das ist ja der Hammer!«

»Der Direktor hat mir gesagt, dass er euch sehr dankbar ist, auch wenn ihr keinen Trubel wollt. Außerdem hat er mir eine Gehaltserhöhung versprochen. Ich habe zu danken. Du hast mir schon zum zweiten Mal in meinem Leben geholfen, Elisabeth. So kann ich wenigstens etwas zurückzahlen.«

Diese fühlte ein sanftes Kribbeln in dem Band, das sie bewusst noch nicht geöffnet hatte. Als sie Lilly ansah, bemerkte sie, wie glücklich diese sie anstrahlte. Eines Tages vielleicht würde sie Lilly rufen. Jetzt hatte sie erst einmal andere Dinge zu erledigen.

Die Szene erzeugte wildes Getuschel im Bus, aber keiner fragte die beiden direkt. Sie hockten sich wieder auf ihren Platz und plünderten die Tüte. Theobald bekam auch etwas ab. Sabrina grinste die ganze Zeit und redete ohne Punkt und Komma. Sie mutmaßte, dass Brigitta voraussichtlich mit einer Verwarnung davonkäme, aber die drei Jungen sicher vor Gericht landen würden. Sie hatten auf der Rückfahrt ausgiebig Zeit, alle Varianten durchzukauen. Theobald saß alleine in der Reihe vor ihnen und hatte sich umgedreht, um mitdiskutieren zu können. Ihre beiden Freunde machten große Augen über die Geschichte mit Lilly in dem Versorgungsgebäude. Sie gingen den Kampf mit dem Eisbären nochmal durch und blieben schließlich bei Frau Schramm hängen.

»Eine Zwergin also. Ich bin beeindruckt, auch wenn es jetzt ganz offensichtlich erscheint«, resümierte Theobald. »Ich frage mich langsam, wie viele Magische noch um uns herum sind, von denen wir nichts wissen.«

»Auf jeden Fall sind es mehr, als ich vorher geraten hätte. Autsch! Mein Knöchel tut richtig weh. Wenn du mich das nächste Mal beiseite schubst, Elle, dann bitte vorsichtiger. Ich bin, wer weiß wie weit, durch die Luft gesegelt und dann bei der Landung umgeknickt.«

Doch Elisabeth reagierte plötzlich nicht mehr. Im Halbdunkel sah sie einen Raben den Bus überfliegen und musste unwillkürlich an die Erscheinung im Feuer denken und lächelte vor sich hin. Langsam fragte sie sich, ob es Hugin oder Munin war, der ihr ab und zu erschien und den Weg wies. Sabrinas Handy summte plötzlich und sie wurde dadurch abgelenkt. Kurz darauf gingen mehrere andere Handys los.

Kristalle

Emilia hatte erneut brauen müssen, um mithilfe dieser Zaubertränke einen Diebstahl durchführen zu können. Dafür hatte sie die freie Zeit der letzten Woche komplett geopfert. Die Wäsche stapelte sich und das Haus saugte sich auch nicht von alleine. Aber das hier war wichtiger. Da sie mittlerweile wusste, wie gut Elisabeths Nase riechen konnte, hatte sie die Elixiere auf einem mobilen Gaskocher außerhalb des Hauses gebraut, direkt an der Innerste. Dort lag ein großer Stein, der viel Energie abstrahlte. Da sie keinen Zugriff auf ihre eigene Magiequelle hatte, musste sie die wenige Energie des Bodens direkt in den Trank kanalisieren. Es war eine mühselige Arbeit gewesen, aber schließlich hatte sie drei Tränke bereitet.

Der Plan zum Diebstahl hatte sich ergeben, als sie auf dem Elternsprechtag mit Frau Schramm gesprochen hatte. Sie hatte die vielen Steine und Kristalle in dem Büro der Lehrerin bemerkt und ein paar unverfängliche Fragen gestellt. Frau Schramm hatte gerne und ausführlich Auskunft gegeben. Vor allem an der Art ihrer Formulierungen hatte Emilia erkannt, dass sie eine waschechte Zwergin vor sich hatte. Zwerge waren stolz – und genau damit konnte man sie gewinnen. Emilia hatte die Steine bewundert und ihre Schönheit gelobt. Frau Schramm war ihr auf den Leim gegangen und hatte berichtet, dass ihr Vetter noch viel schönere Stücke habe und den Kristallladen in Zellerfeld leite. Sie könne sich da ja mal einige Exponate zeigen lassen. Bevor sie ging, war es Emilia gelungen, unbemerkt ein paar drahtige Haare von dem Mantel von Frau Schramm zu sammeln. Diese waren in den ersten Sud für einen Verwandlungstrank gewandert. Der zweite war einfacher, es war ein Rauchelixier, das sie vorhatte, loszulassen, wenn sie flüchten musste. Der letzte wurde eine stärkere Variante des Vergessenstranks, den sie bereits bei Klara erfolgreich angewendet hatte, als das mit Elisabeth herausgekommen war. Sie plante, ihn in ein Getränk zu geben.

Für das aufwändige Unterfangen war ihr der Schulausflug zum Zoo nach Hannover gerade recht gekommen. Frau Schramm begleitete natürlich ihre Klasse.

Emilia fuhr schon früh bis in die Bergstraße und parkte in Fluchtrichtung. Nun ging sie in das Café am Marktplatz schräg gegenüber der Bergapotheke und verschwand dort auf der Toilette, wo sie den Verwandlungstrank zu sich nahm. Er wirkte schmerzhaft. Sie hatte vorsorglich passende Kleidung eingekauft. Die Größe hatte sie schätzen müssen, doch die Sachen passten. Ein Problem waren nur die Füße. Sie waren zu kurz für die Schuhe, die sie mitgebracht hatte. Aber ein paar Lagen Klopapier korrigierten den Fehler. Dann eilte sie zu dem Laden und trat ein.

»Glückauf, Geosine!«, schallte ihr auf Zwergisch entgegen. Emilia war dankbar für den Unterricht, den sie früher einmal genossen hatte. Sie konnte die Sprache ganz ordentlich verstehen und sprechen. Der Mann, der ihr entgegenkam, war ebenfalls ein Zwerg. Er wirkte aber wie ein kleiner Mensch. Vermutlich trug er Absätze. Auch hatte er sich den Bart gestutzt und die Schnurrbarthaare wie zu Kaisers Zeiten hochgezwirbelt. Da Emilia recherchiert hatte, wusste sie, dass er Friedjoff mit Vornamen hieß.

»Glückauf, Friedjoff! Bin etwas erkältet. Ich will ein besonderes Stück kaufen. Es soll ein Geschenk werden, aber nicht den Tand hier. Ich brauche was Richtiges.«

Einen Moment starrte er sie an und Emilia bekam schon Angst, dass er sie durchschauen würde. Hatte sie die richtigen Worte benutzt? Zwerge waren auf ihre Weise resistenter gegen Magie und von natürlichem Misstrauen geprägt. Aber dann bemerkte sie, dass er zu grinsen begann.

»Dein Zwergisch rostet immer weiter ein. Du treibst dich zu viel unter den Langen herum. Aber was soll es. Du hörst eh nicht auf mich. Also hast du ihn immer noch nicht aufgegeben. Ach, Cousinchen, er ignoriert dich schon seit über achtzig Jahren. Such dir jemand anderen.«

Emilia schmunzelte innerlich. Sie entschloss sich, diese Geschichte weiterzuspinnen. »Man soll die Hoffnung nicht aufgeben. Wenn nur das Stück gut genug ist, dann erreiche ich mein Ziel doch noch.«

Friedjoff lachte mit seiner tiefen Bassstimme. »Du bist unverbesserlich. Na, dann komm mal mit. Aber erst trinken wir einen auf die Gesundheit, damit du nicht wirklich ganz krank wirst.«

Sie folgte ihm in das Hinterzimmer und er kramte eine Flasche mit großem Bügelverschluss heraus sowie zwei Tonbecher. Emilia schluckte. Sie würde mittrinken müssen und Zwergenschnaps war stark. Er goss die Becher voll und schob ihr einen hin.

»Auf die Vorfahren!«

Sie sprach ihm nach und beide leerten die Becher. Der Schnaps brannte sich wie flüssiges Feuer von ihrer Kehle hinunter in den Magen. All die langjährige Übung der letzten Jahre mit Alkohol konnte sie nicht davor retten, dass ihr in dem verzweifelten Versuch, nicht zu husten oder zu keuchen, die Tränen in die Augen stiegen. Friedjoff goss bereits den nächsten ein und bemerkte so nicht, wie sie sich die Augen trockenwischte.

»Und einen auf die Gesundheit!« Sie prosteten sich wieder zu und tranken. Erneutes Feuer, erneutes Brennen, doch der zweite Schnaps fühlte sich nicht mehr so schlimm an. Dafür begann sich ein Glühen von ihrem Magen in den Körper auszubreiten. Gnadenlos schenkte Friedjoff noch einen nach, den sie gleich wieder mittrinken musste. Endlich erhob er sich und öffnete umständlich den Safe.

»Dann wollen wir mal sehen, was ich für dich so habe.«

Während er sich mit der Kombination abmühte, zog Emilia schnell den Vergessenstrank aus der Tasche und schüttete reichlich davon in Friedjoffs Becher. Damit es nicht auffiel, nahm sie notgedrungen die Schnapsflasche und goss wieder beide voll. Dabei betete sie, dass sie es noch aufrecht aus dem Laden schaffen würde.

»Na, gieße uns nur reichlich nach. Dabei habe ich das gute Zeug noch gar nicht aufgemacht. Darum kümmern wir uns, wenn diese Flasche alle ist«, hörte sie den Zwerg sagen.

Er legte einige wunderschöne Stücke auf den Tisch. Darunter befanden sich fünf Bergkristalle, zu denen er ihr aber sagte, dass er nur einen davon verkaufen würde. Sie waren perfekt für das geeignet, was Emilia tun sollte. Sie gab vor, sich für einen Turmalin zu interessieren, doch Friedjoff widersprach ihr vehement. Sie zuckte die Achseln und prostete ihm zu.

»Auf die Zwerge!«

Er verzog etwas das Gesicht, redete dann aber weiter. Emilia merkte, dass sie sich beeilen musste, denn sie hatte bereits einen starken Schwips. Friedjoff hingegen wirkte noch komplett nüchtern. Während er die Vorzüge von Rauchquarz pries, kam ein Kunde in den Laden und er ging nach vorne, um sich um diesen zu kümmern. Emilia stöhnte auf und goss ihm noch mehr von dem Trank und reichlich Schnaps in seinen Becher. Ihren eigenen füllte sie ebenfalls, doch nur ein wenig. Als Friedjoff wiederkam, leerte sie ihren Becher gerade so, als wenn er eben noch voll gewesen wäre.

»He, alleine trinkt kein Zwerg.« Er trank schnell aus und schenkte zu Emilias Entsetzen sofort wieder beide Becher nach. Erst war sich Emilia nicht ganz sicher, denn ihre Sinne zeigten sich durch den Schnaps bereits reichlich benebelt. Doch plötzlich fragte Friedjoff, was sie denn von ihm wolle. Der Trank wirkte endlich. Sie sagte ihm, dass er ihr seine besten Stücke zeigen wollte. Und das tat er auch, doch er fing wieder beim Rauchquarz an und prostete ihr zu. Sie ließ den Becher aus und füllte ihm stattdessen nach. Dabei verschüttete sie etwas. Normalerweise ein Sakrileg unter Zwergen, aber er lachte nur und schlabberte es vom Tisch. Zwei weitere Schnäpse später ergab sich endlich die Gelegenheit, als die Flasche leer war und Friedjoff eine neue holen ging. Sie packte die Bergkristalle in ihre Tasche und sagte ihm, als er kam, dass er die Sachen wegräumen könne. Sie würde die nächsten Tage noch einmal vorbeikommen, um den Rauchquarz zu nehmen. Er fing wieder vom Rauchquarz an zu erzählen und schenkte aus der neuen Flasche ein. Emilia versuchte abzuwehren, aber einen Gute-Heimkehr-Schluck durfte man nicht ablehnen. Endlich konnte sie aufstehen und wankte nach draußen.

»Trink noch einen!«, lallte sie nach hinten. Dann verließ sie den Laden mit ihrer Beute in der Handtasche. Die eiskalte Luft vor der Tür traf sie wie ein Hammer. Dröhnende Kopfschmerzen und eine innere Hitze, die ihr die Schweißperlen auf die Stirn trieb, begleiteten sie, als sie sich torkelnd die Hauswände entlang bis zu ihrem Auto tastete. Dabei fragte sie sich, wie die Zwerge es schafften, so starkes Zeug zu brauen. Sie kletterte hinter das Lenkrad, doch sie konnte die Pedale nicht erreichen, denn sie war in dieser Gestalt zu klein. Leise fluchend wartete sie auf die Rückverwandlung. Diese ließ noch einige endlose Minuten auf sich warten. Als sie endlich einsetzte, schoben sich ihre Gliedmaßen aus den Zwergenkleidern hinaus. Glücklicherweise waren Zwerge so stämmig, dass ihr die Kleidung nicht vom Körper platzte, aber der eben noch knielange Rock war jetzt eher ein Mini, und die Ärmel gingen ihr nur noch bis in die Ellenbogen. Als sie sich noch hastig umsah, ob sie jemand beobachtete, schlug der Alkohol so richtig zu. Ihr wurde übel. Sie konnte sich gerade noch aus der Tür beugen, dann erbrach sie sich auf die Straße. Mit eckigen Bewegungen startete sie das Auto und fuhr in wilden Kurven los. *Nur weg*, dachte sie. Sie bog ohne Blinker nach rechts ab und fuhr aus dem Ort hinaus. Einige hundert Meter weiter schwenkte sie in eine Einfahrt zu einem Waldweg. Sie stieg aus und erbrach sich erneut. Dabei brannte sich der Schnaps diesmal von unten nach oben.

»Eine dämliche Hexe bist du, Emilia. Du hättest dir vorher einen Trank gegen Alkohol brauen müssen«, schimpfte sie mit sich. Erneut krampfte ihr Bauch. Ein fremdes Auto fuhr vorbei und wurde etwas langsamer, doch dann beschleunigte das Fahrzeug wieder. Emilia war dankbar, ihre Situation jetzt nicht auch noch jemandem erklären zu müssen. Wenn sie nur wieder richtig zaubern könnte, dann würde sie sich im Nu heilen können. Aber so musste sie es wie ein gewöhnlicher Mensch ertragen. Noch während sie wieder auf den Sitz kletterte, sank sie endgültig in einen Rauschschlaf weg.

Wie sie nach Hause gekommen war, wusste sie später nicht mehr. Sie erwachte bis auf die Unterwäsche entkleidet in ihrem Bett. Der Wagen stand draußen sauber vor der Tür geparkt. Nur konnte sie sich nicht daran erinnern, genauso wenig daran, ihre Kleidung ordentlich gefaltet über den Stuhl neben dem Bett gelegt zu haben. Ein Glas Wasser und eine Kopfschmerztablette lagen auf dem Nachttisch. Sie fragte sich nicht, woher sie kamen, sondern löste die Tablette auf und trank gierig, um das Brennen im Hals loszuwerden. Danach wankte sie zur Tür und warf ihren Morgenmantel über. Barfuß ging sie dann nach unten, um sich noch mehr Kopfschmerztabletten zu holen.

Etwa eine Stunde später ging es ihr langsam besser. Ein tiefer Seufzer entfuhr Emilia, dann nahm sie noch einen tiefen Schluck von den vier Aspirin in Wasser. Bewundernd drehte sie den großen einzelnen Bergkristall in den Fingern. Er war wunderschön und makellos. Die gleichförmigen Schwingungen, die er aussendete, kitzelten auf ihrer Haut. Dann legte sie ihn zu den anderen, die auf einem Samttuch ausgebreitet vor ihr auf dem Küchentisch lagen. Ihr normaler Sammlerwert lag vermutlich bei ein paar Hundert Euro. Für Steinhexen waren sie noch wertvoller. Und für das, was sie mit ihnen vorhatte, waren sie unbezahlbar. Doch sie hatte sie nicht bezahlt, sondern gestohlen, wie Borga ihr aufgetragen hatte. Die Zwerge würden toben, wenn sie den Verlust bemerkten, aber an Menschen verkauft hätten sie die Steine nie.

Sie saß immer noch am Küchentisch, als ein Anruf von der Schule kam.

»Wollner«, meldete sie sich mit leiser Stimme und verzog das Gesicht, als auf der anderen Seite jemand in den Hörer brüllte.

»Hier ist Direktor Hampernagel vom Gymnasium. Die Kinder verspäten sich etwas. Ein kleiner Vorfall. Es gibt keinen Grund zur Sorge. Bitte seien Sie um halb neun am Busparkplatz der Schule. Ich muss noch die anderen Eltern anrufen. Bis später!«

Er hatte aufgelegt, bevor Emilia antworten konnte, doch jetzt war sie hellwach. Was die Kopfschmerztabletten nicht vermocht hatten, dieser Anruf schaffte es. Ihre Gedanken überschlugen sich. Ein Vorfall? Was war passiert? Ein Blick zur Uhr verriet ihr, dass gerade die Nachrichten liefen. Einer bösen Vorahnung folgend schaltete sie den Fernseher ein. Auf dem zweiten Programm kamen wie üblich die Nachrichten des Tages. Der Sprecher berichtete gerade über irgendeinen Streit eines amerikanischen Konzerns mit der EU wegen wiederholter illegaler Geschäftspraktiken. Sie kauten also noch die Auslandsnachrichten durch. Es folgte noch etwas über eine neue Seuche in Afrika und einen Staatsbesuch der Bundeskanzlerin in Dubai, dann kamen die Inlandsberichte. Aber auch hier fiel ihr nichts Interessantes auf. Es ging schon auf den Wetterbericht zu, als der Sprecher sich nochmals unterbrach.

»Und hier haben wir noch eine Eilmeldung aus Hannover. Wie soeben berichtet wurde, ist heute eine Jugendliche aus noch bisher ungeklärten Gründen in das Eisbärengehege gestürzt. Wie von dem Direktor des Zoos inzwischen bekannt gegeben wurde, ist es nur durch das beherzte Eingreifen einer jungen Tierpflegerin und zweier weiterer Besucher gelungen, die Verletzte zu retten, indem sie das Tier in seine Behausung lockten und dort einsperrten. Die Staatsanwaltschaft Hannover hat die Ermittlungen übernommen. Ob technische Mängel oder menschliches Versagen vorlagen, konnte zu diesem Zeitpunkt noch nicht geklärt werden. Der Zoo Hannover bleibt bis auf Weiteres für Besucher gesperrt. Und nun zum Wetter … «

Emilia starrte mit versteinerter Miene auf den Fernseher, wo jetzt Zwischenwerbung eingespielt wurde. Sie hörte nicht mehr zu. Der Kloß, der sich in ihrem Hals gebildet hatte, raubte ihr fast die Luft. *Ein Eisbär.*

»Oh Elisabeth, was hast du getan?«, stöhnte sie. Erneut schrillte das Telefon. Unwillkürlich zuckte Emilia zusammen und riss den Hörer ans Ohr. »Wollner!«

»Gut, dass du gleich dran bist!«, meldete sich die aufgeregte Stimme von Martha Schubert. »Du glaubst gar nicht, was gerade in den Nachrichten berichtet wurde.«

»Doch, hab es auch gesehen!«, gab Emilia zurück.

»Ich habe sofort Sabrina gesimst. Sie ist so weit wohlauf und Elisabeth auch, aber Petra Borchert ist schwer verletzt. Sie ist auf dem Weg ins Krankenhaus. Stell dir das mal vor. Leider weiß ich noch nicht mehr. Ich wollte anrufen, aber die Verbindung war zu schlecht. Ich will unbedingt wissen, wer diese Pflegerin und diese Helfer sind. Ich bin so schrecklich aufgeregt.«

»Hmmm«, machte Emilia nur.

»Komm doch gleich vorbei, dann können wir noch etwas reden. Ich mag jetzt nicht alleine sein.«

»Ist gut. Ich muss mich noch anziehen, habe geschlafen. Es dauert noch etwas!«

»Bis gleich!« Martha Schubert legte auf.

Emilia stand auf und ging, um sich anzuziehen. Dann lief sie aber nochmal zurück und nahm die Kristalle vom Küchentisch.

Einen schob sie in ihre Tasche, die anderen versteckte sie in der Standuhr im Wohnzimmer in der Klappe hinter dem Uhrwerk. Da sah nie jemand nach. Sie würde später ein besseres Versteck finden. Dann ging sie erst einmal unter die Dusche und putzte ausgiebig die Zähne. Plötzlich fiel ihr Klara ein. Sie hatte ihre jüngere Tochter seit heute Morgen noch nicht gesehen. Ihre Klasse hatte heute ebenfalls einen Wandertag geplant. Emilia hatte jedoch nicht gehört, wie sie heimgekommen war. Vor Klaras Zimmertür blieb sie stehen. Es brannte drinnen Licht. Sie klopfte und öffnete vorsichtig die Tür, als keiner antwortete. Klara saß vor ihrem Rechner mit Kopfhörern. Emilia konnte sehen, dass sie Musik hörte, denn ihre Tochter wippte rhythmisch mit dem Körper mit. Auf dem Monitor waren aber andere Dinge zu sehen. Von dort, wo Emilia stand, konnte sie lediglich eine Feder und ein Pentagramm erkennen. Sie ging in das Zimmer und trat hinter Klara, die immer noch nicht bemerkt hatte, wer da hereingekommen war. HEXEN HEUTE, stand in dicken Buchstaben als Titel auf der Seite. Klara scrollte gerade durch einen Artikel mit dem Thema: *So findest du heraus, ob du eine Hexe bist.* Der Artikel schien sie nicht sonderlich zu faszinieren.

Mehr zu sich sagte sie dann: »So ein Scheiß, wo steht denn nun, wie man eine echte Hexe wird?« Dann wechselte sie auf eine andere Seite. *SATANS NEUE KINDER.*

Emilia spürte, dass sie eingreifen musste. Sie riss Klara die Kopfhörer herunter und hielt ihre Hand vor den Monitor.

»Das geht zu weit. Was um alles in der Welt treibst du hier?«

Klara erbleichte, wurde dann aber ärgerlich. »Mama, wie kannst du hier einfach so eindringen?«

»Wie kannst du dich nur für Teufelsanbeter interessieren?«

»Oh, Mama, das sind nur Webseiten. Ich suche Material für dieses Referatsthema zusammen.« Sie griff in einen Stapel Papier und zog einen Zettel heraus, den sie ihrer Mutter gab. Es war ein offizielles Papier mit dem Schullogo darauf. Dort stand das Referatsthema: *Gibt es noch Hexen in unserer modernen Welt?* Emilia las den Zettel dreimal.

»Na, zufrieden?«

Emilia spürte, wie ihr kalte Schauder über den Rücken jagten. Dennoch bemühte sie sich, ruhig zu sprechen. »Dass du mir aber nicht auf satanische Seiten abrutschst. Das Thema geht über Hexen. Wie bist du denn nach Hause gekommen?«

»Die Mutter von Tommas war so nett und hat mich nach Hause gefahren«, kam es prompt zurück.

Emilia wirkte erleichtert. »Sei ein braves Mädchen und mach nicht zu lange. Ich muss los, um Elisabeth abzuholen. Sie kommt in einer Stunde mit dem Bus von ihrem Ausflug zurück.«

»Kein Problem, Mama. Ich gehe pünktlich um neun ins Bett. Versprochen!«

Als ihre Mutter das Zimmer verließ, ging Klara an die Tür und atmete tief durch. Es war gut gewesen, dass sie vorsorglich den Referatsauftrag auf das gestohlene Schulpapier gedruckt hatte. Hier ging etwas nicht mit rechten Dingen zu und sie würde herausfinden, was das war. Sie würde um Punkt neun ins Bett gehen und fünf nach neun wieder aufstehen. Damit hatte sie nicht gelogen.

Zurück im Harz

Ein weiterer Wagen tauchte auf und hielt in einiger Entfernung. Durchgefroren vom Warten auf dem Parkplatz an der Schule standen Emilia Wollner und Martha Schubert zusammen mit anderen Eltern und traten von einem Fuß auf den anderen. Viele sahen sehr besorgt aus. Ein Vater stritt sich gerade mit Direktor Hampernagel und verlangte lauthals eine Erklärung. Der Direktor versuchte, ihn zu beschwichtigen, doch Emilia sah nicht zu ihnen hin. Sie blickte immer wieder verstohlen zu einer jungen Frau in einem eleganten Hosenanzug hinüber, die schon seit einer ganzen Weile abseits stand und die Eltern aus sicherer Entfernung beobachtete. Der Hosenanzug war viel zu dünn für diese Jahreszeit, doch Emilia ahnte, dass sie sich mit Magie warmhielt. Das war eine Jägerin vom Rat, da war sie sich inzwischen ganz sicher und geriet allmählich in Panik. Sie selbst würde bei einem magischen Scan nicht auffallen, aber Elisabeth auf jeden Fall. Wenn bereits der Rat auf der Spur des Vorfalls war, dann befanden sie sich in großer Gefahr.

Da erblickte sie plötzlich Anna Binsenkraut, die wohl gerade gekommen sein musste. Sie näherte sich über den Weg vorbei an einem Jeep mit Harzer Kennzeichen, in dem anscheinend ebenfalls ein Angehöriger wartete, und steuerte direkt auf die Jägerin zu. Emilia beobachtete, wie Anna die junge Dame ansprach. Leider stand sie zu weit weg, um die Gesichter genau zu erkennen oder etwas zu hören. Zum ersten Mal wünschte sich Emilia die Wolfsohren ihrer Tochter. Die Gestik der beiden ließ aber keinen Zweifel daran, dass sie nach kurzer Zeit in heftigen Streit gerieten. Die Jüngere knickte schließlich ein und verschwand eiligst die Straße hinunter. Anna rief ihr noch etwas hinterher, doch es war für Emilia nicht zu verstehen. Erst eine ganze Weile später drehte sich Anna Binsenkraut um, straffte sich und ging mit elegantem Schritt auf den Direktor zu. *Anna Bohnenstange*, schmunzelte Emilia vor sich hin, *dass ich dir sogar noch einmal dankbar sein würde, dass du jeden wegekeln kannst.*

Martha Schubert sah nun auch, wer da kam, und lief hinüber. Kurz darauf tauchte Michael Wollner auf. Er trat zu seiner Frau und nahm sie in den Arm.

»Hallo Schatz, ich habe gerade erst erfahren, dass etwas passiert ist! Weißt du schon mehr?«

Emilia starrte ihn an. »Hallo! Nicht viel. Aber sag mal, wo kommst du denn jetzt her? Ich dachte, dass du wegen der Konferenz in Göttingen übernachtest.«

»Das hat sich zerschlagen und da bin ich gleich wieder zurückgefahren«, antwortete er.

Emilia spürte, dass etwas nicht stimmte. Ihr Mann roch nach Alkohol und wirkte insgesamt todunglücklich. Seine Augen schienen gerötet, als wenn er geweint hätte. Doch schon kurz darauf wurde sie durch den Bus abgelenkt, der endlich um die Kurve bog und auf den Busparkplatz fuhr. Es bildete sich sogleich eine Traube von Eltern an den Türen, die ihre Kinder in Empfang nehmen wollten.

Direktor Hampernagel musste brüllen, um sich Gehör zu verschaffen. »Bitte drängeln Sie nicht. Die Klasse im Bus ist so weit wohlauf, steht aber womöglich noch etwas unter Schock. Frau Schramm ist noch in Hannover geblieben, um den Vorfall zu klären. Fragen können Sie morgen, am Samstag, an die Schulleitung stellen. Ich werde in meinem Büro erreichbar sein, aber bitte kümmern Sie sich jetzt um Ihre Kinder.«

Die Bustüren öffneten sich und die Kinder strömten heraus. Einige fielen ihren Eltern in die Arme, hier und da weinte jemand. Die meisten aber schienen gar keinen Schock zu haben, doch sie wurden alle von ihren Eltern gleich zu den Autos gebracht. Keiner wartete länger in der Kälte, als er musste. Emilia und Michael Wollner standen als Letzte noch da, genauso wie Anna Binsenkraut und Martha Schubert. Anna vermied es, in Emilias Richtung zu sehen. Direktor Hampernagel stand abseits mit dem Vater, der vorhin schon mit ihm gestritten hatte.

»Das ist Herr Borchert, der Vater von Petra«, raunte Martha Schubert den Wollners zu.

Michael Wollner blickte ratlos zurück, doch Emilia nickte, denn sie wusste ja bereits etwas mehr. Theobald trat heraus und wurde gleich von seiner Mutter weggebracht. Er schien erst protestieren zu wollen, fügte sich aber schnell nach einem Blick in das Gesicht seiner Mutter. Sabrina war die Vorletzte, die ausstieg. Sie humpelte wegen des Verbandes. Als Frau Schubert das sah, stieß sie einen Schrei aus und riss Sabrina an sich.

»Mama, ist gut. Du zerquetschst mich ja.«

»Du musst mir alles erzählen. Ganz genau. Komm, ich bring dich nach Hause. Da kannst du den Fuß hochlegen.«

Dann kam endlich Elisabeth, die sich Sabrinas Jacke übergeworfen hatte. Frau Schubert stieß noch einen Schrei aus.

»Du meine Güte, Elisabeth«, dann versagte ihr die Stimme. Ihr Blick glitt über die zerrissene Kleidung und die inzwischen getrockneten Blutflecken hinab. »Was um alles in der Welt ist mit dir passiert?«

»Hallo, Frau Schubert. Es ist alles in Ordnung. Sieht schlimmer aus, als es ist. Würden Sie mich wohl zu meinen Eltern durchlassen?«

Auf Elisabeths Worte machte Frau Schubert eilig Platz. Elisabeth blieb kurz stehen, weil Sabrina ihr die erhobene Hand hinhielt, so wie vor ein paar Stunden Lilly. Sie schlug ein und grinste Sabrina an. Dann ging sie zu ihren Eltern, die sich nicht nach vorne gedrängelt hatten. Doch jetzt stürzte ihr Vater sich auf seine Tochter und schlang die Arme um sie, keuchte aber unvermittelt auf, als seine Tochter zurückdrückte, wohl etwas fester, als er erwartet hatte. Über seine Schulter hinweg sahen sich Mutter und Tochter an. Emilia hob nur die Augenbrauen. *Später,* formte sie mit den Lippen, und Elisabeth nickte ernst. Sie würde einiges erzählen müssen.

Der Busparkplatz war fast leer, als Hartwig Hauser aus seinem Wagen stieg. Zügig ging er auf Direktor Hampernagel zu, der sich jetzt auch zu seinem Wagen aufmachte.

»Sie sind der Leiter der Schule, richtig?«, sprach er ihn an. Der Angesprochene drehte sich um, zögerte aber, als er den Mann in dunkler Outdoorkleidung sah.

»Das kommt ganz darauf an, wer Sie sind. Kenne ich Sie?«, antwortete er ausweichend.

»Oh, ich bin der Vater von Vinzenz Lederer. Wo ist mein Sohn?«, entgegnete der Mann ruhig, konnte aber einen drohenden Unterton nicht verbergen.

»Soweit ich mich entsinnen kann, ist Frau Lederer nicht verheiratet.« Dr. Hampernagel wich, offenbar von dem Mann vor ihm eingeschüchtert, zu seinem Auto zurück.

»Das habe ich auch nicht behauptet. Ich sagte lediglich, dass Vinzenz mein Sohn ist. Und Sie haben mir darauf nicht geantwortet.«

»Wie kann ich mir sicher sein. Ich habe Sie noch nie gesehen. Können Sie sich ausweisen?«

Das konnte Hauser nicht und er wollte auch nicht seinen aktuellen Ausweis vorzeigen, der auf Peter Ugger lief.

»Sie sind sicher kein Reporter aus Hannover?«, fragte Hampernagel weiter, während er eine Hand in die Tasche schob, um seinen Autoschlüssel herauszuholen.

»Nein. Warum sollte ich aus Hannover sein?«

»Es war in allen Nachrichten. Der Vorfall mit dem Zoo und dem Eisbären. Hören Sie, wenn Sie wirklich sein Vater sind, dann sollten Sie nach Hannover fahren und sich um Ihren Sohn kümmern. Er wird noch bei der Polizei verhört wegen des Vorfalls. Ein Mädchen wurde schwer verletzt.«

»Etwa die große Blonde, die eben aus dem Bus gestiegen ist?«, drängte der Mann weiter.

»Nein, die nicht. Das verletzte Mädchen ist noch in Hannover im Krankenhaus. Allem Anschein nach hat aber eine aus der Klasse sie gerettet.«

Der Mann pfiff durch die Zähne. »Diese Blonde ist doch auch so schnell bei dem Lauf losgesprintet und nicht angekommen, richtig?«

»Guter Mann, das geht zu weit. Wenn Sie Ihrem Sohn wirklich helfen wollen, dann fahren Sie nach Hannover und stehen ihm bei. Er hat ein paar große Dummheiten gemacht. Vielleicht nehmen Sie seine Mutter auch mit.«

»Das wird schwierig. Seine Mutter hat sich bis zur Besinnungslosigkeit betrunken und liegt in Goslar im Krankenhaus. Ich komme gerade von dort. Deswegen bin ja auch ich jetzt hier.«

»Oh, das bedrückt mich zu hören, aber ich kann heute nicht mehr viel für Sie tun. Sie sollten sich wirklich um Vinzenz kümmern. Er braucht Führung, die er all die Jahre nicht gehabt hat.«

Der Mann brummte etwas Unverständliches, dann ging er ohne einen Gruß zu seinem Jeep zurück und fuhr weg.

Direktor Hampernagel sah ihm noch lange nach. Eine gewisse Ähnlichkeit hatte er schon mit Vinzenz gehabt.

Heimfahrt

Sie waren dann doch noch mit zu den Schuberts gefahren. Elisabeth hatte ihre Eltern überredet, Sabrina und ihre Mutter nach Hause zu bringen, um Sabrinas Knöchel zu schonen. An der Tür hatte Emilia Wollner dann ihren Mann nach Hause geschickt, um sicherzustellen, dass Klara wirklich ins Bett ging. Er schien gar nicht böse zu sein und fuhr mit dem Institutswagen weiter. Martha Schubert nötigte jedem erst einmal einen Kakao auf, diesmal ohne Rum, weil Emilia noch fahren musste. Elisabeth hatte sich bei Sabrina eine Jogginghose und einen dicken Pullover ausgeborgt, um die kaputten Sachen loszuwerden. Die steckten jetzt in einer Plastiktüte.

»So, nun erzählt mal und spart bitte kein einziges Detail aus«, sagte Martha Schubert und ließ sich in einen der beiden Sessel plumpsen.

Sabrina und Elisabeth blickten sich an. Wie viel konnten sie erzählen? Die Mütter sahen gebannt auf ihre Töchter.

»Na ja,«, begann Sabrina, »es war eigentlich ein ganz normaler Ausflug, bis wir uns dann treffen sollten, um zurückzufahren. Die drei Deppen, Brigitta und Petra kamen aber nicht. Deswegen sind wir alle los, um sie zu suchen. Elle und ich sind irgendwann beim Eisbärengehege angekommen, als der Bär auf Petra losgehen wollte, weil sie in das Gehege gefallen war. Dann ist eine Pflegerin aufgetaucht. Sie hat irgendwie den Eisbären in seine Höhle zurückgescheucht und wir konnten Petra retten. Sie hat eine Unterkühlung und was am Kopf abbekommen. Die Polizei hat die Jungs und Brigitta verhört und dann mitgenommen.«

»Was hast du da?«, wollte Martha Schubert wissen.

»Ach, das ist nur eine Zookarte. Elle hat auch eine bekommen als Dankeschön.« Sie reichte ihre zögerlich ihrer Mutter. »Eine Zehnjahreskarte? Die ist richtig teuer«, staunte sie.

Schließlich räusperte sich Emilia Wollner nach einem intensiven Blick auf Elisabeth. »Was für eine aufregende Geschichte! Da fällt mir ein, dass wir morgen früh raus müssen. Betsy, lass uns fahren.« Sie stand auf und ließ keinen Zweifel daran, dass sie nicht mehr umzustimmen war. Martha Schubert schien maßlos enttäuscht zu sein, dass sie den Besuch so abrupt abbrachen, aber sie gingen dennoch.

Als sie ins Auto steigen wollten, blieb Elisabeth plötzlich stehen und runzelte die Stirn. Dann stieg sie schnell ein.

»Mama, dreh dich bitte nicht um, aber da hinten in dem Sportwagen sitzen zwei Frauen und starren zu uns herüber.«

Emilia fluchte etwas Unverständliches, dann fragte sie eindringlich: »Hast du irgendetwas an unserem Auto gerochen?«

»Äh nein, allerdings habe ich auch nicht genau nachgeschaut.«

»Wer sind die? Sind das Jägerinnen?«

»Ja, ich bin mir fast sicher, ohne sie zu sehen. Wie weit sind sie weg? Was schätzt du?«,

»Gut fünfzig Meter, die eine hat sich gerade bewegt. Deswegen habe ich sie auch nur bemerkt.«

»Das ist gut. Sie sind zu weit weg für den magischen Blick. Sie können deine Aura noch nicht gesehen haben. Aber wir können so nicht nach Hause fahren. Ich habe keine gesteigerte Lust, die Jägerinnen gleich dahin zu führen. Wir müssen hier erst einmal weg, dann sehen wir weiter.«

Emilia ließ den Motor an und fuhr los.

»Der Wagen folgt uns«, kam es kurz darauf von Elisabeth.

»Ich bin sehr gespannt auf deine richtige Geschichte, wenn wir die abgeschüttelt haben«, gab Emilia bissig zurück und drückte das Gaspedal durch. Anstatt wie üblich in Zellerfeld in Richtung Wildemann abzubiegen, fuhr sie diesmal weiter geradeaus nach Goslar. Der Motor des Passats heulte auf, als sie innerorts bereits auf über neunzig Stundenkilometer beschleunigte. Der andere Wagen folgte ihnen weiterhin. Es ging eine ganze Reihe von Kurven in schnellem Tempo in Richtung Goslar hinunter. Schneeflocken begannen, vom Himmel herabzutanzen. Bei der *Erbprinzentanne*, einer ehemaligen Klinik, geriet der Wagen sogar leicht ins Schleudern. Sie streiften um ein Haar die Leitplanke. Emilia flehte in jeder Kurve das Auto lautstark an, ja weiterzufahren und in der Spur zu bleiben. Die Verfolgerinnen blieben dran.

Da entsann sich Elisabeth, dass sie helfen konnte. Sie schloss die Augen und rief über das Band jemanden aus ihrem Rudel.

Oskar? Melde dich. Wo bist du?

Oh! Hi, hübsches Alphamädchen, welch Ehre, dass du auch mal an mich armen Wurm denkst, kam es fröhlich zurück.

Quatsch jetzt nicht!, schnitt sie ihm in Gedanken das Wort ab. *Ich brauche sofort deine Hilfe! Wir sind mit unserem Passat in Richtung Goslar unterwegs und werden von zwei Jägerinnen verfolgt. Wir müssen sie loswerden, bevor meine Mutter noch einen Unfall baut.*

Sie spürte, wie Oskar kurz nachdachte.

Ich habe eine Idee. Fahrt einen Bogen durch Goslar und kommt über Oker wieder hoch. Sag deiner Mutter, sie soll gesittet fahren. Wir kümmern uns, aber ich brauche etwas Zeit.

Damit brach er die Verbindung ab, dennoch konnte Elisabeth spüren, wie aufgeregt er war.

»Mama, tu bitte jetzt, was ich dir sage. Fahr vorsichtiger und hör mir zu.«

Emilia Wollner hielt sich krampfhaft am Lenkrad fest, wurde aber langsamer.

»Ich habe jemanden ... äh ... aus meinem Rudel kontaktiert!«

»Was? Wie?«

Jetzt fiel Elisabeth ein, dass sie das ihrer Mutter ja auch noch nicht gesagt hatte. Es wurde immer komplizierter, wer was wusste und wem man was sagen durfte. Verflixt!

»Das ist so ein Werwolf-Rudel-Ding. Ich kann halt mit Rudelmitgliedern geistig kommunizieren, wenn sie nicht zu weit weg sind.«

Obwohl ihre Mutter nun vorsichtiger weiterfuhr, starrte sie weiter angestrengt auf die Straße, weil das Schneetreiben immer dichter wurde.

»Das habe ich schon mal gehört, dass sich Rudelmitglieder irgendwie miteinander austauschen können, aber das geht doch nur vom Alpha aus, oder?«

Elisabeth holte tief Luft: »Genau, Mama! Und ich bin eine Alpha.«

»Moment mal, sollst du nicht erst nächsten Vollmond ins Rudel eingeführt werden?« Emilia schien verwirrt.

»Ja, schon, aber es ist halt so passiert.«

»Wie, es ist so passiert? So etwas passiert doch nicht einfach aus heiterem Himmel?«

»Ach Mama, es ist so schwer. Ich weiß nicht, wo ich anfangen soll zu erzählen.«

Sie kamen hinter Auerhahn in die Serpentinen, wo Überholen verboten war. »Wie wäre es mit ganz von vorne?«

»Dafür ist jetzt keine Zeit. Was du wissen musst, ist, dass ich eine natürliche Alpha bin. Und bevor du mir wieder Vorwürfe machst, ich wette, dein Blut ist daran auch mit schuld. Ich habe es nicht mit Absicht gemacht. Es ist passiert, als ich auf dem Heimweg von einem Training mit Albert von einem anderen Werwolf angegriffen wurde.«

»Aber warum hast du nicht …«, fiel ihr ihre Mutter ins Wort.

»Oh, Mama, wenn du mich dauernd unterbrichst, werde ich nie fertig mit erzählen. Hör einfach zu. Es ist eh schon schwer genug, dir das alles zu berichten.«

Emilia nickte und klammerte sich fester an das Lenkrad. Die Schneeflocken tanzten immer noch im Scheinwerferlicht und bildeten inzwischen eine weiße Schicht auf dem Boden.

»Also, dieser Werwolf wollte … na ja, Oskar ist jemand, der nicht fragt, ob ein Mädchen ihn will. Aber bei mir hat er sich ganz schön verrechnet. Ich habe ihn ziemlich fertiggemacht. Und dann hat er sich mir unterworfen. Dabei ist es passiert, dass meine Augen sich geändert haben. Deswegen bin ich am letzten Vollmond nicht zum Rudeltreffen, weil Albert und ich nicht wissen, wie wir das seinem Vater beichten sollen. Seine Mutter duldet keine anderen Alphas und ich habe damit gegen ungefähr ein Dutzend Rudelregeln verstoßen, vor allem, weil ich inzwischen noch jemanden gebunden habe.«

»Wen?«

»Mike Kubert, den Rossschlachter! Er war ein freier Wolf, hat sich aber mir angeschlossen. Er ist ein cooler Typ und hat sich um Oskar gekümmert. Die Wunden, die ich bei anderen Wölfen schlage, heilen nur sehr langsam. Auch das verdanke ich dir. Albert hat davon keine Ahnung, aber ich wette, es ist all das Silber in meinem Körper. Die anderen reagieren darauf ziemlich allergisch.«

»Und die helfen dir jetzt?«

»Ja, aber du wolltest mich nicht mehr unterbrechen! Oskar lässt sich was einfallen. Wir fahren jetzt eine Runde über Goslar und dann über Oker zurück. Bis dahin sollten sie eine Lösung haben.«

»Und was war jetzt im Zoo?«

Emilia ließ nicht locker, aber das hatte Elisabeth auch nicht erwartet. Sie war schließlich ihre Mutter. Elisabeth presste die Lippen aufeinander und suchte nach den richtigen Worten.

»Was soll ich sagen? Es war von Anfang an schwierig im Zoo. Die Tiere haben teilweise sehr heftig auf mich reagiert. Ich habe mir dann das Deo von Sabrina geborgt und mich total eingesprüht, damit sie mich nicht mehr riechen.« Zum Beweis hielt sie ihrer Mutter die Hand hin, die immer noch etwas nach Apfel duftete.

»Und die Sache mit dem Eisbären?«, bohrte Emilia weiter nach.

»Sabrina hat Petra gerettet, ich habe den Eisbären mit der anderen Pflegerin solange abgelenkt.«

»Abgelenkt kann man das da wohl kaum nennen.« Emilia zeigte auf die zerfetzten Sachen in der Plastiktüte, die auf der Rückbank lag. »Sabrina hat vermutlich alles mitbekommen. Du bringst damit deine beste Freundin in Gefahr. Und die Pflegerin erst. Ich kann es gar nicht fassen.«

»Reg dich ab, Mama. Sabrina wird wie immer schweigen und die Pflegerin war auch eine Werwölfin, wie ich. Wir haben ihn zu zweit in die Zange genommen.«

»Wie bitte? Noch eine Werwölfin?«

»Sagte ich doch gerade. Ich habe sie vorher schon gerochen und mich mit ihr am Nachmittag etwas unterhalten. Sie jobbt da seit einiger Zeit und verdient sich so ihr Futter. Kann gut mit Tieren umgehen, weil sie einen Fiepetrick beherrscht, den sie mir beigebracht hat. Damit kann man Tiere beruhigen.«

»Etwa eine schlanke junge Frau namens Lilly?«

»Woher kennst du denn Lilly?«

»Erlaube mal, ich habe immerhin im Zoo gearbeitet, und schließlich war ich es, die ihr den Job verschafft hat, anstatt sie wegen Diebstahls der Polizei zu übergeben. So, so, sie ist also eine Werwölfin. Das erklärt, warum sie sich das Futter stehlen wollte. Sonst hat dich keiner gesehen?«

Sie kamen aus den Serpentinen heraus und Elisabeth schwieg zunächst, bis Emilia einen scharfen Blick in ihre Richtung warf.

»Sei bitte nicht böse, aber Frau Schramm ist aufgetaucht.«

Emilia Wollner zog scharf die Luft ein.

Elisabeth wollte beschwichtigen: »Kein Problem, Mama, sie ist eine ...«

»... Zwergin«, vollendete ihre Mutter den Satz.

»Sie wird schweigen, hat sie mir versprochen. Ich finde sie inzwischen eigentlich echt cool. Sie hat uns sogar gesagt, wie wir die Geschichte erzählen sollen, damit die Menschen es schlucken, ohne die ganze Wahrheit zu kennen.«

Emilia stöhnte auf.

»Die anderen waren so auf Vinzenz und seine Kumpels fixiert, dass sie mich gar nicht beachtet haben. Petra hat auch nichts mitbekommen. Sie war sturzbetrunken und verletzt.«

»Ich kann nicht sagen, dass ich wirklich erleichtert bin, meine Große. Beten wir, dass das nicht doch noch jemand mitbekommen hat. Im Augenblick haben wir erstmal andere Sorgen. Und die hängen uns an der Stoßstange.« Sie blickte in den Rückspiegel, wo ihre Verfolgerinnen weiterhin zu sehen waren. »Wie verkraftet Sabrina das denn alles?«

»Sabrina hat Petra gerettet, als der Eisbär auf mich los ist. Sie ist die beste Freundin, die man sich vorstellen kann, und deckt mich. Den anderen habe ich erzählt, dass ich einen Unfall auf dem Spielplatz hatte und mir die Sachen da zerrissen habe.«

»Ich kann es noch immer nicht fassen, dass du bei dem Eisbären nicht die Beherrschung verloren hast.«

»Das macht das gute Training mit Albert. Und ich konnte mich doch vor Lilly nicht blamieren. Immerhin bin ich eine Alpha.« Elisabeth schaute ihre Mutter vorsichtig an und versuchte mit ihren rotglühenden Augen ein Lächeln.

Emilia warf einen Blick zurück. »Du bist einfach unverbesserlich. Darum habe ich dich so wahnsinnig lieb.«

Sie fuhren schweigend durch Goslar. Als sie in Richtung Oker abbogen, schloss der andere Wagen weiter auf. Emilia gab daraufhin mehr Gas und überschritt die erlaubte Geschwindigkeit deutlich. Sie schlüpften gerade noch bei Gelb über die nächste Kreuzung. Ihre Verfolger überfuhren sie bei Rot und es blitzte aus einer Ampelkamera.

Emilia konnte es sich nicht verkneifen zu giften: »Geschieht euch recht. Das habt ihr davon, mir nachzufahren.«

Kurz darauf spürte Elisabeth Aktivität über das Band mit Oskar, sie öffnete es wieder und versuchte sich ganz auf ihn zu konzentrieren. Er wirkte sehr zuversichtlich.

Ah, wo seid ihr?, fragte er gleich.

Ortsausgang Oker, noch ein ganzes Stück vor dem Romkerhaller Wasserfall.

Sind sie immer noch hinter euch?

Elisabeth sah sich kurz um. *Ja, sie sind direkt an uns dran.*

Pass auf, ihr werdet kurz nach der Staumauer auf einen Schneeräumer treffen, überholt ihn erst auf der Brücke Richtung Altenau.

Verstanden. Und dann?

Das lass mal meine Sorge sein, Chefin.

Elisabeth sah ihre Mutter an. »Mama, wir werden gleich hinter einen Schneeräumer kommen, etwa in Höhe der Staumauer. Bleib dahinter und überhole ihn genau auf der Brücke nach Altenau.«

Emilia sah ihre Tochter kurz an. »Was habt ihr vor?«

»Das hat mir Oskar auch nicht verraten, aber ich will es ehrlich gesagt gerade nicht wissen.«

Kurze Zeit später tauchte vor ihnen tatsächlich ein Schneeräumfahrzeug auf. Ein Auto hing bereits dahinter. Emilia reihte sich ein. Der Wagen der Jägerinnen war nun direkt hinter ihnen.

»Bei dem Schneetreiben ist es sehr riskant, den zu überholen, vor allem auf der Brücke.«

»Mama, du schaffst das.«

Sie kamen an eine Abzweigung. Geradeaus ging es Richtung Schulenberg. Das Auto vor ihnen fuhr hier weiter, doch sie folgten der Hauptstraße nach links über die Brücke. Emilia schaltete herunter und setzte den Blinker. Der Passat schlitterte etwas, als sie auf die linke Spur zog und den Schneeräumer überholte. Gott sei Dank kam ihnen niemand in diesem Moment entgegen. Als sie auf Höhe des Fahrerhauses waren, spürte Elisabeth ein freudiges Kribbeln. Sie musste nicht schauen, um zu wissen, wer hinter dem Steuer saß. Sie waren gerade wieder nach rechts gezogen, als die Jägerinnen ebenfalls überholten. Elisabeth drehte sich um. Ihre Mutter starrte in den Rückspiegel. Der Schneeräumer zog plötzlich auf die linke Fahrbahn, drückte ihre Verfolgerinnen mit Schwung gegen die Seite, Funken stoben, als Metall auf Metall kratzte. Dann durchbrach der Sportwagen das Geländer und stürzte in die Tiefe. Der schwere Schneeräumer schwankte etwas, kam aber wieder auf die richtige Spur und hielt schlitternd an. Kreidebleich vor Schreck fuhr Emilia weiter. Elisabeth konnte noch jemanden aussteigen sehen, bevor ihre Mutter um die Kurve verschwand.

»Er hat sie von der Brücke gedrängt«, stammelte Emilia und starrte wieder stur auf die Straße. »Einfach so. Er hat sie einfach so umgebracht.«

Elisabeth war auch entsetzt. Sie hatte sich gedacht, dass er die Hexen vielleicht blockieren würde, aber diese Maßnahme schien ihr zu brutal. Sie öffnete den Kanal wieder und wollte gerade mit Oskar schimpfen, da meldete er sich von selbst: *Du brauchst mir nicht zu danken. Die sind erstmal aus dem Rennen, aber sie leben vermutlich noch. Ich wusste doch, dass dieser Wagen einige Extras hat. Mach dir keine Sorgen, Boss. Die werden heute nicht mehr mitspielen und vermutlich die nächsten Tage auch nicht.*

Hätte es denn keine andere Möglichkeit gegeben? Es klang viel weniger wütend, als Elisabeth es eigentlich mitteilen wollte.

Ich hatte nicht wirklich viel Zeit für die Vorbereitung. Ich beeile mich jetzt, den Schneeräumer zurückzubringen. Habe keine Lust auf die Polizei. Und außerdem könnten noch mehr von den Jägerinnen auftauchen. Muss noch etwas Lack auftragen, wo ich sie gestreift habe. Kommt gut nach Hause.

Du auch! Sie zögerte. *Und trotzdem Danke, auch wenn wir uns über die Methode beim nächsten Mal noch unterhalten müssen.*

Was immer du sagst, Boss.

»Du hast mit ihm gerade wieder telepathisch geredet?« Ihre Mutter sah Elisabeth prüfend an.

»Ja, er sagt, dass sie es überleben werden. Er bringt jetzt den Schneeräumer weg.«

»Ich kann gar nicht glauben, das wir das gerade mit angesehen haben. Das zieht eine Untersuchung nach sich. Man wird mit den beiden sprechen und erfahren, dass sie uns verfolgt haben. Andere Jägerinnen werden uns dann auf Schritt und Tritt folgen und ich habe meine Kräfte nicht, um sie abzuwehren. Wir sind erledigt.«

»Mama, nun mal langsam. Immerhin können sie uns nicht direkt mit dem Vorfall in Verbindung bringen. Von meinem Band mit Oskar wissen die nichts.«

»Wenn ich meine Macht hätte, könnte ich die beiden heute Nacht noch im Krankenhaus besuchen und ihre Erinnerungen verändern. Die einzige Person, die das wohl sicher könnte, ist Anna Binsenkraut. Aber ausgerechnet sie ist eine Ex-Jägerin. Sie wird mir nicht helfen, auch wenn ich den Verdacht nicht loswerde, dass ihr Verhältnis zum Rat aktuell nicht das beste ist. Sie hat sogar die Spionin am Parkplatz vertrieben, bevor der Bus kam.«

Elisabeth hielt die Luft an, ihre Mutter hatte recht. Theobalds Mutter war eine exzellente Wahl. »Mama, das ist die Idee. Setze mich in Zellerfeld an der Apotheke ab. Ich muss noch was erledigen.«

»Bist du völlig wahnsinnig? Das Werwolfsein steigt dir langsam zu Kopf. Denkst du etwa, du seist unbesiegbar?«

»Mama, vertraue mir in dieser Sache. Ich bitte dich. Ich habe einen Plan und ich werde uns mit ihm retten.«

Sie stritten die Fahrt über weiter, doch schließlich lenkte Emilia ein, weil sie merkte, dass ihre Tochter genauso stur sein konnte, wie sie selbst. Widerwillig brachte Emilia sie nach Zellerfeld.

Als sie Elisabeth abgesetzt hatte, plagten sie ihre Gewissensbisse und die schiere Angst, dass ihre Tochter sich Anna ans Messer lieferte, nur um sie zu retten. Auf dem Weg zur Neuen Mühle liefen ihr die Tränen über die Wangen, weil sie sich so schuldig und hilflos fühlte.

»Jetzt büßt du für deine Sünden, Emilia Renate Schneeblume!«, sagte sie immer wieder zu sich selbst. Sie blieb noch eine ganze Weile im Wagen sitzen, bis die Tränen getrocknet waren, und ging dann ins Haus. Ihrem Mann erzählte sie, dass sie Elisabeth bei Sabrina gelassen hätte, und ging, ohne eine Antwort abzuwarten, ins Bett. Doch schlafen konnte sie nicht. Schließlich wanderte sie in Elisabeths Zimmer hinüber und legte sich dort auf das Bett. So würde sie gleich mit Elisabeth sprechen können, wenn sie zurückkehrte.

Ein kühner Handel

Elisabeth klingelte bei den Binsenkrauts. Es dauerte eine Weile, dann machte wie erwartet Theobald auf. Er war schon im Schlafanzug.

»Elle, was machst du denn um diese Zeit hier?«, fragte er erstaunt.

»Ich muss mit deiner Mutter sprechen. Es ist dringend«, entgegnete sie und trat ungefragt ein.

»Bist du heute völlig übergeschnappt? Ich habe gerade wegen des Vorfalls im Zoo eine lange Befragung über mich ergehen lassen müssen.«

»Das ist mir vollkommen klar. Und ich brauche unbedingt sofort dein Amulett.«

»Aber das geht nicht«, stammelte er.

»Theo, wenn ich nicht mit deiner Mutter rede, dann fliegen wir alle vermutlich noch heute Nacht, spätestens morgen früh, auf. Aber sie darf nicht wissen, was ich bin. Ich brauche ihre Hilfe, und zwar sofort.«

Beide blickten sich lange an, bis eine Stimme von oben erklang.

»Theobald, wer ist denn das?«

»Ich bin es, Frau Binsenkraut, Elisabeth. Ich komme gleich hoch.«

»Nun mach schon, ich erkläre es dir später!«, drängte Elisabeth.

Theobald verzog das Gesicht, holte dann aber sein Amulett heraus und gab es ihr.

»Ich hoffe, du weißt, was du tust«, flüsterte er ihr zu.

»Das hoffe ich auch. Geh ins Bett. Ich werde ihr sagen, dass du das nicht wissen darfst, und halte dich so raus.« Damit hängte sie sich das Amulett um und steckte es unter den Pullover, während sie schon auf der Treppe war.

Frau Binsenkraut war noch angezogen. Sie erwartete Elisabeth in der Tür zum Wohnzimmer.

»Elisabeth, was verschafft mir die Ehre?«

»Hallo Frau Binsenkraut, entschuldigen Sie bitte die späte Störung, aber es gibt etwas unter vier Augen zu besprechen. Ich brauche Ihre Hilfe.«

Anna hob eine Augenbraue, machte aber Platz, um Elisabeth durchzulassen.

»Das ist sehr ungewöhnlich. Ich vermute, dass es mit dem Zoo zu tun hat?«

Elisabeth antwortete nicht, sie hielt sogar die Luft an, als sie an Anna Binsenkraut vorbei in den Raum ging. Der Fliederduft stieg ihr dennoch in die Nase. Vorsichtshalber drückte sie die Fingernägel wieder in die Handflächen. Sie setzte sich ungefragt in den Sessel, der der Tür gegenüberstand.

»Mach es dir nur gemütlich!«, sagte Anna Binsenkraut, während sie die Tür schloss. »So, du willst also mit mir unter vier Augen reden. Du machst es aber richtig spannend.«

Anna Binsenkraut setzte sich ihr gegenüber und kniff die Augen wieder leicht zusammen. Elisabeth, die das schon kannte, wusste, dass sie wieder magisch gescannt wurde. Die Enttäuschung auf dem Gesicht von Theobalds Mutter war danach gut zu erkennen. Elisabeth machte noch eine kleine Pause, dann eröffnete sie ihr Vorhaben.

»Ich werde mich ganz klar ausdrücken.«

»Das ist sehr erfreulich. Ich musste mir heute schon eine verworrene Geschichte anhören, die ich nur mit Mühe verstehen, geschweige denn glauben konnte. Nichts für ungut, aber in dem Zoo ist doch mehr passiert, oder?«

»Wir werden nicht über den Zoo reden. Ich bestehe auch darauf, dass Theo hier herausgehalten wird. Er darf nicht wissen, was wir jetzt besprechen. Ich biete Ihnen einen Handel an, den Sie nicht ablehnen können.«

Annas Züge versteinerten. Schneidend antwortete sie: »Was für einen Handel?«

»Ich werde Sie um einen Gefallen bitten, dafür werde ich Ihnen auch einen Gefallen tun, und wir beide werden über andere Dinge keine Fragen stellen.«

»Jetzt hast du meine volle Aufmerksamkeit. Was soll das für ein Gefallen sein?«

Elisabeth räusperte sich. Sie spürte die Anspannung ihrer Gesprächspartnerin. Sie hatte eine, wenn nicht sogar die beste Ex-Jägerin vor sich, eine voll ausgebildete und im Kampf geschulte Hexe. Ihr war klar, dass sie hier alles auf eine Karte setzte, aber Anna Binsenkraut war ihre einzige Hoffnung.

»In den nächsten ein bis zwei Stunden werden zwei Jägerinnen ins Krankenhaus in Goslar eingeliefert. Sie sind sehr schwer verletzt. Der Gefallen, um den ich Sie bitte, ist, dorthin zu fahren und sicherzustellen, dass die beiden nicht mehr wissen, was sie heute gemacht haben. Löschen Sie ihre Erinnerungen an heute komplett aus.« Elisabeth hatte mit einem bösen Blick gerechnet, aber die Intensität dieses Hexenblickes brachte sie dann doch fast zum Wanken. Die honigsüße Stimme, mit der Anna Binsenkraut antwortete, passte so rein gar nicht zu diesen Augen.

»Wie kommst du auf die abwegige Idee, dass ich das könnte? Ich bin nur die Apothekerin hier am Ort.«

»Sie sind viel mehr als das. Sie sind eine Hexe. Denn Sie haben sich in der Schule verraten, als Sie ins Büro des Direktors geplatzt sind und die Zeit angehalten haben. Sie haben nicht alle erwischt. Ich weiß alles, was Sie gesagt haben. Ich weiß, dass Sie die Erinnerungen von Vinzenz und Alim verändert haben, um den Vorfall in der Schule abzuwenden, an dem auch Theo beteiligt war. Ich weiß es seit diesem Tag und ich habe geschwiegen. Und weiter darüber zu schweigen, ist der erste Teil meines Gefallens. Ich werde dieses Geheimnis bewahren.« Elisabeth konnte sehen, dass Anna Binsenkrauts Pupillen sich weiteten. Sie roch, dass sie erschrak, aber sonst verriet nichts ihre innere Erregung. »Und dann weiß ich noch, dass Sie eine Weile mit meinem Vater eine heiße Liebesaffäre hatten. Ich biete Ihnen an, auch darüber zu schweigen.« Das hatte gesessen, merkte sie mit tiefer Genugtuung. Anna Binsenkraut kniff wieder die Augen zusammen. Sie versuchte, sie erneut zu scannen, doch es hatte keinen Erfolg. Ihre Stimme wurde eiskalt und schneidend.

»Wie kommst du auf die Idee, mich damit erpressen zu wollen? Nicht dass ich zugeben würde, dass es wahr wäre. Wenn ich das tun könnte, was du behauptest, was hindert mich daran, deinen Verstand zu verändern oder deine Gedanken zu lesen? Wer bist du wirklich?«

»Ich habe Ihnen schon gesagt, dass ich keine anderen Fragen beantworten werde. Der Grund, warum ich Ihnen diesen Handel überhaupt anbiete, ist, dass die zwei Jägerinnen hier im Harz herumschnüffeln. Und Sie haben sicherlich genug zu verbergen, um ebenfalls kein Interesse daran zu haben, dass sie weiter hier so präsent sind. Und wo, glauben Sie, würden die Jägerinnen suchen, wenn sie im Harz weitergraben würden? Falls man mich magisch verhören würde, wäre das gar nicht hilfreich für Sie.« Das letzte hatte Elisabeth geraten und sie hoffte insgeheim, dass Anna Binsenkraut genug Dinge verborgen hielt. Sie pokerte sehr hoch in diesem Moment. Anna schwieg lange und betrachtete Elisabeth nachdenklich.

»Du bist entweder sehr mutig oder total lebensmüde, um mir das anzubieten. Was für eine Garantie gibst du mir denn, dass du deinen angebotenen Teil der Abmachung einhältst?«

»Sie haben nur mein Wort.«

»Pah, das Wort eines Teenagers ist nicht viel wert. Du versuchst nur, deine eigene Haut zu retten. Woher weißt du überhaupt von den Jägerinnen?«

Elisabeth spürte plötzlich, dass sie Anna fast gepackt hatte.

»Noch ein Versuch, mich auszuhorchen? Sie werden es nicht schaffen. Ich biete Ihnen die Wahrung unser beider Geheimnisse an. Den Schutz der magischen Welt für eine kleine Gefälligkeit Ihrerseits. Oder wollen Sie am Ende noch behaupten, dass Sie nicht die Kraft haben, den Verstand von zwei Jägerinnen zu beeinflussen?«

Annas Geruch veränderte sich, ihr Körper straffte sich. Jetzt war Elisabeth sich sicher, dass sie gewonnen hatte.

»Gut ich mache es. Aber wenn ich rausbekomme, dass du deinen Teil der Abmachung nicht eingehalten hast, dann verwandle ich dich in eine Küchenschabe und zertrete dich mit dem Absatz.«

»Das klingt nur fair. Und ich lasse Sie als Ehebrecherin und eigenmächtig handelnde Hexe hochgehen, wenn Sie Ihren Teil nicht erfüllen. Haben wir einen Handel?«

»Den haben wir.« Elisabeth stand auf.

»Du bist eine sehr bemerkenswerte junge Frau, Elisabeth Wollner. Andere hätten das, was du mitgehört hast, längst weitergetratscht. Ich achte das. Betrachte deinen Wunsch als erfüllt.« Anna stand ebenfalls auf. »Ich glaube, ich habe einen Termin in Goslar. Und das mit deinem Vater …«

»Bitte nicht! Ich will darüber nicht reden«, blockte Elisabeth ab. »Ich bin müde und werde jetzt gehen!«

»Aber das ist sehr weit und es hat geschneit. Ich bringe dich noch schnell nach Hause.«

»Nein, Danke!«, lehnte sie ab. »Ich komme schon heim.«

Anna blickte Elisabeth nach, als diese das Haus verließ. Die Gefühle in ihr wallten hin und her. Nicht Theobald hatte sie verraten, sie war es selbst gewesen. Und diese Elisabeth? Sie war schon bemerkenswert, denn sie hatte nichts gesagt. Sie wusste von der Affäre mit Michael und sie hatte auch darüber geschwiegen. Was auch immer die beiden Jägerinnen wussten, es könnte wichtig sein, eventuell sogar Elisabeth schaden. Immerhin hatte Anna nicht versprochen, sich die Erinnerungen nicht anzusehen, bevor sie diese löschte. Ein süßsaures Lächeln umspielte ihre Lippen. Elisabeth war mutig und sehr dominant für ihr Alter, aber Anna Binsenkraut spielte das Spiel schon länger. Sie nahm die Autoschlüssel und ging hinaus.

Elisabeth bog um die Ecke und wartete. Es dauerte nicht lange, dann fuhr Anna Binsenkraut tatsächlich weg. Elisabeth lief zurück und wollte gerade erneut klingeln, da riss Theobald die Tür auf. Sie gab ihm sein Amulett zurück, das er hastig an sich nahm.

»Was um alles in der Welt hast du von Mama gewollt?«

»Das erzähle ich dir ein anderes Mal. Für heute will ich nur noch in mein Bett. Ich denke, dass du jetzt ein bis zwei Stunden Ruhe hast. Sie ist was erledigen.«

Elisabeth zwinkerte dem verdutzten Theobald zu und lief dann leichtfüßig nach Hause. Als sie ankam, schlich sie sich hinein, nur um ihre Mutter in ihrem Bett vorzufinden. Elisabeth zog sich aus und kuschelte sich an sie. Dann schlief sie ein.

Eine Schule voller Spannung

Frau Schramm stand vor der schweigenden Klasse und blickte in betretene Gesichter. Nicht, dass sie größer gewesen wäre, wenn sie stand, aber sie lief Gefahr, einzuschlafen, wenn sie sich setzte. Sie war schrecklich müde und darüber hinaus wütend, wenn auch nicht auf die Schüler, die vor ihr saßen. Die Sache in Hannover hatte die ganze Nacht hindurch gedauert, bis schließlich Brigitta nach Hause durfte, und Frau Schramm mit ihr zusammen in einem Taxi bis in den Harz gefahren wurde. Die Rechnung war horrend gewesen, aber das übernahm die Schule. Schlimmer war es gewesen, ihren völlig aufgelösten Vetter zu treffen, der sie beschuldigt hatte, seine wertvollen makellosen Bergkristalle gestohlen zu haben. Die Tatsache, dass ihr Vetter nur vage Erinnerungen an den Tag hatte und vermutlich sehr viel Schnaps im Spiel war, machte es nicht besser. Natürlich hatte sie ihre Unschuld beteuert, denn sie hatte zu dem Zeitpunkt in dem Bus nach Hannover gesessen. Doch es half nichts. Es gab nämlich einen Zeugen, wenn auch nur einen Menschen, der der Polizei bestätigt hatte, dass sie selbst am Vormittag in dem Laden gewesen war. Um ihren Vetter zu beruhigen, hatte sie zugestimmt, dass ihre Wohnung von den anderen Zwergen durchsucht wurde. Das hatte bis Sonntag Nacht gedauert. Sie hatte nicht schlafen können vor Gram und sich das Hirn zermartert, was da genau passiert war.

Zwerge sind viel ausdauernder und resistenter als Menschen, aber nach über sechzig Stunden ohne Schlaf fühlte sie sich fix und fertig. Das mit den Kristallen würde ein Nachspiel haben. Im Moment musste sie sich auf ihre Klasse konzentrieren. Vier Schüler fehlten. Petra lag immer noch im Krankenhaus in Hannover, und die drei Jungen, die den Eisbären so gereizt hatten, saßen wegen eines vorläufigen Schulverweises zu Hause.

Ihr Blick fiel auf die erste Reihe ihrer Schüler. Theobald, Sabrina und natürlich die Werwölfin Elisabeth. Es war nicht ungewöhnlich, mal ein oder zwei Magische in der Klasse zu haben, aber dieser Jahrgang war etwas ganz Besonderes. Am Anfang des Schuljahres hatte sie einmal den magischen Blick auf Elisabeth angewendet, die anderen kannte sie ja schon. Damals war ihr nichts aufgefallen. Werwölfe wurden gebissen, das ließ sich nicht vermeiden. Das erklärte Elisabeths Auraänderung. Jedoch wurde sie den Verdacht nicht mehr los, dass es noch jemanden gab. Sie hatte sich aus Neugier heute Morgen ihren Ring mit dem winzigen Diamanten an die linke Hand gesteckt. Mit der richtigen Runenmagie behandelt, wurde der Edelstein bei anwesender Magie wärmer. Der Ring reagierte sogar auf verborgene Magie. Er war ein altes und sehr wertvolles Familienerbstück. Sie blickte auf ihre Hände, an denen sich jetzt eine dunkle Rötung zeigte, wo sie eben noch den Ring getragen hatte. Sie hatte ihn vom Finger ziehen müssen, als er so glühend heiß wurde, dass er begann, ihre Haut zu versengen. Das ließ nur einen Schluss zu. In dieser Klasse gab es mehr Magie, als man mit einem normalen magischen Blick entdecken konnte. Zudem schien sie heftiger als alles zu sein, was Frau Schramm bisher wahrgenommen hatte. Nur wer war es? Diese Information lieferte der Ring leider nicht. Sie hatte zwar Sabrina in Verdacht, aber eine Person alleine konnte nicht so viel Macht verströmen. Erstaunlicherweise hatte Sabrina keine übernatürliche Aura, wie sie sich gerade noch einmal vergewissert hatte.

»Der Vorfall im Zoo«, begann sie dann, »hat für drei Schüler dieser Klasse harte Konsequenzen. Stellt euch darauf ein, dass sie nicht allzu bald zurückkehren. Tiefer kann ich kaum enttäuscht sein. Ich will nicht verschweigen, dass in meiner langen Laufbahn als Lehrerin so etwas noch nie vorgekommen ist. Es wird auch nicht wieder vorkommen, denn dies war der letzte Ausflug meinerseits mit einer Schulklasse. Die Klassenfahrt im Mai nach Bad Kreuznach ist gestrichen.«

Jähes entrüstetes Gemurmel war zu vernehmen, doch keiner traute sich, direkt etwas zu erwidern.

»Ferner werdet ihr euch alle noch mit der Schulpsychologin, Frau Brinkmann, zu Einzelgesprächen treffen, um das Erlebte aufzuarbeiten. Den Unterricht heute übernimmt nach meiner Stunde komplett Herr Burglos. Ihr werdet von Frau Brinkmann ab der zweiten Stunde namentlich aufgerufen und geht dann zu ihr ins

Büro.« Erneutes Gestöhne und Getuschel setzte ein. »Bis dahin schreiben wir heute alle gemeinsam die Schulordnung und die Verhaltensregeln des Zoos Hannover ab. Das ist eine Anordnung der Schulleitung. Ich gebe nichts darauf, dass viel davon bei euch hängenbleiben wird, aber sei es drum.«

Das Gemurmel wurde unruhiger, als Frau Schramm zum Beamer ging und ihn anschaltete. Sie blendete die Schulordnung an die Wand und setzte sich dann wieder an ihren Schreibtisch. Widerwilliges Rascheln von Papier setzte ein, als sich die Klasse ans Abschreiben machte.

Elisabeth vernahm einige Verwünschungen in Richtung Vinzenz, doch sie war über die Stillarbeit letztendlich froh. Sie konnte sich voll auf eine Sache konzentrieren und alles andere ausblenden. Dennoch seufzte sie, als sie in den Zooverhaltensregeln den Abschnitt zum Thema Hunde las. Die Ruhe änderte sich mit der zweiten Stunde. Zuerst kam Herr Burglos herein, noch bevor die neue Stunde angefangen hatte. Er wirkte extrem angespannt und schien am liebsten gleich wieder gehen zu wollen. Frau Schramm ließ sich Zeit, den Klassenraum zu verlassen. Kurz vor Ende nahm sie sich noch ein paar Hefte und kontrollierte, ob die Schüler auch korrekt abgeschrieben hatten. Elisabeths und Sabrinas Arbeiten waren ebenfalls darunter. Sie notierte etwas hinein mit den gelben Post-its, die sie so gerne verwendete, und gab die Hefte zurück. Dann ging sie erhobenen Hauptes zu ihrer nächsten Klasse. Elisabeth starrte ihr nach, wurde aber gleich von Sabrina angestupst, die ihr Heft schon geöffnet hatte. Sie flüsterte Elisabeth zu, dass sie auch in ihrem Heft nachsehen solle. Der gelbe Zettel klebte unter ihrer Abschreibearbeit.

Heute 16:00 Uhr nach der Schule bei mir zum Tee. Zehntnerstraße 5. Geosine Schramm, stand da. Bei Sabrina stand anscheinend das Gleiche. Sie machte große Augen.

»Gehen wir da hin?«

»Warum nicht? Sie hat uns den Arsch gerettet. Und ich wäre froh, einen Grund zu haben, nicht meinen Vater sehen zu müssen«, tuschelte Elisabeth zurück.

Doch dann räusperte sich Herr Burglos vor der Klasse laut und kündigte nochmal das an, was Frau Schramm bereits gesagt hatte.

Er fing mit Geschichtsunterricht an. Als Erste wurde gleich Brigitta zu Frau Brinkmann geschickt, dann folgten andere. Von den dreien in der ersten Reihe musste dann Theobald zuerst zur Psychologin. Sie gingen also wieder einmal nach dem Alphabet vor, was hieß, dass Elisabeth als letzte dran war. Sie konnte kaum dem Unterricht folgen, so nervös wurde sie. Theobald tauchte zu Anfang der dritten Stunde auf, gerade als der Pausengong ertönte. Er nutzte die Gelegenheit und rutschte auf den Stuhl neben Elisabeth.

»Mit der Brinkmann stimmt etwas nicht. Ich konnte es spüren. Nimm für alle Fälle mein Amulett.« Er steckte es ihr in sein Taschentuch gewickelt zu. »Sie war ganz komisch.«

»Komischer als sonst?«, fragte Elisabeth dazwischen, die von Psychologen im Allgemeinen nicht viel hielt.

»Ja!«, bestätigte er. »Sie hat ständig die Augen so zugekniffen, wie Mama es immer macht, wenn sie versucht, die Aura zu lesen. Aber die Brinkmann ist ein Mensch. Ich habe sie schon früher gescannt. Dennoch bin ich mir sicher, dass heute etwas anders ist.«

Sabrina war herübergerutscht und hatte den letzten Teil mitgehört. »Ich gehe nochmal aufs Klo und optimiere meine Tarnung. Wenn das stimmt, was du sagst, dann muss die perfekt sein.«

Sabrina entschuldigte sich bei Herrn Burglos und verschwand auf die Toilette. Die dritte Stunde zog sich hin. Einige kamen sehr schnell wieder, dann war endlich Sabrina dran. Es dauerte bei ihr länger, dann tauchte sie schließlich wieder auf. Elisabeth, die ihre Schritte schon kurz vorher gehört hatte, sah sofort auf. Sabrina war kreidebleich.

»Herr Burglos, ich soll Elisabeth holen und nochmal mitgehen. Bitte um Entschuldigung.«

»Ja, geht nur«, antwortete dieser, ohne von der Tafel aufzublicken, an der er soeben ein Beziehungsdiagramm der verschiedenen Staaten zur Französischen Revolution gemalt hatte.

Elisabeth erhob sich und eilte zu Sabrina hinaus.

»Was ist passiert?«, fragte sie, kaum dass die Tür hinter ihnen ins Schloss gefallen war.

Sabrina zitterte am ganzen Körper. Sie hatte all ihre letzte Kraft auf den Auftritt eben an der Tür verschwendet. Nun brachen ihr die Knie ein. Ein merkwürdiger Geruch hing an ihr. Tod und Ozon.

»Ich … ich …« Sie schluckte. »Du musst mitkommen in das Büro von der Brinkmann. Ich brauche dich jetzt.«

Elisabeth musste auf dem Weg Sabrina mehr tragen als stützen. Dank ihrer Kraft ging das aber ohne größere Probleme. Vor der Tür spannten sich dann jedoch reflexartig ihre Muskeln. Sie roch noch mehr Ozon, Rauch, Kälte und Tod. Sie warf Sabrina einen Blick zu, doch diese zitterte nur noch mehr. Es musste sie all ihre Überwindung kosten, nochmal hierher zu kommen. Elisabeth ließ ihre Wölfin bis unter die Oberfläche und lauschte. Nichts. Vorsichtig öffnete sie dann die Tür und schlüpfte gefolgt von Sabrina hinein. Das Zimmer war verwüstet, Bücher lagen kreuz und quer im Raum. Ein großes Loch schwelte noch in der Wand vor sich hin, einige Steinbrocken waren herausgesprengt. Der Brand- und Ozongeruch im Raum war beißend für eine Werwolfsnase, aber nun roch Elisabeth noch mehr. Etwas stank wie vertrocknetes Fleisch. Spuren von Restmagie waren deutlich wahrnehmbar und prickelten auf ihrer Haut. Sabrina sackte an der Innenseite der Tür zusammen und begann nun, still vor sich hin zu schluchzen. Von Frau Brinkmann war keine Spur zu sehen, aber der Schreibtischstuhl lag umgekippt da. Elisabeth umrundete den Tisch, dann sah sie die Leiche. Die Person konnte man nicht wirklich erkennen. Sie trug die Kleider von Frau Brinkmann, diesen dicken selbstgestrickten Pulli und den schweren Rock in Karomuster, der Rest hingegen war vollkommen entstellt. Jedoch hatte die Leiche schwarzes Haar, kein braunes wie die Psychologin. Auch die Länge stimmte nicht. Die Haut der Leiche war gealtert und wie hauchdünnes Pergament über die Knochen gespannt. Der ganze Körper wirkte eingefallen und ausgemergelt, wie bei einer alten Mumie. Die Augäpfel starrten immer noch an die Decke, als wenn sie einen Horror jenseits jeglicher Beschreibung erblickt hätten. Die Lider hatten sich zurückgezogen.

»Was ist um alles in der Welt hier passiert?«, presste Elisabeth zwischen den Zähnen hervor.

»Ich war das nicht!«, kam es sofort von Sabrina, aber es klang alles andere als überzeugend.

»So? Du warst das nicht? Und wer bitte ist es gewesen?«

Elisabeth hörte, wie Sabrinas Puls, der sowieso schon raste, sich noch mehr beschleunigte.

»Sophie war es«, antwortete Sabrina unterbrochen von Schluchzern.

Erst jetzt fiel Elisabeth auf, dass Sabrina wohl deswegen an der Tür geblieben war, weil sie so nicht in dem Bereich des Spiegels kam, der an der Wand hing und den Frau Brinkmann oft für ihre Methoden einsetzte.

»Gut, ich will dir das glauben und werde dir helfen. Zunächst will ich aber wissen, wer zum Teufel das ist und warum sie die Sachen von der Brinkmann trägt?« Sabrina antwortete nicht. Sie schien keine klaren Worte mehr formulieren zu können. Elisabeth ging zu ihr und nahm sie in den Arm. »Ich bin ja da. Aber du musst mir genau erzählen, was hier passiert ist.«

Sabrina blickte aus verheulten Augen auf und musste sich erst einmal in ihr Taschentuch schnäuzen, bevor sie wieder genug Kraft hatte, um zu antworten.

»Als ich vorhin reinkam, sah sie aus wie Frau Brinkmann. Sie hat auch geklungen wie sie. Sie hat mich dann aufgefordert, mich vor den Spiegel zu setzen und vom Zoo zu berichten. Einmal wurde sie zwischendurch auf dem Handy angerufen und hat dann in einer komischen Sprache mit der anderen Seite gesprochen. Ich vermute, es war eine Balkansprache. Ich hatte mich noch gewundert, woher sie das kann. Doch danach ist sie aufgestanden und dauernd vor mir auf und ab gelaufen, das hat mich ganz nervös gemacht. Sie hat mich sehr drängend befragt und mir wohl nicht geglaubt. Da bin ich wütend geworden und irgendwie hat sie dadurch wohl meine Tarnung durchschaut, denn plötzlich stand sie vor mir und hat mich mit einer Art Zauberstab bedroht. Sie war eine Hexe.« Sabrina musste wieder Luft holen. »Und dann ist Sophie im Spiegel erschienen und hat sie angesprochen, doch ich habe gemerkt, dass Sophie die Kontrolle über meinen Körper übernommen hat. Das hat sie schon ein paar Mal getan und ich konnte nie etwas machen. Die Hexe hat noch erstaunt aufgeschrien, dann hat Sophie meine Hände um den Hals der Hexe gelegt und die Lebensenergie aus ihr gesaugt.« Sabrina erschauderte. »Die Hexe hat sich heftig gewehrt und einen Blitz abgefeuert, der das Loch in die Wand gerissen hat. Dann hat sie den Stab irgendwie fallengelassen. Wir sind durch das Zimmer gestolpert und haben alles umgerissen, während sie immer mehr vertrocknet ist. Elle, du hast ja keine Ahnung, wie sich das anfühlt, jemand die Lebensenergie per Magie aus dem Körper zu ziehen. Es … es …«

»Oh doch, ich kann es vermutlich nachvollziehen. Das wird sich so anfühlen, wie seine Beute zur Strecke zu bringen, sie zu töten und zu fressen. Es ist sicher total schockierend als Mensch und gleichzeitig absolut berauschend.«

Sabrina blickte sie mit großen Augen an und nickte dann heftig. »Ich kann mich genau an das erinnern, was sie gemacht hat. Sie hat ja meinen Körper verwendet und mein Geist hat zugesehen. Ich bin eine Mörderin.«

»Wenn du mich fragst, bist du in diesem Fall höchstens die Tatwaffe«, stellte Elisabeth trocken fest. »So, wir haben vermutlich nicht viel Zeit. Wir müssen hier Ordnung schaffen, das Loch verdecken und schleunigst die Leiche loswerden. Steh auf. Du wirst selbst auch gehörig mithelfen müssen.« Sie zog Sabrina auf die Beine.

»Ich kann nicht. Ich will nicht in den Spiegel schauen.«

Der Einwand klang vernünftig. Elisabeth sah sich kurz im Zimmer um und ging dann durch die kleine Tür in den Nebenraum, in dem Frau Brinkmann eine Ruheliege hatte. Zu ihrer großen Überraschung fand sie dort die Psychologin vor, die bis auf die Unterwäsche entkleidet auf der Liege lag. Sie schien tief und fest zu schlafen. Vorsichtig, um sie nicht zu wecken, schlich sie an ihr vorbei, nahm eine der Decken und wollte schon zurück zu Sabrina. Doch dann blieb sie einen Moment stehen und starrte auf die vielen Tattoos der Psychologin.

»Elle? Wo bleibst du?«, erkundigte sich Sabrina.

Kopfschüttelnd riss sich Elisabeth los. Sie schlich zurück.

»Die Brinkmann liegt schlafend nebenan. Wir müssen leise sein. Du wirst es kaum glauben, aber unsere Psychologin ist stärker tätowiert als ein alter Seemann. Einige Bilder davon sind alles andere als jugendfrei«, flüsterte sie ihr zu.

Als Sabrina nicht reagierte, zuckte Elisabeth die Schultern und verhängte mit der Decke den Spiegel. Anschließend lüfteten sie den Raum. Es dauerte dann doch fast eine halbe Stunde, bis sie alles aufgeräumt und halbwegs saubergemacht hatten. Den Zauberstab steckte Elisabeth in ihre Hosentasche. Schließlich zogen sie die Leiche aus, die sich erstaunlich leicht anfühlte, und legten die Sachen nach nebenan zu der Psychologin, die immer noch völlig weggetreten dort lag. Dabei fiel ein Handy zu Boden. Es handelte sich um ein älteres Smartphone, das vermutlich der toten Hexe gehörte. Sabrina nahm den Akku raus und steckte beides getrennt ein.

»Und was machen wir jetzt mit der Leiche?«, fragte Elisabeth schließlich ratlos.

»Wir könnten sie in die Decke wickeln«, überlegte Sabrina, die sich dank der Arbeit wieder etwas gefangen hatte.

Da hörte Elisabeth Schritte.

»Sofort runter!«, kommandierte sie und riss Sabrina mit sich hinter den Schreibtisch. Sie landeten auf der Leiche und Sabrina musste sich den Mund zuhalten, um nicht zu schreien. Es klopfte. Ohne eine Reaktion abzuwarten, wurde die Tür geöffnet.

»Frau Brinkmann? Käthe, sind Sie da?«

Es war die Stimme von Direktor Hampernagel. Es vergingen einige Sekunden, dann hörten sie, wie er sich wieder umwandte und die Tür zufallen ließ.

»Bleib hier!«, zischte Elisabeth, die jetzt auch immer nervöser wurde, und holte die Decke. Das Einwickeln stellte sie vor eine neue Herausforderung. Die Decke war zu kurz. Also versuchten sie, die Beine der Leiche anzuwinkeln, aber die waren steif. Elisabeth probierte es dann mit etwas mehr Kraft, woraufhin es einige Male hässlich knackte, weil die Hüftknochen aus den Gelenken gedreht wurden und einige Rippenknochen brachen, sodass Sabrina wieder nervös nachsah, ob Frau Brinkmann noch immer schlief. Schließlich hatten sie ein Bündel zusammen, das sie mit Paketschnur aus dem Schreibtisch verknoteten. Sie warfen es aus dem Fenster hinter einen Busch, um es später verschwinden lassen zu können. Durch die Schule wollten sie die Leiche nicht tragen. Dann sahen sie sich noch einmal um. Das Büro sah fast aus wie früher. Lediglich die Bücher waren vermutlich nicht richtig sortiert und ein Regal stand etwa einen Meter neben seiner ursprünglichen Stelle vor dem Loch in der Wand. Dann verließen sie eilig das Zimmer, wobei es Sabrina vermied, in den Spiegel zu sehen. Draußen fuhren sie beide an der nächsten Ecke zusammen, hinter der Theobald hervorsprang.

»Man, das hat ja ganz schön lange gedauert mit euch beiden. Hat sie euch bis auf den letzten Tropfen ausgequetscht?«

»Du hast ja keine Ahnung, wie dicht du dran bist«, stöhnte Sabrina.

»Nicht hier«, warf Elisabeth ein. »Dein Amulett habe ich gar nicht gebraucht. Aber trotzdem danke. Ich weiß es sehr zu schätzen, dass du es mir gegeben hast.«

»Na ja, es wird langsam zur Gewohnheit. Wir sollten mal schauen, ob wir nicht ein zweites für dich auftreiben können.«

»Hast du nicht gesagt, dass die super selten sind?«, fragte Sabrina.

»Ja, aber das heißt nicht, dass es nur eines davon gibt. Heute nach der Schule bei Sabrina auf einen Kakao?«, machte Theobald sich Hoffnung.

»Eigentlich gerne, aber wir beide haben noch eine Einladung von Frau Schramm zu ihr nach Hause.«

Theobald staunte: »Was will die denn von euch?«

»Wissen wir auch nicht, aber wir müssen wohl hin«, gaben die Mädchen zurück.

»Dann komme ich einfach mit. Vielleicht haben wir noch Zeit für den Kakao im Anno Tobak.«

Sie willigten ein. In diesem Moment kam Frau Brinkmann wankend aus ihrem Büro. Sie war nicht richtig angezogen und schien verwirrt. Ohne die Kinder zu beachten, tastete sie sich vorsichtig auf die Lehrertoilette zu. Frau Malim, die mit ihrem neuen Haarschnitt und den nun lila gefärbten Haaren richtig cool aussah, kam ihr entgegen und hielt kopfschüttelnd die Tür auf. Dann nickte sie den Schülern freundlich zu und ging ins Lehrerzimmer.

Anno Tobak

Elisabeth holte das Bündel mit der Leiche der Hexe kurz nach der Schule in großer Eile. Auch nach längerem Suchen fand sich als Versteck nur der große Müllcontainer neben der Schule. Da drin musste Sabrina das Bündel alleine verstauen, weil Elisabeth den Gestank des Containers einfach nicht ertragen konnte und lieber

Schmiere stand. Nachdem Sabrina noch etwas Müll darauf verteilt hatte, holten sie Theobald und gingen zum Anno. Die Mädchen wollten ihn dort auf den neuesten Stand bringen. Unterwegs erzählte Theobald, was sie in der Klasse verpasst hatten, bis plötzlich Elisabeth stehenblieb und in die Bäume spähte.

»Schaut mal. Da ist ein Eichhörnchen.«

»Na und? Hier gibt es viele Eichhörnchen«, antwortete Sabrina.

»Ja, aber dieses folgt uns schon seit einiger Zeit«, entgegnete Elisabeth. Dann fiel ihr etwas ein und sie fiepte, wie sie es von Lilly gelernt hatte. Während die beiden anderen schon weitergingen, hockte sie sich hin, um dem Eichhörnchen zu zeigen, dass sie gar nicht so groß war. Doch das Tier verschwand aus ihrem Blickfeld und war nicht mehr zu sehen. Elisabeth sah ihm erstaunt nach. »Merkwürdig. Ich dachte, das würde auch bei denen funktionieren«, murmelte sie, dann lief sie den anderen hinterher.

Sie saßen im Anno. Gerade ging die Bedienung, die den zweiten Kakao gebracht hatte.

»Mann, das ist eine Geschichte!«, kommentierte Theobald als Elisabeth endlich endete. »Der Zoo war schon megaschräg und das mit den Jägerinnen und meiner Mutter. Du bist echt eine Wucht. Ich hätte nie gedacht, dass meine Ma sich auf so was einlässt. Sie ist tatsächlich nach Goslar gefahren, kam erst nach mehreren Stunden wieder und war dann fix und alle. Sie hat aber noch lange mit einer Flasche Wein im Wohnzimmer gesessen und vor sich hin sinniert.«

Sabrina stellte bereits die neue Tasse wieder ab. Sie war leer. »Ich könnte noch drei von denen hier trinken, doch der ganze Kakao der Welt würde mich jetzt nicht mehr durchwärmen.«

»Euch ist doch wohl klar, dass das eine Jägerin war, die uns hinterhergeschnüffelt hat. Wir können nur hoffen, dass sie alleine gehandelt hat.«

»Wie viele arbeiten denn immer so zusammen?«, wollte Sabrina wissen.

»Meine Ma hat nie viel dazu gesagt, aber von dem, was sie am Rande erwähnt hat, besteht ein Einsatzteam wohl immer aus drei Hexen.«

»Mit den anderen beiden im Krankenhaus, die sich hoffentlich an nichts mehr erinnern können, wäre das ein komplettes Team«, rechnete Elisabeth zusammen.

»Freue dich bloß nicht zu früh. Die müssen normalerweise immer Meldung machen und wenn diese ausbleibt, dann kommen andere.«

»Wir haben noch ihren Zauberstab und das Handy. Können wir damit etwas anfangen?«

»Der Zauberstab wäre schon cool. Das sind Hilfsmittel, die es leichter machen, Magie in einer ganz bestimmten Art und Weise zu kanalisieren.« Theobalds Augen leuchteten förmlich auf.

Elisabeth reichte ihn hinüber. »Hier hast du ihn. Ich kann damit sowieso nichts machen.«

Theobald nahm ihn ehrfürchtig entgegen und sah sich verstohlen um. Als er keine Gefahr erkannte, nahm er sein Amulett ab und blickte den Stab mit dem Hexenblick an.

»Definitiv schwach magisch. Elementarmagie. Damit könnt ihr wirklich nicht viel anfangen. Aber ich.« Er wechselte den Blick zurück.

Sabrina rümpfte die Nase. »Das sieht ekelig aus, wenn du das machst. Aber ich kann das auch! Sophie hat es mir beigebracht, damit ich meine Tarnung überprüfen kann.«

»Der magische Blick, auch fälschlich als Hexenblick bezeichnet, ist eigentlich von fast allen Magiewirkern verwendbar. Man muss sich nur auf sein Inneres konzentrieren, die Kraftquelle berühren und sie sehen lassen. Sie sieht dann die Auren und Magiefarben über die Augen. Im Grunde ist es komplizierter, aber die Erklärung sollte ausreichen, dass auch Elle eine Vorstellung bekommt«, dozierte Theobald.

»Wie kann es dann sein, dass ich Magie riechen und sie auf der Haut spüren kann?«, fragte Elisabeth, die nun auch neugierig wurde.

»Du bist die einzige Werwölfin, mit der ich jemals darüber gesprochen habe. Ich bin also kein Experte, aber ich vermute, dass du als duales Wesen, das bedeutet zweigestaltiges Wesen, das ständig von einer urwüchsigen Magie bis auf Zellebene durchdrungen ist, einfach natürlicher und direkter auf Magie reagierst.«

»Vielleicht. Damals am Grab habe ich aber auch Sabrinas Aura sehen können, als sie sich noch nicht getarnt hatte. Bei dem Ritual habe ich dann auch deine erkannt.«

Theobald runzelte die Stirn. »Vielleicht ist das mit dem Sehen anders. Aber du hast eine ganz besondere Mutter. Vielleicht steckt auch etwas von der Hexe in dir.«

»Das fehlte gerade noch. Ich bin schon mit dem Werwolfsein manchmal überfordert«, entgegnete sie. Doch ihre Gedanken schweiften ab, denn ihre Mutter hatte doch erwähnt, dass Elisabeth ebenfalls ihre Kräfte genommen worden waren. Wie wäre es wohl, diese auch zu besitzen? Könnte es denn sein, dass man sie zurückerlangen konnte? Immer weiter gruben sich ihre Gedanken in diese Vorstellung, dass sie sich schließlich richtig verjagte, als Sabrina sie am Arm berührte.

»Hallo, Träumerle. Wir müssen zur Schramm.«

Hastig zahlten sie und gingen zur Zehntnerstraße. Theobald schwenkte hier auf einen anderen Weg ab, da er nicht mitdurfte.

Auf der anderen Straßenseite stand ein Jeep, hinter dessen Fenster ein Fotoapparat klickte.

»Da sind sie«, sagte Vinzenz.

»Gut, verfolge du den Jungen, ich bleibe an den Mädchen dran.«

»Ja ... Vater.«

Hauser blickte seinen Sohn an. An Statur und Kraft kam er ihm schon fast gleich, aber er war erschreckend einfältig. Vermutlich eine Folge von Jennifers Alkoholkonsum. Hauser hatte viel investiert, um ihn für sich zu gewinnen. Er war ins Krankenhaus zurückgefahren und hatte Jennifer gezwungen, ihm eine Vollmacht auszustellen, damit er Vinzenz aus Hannover abholen konnte. Dann war er noch in der Nacht aufgebrochen und hatte seinen Sohn geholt. Er hatte die ganze Nacht mit Vinzenz geredet und ihn sogar für seine Arbeit gewinnen können. Dass Jennifer immer noch im Krankenhaus lag, kam ihm dabei zugute. Jetzt würden sie gemeinsam zuschlagen und endlich Erfolg haben. Vor der Polizei fürchtete er sich nicht. Die war hier ständig unterbesetzt und nach allem, was Hauser inzwischen wusste, eher träge. Da er am Ackerbruch sein Gewehr trotz langer Suche nicht mehr gefunden hatte, hatte er sich ein zweites Mal an den Waffenschieber in Prag gewandt. Dafür musste er aber heute nochmal selbst hinfahren, um seine neue Bestellung abzuholen.

Er griff noch nach Vinzenz' Schulter. »He, Junge, keine Handgreiflichkeiten. Wir brauchen erst mehr Informationen. Versuche, den Jungen irgendwie dazu zu bringen, sich zu verplappern. Nach dem, was du mir erzählt hast, müsste er viel mehr wissen. Spiel den Reumütigen oder setze ihn mit einem Ultimatum unter Druck, wenn nötig, aber keine Dummheiten, aus denen ich dich wieder rausboxen müsste. Ich fahre heute Nacht noch nach Tschechien. Da habe ich etwas bestellt. Das wird bis etwa übermorgen dauern. Wir treffen uns dann wieder bei dir zu Hause.«

Der Junge nickte, schlüpfte eilig aus dem Fahrzeug und folgte Theobald, während der Jeep wendete und kurz darauf in der Zehntnerstraße wieder hielt. Nach Stunden, in denen die Mädchen nicht wieder herausgekommen waren, sah er auf die Uhr, fluchte und fuhr los. Sein Lieferant in Tschechien würde nicht warten.

Theobald ging mit schnellen Schritten in Richtung Ottiliae-Schacht. Er wollte unbedingt gleich den Stab ausprobieren. Da ihn dabei keiner sehen durfte, musste er sich aus der Stadt heraus bewegen. Also stapfte er durch den Schnee in Richtung Westen. Zu seiner Enttäuschung kamen ihm aber immer wieder Menschen entgegen und, als er sich umwandte, nachdem eine besonders große Gruppe an Wanderern ihn passiert hatte, sah er auf einmal ein bekanntes Gesicht, das ihm folgte. Er hatte Vinzenz seit dem Schulausflug nicht mehr gesehen. Ihn hier zu erblicken, versetzte Theobald einen Schock. Kurz überlegte er, ob er weglaufen sollte, aber Vinzenz wäre schneller. Das war also keine Option. In seinem Mantel tastete Theobald nach dem Zauberstab. Diesmal würde er sich nicht erniedrigen lassen, er würde sich wehren. Also blieb er irgendwann stehen und drehte sich um. Vinzenz brauchte wegen des Schnees noch etwas, dann war er bis auf fünf Meter heran.

»Das ist nah genug!«, rief Theobald. »Was willst du von mir?«

Vinzenz blieb tatsächlich stehen und, zu Theobalds großer Verwunderung, schien er unschlüssig zu sein, was er sagen sollte. Die Überheblichkeit der früheren Tage schien verschwunden.

Stattdessen hob er beide Hände, um zu zeigen, dass er keine bösen Absichten hatte. Theobald blieb misstrauisch.

»Ich will nichts von dir. Können wir reden?«, kam es schließlich etwas zögerlich. »Ich tue dir nichts. Versprochen!« Vinzenz' Stimme war fast schon flehend.

Theobald sah sich um, die Wanderer entfernten sich zwar, doch von dieser Stelle aus konnte man sie in der Ferne noch gut sehen. Irgendwie fühlte er sich beobachtet, also sagte er: »Okay, aber lass uns etwas weitergehen und uns woanders unterhalten.«

Sie gingen eine Weile schweigend, bis sie beim Ottiliae-Schacht angekommen waren. Immer wieder sah sich Theobald nervös um, doch bis auf ein paar Spatzen und ein Eichhörnchen konnte er niemanden mehr sehen. An den alten Gebäuden angekommen, stellten sie sich hinter einen größeren Schuppen. Dass ihnen noch jemand folgte, bemerkten beide nicht.

»Du bist doch mit der Wollner befreundet, oder?«, fragte Vinzenz.

»Erkennen von Offensichtlichem. Du hast geübt. Ja, das bin ich. Hast du ein Problem damit?«

»Nein, ich wollte dich nur fragen, ob du ihr was ausrichten kannst«, druckste Vinzenz herum.

»Warum sagst du es ihr denn nicht selbst?«

»Ich … ich …« Er schien wirklich mit sich kämpfen zu müssen. »Ich wollte ihr sagen, dass ich ihr echt dankbar bin, dass sie und Sabrina Petra gerettet haben.«

Theobald runzelte die Stirn. Vinzenz kam näher und wirkte dabei überhaupt nicht mehr bedrohlich, eher unsicher.

»Wir haben echt Scheiße gebaut und sind dann von dem Eisbärengehege abgehauen. Die anderen sind weitergerannt und der Bullerei gleich in die Arme gelaufen, aber ich bin an der Ecke stehengeblieben und habe mich in den Schatten geduckt, weil ich erst noch die Hoffnung hatte, dass sie mich vielleicht nicht finden.«

»Schön blöd. Sie wussten doch, dass ihr zusammen los wart«, kommentierte Theobald, der immer noch nicht genau wusste, was das nun sollte.

»Als ich versucht habe, auf dem anderen Weg herauszukommen, wäre ich fast der Schramm in die Arme gelaufen, aber die war abgelenkt. Ich habe mich hinter ihr vorbeigemogelt und da habe ich

Elisabeth gesehen, wie sie mit dieser Pflegerin gegen den Eisbären gekämpft hat. Die beiden haben sich wie die Wilden auf ihn gestürzt und ihn niedergerungen.« Er machte eine Pause, dann sagte er: »Ich habe lange gebraucht, um das zu verstehen und eins und eins zusammenzuzählen, aber jetzt kapiere ich es. Sie ist kein Mensch, richtig?«

»Scheiße!«, entfuhr es Theobald, bevor er es aufhalten konnte. Er hatte doch etwas beobachtet, was er nicht sehen durfte. »Wer weiß noch davon?«

»Nur ich. Ich habe es den anderen nicht gesagt. Aber ich wollte, dass du es weißt. An dem Tag, als wir dich im Klo geärgert haben, ist sie ja auch dazwischengegangen und hat uns ausgeschaltet. Ich kann mich da an rein gar nichts sonst erinnern. Sie muss aber richtig stark sein. Und den Sturz hat sie auch überlebt. Da hatte ich das erste Mal ein schlechtes Gewissen ihretwegen. Außerdem läuft sie schneller als alle anderen, die ich kenne.«

»Psst! Was war das?« Theobald zuckte zusammen. Er sah auf, denn er hatte etwas gehört. Es klang wie ein gedämpfter Aufschrei, aber er konnte nichts erkennen.

»Lenk nicht ab!«, brach Vinzenz die kurze Stille. »Du versuchst nur, auszuweichen. Ich habe doch recht, oder?«

Theobald überlegte fieberhaft, was er nun tun sollte. Es durfte unter den Nichtmagischen keine Mitwisser geben. Vielleicht konnte er wieder zu seiner Mutter gehen und sie um Hilfe bitten? »Und jetzt hast du beschlossen, mir das alles zu sagen, weil … ?« Theobald beendete die Frage nicht.

»Sie hat Superkräfte! Na, ich will so sein wie sie. Weißt du, ob sie mich so machen kann, wie sie ist?«

Damit hatte Theobald nicht gerechnet. Da stand der Klassenmuskelprotz vor ihm und bettelte ihn um Hilfe an, weil ein Mädchen stärker war als er. Er schien zwar noch nicht genau kapiert zu haben, was Elisabeth war. Offensichtlich dachte er mehr so an eine Art Marvel-Helden-Sache mit Superserum und Kryptonit, dennoch trennten ihn von der Wahrheit nur ein paar Schritte. Was konnte Theobald dagegen tun? Er versuchte es mit Dementieren.

»Du irrst dich sicher. Da waren jede Menge Zufälle dabei. Sie hat Glück gehabt. Und bei dem Eisbären hast du dich sicher verguckt. Elisabeth wäre ja schön blöd, den größten Bären der Welt anzugreifen. Der hätte sie in Stücke gerissen.«

»Das hat er ja auch versucht. Aber sie war so schrecklich schnell und hat ihn richtig zur Sau gemacht zusammen mit der anderen. Als ich gesehen habe, dass sie ihn unter Kontrolle hatten, bin ich getürmt, bevor mich die Schramm noch entdeckt. Dann bin ich doch den Polizisten in die Arme gelaufen.«

»Du glaubst wirklich, das gesehen zu haben?«

»Ich glaube das nicht nur. Ich will so werden wie sie, dann erzähle ich es auch niemandem weiter.« Da war plötzlich wieder etwas von Vinzenz' alter Überheblichkeit.

»Ach, und sonst erzählst du überall herum, dass du denkst, dass Elisabeth kein Mensch ist?«

»Genau!«

»Damit machst du dich lächerlich, glaub mir. Du und deine Kumpels habt eh schon eine Anklage am Hals. Und das macht es nicht besser. Aber nehmen wir nur mal für einen Moment theoretisch an, dass du recht hättest. Was glaubst du, würde jemand mit dir anstellen, wenn er mit einem Eisbären ringen kann, und du drohst, sein Geheimnis zu verraten? Ich schätze, dann bist du voll am Arsch.«

»Die Schramm hat es mitbekommen und Sabrina war ja auch dabei und hat alles gesehen. Wieso reden die eigentlich nicht? Die stecken alle mit ihr unter einer Decke, genauso wie du.«

»Ich war nicht dabei. Wie kommst du darauf?«

»Du hängst doch ständig mit denen ab. Also fragst du sie oder nicht?«

Theobald überlegte fieberhaft. Vinzenz war vorher eine rein körperliche, aber dumme Gefahr. Wenn er jetzt redete, wurde er richtig gefährlich. Man musste ihn zum Schweigen bringen. Nur wie? Er hatte erst ein einziges Mal einen Polizisten das glauben lassen, was Elisabeth ihm gerade gesagt hatte, und der hatte ihn nicht beim Zaubern gesehen. Wenn er das hier Auge in Auge mit Vinzenz versuchte und es schiefging, wäre er geliefert, zumal er dafür auch noch das Amulett abnehmen müsste. Der einzige andere Spruch, den er jemals an einer weiteren Katze ausprobiert hatte, war ein Schlafzauber, für den er allerdings das Ziel berühren musste. An einem Menschen hatte er das noch nicht versucht. Sicherlich waren

Zauber, die auf den Geist abzielten, bei jemandem mit so schwachem Verstand wie bei Vinzenz erfolgversprechend, dennoch gab es ein Restrisiko. Und selbst wenn er Erfolg hatte und Vinzenz schlief, was dann? Der andere Junge wog sicher schon fast achtzig Kilo. Das konnte er nicht wegschleppen. Er brauchte einen besseren Plan und dafür benötigte er Zeit.

»Ich muss das klären.«

»Ich gebe dir eine Woche. Nächsten Montag bin ich wieder hier und will eine Antwort. Wenn du nicht kommst, dann gehe ich damit direkt an die Presse.«

»Schon gut, schon gut. Montag um halb fünf wieder hier.«

Theobald sah Vinzenz noch nach, als dieser ging. Dann trat er vor verzweifelter Wut gegen einen Stein und bereute es im selben Moment, weil ein stechender Schmerz durch seinen Fuß schoss. Was sollte er bloß machen?

Aus einem anderen Blickwinkel

Das Eichhörnchen hatte sich immer weiter herangeschlichen. Die Jungen befanden sich hinter dem Gebäude und es konnte nicht verstehen, was sie sagten. Schnell huschte es auf ein Gebüsch zu, das auf der anderen Seite lag und von dem es vielleicht eine Chance hatte, zu lauschen. Der Schnee lag hier tief und obwohl es nur wenig wog, sank es immer wieder ein. Die Jungen kamen in Sicht. Der eine war Vinzenz und der andere Theobald. Sie diskutierten erregt. Einer von beiden stand unglücklicherweise so, dass er es sicher bald bemerken würde, wenn es sich nicht versteckte. Das Eichhörnchen sah sich hastig um, beschleunigte und rutschte unter den Zweig einer nahegelegenen Tanne. Zu spät erkannte es, dass es hier nicht allein war. Eine Hand schoss wie der Blitz vor und schnappte zu.

»Nanu, wen haben wir denn hier?«, flüsterte eine Stimme und schnüffelte ausgiebig an dem heftig zappelnden Tier. Heinrich Wolfsherr musste unwillkürlich lächeln, als er erkannte, wen er da

gefangen hatte. »Dachte ich es mir doch. Du bist aber reichlich neugierig. Aber ich denke, das hier solltest du nicht mit anhören.« Er
machte Anstalten, das Tier in seine Tasche zu stecken. Ein
gedämpftes »Aua!« entfuhr ihm, als das Eichhörnchen ihm mit dem
letzten Mut der Verzweiflung in die Hand biss. Mit zusammengepressten Zähnen schüttelte der Mann stumm das Eichhörnchen
wild hin und her, bis es wieder losließ. Dann blickte er es nochmal
genau an. Das kleine Tier wirkte richtig benommen. Zur Sicherheit
schüttelte er es nochmal heftig, bis es bewusstlos wurde. Danach
steckte er es in die Tasche und lauschte weiter. *Sieh mal einer an*,
dachte der Alpha, die junge Wölfin hatte entgegen seiner ausdrücklichen Anweisung menschliche Freunde und war aufgefallen. Er
würde erst einmal mit der Zwergin Schramm reden, überlegte er.
Das schien ihm vernünftig. Dann dachte er an Elisabeth. Von den
wenigen Malen, an denen er sie gesehen hatte, war er tief beeindruckt gewesen. Sie war noch so jung, aber schon so stark als Wolf.
Mit ihrer Aufmüpfigkeit und ihrem Selbstbewusstsein erinnerte sie
ihn so sehr an sich selbst, dass er erneut schmunzeln musste. Wenn
er sie nicht vom ersten Moment an in sein Herz geschlossen hätte,
dann würde er ihr nicht wieder Pardon gewähren. Dennoch musste
er mit ihr reden. Außerdem konnte er so ihre nette Mutter wiedersehen, die jedes Mal vor Erregung errötete, wenn er auftauchte.
Alberts letzte Berichte über Elisabeths Fortschritte klangen vielver-
sprechend. Sie würde eine außergewöhnliche Bereicherung für sein
Rudel sein. Doch um diesen Vinzenz zum Schweigen zu bringen,
musste er sich etwas einfallen lassen. Und dieser Theobald wusste
anscheinend noch eine ganze Menge mehr, als er zugab. Er war der
gewesen, der mit Elisabeth den Hang untersucht hatte. Und diese
Sabrina gehörte ebenfalls dazu. Beißen und verwandeln konnte
man ihn nicht, da er der Sohn einer Hexe war. Das Mädchen vielleicht, aber das würde er sich gut überlegen müssen. Hexe! Da fiel
ihm etwas ein. Er holte das Eichhörnchen wieder aus der Tasche
und rieb ihm Schnee ins Gesicht, bis es wieder zu sich kam. Es hatte
noch Schwierigkeiten, ihn zu fokussieren. Als er sich sicher war,
dass es so weit wieder zur Besinnung kam, sprach er es an.

»So, meine Liebe, du magst vielleicht ganz schlau sein, deinem
eigenen Sohn hinterherzuspionieren, aber du vergisst, dass ich
deine Magie riechen kann. Ich komme gleich bei dir vorbei und

bringe dir deinen Leihkörper zurück. Und dann wirst du mir einen Gefallen tun.«

Das Eichhörnchen starrte ihn erst grimmig an und schüttelte dann wie ein Mensch den Kopf.

»Nein? Bist du dir sicher? Wie gefällt dir das?« Er schüttelte es wieder, bis das Tier jämmerlich quiekte. Abwartend hielt er es sich wieder vor das Gesicht. »Nun, ich kann das den ganzen Tag machen. Meine magischen Kenntnisse reichen sicher nicht aus, um genau zu verstehen, was du gerade durchmachst, aber mir macht es Spaß.«

Wenn es überhaupt noch möglich war, riss das Eichhörnchen die Augen noch weiter auf, dann schien es resignierend zu nicken.

»Brave Hexe. Ich wusste doch, dass du kooperierst. Aus dir wird noch eine richtige Harzerin. Und es ist nur zum Besten für dich und deinen Sohn. Du kannst doch so toll Gedanken verändern und Erinnerungen löschen. Wir besuchen gleich zusammen diesen Vinzenz und dann darfst du dich an ihm austoben. Sieh es als Wiedergutmachung, weil du das arme Tier so weit hast laufen lassen. Zieh dir schon mal die Stiefel an, Süße.« Diesmal steckte er das Eichhörnchen viel vorsichtiger als zuvor in die Tasche und zog den Reißverschluss zu.

Einige Kilometer entfernt entfuhr Anna Binsenkraut ein Wutschrei, den sie gleich darauf bereute. Mit dröhnenden Kopfschmerzen lag sie neben ihrer Couch und starrte mit verdrehten Augen an die Decke, denn sie konnte nicht viel sehen. Solange die mentale Bindung mit dem Eichhörnchen noch nicht gelöst war, konnte sie ihre eigene Umgebung nur gedämpft wahrnehmen. *Pah, verdammter Alpha!* Was warf er ihr vor? Dass sie ihrem Sohn nachspionierte? Er hatte doch selbst gelauscht. Wie eine Halbblinde rappelte sie sich hoch und torkelte ins Bad. Sie verfluchte ihn bei jedem Schritt, dann übergab sie sich in die Kloschüssel. Den Zauber konnte sie nicht aufheben, ohne das Eichhörnchen zu töten und selbst einen Schock zu erleiden. Also musste sie wohl oder übel warten, bis der Alpha sie abholte. Während sie sich mühsam in ihre Stiefel quälte, stöhnte sie auf. Das Pochen in ihrem Kopf machte jede Bewegung unerträglich. In den Geist von Tieren zu schlüpfen, zählte nicht zu ihren Spezialgebieten. Leider hatte sie viel weniger herausbekommen, als sie wollte. Kaum dass sie nach der Schule ihrem Sohn und seinen beiden Freundinnen gefolgt war, hatte Elisabeth sie entdeckt. Das war merkwürdig, denn sie glaubte, sich sehr vorsichtig verhalten zu haben. Anschließend hatte sie vor dem Anno Tobak gehockt und gewartet, bis sie wieder herauskamen. Als die Kinder sich auftrennten, hatte sie sich entscheiden müssen und war dann ihrem Sohn gefolgt. Doch nun wusste sie nicht, was Vinzenz mit ihm besprochen hatte.

Sie musste den Alpha loswerden. Ohne ihn könnte sie Vinzenz' Geist durchforsten und so erfahren, worüber die beiden geredet hatten. Aber mit einem, wenn nicht sogar dem gefährlichsten Raubtier im Harz neben sich, traute sie sich das nicht. Sie lehnte sich zurück und massierte sich die Schläfen mit geschlossenen Augen, als es plötzlich klopfte.

Anna torkelte zur Tür und öffnete.

»Ja? Wer ist da?«, fragte Anna und lehnte sich gegen den Türrahmen, nachdem sie mit zusammengekniffenen Augen versuchte, zu erkennen, wer da vor ihr stand. Der Alpha, den sie erwartet hatte, war es jedenfalls nicht!

»Du meine Güte, siehst du schrecklich aus. Geht es dir nicht gut?« Emilia schien richtig besorgt.

»Ach, du bist es. Migräne!«, sagte Anna.

»Oh, dann werde ich wohl ein anderes Mal wiederkommen. Du solltest dich hinlegen und jetzt nicht ausgehen. Aber wem sage ich das, du bist ja die Apothekerin von uns.«

»Hmmm. Was wolltest du denn?«

»Nichts Dringendes, ruhe dich erstmal richtig aus. Auf Wiedersehen!« Damit machte Emilia auf dem Absatz kehrt und ging zurück zu ihrem Wagen.

Der Alpha traf bereits fünf Minuten später mit einem Begleiter ein. Er klopfte laut. Als Anna an der Tür erschien, drückte er ihr mit einem Grinsen wortlos das Eichhörnchen in die Hand und fragte gar nicht, ob er eintreten dürfe. Er tat es einfach und der zweite Mann folgte. Anna ließ noch im Flur den Zauber fallen und ihr Blick klärte sich endlich wieder. Auch die Kopfschmerzen ließen nach. Dann setzte sie das arme Tier vor die Tür, wo dieses eiligst das Weite suchte.

»Das war nicht nett«, fauchte sie den Alpha an.

»Aber, aber, es ist auch nicht nett, einfach so seinem Sohn hinterherzuschnüffeln«, kam prompt zurück.

»Ach, und du darfst das, oder was?«

»Ich muss doch wissen, was in meinem Revier passiert. Da begebe ich mich ab und zu selbst raus. Und siehe da, da spaziert mir dein Sohn vor die Füße.«

»Was haben sie besprochen? Ich muss es wissen«, drängte sie ihn.

»Ho, Süße, ich denke, dass eine Mutter manchmal besser damit fährt, nicht alles zu wissen, was ihr Sohn so treibt. Ich weiß auch, dass Albert mir nicht alles erzählt. Das gehört zum Erwachsenwerden dazu, meinst du nicht?«

»Wenn das nichts Schlimmes war, dann verstehe ich nicht, warum du es mir nicht sagst. Aber du willst, dass ich Vinzenz' Geist verändere. Dann gab es da doch etwas. Wenn du mich bittest, hier etwas zu tun, dann geht es um dein Rudel. Was hat mein Sohn mit den Werwölfen zu schaffen?«

Hexe und Werwolf starrten sich gegenseitig an. Anna setzte ihren Hexenblick auf und versuchte, ihn mit ihren Augen zu durchbohren, bis schließlich die seinen rot zu glühen begannen und er knurrte. Der andere Werwolf fiel fast gleichzeitig ein. Anna war sich bewusst, dass der Alpha für sie alleine ein ebenbürtiger Gegner war. Mit dem zweiten Wolf neben sich war er im Vorteil.

»Sagen wir es mal so«, begann der Alpha, »es liegt im allgemeinen Interesse des Harzes, dass hier Nichtmagische nichts von unserer Welt erfahren, oder? Dieser Vinzenz scheint sich einiges über Magie im Harz zusammengereimt zu haben und über gewisse Frauen, die sehr aktiv in der Schulverwaltung mitmischen. Das sieht zwar gar nicht nach diesem grobschlächtigen Jungen aus, aber er will damit an die Presse gehen. Er hat deinen Sohn unter Druck gesetzt, er solle ihm dabei helfen. Ich kann mir denken, dass dein Sohn weiß, wer du bist. Er hat sich prima verhalten, muss ich sagen. Du kannst stolz auf ihn sein. Trotzdem geht es nicht an, dass dieser Vinzenz seine Vermutungen öffentlich macht. Momentan streifen zu viele von diesen Jägerinnen hier herum.«

Anna schaute misstrauisch. Mit *gewisse Frauen* meinte der Alpha sicher sie. War ihre letzte Gehirnwäsche bei Vinzenz nicht gut genug gewesen? Sie würde das korrigieren müssen, auch wenn dabei das Risiko bestand, dass sie zu viel löschte. Wiederholte Anwendungen des Zaubers führten oft zu Schwachsinn. Das schien das kleinere Übel zu sein. Sie hatte sich entschieden, auch wenn sie es jetzt aus eigenen Beweggründen tat und nicht, weil der Alpha sie drängte. Sie spürte, dass Heinrich Wolfsherr nicht alles sagte, aber sie würde Theobald später ausquetschen können.

»Ich bekomme für diesen Gefallen auch einen von dir«, eröffnete sie ihm.

Er hob die Hände und lächelte. »Aber natürlich, Allerwerteste! Einen gleichwertigen Gefallen.«

Anna blickte ebenfalls lächelnd zurück. »Gut, dann lass deinen Wuffi hier, wir fahren zu zweit.«

Kru'az'aa ghat

Das Haus von Frau Schramm war eines dieser typischen Oberharzer Stadthäuser. Die grün gestrichene Holzverkleidung zeigte schon ein paar Risse und andere Wetterspuren. Relativ kleine Fenster ließen das Haus gedrungen wirken. Sabrina läutete an der Klingel, die ungewöhnlich tief angebracht war. Aber das wunderte die beiden Mädchen inzwischen nicht mehr. Die Tür wurde geöffnet und Frau Schramm winkte sie nach einer Begrüßung gähnend herein. Die mit Schneematsch verdreckten Schuhe zogen sie sich im Windfang aus, den viele Häuser hier besaßen. Dahinter wurde es behaglich warm und es roch nach Tee, Plätzchen und mehr.

Elisabeth schnupperte kurz und rief: »Ich rieche Hackfleischbällchen!«

Frau Schramm, die sonst ganz die strenge Lehrerin verkörperte, lächelte sogar. »Ich dachte mir, dass es für eine heranwachsende junge Dame wie dich passender ist als Mürbeteiggebäck.« Damit ging sie voraus in das Wohnzimmer. Die Möbel, Tische und Stühle wirkten rustikal und etwas niedriger als für normale Menschen. Da Sabrina und Elisabeth noch nie Zwerge besucht hatten, staunten sie nicht schlecht. Frau Schramm verschwand in der Küche und kam kurz darauf mit einer großen Platte Hackfleischbällchen und einem Teller Plätzchen wieder herein.

»Schaut euch ruhig um. Immerhin kommt die Geschichte unserer Rasse in der Schule reichlich zu kurz. Vielleicht lernt ihr ja noch etwas Interessantes.« Damit stellte sie die Platten auf den Tisch, woraufhin sie wieder in der Küche verschwand, um ein Tablett mit Tee und den Tassen zu holen.

»Wie schaffen Sie es, all das vor den Menschen zu verschleiern?«, fragte Elisabeth frei heraus.

»Tja, das ist so eine Sache. Man sollte sich glücklich schätzen, dass es uns gibt. Wir sind der Schutz der magischen Welt. Zwerge sorgen dafür, dass die Nichtmagischen uns im Normalfall übersehen oder ignorieren«, kam die Erklärung aus der Küche. »Unsere Vorfahren haben die magischen Steine gesetzt, die die Menschen beeinflussen, um etwas nicht scharf genug sehen zu können, Kleinigkeiten zu vergessen oder sogar im richtigen Moment woanders hinzuschauen oder schlichtweg mit völlig banalen Theorien zu versuchen, das Unerklärliche zu beschreiben.«

Sie tauchte wieder mit dem Tablett auf, auf dem aus irgendeinem Grund auch drei kleine Gläser und eine Steingutflasche standen. »Wir sind die Erschaffer des Netzes«, sagte sie und strahlte dabei vor Stolz.

»Sie meinen, so etwas wie das Internet?«, fragte Sabrina.

»Nein, man kann damit nicht kommunizieren oder Informationen austauschen, aber die Steine senden ständig ein wenig Energie aus, die wir den Schleier nennen, um die Nichtmagischen in einer Art illusionärer Wahrnehmung zu halten. Sie dämpfen auch die Wellen von Zauberei und verbergen diese sogar, wenn es nötig ist, ganz.«

Als die beiden Mädchen sie anstarrten, lächelte sie oberlehrerhaft und wies auf die Stühle hin. »Setzt euch doch. Im Stehen ist Essen so ungemütlich.«

Sie setzten sich. Für Sabrina erwies sich der Stuhl als zu niedrig, Elisabeth fühlte sich an den kleinen Hocker aus ihren Kindertagen erinnert.

»Warum haben Sie uns hergebeten, Frau Schramm, und warum erzählen Sie uns das alles?«, fragte Elisabeth skeptisch, schnappte sich aber dann ein Hackbällchen, was Frau Schramm ein Lächeln abrang. Diese schenkte gerade unaufgefordert Tee ein.

»Ich möchte, dass ihr wisst, welche Bedeutung wir Zwerge für die magische Welt haben. Der Rat kümmert sich, oder besser, sollte sich um die direkten Übertretungen kümmern, aber die wahren Hüter des Friedens mit der nichtmagischen Welt sind wir. Das solltet ihr immer bedenken, wenn ihr mit meinem Volk zu tun habt. Außerdem möchte ich, dass ihr mir vertraut, denn ich möchte dich, Elisabeth, um einen großen Gefallen bitten. Und da ich dich wohl kaum ohne deine eingeschworene Freundin überzeugen kann, mir zu helfen, habe ich auch dich, Sabrina, mit eingeladen. Immerhin hast du bei dem Vorfall im Zoo ohne Zögern geholfen und alles mitbekommen.«

Die Mädchen sahen Frau Schramm an, dann wechselten sie untereinander Blicke.

»Die Tatsache, dass du offenbar eingeweiht bist, bringt mich zu der starken Vermutung, dass du ebenfalls der magischen Welt angehörst. Das stimmt doch, oder?«

Sie sah Sabrina direkt in die Augen. Frau Schramm konnte sehr fordernd blicken, doch diesmal, so bemerkte Elisabeth, war sie fast schon kindlich neugierig und rieb sich dabei geistesabwesend den Ringfinger, an dem eine rote Linie in Form eines Ringes zu sehen war, den Frau Schramm aber nicht trug.

»Haben Sie da eine Entzündung?«, fragte sie. Zudem wollte sie ihrer Freundin Zeit verschaffen, sich ihre Antwort gut zu überlegen.

Frau Schramm seufzte. »Das verdanke ich euch beiden, aber das erkläre ich später. Ich kann verstehen, dass ihr skeptisch seid. Warum auch solltet ihr mir gleich vertrauen? Ich meine, wo ihr mich doch als Klassenlehrerin abgrundtief hassen müsstet wie die anderen.«

Sabrina war jetzt entrüstet. »Das stimmt ja gar nicht. Ich fand Sie immer toll als Lehrerin, genauso wie Theobald.«

Elisabeth nickte zustimmend. »Ich kenne Sie zwar erst seit Kurzem, doch seit dem Zoo halte ich Sie für richtig cool.«

Frau Schramm lächelte sichtlich gerührt ob der Aussagen ihrer Schülerinnen.

»Mich hat noch niemand cool genannt. Danke schön! Aber zurück zum Thema. Ich bin also eine Zwergin. Du bist eine

Werwölfin, das durfte ich ja schon mit eigenen Augen sehen, aber du, Sabrina, gibst mir Rätsel auf. Ich habe da ein Familienerbstück, das Magie spüren kann. Es ist ein Ring, der seit Generationen im Besitz meiner Familie ist. Er zeigt mir Magie durch Erwärmung an, auch wenn sie verborgen oder getarnt ist. Ich habe ihn heute Morgen in der Schule getragen.«

Sabrina begriff sofort. »Und Sie haben sich verbrannt?«

»Ja, das habe ich wohl. Was auch immer du bist, ihr habt beide eine extrem starke magische Kraft in euch. Ich habe meine Karten auf den Tisch gelegt, warum tust du es denn nicht einfach auch? Ich würde gerne wissen, wer für mich arbeitet.« Erwartungsvoll blickte Frau Schramm sie an.

»Wir arbeiten doch nicht für Sie«, entgegnete Sabrina, die fieberhaft überlegte, was sie auf die ursprüngliche Frage antworten sollte.

»Ja, das ist schon richtig, meine Liebe, allerdings gedenke ich, euch beide zu engagieren, um etwas zu untersuchen und wiederzufinden. Und dafür würde ich gerne wissen, was du bist.«

»Sie haben nicht den magischen Blick?«, hakte Sabrina vorsichtig nach, die immer noch nicht wusste, was sie antworten sollte.

Frau Schramm lachte. Ihr Lachen klang wie ein tiefer Alt. »Schon, aber so einige Magiewirker tarnen sich mit einer Auramaskierung. Es gibt Hilfsmittel, um das zu umgehen, die wir Zwerge fertigen können.«

»Wie den Ring«, entfuhr es Elisabeth, die sich gleich darauf wieder ein Hackbällchen in den Mund schob. Der Berg auf der Platte hatte schon deutlich abgenommen.

»Genau. Zufällig weiß ich, dass Werwölfe eine extrem gute Nase haben, und genau deswegen hätte ich gerne, dass du mir hilfst.«

»Warum fragen Sie nicht einfach den hiesigen Alpha?«, kam prompt die Antwort von Elisabeth, die noch mit vollen Backen kaute.

»Ah, du bist also bereits mit ihm vertraut. Nun, sagen wir mal so: Ich habe weniger Differenzen mit ihm als mit seiner Lebenspartnerin, die sich praktisch in alles einmischt. Sie ist sehr herrschsüchtig und würde mir nicht helfen, sondern versuchen, mich unter ihre Kontrolle zu bringen. Ich hatte leider schon mehrfach das Unvergnügen mit Giulia Wolfsherr gehabt. Du bist also, wie ich richtig vermutet habe, noch kein Mitglied des Rudels.«

»Nein. Ich soll erst nächsten Vollmond aufgenommen werden«, antwortete Elisabeth, zerknirscht darüber, erneut nichts Gutes über die Frau von dem doch so sympathischen Alpha zu hören.

»Aber du willst eigentlich nicht aufgenommen werden, habe ich recht?«, bohrte Frau Schramm nach.

»Nein, ja, ach, es ist kompliziert. Sie haben mich ja sicher nicht herbestellt, weil Sie sich um meine Gefühlswelt und meine Beziehungen sorgen.«

Frau Schramm machte eine Geste, die erkennen ließ, dass sie es dabei bewenden lassen wollte, wendete sich nun wieder Sabrina zu, die sich jetzt ihre Antwort wohl überlegt zu haben schien.

»Ich will Ihnen nicht alles sagen, aber da Sie auch uns gegenüber offen gesprochen haben, werde ich Ihnen antworten. Denn schließlich müssen wir Harzer doch alle zusammenhalten, oder?«

Frau Schramm nickte eindeutig und entkorkte die Flasche. Elisabeth witterte sofort den starken Schnaps und die scharfen Kräuter, als sie eingoss.

»Also ich kann so etwas wie zaubern, aber ich bin keine Hexe.«

»Bist du dir sicher? Was solltest du sonst sein? Hast du dich schon mal prüfen lassen? Du müsstest bloß die Mutter von Theobald fragen. Sie ist immerhin eine voll ausgebildete Hexe. Sie war sogar mal eine von den Jägerinnen des Rates und hatte einen legendären Ruf. Dann hat sie Theobald bekommen. Das war wohl das Ende ihrer Karriere. Sie kann von Glück sagen, dass sie jetzt mit ihren Problemen hier im Harz ist.«

Die beiden Freundinnen wechselten wieder Blicke. Wusste denn jeder hier von jedem anderen so viel?

»Also du verfügst über Zaubertalent? Dann solltest du eigentlich auf ein Internat für Magie gehen. Da würdest du entsprechend ausgebildet. Als Werwölfin darfst du, Elisabeth, dich da leider nicht einschreiben. Die unterrichten nur Hexen und Druiden.«

Das war auch neu. »Wissen Sie, Frau Schramm, das ist nicht so einfach. Wir haben kaum Geld und das Internat ist sicher teuer. Und Elisabeth hat bereits hier einen Ausbilder vom Rudel«, antwortete Sabrina ausweichend.

Ein wohlgefälliges Lächeln zeigte sich auf dem Gesicht von Frau Schramm. »Darüber reden wir am besten ein anderes Mal, aber hier kommt meine Bitte an euch.« Sie setzte sich ganz aufrecht und schaute vor allem Elisabeth an. »Ich benötige eure Talente, um das Verschwinden von fünf sehr wertvollen Bergkristallen zu untersuchen. Sie wurden letzten Samstag gestohlen, als wir im Zoo waren. Das Problem daran ist, dass man mir vorwirft, sie unter Einsatz von Magie gestohlen zu haben, obwohl ich mit euch genau zu dieser Zeit im Bus saß. Mein Cousin droht mir sogar mit Familienausschluss. Er ist felsenfest davon überzeugt, dass ich es war, die ihn an dem Tag besuchte, als die Kristalle verschwanden. Er hat allerdings viel getrunken, selbst für einen Zwerg, und hat ein paar Lücken in seiner Erklärung, also bin ich nicht gleich verhaftet worden. Ich denke, dass sich deiner Nase offenbaren könnte, was sich wirklich abgespielt hat. Und du, Sabrina, bist immer sehr aufmerksam. Sprecht nochmal mit meinem Cousin Friedjoff in dem Edelsteinladen in Zellerfeld. Vielleicht fällt ihm noch was ein. Sagt ihm, dass ihr als meine *Kru'az'aa Ghat* kommt.«

»Als was?«, fragte Elisabeth sofort. »Das ist der zwergische Ausdruck für *verteidigende Ermittler*. Ihr würdet quasi als meine Anwälte auftreten. Damit steht es euch zu, mit allen zu sprechen und euch alles zeigen zu lassen.«

»Dürfen wir denn das?«, wollte Sabrina wissen. »Wir sind noch nicht erwachsen.«

»Nach zwergischem Recht darf ich jeden als Verteidiger benennen, der gewillt ist, für mich zu sprechen. Und zu euch beiden habe ich ganz besonderes Vertrauen. Immerhin habt ihr euren Heldenmut bereits unter Beweis gestellt.« Entschlossen sah Frau Schramm die beiden an.

»Das wird einigen Leuten nicht gefallen«, sagte Elisabeth und dachte dabei vor allen an ihre Mutter und den Alpha.

»Wenn ihr zustimmt, dann steht ihr unter dem Schutz des zwergischen Rechts, dem *Rhu'n Drakan*. Und glaubt mir, dass es sich hier im Harz niemand mit uns verscherzen will.«

Elisabeth lehnte sich zurück und dachte nach. Ihr Leben entwickelte sich immer rasanter und ihr Verstand kämpfte darum, mit den Ereignissen und neuen Situationen Schritt zu halten. Anfang der Sommerferien war der denkwürdige Tag mit dem Zeugnis gewesen. Da war noch alles so, wie sie es als normal beschrieben hätte. Doch seit dem Rückweg nach Hause an diesem Tag hatte sich alles erdrutschartig verändert. Nun saß sie als freie Alpha mit ihrer Nekromantenfreundin bei einer Zwergin zum Tee und bekam gerade ein Angebot, um einen magischen Diebstahl aufzuklären. Sie schüttelte unwillkürlich den Kopf.

»Du stimmst nicht zu?« Frau Schramm wirkte irritiert.

»Ähm, nein, doch, ich bin erst seit Kurzem in dieser Welt, ich meine, ich gehöre noch nicht lange zu den Magischen. Das ist doch richtig ausgedrückt, oder?« Frau Schramm nickte. »Und es ist alles gerade etwas heftig. Vielleicht ist es auch zu viel. Verstehen Sie? Ich weiß nicht genug, aber alle erwarten, dass ich es wüsste, dass ich Entscheidungen treffe, Verantwortung übernehme und dabei bin ich doch mit mir selbst noch nicht wirklich im Reinen.«

Frau Schramms Gesichtsausdruck wurde weich. »Du bist eine sehr bemerkenswerte junge Dame. Du bist so ehrlich und so rein und dennoch so ausdrucksstark. So präsent. Ich spüre bei dir keinerlei Verschlagenheit, die ich sonst so von Werwölfen kenne. Stelle dein Licht nicht unter den Scheffel. Von dir haben wir noch Großes zu erwarten. Auf dem Weg dahin werde ich dir helfen, euch beiden.«

»Wie?«, hakte Sabrina nach.

»Indem ich das tue, was ich am besten kann. Ich bin Lehrerin und das nun schon seit über siebzig Jahren. Ich biete euch als Lohn für eure Hilfe an, dass ich euch neben der Schule in magischer Geschichte unterrichte, damit ihr euch besser zurechtfindet. Ich werde euch auch Zwergisch beibringen, damit ihr die alten Bergschriften selber lesen könnt.«

Elisabeth und Sabrina sahen sich erneut an. Elisabeth wollte schon protestieren ob des drohenden neuen Unterrichts, doch Sabrina antwortete zu schnell: »Gemacht! Wir sind Ihre Krutzgat.«

»*Kru'az'aa Ghat!*«

»Ihre *Kru'az'aa Ghat*, und werden für Sie diesen Fall untersuchen! Wir werden herausfinden, wer die Steine genommen hat, so wahr ich Sabrina Wilhelmine Schubert heiße.«

Elisabeth wusste immer noch nicht, wie ihr geschah. Ihre Freundschaft zu Sabrina ließ sie nicken. Sie hatte immer noch Zweifel.

Frau Schramm strahlte und verteilte die Gläser. »Darauf müssen wir trinken, denn nur durch einen Trunk wird unser Bund besiegelt.«

»Noch ein Bund!«, stöhnte Elisabeth, aber so leise, dass die anderen beiden es nicht verstanden.

Sie stießen die Gläser zusammen. »Auf meine *Kru'az'aa Ghat!* Auf Wahrheit und Gerechtigkeit!«

Sie tranken alle in einem Zug, dann keuchten Sabrina und Elisabeth gleichzeitig los. Sabrina bekam gehörig etwas von dem Schnaps in die Nase und musste niesen. Elisabeth stopfte sich hastig ein Hackfleischbällchen nach dem anderen in den Mund, um das Brennen loszuwerden.

»Was zur Hölle war denn das? Brennspiritus?«, japste Sabrina, als der Niesanfall endlich nachließ.

»Das ist Zwergenschnaps, junge Damen. Ihr dürft euch geehrt fühlen, denn normalerweise bekommen Nichtzwerge ihn nicht serviert. Ich sehe euch nach, dass ihr ihn noch nicht so gut vertragt. Immerhin seid ihr noch jung und außerdem keine Zwerge. Aber nun gilt unser Handel.« Sie gaben sich noch die Hand.

Mit geröteten Wangen verließen die beiden Mädchen das Haus in der Zehntnerstraße und gingen in Richtung Zellerfeld. Es war schon weit nach sechs Uhr abends und damit um diese Jahreszeit dunkel. Sabrina schien förmlich zu glühen.

»Wir sind Sonderermittler einer Zwergin. Ich fasse es nicht, dass die Schramm uns dafür unterrichten will. Man, was werden wir alles lernen.«

»Nun mal langsam, Brina!«, warf Elisabeth ein. »Wir müssen erst einmal den Fall klären. Und wenn die Zwerge das nicht bereits herausgefunden haben, dann wird es für uns auch nicht leicht.« Dabei blickte sie auf die Kirchturmuhr der Holzkirche und seufzte. »Heute werden wir nicht mehr viel erfahren. Der Laden hat sicher wie alle hier schon zugemacht.«

Sabrina willigte ein und so trennten sie sich, verabredeten sich aber für morgen nach der Schule, um bei Friedjoff mit der Suche zu starten.

Asyl

Elisabeth war eben erst zu Hause angekommen, hatte gerade ihre Sachen abgelegt und mit ihrer Familie ein paar Worte gewechselt, als Albert klingelte und sie drängte, mitzukommen. Widerwillig ging sie mit ihm mit.

Mike wartete draußen mit einem Lieferwagen. »Hi, Mike. Was gibt es denn so Dringendes, dass ich nicht einmal essen darf? Albert wollte es nicht sagen«, begrüßte sie ihn immer noch säuerlich.

Mike grinste: »Warte es ab. Es wird dir gefallen. Und einen Snack gibt es auch.«

Gemeinsam fuhren sie nach Buntenbock zu einer verlassenen Scheune. Dann kam die Überraschung. Elisabeth bekam von Oskar, der bereits vor Stolz strahlend dort wartete, einen Schlüssel und durfte selbst aufschließen. Als sie eintrat, fehlten ihr zunächst die Worte.

»Der ist für dich, damit du fit wirst und dich nächsten Vollmond im Griff hast und gegen Angriffe verteidigen kannst«, erklärte Albert mit ernster Miene. »Mir passt es zwar nicht, dass ich ausgerechnet dich so auf meine Mutter vorbereiten muss, aber in unserer Welt sind Stärke und Kontrolle absolut notwendig.«

Immer noch staunte Elisabeth über den Trainingsparcours, den sich die Männer ausgedacht hatten.

»Ihr seid ja der Wahnsinn! Ist das alles für mich?«, staunte sie immer noch.

»Du wirst uns noch hassen«, versprach ihr Oskar immer noch grinsend.

»Lasst uns anfangen. Goldy, da drüben ist der Start. Ich zeige dir, wie es geht«, erklärte Albert, während er bereits die Jacke auszog.

Der Parcours war nichts für schwache Nerven, wie Elisabeth auf den ersten Blick erkannte, denn es gab mindestens ein paar Dutzend Möglichkeiten, bei denen man sich böse Schnittwunden oder

Knochenbrüche zuziehen konnte. Albert zeigte und erklärte ihr den ganzen Ablauf. Es gab einen Kurs als Mensch und einen als Wolf. Sie sollte dazwischen immer die Gestalt wechseln.

Dann machte er ihr eine Runde vor und bewältigte den Kurs in einer atemberaubenden Zeit. Das konnte sie nicht auf sich sitzen lassen. Nach anfänglich spöttischen Bemerkungen Elisabeths, wie sie denn schwingende Säcke auf einen Kampf vorbereiten sollten, kam sie bald richtig ins Schwitzen. Zu allem Überfluss wurde sie ständig von Oskar beschimpft, was für ein mieser, unwürdiger Straßenköter sie sei. Das zielte darauf ab, sie zu trainieren, mental die Kontrolle zu behalten. Dennoch verlor sie diese mehrfach bei besonders heftigen Sprüchen und stürmte auf Oskar zu, der sich daraufhin unterwürfig auf den Boden fallen ließ und ihr seine Kehle darbot. Immer wenn das passierte, ließ Albert sie Strafliegestützen machen. Sie musste sich überall auf dem Rundlauf vor den schwingenden Säcken ducken, zwischen Leitern und gespannten Seilen hindurchschlängeln, Taue hochklettern, springen, balancieren, rollen und ständig den Tennisbällen ausweichen, die Mike und Albert nach ihr warfen. Auf ihrem Kurs gab es überall weitere mit Sand gefüllte Säcke, denen sie Schläge oder Bisse verpassen sollte. Mike veränderte die Ziele immer wieder. Elisabeth wurde zu Anfang ständig von den Bällen getroffen und knurrte ihr Trainerteam wild an, doch jedes Mal, wenn sie erneut die Beherrschung verlor oder getroffen wurde, musste sie von vorne beginnen. Nach einer ganzen Weile brach sie schließlich vor Erschöpfung zusammen und rang wild nach Luft.

»Für den Anfang nicht schlecht, aber das kannst du besser«, kommentierte Albert in einem Tonfall, der irgendwo zwischen Anerkennung und Spott lag.

Elisabeth warf vor Wut einen Tennisball nach ihm, dem er locker auswich. Die blauen Flecke, Schrammen und ein hässlicher Sensenschnitt, den sie sich zugezogen hatte, heilten schon wieder, aber die Erschöpfung blieb. Sie bekam ein paar Brocken Fleisch als Belohnung, die sie gierig hinunterschlang.

»Du hast fast eine Stunde durchgehalten. Das ist doch ein Anfang«, jubelte Oskar.

Mike nickte anerkennend. »Auf jeden Fall jetzt schon länger als Oskar, als wir den Kurs getestet haben. Er war nach vierzig Minuten platt.«

Das entfachte neue Kraft in ihr. Auf der übernächsten Runde stürzte Elisabeth entkräftet beim Klettern ab und schlug hart auf den Boden auf. Die anderen Wölfe ignorierten ihr Schmerzensgeschrei, wussten sie doch, dass sie heilen würde. Mike brachte Elisabeth danach nach Hause. Sie hatte sich bis heute nicht vorstellen können, dass sie als Werwölfin so ausgelaugt sein könnte, aber dieser Abend hatte ihr bewiesen, dass es doch ging. Ohne ein weiteres Wort krabbelte sie in ihr Bett und schlief ein.

Eine Präsenz, die sich in ihr Bewusstsein schob, ließ sie wie ein Blitz aus dem Schlaf hochfahren. Wenige Sekunden später ertönte laut die Klingel der Haustür. Elisabeth stöhnte innerlich auf, denn sie konnte spüren, wer da klingelte. Ihr Körper protestierte, als sie sich, so schnell sie es vermochte, aus dem Bett schwang und nach unten lief. Zu ihrem Erstaunen reagierte Klara schneller. Warum ihre Schwester um diese nachtschlafende Zeit noch wach gewesen und gleich die Treppe hinuntergeeilt war, wusste Elisabeth nicht, aber sie beeilte sich, um Schlimmeres zu verhindern. Doch sie kam zu spät, um unterbinden zu können, dass ihre Schwester mitbekam, wer da vor der Tür stand.

Eine Gestalt in zerrissenem Kapuzenpulli mit einer Art Seesacktasche auf dem Rücken stand davor.

»Ich muss zu der Alpha. Du bist wohl ihre kleine Schwester, oder?«

Klara starrte verdutzt in das Gesicht der Person, die draußen vor der Tür stand und kaum größer war als sie selbst. Hinter sich konnte Elisabeth hören, wie die Schlafzimmertür ihrer Eltern geöffnet wurde. Ihr Vater schnarchte noch, die sanften Füße auf dem Teppich oben gehörten ihrer Mutter. Wann hatten sie sich wieder vertragen? Elisabeth hatte es nicht mitbekommen. Stattdessen trat sie schützend vor ihre Schwester, die sich daraufhin auf ihre Zehenspitzen stellte, um noch etwas sehen zu können.

Als Elisabeth im Türrahmen stand, fiel Lilly draußen auf die Knie, nahm die Kapuze ab und beugte ihr Haupt vor, um ihren Nacken zu entblößen.

»Du hast gesagt, dass ich jederzeit zu dir kommen kann. Hier bin ich. Ich bitte dich unterwürfig um deinen Schutz.« Eine Pause entstand, als Elisabeth verarbeitete, was sie soeben gehört hatte. Ihre Mutter eilte bereits die Treppe hinunter und Klara hörte alles mit, doch das konnte sie jetzt nicht mehr ändern. Sie wusste inzwischen genug über Rudelregeln, dass sie diese Bitte um Aufnahme nicht ablehnen durfte, denn sie hatte es selbst angeboten. Elisabeth schloss die Augen und atmete tief durch. Die Gedanken rasten, doch sie strebten unaufhörlich auf das Unvermeidliche hin. Die Person vor ihr rührte sich nicht und bot immer noch ihren Nacken dar. Elisabeth konnte wittern, dass sie sich seit Tagen nicht gewaschen hatte, und hörte ihren Magen knurren. Sie war völlig ausgehungert. Hinter sich erreichte ihre Mutter in diesem Moment den Flur.

»Kinder, wer ist das?«, fragte sie fordernd, weil sie nichts sehen konnte, da Elisabeth und Klara die kniende Person vollständig verdeckten.

»Mama, da ist jemand mit Kapuze und hat Elisabeth Alpha genannt«, quatschte Klara los.

»Geh sofort auf dein Zimmer!«, war die prompte Anweisung ihrer Mutter im verzweifelten Versuch, zu verhindern, dass jetzt alles vor ihrer Jüngsten herauskam. Doch Klara bewies in diesem Moment, dass auch sie die Tochter ihrer Mutter war.

»Nein! Ihr könnt mir hier nichts mehr vorspielen. Ich weiß ganz genau, dass ihr etwas vor mir verbergt. Und ich werde nicht wieder diesen Beduseltee trinken. Ich gehe nicht. Nur über meine Leiche!«

Emilia schnappte nach Luft und wollte schon etwas Wütendes erwidern, doch in diesem Augenblick entschloss sich Elisabeth, zu antworten. Die Sätze der formellen Aufnahme fielen ihr wieder ein, als sie ihre Wölfin bis unter die Oberfläche rief. Während sich noch ihre Sinne erweiterten und ihre Augen begannen, rot zu leuchten, öffnete sie alle Bänder zu ihrem Rudel – und auch ein ganz zaghaftes zu der Person vor ihr, die sie in diesem Moment mit aufgerissenen gelben Augen und der jähen Erkenntnis von Elisabeths Macht anstarrte. Klar und mit einer Bestimmtheit, die Elisabeth sich selbst nicht zugetraut hätte, klang ihre Stimme, während sie in Worten vernehmlich wie auch im Geiste sprach.

Ich, Elisabeth, Alpha meines eigenen Rudels, gewähre dir, Lilly, meinen Schutz und den Schutz meines Rudels. Es wird deine Familie und dein Heim sein. Dann setzte sie noch hinzu: *Du hast bereits deinen Wert bewiesen. Wir haben Seite an Seite gekämpft. Folge meinem Ruf, jage mit mir, wie es die Tradition verlangt, und werde mein.*

Lilly sah sie mit großen Augen an, dann nickte sie heftig: »Ja, Scheiße, natürlich will ich. Du bist um so viel cooler als die Deppen in Hannover.« Elisabeth konnte nicht vermeiden, schief zu grinsen, denn Lillys Antwort war nicht die traditionelle Formel, aber es war hundert Prozent Lilly.

Zur Bestätigung heulte Elisabeth dann und in der Ferne erhob sich das Heulen zweier weiterer Wölfe. Lilly, die immer noch vor ihr kniete, stimmte nach kurzem Zögern auch mit ein. Damit war es besiegelt und das Band festigte sich. Klara war während der Szene immer weiter zurückgewichen und schließlich gegen ihre Mutter gestoßen, die schützend die Arme um ihre Jüngste legte. Das ferne Heulen verklang eine ganze Weile nicht, aber Elisabeth brach ab, reichte Lilly die Hand und half ihr auf. Lilly lächelte verschüchtert und dankbar. Eine Regung, die ihr so gar nicht stand. Zumindest hatte Elisabeth sie so noch nicht gesehen. Dann sprang diese sie unvermittelt an und umarmte sie stürmisch.

»Danke, du kannst dir ja gar nicht vorstellen, wie glücklich mich das macht. Darf ich« reinkommen?« Elisabeth nickte und machte Platz. Dabei trafen sich die Blicke von Frau Wollner und Lilly. Die junge Tierpflegerin erbleichte. »Die Verwaltungstante aus dem Zoo, ich fresse einen Besen. Sie sind ihre Mutter?«

Emilia Wollner starrte Lilly immer noch an und war vollauf damit beschäftigt, Klara daran zu hindern, umzufallen, die wie gebannt auf die immer noch gelb glimmenden Wolfsaugen von Lilly starrte und heftig dabei zitterte. Noch mehr begann sie zu zittern, als Elisabeth sich mit ihren roten Augen umdrehte und auf ihre Mutter und Klara blickte.

»Mama, wir haben doch das Gästezimmer. Darf Lilly es für eine Weile beziehen?«

Emilia Wollner seufzte schwer, dann nickte sie. Sekunden später zuckte sie zusammen, als oben eine Tür geöffnet wurde. Michael Wollner rief nach unten: »Was ist das nur für ein Lärm? Alles in Ordnung?«

Emilia fing sich als Erste wieder. Sie gab mit energischen Handzeichen den Mädchen zu verstehen, dass sie ins Wohnzimmer gehen sollten, und rief die Treppe hoch.

»Entschuldige Schatz, es hat nur jemand geklingelt und nach dem Weg gefragt. Leg dich wieder hin. Ich trinke noch einen Schluck Wasser.« Währenddessen huschten die Mädchen leise ins Wohnzimmer.

»Hat da nicht so ein Hund geheult?«, kam es von oben.

»Ja, es war ein Wanderer mit einem überdrehten Jagdhund. Er ist aber schon wieder weg. Geh schlafen!«

Ein Gemurmel kam von oben, dann klappte eine Tür und Michael Wollner legte sich wieder hin.

Als sie ins Wohnzimmer schlüpfte, standen die drei vor der Couchgarnitur. Klara, die knallrot im Gesicht glühte vor Aufregung, hatte sich zur Sicherheit hinter der Lehne eines Sessels verschanzt. Elisabeth bot Lilly gerade einen Platz auf der Couch an, doch diese deutete auf ihre Kleidung, die verdreckt und zerrissen war, und nahm dann auf dem Boden Platz. Elisabeth, deren Augen bereits wieder grün waren, zuckte mit den Schultern. Sie setzte sich auf die Couch. Emilia holte reichlich Würstchen aus dem Kühlschrank und stellte sie auf den Tisch. Dann nahm sie in dem Sessel Platz, hinter dem Klara stand.

Eine Weile schwiegen sie sich an. Elisabeth verständigte sich mit ihrer Mutter mit einem Nicken. Lillys gelber Wolfsblick huschte von einem zum anderen. Elisabeth sah, dass Lilly Klara fixierte, deren Entsetzen sie ebenfalls riechen konnte. Doch sie wusste, dass Klaras Neugier über ihre Angst siegen würde, wenn die akute Bedrohung verschwand. Sie sandte Lilly einen Befehl über das frische Band. Diese verstand sofort, schloss ihre Augen und atmete einige Male tief durch. Als sie die Augen wieder öffnete, waren sie hellbraun.

»Ich denke, so ist es besser«, sagte sie und schnappte sich ein Würstchen, nachdem Elisabeth ihr bedeutet hatte, dass sie essen dürfe.

Prompt konnte Klara nicht mehr an sich halten. »Was geht hier vor? Mama, was ist mit dieser Frau? Was ist mit Elisabeth? Ich will alles wissen.«

»Setz dich auf die Couch und quatsche nicht dazwischen«, fuhr Elisabeth ihre Schwester an.

»Aber wie redest du denn mit mir ...«, entrüstete sich Klara, doch da sprang Elisabeth auf und erneut glühte das Rot in ihren Augen.

»Setz dich hin«, knurrte sie ihre Schwester an, doch diese setzte sich dann nicht auf die Couch, sondern quetschte sich neben ihre Mutter in den Sessel. Elisabeth war ihr nicht mehr geheuer. Wen wunderte es!

Dann wandte sich Emilia mit mütterlichem Ton an ihre älteste Tochter. »Heute ist ein genauso guter Tag wie morgen, um deine Schwester endlich einzuweihen. Nur Klara, setz dich wirklich auf die Couch, in dem Sessel ist nicht mehr genug Platz für uns beide. Dafür bist du zu groß geworden.«

Zögernd, widerwillig und erneut Angstschweiß verströmend setzte sich Klara an das äußerste Ende der Couch und nahm ein Kissen vor sich wie einen Schild. Doch ihr Gesicht glühte immer noch vor Aufregung. Mit einem Knurren setzte sich Elisabeth wieder.

Lilly räusperte sich und schluckte das Würstchen hinunter. »Du hast mich eben gebunden.« Es war eine Feststellung, keine Frage. »Ich kann es spüren. Du hast ein Band mit mir. Die aus dem Rudel in Hannover haben davon gesprochen, dass ich so etwas haben könne, wenn ich mich ihnen unterwerfe. Aber wie hast du das gemacht?«

Elisabeth zuckte die Achseln. »Es ist schon im Zoo passiert, einfach so, ich musste es eben nur noch öffnen.«

»Die anderen haben gesagt, dass man sich dafür beißen lassen muss«, kam es erstaunt von Lilly, die keine Notiz mehr von Emilia und Klara zu nehmen schien. »Wenn du das ohne kannst, dann bist du noch mächtiger, als ich dachte.«

»Warum bist du zu mir gekommen?«, fragte Elisabeth, als Lilly den Satz beendet hatte.

»Du hast es mir angeboten, weißt du noch? Scheiße, ich war erst so froh, als wir den Eisbären wieder eingefangen haben. Dann hat der Direktor mich auch noch gelobt und mir eine Gehaltserhöhung versprochen. Aber am nächsten Morgen sind plötzlich die von dem Rudel aufgetaucht und auch noch ein paar Schnallen, die nach Ozon und Kräutern gestunken haben.«

»Jägerinnen vom Hexenrat! Sie verwenden gerne die abhängigen Rudel als Handlanger«, entfuhr es Emilia, die daraufhin ein Nicken von Lilly und einen angespannten Blick von Klara erntete, die gar nicht fassen konnte, was sie jetzt alles hörte.

»Sie wollten mich zu einer angeblichen Befragung abholen. Die haben erst den Direktor ausgequetscht und dann zwei Wölfe zu mir geschickt, um mich zu holen. Die haben mich geschlagen, als sie erkannten, dass ich das bin. Ich habe mich gewehrt und dabei einen von denen k. o. gehauen und den anderen im Löwenhaus eingesperrt. Dann bin ich, so schnell ich konnte, weggelaufen. Habe noch meine Sachen geholt und bin irgendwie raus aus der Stadt. Dann habe ich mich an deine Worte erinnert und bin in den Harz gelaufen.«

»Zu Fuß? Hannover ist weit weg.« Klara konnte wieder nicht an sich halten, doch auf einen Blick hin von den anderen dreien zuckte sie wieder zusammen und kaute an ihrem Schlafanzugärmel.

»Das ist nicht weit für eine Werwölfin, Kleine«, grinste Lilly Klara an, die daraufhin die Augen noch weiter aufriss.

»Ist dir jemand direkt auf der Spur?«, fragte Elisabeth.

»Nein, das denke ich nicht. Ich bin erst in Richtung Norden, dann ein Stück an der Autobahn entlang. Ein Brummifahrer hat mich bis Derneburg mitgenommen, ab da bin ich wirklich gelaufen. War hier oben dann noch ganz schön schwer, euch zu finden, aber hier bin ich.« Dann wandte sie sich Frau Wollner zu. »Ich habe Ihnen nie danken können dafür, dass Sie mir den Job besorgt haben. Also ... danke nochmal.«

Emilia Wollner lächelte zurück, auch wenn es nicht ganz ihre Augen erreichte. Man konnte sehen, dass ihr Gehirn arbeitete und ihre Gedanken ihr keine Freude bereiteten.

Dann sagte sie: »Das ist ganz egal, ob sie dir auf der Spur sind oder nicht. Die Jägerinnen sind bereits im Harz und versuchen, uns zu finden. Es passieren einfach zu viele Dinge in zu kurzer Zeit. Irgendwann werden sie uns erwischen.«

»Aber sie haben uns nicht bekommen, Mama. Die zwei, die wir ins Krankenhaus geschickt haben, können sich an nichts mehr erinnern. Dafür hat ... äh ... jemand gesorgt.«

»Aber sie sind immer zu dritt. Ein taktisches Team besteht normalerweise aus drei Hexen«, entgegnete Emilia ungeachtet der Tatsache, dass Klara ständig aufkeuchte und nun auch noch den anderen Schlafanzugärmel zerkaute.

»Mama, diese dritte Hexe ist kein Problem mehr. Sie ist weg«, entgegnete Elisabeth und setzte in Gedanken *mit der Müllabfuhr* hinzu.

»Da kannst du dir nicht sicher sein. Außerdem werden die ein neues Team schicken oder sogar zwei. Es ist noch nicht vorbei. Ich meine, es fängt jetzt erst richtig an.«

Lilly mischte sich ein. »Sie kennen sich aber gut aus in der Magiewelt. Sind Sie eine Seherin oder sowas? Können Sie mir dann verraten, warum die auch hinter mir her sind? Was wollen die?«

Elisabeth und ihre Mutter wechselten Blicke, dann antwortete Emilia: »Der Rat kann keine magischen Ereignisse einfach so geschehen lassen. Es ist seine Aufgabe, alles vor den Menschen zu verbergen. Momentan sind alle aufgeschreckt, weil sie gerade eine sehr mächtige schwarze Hexe jagen, die viel Böses getan hat. Nun drehen sie jeden Kieselstein um und wittern hinter jeder magischen Welle und jedem Vorkommnis Verrat. Und es wäre besser, wenn sie nichts von uns erfahren würden.«

»Also habt ihr was zu verbergen«, schlussfolgerte Lilly.

Elisabeth fiel auf, dass Lilly gar nicht so dumm war. »Haben wir das nicht alle?«, fragte Elisabeth darauf diplomatisch.

»Ihr seid wirklich echte Werwölfe, nicht nur eine Organisation, die so heißt?«, kam es von Klara. Alle Köpfe drehten sich und die Blicke ruhten auf ihr. »Ich habe es mir die ganze Zeit schon irgendwie gedacht, als du nackt vor der Tür gelegen und plötzlich angefangen hast, Fleisch zu essen. Ich kann mich nur nicht an den Abend danach erinnern.«

»Da hat Mama dich mit einem Trank ausgeschaltet, den du für Tee gehalten hast, um mit mir reden zu können«, entgegnete Elisabeth trocken und auf das entrüstete Gesicht ihrer Mutter hin, setzte sie hinzu: »Mama, was soll das jetzt noch? Klara hätte es eh irgendwann rausbekommen, sie ist schließlich meine Schwester. Es ist besser, dass sie es weiß und die Klappe hält, als wenn wir uns dauernd verstellen müssen.«

»Und warum sollte ich die Klappe halten?«, fragte Klara.

»Weil wir sonst alle in Todesgefahr wären. Deswegen!«, fuhr Elisabeth sie an.

Auch die von Natur aus sehr misstrauische Lilly fixierte Klara grimmig drohend mit ihren nun wieder gelben Wolfsaugen und setzte hinzu: »Du willst doch nicht ernsthaft meine Alpha bedrohen. Du magst ihre Schwester sein, aber wenn du sie bedrohst, dann …«

»Es reicht!«, schnitt Emilia allen das Wort ab. »Du bist für heute Nacht unser Gast und benimmst dich bitte auch entsprechend. Ich weiß, dass du früher im Zoo gestohlen und davor auf der Straße gelebt hast. Hier benimmst du dich. Wir werden morgen sehen, wie es weitergeht. Du bist nun einmal da und diese Nacht ist bald zu Ende. Meine Mädchen müssen morgen wieder in die Schule. Habe ich dein Ehrenwort, dass du dich anständig verhältst?«

Lilly hielt ihrem Blick stand, obwohl Emilias Starren sie sichtlich einschüchterte. Dann warf sie noch einen unterwürfigen Blick zu Elisabeth, die sie auch musterte. »Ich schwöre, dass ich mich benehmen und euch nicht bestehlen oder verraten werde«, antwortete sie schließlich.

Elisabeth stand auf und nickte dann. »Ich glaube ihr, denn ich kann riechen, dass sie die Wahrheit sagt. Und du …«, sie wandte sich ihrer Schwester zu, »… wirst die Klappe halten! Und denk dran, Papa hat keine Ahnung von uns. Was machen wir eigentlich mit ihm?«, unterbrach sie sich selbst und blickte ihre Mutter an.

»Das wird kein Problem sein. Papa steht morgen früh, nein heute früh um halb sechs auf, weil er schon wieder auf eine Tagung, diesmal nach Leipzig, muss. Er fährt um sieben weg. Wenn du noch im Gästezimmer wartest, bis er aus der Tür ist, dann denke ich mir noch was aus, bis er zurückkommt.«

»Sie ist eine Haushaltshilfe aus Polen und versucht, in Deutschland ihre Sprachkenntnisse aufzubessern«, warf Klara ein. »Lilly ist recht klein. Sie könnte locker als Teenager durchgehen.«

»Bist du völlig übergeschnappt?«, entgegnete Elisabeth. »Da hätte Papa doch so einige Fragen, wo sie plötzlich herkommt und warum er nicht gefragt wurde.«

»Doch warte mal, Betsy, die Idee ist genial. Das mit Papa bekomme ich schon hin, wenn es nicht zu teuer wird.« Dann an Lilly gewandt, fragte sie: »Wärst du mit, sagen wir freier

Verpflegung, einem Zimmer und zwanzig Euro Bezahlung pro Tag zufrieden?«

Lilly strahlte. »Das wäre ich wirklich. Vielen Dank! Nun schulde ich Ihnen noch mehr. Ich werde Sie nicht enttäuschen, Mutter der Alpha.«

Elisabeth lag schon im Bett und ließ alles nochmal von heute Revue passieren, während Lilly unten duschte. Sie hatte zu Hause noch nichts von Frau Schramm erzählt, aber das würde sie morgen tun. In ihrem Geist betrachtete sie das Band zu Lilly. Sie hatte schon wieder jemanden in ihr Rudel aufgenommen.

»Ich würde mich auch langsam als Bedrohung ansehen, wenn ich die andere Alpha wäre!«, sprach sie zu sich selbst. Da merkte sie eine Regung in dem Band. Kurz darauf knarzte ein Dielenbrett und jemand klopfte zaghaft an ihre Tür. Sie wusste, wer vor der Tür stand. Anstatt direkt zu antworten, öffnete sie das Band und sprach: *Komm schon rein, Lilly.*

Mit aufgerissenen Augen kam Lilly herein. Sie hatte ihr ganzes Bettzeug dabei.

»Ich bin so aufgeregt. Darf ich bei dir schlafen?«

Elisabeth seufzte, machte aber Platz. Ihr Futonbett war breit genug. Lilly legte sich neben sie und duftete nach dem Shampoo ihrer Mutter. Sie schien sich gründlich gewaschen zu haben.

»Danke!«, hauchte Lilly nur, dann schlief sie ein. Elisabeth betrachtete sie eine Weile, dann fielen auch ihr endlich die Augen zu.

Ihr Mann hatte bereits das Haus verlassen. Emilia hatte ihn etwas früher geweckt, nachdem sie die ganze Nacht nicht hatte schlafen können. Sie saß in der Küche und starrte auf die Uhr, wobei sie gerade die fünfte Tasse Kaffee in sich hineinschüttete. Es war Viertel nach sieben. Die Wecker der Mädchen waren vor ein paar Minuten losgegangen. Die Badtüren klappten. Seufzend deckte Emilia noch einen weiteren Teller. Dann lud sie noch mehr Sachen aus dem Kühlschrank auf den Tisch. Die Tür ging mittendrin auf und Klara kam mit tiefen Ringen unter den Augen in die Küche. Wie gestern glühte sie im Gesicht.

»Mama, ich habe das gestern Nacht nicht alles geträumt, oder?«

Emilia ging auf ihre Tochter zu und nahm sie in den Arm. »Nein, aber ich weiß, dass ich auf dich zählen kann und du darüber schweigen wirst. Ich werde dir heute Nachmittag alles genauer erzählen, aber du musst mir versprechen, dass du uns durch dein Schweigen schützen wirst.«

Klara sah ihre Mutter an. »Mama, ich verspreche es, aber ich will einfach alles wissen.«

»Das kann ich mir vorstellen. Stell dich mal besser darauf ein, dass wir lange dafür brauchen werden.«

Sie küsste ihre Tochter und hielt sie noch immer im Arm, als die Tür erneut aufging und Elisabeth hereinkam. Einen Moment blieb sie in der Tür stehen, dann ging sie auf ihre Mutter und Schwester zu und breitete die Arme aus, doch Klara stieß reflexartig einen Schrei aus und verkroch sich hinter ihrer Mutter.

»He, Klara, ich bin es, deine Schwester!«

»Gib ihr etwas Zeit, all das zu verdauen.«, antwortete Emilia. »Sie hat letzte Nacht wirklich viel auf einmal verkraften müssen.«

Klara blickte vorsichtig über die Schulter ihrer Mutter Elisabeth an. »Du wirst mich doch nicht fressen?«

Nach einem kessen Blick zu ihrer Mutter sah Elisabeth ihre Schwester schnippisch an. »Vielleicht schon, wenn du nicht artig bist.«

»Aber Betsy!«, warf Emilia entrüstet ein, als Klara wieder hinter ihr abtauchte. »Nein, Klara, sie zieht dich nur auf. Wenn du dich nicht benehmen kannst, Elisabeth, dann bekommst du doch noch deinen Napf vor die Tür«, donnerte sie ihre große Tochter an, »so wahr ich deine Mutter bin!«

Elisabeth grinste ihre Schwester an, dann setzte sich lässig an den Tresen. »Oh, Klara. Wenn ich dich hätte fressen wollen, hätte ich es schon längst getan, du kleine Nervensäge. Du bist meine Schwester. Was denkst du denn? Wir sind und bleiben eine Familie. Nun setze dich schon her, ich habe Hunger.«

Emilia stimmte ihr zu und wischte sich die letzte Träne weg. »Ich mache heute Eier mit Speck.« Dann wandte sie sich zum Herd um und ließ Klara einfach so stehen.

Ihres Schutzes beraubt, drückte sich Klara erst zögerlich die Küchenzeile entlang und kletterte auf den Hocker neben Elisabeth.

Doch dann siegte ihre Neugier und sie sah ihre Schwester von der Seite an.

»Dass du rote Augen als Wölfin hast, heißt das, dass du eine Alpha bist? Lilly hat gelbe Augen, dann ist sie keine Alpha. Gibt es noch andere Färbungen?«, fing sie an zu bohren.

Elisabeth schenkte ihr ein Lächeln. »Jupp. Und wie immer, versuchst du alles gleich ganz genau zu erfahren, was? Die Farbabstufung ist wohl je nach Stärke unterschiedlich. Ganz schwache Werwölfe haben eher hellgelbe Augen.« Elisabeth dachte an das helle Gelb von Oskar und an den fast schon orangenen Ton von Albert.

»Deine sind rein rot, da ist keine Spur von Gelb gewesen gestern. Wie siehst du als Wolf aus? Tut die Verwandlung denn weh?«

Elisabeth hob lachend die Hände. »Ich mache dir ein Angebot. Du versprichst mir, dass du mich nicht mehr ärgerst mit deinen Noten und dafür erzähle ich dir was über Werwölfe. Aber nicht jetzt, denn ich habe richtig Hunger.«

Klara nickte. »Okay, versprochen, ich habe tausend Fragen.«

Kurz darauf ging die Tür wieder auf und Lilly kam herein. Sie hatte ein paar alte Sachen von Frau Wollner an, die diese ihr rausgelegt hatte. Sie schienen ihr in etwa zu passen.

»Guten Morgen!«, grüßte sie vorsichtig.

Emilia versuchte ein Lächeln. »Da meine Tochter dich in unsere Familie aufgenommen hat, sei willkommen. Wie magst du deine Eier?«

»Darf ich Ihnen helfen? Wenn Sie mich als Au-pair beschäftigen wollen, dann sollte ich auch etwas dafür tun.«

»Nein, heute mache ich das noch. Du kannst nachher das Haus staubsaugen und die Bäder wischen.« Emilia versuchte ein Lächeln. »Aber vorher isst du erst einmal richtig.«

Während sich Lilly auf den dritten Hocker setzte, wendete sich Klara mit einer weiteren Frage an ihre Schwester.

»Wer ist der, der dich gebissen hat? Albert oder der Mann, der uns besucht hat?«

»Keiner von beiden. Ich bin schon so geboren. Erst seit ich meinen Trank dagegen nicht mehr nehme, bin ich, was ich bin.«

»Aber Mama ist doch keine Werwölfin. Wie kann denn Elisabeth schon so geboren sein, wenn sie nicht ...«, Klara brach ab, als sie selbst auf die Antwort kam.

Doch Lilly wurde jetzt auch neugierig und fragte gleich: »Im Ernst? Sie haben es mit einem Werwolf getrieben? Ich hatte ja schon so einige Männer, aber einen von denen habe ich noch nie gevögelt.« Die Temperatur im Raum schien sich schlagartig zu senken. Die Lippen von Frau Wollner wurden schmal, während sie ein klein wenig zu heftig die Eier in die Pfanne schlug. »Ich wette, Ihr Mann weiß von der Nummer nichts?«

Elisabeth konnte gar nicht sagen, woher plötzlich ihre Wut kam. Sie handelte, bevor sich das Gehirn einschaltete. Ihre Bewegung war wie ein Schemen, dann hatte sie schon Lilly am Hals gepackt und zu sich herangezogen, Krallen schoben sich vor und drückten in die helle Haut.

»Wage es ja nicht, meine Abstammung, meine Familie oder meine Freunde zu beleidigen, sonst reiße ich dir die Kehle heraus!«, knurrte sie und dominierte Lilly mit ihrem Blick. Sie verfehlte ihre Wirkung nicht, denn diese senkte sofort den Kopf und wurde ganz unterwürfig. Klara ging gleich wieder auf Tauchstation, nur ihre Mutter drehte sich mit dem Pfannenwender in der Hand drohend um. Als sie sah, wie Elisabeth Lilly gepackt hielt, nickte sie anerkennend. Es galt hier jemanden in die Schranken zu weisen und dafür musste auch sie deutlicher werden. Mit einem vieldeutigen Gesichtsausdruck blickte sie Lilly herausfordernd an.

»Du bist ganz schön kess für dein Alter, aber ich will dir zu Gute halten, dass du auf der Straße groß geworden bist, wo man rüde Umgangsformen hat. Du hast sicher keine Ahnung, was wirklich gutes Benehmen ist.« Danach wurden ihre Augen zu Schlitzen und sie fixierte Lilly mit ihrem Blick. »Ich will mich mal so ausdrücken, dass du mich verstehst. Ich bin es, die den Wolf geritten hat, und ich stehe noch hier. Du sitzt gerade neben dem prachtvollen Ergebnis. Hüte also deine Zunge und schweige darüber wie ein Grab, Wölfin, sonst mache ich mir aus dir einen Bettvorleger. Mit deinesgleichen werde ich allemal fertig.«

Lilly riss die Augen auf, in denen sich schon wieder Gelb zeigte, dann senkte sie ihren Kopf, so tief sie es mit Elisabeths Klauenhand an der Kehle konnte. »Entschuldigung, Verzeihung, ich habe nicht nachgedacht.«

»Das ist mir klar«, peitschte Emilias Stimme durch die Küche. »Ich denke, Arbeit wird dir guttun, wie schon im Zoo. Nach dem

Frühstück fängst du gleich an. Betsy, du solltest deine Rudelangehörigen in Zukunft besser erziehen.« Damit wandte sie sich wieder um und drehte den Kindern den Rücken zu.

»Entschuldigung, Alpha. Ich habe mich vergessen. Es wird nie wieder vorkommen«, wimmerte Lilly.

Elisabeth war innerlich hin und her gerissen. Einerseits war sie entrüstet über die forsche Lilly, andererseits war sie auch erstaunt über die Ausdrucksweise ihrer Mutter. Den Wolf geritten – solche Worte kannte sie gar nicht von ihr, aber ihre Dominanz war gerade sehr deutlich geworden. Ihre Mutter schien nicht mehr davor zurückzuschrecken, einer Werwölfin gehörig die Meinung zu sagen. Der Tonfall schien geradezu so, als wäre sie auf die Art ihrer Zeugung stolz. Ihre Mutter hatte sich sehr verändert. Klara kletterte wieder auf ihren Hocker. Es war ihr deutlich anzusehen, dass gerade die Anzahl ihrer Fragen noch mehr zugenommen hatte, aber sie verbiss sich jeden Kommentar. Dann, als wenn nichts gewesen wäre, machten sich die drei über ihr Rührei her.

Emilia bestand darauf, heute beide Töchter zur Schule zu fahren. Sie gab Lilly noch einige Anweisungen, die diese mit stummem Nicken entgegennahm. Kaum dass sie das Haus verlassen hatten und im Auto saßen, bombardierte Klara Elisabeth wieder mit Fragen. Die meisten davon konnte diese noch gar nicht beantworten, weil sie es selber nicht wusste. Dennoch merkte Elisabeth auch etwas anderes. Klara war stolz auf sie. Die ganze Fahrt über redeten sie so viel miteinander wie vorher vielleicht in einer ganzen Woche. Immer noch mit vor Aufregung geröteten Wangen verschwand ihre Schwester in ihre Klasse. Elisabeth seufzte, dann ging sie in ihre eigene.

An diesem Tag fehlte Theobald. Er wäre krank, teilte Frau Schramm mit. In der ersten Pause wollte sie sich mit Sabrina unbedingt unterhalten, aber kaum, dass es geklingelt hatte, steckte Klara den Kopf in ihr Klassenzimmer und fing sie ab. Elisabeth, die ahnte, dass ihre Schwester sie jetzt mehr brauchte als Sabrina, entschuldigte sich und ging mit Klara hinaus auf den Pausenhof. Sie verdrückten sich in eine sichere Ecke, wo Klara sie weiter mit Fragen bestürmte. Ihre Schwester schien ihre anfängliche Angst immer mehr zu verlieren und es blieb nur pure Neugierde übrig. Wo war nur die Klara geblieben, die sie immer wegen ihres Wissens gegängelt hatte? Als sie so dasaßen und Klara Elisabeth fast schon anhimmelte, stellte Elisabeth erstaunt fest, dass sie ihre kleine Schwester vielleicht doch mehr mochte, als sie noch vor einem halben Jahr zugegeben hätte.

Doch dann sagte Klara etwas, das Elisabeth sofort wieder auf den Boden zurückholte.

»Weißt du, dass ich all die Jahre immer neidisch auf dich war? Du warst immer die, die sich nie verletzt hat, nie krank war. Ja, du hattest den Trank, aber ich habe mich dauernd verletzt, habe jeden Schnupfen, jede Kinderkrankheit mitgemacht. Ich hasse es, immer wieder mit Gips herumzulaufen und mir nach ein paar Monaten wieder etwas Neues einzufangen. Kannst du mich nicht auch verwandeln?«

Elisabeth sah ihre Schwester schockiert an. »Nein, das werde ich nicht tun. Du hast ja keine Ahnung, wie schmerzhaft die erste Verwandlung ist. Albert hat mir erzählt, dass viele, die gebissen werden, die erste Verwandlung nicht überleben. Du bist doch immer wieder krank und nicht durchtrainiert. Es wäre mit großer Wahrscheinlichkeit dein Ende.«

Eine Weile sahen sich die Schwestern an. Es läutete zur nächsten Stunde, doch beide blieben noch sitzen.

Dann nickte Klara schließlich resignierend. »Das hatte ich fast schon befürchtet. Aber ich hatte für eine Weile die Hoffnung, dass es enden würde. Weißt du, ich habe nur mein Gehirn und das Wissen. Es wäre so schön gewesen, doch es ist wohl nur ein Traum.« Damit erhob sich Klara und ging Richtung Schulgebäude.

»Vielleicht gibt es für dich eine andere Hoffnung«, murmelte Elisabeth, als sie daran dachte, was sie noch in der magischen Welt entdecken könnte. Sie würde sich umhören.

Spurensuche und Befragungen

»Es ist mir egal, ob wir das nicht ganz formell korrekt ausgesprochen haben, aber Ihre Cousine Geosine Schramm hat uns als ihre *Kru'az'aa Ghat* beauftragt, hier Untersuchungen anzustellen. Rufen Sie sie an, wenn Sie uns nicht glauben!«

Sabrina schaute fest in das Gesicht von Friedjoff Flötzer, der seinen grimmigsten Blick aufgesetzt hatte und ihnen den Weg in die Hinterzimmer versperrte. Sie standen im Edelsteinladen in Zellerfeld und hatten ihm gerade offenbart, weswegen sie gekommen waren. Sabrina, die deutlich kleiner war als Elisabeth, starrte von oben unverwandt in das Gesicht des stämmigen Zwerges, während Elisabeth durch die Auslagen ging und sich umsah.

Friedjoff hielt dem Blick von Sabrina stand und war immer noch misstrauisch.

»Wenn ihr mich hier nur hochnehmt, dann könnt ihr was erleben. Geosine würde nie Kinder schicken. Außerdem kenne ich euch nicht. Was wollt ihr überhaupt sein, dass ihr glaubt, diese Rolle ausfüllen zu können?«

»Ich kann Dinge spüren, die andere nicht spüren können!«, antwortete Sabrina ausweichend, doch ihr Blick bröckelte etwas.

»Pah, das kann ja jeder behaupten. Sehr vorteilhaft, wenn es dann keiner nachprüfen kann, Menschling. Und dieses lange Elend, das sich schon die ganze Zeit versucht, an mir vorbei zu mogeln? Kann sie Dinge hören, die andere nicht hören können?« Friedjoff lachte über seinen eigenen Witz.

»In der Tat kann ich das!«, kam es von Elisabeth. »Und ich höre, dass sich Ihr Puls gewaltig beschleunigt hat.«

»Klar, mir reißt ja auch gleich der Geduldsfaden mit euch. Das ist auch nicht schwer zu erraten«, beharrte er weiterhin auf seiner Position, dass sie keine Ermittler sein konnten.

Elisabeth rollte mit den Augen und stöhnte. Nur mit Mühe konnte sie ein Knurren unterdrücken. Zwerge waren anscheinend wirklich stur. Sie hatte gehofft, dass das Klischee über sie aus den ganzen Geschichten und Legenden nicht wahr wäre. Leider musste sie feststellen, dass im Gegensatz zu Frau Schramm, die sich mit Menschen und Kindern als Lehrerin tagtäglich freiwillig auseinandersetzte, dieser hier genauso leicht zu überzeugen war wie ein Block Granit.

Sabrina sah den Zwerg nach einem kurzen Blick auf Elisabeth wieder an. »Was würde Sie denn überzeugen, außer dass Sie Ihre Cousine anrufen?«

»Zeigt mir, dass ihr würdig seid.«

Elisabeth merkte, dass sie etwas tun musste. Während Sabrina weiter auf den Zwerg einredete, schloss sie die Augen und schnupperte. Da waren einige Gerüche im Raum von Menschen, dem Zwerg natürlich, aber auch von anderen Zwergen. Sie spitzte ihre Ohren, blendete die Stimmen der beiden anderen aus und hörte schließlich jemanden im Nebenraum. Sie sog die Luft tief ein. Ihre Nasenflügel erbebten, als sie ihre Sinne vollständig der Duftwelt öffnete. Bei einigen Düften fehlte ihr noch die Erfahrung, doch schließlich konnte sie einige Informationen isolieren. Der Geruch des Zwerges hob sich deutlich von Sabrina ab, aber da war noch viel mehr. Mitten in eine Atempause von Sabrina und Friedjoff fing sie an zu sprechen.

»Heute waren vor uns nur drei Kunden in Ihrem Laden. Zwei waren Menschen und ein weiterer Zwerg. Der eine Mensch war eine Frau, sie war sicher etwas älter, denn ihr Duft riecht nach Kölnisch Wasser. Danach riechen junge Frauen nicht. Der Mann war ein Raucher, Filterzigaretten.«

Sie kam schnuppernd auf die anderen beiden zu. Beide waren verstummt und sahen Elisabeth an. Sabrina nickte ihr zu, um ihr anzuzeigen, weiterzumachen, Friedjoff sah zunächst noch grimmig aus, hob aber eine Augenbraue.

»Der andere Zwerg ist weiblich. Sie ist noch da und befindet sich auf der anderen Seite dieser Wand. Ich kann ihr Herz rasen hören, denn sie ist sehr aufgeregt, und ich rieche Angstschweiß, denn sie will vermutlich nicht, dass wir sie sehen. Sie haben gerade einen Kurzen getrunken, Zwergenkräuterschnaps, um genau zu sein, und ich vermute, dass es ein sehr guter war, auch wenn ich mich da noch nicht so ganz auskenne. Sie hingegen hat einen

Pfefferminztee getrunken. Und heute Mittag ...«, sie zog noch einmal tief die Luft durch die Nase, »werden Sie sich vermutlich die leckeren Pferdewürstchen zubereiten, die sich in Ihrer Küche befinden. Sie duften noch ganz frisch und ich vermute, dass die Ihnen von der Zwergin mitgebracht worden sind.«

Sabrina nutzte Elisabeths Gesprächspause und kombinierte gleich weiter. »Wenn man dann noch bedenkt, wie vehement Sie uns gerade rauszuekeln versuchen, folgt daraus, dass Sie nicht wollen, dass wir die Zwergin sehen. Sie trinkt den Schnaps nicht, weil er ihr momentan nicht bekommt. Und ihre Angst deutet darauf hin, dass sie etwas zu verbergen hat. Aber was hat eine Zwergin schon zu verbergen, wenn *Kru'az'aa Ghat* auftauchen? Sie haben eine geheime Beziehung zu ihr und sie ist ...«

»Schwanger!«

Eine etwas kleinere Gestalt war hinter Friedjoff aufgetaucht. Es war eine stämmige Frau mit einem runden, hübschen Gesicht und dicken Zöpfen. Sie hatte Friedjoff, der bei Sabrinas Ausführungen immer grimmiger geworden war, eine Hand auf die Schulter gelegt, um ihn zu beruhigen. Sie benutzte einen Kosenamen, als sie ihn ansprach.

»Fridi, lass es gut sein! Wenn sie wirklich *Kru'az'aa Ghat* sind, dann ist es schon in Ordnung. Und bei so einer feinen Nase hätten wir eh keine Chance gehabt, es zu verbergen.« Ohne auf seine Reaktion zu warten, wandte sie sich an die beiden Mädchen. »Du, junge große Dame, bist dann wohl eine Werwölfin, richtig? Und du mit deiner schwarzen Gruselkleidung«, sie drehte sich zu Sabrina, »hast zumindest einen extrem scharfen Verstand. Ich glaube, dass ich dich vom Sehen her schon kenne. Deine Mutter arbeitet doch im Blumenladen. Ich bin Fiona Bleiglanz.«

»Ich bin Sabrina Schubert und es freut mich sehr, Sie kennenzulernen. Das hier ist Elisabeth Wollner, meine allerbeste Freundin!«, antwortete Sabrina sogleich und strahlte. »Wir wollen wirklich nur unserer Lehrerin helfen. Sie ist unschuldig. Das wissen wir, weil wir mit ihr in Hannover waren, als die Kristalle hier gestohlen wurden.«

»Das sollten wir nicht hier besprechen!«, fiel nun Friedjoff ein. Er hängte das Geschlossen-Schild an der Tür auf und bedeutete ihnen, ins Hinterzimmer zu folgen. Wie sich herausstellte, hatten

Elisabeths Nase und Sabrinas Schlussfolgerungen voll ins Schwarze getroffen. Fiona war von Friedjoff schwanger. Ihre Beziehung war allerdings nicht offiziell von den Familien abgesegnet. Sie hatten große Angst, entdeckt zu werden. Wie sie weiter erklärte, war Fiona extra vorbeigekommen, um Friedjoff zu trösten, weil er vier von den Bergkristallen eigentlich als Brautwerbegeschenk für die Familie Bleiglanz vorgesehen hatte. Die Zeit drängte, denn bald würde man etwas bei Fiona sehen können. Den Begrüßungsschnaps, der bei Zwergen anscheinend normalerweise verpflichtend war, lehnte Elisabeth mit Hinweis auf ihre Nase dankend ab. Sabrina sprang für sie ein und trank beide, wobei sie sich zweimal verschluckte und richtig husten musste. Aber offensichtlich nahm das einen großen Teil von Friedjoffs Misstrauen, denn er erzählte den beiden dann nochmal in allen Einzelheiten, was sich aus seiner Sicht vergangenen Samstag zugetragen hatte.

Sabrina lauschte aufmerksam. »Wenn das stimmt, was Sie sagen, und Sie sind sicher ein Ehrenmann, allerdings auch das stimmt, was wir und Dutzende andere Schüler bestätigen können, dann war jemand anderes hier und hat magisch nachgeholfen. Der Dieb hat die Gestalt Ihrer Cousine angenommen. Das ist doch offensichtlich.«

Friedjoff und Fiona starrten Sabrina an.

»Sie waren kurz weg, wie Sie selbst sagten, und können sich an diesen Teil nicht mehr genau erinnern. Was wäre, wenn diese Person Ihnen einen Trank in den Schnaps gemischt hätte?«

»Wir Zwerge sind resistent gegen die meisten Zauber und magischen Effekte«, klopfte sich Friedjoff auf die Brust.

»Nimmt die Resistenz unter Alkoholeinfluss zu oder ab?«, konterte Sabrina.

Diesmal antwortete nicht Friedjoff, sondern Fiona: »Ab, und zwar drastisch. Ein betrunkener Zwerg ist vermutlich genauso resistent wie ein nicht betrunkener Mensch.«

»Aha, das dachte ich mir schon. Sie haben sicher seit Samstag abgewaschen, richtig?«

»Nein!«, antwortete Friedjoff. »Schnapsbecher braucht man nicht abzuwaschen. In Zwergenschnaps überlebt nichts.«

Das konnte Sabrina nachvollziehen, die langsam merkte, wie ihr der Alkohol zu Kopf stieg.

»Könnte ich die Becher vom Samstag einmal sehen?«, fragte Elisabeth daraufhin.

Wortlos stand Friedjoff auf, holte zwei Becher und stellte sie vor Elisabeth hin. Sie sah kurz auf die Flaschen, die auf dem Tisch standen.

»Sie haben viel getrunken, sagen Sie. Haben Sie auch noch die leere Flasche?« Er ging sie holen. Elisabeth sagte daraufhin zu Fiona: »Schrecken Sie nicht zurück. Ich muss meine Wölfin erwecken, um noch besser riechen zu können.«

Fiona nickte, rückte aber ein Stück von Elisabeth weg. Dann ließ Elisabeth die Wölfin so nah unter ihre Oberfläche, wie sie nur konnte, griff sich die Becher und schnupperte. Dabei schloss sie die Augen.

Schnaps, das war eindeutig. Zwei verschiedene Sorten. Sie roch den Becher von Friedjoff. Schwach, aber unverkennbar war auf der Außenseite noch sein Geruch. Sie nahm den zweiten Becher und schnupperte. Es roch erst auch nach Zwerg, aber darunter lag eine Note, die sie nicht genau beschreiben konnte. Weiblich ja, aber etwas schien merkwürdig. Es roch nicht nach Zwerg. Sie verglich die Innenseiten der Becher miteinander. Der Becher von Friedjoff hatte einen etwas anderen Geruch. Eine Bitterkeit schwang mit. Sie streckte ihre Zunge aus und leckte über die Innenseite des Bechers. Es war ein erstauntes »Uff!« von Sabrina zu hören, als Elisabeth versuchte, mit ihrer Zunge den Becherboden zu erreichen, und es nach einigen Sekunden sogar schaffte. Die Wölfin war wirklich sehr nah unter der Oberfläche. Die beißende Schärfe des eingetrockneten Alkohols verschwand schnell, aber die scharfe Bitterkeit mit einer Note irgendwo zwischen Karotte und Meerrettich war herauszuschmecken. Sie konnte sich keinen Reim darauf machen und sagte es den anderen. Sabrina hatte auch keine Ahnung. Fiona jedoch riss die Augen auf, als sie es beschrieb.

»Das könnte Alraune sein. Ich kenne mich damit ein wenig aus. Diese Wurzeln werden gerne in Tränken verwendet. Ich arbeite in Altenau auf der Kräuterplantage. Da haben wir auch ein paar davon.«

Elisabeth nahm sich nochmal den anderen Becher vor, dann die Flasche, die Friedjoff inzwischen vor sie hingestellt hatte. Darin war nur Schnaps gewesen. Aber an dem Becher fiel ihr dann doch noch etwas auf, als sie die Außenseite beschnupperte. Dann weiteten sich ihre Augen. Der Geruch wirkte irgendwie vertraut.

»Wo hat sie gesessen?«, fragte sie mit kehliger Stimme.

Friedjoff, der sich inzwischen schützend vor Fiona gestellt hatte, deutete auf einen Stuhl. Elisabeth kniete sich hin und schnüffelte an dem Sitzpolster. Das war der gleiche Geruch, nur vage, da schon andere inzwischen auf dem Stuhl gesessen hatten. Woher kannte sie nur diesen Geruch? Sie war sich sicher, dass sie ihn niemals hätte riechen können, wenn sie nicht die Wölfin so weit herausgelassen hätte. Leider war es schon zu lange her, um noch Magie zu spüren. Als sie bemerkte, wie das Haar auf ihren Armen dichter wurde und die Nägel sich zu Krallen formten, drängte sie die Wölfin zurück. Andächtiges Schweigen erfüllte den Raum, als Elisabeth die Augen wieder öffnete.

»Wow!«, kam es von Sabrina. »Du kannst deine Verwandlung so genau kontrollieren?«

Friedjoff, der sich auch langsam entspannte, legte die Axt wieder beiseite. Elisabeth wunderte sich zwar, woher er sie so schnell hervorgezogen hatte. Sicherlich wollte er nur Fiona beschützen.

Dann sagte er: »Jetzt weiß ich, warum Geosine euch geschickt hat. Sehr beeindruckend, junge Dame. Also, was hast du herausgefunden?«

»Alraune und noch mehr in Ihrem Becher. Die Person auf diesem Stuhl war kein Zwerg. Ich bin mir nicht einmal sicher, ob es eine Frau war.«

Sabrina mischte sich wieder ein. »Also hat sich jemand in Geosine verwandelt. Vielleicht war es eine der Jägerinnen, äh, von denen wir gehört haben, dass sie sowas können. Sie hat Sie betrunken gemacht und mit einer Art Vergessenstrank dann Ihre Erinnerungen verwischt.«

»Was ist mit der verbannten Hexe von der Apotheke? Sie gehörte doch zu den Jägerinnen«, warf Friedjoff bissig ein.

»Ich finde sie ganz nett«, entgegnete Fiona.

»Ja, der könnte man so etwas zutrauen, aber ihren Geruch kenne ich sehr gut. Sie war es nicht. Es fehlt die typische Fliederkomponente. Außerdem beherrscht sie die Zauber so perfekt, dass sie sich vermutlich nicht die Arbeit gemacht hätte, extra einen Trank zu brauen. Sie hätte Sie direkt bezaubert, und glauben Sie mir, Sie hätten sich nicht wirklich wehren können. Sie ist sehr stark. Nein, wir suchen jemanden mit nicht ganz so ausgebildeten Kräften.«

»Vielleicht war der Person bewusst, dass es über Tränke besser funktioniert«, warf Sabrina ein. »Jemand, der sich nicht traut, offene Magie zu wirken, und lieber über Tränke agiert ...« Sabrina kam ins Stocken.

Elisabeth hatte den gleichen Gedanken und sah Sabrina mit zusammengekniffenen Augen an. Das konnte doch nicht sein, oder? Theobald war bei ihnen im Zoo gewesen.

Dann setzte sich Sabrina schlagartig auf. »Wann genau war die falsche Geosine hier? Ich meine, um wie viel Uhr war das?«

»So genau kann ich mich nicht erinnern. Es war auf jeden Fall kurz, nachdem ich meinen Laden geöffnet hatte. So um zehn Minuten nach acht.«

Sabrina und Elisabeth warfen sich Blicke zu. Theobald war erst um kurz vor neun als einer der Letzten am Bus gewesen. Er hätte es tun können und Tränke waren seine Spezialität.

»Herr Flötzer, wir haben da ein paar Vermutungen, denen wir nachgehen werden«, sagte Sabrina schließlich. »Vielen Dank für Ihre Kooperation. Wir werden versuchen, die Kristalle zu finden, damit Sie doch noch heiraten können.«

Sie verabschiedeten sich von den beiden Zwergen und gingen. Draußen, nach einigen Metern, musste sich Sabrina erst einmal gegen die Wand lehnen, weil ihr die Knie weich wurden.

»Mann, der Zwergenschnaps hat es echt in sich. Drinnen ging es noch, aber hier in der Kälte merke ich, dass ich einen im Tee habe.«

Elisabeth stützte sie und fragte: »Meinst du wirklich, dass Theo so etwas abzieht und uns nichts davon sagt? Außerdem war er im Bus nüchtern oder hatte er auch dagegen einen Trank? Wir müssen ihn unbedingt befragen.«

»Wir bringen ihm einfach die Hausaufgaben vorbei, dann werden wir ja sehen, Spürnase«, entgegnete Sabrina. Dann kicherte sie plötzlich und grinste Elisabeth verwegen an: »Deine Zunge. Das war der Oberhammer. Ist die von Albert auch so lang?«

Elisabeth wusste erst nicht, was Sabrina meinte, dann schoss die Röte in die Wangen, als sie kapierte, worauf Sabrina da anspielte. Sie knuffte sie in die Seite, was ihre Freundin von den Beinen holte und in einen kleinen Schneehaufen beförderte. Doch diese lachte nun lauthals und für Elisabeths Geschmack viel zu dreckig. Schließlich rappelte sie sich wieder hoch. Bis zur Apotheke war es nur ein Steinwurf. Sie gingen bis zur Goslarschen Straße. Bei dem dichten Verkehr mussten sie warten, dann betraten sie die Apotheke, in der emsiges Treiben herrschte. Die überforderte Angestellte, die tagsüber hier arbeitete, teilte ihnen mit, Anna Binsenkraut wäre aktuell nicht da. Aber sie würde dringend gebraucht. Falls sie sie sehen sollte, könnte sie das ihrer Chefin ausrichten.

»Dann machen wir das morgen. Wir haben ja auch noch jede Menge Hausaufgaben zu erledigen«, sagte Sabrina schließlich. »Komm, ich muss noch Igor füttern.«

»Sag mal, stimmt das eigentlich, dass Zombies intelligenter werden, wenn sie Gehirne fressen?«, fragte Elisabeth vorsichtig.

»Ach, das hast du sicher aus der Serie *iZombie*. Die ist ganz witzig, aber nein, inzwischen weiß ich, dass der Verstand eines Zombies sich an der noch verbliebenen Seele orientiert. Die Verbindung wird schwächer, je länger sie tot sind. Magie kann das verlangsamen. Sophie hat mir übrigens erzählt, dass man eine Seele in einer Leiche binden kann. Bei Vampiren ist das zum Beispiel so. Aber sowas kann ich nicht erschaffen – noch nicht«, antwortete Sabrina mit einem etwas enttäuschten Tonfall.

Elisabeth sah Sabrina angewidert an. »Du hast allen Ernstes darüber nachgedacht, Vampire zu erschaffen?«

»Nein, nicht wirklich. Laut Sophie sind das alles hinterhältige Scheißkerle. Also lasse ich das wohl besser. Lange habe ich das für eine abgefahrene Idee gehalten«, grinste Sabrina zurück.

Elisabeth schüttelte seufzend den Kopf, während sie den Weg zum Zellbach hinuntergingen. Dann erzählte sie Sabrina endlich von Lilly. Darüber vergaßen sie ganz ihren gemeinsamen Freund.

Als Theobald am Montag nach Hause kam, brach die schiere Hölle über ihn herein. Seine Mutter packte ihn schon auf der Türschwelle und schleifte ihn ins Wohnzimmer.

Dort erwartete ihn das heftigste Verhör, das er jemals hatte erdulden müssen. Zunächst befürchtete er schon, dass sie etwas von der mumifizierten Jägerin erfahren hatte, aber sie quetschte ihn vor allem über das Treffen am Nachmittag mit Vinzenz aus. Theobald musste all seinen Willen aufbringen, um hier nicht zu viel zu sagen. Er blieb vage und gab nur soviel zu, wie seine Mutter ihm in den Mund legte, doch er spürte, dass er ihr bald keinen Widerstand mehr würde leisten können. Das geistige Duell mit ihr war so heftig, dass er schließlich Kopfschmerzen bekam. Einmal horchte er dennoch auf, als seine Mutter im Nebensatz fallen ließ, dass er sich um Vinzenz keine Sorgen mehr zu machen brauche. Dann war sie auf Elisabeth und Sabrina abgeschwenkt und hatte versucht, von ihm mehr über sie herauszubekommen. Dank des Bindungsrituals konnte Theobald darüber schweigen. Unvermittelt traf ihn dann seine Mutter mit einem Ding, was sie ihm vor die Nase hielt. Er musste sogar ein klein wenig mit dem Kopf zurückgehen, um es zu erkennen. Es war der Korken einer Weinflasche. Theobald erschrak so heftig, dass seine Mutter es bemerkt haben musste. Es war der Korken der Flasche aus der Aufbahrungshalle. Schweiß trat auf Theobalds Stirn und die Luft um ihn herum knisterte, als seine Mutter einen Zauber wob und losließ.

»Theobald Binsenkraut, ich befehle dir, mir sofort zu erklären, wie dieser Korken aus meinem Weinkeller in die Aufbahrungshalle gekommen ist, wo ein starkes magisches Ritual abgehalten wurde!«, donnerte die Stimme seiner Mutter.

»Ich … ich … habe keine Ahnung«, stammelte er.

Der Druck des Zwangszaubers baute sich immer weiter zwischen beiden auf. Theobald spürte, wie es an seinem Inneren zog und zerrte und schließlich sogar sein Amulett erst warm und dann heiß wurde. Schmerz schoss in seine Brust, als sich die Haut über seinem Herzen langsam rötete. Doch dann brach der Zauber, als Anna Binsenkraut die Konzentration entglitt und ihr stattdessen Blut aus der Nase tropfte. Theobald bemerkte ebenfalls, wie ihm etwas Warmes aus der Nase und in den Hemdkragen lief. Ohne sich das Blut wegzuwischen, sah sie ihn lange an.

»Du verbirgst etwas vor mir, Theobald. Wenn ich nicht so total müde wäre, würde ich dich noch ganz anders durch die Mangel drehen, aber für heute gebe ich dir Gelegenheit, dich zu entschließen, es mir freiwillig zu sagen. Die nächsten Tage melde ich dich krank, bis ich Bescheid weiß.«

Traurig stand er hinter der Gardine und blickte Elisabeth und Sabrina nach, die sich von der Apotheke entfernten.

Nach dem ersten Verhör hatte er bereits zwei weitere Befragungen über sich ergehen lassen müssen. Beide waren so heftig gewesen, dass sie körperlichen Schmerz ausgelöst hatten. Aber er hatte durchgehalten, weil er seine Freunde auf jeden Fall schützen wollte. Bei jeder Gelegenheit hatte er zu Jörd gebetet, ihm die nötige Kraft zu geben, und jedes Mal hatte er sich gestärkt gefühlt. Für irgendetwas musste seine Göttin doch gut sein. Wenn seine Mutter nicht durch die Apotheke und die aufkommenden ersten dicken Erkältungswellen so abgelenkt worden wäre, hätte er gar keine Zeit zum Durchschnaufen bekommen. Mit jedem ergebnislosen Versuch wurde sie introvertierter. Das Ergebnis ihrer Befragungen war bisher das Gleiche geblieben – Theobald sagte nichts. Doch offenbar ahnte sie, dass er trotzdem etwas wusste. Seine Widerstandskraft war allerdings so stark, dass sie immer mehr daran verzweifelte.

Schwarze Magie – Spuren der Vergangenheit

Emilia saß im Schneidersitz in ihrem Bügelzimmer und hatte die Tür abgeschlossen. Diesen Morgen war endlich das versprochene Päckchen angekommen. Es war in Jever abgestempelt worden, also musste sich Borga immer noch an der Küste aufhalten. Das ergab durchaus Sinn. Wenn man sich verstecken wollte, boten sich Inseln geradezu an, da das Wasser eine natürliche Barriere darstellte. Sie war zwar nicht unüberwindbar, aber man musste zusätzliche Energie aufwenden. Das Meer bestand aus Salzwasser, dafür benötigte man eine andere Form der Magie. Gewöhnliche Hexen sparten Kraft und konzentrierten sich meist nur auf einen Aspekt bei Erkenntnis- und Suchzaubern. Das wusste natürlich auch Borga, die Jägerinnen ebenfalls.

Emilia hatte ihre Arbeit abgebrochen und das Päckchen schnell nach oben getragen. Neuerdings konnte sie mehr Pausen machen.

Lilly hatte sich in den letzten Tagen, die sie jetzt da war, gut eingearbeitet. Sie zeigte sich unerwartet fleißig und erledigte inzwischen einen großen Teil der Haushaltsarbeit. Elisabeth hatte Lilly abends zu ihrem Rudel mitgenommen. Die beiden waren erst mitten in der Nacht wiedergekommen. Sie schienen sich wirklich gut zu verstehen. Zwar war Lillys Wortwahl immer noch derbe, aber auf ihre Art und Weise zeigte sie ihren guten Willen. Emilia hatte ihrem erstaunten Mann berichtet, dass sie das polnische Mädchen als Aupair eingestellt habe. Herr Wollner war zwar zunächst überrascht und wunderte sich über das reine Deutsch, was Lilly sprach, hatte sich dann aber geschlagen gegeben.

Heute hatte Emilia ihn mit Lilly zum Einkaufen geschickt. Das Mädchen hatte von ihr zweihundert Euro Vorschuss bekommen, um sich mit Kleidung einzudecken, denn die meisten Dinge aus Lillys Seesack hatten einer Prüfung durch Emilia nicht standgehalten. Klara war mitgefahren. Sie wollte unbedingt zu einem Elektronikladen und hatte ihr ganzes Sparschwein dafür geschlachtet. Emilia war das heute nur recht, auch wenn sie Klaras Ausgaben missbilligte. Sie hatte etwas von Router und Frequenzbereichen gesagt, wovon sonst in der Familie niemand etwas verstand. Sie hatte etwa drei bis vier Stunden, so schätzte sie, und öffnete das Päckchen.

Drinnen befand sich ein in schwarzes Leder gebundenes Buch, ein schäbiger Lederbeutel und der Kristall, den sie Borga vor ein paar Tagen geschickt hatte. Sie hütete sich, den Kristall direkt zu berühren, und öffnete das Buch, das in ihr ein leichtes Kribbeln auslöste, als sie es berührte. Ein gefalteter Zettel fiel heraus. Er war in einer ihr bekannten, geschwungenen Handschrift geschrieben:

»Hier, meine Schülerin, sind deine Anweisungen:
Der Kristall ist durch die Haare und meinen Zauber eingeschwungen
auf die Magie deines Opfers. Wenn dieses den Kristall berührt, dann
wird seine gesamte magische Energie in ihn gesogen und gebunden.
Sobald die Energie aufgenommen ist, stecke den Kristall in den Beutel.
Es ist ein Tauschbeutel. Das Gegenstück dazu besitze ich. Nachdem
du den Kristall hineingesteckt hast, werde ich deinen Kristall in mei-
nen Beutel stecken und beide die Plätze tauschen lassen. Dann zer-
schlage deinen Kristall und du wirst damit deine Macht zurückerlan-
gen. Als Dank, dass du wieder auf den rechten Pfad zurückkehren

*willst, schicke ich dir dieses Buch. Es gehört deiner Familie. Es wird
dir helfen, zu verstehen, wer du wirklich bist, und vor allem mit ein
paar unsinnigen Regeln aufräumen, die der Rat aufgestellt hat. Wis-
sen ist Macht, meine Gute. Willkommen unter den Wissenden.
Bis zu unserem nächsten Treffen,
B.
P.S.: Ich lege diese Telefonnummer eines neuen Wegwerfhandys bei.
Ruf mich an, wenn du noch einen Rat brauchst.«*

Emilia schluckte und ihr Herz raste. Sie würde es wirklich tun.
Aber was blieb ihr anderes übrig? Sie versteckte den Kristall und
den Beutel im Bügelzimmer in einer der Dachgauben und holte aus
der Küche Salz, um einen zusätzlichen Schutzkreis darum zu bilden.
Erst jetzt nahm sie das Buch erneut und begann auf der Innenseite
des Einbands zu lesen. Bereits auf der ersten Seite weiteten sich ihre
Augen, denn wenn das stimmte, was da stand, dann gehörte das
Buch einst Magdalena, geboren im Jahre 1102, die behauptete, die
uneheliche Tochter des Hildebert zu sein, der der Vater der Hilde-
gard von Bingen war. Sie habe dieses Buch geschrieben, um mit den
Halbwahrheiten ihrer engstirnigen Halbschwester abzurechnen,
alles Wissen und jede Erkenntnis auf den Christengott zu beziehen,
und sich so der wahren Macht zu berauben. Sie habe sich davon
gelöst und sei weit über die Kraft ihrer bescheidenen Verwandten
hinausgewachsen.

Emilia schüttelte sich. Von dieser Magdalena hatte sie noch nie
gehört oder gelesen. Doch was dann in dem Buch kam, war so
spannend, dass sie einfach weiterlesen musste. Es offenbarte sich als
Grimoire, eine Art Erfahrungsbuch. Zauberformeln enthielt es keine, jedoch Anmerkungen für Varianten. Emilia konnte aus dem
Kontext schließen, dass Magdalena das Zaubern meisterlich
beherrscht hatte. Es war die Art und Weise, wie sie die Dinge
erklärte und verband, die so fesselnd war. Emilia wurde tiefer und
tiefer in die Geschichte gesogen, bis sie vor Aufregung aufschrie, als
sie in der Mitte des Buches auf einen rein weiblichen Stammbaum
stieß, der oben mit Magdalena begann. Magdalena hatte nur eine
Tochter gehabt, die sie Kunigunde Almata nannte. Die Vornamen
kannte Emilia nicht, aber nach der Hexentradition trugen alle
Frauen denselben Nachnamen: Schneeblume.

Weitere Namen, von unterschiedlichen Händen geschrieben, fügten sich mit Geburtsdatum und Todestag an.

Mit vor Aufregung zitternden Händen saß Emilia da und verfolgte die Namensreihe bis zu ihr selbst: Emilia Renate, geboren am 13.06.1982. Als sie ihren eigenen Geburtsnamen las, wurde ihr schwindelig. Sie wischte sich den Schweiß von der Stirn.

Ihre Vorfahren waren schwarze Hexen gewesen und nicht irgendwelche. Unterhalb ihres eigenen Namens fand Emilia noch zwei weitere Einträge: Elisabeth und Klara. Hinter Elisabeths Namen prangte ein kleiner Drudenfuß wie bei Emilia, neben Klaras Namen stand ein Fragezeichen.

Borga hatte ihr dieses Buch geschickt. Sie musste es die ganze Zeit besessen haben. Die Handschrift der letzten Einträge sah verdächtig nach ihr aus. Jetzt war ihr plötzlich auch klar, warum Borga, eine Freundin der Familie, sich so um sie gekümmert hatte, als ihre eigene Mutter bei ihrer Geburt und ein paar Jahre später auch ihre Großmutter verstarb.

Das Klappen der Haustür ließ sie zusammenfahren. Ein schneller Blick auf die Uhr verriet ihr, dass sie über sechs Stunden gelesen hatte. Hastig versteckte sie das Buch bei dem Kristall und ging voller wirrer Gedanken nach unten.

Währenddessen standen insgesamt acht Frauen auf der Kreismülldeponie Hattorf am Harz. Bei sechs von ihnen handelte es sich um Jägerinnen. Dazu kamen die Ratshexe Zora und Anna Binsenkraut. Sie alle trugen Gummistiefel und Regenmäntel. Zwischen ihnen lag ein Körper, der bis zur Unkenntlichkeit verdorrt und teilweise angefressen schien. Außerdem war er in der Mitte durchgebrochen und in eine Art Decke gehüllt gewesen. Man hatte die Paketschnur, die das Ganze zusammengehalten hatte, inzwischen auseinandergeschnitten und die Decke aufgeschlagen.

»Können Sie sich nun denken, warum wir Sie unbedingt aus dem Harz hierhergeholt haben?«, fragte Zora.

»Ich habe es Ihnen schon einmal gesagt, dass ich nicht mehr mitmache. Sie haben mich rausgeworfen. Jetzt machen Sie ihren Kram alleine!«, antwortete Anna.

»Können Sie denn nicht sehen, was mit dem Körper ist?«

»Lassen Sie mich raten. Er ist tot?«

»Werden Sie nicht kindisch. Man kann noch an der Restaura gut erkennen, dass diese Person nicht auf natürliche Weise komplett vertrocknet ist. Wir haben sie inzwischen anhand der Knochen und Zähne identifiziert. Es handelt sich um Beate Ulmenblatt. Sie war im ermittelnden Team in Clausthal stationiert.«

»Und?«

Zora lief langsam rosa an. »Was soll das heißen – und? Sie war im Harz stationiert, zusammen mit zwei anderen, die immer noch im Krankenhaus in Goslar liegen. Deren Wagen wurde, wie wir inzwischen wissen, an der Okertalsperre abgedrängt und ist ins Wasser gestürzt. Was aber dem Ganzen die Krone aufsetzt, ist, dass sie sich gerade noch an ihre Namen erinnern können. Jemand hat ihr Gedächtnis so gründlich ausradiert, dass sie sich vermutlich nicht wieder erholen werden. Ich habe eine unserer besten Heilerinnen in das Krankenhaus geschickt. Sie sagt, es wird Monate, wenn nicht Jahre an Behandlungen brauchen, bis sie wieder ganz die Alten sind. Und nun diese Schweinerei hier. Dazu kommt dieser Vorfall in der Aufbahrungshalle in Clausthal. Auch ist mir zu Ohren gekommen, dass seit Kurzem einiges an Aufruhr bei den Halbtieren herrscht.«

»Sie reden von den Werwesen?«, fragte Anna dazwischen. Es gab ihrer Ansicht nach keinen Grund, solche Personen wie zum Beispiel Heinrich Wolfsherr abfällig als Halbtier zu bezeichnen. Er hatte Anna gezeigt, dass er es durchaus mit einer ausgebildeten Hexe aufnehmen konnte, und vor allem, dass Werwölfe keineswegs dumm waren. Sie hatte sich zwar widerwillig darauf eingelassen, mit ihm zusammen Vinzenz nochmal das Gedächtnis zu leeren. Im Nachhinein musste sie anerkennen, dass es wichtig und notwendig gewesen war. Es hatte ihre Einstellung grundlegend geändert. Der Alpha tat sehr viel zum Wohl des Harzes und seiner magischen Gemeinde. Und Anna hatte inzwischen so viel für genau diese Gemeinschaft getan, dass sie sich nun mehr als Harzerin fühlte als je zuvor. Gerade hier und jetzt war sie voll Harzerin. Sollte Zora doch toben. Aus ihr würde sie nichts herausbringen. Aber die Tatsache, dass jemand eine Jägerin erledigt hatte, sollte sie mit den anderen im Harz besprechen.

»Ja, vor allem von diesen ungehobelten Werwölfen. Es geht das Gerücht um, dass neue Werwölfe im Harz seien. Wissen Sie etwas davon?«

»Ich bin nicht das Werwolfsmeldebüro. Und da die bekanntlich nie krank werden, sehe ich sie während meiner Arbeit in der Apotheke auch nicht«, entgegnete Anna schnippisch.

»Dann nehme ich an, dass Sie sich nicht erklären können, warum jemand die Leiche in der Mitte durchgebrochen hat?«

»Sagen Sie es mir, Ratshexe. Ich bin nur eine dumme Apothekerin.«

Die Stimme von Zora veränderte sich und wurde weicher, fast schon flehend. »Wir brauchen Sie zurück, Anna. Übernehmen Sie die zwei Teams, die wir aktuell in Clausthal haben, und gehen Sie den Vorkommnissen auf den Grund.«

»Sie müssen ganz schön verzweifelt sein, wenn Sie auf die Dienste einer ausgemusterten Exjägerin zurückgreifen wollen, die Sie selbst höchstpersönlich lebenslang suspendiert haben.«

»Das musste ich wegen Ihres Makels tun. Das verlangen die Vorschriften. Aber Sie haben ja auch die Sache wegen Lylly Urs übernommen.«

»Das war ein letzter Dienst für eine Freundin. Das verstehen Sie nicht. Ich habe die Identität der Mörderin von Lylly aufgedeckt. Damit sind wir quitt.«

»Ich hatte gehofft, beim Anblick der Leiche würden Sie uns auch hier weiterhelfen.« Die Stimme von Zora wurde nun immer zischender.

»Wenn Sie das wissen wollen, dann fragen Sie bei Ihrem Spurensicherungsteam an. Sie haben doch inzwischen eins. Früher haben wir das ja alles selbst gemacht, aber nun muss alles in hübsche Abteilungen voller Fachidioten untergliedert sein.«

»Das Team ist gerade andernorts im Einsatz«, presste Zora hervor. Sie stand kurz vorm Platzen.

»Bezahlen Sie mich.«

»Wie bitte?«

»Sie haben mich rausgeworfen und jetzt wollen Sie von mir, dass ich Ihnen mit der Leiche helfe. Bieten Sie mir was an, dann überlege ich es mir vielleicht.«

»Das ist ja unerhört. Sie sind als Jägerin verpflichtet ...«

»Ich WAR verpflichtet. Also wenn Sie mir nichts bieten können, dann gehe ich jetzt wieder.« Sie drehte sich bereits um.

»Wollen Sie Geld?«, rief Zora.

Anna blieb stehen und drehte sich um. »Nein, kein Geld. Ich will den vollständigen Zugriff auf die nationale Magiebibliothek in Berlin zurück. Sie waren vor Jahren so freundlich gewesen und haben mir die Zugangskarte gleich zusammen mit meiner Jägerinnenmarke abgenommen.«

»Das ist zu viel, was Sie verlangen«, keifte Zora.

Anna wandte sich nur gelassen wieder um. »Dann fragen Sie doch eine von denen da. Die haben doch auch die Jägerinnenausbildung absolviert, oder?«

An den Gesichtern der anderen jungen Hexen konnte Anna ablesen, dass keine von ihnen genug Erfahrung hatte, um das hier zu untersuchen. Seit man die Ausbildung von zwölf auf sechs Jahre gekürzt hatte, waren sie deutlich schlechter trainiert. Dafür, so stellte Anna fest, waren sie alle mit Zauberstäben ausgerüstet. Anna schnaubte leicht. Amateure. Ihre alte Ausbilderin hatte immer gesagt: *Eine Hexe mit Zauberstab ist keine Jägerin. Eine echte Jägerin ist selbst die Waffe!*

»Ich kann Ihnen einen begrenzten Zugriff auf Zeit einräumen«, versuchte Zora schließlich zu verhandeln.

»Nein, Sie wissen ganz genau, dass mir aufgrund meiner abgeschlossenen Ausbildung und meines Hexengrades der Zugriff sowieso zustünde. Darunter mache ich es nicht«, konterte Anna.

»Dann stehen Sie uns aber dauerhaft zur Verfügung«, versuchte Zora es ein letztes Mal.

»Nein, warum sollte ich? Dann genieße ich lieber den Spaß, wie Sie wochenlang im Dunkeln tappen. Das kann auch ganz amüsant sein.«

»Am Ende kriegen wir Sie noch wegen Behinderung dran«, fauchte Zora. »Sie vertuschen doch etwas.«

»Zora, ich warne Sie nur dieses eine Mal. Treiben Sie kein falsches Spiel mit mir. Sie wollen Hilfe. Sie bekommen sie in diesem Fall hier, wenn ich meine angestammten Grundrechte zurückbekomme. Tun Sie es oder machen Sie Ihren Kram alleine, wie ich schon eingangs sagte.«

Beide Hexen starrten sich an, dass die Luft zu knistern begann.

Schließlich warf Zora die Arme in die Luft und rief. »In drei Teufels Namen, dann bekommen Sie halt Ihren Bibliothekszugriff.« »Hier und jetzt!«, forderte Anna.

Mit einem Gesicht, als hätte sie gerade eine faule Zitrone ausgelutscht, begann Zora zu zaubern und beschwor eine Ausweiskarte herbei, unterschrieb sie und reichte sie Anna hinüber. »Zufrieden?«

Anna Binsenkraut lächelte zurück. Sie wusste, dass Zora versuchen würde, ihr auf anderem Wege für diese Schmach wieder eins reinzuwürgen, aber diesen Sieg würde Anna auskosten. Sorgsam steckte sie die Karte weg und hockte sich über die Leiche. Eine Weile studierte sie die Auren, die sie umgaben, und blickte tiefer. Dann machte sie ein paar kleine Zaubertests. Sie war sich der Aufmerksamkeit der anderen Hexen bewusst, doch sie würde nicht genau erklären, was sie hier tat. Dann entnahm sie ihrer Tasche ein kleines Silbermesser und schnitt sich in den Finger.

»Was machen Sie da?«, fragte eine der Hexen, die nur noch einen Schritt von ihr entfernt stand. »Ist das schwarze Magie?«

Anna antwortete nicht. Sie wollte dem jungen Ding nicht erklären, dass man manchmal Blut opfern musste, um an Erkenntnisse zu kommen, die jenseits der erlaubten weißen Zauber lagen. Dann legte sie ihre blutende Hand auf den Schädel und schloss ihre Augen. Sofort spürte sie, wie das Blut in die Tote gesogen wurde, ganz so, als wenn sich der unnatürliche Mangel an Blut in der Leiche versuchte auszugleichen. Anna wusste um die Tatsache, dass sie aus dem verdorrten Rest, ohne Leben zu opfern, nichts herausbringen würde, also gab sie etwas von ihrem. Sie spürte, wie das Blut das Gehirn erreichte, dann verband sie ihren Geist mit dem der Toten. Das Aufkeuchen der anderen Hexen, die sahen, wie Annas Aura sich schwarzblau verfärbte, drang zwar noch an ihre Ohren, aber sie hörte es nicht mehr, sondern tauchte in den Geist der Leiche ab. Dann sah sie es. Die letzten Minuten des Lebens von Beate Ulmenblatt. Es war wie ein Film, angefüllt mit Gedanken und Emotionen, mit Ton und Geruch. Und nun war es Anna, die aufkeuchte und um ihre Fassung rang.

Der Geist der Toten strotzte voll kaltem Hass und dem unbändigen Verlangen, jemanden zur Strecke zu bringen. Sie fühlte die Wut der Toten über das Neutralisieren ihrer Kolleginnen. Dann sah sie den Plan, in dem sie die Psychologin ausgeschaltet hatte, um, in eine Illusion gehüllt, die Kinder zu verhören. Sie sah sich in einer Liste der Klasse Namen abhaken. Alle wurden als harmlos klassifiziert, aber hinter Theobalds Name stand die Anmerkung in Zwergenrunen: *Hat jeglicher geistiger Sondierung widerstanden! Beobachten!*

Sie hatten versucht, ihren Sohn mit magischer Gewalt zu durchleuchten? Nicht, dass sie selbst es nicht auch versucht hatte, aber das war für sie etwas anderes. Sie war schließlich seine Mutter. Als sie spürte, dass die Jägerinnen so mit ihm vorgingen, wurde sie wütend. Dann sah sie eine Schülerin den Raum betreten und vor dem Schreibtisch Platz nehmen, die sie kannte. Anna sog die Luft ein. Sabrina! Sie wurde zum Zoo befragt und gab ruhige Antworten. Der Geist der Toten war dennoch überzeugt, dass Sabrina etwas verbarg, und ließ sie sich vor den an der Wand befestigten großen Therapiespiegel setzen. Das Handy schrillte und jemand rief an. Es erklang eine verzerrte Stimme. Sie sprach Zwergisch, doch das beherrschte Anna auch.

»Haben Sie den oder die Auserwählte schon gefunden?«

»Nein, aber ich bin nahe dran.«

»Wenden Sie, wenn nötig, auch geistige Sondierungen oder Gewalt an. Wir können es uns nicht leisten zu versagen. Bei dem Potenzial, das wir im Harz gemessen haben, muss die Zielperson dort sein. Von den uns bekannten magischen Wesen ist es niemand.«

»Ja, Meisterin. Ich werde alles Nötige tun. Ich habe bereits eine Person auf meiner Liste, die ich später nochmal genauer durchleuchten werde.«

»Setzen Sie einen Hirnwurm an.«

»Das ist gefährlich, Meisterin. Hirnwürmer zerstören normalerweise den Verstand.«

»Na und? Wir benötigen nicht den Verstand, sondern das magische Potenzial. Berichten Sie sofort, wenn Sie die Person gefunden haben.«

»Jawohl, Meisterin!«

Dann legte sie auf. Sie bombardierte daraufhin Sabrina mit Fragen, die dabei die ganze Zeit in den Spiegel schauen musste. Die Befragung wurde drängender und schließlich bedrohte sie Sabrina. Anna sah, wie die Jägerin immer wieder die Aura beobachtete, während sie den Druck in ihren Fragen weiter magisch verstärkte. Das waren Verhörmethoden für Schwerverbrecher, schoss es Anna durch den Kopf, als sie mitansehen musste, wie Sabrina bereits die Tränen herunterliefen, während sie tapfer versuchte, standzuhalten. Plötzlich bemerkte die Jägerin, dass Sabrinas Aura wackelte. Sie erkannte den mächtigen magischen Schirm, der die wahre Aura verbarg. Anna spürte, wie sie einen Zauberstab zog und auf Sabrinas Kopf zielte. Sie war bereit, zu töten. Sabrina starrte voller Angst auf den Zauberstab, dann auf den Spiegel und riss ganz offensichtlich erschrocken die Augen auf, machte eine abwehrende Geste zu ihrem eigenen Spiegelbild. Die Jägerin drehte sich für einen kurzen Moment auch dorthin, doch sie sah nur sich selbst. Da legten sich auch schon Sabrinas Hände um ihren Hals und sie spürte, wie ihr die Lebensenergie aus dem Körper gezogen wurde, als die schwarzblaue Aura beide mit Macht einhüllte. Ein heftiger Kampf entbrannte, sowohl körperlich als auch geistiger Natur. Die Jägerin jagte einen Blitz nach hinten, sprengte aber nur ein Stück Wand heraus. Dabei fühlte Anna, wie dem Körper mit erdrückender Gewalt die Lebensenergie ausgesaugt wurde, wie ihr die Knie nachgaben, der Zauberstab ihrer Hand entfiel …

Anna brach rechtzeitig ab und stürzte auf die Knie. Ihr war schwindelig und sie zitterte am ganzen Körper. *Sabrina, das war das Werk von Sabrina. Sie ist eine Nekromantin,* schoss es ihr durch den Kopf. Damit hatte sie nicht gerechnet. Aber das andere war noch viel interessanter. Jemand benutzte Jägerinnen, um Auserwählte zu finden. Nur wofür? Anna war hier gerade einem Komplott auf die Spur gekommen, das weit über den Harz hinausging. Sabrina war sicher nur ein Rädchen in diesem Uhrwerk. Sie mochte Theobalds Freundin, doch nun sah sie diese mit anderen Augen. Eine Nekromantin und noch dazu so eine starke. Sie hatte in Notwehr gehandelt, das war Anna klar. War sie es auch gewesen, die den Bannkreis auf dem Clausthaler Friedhof auf das Grab von Sophie Steiger gelegt hatte? Das wäre immerhin möglich. Anna würde das Ganze weiter beobachten. Indem sie Sabrina schützte, schützte sie auch ihren Sohn. Theobald hatte jeglicher Sondierung widerstanden. Auch das würde sie untersuchen, aber nicht für die Hexen hier. Sie wusste nicht, wer die dunkle Meisterin war. Daher entschied sie sich, nur das allzu Offensichtliche preiszugeben. Der Vorteil ihres Vorgehens war, dass nach ihr niemand mehr die letzten Gedanken abrufen konnte, es sei denn, sie wäre eine Nekromantin. Anna lächelte unwillkürlich, denn sie kannte jetzt eine. Vielleicht wäre es sogar noch nützlich, einmal auf Sabrina zurückzugreifen.

»Also, was können Sie uns denn Aufregendes mitteilen?«, fragte Zora ungeduldig.

»Die Jägerin wurde mit schwarzer Magie getötet. Ihre gesamte Lebensenergie wurde abgesaugt, ähnlich wie durch einen Vampir, nur viel gründlicher. Damit wurde ihr gesamter Geist zerstört. Leider ist nichts mehr da, was ich noch ablesen konnte. Bis auf den Schmerz. Sie hat nicht einmal einen Bildeindruck ihres Mörders. Es war alles dunkel. Aufgrund der Signatur und der Mächtigkeit des Zaubers vermute ich einen sehr erfahrenen Nekromanten dahinter. So etwas kann nicht jeder. Es könnte sich zum Beispiel auch um eine sehr mächtige schwarze Hexe wie Borga handeln.«

Anna entging nicht, dass Zora, die einen Moment noch angespannt wirkte, sich jetzt sichtlich entspannte. Was ging da vor sich?

»Wann ist sie gestorben?«

»Das kann ich nicht ganz genau sagen, aber ich vermute etwa vor einer knappen Woche«, log Anna. Während sie sich eine Ausrede überlegte, sagte sie weiter: »Nach den Spuren zu urteilen, tippe ich darauf, dass die Tote im Schlaf überrascht wurde. Es dauert eine ganze Weile, bis so ein Lebenskraftentzug abgeschlossen ist. Wenn sie wach gewesen wäre, hätte sie dem Angreifer sicher einen Kampf geliefert, den jemand bemerkt hätte. Wo hat sie geschlafen?«

»Das wissen wir leider nicht«, kam von einer der Hexen. »Sie hatten sich selbst privat einquartiert, aber wir haben ihre Unterkunft noch nicht gefunden.«

»Darum werden wir uns kümmern, Anna. Wir danken für die Analyse. Falls wir noch eine Frage haben …«

»Werde ich vielleicht wieder anmietbar sein, wenn der Preis stimmt«, lächelte Anna gekünstelt zurück, während ihr eigenes Herz raste. Sie wollte nur noch hier weg. Etwas an Zora versetzte sie innerlich in Alarmzustand. »Wenn Sie mich jetzt bitte zurückfahren würden.«

»Natürlich! Jessica!«

Eine hübsche, sehr junge Hexe trat vor und geleitete Anna zu einem der Wagen. Gedämpft erklang noch die entrüstete Stimme einer der anderen Jägerinnen.

»Sie hat selbst gerade verbotene Magie angewendet. Blutzauber.«

»Blutunterstützte Erkenntniszauber gehörten früher zum Standard-Repertoire einer Jägerin. Anders wären wir nicht an diese Informationen gelangt«, kam es schneidend zurück. Zora war sich wohl bewusst, dass Anna es noch hören konnte.

Der Wagen fuhr sie nach Clausthal zurück. Während der Rückfahrt rasten Annas Gedanken. Sabrina ging ihr nicht aus dem Kopf. Was hatte es mit dem Spiegel auf sich? Entweder hatte Sabrina wirklich etwas in der Reflexion gesehen oder sie war eine extrem gute Schauspielerin. Es tat sich Merkwürdiges im Harz. Diese Elisabeth hatte ihre Lykanthropietests überstanden, obwohl sie höchst verdächtig war. Theobald hatte einer geistigen Sondierung standgehalten, und nun hatte sie gesehen, wie Sabrina, die sie für die Harmloseste von allen gehalten hatte, eine Jägerin mit mächtiger Nekromantie getötet hatte. Das Büro der Schulpsychologin musste untersucht werden. Anna merkte sich das vor. Dann fragte sie sich etwas anderes. Warum hatte sie wirklich Sabrina beschützt? Warum hatte sie selbst gelogen? Sie musste sich eingestehen, dass sie gar nicht anders gekonnt hatte. Es war ein Gefühl, dem sie gefolgt war. Sie hoffte nur, dass es nicht das falsche gewesen war.

Tigerauge

»Mama, ich muss nochmal weg.« Elisabeth hatte schon ihre Jacke gegriffen und wollte aus der Tür.

Doch Emilia hielt sie auf. »Warte mal, du hast doch gesagt, dass du dich heute nicht zum Training triffst. Was gibt es denn so Wichtiges?«

»Ach, ich habe dir das ja noch gar nicht erzählt. Sabrina und ich helfen jemandem, etwas Verlorenes wiederzufinden. Da sind wir schon eine Weile dran, nur seit letzter Woche kommen wir irgendwie nicht weiter.«

»So, das ist mir aber neu. Seit wann macht ihr denn das?«

Elisabeth kam zurück und setzte sich in die Küche. Dann erzählte sie: »Wir wurden von Frau Schramm engagiert als *Kru'az'aa Ghat*, um ihre Ehre wiederherzustellen. Sie soll Bergkristalle gestohlen haben, kann es aber nicht gewesen sein, weil sie zu dem Zeitpunkt mit uns im Bus saß. Und jetzt ermitteln wir wie richtige Detektive. Wir haben schon mit Friedjoff gesprochen.«

Während Elisabeth weiter erzählte, was sie alles schon wussten, drehte sich Emilia um und tat so, als wenn sie das Geschirr für den Abwasch ordnete. Sie wollte nicht, dass Elisabeth sah, wie entsetzt sie war. Man hatte ihre eigene Tochter auf sie angesetzt. Und es war sicher nur eine Frage der Zeit, bis die Spürnase eines Werwolfs die Kristalle fand. Sie hatte das gesamte Vorgehen richtig beschrieben. Emilia dachte an den präparierten Kristall, den sie brauchte, dann an die anderen vier, die sie als Reserve hatte mitgehen lassen. Sie musste einen Ausweg finden, und zwar schnell.

»Und so sind wir jetzt *Kru'az'aa Ghat*. Frau Schramm wird uns als Dank sogar in Magiegeschichte unterrichten und uns Zwergisch beibringen«, endete Elisabeth gerade.

»Das ist ja wundervoll, meine Tochter. Dann wünsche ich dir viel Erfolg.«

»Alles in Ordnung mit dir, Mama? Ich rieche, dass du sehr aufgeregt bist. Dein Puls ist auch beschleunigt.«

Emilia zwang sich zu einem freundlichen Gesicht. »Das ist nur, weil ich mich so für dich freue. Wenn dir das gelingt, dann hast du sogar eine Freundin fürs Leben, denn wer einmal einem Zwerg geholfen hat, wird in ihm, oder ihr in diesem Fall, immer eine Verbündete haben.«

Elisabeth strahlte. »Na, dann will ich mal los. Mach dir keine Sorgen. Wir schaffen das schon.« Dann stand sie unvermittelt auf und nahm sich noch etwas aus dem Kühlschrank auf die Hand. »Wegzehrung!«, sagte sie und lächelte ihre Mutter verschämt an.

»Wenn du weiter so futterst und an Muskelmasse zulegst, werden wir schon wieder den ganzen Inhalt deines Kleiderschranks austauschen müssen«, warnte Emilia.

»Ich fürchte, das müssen wir sowieso wieder machen. Ich habe letztens beim Training eine ganze Garnitur ruiniert. Sie liegt schon in der Mülltonne. Da war nichts mehr zu machen.«

»Schon wieder? Was genau macht ihr denn, dass du dauernd deine Kleidung zerfetzt?«, fragte Emilia forschend.

Elisabeth seufzte. »Mein Rudel hat für mich einen Trainingsparcours gebaut, damit ich richtig fit werde. Gestern hat Albert mich so beim Klettern geärgert, dass ich die Nerven verloren und mich aus großer Höhe auf ihn gestürzt habe. Immerhin habe ich es geschafft, mich mitten im Sprung zu verwandeln. Leider sind mir dabei die Jeans und das T-Shirt zerrissen. Anschließend sind wir raufend über den Boden gerollt und haben einen guten Teil des Parcours ruiniert.«

»Hast Du ihn etwa gebissen? Ich meine, wegen des Silbers in Deinem Körper?«, erkundigte Emilia sich erschrocken.

»Nein, natürlich nicht. Ich bin doch nicht blöd. Außerdem mag ich ihn dafür zu sehr. Die Balgerei mit Albert hat mir gezeigt, dass wir ebenbürtig sind. Er ist stärker, aber ich bin deutlich schneller. Wir haben dann völlig schlapp am Boden gelegen.« Auf einmal kicherte Elisabeth. »Irgendwann hat Albert mich angeknufft und auf Lilly und Mike gezeigt. Erst habe ich es nicht verstanden, aber dann bemerkte ich, wie die beiden sich anschauten und miteinander redeten. Da bahnt sich eine Romanze an. Albert und ich haben uns daraufhin nach draußen verzogen.«

»Und mit dir und Albert? Läuft da nichts?«

»Nein!«, antwortete Elisabeth ein wenig zu schnell und eine Spur zu laut. Emilia zog anscheinend ihre Schlüsse und hob mahnend eine Augenbraue.

Um nicht weiter in diese Richtung befragt zu werden, wechselte Elisabeth das Thema. »Wir könnten doch morgen zum Einkaufen nach Goslar fahren.«

»Gut, das machen wir«, stimmte Emilia nach etwas Zögern zu. Daraufhin verschwand Elisabeth eilig aus der Tür.

Sofort ging Emilia zu der Standuhr, öffnete das Fach zum Uhrwerk und wurde bleich. Der Beutel war weg. Ein Name schoss ihr durch den Kopf. Lilly! Es konnte nur die kleine Werwölfin gewesen sein.

Emilia wollte aber nicht einfach offen zu ihr gehen und sie zur Rede stellen. Damit hätte sie sich verraten. Sie musste warten, bis sie nicht da war. Emilia überlegte, mit was für einer Aufgabe sie sie aus dem Haus bugsieren konnte, um ihr Zimmer durchsuchen zu können. Lilly stand gerade draußen und hackte Holz für den Kachelofen. Emilia sah durch das Fenster und beobachtete sie, wie sie ein um das andere Mal die Scheite spaltete. Plötzlich blickte Lilly auf und winkte Emilia lächelnd zu. Sie trug Stiefel, Jeans und ein grob kariertes Holzfällerhemd, bei dem sie die Ärmel hochgekrempelt hatte. *Sie wirkt so unschuldig,* schoss es Emilia durch den Kopf.

Kurz darauf ergab sich aber eine Gelegenheit, als Lilly mit der Schubkarre hinter dem Schuppen verschwand, um die Holzscheite dort zu stapeln. Das würde ein paar Minuten dauern und Elisabeth war noch nicht zurück. Als Emilia das ordentliche Zimmer durchstöberte, entdeckte sie jedoch nichts. Je länger sie suchte, desto nervöser wurde sie. Es war natürlich möglich, dass Lilly die Kristalle bereits verkauft hatte, aber viel Geld fand sie auch nicht. Da klopfte es an der Tür.

»Lilly, bist du da?«

Klara stand im Flur. Emilia erschrak. Sie wollte nicht, dass ihre Tochter sie hier entdeckte. Sie huschte hinter die Tür, als diese sich vorsichtig öffnete.

»Lilly?«

Als Klara niemanden sah, kam sie herein und legte ein kleines Bündel auf das Bett. Ohne sich genauer umzusehen, machte Klara das Licht aus und murmelte vor sich hin.

»Komisch, ich dachte, ich hätte jemanden gehört.«

Sie schloss die Tür wieder und ging. Emilia sah das Bündel an. Was hatte Klara Lilly nur gebracht? Die Neugier siegte, so öffnete Emilia es im Halbdunkel. Es enthielt allerdings weder Kristalle noch andere wertvolle Dinge. Stattdessen fand sie darin ein altes Taschenmesser mit einer Widmung: ›Lt. R. Bachmeyer, 5. Inf.Reg.‹. Dabei lag ein handgeschriebener Zettel von Klara:

Hi Lilly, ich habe die ganzen offen zugänglichen Datenbanken der Bundeswehr durchsucht und mich auch ins Bundeswehrarchiv gehackt. Keine Spur von deinem Vater. Es tut mir sehr leid. Ich habe da vielleicht noch eine Idee, aber die ist riskant. Ich muss warten, bis Papa mich mal wieder in das Matheinstitut mitnimmt, weil ich von

da direkt über Glasfaser zugreifen und meine Programme voll aus-
spielen kann. Deine verschworene Freundin

Emilia starrte auf die Zeilen. »Du kleines durchtriebenes Miststück von einer Tochter«, zischte sie. Und sie konnte sie nicht zur
Rede stellen, ohne zugeben zu müssen, dass sie selbst spioniert hatte. Sie stopfte die Sachen zurück. Im Grunde war es rührend, dass
ihre Tochter versuchte, Lilly dabei zu helfen, ihren Vater ausfindig
zu machen, aber dass sie sich über das Internet in gesicherte Sys-
teme hackte, machte ihr Angst. Zu allem Überfluss wusste sie
immer noch nicht, wer die Kristalle genommen hatte. Sie schlich
aus dem Zimmer.

Kaum dass sie wieder die Küche betrat, kam Lilly mit einem
Arm voll Holz herein.

»Lilly, hast du das Wohnzimmer schon sauber gemacht?«

»Nein, Frau Wollner, ich habe nur gestern das Obergeschoss
gestaubsaugt. Wollen Sie, dass ich das gleich noch mache?«

Lillys Antwort war so unbekümmert und wirkte so ehrlich, dass
Emilia ihre Anspannung vergaß. Sie würde ein paar Vorkehrungen
treffen, aber dafür brauchte sie Komponenten.

»Nein, das kann auch warten. Du kannst für heute Schluss
machen. Ich fahre gleich nach Osterode, um ein paar Dinge zu
besorgen. Wenn ich mich verspäte, dann richte bitte für Klara das
Abendbrot. Sie muss genug essen.«

»Ja, Frau Wollner.«

Als Emilia wegfuhr, blickte Klara ihr nach und atmete auf. Sie
dachte schon, dass ihre Mutter nur noch zu Hause hocken würde.
Erleichtert nahm sie ihren Rucksack und machte sich auf den Weg
nach Clausthal. Sie musste unbedingt etwas tun, wovon ihre Mutter
nichts wissen durfte.

Währenddessen saß Elisabeth schon lange bei Sabrina. Zu ihrer
Verwunderung war auch Theobald da.

»Ich dachte, deine Mutter foltert dich immer noch im Keller.
Schön, dass sie dich wieder rausgelassen hat.«

»Du hast ja keine Ahnung. Sie hat wirklich alles versucht, mich
sogar mit Magie unter Druck gesetzt. Doch dann hat sie sich
geschlagen gegeben. Aber es war knapp. Sie hat den Korken von der

Weinflasche in der Aufbahrungshalle gefunden. Ich war so froh, dass ich wegen des Schwures nichts sagen konnte. Da hätte sie mich fast geknackt. Sie muss mir auch irgendwie nachspioniert haben, als Vinzenz mir hinterhergekommen ist.« Dann erzählte er die ganze Geschichte mit Vinzenz und seinem Ultimatum. »Mama hat mir tags darauf gesagt, dass ich mir keine Sorgen mehr machen müsse. Sie muss ihn nochmal bearbeitet haben.«

»So langsam könnte mir Vinzenz sogar leidtun. Seitdem Elle aufgetaucht ist, zieht er immer den Kürzeren. Und jetzt wurde schon zum zweiten Mal sein Gehirn gelöscht. Nicht dass da vorher allzu viel drin gewesen wäre«, kicherte Sabrina.

Theobald berichtete weiter: »Und vorgestern wurde sie von einer Hexe abgeholt, die vermutlich direkt vom Rat kam. Sie sind weggefahren und Mama kam erst nach Stunden wieder. Sie war danach richtig ernst. Dann hat sie ganz unerwartet den Stubenarrest aufgehoben.«

Die beiden anderen starrten ihn an. »Und du bist nicht misstrauisch geworden?« Sabrina sah ihn skeptisch an.

»Und wie. Ich wollte erst nicht zu euch gehen. Aber dann bin ich doch los. An der Garderobe habe ich auf so eine Ahnung hin kurz mein Amulett abgenommen und meine Sachen gescannt. Sie hat mir tatsächlich etwas in die Tasche gesteckt, mit dem sie mich hätte verfolgen und ausspionieren können, aber ich habe es bemerkt.«

Er zog ein kleines Tigerauge, das in einer Plastikflasche lag, aus der Tasche und hielt es hoch.

»Du hast einen verzauberten Gegenstand mitgebracht, der dich und uns hier abhören kann? Bist du total verrückt?«

»Nein, ich habe sie ausgetrickst. Schaut euch ruhig mal die Auren an.«

Sabrina wechselte auf den magischen Blick. Elisabeth rief ihre Wölfin bis unter die Oberfläche und schaute mit ihren Wolfsaugen.

»Der Stein hat eine blaue Aura, aber außen auf der Flasche ist eine grünbraune«, analysierte Sabrina.

»Richtig. Ich konnte den Stein nicht direkt bezaubern, das hätte Mama sofort gemerkt, also habe ich meine Jacke nochmal an die Garderobe gehängt und bin auf das Klo gegangen. Dann habe ich mir aus der Apotheke diese Flasche geholt und sie präpariert. Das ist eigentlich ein Zauber, der Trankkomponenten in Stasis halten soll, aber in der Beschreibung in Mamas Buch stand, dass er auch als Nebenwirkung die eingeschlossenen Komponenten vor weiterer Bezauberung abschirmt und bestehende nach außen unterbricht. Sie kann uns weder hören noch sehen.«

»Merkt deine Mutter denn nicht, dass ihr Zauber nicht funktioniert?«

»Noch nicht funktioniert, sollte man besser sagen. Ich hole ihn gleich raus, aber vorher müssen wir uns absprechen, dass wir nur belanglose Dinge reden. Wir spielen ihr eine richtige Show vor, die alles erklärt und ansonsten völlig harmlos ist.«

»Das ist dein Plan?« Elisabeth rümpfte die Nase.

Theobald setzte eine spöttische Miene auf. »Hast du einen besseren? Wenn wir ihr keine Geschichte liefern, wird sie mich weiter ausspionieren und versuchen, an euch ranzukommen.«

»Warum fängt sie denn jetzt damit an? Sie hätte das mit dem Tigerauge ja schon längst machen können. Dann würde sie jetzt schon alles wissen!«

Theobald runzelte die Stirn. »Ich denke, dass sie bislang nur lockere Vermutungen hatte und jetzt irgendetwas Konkretes weiß und es bestätigt haben will. Offenbar denkt sie, dass ich das mit euch berede, was sie nicht aus mir herausquetschen konnte.«

Elisabeth nickte. »Wir dürfen nicht vergessen, dass ihr Handeln momentan sehr zwiespältig ist. Einerseits versucht sie, herauszubekommen, was wir alles tun oder wissen. Andererseits hat sie uns in der Schule rausgehauen, den Jägerinnen das Hirn geleert und nun wohl auch bei Vinzenz zum zweiten Mal. Ich meine, sie ist grottenneugierig, und trotzdem hat sie uns bislang nur geholfen.«

Sabrina hob den Finger und sagte: »Wissen wir denn eigentlich, auf welcher Seite sie steht?« Die anderen beiden sahen zurück und zuckten die Schultern.

Schließlich sagte Theobald: »Nein, nicht mit Bestimmtheit.« Eine längere Pause trat ein.

»Also gut, wir machen jetzt erst einmal die Show und überlegen dann, was wir auf Dauer mit deiner Mutter anfangen«, sagte Sabrina.

Elisabeth nickte kurz und drängte ihre Wölfin zurück. Sie setzten sich zwanglos hin und sprachen ab, worüber sie sich unterhalten wollten, dann auf ein Zeichen hin öffnete Theobald die Flasche und lies den Stein wieder in seine Tasche gleiten.

Es wurde spät. Schließlich rief Martha Schubert hoch, ob sie nicht zum Abendbrot bleiben wollten. Die Kinder stimmten zu.

Elisabeth hielt Sabrina noch kurz zurück, als Theobald schon vorging und flüsterte ihr zu: »Jetzt konnten wir schon wieder nicht weiter nach den Kristallen suchen. Langsam werden die Zwerge wirklich nervös. Wir müssen morgen weitermachen.«

Sabrina nickte und sagte: »Ja, das hier ist aber auch wichtig. Es geht immerhin um Theo.«

Beim Essen hörte Elisabeth plötzlich ein Klacken. Es war ganz leise, als wenn es von oben käme, aber es war so energisch, dass sie sich entschuldigte und hochging. An Sabrinas Fenster saß ein Rabe und starrte Elisabeth aus einem Auge an. Er klopfte noch einmal an die Scheibe und stieß ein heiseres *Krah, krah!* aus, dann flog er weg. Stirnrunzelnd ging Elisabeth wieder nach unten. Kurz darauf erreichte sie eine schockierende Nachricht.

Entführt

Klara kam keuchend in Clausthal an, als es schon dunkel war. So lange Strecken zu Fuß war sie einfach nicht gewöhnt. Sie hatte versucht, sich zu beeilen und wie Elisabeth zu laufen, aber sie musste alle paar hundert Meter gehen, weil das Seitenstechen zu stark wurde. Die ganze Osteröder Straße hinunter war sie damit beschäftigt, wieder zu Atem zu kommen und ihren Puls zu normalisieren. Neidisch dachte sie an Elisabeth, die diese Strecke schneller lief, als der Schulbus fuhr. Klara hatte es nicht genau gestoppt, aber da Elisabeth fast immer nach ihr das Haus verließ, jedoch sehr oft vor ihr an der Schule ankam, ergab dies für sie einen ausreichenden Beweis. Es hätte ihr so viel früher auffallen müssen, doch, so musste sie sich selbst eingestehen, wenn es um die eigene Familie ging, war auch sie betriebsblind. Endlich erreichte Klara ihr Ziel, die Zehntnerstraße. Als sie vor Nummer fünf ankam, lag die Straße im Halbdunkel.

Eine Laterne war nicht angegangen und Umrisse wurden so zu schattenhaften Gestalten. Klara nahm ihren Mut zusammen und ging dann zügig zur Haustür. Dort zog sie den Beutel mit den vier Kristallen aus der Tasche, den sie in der Standuhr gefunden hatte. Klara hatte die Kristalle vor ein paar Tagen entdeckt, als sie eine ihrer Miniüberwachungskameras im Wohnzimmer verstecken wollte. Die Uhr erwies sich als ungeeignet, weil sie die Stromversorgung nicht hineinlegen konnte. Nur als ihr der Beutel in die Hände fiel, hatte Klara an die gleiche Person gedacht wie ihre Mutter: Lilly!

Da Klara aus mitgehörten Gesprächsfetzen nur wenige Fakten zu den verschwundenen Kristallen kannte, übersah sie, dass Lilly zu dem Zeitpunkt des Diebstahls noch gar nicht im Harz gewesen war und sie diese folglich gar nicht hätte stehlen können. Möglicherweise ließ sie auch eine plötzliche Abenteuerlust ohne weitere Überlegung handeln, ein wenig vielleicht auch der Neid auf Elisabeth, die neuerdings kam und ging, wann es ihr passte. Außerdem mochte Klara Lilly inzwischen sehr und behandelte sie wie eine weitere Schwester. Sie hatte bereits einiges unternommen, weil Lilly ihren Vater finden wollte, und dabei auch einige illegale Praktiken eingesetzt. Es war ihr klar, wie ihre Mutter reagieren würde, wenn sie die Kristalle gefunden hätte. Lilly wäre sofort rausgeworfen worden. Um das zu verhindern, hatte Klara beschlossen, selbst aktiv zu werden und die Kristalle heimlich auf eigene Faust zurückzubringen. Also wollte sie den Beutel in den Briefschlitz von Frau Schramm schieben, von der sie wusste, dass sie mit dem Ladenbesitzer verwandt war. Sie hatte das bei Elisabeth aufgeschnappt.

Die Hand, die sie plötzlich an ihrer Schulter packte, ließ sie vor Angst aufschreien, bevor sich eine zweite Hand wie ein Schraubstock auf ihren Mund legte. Sie stemmte sich dagegen, konnte aber nichts ausrichten. Die andere Person war zu stark.

»Na, wen haben wir denn hier?«, sagte leise eine samtig weiche Frauenstimme in einem Plauderton. »Wenn das mal nicht die kleine Schwester von Alberts neuer Flamme ist.« Dann an jemand anderen gewandt, den Klara nicht erkennen konnte, sagte die Stimme: »Nimm den Beutel! Ich nehme die Kleine!«

Klara erschrak noch mehr. Inzwischen wusste sie von Elisabeth, dass Albert der Sohn des Alphas war und ihre Schwester trainierte. Bei der Frau und dem anderen Typen konnte es sich daher nur um

Werwölfe handeln. Wie eine Spielpuppe wurde Klara hochgehoben und trotz ihrer Gegenwehr eine ganze Strecke zu einem Auto getragen, wo man sie grob in den Kofferraum stopfte. Verzweifelt biss Klara, so kräftig sie konnte, in die Hand, die ihr gerade noch den Mund zuhielt. Sie schmeckte heißes Blut, das hervorquoll und ihr in den Mund lief. Die Frau riss ihr mit einem Knurren die Hand aus den Zähnen, da begann Klara um Hilfe zu schreien. Mit einem unterdrückten Fluch schlug die Frau, die sie immer noch nicht genau erkennen konnte, den Kofferraumdeckel zu. Er knallte mit solcher Wucht gegen ihren Kopf, dass sie k. o. ging.

Klara erwachte vom Holpern des Wagens, der über einen Feld- oder Waldweg fuhr. Sie hatte keine Ahnung, wie lange sie bewusstlos gewesen war. Mindestens eine oder zwei Rippen fühlten sich gebrochen an und ihr Kopf dröhnte, dass sie kaum klar denken konnte. Blut klebte an ihrer Stirn und war ihr ins Auge gelaufen. Der metallische Geschmack von noch mehr Blut im Mund und das Brennen auf ihrer Zunge waren das einzige, was sie sonst noch wahrnahm. Sie rang um Atem. Es war stockdunkel um sie herum. Die Fahrt ging noch eine ganze Weile um Kurven und durch Schlaglöcher, dann hielt der Wagen so unvermittelt an, dass Klara sich erneut den Kopf stieß. Wie durch Watte hörte sie einige gedämpfte Stimmen, doch sie konnte sie nicht verstehen. Dann wurde es sehr lange still. Langsam wurde es kalt in dem Kofferraum und Klara begann zu frieren. Die Kopfschmerzen waren heftig und jeder Atemzug stach in ihrer Seite, wo die Rippen vermutlich gebrochen waren. Sie hatte sich heftig auf die Zunge gebissen und schmeckte immer noch Blut. Aber Klara war zu keinem anderen Gedanken fähig, als an ihre Schwester zu denken. *Elisabeth, rette mich. Du bist doch eine von ihnen, komm und rette mich*, doch niemand antwortete. Tränen liefen ihr übers Gesicht, als sie begann, hemmungslos zu weinen. Jeder Schluchzer stach und dröhnte, bis sie schließlich vor Erschöpfung wegdämmerte.

»Ist Elisabeth inzwischen wieder da?«, fragte Emilia Lilly, als sie um halb neun endlich wieder zu Hause war und im Flur stand.

»Nein. Elisabeth hat mir über das Rudelband Bescheid gesagt, dass sie bei den Schuberts noch zu Abend isst. Und Klara macht einen Spaziergang.«

Emilia sah Lilly an, als wenn sie gerade berichtet hätte, dass rosa Elefanten durch den Garten toben würden. »Sie macht was?«

»Sie ist vor etwa drei Stunden los. Ich habe mir nichts dabei gedacht. Vielleicht besucht sie auch eine Freundin.«

»Klara ist noch nie alleine spazieren gegangen oder hat zu Fuß eine Freundin besucht. Clausthal ist weit und sie kennt sich doch im Wald gar nicht aus. Außerdem verletzt sie sich doch dauernd. Nein, da stimmt etwas nicht.« Emilias Stimmlage wechselte von Überraschung zu Panik. »Wir müssen sie sofort suchen. Los, Wölfin, fahr deine Spürnase aus und verfolge die Spur.«

Lilly wurde bleich, denn sie hatte sich nichts dabei gedacht, als Klara gegangen war. Sie begann sich, so schnell sie konnte, auszuziehen.

»Was soll das denn jetzt?«, fragte Emilia, als sie bereits wieder in ihre Jacke schlüpfte.

»In Wolfsgestalt kann ich besser riechen und hören.«

Emilia nickte, als sie verstand. »Ich warte draußen. Sag Elisabeth Bescheid.«

Lilly schloss kurz die Augen, während sie sich den BH und den Slip abstreifte. Sie zog heftig an ihrem Rudelband. Sofort öffnete sich die Verbindung und Elisabeth war zu vernehmen, die gleich die Sorge von Lilly spürte.

Lilly, was ist?

Alpha, deine Schwester ist verschwunden. Sie ist zu einem Spaziergang aufgebrochen und nicht zurückgekommen. Deine Ma und ich gehen sie suchen. Ich verwandle mich, dann geht es schneller.

Lilly übermittelte ihr alle Sorgen, die sie gerade empfand, und spürte, wie Elisabeth gleich auch bei Oskar und Mike Alarm schlug.

Los, sucht alle nach Klara! Es muss etwas passiert sein. Und du, Lilly, schicke mir Bilder, wo du gerade bist. Ich komme dir entgegen.

Lilly bestätigte, fiel nach vorne und wechselte in ihre Wolfsgestalt.

Emilia, die in der Tür stand und diese offen hielt, damit Lilly sie nicht mit den Pfoten öffnen musste, sah, wie sich ein etwas kleinerer Wolf, als Elisabeth einer war, mit mittelbraungrauem Fell und komplett weißem Unterbauch schüttelte, an die Tür kam und zu schnüffeln begann. Dann fiepte die Wölfin fast wie ein Welpe und lief weiter, immer mit der Nase am Boden. Emilia warf die Tür zu. Sie musste rennen, um mit ihr Schritt zu halten. Die Wölfin schlug den Weg Richtung Clausthal ein. Emilia folgte. Immer wieder blieb das Tier stehen und beschnupperte einige Stellen ganz ausgiebig. Dann hob sie den Kopf und heulte kurz. Als sie bereits die Lichter von Clausthal in der Ferne sehen konnten, war Emilia schweißgebadet und keuchte heftig. Lilly blickte sich immer wieder nach ihr um, lief aber schnell weiter, wenn sie aufgeholt hatte. Plötzlich blieb sie ganz stehen. Emilia kniff die Augen zusammen. Über die offenen Felder kam ihnen ein Schatten so schnell entgegengerast, dass sie ihn kaum erkennen konnte. Dann bremste er schlitternd vor ihnen wie ein Snowboarder ab, dass der Schnee nur so spritzte, und sie erkannte Elisabeth, die immer noch in Menschengestalt war.

»Betsy, Klara ist …«

»Ja, ich weiß schon. Lilly, such weiter! Ich nehme meine Mutter, dann geht es schneller. Spring auf, Mama.« Elisabeth ging vor ihr halb in die Hocke, während Lilly aufbellte zum Zeichen, dass sie verstanden hatte, und losstürmte.

»Bin ich dir nicht zu schwer?«, fragte Emilia, während sie zögernd auf Elisabeths Rücken kletterte und diese sie huckepack nahm. Elisabeth antwortete nicht, sondern lief los, dass Emilia sich festklammern musste, um nicht herunterzurutschen. Lilly war schon weit voraus, doch nun holten sie auf. Am Schlagbaum trafen sie auf Mike, der auch einen Wolf dabei hatte: Oskar. Elisabeth übergab ihre Mutter an Mike, der sie nun seinerseits huckepack nahm, und lief mit den beiden Wölfen vorweg. Einige Passanten sprangen aus dem Weg, als zwei Wölfe und Elisabeth die Osteröder Straße hinuntergelaufen kamen.

Eine Frau, die eilig ihren kläffenden Dackel hochnahm und an sich drückte, schrie ihr noch nach, dass sie besser ihre verdammten Huskies an die Leine nehmen solle. Die Frau schüttelte dabei nur den Kopf und sprach dann zu ihrem Hund.

»Du brauchst keine Angst haben, Waldi, die großen Hunde tun dir nichts. Ich bin ja bei dir.« Dann kam Mike mit Emilia auf dem

Rücken an ihr vorbei. Die Frau blickte ihnen nach. »Dämliche Studenten. Nur Schabernack im Kopf, anstatt zu studieren.«

Die Spur führte zur Zehntnerstraße Nummer fünf. Elisabeth und die beiden Wölfe schnüffelten. Ein anderer Geruch war deutlich vernehmbar. Fremde Werwölfe, doch sie konnten nicht mehr genau sagen, wie viele es waren. Ihre Spur führte etwas die Straße runter und verlor sich an einer Parklücke, in der bereits ein neues Auto stand. Dort schnüffelte Lilly aufgeregt am Boden.

»Hier stand ein Wagen. Und da ist Blut auf dem Boden«, rief Elisabeth, die Lilly direkt auf den Fersen war. Sie roch direkt daran. Werwolfsblut, weiblich, leider mit Motoröl vermischt. Oskar hingegen war zu der Straßenlaterne hinübergelaufen und beschnupperte sie. Dann kam ein Knurren von ihm. Mike setzte Emilia ab, die ein wenig schwankte.

»Wir kennen uns noch gar nicht!«, sagte Mike und hielt Emilia die Hand hin. »Auch wenn die Umstände gerade nicht erfreulich sind, ich bin Mike.«

»Emilia«, gab diese zurück, schaute aber zu Elisabeth, die neben Lilly am Boden kniete. Erst jetzt fiel ihr auf, dass Elisabeth gar keine Jacke anhatte.

»Oskar sagt, jemand hat den Sicherungskasten an der Laterne eingetreten. Das werden sie gewesen sein. Er sagt, dass er den Duft nicht eindeutig zuordnen kann«, rief Elisabeth herüber. Dann beschnupperten die Wölfe noch einmal ausgiebig die Stelle, wo das Auto gestanden hatte. Elisabeth übersetzte das, was sie von den beiden an Eindrücken übermittelt bekam. »Es müssen zwei gewesen sein, ein Mann und definitiv eine Frau. Sie hat sogar geblutet, also gab es einen Kampf. Der Geruch verliert sich hier. Sie müssen das Auto genommen haben.«

Emilia standen die Tränen in den Augen. Sie wusste, was das hieß. Jemand hatte Klara entführt. Hätte Mike sie in diesem Moment nicht aufgefangen, dann wäre sie hingefallen, als ihr die Knie wegsackten. Auch Elisabeth sah entsetzt aus und das Rot glühte wild in ihren Augen. Lilly ließ die Ohren hängen und hatte den Schwanz zwischen die Beine geklemmt. Sie fiepte unterwürfig.

»Nein, es ist nicht deine Schuld, Lilly. Du konntest ja nicht wissen, dass Klara hierher wollte. Wir müssen bei Frau Schramm klingeln. Ihr beide versteckt euch besser.«

Emilia straffte sich und löste sich von Mike. »Ich werde klingeln«, sagte sie, während sie sich eine Träne wegwischte. Mike blieb einen Moment stehen, dann ging er mit den beiden Wölfen hinter einem Kleinbus in Deckung.

Es dauerte eine ganze Weile, dann wurde die Tür geöffnet.

»Elisabeth? Oh, hallo, Frau Wollner. Was treibt Sie so spät noch hierher?« Frau Schramm hatte bereits ihren Schlafanzug an und sich einen Morgenmantel übergeworfen, doch ihre Augen wirkten wachsam. Ein Klacken erklang, als sie auf der Innenseite etwas weglegte, das offenbar recht schwer war.

Emilia Wollners Stimme war die Anspannung deutlich anzumerken. »Wir sind auf der Suche nach meiner jüngeren Tochter Klara. Sie war hier bei Ihnen.«

Frau Schramm schüttelte den Kopf. »Nein, das kann nicht sein. Ich habe Ihre Tochter nicht gesehen.«

»Sie muss aber hier gewesen sein. Ihre Spur hierher ist ungefähr drei Stunden alt«, beharrte Elisabeth.

»Ich war vor drei Stunden noch gar nicht zu Hause und ich bin über einen anderen Weg ins Haus gegangen, weil ich seit ein paar Tagen glaube, dass mich jemand beobachtet.«

Elisabeth kniff die Augen zusammen. Ein anderer Weg bei Zwergen konnte nur heißen, dass sie durch irgendeinen Stollen ins Haus gekommen war. »Wissen Sie zufällig, wie die ausgesehen haben, die sie beschatten?«

»Nein, leider nicht. Es war mehr so ein Gefühl, aber warum kommen Sie denn nicht herein? Hier drinnen ist es viel wärmer.«

»Wir können leider nicht. Wir müssen weiter, um Klara zu suchen. Danke, Frau Schramm.«

»Nichts zu danken. Soll ich mich anziehen und suchen helfen?«

»Nein, wir haben bereits die besten Spürnasen im Einsatz!«, antwortete Emilia Wollner.

»Ach ja, Sie wissen sicher auch Bescheid. Da haben Sie recht, einer feinen Wolfsnase kann man kaum etwas vormachen. Das Mädchen wird sich sicher wieder anfinden.«

Emilia und Elisabeth wechselten Blicke. Dann verabschiedeten sie sich von Frau Schramm und gingen zu den anderen zurück.

»Die Spur verliert sich hier. Den Wagen finden wir so nicht wieder«, sagte Mike betrübt.

Emilia zückte ihr Handy und eine Visitenkarte. »Wenn es sich um Werwölfe handelt, dann werde ich jetzt den Alpha anrufen. Ich habe seine Nummer für solche Notfälle.«

»Ich kontaktiere Albert«, sagte daraufhin Elisabeth.

»Hast du seine Nummer?«, fragte Mike, während Emilia sich bereits abwandte und die Notfallnummer eintippte.

»Nein, ich habe euch das noch nicht gesagt, aber ich teile auch mit Albert ein Band, das allerdings nicht sein Rudelband ist.«

»Er ist dein Gefährte?« Mike hob eine Augenbraue. »Das habe ich gar nicht gerochen?«

»Nein, ich weiß auch nicht, warum, aber wir haben ein ganz besonderes Band, ein persönliches«, antwortete Elisabeth. Sie fand die Frage gar nicht komisch, war sich aber in dem Moment bewusst, dass Oskar und Lilly ganz aufmerksam lauschten.

Albert?, sandte sie aus.

Es dauerte einen Moment, dann kam eine eher verschlafene Antwort. *Ja, Goldy, was gibt es denn?*

Jemand hat meine jüngere Schwester entführt, direkt vor der Tür meiner Klassenlehrerin. Es waren zwei Werwölfe, Mann und Frau. Sie sind mit einem Auto weggefahren.

Jetzt wirkte Albert hellwach. *Bei allen Göttern, das ist ja fürchterlich. Moment, irgendjemand ruft gerade bei meinem Vater an. Ich kann ihn reden hören.*

Das ist meine Mutter, sie hat gerade die Notfallnummer gewählt.

Albert war kurz still, dann antwortete er: *Ja, klingt so. Ich gehe mal zu ihm und horche, was da so läuft. Ich melde mich gleich wieder bei dir.* Damit brach er ab.

Emilia sprach noch eine ganze Weile weiter. Elisabeth konnte jetzt, da ihre eigene Aufmerksamkeit nicht mehr auf Albert gerichtet war, jedes Wort verstehen. Ihre Mutter war sehr aufgeregt, aber sie vermied es, Elisabeths Rudel zu erwähnen. Der Alpha fragte nach der Witterung und wollte schon herkommen, doch Emilia sagte ihm, dass sie fast verflogen sei. Dann sagte er, dass er kurz etwas überprüfen würde, und legte auf. Kurz darauf hörte Elisabeth ganz in der Ferne Geheul, das an einigen Stellen erwidert wurde. Es wurde tatsächlich das ganze Rudel kontaktiert. Sie bedeutete ihren Leuten, ruhig zu bleiben. Etwa nach zehn Minuten des Wartens klingelte Emilias Handy. Sie nahm hastig ab.

Fast gleichzeitig meldete sich Albert über ihr Band.

Goldy, wir haben das ganze Rudel alarmiert, auch die vom Bro-
ckenrudel. Aktuell wissen wir noch nicht, wo sie ist, aber das kann
jetzt nicht mehr lange dauern. Leider ist eben auch gerade aufgefallen,
dass Oskar kein Band mehr zum Rudel hat. Man verdächtigt ihn.

»Scheiße!«, rutschte Elisabeth raus. Jetzt – so kurz vor dem
nächsten Vollmond – wurde alles richtig problematisch.

Du solltest ihm das sagen. Er soll abtauchen, und zwar bevor
gleich einige vom Rudel bei euch eintreffen.

Gut, das sage ich ihm. Hast du eine Ahnung, wer die Täter sein
könnten?

Nein, es sind momentan viele weit weg unterwegs. Mach dir nicht
allzu große Sorgen. Wenn jemand Klara findet, dann wir. Albert
brach danach die Verbindung ab.

Elisabeth teilte Oskar mit, dass er verdächtigt wurde und abtauchen solle. Er reagierte wie jemand, der es schon gewohnt war, und
flitzte davon.

»Verwische seine Spuren, so gut du kannst, Lilly«, wies Elisabeth die verbliebene Wölfin an. Auch sie machte sich sofort daran
und zertrampelte überall die Spuren und wälzte sich an einigen Stellen sogar im Schnee. Elisabeth schickte Mike ebenfalls weg und
kurz darauf Lilly. Sie sollte zum Haus zurückkehren und dort aufpassen. Emilia und Elisabeth würden hier warten.

Es dauerte keine zehn Minuten, bis ein Wagen in die
Zehntnerstraße einbog und zwei Männer ausstiegen. Der eine
wirkte sehr schlank, fast schon mager, und hatte ein schmales
Gesicht. Seine Augen standen so eng, dass es aussah, als schiele er
ständig. Das schüttere rotblonde Haar stand ab und ließ ihn krank
aussehen. Er war, so schätzte Elisabeth, ungefähr dreißig Jahre alt.
Der andere hatte einen fast hammerförmigen Kopf und einen
langen braunen Vollbart, war vermutlich älter, so um die vierzig
oder fünfundvierzig, und hatte einen dicken Bauch. Mit seinem
breiten Kreuz wirkte er allerdings kein bisschen schwach. Er war
eher der Typ Lastwagenfahrer. Beide trugen karierte Hemden und
Jeans, sodass es für einen Moment aussah, als wären sie ungleiche
Brüder.

»Du bist sicher das Frischfleisch! Wer ist die Schnalle neben
dir?«, fragte der Kleinere mit einer kratzigen Stimme und in einem

so abfälligen Tonfall, dass Elisabeth darum kämpfen musste, damit sie ihn nicht gleich anfiel. Jetzt war sie dankbar für das Training. Noch vor ein paar Wochen hätte der Spruch gereicht, um ihre Wölfin in den Vordergrund zu holen. Trotzdem trat sie vor, um ihre Mutter zu schützen.

»Das, meine Herren, ist meine Mutter und wenn ihr beide ihr nicht den nötigen Respekt erweist, sage ich dem Alpha, dass seine Rudelmitglieder etwas Unterricht in Manieren brauchen.«

Der Hammerkopf lachte. Seine Stimme war tief und wohlklingend, ganz im Gegensatz zu seinem Aussehen.

»Paul, die Kleine hat Haare auf den Zähnen. Das gefällt mir. Ich bitte für den rohen Klotz hier um Entschuldigung.«

»Halt dich da raus, Olaf, du bist nur mit hier, weil ich so schnell niemand anderen erreichen konnte.« Dann wandte er sich an Elisabeth. »So, du hast also deine Schwester verloren. Wo denn genau?«

Elisabeth begegnete seinem Blick von oben herab. »Du hast gerade die letzte Fußspur zertrampelt!«, sagte sie trocken.

Der Hammerkopf, der immer noch kicherte, ging herum und schnüffelte. »Ich rieche nur die beiden da und vor allem eine Wölfin, die ich nicht kenne. Und Mike war hier.«

»Ich war bei Mike und wollte eigentlich dort was einkaufen. Er ist mit hergekommen und wollte helfen, ist aber schon wieder gegangen«, log Elisabeth, »Dieser weibliche Wolf ist ein Gast, der bei mir wohnt. Ich habe sie bereits nach Hause geschickt, sie hat mit diesem Fall nichts zu tun.«

»Das lass mal unsere Sorge sein, Welpin!«, kam es schnippisch von Paul. Sie suchten die Gegend ab.

Olaf sagte dann, nachdem er sogar am Boden geleckt und angewidert ausgespuckt hatte: »Hier waren noch zwei andere Wölfe. Die Gerüche sind ganz schwach. Es gibt auch Blutspuren, aber da ist jemand direkt draufgestiegen und es hat sich mit Motoröl vermischt. Außerdem hat diese verdammte andere Wölfin zu viele Duftmarken hinterlassen, dass ich fast nichts anderes mehr riechen kann. Die Spuren führen zu dem Platz, wo dieser Wagen jetzt steht. Bis zur Haustür habe ich auch noch die Fährte einer Menschin. Sie riecht jung, ein wenig nach Orange und Zimt.«

»Das ist meine Schwester«, bestätigte Elisabeth.

»Eine Spur von Oskar?«, fragte Paul.

Olaf schüttelte den Kopf. »Schwer zu sagen. Ich dachte für einen Moment, ich hätte ihn gerochen, aber dann hatte ich nur noch den Duft von deren Gastwölfin in der Nase.«

»Wer ist das überhaupt?«, wandte sich Paul an Elisabeth.

»Eine Freundin, die ich aus Hannover kenne. Sie ist zu Besuch.«

»Sie wird sich dem Alpha vorstellen müssen«, sagte Paul, während er mit wachen Augen Elisabeth musterte.

»Das wird sie an Vollmond. Bis dahin könnt ihr euch noch gedulden«, erwiderte Elisabeth.

»Das hast nicht du zu entscheiden, Welpin«, giftete Paul sofort zurück.

»Lass gut sein, Paul. Oskar ist nicht zu riechen, aber das heißt nicht viel. Er könnte seinen Geruch überdeckt haben.«

»Wer ist dieser Oskar, von dem Sie reden?«, fragte Emilia unvermittelt in die Runde.

Paul bedachte sie erst mit einem geringschätzigen Blick, dann schaute er genauer und lächelte hinterhältig. »Ein Rumtreiber und Taugenichts. Ein Streuner halt. Ist aus dem Rudel verschwunden, ohne Tschüss zu sagen. Er ist ein geiler Bock. Vernascht am liebsten junge Dinger, wie die hier.« Er deutete auf Elisabeth. »Am meisten hat er es genossen, wenn sie sich gewehrt und geschrien haben.«

Elisabeth sah, wie ihre Mutter das blanke Entsetzen packte. Zwar hatte sie ihr selbst erzählt, dass Oskar versucht hatte, sie zu vergewaltigen, aber dass er das vermutlich reihenweise gemacht hatte und dass Paul ihn anscheinend dafür bewunderte, wie man aus seinem Tonfall schließen konnte, musste ihr einen Schlag versetzen.

Nicht mit mir, Freundchen!, dachte sie. Elisabeth klang dann eiskalt, als sie entgegnete. »Davon würde ich jedem abraten, ich beiße!«

Olaf lachte schallend, sodass Paul ihn ermahnte, die Anwohner nicht zu stören.

»Da können wir nix machen. Sollen wir die beiden hier nach Hause fahren? Was meinst du?«, fragte Paul dann Olaf, während er immer noch seinen Blick über Emilias und Elisabeths Körper gleiten ließ.

»Danke, wir nehmen ein Taxi«, antwortete Emilia, die nur noch schnell von den beiden Typen wegwollte. Sie waren ihr unheimlich. Emilias Handy schrillte. Es war wieder der Alpha.

»Wir haben alle erdenklichen Kräfte aktiviert. Sind inzwischen einige meiner Leute bei Ihnen aufgetaucht?«

»Stan Laurel und Oliver Hardy sind da«, antwortete Emilia überdeutlich.

»Wir heißen doch gar nicht Stan und Oliver«, brabbelte Olaf dazwischen.

»Geben Sie mir einen von den beiden«, erklang es scharf aus dem Hörer.

»Was habt ihr angestellt?«, kam es sofort grollend, nachdem Emilia Paul das Handy gereicht hatte.

»Nichts, Boss, ehrlich nicht. Hier ist nichts mehr festzustellen, nachdem eine Gastwölfin von der Welpin, ich meine, von der Anwärterin, alle Spuren zertrampelt hat.«

»Was für eine Gastwölfin?«, fragte der Alpha schneidend.

»Na, so eine aus Hannover. Da müssen sie die Wel … die Anwärterin schon selber fragen.«

»Eine Spur von Oskar?«

»Nicht sicher, aber Mike war anscheinend auch hier.«

»Na so was, ich komme selbst zu den Wollners, aber das dauert. Sorgt dafür, dass sie heile nach Hause kommen. Aber vorher hol mir Elisabeth ans Telefon.«

Paul reichte Elisabeth das Handy.

»Wer ist dieser Gast von dir?«, fragte er ohne Umschweife.

Elisabeth wusste, dass sie hier ohne Erklärung nicht rauskommen konnte. Daher antwortete sie wahrheitsgemäß: »Sie ist die Pflegerin aus dem Zoo und hat mir bei der Sache mit dem Eisbären geholfen. Ich habe ihr angeboten, dass sie mich besuchen kann. Sie ist gekommen und hat mich um Schutz gebeten, da sie in Hannover nicht in das dortige Rudel eintreten wollte.«

»Sie hat um Schutz gebeten? Das kann nur ein Alpha gewähren. Sie muss mich fragen.«

»Entschuldigung, Alpha, ich bin noch nicht so ganz fit in den Regeln«, log Elisabeth. »Ich wollte sie zum Vollmond mitbringen.«

Seine Stimme wurde etwas milder. »Das will ich mir gleich direkt anhören. Ich komme heute Nacht noch bei euch vorbei. Gibt es sonst noch etwas, das ich wissen sollte?«

Eine Pause entstand, dann sagte Elisabeth: »Nichts, was wir nicht nachher besprechen könnten. Finden Sie nur meine Schwester.«

»Wir tun alles. Bis später.« Er legte auf.

»Wir würden Sie wirklich nach Hause fahren«, fing dann Paul an.

»Nein, danke!«, antwortete Emilia entschieden und griff nach Elisabeths Hand. »Sie können uns ja hinterherfahren, damit Sie Ihrem Alpha sagen können, dass Sie uns nach Hause gebracht haben, aber wir steigen nicht zu Ihnen ins Auto.«

Paul protestierte noch halblaut, während Emilia bereits zielstrebig mit Elisabeth zum Anno Tobak stapfte, das nicht weit entfernt lag. Hier stiegen sie in ein Taxi, das dort auf Kneipengäste wartete. Sie fuhren zurück zum Haus, Paul und Olaf folgten. Die beiden blieben draußen im Auto und warteten offenbar, bis der Alpha kam. Die Wollners gingen hinein.

Drinnen bestürmte sie Lilly gleich mit Fragen. Elisabeth berichtete, dass sie dem Alpha hatte sagen müssen, wer sie ist, und dass er nichts davon wusste, dass sie bereits an Elisabeth gebunden war. Lillys erster Reflex war Flucht gewesen, das sah Elisabeth sofort an ihren Augen, aber dann wurde ihr Blick entschlossen.

»Es ist Zeit, nicht mehr wegzulaufen. Du stehst zu mir und ich werde dich nicht enttäuschen, Alpha«, flüsterte sie, denn sie hatte natürlich auch bemerkt, dass draußen die beiden anderen im Wagen warteten.

Lilly zeigte ihnen einen Zettel, auf den Michael Wollner geschrieben hatte, dass er am Abend noch im Mathe-Institut die Verlegung der neuen Glasfaserkabel überwachen würde. Emilia Wollner schnaubte nur und weigerte sich strikt, ihn anzurufen. Das Telefon, das Lilly ihr reichen wollte, lehnte sie ab. Also rief stattdessen Elisabeth Sabrina an, während sie auf die Ankunft von Heinrich Wolfsherr warteten, und bat sie, ihr morgen ihre Sachen mit in die Schule zu bringen. Sabrina war natürlich über die Maßen aufgeregt und neugierig. Da Lilly momentan mit ihrer Mutter im Wohnzimmer wartete, ging Elisabeth mit dem Hörer am Ohr nach oben in ihr Zimmer und berichtete Sabrina haarklein, was sich zugetragen hatte. Als sie geendet hatte, antwortete Sabrina lange nicht.

Dann fragte sie: »Weißt du, was sie bei Frau Schramm wollte? Ihr habt euch nur auf das Verschwinden an sich konzentriert, aber warum sie überhaupt losgelaufen ist, weiß keiner, oder?«

Nein, darauf hatte Elisabeth keine Antwort. Sie rätselten zusammen eine Weile, kamen aber auch nicht drauf. Schließlich fuhr ein Auto vor und Türen klappten. Elisabeth legte hastig auf und lief nach unten. Sie öffnete, doch der Alpha war nicht alleine. Flankiert von zwei Bodyguards kam er zusammen mit einer kleinen, eleganten Frau in teurer Designerkleidung herein. Elisabeth verneigte sich artig und geleitete sie ins Wohnzimmer. Emilia und Lilly erhoben sich, als die Gäste eintraten. Die beiden Bodyguards folgten.

»Das ist meine Mutter, Emilia Wollner, und das hier ist unser Gast, Lilly«, stellte sie beide vor.

»Heinrich Wolfsherr. Und das hier ist meine bezaubernde Frau Giulia.«

Nur war Giulia gar nicht bezaubernd. Sie sah wunderschön aus, sehr gepflegt, keine Frage, aber sie musterte die ihr vorgestellten Frauen mit einer abgrundtiefen Verachtung, dass die Temperatur im Raum schlagartig um einige Grad sank. Schließlich blieb ihr Blick auf Elisabeth haften, die hastig den Kopf senkte und stattdessen die beiden Sessel anbot. Sie spürte die Dominanz der Alpha und musste darum kämpfen, nicht dagegenzuhalten. Die Macht um sie herum war deutlich zu riechen. Giulia Wolfsherr musterte alle aus ihren rot leuchtenden Augen und versuchte, sie einzuschüchtern. Im Gegensatz zu Elisabeth wich Lilly prompt einige Schritte zurück, bis sie mit dem Rücken direkt an der Wand stand. Heinrich Wolfsherr überging das Gesicht seiner Frau und wandte sich direkt an Emilia und Elisabeth.

»Alle mir zur Verfügung stehenden Wölfe suchen nach Klara. Seien Sie versichert, dass wir sie finden werden!«, berichtete er und setzte sich endlich in einen der beiden Sessel. »Aber wir kümmern uns jetzt hier um etwas anderes. Du bist also diese Lilly. Seit wann bist du denn im Harz?«, fragte er sie.

Lilly schluckte und wollte schon antworten, da sprach die Alpha mit deutlich italienischem Akzent. »Das ist egal! Sie hat die Regeln nicht beachtet und wird deswegen gemaßregelt. Wenn sie ins Rudel will, soll sie darum betteln, wie alle anderen auch. Das Kaiserrudel nimmt nur würdige Wölfe auf. Die anderen vertreibt es oder tötet sie.«

Elisabeth begann, innerlich zu kochen. Sie hatte sich geirrt. Es war nicht bloß Abneigung, die sie der Alpha gegenüber verspürte, sondern Hass. Wie schon früher drückte sie ihre Nägel in die Handinnenflächen, bis es so richtig schmerzte, um die Italienerin nicht sofort zu attackieren. Doch nun unterbrach der Alpha sie.

»Das habe immer noch ich zu entscheiden und, wenn ich das richtig mitbekommen habe, bist du einer Einladung von Elisabeth gefolgt. Auch wenn Elisabeth noch kein Rudelmitglied ist, so werden wir dich auf jeden Fall prüfen. Du bist auch noch nicht sehr lange Werwölfin, richtig?«

»Nein!«, kam es zögerlich von Lilly. »Ich bin in Hannover gebissen worden und habe eine Weile im Zoo gearbeitet. Das dortige Rudel hat mich gedrängt, dass ich aufgenommen werde, aber ich wollte nicht. Die sind so spießig. Und Elisabeth war cool, also bin ich hierher gekommen.«

Elisabeth spürte den bohrenden Blick von Giulia Wolfsherr auf sich. »So, du ignorierst das Aufnahmeangebot eines Rudels, läufst einfach einem anderen jungen Ding hinterher und glaubst, hier keine Regeln befolgen zu müssen?«, knurrte diese.

»Ich habe keine Regeln gebrochen, die ich kenne«, versuchte sich Lilly zu verteidigen.

»Regeln nicht zu kennen, schützt nicht vor Strafe, wenn man sie bricht«, schnitt ihr die Alpha das Wort ab. »Schau sie dir an, Mann, sie kommt aus der Gosse und riecht auch so. Ich sage, wir statuieren ein Exempel an ihr.« Sie wandte sich den beiden Bodyguards zu.

»Nehmt sie mit.«

In diesem Moment trat Elisabeth dazwischen. Emilia wollte sie noch aufhalten, aber sie riss sich los.

»Nein!«, sagte sie so ruhig, wie sie konnte, während sie weiter den Blick auf den Boden gerichtet hielt, damit niemand ihre Augen sah. »Sie wird nirgendwohin gehen. Sie steht unter meinem Schutz.«

Die beiden Bodyguards, die schon einen Schritt vortreten wollten, sahen sich an. Die Alpha knurrte Elisabeth heftig an, all die Eleganz fiel von ihr ab und ihre Wölfin stand kurz vor dem

Durchbruch. Der metaphysische Druck auf Elisabeths Wölfin wurde so stark, dass es ihr Schmerzen bereitete, doch sie knickte nicht ein.

»Wie kannst du es wagen, du stinkende Welpin!«

Giulia holte aus und Krallen schossen aus ihren Fingern, doch der Schlag kam nicht. Der Alpha war aufgesprungen und fing die Hand in der Luft ab. Er war jetzt auch wütend und knurrte nun seinerseits seine Frau an.

»Es reicht!«, donnerte er. »Wir haben es hier mit zwei Wölfinnen zu tun, die beide noch jung sind und unserer Hilfe statt unseres Zorns bedürfen. Außerdem sind wir nicht hier, um uns über Erziehung von Jungwölfen zu streiten, sondern um zu prüfen, ob Lilly aufgenommen werden will oder weiterzieht. Dazu muss sie aber wissen, wie die Gesetze hierfür sind. Und Albert hat uns ja gesagt, dass Elisabeth noch nicht so weit ist. Deswegen hatte sie auch noch Aufschub bekommen für die Aufnahme. Dennoch ermahne ich sie …«, und damit wandte er sich ihr zu, »sich hierbei zu beeilen, denn der nächste Vollmond ist bald.«

Elisabeth nickte, so unterwürfig sie es mit all dem Zorn in sich aktuell nur vermochte.

»Was ist denn nun mit Klara? Das ist doch wichtiger. Alles andere kann warten«, rief Emilia aufgebracht, doch damit geriet sie nun in den Fokus der Alpha.

»Was kümmert uns denn ein Mensch?«, blaffte Giulia.

Doch nun hatte sie Emilia so gereizt, dass diese wütend auf ihre Gegnerin starrte und trotz der rotglühenden Augen der kleinen Italienerin nicht einmal blinzelte. Die Alpha knurrte Emilia heftig an und versuchte, sich von ihrem Mann loszureißen. Sie fletschte die Zähne und stieß auf Italienisch Verwünschungen aus. Emilia fauchte auf Italienisch zurück, dass schließlich die Bodyguards dazwischengingen und zusammen mit Heinrich Wolfsherr seine Frau aus dem Raum zerren mussten. Lilly hielt währenddessen Emilia zurück und Elisabeth blieb die ganze Zeit dazwischen, falls es der tobenden Italienerin doch noch gelingen sollte, sich loszureißen. Schließlich knallten draußen Autotüren und Elisabeth konnte hören, wie der Alpha seine Leute anknurrte, dass es seiner Frau nicht gut gehe und sie unbedingt nach Hause gefahren werden müsse. Er verbot ihnen, auch nur einen einzigen weiteren Befehl seiner Frau zu befolgen.

Als das Auto abgefahren war, kam er schließlich herein und sah in die Runde. Elisabeth schaffte es endlich, ihre Wölfin zurückzudrängen, dann hob sie den Blick wieder. Der Alpha ließ sich in einen Sessel plumpsen und lächelte.

»Eine kleine Meinungsverschiedenheit. Das kommt in den besten Familien vor«, sagte er gespielt beiläufig. »Trotzdem hätte ich jetzt nichts gegen einen starken Schnaps oder so einzuwenden.«

»Ich auch nicht!« Emilia griff unter die Couch und zog eine halb volle Flasche Cognac hervor. Sie füllte zwei Gläser, wovon sie eines dem Alpha gab. Lilly sah immer wieder zu Elisabeth, dann zum Alpha. Sie schien unsicher, was sie sagen sollte.

»Hör mal, Lilly, ich kann verstehen, wenn du nach dieser Vorstellung keine Lust mehr hast, in unser Rudel einzutreten, aber lass dir gesagt sein, dass Giulia gar nicht so schlimm ist, wenn man beachtet, dass sie die unangefochtene Nummer eins ist. Du musst dich komplett unterwerfen, dann wird sie dir nichts tun.«

Lilly sah den Alpha lange an, dann kam sie etwas näher und setzte sich auf die Couch. »Ich glaube, dass Sie glauben, was Sie sagen, Alpha des Rudels hier, aber ich traue dieser Giulia nicht. Sie ist böse.«

Heinrich Wolfsherr seufzte. »Das solltest du in ihrer Gegenwart besser nicht sagen, es sei denn, du strebst nach einem langsamen und schmerzvollen Tod.«

Lilly schrak zurück. »Dann will ich nicht in Ihr Rudel.«

»Ich sagte ja bereits, dass ich das verstehen würde. Ich darf dir einen vollen Mondzyklus freien Aufenthalt gewähren, dann musst du gehen. Da ich erst heute von dir erfahren habe und du die Regeln noch nicht alle kennst, fangen wir einfach heute an zu zählen. Ist das akzeptabel für dich?«

Lilly sah kurz zu Elisabeth, dann nickte sie betrübt.

»Nun zu dir, Elisabeth. Du weißt schon, dass ich dir gerade das Leben gerettet habe, oder?«

Elisabeth nickte, doch innerlich widersprach sie ihm. Sie hatte den Schlag erwartet und hätte ihn abfangen können. Doch im Augenblick wollte sie nichts dazu sagen.

»Das, was du da gerade abgezogen hast, kam einer Herausforderung so nahe, wie es nur geht. Wenn du nicht in den letzten Tagen vor dem nächsten Vollmond mehr Demut lernst, dann geht das übel für dich aus. Und dann kann ich nicht einschreiten. Ist dir das auch klar?«

»Ja, Alpha, ich wollte nur Lilly beschützen.«

»Und das ehrt dich, aber widersprich meiner Frau zu Vollmond nur einmal so und du wirst mehr Probleme haben, als du dir vorstellen kannst.«

»Dann hauen wir halt zusammen ab!«, kam es von Lilly.

So viel Rebellengeist amüsierte den Alpha jetzt doch, denn er schmunzelte und musste sichtbar mit sich ringen, bevor er wieder ernst werden konnte.

»Nun, ich schätze so viel freien Geist, aber es gibt nun einmal hier Regeln. Elisabeth hat dem Rudeleintritt bereits vorab zugestimmt und damit kann sie nicht einfach weglaufen. Sie wäre Freiwild für alle Rudel, wenn man davon erführe. Und glaube mir, dass sich solche Nachrichten schnell verbreiten. Nein, sie muss vor das Rudel treten.« Damit war dieser Punkt entschieden, das spürten sie. »Jetzt nochmal zu Klara!«, fuhr er fort. »Wir haben alle Rudelmitglieder alarmiert. Es ist nun so, dass einer aus unserem Rudel geflüchtet ist. Sein Name ist Oskar. Er hat besondere Vorlieben, und leider passt Klara in das Bild. Wir versuchen gerade, ihn mit Hochdruck zu finden, aber das Einzige, was er gut kann, ist unterzutauchen. Ich vermute, dass er wieder irgendwo in die Stollen verschwunden ist, die unter dem Harz verlaufen. Das ganze Vitriol und die anderen Mineralsalze, die da in der Luft gelöst sind, machen es fast unmöglich, ihn dort aufzustöbern. Und wir haben nicht genug Wölfe, um jeden Ein- und Ausgang zu kontrollieren.«

»Sind Sie sich so sicher, dass es dieser Oskar ist?«, fragte Emilia, die inzwischen ihr Glas geleert hatte und sich nachschenkte.

»Es ist eine heiße Spur. Wir sind noch am Rätseln, wer die Frau sein soll. Seien Sie versichert, dass wir alles tun werden.«

»Was ist mit der Polizei?«, fragte Elisabeth.

»Die Polizei reagiert auf Vermisstenanzeigen nicht schnell genug. Erst wenn es einen stichhaltigen Beweis einer Entführung gibt, etwa wenn eine Geldforderung eingeht oder eine gewisse Zeit vergangen ist, werden die richtig aktiv. Da Klara vierzehn ist, würden sie vermutlich schneller als üblich handeln, aber wir haben keinen für sie verwertbaren Beweis. Was wir als Werwölfe wissen, spielt für die Polizei keine Rolle. Wir sind schneller!« Er stand auf.

»So, und nun werde ich meinem Rudel ordentlich Beine machen. Legen Sie sich ruhig schlafen. Sie können jetzt nichts mehr tun, glauben Sie mir.« Damit nickte er allen dreien zu und ging.

Keiner schlief in dieser Nacht. Immer wieder war irgendwo entfernt Wolfsgeheul zu hören. Elisabeth hatte trotz der Kälte das Fenster offen und konnte dank der MP3s von Albert Positionen heraushören und Bewegungsmuster erkennen. Sie suchten wirklich überall.

Gegen Mitternacht kam Michael Wollner zurück. Emilia fing ihn ab und berichtete ihm, dass Klara verschwunden war. Er war außer sich und rief sofort die Polizei an. Da Emilia ihm nichts von Werwölfen und Gerüchen sagen konnte, war das nicht viel. Wie zu erwarten gewesen war, wiegelte der Polizist ab, fragte, ob sie denn alle Freunde abtelefoniert hätten. Wenn sie sich morgen noch nicht angefunden hätte, dann könne man aktiv werden. Er gab Michael Wollner noch eine Nummer der Telefonseelsorge und hängte einfach wieder auf. Als Emilia sich scheinbar damit abfinden wollte, rastete ihr Mann schier aus. Von dem suchenden Rudel wusste er ja nichts. Er ging daraufhin Türen knallend nach oben und Emilia, die ihn jetzt nicht mehr sehen wollte, kam zu Elisabeth. Kurz darauf tauchte Lilly ebenfalls auf und stand so lange mit traurigem Hundeblick vor dem Bett, dass Elisabeth sie schließlich auch dazu bat. Elisabeth hielt beide im Arm und tat etwas, dass sie noch nie zuvor getan hatte. Sie betete um Hilfe, aber nicht zu dem Christengott, sondern zu Wodan und Freya. Zu dritt schliefen sie dann doch gegen Morgen ein.

Ragnar

Einer sonderbaren Eingebung folgend, ging Elisabeth am nächsten Tag in die Schule, obwohl sie sich hundemüde fühlte. Im Traum war ihr Freya erschienen und hatte ihr gesagt, dass sie dort Hilfe finden würde.

Im Unterricht passte sie heute gar nicht auf und starrte abwesend aus dem Fenster. Frau Schramm ließ sie auffällig in Ruhe. Nur Herr Burglos, der ja im Gegensatz zu der Zwergin nicht wusste, was los war, nahm sie in seiner AG hart ran. Er hatte Schwimmunterricht angesetzt. Sein Motto *Fit in allen Belangen* schloss natürlich auch das Element Wasser ein. Der Kurs trainierte im Freizeitbad in Clausthal, das praktischerweise direkt neben dem Robert-Koch-Gymnasium lag. Elisabeth hatte registriert, dass Sabrina versuchte, mit ihr zu sprechen. Doch es gab einfach keine Gelegenheit. Sie sah Theobald in der Jungenumkleide verschwinden, die Hand unter den Pullover um sein Amulett gekrampft. Es musste ihm schwerfallen, es für den Sportunterricht abzunehmen, vermutete Elisabeth.

Zur Verwunderung aller tauchte ein neuer Junge in der AG auf, der Herrn Burglos um eine Handbreit überragte. Er war erst diese Woche an die Schule gekommen und stellte sich selber als Ragnar Asegard vor. Wilde blonde Haare umrahmten sein Gesicht und es zeichnete sich schon deutlich ab, was für ein muskulöser Mann er einmal werden würde. Elisabeth hörte Brigitta mit Theresa tuscheln, sie habe von einer Freundin erfahren, dass Ragnar ein halber Norweger sei. Auch Elisabeth ließ es nicht kalt. Zum einen kam ihr Ragnar irgendwie bekannt vor, zum anderen schien er Interesse an ihr zu zeigen, denn nachdem Ragnar mit einem Lächeln alle Mädchen gemustert hatte, blieb sein Blick an ihr hängen. Und er schaute sehr genau hin. Elisabeth war aber gar nicht danach, beobachtet zu werden, und sprang stattdessen ins Wasser. Sie kraulte wie eine Verrückte los, auch, um nicht dauernd an Klara denken zu müssen. Manfred Burglos scheuchte die ganze AG zum Einschwimmen und schließlich brodelte das Wasser vor schwimmenden Schülern. Theobald hielt sich die ganze Zeit am Rand. Er war ein erbärmlicher Schwimmer und Elisabeth ahnte zudem, dass er sich ohne sein Amulett noch nackter als nackt fühlte. Alle paar Schwimmzüge griff er zur Sicherheit an den Schwimmbadrand. Sabrina schwamm Brust. Das war das Einzige, was sie beherrschte, aber hier im Wasser waren ihre paar Pfunde zu viel gar nicht so schlimm. Sie drehte Runde um Runde. Nur Elisabeth schraubte die Bahnen, wie zu erwarten war, in Rekordzeit herunter. Bei einer Rollwende merkte sie, dass jemand ihr da knapp auf den Fersen blieb. Inzwischen gewohnt, dass niemand ihr hinterherkommen konnte, verschluckte sie etwas Wasser und kam hoch.

Ragnar grinste. »Du musst Elisabeth sein. Du bist schnell für eine Frau, mein Kompliment.«

Sie starrte ihn nur einen Moment an, wie er ihr zuzwinkerte und die nächste Bahn Delphin schwamm, was einen Aufschrei unter den anderen Schülern erzeugte, da er damit mehr als eine Bahn Platz einnahm. Elisabeth wechselte auf den gleichen Schwimmstil und jagte ihm hinterher, doch so sehr sie sich auch anstrengte, er zog davon. Das wurmte sie gewaltig, denn sie hatte schon geglaubt, dass niemand schneller sein könne als sie. Bei der nächsten Rollwende hatte er auch noch die Frechheit, sie unter Wasser anzugrinsen. Nach ein paar Minuten beendete ein schriller Pfiff die Jagd. Elisabeth hielt an und blickte sich um. Alle anderen Schüler waren bereits aus dem Wasser geklettert, bis auf Ragnar und sie. Der ganze Kurs hatte ihrem spontanen Wettkampf sprachlos zugesehen. Herr Burglos stand mit einer Stoppuhr da und blickte ganz verwundert auf das Ziffernblatt.

»Sieht so aus, als wenn wir hier noch jemanden haben, der auf Wettkämpfe gehen sollte«, sagte er schließlich, als Ragnar aus dem Wasser stieg.

»Ich mache mir nichts aus Wettkämpfen«, sagte der darauf.

»Das kam mir aber gerade ganz anders vor«, tuschelte daraufhin Sabrina Elisabeth ins Ohr. In einigen Gesichtern konnte sie so etwas wie Schadenfreude feststellen, weil sie hier wohl eine ernstzunehmende Konkurrenz bekommen hatte.

»Wie dem auch sei«, sprach Manfred Burglos weiter, »wir werden uns heute nicht dem Schnellschwimmen widmen, sondern einer Fähigkeit, die jeder Schwimmer auch beherrschen sollte. Und das ist, Theresa?«

Theresa, die wohl nur angesprochen worden war, weil sie nicht aufpasste und stattdessen Ragnar bewunderte, fing an zu stammeln. »Rückenschwimmen?«

»Nein. Das ist es nicht, was ich meine. Wir brauchen es beim Hineinspringen, bei der Rolle, und in der Natur auch bei Wellengang.«

»Tauchen«, antwortete Ragnar, ohne sich zu melden.

»Richtig, Ragnar! Aber nächstes Mal meldest du dich bitte. Die Fähigkeit, unter Wasser die Luft anhalten zu können, unterscheidet uns von einer ganzen Reihe anderer Lebewesen. Wir können also tauchen. Und wie lange? Was meinst du, Sabrina?«

Diese zuckte die Schultern und antwortete: »Wir vielleicht so eine Minute!«

»Das kommt schon ganz gut hin«, lobte Herr Burglos. »Apnoetaucher schaffen ein paar Minuten länger. Weiß jemand, wo der Weltrekord liegt?« Aus irgendeinem Grund sah Burglos Elisabeth an, doch die zuckte nur mit den Schultern.

»Bei siebzehn Minuten und vier Sekunden!«, sagte Ragnar, ohne groß nachzudenken.

»Das ist richtig, aber ich hatte gesagt, dass du dich melden sollst, wenn du etwas sagen willst. Die Taucher schaffen das, indem sie ihren Körper entspannen und sogar ihren Pulsschlag senken. Damit verbrauchen sie weniger Sauerstoff, was wiederum heißt, dass sie länger unter Wasser durchhalten.«

Elisabeth spürte den Blick von Burglos und sah weg. Dabei bemerkte sie, wie Sabrina strahlende Augen bekam.

»Elle!«, flüsterte diese so leise, wie sie konnte. »Sophie hat letztens mit mir etwas geübt, das sie Scheintod nennt. Eine Fähigkeit, die ich bewusst heraufbeschwören kann und eigentlich nur Körperkontrolle ist und gar keine Zauberei. Das probiere ich gleich mal aus.«

Manfred Burglos ließ die Klasse dort ins Wasser steigen, wo das Becken dreieinhalb Meter tief war. Dann sollten sie alle gleichzeitig abtauchen und sich einmal auf den Grund setzen und wieder hochkommen. Elisabeth schaffte es zwar wie so einige Jungen gleich auf Anhieb, aber Sabrina, die einen Moment später abtauchte, genauso. Theobald konnte nur den Boden mit dem Fuß berühren. Wieder oben angekommen ließ der Sportlehrer sie Atemübungen machen. Sie sollten sich konzentrieren und entspannen. Elisabeth sah Sabrina neben sich einen glasigen Blick bekommen. Als sie diesmal für fünfzehn Sekunden abtauchen sollten, konnte Elisabeth ihr eigenes Herz unter Wasser gut schlagen hören. Sabrinas hingegen klang leiser und viel langsamer.

Als sie wieder hochkamen, lächelte Sabrina. »Es klappt, glaube ich.«

»Schön für dich. Ich will wenigstens den Wikingerangeber da drüben schlagen«, gab Elisabeth verbissen zurück.

Doch es kam anders. Burglos steigerte die Intervalle immer weiter um fünfzehn Sekunden. Die meisten schafften Zeiten unter einer Minute, Elisabeth war dann bei neunzig Sekunden weg. Sie konnte ihren Turbometabolismus nicht weiter senken. Es entbrannte ein Wettstreit zwischen Ragnar und Sabrina. Schließlich erreichten sie drei Minuten. Sabrina lächelte, als sie wieder auftauchte. Ihre Bewegungen machte sie nur noch in Zeitlupe, sodass Herr Burglos sie ansprach, ob sie noch ganz da sei. Sabrina nickte und Ragnar hob lässig den rechten Daumen. Burglos ließ sie noch einmal abtauchen, nachdem Ragnar und Sabrina beide darum bettelten und der Kurs sie anfeuerte. Ragnar kam nach gut fünf Minuten hoch und diesmal japste er nach Luft, als er die Oberfläche erreichte. Sabrina hingegen blieb unten. Minute um Minute verstrich, bis Herr Burglos schließlich nervös wurde und nochmals hineinsprang, um sie hochzuholen. Elisabeth konnte erkennen, dass Sabrina ihm ein energisches Zeichen machte, dass sie noch nicht fertig sei, dennoch holte sie ihr Lehrer hoch.

»Wie viel habe ich geschafft?«, fragte Sabrina, als sie oben ankam.

Theobald, der von Burglos die Stoppuhr genommen hatte, antwortete: »Acht Minuten und vierzehn Sekunden!«

Ein sehr nachdenklicher Ragnar stand am Beckenrand und schüttelte den Kopf, als wenn er nicht glauben könne, was da gerade passiert war.

»Das war sehr gefährlich, Sabrina. So unvorbereitet sollte man nicht so lange tauchen«, sagte Burglos eher erschreckt als verärgert.

»Mir geht es gut, Herr Burglos. Ich habe es genauso gemacht, wie Sie gesagt haben. Ich habe meine Körperfunktionen heruntergefahren und meinen Herzschlag gesenkt.«

»So genau kann man das als Laie gar nicht steuern«, warf Ragnar erregt ein. »Das braucht jahrelanges Training. Ich schwimme schon, so lange ich denken kann. Wer bist du, dass du das so einfach können willst?«

»Ein Wunderkind!«, grinste Sabrina ihn an. Einige andere kicherten. Als das AG-Training endete, ließen sie einen völlig ratlosen Sportlehrer zurück. Diesmal war nicht mehr Elisabeth der

Star in der Umkleide, sondern Sabrina. Alle anderen Mädchen fragten sie dauernd, wie sie das gemacht habe, und wollten wissen, ob es ihr noch gut ginge. Doch Sabrina griff sich Elisabeth und beide verdrückten sich nach draußen, um über Klara zu sprechen. Aber sie konnten nicht reden, denn Ragnar tauchte plötzlich auf, als wenn er sie abgepasst hätte. Er folgte ihnen und sprach sie unvermittelt an.

»He, ihr beiden. Ich bin neu hier. Und ich weiß, ich sollte nicht gleich mit der Tür ins Haus fallen, aber ich würde euch gerne näher kennenlernen. Ihr habt mich heute schwer beeindruckt.«

»Wenigstens ein ehrlicher Verlierer«, kommentierte Sabrina, während Theobald sich auch zu ihnen gesellte.

»Entschuldigung, ich muss einfach fragen: Wie hast du das gemacht unter Wasser? Ich habe mein ganzes Leben trainiert und du schlägst mich gleich um Längen.«

»Genauso wie ich es vorhin gesagt habe. Ich habe meine Körperfunktionen heruntergefahren und meinen Herzschlag gesenkt. Aber ich verrate dir was, mein Hübscher, ich habe vorher auch etwas geübt.« Sabrina grinste ihn offen an.

Er wurde ein wenig rosig an den Wangen, nickte dann aber anerkennend. »Alle Achtung! Das war eine reife Leistung. Und du bist die sagenumwobene Elisabeth, richtig?«

»Na ja, sagenumwoben ist wohl übertrieben. Doch du hast recht. Ich bin Elisabeth«, antwortete diese. »Entschuldige. Ich bin heute nicht so gut drauf, weißt du.«

»Nicht gut drauf?« Ragnar starrte sie an. »Wie gut bist du denn, wenn du richtig gut drauf bist? Ich habe dich nur mit Mühe abhängen können.«

»Tja, solange die Gute hier noch Luft bekommt, ist sie fast unschlagbar, aber in den Tiefen des Meeres macht Brina sie platt«, sagte Theobald und trat hinzu.

Ragnar lachte. »Du bist Theobald, der mehr über Naturwissenschaften weiß als die Lehrer. Habe schon gemerkt, dass Wasser nicht dein Element ist, aber man kann ja nicht alles können, oder? Und ich dachte, all die Dinge, die mir meine Urgroßmutter über euch erzählt hat, seien ein wenig übertrieben. Ich muss leider los, habe noch Musikunterricht. Wir sehen uns.« Ragnar zwinkerte allen zum Abschied zu und eilte weg.

Plötzlich klingelte etwas in Elisabeths Kopf. »Wer ist denn deine Urgroßmutter?«, rief sie ihm hinterher. Er drehte sich auf einem Bein um und lief ein paar Schritte rückwärts. »Oh, du solltest sie kennen. Sie heißt Freya!« Damit verschwand er um eine Ecke.

»Der verarscht uns doch«, sagte Sabrina sofort, doch Theobald wurde nachdenklich. Elisabeth starrte Ragnar mit offenem Mund nach.

»He, Elle, mach den Mund zu. Dein Magen wird sonst noch kalt ... Elle?«

»Er hat gerade gesagt, dass seine Urgroßmutter Freya sei. Kommt euch das nicht auch merkwürdig vor?«

»Nun übertreibe mal nicht«, sagte Sabrina.

»Aber er sieht ihr wie aus dem Gesicht geschnitten aus, nur halt männlich«, antwortete Elisabeth.

»Moment. Woher willst du denn wissen, wie die echte Freya aussieht?«, fragte Theobald alarmiert.

Elisabeth druckste herum. »Ich bin in der Nacht, als wir den Schweigebund geschlossen haben, nicht ganz ehrlich zu euch gewesen.«

»Wie meinst du das? Du hast nicht Wodan, sondern Freya gesehen?«, bohrte Sabrina nach.

»Doch, nein, ich meine, ich habe beide gesehen. Wodan, Freya, die Wölfe Geri und Freki, die Raben Hugin und Munin. Freya hat sogar zu mir gesprochen. Ich habe es damals nicht gesagt, weil ich da noch nicht genau wusste, wer sie war, und außerdem wollte ich vor euch nicht wie eine doofe Angeberin dastehen.«

Sabrina nickte zögernd. »Das hätten wir vermutlich damals auch gedacht.«

Doch Theobald wurde plötzlich ganz aufgeregt. »Wenn das stimmt, dann bist du wirklich etwas ganz Besonderes. Wir alle drei sind das, aber du bist eine Auserwählte von den höchsten Göttern. Darauf kannst du dir wirklich etwas einbilden. Aber nochmal zurück zu Ragnar. Du sagst, er sieht Freya sehr ähnlich?«

Elisabeth nickte.

»Und du bist dir sicher, dass er kein Werwolf ist?«

»Absolut, das hätte ich gewittert. Auch kein anderes Werwesen. Aber da ist etwas in seinem Geruch ...«, antwortete Elisabeth nachdenklich.

»Mist. Ich habe ihn nicht gescannt. Wenn seine Herkunft stimmt, dann muss er eine Aura haben. Warum taucht er dann erst jetzt auf?«, hakte er weiter nach.

»Ähm ... wisst ihr, letzte Nacht habe ich zu Wodan und Freya gebetet, danach ist sie mir im Traum erschienen und hat gesagt, dass Hilfe kommen würde. Vielleicht ist er es«, gestand Elisabeth. Weiter erzählte sie, was sich sonst noch zugetragen hatte. Sabrina wusste schon von dem Verschwinden Klaras, aber die Szene mit der Alpha war neu und versetzte den beiden anderen einen Schock.

»Ich kann es mir aussuchen«, schloss Elisabeth resigniert. »Entweder ich lasse mich von ihr gleich töten oder ich kämpfe und werde dabei getötet. Sie ist so mächtig. Ich habe ihre Dominanz gespürt.«

»Oder du kämpfst und gewinnst. Du trainierst doch immerhin fleißig«, versuchte Sabrina zu beschwichtigen, aber es klang nicht ganz überzeugend.

Elisabeth schenkte ihr ein schwaches Lächeln. »Es ist unwahrscheinlich, dass ich sie besiegen kann. Außerdem kann ich jetzt nicht weiter trainieren, ich muss Klara suchen.«

Sabrina nickte. »Tu das! Ich gehe zu Frau Schramm und sage ihr, dass wir eine Notlage haben und die Suche nach den Kristallen unterbrechen müssen.«

»Danke dir dafür. Ich muss gleich los, um mich mit Albert zu treffen. Er will mir noch mehr von der bevorstehenden Vollmondfeier erzählen. Über unser Band wäre das zu viel. Es ist anstrengend, es länger offen zu halten, auch wenn ich darin besser werde.«

»Moment!«, unterbrach Theobald sie. »Nochmal zurück zu Wodan und Freya. Wir sollten auch herausbekommen, was das alles auf sich hat. Das war nicht das erste Mal, dass die hier mitgemischt haben, oder?«

»Doch«, erwiderte Elisabeth und machte eine kurze Pause. »Nein, warte mal. Ich habe in letzter Zeit immer mal wieder einzelne Raben bemerkt, die sonst keinem anderen aufgefallen sind. Meist sind sie aufgetaucht, wenn kurz darauf was Schlimmes oder Gefährliches passiert ist. Sie sind aber immer nur kurz vorher erschienen. Du meinst doch nicht etwa, dass das Hugin oder Munin waren?«

»Nicht direkt, würde ich mal vermuten, aber sie könnten sich andere Raben zunutze machen. Wenn das Vorahnungen sind, dann solltest du besser immer auf der Hut sein, wenn ein Rabe so unvermittelt auftaucht.«

»Wenn ich nur wüsste, was dann passiert. Sie tauchen einfach auf. Kurz bevor Oskar sich damals auf mich gestürzt hat, ist auch ein Rabe über mich hinweggeflogen. Ich habe mich noch gewundert, was der im dunklen Wald macht, als Oskar gegen mich prallte.«

»Wenn ich es mir genau überlege, hat mir Hel auch schon so manches Mal geholfen. Sie hat mir die Kraft gegeben, als Sophie mein Herz angehalten hat. Und auch auf dem Friedhof, als gleich zwei Tote aus dem Grab kamen«, erinnerte sich Sabrina.

»Wir sind alle drei auserwählt. Hat Jörd dir nicht die Kraft gegeben, deiner Mutter zu widerstehen, Theo?«

Er überlegte, dann nickte er.

»Und jetzt schickt Freya ihren Urenkel, um was genau zu tun?«, fragte Sabrina.

Elisabeth blickte ratlos, während Theobald nur die Schultern zuckte. »Wenn es Elisabeth nicht weiß, wie sollten wir es erraten? Vielleicht weiß er es selbst auch nicht. Ich werde auf jeden Fall lieber meine Energie darauf verwenden, Klara mit meinen Mitteln zu suchen. Vielleicht finde ich was Nützliches in dem Zauberbuch.«

Theobald verabschiedete sich mit der Erklärung, er wolle in seinen Kopien des Hexenbuchs nach Lösungen suchen. Die Mädchen gingen zu Frau Schramm, die selbstverständlich einsah, dass Klaras Verschwinden höhere Priorität hatte. Sie alarmierte sogar die Zwerge und bat sie, nach unterirdischen Verstecken im Harz zu suchen, wohin man Klara eventuell gebracht haben könnte.

Etwas später traf Elisabeth sich mit Albert und lief mit ihm nochmal jeden Ort ab, der ihr im Zusammenhang mit Klara einfiel. Dabei berichtete Albert, dass das Rudel immer noch pausenlos sowohl nach Klara als auch nach Oskar suche. Ein Teil sei aber auch mit den Vorbereitungen für eine große Feier beschäftigt.

Irgendwann kam ihr Gespräch auf den bevorstehenden Vollmond. Albert erklärte ihr nochmal die Verhaltensregeln und gab Tipps, um nicht die Wut der Alpha auf sie zu lenken, doch sie hörte nur mit halbem Ohr zu. Am späten Nachmittag ging Elisabeth schließlich alleine zurück nach Hause, nur um dort eine Polizeistreife anzutreffen. Zwei Beamte saßen mit ihren Eltern im Wohnzimmer und nahmen gerade die Vermisstenanzeige auf. Elisabeth hörte sie durch die Tür, entschied sich aber, nicht mit den Menschen zu sprechen. Dies war eine Werwolfangelegenheit, nichts für die Nichtmagischen. Sie schlich nach oben in ihr Zimmer. Aus lauter Verzweiflung fing sie an, an ihren Dachbalken Klimmzüge zu machen.

Verhört

Klara wurde wieder wach und stöhnte. Ihr ganzer Körper tat weh. Es war dunkel, doch sie lag nicht mehr in dem Kofferraum. Jemand musste sie herausgeholt haben, als sie bewusstlos gewesen war. Der Boden unter ihr bestand aus kaltem Stein, der durch die dünne Isomatte drückte, auf der sie lag. Jemand hatte notdürftig eine dünne Decke über sie gebreitet. Es roch feucht und muffig, irgendwo plätscherte Wasser. Sie öffnete langsam die Augen, doch sie sah immer noch nichts. Es war komplett finster. Vorsichtig versuchte sie, sich zu bewegen, und merkte, dass sie mit Ketten gefesselt war. Um die Handgelenke, Hals und Füße lagen schwere Metallschellen und juckten unangenehm auf der Haut. Klara fühlte sich schwach. Der Magen knurrte entsetzlich, während ihr trockener Hals sich so kratzig anfühlte, dass sie kaum schlucken konnte. Wasser. Irgendwo hörte sie Wasser. Klara versuchte, sich zu orientieren. Sie lauschte. Das Plätschern kam von links. Vorsichtig tastend bewegte sie sich darauf zu, doch dann spannten sich rasselnd die Ketten. Sie konnte es nicht erreichen. Während sie weiter in die Dunkelheit starrte, vernahm sie plötzlich ein entferntes Geräusch. Da musste jemand sein. Sie versuchte, um Hilfe zu schreien, aber es entschlüpfte nur ein Krächzen ihrer Kehle. Dann konnte sie hören, wie jemand näher kam. Es war zunächst nur der Hauch eines Lichtscheins, dann hüpfte der Kegel einer Taschenlampe über die Wände, als zwei Menschen die Höhle betraten. Jetzt erkannte sie, dass sie zwischen einer ganzen Reihe von Tropfsteinen lag. Ein massiver Ring war um einen dicken Stalagnat gelegt, an dem ihre Ketten hingen. Das Metall wirkte geschwärzt und alt, war aber nicht rostig oder brüchig.

»Da ist ja unsere kleine Prinzessin. Gut geschlafen?«, fragte die Frau mit ihrer samtigen Stimme. »Wie ich sehe, erholst du dich langsam. Das Wasser da würde ich nicht trinken. Es ist durch das Erz gelaufen und hat sich mit giftigen Mineralien angereichert. Es ist nicht gesund.«

Die Frau schien zu lächeln. Ihre Silhouette sah ganz normal aus, aber als sie in den Lichtkegel der Taschenlampe geriet, erkannte Klara, dass sie zwar jung war, kaum über zwanzig, doch etwas hatte sie so entstellt, dass Klara zurückschrak. Tiefe, vernarbte Krallenspuren und Bissmale verunstalteten ein einstmals hübsches Gesicht.

»Ja, schau nur, was man aus mir gemacht hat. Ich war einmal wunderschön, musst du wissen. Aber nun bin ich das nicht mehr.«

»Was wollen Sie von mir?«, krächzte Klara voller Angst.

Ein Lachen war von dem Mann zu hören, der bislang noch gar nicht gesprochen hatte. Er hatte einen leichten südländischen Akzent.

»Von dir wollen wir gar nichts, Kleine. Du bist nur das Faustpfand. Wir wollen …«

»*Silenzioso, Gionardo! Capisci?*«

Eine dritte Person hatte die Höhle betreten. Sie trug, bis auf die Gummistiefel, sehr elegante Kleidung. Die Art, wie sie die Höhle betrat, ließ gleich darauf schließen, dass sie es gewohnt war, zu befehlen. Der Mann zog den Kopf ein und stellte eilig einen Klappstuhl, den er anscheinend mitgebracht hatte, gegenüber von Klara an die Höhlenwand. Dann zog er sich demütig zurück. Die Frau setzte sich und nickte der jüngeren zu. Klara konnte sich vage erinnern, die Frau auf dem Stuhl schon einmal gesehen zu haben, doch sie konnte sich nicht entsinnen, wo das gewesen war.

»Du wirst uns einige Fragen beantworten!«, sagte die junge Frau wieder an Klara gewandt.

»Warum sollte ich das tun?«, presste Klara hervor, woraufhin sie einen Hustanfall bekam.

»Nun, wir haben Wasser und Essen für dich, aber du musst es dir verdienen. Was meinst du, wie lange du hier ohne Wasser und Nahrung überlebst?«

»Ich will zu meiner Mama!«

Ein Schnauben war von der vornehmen Frau zu hören, doch es sprach wieder die jüngere. »Du wirst noch eine Weile unser Gast sein. Deine Mama ist weit weg. Sie konnte dich nicht beschützen und auch deine Schwester nicht. Du weißt doch, was sie ist, oder?«

»Sie ist eine Werwölfin, wie Sie«, gab Klara mit einem Anflug von Trotz zurück.

»Kluges Mädchen. Ich denke, damit du sprechen kannst, hast du dir schon mal einen Becher Wasser verdient.«

Sie öffnete eine Mineralwasserflasche, füllte einen Plastikbecher und stellte ihn in die Nähe. Klara war so durstig, dass sie sofort zugriff und gierig trank. »Nicht so schnell! Nimm kleine Schlucke!« Doch der Becher war schon leer.

»Mehr!«, verlangte Klara und die Frau lächelte wieder ihr abschreckendes Lächeln. Als sie den Becher entgegennahm, sah Klara, dass die Hand der Frau komplett geheilt war. Keine Spur ihres Bisses war zu sehen, doch die nächsten Fragen rissen sie aus ihren Beobachtungen. Sie bekam anfangs einige einfache Fragen zu ihrer Familie gestellt. Sie beantwortete das, was man auch so herausfinden und überprüfen konnte, wahrheitsgemäß. Doch das war nur die Einleitung. Nun wurden die Fragen präziser.

»Wer hat deine Schwester gebissen? Und wann war das?«, fragte die Frau weiter.

Klara überlegte lange. Sie ahnte, dass sie diese Informationen nicht preisgeben durfte. Aber was konnte sie sagen? Schließlich antwortete sie: »Ich weiß es nicht! Ich wusste bis vor Kurzem überhaupt nicht, was sie ist. Ich habe nicht an so etwas wie Werwölfe geglaubt.«

»Warum schützt Albert sie? Schläft er mit ihr?«

»Ich ... ich weiß es nicht.«

»Wer ist diese Lilly?«

»Ich weiß es nicht wirklich. Sie ist aus Hannover aus dem Zoo. Warum fragen sie nicht einfach Elisabeth?«

»Was ist mit deiner Mutter? Wie konnte sie dem Blick unserer Alpha standhalten?«

Der drohende Blick aus gelblichen Augen, mit dem sie befragt wurde, schürte Klaras Angst. Sie wich so weit zurück, wie sie es vermochte. Währenddessen rasten ihre Gedanken, weil sie nicht ganz verstand, was man eigentlich von ihr wollte. Die elegante Frau musste die Alpha sein. Aber warum war sie hier alleine ohne ihren Mann? Wusste er gar nicht, wer Klara entführt hatte?

»Antworte!«, forderte die Frau sie auf.

»Ich weiß es nicht!«, schrie Klara zurück.

Die Alpha lehnte sich vor, schnupperte und zischte: »*Bugia!* Sie lügt. Ich kann es riechen!«

Dann runzelte sie die Stirn und kam so nahe, dass Klara sie fast hätte berühren können, ihre Augen wurden plötzlich rot glühend und ihre Gesichtszüge bekamen etwas Wölfisches, als sie weiter die Luft einsog. Eine Hand schoss vor und griff Klaras Handgelenk. Sie zog die zitternde Klara zu sich heran und beschnupperte sie ganz nah. Die Frau strahlte so viel Macht aus, dass Klara sich einnässte. Überraschenderweise wurde sie plötzlich grob zurückgestoßen, dass sie über ihre Ketten fiel und zu Boden ging. Erneut stachen die gebrochenen Rippen in ihrer Seite und sie wurde fast wieder ohnmächtig. Die Alpha drehte sich wütend zu der jüngeren Frau um und schlug sie so heftig mit dem Handrücken, dass diese durch die Höhle geschleudert wurde und gegen einen Stalagmiten krachte.

»Das hättet ihr nicht tun dürfen!«, knurrte sie mit viel tieferer Stimme. Sie stieß noch weitere Verwünschungen auf Italienisch aus. Der Mann lief zu der jungen Frau und versuchte, die Alpha mit Worten und unterwürfigem Verhalten zu beschwichtigen. Er schien Erfolg zu haben. Sie drehte sich wieder zu Klara um, die inzwischen wimmernd und noch verwirrter als vorher am Boden lag.

»So, du hast dich also richtig gewehrt, *Ragazza*. Damit hast du dein Schicksal selbst besiegelt. Gib ihr genug zu essen, damit sie uns vorher nicht wegstirbt, sonst hole ich mir deinen Kopf, Magdalene. Sie wird uns bald sehr nützlich sein. Wenn du sie gefüttert hast, habe ich noch einen weiteren Job für dich. Der wird dir gefallen.«

Mit zwei schnellen Schritten war sie über Klara und riss ihr ein Büschel Haare aus, dass diese aufschrie und so weit vor ihr flüchtete, wie es die Ketten zuließen. Die Frau hielt das Büschel Magdalene hin, die es nickend entgegennahm. Ohne ein Wort abzuwarten, drehte sie sich um und verschwand aus der Höhle. Der Mann, den die Frau vorher Gionardo genannt hatte, beeilte sich, ihr zu folgen.

Die junge Frau wischte sich das Blut aus dem Gesicht und kam auf Klara zu. Nur noch eine der Taschenlampen erhellte die Höhle, aber langsam hatten sich Klaras Augen an die Dunkelheit gewöhnt. Die Frau beugte sich über Klara, riss brutal ihren Mund auf und begutachtete ihre Wangen und die Zunge. Dann ließ sie sie los und trat mit einem säuerlichen Gesichtsausdruck zurück. Ihre Augen leuchteten jetzt in Wolfsgelb, sodass Klara noch mehr Angst bekam.

»Wenn sie nicht über dich entschieden hätte, dann könntest du dich glücklich schätzen, Kleine. Keine äußerlichen Wunden. Du hast deine Zunge mit erwischt, als du mich gebissen hast. Es ist in deine Blutbahn geraten.« Sie schüttelte den Kopf. »Schätzchen, ich gehe und hole dir besser was zu essen. Genieße diese letzten Stunden. Dir stehen Qualen bevor, die du dir nicht einmal in deinen kühnsten Träumen vorstellen kannst. Schlaf am besten. Du wirst es brauchen.«

Damit stellte sie noch die Flasche Wasser und eine Packung Kekse vor Klara ab und ging ebenfalls. Sie nahm das Licht mit. Zurück blieb ein Häufchen Elend, das kalt und voller Schmerzen im Dunkeln saß und jetzt hemmungslos weinte.

Magische Suche

Es war der vorletzte Tag vor der Vollmondnacht im November. Theobald kroch eilig zurück durch den Tunnel. Endlich hatte er im Buch seiner Mutter einen Aufspürzauber gefunden. Die meisten Komponenten, die er dafür benötigte, waren gewöhnlich. Was ihm jedoch Kopfzerbrechen bereitete, war allerdings die Tatsache, dass er sich für den Spruch komplett öffnen musste, um seinen Astralleib auf die Suche zu schicken. Während dieser Zeit war er hilflos und konnte seinerseits aufgespürt werden.

Daher durfte er den Zauber auf keinen Fall in der Nähe seiner Mutter ausführen. Sie würde es sicher sofort entdecken. Er fasste einen Plan, ging zu Sabrina und überredete sie, ihn während der Zeit zu schützen. Als er ihr berichtete, wie er sich das vorstellte, wurde Sabrina bleich. Auch musste er ihr klarmachen, dass er Elisabeth nicht informieren würde. Sie hätte sicher etwas dagegen, dass er sich derart in Gefahr begab. Schließlich willigte Sabrina widerstrebend ein.

Theobalds Plan führte sie zunächst zum Bauernhof mit den vielen Katzen. Sabrina bekam Gewissensbisse, als er zwei der Tiere anlockte und dann am Nackenfell packte, um sie in seinen Rucksack zu stecken. Doch als sie darüber nachdachte, was sie tun sollte, unterdrückte sie ihre Gefühle. Sie würde diesmal etwas mehr brauchen als nur eine Spinne. Die beiden steuerten den alten Pestfriedhof weit außerhalb Zellerfelds an, der auf keiner modernen Karte mehr verzeichnet war. Sabrina fand ihn jedoch mit schlafwandlerischer Sicherheit. Sie spürte die Toten in ihren Massengräbern, je näher sie kamen. Inzwischen waren Generationen von Bäumen darüber gewachsen. Es sah aus wie ein ganz gewöhnliches Stück Wald. Unter den Fichten lag weniger Schnee. Sie räumten eine Stelle frei, die Sabrina sorgfältig auswählte. Zunächst zogen sie einen Kreis mit Salz, der diesmal groß genug war für zwei Personen. Dann begann Sabrina ihr Ritual. Sie wollte ein paar Untote beschwören, die sie schützen sollten. Theobald befürchtete, dass man ihn aufspüren und angreifen könne, während er hilflos da lag.

Inzwischen wusste Sabrina, dass sie keinen Namen brauchte, um Tote aus dem Grab zu holen. Der war nur dann erforderlich, wenn sie den Geist der Person im Körper hervorholen wollte. Diesmal benötigte sie lediglich Wächter. Sie konzentrierte sich, griff dann in den Rucksack und holte eine der Katzen heraus. Sie war sich der Blicke Theobalds bewusst, der von ihrem Tun völlig fasziniert zu sein schien. Langsam zog sie das Messer, das sie inzwischen immer bei sich trug. Es war ein kleines Taschenmesser, das ihr Vater einmal von einer Seereise mitgebracht hatte. Dann opferte sie mit einem schweren Seufzer die Katze und sprenkelte ihr Blut auf das Grab vor sich. Nie zuvor hatte sie so ein wertvolles Tier geopfert. Deswegen übermannte sie die berauschende Wirkung beinahe. Ihre Augen brannten in schwarzblauem Licht und sie sah, wie die

Lebensenergie der Katze in den Boden gesogen wurde, während sie die Worte sprach. Dann spürte sie, wie sie sich erhoben.

»Theo, erschrecke bitte jetzt nicht. Es werden ein paar mehr«, flüsterte sie, als die Toten kurz davor waren, durch die Erde zu brechen.

Erst schien es, als wenn vor ihnen der ganze Boden zu brodeln begann, dann streckten sich knochige Hände und Arme hervor. Theobald hielt vor Anspannung die Luft an. Es erhoben sich über zwei Dutzend. Und sie waren alt. Die Pest hatte Mitte des 14. Jahrhundert in Zellerfeld gewütet. Die Toten hätten eigentlich nur noch Staub sein müssen, aber das Blut der Katze hatte ihnen wieder Substanz gegeben. Sabrina schluckte, denn sie würde sie vollständig binden müssen, um sie zu kontrollieren. Das hieß, dass sie ihnen von ihrem Blut geben musste. Bei nur zwei Toten war das nur ein wenig, aber sie zählte jetzt sechsundzwanzig. Sie ließ sie alle um den Kreis zusammentreten und niederknien. Die Konzentration, die Sabrina dafür aufbringen musste, war enorm, denn die Toten gierten nach Leben, da sie nun einmal erweckt waren. Als sie sich drehte, um sie ganz nahe heran zu steuern, erhaschte sie einen Blick auf Theobald, der den Blitzstab der Jägerin umklammert hielt und mit einer Mischung aus Todesangst und faszinierter Bewunderung Sabrina bei ihrem Werk beobachtete. Er brachte kein Wort hervor, aber das war auch gut so. Sabrina schnitt sich in den Finger und begann, die Toten einen nach dem anderen zu binden. Sie benötigte mehr Blut als bei den jüngst Verstorbenen in Zellerfeld und musste ständig aufpassen, weil die Toten versuchten, an ihrem Schnitt zu saugen. Einmal tat sie einen unsicheren Schritt und sofort nutzte einer von ihnen es aus und grub seine drei verbliebenen Zähne in ihre Hand und sog gierig. Es kostete sie alle Willensanstrengung, um ihn zum Loslassen zu bringen. Sie musste sich ein Taschentuch auf die Wunde drücken, weil das Blut schnell heraussickerte.

Jetzt keuchte Theobald doch hörbar auf: »Er heilt, dein Blut hat ihn ein Stück weit geheilt. Sieh nur!«

Und tatsächlich wurden die Knochen des Toten fester und Fäden aus magischer Energie banden sich über den Körper zu Sehnen und Muskeln zusammen. Blaues Licht glomm in seien Augenhöhlen. Doch noch war Sabrina nicht fertig. Als sie schließlich den letzten Toten gezeichnet hatte, spürte sie die Kontrolle über alle, allerdings wurde ihr etwas schwindelig.

»Fang an! Sie werden uns schützen.«

Theobald wollte sich gerade ebenfalls hinsetzen, als ein wilder Schrei die Stille im Wald zerriss und etwas auf die Skelette zustürzte. Sabrina ließ sie sich umdrehen und eine Wand formen. Theobald erhob den Stab, bereit, sofort einen Blitz los zu jagen, falls der Angreifer durchbrechen sollte.

Eine wilde Stimme rief: »Geht weg von ihnen. Ich schicke euch alle zurück zu Helja.«

Sabrina spürte, wie die ersten beiden von ihnen zerbarsten, als sie hart von etwas getroffen wurden, doch die Toten waren zu zahlreich und Sabrina ließ sie den Angreifer zu Boden drücken. Er wehrte sich mit wilden Schlägen eines Schwertes, das ein um das andere Skelett in Stücke hackte, doch schließlich hatten sie ihn am Boden fixiert. Noch bevor Theobald etwas rufen konnte, schlug das Skelett mit den blauen Augen den Angreifer mit einem Stein bewusstlos. Es schien im Gegensatz zu den anderen eine gewisse Intelligenz zu haben.

»Ragnar? Oh nein! Sabrina, es ist Ragnar. Lass ihn los! Ich denke, er wollte uns nur helfen.«

Sabrina erkannte nun auch den Jungen mit der wilden Mähne und zog ihre Skelette zurück. Es waren noch achtzehn übrig, einige davon reichlich lädiert. Ragnar lag ohnmächtig vor ihnen. Gemeinsam zogen und hoben sie ihn in den Schutzkreis, vorsichtig darauf bedacht, die Salzlinie nicht zu durchbrechen.

»Er hat ganz schön was abgekriegt«, stellte Theobald fest und sagte dann weiter: »Verbinde du ihn, so gut du kannst. Ich habe dieses Verbandspäckchen dabei. Währenddessen kann ich endlich Klara suchen.«

»Und wenn er erwacht? Was dann?«

»Er wird uns schon nichts tun. So wie ich das sehe, hat er versucht, die Skelette daran zu hindern, dass sie uns was tun. Er konnte ja nicht ahnen, dass du sie selbst herbeigerufen hast. Sein Schwert nimmst du aber besser erst einmal an dich.«

Nach einigem Zögern setzte sich Theobald hin und bereitete seinen Zauber durch Abbrennen von Weihrauch und anderen Dingen vor. Er holte ein Haargummi aus einem kleinen Kästchen, in dem noch andere Dinge lagen, und schloss die Augen, nachdem er sein Amulett weggesteckt hatte.

»Ist das eines von Klara? Wo hast du das denn her?«, fragte Sabrina unvermittelt, doch Theobald reagierte nicht. Anscheinend besaß Theobald noch von anderen Menschen persönliche Dinge. Jetzt fragte sie sich, ob er auch von ihr etwas besaß. Sie würde ihn zur Rede stellen, wenn er wieder bei sich war.

Sabrina verband währenddessen Ragnars Wunden. Trotz seines überraschenden Auftauchens, was darauf schließen ließ, dass er ihnen nachspioniert hatte, tat er Sabrina leid. Er war sehr mutig gewesen. Sie wechselte auf den magischen Blick und studierte seine Aura. Ragnar hatte eine leicht glitzernde Aura in einem warmen Goldton. Sabrina hatte eine so schöne Aura noch nie gesehen und starrte ihn eine Weile an. Mit einem Seitenblick auf Theobald sah sie, dass dieser inzwischen auf der magischen Ebene stark grünlich zu leuchten begann.

Theobald fokussierte Klara in seinem Geist und sandte ihn dann auf die Reise. In der Theorie war der Zauber gar nicht so kompliziert beschrieben, aber jetzt stellte er fest, dass das größte Problem darin bestand, das Gefühl für die Spur aufrechtzuerhalten. Die Welt des Astralraums, in die er eintauchte, sah im Grunde nur grau und schemenhaft aus, ein bisschen so, wie es beim magischen Blick war. Das Einzige, was Farbe hatte, waren die magischen Auren. Mit seinem eigenen, grün leuchtenden Körper verband ihn ein silberner Faden, der seine Seele am Körper festhielt. Er konnte sehr gut die starke Macht von Sabrina und den Untoten erkennen, die sie gerade kontrollierte. Ragnars goldene Aura fiel ihm ebenfalls auf. Er hätte sie gerne länger studiert, doch er musste sich beeilen, denn Ausflüge in den Astralraum konnte man nicht allzu lange aufrechterhalten, ohne Schaden zu nehmen. Das Haargummi hatte eine so dünne Bindung an Klara, dass er sich sehr darauf konzentrieren musste, um diese nicht aus den Augen zu verlieren. Außerdem würde sie nicht ewig halten.

Da man im Astralraum nicht an die physikalischen Gesetze gebunden war, konnte Theobald dort allein mit der Kraft seiner Gedanken ›fliegen‹. Je näher er Klara kam, desto stärker wurde das Gefühl und er konnte beschleunigen. Schließlich näherte er sich

Rübeland im Ostharz. Die Spur führte nicht ins Tal, sondern auf die südliche abgewandte Bergflanke. Er näherte sich einem Einbruch im Gestein, vor dem drei Wagen standen. Er konnte deutlich sehen, dass hier mehrere Personen mit roten magischen Auren standen und Wache hielten. Nachdem, was er bereits wusste, vermutete er Werwölfe. Unsicher, ob sie ihn im Astralraum bemerken konnten, schwebte er Deckung ausnutzend an ihnen vorbei. Sie nahmen keine Notiz von ihm. Die Spur führte in die Senke und um einen Stein herum, hinter dem sich der verborgene Eingang zu einer Höhle auftat. Nach einigem Zögern schlüpfte Theobald hinein. Er folgte dem Verlauf der Höhle, bis er schließlich vor sich Auren erkennen konnte. Er duckte sich hinter einem besonders großen Stalagmiten. Es waren insgesamt sechs Auren zu erkennen. Eine tiefrote Aura von großer Macht war darunter, ebenso zwei weitere, deutlich schwächere Auren, ebenfalls in Rot. Vermutlich waren das Werwölfe. Die vierte Aura strahlte in tiefem Schwarzblau wie die von Sabrina, also jemand, der Nekromantie wirkte. Dann befand sich da noch eine starke violette Aura, die Theobald nicht einordnen konnte. Ganz in der Ecke hockte eine kleine Aura, die pulsierte und hin und her schwankte zwischen hellem Grau, Rosa und ab und zu etwas Rot. Leider hatten Auren mit dem Erscheinungsbild der Personen in der realen Welt so wenig zu tun, dass man nicht direkt erkennen konnte, wem die jeweilige Aura gehörte. Das Astralbild war ganz anders als der reale Körper. Er versuchte zu lauschen. Dazu, so wusste er, musste er seiner Projektion mehr Substanz geben, was ihn noch mehr Konzentration und Kraft kostete. Zunächst gelang es ihm nicht und er wollte schon frustriert aufgeben, als er endlich den Dreh heraus hatte. Nun wurde er sich bewusst, dass man ihn ab jetzt auch hören konnte, doch er hatte Glück, weil die Personen gerade aufgeregt miteinander sprachen.

»Das ist völlig undurchdacht«, rief die eine Stimme gerade, die Theobald nicht kannte. »Bei dem Plan kann so viel schiefgehen. Wie willst du denn sichergehen, dass sie überhaupt kommt. Es hat ja schon einmal nicht geklappt.«

»Diesmal ist es anders. Wir haben die Kleine als Köder«, antwortete die starke rote Aura.

»Woher willst du überhaupt wissen, dass es die junge Werwölfin ist. Ihr habt keinen Test gemacht. Immerhin wurde eine unserer verschworenen Jägerinnen durch Nekromantie ausgeschaltet. Das ist ein Indiz. Ich wette, es ist diese andere, die an meinem Grabsiegel herumgefingert hat und wohl die Handschuhe von der Großmeisterin Steiger besitzt«, sagte die Schwarzblaue.

»Nur weil das dein Fachgebiet ist. Bilde dir nicht allzu viel auf deine Untoten ein. Immerhin wurden insgesamt drei Jägerinnen ausgeschaltet, und bei den anderen beiden wurde das Gedächtnis so gründlich gelöscht, dass nur ganz wenige Hexen dafür in Frage kommen. Ich tippe hier auf Anna Binsenkraut«, warf wieder die Violette ein.

»Warum sollte sie das getan haben? Sie hat dir doch geholfen, oder?«

»Schon, aber das war nur ein Test von mir. Ich wollte sie aus der Reserve locken, um rauszubekommen, wie viel sie weiß.«

»Das ist ja ganz schön nach hinten losgegangen. Vor der Aufbahrungshalle hat sie sich dir ja auch schon in den Weg gestellt. Sie schützt jemanden. Darauf wette ich meinen Geruchssinn«, sagte wieder die Rote.

»Bedenke, dass Anna es auch war, die Borga erst aufgespürt und dann entkommen lassen hat«, setzte die Schwarzblaue hinzu.

»Du hast es immer noch nicht kapiert, Inga, oder? Ich hatte gehofft, dass Anna Binsenkraut bei dem Versuch stirbt, Borga zu fassen. Es wäre so viel leichter gewesen, wenn sie uns jetzt nicht in die Quere kommen könnte. Außerdem hat sie noch ein oder zwei Freunde im Berlin, die auf sie hören würden, wenn sie Alarm schlüge.«

»Was könnte die Binsenkraut denn schützen wollen?«, hakte die Rote nach.

»Nicht was, sondern wen. Ich vermute, sie weiß, wer der oder die Auserwählte ist. Aber sie ist eine sehr harte Nuss. Um sie kümmere ich mich erst, wenn wir die Macht der Auserwählten geopfert und uns mit ihr gestärkt haben«, sagte nun wieder die Violette.

»Egal, selbst wenn diese Elisabeth nicht die Auserwählte sein sollte, dann wird sie trotzdem sterben. Sie hat die Frechheit besessen, mich in Gegenwart meines Mannes zu demütigen, und er hat ihr verziehen. Stattdessen hat er mich wegbringen lassen. Meine Leute überwachen sie jetzt rund um die Uhr. Ich warte nur auf den kleinsten Fehltritt«, knurrte die Rote.

Nun war Theobald sich sicher, dass es die Alpha sein musste.

»Reg dich ab. Dass ihr Werwölfe immer so emotional sein müsst. Es ist noch eine Nacht bis Vollmond und dann schwelgen wir in fast unbegrenzter Macht. Die Truppen, die ich auffahren werde, werden uns alleine schon den Sieg bescheren.«

»Diese Sabrina kann dir aber mit den Handschuhen gefährlich werden«, warf die Violette ein.

»Möglicherweise. Ich habe letztens versucht, sie aus ihrem Zimmer zu stehlen, als sie nicht da war. Stellt euch vor. Sie hat ein totes Meerschweinchen erweckt und hält es in ihrem Käfig.«

»Aber die Handschuhe hat sie immer noch. Sie tragen einen Teil von Sophies Macht. Wie hat sie die eigentlich aus ihrem Grab herausbekommen?«

»Das muss passiert sein, bevor ich es versiegelt habe. Das Mädchen hätte mit den Handschuhen vielleicht ausreichend Potenzial. Ich habe ihre Aura gescannt, als sie mir in Goslar über den Weg gelaufen ist. Sie besitzt schon Macht und hat es irgendwie geschafft, ihre Aura zu maskieren, wenn auch nicht gut genug für meine Fähigkeiten. Allerdings hat sie nicht die passende Ausbildung. Sowas dauert Jahre«, kommentierte die Schwarzblaue.

»Immerhin muss sie es auch gewesen sein, die eine Jägerin mit Nekromantie getötet hat«, warf die Rote säuerlich ein.

»Eine Verzweiflungstat«, gab die Schwarzblaue zurück.

»Dann hoffe mal, dass sie übermorgen nicht verzweifelt ist.«

»Wir sollten jemanden schicken, der sie morgen abfängt. Ich stelle einen meiner Leute dafür ab. Das sollten wir nicht dem Zufall überlassen«, riet die Violette.

»Dann ist das ja geklärt. Also dann gilt es. Wir treffen bei Vollmond an der Einhornhöhle zusammen. Kommt aber erst, wenn ich euch das Zeichen gebe, dann wird es ein Kinderspiel. Jetzt werde ich erst mal losfahren und mir Albert vorknöpfen. Die Kleine kommt gerade wieder zu sich. Wir füttern sie heute zum letzten Mal. Ab morgen früh wird sie hungern«, sagte die Rote.

»Warum soll sie hungern? Sie ist doch dein Faustpfand?«, fragte die Violette.

»Das ist meine ganz besondere Rache an der aufmüpfigen Wölfin, die meinem Sohn den Kopf verdreht hat.«

»Du weißt doch, dass wir sie lebend brauchen. Tot nützt sie uns nichts mehr«, sagte die Schwarzblaue.

»Lebend, ja doch. Aber von unverletzt war nicht die Rede. Ich will meine Rache, wie …«, sie hielt inne, »habt ihr das auch gehört?«

»Was?«, fragte die Schwarzblaue.

»Da, ich sehe eine Aura hinter dem Stalagmiten dort«, rief die Violette und zog einen Stab.

Theobald geriet in Panik. Er hatte genug gehört, um sich klar zu sein, dass hier ein Komplott im Gange war, das alle bislang vermuteten Dinge überstieg. Jemand sollte geopfert werden. Er musste hier weg und alle warnen. Leider konnte er konnte nicht hinter seinem Versteck hervor, ohne sich direkt auf dem Präsentierteller zu befinden. Und er war sich sicher, dass die anderen drei mit ihm kurzen Prozess machen würden.

»Komm raus, wir wissen, dass du da bist«, knurrte die rote Aura und schlich zum Ausgang, um ihm den Weg abzuschneiden.

»Es ist eine tiefgrüne Astralprojektion. Annas ist gelbgrün. Wer ist das?«, fragte die Schwarzblaue, während sie zur anderen Seite schlich.

Gleich würden sie ihn erwischen. Theobald nahm all seinen Mut zusammen und raste los. Die Alpha schlug noch nach ihm, verfehlte ihn jedoch, weil sie nicht damit gerechnet hatte, dass er fliegen konnte. Doch dann traf ihn ein sengender Strahl in den Rücken und jagte Schmerzwellen durch seinen Körper. Theobald raste seinem silbernen Faden folgend aus der Höhle. Als er die ersten Kurven passiert hatte, dachte er schon, dass er entkommen wäre, doch erneut traf ihn ein Schlag. Diesmal war es eine andere astrale Präsenz. Es war die Frau mit der violetten Aura, die ihm in den Astralraum gefolgt war. Verzweifelt floh Theobald weiter. Noch mehr Schmerz, dann wurde alles schwarz vor seinen Augen.

Reanimation

Sabrina saß im Salzkreis und befand sich als einzige bei Bewusstsein. Ragnar war immer noch k. o. und Theobald von seinem Zauber weggetreten. Er hockte nach vornübergebeugt, als schliefe er. Sabrina beobachtete die Skelette außerhalb des Kreises, die immer noch dastanden und auf Anweisungen warteten. Eines von ihnen war das mit den blau glimmenden Augenhöhlen und den teilweise wieder geheilten Sehnen und Muskeln. Im Gegensatz zu den anderen, die recht schlaksig und langsam reagierten, bewegte es sich geschmeidiger und schien sie momentan sogar zu beobachten. Sabrina konnte keine Seele bei ihm ausmachen, aber einiges in seinem Verhalten deutete auf eine rudimentäre Intelligenz hin. Sabrina hätte gerne Sophie gefragt, was es damit auf sich hatte, aber sie wollte nicht riskieren, jetzt die Kontrolle über die gebundenen Toten zu verlieren.

Es fing langsam wieder an zu schneien und ihr wurde kalt. Sie hatte Durst und Hunger. Nach dem Blutverlust war das auch kein Wunder. Sie kramte in ihren Taschen und fand einen eingepackten, zerdrückten Keks vom Anno Tobak. Sie aß die Krümel, aber das machte sie noch hungriger und trocknete den Mund so aus, dass ihre Zunge am Gaumen klebte. Doch dann wurde sie abgelenkt.

Theobalds Körper begann plötzlich zu zucken und er schrie schrill auf. Sabrina fuhr zusammen und versuchte, ihn zu halten. Das Zucken wurde immer heftiger. Plötzlich sackte er nach hinten, wobei er nur deswegen nicht aus dem Kreis fiel, weil Ragnar schräg hinter ihm lag. Sabrina konnte gerade noch sehen, wie Theobalds Astralkörper schlaff wie ein nasser Sack in den Körper zurückgezogen wurde. Dann begann seine Aura zu verblassen. Auch wenn Sophie ihr das noch nicht erklärt hatte, erahnte sie, was das bedeutete, und die Angst ließ sie stärker zittern, als die Kälte es je vermocht hätte.

Theobald starb gerade.

Sabrina versuchte Mund-zu-Mund-Beatmung und fing mit Herzdruckmassage an, doch mit dem immer noch aktiven magischen Blick sah sie, dass es nicht funktionierte. Tränen schossen ihr in die Augen, während sie verzweifelt um Theobalds Leben kämpfte. »Komm schon, du kannst nicht einfach so wegsterben. Theo, bleib bei mir!«, schrie sie ihn immer wieder an. Sie merkte gar nicht, wie die Zeit verging. Es wurde bereits wieder dunkel und immer noch kämpfte sie verbissen weiter.

Sie war so beschäftigt, dass sie gar nicht merkte, wie Ragnar wieder zu sich kam. Er hob den Kopf und es schien, als wenn er erst etwas brauchte, um zu begreifen, was vor sich ging. Dann zeigte sich plötzlich jähe Erkenntnis auf seinem Gesicht.

»Wenn jemand stirbt, dann muss jemand ins Totenreich gehen«, sagte er schließlich.

Sabrina unterbrach ihre Wiederbelebungsmaßnahmen und starrte Ragnar an. Sie war nahe dran, vor Erschöpfung umzukippen.

»Helja hat gerufen, und sie erwartet, dass jemand kommt. Aber ich verstehe jetzt, dass du ihre Dienerin bist. Du kannst ihn retten.«

»Wie denn?«, wimmerte sie. »Ich weiß doch noch gar nicht genug.«

»Jemand stirbt und jemand geht zu Helja. Du kannst den Tod betrügen. Es muss ein anderes Leben gehen, dann kannst du vielleicht dieses retten«, sagte er ernst.

»Waaas? Ich soll jemanden töten, damit Theo überlebt?«, begriff sie endlich.

»Ein Leben für ein anderes«, bestätigte Ragnar.

»Hier sind nur wir beide. Ich kann doch nicht dich opfern, um Theo zu retten.«

»Das ehrt dich und macht dich zu einer würdigen Dienerin. Entschuldige, wenn ich vorhin falsch von dir gedacht habe, als ich deine Leichen angriff. Ich wähnte euch in Gefahr. Ich schulde dir wohl einen großen Gefallen«, sagte er.

»Aber wen soll ich denn opfern? Hier ist doch sonst niemand«, schrie sie jetzt schon fast.

»Doch!«, sagte Ragnar und wies auf den Rucksack, der sich bewegte, weil die zweite Katze gerade versuchte, herauszugelangen.

»Einer Katze wird nicht umsonst nachgesagt, dass sie neun Leben hätte. Sie ist würdig. Aber beeile dich, sonst steigt der Preis.

Helja wird ihn nicht für eine Katze hergeben, wenn er einmal bei ihr ist.«

Sabrina schluckte schwer, aber die Angst um ihren Freund ließ ihr Unterbewusstsein handeln, wo ihr Verstand sich noch sträubte. Sie holte die Katze heraus und schloss die Augen für ein Stoßgebet an Hel, die Ragnar die ganze Zeit Helja nannte. Und dann wusste sie plötzlich, was sie tun musste. Blut! Es hatte alles immer irgendwie mit Blut zu tun, ganz besonders in der Nekromantie.

»Halte seinen Mund auf«, sagte sie zu Ragnar. Er half sofort. Sabrina entschuldigte sich bei dem Kätzchen, das maunzte und schnurrte, weil es keine Ahnung hatte, was ihm gleich passieren würde. Dann schnitt Sabrina dem Tier die Halsschlagader auf und hielt das plötzlich wild zappelnde Tier über Theobalds Mund, während sie in Gedanken Hel anflehte, das Opfer anzunehmen und Theobald zurückzuschicken. Die anfänglich heftige Gegenwehr des Kätzchens wurde schnell weniger, während sein Lebenssaft in Theobalds Mund floss. Irgendwann tropfte es nur noch, dann versiegte das Blut ganz. Sabrina starrte auf das, was sie gerade getan hatte. Immer noch den leblosen Körper der Katze in den Händen, beobachtete sie, wie das Blut in Theobalds Kehle langsam versickerte. Ragnar hielt immer noch seinen Kopf.

»Jetzt hauche ihm schon das Leben wieder ein«, sagte Ragnar.

Sabrina wollte erst fragen, wie sie das tun sollte, doch im Grunde war es ihr klar. Als wenn eine unsichtbare Hand sie führen würde, beugte sie sich über ihren Freund und blies ihm kräftig Luft in die Lungen. Sie schmeckte warmes Blut und das Prickeln von Magie, als ihre Lippen sich über seinen schlossen. Dann wartete sie. Plötzlich bäumte sich Theobald auf und bespuckte Sabrina mit einem Schwall Blut. Er hustete heftig und rang wild nach Luft.

Sabrina kniete vor ihm und begann, hysterisch zu lachen. Es war einfach zu viel für sie. Ihr Verstand drehte durch.

»Brina? Was ist passiert?«, fragte Theobald plötzlich und erhob sich. Doch sie antwortete nicht. Stattdessen wechselte sie schlagartig von Lachen zu Weinen und fiel ihm um den Hals.

»Willkommen zurück, Theobald!«, sagte Ragnar und wischte sich das Blut aus dem Gesicht, das auch ihn getroffen hatte. »Es sieht so aus, als wenn du Sabrina hier dein Leben schuldest. Sie ist eine wahre Dienerin Heljas.«

»Ich verstehe nicht. Warum sind wir alle voller Blut?«, fragte Theobald verwirrt.

Sabrina ließ von ihm ab und schniefte laut. »Weißt du denn gar nicht mehr, was passiert ist?«

»Ich kann mich nur noch daran erinnern, dass mich etwas getroffen hat, dann wurde alles um mich herum schwarz«, sagte Theobald. »Nein, wartet, ich erinnere mich doch. Da war ein Licht, auf das ich zugetrieben bin. Und dann wurde es windig und etwas ist an mir vorbeigeschwebt. Ich habe dich rufen gehört, dann bin ich gefallen.«

»Du warst auf dem Weg zu Heljas Pforte. Sabrina hat dich zurückgeholt«, sagte Ragnar.

»Was machst du eigentlich hier? Ich denke, du schuldest uns eine Erklärung«, fragte Theobald.

»Ich bin euch gefolgt, weil ich wissen wollte, was ihr vorhabt. Aber unterwegs habe ich jemand umgehen müssen, der euch auch nachspioniert hat. Es war so ein Mann mit Kamera. Ich habe ihn angesprochen, ich hätte mich verlaufen und nach dem Weg gefragt, bis er nicht mehr gesehen hat, wohin ihr abgebogen seid.«

»Und wie hast du uns gefunden?«, fragte Theobald weiter.

»Na ja, ich kann Spuren lesen und laufen kann ich auch schneller als ihr.« Ragnar versuchte zu grinsen, dann streckte er die Hand aus. »Freunde?«

Theobald machte Anstalten einzuschlagen, doch dann sah er Sabrina an, die die beiden Jungen lange regungslos anstarrte. Dabei rutschte sie so weit weg von den beiden, wie sie es in dem Salzkreis nur konnte, und umklammerte ihre Beine.

Mit harter Stimme sagte sie: »Ich hoffe, dein Astralausflug rechtfertigt, dass du gerade gestorben bist und ich heute ein weiteres Leben nehmen musste, um deines zurückzuholen.«

Theobald sah sie schuldbewusst an. Schließlich rappelte er sich hoch, nahm Sabrina in den Arm und drückte sie lange.

»Du bist die beste Freundin, die ich habe. Und nun verdanke ich dir mein Leben. Du bist die stärkste Nekromantin auf der Welt.«

Nun lachte Ragnar auf. »Ihr seid schon ein verrücktes Team. Aber wo habt ihr Elisabeth gelassen? Ich dachte, ihr würdet sie treffen.«

Sabrina kniff die Augen zusammen. »Du hast ein auffällig hohes Interesse an meiner besten Freundin. Wer bist du überhaupt, dass du hier im Harz so einfach auftauchst und glaubst, dass wir dir gleich voll vertrauen? Bei dem, was du bereits mitbekommen hast, müssten wir dich eigentlich loswerden.«

Ragnar lachte lauter. »Da brauchst du dir keine Gedanken zu machen. Ich bin hier, um euch zu helfen, und weil ich noch eine andere Aufgabe habe. Meine Urgroßmutter hat mich geschickt.«

»Freja, Herrin der Walküren?«, fragte Theobald nach.

»Genau! Aber glaubt ja nicht, dass ich euch alles sagen könnte, was sie vorhat. Ich weiß im Grunde nur, dass ihr einen Bund vor den alten Göttern geschlossen habt, der so stark war, dass sie euch erhört haben. Ich weiß sonst nicht viel, aber ich soll euch beistehen. Habe ich ja gerade auch gemacht. Ich habe Sabrina geholfen, dich zurückzuholen. Ich habe mir inzwischen auch zusammengereimt, dass Elisabeth eine Werwölfin ist. Sie ist wirklich äußerst interessant«, berichtete er und wurde bei den letzten Worten rosig im Gesicht.

Sabrina kniff die Augen noch weiter zusammen. »Sag mal, stehst du auf sie?« Als Ragnar nicht antwortete und nun knallrot im Gesicht wurde, schüttelte Sabrina den Kopf. »Ich fasse es nicht, obwohl mich eigentlich gar nichts mehr wundern sollte. So, Theo, dann sag mir jetzt bitte, was du erfahren hast. Und hüte dich, etwas zu verschweigen. Vorher bette ich die Skelette zurück.«

Sie rappelte sich auf, doch Theobald hielt sie an der Hand fest.

»Warte, ich glaube, dass wir sie noch brauchen könnten. Hört euch erst an, was ich zu sagen habe.«

Dann fing Theobald an zu berichten.

Eine fiese Erpressung

Elisabeth saß alleine zu Hause. Sie hatte Lilly mit Mike und Oskar in eine Gegend auf die Suche geschickt, von der sie von Albert wusste, dass das Rudel dort nicht suchte. Ihre Mutter war mit ihrem

Vater nochmals bei der Polizei. Man hatte eine Sonderkommission gebildet. Kriminalbeamte aus Goslar waren hinzugezogen worden und befragten nochmals alle Zeugen. Soweit Elisabeth wusste, hatten sie auch Frau Schramm vorgeladen. Klaras Verschwinden stand inzwischen in jeder Zeitung in der Region. Elisabeth war mit den Worten, dass jemand auch zu Hause sein müsse, falls Klara doch wiederkäme, alleine daheimgeblieben, aber im Grunde wollte sie den inzwischen in Clausthal eingefallenen Reportern nicht über den Weg laufen.

Sie hörte sie, bevor sie an der Hintertür klopfte. Die fremde Wölfin war zwar leise gewesen, sodass Elisabeth sie erst im letzten Moment bemerkte, aber nicht leise genug. Es handelte sich um eine junge Frau mit schönen Haaren und einer fantastischen Figur. Nur ihr Gesicht sah schrecklich von Narben verunstaltet aus. Elisabeth erkannte sofort, wer das sein musste.

Sie öffnete die Hintertür und blickte die andere Wölfin an. Als die Tür offen stand, roch Elisabeth noch einen weiteren Wolf, der sich in der Nähe versteckte. Eindeutig ein Mann.

»Du musst Magdalene sein, komm doch herein. Habt ihr etwas Neues herausgefunden?«

Elisabeth trat beiseite, um Magdalene hereinzulassen, doch diese rührte sich nicht. Stattdessen musterte sie Elisabeth von oben bis unten und verzog den Mund. Offensichtlich missfiel ihr, wie Elisabeth aussah.

»So siehst du also aus, Schlampe. Du riechst komisch. Kann gar nicht verstehen, was Albert an dir findet. Besorgt er es dir denn wenigstens ordentlich?«, zischte sie.

Elisabeth ging automatisch in Abwehrhaltung und war im selben Moment dankbar für das Training, das sie in der Scheune genossen hatte. »Was soll das? Mir besorgt niemand irgendetwas. Wenn du von Albert redest, er ist mein Leitwolf, nicht mehr.«

Magdalene lächelte sie schief an, als wenn das eine plumpe Lüge gewesen wäre und sie diese durchschaut hätte. Dann wurde ihr Ton geschäftsmäßiger.

»Ich soll dir etwas ausrichten, Kleine. Du wirst schön artig nächste Nacht zum Treffpunkt kommen und mit niemanden darüber sprechen, dass ich hier war. Und wenn du angekommen bist, unterwirfst du dich unserer Alpha und bittest um Vergebung für deine Frechheiten, damit sie dir gnädigerweise dein erbärmliches Leben lässt.«

Daher weht also der Wind, dachte Elisabeth. »Und das kann die Alpha mir nicht selbst sagen? Stattdessen schickt sie dich?«

»Genau. Immerhin ist sie Alpha. Was sie sagt, ist Gesetz. Ich weiß, was sich gehört. Und du wirst dich nicht noch einmal mit dem Beta verdrücken zum Stelldichein.«

Elisabeth lachte auf. »Willst du mir drohen? Das ist ganz schwach. Wenn ich in der Rangfolge eures Rudels über dir stünde, dann würde ich das als Herausforderung werten.«

»Oh, du wirst gehorchen. Kein Wort zu irgendjemandem. Und komm alleine. Sonst bekommst du in ein paar Stunden mehr als das hier.« Damit zog sie einen verschlossenen Plastikbeutel aus der Tasche und warf ihn Elisabeth zu, den diese reflexartig fing. Darin befand sich ein Büschel rote Haare, an denen ein paar Fetzen blutige Haut klebten. Elisabeth wurde schlagartig klar, wem das Haar gehörte.

»Ihr feigen, hinterhältigen Schufte. Ihr entführt meine Schwester und tut ihr Gewalt an, nur damit ich mich beuge. Hat die Alpha so viel Angst vor mir?«

Magdalene kicherte leise. »Nein. Sie überlässt nur nichts dem Zufall, würde ich das nennen. Sei ein braves Hündchen, sonst wirst du von deiner Schwester nur noch die Überreste bekommen.«

In diesem Moment drängte Elisabeths Wölfin so mit Macht nach vorne, dass sie all ihre Kraft aufwenden musste, damit sie sich nicht sofort auf Magdalene stürzte und sie zerfleischte. Es gelang ihr nur mit äußerster Mühe, indem sie wie schon so oft ihre Krallen in ihre eigenen Handflächen jagte. Sie war sich sicher, dass sich ihre verräterischen Augen nicht gezeigt hatten, aber plötzlich sah sie, wie Magdalenes Nasenflügel erbebten, ihre Pupillen sich weiteten und das Gelb in ihre Augen schoss. Sie roch und fühlte Elisabeths Macht.

Plötzlich hatte Magdalene es sehr eilig, wegzukommen, drehte sich um und lief in Richtung Wald davon. Als sie die Bäume fast erreicht hatte, rief sie noch einmal über die Schulter zurück: »Denk dran. Ein Wort und sie ist tot.« Ein Schemen löste sich aus den Schatten. Ein komplett verwandelter Wolf gesellte sich zu ihr und beide verschwanden im Unterholz.

Elisabeth knurrte wild und schlug vor Wut gegen den Türrahmen, der daraufhin brach. Holzsplitter flogen in alle Richtungen. Was konnte sie tun? Sie würden sie sicher beobachten. Ihre Rudelmitglieder würde sie nicht in Gefahr bringen. Momentan war es besser, dass sie sich nicht meldete. Sie wären alle vogelfrei, weil sie sich ihr unterworfen hatten. Und wenn sie sich der Alpha stellte und kämpfte, würde Klara sterben. Eine Weile lief sie unschlüssig durchs Haus, wobei sie immer wieder an Klaras Tür vorbeikam. Schließlich öffnete sie diese und ging hinein. Klaras Duft hing deutlich in der Luft und Elisabeth spürte tief in sich, wie sehr sie ihre Schwester vermisste. Sie legte sich auf Klaras Bett, wo sie gegen ihren Willen einschlief.

Verlorene Retter

»Wir können Elisabeth nicht informieren. Sie wird überwacht und würde sofort losstürmen, wenn sie wüsste, wo Klara ist. Dann verlieren wir unser Überraschungsmoment«, schloss Theobald schließlich.

»Dann retten wir Klara auf eigene Faust?«, fragte Sabrina.

»Ich bin dabei«, warf Ragnar sofort ein. »Du sagtest, dass Klaras Aura schwach pulsiert hat. Sie muss schwer verletzt oder krank sein. Es duldet keinen Aufschub, sonst stirbt sie vielleicht. Wenn wir sie befreit haben, haben die dann auch kein Druckmittel mehr gegen Elisabeth.«

Theobald nickte, wirkte aber weiterhin nachdenklich.

»Wir müssen schnell vorgehen. Mit den Skeletten können wir aber nicht nach Rübeland. Was ist mit Elisabeths Rudel?«

Sabrina schüttelte den Kopf. »Sie würden Elisabeth sofort Bescheid sagen. Die Skelette kann ich nicht hier stehen lassen. Die müsste ich irgendwo parken.«

»Parken?«

»Die Übungsscheune von Elisabeth ist nicht so weit weg. Jetzt, so kurz vor Vollmond, wird sie nicht mehr zum Üben dahingehen.

Ich bringe die Skelette da hinein und dann fahren wir nach Rübeland.«

»Klingt nach einem Plan«, sagte Ragnar, der Feuer und Flamme war. »Und wenn es zu einem Kampf kommt, dann umso besser.«

»Du brennst wohl darauf, in die Schlacht zu ziehen, was?«, fragte Theobald.

»Es gibt nichts Schöneres als den Kampf«, sagte Ragnar.

»Na, dann sage ich mal, dass ich gegen dich 2:0 vorne liege. Immerhin haben dich meine Skelette niedergeworfen und tauchen kann ich auch länger«, stellte Sabrina trocken fest.

»Ich war nicht gerüstet. Und ich warte immer noch auf mein Geschenk von meinen Halbgroßonkel. Wenn ich das habe, dann bin ich unbesiegbar«, ereiferte sich Ragnar.

»Dein Großonkel?«, fragte Theobald.

Ragnar lächelte, »Genau. Er hat mir das Geschenk versprochen, wenn ich meine erste große Schlacht überstanden habe. Ich gebe dir einen Tipp. Er ist der mit dem Hammer Mjölnir.«

»Also ehrlich, Ragnar. So wie du über die Götter redest, klingt das ganz schön nach Angeberei. Ich glaube dir immer noch kein Wort davon. Es mag ja sein, dass du eine Menge an Büchern gelesen hast, aber die Behauptung, dass du direkt mit ihnen redest und von ihnen abstammst, das nehme ich dir dann doch nicht ab.«

»Sagt die, die uralte Skelette aus dem Grab geholt und gerade ihren Freund mit einer Katze wiederbelebt hat«, konterte Ragnar.

»Wenigstens gebe ich nicht so dermaßen damit an«, gab Sabrina zurück, doch Ragnar grinste sie nur an, bis sie wegschaute. Sie murmelte noch irgendwas von »Wikingerspinner!«, worauf er aber nicht reagierte.

Dann machten sie sich auf den Weg. Es bot einen skurrilen Anblick, wie im Dunkeln die achtzehn Skelette in Reih und Glied vorweg marschierten, gefolgt von einer sehr konzentrierten Sabrina. Theobald und Ragnar, der sein Schwert geschultert hatte, schlenderten hinterher und plauderten über die Götter. Theobald fragte Ragnar ausgiebig über Jörd aus. Sabrina hörte sie und wurde langsam richtig eifersüchtig, denn ihr missfiel, wie gut die beiden anscheinend miteinander auskamen. Das Queren der Straßen war ein Problem, denn sie durften nicht gesehen werden. Sie kamen hinter der geschlossenen Jugendherberge von Clausthal aus dem Wald heraus. Sabrina ließ die Toten warten, bis weit und breit kein Auto zu sehen war, dann schickte sie den Haufen über die Straße. Bei einem Loch in dem Zaun kürzten sie quer über Werk Tanne ab, das im Zweiten Weltkrieg einen zweifelhaften Ruhm als Sprengstofffabrik erlangt hatte. Die Gebäude waren schon lange abgerissen und Fichten standen hier dicht und hoch. Oberhalb der Pfauenteiche querten sie gerade die Bundesstraße nach dem gleichen Vorgehen, als plötzlich ein Wagen mit hoher Geschwindigkeit an ihnen vorbeifuhr. Die Skelette kletterten gerade noch deutlich sichtbar über die Schneehaufen an der Straßenseite. Die drei starrten entsetzt hinter dem Auto her, denn es handelte sich um eine Polizeistreife. Der Wagen schaltete nur Sekunden später das Blaulicht ein, bremste heftig ab und wendete mit durchdrehenden Reifen. Sabrina trieb hektisch die Skelette an, damit sie im Wald verschwanden und rannte selbst hinterher. Theobald und Ragnar warfen sich flach in den Schnee, während die Streife bereits wieder näherkam.

Doch zur großen Erleichterung raste der Wagen an ihnen vorbei und fuhr mit eingeschalteter Sirene nach Clausthal zurück. Theobald hob seinen Kopf und blickte ihnen nach. Waren die total blind? Dann sah er Ragnar an, der direkt neben ihm lag. In Ragnars Haar hing Schnee und er sah aus, als hätte er einen weißen Bart, dass Theobald unwillkürlich lachen musste.

»Also ehrlich, seit diesem Sommer im Harz gibt es fast keinen einzigen ruhigen Tag mehr. Wenn das so weitergeht, sterbe ich noch an einem Herzinfarkt.«

Ragnar sprang auf, schüttelte sich wie ein Hund, sodass der ganze Schnee wegflog, und zog dann Theobald hoch.

»Unwahrscheinlich, eher sterben wir im Kampf. Außerdem warst du gerade schon tot. Komm, sonst läuft uns Sabrina noch mit ihrem Trupp weg.«

Nachdem sie die Scheune im Schutze der Dunkelheit erreicht hatten, sperrte Sabrina die Skelette dort ein. Sie war dankbar, dass Elisabeth ihr erzählt hatte, wo der Schlüssel versteckt lag.

Danach machten sie sich zurück auf den Weg nach Zellerfeld, um den Wagen der Schuberts ›auszuleihen‹, wie Sabrina es ausdrückte. Als sie endlich im Auto saßen und losfuhren, war Sabrina komplett durchgeschwitzt. Über Schleichwege fuhren sie aus der Stadt, um ja keinem Polizisten oder Reporter zu begegnen. Theobald dämmerte fast sofort weg, so entkräftet war er. Auf der Harzer Bundesstraße bei Königskrug blitzte es plötzlich, weil Sabrina viel zu schnell fuhr. Sie schrak heftig zusammen und wäre beinahe von der Straße abgekommen. Ragnar bestand deswegen darauf, dass sie in Braunlage an der Tankstelle hielt, wo er eine Reihe Bockwürste, Schokoriegel und taurinhaltige Getränke kaufte. Er kam mit einer ganzen Tüte davon zurück und verteilte seine Beute großzügig. Kauend ging es dann in angemessenem Tempo weiter in den Ostharz. In Rübeland brauchte Theobald, der nun die Richtung vorgab, etwas Zeit, um die richtige Abfahrt zu finden. Als sie zur Burgruine Birkenfeld abbogen, erkannte er die Umgebung wieder. Sie parkten den Wagen. Zehn Minuten später schlichen sie bereits vorsichtig näher an den Karsteinbruch heran. Die drei Autos waren weg, aber dank des magischen Blickes von Theobald konnten sie die Wache ausmachen. Nur noch ein männlicher Werwolf saß gelangweilt auf einem Klappstuhl vor dem Eingang und stocherte in einem kleinen Lagerfeuer, das er in einem alten halben Fass gemacht hatte.

Sabrina fragte wispernd: »Wie sollen wir an dem vorbeikommen? Die haben doch so schrecklich gute Ohren und Nasen.«

»Wir könnten ihn weglocken«, schlug Ragnar vor.

»Und womit?«, fragte Theobald. »Wenn der erst einmal einem von uns hinterherläuft, dann wird er ihn auch kriegen. Oder kannst du zufällig fliegen?«

»Nein, das kann ich nicht. Kannst du ihm nicht eine Illusion vormachen von einem Reh oder so?«

»Jetzt überschätzt du aber meine Fähigkeiten gewaltig. Ich bin nicht ausgebildet. Alles, was ich kann, habe ich mir anlesen müssen. Es gibt reichlich wenig Hexen, die mir etwas beibringen würden. Sie würden mich sofort töten, weil sie keine Männer in ihren Reihen dulden.«

»Leise, da kommt jemand«, hauchte Sabrina plötzlich.

Sie duckten sich ins Unterholz. Ein Auto kam näher und hielt an dem Weg, der an dem Einbruch vorbeiführte. Eine Frau stieg aus, die sie allerdings in der Dunkelheit nicht genau erkennen konnten. Sabrina wechselte kurz auf den magischen Blick. Die Frau hatte keine besondere Aura. Aber die konnte man ja auch verbergen. Ein kleiner Hund, den sie mit sich führte, zog an seiner Leine. Er begann freudig zu kläffen, als er den Werwolf in seinem Klappstuhl bemerkte. Der Mann hob den Kopf, grüßte die Frau mit einer innigen Vertrautheit, die darauf schließen ließ, dass sie sich gut kannten. Dann beugte er sich zu dem Hund herunter und begrüßte ihn fast genauso vertraut wie die Frau. Offenbar kannten auch sie sich gut. Der Hund kläffte immer noch und wedelte wild mit dem Schwanz, als wenn er spielen wollte. Der Werwolf blickte sich lange um, als wenn er sichergehen wollte, dass sie nicht beobachtet wurden. Schließlich nickte er der Frau zu. Diese band den Hund an einen Baum in der Nähe und ermahnte ihn, wachsam zu sein. Dann nahm sie den Mann an die Hand. Sie verschwanden im Wagen.

»Den Göttern sei Dank! Die Frau kam genau im rechten Moment. Die beiden werden erst einmal beschäftigt sein. Was machen wir mit dem Hund?«, wisperte Sabrina.

»Darum kümmere ich mich«, antwortete Theobald und schlich vorwärts auf das Tier zu. Er zog eine eingepackte Salami hervor, die Ragnar gekauft hatte, und riss die Packung auf. Dann warf er Stücke in die Reichweite des Hundes. Der Hund hob den Kopf, dann schnüffelte er an den Brocken. Offenbar mochte er es, denn kurz darauf schnappte er danach und verschlang sie. Weitere folgten und schließlich schlich Theobald aus seiner Deckung auf den Hund zu. Er erreichte das Tier und berührte es sanft an seinem Kopf, streichelte es und sprach mit ihm. Sekunden später fiel das Tier um und blieb liegen. Theobald winkte und verschwand schon den ausgetretenen Pfad hinab zum Höhleneingang. Ragnar und Sabrina folgten schnell.

»Wie hast du das gemacht?«, staunte Sabrina.

»Nun, Schoßhündchen mögen eigentlich fast alle Salami.«

»Nein, das meine ich nicht. Wie hast du ihn ausgeschaltet?«, fragte Sabrina.

»Schlafzauber. Habe ich bislang nur an Katzen ausprobiert. Der Nachteil ist, dass man sein Opfer berühren muss. Und ich muss feststellen, dass man bei Hunden mehr Energie benötigt. Katzen scheinen von Natur aus fauler und schläfriger zu sein«, grinste Theobald.

»Ist mit noch mehr Wachen zu rechnen?«, wollte Ragnar wissen, der sein Schwert gezogen hatte, das bis eben noch unter seinem langen Mantel verborgen gewesen war.

»Ich bin mir nicht sicher, aber vorhin befand sich drinnen keine Extrawache«, antwortete Theobald.

»Dann lasst mich vorgehen. Ich kann sie notfalls schnell ausschalten«, meinte Ragnar.

Als sie tiefer in die Höhle gingen, wurde es stockdunkel. Theobald hob schließlich drei Steine auf und brachte sie zum Leuchten.

»Ich sehe, du hast geübt. Das letzte Mal hat der Stein noch geleuchtet wie ein Flutlichtscheinwerfer«, bemerkte Sabrina.

Theobald antwortete nicht, sondern gab ihnen jeweils einen davon und hielt seinen Stein vor sich, dass er sein Licht nach vorne warf. Ragnar legte den Finger auf die Lippen, dann schlichen sie weiter. Sie begegneten niemanden. Nach einigen Minuten kamen sie in eine wunderschöne Tropfsteinhöhle. Theobald bedeutete den anderen beiden, zu warten, dann intensivierte er das Licht, bis die ganze Höhle erstrahlte. Sie waren alleine.

»Da liegen Ketten!«, sagte Sabrina und ging darauf zu.

»Da war vermutlich Klara angekettet«, stöhnte Theobald. »Wir kommen zu spät.«

Ragnar sah sich immer noch um und schaute in die hinteren Nischen. »Hinten scheint die Höhle weiterzugehen, aber das ist sehr eng«, meinte er, als er zurückkam.

»Dort liegen eine Decke und eine Isomatte. Hier war vor kurzem noch jemand. Schaut, da liegt eine Kekspackung und eine leere Plastikflasche. Und was ist das hier?« Sabrina deutete auf ein undefinierbares Stück auf dem Boden.

Die Jungen kamen und beugten sich darüber.

»Sieht wie ein Stück Pansen aus«, meinte Ragnar schließlich. »Das füttere ich unseren Hunden gerne.«

»Ihr habt Hunde?«, fragte Sabrina.

»Ja, insgesamt vierundzwanzig. Wir haben zwei Schlittenhundgespanne zu Hause. Ich vermute mal, dass die Werwölfe hier öfter jemanden gefangen halten. Die Decke sieht schon reichlich abgenutzt aus, genauso wie die Isomatte. Und hinten habe ich in einer Ecke zwei Klappstühle und einen Campingtisch gesehen.«

Sie standen noch eine Weile ratlos da, dann hörten sie ein wildes Knurren vom Eingang her.

»Scheiße, sie haben uns bemerkt.« Sabrina wurde aschfahl im Gesicht. »Moment!«, sagte Ragnar. »Mir nach. Wir verschwinden hinten raus.«

Sie liefen, so schnell sie es über den glitschigen Boden schafften, zu der Stelle, die Ragnar ihnen wies. Dann zwängten sie sich durch den Spalt. Sabrina hatte sichtlich Mühe, obwohl sie abgenommen hatte. Ragnar folgte im letzten Augenblick. Einen Moment später kam der Werwolf verwandelt in die Höhle gestürzt und sah sich um. Er schnupperte und lief zu den Ketten, wo eben noch Ragnar gekniet hatte.

Die drei zogen sich weiter in den Spalt zurück, der noch ein ganzes Stück tiefer ging. Dahinter öffnete sich eine schmale, sehr niedrige Höhle, die immer tiefer in den Berg führte.

Der Werwolf hatte sie gehört. Sein wütendes Heulen brach sich an den Höhlenwänden und klang damit noch gefährlicher. Er entdeckte den Spalt und knurrte wild, konnte aber nicht folgen, weil er zu groß war.

»Wie kommen wir hier raus?«, fragte Sabrina, in deren Stimme Panik mitschwang.

»Psst! Nicht so laut. Er kann uns hören«, zischte Ragnar. Und wirklich. Es war deutlich zu vernehmen, wie ihr Verfolger sofort wieder knurrte. Ein Schaben erklang, als wenn er versuchte, ihnen trotz seiner Größe zu folgen.

Notgedrungen flohen sie durch weitere Tropfsteinkammern, die im Licht ihrer Leuchtsteine erstrahlten. An einigen Stellen mussten sie sich wieder durchquetschen und sahen bald aus, als hätten sie sich komplett in Schlamm und Dreck gewälzt.

Die Geräusche des Wolfes hinter ihnen waren irgendwann nicht mehr zu hören.

»Hier fließt Wasser entlang«, sagte Theobald schließlich. »Lasst uns ihm folgen, denn wo das Wasser hinfließt, gibt es einen Ausgang.«

»Da wirst du recht haben, aber ich bin mir nicht sicher, ob wir da durchpassen. Immerhin hätte sonst schon jemand diese Höhle gefunden und vermarktet. Die Tropfsteine sind alle wunderschön, viel schöner noch als in der Herrmanns- oder auch in der Baumannshöhle. Und die sind nur einen oder zwei Kilometer entfernt, glaube ich«, meinte Sabrina.

»Warum drehen wir uns nicht um und schleichen uns aus der Höhle, wenn der Wolf weg ist?«, fragte Ragnar.

»Weil sie wissen, dass wir hier rein sind und sie jetzt leichtes Spiel hätten, uns zu erwischen. Wir haben aber nicht die Zeit, um abzuwarten, bis sie uns abschreiben. Wir müssen jetzt alle warnen. Elisabeth wird in eine Falle tappen und die Rettungsaktion für Klara ist ja wohl gescheitert. Würde mich nicht wundern, wenn die uns noch retten muss«, sagte Theobald schließlich.

»Außerdem können wir von hier unten niemanden anrufen. Wir müssen ans Tageslicht«, sagte Sabrina und setzte dann hinzu, als sie auf ihre Armbanduhr sah: »Oh Scheiße, es ist gleich schon sieben Uhr morgens. Ich habe gar nicht gemerkt, wie die Zeit vergangen ist. Jetzt wird Mama gleich bemerken, dass der Wagen verschwunden ist. Ich werde so was von Ärger bekommen.«

»Nicht nur du. Meine Mutter wird mich durch die Mangel drehen, und ich glaube kaum, dass ich nochmal diese magische Tortur über mich ergehen lassen kann, ohne zu reden«, brummte Theobald. Dann erneuerte er die Lichtzauber und sie suchten weiter nach einem Ausgang.

Vermisste Freunde

Elisabeth erwachte erst, als jemand ihr sanft über das Haar strich. Sie hatte wie eine Tote geschlafen. Emilia Wollner saß neben ihr und sah sehr traurig und müde aus. Sie hatte geweint, wie ihre geröteten Augen verrieten.

»Gibt es etwas Neues?«, fragte Elisabeth sofort.

»Nicht von Klara, Schatz. Alle suchen immer noch nach ihr. Aber es gibt andere schlimme Neuigkeiten. Martha hat gerade angerufen. Sabrina ist heute Morgen nicht in ihrem Bett gewesen und das Auto der Schuberts ist weg. Sie sagt, dass Theobald auch vermisst wird.«

»Oh, nein!« Elisabeth setzte sich so rasch auf, dass ihre Mutter fast vom Bett rutschte. »Ich kann nicht in die Schule. Ich muss sie suchen.«

»Wo willst du denn suchen? Weißt du etwa, wo sie vielleicht sein könnten?«, fragte Emilia.

Elisabeth entsann sich der Warnung Magdalenes und schüttelte den Kopf. Sie konnte so nichts sagen. Dann hatte sie eine Idee. Selbst mit Werwolfsohren war sie dort nicht zu belauschen. Sie nahm ihre Mutter an die Hand und stand auf. »Ich gehe jetzt duschen.«

Emilia runzelte die Stirn, doch dann nickte sie und ließ sich mit ins Bad ziehen.

Elisabeth machte die Dusche an und gleichzeitig den Föhn.

Dann drehte sie auch noch das Badradio auf. Als sie sich sicher war, dass sie so nicht belauscht werden konnten, setzte sie sich auf den Klodeckel und ihre Mutter nahm direkt vor ihr auf dem Badewannenrand Platz.

»Mama, hinter all dem steckt die Alpha. Sie hat Klara entweder entführt oder entführen lassen, und jetzt vermutlich auch meine Freunde. Gestern, als du mit Papa auf der Polizeiwache nochmal befragt wurdest, war eine aus dem Rudel bei mir, die der Alpha komplett ergeben ist und Albert hasst. Sie hat mir das hier gegeben.«

Sie reichte ihrer Mutter den Beutel mit dem Haar, was Emilia einen Schluchzer entlockte.

»Sie hat mir auch gedroht, wenn ich nicht alleine zu Vollmond käme und mich komplett unterwerfe, dann würden sie uns Klara in Einzelteilen zurückschicken, zumindest das, was sie von ihr übrig lassen.«

Emilias Augen füllten sich mit Tränen, während sich ihr Gesicht zu einer Zornesmaske verzerrte.

»Wenn sie Klara oder dir auch nur ein weiteres Haar krümmen, dann bringe ich sie alle um«, presste sie zwischen ihren Lippen hervor.

»Wenn du beim Rudelfest auftauchst, dann werden sie sie töten und dich und mich vermutlich gleich mit. Ich muss gehen, und zwar allein. Sie ist nun mal meine Schwester und in letzter Zeit habe ich sie sogar richtig lieb gewonnen. Für sie werde ich mich unterwerfen.«

»Aber du bist doch auch eine Alpha wie diese Giulia. Wenn sie das sieht – und das wird sie – dann wird sie deine Unterwerfung nicht akzeptieren. Ich werde gleich jemanden anrufen. Da ich nicht weiß, ob die auch unser Telefon abhören, werde ich das mit dem Handy machen. Nur haben wir hier keinen Empfang, ich muss wohin fahren, wo ich wenigstens einen oder zwei Balken habe. Vielleicht kann ich Hilfe organisieren.«

»Mama, sie beschatten uns. Sie werden auch dir folgen.«

»Ich weiß. Ich habe die zwei Wölfe in der Nähe unseres Hauses auch bemerkt. Sie sind so schlampig versteckt, dass es sogar mir aufgefallen ist. Sie wollen gesehen werden. Ich schlage vor, dass wir ein kleines Ablenkungsmanöver starten. Einer wird mir sicher folgen, wenn ich mit dem Auto losfahre. Der andere kann dir nicht hinterher, weil sonst das Haus nicht beobachtet wird.«

»Vielleicht sind es doch mehr und mit einem Auto kann ein Werwolf auf der Landstraße locker mithalten.«

Emilia starrte Elisabeth schockiert an. »Woher willst du das wissen?«

»Ich habe es mit Albert getestet. Du kennst doch die Strecke von Wildemann hoch, wo der alte Bahndamm entlanglief. Da gibt es ein Stück, auf der die Einheimischen ziemlich rasen, wenn man aus der Kurve von Bad Grund kommt. Wir haben in Wolfsgestalt dort des Nachts auf Autos gewartet und sind dann über den Bahndamm parallel gelaufen. Ich habe die Autos sogar überholen können.«

»War Albert auch so schnell?«, fragte Emilia tonlos.

»Nicht ganz, ich glaube, ich bin schneller als er.«

»Dann wollen wir mal hoffen, dass es auch etwas langsamere eurer Sorte gibt. Nach Osterode runter kann ich ganz schön Gas geben. Lass das mal meine Sorge sein. Wer auch immer mir folgt, den hänge ich ab.«

Elisabeth nickte schließlich. »Ich sollte einen einzigen Verfolger auch relativ wahrscheinlich abhängen können. Immerhin laufe ich schneller als Albert, und der gilt schon als einer der Schnellsten.«

Sie drückten sich fest, dann putzte sich Emilia die Nase und ging nach unten. Sie fuhr los, während Elisabeth vorsichtig aus dem

Fenster spähte, nachdem sie sich ihre Turnschuhe angezogen hatte. Die beiden Bewacher lagerten unterhalb der Bäume, waren aber deutlich zu sehen. Und tatsächlich verschwand einer der Wölfe kurz darauf außer Sicht, als der Passat der Wollners Richtung Prinzenteich wegfuhr. Sie verließ das Haus mit ihrer Schultasche auf dem Rücken, ganz so, als wenn sie normal zur Schule liefe. Sie nahm den Weg die Straße entlang.

Unterwegs blieb sie nach ein paar hundert Metern stehen und knotete sich nochmal die Schnürsenkel nach. Der zweite Wolf folgte ihr in einigem Abstand, entgegen ihrer Annahme. Sie unterdrückte einen Fluch und rannte los. Er folgte ihr weiter, doch nun verzichtete er komplett auf die Tarnung und sprang auch auf die Straße, um schneller laufen zu können, denn der Abstand wurde größer. Elisabeth war sich nicht klar, ob sie, ohne die Gestalt zu wechseln, den Wolf würde abschütteln können, aber leicht würde sie es ihm auch nicht machen.

Abgelenkt von ihrem Verfolger übersah sie den Jeep, der plötzlich vor ihr aus einer Seiteneinfahrt auftauchte. Bremsen konnte sie nicht mehr und setzte stattdessen mit einem gewaltigen Sprung über die Motorhaube hinweg. Der Mann hinter dem Steuer gaffte ihr noch hinterher. Ein kurzer Blick über die Schulter verriet ihr, dass ihr Verfolger den Jeep rechtzeitig bemerkt hatte. Er war mit wenigen Sätzen in den Wald verschwunden und auf die andere Seite der Innerste gewechselt, folgte aber immer noch, doch es machte ihn in dem Schnee langsamer. Elisabeth rannte weiter und legte nochmals zu, als sie auf den alten Bahndamm einbog.

Dass ein paar Wanderer, die ihnen entgegenkamen, schreiend und erschrocken vor ihr aus dem Weg springen mussten, war ihr egal. Ihr Verfolger hingegen würde erneut die Menschen umgehen müssen und zurückfallen. Ohne langsamer zu werden, lief sie weiter, bis sie unten am Busbahnhof herauskam. Von dort rannte sie direkt zu den Schuberts.

Auf ihr Klopfen hin öffnete eine in Tränen aufgelöste Martha Schubert sofort die Tür und bat die keuchende Elisabeth herein.

Drinnen berichtete Martha, dass Sabrina gestern Nachmittag mit Theobald weggegangen war und jetzt der Wagen verschwunden sei. Sie wusste anscheinend, dass Sabrina bereits von ihrem Vater fahren gelernt hatte, und zweifelte keinen Moment daran, dass ihre

Tochter illegalerweise den Wagen genommen hatte. Sie war sich sicher, dass er erst seit dem späten Abend fehlte, weil sie ihn da noch gesehen hatte. Martha war außer sich vor Angst und Sorge, dass ihrer Tochter etwas passiert sein könnte.

Elisabeth riet Sabrinas Mutter dazu, einen Beruhigungstee zu trinken, und ging kurz in Sabrinas Zimmer, wo sie Igor ein paar Brocken Trockenfleisch hinwarf und sich dann umsah. Jedoch fand sie nichts. Dann lief sie nach draußen, um an der Stelle zu suchen, wo der Wagen gestanden hatte. Sie nahm tatsächlich auch mehrere Gerüche auf. Sabrina, Theobald, dann schnupperte sie genauer, weil sie noch jemand dritten roch: Ragnar.

Was machte der mit ihren Freunden? Sie konnte an den Spuren erkennen, dass die drei aus Richtung der Altenauer Straße gekommen waren. Sie überlegte kurz, sah sich um. Ihr Verfolger war nicht zu sehen, aber in Wolfsgestalt würde er nicht am Tag in die Stadt laufen. Er würde sicher jemand anderen alarmieren. Hoffentlich dauerte das, bis der hier eintraf. Kurzerhand folgte sie der Spur zurück, die die anderen drei gekommen waren. Vielleicht hatten sie nur den Wagen geholt und waren wieder dorthin zurückgekehrt.

Als sie auf Buntenbock zukam, wurde sie immer unruhiger, bis sie schließlich vor der Scheune stand. Sie roch, dass Sabrina den Schlüssel berührt hatte, und nahm ihn an sich. Merkwürdig kam ihr das schon vor, denn wieso sollten Sabrina und Theobald Ragnar verraten, wo Elisabeths Trainingsplatz sich befand? An dem Tor roch sie plötzlich noch etwas anderes, dass sich ihr alle Nackenhaare aufstellten. Sie roch die Toten auf der anderen Seite. Dann sah sie auch die Spuren, die aus der anderen Richtung auf die Scheune zuführten. Es waren viele. Bei den Untoten konnte es sich nur um Sabrinas Werk handeln, aber warum?

Zwei Gestalten, die den Weg entlangkamen, ließen sie hochschrecken. Elisabeth unterdrückte einen Fluch. Sie hatte sie also doch nicht abgeschüttelt und es waren jetzt zwei. Sie durften die Scheune nicht finden und schon gar nicht die Untoten. Also tat Elisabeth das Einzige, was ihr noch einfiel. Sie ging auf die Verfolger zu.

Als sie sich näherte, sah sie, dass die beiden stehen blieben und unbeholfen so taten, als würden sie die Aussicht genießen. Der eine war bullig und recht klein, der andere war schlank und ungefähr so groß wie Elisabeth. Sie kannte sie nicht, aber das musste nicht viel heißen. Bislang hatte Albert noch nicht erzählt, wie viele Werwölfe wirklich zum Kaiserrudel zählten, aber sie hatte auch nicht gefragt. Sie beschloss, die Unschuldige zu spielen, und ging noch näher heran.

»Hallo. Ein schöner Tag heute. Was treibt euch zwei denn hier in diese Gegend?«

Überrascht, so direkt angesprochen zu werden, blickten die beiden erst sich untereinander an, dann etwas unbeholfen in Elisabeths Richtung.

»Wir sind Touristen hier in Clausthal!«, sagte der eine mit so einem starken Akzent, dass Elisabeth sofort erkannte, dass er aus Sachsen stammte. Es klang eher wie: Glaüschdaal.

»Nein, seid ihr nicht.« Elisabeth brachte sogar ein Lächeln zustande und tippte sich mit dem Finger an die Nase. »Ich habe dafür so einen Riecher, wisst ihr. Und ich stehe von euch wunderbar in Windrichtung. Lasst mich raten, ihr seid nicht vom Kaiserrudel, oder?«

»Ich hab dir doch gesagt, dass die uns wittern kann«, fuhr der Bullige den anderen an. Der wiederum zuckte nur mit den Schultern. »Na und?«, was wieder klang wie: Nä ünt?

Dann wandte sich der Bullige, der deutlich besser Hochdeutsch sprach, an Elisabeth. »Wir können uns hier in eurem Gebiet frei bewegen. Wir haben die Erlaubnis dafür.«

Es waren nur einfache Mitglieder eines Rudels, das roch Elisabeth. Aber wenn sie nicht zum Kaiserrudel gehörten, zu welchem dann? Sie würde fragen müssen.

»Und woher stammt ihr?«, verlangte sie zu wissen.

»Des geht disch gornischt on, Mädel«, blaffte der Sachse zurück.

»Wir wollen doch nicht unfreundlich werden«, sagte Elisabeth und ließ ihre Wölfin so weit wach werden, dass sie ihrer Stimme etwas Nachdruck verleihen konnte.

Die Wirkung war verblüffend. Beide rissen die Augen auf und machten einen Schritt rückwärts.

»Ich habe euch nur nett gefragt, woher ihr stammt. Das ist doch nicht zu viel verlangt. Oder schämt ihr euch für euer Rudel?«, bohrte sie weiter.

»Hasselfelder Wölfe!«, sagte der Sachse mit stolz vorgereckter Brust, wofür er sich einen Knuff seines Kumpels einfing.

»Geht doch. Wer ich bin, brauche ich euch ja nicht zu sagen. Ihr folgt mir ja schon eine ganze Weile, oder? Wo ist der, der mir vorhin in Wolfsgestalt gefolgt ist? Er ist nicht bei euch, daher vermute ich, dass er immer noch außer Puste ist, der Ärmste«, sagte sie im Plauderton. Wieder sahen sich die beiden an und dann roch Elisabeth, dass sie aggressiver wurden.

»Egal, dann nehmen wir sie gleich mit«, meinte der eine. Noch bevor sie einen Schritt tun konnten, um Elisabeth zu ergreifen, sprang sie los und rannte vor ihnen weg. Sie würden folgen, denn nun löste sie durch ihr Verhalten den Jagdtrieb aus. Elisabeth war sich sicher, dass sie nicht widerstehen konnten. Sie lief jetzt doch zu der Scheune zurück. Da sie den Schlüssel immer noch in der Tasche hatte, nutzte sie ihren Vorsprung, schloss die Tür auf und verschwand im Inneren. Ihr Vorteil war, dass sie bereits ahnte, was sie drinnen erwartete. Fast zwanzig untote Skelette standen überall verteilt im Raum. Als Elisabeth hereinschlüpfte und die Tür wieder zuwarf, hoben sie die Köpfe und griffen sofort an. Elisabeth wich ihnen aus, schlitterte am Boden liegend unter dem Schlag des ersten hindurch, machte eine Rolle an den zwei nächsten vorbei und nutzte ihren Schwung, um an eines der Seile zu springen, an denen die Trainingssäcke hingen. Sie war noch keine drei Meter hochgeklettert, da stürzten auch schon ihre Verfolger in die Scheune und prallten in die Skelette.

Ein wüster Kampf entbrannte. Zwar waren die beiden Werwölfe schneller und stärker, aber die Untoten waren deutlich in der Überzahl. Besonders einer von ihnen fiel auf, weil seine Augen leicht bläulich leuchteten. Er hatte sich sogar mit einer Spaltaxt bewaffnet, die Mike normalerweise zum Bearbeiten der Parcourshindernisse benutzte. Er schwang sie so schnell, dass dem Sachsen kaum Zeit blieb, die anderen Angriffe abzuwehren, die auf ihn herniederprasselten. Elisabeth kletterte an dem Seil auf die obere Ebene und näherte sich über die Dachbalken dem Kampf. Genau in diesem Moment landete der Untote einen Volltreffer in die Schulter des Sachsen. In einem Schwall aus Blut ging der Mann zu Boden. Sofort stürzten sich die anderen Untoten auf ihn und rissen an ihm. Er war noch nicht tot, doch es würde nicht mehr lange dauern. Elisabeth bekam Mitleid mit den Wölfen und warf einen der Sandsäcke gegen die Skelette, dass sie durcheinander flogen.

Sie rief: »Hier herauf, Jungs!« und warf den nächsten Sack. Der Bullige ließ seinen Kumpel liegen und rannte auf die Leiter zu. Die Untoten folgten, waren aber langsamer. Elisabeth warf noch einen dritten Sack. Damit schaffte er es nach oben. Kaum angekommen, trat er die Leiter um. Der erste Untote, der bereits hinter ihm hochkletterte, wurde unter ihr begraben.

»Was zur Hölle ...?«, begann der Hasselfelder, die Augen in schwachem Gelb leuchtend. Elisabeth konnte nicht riskieren, dass er jetzt noch mit seinem Rudel Kontakt aufnahm. Sie würde sich später dazu Gedanken machen. Ihre Hand schoss vor und schlug mit all ihrer Wucht gegen die Schläfe des anderen Wolfes. Es riss ihn von den Füßen und schleuderte ihn einmal quer über den Heuboden, bis er mit dem Hinterkopf gegen einen der Stützbalken knallte und k. o. ging.

Dann sprang sie nach unten genau auf das Skelett mit den blauen Augenhöhlen. Sie entriss ihm die Axt und rollte ab. Als sie wieder hochkam, stürzten sich alle Skelette auf sie. Mit einem kreisförmigen Schwinger zertrümmerte Elisabeth gleich vier von ihnen komplett. Leichtfüßig wich sie den nächsten Attacken aus und spaltete die letzten beiden ebenfalls. Als das blaue Licht in den Augen erlosch, sah sie sich um. Der Sachse war bewusstlos und so schwer verletzt, dass er ohne Hilfe vermutlich nicht mehr würde heilen können. Der andere oben war für die nächsten Minuten außer Gefecht. Überall lagen Knochen, und viel Blut klebte auf dem Boden. Elisabeth stöhnte auf. Sie hatte vorhin nicht ihr Rudel rufen wollen, weil sie so Gefahr lief, dass man entdeckte, dass sie eine Alpha war. Nun blieb ihr nichts anderes übrig, sonst starb der Sachse. Sie verband ihn provisorisch, so gut sie konnte.

Während sie damit beschäftigt war, öffnete sie die Kanäle zu den anderen dreien ihres Rudels.

Kommt bitte alle zur Trainingsscheune. Ich brauche euch hier. Bringt Sachen zum Fesseln mit, Verbandszeug und auch etwas zum Essen, sandte sie aus.

Oskar quittierte es nur mit einem: *Schön, dich zu hören, Chefin. Bin gleich da*. Von Mike spürte sie Besorgnis, aber er bestätigte auch, würde aber länger brauchen, wie er sagte. Lillys Antwort kam als letzte.

Ich war bei Mike. Bin gerade auf dem Weg zurück zur Neuen Mühle. Dauert nur einen kurzen Moment, Elle. Lilly hatte den Spitznamen übernommen, mit dem Sabrina sie ansprach.

Dann öffnete Elisabeth schweren Herzens das Band zu Albert. Bislang hatte sie sich nicht getraut, es zu benutzen.

Albert? Ich brauche dich!, flüsterte sie in Gedanken. Doch sie vernahm nichts. Albert antwortete nicht. Elisabeth runzelte die Stirn und versuchte es erneut. Nichts.

Oskar traf als Erster ein. Er rümpfte die Nase, als er in der Tür stand und schüttelte sich.

»Was ist denn hier passiert, in drei Teufels Namen?«

»Die beiden da sind vom Hasselfelder Rudel. Sie sind mir gefolgt. Ich habe sie angesprochen, aber sie wollten mich dann plötzlich mitnehmen. Die Untoten waren schon hier, sie äh, stammen von ...« Sie zögerte.

»Lass mich raten, die sind von Sabrina. Ist mir nicht entgangen, dass sie immer ein klein wenig nach Tod riecht unter all dem grünen Apfel. Ihr Geruch hing an der Stelle, wo normalerweise der Schlüssel versteckt liegt.«

Elisabeth seufzte hörbar.

»Mach dir keine Sorgen, Chefin. Ich werde nichts sagen. Warum hast du die beiden nicht gleich getötet?«

»Weil ich nicht so bin. Ich bringe nicht gleich jeden um oder schubse ihn in den fast sicheren Tod von einer Brücke, nur wenn mir jemand in die Quere kommt«, gab sie bissig zurück.

»Wie du willst, Chefin. Soll ich aus ihnen herausprügeln, was sie von dir wollten?«, fragte er mit einem Leuchten in den Augen, in dem etwas Verrücktes lag.

»Wir werden sie befragen, aber ich muss vorher noch wissen, ob und wie man die Rudelbänder blockieren kann! Du hast nicht zufällig eine Ahnung davon?«

Oskar grinste sie an. »Du sprichst sozusagen mit einem Experten. Halte sie dauerhaft bewusstlos, dröhne sie mit Drogen voll. Töten ist vermutlich für dich keine Option. Du kannst sie auch mit purer Alphagewalt aus ihrem Rudel reißen, wie du das bei mir gemacht hast, aber ich vermute, dass ihr Alpha das direkt merken würde. Bei mir war das Band vermutlich so schwach, dass es keiner mitgekriegt hat. Oder du kannst sie verbuddeln. Ein paar Meter Erde oder Gestein und schon können sie nicht mehr mit ihrem Rudel reden. Das habe ich oft gemacht, wenn man mich erwischen wollte. Ab in die Gänge und um ein paar Ecken und schon konnte mich keiner mehr über irgendein Band aufspüren.«

Es klang im Grunde logisch. »Gut, das machen wir. Bis dahin sorge dafür, dass sie nicht zu sich kommen.«

»Geht klar, Chefin!« Er ging zu ihnen und vergewisserte sich, dass sie noch immer weggetreten waren.

Mike tauchte mit seinem Lieferwagen auf. Er hatte den Frachtraum mit allen angefragten Dingen vollgeladen und in weiser Voraussicht auch eine große Plane und Reinigungszeug dabei. Bei dem Anblick des Schlamassels zuckte Mike nur mit den Achseln und sagte: »Da hat jemand aber richtig Rabatz gemacht. Und da du unverletzt bist, nehme ich dann an, dass dein Training hilfreich war. Richtig?«

Elisabeth schenkte ihm ein Lächeln und bestätigte es mit einem Nicken. »Und wie. Sie sind auf mich zu und ich sah nur schwingende Säcke.«

Als er die beiden Gefangenen erkannte, pfiff Mike durch die Zähne. »Johannes und Erwin von den Hasselfeldern. Das sind die beiden Laufburschen fürs Grobe. Sind nicht besonders helle im Kopf, aber eigentlich ganz ordentliche Kämpfer. Was waren das für Skelette? Die Knochen sehen uralt aus.«

Oskar lehnte sich neben den beiden an einen Pfeiler und grinste nur blöd. »Ich sag nix. Habe ich der Chefin versprochen.«

Elisabeth rollte mit den Augen, weil er die Anweisung so wörtlich nahm. »Mike gehört zu den vertrauenswürdigen Personen, Oskar. Ich erzähle euch alles, wenn Lilly eintrifft und wir diese beiden so verstaut haben, dass sie ihr Rudel nicht erreichen können.«

Lilly kam eine Viertelstunde später an. Sie habe sichergehen wollen, dass sie nicht verfolgt werde, erklärte sie ihre Verspätung. Sie hatten bereits den Wagen mit Knochensäcken beladen, die beiden Wölfe verbunden und dazwischen gepackt. Johannes, der Bullige, bekam von Oskar noch einen heftigen Schlag gegen die andere Schläfe verpasst, als er zu stöhnen begann. Sie brachten sie zu einem Seiteneingang der Grube Johann Andreas in der Nähe des

Dammhauses, den Oskar ihnen empfohlen hatte. Der Eingang war mit einer schweren Eisentür gesichert, aber Oskar hebelte sie gekonnt auf.

»Ich habe sie vor Jahren präpariert. Wenn man sie leicht anhebt, dann springen die Angeln raus.«

Jeweils zu zweit trugen sie einen der beiden hinein und Oskar zog die Tür wieder zu. Der Seitenstollen war muffig und sah halb verschüttet aus, aber nachdem Mike eine Taschenlampe angemacht hatte, erkannte sie, dass jemand hier den Schutt so beiseitegeschoben hatte, dass man im Zickzack hindurch kam.

»Dankt mir später. Ich führe euch in eines meiner Geheimverstecke«, sagte Oskar dramatisch.

Nach etwa zwanzig Metern stießen sie auf einen Schacht, der steil in die Tiefe führte. Seitlich war ein Raum in den Felsen getrieben worden, in dem die Überreste einer alten Seilwinde standen. Hier banden sie die beiden an. Elisabeth konnte ihr Rudel einweihen, zumindest soweit sie nichts von ihrem Schwur verraten musste, bevor die beiden wieder zu sich kamen. Dann wurde es unschön, als Mike und Oskar Johannes in die Mangel nahmen. Erwin war immer noch zu schwer verletzt. Er wurde von Lilly mit Fleisch gefüttert, damit er heilen konnte. Ein paar Minuten und einige Knochenbrüche später hatte Johannes ihnen alles erzählt, was er wusste. Das war zwar nicht viel, dennoch setzte sich ein schauerliches Bild zusammen. Er wusste lediglich davon, dass die Hasselfelder Wölfe sich mit einigen vom Kaiserrudel getroffen hatten. Sie beide habe man geschickt, um eine junge Wölfin zu beschatten. Der Alpha des Kaiserrudels habe seinen Leuten verboten, sie weiter zu überwachen. Deshalb habe man auf sie zurückgegriffen. Er berichtete ziemlich genau, wer wann in den letzten Stunden bei den Wollners aus- und eingegangen sei. Sie mussten kurz nach Klaras Entführung noch am selben Abend zu viert nach Clausthal gefahren sein, vermutete Elisabeth. Mit ihnen seien noch ein Rüdiger und eine Zandra gekommen. Mike und Oskar erklärten, dass sie die beiden sogar kannten. Weitere Versuche, mehr aus Johannes herauszubekommen, brachten aber nichts mehr. Er verriet allerdings noch, dass die Rudelfeier in der Nähe der Einhornhöhle stattfinden solle. Man habe dort eine private Kulturveranstaltung angemeldet. Von Klara wussten sie nichts, nur dass ihr Rudel einen Gast habe.

»Das wird sie sein«, meinte Mike. »Sie haben Klara irgendwo im Ostharz versteckt. Deswegen haben wir sie hier auch nirgends finden können.«

»Und was machen wir jetzt?«, wollte Lilly wissen.

»Ihr beide bewacht die Typen und sorgt dafür, dass sie nicht verschwinden. Einer von euch bleibt in der Nähe des Eingangs, damit ich ihn jeweils benachrichtigen kann«, sagte Elisabeth. »Ich werde mit Lilly wieder nach Hause laufen und so tun, als wenn alles in Ordnung wäre.«

»Jo, Chefin!« Oskar salutierte übertrieben.

Mike knuffte ihn in die Seite. »Dass ich das nochmal erlebe, dass du vor einem Mädchen so kuschst. Oh Mann, ich wäre gerne dabei gewesen, als sie dich zur Sau gemacht hat.«

Oskar streckte ihm die Zunge raus und verschwand, um die beiden Gefangenen zu bewachen.

Elisabeth heftete ihren Blick an Mike: »Sorg dafür, dass er sie leben lässt.«

Mike nickte: »Mach dir keine Sorgen. Er wird es nicht wagen. Und dir viel Erfolg.«

Zu Elisabeths Überraschung zog er Lilly dann an sich und küsste sie hinter das Ohr. »Pass du auf unsere Alpha auf, ja?«

Die sonst so harte Lilly wurde knallrot und murmelte ein »Na, klar!« Dann machten sie sich auf den Weg zurück zum Haus der Wollners.

Verzweifelte Mütter

Der letzte Tag vor Vollmond brach an. Emilia hatte Elisabeth kurzerhand für die ganze Woche krank gemeldet. Die letzten Tage waren einfach unerträglich gewesen. Die Polizei tappte im Dunkeln und die meisten Reporter waren schon wieder abgezogen. Ob hier jemand nachgeholfen hatte, wusste Emilia nicht. Aber die Wölfe vor dem Haus beobachteten alle Bewegungen. Sie hatte versucht, den

Alpha anzurufen, doch der hatte sie nur weggedrückt. Auf eine SMS kam nur die ernüchternde Antwort: *Probleme, bin beschäftigt!*

Es irritierte Emilia, dass Elisabeth auch Albert über diesen seltsamen Draht nicht erreichte. Irgendetwas Böses ging vor. Gestern hatte sie Borgas Notfallnummer angerufen und ihr mitgeteilt, dass sie bald den Tausch durchführen würde. Borga hatte es nur kurz registriert und dann eine Menge Fragen zur Entwicklung von Elisabeth gestellt. Schließlich hatte sie gefordert, dass Emilia sich ranhalten sollte, denn sonst würde ihre Absprache platzen. Mit dieser Drohung hatte Borga aufgelegt und Emilia mit noch mehr Sorgen alleine gelassen. Sie musste es tun, heute!

Dann hatte Emilia Anna Binsenkraut angerufen, auch wenn sie Gewissensbisse quälten, weil Anna ihre Fähigkeiten ebenfalls brauchte, aber Borga ließ ihr keine Wahl. Anna war jedoch nicht erreichbar. Es ging nur die Apothekenhelferin dran und berichtete, dass Frau Binsenkraut die ganze Nacht unterwegs gewesen sei, momentan schlafe und deswegen das Telefon auf die Apotheke umgestellt habe.

Als Elisabeth und Lilly mitten am Tage zu verschwinden versuchten, fing Emilia sie ab und nahm ihre Tochter in den Arm. Lilly stand etwas bedröppelt daneben und ging dann in die Küche, um nicht zu stören. Dazu machte sie das Radio so laut an, dass man nichts verstehen konnte. Sie dachte mit.

»Du willst ihr wirklich gegenübertreten«, sagte Emilia, während ihr wieder die Tränen herunterliefen. »Und ich kann dir nicht helfen. Ich habe keine Macht. Wo wird es denn stattfinden?«

»Mama, warum fragst du schon wieder? Du weißt, dass du nichts ausrichten kannst. Ich werde gehen und mich unterwerfen. Ich kann nicht anders, weil ich Klara retten will. Aber du darfst da nicht hin. Es ist nur für Werwölfe.«

»Ich weiß, ich will nur wissen«, sie schniefte und kramte nach einem Taschentuch, in das sie sich schnäuzte, »wo ich euch nachher abholen kann. Ich wäre um so viel ruhiger, wenn ich nicht ganz im Ungewissen bliebe.«

Elisabeth blickte in die rot geäderten Augen ihrer Mutter und gab schließlich nach. »Den Treffpunkt kenne ich auch noch nicht so lange. Es ist eine Lichtung in der Nähe der Einhornhöhle bei Herzberg. Das Rudel hat das ganze Areal offiziell angemietet für eine

Kulturveranstaltung. Ich habe es so nebenbei aufgeschnappt. Ich soll um sieben abgeholt werden.«

Emilia nahm das Gesicht ihrer Tochter in beide Hände: »Vergiss nie, wer du bist. Du bist meine Tochter, genauso wie Klara. Wir gehen zurück auf ein uraltes Hexengeschlecht. Ich hieß Emilia Renate Schneeblume, bevor ich deinen Vater geheiratet habe. Auch wenn du jetzt Wollner heißt, es fließt das Blut der Schneeblumes in dir. Erinnere dich immer daran.«

»Ja, Mama. Ich werde es nicht vergessen, aber jetzt müssen Lilly und ich nochmal zu den anderen. Ich muss sie beruhigen, damit sie keine Dummheiten machen.«

»Mein großes Mädchen. Du bist schon eine richtige Anführerin«, lächelte Emilia.

Elisabeth drückte sie nochmals, dann holte sie Lilly aus der Küche. Sie sprachen sich mental ab, dann flitzten beide aus der Tür auf der anderen Seite des Hauses so schnell in den Wald, dass die Wächterwölfe ihnen fluchend Hals über Kopf folgten. Danach sah Emilia niemanden mehr vor dem Haus. Sie überlegte kurz, ob sie ihrem Mann etwas sagen sollte, doch dann verzichtete sie darauf. Michael Wollner hatte sich in seine Arbeit vergraben und trank viel. Er kam mit Klaras Verschwinden noch weniger klar als sie.

»Wie konnte ich ihn nur damals heiraten?«, seufzte Emilia vor sich hin, als sie sich den Autoschlüssel schnappte und mit ihrem Cape zum Auto ging. Den Kristall hatte sie in einem Bleikästchen dabei, das die magische Aura abschirmte.

Sie fuhr zur Bergapotheke und stellte sich gleich in Fluchtrichtung auf den Parkplatz. Das Cape ließ sie dort und ging die paar Schritte im Pullover zur Tür. Die Apotheke hatte noch geöffnet, also kam sie problemlos hinein.

Die Apothekenhelferin lächelte sie an, während sie gerade einen Kunden abkassierte.

»Sie können gleich durchgehen. Die Mutter von Sabrina ist auch vor einer halben Stunde gekommen.«

Emilia dankte und ging die Treppe hoch. Es bedeutete ein Problem für sie, dass Martha auch da war. So musste sie auf eine günstige Gelegenheit warten, um Anna den Kristall berühren zu lassen. Vor Nervosität trat ihr der Schweiß auf die Stirn. Bereits am Treppenabsatz wurde sie von oben bemerkt. Martha kam ihr entgegen und schlang ihre Arme um Emilia, dass sie diese fast umgerissen hätte. Martha roch nach Alkohol und heulte wie ein kleines Kind.

»Jetzt sind sie alle weg, alle bis auf Elisabeth. Emilia, ich bin so unglücklich.«

»Beruhige dich, Martha! Komm wenigstens mit ins Wohnzimmer, damit dich die Kundschaft nicht hört!«, sagte Anna und zog von hinten an Sabrinas Mutter.

Emilia sah, dass auch Annas Augen gerötet waren. Aber in ihrem Blick lag noch etwas anderes, das ihr Angst bereitete – berechnende Wut. Emilia musste schlucken. Sie bugsierten Martha zu zweit ins Wohnzimmer. Emilia schob sie in einen Sessel, während Anna eilig die Tür schloss.

»Sabrina ist alles, was ich habe«, schniefte Martha laut. »Mein Mann ist dauernd weg. Und die Polizei hier oben ist sowas von unfähig. Die würden sie nicht einmal finden, wenn sie direkt vor ihnen läge.«

Emilia und Anna blickten sich über den Kopf von Martha hinweg an. »Können wir denn gar nichts tun?«, fragte Emilia dann, während ihr Blick auf Anna ruhte.

Diese presste die Lippen zusammen, als wenn sie beinahe geantwortet hätte, sich aber im letzten Moment daran erinnerte, dass sie mit zwei Nichtmagischen sprach. Trotz allem, was passiert war, hatte Anna immer noch keine Ahnung, dass Emilia eine ehemalige Kollegin war.

»Nein«, sagte diese dann, »ich denke, wir können nur zusammen warten. Mag jemand ein Harzer Grubenlicht?«

Einige Stunden vor dem brennenden Kamin später war Martha Schubert sturzbetrunken und nickte immer wieder für kurze Momente weg. Wenn sie wach wurde, erzählte sie Erlebnisse aus der Kindheit von Sabrina. Anna und Emilia hatten auch fleißig mitgetrunken, so schien es, aber das täuschte.

Emilia hatte heimlich einige ihrer Schnäpse in die Blumen geschüttet. Auch wurde sie den Verdacht nicht los, dass Anna mit einem Zauber den Schwips in Grenzen hielt. Zumindest waren beide leicht angeduselt. Emilia beschloss, in Aktion zu treten. Sie wollte den Kristall einfach zwischen die Polster stecken, dass er Anna piksen würde. Sie würde unbewusst hingreifen, so hoffte sie.

Endlich verließ Anna für länger das Zimmer. Sie entschuldigte sich, dass sie ein Telefonat führen müsse. Emilia setzte ihren Plan in die Tat um und ging dann schnell auf die Toilette, wo sie den Tauschbeutel hervorholte und in der Hand knetete. Sie wartete darauf, dass ihre Gastgeberin zurückkehrte.

Der Bergmönch

Die drei Freunde zitterten. Sie saßen eng aneinander gekuschelt in einer Höhle und kamen nicht weiter. Vor einer halben Stunde etwa, so genau wussten sie das nicht, war Sabrina ausgerutscht und in das eiskalte Wasser des Sees gefallen, der hier vor ihnen lag. Dabei hatte sie Ragnar mitgerissen. Theobald war dann beim Versuch, sie zu retten, auch hineingefallen. Sie bibberten und rubbelten sich gegenseitig, aber die Kälte ging nicht weg.

»Kannst du nicht doch etwas erwärmen?«, fragte Ragnar zum wohl hundertsten Mal.

»Nein, wie oft soll ich das noch sagen? Ich kann mal gerade Licht erzeugen, sonst säßen wir hier total im Dunkeln.«

»Wenn Ihr nicht die Orientierung verloren hättet, dann könnten wir durch den Eingang, den wir gekommen sind, zurück. Der Werwolf ist bestimmt schon lange weg. Meine Armbanduhr ist stehengeblieben, aber wir sind hier sicher schon so fünf oder sechs Stunden unten«, wimmerte Sabrina.

»Nein, es muss schon ein halber Tag sein«, meinte Ragnar.

»Oh, wir bekommen solchen Ärger«, stöhnte Sabrina, die nun gar nicht mehr von dem Plan überzeugt war.

»Könnt ihr an nichts anderes denken? Wir müssen weiter, um Klara zu retten«, sagte Ragnar.

Theobald lachte nur bitter. »Und wie? Es war von uns eine total blöde Idee, alleine loszuziehen und niemandem Bescheid zu sagen. Wir stecken hier fest und Klara ist sicher schon sonst wo.«

»Kannst du nicht doch nochmal versuchen …«, fing Ragnar zu Theobald gewandt an, doch brach mitten im Satz ab.

»Seht ihr das auch? Da kommt jemand.«

Die anderen beiden drehten ihre Köpfe.

»Hier sind wir, bitte helfen Sie uns!«, schrie Sabrina auf und wedelte mit den Armen, dass sie beinahe wieder ins Wasser gefallen wäre.

Die anderen beiden hielten ihr den Mund zu. Theobald zischte: »Sei still, wir wissen nicht, wer das ist. Steckt meine Steine in die Hosentaschen.«

Es wurde finster, als sie es taten. Das Licht kam unaufhörlich näher, dann erschien ein sehr großer Mann in Mönchskutte mit Arschleder und einer Grubenlampe. Doch der Grund, warum die drei Gefährten keinen Ton herausbrachten, war, dass er im Licht der Lampe halb durchscheinend bis weiß leuchtete. Ein Geist.

»Was macht ihr in meinem Gebirge?«, herrschte er sie an.

»Wir haben uns verirrt«, stammelte Theobald.

Das Gesicht des Mönches wurde freundlicher, fast schon väterlich. »Verirrt? Und das, obwohl ihr alle keine gewöhnlichen Menschen seid? Sehr merkwürdig. Nun holt schon euer Licht wieder heraus! Ich habe es schon von weitem gesehen.« Als sie betreten die Steine hervorholten, lächelte er wissend. »Wo wolltet ihr denn hin? Erze und Kristalle suchen wie die Zwerge?«

»Nein, wir wollten eine Freundin retten, die in einer dieser Höhlen angekettet worden war. Aber sie ist weg und wir sind hier hinein geflüchtet vor einem der Entführer«, sagte Sabrina schließlich resigniert.

Der Mönch sah sie lange an, wobei er sich über seinen langen Bart strich. »Ach, diese Gefangene! Sie ist schon lange weg. Ihr könnt sie nicht mehr retten. Sie ist nicht mehr hier unten.«

»Woher wissen Sie das?«, fragte Ragnar, der seine Hand auf seinem Schwertknauf hatte.

»Ich weiß alles, was hier unten vor sich geht, Junge!«, gab der Mönch zurück.

Dann plötzlich schien sich Sabrinas Miene aufzuhellen. Sie hatte sich die Sagen über den Harz alle durchgelesen und damals für nicht weiter spannend abgetan, aber nun fiel ihr eine der Geschichten wieder ein.

»Sie sind der Bergmönch! Sie sind einer der hohen Harzgeister, richtig? Es ist mir eine Ehre, Sie kennenzulernen.«

»Hohoho, eine Totenbeschwörerin, die auch noch höflich ist. Das hat man nicht alle Tage«, schmunzelte der Mönch.

»Bitte, Sie können sich durch den ganzen Harz bewegen. Können Sie uns dahin bringen, wohin wir müssen?«, bohrte Sabrina weiter.

»Die Menschen schätzen meine Geschenke nicht. Und sie reden übel über mich und huldigen den falschen Göttern. Was bietest du mir, dass ich das tue?«

»Ich habe nichts!«, antwortete Sabrina kleinlaut.

Ragnar bot ihm wortlos sein Schwert an.

»Danke, Junge, aber das wirst du noch benötigen. Der andere Junge besitzt etwas von Wert. Dafür würde ich es tun.«

Theobald sah an sich herunter und blickte auf den leuchtenden Stein in seiner Hand.

»Nein, nicht den Stein, das Amulett, das du trägst.«

»Woher wissen Sie von dem Amulett?«, fragte Theobald erschrocken und trat einen Schritt zurück.

»Ich war es, der es einst deiner Großmutter gab, damit sie eine neugeborene Hexe damit schützen konnte, weil diese Hexe ein Junge war. Gib es mir zurück und ich bringe euch an den Ort eurer Bestimmung.«

Theobald blickte entsetzt Sabrina an, doch diese sagte nur: »Gib es ihm, Theo. Es ist eh seines. Ich habe es geschafft, meine Aura zu verbergen, also wirst du das genauso lernen können. Hier unten hilft es dir eh nichts.«

»Sie ist weise, deine Freundin. Höre auf sie«, sagte der Mönch und streckte die Hand offen aus.

Langsam, fast wie in Zeitlupe, holte Theobald schließlich sein heißgeliebtes Amulett hervor. Er seufzte noch einmal herzzerreißend, dann gab er es dem Geist, in dessen Hand das Amulett sanft bläulich leuchtete.

»Eine weise Entscheidung, Theobald Leif Binsenkraut«, sagte der Geist. »Ich kenne deine Großmutter gut. Sie ist eine von der alten Schule. Hat immer den alten Göttern die Treue gehalten. Und ich sehe Jörds Mal auf dir. Also folgst du auch dem alten Pfad. Aus dir wird einmal ein großer Hexenmeister.« Dann drehte er sich auf eine Felswand zu, an der die Tropfsteine wie ein Wasserfall herunterzufließen schienen, und sagte: »Eilt euch und folgt mir. Ich bringe euch zu eurem Bestimmungsort.«

Ragnar keuchte auf, als sich der Fels plötzlich vor dem Geist weitete und ein Durchgang entstand.

»Aber ich warne euch!«, sagte der Geist und drehte sich um. »Von all dem, was ihr nun seht, werdet ihr schweigen oder ich werde euch übel mitspielen. Habe ich euer Wort?«

Die drei nickten zögernd. Dann folgten sie dem Geist durch den Fels. Das Gestein bog sich nur so aus dem Weg und schloss sich ein paar Meter hinter ihm wieder, dass die drei sich beeilen mussten, um nicht zerquetscht zu werden. Sie passierten noch ein paar andere Höhlen, Grubengänge, Erzadern, Kristallkavernen und noch viel mehr. Es war eine so aufregende Reise unter dem Harz hindurch, dass sie fast ganz vergaßen, weswegen sie eigentlich hier gelandet waren. Der Mönch lamentierte während des Weges über die lästigen Zwerge, die, mehr noch als die Menschen, die Schönheit des Erzes zerstörten, indem sie es abbauten. Er hätte alle Hände voll zu tun, die besten Stücke zu verbergen. Irgendwann verloren sie ganz das Zeitgefühl, auch die Orientierung. Die Füße begannen, weh zu tun, und sie stolperten dem Mönch nur noch hinterher. Als Sabrina schon aufgeben wollte, weil sie nicht mehr laufen konnte, hielt der Mönch plötzlich an einem kleinen Rinnsal unter Tage an.

»Trinkt! Ihr Lebenden braucht Wasser. Dies wird euch erfrischen, bis der nächste Tag vorbei ist.«

Als sie merkten, wie durstig sie waren, tranken sie von dem Wasser. Es war eiskalt, aber herrlich erfrischend, genauso wie der Mönch gesagt hatte. Alles um sie herum wurde wieder klarer.

»Wie weit ist es noch?«, fragte Ragnar den Mönch.

»Weit? Eine schwierige Frage für mich. Wir sind aber etwa unterhalb der Oker.«

»Wohin gehen wir denn?«, fragte Theobald misstrauisch.

»Zu eurem Bestimmungsort, wie ich versprochen habe und wie euer Schicksal von den Nornen gewoben wurde. Auf, auf, denn! Folgt mir.«

Und damit ging er weiter. Einige Zeit später konnten sie vor sich einen Abbaustollen erkennen. Die Firste verlief so niedrig, dass selbst Theobald sich bücken musste. Nur Sabrina konnte gerade noch stehen, wenn auch nur knapp.

»Wir sind in einem Stollen der Zwerge«, sagte der Mönch. »Ab hier müsst ihr alleine weiter, weil ich an den Runen dort nicht vorbeigehen kann. Sie haben mich mit ihrer Magie ausgesperrt.«

»Vielen Dank, lieber Bergmönch, für die Hilfe. Wir werden es Ihnen nie vergessen«, sagte Theobald.

»Das höre ich gerne. Euch allen noch einen Rat und dir einen speziellen: Ihr werdet bald alle beweisen müssen, aus welchem Erz ihr gewachsen seid. Handelt nach eurem Herzen, auch wenn es nach dem Verstande falsch erscheint. Und du, Theobald. Wenn alles verloren scheint, wirst du der Einzige sein, der den bösen Bann durchbrechen kann.«

Damit verschwand der Bergmönch im Gestein. Die drei blieben zurück und schauten sich an.

»Ich finde, es wird mehr als Zeit!«, sagte Ragnar und streckte erneut die Hand aus. »Freunde?«

»Ja, Freunde!«, bestätigte Theobald.

»Ach, was soll's! Freunde!«, sagte Sabrina und schlug ebenfalls ein.

Dann machten sie sich auf in den Zwergenstollen. Dieser endete schließlich an einer Steinwand, die von dieser Seite allerdings so etwas wie einen Griff hatte. Ragnar zog daran und die Wand glitt knirschend auf. Dahinter fiel ein Zwerg fast in Ohnmacht, als die drei Jugendlichen plötzlich hinter ihm standen.

»*Kru'az'aa Ghat!*«, sprach Sabrina das einzige Wort auf Zwergisch, dass sie konnte, und deutete dabei auf sich.

Der Zwerg leuchtete sie mit seiner Lampe an und runzelte die Stirn, ganz so, als wenn er noch nicht begriff, was sich hier gerade tat. Dann sagte er etwas auf Zwergisch, dass sie nicht verstanden, aber er machte eine eindeutige Geste, dass sie ihm folgen mögen.

Er führte sie durch einen weiteren Stollen, der quer verlief. Schienen am Boden deuteten darauf hin, dass es ein Förderstollen war. Schließlich kamen sie tatsächlich in einem Förderschacht heraus, wo ein weiterer Zwerg stand und sie genauso erstaunt ansah.

»*Kru'az'aa Ghat!*«, sagte Sabrina erneut und der andere Zwerg nickte nur. Er zog mehrfach an einer Schnur und irgendwo oben klopfte etwas. Dann setzte sich der Fahrstuhl in Bewegung und ein großer Metallkäfig mit Türen kam auf seine Sohle herunter.

»*Ur'ka'waga!*«, meinte der Zwerg und öffnete die Tür.

»Ich hoffe, das heißt: *Bitte einsteigen!*«, murmelte Theobald und hüpfte als Erster in den Metallkäfig. Sie fuhren nach oben und kamen in einem Gebäude heraus, wo noch weitere Zwerge standen. Sabrina erkannte einen davon.

»Friedjoff! Ich bin ja so froh, Sie hier zu sehen«, sagte Sabrina und lief auf den Cousin von Frau Schramm zu.

Er schaute genauso erstaunt wie seine Kollegen, aber dann sagte er etwas und die anderen Zwerge lachten.

»Was haben sie gesagt?«, fragte Theobald, der auch näher gekommen war.

»Ach, ein Scherz unter uns, hat was mit Körperlänge und Beulen am Kopf zu tun, wenn man keinen Helm trägt. Ihr wisst schon, dass so ziemlich der ganze Harz auf der Suche nach euch ist und auch nach der Schwester von der anderen *Kru'az'aa Ghat*?«

»Ja, das wissen wir. Wir haben sie selbst gesucht und wollten sie retten, aber wir haben dann den Weg verloren.«

Einer der Zwerge sagte noch etwas zu Friedjoff, der sich daraufhin an die drei wandte.

»Ihr seid aus einem unserer geheimen Stollen gekommen, meldet Wikkel hier. Wie seid ihr da hineingelangt?«

»Das möchten wir lieber nicht sagen«, antwortete Ragnar. »Aber wir haben nichts angefasst und werden auch nicht verraten, wo der Stollen ist. Wo sind wir überhaupt?«

»Ihr seid in Clausthal im Kaiser-Wilhelm-Schacht. Wir nutzen den stillgelegten Schacht der Menschen für unsere Zwecke. Sie sind total blind, wenn es darum geht, gutes Erz zu finden, musst du wissen. Hier gibt es noch jede Menge zum Abbauen. Aber ich schwafele. Jetzt bringe ich euch zu Geosine. Sie soll euch nach Hause fahren.«

Sabrina wollte schon protestieren, doch Theobald legte ihr seine Hand auf die Schulter, dass sie verstummte.

Magieraub

Sie verließen den Schacht. Es war bereits wieder dunkel und der Vollmond schob sich langsam über den noch wolkenverhangenen Himmel. Frau Schramm stand bei einem Auto und unterhielt sich gerade mit einem Mann mit wildem langen Haar, der in eine Art grauweißes Nachthemd gekleidet war und anscheinend nur Sandalen trug. Sie unterbrachen ihr Gespräch. Frau Schramm strahlte plötzlich über das ganze Gesicht und begrüßte die Kinder überschwänglich, während der Mann sich unelegant kratzte, als ob er Flöhe hätte.

»Wenn das ein Nichtmagischer ist, fresse ich einen Besen, und zwar quer«, brummelte Sabrina.

Friedjoff erzählte kurz, wo sie aufgetaucht waren. Die drei drängten darauf, schnell mit Elisabeth zu sprechen, doch keiner der Anwesenden hatte ein funktionierendes Handy.

»Es ist aber dringend!«, rief Theobald.

Der Mann, der ihnen als Rollgar vorgestellt wurde, schaute mit hohlen Augen durch sie hindurch und sagte nur: »Manche Jungen müssen fallen, um Männer zu werden, doch nur, wenn sie wieder aufstehen, werden sie es auch. Es ist nicht alles, wie es scheint.«

Dann verstummte er und schob sich aus einer Umhängetasche einen ganzen getrockneten Pilz in den Mund und begann, genüsslich zu kauen. Er sah den dreien noch nach, als sie von Geosine ins Auto gedrängt wurden.

»Rollgar hat mir soeben berichtet, dass es da heute ein großes Fest gibt, das wohl bei Scharzfeld stattfinden soll, dort, wo die Einhornhöhle ist. Er ist beunruhigt, weil viele Tiere aus dem Wald fliehen«, berichtete Frau Schramm aufgeregt, als sie im Auto saßen. Sie hatte auf einem Spezialsitz Platz genommen und fuhr mit einer Handsteuerung, weil sie mit den Füßen nicht an die Pedale kam.

»Sie meinen die Rudeleinführung von Elisabeth?«, fragte Ragnar direkt. Frau Schramm verstummte und musterte ihn über den Rückspiegel.

»Es ist schon in Ordnung. Er ist genauso einer von uns, wie ich auch«, warf Theobald ein.

»Bei dir habe ich mir schon gedacht, dass du eingeweiht bist, weil deine Mutter ja eine Größe ist, aber bei ihm war ich mir nicht sicher?«, sagte Frau Schramm vorsichtig.

»Das Zwergenvolk und wir Asen sind immer gut miteinander ausgekommen«, sagte Ragnar entrüstet.

»Na, na, nun übertreibe mal nicht schon wieder, Ragnar. Du bist vielleicht zu einem Achtel noch von göttlichem Blut«, warf Sabrina ein, die mit vorne saß.

Frau Schramm hüstelte, als sie den Wagen beschleunigte. »Ihr habt keine Ahnung, wo Klara ist?«

»Sie war in einer Nebenhöhle in Rübeland eingesperrt, aber als wir da angekommen sind, war sie bereits weggebracht worden. Dann sind wir vor einem der Werwölfe tiefer in die Höhle geflohen.«

»Was für ein Leichtsinn! Aber davon scheinen in der letzten Zeit ja alle befallen zu sein. Ihr hättet Bescheid sagen müssen. Und wie seid ihr in unseren geheimen Abbaustollen gelangt?«

»Wir hatten Hilfe, aber wir sagen nicht, welche«, entgegnete Sabrina entschieden und blickte Frau Schramm von der Seite an, um ihre Entschlossenheit zu untermauern.

»Ihr seid voller Rätsel. Nun ich weiß zufällig, dass eure Mütter sich gerade alle bei Anna Binsenkraut getroffen haben. Ich bringe euch besser dahin.«

Theo, der an seine nunmehr leere Brust griff, erbleichte sichtlich. »Können wir nicht woanders hin?«

»Nein, Theobald. Eure Mütter werden sich freuen, euch endlich wiederzusehen. Sicher werdet ihr Ärger bekommen, weil ihr einfach verschwunden seid, aber das müsst ihr sowieso über euch ergehen lassen. Besser gleich reinen Tisch machen.«

»Sie haben ja keine Ahnung, wie meine Mutter reagieren wird«, murmelte Theobald zurück.

»Sie ist deine Mutter und ich kenne sie bereits eine ganze Weile. Sie hat eine harte Schale, aber darunter ist sie eine Mutter. Sie wird euch vergeben, was auch immer ihr gemacht habt.«

Damit bog sie bereits auf den Parkplatz vor der Apotheke. Der Passat der Wollners stand dort und auch der BMW von Anna Binsenkraut.

»Ich komme mit rein. Dann wird es schon nicht so schlimm«, sagte sie und stellte den Motor ab.

Sie stiegen aus. Theobald machte ein Gesicht, als wenn er gleich geköpft werden würde. Es war inzwischen schon sehr spät und er musste erst die Tür aufschließen. Dann gingen sie hinein.

»Wartet hier unten im alten Jagdzimmer. Ich glaube, das ist besser, als wenn wir sie alle zusammen überfallen. Gebt mir die Chance, das vorzubereiten. Ich rufe euch dann«, schlug Theobald vor.

Frau Schramm sah ihn kurz prüfend an, dann nickte sie.

Sie gingen in das Zimmer mit seinen unzähligen Stuckdarstellungen von mythologischen Szenen, davon viele weibliche nackte Personen mit Tieren. Während die anderen drei dort warteten, schlich Theobald die Treppe hinauf, immer noch unschlüssig, wie er seiner Mutter das erzählen sollte. Oben stand die Tür zum Wohnzimmer offen. Warme Luft zog auf den Gang, weil im Kamin ein Feuer loderte. Er ging hinein, fand aber nur Martha Schubert vor, die von der Couch gesunken war und halb auf dem Tisch liegend schlief. Mehrere Flaschen Alkohol und drei Gläser standen herum und offenbarten ihm, was hier passiert war. Vielleicht hatte er doch leichteres Spiel. Seine Mutter schien nebenan zu telefonieren. Ihre Stimme drang laut durch die Tür, aber sie redete in einer anderen Sprache. Theobald erkannte Zwergisch, auch wenn er kein Wort verstand. Emilia Wollner war auch nicht zu sehen, allerdings kam hinten im Flur Licht unter der Toilettentür hindurch.

Theobald überlegte kurz, wie er es anstellen sollte, dann entschied er sich, erst einmal Frau Schubert aus ihrer unglücklichen Lage zu befreien und auf die Couch zu ziehen.

Er stellte sich hinter sie und versuchte, sie behutsam aufzurichten. Sie war schwer und er musste richtig Kraft aufwenden. Schließlich hatte er sie in eine sitzende Position hochgezogen, da fiel ihm plötzlich ein Glitzern zwischen den Polstern auf. Er runzelte die Stirn und hielt es für einen Splitter. Vielleicht hatten die Frauen ja schon ein Glas zerbrochen. Ungewöhnlich wäre das bei der konsumierten Alkoholmenge nicht. Er beugte sich vor, um es herauszuziehen, damit die Polster nicht zerschnitten wurden.

Es stellte sich jedoch heraus, als Theobald vorsichtig zog, dass es ein ebenmäßig geformter Kristall war. Suchten nicht Sabrina und Elisabeth genau solche Kristalle? Warum steckte er in der Couch der Binsenkrauts?

Er war wirklich wunderschön. Dann wurde er schlagartig eiskalt in seiner Hand. Theobald wollte ihn noch fallen lassen, aber seine Hand wurde immer heftiger an den Kristall gezogen und eine Kraft, die mächtiger war, als alles, was er bislang gespürt hatte, griff in sein Innerstes. Während er aufkeuchte, spürte er, wie all seine magische Stärke schwand. Schon wankten seine Knie. Er hielt sich krampfhaft an der Lehne der Couch fest und versuchte, sich verzweifelt an den Schildzauber zu erinnern, von dem er vor ein paar Tagen gelesen hatte. Doch ihm schwanden bereits die Sinne, während der Kristall immer greller leuchtete, erfüllt von seiner magischen Kraft.

Als alles aus ihm gezogen worden war, wurde er ohnmächtig und fiel hinter die Couch. Der Kristall, nun angefüllt mit Magie, vibrierte, rutschte ihm aus den Fingern, rollte über Frau Schuberts Brust und fiel dann klappernd davor zu Boden.

Emilia hörte es. Sie hatte die ganze Zeit an der Tür gelauscht, während ihr der Angstschweiß von der Stirn tropfte. Als sie die Tür öffnete, konnte sie das grelle Leuchten im Wohnzimmer bereits sehen. Es hatte geklappt. Sie lief los und betrat den Raum.

Martha hatte sich auf dem Sofa ausgestreckt, Anna war nirgends zu sehen, aber da lag der Kristall. Sie griff danach und verließ den Raum, so schnell sie konnte. Es war kurz nach neun Uhr abends. Elisabeth musste sich sicher schon lange beim Rudel befinden. Sie durfte keine Zeit verlieren. Emilia hastete, so leise sie konnte, die Stufen hinunter, schlüpfte in ihre Schuhe und verließ das Haus.

Auf dem Weg nach draußen bekam Emilia richtig Angst. Sie hatte gerade jemandem die magische Energie gestohlen. Darauf stand die Todesstrafe. Es gab kein Zurück mehr. Sie sprang in ihren Wagen und raste los, ohne sich anzuschnallen.

Anna Binsenkraut stand oben am Geländer. Sie hatte nicht mehr genau gesehen, wer die Treppe da hinuntergehastet war, aber es konnte nur Emilia sein. Sie hatte sich soeben mit Orisana unterhalten. Immerhin war sie eine Wahrsagerin und verdiente damit ihr Geld. Das zählte Anna zu ihren Schwächen, weswegen sie die alte Hexe gerade um Hilfe gebeten hatte, um Theobald aufzuspüren.

Orisana hatte versprochen, die Glaskugel zu verwenden. Schon nach einigen Minuten hatte sie gemeldet, dass Theobald zu Hause sei. Anna war daraufhin in den zweiten Stock gegangen in Theobalds Zimmer, hatte ihn aber dort nicht vorgefunden. Dann hatte sie jemanden auf der Treppe gehört und war wieder hinuntergeeilt, doch nun stand sie verwirrt da.

Kopfschüttelnd ging sie zurück ins Wohnzimmer. Martha schnarchte auf der Couch. Die Gute hatte wirklich zu viel gehabt, aber sie hatte auch nicht die Möglichkeit, mit einer Giftneutralisierung dagegen zu zaubern. Anna hätte schon viel früher flach gelegen, wenn sie nicht mehrmals in der Küche etwas Magie verwendet hätte. Seltsamerweise hatte Emilia ebenfalls dem Alkohol erstaunlich gut widerstanden. Sie hätte inzwischen auch stark betrunken sein müssen, überlegte Anna. Dann erschrak sie, als sie zwei Füße hinter der Couch hervorlugen sah.

Als sie dahinter blickte, stieß sie einen schrillen Schrei aus, der durchs ganze Haus drang.

»Theobald, oh bei den Göttern, was ist mit dir?«

Theobald, der immer noch von oben bis unten von der Harzunterquerung verdreckt war, lag grau wie Beton da und regte sich nicht. Nur seine Hand war teilweise schwarz verfärbt. Anna Binsenkraut war mit einem Sprung über ihm. Er fühlte sich ganz kalt an, atmete aber noch. Die erfahrene Jägerin brauchte nicht lange zu überlegen. Sie hatte die Auswirkungen verbotener Zauber studiert, kannte die Spuren, die sie an den Opfern hinterließen. Jemand hatte Theobald mit schwarzer Magie umgehauen, das wurde ihr in diesem Moment klar. Aber das ergab keinen Sinn. Warum ausgerechnet Theobald? Er war doch gar nicht magisch, außer er hatte etwas gesehen, was er nicht durfte.

Getrappel war auf der Treppe zu hören, als Sabrina, Ragnar und Frau Schramm angelockt von Annas Schrei nach oben gestürmt kamen.

»Theo! Was ist passiert?«, schrie Sabrina und drängelte sich neben Anna, sodass der Platz hinter der Couch richtig eng wurde. »Nein, nein, du darfst nicht sterben, ich habe dich doch gerade erst zurückgeholt. Theo.«

»Er ist nicht tot«, sagte Anna mit schneidender Stimme. Ihr standen zwar die Tränen in den Augen, aber ihre Worte klangen kalt.

»Jemand hat ihn mit schwarzer Magie ausgeschaltet und ich ahne auch, wer. Aber er lebt.«

»Schwarze Magie?«, rief Sabrina, die nun alle Vorsicht fahren ließ. Sie wechselte auf den magischen Blick, dass Anna scharf die Luft einsog, als sie es sah. Doch Sabrina achtete nicht darauf, sondern sagte: »Ja, Sie haben recht. Seine Aura ist weg.«

»Was?« Anna packte Sabrina an den Schultern und starrte sie an und schrie fast. »Sabrina, ich weiß, was du bist, aber Theobald hatte nie eine Aura.«

Doch diese antwortete darauf, ebenfalls mit Tränen in den Augen: »Ich bin vor allem die beste Freundin, die ihr Sohn hat, und ich sage, er hat keine Aura mehr. Wer war das?«

Anna wollte nicht begreifen, was sie da hörte. Ihr Gehirn raste. Ihr Sohn sollte magische Kräfte gehabt haben? Er hatte doch nie auch nur den Hauch einer Aura gehabt. Sie schüttelte sich. Darüber würde sie später nachdenken. Jetzt galt es zu handeln.

Ihr schoss ein Name durch den Kopf. *Emilia!* Sie verwarf ihn aber sogleich und presste »Borga!« hervor. Dann kombinierte sie laut: »Das muss jemand sein, der Emilia kontrolliert hat. Es gibt nur wenige schwarze Hexen mit so viel Macht. Es hätte mich treffen sollen, denn sie konnte nicht ahnen, dass Theobald jetzt nach Hause kommen würde. So ein mächtiger Zauber muss personalisiert werden. Das wurde von langer Hand geplant und von Emilia ausgeführt. Aber ohne sie werden wir das nicht erfahren. Sie ist gerade geflohen.«

»Elisabeths Mutter? Wieso sollte sie …?«, rief Sabrina. Dann sagte sie unvermittelt »Scheiße!« Sie würde alles tun, um Klara und Elisabeth beizustehen.«

»Du meinst, sie will bei Vollmond bei den Werwölfen auftauchen und ihre Töchter vor der bekloppten Alpha retten?«, warf Ragnar ein, der hinter ihnen stand.

Erst jetzt schien Anna ihn und Frau Schramm zu bemerken, die sich gerade an dem Jungen vorbeidrückte.

»Aber nichts überstürzen«, sagte die Zwergin beschwichtigend. »Ich denke, es gibt hier einiges zu klären.«

Sabrina, die wieder auf die normale Sicht zurückgewechselt hatte, widersprach. »Nein, wir haben keine Zeit. Die Hasselfelder haben Klara gefangen und Elisabeth wird in eine Falle laufen. Ihre Mutter hat auch keine Ahnung. Theo hat die Verschwörer astral belauscht und wir wissen, wer da sein Unwesen treibt.«

Anna packte Sabrina an den Armen. »Ich muss das Wichtigste wissen. Was ist mit Elisabeth und Klara? Und wer sind die Gegenspieler? Schieß los!«

»Es sind die Alpha namens Giulia, eine Inga, wohl Nekromantin, und eine Zora, die von Elisabeth denken, sie sei irgendeine Auserwählte. Sie wollen sie opfern.«

»Zora? Sagtest du gerade Zora?«, rief Anna aufgeregt.

»Ja, der Name fiel.«

Anna Binsenkrauts Gesicht verdüsterte sich schlagartig. »Diese Giftschlange. Aber nun zu Elisabeth. Was ist mit ihr?«

»Ich … ich kann nicht.«, stammelte Sabrina.

»Ich glaube, ich helfe mal aus«, sagte Ragnar. »Elisabeth ist eine Werwölfin«, begann er.

»Das ist unmöglich!«, fiel Anna ihm sofort ins Wort. »Ich habe sie getestet mit Silber und Wolfswurz.«

Sabrina wollte etwas dazu sagen, dann würgte sie, weil ihr die Worte im Hals steckenblieben.

Ragnar zog das Gesicht schief. »Sabrina kann nichts dazu sagen, weil sie den alten germanischen Schweigezauber gesprochen haben, sie, Elisabeth und Theobald. Sie sind ein Schwurkreis und wurden von den Göttern erhört. Deswegen kann sie ihnen davon nichts sagen. Aber ich vermute mal, dass in Elisabeth noch mehr Überraschungen stecken, als wir alle ahnen. Deswegen hat mich meine Urgroßmutter geschickt, um ihnen beizustehen und ihre Wächterin daran zu erinnern, dass sie ihrer Verpflichtung nachkommen muss.« Bei den letzten Worten blickte er Anna direkt an.

Frau Schramm, die das nicht gesehen hatte, fragte dann: »Und wer soll die Wächterin deiner Urgroßmutter sein?«

»Das bin vermutlich ich«, sagte Anna plötzlich tonlos, als sie begriff. »Wenn deine Urgroßmutter ...«

»... Freya persönlich ist. Richtig! Wächterin, du hast die Aufgabe, die Erwählten der Götter zu schützen. Zwei befinden sich genau hier vor dir und die dritte wird im Augenblick gerade vor das Rudel geführt, um sich zu unterwerfen, weil sie denkt, so das Leben ihrer Schwester zu retten, die entführt wurde. Aber das war nicht das Kaiserrudel, sondern das andere Rudel aus Hasseldingsbums.«

Annas Verstand raste, als sich ein Bild zusammensetzte. Dann begann Theobald langsam zu stöhnen, als er wieder zu sich kam. Sie beugte sich über ihn.

»Theobald, mein Schatz. Hörst du mich?«

»Mama? Es tut mir so leid«, stöhnte er. »Ich habe versagt.«

Sie zog ihn hoch und schlang die Arme um ihn. »Nein, das hast du nicht. Du bist und bleibst mein Sohn. Wie um alles in der Welt hast du es all die Jahre vor mir verheimlichen können, dass du magische Kräfte hast?«

»Oh, das muss dieses Amulett von seiner Oma gewesen sein, das er getragen hat. Man konnte es nur sehen, wenn er es abgenommen hat. Es hat seine Aura verborgen«, sagte Ragnar.

Sabrina fixierte ihn mit ihrem Blick. Er plapperte ihr entschieden zu viel.

»Jetzt wird mir alles klar«, sagte Anna ernst. »Das darf diesen Kreis nicht verlassen, sonst sind wir tot.«

»Das wissen wir schon«, sagte Sabrina. »Immerhin sind meine Kräfte alleine schon verboten.«

Anna rappelte sich hoch. »Ihr könnt da jetzt gar nichts machen. Ihr bleibt hier und werdet auf Theobald aufpassen. Ich werde gehen.«

»Wir kommen natürlich mit!«, riefen Ragnar und Sabrina sofort.

Theobald machte Anstalten, sich zu erheben. »Was hat der Rollgar noch gesagt? Jungs müssen fallen, um zu Männern zu werden, aber dazu müssen sie wieder aufstehen. Ich bin dabei.«

Annas Miene wurde grimmig. »Nach all dem, was ich gerade erfahren habe, kann ich es euch wohl nicht mehr verbieten, aber ich bin deutlich schneller ohne euch. Dann in drei Teufels Namen kommt nach, aber ich nehme den schnellen Weg, dann kann ich

Emilia vermutlich noch einholen. Nach der Nacht werde ich mit ihr ein Hühnchen rupfen.«

»Welchen Weg?«, wollte Sabrina gerade noch fragen, doch Anna Binsenkraut verschwand schon in ihrem Schlafzimmer und tauchte kurz darauf in einer schwarzen Jägerinnenuniform mit hohen Stiefeln und mit einem Besen auf. Sie musste es sich mit Hexerei angezogen haben.

Ein Schnippen mit allen vier Fingern und ein Fenster sprang wie von selbst auf. »Wir haben später viel zu bereden!«, rief sie und raste wie ein geölter Blitz auf dem Besen los.

»Ich sage schon länger, dass deine Mutter eine Wucht ist! Und dieser Anzug sieht einfach geil aus«, meinte Sabrina bewundernd, während sie das Fenster wieder schloss. »Meine Frau Mutter lassen wir hier pennen. Ich rufe von hier aus Lilly an und trommle Elles Rudel zusammen. Dann fahren wir hinterher.«

»Was ist mit deinen Skeletten?«, warf Ragnar ein.

»Ich kann sie nicht mehr spüren. Sie werden zerfallen oder zerstört sein.«

»Der Harzfriede ist in Gefahr. Friedjoff soll die Kämpfer aktivieren. Wir kommen auch«, ereiferte sich Frau Schramm.

Theobald wankte zur Küche und kam mit Autoschlüsseln wieder. »Ich hoffe, du kannst auch ein BMW Sportcoupé fahren«, sagte er zu Sabrina und warf ihr die Schlüssel zu.

Sie fing sie auf und grinste: »Wenn wir schon zur Rettung schreiten, dann richtig, was?«

Dreirudelfest

Elisabeth wurde Punkt sieben abgeholt. Es waren ausgerechnet Paul und Olaf, die sie fuhren. Sie hatte Lilly mit Anweisungen für ihr Rudel zurückgelassen, war sich aber sicher, dass sie nicht hören würde. Sie konnte es ihr nicht verdenken. Sie selbst hätte nicht auf ihre Alpha gehört, wenn sie Lilly gewesen wäre. Sie hätte ihrer Alpha auch gegen deren Willen geholfen. Deswegen hielt sie alle

Kanäle zu ihnen geschlossen und versuchte, tief und entspannt zu atmen.

Paul und Olaf machten während der Fahrt jede Menge anzügliche Bemerkungen und versuchten, Elisabeth zu erzählen, dass sie nackt vorzutanzen habe und dass sie jedem im Rudel zu Diensten sein müsse.

»Das hättet ihr wohl gerne«, sagte sie nur dazu, doch es wurde ihr von Minute zu Minute mulmiger. Vielleicht wurde sie wirklich hart gedemütigt, wenn sie sich unterwarf.

Olaf, der am Steuer saß, fuhr schnell und schien die Hälfte der Verkehrsregeln nicht zu beherrschen. Rote Ampeln schienen ihm komplett unbekannt zu sein. Auf der B 241 nach Osterode runter raste er durch eine mobile Radarkontrolle.

Es blitzte und Paul fragte: »Haben die Bullen nicht letztens erst deinen Führerschein einkassiert?«

»Was soll's! Der war eh gefälscht, ich habe gar keinen«, lachte Olaf.

Als sie schließlich auf den fast vollen Parkplatz in der Nähe von Scharzfeld rollten, war Elisabeth froh, endlich lebend angekommen zu sein. Sie wurde bereits von vier Frauen erwartet, die alle in aufreizenden Abendkleidern steckten. Elisabeth selbst hatte sich nicht sonderlich herausgeputzt. Sie trug ihre üblichen Jeans und Pullover mit T-Shirt darunter. Darüber hatte sie eine Vliesjacke geworfen, diese aber nicht geschlossen.

Die Erste des Empfangsquartetts, eine Frau um die vierzig, trat vor und sprach abfällig: »Ts, ts, ts! Da haben wir aber noch reichlich Arbeit vor uns. So kannst du nicht in den Kreis treten. Aber wir bekommen das schon hin. Ich bin übrigens Ute.«

»Elisabeth. Sehr erfreut.« Elisabeth versuchte zu lächeln.

»Kommt Kinder, dann wollen wir mal aus einem hässlichen, müffelnden Hündchen eine wunderschöne Wölfin machen«, wies Ute die anderen drei energisch an. Elisabeth wurde in die Mitte genommen und zu einem Wohnmobil geführt, das ebenfalls auf dem Parkplatz stand.

»Wie viele sind denn hier?«, fragte Elisabeth vorsichtig.

»Oh, du hast heute ein besonders großes Publikum. Auf Einladung sind alle Kaiserwölfe, sogar die, die außerhalb des Harzes wohnen, das Brockenrudel und auch die Hasselfelder da. Wie viele genau, weiß ich nicht, Schätzchen, aber bestimmt insgesamt über zweihundert.«

Elisabeth erschrak. »So viele?«

»Da staunst du, was? Und da wollen wir dich doch richtig herausputzen, oder? Immerhin ist es deine Erstaufnahme in ein Rudel. So, nun zieh dich mal aus und lass dich ansehen.«

Elisabeth zögerte kurz, dann seufzte sie und zog ihre Sachen aus.

»Die Unterwäsche auch«, ergänzte eine der anderen Frauen und sammelte alles ein.

Ute stellte sich vor Elisabeth und blickte sie prüfend an. Sie drückte hier und da, während eine der anderen Frauen eine Bürste hervorholte und ihr die Haare damit bearbeitete. Es war Elisabeth ziemlich unangenehm, doch sie hielt still.

Ute trat einen Schritt zurück und pfiff dann anerkennend durch die Zähne. »Du bist wirklich so hübsch, wie über die Gerüchteküche verbreitet wurde, und noch dazu so hochgewachsen. Hat fast was Aristokratisches. Das einzig Merkwürdige an dir ist dieser herbe Geruch, aber das überdecken wir mit einer meiner Salben. Gesa, bring mir mal die mit der besonderen Blumenmischung. Wo ist denn dein Bissmal? Ich habe keins gefunden.«

Was sollte es bringen, jetzt noch zu lügen? Sie würde eh bald vor der Alpha im Dreck kriechen müssen. Da konnte sie jetzt auch die Wahrheit sagen. Elisabeth blickte Ute direkt in die Augen.

»Das liegt daran, dass ich keines habe!«

»Ist nicht wahr!«, rief die Frau hinter ihr, die immer noch mit ihren Haaren beschäftigt war.

»Nein, ich wurde so geboren, habe mich nur spät verwandelt.«

»Deswegen also hat der Alpha sofort seinen Sohn geschickt, um dich auszubilden«, sagte eine Dritte, die jetzt mit einem Tiegel zurückkam und mit einer wohlriechenden Salbe Elisabeths Haut einrieb. »Dann ist deine Mutter auch eine Werwölfin?«, fragte die Vierte im Plauderton, die in einer Kiste mit Unterwäsche kramte.

»Nein, meine Mutter ist keine Werwölfin, aber ich bin eine.«

Jetzt hatte sie die Aufmerksamkeit aller vier Frauen.

»Damit macht man keine Scherze. Eine Menschenfrau überlebt die Geburt eines Werwolfs fast nie«, sagte Ute ernst.

»Dann ist meine Mutter eben die Ausnahme«, entgegnete Elisabeth und funkelte Ute an.

»Hihi!«, kicherte die Frau, die immer noch die Bürste schwang. »Jetzt ist mir klar, warum die Rudelführung so ein Heckmeck macht. Wir nehmen heute nicht nur zwei Neue auf, sondern auch noch eine geborene Werwölfin mit einer normalen Mutter. Du hast Albert ganz schön den Kopf verdreht, weißt du. Er hat sich sogar mit seinen Eltern angelegt und war deswegen die letzten Tage eingesperrt.«

»Erika!«, rief Ute warnend, doch Elisabeth hakte nach.

»Eingesperrt? Unter der Erde etwa? Warum?«

Die mit der Salbe antwortete: »Er wollte, dass man dir ohne Zeremonie die Aufnahme gewährt. Das ist aber gegen die Regeln. Die Alpha hat getobt. Es heißt, dass Albert seine Pflichten im Rudel vernachlässigt habe und stattdessen ständig mit dir abhinge. Und dann hat Paul, das alte Plappermaul, berichtet, dass du und deine Mutter die Alpha so wütend gemacht habt, dass sie zur Abregung sogar Menschen ge… «

»Gesa, es reicht. Halte den Mund und mach deine Arbeit. Wir wollen Elisabeth hier doch so herausputzen, dass jeder ihr zu Füßen liegt«, warf Ute scharf ein.

Daraufhin arbeiteten die Frauen stumm weiter, warfen sich aber immer wieder Blicke zu. Endlich schien die Frau an der Kiste die für sie passende Unterwäsche gefunden zu haben und reichte sie durch. Elisabeth starrte den äußerst knappen Slip und den BH aus hauchdünner Spitze an, als wäre das alles ein Scherz. Doch es war keiner. Sie musste es anziehen. Das weinrote Kleid, in das man sie steckte, war verboten knapp und an beiden Seiten mehrfach geschlitzt, sodass man überall Haut sah.

Die Frau mit der Bürste hatte sich endlich entschieden, was sie mit Elisabeths üppiger Haarmähne anstellen wollte, und flocht ihr einen quer verlaufenden französischen Zopf, in den sie gekonnt Goldfäden mit einband.

Sie lackierten ihr die Nägel und steckten ihre Füße in schöne, aber flache römische Sandalen. Sie trugen sich ganz angenehm, fand Elisabeth. Es schien so, als wenn die Frauen eine schier unerschöpfliche Menge an Kleidung zur Verfügung hätten. Als sie endlich fertig waren, hielt man Elisabeth einen Spiegel hin, in dem sie sich betrachten konnte.

Sie war einfach sprachlos. Das konnte nicht sie sein. Sie konnte sich selbst kaum erkennen. Das war kein fast sechzehnjähriges Mädchen, sondern eine elegante und wunderschöne Elfe mit schier endlosen Beinen.

»Bin das ich?«, fragte sie vorsichtig.

»Ich denke, heute haben wir uns selbst übertroffen«, strahlte Ute sie an. »Da sieht der andere ganz schön blass neben dir aus. Hier, wirf dir noch diesen Umhang über, damit du nicht allzu sehr frierst, bevor du dich verwandeln darfst.«

Gesa reichte ihr einen schwarzen, warmen Umhang mit Hermelinbesatz.

»Ist der auch für mich?«, fragte Elisabeth erstaunt.

»Das ist schon in Ordnung. Immerhin ist die Aufnahme in ein Rudel vor allem eines: eine riesige Show!«

»So, dann holt mal den hibbeligen Leitwolf. Ich will sehen, wie er zu sabbern beginnt«, scherzte Ute derbe und die Frauen lachten.

Elisabeth beschloss, die vier zu mögen. Sie schienen auf ihre Art offen und ehrlich zu sein. »Was ist das für ein verführerischer Duft in dieser Salbe«, fragte sie Ute, als sie an ihrem Arm schnupperte.

»Ist gut, nicht wahr? Das ist meine Spezialsalbe aus Schneeblumen. Ich fand, dass der Geruch zu dir passt«, sagte Ute unbekümmert.

Schneeblumen, dachte Elisabeth und ihr Herz klopfte wild. Genau das hatte ihre Mutter gesagt, dass das Blut der Familie Schneeblume in ihren Adern floss. Das konnte Ute doch unmöglich wissen.

Gesa kam zurück mit Albert am Arm und nun wurden Elisabeths Wangen doch etwas rosig und ihr Herz begann wieder zu hämmern. Er hatte ein eng sitzendes Hemd, das bis zum zweiten Knopf aufgeknöpft war, und eine elegante Hose an. Seine Füße steckten in teuren Lederslippern. Gesa hing an seinem Arm und plapperte wild auf ihn ein, aber als er stehenblieb und Elisabeth erblickte, beachtete er sie gar nicht mehr. Sie ließ schmollend von ihm ab und gesellte sich zu den anderen Frauen, die miteinander kicherten.

Albert blickte Elisabeth staunend an. Dann sprach er über ihren Kanal mit ihr, dass keiner sie verstehen konnte.

Hallo Goldy, wie ich sehe, hat Ute wieder ganze Arbeit geleistet. Du siehst einfach umwerfend aus.

Hi Socke, ja sie hat ein Wunder vollbracht, aber ist das denn richtig? Ich meine, so wird sich deine Mutter garantiert auf mich stürzen. Und wo warst du? Ich habe versucht, dich zu erreichen. Ich muss dir ganz dringend was sagen.

Gleich, wenn wir hier weg sind. Hatte Ärger, weil ich mich mit meinen Eltern deinetwegen angelegt habe. Damit es heute gut geht, hat Vater ja auch die anderen Rudel eingeladen. Mama kann so nicht tun und lassen, was sie will. Außerdem soll heute noch ein Emil in unser Rudel aufgenommen werden. Er wartet da drüben mit seinem Leitwolf Kevin.

Elisabeth blickte über die Köpfe der vier Frauen, die sich köstlich amüsierten, hinweg auf einen etwa dreißigjährigen Mann im Anzug, neben dem ein Typ an einem Baum lehnte, der komplett im Westernstil gekleidet war. Der Mann im Anzug wirkte nervös und seine gelben Augen waren sogar von hier aus zu sehen.

Er hat keine Beherrschung, sandte Elisabeth zu Albert.

Ja, und er ist relativ schwach. Da kannst du mal sehen, was du in so kurzer Zeit geschafft hast. Emil ist vor über fünf Monden gebissen worden und hat es jetzt erst geschafft, sich absichtlich zurückzuverwandeln. Kevin meint, er hätte ihm besser die Kehle herausgerissen, aber nun ist er verantwortlich für ihn.

Fünf Monde? Elisabeth sah wieder zu Albert und runzelte die Stirn.

Ja, doch das soll jetzt nicht unsere Sorge sein. Vater hat wirklich alles getan, um Mama den Wind aus den Segeln zu nehmen. Wir gehen gleich zum Festzelt, das sie aufgebaut haben. Nur hüte dich davor, meine Mutter direkt zu provozieren. Sie kocht momentan zwar noch etwas, aber das gibt sich sicher. Weißt du eigentlich schon was von deiner Schwester? Ich war über zwei Tage eingesperrt.

Du weißt es wirklich nicht, oder? Elisabeth blickte Albert fragend an.

Genau in diesen Moment prustete Gesa los: »Das ist zu lustig mit euch zwei. Steht da und gafft euch an. Nun los, küss sie schon, du wilder Hengst.«

Albert warf ihr einen vernichtenden Blick zu und knurrte, dass Gesa sich schnell hinter ihren immer noch gackernden Freundinnen versteckte. Elisabeth fand die Idee komischerweise gar nicht so abwegig, hätte sich aber hier auch nicht getraut. Albert sah wirklich sehr gut aus.

»Lass uns gehen, bevor sie uns noch aneinanderbinden«, schlug Albert vor und bot Elisabeth seinen Arm an.

Sie nahm ihn und versuchte möglichst elegant zu wirken. Von unflätigen Liebeswünschen begleitet, gingen sie durch den Wald auf ein riesiges Zelt zu, aus dem leise Musik und viele Stimmen klangen. Das Zelt war direkt zwischen die Bäume gebaut worden. Fackeln säumten den Weg und warfen ein flackerndes Licht.

Was weiß ich nicht?, fragte Albert, als sie ein paar Schritte weitergegangen waren.

Deine Mutter hat Klara entführen lassen, damit ich mich heute absolut unterwerfe und ihr nicht in die Quere komme. Wenn ich heute auch nur den leisesten Widerstand leiste, dann schickt sie mir Klara in Einzelteilen. Und meine Freunde sind auch alle verschwunden.

Albert blieb stehen und packte Elisabeth schon fast grob am Arm. *Was sagst du da?*, herrschte er sie im Geiste an.

Magdalene war bei mir und hat mich in ihrem Namen bedroht und mir ein Haarbüschel von Klara gegeben, an dem noch Haut und Blut klebte. Ich muss mich heute unterwerfen oder meine Schwester ist tot.

Magdalene hasst mich zwar für das, was ich ihr damals angetan habe. Wenn sie aber gemeinsame Sache mit meiner Mutter macht, dann ist das Hochverrat.

Es kommt noch schlimmer. Dein Vater hat wohl verboten, mich zu überwachen, aber deine Mutter hat kurzerhand die Hasselfelder beauftragt, das zu übernehmen. Vier haben unser Haus observiert, aber zwei von ihnen habe ich überwältigen und gefangen nehmen können. Mein Rudel hält sie momentan in einem Stollen eingesperrt.

Ich muss meinen Vater kontaktieren. Sofort!

Nein, tu das bitte nicht. Ich werde heute jede Strafe auf mich nehmen. Es ist meine Schwester. Wenn ich sie lebend hier herausgebracht habe, dann kannst du gerne Alarm schlagen, aber vorher muss ich Klara befreien.

Albert sah sie mit wildem Blick an und das erste Orange glomm in seinen Augen.

Gut, für dich tue ich das, aber wenn sie ihr oder dir nur ein Haar krümmen, dann bekommen sie es mit mir und dem ganzen Rudel zu tun. Auch wenn die Hasselfelder auf der Seite meiner Mutter stehen, das Brockenrudel ist auf unserer, und wir selbst sind mit Abstand das größte Rudel. Jetzt lass uns hineingehen. Es geht gleich los.

Sie passierten eine Wache, bei der auch Paul und Olaf standen. Die drei Männer nickten erst Albert unterwürfig zu, dann gafften sie Elisabeth offen an.

»Da hol mich doch der Teufel. Ist die Braut aber ein steiler Zahn«, rief Paul. »Wo ist das unscheinbare Mädchen, das ich vorhin abgeholt habe?«

Trotz der Derbheit fühlte sich Elisabeth geschmeichelt. Dann entsann sie sich wieder, dass der verbale Schlagabtausch unter Werwölfen genauso wichtig für die Rangfolge war, wie der körperliche.

Daher erwiderte sie: »Habe ich wohl gefressen. War aber nicht viel dran. Ich bin also noch nicht satt.«

Die drei brüllten vor Lachen los. »Und schlagfertig ist sie auch. Da musst du früher aufstehen, Paul«, wieherte die Wache.

Albert zog Elisabeth weiter, bevor jemand noch etwas sagen konnte. Als sie ihn anblickte, grinste er sie stolz an.

Das hast du gerade super gemacht. Das wird die Runde machen und dir Pluspunkte einbringen.

Ich wusste gar nicht, dass ich hier Punkte sammeln muss, bemerkte sie zurück.

Sie betraten das Zelt. Innen war es atemberaubend. Die Decke bestand komplett aus durchsichtiger Plane, dass man den Mond hell hereinleuchten sehen konnte. Tische mit Stühlen standen auf dem Waldboden, an denen schon viele Rudelmitglieder saßen. Elisabeth konnte viele gelbe Augen sehen, weil die Schwächeren unter ihnen nicht mehr ihren Wolf verbergen konnten. Die meisten waren auf irgendeine Art festlich gekleidet. Der Geruch nach Werwölfen war so massiv, dass Elisabeths Nase davon fast betäubt wurde. In der Mitte war eine Art Grube ausgehoben worden, die zu Elisabeths Erschrecken von spitzen Dornen eingerahmt wurde.

»Was ist denn das?«, verlangte sie von Albert zu wissen.

Doch jemand anderes wandte sich an Elisabeth. Wie aus dem Nichts stand Heinrich Wolfsherr plötzlich neben ihnen. Er war ähnlich wie Albert gekleidet, nur wirkte er noch erhabener.

»Zu Ehren der Aufnahme gibt es Darbietungen und Kämpfe. Willkommen bei uns, Elisabeth. Ich werde mich hüten, etwas über deine Schönheit zu sagen, sonst bekomme ich noch Ärger mit meiner Frau.«

Elisabeth verneigte sich vor ihm und deutete einen Knicks an, der allerdings nicht allzu tief ausfiel, weil sie Angst hatte, dass ihr der Rock hochrutschen könnte. »Ich grüße Sie, Alpha!«

»Ich werde nachher noch mit euch plaudern können, aber nun muss ich die Eröffnungsrede halten. Wenn ihr mich entschuldigt.«

Und schon eilte er zu einem Baumstumpf, der fast zentral lag und alle anderen Plätze überragte. Hier stand ein Tisch, an dem insgesamt sechs Personen Platz nehmen konnten. Kurz nachdem Heinrich an dem Tisch ankam, tauchte ein bärbeißiger Mann mit weißen Haaren und langem Bart in Rockerkluft auf. An seiner Seite ging ein junges Mädel, das kaum älter aussah als Elisabeth.

Der Alpha des Brockenrudels, Manfred Ogger, und seine neueste Eroberung, Cindy, kommentierte Albert mental. Ein weiterer, aalglatter Mann mit Kinnbart und einer langen Narbe über dem Gesicht in teurem Designeranzug trat hinzu nebst einer Frau in einem so knappen Kleid, dass ihre Brüste herauszuspringen drohten. Allerdings war sie in die Jahre gekommen, denn ihre Haut wirkte faltig.

Zanko Wiechmann und seine deutlich ältere Frau Ursula von den Hasselfeldern. Es geht das Gerücht um, dass sie schon lange kein Paar mehr sind. Sie ist eifersüchtig wie ein Zwerg bei Gold. Seine letzte Mätresse soll sie getötet und sogar aufgefressen haben.

Elisabeth warf Albert einen fragenden Blick zu und erkannte zu ihrer Verwunderung, dass er es todernst meinte.

Heinrich Wolfsherr stand auf, als Giulia als Letzte an den Tisch kam. Sie trug ein ebenso gewagtes, wie aufreizendes Designerkleid und hatte die Haare zu einer eleganten Frisur drapiert. Ihre Füße steckten in High Heels, die gut und gerne Zehn-Zentimeter-Absätze hatten. Allerdings war sie damit immer noch ein gutes Stück kleiner als Elisabeth, die seit ihrer ersten Verwandlung nochmal gewachsen war. Giulia stellte sich in provokanter Pose neben ihren Mann und ließ ihren Blick über die Menge gleiten, die langsam verstummte und auf die Ansprache wartete.

Ohne nachzudenken streifte Elisabeth, getrieben von ihrer Wölfin, genau in diesem Moment schwungvoll ihren Umhang ab und legte ihn über ihre Stuhllehne. Die Männer in der Umgebung und auch einige Frauen blickten sie voller Bewunderung an, jemand pfiff sogar. Elisabeth spürte, wie der Blick der Alpha auf ihr haften blieb und sich ihre Miene merklich verfinsterte.

Elisabeths Verstand meldete sich zu Wort. *Was machst du hier gerade? Du sollst dich unterwerfen, stattdessen nutzt du die erstbeste Gelegenheit, um Giulia zu provozieren,* schalt sie sich innerlich. Sie nahm sich vor, jetzt mehr auf ihre Wolfsseite aufzupassen, und senkte zumindest den Blick etwas, damit Giulia ihr Grinsen nicht sah.

»Willkommen zu diesem Dreirudeltreffen zu Vollmond. Wir wollen heute Nacht alle zusammen die alten Traditionen pflegen und jagen.«

Vielstimmige Jubelrufe und vereinzeltes Heulen setzten ein.

»Wir haben dieses Treffen schon viel zu lange immer wieder verschoben. Umso mehr freut es mich gerade heute, dass wir es geschafft haben. Wir heißen das Hasselfelder Rudel, das Brockenrudel und alle Kaiserwölfe herzlich willkommen.«

Erneut wurde er von Geheule und Gejohle unterbrochen.

Elisabeth fiel auf, dass die Hasselfelder sich dabei allerdings deutlich zurückhielten und einige untereinander Blicke tauschten. Albert fiel es auch auf und warf Elisabeth einen vielsagenden Seitenblick zu.

Während der Alpha weitersprach, riskierte Elisabeth einen Blick auf Giulia, die immer noch versuchte, sie mit ihren Augen zu rösten, sodass Elisabeth schnell wieder wegschaute und stattdessen Ute erblickte, die in der Menge stand und ihr vorsichtig den Daumen hochreckte und zwinkerte.

»Außerdem haben die Kaiserwölfe heute zwei neue Bewerber um die Rudelmitgliedschaft. Zum einen haben wir da Dr. Emil Bär, der von seinem Leitwolf Kevin herangeführt wurde. Stell dich bitte vor.«

Verhaltener Applaus erklang, als der Mann, den Elisabeth schon am Parkplatz gesehen hatte, sich zögerlich erhob, vortrat und mit seinen gelben Augen in die Menge schaute.

Oh, Scheiße, muss ich das auch machen, Albert? Davon hast du nichts gesagt, jammerte Elisabeth mental.

Vater interpretiert die Regeln gerne etwas freier. Er ist oft spontan, weil er starre Abläufe hasst. Wenn er dem Zeremonienmeister Günter eins auswischen kann, dann tut er das auch, gab Albert zurück.

Mit etwas vibrierender Stimme begann Emil zu sprechen: »Ich bin Dr. Emil Bär, ich habe in Clausthal studiert und promoviert. Vor knapp sechs Monden wurde ich bei einer Wanderung über den Ackerbruchberg gebissen.«

Dann wurde seine Stimme etwas wackeliger, die Unsicherheit war ihm deutlich anzumerken.

»Ich habe etwas gebraucht, um mich an meine neue Rolle zu gewöhnen, und bin Kevin ...«, er nickte dem Westerntypen zu, der versetzt hinter ihm stand, »sehr dankbar, dass er so viel Geduld mit mir hatte. Meine letzten Monde waren allesamt etwas kompliziert.«

Dann redete er noch weiter und begann, alle Anwesenden zu langweilen. Zehn Minuten später war er immer noch nicht fertig.

Ich fange an, zu verstehen, warum Kevin ihm die Kehle herausreißen wollte, stöhnte Elisabeth. *Wenn der noch lange so weiterredet, mache ich es.*

Alberts Stimme in ihrem Geist wirkte belustigt. *Da müsstest du dich hinten anstellen. Ich glaube, Kevin erledigt das gleich selbst.*

Der Erwähnte ließ gerade hörbar seine Knöchel knacken, als wenn er die Unterhaltung mitbekommen hätte.

»Und deswegen würde ich gerne ins Rudel aufgenommen werden und bitte hiermit darum.«

Kaum einer klatschte, als Emil sich mit Kevin wieder setzte.

»Wir danken diesen erschöpfenden Ausführungen von Emil. Und ferner bittet heute Elisabeth Wollner um ihre Aufnahme in das Rudel.«

Nun mach schon. Und denke daran, dass du dich den Alphas gegenüber unterwürfig zeigst, sandte ihr Albert.

Elisabeth holte Luft und trat mit leicht geröteten Wangen vor. Albert folgte ihr in etwas Abstand. Alle Blicke hafteten auf ihr und ein Raunen ging durch die Menge, als man sie genauer betrachtete.

Da erkannte Elisabeth in der Menge Magdalene. Sie stand leicht verdeckt außen und machte eine Geste mit dem Finger, als wenn sie sich die Kehle aufschlitzte.

Elisabeths Wölfin drängte vorwärts und sie drückte sich erneut die Fingernägel in die Handflächen. Die Menge um sie herum schwieg und blickte sie an.

»Ich verbeuge mich vor den Alphas der drei Harzrudel und erweise Ihnen hiermit meinen allerhöchsten Respekt«, sagte sie schließlich, wie sie es von Albert gelernt hatte, und verbeugte sich in Richtung der sechs Alphas an dem Tisch, so tief es ihr Kleid zuließ. Sie fühlte förmlich die Macht und Dominanz, die von ihnen ausging, aber seltsamerweise schüchterte sie das nicht ein, wie Emil eben zuvor.

»Mein Name ist Elisabeth Wollner und ich bin gekommen, um mich in Demut dem Kaiserrudel zu unterwerfen, und bitte hiermit um die Gnade der Aufnahme in die Gemeinschaft.«

Jemand sagte halblaut in ihre Sprechpause: »Von mir aus ist sie aufgenommen, die ist so heiß, mir schmort gleich die Hose durch.« Elisabeth erkannte die Stimme von Paul.

Wildes Gelächter war die Folge, dass Heinrich Wolfsherr schließlich alle anknurren musste, um wieder für Ruhe zu sorgen.

»Deinen Einwurf, Paul, werden wir prüfen, aber das hast du nicht allein zu entscheiden. Kann ihm bis dahin jemand ein kühles Bier in die Hose kippen?«

Wieder setzte Gelächter ein und Paul nahm Reißaus, als wirklich jemand nach seinem Bierglas griff.

»Bitte erzähle uns etwas über dich. Ich denke, es wollen einige genauso viel über dich erfahren, wie über Emil.«

Elisabeth nickte Heinrich Wolfsherr zu, dann drehte sie sich zu der versammelten Menge um und ließ ihrer Wölfin noch ein klein wenig mehr Raum. Dominanz schlich sich in ihre Stimme und fesselte die Zuhörer.

»Ich bin fast sechzehn Jahre und hatte meine erste Verwandlung spontan, nachdem ich auf einem Laufwettbewerb einen Abhang hinuntergestoßen worden bin. Bis dahin hatte ich keine

Ahnung, was ich bin, aber nun weiß ich es. Mein Leitwolf ist Albert, der Sohn des Alphas des Kaiserrudels, und ich kann mir keinen besseren Leitwolf vorstellen, auch wenn ich da noch nicht wirklich viel Erfahrung habe. Er hat auf mich Rücksicht genommen, alle meine persönlichen Probleme mit einbezogen und mir zur Seite gestanden, als ich meine schwierige Phase durchgemacht habe. Auch hat er mich auf meine zukünftige Rolle vorbereitet. Bei ihm möchte ich mich heute dafür besonders bedanken.«

Sie drehte sich Albert zu und verbeugte sich in seine Richtung. Einige klatschten und leises Getuschel setzte ein.

Irgendjemand rief: »Wer hat dich gebissen? Etwa Albert?«

Elisabeth suchte den Rufenden mit den Augen. Sie kannte ihn nicht, aber direkt neben ihm stand Olaf. Es schien also ein Kumpel von ihm zu sein.

Elisabeth holte tief Luft. »Ich wurde nicht gebissen. Ich bin eine geborene Werwölfin. Ihr könnt Ute fragen, ich trage kein Bissmal.«

Ein Raunen ging durch die Menge. Einige schauten Ute an, die deutlich nickte. Der Druck des Blickes in ihrem Rücken verstärkte sich, aber Elisabeth drehte sich nicht um.

»Meine Mutter ist kein Werwolf, aber mein Vater ist einer. Deswegen hat man mir Medizin gegeben, um zu verhindern, dass ich mich verwandle. Hier im Harz, wo ich seit den Sommerferien lebe, ist es dann doch passiert. Meine erste Verwandlung ist jetzt etwa anderthalb Monde her.«

Das Getuschel ignorierend, drehte sich Elisabeth wieder zu den Alphas um, beugte ihr Haupt und bot ihren Nacken dar.

»Ich bitte um Vergebung für all das, was ich getan habe, und unterwürfig um die Aufnahme in das Kaiserrudel.«

Das Gemurmel verebbte, als Heinrich Wolfsherr die Hände hob, um sie zum Schweigen zu bringen. Elisabeth konnte erkennen, dass auch er das nicht gewusst hatte. Sie hatte ihm zusammen mit ihrer Mutter eine andere Geschichte aufgetischt, aber jetzt war es raus. Der Alpha war offenbar irritiert, aber da trat Giulia vor.

»Dann wollen wir sehen, ob du würdig bist und mehr kannst, als meinem Sohn den Kopf zu verdrehen. Ich bin die Alpha und habe das Recht, die Prüfung zu bestimmen, die dir auferlegt wird. Der ängstliche Mann und du, ihr werdet um eure Aufnahme kämpfen.«

Einige riefen daraufhin durcheinander und auf anderen Gesichtern war blankes Entsetzen zu sehen. Auch der Alpha kämpfte um seine Beherrschung. In seinen Augen zeigte sich das erste Rot.

»Giulia, ist das denn wirklich nötig?«, fing er an.

»Ich bestehe darauf!«, giftete sie zurück.

Zanko räusperte sich und sagte: »Es ist das Recht des Alphas, jemanden für die Aufnahme auszusuchen, aber es ist das Recht der Alpha, die Kandidaten zu prüfen. Es ist lange nicht mehr vorgekommen, doch das Gesetz ist eindeutig.«

Giulia wandte sich an die Menge. »Oder gibt es jemanden unter euch, der meine Entscheidung anfechten will?«

Alle schwiegen betreten.

Elisabeth, die immer noch ihren Hals darbot, drückte sich die Fingernägel weiter in die Handflächen. Innerlich kochte sie bereits, allerdings durfte sie jetzt nicht offen aussprechen, was sie sagen wollte. Der Gedanke an Klara und ihr drohendes Schicksal half ihr, ihre Wölfin zurückzudrängen.

»Das dachte ich mir. Ihr kämpft! Wenn ihr unterliegt, dann nehmen wir euch nicht auf. Der Mann soll beginnen.«

Albert kam näher, ergriff Elisabeths Handgelenk und zog sie weg. Die Menge um sie herum tobte. Einige starrten zwar noch Elisabeth hinterher, aber bei den meisten machte sich die Vorfreude auf einen Kampf breit. Die Grube lag so, dass man von allen Tischen einen recht guten Blick hinein hatte, da sie sich am tiefsten Punkt befand und die Tische leicht erhöht standen. Albert zog Elisabeth beiseite und sah entsetzt aus.

»Du hattest recht. Sie will dich wirklich töten. Denk an dein Training. Du wirst es brauchen.«

»Wie viel Zeit bleibt mir?«, fragte Elisabeth, die immer noch mit ihrer Wölfin rang.

»Das hängt von Emil ab und dem Gegner, den er bekommt.«

Elisabeth ließ sich auf ihren Stuhl plumpsen und schloss die Augen. Sie öffnete die Kanäle zu ihrem Rudel. Sie erreichte Oskar und Lilly, Mike war immer noch unter Tage.

Leute, hört mal her. Ich möchte, dass ihr die Hasselfelder freilasst und so weit wie möglich flieht, wenn ich mich nicht mehr melde. Geht mit Lilly nach Hannover und unterwerft euch dem Rudel dort.

Was ist los? Spinnst du, Alpha? Wir stehen dir natürlich bei, antwortete Oskar.

Wenn ich mich nicht mehr melde, bin ich tot. Giulia hat sich gerade auf ihr Recht berufen, dass sie uns für die Aufnahme Prüfungen auferlegen kann. Der andere muss gleich darum kämpfen und ich bin danach dran.

Komm schon, Elle, du hast doch trainiert, wandte Lilly ein.

Was ist, wenn ich gegen Albert oder jemand anderen kämpfen muss?, stammelte Elisabeth.

Dann mach ihn fertig. Du musst ihn ja nicht töten, warf Oskar ein. *Albert schadet es nicht, wenn er mal ein paar Grenzen aufgezeigt bekommt.*

Deutlich war Oskars leichter Groll gegen Albert zu spüren, weil er immer eine Sonderrolle einnahm, auch jetzt wieder bei Elisabeth. *Versprecht mir, dass ihr verschwindet, wenn ich tot bin*, forderte Elisabeth ein. Sie stimmten halbherzig zu. Dann wurde Elisabeth von dem Geschehen in dem Zelt abgelenkt und beendete die Verbindung.

Kevin stand auf und zog den zitternden Emil auf die Füße. »Enttäusche mich nicht, Doktor«, sagte er und schob ihn an den Grubenrand.

Heinrich Wolfsherr, der eine stumme Diskussion mit Giulia geführt zu haben schien, sah immer noch wütend aus. Giulia hingegen schien siegesgewiss und drehte sich zur inzwischen geifernden Menge.

»Wer will sein Gegner sein?«

Erstaunlich viele Hände schossen nach oben. Elisabeth starrte auf die Leute, denen man jetzt ansah, dass sie Wölfe waren. Der Wolfsgeruch intensivierte sich, als mehr und mehr Anwesende die gelben Augen bekamen. Giulia ging die Reihe der Freiwilligen ab. Sie genoss es und versprühte ihre Dominanz über die Wölfe. Schließlich blieb sie vor Paul stehen.

»Da haben wir ja genau den Richtigen!«, sagte sie so laut, dass alle sie hören konnten. »Da ja bereits deine Hose fast durchschmort, kannst du jetzt etwas Dampf ablassen.«

Paul nickte der Alpha ergeben zu, heulte wild und sprang ohne Zögern in die Grube. Kevin schubste Emil hinterher. Er fiel unglücklich auf den Hintern.

Ausnahmslos jeder versuchte, einen optimalen Platz zu ergattern, um zu sehen, was sich jetzt in der Grube tat. Auch die Zeltwache war hereingekommen. Giulia hatte beide Hände erhoben und genoss ihre Rolle, während sie am Rand der Grube stand.

»Wenn einer sich unterwirft oder getötet wird, ist der Kampf vorbei«, übertönte ihre Stimme die Menge.

B 241 nach Osterode

Emilia Wollner hatte außerhalb von Clausthal auf dem Parkplatz am Oberen Flammbacher Teich gehalten. Sie musste es jetzt tun. Ihr Herz raste, als sie den gleißenden Kristall mit zitternden Händen in den Beutel steckte. Erst tat sich gar nichts, dann fühlte sie, wie der Kristall verschwand. Kurz darauf materialisierte sich wieder etwas im Beutel. Sie schüttete es auf ihren Schoß und blickte auf einen etwas anders geformten Kristall, der genauso hell strahlte wie der, den sie gerade zuvor hineingesteckt hatte. Mit einem Gummiband war ein Zettel daran befestigt. Emilia entfaltete das Papier und knipste das Licht im Auto an.

Willkommen, schwarze Schülerin, du hast heute den ersten Schritt zu deiner wahren Ausbildung getan. Ich gebe dir hiermit deine Macht zurück. Ich melde mich, B., stand dort in einer ihr wohlbekannten Handschrift.

Emilia hob den Kristall hoch und starrte ihn an. Vor sechzehn Jahren hatte sie ihn zum letzten Mal in der Hand gehalten. Sie erinnerte sich, als wäre es erst gestern gewesen. Damals, mit achtzehn Jahren, hatte sie die Tortur freiwillig über sich ergehen lassen, um Borgas Unterstützung zu bekommen. Sie sah sich in Gedanken noch einmal schreiend auf dem Boden wälzen, als ihre magische Kraft in den Kristall strömte. Im Inneren pulsierte sie silbriggrün, ihre Energie.

Sie dankte den Göttern dafür, dass er gut gefüllt war, stieg aus und zerschlug den Kristall an einem Stein am Ende das Parkplatzes. Das Licht brach gleißend hervor und fuhr ihr direkt durch die

Augen und den Mund in den Körper. Das Gefühl war unbeschreiblich. Windböen zerzausten ihr Haar und ließen die Bäume um sie herum schwanken. Emilia fühlte sich von einem Moment auf den anderen so mächtig, dass sie es heute mit dem ganzen Rudel aufnehmen könnte. Blitze zuckten über ihre Haut, als sich ihre Macht wieder in ihrem Körper verteilte. Emilia fiel auf die Knie und schrie in die Nacht hinaus, sie sei zurück. Ihr war vollkommen klar, dass diese Welle, die sie gerade aussandte, zu spüren sein würde. Jeder Magische im Umkreis würde es bemerken. Sie streckte ihre Macht aus und ließ die inzwischen schwarz verfärbten Bruchstücke des Kristalls in ihre Tasche schweben. Dann setzte sie sich mit wild entschlossenem Blick hinter das Steuer und fuhr los, so schnell sie konnte. Sie dehnte ihre Magie aus und schob den Wagen mit an. Es fühlte sich so gut an, wieder zu zaubern, dass sie erregt juchzte, als sie schlitternd um die Negersprungkurve raste, wo sie den Werwolf gerammt hatte. Doch ab heute würde sie nicht mehr ängstlich sein. Sie war wieder Emilia Renate Schneeblume, die Hexe.

Anna haute es fast von ihrem Besen. Die magische Welle, die sie traf, war mächtig gewesen und sie hatte keinen Schild dagegen aktiviert gehabt. Sie flog in gut fünfzig Metern Höhe über den Kronenplatz, als ihr Besen ins Trudeln geriet. Fluchend kämpfte sie darum, ihn wieder unter Kontrolle zu bringen.

»Emilia, du Miststück! Ich kriege dich!«, zischte sie, als sie den Besen endlich wieder gefangen hatte, und drehte jetzt voll auf.

Ein einsamer Student mit einem Lederhut, der gerade in den Sternenhimmel geschaut hatte, blickte ihr verwirrt nach und schüttelte sich. Dann schob er es auf den Alkohol, den er auf dem Keilabend einer Studentenverbindung an der Erzstraße getrunken hatte, und schlug schwankend den Weg zurück nach Zellerfeld ein.

Polizeikommissar Greimann saß mit einem Lolly im Mund allein vorm Monitor des Radargerätes. Sein Kollege, Polizeioberkommissar Buckert, lag schlafend im Streifenwagen. Heute war ein guter Tag. Zwanzig Raser waren ihnen bereits ins Netz gegangen, einer davon war sogar mit 126 Stundenkilometern geblitzt worden, wo hier nur 80 erlaubt waren. Aber seit einigen Stunden kamen nur noch vereinzelt Fahrzeuge, und so hatte sich der Ältere hingelegt und seinem jüngeren Kollegen die Arbeit überlassen.

Ein heulender Motor ließ ihn hochschrecken. Ein Auto kam so schnell die Straße herunter, dass der Polizist nur noch auf die Lichter starren konnte. Dann rauschte auch schon der Wagen an ihm vorbei und die Radarfalle blitzte auf.

Greimann fiel der Lolly aus dem Mund. Er blickte auf den Monitor. Die ganze Fotoserie, die die Anlage geschossen hatte, war komplett verwackelt, sodass man keine Einzelheiten erkennen konnte. Das Messgerät zeigte zweihundertsechsundsiebzig Stundenkilometer an. Das war unmöglich. Es war ein PKW, so viel hatte Greimann mit bloßem Auge in der Dunkelheit erkennen können, aber für mehr fehlte das Licht. Er klopfte auf den Monitor, obwohl er wusste, dass das nichts brachte, und fluchte. Den verrückten Raser hätte er gerne aus dem Verkehr gezogen. Dann ging er zu dem Messgerät an der Straße, um die Kabel zu überprüfen, die die Kamerafalle mit dem Gerät verbanden.

Der schwarze Schatten, der einen Moment später an ihm vorbeischoss, überraschte ihn völlig und der Luftzug riss ihn zusammen mit der Kamera um, über die er sich gerade gebeugt hatte. Wilde Verwünschungen ausstoßend rappelte er sich wieder hoch und versuchte auszumachen, wo das um alles in der Welt hergekommen war, aber er sah niemanden mehr. Aufgeregt rannte er zurück zu Buckert und versuchte, ihn zu wecken. Der ältere Kollege hatte einen tiefen Schlaf und war erst kaum wach zu bekommen. Greimanns Stimme überschlug sich fast, als er seinem Kollegen versuchte, klarzumachen, was soeben passiert war. Doch der tat das als Spinnerei ab und drehte sich wieder um.

Der Polizeikommissar merkte, dass er hier nicht weiterkam. Er ging zurück zu seinem Monitor und klickte nochmal die Bilder durch, die die Kamera soeben geschossen hatte. Nur ein schwarzer Schatten zog sich über das Bild, aber es hatte keine Ähnlichkeit mit einem Auto. Der hintere Teil sah ein klein wenig aus, wie ein verschwommener Besen, doch das war sicher nur eine optische Täuschung. Das Gerät zeigte mittels eines digitalen Codes, dass die Messgrenze überschritten wurde. Die war, wie Greimann wusste, bei dreihundert Stundenkilometer eingestellt. Das konnte nicht sein. Er ließ sich mit dem Techniker verbinden und fragte diesen, ob man die Messung noch irgendwie retten könne. Es dauerte eine Ewigkeit, da hörte er erneut einen Wagen die Bundesstraße herunterfahren. Noch so ein Raser. Als der BMW vorbeischoss, blitzte es nicht. Greimann fluchte erneut. Er hatte vorhin bei all seiner Aufregung total vergessen, die Kamera wieder aufzustellen. Jetzt war ihm noch ein Raser durch die Lappen gegangen. Er stand auf und lief hinüber, um sie wieder aufzustellen. Sie war leicht verbogen. Er würde die Kalibriermessung wiederholen müssen. Noch während er beschäftigt war, rauschte noch ein weißer Lieferwagen mit einer so verdreckten Aufschrift, dass man sie nicht lesen konnte, an ihm vorbei. Ihm folgte ein Jeep. Greimann fluchte und rannte zum Streifenwagen, um die Handmesspistole zu holen. Schon hörte er die nächsten Fahrzeuge den Berg hinunterkommen. Fand heute hier ein illegales Rennen statt? Er musste doch wenigstens einen überführen. Es kam erst ein einzelner PKW, dann eine ganze Kolonne anderer Wagen. Alle fuhren zu schnell.

Buckert war inzwischen ausgestiegen und hielt ihn mit einer Hand auf. Mit der anderen Hand hatte er sein Handy am Ohr. »Lass uns abbrechen, heute Nacht erwischen wir doch keinen mehr.«

»Bist du verrückt? Die da sind alle zu schnell. Ich habe heute den schnellsten Raser geblitzt, den wir jemals vor der Kamera hatten. Leider ist das Bildmaterial komplett unbrauchbar. Wir sollten doch auch eine von den neuen Kameras bekommen, oder? Aber die ist immer noch nicht da. Karl, der Erste hatte zweihundertsechsundsiebzig Stundenkilometer drauf und der Zweite war über der Messgrenze.«

Ihn ignorierend antwortete der Ältere in das Telefon. »Jawohl, wir brechen ab. Selbstverständlich. Ihnen auch eine gute Nacht!«

»Der PI-Leiter hat ein Einsehen mit uns«, sagte er dann zu Greimann.

»Aber …«, fing der an.

»Nichts aber! Die Raser werden nicht weit kommen. Bei der Geschwindigkeit werden die bald einen Unfall bauen, aber das ist dann außerhalb unseres Zuständigkeitsbereichs. Ich fahre jetzt jedenfalls nach Hause und schau mir noch die Spätübertragung von der Champions League an.«

Frustriert räumte Greimann die Ausrüstung wieder ein. Die Kollegen hier im Harz gaben ihm Rätsel auf.

Der Kampf

»Kämpft!«, ertönte Giulias Stimme. Unter dem Gejohle der Menge stürzten sich Paul und Emil aufeinander. Emil war massiger. Beim Aufprall hatte er einen Vorteil und schob so Paul ein Stück zurück, doch Pauls Faust schoss vor und traf Emil direkt auf die Nase. Blut quoll hervor, strömte ihm über das Gesicht und schon verlor er die Kontrolle. Er begann, sich zu verwandeln, doch Emil war langsam. Während er sich noch unter Stöhnen zusammenkrümmte und sein Hemd aufriss, war Paul über ihm, packte zu und brach ihm den linken Arm. Emil schrie auf und schlug mit der anderen Hand zu, an der schon die Krallen hervorschossen. Er schlitzte Paul doch nur die Kleidung und die Haut am Bauch auf.

Paul sprang zurück und verwandelte sich nun auch, ohne sich die Mühe zu machen, seine Kleidung zu retten. Er schaffte es viel schneller als Emil, brauchte nur etwa zehn Sekunden. Paul war ein hellgrauer Wolf mit einem fast weißen Schwanz. Er stürzte sich auf den Anwärter und zerfleischte ihn erbarmungslos, bis nur noch einzelne Stücke übrig blieben. Der ganze Kampf war schnell vorbei.

Elisabeth starrte in die Grube, in der der komplett blutverschmierte Wolf namens Paul jetzt heulte und sich dann zurückverwandelte. Die Werwölfe tobten, dann blickten immer mehr in ihre Richtung. Sie schluckte.

Giulia triumphierte. »Dieser Anwärter war unwürdig!«

Mit einem Gesicht, als hätte er eine Zitrone ausgelutscht, stand der Alpha auf und rief in Elisabeths Richtung.

»Tritt vor, Anwärterin.«

Elisabeth erhob sich zögernd. Eine Wölfin vom Hasselfelder Rudel kreischte: »Kann ich nachher ihr Kleid haben?«

Elisabeth schloss die Augen. Ihre Wölfin tobte und drängte, aber sie konzentrierte sich, rief die Trainingsstunden mit ihrem Rudel wieder wach und war so dankbar dafür, dass sie gelernt hatte, die Ruhe zu bewahren.

»Ich kämpfe gegen sie!«, meldete sich plötzlich Alberts Stimme vernehmlich neben ihr.

Ein Raunen ging durch die Menge und Elisabeth spürte, wie sich ihr Herz zusammenkrampfte. Doch dann hörte sie Giulias Stimme lachen.

»Das könnte dir so passen, mein Sohn. Ich weiß, dass sie dich bezirzt hat. Du wirst es nicht sein. Hinein mit dir in die Grube, Anwärterin.«

Als Elisabeth ihre Wölfin wieder zurückgedrängt hatte, dass sie ihre Augen gefahrlos öffnen konnte, ging sie langsam an den Rand der Grube. Viele mitleidige Blicke begleiteten sie, darunter waren der Alpha, Albert und zu ihrer Verwunderung auch Paul, der gerade herausgeklettert und immer noch komplett mit Blut und undefinierbaren Stückchen bedeckt war. Gesa stand ganz vorne und kaute auf ihren Fingernägeln herum.

Die Grube war ungefähr drei Meter tief und gut neun Meter im Durchmesser. In der einen Ecke lagen die Überreste von Emil verteilt. Bei dem Geruch von frischem Blut und Eingeweiden musste Elisabeth heftig mit sich ringen, um nicht die Kontrolle zu verlieren. Es roch zu ihrem Entsetzen zu verführerisch. Da keiner Anstalten machte, ihr zu helfen, sprang sie schließlich leichtfüßig in die Grube. Dann sah sie zu Giulia auf.

»Wenn ich gewinne, dann bin ich automatisch aufgenommen? Habe ich dein Wort?«

Giulia lächelte: »Ja, sicher. Aber du wirst nicht gewinnen. Holt den Käfig.«

Bewegung entstand oben, als auf einem Anhänger ein von mehreren Decken verhüllter Käfig vom Eingang her auf die Grube zugerollt wurde. Magdalene führte den Trupp an, der mit langen Lanzen bewaffnet war, an deren Enden Silberspitzen blitzten. Die Menge teilte sich und ließ die Neuankömmlinge durch.

»Was um alles in der Welt hast du da drin?«, verlangte der Alpha zu erfahren.

»Oh, nur einen jungen Werwolf. Aber wir wissen alle, um wie viel stärker wir waren bei unserer ersten Verwandlung, als wir der Bestie in uns freien Lauf gewährt haben. Dieser hier hat sich vor wenigen Stunden zum ersten Mal verwandelt und ist sehr, sehr hungrig.«

Albert stellte sich Magdalene in den Weg. »Das könnt ihr nicht tun.«

Magdalene blickte ihn nur abfällig an. »Doch, können wir. Und du geh mir aus dem Weg. Ich muss dem Befehl meiner Alpha folgen.«

Heinrich Wolfsherr, der auch nach vorne gekommen war, zog Albert aus dem Weg. »Wir müssen uns da heraushalten, Junge. Unsere Gesetze sind heilig. Wenn wir sie nicht achten, dann sind wir nicht würdig.«

Albert sah aus, als wenn er Magdalene gleich anfallen würde. Der Käfig wackelte und ein tiefes Knurren drang heraus.

Elisabeth zog sich an die am weitesten entlegene Seite der Grube zurück. Sie saß in der Falle. Wenn sie sich verwandelte, würden sie entdecken, dass sie eine Alpha war, wenn sie es nicht tat, dann würde sie, genauso wie eben Emil, in Stücke gerissen werden. Die Abdeckung wurde zurückgeschlagen. Der Wolf, der zum Vorschein kam, war eher so groß wie Lilly, aber solange Elisabeth Mensch blieb, war es ein ungleicher Kampf. Im Blick des Wolfes war überhaupt nichts Menschliches mehr. Das Tier hatte die volle Kontrolle. Sie konnte erkennen, dass es ein Weibchen war.

Elisabeth hatte noch immer nicht den Entschluss gefasst, was sie tun wollte, da wurde bereits die vordere Klappe geöffnet und Giulia rief: »Kämpft!«

Mit den Silberlanzen schoben die Wachen den anderen Wolf an den Käfigrand, bis er sprang. Die Menge oben begann zu toben. Die Wölfin schien zunächst irritiert, fletschte jedoch die Lefzen und knurrte in die Runde. Dann entdeckte sie Elisabeth, die immer noch mit dem Rücken zur Wand stand und sich gerade den Rock hochschob, um besser laufen zu können.

Die Wölfin knurrte sie an und kam langsam näher. Urplötzlich sprang sie vor und schnappte mit ihrem scharfen Gebiss zu, doch Elisabeth hatte mit einem direkten Angriff gerechnet und rollte sich zur Seite weg, sodass die andere in die Wand krachte. Sie konnte nur ein paar Schritte tun, bis die Wölfin wieder auf die Beine sprang und zu ihr herumwirbelte. Sie griff erneut blitzschnell an. Auf ein Gefühl hin täuschte Elisabeth die Rolle nur an, ließ sich jedoch im letzten Moment in die andere Richtung fallen und trat zu. Die Wölfin purzelte mit einem Jaulen von ihr weg. Doch diesmal war die

Wölfin schneller auf den Beinen als sie und schnappte mit ihrem Maul zu. Im letzten Moment konnte Elisabeth ihre Hand dazwischenschieben und das Tier am Hals packen. Nur Zentimeter vor ihrem Gesicht klackten die Kiefer mit den messerscharfen Zähnen zusammen. Die Krallen kratzten über ihre Beine und schnitten Wunden, doch Elisabeth ignorierte es. Sie versuchte Lillys Fiepetrick, aber der funktionierte nicht. Der Versuch trug ihr einen weiteren Kratzer an ihrem Arm ein. Als die Wölfin mit all ihrer Kraft vorwärts schob, merkte Elisabeth, dass sie diese so nicht mehr lange aufhalten konnte. Beim nächsten Vordrängen leitete sie stattdessen die Wölfin über sich ab. Damit hatte diese nicht gerechnet. Sie stolperte über Elisabeth hinweg, die sich herumrollte und die Rute ergriff und festhielt. Die Wölfin zog und zerrte dabei Elisabeth auf die Beine, aber sie war jetzt hinter ihr und so weit genug weg von den Zähnen und den Klauen.

Giulia, die bislang am Rand entlang stolziert war, blieb nun stehen und starrte entgeistert in die Grube.

Elisabeth hörte die Leute ihren Namen rufen. Sie feuerten sie an. Den kurzen Augenblick, den sie dadurch abgelenkt war, nutzte die Wölfin, um sich loszureißen und umzudrehen. Doch sie zögerte nun. Elisabeth und sie umrundeten sich, lauerten auf eine Blöße. Elisabeths Kratzer heilten schon alle wieder. Da erinnerte sie sich an das, was der Alpha damals mit ihr gemacht hatte. Er hatte sie unterworfen, ohne mit ihr zu kämpfen. Er hatte es mit seiner Stimme und seiner Berührung gemacht.

So redete sie auf die Wölfin ein: »Du bist eine gute Wölfin. Du bist nicht böse, nur sehr aufgewühlt. Reg dich ab.«

Das bewirkte allerdings genau das Gegenteil. Ihre Gegnerin sprang nach vorne und versuchte, sie zu töten. Elisabeth konnte abermals mit einer Hechtrolle entkommen.

Inzwischen tobte die Menge. Elisabeth-Rufe waren laut und deutlich zu hören. Die Wölfin erwischte beim nächsten Ansturm Elisabeths Bein, glitt aber wieder ab. Blut rann ihr aus den Wunden und lief bis zum Fuß hinab. Auf einmal bekam Elisabeth das Nackenfell zu packen und schwang sich auf die Wölfin, die mit ihrer unfreiwilligen Rolle als Reittier überhaupt nicht einverstanden schien. Elisabeth schlug ihr gleich zweimal mit der Faust direkt auf den Schädel und die Wölfin begann zu straucheln. Wertvolle

Sekunden war sie benommen, Elisabeth sandte den gemeinsamen Geist, den sie mit ihrer eigenen Wölfin hatte, aus. Plötzlich fühlte sie die andere Wölfin und darunter einen Menschen, ein ängstliches, in der Ecke des Verstandes zusammengekauertes Etwas. Elisabeth erschrak, als sie erkannte, wer das war.

Klara, oh mein Gott, Klara! Du bist das. Warum um alles in der Welt haben sie dir das angetan?

Die Wölfin schüttelte sich und Elisabeth blieb nicht mehr viel Zeit. Sie setzte alles auf eine Karte und biss der Wölfin in ein Ohr. Sie schloss die Augen und nutzte all ihre geistige Kraft, um Klaras Wölfin unter ihr anzuknurren und zu dominieren. Diese knurrte zurück, dann zeigten Elisabeths Anstrengungen Wirkung. Der Mensch Klara wurde wieder stärker. Elisabeth spürte unter sich die Wölfin einbrechen.

Wie einst der Alpha bei ihr sandte sie aus: *Wehre dich nicht, dann wird es weniger wehtun. Komm zurück, Klara. Ich bin ja bei dir. Ich bin deine ... Alpha.*

Sie spürte, dass es passierte. Die Wölfin verwandelte sich unter ihr in Klara zurück und ein weiteres mentales Band entstand in Elisabeths Geist. Sie hielt Klara immer noch in den Armen, als diese sich ganz zurückverwandelt hatte. Ihre Schwester war zu schwach, um sich noch zu regen. Schweißüberströmt und völlig außer Atem hing Klara wie ein nasser Sack in Elisabeths Umarmung.

»Das ist unmöglich!«, schrie Giulia und funkelte Elisabeth wild an. »Du hast nicht gewonnen!«

Elisabeth drängte erst ihre Wölfin zurück, bevor sie die Augen wieder öffnete. Dann erhob sie sich und ließ Klara vorsichtig zu Boden gleiten.

»Oh doch, denn ich habe sie unterworfen. Und damit bin ich jetzt automatisch ein Mitglied des Kaiserrudels. Wie konntest du es wagen, meine eigene Schwester zu verwandeln und auf mich zu hetzen?«

Heinrich Wolfsherr starrte seine Frau ebenfalls drohend an. »Das hätte ich nie von dir gedacht, Giulia!«, donnerte er.

Albert sprang in die Grube und kümmerte sich um Klara, Ute und Gesa eilten herbei, um das völlig geschwächte Mädchen hinaus zu bugsieren und ihm neue Sachen anzuziehen. Elisabeth sammelte ihre Kraft und sprang mit einem gewaltigen Satz aus der Grube. Sie landete keine drei Meter von Giulia entfernt am Rand.

Giulia beachtete ihren Mann nicht und fauchte: »Runter in die Grube, Anwärterin. Du wirst noch einen weiteren Kampf bestreiten.«

»Nein, sie ist aufgenommen!«, donnerte Heinrich Wolfsherr und vielstimmige Unterstützung wurde laut.

»Dann habe ich ab jetzt auch die Rechte eines Rudelmitgliedes«, rief Elisabeth.

Aus der Menge pflichteten ihr viele begeistert bei. Sie machte eine Pause, in der sie sich noch einmal gut überlegte, was sie jetzt sagte. Sie hatte die ganze Zeit auf diesen Moment gewartet, und jetzt, wo sie ihre Schwester Klara bei Albert in Sicherheit wusste, nahm sie all ihren Mut zusammen. Laut und vernehmlich erhob sie ihre Stimme, dass auch jeder sie hören konnte. »Ich fordere Giulia Wolfsherr zu einem Zweikampf um die Position der Alpha heraus.«

Schlagartig wurde es still. Damit hatte keiner der Anwesenden gerechnet.

»Bitte was?«, fragte dann der Alpha.

Giulia sah sie nur höhnisch an.

Heinrich Wolfsherr schüttelte den Kopf. »Elisabeth, das geht jetzt zu weit. Du hast die Aufnahmeprüfung bestanden, aber du kannst doch nicht meine Frau herausfordern.«

»Ich habe jedes Recht, es zu tun, und ich tue es. Und ich nenne sie einen Feigling, meine Schwester auf mich zu hetzen, anstatt selber zu kämpfen. Sie ist unwürdig als Alpha.«

»Ich mache dich fertig, du Flittchen!«, knurrte Giulia und versuchte, sich an Heinrich vorbeizudrängen, der dazwischengetreten war.

»Du kannst unmöglich einen Kampf gegen eine Alpha gewinnen«, versuchte Heinrich Wolfsherr zu beschwichtigen, doch Elisabeth trat ein paar Schritte von ihm zurück und ließ ihre Wölfin endlich durch. Ihre Augen glühten in tiefem Rot auf, sodass es allen, die das sahen, den Atem verschlug.

»Ich kann und ich werde kämpfen, denn ich bin bereits eine Alpha. Und ich fordere diese verräterische italienische Schlampe heraus.«

Dann spürte sie plötzlich einen überwältigenden Schmerz, als jemand »Nein!« schrie und sie von der Seite mit einer der Silberlanzen durchbohrte. Elisabeth ging in die Knie und jaulte auf. Alle riefen durcheinander.

Magdalene baute sich hinter Elisabeth auf und packte sie am Haarzopf. »Du wirst es nicht wagen, meine Alpha herauszufordern. Dazu musst du erst an mir vorbei.«

Tumult entstand, der allerdings schnell wieder verebbte, weil die Hasselfelder plötzlich Silberwaffen gezogen hatten und die anderen in Schach hielten. Die überrumpelten Kaiserwölfe und das Brockenrudel knurrten zurück. Hier und da kam es zu Handgreiflichkeiten, aber vor dem Silber hatten sie Respekt.

Giulia trat zurück und gesellte sich zu Zanko, der neben sie trat und eine Hand um ihre Hüften legte. Sie lachte schäbig: »Überraschung! Heute werde ich triumphieren, nicht du.«

»Giulia, wie kannst du nur?«, rief Heinrich Wolfsherr.

»Wie ich nur kann? Ich hasse dich, deine Art und deine Schwäche. Du hast immer Mitleid mit den Niederen und zeigst keine wirkliche Stärke. Und jetzt ist dein Sohn genauso schwach wie du. Ich habe dich damals in *Bella Italia* bereits gehasst, als sie mich an dich verschachert haben und du dich vor unserer Hochzeitsnacht herumgetrieben hast. Du wolltest mich doch auch nie haben«, keifte Giulia zurück. »Heute werde ich Alpha aller Rudel. Und du bist Geschichte!«

»Giulia, du kannst einen Kampf zwischen den freien Rudeln nicht wirklich wollen. Und die Verwendung von Silberwaffen ist verboten«, entgegnete der Alpha.

Giulia höhnte ihn an und wandte sich dann an Elisabeth: »Man muss mit der Zeit gehen. Spürst du schon das Silber, Kleine? Es ist gleich vorbei.«

Elisabeth fühlte immer noch den Schmerz, aber sie war nicht tot. Sie konnte spüren, wie sie bereits heilte. Wie von Ferne hörte sie die Stimme Giulias, die sie weiter fortwährend beleidigte. Als ihr bewusst wurde, wie verrückt das gleich werden würde, lachte Elisabeth auf, dass Magdalene sie anstarrte, als sei sie irre geworden. Magdalene erwartete, dass sie gleich sterben würde, doch den Gefallen tat sie ihr nicht. Sie sammelte sich nur.

Mit einem Schrei riss sich Elisabeth die Lanze heraus und rammte sie der völlig überraschten Magdalene mit einer leichten Drehung in die Brust. Diese ging sofort zu Boden und schrie wie am Spieß, während kleine Rauchschwaden aus der Wunde aufstiegen. Elisabeth warf sich auf sie und packte sie an der Kehle. Krallen schossen hervor und drückten in den Hals. Aus geweiteten Augen starrte Magdalene sie an.

»Du müsstest tot sein«, röchelte sie.

»Ich stecke voller Überraschungen, du Miststück.«, fauchte Elisabeth. Die Wunde an ihrer Seite schloss sich bereits, aber sie fühlte sich deutlich geschwächt. Sie brauchte dringend Futter. Ihre Wölfin fand, dass das kein Problem war, denn Futter lag direkt unter ihr, nur Elisabeths Verstand hielt sie zurück. Wenn sie diese Grenze übertrat, würde sie zu viel von ihrer Menschlichkeit verlieren.

Magdalene versuchte noch, etwas zu sagen, doch ihre Worte verloren sich in einem Gurgeln, weil sie gerade an ihrem eigenen Blut erstickte. Das Silber verhinderte die Heilung und breitete sich immer weiter in ihrem Körper aus. Schließlich tat Magdalene ein letztes Röcheln, dann starb sie.

Als Elisabeth sich erhob, sah sie, wie alle sie anstarrten. Sie ließ ihre Augen glühen und ihre Wölfin jubilierte, als sie ihre Dominanz offen zeigte. Mit einem Satz war Albert neben ihr. Paul und Ute brachten Klara, die immer noch wackelig auf den Beinen war, und Olaf und sein Kumpel stellten sich auch dazu.

Wie geht es dir?, fragte Albert über das Band.

Geht schon, ich heile, aber ich könnte einen ganzen Hirsch fressen, gab Elisabeth zurück und lächelte ihn mit schmerzverzerrtem Gesicht an.

»Wie es aussieht, kannst du dein Rudel sowieso nicht kontrollieren«, stellte Zanko mit bissiger Miene fest.

Einige starrten an den Tisch der Alphas, weil sie sich wunderten, dass Ursula nicht einschritt. Sie saß noch immer am Tisch und starrte aus hohlen Augen an die Decke.

Als sie genauer hinsahen, erkannten sie das Silbermesser, das in ihrer Brust steckte.

Zanko machte eine wegwerfende Handbewegung. »Was soll's. Sie war schon faltig und die Schönheitsbehandlungen hätten mich fast finanziell ruiniert.«

»Damit kommt ihr nicht durch«, knurrte Heinrich Wolfsherr.

Die beiden Alphas starrten sich an und man konnte förmlich die Luft knistern hören.

Die Schlacht

Da entstand plötzlich Tumult am Zelteingang und ein Lichtblitz schleuderte einen der Wächterwölfe in hohem Bogen durch die Luft.

»Lasst die Ratshexe Zora Flieder durch. Dies ist eine offizielle Handlung des Rates«, donnerte eine Frauenstimme.

In die aufgeheizte Stimmung kam eine hochgewachsene Frau mit wallenden violett gefärbten Haaren, umringt von schwarz gekleideten Jägerinnen, in das Zelt. Alle hielten Zauberstäbe in den Händen und bildeten einen schützenden Kokon um Zora. Die Werwölfe knurrten. Es war offensichtlich, dass keiner von ihnen das Auftauchen der Hexen billigte.

Zora baute sich vor der kleinen Gruppe in der Mitte auf und herrschte sie mit gebieterischer Stimme an.

»Elisabeth Wollner, Klara Wollner, ihr seid beide verhaftet wegen Übertretung der Geheimhaltungsregeln, Angriff auf Jägerinnen des Rates und Mord an einer«, mit einem Blick auf Magdalene, »nein, zwei Personen.«

Elisabeth starrte die Hexe an. Das konnte doch alles nicht wahr sein. Sie sah sich hilfesuchend um.

Wenn du sagst, dass wir kämpfen sollen, dann tun wir das auch, sandte ihr Albert zu.

Nein, ich will nicht, dass noch mehr sterben, gab Elisabeth zurück. Ihr Blick fiel auf Giulia, die den Auftritt der Jägerinnen gerade in vollen Zügen genoss. Ihr Gesichtsausdruck fiel Elisabeth deswegen auf, weil selbst Zanko verärgert über die Ratshexe aussah, nur Giulia nicht. Und dann begriff sie.

Schau dir Giulia an, sie wusste davon. Sie hat die ganze Zeit gewusst, dass Zora und die Jägerinnen da draußen gewartet haben.

Du hast recht!, antwortete Albert. *Ich teile es meinem Vater mit.*

»Tretet vor«, sagte Zora gebieterisch. »Ihr werdet euch in Berlin für eure Taten verantworten.«

Mit vorgehaltenen Zauberstäben wurden die anderen bedroht. Elisabeth konnte die Magie förmlich riechen. Aber sie roch auch, dass einige der Jägerinnen Angst hatten, was jedoch nicht verwunderlich war. Selbst die besten von ihnen hätten es nicht mit zweihundert Werwölfen aufnehmen können.

»Ist ja gut, wir kommen mit. Ich will nicht, dass heute noch jemand getötet wird«, sagte Elisabeth laut. Sie drehte sich zu ihrer wackeligen und völlig verängstigten Schwester um und streckte ihr die Hand entgegen. »Komm, Klara, wir müssen gehen. Für heute ist schon genug passiert. Ich beschütze dich.«

Klara nahm wortlos ihre Hand und drückte sich plötzlich an Elisabeth. Dabei öffnete sie das Band zu ihr und setzte mental hinzu: *Kopf hoch und zeig etwas mehr Würde, Klara. Jetzt bist du wie ich und gehörst zu meinem Rudel. Wir sind die Töchter Schneeblume. Wir lassen uns nicht unterkriegen!*

Klara riss die Augen auf und starrte Elisabeth an.

»Das ist ja herzallerliebst. So, Sie können ihr Gelage hier gerne weiter fortsetzen. Wir gehen wieder«, übertönte Zora alle.

Der Trupp nahm die beiden Wollners in die Mitte und bewegte sich zum Zeltausgang. Die Menge der Werwölfe teilte sich widerwillig, doch plötzlich blieben die Jägerinnen an der Spitze stehen.

»Was ist?«, herrschte Zora.

»Da steht ein Wolf im Weg und knurrt uns an«, sagte die Vorderste.

»Dann sag ihm, dass er weggehen soll!«, wies Zora sie an.

»Es ist kein Werwolf. Es sieht wie ein ganz gewöhnlicher Wolf aus!«

Und richtig. Zwischen den Jägerinnen hindurch konnte Elisabeth einen Wolf erkennen, der ganz alleine im Weg stand und die Zähne gebleckt hatte.

Einer Eingebung folgend drehte sich Elisabeth um und erblickte den Alpha. Die Erkenntnis traf sie wie ein Vorschlaghammer, als sie sah, dass der Alpha den Wolf ebenso anstarrte und die Augen aufriss. Er erkannte ihn und das hieß, dass er ihn schon einmal gesehen haben musste, vor gut sechzehn Jahren in Italien.

»Jetzt reicht es mir aber«, rief Zora, zog ihren Zauberstab und packte Klara, die ihr am nächsten stand, am Kragen. »Aus dem Weg, du Töle!«

Sie richtete den Zauberstab auf den Wolf, doch da stand kein Wolf mehr. In einem Wirbel aus silbergrünem Rauch erschien plötzlich Emilia Wollner, in einen roten Umhang gehüllt wie Rotkäppchen. Ihre Augen leuchteten pupillenlos in Grün. Nur Bruchteile von Sekunden später tat es einen lauten Knall, als ein Strahl Zora mitten in die Brust traf, von den Beinen riss und mehrere Meter durch die Luft schleuderte.

»Hände weg von meinen Töchtern!«, schrie Emilia die Jägerinnen an, die alle reflexartig Schildzauber hochzogen, allerdings gut eine Sekunde zu spät.

»Mama! Das ist Mama!«, stammelte Klara, die sich immer noch an Elisabeth festklammerte.

Die vorderen Jägerinnen schossen auf Emilia Blitze ab, die jedoch an einer unsichtbaren Barriere abprallten. Sie stellten das Feuer ein und schienen auf Anweisungen zu warten. Zwei der hinteren Jägerinnen waren zu Zora gelaufen, um die Wölfe von ihr fernzuhalten und ihr aufzuhelfen. Sie taumelte etwas, als sie wieder auf die Beine gezogen wurde.

In die Ablenkung hinein warf von der Seite ein Hasselfelder einen Speer auf Emilia, doch bevor dieser sie erreichte, warf sich ein Schatten dazwischen, wurde getroffen und landete zu Emilias Füßen am Boden. Heinrich Wolfsherr verzerrte das Gesicht, als er den Speer wieder aus seinem Bein zog, wo dieser ihn getroffen hatte. Er rappelte sich auf und stellte sich neben Emilia.

»Ich hoffe, wir können das aus Ostia nochmal wiederholen«, sagte der Alpha leise.

Für einen Moment blickte Emilia verwirrt, dann schien auch sie zu begreifen. »Du warst das?«

Er grinste zurück: »Sieht so aus. Ich denke, wir sollten jetzt unsere Kinder retten. Reden können wir später.«

Warum hilft der Alpha unserer Mama?, fragte plötzlich Klara Elisabeth mental.

Elisabeth antwortete: *Ich habe es auch nicht gewusst, aber eben habe ich es verstanden. Er ist mein Vater.*

Dein Vater? Warte mal, dann ist Albert dein Halbbruder, gab Klara zurück. Sie hatte die mentale Rede sehr schnell gemeistert. Deswegen, so dachte Elisabeth, teilte sie mit ihm ein Band. Es war kein Rudel-, sondern ein Familienband. Dann könnte sie doch auch versuchen, jemand anderen zu erreichen.

Sie konzentrierte sich auf den Alpha, ihre Gefühle für ihn und ihre Mutter, und streckte ihren Geist aus. Ihre Blicke trafen sich. Und tatsächlich, da war er. Sie spürte ihn und seine Macht und das Band knüpfte sich.

Papa?, sandte sie fragend hindurch.

Heinrich Wolfsherr sah zurück, dann antwortete er. *Ja, meine Tochter. Ich bin es wohl. Leider bleibt uns nicht viel Zeit.*

»Deckung!«, schrie er plötzlich und warf sich flach zur Seite und riss Emilia mit sich.

Im selben Moment schrie Zora: »Feuer!« Und ein Dutzend magische Geschosse schlugen genau an der Stelle ein, wo sie eben noch gestanden hatten. Der Boden explodierte und Erde und Steine regneten auf alle am Eingang nieder. Zwei davon trafen den Alpha. Er krümmte sich am Boden und blieb liegen.

Elisabeth schlug der Jägerin neben ihr die Faust unter das Kinn, die nach einem hässlichen Knacken in sich zusammenbrach, dann schubste sie Klara grob aus der Schusslinie und stürzte sich auf die nächste Jägerin.

»Hasselfelder! Angriff!«, brüllte Zanko.

»Kaiserwölfe steht dem Alpha bei!«, schrie Albert und dann brach die Hölle herein. Die Werwölfe der verschiedenen Rudel fielen übereinander her, Blitze zuckten, Silberwaffen stachen und schnitten, Klauen schlugen und Kiefer schnappten. Emilia war wieder auf den Beinen. Sie stand breitbeinig über dem Alpha in eine Energiekugel gehüllt und feuerte grüne Strahlen auf jeden ab, der Klara zu nahe kam, die auf allen vieren zu ihrer Mutter krabbelte.

Albert hatte sich in einem Sprung verwandelt und sich in der Schulter eines Hasselfelders verbissen. Beide verschwanden in der Grube.

Ein anderer Hasselfelder warf sich auf Elisabeth und trieb ihr den Dolch in den Oberarm, als sie sich nach Giulia umsah, die auf einem Tisch stand und die Hasselfelder antrieb. Aufgepeitscht von dem Adrenalin merkte sie es nicht einmal. Stattdessen packte sie den überraschten Hasselfelder eher beiläufig am Arm und schleuderte ihn gegen den nächsten Angreifer. Der Weg war frei und Elisabeth sprang nach vorne und verwandelte sich in einem Zug ganz. Das Kleid barst von ihrem Körper und verschwand im Getümmel.

Aus vollem Lauf stürzte sich Elisabeth auf Giulia, die sich genauso schnell verwandelte. Sie bissen und kratzten. Um die beiden kämpfenden Alphas herum entstand sehr schnell Platz. Die niedrigeren Ränge hatten einen Heidenrespekt vor den Bissen einer Alpha. Giulia war gut, sie hatte den Vorteil der Jahre und landete deutlich mehr Treffer als Elisabeth. Außerdem war diese durch die beiden Kämpfe zuvor geschwächt. Aber die Wunden, die Elisabeth schlug, heilten nicht wieder zu.

Der Kampf wogte überall hin und her. Die Hasselfelder waren auch mit den Jägerinnen in der Unterzahl, aber die Silberwaffen verschafften ihnen einen kampftechnischen Vorteil. Giulia startete eine wilde Attacke und trieb Elisabeth zurück in Richtung Zelteingang, wo noch immer Zauber hin und her blitzten.

Emilia merkte, wie sie langsam schwächer wurde. Sie war als Hexe ungewöhnlich stark, aber auch das war nicht unerschöpflich. Sie reduzierte ihre Angriffe und verstärkte den Schild. Die Wölfe kämpften hauptsächlich untereinander, während die Hexen ihren Konflikt austrugen. Klara hatte sich an Emilias Beinen zusammengekauert und versuchte, den blutenden Alpha mit Streifen von ihren gerade neu angezogenen Sachen zu verbinden. Heinrich Wolfsherr war schwer getroffen. Seine Beinwunde war noch immer offen, wo sich das Silber ausbreitete, und die Brandlöcher der Blitze sahen einfach nur grässlich aus. Zweimal hatte er in kurzer Zeit Emilias Leben gerettet und nun gab sie alles, um für ihn das Gleiche zu tun. Gerade als unter dem konzentrierten Feuer von noch acht der anderen Jägerinnen und Zora ihr Schild zu wanken begann, riss das Zelt über ihr auf und eine Gestalt fiel wie ein Elitesoldat vom Himmel. Anna Binsenkraut ließ sofort einen Energieball los, der die ersten zwei Jägerinnen traf, ihren Schild durchbrach und sie weit durch die Luft schleuderte, bis sie am Ende des Zeltes durch die Wand krachten. Zora wurde dabei erneut umgerissen, weil sie direkt in der Flugbahn stand. Die anderen stellten abrupt das Feuer ein.

Anna trat ein paar Schritte zurück und ihr Schild schloss sich mit dem von Emilia zusammen.

»Danke!«, presste Emilia hervor, unsicher, was Anna nun mit ihr anstellen würde.

»Wir sprechen uns später, Emilia, das muss warten, bis wir die Verräterinnen ausgeschaltet haben«, knurrte Anna zurück.

»Wieso hast du noch deine Kräfte?«, fragte Emilia verdattert.

»Weil du nicht meine gestohlen hast, sondern die von Theobald. Und dafür werde ich dich noch büßen lassen, schwarze Hexe!«

»Lass Mama zufrieden, sonst bekommst du es mit mir zu tun!«, knurrte Klara und ihre Augen wurden schlagartig gelb.

Anna riskierte einen Blick auf Klara. »Gibt es hier verdammt nochmal niemanden, der ganz gewöhnlich – unmagisch – ist?«

»Sabrina?«, mutmaßte Emilia.

»Nein, die ist eine Nekromantin«, gab Anna zurück.

Genauso wie die beiden, tuschelten die Jägerinnen. Eine sagte gerade: »Das ist Anna Binsenkraut, ich war mit ihr auf der Müllkippe. Die beherrscht schwarze Magie!«

Die anderen starrten ängstlich herüber.

»Nun heile schon den Alpha. Wir brauchen ihn noch«, zischte Anna, ohne die Jägerinnen aus den Augen zu lassen.

Emilia kniete sich hin. Sie legte die Hände auf Heinrich Wolfsherr, der unter der Berührung erzitterte, und sandte heilende Magie in seinen Körper. Er war wirklich schwer verletzt und sie wunderte sich, dass er überhaupt noch atmete, dann spürte sie, wie er langsam zurückkkam. Klara sah aus nächster Nähe, wie ihre Mutter Wunder tat.

Heinrich Wolfsherr schlug die Augen auf und sah Emilia über sich, der inzwischen von der ganzen magischen Anstrengung der Schweiß von der Stirn tropfte.

»Träume ich?«

»Nein, und du hältst besser noch den Mund, bis ich fertig bin. Ich habe so was schon seit sechzehn Jahren nicht mehr gemacht.«

»Dafür fühlt es sich aber schon wieder richtig gut an.«

Er machte Anstalten, sich aufzusetzen, verzog dann jedoch das Gesicht.

Emilia drückte ihn sanft zurück. »Ich habe gesagt: bleib liegen. Wenigstens weiß ich jetzt endlich, woher Elisabeth ihre Starrsinnigkeit hat.«

»Elisabeth, Albert, wo sind sie?«, wollte er wissen.

»Ist sie das da? Albert nennt sie doch Goldy«, fragte Klara.

Zwei Wölfinnen krachten genau in diesem Moment durch die Menge. Beide waren heftig ineinander verbissen. Eine davon war in der Tat von einer Mischung aus Hellbraun mit einem goldenen Glanz, zumindest die Stellen, die nicht mit Blut verschmiert waren. Die Wölfin, mit der sie kämpfte, war fast komplett grau. Alle anderen Wölfe beeilten sich, aus dem Weg zu springen, als sie die rot leuchtenden Augen der Alphas sahen. Giulia blutete inzwischen schwer, aber sie ließ nicht locker, denn sie hatte Elisabeth im Genick gepackt. Elisabeth schüttelte Giulia ab und heulte, bevor sie wieder auf die Beine kam. Dann stürzte sie sich auf die graue Wölfin, die schon sichtlich langsamer geworden war. Ein weiterer Alphawolf folgte ihrem Kampf mit etwas Abstand und wartete auf eine günstige Gelegenheit.

Elisabeths Geheul wurde von draußen erwidert und ungestüm brachen drei neue Wölfe in das Zelt, dessen Außenplanen nur noch in Fetzen herabhingen. Einer packte einen anderen, der sich gerade hinter Anna Binsenkraut geschlichen hatte und sich bereit zum Sprung machte. Er verbiss sich in seiner Kehle. Die anderen beiden sprangen dem fremden Alpha, der gerade Elisabeth angreifen wollte, in den Weg.

»Sie hat ein Rudel!«, sagte Heinrich Wolfsherr schwach.

»Ja, das hat sie«, sagte Klara, als wenn sie in Gedanken nicht mehr hier wäre. »Sie ruft uns!«

»Klara, nein!«, schrie Emilia den Tränen nahe. »Ich habe dich doch gerade erst zurück.«

»Mama, ich kann nicht anders, ich muss«, dann brach ihre Stimme ab, weil sich der Kiefer vorschob.

»Ich passe auf sie auf«, presste Heinrich hervor. »Ich bin schon fast wieder fit.«

»Das ist gut. Emilia, ich könnte hier etwas Hilfe gebrauchen«, schrie Anna, die immer noch über ihnen stand und alleine die Zauber abwehrte, die inzwischen wieder auf sie herniederprasselten.

Der fremde Alpha, vermutlich Zanko, packte den einen von Elisabeths Wölfen am Genick und schüttelte ihn durch, bis er winselte, doch währenddessen biss der andere, der nur ein Auge hatte, Zanko in den Hinterlauf und riss ihn wieder weg. Mehrere andere Wölfe gesellten sich zu Zanko und plötzlich waren die Kräfteverhältnisse gedreht. Er knurrte die beiden Wölfe mit all seiner Macht an, aber sie wichen nicht. Die Angreifer versuchten, die beiden zu umgehen.

Doch schon schossen zwei weitere Wölfe heran, und stürzten sich auf die Flanke. Einer davon war der Alpha des Kaiserrudels, der sich geheilt von Emilia wieder in den Kampf stürzte. Klara lief an seiner Seite. In seiner Nähe hatte sie so viel Kontrolle über sich, dass sie ihre Wölfin halbwegs steuern konnte.

Zanko nahm erstaunlicherweise Reißaus und ließ sein Fußvolk zurück, das von den anderen niedergemacht wurde. Er lief gerade zurück auf die andere Seite des Zeltes, wo die Hasselfelder die Oberhand hatten. An der Grube trat ihm ein anderer Wolf in den Weg. Zanko erkannte Albert, dessen Fell aussah, als hätte er in Blut gebadet. Albert knurrte die Herausforderung und dann stürmten beide vor. Zankos Biss war besser gezielt, glitt jedoch an dem glitschigen Fell von Albert ab. Albert bekam ihn am Vorderlauf zu fassen. Gemeinsam stürzten sie in die Grube, in der inzwischen schon mehrere Wölfe lagen.

Elisabeth attackierte weiter Giulia, die jetzt nur noch verteidigte und zurückwich. Der Kampf kippte komplett zugunsten Elisabeths. Giulia kniff den Schwanz zwischen die Beine und floh. Mit einem Triumphgeheul stürzte Elisabeth hinterher. Doch keine zehn Meter vor dem Zelt bremste sie abrupt ab. Um das Zelt blickte sie in ein Meer aus bläulichen Augen, die wie eine Wand dort standen und warteten. Untote, jede Menge Untote.

Zwei Personen hatten sich auf einer Erhöhung dahinter postiert. Eine war von einer blauschwarzen, leuchtenden Aura umhüllt. Sie schien die Armee zu kontrollieren. Die andere trug einen schwarzen Umhang. Ihr Gesicht blieb unter der Kapuze verborgen.

Elisabeth beobachtete, wie Giulia vor ihr durchgelassen wurde, bevor sich die stummen Reihen wieder schlossen. Links von ihr sah Elisabeth, wie insgesamt vier Jägerinnen und Zora aus dem Zelt stürmten, dicht gefolgt von Energieblitzen, die ihre Mutter und Anna Binsenkraut ihnen hinterherschossen.

Kaum, dass auch die Jägerinnen in Sicherheit waren, rückten die Untoten vor. Es waren hunderte. Langsam, wie in Zeitlupe, kamen sie näher. Elisabeth wich etwas zurück. Sie brauchte Hilfe, dann wurde ihr bewusst, dass sie soeben gerade die Alpha des Kaiserrudels besiegt hatte. Sie reckte den Hals und legte all ihre Macht hinein, als sie heulte. Ihr Rudel antwortete sofort, dann Albert, und ihr Vater und dann erhob sich ein vielstimmiges Geheul aus dem Zelt. Der Kampflärm brach ab und Elisabeth spürte alle anderen Wölfe. Es war ein berauschendes Gefühl der Macht, weit über hundert Werwölfe hinter sich zu wissen. Die Wölfe kamen aus dem Zelt, allen voran Albert. Aber er sah verändert aus, seine Augen glühten rot, wie die von Elisabeth. Elisabeth heulte noch einmal und alle Wölfe antworteten.

Die Frau hinter den Untoten hob eine Hand und die Reihen hielten an. Irgendetwas irritierte die Nekromantin plötzlich. Und da, eine Gruppe der Zombies drehte sich gegen ihre eigenen Kameraden und griff sie an, dass eine Lücke riss. Dahinter erschienen weitere Personen, eine davon hatte die Hände erhoben und erstrahlte in einem intensiven Schwarzblau, während sich immer mehr Zombies gegen ihresgleichen wandten.

Sabrina, schoss es Elisabeth durch den Kopf, als sie ihre Freundin erkannte, die wie ein Racheengel auf die Untoten zuschritt und die Kontrolle brach. Hinter ihr sah sie zwei weitere Personen in Richtung der Nekromantin rennen. Theobald und Ragnar, der wie ein Berserker sein Schwert schwang und jeden Zombie in seinem Weg fällte.

Anna und Emilia traten auch aus dem Zelt. Als Anna die Lage erkannte, schoss sie sofort einen Energieblitz auf die Nekromantin ab, aber der prallte auf einen riesigen Schild, der sie mit einschloss. Der Schild ging von der Person in dem schwarzen Umhang aus und erstrahlte in gleißendem Licht, als der Blitz wirkungslos verpuffte.

Die Nekromantin kämpfte um die Kontrolle der Untoten. Sabrina rang ihr immer mehr davon ab, die sich zur Seite wandten und den Ring aufrollten.

»Jetzt, Angriff!«, heulte Albert und Elisabeth gab dasselbe Signal. Die Werwölfe stürmten vor und krachten in die Reihen der Untoten.

Über den einsetzenden Schlachtlärm hinweg hörte Elisabeth Hörner und vom Parkplatz her stürmte eine Formation von kleinen Männern und Frauen auf die Untoten zu und griffen an. Zwergische Rufe waren zu hören, doch Elisabeth hatte jetzt keine Zeit mehr, sich einen Überblick zu verschaffen. Sie stürzte sich auf die Zombies vor ihr und versuchte, zu der Nekromantin vorzudringen. Ein Feuerstrahl traf sie in die Seite und jagte ihr Schmerzwellen über den Rücken. Ein Wolf warf sich dazwischen und jaulte auf, als ihn der Rest des Feuers traf. Elisabeth konnte spüren, dass es Oskar war. Der Gestank von verbranntem Fell biss ihr in die Nase.

Andere Wölfe stürmten vorbei und rissen die erste Verteidigungsreihe der Untoten nieder.

Da hob die schwarz gekleidete Person eine Hand und aus dem Boden schoss eine Wand aus roten und violetten Flammen. Sie erfasste die ersten Reihen der Untoten und auch die vorderen Wölfe und verbrannte sie von innen heraus.

Über die Köpfe der Wölfe schrie Anna Binsenkraut: »Zurück, das ist Höllenfeuer, dagegen könnt ihr euch nicht schützen!«

Wie eine Furie schoss Emilia daraufhin Feuerstrahlen auf die Schwarzgekleidete, aber die Zauber prallten alle wirkungslos ab, verbrannten hier und da einen Zombie, hatten aber sonst keine Wirkung. Emilia sackte in die Knie, sie hatte fast keine Kraft mehr. Anna trat vor und zog ihren Schild mit über sie. Anna konzentrierte sich auf die Jägerinnen. Inzwischen standen nur noch drei von ihnen.

Elisabeth biss und kratzte sich weiter durch die Untoten, Sabrina in voller Konzentration schritt jetzt direkt auf die Nekromantin zu. Die Zombies in der Mitte zwischen beiden wechselten ständig die Seite. Die andere Nekromantin überließ die eine Flanke komplett den wenigen, verbliebenen Jägerinnen und konzentrierte sich ausschließlich auf Sabrina, die nun langsamer vorankam. Immer wieder flammte Höllenfeuer auf und verbrannte die Wölfe, die sich zu weit vorwagten. Die vorderste Reihe der Zwerge drängte ihre Schilde zusammen und formte einen Keil. Das Höllenfeuer flammte über sie hinweg, weil die magisch vereinigten Schilde die Wirkung abhielten. Es war zwar lediglich eine Verteidigung, allerdings hielten die Zwerge stand.

Theobald und Ragnar hatten sich hinter die nächsten Bäume geworfen, als das erste Höllenfeuer aufflammte. Sie näherten sich von der einzigen Seite, von der sonst niemand angriff. Ragnar spähte vorsichtig hinter dem Baum hervor. Er gab Theobald ein Zeichen und schlich weiter. Dieser schluckte, griff sich einen Stein und folgte.

Sie kamen so weit heran, dass sie hören konnten, was die anderen sagten.

Inga fragte gerade: »Wie zum Teufel kann diese Sabrina die Kontrolle über meine Untoten so massiv stören, wenn sie nicht die Auserwählte ist? Sie trägt nicht einmal die Handschuhe von Sophie.«

»Nein, es ist Elisabeth«, keuchte Giulia, die zurückverwandelt am Boden saß und sich ihre Wunden notdürftig verband. »Meine Wunden heilen nicht. Sie hat mich geschlagen und die Rudel unterworfen.«

»Das kommt davon, dass sie schon seit ihrer Geburt mit einem stark silberhaltigen Trank behandelt worden ist. In ihrem Speichel dürfte so viel Silber sein, dass du nicht ohne enorme Anstrengungen heilen kannst. Du brauchst Nahrung«, sagte die schwarzgekleidete Fremde und schoss daraufhin das nächste Höllenfeuer ab. Die Stimme ließ auf eine weitere Frau schließen, aber sie war verzerrt durch die Maske, die sie trug.

Mit Grausen sah Theobald, wie Giulia sich als Mensch auf eine gerade gefallene Jägerin stürzte und zu fressen begann.

»Und was ist mit dem Sohn von Anna?«, rief Zora, die sich angewidert von Giulia wegdrehte. »Der ist kein Problem mehr!«, sagte die Schwarzgekleidete und tätschelte eine Tasche, die sie unter ihrem Umhang trug.

Theobald entging das nicht. Er kroch vorsichtig näher.

»Das war jedenfalls ein Superplan. Ich hatte ja schon gleich gesagt, dass so viel schiefgehen kann. Nun sieht es so aus, als wenn wir die Schlacht bald verlieren«, fauchte Zora.

»Wer konnte denn auch ahnen, dass sie die Rudel einigen und auch noch die Zwerge mobilisieren würde. Und diese Sabrina ist verdammt stark für ihr Alter. Ich wette immer noch, sie ist es«, meldete sich Inga wieder.

»Seid ihr dämlichen Puten vielleicht mal auf die Idee gekommen, dass es mehr als eine Auserwählte geben könnte?«, warf die dunkle Gestalt mit ärgerlicher Stimme ein. Die anderen sahen sich an.

»Dann ziehen wir uns zurück und formieren uns neu«, sagte Zora.

»Und wo willst du denn jetzt noch hin? Nach dieser Nacht wirst du genauso gejagt werden wie ich«, warf Inga ein.

»Ich habe noch Verbündete. Ich hatte heute nur ein Stoßkommando dabei. Meisterin, ich bitte darum, mich zurückziehen zu dürfen«, wandte sich Zora an die Dunkle.

»Geh nur, du bist zu wichtig. Ich brauche dich noch«, sagte diese.

Zora zögerte nicht, obwohl Giulia und Inga protestierten. »Mir nach!«, rief sie den letzten beiden Jägerinnen zu und rannte vom Kampfgeschehen weg.

Ragnar sprang hinter seinem Baum hervor genau in ihren Weg und schrie: »Wodan!«

Dabei rammte er Zora das Schwert mitten durch das Herz. Die Ratshexe hing auf der Klinge und starrte den Jugendlichen an, dann starb sie. Die beiden Jägerinnen rissen ihre Stäbe hoch und schossen auf Ragnar, doch er benutzte Zoras Körper als Deckung. Giulia knurrte und ihre Augen färbten sich dunkelgelb. Das tiefe Rot der Alpha war verschwunden, doch sie war immer noch eine gefährliche Gegnerin. Blutverschmiert bewegte sie sich auf die Seite, wo Ragnar stand. Ein anderer Werwolf brach durch die Reihen der Zombies, prallte aber an dem Schild der Dunklen ab.

»Ihr Narren!«, tönte diese. »Niemand von euch Magischen kann meinen Schild durchdringen.«

Dann feuerte sie Höllenfeuer auf ihn. Er heulte und rollte sich über den Boden, aber das Feuer verbrannte ihn.

Theobald hörte das hinter seinem Baum. Als er wieder hervorspähte, sah er, dass Ragnar jetzt die volle Aufmerksamkeit der Jägerinnen genoss und auch Giulia sich in Position brachte, um ihn anzugreifen. Sein Weg war frei. Er schickte ein Stoßgebet zu Jörd und rannte los. Er spürte den Schild der Dunklen nur schwach über sich streichen, dann gelangte er nach innen. Er griff zu und riss der Dunklen die Umhängetasche ab. Sie zerriss der Länge nach und ein

Dutzend leuchtender Kristalle fielen heraus. Darunter waren zwei, die sehr hell leuchteten, einige strahlten schwächer, andere waren schon leer. Mit einen infernalischen Schrei drehte sich die Dunkle zu ihm um. Theobald zögerte keine Sekunde. Er griff sich die beiden am stärksten leuchtenden Kristalle und warf sich den Abhang hinunter. Anstatt ihn zu verbrennen, fiel die Dunkle auf die Knie und sammelte die Kristalle ein, die ihr verblieben waren. Theobald konnte nicht fassen, dass er dieses Wagnis überlebt hatte, als er sich hinter den nächsten Baum rollte und die Kristalle in seine Tasche schob.

»Giulia, Inga, Rückzug! Kommt her«, schrie die Dunkle.

Ragnar fällte noch eine der Jägerinnen, die letzte rannte neben Giulia den Hügel hoch. Als sie schließlich die Dunkle erreicht hatten, bildeten sie einen Kreis, indem sie sich bei den Händen fassten. In einem gleißenden Licht verschwanden sie und der Hügel war verlassen. Nur noch zerstörte Untote, zwei tote Jägerinnen und ein gerösteter Werwolf lagen auf der Kuppe.

Jubelgeheul breitete sich unter den ersten Wölfen aus. Einige kämpften sich noch weiter durch die Reihen der Zombies, bis sie merkten, dass sich diese nicht mehr wehrten. Die Zwergenhörner waren wieder zu hören. Sie lösten ihre Formation auf. Und dann sprang Elisabeths Herz vor Freude, als sie auf der Kuppe zwei Gestalten auftauchen sah, die sie kannte. Ragnar und Theobald standen oben. Ragnar riss sein Schwert hoch und schrie seinen Schlachtruf über die Versammelten und ihm wurde vielstimmig geantwortet. Theobald jubelte ebenso frenetisch. Doch dann hörte Elisabeth, dass sich ein neuer Konflikt anbahnte.

Sabrina spürte, wie die Kontrolle von Inga über die Untoten brach und sie diese übernehmen konnte. Von einem Moment auf den anderen war der Kampf vorbei.

Der Kampf nach dem Kampf

Anna Binsenkraut und Emilia standen sich gegenüber und starrten sich wütend an. Beide hatten all ihre magische Energie verschossen, aber das hinderte sie nicht daran, sich jetzt wie die Kesselflicker zu streiten.

»Du hast meinem Sohn die Kräfte gestohlen, du Miststück!«, schrie Anna und packte Emilia an den Haaren.

»Damit ich meine Töchter retten konnte, du notgeile Schlampe«, fauchte Emilia zurück und trat Anna vor das Schienbein.

»Wer ist hier notgeil? Du hast dich ja wohl von einem Werwolf durchvögeln lassen!«

»Na und? Der hält wenigstens länger durch.«

»So schlecht ist dein Mann gar nicht. Vielleicht hat er nur bei dir keinen mehr hochbekommen. Bei mir hat er richtig losgelegt.«

»Was? Ich kratze dir die Augen aus, du Hure!«, kreischte Emilia und trat Anna zwischen die Beine, dass diese aufkeuchte.

»Warte nur, bis ich wieder genug Kraft für einen Zauber habe, Zicke«, fauchte diese zurück und zog Emilia an den Haaren herunter und ließ ihr Knie hochschnellen. Beide taumelten auseinander.

»Sei bloß still. Weißt du, was die mit dir machen, wenn sie rausbekommen, dass dein Sohn zaubern kann? Die grillen dich schneller weg, als du schauen kannst.«

»Verkehr mit Werwölfen ist uns aber komplett verboten.«

»Ach, und für wen hast du die Beine breitgemacht? Hatte er Hörner und Ziegenhufe?«

Elisabeth lief auf die Szene zu und verwandelte sich zurück. Ihr war egal, dass sie nackt war. Das ging noch vielen anderen um sie herum ebenso. Die Werwölfe hatten einen lockeren Ring um die beiden streitenden Hexen gebildet und einige schienen sich trotz der Tatsache, dass sie sich auf einem Schlachtfeld befanden, viele gerade getötet und fast jeder verletzt worden war, köstlich zu amüsieren.

Heinrich Wolfsherr lehnte zurückverwandelt an einem Baum und hatte Klara neben sich, die auf dem Waldboden saß und fassungslos ihre Mutter und Anna anstarrte, die sich wie zwei Furien aufführten, die alles um sich herum vergessen hatten.

»Und du bist es nicht wert, eine wahre Hexe zu sein, Diebin«, keifte Anna gerade.

»Ich habe mehr Recht, eine Hexe zu sein, als du. Ich bin immerhin Emilia Renate Schneeblume.«

»Nein, echt? Etwa das Pummelchen aus der Anfängerklasse, das keiner mochte? Bist du magersüchtig geworden?«

»Dich mochten noch weniger, Anna Bohnenstange.«

»Das nimmst du sofort zurück, Aushilfshexe.«

»Ich denke nicht dran, Klassenschinderin.«

Während die beiden weiter schrien, drehte sich Heinrich zu Elisabeth um.

»Ich glaube, ich habe dich noch nie richtig begrüßt, meine Tochter. Du machst mich heute sehr glücklich und stolz, weißt du das?«

Elisabeth sah ihn unsicher an und fragte vorsichtig: »Und du bist mir nicht böse, dass ich ein eigenes Rudel gegründet und fast alle deine Regeln ignoriert habe?«

»Du erinnerst mich damit viel zu sehr an mich selbst, als ich noch so jung war. Du und Albert habt mir heute beide große Ehre erwiesen. Er hat Zanko getötet. Drei Alphas in einer Familie. Und das mit Klara bekommen wir auch hin. Ich glaube, ich biete mich selbst als ihr Leitwolf an. Dann habe ich vielleicht die Gelegenheit, mich mit dieser äußerst bemerkenswerten Hexe da zu treffen, wenn sie endlich mal alles rausgelassen hat, was sie so belastet.«

Elisabeth sah wieder zu ihrer Mutter, deren Vorrat an Schimpfworten und Verwünschungen dem von Anna in nichts nachstand.

»Sollten wir nicht langsam mal einschreiten?«, fragte plötzlich Theobald von hinten dazwischen. Er strahlte über das ganze Gesicht und zog etwas hervor. »Ich glaube, ich habe meine Kraft hier in dem Kristall zurück. Ich weiß nur nicht, was ich jetzt machen muss. Dazu müsste ich eine von den beiden da fragen.«

Ragnar stand etwas abseits und schaute Elisabeth verschämt an und wurde puterrot im Gesicht.

Die sah in seine Richtung. »Was ist mit ihm? Warum kommt er nicht näher?«

»Der große Krieger traut sich nicht. Er redet die letzten zwei Tage nur noch von dir. Vielleicht liegt es daran, weil du nackt bist«, antwortete Theobald.

Heinrich Wolfsherr lachte darauf schallend, denn er hatte es trotzdem gehört. »Soso, du hast also schon einen Verehrer. Das will ich ganz genau wissen. Aber ich denke, wir werden das Ganze jetzt hier mal beenden, uns dann um die Toten kümmern und die Verwundeten versorgen. Das mit euren Müttern erledigt ihr besser selbst. Ich sollte mich als Mann da heraushalten, ganz besonders aus diesem Streit. Klara, ich bin zwar nicht dein Vater, aber würdest du mir trotzdem helfen?«

»Ja, natürlich«, sagte sie und ging mit ihm von den Hexen weg.

Ragnar trat vor und hielt den Alpha auf. »Mit Verlaub, Herr Wolfsherr, ich bin wegen der Toten hier, aber ich will warten, bis ich Elisabeths Aufmerksamkeit habe.«

»So, du hast also ein Auge auf meine Tochter geworfen? Mit welchem Recht glaubst du, das zu dürfen?«, fragte der Alpha.

Ragnar straffte sich. »Das werden Sie gleich erfahren!«

Inzwischen gingen unter allgemeinem Gejohle der Wölfe und Zwerge Theobald und Elisabeth gemeinsam zwischen die immer noch streitenden Hexen. Elisabeth packte beide fest am Kragen und zog sie auseinander.

»Jetzt reicht es!«, intonierte Theobald. »Mama, Frau Wollner, oh Verzeihung, Frau Schneeblume, ihr seid beide megapeinlich. Kriegt euch endlich ein und schaut euch um. Wir haben gesiegt und vor allem dank euch beiden.«

Stille trat ein, als beide Hexen ihn verdutzt anstarrten, als sie langsam wieder zu Besinnung kamen. Erst jetzt schienen sie zu bemerken, dass ihnen ausnahmslos jeder zuhörte.

»Theobald, bist du gar nicht ärgerlich, dass ich deine Kräfte gestohlen habe?«, fragte Emilia daraufhin verdattert.

»Na ja, ich wäre es vielleicht, wenn ich sie nicht wieder zurückhätte. Nur weil Sie mir diese gestohlen hatten, bin ich durch den Schild der Dunklen gekommen und konnte mir den hier holen«, damit hob er den Kristall hoch, in dem seine Energie gefangen war. »Sie haben unwissentlich genau das Richtige getan. Nur können Sie mir auch sagen, was ich jetzt damit machen muss?«

»Aber wie kann der Kristall hier sein?«, stammelte Emilia.

»Nun, die Dunkle hatte ihr Gesicht nicht gezeigt. Sie trug eine Maske!«

Anne Binsenkraut starrte Emilia an. »Aber du weißt, wer das war, du Miststück, oder?«

»Es kann nur eine Person gewesen sein. Borga! Sie hatte auch deine Macht gefangen, Mama«, sagte Elisabeth dazwischen. Dann wandte sie sich an Theobald. »Du hast ihr heute ganz schön zugesetzt, Theo. Vor den Binsenkrauts sollte sie sich in Acht nehmen.«

»Zerschlage ihn. Dann fließen deine Energien zurück«, forderte Emilia ihn auf.

»Danke, das werde ich gleich tun. Aber vorher haben wir noch eine Forderung«, sagte Theobald und blickte seine Mutter an, deren Blick sich wieder verfinsterte.

»Eine Forderung?«, presste Anna hervor.

»Ja, Elisabeth hier und ich verlangen es von euch beiden. Ihr müsst euch vertragen und schwören, dass ihr euch nicht mehr streitet!«

»Was?«, riefen beide gleichzeitig.

»Da hat er recht«, sagte Elisabeth, die immer noch beide im Griff hielt. »Ich kann gar nicht sagen, wie uns das ganze Versteckspiel die letzten Monate auf die Nerven gegangen ist. Und wenn wir das eintauschen müssten gegen zwei ständig streitende Furien, dann wäre das, als wenn wir den Teufel mit dem Beelzebub ausgetrieben hätten. Ihr vertragt euch jetzt!«

»Richtig so!«, rief einer der Zwerge und Elisabeth erkannte Friedjoff. »Sie sind Heldinnen, alle beide!«

»Und jetzt benehmt euch auch so! Haben wir euer Wort?«, fragte Theobald. Zögerlich nickten beide Hexen schließlich, nachdem sie sich noch eine Weile angestarrt hatten. »Ich kann euch nicht hören!«, sagte er.

»Ich verspreche es«, knurrte Emilia.

»Auch«, brummelte Anna leise.

Doch Theobald schüttelte den Kopf. »Ich will, dass es hier jeder hört. Immerhin habt ihr auch eure ganze schmutzige Wäsche vor allen anderen gewaschen. Lauter! Und schwört es!«

»Dafür werde ich dich leiden lassen, Theobald!«, grummelte Anna. Doch er wankte nicht und hielt dem Blick seiner Mutter stand. »Also schön! Ich, Anna Binsenkraut, schwöre bei allem, was mir heilig ist, dass ich meinen Streit mit Emilia Schneeblume niederlege!«

»Jetzt du«, forderte Elisabeth ihre Mutter auf.

Emilia sah ihre Tochter an, dann gab auch sie sich geschlagen. »Ich, Emilia Renate Schneeblume, schwöre hiermit, dass ich meinen Streit mit Anna Binsenkraut beende!«

»Seid ihr nun zufrieden?«, fauchte Anna die beiden Kinder an.

»Im Augenblick, ja!«, sagte Elisabeth und ließ los.

Sie sahen immer noch aus, als wenn sie den gerade geleisteten Schwur hassten, aber der Waffenstillstand hielt.

»Dann ist es jetzt Zeit!«, sagte Theobald, kniete sich hin und zerschlug den Kristall an einem Stein. Wie zuvor bei Emilia, strömte das Licht heraus und fuhr ihm durch Nase, Mund und Augen in den Körper. Wind kam auf und eine magische Welle brandete über die versammelte Gemeinschaft hinweg. Als Theobald sich wieder erhob, konnte man die Aura um ihn herum fast mit bloßem Auge erkennen.

Annas Miene änderte sich zu einem mütterlichen Ausdruck und trat auf ihn zu. »Ich sollte dich möglichst bald Auramaskierung lehren.«

Er lächelte sie an. »Das würde ich wirklich gerne lernen. Und das mit der Gedächtnismanipulation auch.«

»Das sieht dir ähnlich.«

»Wir müssen uns überhaupt überlegen, wie wir euch ausbilden, damit ihr nicht durch die Gegend marodiert, ohne euch kontrollieren zu können«, warf Emilia ein.

»Mama, wir marodieren nicht!«, sagte Elisabeth entrüstet.

»Und zieh dir was an! Der Junge da hinten gafft dir die ganze Zeit schon auf den Hintern«, setzte Emilia tadelnd hinzu.

»Wie die Mutter, so die Tochter!«, feixte Anna.

»Mama, fang nicht schon wieder an«, drohte Theobald darauf und Anna verstummte.

Gesa kam bereits mit einem großen Sack vom Parkplatz angelaufen und verteilte T-Shirts und Leggings. Wo hatte sie nur diese Mengen an Kleidung her?

Man versorgte die Verwundeten und bahrte die Toten auf. Keinen schien es zu wundern, dass die Zombies das Schlachtfeld verlassen hatten.

Wie sich herausstellte, waren gar nicht so viele gestorben. Man zählte nur insgesamt fünfzig Tote. Darunter waren Zora und elf der korrupten Jägerinnen, vier Zwerge, Zanko, Ursula, Magdalene, Emil und quer durch die Rudel noch weitere dreißig Werwölfe. Aber verletzt waren fast alle.

Mit ihren Kräuterkenntnissen eilten Anna und Emilia von einem zum anderen, wuschen Wunden aus und verbanden die Verletzten.

Als man alle Toten etwas abseits des Zeltes aufgebahrt hatte, trat Ragnar vor und bat alle Anwesenden, sich zu versammeln. Er schloss die Augen und sprach von der Schlacht, davon, dass alle gut gekämpft hatten und dass diejenigen, die in der Schlacht gestorben waren, jetzt an Wodans Tafel geholt werden würden. Einmütig standen die Überlebenden nebeneinander und hörten seine Worte. Dann tat er etwas, das keiner erwartet hatte. Er rief in einer alten Sprache. Elisabeth wurde von Theobald angestupst und sie sah, dass er auf die magische Sicht gewechselt hatte. Sie konzentrierte sich und tat es ihm nach. Es gelang ihr. Das war etwas, was sie konnte und sonst kein Werwolf beherrschte. Auch ihre Mutter und Anna hatten gewechselt. Staunend sah Elisabeth, wie sich ein leuchtendes Tor auftat. Gerüstete Frauen auf Pferden kamen herausgeritten und sammelten die Seelen der Toten ein, zogen sie auf ihre Pferde und ritten wieder weg.

Eine besonders große blonde Frau auf einem Streitross hielt neben Ragnar. Sie blickte voller Stolz auf ihn hinab, dann sah sie auf die beiden Hexen und ihre Kinder. Elisabeth vernahm ihre Stimme, die kräftig und klar erklang.

»Die Götter danken euch, dass ihr eure Rolle gespielt habt in dieser Schlacht. Grüßen soll ich euch. Ihr wisst jeweils von wem. Aber die Nacht ist noch nicht vorbei. Anna, du bist die Wächterin der Auserwählten. Eine musst du noch retten, bevor die Sonne aufgegangen ist. Nimm die Blume mit, du wirst sie brauchen. Ragnar, komm, es ist Zeit.«

»Mama, ich kann nicht. Ich will hierbleiben. Zum ersten Mal habe ich richtige Freunde«, entgegnete Ragnar.

Die Walküre zog eine Augenbraue hoch und blickte auf Elisabeth und dann auf die anderen.

»Ich verstehe! Es ist deine Entscheidung. Ich gebe dir etwas Zeit. Doch eines Tages werde ich dich rufen müssen.«

»Ja, Mama, aber bis dahin will ich hierbleiben.«

Sie nickte den anderen zu und trieb ihr Pferd dann wieder an, zurück durch das Tor, das sich schloss, als die letzte Walküre verschwunden war.

Rettung der Verlorenen

»Wo ist eigentlich Sabrina? Weiß jemand, wo sie steckt?«, fragte Theobald plötzlich. Keiner von ihnen hatte sie nach dem Kampf mehr gesehen. Nervös fragten sie herum. Einer der Zwerge, der auf dem Parkplatz gewesen war, berichtete, dass die junge Dame mit dem schwarzen BMW Coupé, gefolgt von den Zombies, weggefahren sei.

»Etwa mit meinem BMW?«, starrte Anna den Zwerg an.

»Mama, du hast doch den Besen genommen und weil der Wagen der Schuberts noch in Rübeland vor der Höhle steht, wo sie Klara gefangengehalten hatten, haben wir ihn ausgeborgt.«

»Ausgeborgt? Sabrina ist sechzehn! Woher, um alles in der Welt, kann sie Auto fahren?«

Elisabeth hüstelte. »Sie sagte mal, dass ihr Vater ihr das beigebracht hat. Sie will sicher die Toten zurückbetten. Aber so viele hat sie noch nie geschafft.«

Sie eilten los, um zu den Autos zu kommen. Unterwegs lief Elisabeth mit den anderen Mike und Lilly über den Weg, die berichteten, dass Oskar auf dem Weg der Besserung sei. Er sei übel verbrannt worden, doch mit dem richtigen Futter würde das schon wieder, meinte Mike. Er selbst war auch an mehreren Stellen bandagiert und Lilly trug einen Arm in einer Schlinge. Elisabeth sagte ihnen, dass sie sofort zum Friedhof hier in Herzberg fahren müssten. Mike ließ alle einsteigen, dann fuhren sie los. Am Friedhof fanden sie jedoch nur eine Menge Gräber mit gelockerter Erde. Aber es sah so aus, als wenn die Toten wieder in ihren Gräbern lagen. Dennoch waren die Spuren unübersehbar. Elisabeth nutzte ihre neue Verbindung zu ihrem Vater und bat ihn, genug Wölfe hierher zu schicken, um die Gräber wieder zu richten, bevor der Morgen anbrach. Dann beratschlagten sie, wo Sabrina sein könnte.

»Sie wird nach Clausthal zurückgefahren sein!«, vermutete Theobald.

»Sie hätte sich doch sicher verabschiedet«, warf Elisabeth ein.

Dann sagte Klara: »Außer sie ist gerade nicht sie selbst.«

»Nach der Nacht wundert mich das nicht!«, schnaubte Anna.

Theobald schlug sich mit der Hand vor den Kopf. »Der Rückspiegel!«

Die Hexen sahen ihn entgeistert an. Auch Ragnar und die anderen wirkten ratlos.

Elisabeth jedoch schaltete sofort. »Wir müssen sofort zum Friedhof in Clausthal!«

»Warum?«, fragte Mike.

»Wir können das jetzt nicht erklären«, druckste Theobald hervor.

»Hat das etwa mit dem Grab von Sophie Steiger zu tun?«, fragte Anna scharf. Theobald und Elisabeth machten Gesichter, als wenn sie sich auf die Zungen bissen.

»Ah, ich muss wieder aushelfen«, sagte Ragnar. »Das ist vermutlich auch ein Teil ihres Schweigebunds. Ich vermute mal, das heißt: ja.«

Anna wurde bleich. »Sophie war die mächtigste Nekromantin im vorletzten Jahrhundert. Es gehen Gerüchte um, sie wäre vom Rat beseitigt worden, weil sie sich immer noch auf eine Ausnahmegenehmigung von Kaiser Wilhelm dem Ersten berufen konnte, dass sie weiter Nekromantie praktizieren durfte. Man soll sie vergiftet haben. Was hat Sophie mit Sabrina zu schaffen? Theobald, nun sag doch was!«

Doch Theobald schwieg, sah dabei aber sehr unglücklich aus.

»Ich nehme den Besen«, sagte Anna.

»Mama, du hast doch fast keine Kraft mehr«, warf Theobald ein. »Hier, ich habe noch einen zweiten Kristall gestohlen. Nimm den solange.«

Anna starrte auf den Kristall: »Wem gehört der?«

»Das ist doch jetzt egal, er hat haufenweise Energie!«

»Aber ich weiß nicht, wie man ihn verwendet«, wehrte Anna ab.

»Das beherrsche ich!«, sagte Emilia, »Gib ihn mir.«

Theobald gab ihn Emilia, die sich dafür einen tadelnden Blick von Anna einfing.

Elisabeth rief: »Wir kommen mit dem Auto nach, fliegt schon vor.«

Emilia starrte ihre Tochter an, dann rannte sie Anna hinterher, die bereits ihren Besen aus dem Wagen holte. Kurz darauf sausten zwei Hexen in den Nachthimmel, der langsam heller wurde. Die anderen sprangen in Mikes Lieferwagen und fuhren zurück nach Clausthal. Jemand würde später den Passat holen müssen.

Anna und Emilia rasten über die Baumwipfel. Anna kürzte in direkter Linie ab. Emilia, die hinten hockte, klammerte sich an Anna fest, um nicht abzustürzen. Clausthal kam rasend schnell näher, während ihnen der Wind nur so um die Ohren peitschte, dass sie kein Wort sprechen konnten. Anna hielt direkt auf den Friedhof zu und landete schlitternd auf dem Boden.

Sie fanden Sabrina tatsächlich vor dem Grab von Sophie Wilhelmine Steiger. Sie lag da mit aufgeschnittener Kehle und ihr Blut war auf dem Boden verteilt. Ein Messer lag neben ihr und aus irgendeinem Grund lehnte ein Spiegel am Grabstein. Die Gestalt einer jung wirkenden Frau in einem dunkelblauen Kleid stand am Grab und blickte die beiden heranstürmenden Hexen an.

»Zu spät!«, stellte Sophie trocken fest. »Und ich weiß aus zuverlässiger Quelle, dass ihr eure Kraft heute Nacht komplett aufgebraucht habt. Der Flug hierher wird euch sicherlich fast den Rest gegeben haben. Ich dagegen habe gerade eine Verjüngungskur hinter mir und meine Energie voll aufgeladen.«

»Sophie, was hast du getan?«, fauchte Anna.

»Oh, nun Dummchen, die Dinge geradegerückt. Der Rat hat mich damals mit dem einzigen Gift getötet, das mir noch etwas anhaben konnte. Drachenspeichel ist heutzutage seltener als ehrliche Politiker. Also musste ich mir in meinen letzten Augenblicken noch was einfallen lassen und bin in den Körper dieses unschuldigen Mädchens gewechselt. Der Rat war damals total naiv, dass man nach meinem Tod nicht die Neugeborenen auf der Station nebenan überprüft hat. Sabrina war eine willige Schülerin. Sie trägt sogar inzwischen Hels Mal, weil sie mit den anderen beiden dieses kleine Ritual abgehalten hat. Heute Nacht habe ich gemerkt, dass sie endlich stark genug ist, um Ingas Siegel zu brechen und mich aus dem Grab zu holen. Herzallerliebst. Und ihr beide seid zu schwach, um sie noch zu retten. Ich werde jetzt als freie Frau gehen. Und bevor du etwas sagst, Anna, ich übertrete kein Gesetz. Ich darf Nekromantie praktizieren. Da befindet sich so ein Schriftstück von Kaiser Wilhelm in meinem Besitz, und das ist immer noch gültig. Euch einen schönen Tag. Es wird wundervoll.«

»Anna, wir können sie damit doch nicht so einfach entkommen lassen!«, rief Emilia.

Anna ließ die Schultern hängen, während sie Sophie nachsah, wie sie langsam wegging. »Doch, wir müssen. Außerdem könnte ich es mit Sophie nicht aufnehmen, selbst wenn ich meine volle Kraft hätte. Sie ist einfach zu stark.«

»Dann versuchen wir, Sabrina zu retten«, sagte Emilia und zog den Kristall aus ihrer Tasche.

»Schwarze Magie? Ist es das wert?«, fragte Anna.

»Du hast doch auch gehört, was die Walküre gesagt hat. Nun hilf mir schon!«

Emilia nahm den Kristall in die Hand. Sie spürte die Energie im Inneren. Sie hatte etwas seltsam Vertrautes. Dutzende Male hatte sie Borga beobachtet, wie sie Kristalle nutzte, und das Wissen ihrer Vorfahrin aus dem Buch halfen ihr, zu verstehen. Nun konzentrierte sie sich und sandte ihren Geist über den Kristall. Dann wurde ihr klar, wie sie ihn verwenden musste. Er funktionierte so wie eine Batterie. Sie öffnete die Schleuse und wurde von so viel wilder roher Magie durchströmt, dass sie fast gestürzt wäre. Wer auch immer diesen Kristall speiste, war extrem mächtig. Anna drehte Sabrina auf den Rücken. Sie sah irgendwie friedlich aus.

»Sie ist noch nicht lange tot. Wir müssen sie zuerst wieder heilen«, sagte Emilia. »Wir brauchen ein Opfer.«

Anna sah Emilia misstrauisch an. »Woher weißt du das?«

»Im Gegensatz zu dir habe ich wohl die Lektüre über die Theorie des Lebenshandels gelesen und behalten«, gab Emilia zurück. »Ich heile sie. Hole du ein Leben.«

Anna stieß einen Fluch aus, schwang sich aber wieder auf ihren Besen und sauste los.

Emilia beugte sich über Sabrina und fing an, mit der neu gewonnenen Energie die Wunden zu heilen. Der Körper war noch nicht ganz ausgekühlt. Das war gut. Als sie das Fleisch, Gefäße und Haut repariert hatte, tauchte Anna auf ihrem Besen wieder auf. Sie hatte eine Katze dabei.

»Wo hast du die denn her?«, fragte Emilia.

»Ach, bei uns gibt es einen Bauernhof, da gibt es haufenweise davon. Komischerweise habe ich doch etwas suchen müssen. Es scheint, dass es diesen Winter weniger sind.«

»Eine Katze ist gut …«

»Ja, ich weiß, weil sie neun Leben hat. Ganz unwissend in Nekromantie bin ich auch nicht.«

Dann opferten sie die Katze und ließen das Blut in Sabrinas Mund fließen.

»Hauche du ihr die Luft ein. Du bist immerhin die Wächterin Freyas, oder?«, sagte Emilia, als die Katze nicht mehr tropfte.

Anna sah Emilia an und in ihren Blick mischte sich Unsicherheit. »Ich habe das noch nie gemacht.«

»Denkst du etwa, ich?«, entgegnete Emilia. »Ich weiß nur grob, was wir jetzt tun müssen. Nun mach schon! Wenn wir schon jede Regel übertreten, warum dann nicht auch diese?«

Anna schaute wieder auf Sabrinas toten Körper, der dalag, als wenn sie schliefe. Nur der offene Mund und die riesige Blutlache unter ihr störten das Bild. Anna schnaufte hörbar durch, dann beugte sie sich über Sabrinas Leichnam und blies ihr ganz langsam Luft in die Lungen, wobei sie alles, was sie noch an Magie im Körper hatte, mit hineingab. Sie spürte, wie Emilia ihr die Hand in den Nacken legte und ihr die Magie sandte, die sie selbst gerade aus dem Kristall aufgenommen hatte, was ihr ein brennendes Prickeln durch den Körper jagte. Sie spürte, wie die Energie gleich wieder abfloss über ihren Atem hinein in Sabrinas Körper. Dann war sie schließlich leer. Kein Funken Magie blieb mehr übrig. Sie ließ sich völlig erschöpft gegen Emilia sacken, die sie sanft auffing.

Erst tat sich gar nichts, doch dann durchlief Sabrinas Körper ein Zucken und ein dunkelblaues Glühen hüllte sie ein. Abrupt bäumte sie sich auf und prustete einen Schwall Blut heraus, mit dem sie die beiden Hexen besprühte, dann schrie Sabrina, als wäre sie nicht von dieser Welt, und fiel wieder um. Doch sie lebte. Während sie röchelnd Luft holte und mit wirrem Blick in den Himmel starrte, hielt Emilia Anna erleichtert die erhobene Hand hin.

»Schlag ein, Bohnenstange! Ich glaube, wir sind ein gutes Team!«

Anna sah einen Moment in das grinsende Gesicht Emilias, die von der Erschöpfung tiefe Ringe unter den Augen hatte und wie sie selbst über und über mit Blutspritzern bedeckt war. Dann schlug sie ein, hielt aber die Hand fest.

»Sieht so aus, als wenn doch mehr in dir steckt, als man auf den ersten Blick vermutet hätte, Pummelchen.«

Sabrina setzte sich langsam auf und blickte einen Moment auf die beiden Hexen, dann auf den leblosen Körper der Katze. Zuletzt fuhr sie sich mit dem Finger über die Kehle, wo eine rosige Narbe verblieben war. Ihre Stimme klang etwas kratzig, als sie sprach. »Ihr wart das? Ihr habt mich gerettet? Sophie, sie ... «

Anna unterbrach sie. »Ist schon gut, Sabrina. Schone deine Stimme. Du kannst nichts dafür. Sie hat dich übernommen, vermute ich mal. Gegen eine so starke Nekromantin hattest du keine Chance. Wir können von Glück sagen, dass Emilia hier noch über genug Kraft verfügt hat, um dich zurückzuholen.«

»Genau so habe ich gestern Theobald gerettet, als er nach dem Astralausflug wegstarb. Ihr beherrscht auch Nekromantie?«

»Sieh es eher als einen Handel. Wenn jemand stirbt, muss einer gehen. Wir haben nur dein Leben gegen das dieser Katze getauscht. Wie geht es dir?«, fragte Emilia.

»Ich fühle mich, als wäre ich von den Toten auferstanden. Und mir ist saukalt«, antwortete Sabrina und versuchte zu lächeln.

Anna musterte sie mit dem magischen Blick. »Du hast immer noch eine starke Nekromantenaura. Dann hat Sophie das nicht mitgenommen?«

Sabrina schüttelte den Kopf. »Nein, ich kann die Toten hier alle spüren. Es fühlt sich sogar viel klarer an als vorher. Aber ich bin den Toten jetzt wohl auch näher, als ich es jemals zuvor war.«

Anna legte die Stirn in Falten und kaute auf der Unterlippe. Dann sagte sie. »Dass du eine Nekromantin bist, ist in der Tat ein Problem. Aber vielleicht kann man das, was mit dir passiert ist, als direkte Abspaltung von Sophie Steiger beschreiben. Ich kenne da noch eine rechtsgelehrte Hexe, die mir noch einen großen Gefallen schuldet. Wir könnten versuchen, es so zu drehen, dass du quasi ein Teil von Sophie bist und damit die Ausnahmegenehmigung, die sie hat, auf dich ausdehnen.«

»Das würden Sie für mich tun?«, fragte Sabrina erstaunt.

»Nun, ich bin Freyas Wächterin und muss den Auserwählten helfen, oder? Das muss wohl irgendwo im Kleingedruckten gestanden haben, dass man normalerweise immer überliest. Ich habe einfach zu früh zugestimmt, als Freya mich verpflichtet hat«, sagte Anna schließlich und seufzte schwer.

»Nein, das hast du nicht«, sagte Emilia und blickte Anna offen an. »Du bist die Richtige. Du warst genau dann da, als man dich gebraucht hat. Bei mir im Zelt, hier und wohl auch bei vielen anderen Gelegenheiten.«

»Bleibt jetzt nur noch die schier unlösbare Aufgabe, das mit Elisabeth und Theobald zu erklären, ohne dass wir auf dem Scheiterhaufen enden«, meinte Anna trocken.

Darauf musste Emilia bitter lachen. »Ich lebe seit dieser Nacht in Ostia ständig in der Angst, verbrannt zu werden. Und komischerweise glaube ich jetzt, da alles raus ist, nicht mehr dran. Wir bekommen das schon irgendwie hin.«

Mit quietschenden Reifen hielt irgendwo ein Wagen. Türen klappten und viele Füße kamen über den Schnee angelaufen. Allen vorweg Elisabeth, die sich auf Sabrina stürzte und sie wild umarmte, dann tauchten Ragnar, Theobald und Klara auf. Die Jugendlichen umarmten alle Sabrina, die sich kaum auf den Beinen halten konnte. Dann fuhren sie auf den ausdrücklichen Wunsch von Anna zusammen zu den Binsenkrauts, um sich aufzuwärmen und mal richtig zu essen. Mike und Lilly verabschiedeten sich und verdrückten sich woanders hin. Doch keiner nahm es ihnen übel. Mike gab ihnen ein riesiges Stück Fleisch mit, dann setzte er sie bei der Apotheke ab.

Der Morgen danach

Als sie die Treppe hochkamen, fanden sie ein blitzblankes Wohnzimmer vor und eine Martha Schubert, die mit einem nassen Handtuch auf dem Kopf in der Küche saß. Neben ihr standen ein leeres Wasserglas und eine geöffnete Packung Aspirin. Sie war wieder eingenickt und erwachte erst, als die ganze dreckige und blutverschmierte Truppe vor ihr stand. Sie stieß einen kurzen Freudenschrei aus, der in ein Stöhnen überging, dann fasste sie sich an den Kopf, als sie sich erheben wollte.

Anna und Emilia sahen sich kurz fragend an, daraufhin zuckten beide fast synchron mit den Schultern.

»Was soll's jetzt noch, mach du. Ich bin immer noch völlig ausgebrannt«, sagte Anna.

Emilia trat vor und drückte Martha sanft wieder auf den Stuhl. »Das haben wir gleich. Entspann dich.«

Sie legte Martha die Hand auf die Stirn und hexte die Kopfschmerzen einfach weg, während Anna bereits nach ihrer Schürze griff und den Kühlschrank aufriss, um Eier und Pilze für Omelett herauszuholen. Theobald stellte sich neben sie und packte das Fleisch aus.

Als Emilia den Zauber beendet hatte, starrte Martha sie an. »Wie hast du das gemacht? Bist du etwa eine Hexe?«, fragte sie erstaunt.

»Sie ist ein ganzes Stück schwächer als ich«, rief Anna vom Herd herüber.

»Das stimmt ja gar nicht«, drehte sich Emilia entrüstet zu ihr um. »Du bist nur viel erfahrener wegen deines Alters, aber ich habe mehr Kraft.«

»Wie kannst du es wagen, auf mein Alter anzuspielen, Hexe!«
»Selber Hexe!«

»Geht das schon wieder los mit euch beiden?«, stöhnte Elisabeth. »Ich wette ja, dass Theobald euch in die Tasche steckt, wenn er erst richtig ausgebildet ist.«

»Und genau da kommen wir zum Punkt«, sagte Sabrina. »Ihr müsst uns einfach ausbilden.«

»Wir müssen alle erst einmal die Sache mit dem Rat überstehen«, gab Anna zurück und sagte weiter: »Wir alle haben so ziemlich jedes Kapitalgesetz gebrochen, das jemals erlassen wurde. Ich bezweifle, dass auch nur einer von uns nicht auf dem Scheiterhaufen landet, wenn uns nicht eine sehr, sehr gute Verteidigung einfällt.«

»Wovon redet ihr denn da?«, fragte Martha mit vor Angst aufgerissenen Augen.

Sie aßen alle zusammen in der Küche, auch wenn es kaum genug Platz dafür gab, doch dadurch wurde es richtig gemütlich. Reihum erzählten sie sich dann alle ihre Geschichten, soweit der Schweigebund das zuließ, während immer wieder die eine oder andere Mutter völlig entgeistert schaute. Martha verkraftete die ganze Geschichte erstaunlich gut und warf das eine oder andere Mal Kommentare ein, dass alle lachen mussten.

Es war schon kurz vor Mittag. Sie saßen immer noch beim Erzählen, hatten sich aber ins Wohnzimmer verlagert, als es klingelte und einige Personen kurz darauf die Treppe hochkamen.

Heinrich Wolfsherr tauchte auf, nebst Albert mit Friedjoff und Geosine. Sie hatten den Typen im Nachthemd namens Rollgar mit dabei und auch eine ältere Frau, die ihnen als Orisana vorgestellt wurde.

Als sie Martha erblickten, hielten sie inne, doch Sabrina winkte ab.

»Was ihr zu berichten habt, das sagt offen. Meine Mutter gehört jetzt mit dazu, ob es euch passt oder nicht. Und wer was dagegen sagt, dem schicke ich nachts Zombies ins Schlafzimmer!«

Auf ein Nicken von Anna hin setzten sich die neuen Gäste auf die eilig herangeholten Stühle.

Heinrich Wolfsherr begann: »Wir haben an der Einhornhöhle, so gut wir konnten, aufgeräumt. Den Rest hat Rollgar hier mit seinen Tieren des Waldes, über die er gebietet, übernommen. Wir müssen Kriegsrat halten und bewerten, wie wir uns der neuen Situation stellen. Wie ich sehe, seid ihr auch schon fleißig beim

Aufarbeiten. Und ich persönlich muss noch ein sehr wichtiges Gespräch mit jemandem führen, der als meine Gefährtin die Alpharolle des Kaiserrudels übernehmen sollte.«

Dabei blickte er zu aller Erstaunen an Elisabeth vorbei auf Emilia, dass dieser erst die Kinnlade herunterklappte und sie dann von einer Sekunde auf die andere knallrot anlief wie eine Tomate, als sie verstand, dass er ihr quasi damit einen Antrag gemacht hatte.

»Und was ist mit mir?«, fragte Elisabeth dann.

»Nun, du bist eine freie Alpha, oder? Das haben wir ja alle letzte Nacht überdeutlich gesehen. Ich habe mich mit dem Alpha des Brockenrudels und dem der Hasselfelder darüber beraten.«

»Aber Zanko war unter den Toten«, sagte Anna erstaunt.

»Ja, aber das nur, weil ich ihn getötet habe«, antwortete Albert und ließ seine roten Augen aufblitzen. »Vor mir liegt noch viel Arbeit, allerdings haben mir die Überlebenden alle ihre Treue geschworen. Zudem haben wir Kooperation zwischen den Rudeln vereinbart.«

Heinrich nickte. »Und wir haben dir etwas mitzuteilen, meine Tochter. Wir drei erlauben dir, Elisabeth, hiermit, ein eigenes Rudel zu gründen, das du praktischerweise schon hast. Ab sofort gibt es vier Rudel im Harz und du erhältst eine volle Stimme im Harzrat. Rollgar und Orisana hier sind da auch Mitglieder und haben ebenfalls zugestimmt. Wir werden uns über die Rudelstrukturen und Größe neue Gedanken machen, aber das ist eine Werwolfsache, die wird unter unseresgleichen besprochen werden.«

Albert räusperte sich. »Die Sachen meiner Mutter möchte ich aus persönlichen Gründen behalten, obwohl sie dir zustehen, weil du sie besiegt hast, Elisabeth. Ist das in Ordnung für dich?«

»Natürlich!«, antwortete Elisabeth.

»Doch die Besitztümer von Magdalene sind hiermit deine. Wir haben sie unten im Wagen, aber eine Sache habe ich mit hochgebracht.«

Er hielt einen Beutel hoch, bei dem Friedjoff einen Aufschrei ausstieß und nach ihm schnappen wollte, doch Albert warf ihn seiner Schwester zu.

Klara sprang auf und griff ihn sich zuerst. »Die gehören Ihnen! Mit besten Empfehlungen meiner Alpha«, sagte sie und gab sie Friedjoff, bevor Elisabeth einschreiten konnte.

»Du solltest deine neuen Rudelmitglieder unter Kontrolle bringen«, schmunzelte Heinrich.

»Bis zur Aufnahme gilt doch Welpenschutz, oder?«, entgegnete Elisabeth schlagfertig.

»Das sind ja nur vier«, jammerte Friedjoff, als er den Beutel öffnete.

»Einer ist leider kaputtgegangen«, entgegnete Theobald.

»Vier werden wohl auch reichen, jetzt wo ich siegreich in einer Schlacht mitgekämpft habe«, meinte Friedjoff und steckte die Kristalle für seine Angebetete vorsichtig ein.

Elisabeth wandte sich nochmal an ihren Vater.

»Ich muss noch einen Leitwolf für Klara bestimmen ... äh ... Papa. Würdest du das vielleicht machen?«

»Ich danke dir für dieses Angebot und nehme es natürlich an. So kann ich euch in der nächsten Zeit regelmäßig besuchen und das Nützliche mit dem Angenehmen verbinden«, dabei zwinkerte er Emilia zu.

»Und was ist mit meinem Papa?«, fragte Klara dazwischen.

»Genau das besprechen wir unter uns«, antwortete Emilia und zog Klara wieder auf ihren Stuhl.

Anna stand auf. »Damit wir alle klarsehen: All das, was heute Nacht passiert ist, und all die Dinge, die dahin geführt haben, werden uns in eine Verhandlung vor den Rat bringen. Die meisten von uns werden persönlich angeklagt werden, aber insgesamt wird der Freiheitsstatus des Harzes grundsätzlich in Frage gestellt werden. Wenn wir nicht zusammenhalten, und mit einer Stimme sprechen, dann werden bald die Scheiterhaufen brennen.«

»Ich denke, ich kann euch da helfen«, sagte Ragnar in die Sprechpause hinein und grinste. Alle wandten sich zu ihm um. »Immerhin kann ich euch eine Verteidigerin liefern, die nicht ignoriert werden kann.«

»Wen?«, fragten gleich mehrere aus einem Mund und das Grinsen wurde noch breiter.

»Oh, ihr müsstet vielleicht den einen oder anderen Schwur leisten und Gefallen versprechen, aber lasst mich mal machen. Immerhin habe auch ich eine Mutter und die hat eine Mutter und ...«

»Du willst allen Ernstes eine Göttin auffahren?«, keuchte Elisabeth auf und sie war nicht die Einzige.

Ragnar zuckte mit den Schultern. »Warum nicht? Wenn du versprichst, mit mir ins Kino zu gehen, sagen wir einmal im Monat, und das für die nächsten zwei Jahre?«

»Das ist Erpressung!«, fauchte Sabrina sofort, aber dann sah sie, dass Elisabeth Ragnar anstrahlte, und jubelte: »Nur, wenn du die Karten zahlst und das Popcorn.«

»Geht klar!«, antwortete dieser und schien richtig glücklich zu sein.

Epilog

Die Champagnerflasche war fast leer. Hartwig Hauser goss sich nochmal nach und prostete einem Porträt seines Kumpels Wilhelm zu, das er auf seinen Schreibtisch gestellt hatte. Es war ein wenig eingerissen, aber das machte es noch authentischer. Daneben stand das Bild von Jennifer, das er immer im Portemonnaie mit sich herumgetragen hatte, und ein neues von Vinzenz.

»Auf meine verkorkste Familie und dich, Kamerad! Es ist schade, dass du das nicht mehr erlebst. Damit werde ich ganz groß rauskommen.«

Er trank einen Schluck. Grimmig drückte er nochmals auf die Wiederholungstaste und lehnte sich in dem Sessel zurück. Er hatte es geschafft. Und dazu noch in HD.

Aber eine Bitterkeit umfing ihn, als sein Blick wieder zurück auf die Bilder schwenkte. Jennifer war endlich auf einer Entziehungskur, aber er betrauerte vor allem Vinzenz. Er hatte nur kurze Zeit mit ihm gehabt, ihn sogar für seine Suche begeistern können. Wie ein Schwamm hatte der Junge alles aufgesogen, was Hauser ihm erzählt hatte, war so richtig aufgelebt. Doch als er mit seinem neuen Großwildgewehr aus Tschechien zurückkam, konnte sich Vinzenz an nichts mehr erinnern.

Er hatte Hauser wieder vergessen und ihn sogar aus dem Haus geworfen. Es kam ihm vor, als wenn die ganzen letzten Tage aus dem Verstand seines Sohnes radiert und ihm stattdessen eine unbändige Wut eingepflanzt worden wäre. Voll tiefer Enttäuschung war er dann losgefahren, um sich zu besaufen. Aber das Schicksal hatte ihn genau an jenem Abend diesen Mann finden lassen. Er hatte ihn erst nicht erkannt, aber dann wurde Hauser klar, dass er ihn endlich auf die Spur der Werwölfe führen konnte.

Es war in der *Rutsche* gewesen, einer Bar in einem entkernten Dachstuhl in der Schulstraße. Sie wurde von einer jungen dunkelblonden Frau namens Kerstin geführt. Der Mann hatte alleine an einem Tisch gesessen und getrunken. Als Hauser mit der festen Absicht, sich zu besaufen, hereinkam, hatte er ihn nur für einen betrunkenen Spinner gehalten. Nachdem sich die Kneipe immer mehr geleert hatte, waren irgendwann nur noch drei Studenten in einer hinteren Ecke, Kerstin, ihre schwarzhaarige Bedienung, die in einem sündigen Vampirfilm hätte mitspielen können, der Mann und Hauser übrig. Die beiden Frauen saßen am Ende der Bar und redeten über ihre letzten Errungenschaften unter den Studenten.

Der Mann hatte herumgelallt, wie begeistert er doch wäre, dass er normal sei und alleine, genau wie Hauser.

Hauser erinnerte sich noch gut daran. Er war hellhörig geworden, und da erkannte er ihn, als er sich zu dem Mann an den Tisch setzte. Sie waren ins Gespräch gekommen und der Mann hatte ihm sein ganzes Leben ausgeschüttet, wie er als junger Diplommathematiker eine gerade mal Achtzehnjährige geheiratet hatte und gedacht hatte, dass sie das Beste wäre, was ihm in seinem Leben passieren könne. Doch dann hatte er von seiner kurz darauf geborenen Tochter berichtet, der komischen Ärztin, die seiner Familie eine streng vegane Ernährung verordnet habe. Hauser hatte die Bedienung herangewunken und nachbestellt. Diese Nacht würde lang werden, das hatte er damals schon geahnt. Der Mann hatte leider schon so viel intus, dass er teilweise die Reihenfolge verdrehte, manchmal musste er ihn wieder davon abhalten, von seiner Mathematik zu reden, doch für Hauser setzte sich ein Bild zusammen, nach dem er die ganze Zeit schon gesucht hatte. Der abrupte Wechsel nach Clausthal, das abgelegene Haus, alles ergab für Hauser einen Sinn. Der Mann gestand ihm sogar, eine heiße Liebesaffäre mit der Apothekerin in Zellerfeld gehabt zu haben, die er jetzt abgrundtief dafür hasste, dass sie ihn verführt hatte. Dann hatte er sich in umständlichen Erklärungen verheddert, dass er seine Frau nicht mehr verstehe und sie schon lange nicht mehr mit ihm ins Bett gehe. Es hatte aus dem Mund des Mannes alles wie eine große, schwere Tragödie geklungen, aber für Hauser war die Erklärung so klar wie der Tequila, den die Bedienung gerade wieder gebracht hatte.

Elisabeth Wollner war eine Werwölfin und zumindest die Apothekerin in Zellerfeld eine Hexe.

Er war auf eine Goldader gestoßen. Der Mann hatte so lange weiter erzählt, bis er eingenickt war. Dieser Kerl hatte ihn wieder auf

Kurs gebracht. Hauser hatte ihm ein Taxi gerufen und die ganze Rechnung bezahlt.

Danach hatte er sich auf die Lauer gelegt. Er hatte sie an ihrer Schule abzupassen versucht, aber damals war sie ihm entwischt. Stattdessen war er nur dem Gothicmädchen, das wohl ihre Freundin war, bis zu einem Haus unten am Zellbach gefolgt. Die Familie hieß Schubert. Als die Tochter das Haus wieder verlassen hatte, hatte er bei ihrer Mutter geklingelt, der er erzählte, dass er für die Stadt eine Anwohnerbefragung wegen des Straßenlärms am Kreisel mache. Sie hatte ihm zunächst ganz offen geantwortet und ihm sogar einen Schierker Feuerstein angeboten. Aber als er sie über ihre Tochter Sabrina auszufragen versuchte, hatte sie ihn hochkant rausgeschmissen.

Durch seine Beobachtungen wusste er, dass auch der Sohn der Apothekerin zu dem Werwolfmädchen gehörte. Doch in der Apotheke war es ihm nicht anders ergangen.

Eines Tages vor dem letzten Vollmond war er dem Apothekersohn und dem Gothicmädchen gefolgt. Sie hatten sich zunächst an einem Bauernhof Katzen eingefangen und eingesteckt. Leider hatte ihn dieser große blonde Junge aufgehalten, als er ihn so aufdringlich nach dem Weg gefragt hatte. Da hatte er die Spur wieder verloren und sich stattdessen zum Haus der Wollners zurückbegeben.

Der erste Schnappschuss von dieser Elisabeth war ihm tags darauf gelungen, als sie im Innerstetal vor diesem riesigen Wolf weglief, den er gerade noch bemerkt hatte, bevor dieser ins Unterholz entschwand. Sie war über die Motorhaube des Jeeps gesprungen und dem Verfolger mit einer Geschwindigkeit weggelaufen, die jenseits des normal Möglichen lag.

Hauser hatte versucht, ihr nachzusetzen, aber er verlor sie vor Zellerfeld, weil sie den Dammweg entlanglief und er ihr dort nicht hatte folgen können.

Doch dann war sie ihm wie durch Zufall wieder über den Weg gelaufen und er war ihr gefolgt, genauso wie zwei zwielichtige Typen, die nur noch Augen für sie zu haben schienen. Er hatte die Szene in Buntenbock gefilmt und die Scheune in Augenschein genommen, während Elisabeth und ihre Freunde wegfuhren, um vermutlich zwei Leichen und mehrere Säcke zu entsorgen.

Er hatte die Scheune aufgebrochen und dort eine Art martialischen Trainingsparcours gefunden. Sie hatten die Spuren beseitigt, den Boden aufgewischt und es stank nach Chlorreiniger.

Dann hatte er sich kurzerhand bei der Schlachterei erneut auf die Lauer gelegt. In der Nacht war der Lieferwagen der Schlachterei kurz aufgetaucht, hatte etwas eingeladen und war wieder weggefahren. Hauser hatte sich drangehängt.

Mit Grausen erinnerte er sich noch an die wilde Verfolgungsfahrt, die sich dann nach Osterode und weiter nach Herzberg anschloss. Dort war er für all seine Mühen entschädigt worden.

Er hatte etwas entfernt geparkt und sich nach Prüfung der Windrichtung mit seinem Gewehr und der Kamera dem Zelt genähert, wie er es für sicher hielt. Eine tote Wache mit einem dicken Loch im Schädel lag in einiger Entfernung zu dem Festzelt. Damit war sein Weg frei und er hatte begonnen zu filmen.

Die Bildqualität übertraf seine Erwartungen. Er hatte alles erwischt. Das Zelt, das von der Werwolfmeute zerrissen wurde, die Hexen, die Massen an Untoten, die Zwerge und zu guter Letzt auch noch den Streit zwischen dieser Emilia Wollner und Anna Binsenkraut. Besonders stolz war er darauf, dass er dank des Richtmikrofons vieles auf Band hatte.

Genüsslich lehnte er sich zurück und trank noch einen Schluck, dann klickte er auf *Hochladen*.

Plötzlich fiel mit einem Flackern des Deckenlichts der Strom aus. Nur sein Laptop lief dank des Akkus weiter. Hauser fluchte und griff sich sein Gewehr, schon flog die Wohnungstür wie von Geisterhand auf. Er riss die Waffe hoch und feuerte auf die Tür, doch er reagierte zu langsam und der Schuss ging fehl. Ein riesiger grauer Wolf tauchte unter der Kugel durch, und schnappte ihm das Gewehr weg, bevor er noch ein zweites Mal den Abzug drücken konnte, dann betraten drei weitere Personen den Raum.

»Hartwig Hauser!«, donnerte eine Stimme.

Hauser erschrak noch mehr, als er seinen echten Namen hörte.

Flankiert von zwei deutlich jüngeren Frauen trat eine kleinere ältere Frau ihm gegenüber. Sie blickte auf den Monitor des Laptops, auf dem immer noch das Video geöffnet war, dann beugte sie sich vor und stützte sich dabei auf beide Armlehnen des Schreibtischstuhls. »Ich beobachte dich schon eine Weile mit meinen kleinen Helfern, Mensch«, eröffnete sie. Dann deutete sie auf den Laptop.

»Eigentlich müsste ich dich töten, weil du inzwischen zu viel von der magischen Welt weißt. Aber du hast da etwas zusammengetragen, was mir und meinen Verbündeten noch sehr nützlich sein wird. Deswegen mache ich dir jetzt dafür ein einmaliges Angebot, das du unmöglich ablehnen kannst.«

Dann warf sie den Kopf zurück und gab ein fieses, kaltes Lachen von sich.

Danksagung

Ein Buch zu schreiben, ist eine Herausforderung, nicht nur für einen Autor, sondern genauso für seine Familie, und dennoch ist es eine Bereicherung. Ich möchte vor allem meiner Frau für ihre liebevolle Geduld, die unzähligen gebrachten Kaffeetassen und ihren weisen Rat danken. Sie ist die Stütze meines Lebens. Besonders danke ich meinem jüngsten Sohn, Malte, der sehr oft erster Zuhörer war und mit aufgeregter Begeisterung mitgefiebert hat, als Elisabeths Geschichte sich immer rasanter entwickelte. Die Unterstützung meiner Familie hat es erst möglich gemacht, neben meiner normalen Arbeit immer wieder Stunden zu investieren, um in die Geschichte abzutauchen und sie zu schreiben.

Mein Dank gilt meinem Verlag, insbesondere Helmut und Sascha Exner, für ihr Vertrauen in mein Werk und die engagierte Unterstützung, die etwas ganz Außergewöhnliches ist.

Erwähnt seien ebenfalls meine lieben Testleserinnen und -leser: Andy, Cindy, Christian, Corvin, Elke, Jacqui, Maddi, Nikola, Roli, Sandra und Sören, die aus ihren unterschiedlichen Blickwinkeln meine Schilderungen geradegerückt und mich unermüdlich inhaltlich und grammatikalisch unterstützt haben.
Ohne sie alle wäre dieses Buch vermutlich eine Fundgrube für Anfängerfehler, weil ich den Verdacht nicht loswerde, dass viele Regeln, wie auch die Rechtschreibreform als solche, von weltfremden Stadthexen in Berlin beschlossen wurden, die das nur getan haben, um mir das Leben schwer zu machen.

Der Verlag hat mir natürlich ebenfalls kompetente Hilfe in Form eines Lektorats und Korrektorats zukommen lassen. Wer dennoch in dem Buch einen Schreibfehler findet, der darf ihn gerne behalten und sich an die Wand hängen. Sprache lebt und das ist auch gut so.

Zu guter Letzt möchte ich aber Ihnen danken, liebe Leserinnen und Leser, dass Sie es bis hierhin ausgehalten haben. Wenn ich es geschafft haben sollte, Sie auch nur einen Moment zu fesseln und Ihnen ein paar vergnügliche Stunden zu bereiten, dann bin ich schon glücklich und dann hat dieses Buch sein erstes Ziel erreicht.

Falls Sie es in Erwägung ziehen, den wunderschönen Harz zu besuchen, dann hat es auch seinen zweiten Zweck erfüllt. Es gibt noch viel mehr zu entdecken, als ich in einem einzigen Buch ausdrücken könnte, aber vielleicht bleibt es ja nicht dabei.

Nachtrag zur 2. Auflage

Inzwischen hat sich meine Hoffnung erfüllt und die gesamte Trilogie Harzmagie ist im Handel erschienen. Es ist also vollbracht!

Genießen Sie, wie es mit den Figuren aus Blutsbande in Sogwirkungen und Schicksalswende weitergeht.

Und am Ende sollte eines klar sein: Der Harz ist pure Magie!

Ihr

Jürgen H. Moch

Über den Autor

Jürgen Hartmut Moch ist im Oldenburger Land aufgewachsen, stammt aber mütterlicherseits aus dem Harz. Nach Abitur und Marinezeit studierte er in Clausthal-Zellerfeld Chemieingenieurwesen und gründete dort seine Familie, mit der er Ende der 1990er Jahre der Arbeit folgend nach Bayern zog. Er lebt mit seiner Frau und inzwischen drei Kindern nördlich von München, aber es zieht ihn und seine Familie immer wieder zur Erholung in den Harz – ein Ort voller Sagen und Mythen. Seit 2022 lebt er zeitweise wieder dort. *»Die Geschichten wie die von Elisabeth Wollner waren schon immer da in meinem Kopf«,* sagt er selbst über sich und als passionierter Rollenspieler lag das Genre Fantasy nahe. Mit einem Augenzwinkern in verschiedene Richtungen verknüpft er in der Geschichte von Harzmagie gekonnt Grusel, Fantasy, Komödie und den Harz selbst.

Mehr über den Autor auf
www.harzmagie.de

Ebenfalls Lieferbar

Harzmagie (Band 2) – Sogwirkungen
1. Aufl. 07/2022, 576 Seiten, Taschenbuch 130 x 190 mm
ISBN 978-3-96901-043-3, € 16,00

*»Je mächtiger du bist, desto eher wird er dich mitreißen.
Der Sog, die Sucht nach der eigenen Macht.«*

Die Ereignisse im Harz haben hohe Wellen geschlagen in der magischen Welt. Nun brechen sie mit voller Wucht über die 16-jährige Werwölfin Elisabeth, die Nekromantin Sabrina und den Hexer Theobald herein. Berauscht von ihren stetig wachsenden Fähigkeiten, fällt es den drei Freunden immer schwerer, ihre Kräfte zu kontrollieren. Der Sog hat sie längst erfasst. Nur wird es ihnen gelingen, ihm wieder zu entkommen?

Harzmagie (Band 3) – Schicksalswende
1. Aufl. 07/2024, 640 Seiten, Taschenbuch 130 x 190 mm
ISBN 978-3-96901-087-7, € 18,00

Der fulminante Abschluss der Harzmagie-Trilogie

Es braut sich etwas Gewaltiges zusammen über dem Harz! Gerade erst der Hölle entkommen, bricht eine Flut neuer Konflikte über die magische Gemeinschaft des Harzes herein. Leute verschwinden reihenweise ohne jede Spur und brutale Morde sorgen für Entsetzen. Gemeinsam mit ihren Freunden suchen Elisabeth, Theobald und Sabrina verzweifelt nach einem Ausweg. Kann ihnen vielleicht die Viertelzwergin Svenja helfen? Oder gar der legendäre Drachentöter Siegfried?